KB024177

네오 샤먼으로서의 작가

긴 세월을
함께 싸워주신
변호사 조광희 仁兄,
강금실 선생님께.

네오
샤먼으로서의
작가

임우기
비평문집

달아심
月陰 Publisher

차례

4부

"한국문학은 그 나름의 신성한 것을 찾아내야 한다. 모든 문화는 그 문화를 지탱해 주는 성스러운 것을 갖고 있다. (……) 그러나 지금 당대의 한국에서 우리가 찾아낼 수 있는 신성한 것은 무엇일까? 그것을 찾아낼 수 없다면 역사에 대한 모든 응답도 하나의 췌사가 될 뿐이다."

—김현·김윤식, 『한국문학사』

　문학판 주변을 떠나지 못한 지난 시절을 돌아보면, 문단의 중심 세력들과는 통 적응을 못하고 살아온 것같다. 문학과지성(이하 문지)으로 대표되는 개인적 자유주의와 서구적 합리주의 문학론은, 몸에 맞지 않는 옷을 강요하는 꼴이었다고나 할까. 특히 전통 문화 혹은 토착 정신과의 괴리와 모순 문제는 그냥 덮고 넘어갈 성질의 것이 아니었다. 가령 전통 샤머니즘을 악으로 내모는 것은 반전통적 문학론으로서 받아들이기가 어려웠다. 소위 진보문학론도 받아들이기가 힘든 것은 마찬가지였다. 리얼리즘을 중심으로 한 창작과비평(이하 창비)의 진보 문학론도 그 그릇 모양새도 외래종으로 받아들이기가 영 편치 않았을뿐더러 고만고만한 내용들의 반복에다 그마저 현실 정치의 논리에 따라 오락가락하는 허깨비 같은 문학론이요 진보 문학은커녕 되레 퇴보 문학에 가깝다는 생각을 갖고 있었다. 이러한 내 오랜 생각은 결국 1990년 『문학과 사회』 편집위원과 문지 편집장직을 반려하고 창비의 별동조직쯤으로 여겨 온 터인 한국작가회의를 탈퇴하는 결단으로 이어진 직접적인 이유인 듯하다. 물론 내가 가야 할 문학의 길을 찾지 못하고 캄캄한 어둠속에서 방황하던 시절이 기약도 없이 길어진 점도 2000년 경 스스로 절필하고 일체 조직에서의 탈퇴를 결심한 변이 될 것이다. 그러나 2000년 이문구 선생이 한국작가회의 회장을 맡으신 직후, 보내온 이사 임명장을 탈퇴서와 함께 우송하는 무례를 범한 것은 두고두고 후회한들 이미 엎질러진 물이었다. 그나마 시인 김사인 형의 배려로, 타계하시기 며칠 전 선생을 찾아뵙고 큰 절 올리고 무릎 꿇어 사죄드릴 수 있었던 것은 참으로 천만다행이었는데, 그 자리에서 뜻밖에도 선생은 "임형 마음 다 알어. 작가회의가 암덩어리여."라 말씀하시며 오히려 날 위로하고 격려하셨다. 또한 선생은 주위 친지들에게 "내 이름을 걸고 문학상이나 문학관 같은 걸 만들지 마라."고 수차례 강조하여 유언하셨다 한다. 내가 겪고 들은 이문구 선생과의 마지막 대화와 유언을 여기 옮겨 기록하는 까닭은 진보 문학 진영에 대한 폄훼가 아니라 따가운 질책이라는 점, 보수니 진보니를 떠나 문학판이 아수라에 이른 오늘의 한국 문단에 냉철하고 준엄한 문학적 반성의 계기가 되길 바라는 뜻에서이다.

이 책에 실린 이문구론은 2013년 이문구 선생 10주기 문학 강연을 위한 발제문 형식으로, 어떻게 하면 한국문학의 축복이요 거대한 문학적 보고寶庫인 이문구 문학세계를 향후 한국문학의 기름진 토양으로, 미래 문학의 이상理想으로 전화轉化시킬 수 있을 것인가를 고민한, 다분히 미래지향적이고 문제 제기적 성격을 띤 글이다. 4·19 세대의 문학의 전반적인 서구이론 추수와 근대적 합리성 집착에 저항하여 평생 고독하게 우리의 전통 정신을 자부심으로 계승하고 민중들의 생활언어를 찾아 독창적인 '방언적 문학'으로 승화한 이문구 선생의 문학세계를 선도적先導的 중심에 놓고 4·19 세대의 전반적 문학 경향을 비판한 글이다. 이 글은 비평적 주제의식을 펼쳐내는 데 있어서 논리의 단면성單面性과 불완전성 등 허술한 점이 적지 않다. 그것은 본격비평문이라기보다 대중적 문학 강연을 전제로 쓴 일종의 발제문 형식으로 쓴 탓도 있지만, 이문구 선생의 문학관을 중심에 놓고 선생과 동세대의 4·19 세대 작가들인, 이청준 김승옥 황석영 등의 문학 세계를 주로 문학언어의 차원에서 견주다보니, 4·19 세대 작가들의 작품마다 지닌 내용과 형식,

주제와 표현 간 관계를 복합적이고 통합적인 관점에서 사유하지 못한, 다소 단면적인 논지의 글이 되고 말았다. 그럼에도 이 발제문 형식의 비평문은 이 책의 전체적인 주제의식들 가운데 하나인 '자재연원과 원시반본을 통한 새로운 미래의 한국문학'의 가능성을 찾으려는 내 문학적 욕구를 전제한다면 시사하는 바가 없지 않다고 생각한다.

1990년대 말경 사실상 비평 활동을 접은 이후, 2005년엔 용산박물관개관도록사건을 당하여 2016년까지 꼼짝없이 벼랑 끝에 내몰린 채 탐관오리들과 길고긴 싸움을 벌여야 했다. 따지고 보면, 부패한 국가 체제는 공무원조직에 만연된 부패에만 그 책임이 있는 게 아니고, 지식인 고유의 비판적 역할을 저버린 채 부패 권력에 기꺼이 조역하는 데에 정신 팔린 대학 사회, 저마다 조직을 꾸려 권력화에 혈안이 된 지식인 집단들, 비극적 사회와 민중현실과의 대결의식도 문학적 영혼도 잃고 방황하는 문단, 부패사회에 함께 길들여진 언론…… 지식인 계층 전반의 사회윤리적 파탄에 그 심각한 병인이 있다. 어찌 보면, 지난 10년 남짓한 세월, 나로선 탐관오리들과의 투쟁보다 서민들의 현실이나 부패한 현실엔 아랑곳없는 저 무리 진 교양인 지성인들, 권력탐과 진보를 구분하지 못하는 득실대는 ㅂ 진보문학 조직에 저항하고 싸우는 데 더 힘들고 외로운 시간을 보낸 것이 아니었을까. 스스로도 참 딱한 일이지만, 그랬을 것이다, 최소한 문인이라는 자존심이 그 시절 내내 들끓듯 발악하듯 하였으니. 그리고 고독지옥. 하지만 세월은 어느 순간부턴가 고독이야말로 내 미더운 벗이 되어 있었고, 여기 어리숙하나마 고독의 글들을 남기었으니, 어찌 지난 세월을 안타까워하고 서러워만 할 것인가.

이 책에 실린 서론 격의 글인 「한국문학과 샤머니즘의 이념」은 군에서 제대한 1980년부터 내 마음 깊은 구석에 자리한 문학적 책무감을 마침내 푼 글이다. 초등학교를 입학할 무렵부터 청소년기에 나는, 가령 저 시인 정지용의 시 「고향」 속 맑고 아름다운 시골풍경과는 정반대로, 어둡고 삭막하고 어지러운 도회의 공간에서 자랐다. 내 기억 속의 옛집은 부모님이 근근이 경영하시던 대전大田의 목재공장에 딸려 있었고,

거의 매일 이른 아침부터 지반을 울리는 소란스러운 원목 하역 소리와 요란히 돌아가는 목재 켜는 소리, 인부들의 왁자지껄한 목소리들……. 아프고 슬픈 일이지만 공장 옆엔 중도극장과 재래시장과 번잡한 대전역과 일제가 만들었다는 공창公娼지대가 이어졌고……. 공장 터 주위에는 그 많던 상이용사들하며 알콜중독자들 싸움꾼들 새벽 어스름이나 저녁놀이 질 때면 어김없이 줄지어 선 매혈자들……. 수상하고 비정상적이고 낙오된 인간군상들이 밤낮을 가리지 않고 배회하고, 가난한 이웃들이 먹고살기 위해 무진 애를 쓰던 그늘진 동네였다. 차마 떠올리기조차 힘든 알 수 없는 죽음들을 수시로 목격하고 절망적인 사건들이 하루가 멀다하게 벌어지는 악령들의 세계였다고 할까. 그렇게 내 청소년기의 추억에는 도회의 어두움, 어지러움과 함께 늘 까닭모를 불안과 두려움이 눌어붙어 있다. 하지만 그 어둡고 스산하고 우울한 세계에선 또한 하루가 멀다하게 죽은 이를 위로하고 천도하는 굿판이거나, 생활고와 불행으로부터 어떻게든 벗어나려 악귀를 내쫓는 굿판이 벌어졌고, 그 굿판에서만큼은 가난과 불행에 찌든 사람들이 어느새 따뜻한 이웃

이 되어 함께 음식을 준비하고 굿판에 기꺼운 한마음이 되어 서로의 한
과 슬픔과 고통을 나누곤 한 것을 기억한다. 물론 나이 스물을 넘기면서
깨달은 사실이지만, 청소년기에 보았던 수많은 굿판들은 불행을 당하
고 고통 받는 이들을 위로하는 굿판인 동시에 가난한 마음들이 서로의
마음을 나누면서 한숨을 고르고 삶을 정갈히 하는 즐거운 축제이기도
했다. 생각해보면 참 눈물겨운 일이다.

   지난 10년 국가권력과의 힘겨운 투쟁, 긴 세월 지독한 송사와 먹고살
아야 하는 사업일 따위로 바쁘게 세월을 건너는 중, 2014년 봄 어느 날
느닷없이 TV로 생중계되는 '세월호 참극'을 지켜봐야 했고! 충격. 공황
상태. 나는 어린 날 보아 온 수많은 굿판의 기억 때문이겠지만 곧바로
김금화 큰 만신을 불러 저 억울하게 죽은 넋들을 씻김하고 유족들의 통
한을 풀어주는 큰 진오귀굿판을 벌여야 한다고 굳게 믿었고, 여기저기
로 허둥대며 다녔던 것 같다. 하지만 2014년 한국사회는 이미 굿이라
는 우리 민족의 전통적 생활문화나 공동체적 마음의 따스함이 넉넉히

남아 있던 옛날이 아니었고, 현실은 서구의 근대적 합리성이 지배하는 차가운 교양과 이기적 개인주의 문화가 번성한 저질 자본주의 사회로 바뀌어 있었다. 또한 영문도 모른 채 억울하게 수장된 어린 넋들을 위해 현실적으로 해야 할 일은 무엇보다도 철저한 진상규명이 선결되어야 한다는 생각에 굿 준비를 그만두어야 했다.

세월호의 넋들과 유족들을 위한 씻김굿을 할 수 없다면, 내가 문학적으로 할 수 있는 것이라곤 결국 내안에서 오래 묵혀 있던,—박정희 정권이 새마을운동을 통해 또한 4·19 세대의 서구주의가 말살하려 한 —전통 샤머니즘을 새로이 풀어내는 일밖에 없었다. 고작 전통 샤머니즘에 대한 내 문학청년기 이래의 오래된 부채감을 마침내 풀어내는 일이었지만 이 결심을 실행에 옮기는 데엔, 4·19 세대 이후의 한국문학의 상황으로 보건대는 적잖은 용기를 필요로 하는 것이었다. 세월호 참사가 아이러니하게도 내게 더없는 용기를 준 것이다.

특히 「한국문학과 샤머니즘의 이념」은 세월호 참사를 계기로 내 청소년기에 체험한 굿판들을 문학적으로 수용해야 한다는 오랜 과제를 허술하게나마 풀이한 것이랄 수 있다.

북방 샤머니즘을 우리 문화의 착한 원형질로서 올바로 보고 제대로 전승하는 일은 매우 중요한 문화적 동시대적 과제이다. 이 말 속엔 한국 문화의 원천인 전통 무가 온갖 사특한 사이비 종교 세력 및 서구주의 세력들에 의해 끊임없이 왜곡되고 소외되어 온 역사를 되풀이해선 안 된다는 깊은 뜻도 담겨있다. 맑은 물을 똑같이 먹더라도 소는 우유를 품는 반면, 뱀은 맹독을 품는 이치다.

이 책에 실린 비평문들은 지난 10년간 사실상 문단과는 격절한 상황에서 친분에 의해 간혹 세미나 및 문학 강연을 하게되었고 발표기회와 자리가 마땅찮던 나로선 더없이 소중한 그자리를 빌어 개진한 내 문학적 자문자답들이다. 특히 2011년 10월에 있은 강원도 월정사 축제 기간 중의 한국문학 세미나 발표를 위한 발제문 초고는 그후 여러 잡지를 통해 나뉘어 게재되는 과정에서 보완 재편집된 바 있다. 원래 발제문은 (1) 무와 동학 (2) 시에 대하여 (3) 소설에 대하여 로 구상되었고, 추후 잡지 발표를 위해 원고가 나뉘다 보니 내용이 중복되는 것을 피하기 어려웠다. 이 점 읽는 이의 이해를 바라는 바이다. 아울러 지난 저항과 도전의 세월을 비평적 사유의 연속성과 일관성으로 정리할 필요가 있다고 생각하여 『길 위의 글』(2010)에 실린 글 일부를 재수록하여 엮었음을 밝혀둔다.

부실한 책 한 권을 내며 군말이 길어졌다. 이 비평집 원고들을 정리를 하다보니, 언젠가 지리산을 경유해서 남해 일대를 떠돌고 난 후 두서없이 메모한 짧은 글 하나가 눈에 띈다. 이 서문 또한 두서없기는 마찬가지이지만 내 비평의 속사정 한 자락 엿보이는 듯하여 여기 옮기고 그만 줄인다.

"길 위의 악사. 며칠 전 경상도 남해 땅 시골장터에서 만난 떠돌이 악사들이 떠오른다. 다 해진 회색 양복에 아코디언 켜는 할아버지, 후줄근한 검은 양복 누리끼한 와이셔츠에 두 눈 지그시 감고 하모니카 부는 키 큰 할아버지, 두 분 다 칠순을 훌쩍 넘겼단다. 그분들과 함께 장터 공연에서 빠질 수 없는 여성 보컬, 군대 간 아들 장가 밑천 마련하려 장터 주막 열고 오가는 손들과 구성진 노래 가락에 파묻혀 사는 긴 속눈썹 달고 붉은 원피스 입은 오십줄 아줌마가 부르는 가곡이며 뽕짝 메들리가 구성지다. 그리고 날품꾼살이 오십 후반으로 보이는 깽멕이와 북을 치는 짝달막한 키의 각설이⋯⋯. 틈만 나면 경상도와 전라도 장터를 오가며 떠돌이 악사로 공연을 한다는 그분들이 하늘처럼 믿고 있는 사실은 자신들의 연주와 공연이 "예술"이라는 것이었다. 그분들은 한사코 자신들이 시골장터서 하는 공연을 "예술"이라고 너무 당연한 듯이 자신 있게 말했다. 장터 공연을 마치자 "오늘 우리 예술이 어땠습니까?"라고 관중에게 묻는다. 관중들은 모두 박수로 동의를 표한다. 그런 후 곧바로 그분들은 저마다 악기와 소품들을 챙겨 수십 리 떨어진 지리산 깊은 산골서 외로이 살고 있는 백칠세 된 병든 할머니를 찾아간단다. 누가 시켜서도 아니고 그분들은 외롭거나 어려운 주민들을 찾아가 연주와 공연을 해왔단다. 지리산 속에 홀로 사시는 할머니 집을 찾아가 큰 절 올리고 할머니를 모시고 '마지막 연주와 공연'을 하러 간단다. 그 '길 위의 예인'들을 보고서 문득 가슴이 뭉클, 나도 모르게 닭똥 같은 눈물이 하염없이 흘러내렸다. 과연 예술이란 무엇인가. 저 길 위의 예술가들은 가진 것 없는 민중들과 함께 웃고 울며, 세상의 황혼 속으로 사라지고 있었다. 내 문예평론들이 과연 저 가슴 떨리는 길 위의 늙은 악사들의 예술혼 언저리에라도 가 닿을 수 있을까. 나는 아무 자신이 없다. 그저 막막하고 막막할 따름이다."

부당한 국가 권력에 맞서 긴 세월 함께 싸워주신, 변호사 조광희 형 강금실 선생님께, 그리고 강윤희 변호사님 채영호 변호사님께 깊은 감사의 마음을 담아 삼가 이 책을 올립니다.

2016년 가을

1부

한국문학과 샤머니즘의 이념[1]

네오 샤먼으로서의 작가

"별 하나에 追憶과/별 하나에 사랑과/별 하나에 쓸쓸함과/별 하나에 憧憬과/별 하나에 詩와/별 하나에 어머니, 어머니,//어머님, 나는 별 하나에 아름다운 말 한마디식 불러봅니다. 小學校 때 冊床을 같이 햇든 아이들의 일홈과, 佩, 鏡, 玉 이런 異國 少女들의 일홈과 벌서 애기 어머니가 된 게집애들의 일홈과, 가난한 이웃사람들의 일홈과 비둘기, 강아지, 토끼, 노새, 노루, 뿌랑시스 쨤, 라이넬 마리아 릴케 이런 詩人들의 일홈을 불러봅니다."

— 윤동주, 「별헤는 밤」 중에서

---

1) 한국의 전통 샤머니즘을 다루는 이 글에서, '巫'를 지칭하는 말들이 여럿 있는 탓에 개념상의 혼란을 막기 위해, 역사적으로 특정 시대의 이데올로기가 반영된 '巫俗'이나 '화랑' 같은 말들을 피한다. 특히 전통 무를 가리킬 때 흔히 쓰는 '무속'은 전통 무를 박해하기 시작한 조선시대에 '무'를 천시하는 말로 쓰인 것이다. 유교를 통치 이념으로 내세운 조선왕조는 전통 무뿐만 아니라 불교도 '佛俗'이라 하여 배척하였다. 간악한 일제의 식민통치정책에 의해 무의 본래 의미가 심히 왜곡 파괴된 말로서 '무속'은 그 의미가 더욱 악화된 채 민간에 널리 유포되었고 지금도 여전히 일반화되어 있는 상태이다.

이 글에서는 '전통 巫'를 위시하여, '巫' '巫堂' '샤머니즘' '샤먼'을 문맥에 따라 혼용하되, 예외적으로 문맥의 의미를 명확히 하기 위해 '무속'을 쓴 경우도 있다. 또한, 한국의 고대 종교로서 '巫'를 '무교'(소금 유동식) 또는 풍류도를 의미하는 '神道'(범부 김정설)와 함께 사용하기로 한다. '샤머니즘'과 '샤먼'은 세계 각 지역마다 그 내용이 다르지만, 인류 보편적 공용어가 되었으므로, 이 글에서 전통 무와 전통 무당의 뜻으로 사용되고 있음을 밝혀둔다.

1. 성좌星座의 이념

"별을 노래하는 마음으로/모든 죽어가는 것을 사랑해야지"

—윤동주, 「序詩」

이제, 총총한 별 밤의 뒤뜰에서 정화수 놓고 천지신명天地神明께 비손하는 아낙네의 모습을 보기 힘든 시대이다. 인간과 마을을 수호하던 신들도 사라지고 지상의 간절한 소원을 들어주던 별들과 별자리의 이름들도 잊혀졌다. 밤이 오면 오직 주신酒神에 들린 시인이나 아직 옛 시심을 추억하는 외롭고 가난한 시인들만이 신성神性의 상징인 별들을 잊지 못해 노래한다. 시인 윤동주가 「序詩」에서 "별을 노래하는 마음으로/모든 죽어가는 것을 사랑해야지"라고 노래했을 때, 시인에게 "별"은 이미 시인의 가난한 마음속에서 빛나고 있는 신성의 상징이며, 그 신성이 시인에게 "모든 죽어가는 것을 사랑해야"한다는 지상의 명령을 내리는 것이다. 이렇게 신성한 마음이 시심을 움직이는 것이니, 모든 별 하나하나에 세상의 가난하고 쓸쓸한 모든 존재들을 호명하는 시심은 온세상 어디에도 신성이 있지 않은 데가 없다는 믿음의 표현일 것이다. 그 우주적인 범신론적 믿음으로, 시인은 "별 하나에 追憶과 별 하나에 사랑과 별 하나에 쓸쓸함과 별 하나에 憧憬과 별 하나에 詩와 별 하나에 어머니, (…) 小學校 때 冊床을 같이 했든 아이들의 일홈과, 佩, 鏡, 玉 이런 일홈과 벌서 애기 어머니가 된 게집애들의 일홈과, 가난한 이웃사람들의 일홈과 비둘기, 강아지, 토끼, 노새, 노루, 뿌랑시스 쨤, 라이넬, 마리아 릴케 이런 詩人들의 일홈을 불러봅니다."라고 쓴다. 그래서 이 시는 저 북방의 해란강변 해맑은 바람결에 실려 오는 샤먼의 노랫소리 같기도 한 것이다. 샤먼으로서의 시인은 별 하나하나에 쓸쓸하고 여린 지상의 모든 존재들을 아로새김으로써 지상의 모든 가난하고 쓸쓸하고 여린 존재들은 천상의 빛나는 존재로 승화된다. 샤먼적 시인에 의해 세속적 존재의 이름을 부름 받은 별들은 하나하나가 지상에 살고 있는 만신萬神의 상징이랄 수 있다.

세계문학의 거장 괴테(1749-1832)도 "천상의 빛"인 별을 노래한다. 괴테의 말년 작『파우스트』(1831)의 「천상의 서곡」에서, 천사 라파엘이 "태양은 예나 다름없이 형제 별과 노래 솜씨를 겨루며 정해진 행로를 우레와 같은 걸음으로 마무른다." 하고 노래하자, 이에 지상의 악마 메피스토펠레스는 "인간이라는 작은 신들은 주님께서 주신 천상의 빛을 이성이라 부르며, 오로지 짐승들보다 더 짐승처럼 사는 데 이용하고 있지요."라고 하여, 신성은 본래 이성의 본성이었으나 이성은 신성을 왜곡하고 소외시켜 인간을 "짐승들보다 더 짐승처럼" 타락시킨다는 것을 통찰한다. 정신의 궁핍과 타락에 빠져 있는 당대의 독일을 신성神性의 땅으로 구원하기 위해 고대 그리스의 만신萬神들이 강림하기를 기원한 시인 횔덜린(1770-1843)은 「빵과 포도주」에서, 타락한 독일 사회의 이성을 극복하기 위해 잃어버린 신성을 찾아가는 존재로서 시인의 역할을 이렇게 노래한다. "그렇다! 디오니소스[酒神]가 낮과 밤을 화해시키고, 천상의 별들의 길을 영원히 인도하고 있다는 가객歌客들의 노래는 당연하노라 (…) 여전히 머무르고 있는 그는 사라져간 신들의 흔적까지도 어둠에 사로잡혀 神을 잃어버린 우리 인간들에게 내려주기 때문이다. 보라! 옛 사람들이 노래로 예언했던 神의 아이들이 바로 우리로구나." 원래 시인은 술의 신 디오니소스의 사제였으니, 음주가무의

주신酒神이 안겨주는 황홀경을 통해 "낮과 밤을 화해시키고 천상의 별들의 길을 영원히 인도"함으로써, 시인은 "어둠에 사로잡혀 신을 잃어버린" 궁핍한 시대의 인간 이성에게 '신들의 흔적'을 전해 준다. 시인 휠덜린에게 '밤의 한가운데서 깨어 있는 자'인 시인은 궁핍한 지상의 삶에서 "천상의 별들의 길을" 인도하고 있으니, 비록 서로 시공을 달리하나, 어찌 시인 윤동주의 별과 크게 다르다 할 것인가.

어쩌면, "모든 죽어가는 것을 사랑해야" 함을 깨친 이성만이 이성의 자기 한계를 뛰어넘어 '완전한' 이성으로 거듭날 수 있을 것이다. 삶의 의미만이 아니라 죽음의 의미를 깨치지 못하는 이성은 이성의 한계에 갇혀 권위적이고 세속적인 이성에 머무른다. 그러므로 "모든 죽어가는 것을 사랑해야" 하는 깊은 뜻을 깨닫는 시인의 이성은 신성의 상실을 성찰하는 이성이다. 이성의 한계를 각성한 이성만이 성좌星座 속으로 확장되어 마침내 이성의 이상理想인 이념의 별이 될 수 있다. 서양 근대문학의 거장들에게 "천상의 별"은 궁핍한 시대의 이성이 자기 한계를 깨치고 그리워한 이념의 상징이다.

괴테와 휠덜린은 지상의 권위에 갇힌 타락한 이성을 구원할 신성을 밤하늘의 성좌에서 찾았지만, 그 신성은 이성이 도달하기에는 너무 아득한 거리에서 있다. 하지만 샤먼에게 성좌는 저 밤하늘에서만 빛나는 것이 아니다. 윤동주의 「별헤는 밤」의 별들은 아득한 천상의 별들인 동시에 가난하고 쓸쓸하고 여리고 소박한 모든 존재들의 이름을 지닌 지상의 별들이다. 때론, 샤먼으로서의 작가에게 성좌는 '인간 안에서 모셔진다.' 모든 인간은 잉태되는 그 순간부터 한울님天主을 모시는, 곧 '시천주侍天主'하는 존재이기 때문이다.

어머니의 친구들은 본인들이 아는 온갖 출산에 대한 정보와 일화를 늘어놓으며 쉬지 않고 떠들었다. (…) 나는 소리가 나는 쪽을 향해 고개를 이쪽으로 돌렸다 다시 저쪽으로 돌리며 '과연 여자들의 세계란 이런 것인가……' 어지러워했다. '그것 참, 엄청나게 시끄럽고 눈부신 존재들일세……'하고. 얼마 뒤 한수미가 조심스레 물었다.

"미라야."

"응?"

"저기…… 만져봐도 돼?"

어머니는 그런 일은 이미 수차례 겪어봤다는 듯 대수롭지 않게 말했다.

"그럼."

허락을 받은 소녀들이 하나둘 어머니 주위로 몰려들었다. 그러곤 저희들끼리 무슨 내밀한 의식이라도 치르듯 끈끈한 시선을 주고받았다. **이윽고 어머니의 둥근 배 위로 총 다섯 개의 손이 올려졌다. 모두 희고 고운 게 불가사리처럼 앙증맞은 손이었다. 다섯 개의 손바닥은 일제히 숨죽인 채 내 존재를 느꼈다. 나 역시 내 머리 위에 얹어진 다섯 소녀의 온기를 느끼며 꼼짝 않고 있었다. 아주 짧은 고요가 그들과 나 사이를 지나갔다. 어머니의 배는 둥근 우주가 되어 내 온몸을 감쌌다. 그리고 그 아득한 천구天球 위로 각각의 점과 선으로 이어진 별자리 다섯 개가 띄엄띄엄 펼쳐졌다. 부드럽고, 따뜻하며, 살아있는 성좌들이었다. 어머니의 친구들은 신기한 듯 서로의 얼굴을 바라봤다. 그러곤 동시에 희미한 미소를 지었다.**

— 김애란, 『두근두근 내 인생』 (강조_필자)

이 경이롭고 감동적인 장면은 인간의 바깥에 있는 아득한 밤하늘에서 성좌와 만나는 게 아니라 엄마 자궁 안의 "천구天球"에서 "부드럽고,

따뜻하며, 살아 있는 성좌"를 만나고 있음을 보여준다. 서양의 근대 이성이 동경하던 신성神性의 성좌가 멀리 밤하늘에서 반짝인다면, 인용문에서 신성의 성좌는 어머니 자궁 속에서 "눈부신 존재들"로 빛나고 있는 것이니, 포태胞胎는 다름 아닌 한울님天主을 모시는 일이다.

이 포태 장면의 내레이터는 어머니 자궁 속 태아인데, "나"는 어머니 자궁 속이 바로 천공이요 어머니의 친구들이 만지는 따뜻한 손바닥들이 성좌임을 느끼고 있다. 어머니 배 속의 "나"가 빛나는 성좌를 느낄 수 있다는 것은, 어머니와 태아인 "나"의 인성人性 속에, 무릇 모든 인성 속에 신성이 살아 있음을 상징한다. 그러므로 아름다운 신화의 한 장면과도 같은 인용문은 수운(水雲 崔濟愚, 1824-1864)의 시천주侍天主 사상의 문학적 표현이라고 해도 좋을 것이다. "나"는 '아기 신' 또는 아기한울님이니, "나"의 어머니는 시천주 자체이다.[2] 이때 인간중심주의적 근대적 이성은 스스로 질적인 변화를 거치지 않을 수 없게 된다. 태아의 고사리 손이 엄마 친구들의 "별자리 다섯 개"와 접하는 순간, 한울님이라는 신이 이성 속에 내면화되는 것이다. 신성을 자각하는 이성은 '둥근 우주'가 된 어머니 자궁 안에서 배 위에 얹힌 엄마 친구들의 다섯 손바

---

2) 이 장면을 수운의 시천주 사상으로 해석하면, "어머니"는 시천주의 지극한 기운 안에 들어간 상태, 곧 지기금지至氣今至의 상태, 시천주의 의미인 "내유신령 외유기화內有神靈外有氣化"의 상태에 놓여있다. 이 장면은 "어머니" 몸 안의 시천주의 씨앗 곧 태아 상태의 "나"가 자라고 있음을 보여주고, "나"라는 '주체적 개인'은 다름 아닌 천심(한울님)임을 보여주는데, 이 천심을 비유하는 문장이 "어머니의 배는 둥근 우주가 되어 내 온몸을 감쌌다. 그리고 그 아득한 天球 위로 각각의 점과 선으로 이어진 별자리 다섯 개가 띄엄띄엄 펼쳐졌다. 부드럽고, 따뜻하며, 살아있는 성좌들이었다."라고 할 수 있다. 또한, 동시에 "어머니"와 "나"의 관계는 모두 천심을 모시고 있는 '개인적 주체'들로서 상호 순환하고 상호 포섭하는 무궁한 관계를 이룬다고 할 수 있다. 이는 서양 근대의 자유주의적 '개인적 주체'와는 근본적으로 다른 '시천주侍天主하는 개인적 주체'라는 점에서 특기할 만하다.

닥이 만든 "따뜻한 체온"의 "별자리"를 보고 느낀다. "이윽고 어머니의 둥근 배 위로 총 다섯 개의 손이 올려졌다…… 다섯 개의 손바닥은 일제히 숨죽인 채 내 존재를 느꼈다. 나 역시 내 머리 위에 얹어진 다섯 소녀의 온기를 느끼며 꼼짝 않고 있었다…… 어머니의 배는 둥근 우주가 되어 내 온몸을 감쌌다. 그리고 그 아득한 천구天球 위로 각각의 점과 선으로 이어진 별자리 다섯 개가 띄엄띄엄 펼쳐졌다. 부드럽고, 따뜻하며, 살아있는 성좌들이었다." 한국문학사에서 일찍이 만날 수 없는 이 희귀한 장면은 인성에 신성이 내재하고 있음을 보여주는 상징도象徵圖라 할 수 있다.

2.

(…) 진보주의자와 사회주의자는 네에미 씹이다 통일도 중립도 개좆이다 역사도 深奧도 學究도 體面도 因襲도 치안국으로 가라 동양척식회사, 일본영사관, 대한민국 관리, 아이스크림은 미국놈 좆대강이나 빨아라 그러나 요강, 망건, 장죽, 종묘상, 장전, 구리개 약방, 신전, 피혁점, 곰보, 애꾸, 애 못 낳는 여자, 무식쟁이, 이 모든 무수한 반동이 좋다 이 땅에 발을 붙이기 위해서는—제3인도교의 물속에 박은 철근 기둥도 내가 내 땅에 박는

거대한 뿌리에 비하면 좀벌레의 솜털 내가 내 땅에 박는 거대한 뿌리에 비하면

— 김수영, 「거대한 뿌리」

이 글의 주제인 한국문학과 전통 무巫 또는 전통 샤머니즘과의 조화

로운 관계를 찾아보기에 앞서, 한국 현대문학에서 샤머니즘을 어떻게 이해하고 있는지에 대해 잠시나마 살피고 넘어가야 할 듯하다. 그것은 오늘의 한국문학에서 전통 샤머니즘의 현주소를 찾아서 그 형편을 살펴야 그에 맞는 전망을 구할 수 있겠기 때문이다. 한국의 전통 무가 걸어온 길고도 험난한 길을 상상해 보면, 실로 속이 착잡하고 아리다. 고대 사회에서 누렸던 전통 무의 영광은 『삼국지』「위지동이전」 등 중국 고대의 문헌에서 보이는 고구려 동맹東盟 예의 무천舞天 부여의 영고迎鼓 등에 대한 기록들이나, 고려시대에 와서 『삼국유사』 등 문적들에 가까스로 전해질 뿐이다. 고대 건국 신화들 중 하나인 고조선의 건국을 다룬 단군신화에서 전통 무의 전형적인 내용을 찾을 수 있다거나 하는 등의 이야기는 이제 모두가 익히 아는 일이니, 여기서는 생략, 지면을 아끼기로 한다. 고려 때 불교행사였던 팔관회에서도 전통 무의 근원지인 천신제天神祭가 존속했지만, 유교 이념을 표방한 조선이 개국하면서부터 전통 무는 급격히 쇠락의 길을 걷게 된다. 조선시대에 들어 무당은 천민 신분으로 차별받고, 굿의 기능이나 규모는 대폭 축소되며, 무당의 기능은 활인서 같은 관청에서 병을 고치는 등 제한된 역할로서 사회적으로 소외되어 갔다.

하지만, 전통 무의 역사적 패퇴 과정 속에서도 잊어선 안 될 것들이 있다. 그것은, 우선 고대 무교에서 천신제였던 나라굿은 마을의 안녕과 풍요를 비는 큰 규모의 별신別神굿이나 동제洞祭 같은 대동굿 등 고유한 민속적 형식 속에서 면면히 전승되어 온 사실이다. 그 다음으로, 무엇보다도 전통 무는 한국의 독특한 전통 문화 예술의 양식과 미학이 탄생하고 성장하는 데에 있어서 필수불가결한 밑바탕이요 자양분이었다는 사실이다. 무당은 오랜 세월 전승되어 온 전통 무의 혹독한 입무과정을

34

거치는 동안 굿에서 필히 쓰이는 온갖 예술적 소재와 기술, 형식들을 맹렬히 학습하고 탐구해야 했고, 이처럼 무당이 굿을 준비하고 굿을 소화하는 과정의 역사는 그 자체로 독창적이고 위대한 민족 예술인 판소리와 탈춤 같은 연행예술을 위시하여 전통 미술 전통 음악 전통 무용 전통 문학 등이 태어나고 자랄 수 있는 기름진 문화적 토양이 되었던 것이다. 이외에도 전통 무는 한국인의 본능적 기질과 무의식의 영역에 두꺼운 기층基層을 형성하고 있다는 사실을 이해하는 것은 중요하다.

그럼에도 현대 한국문학은 이러한 전통 무가 이루어 온 영욕의 역사와 그 위대한 업적을 애써 외면해 왔다. 특히 세대론적으로 보아, '4·19 세대의 문학의식'으로 구분될 수 있는 '문학의식형과 문학조직'들 가운데 서구의 근대적 문학의식과 이론에 대한 편향이 자심한『문학과지성』(이하 '문지'로 약칭) 창간 동인들의 문학의식은 반샤머니즘의 문학적 입장에서 단연 유별나다 할 정도이다. 물론 모더니즘과 더불어 한국 근현대문학의 쌍생아적 성격을 지닌『창작과비평』(이하 '창비'로 약칭) 쪽의 진보적 리얼리즘의 문학의식도 문지와 정도의 차이가 크다면 클 뿐, 기본적으로 반샤머니즘적 입장에 서 있긴 마찬가지이다. 창비의 경우, 민중문예운동기인 1970-80년대에 진보적 민중 운동론의 차원에서 전통 굿을 대동굿 운동으로 전승시키는 데 일익을 담당하면서 전통 샤머니즘에 대한 입장은 전향적이었지만, 여전히 그 전통 계승의 수준에 있어서는 굿의 본질적 차원의 부흥이라기보다는, 굿의 핵심 요소인 전통 무당과 접신의 본질적 민족적 정신적 의미에 대한 깊은 이해와 창조적 재해석이 결여된 채 운동론적이고 '과학적 진보주의' 수준에서 머물러 있었던 듯하다.

4·19 세대의 문학의식이 지닌 반샤머니즘적 경향은 특히 서양의 현

대 이론이나 예술적 모더니티에 편향된 자유주의적 지식인들에게서 두 드러진다. 1970년에 창간된 『문학과지성』지 창간사를 잠시 돌아본다.

　이 시대의 병폐는 무엇인가? 무엇이 이 시대를 사는 한국인의 의식을 참 담하게 만들고 있는가? 우리는 그것이 패배주의와 샤머니즘에서 연유하는 정신적 복합체라고 생각한다. 심리적 패배주의는 한국 현실의 후진성과 분 단된 한국 현실의 기이성 때문에 얻어진 허무주의의 한 측면이다. 그것은 문 화·사회·정치 전반에 걸쳐서 한국인을 억누르고 있는 억압체이다. 정신의 샤머니즘은 심리적 패배주의와 밀접한 관계를 맺고 있다. 그것은 현실을 객 관적으로 정확히 파악하여 그것의 분석을 토대로 어떠한 결론을 도출해 내 는 것을 방해하는 모든 것을 말한다. 식민지 인텔리에게서 그 굴욕적인 면모 를 노출한 이 정신의 샤머니즘은 그것이 객관적 분석을 거부한다는 점에서 정신의 파시즘화에 짧은 지름길을 제공한다. 현재를 살고 있는 한국인으로 서 우리는 이러한 병폐를 제거하여 객관적으로 세계 속의 한국을 바라볼 수 있는 여건이 형성되기를 희망한다. 그러기 위해서 우리는 한국 현실의 투철 한 인식이 없는 공허한 논리로 점철된 어떠한 움직임에도 동요하지 않을 것 이며 한국 현실의 모순을 은폐하기 위한 어떠한 노력에도 휩쓸려 들어가지 아니할 것이다. 진정한 문화란 이러한 정직한 태도의 소산이라고 우리는 확 신하고 있으며, 그런 의미에서 우리는 정신을 안일하게 하는 모든 힘에 대 하여 성실하게 저항해나갈 것을 밝힌다.

　그러기 위하여 우리는 다음과 같은 두 가지 태도를 취한다. 하나는 폐쇄 된 국수주의를 지양하기 위하여, 한국 외의 여러 나라에서 성실하게 탐구 되고 있는 인간 정신의 확대의 여러 징후들을 정확하게 소개·제시하고, 그 것이 한국의 문화 풍토에 어떠한 자극을 줄 것인가를 탐구하겠다는 것이다.

이것은, 폐쇄된 상황에서 문학 외적인 압력만을 받았을 때 문학을 지키려고 애를 쓴 노력이 순수 문학이라는 토속적인 문학을 산출한 것을 아는 이상, 한국문학을 '한국적인 것'이라고 알려져 온 것에만 한정시킬 수 없다는 것, 다시 말하자면 한국문학은 한국적이라고 알려져 온 것에서 벗어나려는 노력, 보편적 인식의 가능성을 추구하는 노력마저도 포함해야 한다는 것을 확신하고 있기 때문에 그런 것이다.　　　　　　　　　　　　　　(강조_필자)

문지 창간사에서 샤머니즘이란 단어를 찾아서, 그것을 창간사가 주장하는 의미 맥락 속에서 살펴보면, 굳이 샤머니즘이란 용어를 쓸 필요가 있을까 하는 의문이 든다. 창간사를 쓴 문지창간동인들의 대표 격인 문학평론가 김현의 모종의 콤플렉스―문학권력 콤플렉스 혹은 종교 콤플렉스―가 느껴질 정도로, 역사적이고 구체적인 개념으로서 샤머니즘에 대한 본질적이고 객관적 이해나 해명 없이 샤머니즘을 일방적으로 타매하고 배격하는 논리를 펼치고 있다. "정신의 샤머니즘은 심리적 패배주의와 밀접한 관계를 맺고 있다. 그것은 현실을 객관적으로 정확히 파악하여 그것의 분석을 토대로 어떠한 결론을 도출해 내는 것을 방해하는 모든 것을 말한다. 식민지 인텔리에게서 그 굴욕적인 면모를 노출한 이 정신의 샤머니즘은 그것이 객관적 분석을 거부한다는 점에서 정신의 파시즘화에 짧은 지름길을 제공한다."는 문단에서 "정신의 샤머니즘은 심리적 패배주의와 밀접한 관계를 맺고 있다."라는 문장은 그 의미가 잘 잡히지 않는데, 이 문장의 의미 맥락이 지닌 문제는 "정신의 샤머니즘"이라는 주관적이고 추상적인 수준에서 나온 모호한 말을 동원하고서, 샤머니즘을 문지창간동인들이 배척해야 할 핵심 대상으로 지목하고 있다는 점이다. 이 문장에서 "심리적 패배주의"라는 용어는 창간동인들이 극복해야 할 당대의 부정적인 정신적 성향이라고 이해하더라도, 그 잘못된 "심리적 패배주의"와 "정신의 샤머니즘"이 어떻게 해서 배척해야 할 "정신복합체"를 이루게 되었는지가 궁금한 것이다. "심리적 패배주의"야 문지창간동인들이 규정한 주관적이고 상대적인 개념이라 할 수 있지만, 이와 달리, "샤머니즘"은 좋든 싫든 수천 년 역사 동안 한국인의 삶 속에 엄연히 내재하며 이어져 온 역사적이고 구체적이고 현실적인 실체로서의 개념인 것이다. 이러한 역사적이고 현실적인 개념으로서 샤머니즘을 무시하고 비판의 근거도 결여되었거나 부실하게, 비평적 수사학 차원에서, "식민지 인텔리에게서 그 굴욕적인 면모를 노출한 이 정신의 샤머니즘은 그것이 객관적 분석을 거부한다는 점에서 정신의 파시즘화에 짧은 지름길을 제공한다."라고 쓴다면, 그것은 샤머니즘에 위해를 가하려는 반지성적인 음모의 논리에 불과하며, 더군다나, 샤머니즘을 파시즘과 연계시키는 것 자체가 '지성을 가장한 정신적 폭력'이라는 느낌도 없지 않다. 이러한 논리는 샤머니즘에 대한 불합리한 모함이라는 면에서 보면, 김현과 문지창간동인들의 샤머니즘 인식은 "주체적 개인의식"을 과도히 강조하다 보니, 거꾸로 전체주의적 콤플렉스 혹은 '파시즘적 콤플렉스'의 집단심리증상으로 느껴지기도 한다. 자꾸 샤머니즘을 파시즘과 연계시키려는 '비이성적인' 무의식적 논리가 느껴지기 때문이다. 필자가 보기에, 문지 창간사가 지닌 '공격적인 콤플렉스'는 인용문 뒷부분에서 암시적으로 드러나는데, "폐쇄된 상황에서 문학 외적인 압력만을 받았을 때 문학을 지키려고 애를 쓴 노력이 순수문학이라는 토속적인 문학을 산출한 것을 아는 이상, 한국문학을 '한국적인 것'이라고 알려져 온 것에만 한정시킬 수 없다는 것, 다시 말하자면 한국문학은 한국적이라고 알려져 온 것에서 벗어나려는 노력, 보편적 인식의 가능성을 추구하는 노력마저도 포함해야 한다는 것을 확신하고 있기 때문에 그런 것이다.”라는 문장에 담긴 주장이 그것이다. 특히 “순수문학이라는 토속적인 문학을 산출한 것을 아는 이상, 한국문학을 ‘한국적인 것’이라고 알려져 온 것에만 한정시킬 수 없다는 것”이라는 문장을 주목하게 되는데 그것은 이 문장이 객관적인 문장이 아니라 주관적인 문장이며 일반론적 문장이 아니라 특수한 정치적 함의를 담고 있는 문장으로 보이기 때문이다. 이 문장은 정치적으로는, 4·19 세대의 앞 세대가 지녔던 문학의식에 대한 세대론적 비판으로서, 자기 주관적 문학인식을 드러내는 배타성의 문장이라는 점에서, 앞 세대 문학권력에 대한 일종의 인정 투쟁적 성격을 지닌 문장으로 해석될 수 있다는 것. 또 문학적으로는, 「巫女圖」(1936)로 상징되는 김동리金東里의 전통 샤머니즘적 문학 세계를 전면적으로 부정하는 ‘반反샤머니즘의 선언’이라는 정신사적 문맥에서 읽힐 수가 있다는 것. 여기서 이 문장이 지닌 문단권력에 대한 인정투쟁적 함의와 앞 세대의 문학에 대한 논쟁적 문학의식은 둘이면서, 하나이다. 과연 그래서인지, 문지창간동인인 문학평론가 김치수는 “샤머니즘이란 실천적인 참여가 아니면 모두 부인되는 맹목적인 독단과 민족과 통일 제일주의적 폐쇄주의를 의미하며 이를 극복하기 위해서는 이성적인 성찰이 필요하다.”[3]라고 창간사의 주장을 부연하고 지원한다. 김치수는 거듭 김현의 주장에 동조하여, “식민지 체험의 인습 때문에 남아 있는 정신의 샤머니즘은 객관적 분석을 거부하고 관념적으로 받아들이고 있다

---

3) 김치수, 「『문학과지성』의 창간」, 『문학과지성사 30년』, 문학과지성사, 2005, 28쪽. 이하, 이 글에서 인용한 김치수·권오룡의 글들은 모두 이 책에서 인용하였다.

는 점에서 정신의 파시즘화에 기여할 가능성이 있다."고 하여, 다시 샤머니즘이 파시즘의 온상이라도 되는 듯이 서슴없이 샤머니즘을 반지성적 반문화적 위험 요소로 지목한다. 여기서도 샤머니즘을 비난하고 배척하기에 앞서 "샤머니즘"에 대해—자신들이 주장하는 바의—"객관적 분석"을 수행해야 함에도, 샤머니즘은 주관적이고 관념적으로 애매하게 악용되고 있는 셈이다. 문지 계열의 문학평론가 권오룡도 문지 창간사의 샤머니즘 비판에 적극 동참한다. 권오룡은 "근대와의 대립적 시각에 포착된 전근대적인 것을 압축하여 담고 있는 그릇이 샤머니즘인 것" "근대문학의 초기부터 1960년대까지 이어지는 개인의식의 미성숙이라는 현상은 사고의 미분화未分化를 초래하고, 또 사고의 미분화는 대상에 대한 맹목적인 신앙을 부름으로써 샤머니즘과 패배주의라는 곰팡이가 서식하기 좋은 음습한 환경을 조성한다는 것"이라고 샤머니즘을 거듭 주관적이고 자의적으로 곡해하여 규정하고서, 문지 창간사의 샤머니즘 비판을 옹호하기에 나서고 있다.

어쨌든 문지 창간사에서 김동리로 대표되는 "순수문학이라는 토속적인 문학"을 비판하는 것까지는 문지가 내세우는 문학관에 속하는 것이니까 어쩔 수 없다 싶으나, 샤머니즘을 "객관적인 분석"함이 없이 주관적이거나 자의적으로 왜곡한 후 이를 다시 "순수문학이라는 토속적인 문학"과 동일시하고 배척하였다는 데에 문제가 있다. 김동리의 문학이 과연 전통 샤머니즘의 본질을 얼마나 깊이 이해하고 있는지 어떻게 형식화하고 있는지 등 김동리의 문학의식을 "객관적 분석"을 통해 해명하면서 김동리 문학을 포함한 "순수문학이라는 토속적인 문학"을 비판하든지 하는 게, 문지가 강조하는 "객관적 분석" 운운하는 주장에 부합하는 비평 태도요 '문학적 지성'의 자세일 것이다.

여기서 잠시 "순수문학"의 '대부 격인' 김동리의 「巫女圖」에 대해 예의 "객관적인 분석"을 하고 넘어갈 필요가 있을 듯하다. 김동리는 「무녀도」에서, 한국의 근대사의 전개 과정에서 서구 기독교 문화-세력과 토착 샤머니즘 문화-세력 간의 갈등은 필연적인 것으로 보았다. 이 작품 하나만으로 김동리가 샤머니즘의 본질을 어떻게 이해했는가를 설명하기는 힘들다. 이 작품이 품고 있는 중요한 주제의식 중 하나는, 한국 근대사의 전개에 있어서 겉보기에는 샤머니즘의 역사적 패퇴가 불가피한 듯하지만, 심층적으로는 샤머니즘은 한국인의 정신의 거대한 뿌리를 이루고 있기 때문에 서양 기독교의 토착화 과정에서 오히려 기독교의 '변질'을 가져올 것이라는 예시적豫示的 통찰에 관한 것이다. 무녀 모화는 예수교인이 되어 돌아온 아들 욱이와 점차 갈등의 골이 깊어가다가 신들린 모화의 손에 들린 식칼에 맞아 욱이는 끝내 죽는다는 것, 하지만 욱이의 간구로 경주에 교회당이 들어서고 무당을 따르던 단골들은 하나둘 예수교로 돌아선다는 것, 그즈음, '예기소沼'에 몸을 던져 죽은 부잣집 며느리의 혼을 위해 성대한 수망水亡굿을 열게 되고 모화는 굿을 하던 중 강물 속에 들어가 사라진다는 것 등이 소설 「무녀도」의 대강 줄거리를 이룬다. 「무녀도」가 지닌 주요 문학사적 의미들을 일일이 설명할 여유가 없으니 그중 하나만 살펴보기로 한다. 그것은 김동리는 「무녀도」에서 객관적이고도 거시적인 통찰력으로 한국사 전개에서의 근대성의 핵심을 해부하고 있다는 점이다. 그 대표적인 장면을 보자.

(⋯)

"우리 사람을 만든 것은 하나님이다. 하나님은 우리 사람들뿐 아니라 천지 만물을 다 만들어내셨다. 우리가 죽어서 돌아가는 곳도 하느님 전이다."

이러한 욱이의 '하나님'은 며칠 지나지 않아 곧 모화의 의혹과 반발을 불러일으켰다. 욱이가 온 지 사흘째 되던 날. 아침밥을 받아 놓고 그가 기도를 드리려니까, 모화는,

"너 불도에도 그런 법이 있나?"

이렇게 물었다. 모화는 욱이가 그동안 절간에 있다 온 줄만 믿고 있으므로 그가 하는 짓은 모두 불도佛道에 관한 일인 줄로만 생각하는 모양이었다.

"아니오. 오마니, 난 불도가 아닙네다."

"불도가 아니고 그럼 무슨 도가 있어?"

"오마니 난 절간에서 불도가 보기 싫어 달아났댔쉐다."

"불도가 싫다니, 불도야 큰 도지…… 그럼 넌 뭐 신선도야?"

"아니오, 오마니 난 예수도올시다."

"예수도?"

"북선 지방에서는 예수교라고 합데다. 새로 난 교지요."

"그럼 넌 동학당이로군!"

"아니오, 오마니, 나는 동학당이 아닙네다. 나는 예수교올시다."

"그래, 예수도온가 하는 데서는 밥 먹을 때마다 눈을 감고 주문을 외이냐?"

"오마니, 그건 주문이 아니외다, 하나님 앞에 기도드리는 것이외다."

"하나님 앞에?"

모화는 눈을 둥그렇게 떴다.

"네, 하나님께서 우리 사람을 내셨으니깐요."

"야아, 너 잡귀가 들렸구나!" (…)

— 김동리, 「무녀도」 (강조_필자)

인용문은 무녀 모화와 아들 욱이 간의 극명한 갈등 관계를 드러내는

대화문이다. 그런데 이 인용문이 담고 있는 내용인즉은, 단지 전통 무교와 서양 기독교 간의 갈등 관계만을 보여주는 것이 아니라는 점을 이해하는 것이 중요하다. 놀라운 점은, 짧은 대화문 속에 한국의 근대성의 종교적 갈등 양상을 그 깊은 역사적 철학적 내용들뿐만이 아니라 일제시대의 당대적 현실 내용들을 완전히 소화하고 장악한 가운데에서, 아주 '객관적으로' 서술하고 있다는 사실. 가령, "오마니 난 절간에서 불도가 보기 싫어 달아났댔쇄다." 하는 아들 욱이 대답에 모화가 하는 말, "불도가 싫다니, 불도야 큰 도지…… 그럼 넌 뭐 신선도야?"에서 엿보이듯, 유불도儒佛道 등 이질적인 외래 종교사상들조차 넉넉히 회통 융합시키는 전통 무당의 정신적 원리와 힘이 객관적이면서도 암시적으로 서술되고, 오직 하나님 유일신만을 섬기는 근본 기독교주의가 사실적으로 묘사되고 있으며, 동학의 '시천주' 사상과 천주교를 서로 혼동하고 있는 모화의 모습에서 당시 전통 무의 역사적이고 객관적인 현실 인식 수준이 촌철살인의 대화문으로 묘파되고 또, 샤머니즘과 기독교 간의 대립을 일상생활 속 종교 의식儀式인 "주문"과 "기도"의 차이라는 구체적 객관성 속에서 묘사하는 것 등등 김동리의 한국인의 종교의식의 역사성과 그 당대적 현실성에 대한 '객관적 분석력'과 통찰력은 실로 비범한 경지에 있음을 엿볼 수 있다. 이 간단한 대화문에서도 확인할 수 있듯이, 김동리가 통찰한 한국의 근대성의 핵심적 내용은 전통 종교와 외래 종교 특히 기독교와의 갈등 관계였고, 이 갈등관계를 한국인의 복잡한 종교의식의 구조에 대한 역사적이고 총체적인 조망 속에서 '객관적이고 심도 있게' 묘파한 걸작이 「무녀도」였던 것이다.

또한, 「무녀도」에는 섬세한 분석과 깊은 해석을 기다리는 여러 상징들이 들어 있는데, 여기서는 김동리가 전통 무가 지닌 생명력을 상징적으로 그려놓은 것 두 가지만 짚어보도록 한다. 그것은 우선, 작품의 대단원에서 모화가 수망굿을 하다가 강물 속에 잠겨 사라지는 소설의 결말이 지닌 상징성에 관한 것이다. 신화적 상징으로 풀이하면, 강물은 원시적 재생력과 영원성의 상징이므로, 질긴 생명력을 가진 전통 샤머니즘은 결코 쉬이 사라지지 않고 앞으로도 장구한 세월 동안 이어질 것이라는 김동리의 샤머니즘관의 일단을 보여준다 할 수 있다. 다음으로, 모화의 마지막 굿을 보기 위해 강변의 백사장에 수많은 구경꾼들이 모여든 장면과 굿판에서의 풍성한 상차림에 대한 구체적인 세부 묘사는 굿이 고대 사회 이래 이어져 온 한국인의 본능적 축제의식祝祭儀式이며 문화예술적 기질이요 본성이라는 사실을 상징적으로 보여주려는 작가의 의도로 볼 수 있다. 이렇게 본다면 김동리는 전통 샤머니즘을 외래 종교인 기독교보다 생명력이 더 강하고 깊은 민족 문화의 뿌리로 파악하면서 한민족의 삶의 내면에 면면히 이어진 심대한 정신문화적인 의미를 통찰하고 있었을 뿐더러, 외래 사상과 종교들의 범람 속에서도 오히려 외래 종교 문화를 '창조적으로 토착화하는 기본원리'로서 작용하는, 한국인의 고유한 정신력이자 생명력으로 이해하고 있었음을 알 수 있다.

　문화정신의학 및 분석심리학의 거장 이부영李符永은 한국인의 심성에 내재된 종교문화적 의식/무의식에 관한 방대한 임상사례와 분석을 통해, 한국인의 종교문화적 심성의 심층구조를 밝히고, 이를 설명하기 위해 불교, 기독교, 유교 그리고 샤머니즘을 각각 스펙트럼으로 도표화하였는데, 결론적으로 샤머니즘이 깊고 광활한 크기로 한국인의 심성의 기층基層에 자리잡고 그 바로 위층에 유교가 자리하며 불교와 기독교는 표층에 돌출된 크고 작은 섬의 형상으로 표현되어 있다.[4] 한국인의 심층 심리에서 샤머니즘이 깊고 넓은 바다라면, 불교와 기독교는 크고 작은 섬으로 비유될 수 있다는 것이다.

이렇게 볼 때 샤머니즘은 한국인의 심성의 기층이요 집단무의식의 원형들로서 내재하는 한국인의 기본적이고 중심적인 심성이다. 또한 샤머니즘은 언제든 자극을 받으면 들끓어 오를 수 있는 한국인의 심층 세계이다. 그리고 이처럼 샤머니즘이 한국인의 심성의 구조에서 거대한 기층을 차지한다는 사실 못지않게 중요한 것은, 외래 사상이나 종교가 들어와도 그 토착화 과정에서 전통 샤머니즘의 회통會通과 융합의 원리가 깊이 작용하고 이로써 토착화에 따른 외래 종교 및 외래 문화의 변질과 변형이 이루어진다는 사실이다. 가까운 예로서 기독교의 부흥회에서 볼 수 있는 변질된 예배 형식이나 불교 사찰에서의 산신각山神閣의 존재 등에서 보듯이, 외래 신앙의 토착화 과정에서의 전통 무와의 회통 융합(습합)은 외래종교의 능력이 아니라 전통 무가 지닌 고유한 본성이며 특별한 능력이라고 할 수 있다. 문지창간동인들이 자신들이 그토록 강조한 이성에 의한 객관적이고 과학적인 분석의 제시 없이 주관주의적 사변에 기대어 전통 샤머니즘을 비판하고 배척하는 것은, 분석심리학적 분석 결과가 나타내듯이, 한국인의 의식과 삶 속에 깊고 넓게 내린 문화적 뿌리를 잘라 내겠다는 자기 부정의 논리에 지나지 않는다. "문학과지성이 거둔 최고의 성과로 평가되어 손색이 없을 훌륭한

---

4)   Bou-Yong Rhi, "C. G. Jung in eastern culture and The Red Book," *The Red Book: Reflections on C. G. Jung's Liber Nobus* (Thomas Kirsch and George Hogensen), Routlege, 2014, pp.54-66. 이 책에는 샤머니즘, 유교, 불교, 기독교 등 기성의 종교 문화가 한국인의 심층 심리에 작용하고 있는 각각의 정도가 'religious/cultural spectrum for individuals(Korea)'라는 제목의 도표로 그려져 있다.

업적"(권오룡)이라고 한껏 치켜세워진 『한국문학사』(김현·김윤식 공저)에서 김현은 다시 샤머니즘을 신랄하게 비판한다. 김현은 백석의 시를 비평하면서 이렇게 쓰고 있다.

> **샤머니즘적 세계에의 탐닉은 그러나 두 가지 위험을 안고 있다. 그것이 긍정적인 세계관의 내용을 이룰 때 그것은 환상과 주술의 세계로 들어가 인간을 말살해버리며, 그것이 비극적 세계관의 내용을 이룰 때는 숙명론으로 인간을 이끌어 인간의 자유 의지를 말살해버린다. 백석이 간 길은 후자의 길이다.** 그는 그의 샤머니즘의 세계에서 인간의 자유 의지와 결단을 건져내지 못하고 체념 수락의 수동적 세계관으로 후퇴한다. 그런 그의 태도를 잘 보여주고 있는 것이 그의 대표작일 뿐 아니라, 한국 시가 낳은 가장 아름다운 시 중의 하나인 「남신의주유동박시봉방南新義州柳洞朴時逢方」이다.
>
> — 김윤식·김현 공저, 『한국문학사』 (강조_필자)

"그것이 긍정적인 세계관의 내용을 이룰 때 그것은 환상과 주술의 세계로 들어가 인간을 말살해버리며, 그것이 비극적 세계관의 내용을 이룰 때는 숙명론으로 인간을 이끌어 인간의 자유 의지를 말살해버린다."라는 문장을 접하면, 김현의 샤머니즘 비판이 도를 넘어 과연 이성적인가 하는 의문이 들 정도이다. 김현이 비판하는 내용을 살펴보기에 앞서, "말살한다"라는 객관적 표현이 아닌 주관적 감정과 의지가 개입된 "말살해버린다"라는 문장을 거듭 쓰는 문체의식에서 샤머니즘에 대한 김현의 주관적 감정만이 아닌 모종의 적개심마저 느껴지기 때문이다. 여기서도 주목할 것은 백석 시의 샤머니즘과의 관련성에 대한 "객관적 분석"은 사실상 결여되어 있다는 점이다. "(샤머니즘에의 탐닉이) 비극적 세계관의 내용을 이룰 때는 숙명론으로 인간을 이끌어 인간의 자유 의지를 말살해버린다. (백석은 자신의) 샤머니즘의 세계에서 인간의 자유 의지와 결단을 건져내지 못하고 체념 수락의 수동적 세계관으로 후퇴한다."라는 김현의 분석에는, "인간의 자유 의지와 결단"에서 엿볼 수 있듯, 자신의 문학 이념—자유주의에 기반한 주체적 개인의식—을 내세우는 주장만 있을 뿐, 백석의 시적 이념과 전통 샤머니즘에 대한, 또는 둘 사이의 내적 관계성에 대한 "객관적 분석"은 이루어지지 않고 있다. 마치 기독교 교리에 의한 샤머니즘 비판을 일방적으로 시도하듯이, 사실상 백석의 문학적 이상이나 이념은 일방적으로 무시되고 있는 것이다. 백석 시에 대한 김현의 비평에서, 백석 시의 샤머니즘에 대한 구체적 설명이 없이 비판이 이루어지는 일방적 비평도 문제이지만, 여기서 본질적으로 문제가 되는 것은 백석 시의 샤머니즘을 맹비난하는 이념적 근거가 김현과 문지창간동인들의 문학 이념을 구성하는 개념들인 "자유 의지와 주체적 결단" 또는 "주체적 개인의식" 등으로서, 이러한 문지창간세대의 이념들이란 기실 4·19 세대의 자유주의와 부르주아적 개인주의에 기반하는 문학 이념이라는 사실이다. 다시 말해, 부르주아적 계급의식이나 소수 선택받은 시민적 지식인 집단들만이 누릴 수 있는 '자유 의지'와 이에 연결된 '주체적 개인의식'이란 점. 여기서의 "자유 의지"라는 개념의 근원을 따져보면, 자본주의 사회의 기본 권리인 자유란 근본적으로 노동력을 포함한 일체의 상품들을 개인적으로 자유로이 사고팔 수 있는 권리로서의 자유인 바, 그 자유롭게 사고파는 개인들 간에 이루어지는 계약은 개인의 자유 의지로만 결정된다는 의미에서의 '자유 의지' 개념이 전제되어 있다. 이러한 자유 의지는 사는 이와 파는 이 각자가 상품(노동력을 포함)을 소유한 존재로서만 서로 계약 관계를 맺을 수 있으며, 사는 이와 파는 이를 서로 맺어주는 힘은 각자 개인적 자유 혹은 이기적인 이익이다. 이러한 문지창간동인들의 '자유' 혹은 자유 의지의 문학 이념과 백석의 문학 이념은 다를 수밖에 없다. 최소한 백석은 부르주아적인 개인주의 문학관을 가지진 않았음이 자명하다. 그러므로 백석 시에 대해 "자유 의지"니 "주체적 개인의식"이니 하는 부르주아적 개념을 비평의 잣대로 삼는 것은 문제될 수밖에 없다. 정작 중요하고 필요한 것은 백석의 문학의식과 이념을 이해하면서 '대화적 비판'을 가하는 비평 태도이다. 백석은 1940년 일본 제국주의의 식민 치하에 놓여 있던 대도시 서울(漢城 혹은 경성)에서 당시 서구적 자유주의 사상과 진보주의 사상, 서양의 모더니티의 홍수에 젖어 있던 한국문학과 결별, 만주로 이주하면서 북방의 샤머니즘 세계에서 '새로운 주민자치적 공동체적 삶의 가치'[5]를 보고 샤머니즘적 세계관을 각성

---

5) 백석의 시학과 세계관을 밝혀내는 데에 있어서 무엇보다도 백석 시에 대한 객관적 분석과 해석이 전제되어야 함은 두말할 나위가 없다. 그러나, 백석 시를 해석하는 과정에서 그 해석자(비평가)의 세계관이 지닌 내용과 한계가 드러날 수밖에 없다는 것을 인정해야 한다. 그래야 비평가의 문학적 세계관과 백석의 그것과의 사이에 '대화적 비평'이 가능해진다. 이 글에서, 백석이 "북방 샤머니즘에서 '새로운 주민자치적 공동체적 삶의 가치'를 보았다"라는 해석은, 특히 시「나와 나타샤와 흰 당나귀」「북방에서」등에서 드러나는 백석의 세계관, 1940년 당대의 현실 상황에 대한 백석의 인식, 백석 시의 기본을 이루는 '토착어 및 방언' 사용의 깊은 의미, 백석 시의 전체적인 흐름 속에서 드러나는 정서형의 변화 추이 등을 분석한 결과이다. 이를 통해 백석의 세계관에서 주체적이고 小공동체적인 "원시반본적" 귀향 의지 등을 추정해낼 수 있다고 생각한다. 아울러 이러한 백석의 객관적 당대 현실 인식과 세계관이 백석의 시학의 기본 원리인 '방언 문학'과 호一的 관계를 이룬다는 것이 필자의 견해이다. 백석의 시가 지닌 '방언 문학' 혹은 '개인 방언'의 성격을 깊이 헤아려서 그의 세계관의 한 단면을 추정해본다면, 백석은 일제의 국가주의(일제 파시즘)나 서구적 근대성으로서의 '근대국가주의'와는 다른 세계관(사회정치관)을 품었던 것으로 해석할 수 있는데, 그것은 '국가'주의에 대한 반항과 '주민자치적 小공동체주의'에 대한 동경이라는 개념으로 요약할 수도 있을 듯하다. 이는 오늘의 한국문학 나아가 한국의 타락하고 낙후된 '근대적' 사회정치체제를 극복하는 데 있어 시사하는 바가 매우 크다는 것이 필자의 판단이다. 참고로 '방언문학' '개인 방언'이

하였는데, 이처럼 백석이 북방 샤머니즘에서 새로운 삶의 가치를 보았다고 해석할 수 있음에도,—이는 뒤에서 백석 시「북방에서」등 작품을 구체적으로 분석하면서 설명할 터인데,—김현은 오직 자신의 문학 이념이라 할 4·19 세대의 자유주의적 개인주의 문학의식만을 앞세워 위에서 보듯이 샤머니즘에 대한 일방적 비평을 감행하고 있는 것이다.

그런데, 여기서 의문이 생긴다. 대표적인 4·19 세대의 문학비평가로서 문지 창간을 주도한 김현은 왜 "주체적 개인의식"을 강조하면서도 전통 샤머니즘의 세계에 "객관적 분석"이 결여된 채로 다분히 감정 섞인 비판을 가하고 있는가. 앞서 말했듯이, 샤머니즘의 개념적 의미가 아리송한 채로 쓰인 문지 창간사 외에,『한국문학사』같이 문학적으로 엄격하게 객관적 평가를 내리는 문학사 기술에서도 어떤 구체적이고 충분한 이유를 밝힘 없이 샤머니즘 비판이 가혹하게 가해진다면, 그것은 맹목적 근대주의거나 서구주의적 의식의 발로가 아닌 한, 비평가 김현이 어떤 종교적 콤플렉스를 가지고 있지 않았나 하는 추측을 낳게 한다. 그러니까 모든 문화 행위의 근원을 이루는 종교성의 문제 즉 '종교적 선택'의 문제와 관련이 있지 않은가 하는 의문이 드는 것이다. 특히 김현이 기독교적 주제를 많이 다룬 이청준 소설에게 과도한 비평적 편향을 보인 것을 생각하면, 더욱 의문이 들 수밖에 없다. 여러 종교 중 유독 기독교가 샤머니즘을 배척해 온 것은 비단 한국 근현대사에서만이 아니라 세계사적으로도 확인되는 사실이다. 그렇다면 김현의 샤머니즘 비판과 배격이 그가 가지고 있는 기독교의 신학사상과 어떠한 깊은 연관성이 있는 것이 아닌가.

란 개념은 일단 각주 30)을 보시길.

이 의문에 대한 답은 당연히 찾기 어렵다. 이에 대한 자료를 구하기 힘들기 때문이다. 다만 김현의 샤머니즘 비판과 배타와 관련하여, 기독교 신학이 샤머니즘과 우호적인 관계를 맺을 수 있고 맺기를 바란다는 뜻에서 기독교 신학을 반성적으로 돌아볼 따름이다. 특히 문지창간동인 및 4·19 세대 문인들 중에서 서구 편향적 문인 중 상당수가 개신교를 신앙하고 있다는 점을 고려하면, 그러한 기독교적 신앙의 선택이 반샤머니즘적 편견으로 이어질 가능성이 농후하다고 짐작된다. 이 문제를 생산적으로 논의하기 위해서는, 1885년에 시작된 한국의 개신교의 역사 속에서, 과연 기독교 개신교의 배타적 유일신 신앙이 한국의 전통 신앙과 어떤 갈등 관계를 겪으며 토착화되었는가 하는 문제에 주목할 필요가 있다. 더구나 기독교의 토착화 문제는 사회 문화 종교 차원에서 매우 중요한 의미를 가지는데, 그것은 한국 근대사에서 근대성의 본질을 심도 있게 규명하는 문제에 직접 연결되어 있기 때문이다.

현상만을 놓고 보면, 개신교는 불교 천주교처럼 이미 토착화를 거친 외래 종교들과는 판이한 토착화 과정을 거쳐 온 것으로 보인다. 불교 천주교와는 달리 순교사殉敎史라는 지난한 토착화의 역사가 허약하다. 더구나 개신교의 정통파나 근본파 신학은 이교異敎에 대해 배타성이 강하다. 물론, 한국 기독교의 역사 속에서 배타적 정통파와 보수적 근본파 세력들만이 득세한 것은 아니다. 한국 기독교의 토착화 과정에 있어서, 초기 선교사들이 하던 대로를 추종한 소위 순수 신앙을 고집하며 성서에 대한 모든 비판을 배격하는 정통파 혹은 근본파의 신학이 득세하는 중에도, 조선 교회는 조선 사람이 건설해야 한다는, 기독교의 토착화 세력이 부단히 이어져 왔다. 또한 해방 후 특히 1960-70년대 박정희 독재정권 시대와 1980년대 민중 항쟁 시대에 진보적 신학은 반독재 민주화를 위한 기독교의 현실 참여를 이끌었고, 서울의 경우, 가령 경동교회 향린교회 등 교회가 민주화 운동의 중요한 거점이 되기도 했다는 점. 이처럼 정통 보수교단이 사갈시하고 이단시하던 진보신학이 현실 변혁의 민주화 운동에 참여한 것은 한국 교회의 토착화에 크게 기여한 것으로 평가될 수 있다. 이와는 달리, 민족의 구원 혹은 고통받는 민중의 구원이 아니라 오직 개인의 구원만을 위한 교회도 얼마든지 존재해 왔고 지금도 사정이 크게 변한 것은 없다. 이러한 1960-80년대의 한국 교회에 대한 상황적 인식을 전제로 할 때, 개신교 신학의 토착화 문제는 좀 더 객관적인 깊이로 다가올 수 있다.

간단히 말하면, 기독교의 토착화 문제는 결국 정통파 또는 근본파 기독교가 이단시하고 배척하는 이교들과 어떻게 조화 회통會通하는가의 문제로 귀결된다. (배타적 정통신학 혹 근본신학은 이교들을 우상숭배로 배척하고 샤머니즘 같은 전통 신앙들을 미신으로 몰아 말살하려 드는 게 엄연한 현실이다. 이 개신교적 현실을 극복하는 일에 토착화의 성패가 달려 있다.) 한국의 종교문화사 속에서 조화 회통 융합의 종교사상을 찾는 것은 그리 어렵지 않다. "포함 삼교(유불선) 접화군생(國有 玄妙之道 包含三敎 接化群生)"의 고대 풍류도가 있고, 원효의 화쟁 회통和諍 會通의 대승적 불교 사상이 있고, 이질적 종교사상들을 회통 원용 지양止揚시킨 수운水雲의 동학 사상이 있다. 이질적이고 대립적인 사상들을 서로 화쟁 회통 융합하는 능력은 마치 유전되듯이 이어져 온 한국문화의 원형과도 같은 것이다. 그것은 전통 무의 원리와 밀접한 관계가 있다고 할 수 있다. 앞에서 인용한 김동리의 「무녀도」에서의 대화문에서도 볼 수 있듯이, 전통 무당에게서 유불선 등 이질적이고 대립적 종교 요소들이 서로 뒤섞여 있는 것은 전통 무의 본성이기도 한데, 가령 서사무가나 굿판에서 이처럼 이질적 내용들과 문화 형식들이 비빔밥처럼 서로 회통하고 융합되어 있음을 확인하는 것은 어렵지 않다.(가령, 굿판에서 萬神들도 각각 따로 존재하면서도 서로 회통하고 조화롭게 관계 맺는다.) 아마도 한국인의 심층심리에는 조화 회통 융합의 정신적 능력이 고유한 원형적 기질로서 내면화되어 있다고도 볼 수 있을 것이다.

한국 기독교에서 일찍이 이러한 조화 회통과 융합의 신학을 펼친 기독교 신학자 유동식柳東植은 1970년대 전통 샤머니즘과 기독교 간의 화해와 회통 융합의 문제에 깊이 천착한 바 있다.

한국사상의 기초 이념을 파악하기 위해서는 한국의 고대사상을 분석하는 것이 좋을 것 같다. 거기에는 고대사상이 지닌 단순성과 근원성이 있기 때문이다. 고대사상에는 현대사상처럼 외래 종교사상이 복잡하게 혼합되어 있지 않다. 이러한 고대사상이 기초가 되어 외래 사상들을 받아들였기 때문에 거기에는 사상의 근원적인 것이 있다. 고대사상의 기초 이념과 후대의 문화 전개와의 관계는 마치 유아기의 품성과 성인이 된 후의 그것과의 관계와도 같을 것이다. 한 인격의 기본 성격은 유아기에 이미 형성된다고 하기 때문이다.

한국의 고대사상이란 중국으로부터 유·불·선儒佛仙 삼교가 전해 오기 이전의 사상을 말한다. 이러한 한국 본래의 사상을 파악하기 위해서 기록자료는 물론 신화나 고고학적 자료 등의 해석 작업이 있어야 할 것이다. 그러나 여기서는 편의상 3세기 진晋나라의 사가 진수陳壽에 나타난 고대 한인韓人들의 제의와 우리의 『삼국사기三國史記』 신라본기新羅本紀에 나타난 6세기경의 풍류도風流道의 사상적 구조 분석에서 한국사상의 기초 이념을 이해해 보려고 한다.

동이전에 나타난 고대 한인들의 종교의례에 관한 기록의 내용을 분석해 보면 몇 가지 공통된 구성 요소가 있다. 이것을 다음의 표와 같이 나누어 볼 수 있다. (…) 이 분석표에서 공통된 특징을 들어보면 다음의 세 가지로 요약된다. 첫째, **지고신인 하느님天神에게 제사드렸다. 때로는 산신(産神=隆神) 이나 귀신과 같은 기능적 신령을 함께 제사하기도 했지만. 공통된 주신土神은 천天 곧 하느님이었다.**

둘째, 제기祭期는 농사 전후와 전시戰時였다. 곧 풍요한 생산과 수호 안녕을 비는 것이 제사의 목적이었다. **자연을 지배하고 인생의 생사화복을 지배하는 이는 하느님과 신령이라고 믿었기 때문이다.**

셋째, 제사는 음주가무로써 진행되었다. 음주와 가무는 사람으로 하여금 탈아경脫俄境, trance 또는 황홀경ecstasy으로 이끄는 작용을 한다. 여기에서 그들은 신령과의 신비로운 직접적 교제의 경험을 가진 듯하다.

요컨대, 고대 한인들은 세계를 지배하는 신령과의 교제를 통해 풍요하고 평안한 삶을 누리려고 했다. 그리고 그 교제술로 등장한 것이 곧 노래와 춤을 통한 종교의례였다. 이것이 바로 한인들의 원초적인 삶의 경험에 대한 반성과 해석에서 이루어진 이념의 의식적 표현이었다. 이것은 한국 무교의 원형이기도 하다.

그런데 5세기경부터 한국에는 새로운 문화적 기류가 흘러들기 시작했다. 그것은 중국으로부터 유교, 불교, 도교 등의 고도로 발달된 종교문화가 전래되었기 때문이다. 그리하여 고대의 원시적인 사상과 이념은 이들 외래 종교문화를 매개로 하여 새로운 정신문화로 전개되며 승화되어 갔다. 그 전형적인 것이 6세기에 형성된 풍류도이다.

화랑제도의 설치에 관한 기사 가운데서 『삼국사기』의 찬자撰者는 다음과 같은 최치원崔致遠의 글을 인용하고 있다. "우리 나라에는 깊고 오묘한 사상이 있다. 이를 불러 풍류도라고 한다…… 실로 이는 유·불·선 삼교를 포함하고 있으며, 모든 민중과 접촉하여 이들을 교화하였다.(國有玄妙之道 曰風流…… 實乃包含三敎 接化群生「新羅本紀, 眞興王條」)"

풍류도는 우리 나라에 본시부터 있어온 사상이다. 그런데 이것은 유·불·선 삼교의 본질을 속에 담은 포월적包越的 사상이며, 민중에 접해서는 이들을 교화하여 본연의 사람이 되게 하는 도리道理다. 이러한 풍류도를 몸에 지닌 사람을 가리켜 화랑花郎이라 했다. 그러므로 화랑집단의 교육을 위한 교과목에는 세 가지가 있었다. 곧 도의로써 서로 몸을 닦고相磨以道理 노래와 춤으로써 서로 즐기며相悅以歌樂 명산대천을 찾아 노니는 것游娛山水이었다. 도의로써 몸을 닦는 것은 군생群生을 교화하기 위한 것이요 가락歌樂으로써 서로 즐기는 것은 풍류를 터득하는 길이요 명산대천을 찾아 대자연 속에 노니는 것은 거기에 강림하는 하느님과의 교제를 갖기 위한 것이었다. 하느님이야말로 삼교의 대도大道를 속에 지닌 초월적 존재였기 때문이다.

여기서 우리는 우리의 원초적 이념이 보다 높은 차원으로 전개되어 간 것을 볼 수 있다. 곧 생존적 가치에 불과했던 풍요와 평강이 도의에 입각한 인격적 삶의 가치로 승화되었고, 신령과의 교제술이었던 음주가무가 이제는 인생과 예술과 자연의 융합에서 이루어지는 풍류도로 발전되었다. 신개념에 있어서도 초기에는 단순한 생산과 수호의 주재자였던 것이 이제는 삼교가 모색하던 인격적 가치를 창조하고 주관하는 초월적 인격신으로 승화된 것이다.

— 유동식, 「韓國 神學의 鑛脈史」(1982)[6] (강조_필자)

---

6)   인용문이 수록된 책은 유동식전집간행위원회 편, 『神學史』, 素琴 柳東植 全集 4권, 2009.

한국인의 정신문화적 원천인 고대 무교巫敎와, 고대 무교에서 나온 신라 풍류도 정신의 바탕 위에서 한국 기독교의 이상적이고 바람직한 토착화를 이룰 수 있다는 것이 유동식 신학의 주요 내용이다. 앞서 말했듯이, 전통 무교와 풍류도의 본성엔 이질적이고 대립적인 의식 내용들을 서로 조화시키고 회통시키는 원리가 들어 있다. 기독교 신학자 유동식은 하느님을 전통 무와 풍류도가 지닌 회통의 원리 속에서 발견한다. "하느님이야말로 삼교의 대도大道를 속에 지닌 초월적 존재였기 때문이다." 이는 매우 깊고 높은 뜻을 지니는 기독교 정신이라 말할 수 있다. 그것은 무엇보다도 이교와 타자의 존재와 그 가치를 인정하고 포함하고 있기 때문이고 그 모든 이교들을 포함하는 "하느님이야말로" "초월적 존재"로서의 '하나님―'이라는 높은 차원의 종교 정신을 품고 있기 때문이다.

이러한 전통 무교巫敎의 기세로운 맥동 속에서 한국 종교사는 유불선 삼교 간의 회통의 전통을 이어오다가, 단재丹齋 申采浩가 한국사 최대의 비극으로 '일천년래제일대사건―千年來第一大事件'이라고 한, 고려 후기 자주파自主派 묘청妙淸이 사대파事大派의 김부식金富軾에게 패한 역사적 사건은 고대 무교 곧 고대 이래 이어져 온 풍류정신에게도 비극의 시작을 알리는 것이었다. 고려 후기 이래 고대의 무교는 비록 쇠락의 길을 걷게 되었다 하더라도, 중세 이후에도 전통 무는 조선의 유교 이데올로기 속에서도 별신굿 등 탈춤, 판소리, 서사무가 등의 서민 문예 속에서 또 민속놀이 및 한국인의 의식주 등 일상사의 거의 모든 분야와 장례의식 속에서, 민간에서 민간으로 전승을 지속했다. 신학자 유동식의 위 인용문처럼, 한국 기독교는 고대 무교와 신라의 풍류도가 지닌 신관과 서로 회통 융합함으로써, 주체적이고 한국적인 '하느님'의 종교로 거듭나야 한다고 본다.

3. 수운水雲이라는 '인류의 위대한 무당'

전통 무는 종교이다. 한국의 전통 무는, 초월적 신으로서 흔히 '신령님'으로 불리는 신神이 있고, 무당이라 불리는 사제司祭가 있고, 굿이라 불리는 종교의례가 있고, 단골이라 불리는 신도信徒들을 가지고 있는 종교이다. 나라의 안녕과 단합을 기원하기 위해 행하는 큰 굿인 천신제는 먼 고대 이래로 삼국을 비롯하여 고구려, 예, 부여 등 부족 국가 단위로 이어져 오다가, 신라 말 처용 굿을 기점으로 부락 단위의 굿과 개인차원의 굿으로 분화되기 시작하였다. 역사적으로 고대 이래 중세의 고려에 이르기까지 국가 차원의 굿이 존속했으나 조선시대에 이르러 천신제 성격의 큰 굿은 사라지고 부락 단위의 마을굿이 고대 천신제를 대신하고 그 명맥을 유지해 왔으나, 일제의 강점기와 사회 체제의 근본적 변화를 가져 온 산업화 시기를 거치면서 부락 단위의 굿은 물론 전통 무는 급격히 쇠퇴하고, 현대에 이르러선 마을의 번영과 풍요를 비는 공동체적 굿은 가까스로 잔존하고, 개인 차원의 굿도 사령굿을 중심으로 겨우 맥이 이어지고 있는 형편이다.

사령굿은 개인의 죽음이 전제된 굿이다. 사령굿은 어느 개인의 죽음으로 인하여 현실에 문제가 생기고 이 현실에 신(신령님과 死靈 즉 死者鬼神)과 무당이 개입하여 현실의 문제를 풀어가는 종교의식이다. 특히 마을굿 혹은 동제와 같은 공동체적 굿도 접신이 중요하지만, 특히 개인의 죽음을 전제로 한 사령굿에서 죽은이의 사령死靈 즉 귀신과 접신의 개념이 중요시될 수밖에 없다. 전통 무의 고유한 종교적 특성을 알기 위해서는 귀신과 접신에 대한 이해가 선결적이다.

샤머니즘 연구에 있어서 선구적 학자인 미르체아 엘리아데M. Eliade는 샤머니즘을 '황홀경에 이르는 고태적 기술The Archaic Techniques of Ecstasy'이라고 정의한 바 있다. 엘리아데를 포함한 수많은 샤머니즘 연구가들이 공통적으로 지적하는 것이 황홀경 혹은 망아경忘我鏡에 이르기 위한 기술인 접신이 샤머니즘의 본질을 이룬다는 것이다. 따라서 접신을 이해해야 할 터인데, 접신은 당연히 귀신이란 존재가 전제되어 있는 말이니, 선각들께선 과연 귀신을 무엇이라고 정의 내렸고 접신을 어떻게 해석할 수 있는가를 잠시나마 알아볼 필요가 있다.

귀신은 동아시아 특유의 형이상학적 자연관과 깊이 연관되어 있다. 전통 무에서 모시는 인격신인 귀신 관념과는 일정한 거리가 있으나, 공자 이후 전통 유학에서 제사祭祀로 모시는 조상신祖上神을 어떻게 이해하느냐 하는 문제에서 출발하여 귀신 관념이 도출되었으므로, 유학에서 본 귀신관을 간단히 살펴본다.

조선 유학에서의 귀신론은 중국 송나라 유학의 귀신론에 따라 정립되었다고 할 수 있다. 예로부터 동방의 사유 체계에선 귀신이란 종교 의식이나 제사 때 모시는 정령精靈에 그치지 않고, 음양이 서로 어울려 끊임없이 생성 변화하는 조화造化의 능력으로 이해되었다. 공자는『논어』「선진先進」편과『중용』16장에서 귀신에 대하여 언급하였는데,『논어』에서 귀신의 존재에 일견 다소 부정적이고 유보적인 관점에서 비판하는 듯하지마는 꼭 그런 것만은 아니다.[7] 특히 『중용』을 보면 음양의 기운이 서로 오묘하게 어울리며 만물의 생성과 변화 속에 작용하는 본체로서 귀신의 공덕을 높이 찬양하고 있다. 『역경』「계사繫辭」에서 신神을 가리켜 "추측할 수 없는 음양의 변화(陰陽不測之謂神)"라고 했고, 송유에 와서, 정자程子는 귀신을 "천지의 공용功用이면서 조화造化의 자취迹", 장횡거張載 張橫渠는 "음양 이기二氣의 양능良能"으로 정의하였고, 주자 주희朱熹는 음양 이기二氣를 중심으로 하여 귀鬼는 음의 영靈이고 신神은 양의 영으로, 또 귀를 귀歸 또는 굴屈의 의미로 보아 수축하는 기운이고 신을 신伸의 의미로 보아 신장하는 기운으로 해석하였다. 송유 이후에 귀신은 기의 안팎으로 작용하는 힘으로 이해되었고, 천지 우주의 시공의 변화를 주도할 뿐 아니라 개체적 삶의 현상을 주도하는 근본적인 동인으

---

7)   아다시피 공자는 『논어論語』「선진先進」편에서 제자인 자로(子路, 季路)가 귀신을 섬기는 법을 묻자, "아직 사람 섬기는 일도 제대로 못하거늘, 어찌 귀신을 섬길 수 있겠느냐?(子曰 未能事人 焉能事鬼 敢問死 曰 未知生 焉知死)" 라고 대답한 것으로 널리 알려져 있다. 하지만, 이러한 번역은 심하게는 공자가 귀신의 존재를 부정하는 것으로 해석하는 오류를 불러일으키고 결과적으로는 공자 철학의 현세주의를 왜곡시키는 결과를 낳을 위험이 있다. 공자의 이 말에 대한 주자(朱子, 朱熹)의 주석에 따르면 "삶과 죽음은 둘이 아니다. 단지 이것을 공부하는 데는 순서가 있으니, 단계를 뛰어넘어야 한다."는 것이다. 즉 「선진」편에서 공자는 삶에 대한 공부가 먼저이고 이 단계를 뛰어넘은 다음에 죽음(귀신)에 대한 공부를 하라는 뜻이라는 것. 따라서 『논어』에서 귀신과 관련된 이 유명한 대목에 대한 번역은 『중용中庸』에서의 '귀신' 대목과의 연관성 속에서 다음과 같이 번역하는 것이 합당하다 할 것이다.

     "자로子路가 귀신 섬기는 일을 물으니, 스승(공자)께서 말씀하셨다. "그대가 사람을 섬기지 못한다면, 어찌 귀신을 섬기겠는가?" 자로가 "외람되오나 죽음에 대하여 묻겠습니다"하니, 스승께서 말씀하였다. "삶에 대해 알지 못한다면 죽음에 대해 어찌 알 수가 있겠는가?"(이재호 역, 강조_필자)

     참고로 공자의 손자인 자사子思가 기록했다는 『중용』 제16장은 다음과 같다.

     "귀신의 덕은 성대하구나. 보려고 해도 보이지 않고 들으려 해도 들을 수 없고, 사물의 본체가 되어 빠뜨릴 수가 없다. 천하 사람들로 하여금 재계하고 깨끗이 하며 의복을 잘 차려입고 제사를 지내게 하니, 넓고도 넓어서 그 위에 있는 듯하고 그 옆에 있는 듯하다."

로 이해되었다.

조선 성리학사에서 화담花潭 서경덕, 매월당梅月堂 김시습, 녹문鹿門 임성주 등의 주기론적 귀신론은 송유의 귀신론과 영향 관계거나 보완 관계에 놓여 있을 뿐, 사유의 기본적 원리 면에서, 서로 대동소이하다고 보아도 무방할 것이다. 우리의 주체적인 근대종교인 동학에서도 귀신은 송유와 조선 성리학에서의 귀신관에서 크게 벗어나지 않는다. 수운이 지기至氣를 한울님으로 보았다는 것이 새롭다면 새로울 것이다. 동학의 2대 교주 해월 최시형海月 崔時亨은 귀신이란 음양의 기운의 조화 그 자체이며 천지 만물의 근원인 일기一氣에 오묘하게 작용하는, 만물의 생성 변화하는 착한(본연의) 능력으로 보았다. 해월이 "사람이 동動하고 정靜하는 것은 마음이 시키는 것인가 기운이 시키는 것인가. 기운은 주가 되고 마음은 체體가 되어 귀신이 작용하는 것이니, 조화造化는 귀신의 본연의 능력이니라. 귀신이란 무엇인가 음양陰陽으로 말하면 음은 귀요 양은 신이요 성심誠心으로 말하면 성은 귀요 심은 신이요 굴신屈伸으로 말하면 굴은 귀요 신은 신이요 동정動靜으로 말하면 동은 신이요 정은 귀이니라." 또는 "움직이는 것은 기운이요 움직이고자 하는 것은 마음이요 능히 구부리고 펴고 변화하는 것은 귀신이니라."라고 한 것도, 귀신이란 음양의 기운의 조화 속에서 모든 사물의 본성이 올곧게 발현되게 하는 근원적인 작용 능력임을 지적한 것으로 송유의 귀신론과 큰 차이가 없다. 또한 기의 작용 즉 귀신은 취산聚散의 성질을 지니고 있을 뿐 아니라 사람이 죽으면 생전의 몸의 기가 빨리 흩어지지 않고 엉기는 현상이 나타난다고 한다.[8]

---

8) 이상, 송유와 동학의 귀신관을 요약한 대목은, 필자의 평문「무와 동학 그리고 문학」

이러한 유학에서의 귀신론은 전통 무당의 존재를 위태롭게 하는 결과를 가져오는 것은 당연하다. 알려진 대로 무당은 접신을 통해 죽은 이의 귀신과 산 이를 이어주는 영매이기 때문이다. 하지만, 위에서 살핀 유학에서의 '합리적인' 귀신론만으로 전통적 귀신의 존재 문제들이 해결되는 것은 아니다. 왜냐하면, 귀신 문제는 이기론理氣論의 기철학적 사유로만 해결될 문제가 아니라 아주 오래된 인간의 역사적 삶의 문제이고 오랜 세월 동안 인간의 무의식 속에 쌓여온 인간 삶의 내면성의 문제이기도 한 것이기 때문이다. 다시 말해 귀신의 존재는 진위의 문제가 아니라 역사적이고 현실적인 삶의 문제이다. 이러한 문제의식이 이해되지 않고, 사변적인 귀신이론만 앞세운다면, 귀신론은 경전經傳의 지식 교양에 갇히고 만다. 민중들이 믿는 귀신을 미신이라고 배격할 것이 아니라, 민중들이 믿는 귀신이 미신이건 종교이건 민중들의 생활과 마음속에 함께 살고 있는 엄연한 현실성이며 내면성임을 이해하고, 왜 그러한가를 해명하는 것이 더 현실적인 태도이고, 특히 현실과 상상력이 기본 요소인 문학예술 영역에서 볼 때, 더 실질적이고 요긴하다.

여기서 조선 중기 때 학자 성호 이익(星湖 李瀷, 1681-1763)의 귀신관을 예로 들 필요가 있겠다. 성호는 무속을 비판하고 배격하였다. 성호가 귀신 점복ㅏ 같은 무속을 비판한 것은 그의 실증적 객관적 개방적 학문관에서 보면 극히 당연하다. 하지만, 이러한 성호의 귀신관조차, 때때로 귀신의 '현실성'을 인정하는 자기 모순성을 여기저기 남겼다는 사실은 시사하는 바가 작지 않다. 성호는 "周易에 '귀신이 情狀을 안다'고 했으니, 情狀이라고 말했은즉 神의 知覺이 오히려 남아 있어 그 기뻐하고

(2011)의 부분으로 여기에 옮겨 놓았다.

노여워함이 또한 사람 같을 것이다."⁹라고 하여 귀신의 인간적 혹은 인격적 성격을 언급하고 있어, 일견 볼 때 자기 모순적인 논리를 드러냈던 것이다. 귀신론에서 필요한 것은 귀신에 대한 신불신信不信, 귀신의 유무有無 여하 같은 종교론적 존재론적 이해 차원을 넘어, 민중들의 구체적인 삶 속에서 귀신이 현실적으로 존재하는 방식과 존재 양식을 찾아 이해하는 것이다.

이와 같이 자기 모순이 함께하는 성호의 귀신론을 가리켜, 간혹 이론과 현실 간의 모순에 빠진 것으로 평하기보다, 그의 귀신론이 현실 속에서 스스로 반성하는 정직하고 성숙한 현실주의를 보여준다고 평하는 것이 더 깊은 '현실적인' 사유로 나아가는 데 필요할 수 있다. 이러한 귀신론의 현실성 문제는 수운水雲의 동학에서도 엿볼 수 있다. 수운이 한울님의 목소리를 두 차례 접하고서 득도, 마침내 동학이 탄생하게 되는데, 수운은 한울님을 두 번째 접한 순간을 다음과 같이 술회하고 있다.

> 몸이 몹시 떨리면서 밖으로 접령하는 기운이 있고 안으로 강화의 가르침이 있으되, 보였는데 보이지 아니하고 들렸는데 들리지 아니하므로 마음이 오히려 이상해져서 수심정기하고 묻기를 "어찌하여 이렇습니까?" 대답하시기를 "내 마음이 곧 네 마음이라. 사람이 어찌 이를 알리오. 천지는 알아도 귀신은 모르니 귀신이라는 것도 나니라."¹⁰
>
> (강조_필자)

---

9) 성호 이익, 『성호사설』, 이부영, 「전통적 귀신론의 분석심리학적 고찰」, 『정신의학보』 제6권 1호, 1981. 에서 재인용.

10) 원문은 "(…) 只有恨生晚之際 身多戰寒 外有接靈之氣 內有降話之教 視之不見 聽之不聞 心尚怪訝 守心正氣 而問曰 何爲若然也 曰吾心卽汝心也 人何知之 知天地 而無知鬼神 鬼神者吾也."(『동경대전』 「논학문」)

인용문은 1860년 음력 4월 5일 수운이 한울님과의 첫 만남에서 영부靈符와 주문呪文을 받은 지 얼마 후, 한울님과 두 번째 접하는 순간에 대해 술회하는 부분이다. 수운이 한울님을 처음 만나는 순간, "마음이 선뜩해지고 몸이 떨려서 무슨 병인지 집증할 수도 없는"[11] 신체적 증상이 일어났고(『동경대전』「포덕문」), 두 번째로 한울님을 접하는 순간도, 인용문에서 보듯이, "몸이 몹시 떨리면서 밖으로 접령하는 기운이 있고 안으로 강화하는 가르침이 있"[12]다는 일종의 자각 증세를 갖게 되는데, 이러한 두 번에 걸친 한울님과의 만남에서 수운에게 "몸을 떨듯이" 하는 신체적 증상이 나타나는 것은 전통 무속에서 접신接神 때 무당에게 나타나는 신체적 증상과 다르지 않다. 첫 번째 수운이 한울님을 만났을 때, 한울님에게서 선약仙藥이라는 영부靈符를 받은 것도, 단군신화로 대표되는 고대 무교신화에서 익히 볼 수 있는 내용이다. 이러한 접신의 떨림 증상과 전통 무의 고유한 상징인 영부와 주문은 수운에게 전통 무당의 내력來歷이 있을 것이라는 심증을 갖게 한다. 이러한 수운의 한울님 체험과 득도의 순간이 전통적 무당의 접신에 방불하다는 해석은 이미 범부 김정설과 신화학자이자 문학평론가인 김열규 등에 의해 해석된 바 있다.[13]

그렇다면, 동학에서 귀신과 접신은 무엇을 뜻하는가. 오늘날 동학을 연구하는 많은 사상가들은 수운에게서 귀신은 기철학적 귀신관에서 보는 귀신이라고 해석한다. 위에서 간단히 소개한 해월의 귀신 관념과

11) "…心寒身戰 疾不得執症 …"(『동경대전』「포덕문」)
12) "身多戰寒 …外有接靈之氣 內有降話之敎 …"(『동경대전』「논학문」)
13) 凡父 金鼎卨(1897-1966)의 저서 『풍류정신』(1986). 김열규, 「신흥종교와 민간 신앙」, 『한국학보』 4호, 1976, 126-127쪽.

도 같다. 지기至氣 또는 일기一氣인 한울님이 "귀신이라는 것도 나니라."
라고 했으니, 한울님과 동일한 귀신이라는 존재는 한울님과 동격인 지
기 또는 일기 속으로 흡수되어 사라져 버린다. 특히 대부분 해석자들은,
한울님이 "귀신이라는 것도 나니라." 하는 말씀의 해석 과정에서, 귀신
이란 존재는 마치 혹세무민하는 미신적 존재인 양 해석 과정에서 도외
시하기 일쑤이다. 물론 수운이 "천지 역시 귀신이요 귀신 역시 음양인
줄/이같이 몰랐으니 經傳 살펴 무엇하며"(『용담유사』「도덕가」)라고 하
여 귀신의 존재를 음양 이기二氣의 조홧속으로 파악했다는 것은 분명하
다. 수운의 이 말을 따르면, 샤머니즘에서 말하는 인격신이나 조상신으
로서의 귀신 혹은 저승이나 천상의 존재로서 귀신은 원래 없는 것이다.
동학사상을 널리 부흥시키는 데 중요한 역할을 해온 시인 김지하는 전
통 무에서의 접신의 대상 곧 귀신을 부정할 뿐 아니라, 무속의 귀신은
악귀와도 같은 존재로서 배격하는 입장이다.

　(…) 바로 이와 같이 한세상 사람들이 각기각기 다 서로 따로 떨어져 살
수 없는 존재임을 깨우쳐 알고 그리 실천한다는 것이 수운 선생이 한울님을
모신다는 '시천주侍天主'의 뜻임을 밝히신 바 있습니다. 이와 같이 서로 옮
겨 살 수 없는 본성을 깨닫고 옮겨 사는 상태를 극복하여 옮김이 없이 제자
리에 제 본성대로 서로 화해롭게 통일적으로 상부상조하여 공생적으로 살
수 있게 하는 힘을 한울님의 힘이라고 불렀으며, 그것은 바로 우리가 이제
까지 얘기한 신명神明의 능력이며 기능인 것입니다.
　그와 반대로 귀신의 힘, 귀신의 기능, 귀신의 역할은 옮기는 것, 그 본성으
로부터 옮겨놓고, 서로서로 고립적으로 살도록 옮겨놓고, 인륜을 상실하게
하며, 뿌리 뽑으며, 서로 싸우게 하고, 서로 빼앗고, 속이고 속임당하고, 서

로 죽이고 죽임당하며 병들어 살게 하는 것입니다. 따라서 귀신의 역할은 옮김입니다. 그리고 바로 이것이 죽임인 것입니다. 그런데 수운 선생은 똑같은 동경대전에서 선생 자신에게 내린 한울님의 말씀 중에 "세상 사람이 천지는 알지만, 귀신은 모르는데, 귀신이란 것도 바로 나上帝다."라고 했다 합니다. 이때의 귀신이란 무엇일까요? 그것은 '옮김'의 경향을 말하는 귀신이 아니라 천지와 같은 귀신, 음양활동의 근원인 일기-氣의 신령한 활동, 곧 생명을 말하는 것으로 '신명神明'과 '귀신鬼神'을 다 함께 의미하는 것입니다. 우리가 신명이다, 귀신이다 하는 것은 민중들의 풍속적 구분에서부터 하는 말이요, 근원적인 한 기운을 말하는 '귀신'이 아닌 것입니다. 수운 선생은 "스물한 자 주문이 세상의 모든 마귀를 몰아낸다.(圖來三七字 降盡世間魔)"고 하셨는데 이때의 '세간마'가 바로 지금 우리가 말하고 있는 그 '귀신'입니다. 그래서 동학에서는 바로 이와 같은 비본성적이고, 생명에 반하는, 반생명적인 옮김, 즉 죽임이라는 부정적인 현상을 다시금 부정하여, 바람직하지 않은 옮김과 죽임의 귀신활동을 억제시키고, 그것을 극복하여 삶다운 삶을 회복하기위한, 그리하여 사람을 죽음으로부터, 모든 중생을 죽임으로부터 살려내는 살림활동을 요구하게 됩니다. (…)[14]   (강조_필자)

여기서 시인 김지하는 '시천주'의 뜻을 해석하면서, "민중들의 풍속적 구분에 따라" "귀신과 신명"을 분리한 후, 결론적으로, "신명의 능력과 기능"은 "서로 옮겨 살 수 없는 본성不移을 깨닫고 옮겨 사는 상태를 극복하여 옮김이 없이 제자리에 제 본성대로 서로 화해롭게 통일적으로 상부상조하여 공생적으로 살 수 있게 하는 힘"으로서 "한울님의 힘"

---

14) 『김지하 전집』 1권 철학사상 편, 실천문학사, 2002, 126-128쪽.

이라고 규정한다. 이 "신명"의 기능에 반하여서, "귀신의 기능과 역할은 옮기는 것移, 그 본성으로부터 옮겨놓고, 서로서로 고립적으로 살도록 옮겨놓고, 인륜을 상실하게 하며, 뿌리 뽑으며, 서로 싸우게 하고, 서로 빼앗고, 죽이고 속임당하며 병들어 살게 하는 것"으로서의 "귀신"은 "죽임"이라고 규정한다. 이는 시인이 근원적 일기一氣의 작용으로서의 귀신과 '풍속적 귀신'을 서로 분리하여 선악의 차별로서 해석하고 있다는 것을 보여준다. 여기서 주목할 것은 김지하 시인이 민중들의 일상적 차원, "풍속적" 차원의 귀신을 "세간마世間魔" 혹은 악신惡神으로 규정하고서, 이와는 별도로, 수운의 접신 뒤 한울님이 "귀신이라는 것도 나니라." 하고 말씀한 그 "귀신이라는 것(鬼神者)"을 "음양활동의 근원인 일기一氣의 신령한 활동"이라고 해석하고 있다는 것. 앞서 설명했듯이, 귀신이 '음양 이기=氣의 작용이요 그 근원인 일기'라는 해석은 이미 송유와 조선 성리학, 해월의 귀신 해석에서 드러난 바와 같다.

여기서 문제는, 김지하는 수운이 접신체험에 의해 만난 한울님과 동일한 귀신, 달리 말해 '한울님귀신'을 민중의 생활 속 "풍속적인" 귀신과 대립시키면서 "풍속적" 귀신을 "세간마"로 해석한 후, '한울님귀신'을 기존의 기철학적 해석으로, 즉 '음양활동의 근원인 일기'의 차원으로 간단히 환원하고 있다는 점이다. 이러한 문제가 발생하게 된 근본적이고 직접적인 동기는, 수운이 체험한 귀신(한울님과 한몸인 귀신)과 수운 자신의 접신체험이 지닌 보이지 않는 "불연不然"의 차원에 대한 해석 또는 심리학적 해석 등이 누락되어 있기 때문이라고 할 수 있다.

접신을 통해 수운이 한울님을 체험했다는 사실은 그 자체로 깊은 의미를 가진다. 접신 즉 트랜스trance의 황홀경은 망아체험의 방법이자 샤머니즘의 본질을 이룬다는 점에서 깊은 해석을 요구하고 있는 것이다.

수운이 체험한 접신은, "내 마음이 네 마음이니라.""귀신이라는 것도 나니라."라는 한울님 말씀이 증거하듯, 시공간적으로 초월이 발생하여 "나"와 "너"가 바뀌거나 하나가 되고 한울님과 귀신이 바뀌거나 하나가 되는 존재들—진리를 순식간에 현현하는 초월적 존재들—간의 트랜스[憑神, 憑依]가 이루어지는 세계이다. 분명한 것은 수운에게 그 트랜스 즉 무아경의 접신체험이 일어났다는 사실, 그리고 한울님上帝과 대화를 나누고 영부와 주문을 받았다는 사실이다. 앞서『용담유사』「도덕가」의 내용에서 보았듯이 수운이 전통 무속을 믿거나 따르지 않은 것은 확실하므로, 수운이 체험한 접신의 귀신은 바로 수운의 무의식에 있던 민족적이고 민속적인 집단무의식의 원형Archetypus이거나 수운의 무의식이 외부의 시공을 초월한 어떤 절대적 존재로의 투사projection 작용을 일으켰다고 말할 수 있다. 물론 이러한 해석은 칼 융C. G. Jung의 집단무의식과 투사投射의 이론에 따른 것인데, 수운의 무의식의 내용이 한恨을 지닌 개인적 귀신이 아니라 절대적이고 인류보편적이고 근원적 존재로서 '한울님'으로 투사되었다는 사실은 중요하다. 왜냐하면, 융의 투사 이론에 따르면, 투사됨으로써 자기 무의식의 내용이 무엇인지를 알 수 있을 뿐만이 아니라, "투사는 오히려 자기 자신을 인식할 수 있는 목적을 가지고 나타나는 현상이며 투사된 것을 되돌려옴으로써 자기인식의 기회를 얻게 되기"(이부영,『한국의 샤머니즘과 분석심리학』참고) 때문이다. 이러한 접신을 통한 투사에 의하여, 수운은 자기 무의식의 원형이 '한울님'이라는 사실을 인지하게 되고, 더 중요한 것은, 결국 접신 현상은 자기 무의식의 한울님을 인식할 수 있는 목적을 가지고 나타난 현상이란 것을 각성하게 되며, 이를 통해 자신을 시천주의 존재로서 새로이 인식하는 기회를 갖게 되었다는 사실. 이러한 사실은 수운의 무의식에 선험적으로 자리잡은 민족적 근원적 인류보편적 집단무의식의 원형인 '한울님'이 지극정성으로 수도하던 수운에게 접신을 통해 투사된 것으로 해석될 수 있다. 따라서 수운의 귀신과 접신은 일기 지기의 한울님으로 단순 환원시킬 수 없는, 수운의 무속적 원형 체험으로서, 수운의 무의식에는 "한울님(귀신)"이라는 절대적 신과 인간을 연결하는 위대한 샤먼의 무의식이 깊이 자리잡고 있음을 보여주는 것이다.

이와 같은 수운의 접신체험과 '귀신(한울님)' 체험이 지닌 수운의 무속적 무당적 풍속적 무의식의 세계를 간과하다 보니, 수운이 접신을 통해 만난 '한울님귀신'과 민중들의 생활 속의 "풍속적" 귀신을 서로 떼어내 차별하고 풍속적 귀신을 배타하기에 이르렀던 것.

수운은 "천상에 상제님이 옥경대에 계신다고 보는 듯이 말을 하니 음양치고 고사하고 허무지설 아니런가"(『용담유사』「도덕가」)라는 가사를 지었고, 후세 학자들은 이를 두고서 "동학은 무속이나 그 밖의 귀신 신앙을 배척하고 '귀신'이란 다름 아닌 '음양'이라는 탈 주술적 지기至氣론의 합리화도 감행하였다."라고 하여 존경하는 원로 철학자께서 주석을 달고 있으나, 이러한 주석은 백번 옳은 주석이면서도, 그 주석 또한 "그 그러함을 미루어 보면 기연은 기연이나 그렇지 않음을 찾아서 생각하면 불연은 불연이라⋯⋯ 이러므로 기필키 어려운 것(難必者)은 불연이요, 판단하기 쉬운 것(易斷者)은 기연이라"(『동경대전』「不然其然」)라는 수운의 의미심장한 말을 곰곰이 곱씹어 생각할 필요가 있다고 본다. 왜냐하면, 수운은 전통 무당의 특징이요 무의 본질인 접신체험을 통해 '귀신과 동격인 한울님을 모시는 자기', 즉 '시천주하는 자기'를 만난 것이 엄연한 진실이기 때문이다.

수운이 접신한 한울님의 말씀, "귀신이라는 것도 나니라."에서의 "귀신"은 기철학에서 말하는 '근원적 일기의 작용으로서의 귀신'이며, 동시에 전통 무의 '풍속적 귀신'이 함께 포함된 귀신일 것이다. 그리고 이러한 수운의 접신 순간, 귀신의 양면성이 발견되는 지점은 수운의 마음 속 상태 즉 "보였는데 보이지 아니하고 들렸는데 들리지 아니하므로 마음이 오히려 이상해져서 수심정기(視之不見 聽之不聞 心尙怪訝 守心正氣)" 하는, 수운의 무의식의 맑은 심연의 어데쯤일 것이다.

이렇게 보면, 새로 의문이 들지 않을 수 없다. 수운의 마음속에 내재하는 '한울님귀신'과 민중들의 마음속의 '풍속적 귀신'이 둘이면서 하나요 하나이면서 둘이라면, 그 '한울님귀신'과 접신하는 순간, 민중들의 집단무의식 속에서 단군 이래 오천 년간 끊이지 않고 이어진 고대 무교巫敎의 전통과 역사 속에 각인된 전통 무의 원형이 수운의 동학 속에서 새로이 발현된 것이 아닌가. 단군 이래 민족의 집단무의식 속에서, 또 민속 속에서 끈질기게 이어져 오던 가장 강렬한 민족적 민속적 무의식의 원형原型이라 할 무당과 접신의 원형이 수운의 접신을 통해 새로이 분출한 것이 아닌가. 동학의 태동을 알리는 한울님과의 접신 그 자체가 유불선 기독교 간 회통과 합일이라는 '창조적 생성력' 자체요 '귀신의 양능良能'이라고 본다면, 결국 이는 민족사의 심층에서 끈질기게 이어지는 근원적 신명神明으로서의 전통 무와 더불어 고대 무교巫敎 이념의 부활을 상징하는 것이 아닌가.

동학의 중심신앙은 庚申 4월 5일에 大覺한 〈侍天主〉 신앙을 중심으로 해서 만인이 각기 "네 몸에 모셨으니 捨近取遠하단 말가"의 '侍天主'의 主體로서의 自覺이며 이 자각이 양반과 서민의 차별을 불구하고 각자 자기 몸에 天主를 모시면 다같이 地上神仙이요 君子이다. 侍天主 신앙에서는 봉건적 身分

差等은 부정되고 '侍天主'의 主人으로써 萬人은 평등하다. 실로 水雲의 '侍天主' 사상은 天主의 각 개인에의 內在化를 통해 人間觀의 世俗化에 성공했고 그 때문에 '事人如天'의 인간 존엄성의 近代的 原理를 先覺한 近代人의 發見者로 평가될 수 있을 것이다. 수운은 普遍者인 '天主' '天道'를 소수 양반의 가치에서 널리 서민대중의 것으로 만들 수 있는 轉機를 西學에서와 같이 萬人의 신앙의 대상으로서의 天主를 侍天主 하는 데서 찾고 있다. (…) 그의 '侍天主'의 大覺은 "금불문 고불문 금불비 고불비"의 전혀 독창적인 道라고 했으니 반드시 西學과 동일한 것으로 볼 수 없다. 다만 '天主'의 普遍的 存在를 인정하는 일은 東과 西의 차이가 없고 일찍과 늦음의 차이가 없이 인정된다는 것이 수운의 입장이었던 같다. 수운은 西學과의 차이점에 대해 "運卽一"=天時를 받은 점은 같고, "道卽同"=같은 天道라는 점도 같으나, "理則非"=그 이치를 밝혀내는 데서는 다른 점이 있어 서학은 "如呪無實 비는 듯하나 실이 없다."는 점에서 呪術的 효험이 없고 조상숭배를 부인한다는 점을 강조하고 있다. 같은 '天運'과 '天道'를 받은 '天主'의 신앙이라는 西學은 民間信仰的 土着性的 要素가 결여된 점을 시적한 것이나. 특히 수운은 서학이 조상숭배를 부정한 점을 크게 들어내 비판하는데 "우습다 저 사람은 저이 부모 죽은 후에 신도 없다 이름하고 제사조차 안 지내며"라고 해서 서학의 교리 중 유독 조상숭배 문제를 들어 비판한 점이 흥미롭다. 수운의 家族共同體의 관점에서는 西學=天主敎에서 부모형제가 다 같이 천당에 가는 것이 아니고 각기 혼자만 가게 되어 있는 개인 본위의 교리가 가장 못마땅했던 것이다.

(…) 확실히 한국 巫俗에는 巫者가 '이승'과 '저승'을 왕래하기 때문에, 넋두리 속에, 死靈의 안식처로서의 저승의 像이 여러 모로 그려져 서민들의 마음속에 깊이 뿌리박혀 있다. 물론 샤머니즘은 불만이나 고통을 각기 個人 心

理面에서 엑스터시Ecstasis 즉 憑神狀態에서 해소하기 때문에 적극적인 이상 사회의 건설로 나아가지 못한다. 그러나 巫俗行爲內에 象徵的으로 巫歌의 넋두리 속에 '저승'이 나타나고 있다. 우리나라 巫歌의 대표적인 '바리공주'의 넋두리 줄거리에는 '저승'의 屬性이 묘사되어 있다. '이승'에서 버림받은 바리공주가 '저승'의 存在들과 만나는데, "우여! 슬프다. 先後亡의 아모 亡者 七公主 뒤를 쫓으면! 西方淨土極樂世界後世發願……"으로 미루어 佛國土的 死後未來이며, 이승의 온갖 고통이 극복된 理想鄕으로서 家父長的 男性本位의 사회에서 버림받은 女性의 抵抗과 自主에의 希求로 풀이된다. 巫歌의 '이승'과 '저승'의 二元的 世界觀은, 東學思想에서, 現實化의 歷史的 文脈에서 '先天'과 '後天'의 通時的 二元論으로 바뀌는 것을 볼 수 있다. 崔水雲의 '先天'이 가고 '後天開闢'을 거쳐 '好時節' 또는 '地上神仙'이 되어 사는 地上天國의 꿈으로 나타남을 볼 수 있다.[15]

(강조_필자)

인용문은 경신년(1860) 4월 5일 수운이 한울님과의 첫 번째 접신체험 속에서 깨달은 '시천주' 사상의 심오한 뜻으로 우리를 인도한다. 그것은 첫째, 수운의 시천주 사상은 "만인이 각기 "네 몸에 모셨으니 捨近取遠하단 말가"의 '侍天主'의 主體로서의 自覺이며 이 자각이 양반과 서민의 차별을 불구하고 각자 자기 몸에 天主를 모시면 다같이 地上神仙이요 君子이다."라는 만민평등에 입각한 '천주를 모신 주체로서의 개인의식'을 천명하고 있다는 점. 여기서 "자기 몸에 천주를 모시면 다같이 지상신선이요 군자이다."는 뜻은 주목되어야 한다. 지배 권력층인

15)   申一澈,「崔水雲의 歷史意識」,『崔水雲 硏究─최수운 탄생 150주년 기념논집』, 한국사상연구회 편, 1974.

사대부적 학學이 아니라, 계급 차별을 뛰어넘어 모든 백성들이 '네 안에 한울님을 모시게' 되면, 누구나 '군자君子'의 학을 하게 된다는 뜻이다. "치인治人의 통치학과 달리 누구나 동학에 입도하여 군자가 되는 손쉬운 도성덕립의 민학의 길을 연 점에서 동학은 민民의 '자율적 자치自治'학의 성격을 지닌"다.[16] 그러므로, 동학은 지식인 중심 계층의 복잡다단한 지식들을 좇는 학이 아니라 평범한 백성들이 쉽고도 필수적인 학식만으로 세상의 도리를 터득하는 학으로서의 "민학民學"의 길을 열었다는 점이 중요한 것이다. 수운이 "열세 자 지극하면 만권시서 무엇하며……"(「교훈가」)라고 말한 것은 동학 주문 중 본주문 열세 자만 터득하면 "만권시서"도 비할 바가 아니라는 뜻이니, 이는 당시 지배권력층인 사대부들이 지향하던 경서나 교양 따위의 번잡한 유식有識을 좇는 학문 경향에 대한 전면적 부정을 뜻하는 것이었다. 둘째, 인용글 중에서 흥미로운 대목은, 우리나라 대표적인 서사무가인 무조巫祖 바리데기 신화의 세계관 및 시간관이 수운의 선천 후천의 통시적 역사관으로 바뀌어 현실화된 것으로 보고 있는 점이다. "巫歌의 '이승'과 '저승'의 二元的 世界觀은, 東學思想에서, 現實化의 歷史的 文脈에서 '先天'과 '後天'의 通時的 二元論으로 바뀌는 것을 볼 수 있다. 崔水雲의 '先天'이 가고 '後天開闢'을 거쳐 '好時節' 또는 '地上神仙'이 되어 사는 地上天國의 꿈으로 나타남을 볼 수 있다." 이러한 사실은 수운 사상과 전통 무의 이념이 완전히 상합하는 것으로서 특히 주목할 만하다. 이렇게 보면, 바리데기 신화의 시간관과 수운의 역사관과의 상동성相同性, 두 번에 걸친 접신체험, 한울님이 내린 영부와 주문의 존재, 수운의 마음속에 나타난 한울님의 인

16) 申一澈, 「동학과 전통사상」, 『동학과 전통사상』, 동학학회 편, 2005.

격人格神으로서의 목소리와 귀신의 존재성 등을 깊이 헤아리게 되는 바, 수운의 시천주 사상은 전통 무속의 내면화를 부정할 수 없는 것이다. 수운이 무속을 비판하고 부정하는 것과 수운의 내면에 무속과 무당의 전통이 전해져 민족적 집단무의식의 원형으로 내면화된 것은 별개의 차원이다.

수운의 접신체험은 단지 한울님을 만나 영부와 주문을 받은 신비한 종교적 체험이 아니라, 고대 이래 한민족의 정체성의 뿌리인 무교의 이념이 한국인의 내면 속에서 복류하고 분출하는 과정을 거듭하다가, 수운에 이르러 새로운 '시천주' 사상 속에서 비로소 '정말 어마어마한 역사적 대사건'(범부, 『풍류정신』)으로 부활하였음을 간접적으로 혹은 묵시적으로 보여준다.

전통 무속에서의 접신은 그 자체로 분열적 인격을 극복하고 전일적全一的 인격을 찾아가는 통과의례의 주요 방법이며 과정이다. 무당은 접신의 망아경忘我境을 통해 정신의 분열을 호소하는 '나'의 고통과 귀신의 고통을 자기 고통으로 기꺼이 받아들이고 고통의 해결과 치유를 꾀한다. 이 고통의 치유과정이 궁극적으로 의미하는 바는, 무당을 통해 세속적 인간의 고통이 신적神的인 차원을 경험케 함으로써 천지인天地人의 합일 또는 인간의 신성神聖을 각성하는 높은 정신의 차원이 열릴 수 있다는 것이다. 수운의 접신은 이미 수운의 마음 깊이에 한국인의 집단무의식의 원형인 무당이 강력한 힘으로 자리잡고 있었다는 사실을 보여준다. 그런데, 수운의 접신은 다름 아닌 한울님과의 접신이었다. 그러니까, 수운이라는 '인류의 위대한 무당'이 '시천주侍天主'의 높은 뜻을 세워 온누리를 이롭게 했다고 말할 수 있다.

4.

> "우리나라 무속이 지닌 높은 이념을 보여주는 것으로, 바리데기 굿거리
> 이다. 죽은 자의 한을 가족들과 한껏 푼 다음 조용히 부르는 무조巫祖 바리
> 데기 노래는 무엇을 의미하는가 (…) 그것은 세속적인 이별의 정을 슬퍼할
> 게 아니라 고통을 통해 거듭난 자의 위대한 승리를 기억하라는 뜻이다. 세
> 속적인 고통을 신적神的인 고뇌의 의미로 한 차원 높이고자 한 것이다."
>
> ─ 이부영, 「한국의 샤머니즘과 분석심리학」(2012)

앞서 말했듯, 샤머니즘의 본질이 "엑스터시의 고태적 기술"로 규정
되지만, 세계 곳곳에 산재한 제종족의 샤머니즘에서 엑스터시에 이르
기 위한 기술과 방법들은 각양각색이다. 한국의 전통 샤머니즘을 어떻
게 정의내릴 수 있는가. 이 문제에 대한 답을 찾기 위해서는 전통 샤머
니즘의 기원으로 보나 역사 문화적으로나 깊은 연관이 있는 시베리아
샤머니즘에서의 입무과정入巫過程을 살펴볼 필요가 있다. 시베리아 샤
먼이 거쳐야 하는 입무과정은 입무자의 몸이 해체되는 듯한 격심한 고
통을 거쳐야 하는 것으로 알려져 있다. 입무의 고통을 극복해야 사자死
者의 혼을 위로하고 저승에 인도하고 세속에 남은 이들의 고통을 치유
하는 신적인 힘을 구할 수 있다. 고통을 기꺼이 체화體化하고 이를 통해
타자의 죽음과 살아남은 이들이 겪는 고통의 치유와 극복을 인도하는
샤먼의 역할은 한국의 무속에서도 그대로 적용된다. 우리의 경우, 전통
샤머니즘의 고유한 성격과 입무과정을 가장 잘 보여주는 것은 강신무
降神巫에서이다. 강신무가 되기 위해서는 실제로 큰 고통이 수반되는 무

병치레를 거쳐야 하는 것은 잘 알려져 있다. 무병의 고통을 겪는 입무과정Initiation을 거치고 나서 별도의 무당 수업을 익혀야 하고 그 다음에 입무제入巫祭를 올린 후에, 정식 무당이 되어서야 비로소 굿을 주관할 수 있다. 세습무나 학습무의 경우에도 어떤 형식과 상징적 과정을 취하든 무당이 되기 위한 '고통의 습득 과정'을 거쳐야 한다. 그러므로 입무과정은 죽음을 상징하는 '고통의 각성'을 통해 새로운 인격으로 태어나는 과정이다. 고통을 각성하고 극복하는 입무과정은 무당에게 죽은 귀신과 만날 수 있는 능력을 주고 또는 무당 자신이 귀신이 되어 죽은 귀신과 대화하는 초월적 능력을 부여하는 것이다. 그러니까 무당이 고통을 극복하고 승화하는 자기 훈련 과정은 새로운 인격으로의 변신을 가능하게 하는 것이다. 무당은 이성의 한계 너머에서 거꾸로 이성을 성찰하고, 이성이 스스로 자기 한계를 성찰하고 극복하는 계기를 만든다. 또 무당은 죽음과 삶의 경계를 무화시켜 죽음의 의미가 현세의 의미와 깊은 관계 속에 있음을 알린다. 이 모든 샤먼의 행위는 인간이 앓고 있는 자기 모순과 분열과 고통의 치유를 통해 '완전한 인간'으로 변하는 과정 속에 놓여 있다.

이와 같이 샤머니즘에서 신성神性을 만나는 방법이 다른 종교들과는 다른 특별한 내용을 가지고 있다는 사실을 이해하는 것은 중요하다. 왜냐하면 그것은 한국 샤머니즘의 고유한 본질을 파악하는 지름길일 뿐만 아니라, 샤머니즘과 문학예술 간의 참다운 관계를 모색하는 데 있어 기본적인 전제가 되기 때문이다.

(…) 그런데 현대세계에도 혼과의 대화가 진행되는 장이 있다. 하나는 예술이다. 시신詩神과의 만남이 그곳이다. 이는 고통과 죽음과 재생의 이니시

에이션[initiation, 성인화成人化]의 과정을 거치지 않고는 경험할 수 없지만 현대인은 여기서도 매우 안일하게 상업주의와 타협해 안주하려 든다.

혼과의 대화가 이루어지는 또 하나의 중요한 장이 있다. 바로 종교적 수도의 장이다. 대승불교의 정신 속에서 오랜 역사를 가지고 키워온 자기 성찰의 작업이나 '내 마음속의 그리스도'와의 일치를 지향하는 기도가 이루어지는 곳, 그 작업은 우리 내면의 혼, 아니마anima를 매개로 한 카를 구스타프 융Carl Gustav Jung의 자기自己, Selbst와의 만남과 같다. 무의식을 탐구하고 스스로 마음속을 깊이 살펴보며 응어리 진 것들, 콤플렉스Komplex를 하나씩 받아들이고 소화시켜 나가는 자기 인식의 과정을 샤먼들은 명칭을 달리한 혼과의 대화, 혹은 혼이 되어 대화하는 작업으로 진행하고 있다. 샤먼에서 혼과의 관계를 투사投射, projection의 기제로만 설명하는 것이 적절한지 생각해 볼 일이다. 샤먼들은 단지 혼들의 이미지를 하나의 비유, 혹은 심지어 상징으로 빌려 쓰고 있는지 모른다. 그러나 빌려 쓴다고 해서 결코 가짜는 아니다.

한국의 샤먼, 무당들은 내담자가 호소하는 '혼'의 고통 속에서 자기의 고통을 발견한다. 그는 그 혼과 하나가 되어 혼—이미 남의 혼이 아닌—의 삶을 사는 것이다. 죽은 자死者와 산 자生者 사이에 한바탕 울음바다가 생기면 그곳에는 '나'와 '너'의 경계가 없다. 저승과 이승도 없다. 오직 경계 없는 하나의 세계가 존재할 뿐이다. 그러나 무당은 자기가 치유의 인도자이며 주재자라는 의식을 아주 잃어서는 안 된다. 그녀는 이승으로 돌아와 내담자의 넋두리에 마무리를 짓는다. 그런 다음 한을 푼 영혼을 저승으로 보낸다.

'병굿'이 있기는 하나 사실 치유의 굿이 따로 있는 것은 아니다. 모든 굿은 치유를 목표로 삼는다. 마음의 고통을 다스리지 않는 굿이 있을 수 있겠는가. 그런데 고통의 다스림에는 하나의 원리가 있는 것 같다. 혼의 받아들임, 혼과 하나됨, 혼의 보냄, 이 세 과정이 굿거리마다 반복되고 있는 것이다. 그것은 마치 마음에 고통을 지닌 사람들의 분석적 정신치료analytical psychotherapy의 과정을 상징적으로 표현하는 것과 같다.

그런데 고등종교·불교·도교의 영향을 받은 한국 샤머니즘, 그 가운데서도 진오귀굿과 같은 사령제에는 보통 굿의 '넋두리'[魄]와는 전혀 다른 과정이 하나 들어 있다. 우리나라 무속이 지닌 높은 이념을 보여주는 것으로, 바리데기 굿거리이다. 죽은 자의 한을 가족들과 한껏 푼 다음 조용히 부르는 무조巫祖 바리데기의 노래는 무엇을 의미하는가. 버림받았던 자의 고통과 그 고통을 이기고 만신의 왕이 된 자에 관한 노래이다. 바리데기의 노래는 망자가 바리데기의 도움으로 서방정토로 간다는 사실을 표현하고 있다. 바리데기는 영혼의 인도자이다. 그런데 바리데기의 신의神衣를 입고 조용히 노래하는 무녀는 곧 무조 바리데기가 된다.

이니시에이션의 고통의 의미를 이토록 극명하게, 그것도 가부장적 사회에서 겪어야 했던 여성의 서러움을 이겨내는 과정을 그토록 완전하게 표현한 이야기도 드물 것이다. 바리데기는 영약靈藥을 가지고 부모를 죽음에서 살려낸다. 그것은 세속적인 이별의 정을 슬퍼할 게 아니라 고통을 통해 거듭난 자의 위대한 승리를 기억하라는 뜻이다. 세속적인 고통을 신적神的인 고뇌의 의미로 한 차원 높이고자 한 것이다. 그러나 오늘날에 누가 이처럼 깊은 뜻을 의식할 수 있을까.

— 이부영, 『한국의 샤머니즘과 분석심리학』 (2012) (강조_필자)

무당은 '삶과 죽음의 경계를 넘어선 고통의 입무과정'을, 그것이 진실이든 상징을 통해서든, 통과해야 한다. 무당이 되기 위해 이처럼 고통의 극복 과정이 불가결하다는 것은, 이승과 삶의 한계 너머에 있는 죽은 이의 혼[死靈]을 만나 이승에서의 한을 풀어주고 저승으로 인도하기 위해서 필수적이라는 것을 뜻한다. 그리고 죽은 이의 혼이 품은 한恨을 풀어줌으로써 산 이의 마음의 고통을 풀어내는 것이 무당의 역할이다. 이부영에 따르면, 굿의 주재자인 "한국의 샤먼, 무당들은 내담자가 호소하는 '혼'의 고통 속에서 자기의 고통을 발견한다. 그는 그 혼과 하나가 되어 혼—이미 남의 혼이 아닌—의 삶을 사는 것"이라고 정의된다. 사령死靈굿에서 무당의 역할은 고통스러운 입무과정을 통해 접신의 능력을 갖고 이를 통해 죽은 이의 혼(귀신 혹은 사령)과 만나 혼의 해원解寃을 이끄는 동시에 산 이의 혼이 겪는 고통을 함께 치유하는 것이다. 그러므로 무당은 '타자의 혼과 삶이 겪는 고통'을 '자기('나')의 혼과 삶이 겪는 고통'으로 삶을 사는 자라고 할 수 있다. 또한 위 인용문이 지적하듯, 심혼心魂의 고통을 치유하는 과정에서 접신과 공수(拱手, 神託)에 의한 "한바탕 울음바다" 곧 통곡痛哭은 사령굿의 필수적인 통과의례이며 기본요소라고 할 수 있다. 무당의 접신에 의한 '한바탕 울음'을 통해, 산 이는 죽은 이를 송별하고, 그럼으로써 산 이의 마음의 정화와 삶의 신적인 차원의 승화가 이루어질 수 있게 되는 것이다. 따라서 사령굿에서 접신을 통한 울음 혹은 통곡에 따르는 고통의 정화淨化는 새로운 인격의 탄생 혹은 '전일적 인격'의 탄생을 향한 하나의 이니시에이션이 된다.

이렇게 보면, 전통 샤먼 또는 전통 샤머니즘의 이념은 현세적 인간의 혼이 겪는 고통과 세상의 모순을 극복하고[17] '널리 인간을 이롭게 하고

---

17) 전통 무는 개인이 겪는 심혼의 고통을 치유하는 사령굿 같은 개인굿과 사회적 집단들이 겪는 집단적 심혼의 고통을 치유하는 마을굿 같은 대동굿으로 나누어 생각해볼 수 있다. 오래전부터 전통 굿은 개인적 차원의 굿과 마을굿 혹은 별신굿 같은 대동굿으로 분

지금 세상 도리로서 다하는 것[弘益人間 在世理化]'이란 높은 이상과 다르지 않다. 이는 홍익인간의 이념을 세운 단군신화가 전통적인 무당의 신화의 기원이라는 점과 상통하는 것이다.

5.

"질마재 사람들 중에 글을 볼 줄 아는 사람은 드물지마는, 사람이 무얼로 어떻게 神이 되는가를 요량해 볼 줄 아는 사람은 퍽으나 많습니다."

— 미당, 「李三晚이라는 神」

이 글의 주제인 한국문학과 샤머니즘의 관계를 살피기 위해 미당 시가 보여주는 한국인의 보편적이고 원초적인 본능 세계와 미당의 역사의식 간의 관계 문제와 같은 중요한 비평적 주제 등은 일단 여기서는 제쳐두기로 하고.[18]

화되었지만, 어느 쪽이건 굿의 궁극적인 이상 그리고 무당의 본질과 역할은 크게 다르지 않다고 생각된다. 단군신화가 고대 천신제와 그 전승으로서의 대동굿의 원천 신화라고 한다면 바리데기 신화는 개인굿의 원조 신화로 볼 수 있을 듯하다. 사령굿이 무당의 접신을 통해 개인적 삶의 시공간 속에 낀 심혼의 모순과 고통을 치유하듯이, 대동굿도 무당의 접신을 통해 민초들 또는 마을 주민들의 집단적 삶의 역사적 시공간에 낀 집단 무의식의 모순과 고통을 치유하는 것이라고 할 수 있다.

18) 미당 시를 비평함에 있어서, 가령 성적性的 본능과 연관된 미당의 역사의식의 문제, 백석 시에서의 놀이 본능, 음식 본능과 연관된 주민공동체적 의식 같은 주요 주제들이 더불어 종합적으로 고찰, 비평되어야 마땅하다. 하지만, 이 글은 한국문학에서의 샤머니즘의 문제를 집중적으로 다루는 까닭에, 미당과 백석 시에 대한 '종합적인' 비평은 다른 기회를 기다리기로 하고 여기서는 한국 현대시사에서의 두 거장巨匠의 시가 지닌 각자의 샤머니즘적 세계를 중심으로 비평한다.

미당 시의 샤머니즘적 세계를 해석하는 데에 있어서 무엇보다도 미당 시의 샤머니즘이 신라의 '화랑'을 연원으로 삼고 있다는 사실을 이해하는 것은 중요하다. 그것은 고대 무교의 전통을 이어받은 신라 풍류도에서 시 의식의 기초를 두고 있다는 의미에서 중요하고, 미당의 시집 『질마재 神話』의 샤머니즘의 세계에 정신적 바탕을 마련해주었다는 점에서 중요하다. 문학평론가 김우창은 일찍이 미당 시에서 전통 샤머니즘이 차지하는 중요성을 지적한 바 있다. 김우창은 미당 시에 대한 평론 「구부러짐의 형이상학」(1977)에서 미당은 이 땅에서 대대로 지속해 온 토착민의 삶과 역사를 이루어 온 민속의 핵심이 바로 무당의 세계임을 깊이 이해하고 있으며, 무당의 세계가 미당 시의 바탕을 이루고 있음을 지적한 후, "(…) 아마 미당 선생의 시에서 억압될 수 없는 인간 욕망의 궁극적인 실현을 대표적으로 나타내는 존재는 무당일 것이다. 미당 선생의 시에는 초기부터 **욕망의 힘에 눌려 고통하고, 그 고통을 통하여 그 욕망을 실현할 수 있는 자유를 얻게 되는 사람들이 등장해 왔는데 무당은 그러한 종류의 사람의 전형이라 할 수 있다. 그는 사회의 무의식 속에 억압된 요소들을 자신의 운명으로 짊어지고 고통하며 그 너무나 처절한 고통을 통하여 사회적 금기를 마음대로 초월할 수 있는 특권을 부여받게 되는 사람이다.** 「질마재 神話」에는 무당에 대한 직접적인 언급도 있지만, 그것이 전체적인 분위기에 있어서 매우 〈巫堂的〉인 것으로 느껴지는 것은 당연하다. 이것은 「떠돌이의 시」에서도 마찬가지다."(강조_필자)라고 쓰고 있다. 이 글에서 김우창이 전통 무당을 정신과학적으로 해명이 가능한 합리적 인간성의 소유자로 인식하고 있음을 보게 된다. 김우창의 비평을 보면, 미당 시의 정신적 기반을 전통 무당의 의식 세계로 파악하는 것 외에도, 전통 무를 불합리한 정신으로 매도하던

4·19 세대 문학 비평 의식 일반과는 사뭇 달리, 무당을 "사회의 무의식 속에 억압된 요소들을 자신의 운명으로 짊어지고 고통하며 그 너무나 처절한 고통을 통하여 사회적 금기를 마음대로 초월할 수 있는 특권을 부여받게 되는 사람"이라고 정의하고 있다. 앞에서 살폈듯이, 이러한 김우창의 무당에 대한 정의는 무당의 존재성을 정확히 이해하고 있음을 보여주는데, 이는 김우창의 비평의식이 가 닿는 사유의 깊이와 정신의 드넓음을 우회적으로 보여준다. 김우창이 지적하듯이, 미당의 "巫堂的" 세계관에 의해 미당의 고향 마을인 질마재는 전통 무의 분위기가 지배하는 현대의 신화 공간으로 부활한다.

미당의 초기 시에서도 무당의 의식이 뚜렷하지는 않지만 무당의 희미한 그림자를 찾을 수 있다. 가령, 「歸蜀道」는 미당이 나이 서른 즈음에 쓴 시로 사별한 님의 명복을 비는 내용을 담고 있다.[19] 이 시에서의 시적 자아의 성격 속에서 무당의 그림자를 찾을 수도 있다. 이 시의 표면적 의미와 시의 심연에 내재하는 다성적多聲的인 소리들을 함께 살피면, 이 시의 내면 공간에는 하나의 목소리만 있는 것은 아니라, 사랑하는 님을 잃고 애타게 님을 부르는 연인의 구슬픈 노랫소리가 있고, 가령 '귀촉도'같은 소리언어 속에 사령死靈의 울음소리도 들어 있으며, 아울러 시적 자아를 위로하는 무당의 소리도 함께 들어 있음을 느낄 수 있다. 가령, 시적 화자의 어조語調가 달라진 "제피에 취한새가 귀촉도 운다." 같

<hr />

19) 눈물 아롱 아롱/피리 불고 가신님의 밟은신 길은/진달래 꽃비 오는 西域 三萬里./흰옷깃 여며 여며 가옵신 님의/다시오진 못하는 巴蜀 三萬里.//신이나 삼어줄ㅅ걸 슲은 사연의/올올이 아로색인 육날 메투리./은장도 푸른날로 이냥 베혀서/부즐없은 이머리털 엮어 드릴ㅅ걸.//초롱에 불빛, 지친 밤 하날/굽이굽이 은하ㅅ물 목이 젖은 새,/참아 아니 솟는가락 눈이 감겨서/제피에 취한새가 귀촉도 운다./그대 하늘 끝 호을로 가신 님아.(「歸蜀道」전문)

80

은 시구에서 시적 화자의 그늘에 있는 무당의 소리가 환청인 듯 들릴지도 모른다. 만약 들린다면, 이는 시인의 자아의식 속에 함께 있던 무당의 무의식이 의식의 지배에서 벗어나 시적 자아와 서로 뒤섞이며 밖으로 나오게 된 것으로 해석할 수도 있다. 어쨌든 이 시에서 전개되는 전체적인 내용과 함께 시적 화자의 음조에도 무당의 소리가 환청인 듯 뒤섞여 있다. 그 무당의 소리는 시인의 그림자인 심연의 무당이 내는 소리이고 미당 시를 읽는 한국인의 섬세한 본능적 지각 속에 숨어 있는 영매의 소리이기도 하다. 시에서 들려오는 무당의 소리는 무당의 역할이 그러하듯 죽은 님을 명계에 보내고 살아남은 연인의 한을 달래준다. 미당의 초기 시편에서도「歸蜀道」처럼 생명의 강렬한 욕구와 함께 이승과 저승 사이를 오가는 전통 무당의 그림자와 내면화된 무당의 소리를 만날 수 있을 것이다.

첫 시집『花蛇集』(1941)과 해방 후에 펴낸 두 번째 시집『歸蜀道』(1946) 그리고 만년의 높은 시적 경지를 보여주는『질마재 신화』(1975),『떠돌이의 詩』(1976)에 이르기까지 신라의 화랑도와 불교에서 발원한 미당의 샤머니즘적 시 의식은 한국인의 본능과 생활과 죽음과 연관된 토착민들의 민속 속에서 미당 특유의 시 세계를 구축해 간다. 특히『질마재 신화』『떠돌이의 詩』는 미당 시의 샤머니즘이 도달한 원숙한 경지를 보여준다.

『질마재 신화』와『떠돌이의 詩』에 수록된 시편들에서 샤머니즘은 민중들의 일상 생활에 깊이 스며든 생활 방식 자체임을 보여준다. 가령 "내가 여름 학질에 여러 직 앓아 영 못 쓰게 되면 아버지는 나를 업어다가 山과 바다와 들녘과 마을로 통하는 외진 네갈림길에 놓인 널쩍한 바위 위에다 얹어 버려 두었습니다. 빨가벗은 내 등때기에다간 복숭아 푸른 잎을 밥풀로 짓이겨 붙여 놓고, 「꼼짝말고 가만히 엎드렸어. 움직이다가 복사잎이 떨어지는 때는 너는 영 낫지 못하고 만다」고 하셨읍니다.」(「내가 여름 학질에 여러 직 앓아 영 못 쓰게 되면」 부분)라고 했을 때, 미당의 샤머니즘은 일상화된 주술의 세계임을 드러낸다. 학질에 걸린 어린 "나"를 "널찍한 바위에다 얹어 버려 두고" "빨가벗은 내 등때기에다 간 복숭아 푸른 잎을 밥풀로 짓이겨 붙여 놓"는 아버지의 행동은 이성이나 논리로서는 도저히 해명되지 않는 것이다. 미당이 이러한 원시적 주술이 여전히 주민들의 삶에 깊이 침윤되어 작용하는 샤머니즘의 세계를 시의 자산으로 삼은 까닭을 여러 방향에서 추론해 볼 수 있겠지만, 분명한 것은 미당은 샤머니즘을 한국인의 구체적인 생활에 침착沈着된 종교 세계로 인식했다는 점이다. 그리고 이 점이 중요한 것은 샤머니즘을 구체적 삶의 세계로 인식했을 때, 샤머니즘은 자연과 인간의 삶에는 이성적 논리로 풀리지 않는 초월의 영역이 얼마든지 있을 수 있음을 깨닫게 하기 때문이다.

　　질마재 사람들 중에 글을 볼 줄 아는 사람은 드물지마는, 사람이 무얼로 어떻게 神이 되는가를 요량해 볼 줄 아는 사람은 퍽으나 많습니다.

　　李朝 英祖 때 남몰래 붓글씨만 쓰며 살다 간 全州 사람 李三晩이도 질마재에선 시방도 꾸준히 神 노릇을 잘하고 있는데, 그건 묘하게도 여름에 징그러운 뱀을 쫓아내는 所任으로섭니다.

　　陰 正月 처음 뱀 날이 되면, 질마재 사람들은 먹글씨 쓸 줄 아는 이를 찾아가서 李三晩 석 字를 많이 많이 받아다가 집 안 기둥들의 밑둥마다 다닥다닥 붙여 두는데, 그러면 뱀들이 기어올라 서다가도 그 이상 더 넘어선 못 올라온다는 信念 때문입니다. 李三晩이가 아무리 죽었기로서니 그 붓 기운을 뱀

82

아 넌들 행여 잊었겠느냐는 것이이지요.

글도 글씨도 모르는 사람들 투성이지만, 이 요량은 시방도 여전합니다.

—「李三晚이라는 神」 전문

"질마재 사람들 중에 글을 볼 줄 아는 사람은 드물지마는, 사람이 무얼로 어떻게 神이 되는가를 요량해 볼 줄 아는 사람은 퍽으나 많읍니다."라는 이 시의 첫 문장은 미당의 시 의식의 일단을 드러낸다. 즉 질마재라는 마을은 "글을 볼 줄 아는 사람은 드문" 곳으로 이성보다는 본능이 지배하는 곳이라는 것, 그리고 그런 원시적 본능이 여전히 삶을 지배하는 세계에서 오히려 미당은 자신의 샤머니즘의 이상("사람이 무얼로 어떻게 神이 되는가를 요량해 볼 줄 아는")을 보여줄 수 있다고 생각한다는 것이다.

이 시에 미당의 샤머니즘의 이상이 엿보인다는 것은, 주술이 질마재 사람들의 본능을 통제하는 힘이 되고 있다는 사실과 관련된다. 이 시에서 눈길을 끄는 것은 이성이 본능을 통제하는 것이 아니라 주술이 본능을 통제한다는 샤머니즘적 의식이다. 질마재 주민들의 주술은 그 자체가 무속의 한 갈래로서 사람들이 가지고 있는 원시적 본능을 단순히 억압하는 것이 아니라 본능의 충동을 통제하는 형식이요 방법이랄 수 있다. 물론 악귀를 물리치고 병을 고친다는 식의 민간 주술 행위는 해로운 미신에 불과하다. 허무맹랑한 주술들은 무지몽매의 소치일 뿐이다. 하지만 고등종교에서도 기도와 같은 의식과 주문들이 사람들의 마음의 혼란을 진정시키고 안정심리를 갖는 데 도움을 주듯이, 샤머니즘의 전통적 방식으로서 주술이 사람들에게 심리적 안정의 힘과 어떤 의미 있는 가치로 인식되는 경우는 적지 않다. 가령 부적符籍을 몸에 소지하거나 집 안 곳곳에 붙이는 전통은 샤머니즘의 문화 전통으로서 한국인들에게 지극히 자연스러운 행위이다. 그 수호신의 상징을 통해 한국인들은 불안한 본능과 무의식을 안정시키는 주술심리의 힘을 얻는다. 이 시에 나오는 질마재 주민들의 주술도 미신이 아니라 사람들이 지닌 본능적인 두려움을 진정시키고 통제하는 샤머니즘의 문화적 심리기제라 할 수 있다. "李三晚 석 字를 많이 많이 받아다가 집 안 기둥들의 밑둥마다 다닥다닥 붙여 두"면 "뱀들이 기어올라 서다가도 그 이상 더 넘어선 못 올라온다는 信念"은 주술의 심리적 통제력을 보여준다. 질마재 주민들의 원시적 본능을 통제하는, 종이 위에다 쓴 "이삼만 석 字"는 전통 샤머니즘의 상징으로서 부적과 같은 것이다. "이삼만 석 字"를 기둥에 붙여놓는 샤머니즘의 상징 행위는 집에 들어오는 뱀을 막는다는 신념에서 행하지만, 그 신념은 다름 아닌 자신의 본능의 충동을 통제하는 무의식적 기제인 셈이다. 여기서 집 안에 들어오는 뱀을 막으려는 주술 행위는, 실제로 뱀에 대한 공포에서 말미암은 무서운 죽음의 본능이 통제되기도 하고 동시에 뱀으로 상징되는 성적 충동에 대한 심리적 통제력이 얼마든지 되기도 하는 것이다.

여기서 뜻 깊은 사고의 전환을 찾을 수 있는데 그것은, 주술이 마음의 통제력이 될 수 있다면, 주술은 미신으로 타파되어야 할 대상이 아니라 심리학적 분석과 해석의 대상이 된다는 사실이다. 질마재 사람들에게 주술을 매개하는 '이삼만'은 인격신과 같다. "이삼만"이란 인격신은 질마재 사람들의 집단무의식의 원형이랄 수 있다. 집단무의식 속에 잠겨 있는 원형은 긍정적인 것도 부정적인 것도 아니다. 중요한 것은 그 집단무의식의 원형을 다루는 노력과 방법에 따라 그 원형들은 사람들의 본능과 무의식 세계에 건강하게 기능할 수 있게 된다는 사실이다. 그러니까, 미당은 어두운 본능을 통어하는 주술을 통해 질마재 주민들이 건강한 삶의 질서와 마음의 평화를 누리며 살아간다고 보는 것이다. 그 건강하고 '완전한' 삶의 세계를 미당은 "질마재 사람들 중에는 (…) 사람이 무얼로 어떻게 神이 되는가를 요량해 볼 줄 아는 사람은 퍽으나 많습니다."라고 표현한 것이다.

융에 따르면, 집단무의식의 원형상 속에서 누미노제Numinose가 발견된다고 한다. 누미노제는 신의 그림자로서 신성한 힘을 가리킨다. 누미노제는 무의식의 원형에서만이 아니라 본능에서도 발견된다. 질마재 사람들에게 "李三晚"이 집단무의식의 원형이라면, "全州 사람 李三晚이도 질마재에선 시방도 꾸준히 神 노릇을 잘하고 있"다는 것은, 질마재 사람들이 지니고 있는 "이삼만"이라는 마음속 원형에 깃든 신성한 힘 즉 누미노제를 가리키는 것으로 볼 수 있다. "이삼만"이라는 질마재 사람들의 원형 속에 신성한 힘이 이미 깃들어 있다면, "질마재 사람들 중에 글을 볼 줄 아는 사람은 드물지마는, 사람이 무얼로 어떻게 神이 되는가를 요량해 볼 줄 아는 사람은 퍽으나 많습니다."라는 이 시의 첫 구절이 가진 깊은 의미가 이해될 수 있다. 미당은 이처럼 한국인들의 집단무의식에 보편적으로 자리잡고 있는 샤머니즘의 원형들에 주목하였고, 샤머니즘을 한국인의 마음 바탕에 내린 신성한 뿌리로 보았던 것이다.

그런데 "남몰래 붓글씨만 쓰며 살다 간 全州 사람 李三晚이도 질마재에선 시방도 꾸준히 神 노릇을 잘하고"라는 시구에는, 미당의 전통 무속관 즉 무당과 귀신에 대한 관념이 들어 있다. 전통 무당 세계에서는 역사 속에서 비록 뜻을 이루지 못했지만 민중들에게서 추앙받는 역사적 인물이 무당의 몸주신으로 모셔지곤 한다. 그 몸주신의 도움으로 무당은 죽은 이의 혼령을 만나 맺힌 한을 풀어주고 저승으로 인도하는 역할을 수행한다. 흔히 무당의 몸주신으로 모셔지는 고려 말의 최영 장군이나 임경업 장군은 불행하게 죽어 인격신이 된 경우이다. 질마재 주민들이 미천한 계층 출신으로 "남몰래 붓글씨만 쓰며 살다 간" 명필 이삼만에게서 주술의 힘을 얻는다는 것은 질마재 사람들의 집단무의식 속에는 저마다 무당의 원형들을 가지고 있고, 이는 결국 질마재 사람들에게 집단무의식 속의 또 다른 원형인 "이삼만"이 몸주신으로 모셔지고 있다는 것이다. 그러고 보면, 미당이 시 제목을 "李三晚이라는 神"이라고 단 것은 이러한 질마재 사람들의 마음 깊이 뿌리내린 전통 무속의 존재성을 그대로 보여주는 것이다. 이때 "李三晚이라는 神"이라는 제목은 질마재 사람들의 마음속에 있는 몸주신의 알레고리이다. 이처럼 질마재 사람들이 행하는 주술이 사행성이나 불합리한 미신 상태에서 이루어지는 것이 아니라, 질마재 사람들이 두루 모시는 "이삼만이라는 神"의 집단무의식적 의미와 마을공동체적 성격을 통찰했다는 것, 이는 미당의 샤머니즘이 가지고 있는 놀라운 직관력과 깊은 경지를 보여주는 것이다. 『질마재 신화』에서, 전통 샤머니즘이 원시적 본능과 불합리한 충동을 순화하고 개인적 삶은 물론 공동체적 삶에 경건한 질서를 부여하는 데 기여하고 있다는 것이 하나하나 드러난다. 이는 미당이 전통 샤머니즘을 높이 존중하여 자신의 시적 자산이요 이상으로 삼았음을 의미하는 것이다.

이쯤에서 미당 시가 이룬, 하지만 어둠 속에서 잊히기 쉬운 문학사적 의의를 밝히지 않을 수 없다. 그것은 1960-70년대 박정희 정권에 의해 강압적으로 추진된 산업화 과정에서 미당 시는 명맥이 끊길 위기에 처한 전통 샤머니즘을 지켰다는 사실. 우리 역사상 전통 무속의 최대 수난기였던 1970년 전후한 시기에 미당은 시집 『질마재 신화』『떠돌이의 詩』 같은 샤머니즘적 시편들을 열심히 생산하고 있었던 것이다. 사실 이 시기에 박정희 정권의 근대화 정책은 특히 전통 샤머니즘에겐 절체절명의 위기였다. 샤머니즘의 '죽음'이 촌각을 다투던 이 시기에 대해 김금화金錦花 만신은 자신의 무가집巫歌集의 서문에 이렇게 회고한 바 있다.

> 이제 더듬어 생각해보니 벌써 서른 해도 더 지난 옛날이 되었다. 그때 세상은 온통 '새마을'이라는 말로 뒤덮인 듯했다. **새마을은 이제까지 있어온 모든 풍속이나 형태를 뒤집어 엎고 새로운 것을 만들고 세우는, 그런 광풍 같았는데, 그때가 우리네 무업 종사자에게는 최대의 수난기였다.** 피난살이 움막에서도 점을 보고 치병을 하고 굿을 했는데, 전쟁의 상흔이 가실 만하고 보릿고개 주린 배의 고통도 잊힐 만한 때에 그 낡은 것 타파 풍조는 내겐 역병 같았다. 밤낮 대엿새, 사나흘 하던 굿을 하루에 해치우자니 말이 굿이지 시늉도 제대로 내지 못하는 형편이었다.
>
> **노래, 재담, 사설들이 이대로 가다간 다 사라질 것 같은 불길한 예감이 들어, 글자를 그려야 하는 내 형편임에도 불구하고 틈이 나면 눈에 띄는 종이에 사설이나 노래들을 적어 놓기 시작했다. 어떤 날은 아는 사람에게 구술도 해서 적게 하고, 굿을 하다 떠오른 것은 그때그때 도적질하듯 적어 놓았다.**
>
> **우리네 사람들 삶의 온갖 내력, 그 마음 갈피들의 감정이 서리서리 드리운 굿거리를 어찌 사라지게 해서야 되랴!** (…) [20]   (강조_필자)

---

20) 서해안풍어제보존회 편, 『김금화의 무가집』. 김금화 만신의 서문 「소멸되게 내버려 둘 수 없어서」 중.

새마을운동과 1960-70년대의 산업화에 따른 전통적 사회구조의
해체와 이에 따른 의식 변화가 샤머니즘의 몰락의 근본적이고 직접적
인 원인이다. 하지만 샤머니즘이 전통 사회의 해체와 함께 해체될 역사
적 상황에 처했다 하더라도 전통 샤머니즘에 대한 사회적 문화적 인식
은 악의적 편견에 기반해 있었고, 이러한 편견이 강화되고 확대되면서
새마을운동은 샤머니즘을 거의 압살하려는 사회적 분위기에서 전개
되었다. "새마을은 이제까지 있어온 모든 풍속이나 형태를 뒤집어 엎고
새로운 것을 만들고 세우는, 그런 광풍 같았는데, 그때가 우리네 무업
종사자에게는 최대의 수난기였다." 김금화 만신의 이 절절한 회고 속에
서 박정희 개발독재정권이 모든 농촌에 '새마을운동'이라는 기치를 내
걸고서 강제 집행한 농촌개조운동과 함께 민족의 전통 문화를 말살해
간 참담한 상황을 헤아릴 수 있다. 이 전통 무의 참극이 벌어지던 시기
에, 샤머니즘의 주검 위에서 시인이 부르는 넋두리요 절절한 비가悲歌
가 바로 미당의 시집 『질마재 신화』였던 것이다. 1970년 전후하여 몰아
친 근대화와 서구화의 광풍 속에서 샤머니즘의 압살이 심히 우려되던
시기를 맞아, 『질마재 신화』『떠돌이 詩』 같은 시집을 발표함으로써 샤
머니즘의 역사적 정당성은 물론 문학적 문화적 가치를 일깨웠다는 사
실은 미당 시가 이룬 문학사적 업적으로서 결코 빠트릴 수 없는 것이다.

하지만 샤머니즘이 미신으로 내몰린 역사적 상황을 살피는 것에서
한걸음 더 나아가, 미당 시가 보여주는 샤머니즘의 이상을 이해하는 것
은 한국문학과 샤머니즘 간의 관계를 이해하는 데 있어서 매우 긴요하
다. 그것은 샤머니즘을 부정하는 세력들에 저항하기 위해서도 필요하
고 더 중요한 것은 미래의 한국문학을 위해서도 절실하게 요청되는 것

이다. 위에서 전통 샤머니즘이 질마재 사람들의 원시적 본능을 조절하는 기능을 가지고 있다고 했는데 샤머니즘의 합리적 순기능은 얼마든지 더 찾아질 수 있다. 샤머니즘이 본능의 충동이나 개인의 마음의 분열을 치유하는 자연적이고도 합리적인 치료 방법이며 죽은 이의 한을 풀어줌으로써 산 이의 고통을 치유하는 것, 그리고 마을굿을 통해 주민들의 화합과 안녕을 꾀하는 것 등 정신과학과 문화인류학의 영역에서의 역할과 가치가 재인식되어야 한다. 그러나 전통 무속은 합리주의자들이나 근대주의자들이 만들어 놓은 악의적인 편견을 떨쳐내기 위해서라도 샤머니즘이 정신적 합리성과 함께 숭고한 이념을 품고 있다는 사실에 대해 분명히 이야기할 필요가 있다. 이러한 인식의 바탕에서 보면, 미당과 백석의 시 세계가 한국문학 속에 새로운 문학정신과 미학의 차원을 열어놓고 있다는 사실을 깨닫게 된다. 또한 네오 샤먼적인 작가로 부를 수 있는 오늘의 시인 작가들의 작품 속에서 전통 샤머니즘적 심성과 미학을 경험하는 뜻밖의 감동에 젖게 될 것이다. 그러기 위해서는, 미당과 백석 시가 안고 있는 샤머니즘으로 다시 돌아갈 필요가 있다.

전통 무의 이념과 미학을 찾기 위해서는, 시집 『질마재 신화』에서 보듯이, 미당의 샤머니즘은 일상의 소소한 것들에서 찾아지는 것이라는 사실을 유념할 필요가 있다. 미당의 시에서 샤머니즘의 주술력이 일상적 삶의 주변에서 펼쳐지고 있음을 보면, 시인의 샤머니즘이 한국인들의 평범한 일상생활 속에 내재하는 민간종교이고, 아울러 천지사방에 초월적 신성神性들과 함께 살아간다는 종교문화적 관념에 기반하고 있음을 알 수 있다. 이는 자연과 인간의 주변에 살고 있는 모든 동식물이나 바위나 돌, 집 주위에 서식하는 미물 하나하나에도 신성한 생명성이 깃들어 있다는 전통적 신앙 내용과 관련이 깊다. 샤머니즘의 정신적 바탕을 이루는 이러한 믿음 체계는 백석과 미당의 샤머니즘 세계의 기초를 이루는 것으로서 전통 샤머니즘의 범신관汎神觀을 말하는 것이기도 하다.

하지만 미당의 샤머니즘과 백석의 샤머니즘은 저마다 살아온 삶의 배경과 생활 공간이 달랐던 만큼 서로 다를 수밖에 없다. 해방 후 북한에 남은 백석과 남쪽에 남은 미당은 공히 샤머니즘의 깊은 가치와 이상을 자각한 시인들이었지만, 미당의 경우 본격적인 샤머니즘의 시편들이 씌어진 시기는 한국 사회에서 무당이 급격한 퇴락의 길을 걷게 되던 때와 겹쳐진다. 이러한 샤머니즘의 환경 변화는 그대로 미당 시에 반영되어 미당 시에서 퇴락한 샤먼의 모습을 만나는 것은 그리 어렵지 않다.

말라붙은 여울바닥에는 독자갈들이 들어나고
그 우에 늙은 巫堂이 또 포개어 앉아
바른 손 바닥의 금을 펴어 보고 있었다.

이 여울을 끼고는
한켠에서는 少年이, 한켠에서는 小女가
두 눈에 초롱불을 밝혀 가지고 눈을 처음 맞추고 있던 곳이다.

少年은 산에 올라
맨 높은데 낭떠러지에 절을 지어 지성을 디리다 돌아 가고,
少女는 할수없이 여러군데 후살이가 되었다가 돌아 간 뒤⋯⋯
그들의 피의 소원을 따라 그 피의 분꽃같은 빛깔은 다 없어지고
맑은 빗낱이 구름에서 흘러내려 이 앉은 자갈들우에 여울을 짓더니

그것도 할 일이 없어선지 자취를 감춘 뒤

말라붙은 여울 바닥에는 독자갈들이 드러나고
그 우에 늙은 巫堂이 또 포개어 앉아
바른 손바닥의 금을 펴어 보고 있었다.

— 미당, 「마른 여울목」 전문 (1959) [21]

질마재 마을의 단골 암무당은 두 손과 얼굴이 질마재 마을에선 제일 희고 부들부들 했는데요. 그것은 남들과는 다른 쌀로 밥을 지어 먹고 살았기 때문이라고 했습니다. 남들은 농사 지은 쌀로 그냥 밥을 짓지만 단골 암무당은 귀신이 먹다 남긴 쌀로만 다시 골라 밥을 지어 먹으니까 그렇게 된다구요.

골머리 배앓이 종기 태기 등, 허기진 귀신한테 뜯어 먹히우노라고 마을에 몸 아픈 사람이 생길 때마다, 암무당은 깨끗한 보자기에 그 집 쌀을 싸 가지고 "엇쇠 귀신아, 실컷 먹고 잠자거라"며 "하낫쇠, 둘쇠, 셋쇠……"하고 귀신을 잠재우는 그 잠밥이란 걸 아픈 데에 연거푸 눌러 먹이는 것인데, 그런 쌀로만 골라다가 씻어서 밥을 지어 자시기 때문이라고 했습니다. 그러곤 자기도 역시 잠밥 먹은 귀신같이 방안에서 평안하게 늘 실컷 자고 놀며 손발과 얼굴을 깨끗하게 깨끗하게 씻고 문지르기 때문이라고 했습니다.

— 미당, 「단골 암무당의 밥과 얼굴」 전문 [22]

---

21) 미당 시의 인용문은 민음사판 『미당 시전집』(2009년판)을 따랐다. 미당(1915-2000)이 45세 되던 1959년 『현대문학』 7월호에 발표된 작품으로 1968년에 출간된 시집 『冬天』에 수록되어 있다.
22) 이 작품은 미당의 후기 작품집 『늙은 떠돌이의 詩』(1993)에 수록.

첫 번째 인용 시 「마른 여울목」에 등장하는 무당은 이미 무당의 기능이 퇴화된 무당이다. 불교의 인연론이나 영통설靈通說이 시의 속내에 작용하고는 있지만, 초기 시에서 보이던 관능의 맹렬한 불꽃이 사그라들고 있다는 게 그 퇴락의 첫 징후이다. 삶과 죽음, 젊음과 늙음, 더 깊게는, 속계와 명계冥界가 서로 윤회라도 하듯이 맞물려 돌아가지만, 미당은 시의 첫 연을 다시 마지막 연에 되풀이함으로써 시적 자아의 관심이 "소년" "소녀"가 아니라 늙은 무당에게 가 모아져 있음을 내비친다. 젊은 무당 시절에 생사의 경계를 넘나들며 타오르던 본능은 이제 쇠락하여 "말라붙은 여울바닥에는 독자갈"로 비유되고, "늙은 巫堂"은 "바른 손바닥의 금을 펴어 보고" 자기 운명을 점친다. "소녀"든 "소년"이든 누군가가 인연론적으로 "늙은 무당" 자신이었음이 암시되고는 있지만, 주목할 것은 이 시에서 심미적 본능의 내용 곧 미당의 시적 본능이 윤회와 인연관이 습합된 무속巫俗과 깊이 맺어져 있으나 무속의 본능은 이미 쇠락해 있다는 사실이다. 이 시에서 쇠락한 무당의 모습이 첫 연과 끝 연에서 똑같이 반복되는 것은 그러한 시적 본능이 지닌 정태적인 상황을 반영하는 것으로 볼 수 있는 것이다. 하지만 이러한 미당 시의 샤머니즘에서 우리는 샤머니즘의 시대적 퇴락만으로 설명할 수가 없는, 어떤 근본적인 세계관적 한계와 함께 문학적 한계를 보게 된다.

그것은 우선, 인용한 두 번째 시 「단골 암무당의 밥과 얼굴」에서 "질마재 마을의 단골 암무당"에게 접신은 일상화되고 상투화되어 있는 사실에서 엿볼 수 있는 한계이다. 이 시가 전체적으로 시적 긴장의 끈을 놓치고 있는 것도 이와 연관된다. 무당의 접신은 자기 해체의 고통을 통과함으로써 만나는 신격神格들과의 대화이지만, 이 시의 고통 없는 접신과 초월은 귀신과의 희롱戲弄으로 해소된다. 이 시에서 접신의 신화가 설화 형식 속으로 소멸되고, "암무당"의 혼은, 지하계와 천상계를 연결하는 전통 만신의 혼과는 무관하게도, "잠밥 먹은 귀신같이 방안에서 평안하게 늘 실컷 자고 놀며 손발과 얼굴을 깨끗하게 깨끗하게 씻고 문지르기"같이 사적인 세속계에 머무르고 마는 것이다. 이러한 사실은 미당 시의 샤머니즘이 지닌 세속성과 무갈등성의 한계이기도 한데, 그 세속적 삶의 무갈등성은 세속적 고통의 육화 혹은 체화를 통해 세속적 고통과 죽음의 구원을 기꺼이 수행하는 만신의 이념과는 상당히 거리가 먼 것이다.

『질마재 신화』에서의 무당은 역사의 바깥에서 스러져가는 존재들이며, 꽃배암花蛇 같은 은밀한 관능에서조차 멀어진 퇴락한 선무당의 모습이 느껴진다. 이러한 느낌은 시인에게 무당의 건강한 본성이 약화되었음을 보여주는 것으로서, 시의 화자가 접신의 능력을 잃어버린 무당혹은 당대에 자연발생적으로 생긴 선무당에 가깝다고나 할까. 이는 질마재 사람들의 세계를 객관적인 거리를 두고서 관찰하여 서술하는 미당의 시학과도 밀접한 관계가 있다. 미당의 '이야기 시'의 특성 중 하나인 이러한 무갈등의 세속성은 미당 시가 지닌 샤머니즘의 이념적 한계에 속하는 것이다.

6.

"南新義州柳洞朴時逢方"

— 백석, 「南新義州柳洞朴時逢方」

백석 시와 전통 무 간의 관계를 살피기 위해서는 먼저 일제의 조선 침략과 합병 이후 백석이 살던 식민지 시대상황을 이해해야 한다. 전통 무의 입장에서 보면, 무는 고려 말 이래 쇠퇴해 오다 조선에 와서는 무당의 신분이 천민계급으로 몰락하여 사회적으로 천시당해 왔고, 일제시대에는 일제의 강제적이고 조직적인 수단[23]을 동원한 무당 말살 정책으로 전통 무의 혈맥이 끊길 위기에 처했고, 5·16 이후 근대화 시기에 전통 무가 당한 참극의 사태는 앞서 말한 바와 같다.

백석 시를 깊이 이해하기 위해서는 일제시대의 식민지 조선의 민속상황 특히 1930년대 전통 무가 처한 역사적 상황을 살피는 것이 필요하다. 일제는 1919년 삼일운동을 통해 조선의 식민지 통치를 무단으로는 성공시킬 수 없음을 깨닫고 교활한 문화통치 정책으로 전환한 이래, 효율적인 식민지 통치를 위해 조선의 민속을 전국적으로 연구 조사하게 된다. 젊은 백석이 활발하게 시작 활동하던 1930년대는 일제의 식민지 통치 정책의 일환으로 민속학 방언학 박물학 등 근대적 학문들이 유행하였고 동경을 거쳐 수입되거나 이식된 서구 문학의 모더니티가 조선 문학의 현실이자 이상이 되어버린 시대였다. 식민지 문학의 열등감과 콤플렉스가 깊이 작동할 수밖에 없던 이 시기에 백석이 고뇌한 조선문학의 이상은 무엇이었을까. 이 질문의 답을 찾기 위해서는 두 가지 측면에서 1930년대 상황을 인식하는 것이 요구된다. 우선, 백석은 1930년대 일제가 효과적인 식민지 정책을 마련하기 위해 조선의 민속

---

23) 조흥윤, 『한국 무의 세계』, 한국학술정보, 2004, 52쪽. 다음은 일제가 전통 무를 말살하려는 정책의 일단을 보여준다. "남산에 높이 자리하여 있던 국사당國師堂은 그 아래에 터를 잡을 신궁神宮 때문에 현재의 인왕산으로 억지 이사를 당하고 무당은 이제 조합에 가입해서 그 증명서를 장구에 걸어놓고서야 굿을 벌일 수 있게 되었다."

무속 방언 등을 광범위하게 조사 연구하던 상황에 어떤 의미에서든 직 간접적으로 깊이 연관되어 있었을 것이라는 점. 따라서 암담한 식민지 상황에 처한 우리 민족의 고유한 문화적 정신적 뿌리로서 전통 무와 방 언 등에 관심을 갖게 되었고, 민속학과 방언학이 새로운 문학적 관심사 가 될 수 있는 상황이었다는 것. 다음으로는, 이와 같이 전통 무에 대한 관심이 고조되던 상황에서, 1930년대에 일본을 통한 서구의 근대적 문학관의 이식과 모방이 급격히 진행되었고, 그 비주체적으로 이식된 식민적 근대성의 바탕 위에 세워진 모더니즘과 리얼리즘의 문학적 이 상을 백석의 문학은 과연 얼마나 인정하고 수용하였는가를 살펴야 한 다는 것.

적어도 이러한 1930년대의 상황 인식을 통해, 일제의 식민지 정책에 대한 백석의 시적 대응과 당시 식민지 문학에 이식된 서구 근대 문학들 에 대한 백석의 문학적 수용과 저항의 내용을 깊이 엿볼 수 있을 것이 다. 물론 백석 시에서 모더니즘적 영향과 관심의 증거들이 찾아지겠지 만, 크게 보아, 백석의 시와 시학은 그 자체로 일제 시대 식민지적 정치 사회적 현실상황과 문학적 현실상황에 강력한 저항이자 반항의 성격 이 강하다. 이는 백석이 당시 서양의 근대적인 시적 규율에 '주체적으 로' 수용, 대응하였고 근대적 대도시의 몰주체적 '식민 문학'에 반항하 는 새로운 '방언 문학'을 제시했다는 사실에서 이해될 수 있을 것이다.

1940년 백석의 만주 이주를 계기로 쓴 시「북방에서」는 백석의 시세 계에서 어떤 세계관적 각성의 조짐과 더불어, 그의 후기 시편에 보이는 심화된 샤머니즘의 시학을 이해하는 데에 결정적으로 중요하다.

아득한 넷날 나는 떠났다

扶餘와 肅愼을 渤海를 女眞을 遼를 金을,

興安嶺을 陰山을 아무우르를 숭가리를.

범과 사슴과 너구리를 배반하고

송어와 메기와 개구리를 속이고 나는 떠났다.

나는 그때

자작나무와 익갈나무의 슬퍼하든것을 기억한다

갈대와 장풍의 붙드든 말도 잊지 않었다

오로촌이 멧돌을 잡어 나를 잔치해 보내든것도

쏠론이 십릿길을 딸어나와 울든것도 잊지않었다.

나는 그때

아모 익이지 못할 슬픔도 시름도 없이

다만 게을리 먼 앞대로 떠나나왔다

그리하야 따사한 햇귀에서 하이얀 옷을 입고 매끄러운 밥을 먹고 단샘을
마시고 낮잠을 잤다.

밤에는 먼 개소리에 놀라나고

아츰에는 지나가는 사람마다에게 절을 하면서도

나는 나의 부끄러움을 알지못했다

그동안 돌비는 깨어지고 많은 은금보화는 땅에 묻히고 가마귀도 긴 족보
를 이루었는데

이리하야 또 한 아득한 새 넷날이 비롯하는때

이제는 익이지 못할 슬픔과 시름에 쫓겨

나는 나의 녯 한울로 땅으로—나의 胎盤으로 돌아왔으나

이미 해는 늙고 달은 파리하고 바람은 미치고 보래구름만 혼자 넋없이 떠

도는데

아, 나의 조상은 형제는 일가친척은 정다운 이웃은 그리운것은 사랑하는

것은 우럴으는것은

나의 자랑은 나의 힘은 없다. 바람과 물과 세월과 같이 지나가고 없다.

— 백석, 「북방에서」 부분 (강조_필자)

시적 자아는 그 옛날 "북방"을 떠나 "앞대"(남쪽)를 향해, 곧 근대적
대도시 서울(경성)을 향해, 떠났던 과거를 돌이키며 깊이 반성하고 이
제 "북방"에 돌아와 회한에 잠긴다.[24] 이 시가 지닌 각별한 의미는, 고향
산천에 돌아와 전원 속에서 소박한 삶을 즐기겠다는 도연명陶淵明의 귀
거래사 같은 의미가 아니라, 치열한 자기 반성과 함께 잊고 있던 북방
샤머니즘에 대한 깊은 각성을 보여주는 '귀거래사'라는 점에서 찾아진
다. 시인이 고백하는 자기 반성의 주요 내용들은, 먼 우리 역사 속의 옛
나라들과 영토인 "扶餘와 肅愼을 渤海를 女眞을 遼를 金을,/興安嶺을 陰
山을 아무우르를 숭가리를 (…)" "배반하고" "떠났다"는 것, "범과 사슴
(…) 송어와 메기와 개구리를"이라는 북방의 자연과 토템과 애니미즘
세계를 "속이고 나는 떠났다"는 것, 그리고 만주의 샤먼족인 "오로촌"

---

24) 「북방에서」에 대한 자세한 분석은 이 글에서는 피하기로 한다. 참고로 이 시에 대한 필
   자의 별도의 해석은 졸고 「집 없는 박수의 시」에 포함되어 있다.

과 "쏠론"의 형제애를 "잊지 않았다"는 것 등이다. 시의 1연과 2연은 시적 화자가 돌아온 "북방"은 토템과 애니미즘 같은 샤머니즘이 여전히 깊이 영향을 끼치고 있는 세계이다. 이 시의 1, 2연에 이어 3연의 "나는 그때 (…) 아모 익이지 못할 슬픔도 시름도 없이 다만 게을리 앞대를 향해 떠나나왔다 (…) 나는 나의 부끄러움을 알지못했다"라는 구절에 이르면, 이 시는 시인이 과거의 "그때" "다만 게을리 먼 앞대를 향해" 즉 일제의 지배 아래에 있던 모던한 근대적 대도시 서울로 떠났던 것을 떠올리며 "나는 나의 부끄러움을 알지못했다"는 통렬한 자기 반성을 하게 되고, 뒤늦게 돌아온 "북방에서" '새로운' 세계상을 깊이 자각하게 되었음을 읽게 된다. 그 '새로운' 세계에 대한 자각은 샤머니즘적 세계로의 '원시반본原始返本'의 뜻을 지닌다.

여기서 1940년 백석이 서울이나 동경 같은 근대성의 세계에서 벗어나 북방 고향으로의 귀향을 가리켜 '원시반본'의 뜻을 지닌다는 말은 그 귀향이 복고復古이거나 원시시대나 원시사회로 돌아감을 의미하지 않는다. 이 시에서 원시반본은 자기가 태어난 삶의 근본이자 존재의 시원인 "넷 한울과 땅으로—나의 胎盤으로 돌아오"는 의미이니, 단순히 근대문명 이전의 원시적 삶이 아닌 "과거 원시의 화해로웠던 생명의 고른 상태로, 문명 단계를 거쳐서 창조적으로 환원하는, 새롭게 순환하는 그런 질서"[25]인 '근본적인' 삶으로 돌아옴인 것이다. 특히 이 시의 4연

---

25) '원시반본'은 구한말 종교 사상가인 강증산이 한 말이다. 김지하 시인은 원시반본의 의미를 다음과 같이 설명하고 있다. "(…) 강증산 선생은 민중과 중생이 자기의 고향인 본디생명을 찾아 돌아가는 원시반본原始返本을 사상의 출발로 하고 있습니다. **과거 원시의 화해로웠던 생명의 고른 상태로, 문명 이전의 상태로, 문명 단계를 거쳐서 창조적으로 환원하는, 새롭게 순환하는 그런 질서를 '원시반본'**이라는 말로 표현했습니다."(강조_필자)—김지하, 「구릿골 기행」, 『김지하 전집』 1권, 실천문학사, 2002.

에는 이러한 백석의 귀거래사가 단순한 귀거래사가 아니라 원시반본의 깊은 뜻을 지닌 귀거래사라는 사실을 엿보게 한다. 이 구절엔 직선적 시간의 흐름이 아닌 생성과 소멸이 동시적으로 이루어지는, 찰나가 영원이고 영원이 찰나인, 무궁무진한 시간관, 그래서 '지금 이 순간'이란 다름 아닌 "이리하야 또 한 아득한 새 넷날이 비롯하는때"가 되는 백석의 순환론적인 시원적 시간관이 들어있다. 여기서 "새 넷날"이란 표현에 주목해야 하는데, 그것은 백석이 '옛날이 새로이 시작된다'는 시간관을 갖게 되었다는 점에서 의미심장하다. '삶의 세계는 항상 언제든 시원이 더불어 시작되는 세계인 것이다.' 그러니까, 역사(시간)의 아이러니로서의 "새 넷날"은 언제든 "나의 태반으로 돌아"옴으로써 새로운 역사(시간)를 갖는다는 의미인 것. 그러니, "새 넷날"은 먼 과거로의 돌아감이 아니라 '미래의 원시성'으로서 "새 넷날"로 돌아옴을 뜻하는 것이다. 그렇다면 백석의 반문명적 샤머니즘은 이미 지나간 과거의 시간의 것이 아니라 지금 여기서 항상 더불어 있는 원시성으로서의 샤머니즘이요, 미래의 삶을 위한 '새로운 샤머니즘'이라고 말할 수 있다.

또한 "나는 나의 넷 한울로 땅으로—나의 胎盤으로 돌아왔(으나)"다는 시구에서는, "나의 넷 한울로 땅으로"와 "나의 태반으로"는 동격관계이므로, "나의" 돌아옴은 '새로운 세계관의 탄생'("나의 태반")의 뜻을 품고 있다. 백석의 다른 시 「나와 나타샤와 흰 당나귀」(1938)에서도, 이러한 '새로운 (세계관의) 탄생'을 알리는 내용이 보이는데, 그것은 "나타샤가 아니 올 리 없다/언제 벌써 내 속에 고조곤히 와 이야기한다/산골로 가는 것은 세상한테 지는 것이 아니다/세상 같은 건 더러워 버리는 것이다//눈은 푹푹 나리고/아름다운 나타샤는 나를 사랑하고/어데서 흰 당나귀도 오늘밤이 좋아서 응앙응앙 울 것이다" 같은 구절에서 드러난다. 이 시구에서 '새로운 인성人性의 탄생'('새로운 인성'의 탄생은 '새로운 세계관'의 탄생과 같은 의미이다.)을 비유하는 시구는 "어데서 흰 당나귀도 오늘밤이 좋아서 응앙응앙 울을 것이다"라고 볼 수 있는데, 그것은 "응앙응앙"은 흰 당나귀가 우는 울음소리가 아니라 흰 당나귀로 상징되는 순결하고 맑은 영혼을 지닌 "새로운 인간" 아기의 탄생을 알리는 울음소리이기 때문이다. 결국 "나의" '새로운 탄생'을 가능하게 하는 것은 백석이 '새로운 세계관'에 눈뜸을 의미한다. 시의 1, 2연을 종합해 보면, 그 '새로운 세계관'이 북방 샤머니즘과의 깊이 연결되어 있음이 분명해진다.

1938년에 발표된 「나와 나타샤와 흰 당나귀」에서 원시반본의 깊은 뜻이 담긴 귀향 결심을 노골적으로 내비치기 시작한 백석은 이후 샤머니즘을 더욱 적극적으로 이해하고 수용하였던 것으로 보인다. 그가 29세 되던 1940년에 만주 이주를 계기로 「북방에서」를 쓰던 무렵부터 북방 샤머니즘과 백석의 시적 이념 혹은 시적 상상력 사이에서 어떤 독창적인 융합 과정이 이루어졌을 가능성이 높다. 이러한 판단은 1948년 5월에 발표된 「마을은 맨천 구신이 돼서」와 같은 해 10월에 발표된 「南新義州柳洞朴時逢方」을 분석하면 그 신빙성이 상당 정도 뒷받침될 것이다. 먼저 「마을은 맨천 구신이 돼서」는 적어도 시의 내용상으로는 북방 샤머니즘이 시인에게 육화肉化 수준에 이르렀음을 확인시켜 준다는 점에서 그 의미는 자못 깊고 크다.

> 나는 이 마을에 태어나기가 잘못이다
> 마을은 맨천 구신이 돼서
> 나는 무서워 오력을 펼 수 없다

자 방안에는 성주님

나는 성주님이 무서워 토방으로 나오면 토방에는 다운구신

나는 무서워 부엌으로 들어가면 부엌에는 브뜨막에 조앙님

나는 뛰쳐나와 얼른 고방으로 숨어 버리면 고방에는 또 시렁에 데석님

나는 이번에는 굴통 모통이로 달아가는데 굴통에는 굴대장군

얼혼이 나서 뒤울안으로 가면 뒤울안에는 곱새녕 아래 털능구신

나는 이제는 할 수 없이 대문을 열고 나가려는데

대문간에는 근력 세인 수문장

나는 겨우 대문을 삐쳐나 밖앝으로 나와서

밭 마당귀 연자간 앞을 지나가는데 연자간에는 또 연자망구신

나는 고만 디겁을 하여 큰 행길로 나서서

마음 놓고 화리서리 걸어가다 보니

아아 말 마라 내 발뒤축에는 오나 가나 묻어 다니는 달걀구신

마을은 온데 간데 구신이 돼서 나는 아무데도 갈수 없다.

— 「마을은 맨천 구신이 돼서」 전문 (1948년 발표)

이 시는 몇 가지 점에서 백석 시의 세계관과 시학—특히 후기의 시학 혹은 창작방법론—을 이해하는 데 중요한 단서를 지니고 있다고 생각된다. 우선 이 시의 형식을 보면, "나는"이라는 주격이 시의 첫 행부터 끝 행에 이르기까지 거의 반복되어 나타난다는 점과 시적 화자가 이야기꾼 형식을 하고 있다는 점을 주목할 필요가 있다. "나는"이 반복해서 강조되는 것은 이야기를 받는 청중(독자)에게 "나"를 강조함이니, 이 시

는 어느 면에서 보면 "나"의 존재론적 고백과 함께 "나"의 존재의 드러
냄을 강조하려는 시 형식을 취하고 있다고 할 수 있다. 이렇게 보면, 이
시의 본질을 해석하는 핵심은 바로 이 시의 시적 화자가 지닌 존재론적
성분을 이해하는 데에 있다. 결론부터 말하면, 시적 화자 '나'는 접신에
능통한 인성의 소유자라는 것. 곧 시적 화자는 무당의 존재를 내면화하
고 있는 것이다. "나"는 무당의 심성을 갖추고 있기 때문에, "마을은 맨
천 구신이 돼서" 있는 초월적 귀신 세계에 들어갈 수 있게 된다. 입무 즉
엑스터시가 이루어진 상태에 있는 "나"의 존재성으로 인해 이 시의 내용
인 수많은 귀신들의 세계가 "나" 즉 무당적 존재의 드러남에 의해 이야
기될 수 있는 것이다. "나"의 접신 상태가 전제되지 않는다면, 바꿔 말
해, 접신에 의한 "나(무당적 심성)"의 드러남이 없다면, 이 시의 내용인
'귀신들 세계'는 나타날 수가 없는 것이다.

　"마을은 맨천 구신이 돼서" 있는 상태는 샤머니즘이 지배하는 상태
이다. 이때 마을 곳곳에서 귀신들이 '보이는' 시적 화자 '나'는 두려움과
무섬증이 일어 '그만 기겁(디겁)을 하기도' 한다. 시는 "마을은 온데 간
데 구신이 돼서 나는 아무데도 갈수 없다"는 탄식으로 끝난다. 하지만
'나'의 탄식은 두려움에 떠는 탄식만 있는 게 아니다. 살펴야 할 시구는
첫 행, "나는 이 마을에 태어나기가 잘못이다"라는 구절인데, 이 시구에
서 보듯 사방이 귀신 천지인 이 마을이 "나"의 고향이라는 것이고, "나
는" 이 마을 태생인 사실이 "잘못이다"고 말하면서도, 시의 내용은 "잘
못"과는 사뭇 다른 분위기로 흘러간다는 데에 이 시의 묘미가 있다. 곧,
이 시의 묘미는 귀신들이 온 사방에 함께 살고 있는 마을에서 "나는" 귀
신들에 대한 두려움과 무섬으로 탄식하면서도, 그 탄식 속에서 귀신들
과, 마치 숨바꼭질이나 술래놀이하듯, 놀이를 벌이고 있는 분위기가 전

해지기도 한다는 데에 있다. 그래서 이 시를 읽어가다 보면, 이야기 표면의 두려움은 어느새 이면의 즐거움으로 뒤바뀌는 듯한 느낌에 이르게 된다. 그것은 시적 화자에게 능수능란한 이야기꾼의 모습이 함께 있음을 뜻하는 것이다. 이러한 고도의 시적 기교야말로 백석 시의 독창적 형식성을 보여주는 것으로, 형식이 내용을 새로운 차원으로 지양시키고 시적 의미로 확장하는 시적 사례라 할 만하다.

아마도 백석 시 가운데서도 인구에 널리 회자되고 있는 명편, 「남신의주유동박시봉방」을 깊이 이해하기 위해서도 인용된 「마을은 맨천 구신이 돼서」에서 시의 의미상의 주어인 "나는"을 깊이 살필 필요가 있다. 조금 전 말했듯이, 두려움과 즐거움이라는 서로 상반된 양가적 정서들이 함께 내재하는 작품이라 한다면, 의미상의 주어인 "나"의 심층에는 "나" 외에도 타자로서의 "나"가 함께 내재해 있을 수가 있다. 즉, 이 시에서 시적 자아는 둘로 분리되어 있다. 이 시에서 시적 자아의 분리를 명료하게 드러내는 시구는 1연 4행의 감탄사 '자'와 마지막 연의 "아아 말 마라"라는 감탄형 시구라 할 수 있는데, 그것은 언어의 화용론話用論적 시각으로 볼 때, 귀신을 부정하는 것이 아니라 귀신을 적극 긍정하는 의미로 해석될 수도 있기 때문이다. 다시 말해, '자'와 "아아 말 마라"라는 감탄의 발화자는 "구신"을 두려워하는 인성人性이 아니라 "구신"에 익숙한 인성으로 볼 수 있다는 것. 그런데 귀신은 합리적 이성이나 인위적 척도로는 도저히 알 수 없는 세계에 속한 존재이다. 그렇다면 어떻게 해서 시적 자아는 마을에 편재하는 귀신들을 일일이 알아볼 수 있는가. 그것은 귀신들의 상태를 자세히 열거하며 이야기하는 시적 자아 안에 "접신"할 수 있는 시적 자아가 내재하여, 그 두 시적 자아들이 서로 회통會通하기 때문이랄 수 있다. 이 고향마을에 편재하는 귀신들을 두려워하는 표면적인 주어 "나는"은 귀신과 친숙한 인성인 숨어 있는 이면적인 주어 "나는"과 융합하고 때로 회통하는 "나는"인 것이다. 백석이 이 시에서 "나는"을 계속 반복해서 강조한 것은, 단순히 시의 운율이나 가락 때문이 아니라, 표면적 주어인 "나는"과 이면적 주어인 접신하는 "나는"이 서로 회통 융합한 "나는" 즉 시적 화자로서의 "나는"의 존재론적 특성을 강조하기 위한 시적 형식으로 볼 수 있다. 이는 조금 다른 차원에서 본다면, 샤머니즘적 세계관에서의 시인의 존재론적 문제를 깊이 사유한 끝에 얻게 된 시 형식의 결과라고도 할 수 있다. "나는"이라는 반복되는 주어의 형식은 접신하는 인간으로서 무당에 대한 시인의 존재론적인, 동시에 시학적인 사유의 산물이라고 말할 수 있는 것이다.

그러므로, 이 시가 지닌 주제상의 결론에 해당한다고 볼 수 있는 끝 행, "마을은 온데 간데 구신이 돼서 나는 아무데도 갈수 없다."는 시구는, 시의 첫 행 "나는 이 마을에 태어나기가 잘못이다"라는 시구와 함께 읽을 때, 새로운 해석의 가능성이 열린다. 그것은 "나"의 고향 마을이 귀신들로 가득하기 때문에 "무서워" "나는 아무데도 갈수 없다"라는 의미가 아니라, 이 시가 보여주는 "나"의 역설적 심리 표현들을 함께 해석하면, '귀신들로 가득한 마을이 "나"가 태어난 고향이다' 라는 의미가 되는 것이다. 마을에 가득한 귀신과 접신하는 시적 자아인 "나"는 샤먼의 심성을 지닌 사람이다. 따라서 마지막 시구는 전통 무, 곧 '전통 샤머니즘이 "나"의 정신적 고향이다' 라는 의미로 해석될 수도 있는 것이다.

이렇게 「마을은 맨천 구신이 돼서」를 해석하고 보면, 백석 시의 '무당적 자아'가 낳은 가장 의미심장하고도 아름다운 시편으로서 「南新義州柳洞朴時逢方」에 대한 기존의 해석들에 보태어질 또 다른 해석의 길

이 열리게 된다.

어느 사이에 나는 아내도 없고, 또,

아내와 같이 살던 집도 없어지고,

그리고 살뜰한 부모며 동생들과도 멀리 떨어져서,

그 어느 바람 세인 쓸쓸한 거리 끝에 헤메이었다.

바로 날도 저물어서,

바람은 더욱 세게 불고, 추위는 점점 더해 오는데,

나는 어느 목수木手네 집 헌 삿을 깐,

한 방에 들어서 쥔을 붙이었다.

이리하여 나는 이 습내 나는 춥고, 누긋한 방에서,

낮이나 밤이나 나는 나 혼자도 너무 많은 것같이 생각하며,

딜옹배기에 북덕불이라도 담겨 오면,

이것을 안고 손을 쬐며 재 우는 뜻없이 글자를 쓰기도 하며,

또 문밖에 나가디두 않구 자리에 누워서,

머리에 손깍지벼개를 하고 굴기도 하면서,

나는 내 슬픔이며 어리석음이며를 소처럼 연하여 쌔김질하는 것이었다.

내 가슴이 꽉 메어 올 적이며,

내 눈에 뜨거운 것이 핑 괴일 적이며,

또 내 스스로 화끈 낯이 붉도록 부끄러울 적이며,

나는 내 슬픔과 어리석음에 눌리어 죽을 수밖에 없는 것을 느끼는 것이었다.

그러나 잠시 뒤에 나는 고개를 들어,

허연 문창을 바라보든가 또 눈을 떠서 높은 틴정을 쳐다보는 것인데,

이때 나는 내 뜻이며 힘으로, 나를 이끌어 가는 것이 힘든 일인 것을 생각
하고,

이것들보다 더 크고, 높은 것이 있어서, 나를 마음대로 굴려 가는 것을 생
각하는 것인데,

이렇게 하여 여러 날이 지나는 동안에,

내 어지러운 마음에는 슬픔이며, 한탄이며, 가라앉을 것은 차츰 앙금이
되어 가라앉고,

외로운 생각만이 드는 때쯤 해서는,

더러 나줏손에 쌀랑쌀랑 싸락눈이 와서 문창을 치기도 하는 때도 있는데,

나는 이런 저녁에는 화로를 더욱 다가 끼며, 무릎을 꿇어 보며,

어니 먼 산 뒷옆에 바우섶에 따로 외로이 서서,

어두워 오는데 하이야니 눈을 맞을, 그 마른 잎새에는,

쌀랑쌀랑 소리도 나며 눈을 맞을,

그 드물다는 굳고 정한 갈매나무라는 나무를 생각하는 것이었다.

　　　　　　　　　　　　　　　　　　—「南新義州柳洞朴時逢方」 전문 (1948년 발표)

　　많은 비평가 학자들이 이 작품을 한국시에서 가장 아름다운 시로 평
가하는 데 주저하지 않는다. 4·19 세대 문학의식을 대변하는 비평가들
의 평, 가령 "페시미즘의 절창"(유종호), "한국 시가 낳은 가장 아름다운
시 중의 하나"(김현)에서부터, "여기 나타난 감정의 추이 과정은 인간의
보편적 심리현상을 그대로 반영한 (…) 보편성의 영역을 확보한 시"(이
숭원) "시인의 자기 성찰을 더없이 진솔한 내성의 목소리로 듣게 되는
시"(고형진) 같은 비평들이 있다. 이러한 이 시에 대한 기존의 비평들에
덧대어, 이 시를 샤머니즘의 시각으로 읽는 비평이 필요하다. 이 시는

백석의 샤머니즘이 관통하는, 한국시사에서 가장 의미심장하고 아름다운 시이다.

이 시의 줄거리를 요약하면 대강 이러하다: 시적 화자인 "나"는 "어느 사이에" 아내와 가족 모두 "없어지고" "바람 세인 쓸쓸한 거리 끝에 헤메이"다가 남의 집 더부살이를 하게 된, 세상살이에서 낙오된 외로운 사내이다. 사내는 "내 슬픔과 어리석음에 눌리어 죽을 수밖에 없는 것을 느끼는" 신세이다. 그러나 절망적인 상황을 처해 있던 사내는 어느 날 "이때 나는 내 뜻이며 힘으로, 나를 이끌어 가는 것이 힘든 일인 것을 생각하고, 이것들보다 더 크고, 높은 것이 있어서, 나를 마음대로 굴려 가는 것을 생각"하기도 하며, "이렇게 하여 여러 날이 지나는 동안에, 내 어지러운 마음에는 슬픔이며, 한탄이며, 가라앉을 것은 차츰 앙금이 되어 가라앉고, 외로운 생각이 드는 때쯤 해서는, (…) 어니 먼 산 뒷옆에 바우섶에 따로 외로이 서서, 어두워 오는데 하이야니 눈을 맞을, 그 마른 잎새에는, 쌀랑쌀랑 소리도 나며 눈을 맞을, 그 드물다는 굳고 정한 갈매나무라는 나무를 생각하는 것이었다." 줄거리는 세상에서 소외되어 고통받고 외로운 "나"라는 불쌍한 어느 사내 이야기이다. 세상에서 소외되고 가난하고 "죽을 수밖에 없는" 사내가 조금씩 절망감에서 벗어나 희망을 갖게 된다는 내용인 바, 그런 절망에서 벗어나 희망을 갖는다는 사람 이야기란 그저 평범하달 수도 있고 굳이 특별하달 수는 없는 내용이다. 단지 이 시에서 백석의 특별한 인생관과 사유를 엿보게 하는 문장이 있으니, 방금 요약한 줄거리 중에서 "이때 나는 내 뜻이며 힘으로, 나를 이끌어 가는 것이 힘든 일인 것을 생각하고, 이것들보다 더 크고, 높은 것이 있어서, 나를 마음대로 굴려 가는 것을 생각하는 것"이라는 운명론적 인생관을 엿보게 하는 시구, 그리고 "어니 먼 산 뒷옆에 바우섶에 따로 외로이 서서, 어두워 오는데 하이야니 눈을 맞을, 그 마른 잎새에는, 쌀랑쌀랑 소리도 나며 눈을 맞을, 그 드물다는 굳고 정한 갈매나무라는 나무를 생각하는 것이었다."라는 무언가 의미심장한 뜻이 있을 것만 같은 시적 화자 "나"의 '특이한' "생각"이다.

　이 시를 해석하는 데에 긴요한 비평적 관심사를 찾는다면, 첫째 시적 화자인 "나"가 누구인가 하는 "나"의 성격 혹은 정체의 문제이고 둘째, "갈매나무"의 성격에 관한 것이다. 시의 내용은 이미 살핀 바처럼, 불쌍한 처지에 놓여 있는 "나"의 내면적 정황에 대한 진술이 주를 이룬다. 하지만 시적 화자 "나"의 내면을 깊이 살피면, "나"는 단순히 페시미스트라고 단정할 수 없는 이중적 존재임이 드러난다. 이 시의 시적 화자 "나"의 어법을 살펴보면, 시적 자아인 "나"에 또 다른 "나"가 내재해 있음을 알게 된다. 그것은, "(…) 나는 내 슬픔이며 어리석음이며를 소처럼 연하여 **쌔김질하는 것이었다.** (…) 나는 내 슬픔과 어리석음에 눌리어 죽을 수밖에 없는 것을 **느끼는 것이었다.** (…) 허연 문창을 바라보든가 또 눈을 떠서 높은 턴정을 쳐다보는 것인데, (…) 나를 마음대로 굴려 가는 것을 **생각하는 것인데,** (…) 쌀랑쌀랑 소리도 나며 눈을 맞을,/그 드물다는 굳고 정한 갈매나무라는 나무를 **생각하는 것이었다.**"(강조_필자)에서 보듯이, "~하는 것이었다." "~하는 것인데"와 같은 어법이 적절히 섞여 있다는 점에서 알 수 있다. "나"의 일인칭 문장으로 된 시구임에도, "나는 ~하는 것이었다." "나는 ~하는 것인데"라는 어법를 섞어 쓴다는 것은, "나"를 대상화 객관화하여 지켜보고 있는 또 다른 "나"가 시 속에 함께 있다는 것을 뜻하는 것이다. 이러한 "나"의 이중성은,—이 시의 제목에서도 암시되어 있듯이, 시적 자아에는 편지 형식의 '발신인-수신인'이라는 이중성이 전제되어 있다.—이 시의 줄거리로 보아, 시적 화자인

"나"의 지극히 고통스러워하는 심성에는 또 다른 "나"가 더불어서 그 고통을 지켜보고 있다는 것이 된다. 그 숨은 "나"의 정체는 누구인가. 그 숨은 "나"는 고통받고 있는 "나"를 객관적 대상으로 놓고 살피는 존재라는 사실에서, "페시미즘"과는 거리가 먼 성격의 존재임은 분명하다. 이 시의 뒷부분에 등장하는 "갈매나무"라는 신성의 상징물을 함께 고려하면, 고통받는 "나"를 객관화하여 "나"의 마음의 고통이 서서히 치유되는 과정을 지켜보고 있는 숨은 "나"는 샤먼의 성격을 지닌 영혼이랄 수 있다. 샤먼의 영혼이 시 속에 내재되어 있는 것이다! 샤먼의 혼령이 숨은 "나" 속에 함께 내재하기 때문에, 이 시의 외면적 형식성도 비로소 밝혀질 수가 있다. 또한 이 시의 맨 뒤의 "갈매나무"에 대한 객관적인 서사 장면에서 맑은 신성神性의 힘, 누미노제Numinose, 神聖力가 느껴지는 까닭을 이해할 수 있게 된다.

(…)
나는 이런 저녁에는 화로를 더욱 다가 끼며, 무릎을 꿇어 보며,
어니 먼 산 뒷옆에 바우섶에 따로 외로이 서서,
어두워 오는데 하이야니 눈을 맞을, 그 마른 잎새에는,
쌀랑쌀랑 소리도 나며 눈을 맞을,
그 드물다는 굳고 정한 갈매나무라는 나무를 생각하는 것이었다.

시 맨 뒤에 나오는 이 인용구절이 주목되어야 하는 이유는 어두운 방안에서 마음의 고통에 시달리던 "나"가 문득 바깥세상 저 멀리 산속 바위 앞에 외로이 서서 눈을 맞고 있는 갈매나무 한 그루를 떠올리게 된 사실에서이다. 문득 "나"의 마음에 시공을 초월하는 듯한 생각 혹은 상

상력 또는 비상한 투시력이 생긴 것이다. 이는 "나"의 어둡고 고통스러운 의식 과정 속에서 갑자기 무의식의 무엇인가가 나와서 시공時空의 제약 없이, 아울러 시공을 상대화하여 투시하는 능력이 생겼다는 것과 다르지 않다. 이 시에서 모종의 맑은 신성한 기운을 느끼게 되는 것은 바로 이 때문인데, 그것은 방금 말했듯이 전적으로 "바우섶에 따로 외로이 서서, 눈을 맞을, (…) 굳고 정한 갈매나무라는 나무를 생각"하는, 투시적 상상력에서 발원하는 것이다. 이 시의 화자인 "나"가 시의 첫 행부터 인용문의 이전 시행에 이르기까지 오로지 절망과 고통과 고독에 휩싸인 채 주관적이고 내면적인 자아의식에 빠져 있는 이야기가 계속되다가, 바로 이 인용된 구절에 이르러, 문득 "나"의 주관적 자의식에서 벗어나서 "먼 산 뒷옆에 바우섶에 따로 외로이 서서" "눈을 맞고 있을" "갈매나무"의 객관적이고 구체적인 공간으로 시적 자아의 시선이 자유로이 이동해 가는 것은, "나"의 상상과 "생각" 속에서일지라도, "나"의 무의식으로부터 나오는 어떤 힘 즉 "나" 속에 또 다른 "나"의 능력에서나 가능한 것이다. 곧 이 구절에서 시적 화자인 "나"의 존재 안에 인간의 영혼과 자연의 정령을 두루 접할 수 있는 샤먼(무당)의 능력이 함께 느껴지는 것이다. 서사무가에서 서사적 화자의 시점은 빙의 상태에서 시공을 초월한 조망眺望의 시선, 즉 빙조憑眺의 시선을 종종 드러낸다. 이러한 빙조의 시선은 무당이 기본적으로 접신의 황홀경 상태에서 몸을 떠나 천상계나 지하계로 '영적인 여행을 떠나는 존재'이기 때문에 주어지는 시선이다. 어둠과 절망 속에 갇혀 있는 "나"로부터 갑자기 "어니 먼 산 뒷옆에 바우섶에 따로 외로이 서서, 어두워 오는데 하이야니 눈을 맞을" 갈매나무라는, 생의 의지와 생명력이 서린 사실적 공간으로 빙조의 시선이 나타나는 것은 "나"의 무의식에는 몸을 떠나 영계로 여행을 떠나는 접신의 능력을 기본기로 갖춘 샤먼적 심성이 함께 있음을 상징적으로 보여주는 것이다. "나"의 내면에 함께하는 무당의 신성한 힘과 그로부터 빙조의 능력이 자연스럽게 나올 수가 있었던 것이니, 이 시의 "나"는 무당과 둘이면서 하나인 시적 자아인 것이다. 이처럼, 이 시가 샤먼의 영혼이 내재된 시라 한다면, 이 시의 제목 「南新義州柳洞朴時逢方」은 단순히 우편 발신자가 적은 실제 편지 봉투 겉장의 주소지를 의미하는 것이 아니라, 신성한 의미를 깊숙이 내면화한 수신자 주소지라고 말할 수 있다. 그것은 이 열 개의 글자로 이루어진 시 제목이 다름 아닌, 시적 화자 "나"의 마음의 고통을 치유하는 주문呪文의 뜻과 형식을 지니고 있다는 것이다.

그렇다면, 시 제목 열 글자를 고통받는 심혼을 치유하는 주문의 형식으로 해석할 수 있는 근거를 찾아야 할 것이다. 그 근거는 일단 크게 두 방향에서 찾아질 수 있다. 하나는 이 시의 표제어 "南新義州柳洞朴時逢方"에서 추론 가능한 백석의 언어관에 관한 것이고, 다른 하나는, 앞서 살폈듯이, 이 시를 지배하는 백석의 샤머니즘적 세계관에 관한 것이다. 여기서 언어관과 세계관을 분리한 것은 비평적 분석을 위해 편의상 서로 나눈 것일 뿐, 당연히 백석 시의 언어관과 세계관은 하나로 통일되어 있다는 사실이 간과되어선 안 된다. 먼저 이 시의 제목에서 추론할 수 있는 백석의 언어관을 이해하기 위해서는, "南新義州柳洞朴時逢方"이라는 말 자체가 지닌 내용과 형식을 깊이 살펴야 한다. 일단 제목의 내용상 주목할 것은 발신인이 수신인에게 보낸 편지의 주소지라는 의미를 지닐 뿐, 시의 본문 내용과는 하등의 관계가 없다는 사실이다. 또한 제목의 형식을 보면, 열 개의 한자를 붙여쓰기[26]하여, 보통 띄어쓰기를 하는 편지 봉투의 수신인 주소지의 글 형식과는 사뭇 다른 형식을 취하고 있다는 점. (이 글에선, 백석이 표제어를 붙여쓰기한 것으로 판단하여 분석을 실행하기로 하는데, 설령 원래 띄어쓰기를 한 것이 맞다고 하더라도, 해석의 결론에는 아무런 차이가 나질 않는다. 붙여쓰기냐 띄어쓰기냐는 본질적으로 중요하지 않다.) 먼저, 표제어 "南新義州柳洞朴時逢方"의 내용이 시의 본문 내용과 의미론적으로 아무런 연관성이 없다는 것은 무엇을 뜻하는가. "南新義州柳洞朴時逢方"의 의미가 시의 본문 내용과는 의미론적으로는 서로 단절된 채, 시의 제목으로 쓰이고 있다는 것은 제목이 독립어로서 독자적인 의미 형성의 힘을 지니고 있다는 걸 뜻한다. 그리고 이처럼 시의 구성상, 제목 "南新義州柳洞朴時逢方"이 독자적인 의미 형성의 힘을 지닌다는 것은, 제목이 시의 본문 내용과 형식으로부터 독립된 독자적인 권위와 생명력을 지닌다는 것으로서, 제목 자체가 주체적이고 자발적으로 시의 전체적 내용 및 구성에 직간접적인 영향을 준다는 뜻이

---

26) 문학평론가 이숭원 교수의 역저 『백석을 만나다』(태학사)의 537쪽을 보면, "원본을 보면, '南新義州 柳洞 朴時逢方' 이렇게 띄어쓰기가 되어 있으므로 이 시의 제목은 이렇게 띄어 써야한다."고 기술해 놓았다. 하지만, 고형진 교수(고려대 국어교육과)는 이숭원 교수와는 좀 다른 견해를 밝힌다. 그것은, 첫째, 원본 확인 결과, 띄어쓰기를 해놓았다고 볼 수 없고 그렇다고 붙여쓰기 했다고 단정할 수도 없는 애매모호한 상태라는 것, 둘째, 이 작품이 발표되었던 1948년 당시에는 아마도 백석이 북한에 남아 있던 시기로, 백석의 뜻이 반영될 수 없는 상황에서 이 시를 보관하고 있던 백석의 친구에 의해 1948년 10월에 나온 『학풍』 창간호에 발표된 점, 셋째, 발표 당시 『학풍』의 편집장이었던 조풍연 씨가 당시의 원고 사정에 따라 이 시의 제목에 어떤 편집상의 변화를 주었을 수도 있다는 점 등이다. 이 시의 제목 10자가 주문의 형식이라고 해서 필히 붙여쓰기 해야 한다는 것은 아니다. 동학 주문 같이, 많은 주문들이 띄어쓰기를 한다. 다만, 만약 백석이 한 자로 된 10자를 붙여쓰기하기를 고집했다면, 그동안 이 시 제목을 '편지 봉투에 쓴 발신자 주소지'로만 이해해 온 기존의 사전적 의미 수준의 해석은 일정한 한계를 지닌 해석이라 할 것이다.

다. 이는 "백석 시의 제목이 작품의 의미를 승화시키는 예는 「수라修羅」
와 「맷새소리」 같은 시에서 백미를 이룬다. (…) 이처럼 백석의 시에서
제목은 매우 중요한 역할을 하고 있다. 백석은 제목이 시의 중요한 한
행을 차지한다는 것을 자각한 최초의 시인이라 할 수 있다."²⁷라는 고형
진 교수의 비평과 일맥상통한다. "시의 제목이 작품의 의미를 승화시키
고" "시의 중요한 한 행을 차지한다는 것을 자각한 최초의 시인"이 바
로 백석이라는 평가는, "南新義州柳洞朴時逢方"이라는 제목에서도 그대
로 적용되는바, 이 글의 해석과 상통하는 것이다. 그런데 시의 구성 혹
은 전체 구조에서 제목 "남신의주유동박시봉방"이 자신의 독자적인 권
위를 본문 내용에게 종속되거나 빼앗기지 않고 독립적이고 주체적이
고 자발적으로 힘을 행사할 수 있다는 것은, 이 제목의 말들은 일상어
또는 일반적인 의미를 지닌 개념어의 범주를 벗어나 있다는 걸 뜻한다.
다시 말해, "남신의주유동박시봉방"은 편지 양식에서의 구체적인 수신
인 주소지로서 일상적이고 경험적 의미를 가진 개념어의 범주를 넘어
선 초언어적 언어이며, 그리하여 현실적 경험적 의미와 개념이 공허해
진 초현실적 언어라는 것. 의미와 개념이 공허해지는 언어는 기본적으
로 소리언어의 범주에 속하는 초개념적 언어이다. 그러므로 표제어 "남
신의주유동박시봉방"은 개념적 인식이 필수적인 개념어가 아니라 언
어 자체의 '소리 감感' '소리 기운'을 중시하는 소리언어라고 할 수 있다.
이 '소리언어'를 이해하기 위해, 발터 벤야민W. Benjamin의 언어관을 엿보
면, "진리는 경험을 통해 자신의 규정을 찾을 어떤 견해로서가 아니라
그 경험의 본질을 비로소 각인하는 힘으로 존속한다. (…) 하지만 이념

27) 고형진, 『정본 백석 시집』, 문학동네, 2007.

들은 어떤 근원언어Ursprache 속에서 주어져 있다기보다 근원적인 청각적 지각Urvernehmen 속에서 주어져 있다." 라고 말할 때의, "진리는 경험을 통해 자신의 규정을 찾을 어떤 견해로서" 표현될 수 없다는 것과, "진리"와 "이념"을 표현하거나 드러낼 수 있는 언어는 "경험의 본질을 비로소 각인하는 힘으로서" "근원적인 청각적 지각"[28]에 주어지는 언어라는 것을 이해할 필요가 있다. 이러한 벤야민의 "근원적 청각적 지각"에 주어지는 언어는, 분별지에 의존하는 개념어나 문자언어文語로는 결코 진리를 드러낼 수 없다고 하는 불가佛家나 노자道家의 언어관을 떠올리게 한다. 가령, 명구문名句文 같은 문자언어를 포함하여 모든 개념(언어)은 개념에 상응하는 실체가 없으므로 가짜로 보는 반면, 말의 소리 즉 말의 음운굴곡音韻屈曲만이 진리를 표현할 수 있는 언어(개념)로서 설정할 수 있다는 유식불교唯識佛教의 언어관과 통하는 바가 있다.[29] 유식철학과 같은 대승 불교나 노자의 사상에서, 진리는 개념어로서 표현될 수 없으며, 진리를 전하는 언어는 오직 소리언어(가령, 노자의 '希' '希言自然')로서 가능할 따름이다.

　벤야민이 진리와 언어의 관계를 깊이 깨치고 있듯이, 기본적으로 제목 "남신의주유동박시봉방"은 개념어 범주와는 차원을 달리하는 소리

---

28) "근원적 청각적 지각"으로서 소리언어는 발터 벤야민의 다음 글에서 취한 것이다. "진리는 경험을 통해 자신의 규정을 찾을 어떤 견해로서가 아니라 그 경험의 본질을 비로소 각인하는 힘으로 존속한다. 이러한 힘을 유일하게 지니는 존재, 모든 현상성에서 벗어나 있는 존재가 이름Name이다. 이름의 존재가 이념들의 소여성을 규정한다. **하지만 이념들은 어떤 근원언어Ursprache 속에서 주어져 있다기보다 근원적인 청각적 지각 Urvernehmen 속에서 주어져 있다. 이 속에서 말들은 명명하는 자신의 권위를, 인식하는 의미에게 빼앗기지 않은 채 보유하고 있다.**"(강조_필자)—발터 벤야민, 『독일 비애극의 원천』, 김유동·최성만 역, 한길사, 2009.

29) 말소리의 음운굴곡에 대해서는 『성유식론』 2권 및 『唯識無境』, 예문서원, 2000. 을 참조.

114

언어이다. ─백석 시에서 이러한 소리언어의 철학적 뜻은 시에서 진실의 언어 혹은 진리의 언어를 추구하는 백석의 '개인 방언'[30] 의식과 언어철학 전체를 조망하는 가운데 해석되고 깊이 이해되어야 한다. ─개념 언어는 일반론적 의미와 개념으로 소통하는 것이라면, 천지자연 속 음양의 기운 변화에 따른 갖가지 소리聲音로서 존재하는 소리언어는 기본적으로, 소리가 지닌 혹은 소리가 만드는 기운의 변화와 같이, 소리의 작용력이나 '소리언어의 발신자(발화자)'의 염력念力 등으로 소통하는 것이다. "남신의주유동박시봉방"은 그 소리 자체의 기운, 심혼에 전해지는 작용력, 깊은 "생각"의 힘으로 소통하는 소리언어에 속한다고 한다면, "남신의주유동박시봉방"은 '주문을 외듯', 또는 '주문을 걸듯', 심혼으로 '외는' 소리언어 또는 염력으로 특정 대상을 향해 신기神氣를 '거는' 마음속의 간곡한 기도의 소리언어 곧 주술적呪術的 언어라고 할 수 있다. 물론 소리언어와 주술언어는 언어의 동일 범주는 아니지만, 주술언어는 근본적으로 소리언어에 속하며, 진리와 신성의 각성을 기원하고 유발하는 언어인 것이다. 이러한 독특한 소리언어 의식에 기반할 때, 이 시 제목은 시의 본문 내용을 지배하는 샤머니즘적 세계관의 지극至極한 형식으로서 주문呪文이 되어 시의 내용과 형식 안팎에 작용하는 정화력淨化力인 동시에 생성력이 되고 있음을 느낄 수 있다.

---

30) '개인 방언'이란 개념과 '방언 문학'이란 개념은 서로 상관적이다. 다음과 같이 정의 내릴 수 있다. "방언 문학은 어느 지역의 토박이 언어 의식(방언 의식)이 작가의 주체적이고 고유한 언어 의식으로 승화된 문학 언어로써 이룩한 문학을 의미하며, 따라서 방언 문학은 방언학에서 가리키는 특정 지역의 토박이 언어라는 한정어限定語의 성격을 따르면서도 아울러 이를 넘어선 작가의 개인적 방언 의식을 보여주는 문학이다." (이 책에 실린 「실사구시의 문학 정신과 '방언적 존재로서의 작가'의 문학사적 의의」, '이문구 10주기 추모 문학제 발제문', 2013. 참조)

다음으로, 「南新義州柳洞朴時逢方」을 관통하는 백석의 샤머니즘적 세계관을 깊이 이해하게 되면, 제목 "남신의주유동박시봉방"을 소리언어이자 주문언어로서 해석할 수 있는 유력한 근거를 찾게 된다. 이 시에서 샤머니즘의 핵심적 상징은 "갈매나무"이다. 시적 화자 "나"는 가족도 없이 가난과 방랑 속에서 헤매다 가까스로 남의 집 더부살이하게 되나 추위와 외로움과 절망감에 심히 억압되고 자포자기된 마음상태였다가 어느새 꺼져가는 삶의 불씨를 살리고 마음의 고통에서 서서히 벗어나게 된다. 이러한 시적 화자 "나"의 마음의 고통을 치유하는 유일한 존재는 "먼 산 뒷옆에 바우섶에 따로 외로이 서서,/(…) 쌀랑쌀랑 소리도 나며 눈을 맞을,/그 드물다는 굳고 정한 갈매나무"이다. 그러므로 "갈매나무"는 보통의 나무가 아니라 인간 마음의 고통을 치유해 주는 '특별한 나무'이다. 즉 "갈매나무"는 고통받는 영혼의 치유를 목표로 하는 백석의 샤머니즘적 세계관의 상징이다.

이 시에서 "갈매나무"는 샤머니즘의 상징이라는 판단은 여러 근거를 가지고 있다. 우선 남도 굿에서 신간神竿 혹 신대로서 주로 대나무를 사용하듯이 북방지역의 굿에서 곧잘 토착 식물종인 "갈매나무"나 참나무 등을 사용하기도 한다는 것. 곧, 북방 무의 관점에서, 신목神木의 상징일 수 있다는 점. 북방 무의 상징으로서, "갈매나무"는 북방 무의 풍정을 그린 백석의 다른 시 「오금덩이라는 곳」의 첫 행, "어스름저녁 국수당 돌각담의 수무나무 가지에 녀귀의 탱을 걸고 나물매 갖추어놓고 비난수를 하는 젊은 새악시들"에서 보이는 무속의 신목인 "수무나무(시무나무)"와 같은 신목의 의미를 지닌다는 것. 더 나아가, 인류학적 관점에서 보면, 이 시의 내용으로 보아, "갈매나무"는 신성의 상징인 생명수生命樹거나 엘리아데가 말한 세계의 축Axis mundi으로서의 우주목宇宙木의 상징이라는 것. "갈매나무"는 독일 시인 횔덜린의 시 세계에서의 '떡갈나무'처럼 '계시된 상징' 곧 '신성의 힘의 상징'이라는 것 등을 찾을 수 있다. 그리고 중요한 사실은, 이 작품에서 보듯이, 샤머니즘의 상징으로서 "갈매나무"의 존재를 작중화자 "나"가 깨달음으로써 "나"의 깊은 고통과 외로움과 절망감은 치유되고 극복되고 있다는 것이다. 따라서 토착 식물종인 "갈매나무"라는 존재는 신대神竿 또는 생명나무의 비유이니, 전통 샤머니즘의 상징이요 토착 샤먼의 상징이다. 샤먼의 언어는 근본 적으로 접신接神과 주문呪文의 언어라고 한다면, 토착 샤먼으로서의 시인의 언어는, 자연히 토착 주민들의 일상 언어로서의 토착어, 방언, 사투리 등을 최상의 질료로 삼을 것이다. 위에서 살핀 분석과 해석의 내용들이 시 제목 "남신의주유동박시봉방"을 주문언어로 읽히게 하는 숨은 근거들이 되는 것이다.

백석 시의 샤머니즘적 성격은 몇 세대를 건너 뛰어, 오늘의 한국 작가의 작품 속에 재발견되고 있다는 사실은 매우 흥미로운 일이다. 작가 김애란은, 놀랍게도 백석의 시 제목 "南新義州柳洞朴時逢方"이 지닌 주술성을 일찍이 간파한 듯이 보인다. 다음은 김애란의 소설 「호텔 니약 따」의 맨 뒤 부분이다.

"남신의주유동박시봉방"
은지가 베개에서 머리를 들었다.
"뭐?"
"백석 시잖아. 아내도 없고 집도 없고 한 상황에서 무슨 목수네 헛간에 들
어와서 천장보고 웅얼거리는……"

(…)

"그리고 낯선 데서 자게 되면 나도 모르게 그 주소지를 따라 부르게 돼. 남신의주유동박시봉방…… 남신의주유동박시봉방…… 하고."

"왜?"

"몰라. 궁금해서 자꾸 웅얼거리게 되는가 봐. 따라 하다 봄 쓸쓸하니 편안 해지기도 하고."

(…)

다시 긴 정적이 흘렀다.

"은지야."

"응?"

"여기 왜 오자고 그랬어?"

"응? 귀신 보고 싶어서."

"진짜?"

"응."

"너는 어떤 귀신 만나고 싶은데?"

"몰라. 백석 만날까? 하아. 딱히 생각나는 사람은 없는데. 그러니까 더 궁 금해지더라고. 누가 오려나."

(…)

한밤중 서윤은 이상한 기운에 눈을 떴다. 어렴풋이 실눈을 떠 주위를 둘 러봤지만 어두워 아무것도 보이지 않았다. 어디선가 끼이익— 끼이익— 불 길한 소리가 났다. 누군가 오래된 나무 계단을 밟고 한 발 한 발 올라오는 기 척이었다. 그것은 점점 서윤 객실로 다가오는 듯했다. 은지를 깨우려 했지 만 몸이 말을 듣지 않았다. 드르륵— 정체를 알 수 없는 그것의 움직임은 계

속됐다. 그 께름칙한 소리는 점점 커지더니 이윽고 서윤 앞에 뚝 멈췄다. 온
몸에 소름이 돋는 게 오싹했다. 동시에 침실 주위가 환해지더니 별안간 캄
보디아의 시골 마을로 변했다. (…) 이윽고 아까부터 드르륵 소리를 낸 존재
가 모습을 드러냈다. 서윤은 '그것'이 무언지 알아채자마자 가슴이 터질 듯
한 슬픔에 휩싸였다. 그리고 그때부터 주체할 수밖에 없는 눈물이 쏟아지기
시작했다. 그것은…… 5년 전에 돌아가신 할머니였다. 할머니는 한 손으로
손수레를 끌고 있었다. 그러곤 손녀가 자기를 바라보고 있다는 사실도 모른
채 거리에서 폐지를 주웠다. 몇 걸음 가다 허리 숙여 상자를 줍고, 다시 몇
발짝 가다 신문을 그러모으는 식이었다. 한쪽 다리가 불편해 절름거리며 골
목 안을 누비는 게 살아계실 적 모습 그대로였다. (…) 할머니는 5백 원짜리
빨래 비누 하나를 사 대형 박스에 담은 뒤 주위를 연신 두리번거리며 다른
상자를 계속 구겨 넣고 있었다. 서윤의 양볼 위로 뜨거운 눈물이 사정없이
흘러내렸다. 생전에 폐지를 모아 자신을 키운 할머니 생각이 나 그런 건 아
니었다. 할머니가 자기를 못 알아보는 게 서운해 그러는 것도 아니었다. 서
윤이 그토록 서럽게 우는 건 할머니가 죽어서도 박스를 줍고 계시다는 사실
때문이었다. (…)

— 김애란, 「호텔 니약 따」 중

    캄보디아에 있는 '호텔 니약 따'는 투숙한 손님들한테 귀신이 나타
난다는 소문으로 유명한 호텔이다. 소설의 주인공인, 한국 사회에서 흔
히 볼 수 있는 가난한 젊은이 서윤은, 백석 시 제목 '신의주유동박시봉
방'을 마치 주문呪文 외듯 중얼거리다가 잠이 들었는데, 문득 "이상한 기
운이 들어 잠에서 깬" 후 귀신의 알레고리인 "그것"을 만나는 환상 세
계가 이어진다. 그러나 환상 세계라고 했지만, 이 환상 장면은 망아경

의 비유이자 접신의 알레고리라는 점이 이해되어야 한다. 접신의 전율인 듯, "온몸에 소름이 돋는 게 오싹했다."라는 접신의 순간, "동시에 침실 주위가 환해지더니 별안간 캄보디아의 시골 마을로 변했다."라는 샤머니즘적 의미에서의 황홀경이 펼쳐진다는 것. 이 또한 이 소설의 서사적 자아(작중 화자)에게 무당의 심성이 함께하고 있음을 엿보게 한다. 여기서 "동시에 침실 주위가 환해지더니 별안간 캄보디아의 시골 마을로 변했다."라는 환상은 이성에 의해 조작된 의도된 환상이 아니라, 접신의 탈혼망아脫魂忘我가 전제된 무당의 시공時空 초월적 환각 상태라는 점이 주의注意되어야 한다. 앞서 백석의 시 「남신의주유동박시봉방」에서 보이는 빙조憑眺의 망아경도 같은 맥락이다. 이는 서사무가에서 보이는 내레이터의 망아경적 시선 즉 서사적 화자인 무당의 영계 여행 과정에서 보이는 빙조의 시선과 같은 것이다. 그런 후에 "(접신한) 서윤은 '그것'이 무언지 알아채자마자 가슴이 터질 듯한 슬픔에 휩싸였다. 그리고 그때부터 주체할 수밖에 없는 눈물이 쏟아지기 시작했다. 그것은……5년 전에 돌아가신 할머니였다."라는 대목에 이르러서 접신과 울음(통곡)이라는 전통 굿의 핵심 요소들이 펼쳐진다. 특히, 서윤이 체험한 할머니귀신과의 접신은 "할머니가 죽어서도 박스를 줍고 계시다"는, '할머니귀신'이 생전의 현세에서의 삶과 다름없음을 알게 하는 접신, 다시 말해, 서윤의 할머니가 겪었던 이승의 고통이 이승 너머 저승에서까지 이어지고 있다는 것을 알려 주는 접신이라는 점이 중요하다. 그것은 내세來世에서 절대자에 의해 심판을 받는 종교관이 아니라, 내세가 현세와 다름없이 이어지고 있다는 점에서 무조巫祖 바리데기 신화와 같이, 현세의 삶에서 떠나지 않는 귀신 관념이요 전통 무의 현세주의적 종교관을 보여주기 때문이다. 저승에서도 이승의 고통을 벗지 못한 할머니

귀신을 접한 주인공 "서윤의 양볼 위로 뜨거운 눈물이 사정없이 흘러내"린다는 것은 굿에서 무당과 단골은 서로 부둥켜안은 채 통곡의 울음바다를 이루는 공수 과장에 비견되는 것이다.(이 작품에서 공수는 생략된채, 내면화되어 있다.) 김애란의 소설이 지닌 샤머니즘적 성격이 신뢰할만한 것은 참다운 전통 무당이 그러하듯이, 현세적 삶의 모순과 고통은 초월적 신의 권능에 의지해서 결코 쉽게 해소될 수 없음을 깨닫고 늘 현세의 모순과 고통을 관찰하고 그 고통이 지닌 내면적 의미를 통찰하고 있다는 점에서이다. 이는 현세의 고통의 의미만이 아니라 내세의 고통의 의미를 통찰하는 것을 의미한다. 고통의 현세적 의미와 함께 신적인 차원의 의미를 캐묻는 것이다. 가까운 이의 죽음이 가져오는 슬픔과 충격은 삶을 깊이 성찰하게 한다. 내세가 현세의 삶에 변화를 주고 현세의 삶을 새로이 하는 것이다. 그러니까, 현세와 내세가 둘이면서 하나요 하나면서 둘이다. 이는 진정한 무당이란 현세의 의미와 내세의 의미를 함께 고뇌하며 현세의 모순과 고통을 치유하기 위해 현세의 삶에로 깊이 참여하는 존재라는 뜻이다. 이러한 현세의 고통에 깊이 참여하는 무당의 그림자를 「호텔 니약 따」 「물속 골리앗」 같은 작품에서 만날 수 있다.

어쨌든 이 작품이 샤머니즘적 성격을 지니고 있다는 점은 자명하다. 하지만 전통 무의 주요 내용과 형식들이 이 작품에서 모두 찾아지는 것도 아니고 그럴 이유도 필요도 없다. 김애란 작품의 샤머니즘이 중요한 의미를 지니는 것은, 전통 무의 원형을 내면화한 서사적 자아가 소설의 내용과 형식 및 소설언어 속에서 어떤 생명력과 생성의 원리로 작용하고 있다는 점에서 찾아진다. 이성의 제약을 뚫고서 무의식을 해방시키는 무당적 자아는 기존의 소설 문법의 제약을 넘어서, 현세적 삶과 혼이 겪는 고통의 의미를 내세적 의미에로 연결시키는 현실적이면서도 초월적 능력을 보여주고, 소설의 상식적인 형식을 비상한 형식으로 발전시키는 역할을 맡는다. 어쩌면 무조신화 '바리데기' 등 전통 서사무가에서 이러한 김애란 소설에서의 서사적 자아의 조상들을 만날 수 있을지도 모른다. 중요한 것은 백석의 시가 그러하듯이 작가가 한국인의 집단무의식의 원형인 전통 무와 은밀하고 긴밀한 대화를 지속하고 있다는 사실일 것이다.

7. 성좌星座, 샤머니즘의 이념

> "하눌이 이 세상을 내일 적에 그가 가장 귀해하고 사랑하는 것들은 모두
> 가난하고 외롭고 쓸쓸하니 그리고 언제나 넘치는 사랑과 슬픔 속에 살아
> 가도록 만드신 것이다."
>
> ― 백석, 「흰 바람벽이 있어」

젊은 루카치가 『소설의 이론』(1920) 서두에서, "별이 빛나는 창공을 보고, 갈 수 있고 또 가야만 하는 길의 지도를 읽을 수 있던 시대는 얼마나 행복했던가? 그리고 별빛이 그 길을 훤히 밝혀주던 시대는 얼마나 행복했던가?"라고 고대 희랍의 서사시의 시대를 별빛에 빗대어 그리워했지만, 삶과 정신의 총체성이 구현된 서사시의 세계에 대한 그리움은 돌아갈 수 없는 세계에 대한 그리움이었다. 유물론에 따르면, 시간을 거스르는 것은 근본적으로 불가능하다. 사적 유물론의 관점에서 볼 때, 희랍의 서사시의 시대는 결코 되돌릴 수는 없다. 유물론자에게 별은 결코 도달할 수 없는 물리적 거리에서 빛나고 있을 뿐이다. 마르크스는 유

물론이 간과하는 것 중 하나는 인간의 능동적인 정신의 힘이라고 말한 바 있다.

　오늘날의 샤먼은 해 지는 노을을 배경으로 외로이 서 있다. 어둠 속에서 천상의 별들이 하나둘 자기 존재를 밝히기 시작하면, 샤먼은 현대인들이 잃어버린 원시성—'원시반본'의 내용들을 밤하늘의 별들에 하나하나 아로 새긴다. "별 하나에 追憶과/별 하나에 사랑과/별 하나에 쓸쓸함과/별 하나에 憧憬과/별 하나에 詩와/별 하나에 어머니, 어머니,//어머님, 나는 별 하나에 아름다운 말 한마디식 불러봅니다. 小學校 때 冊床을 같이 햇든 아이들의 일홈과, 佩, 鏡, 玉 이런 異國 少女들의 일홈과 벌서 애기 어머니가 된 계집애들의 일홈과, 가난한 이웃사람들의 일홈과 비둘기, 강아지, 토끼, 노새, 노루, 뿌랑시스 쨤, 라이넬 마리아 릴케 이런 詩人들의 일홈을 불러봅니다." 원시반본은, 다시 말하지만, "과거 원시의 화해로웠던 생명의 고른 상태로, 문명 단계를 거쳐서 창조적으로 환원하는, 새롭게 순환하는 그런 질서"[31]로 돌아감을 뜻한다. 성좌가 영원성으로서의 신을 상징한다면, 시인이 별들에 아로새긴 지상의 이름들은 '세속적 존재의 이름들인 동시에 신적인 존재로서의 만신의 이름들'이다. 만신萬神을 사랑하는 샤먼으로서의 시인에게 원시반본의 세계는 "가난하고 외롭고 높고 쓸쓸한" 존재들로 이루어진다. 그 신적 존재이자 세속적인 존재로서의 "이름"들이 지닌 의미는 캐어물을 수 있는 것이 아니라, '이름 부름'으로서 별빛의 반짝임처럼 순식간에 나타났다 사라진다. 별빛의 반짝임이 진리 혹은 신적인 것의 속성인지도 모른다. 윤동주의 시「별헤는 밤」은 세속적인 존재들을 신적인 것으로 승화

---

31)　각주 25) 참조.

시키고 있다는 점에서 백석 시의 샤머니즘의 이념과 서로 만난다고도 할 수 있다. 백석에게 "흰 바람벽"은 별빛의 반짝임과 같은 것이었다.

> ─나는 이 세상에서 가난하고 외롭고 높고 쓸쓸하니 살아가도록 태어났
> 다 (…)
> ─하눌이 이 세상을 내일 적에 그가 가장 귀해하고 사랑하는 것들은 모두
> 가난하고 외롭고 슬쓸하니 그리고 언제나 넘치는 사랑과 슬픔 속에 살아
> 가도록 만드신 것이다.
> 초생달과 바구지꽃과 짝새와 당나귀가 그러하듯이
> 그리고 또 '프랑시쓰 쨈'과 도연명과 '라이넬 마리아 릴케'가 그러하듯이
> ─백석, 「흰 바람벽이 있어」 부분

가난한 이의 처지를 안타까워하고, 영적인 힘과 주술로서 그이를 도우려하는 샤먼의 독특한 윤리의식은 백석 시의 바탕을 이루고 있다. 정상적이고 만족하는 삶의 세계는 샤먼을 필요로 하지 않는다. 샤먼은 비정상적이고 가난하고 억울하고 소외되고 쓸쓸한 삶의 이름들을 저 "높은" 별빛 하나하나 위에 간절히 "불러보는" 존재이다. 아마도 전통 샤머니즘이 한국문학에 전승해 줄 가장 아름다운 정신적 가치는 바로 이 대목에서 찾아질 수 있을 것이다. 백석 시의 「흰 바람벽이 있어」에는 이러한 가난하고 고통 받는 이들의 동반자로서 샤먼의 그림자가 '흰 바람벽'에 어른거린다.

"나는 이 세상에서 가난하고 외롭고 높고 쓸쓸하니 살아가도록 태어났다." "하눌이 이 세상을 내일 적에 그가 가장 귀해하고 사랑하는 것들은 모두 가난하고 외롭고 쓸쓸하니 그리고 언제나 넘치는 사랑과 슬픔

속에 살아가도록 만드신 것이다."에서 보듯, 세상에서 버림받은 "나" 가 고통을 이기고 신의 소명에 따라 고통받는 타자의 영과 더불어 살아가는 모습은 무조 바리공주 이야기와 상통한다. 무조 바리데기는 부모로부터 버림 받은 바리공주가 버림 받음의 고통을 극복하고 천신만고 끝에 영약을 구해 죽은 부모를 살려 서방정토로 인도하고 만신의 으뜸이 된다는 이야기다. 이는 신과의 대화를 통해 현세적 고통의 극복과 함께 영혼을 구원하는 것이 신의 소명이요 무당의 역할임을 가리킨다. 백석의 시 「흰 바람 벽이 있어」에는, 버림받은 자가 버림받은 고통을 이기고 자기를 버린 영혼을 인도함으로써 신적 차원에 이른 바리데기 설화의 그림자가 내비치는 것이다. 무당은 모든 현세적 고통의 극복을 통해 고통받는 영혼의 동반자가, 영혼의 인도자가 되고, 영혼의 인도를 통해 현세적 고통의 의미를 신적인 차원의 의미로 확장하고 승화시키는 자이다. 이는 「흰 바람벽이 있어」「남신의주유동박시봉방」 등에서 보듯, 백석 시의 샤머니즘이 지닌 문학적 이념과도 통한다고 할 수 있다. 여기서, 한국의 샤머니즘의 유서깊은 원천인 단군신화의 홍익인간의 이념과 동학의 시천주侍天主와 사인여천事人如天의 이념이 회통, 한국문학으로 흘러들어 샤머니즘의 문학적 이념으로 이어지고 있음을 보게 된다.

[『작가세계』, 2014. 여름]

巫와 東學 그리고 문학[1]

1. 동학의 前史, 巫와 풍류도

우리 정신문화의 연원을 논하고자 하면, 으레 '단군 신화'[2]를 비롯한

---

1) 이 글은 2011년 10월 강원도 오대산 월정사에서 있은 한국문학 관련 세미나에서 발표한 발제문을 보완한 글이다. 당시 발제문의 문체를 최대한 그대로 살려 싣는다.

2) 한국 정신의 원형 혹은 기원을 찾아가는 학문적 연구는 단군 신화 혹은 그 이전 시대로 거슬러 올라갑니다. 이러한 전前역사적-신화시대에 대한 탐구는 사료史料의 진위眞僞 여부 등 다분히 실증주의적 문제의식에 잡혀 있는 학계에서보다는 선가仙家적 전통에 기반을 둔 국선도 및 단학丹學 등 주요 민간의 심신 수련 및 수도修道 단체에서 활발히 논의되고 연구되고 있는 실정입니다. 『천부경天符經』 연구의 경우가 대표적이라 할 것입니다. 이러한 현상은 한국 정신의 연원을 학적으로 논증 규명하는 데 일정한 한계를 드러내는 것으로 보일 수 있으나, 민간 전승적 역사 문화 연구의 능동적이고 생동하는 민중적 주체성을 보여주는 것이기도 합니다. 일단 단군 이전의 신화의 역사는 미루어 놓는다 하더라도, 이 글과 관련하여서는, 단군 주몽 혁거세 신화 등에는 기본적으로 무교적巫敎的 동질성을 함께 지니고 있음에 주목합니다. 이 건국신화들에 공통적으로 나타나는 '천신강림天神降臨'의 신앙적 원형archetype은 우리 민족의 집단무의식으로 면면히 내재되어 온 '무교巫敎'에 있으며, 이는 신라의 풍류도, 고려의 팔관회, 주자학이 지배하던 조선에서조차 국무國巫와 함께 별신굿 판소리 등 수많은 민간 예술과 민간 신앙으로 이어져 내렸음이 증거합니다. 성리학적 세계 질서가 붕괴되기 직전에 놓인 조선 조말, 동학 등 신흥 종교와 사상 속에도 민족 고유의 무교적인 전통이 줄기차게 맥동치고 있음을 보게 됩니다.

고대 신화에 담긴 민족의 시원 사상 또는 신앙적 특질을 찾는다거나, 풍류도를 떠올리게 됩니다. 학계와 사계斯界의 논쟁이 지금도 끊이지 않고 있는 단군의 역사적 실존과 관련한 사상적 종교적 문제의식은 일단 뒤로 미루어놓는다 하더라도, 한국인의 사상적 원류를 찾아가노라면, 신라의 풍류도를 만나지 않을 수 없습니다. 화랑도가 고대 신라에서만이 아니라 고구려에서도 무풍武風의 조백선인皁白仙人 무리가 없었던 것은 아니었고, 고대 이후 고려에서 조선으로 이어지는 전체 민족사에서 화랑정신의 혈맥이 아주 단절된 적은 없었다고 할 것입니다. 그렇다면 화랑들이 본받았던 풍류정신이란 무엇입니까. 아다시피 김대문의 『화랑세기花郎世紀』는 말로만 전해오는 것이요, 『삼국사기』 『삼국유사』에 간접적으로 화랑에 관한 기록이 전해질 뿐입니다. 다만 풍류도 정신의 구체적인 내용을 짐작하게 하는 유일한 기록은 고운孤雲 최치원崔致遠이 쓴 「난랑비서문鸞郎碑序文」입니다. 거기엔 신라의 풍류도風流道가 "포함삼교 접화군생包含三敎, 接化群生"의 사상에 기초한 "현묘지도玄妙之道"라고 적혀 있습니다.[3]

이 고운 선생이 남긴 비문의 내용을 오늘 이 자리에서 주목하는 이유는, 풍류도가 외래사상인 유불선儒彿仙을 주체적으로 통합하여 만들어졌다는 사실 그리고 그 짧은 비문 내용 속에 우리 민족 고유의 '생명 철

---

3) "우리나라에 현묘한 도道가 있으니 풍류風流라 한다. 그 풍류도風流道를 설치한 근원은 선사先史에 자세히 기록되어 있다. 그 풍류도는 실로 삼교三敎를 내포하고 있고, 모든 생명체와 접촉하여 그것들은 생기 있게 변화시킨다. 또한 집에 들어간즉 어버이에게 효도하고, 나아간즉 나라에 충성하니, 이것은 공자孔子의 가르침이요, 무위지사無爲之事에 처하여 행동하고 말만 앞세우지 않음은 노자老子의 가르침이요, 모든 악행을 짓지 않고 모든 선행을 받드니 이것은 석가세존釋迦世尊의 교화다." 원문 『삼국사기』 「신라본기」: 國有玄妙之道 曰風流, 設敎之源 備詳仙史 實乃包含三敎, 接化群生, 且如入則孝於家… 이하 略함.

학'의 연원을 엿볼 수 있다는 점에 있습니다. 고운 선생의 비문을 여기에 번역하면, "풍류도는 나라에 있는 현묘玄妙한 道로서, 실로 유불선 삼교三敎를 포함하고 있고, 그 현묘한 도는 모든 생명체와 접接하여 그 것들은 생기 있게 변화시키는(接化群生) 道"라고 할 수 있습니다. 그러니까 풍류도의 사상적 연원은 비록 외래사상인 유불선에 있지만, 민족의 주체적인 정신과 지혜 속에서 서로 다른 사상들은 종합되고 지양되어 새로운 민족 고유의 '현묘'의 철학으로 태어나게 된 것이고, 그 현묘한 철학의 대의大義가 '접화군생'이란 말 속에 들어있다는 것입니다. 특히 이 '접화군생'이라는 네 글자의 철학적 의미가 신라 이전 역사인 단군 신화 시대의 천지인天地人 삼재三才 사상 혹은 '한'[一] 사상과 어떤 사상사적 연관성이 있는지, 또 신라 이후에는 신神과 영靈 혹은 이理와 기氣 같은 우주 생성의 근원적 개념들과 서로 어떻게 만나 어울리며 한국 정신사의 핵심 맥락을 이루어왔는지를 살피는 일은 한국적 사상의 원류를 탐구하는 정신에게는 기본적인 작업에 속한다 할 것입니다. 고대 한국사상을 압축하여 말하면, 크게 보아, 단군이 신이 되었듯이 한울님의 뜻에 부합하는 인간 존재에 대한 사유로써 설명될 수 있고, 그 사유의 내용들은 신도神道 혹은 신인神人철학을 통해 상당 부분 밝혀지고 있습니다.

무교巫敎적 건국신화라고 할 수 있는 단군 신화의 해석과 「천부경」등과 연관된 단군 신화의 심오한 신인神人 철학적 내용은 별도의 공부와 논의가 필요합니다. 한민족의 신인 또는 신도적 전통에서 동학의 연원이 될 만한 정신을 찾아본다면, 신라의 풍류도를 우선 떠올리게 됩니다. '포함삼교'의 풍류도 정신이 지닌 주목할 사상적 내용인즉슨, 유불선을 포함하면서도 유불선을 넘어서는 '현묘한 도'와 '접화군생'이란 오묘한 이법理法입니다. 이 오묘한 이법의 풍류정신이 한민족의 역사 속에서 오랜 세월 끊이지 않고 복류해오다가 조선의 운세가 끝장에 이른 구한말에 와서 동학東學이라는 심원한 생명사상의 거대한 물줄기 속에서 새로운 모습을 하고서 재발견되고 있는 사실은, 동학사상이 외래적인 사상이 아니라 우리 민족의 '오래된 정신' 속에서 자재연원自在淵源하고 원시반본原始返本하는 자생적 민족사상임을 보여줍니다.

이러한 한민족의 정신사에서 발생론적으로 자재연원한 동학의 독창적인 철학 내용을 보면, '포함삼교' 뿐 아니라 기독교까지도 포함한 우주론적 또는 존재론적 종교철학이요(그것도 지극한 생활 속 수행과 실천 윤리가 전제된 종교철학이요), 후천개벽의 오묘한 시간관에 의해 독창적이고 독보적으로 전개되는 역사철학이며, 구한말 나라의 명운命運이 암울하던 시기에 반외세 보국안민輔國安民을 내세운 실천적인 사회철학이면서, 특히 포덕천하布德天下 광제창생廣濟蒼生의 이념으로 인간을 비롯 생물 및 사물에 이르는 만유의 생명성의 평등을 설파한 생활론적 생명철학적 내용을 두루 포함하는, 범부凡父 선생[4]의 표현대로 "정말 어마어마한 역사적 대사건"으로서, 동학이 탄생하게 되었음을 깨닫게 됩니다. 실로 한국 정신사는 물론 동서양을 불문하고 인류 철학사의 전체 맥락 속에서 동학사상의 새로운 해석이 심층적이고 다양하게 지속적으로

---

4) 호는 凡父 이름은 金鼎卨(1897-1966), 저서로 『풍류정신』(1986)이 있습니다. 선생은 고대 문화의 특질로서 신도의 내용과 전통을 밝히고 특히 신라의 화랑도가 지닌 고유한 사상 내용으로 풍류도 정신에 주목하였습니다. 저서 『풍류정신』에는 「水雲 崔濟愚論」이 수록되어 있는데, 범부 선생은 수운의 득도 순간을 가리켜 "庚申 4월 5일陰에 정말 어마어마한 역사적 대사건이 慶州 一隅인 見谷面 馬龍洞이란 蕭條한 山陝에서 발생했다"고 하여, 이 땅에서 고대 풍류 정신 이후 주류로부터 밀려난 채 伏流하던 神道를 새로이 살려낸 수운 최재우의 동학 창도를 가리켜 "정말 어마어마한 역사적 대사건"이라 규정하고 있습니다.

시도되어야 하는 까닭이 여기에 있다 할 것입니다.

이 세미나에서 제가 발표할 주제는 멀리 신라 때의 원효 스님의 화쟁和諍 회통會通사상 이래 국가 존망이 극히 위태로운 시기였던 구한말에 와서 우리 민족의 회통의 사상적 전통이 다시 '뜨겁게' 살아나 힘차게 분출한 바, 수운水雲 선생의 동학사상에서 주목할 부분들을 찾아 살펴고, 여기서 구한 전통 무巫의 세계관과 동학의 생명사상이 한국의 현대문학 속에서 어떻게 명맥을 잇고서 살아있는가, 또 살아갈 것인가 하는 문제를 가지고서 이야기하고자 합니다.

2. 巫와 수운 사상

동학의 경전인『동경대전東經大全』에는 심오한 사상적 내용뿐 아니라 수운 선생의 득도得道의 내력과 과정이 비교적 구체적으로 드러나 있습니다. 흥미로운 대목은 득도의 직접적인 계기가 두 번에 걸친 신비한 '신 내림' 체험에 의해 이루어진다는 점입니다. 수운 선생의 강령降靈 체험에 대하여 1994년에 출판된 개정판『동경대전』에는 아래와 같이 기록되어 있습니다.

뜻밖에도 사월에 마음이 선뜩해지고 몸이 떨려서 무슨 병인지 집중할 수도 없고 말로 형상하기도 어려울 즈음에 어떤 신선의 말씀이 있어 문득 귀에 들리므로 놀라 캐어물은 즉 대답하시기를 "두려워하지 말라. 세상 사람이 나를 상제라 이르거늘 너는 상제를 알지 못하느냐"(不意四月, 心寒身戰, 疾不得執症, 言不得難狀之際, 有何仙語, 忽入耳中, 驚起探問則, 曰勿懼勿恐, 世人 謂我上帝, 汝不知上帝耶.)

(중략)

경신庚申년 4월 5일에 천하가 분란하고 민심이 효박하여 어찌할 바를 알지 못할 즈음에 또한 괴상하고 어긋나는 말이 있어 세간에 떠들썩하되, "서양 사람은 도성입덕하여 그 조화에 미치어 일을 이루지 못함이 없고 무기로 침공함에 당할 사람이 없다하니 중국이 소멸하면 어찌 가히 순망의 환이 없겠는가. 사람들은 도를 서도라 하고 학은 천주학이라 하고 교는 성교라 하니 이것이 천시를 알고 천명을 받은 것 아니겠는가" **이를 일일이 들어 말할 수 없으므로 내 또한 두렵게 여겨 다만 늦게 태어난 것을 한탄할 즈음**

에, 몸이 몹시 떨리면서 밖으로 접령하는 기운이 있고 안으로 강화의 가르침이 있으되, 보였는데 보이지 아니하고 들렸는데 들리지 아니하므로 마음이 오히려 이상해져서 수심정기하고 묻기를 "어찌하여 이렇습니까?" 대답하시기를 "내 마음이 곧 네 마음이니라. 사람이 어찌 이를 알리오. 천지는 알아도 귀신은 모르니 귀신이라는 것도 나니라. 너는 무궁무궁한 도에 이르렀으니 (하략)"(擧此——不已故, 吳亦悚然, 只遺恨生晚之際, 身多戰寒, 外有接靈之氣, 內有降話之敎, 視之不見, 聽之不聞, 心尙怪訝, 守心正氣而問曰何爲若然也.)" [5]

(강조_발제자)

그런데 이러한 수운 선생의 두 번에 걸친 강령 체험은 그 자체가 우리의 전통 무의 '내림' 체험과 매우 흡사하다고 할 수 있습니다. 입무入巫 체험은 죽은 이 또는 초월자의 영靈과의 통교하는 일종의 신비 체험입니다. 민간 신앙과 무속과의 밀접한 연관 관계를 학문적으로 연구해 온 김열규 선생은 특히 수운 선생이 겪은 두 번째 입무 체험을 시베리아 퉁구스Tungus 무당과 우리 전통 무당의 신 내림과 서로 깊이 연관되어있음을 다음과 같이 밝히고 있습니다.

---

5) 1994년(포덕 133년)에 출판된 『천도교 경전』 개정판 18-27쪽에 걸쳐 기록된 수운 선생의 강령 체험 대목. 그러나 강령 체험 대목은 『주해 동경대전』(1920) 판본과는 원문상의 표현에 있어서 다소 차이를 보입니다. 이 입무 체험과 관련된 『주해 동경대전』의 원문은 다음과 같습니다. "年至三十 慨然有濟世之志 周遊四方 入梁山郡千聖山 築三層道壇 具香幣心 發廣濟蒼生之願 行四十九日之禱 未及二日 心潮忽湧 自度其叔父之病逝 (중략) 重入千聖山 行四十九日之禱 三十六歲己未冬 遂還古里龍潭亭 乃於庚申 四月五日 日午忽有 寒戰之氣 莫知所然矣 小頃 外有神靈之氣 內有降話之敎 (…) 布德天下矣 主柢承降命"(『주해 동경대전』, 1920, 2쪽) 이 글에서는 두 판본을 모두 적용하지만, 입무 체험 즉 강령降靈 체험을 보다 자세히 기록한 1920년 판본에서의 "心潮忽湧"과 "日午忽有 寒戰之氣"를 인용문으로 취합니다.

132

첫째, 연유를 알 수 없는 寒戰之氣에 사로잡혔다는 것. 즉 寒氣를 느끼고 몸을 떨게 되었다는 것

둘째, 바깥으로 神靈에 接하는 느낌이 있었다는 것.

셋째, 안으로 降話之敎가 있어서 神靈의 소리를 들었다는 것.

넷째, 그 神靈이 靈符를 주면서 그것으로써 수운이 神靈을 대신하여 濟民 救世하라는 使命을 課한 것 등과 같이 될 것이다.

첫째, 경험은 "不意四月 **心寒身戰** 疾不得執症 言不得難狀之際"로 바꾸어 표현되어 있기도 하다. 마음이 으시시하고 몸이 떨렸으니 病이되 그 症狀을 잡을 수 없고, 말로써도 그 상태를 나타내기 어려운 무렵에라고 읽혀질 것이다. 忽과 不意를 合해서 생각하되, 그 瞬間이 如夢如覺이었다고도 표현되어 있음을 아울러 고려해보면, **心寒身戰의 作用이 본인의 意表와는 관계없이 突發的으로 일어났음을 알 수 있다. 수운을 느닷없이 戰慄狀態가 掩襲한 셈이다.** 원인도 알 수 없고, 걷잡을 수도 없는 發作的인 動作이 들이닥친 것이다. 한편 이 動作에는 몸이 공중에 솟구치는 일까지 겹쳤다고 傳해지고 있다. 이것은 巫堂이 갖는 憑依狀態가 戰慄이나 跳躍으로 표현된다는 것을 聯想시키기에 足하다. 心寒身戰이 수운에 있어 降神의 前兆가 되었다는 것은 틀림없다.

(중략)

둘째, 經驗에 대해서는 **東學敎 내부에서 속칭 '내림'이지만, 敎會 자체에서는 降靈이라고 한다고 증언하고 있다.** 이 降靈의 경험에는 "廢衣冠永矢不出, 守心正氣, 務以至誠祝天, 發廣濟蒼生之大願. 基翌年庚申四月五日有天靈之降臨, 受無極之大道"라는 敷衍的 解釋이 붙어있다. 週遊四方과 二次의 入山祈禱 끝에 수운은 五個月餘를 "不出山外", "世間衆人不同歸"라는 信條로 蟄居하며 "深思冥想"과 祝天에 몸바쳤던 것이다. 그 결과, 수운은 戰慄과 降靈

을 同時에 經驗하게 된 것이다. **Tungus 族의 接神狀態가 精神集中과 그에 따른 戰慄로 表現되는 것을 聯想시켜 줄 만한 經驗이다.** Tungus 族에게 있어서 몸을 떠는 일이나 또는 强迫的으로 말이나 몸짓을 흉내내는 따위의 行動이 모두 구태여 接神狀態로 받아들여지는 것은 아니나 그 행동이 쉽게 宗敎的 神秘現想으로 解釋될 경지로 옮아 갈 수 있는 事實도 參考로 삼을 만한다. 한국의 巫俗信仰에서도 接神狀態가 대잡이의 戰慄로 表象되는 것은 有名하다.[6]

(강조_발제자)

한국의 전통적 무속제의巫俗祭儀만이 아니라 전세계적으로도, 접신接神의 징후로서 전율戰慄 체험은 널리 알려진 무巫의 일반론적인 내용에 속합니다. 수운 선생이 첫 번째 강령체험에서 "마음이 으스스하고 몸이 떨림[心寒身戰]"(또는 "心潮忽湧") 또 두 번째에선 "몸이 심히 떨리고 으스스함[身多戰寒]"(또는 "寒戰之氣")을 체험한 것은, 소위 이성적 자기 통제 능력의 상실과 함께 '상제'와의 신비스러운 대화(공수와 같은)를 수반한다는 점에서 입무의식入巫儀式과 상통하는 것입니다. 이는 김열규 선생이 자세히 설명하고 있듯이, 한국 무속신앙에서의 신간神竿의 떨림, '대잡이'의 전율과 서로 상응하는 것입니다. 중요한 사실은 바로 이러한 강무降巫 체험을 겪으면서, 수운 선생은 저 유명한 "외유접령지기 내유강화지교外有接靈之氣 內有降話之敎"라는 '한울님의 조화造化'의 진리를 각성하기에 이르렀다는 사실입니다.

범부 선생도 동학이 우리나라의 오랜 신도神道의 역사와 전통 속에서 성립되었음을 다음과 같이 설명한 바 있습니다. 그 내용에 비추어 중요

---

6)   김열규, 「신흥종교와 민간신앙」, 『한국학보』 4호, 1976, 126-127쪽.

하므로 길게 인용하도록 하겠습니다.

이 降靈法이란 것은 샤머니즘의 여러 가지 범절 중에 그 주요한 하나로서 邦語로서는 '내림을 받는다' '내림이 내린다' '손이 내린다' '손대를 잡는다' '신이 내린다' '신대를 잡는다'하는 것이다. 이건은 巫輩들이 댓가지[竹 幹]나 소반이나 혹은 다듬이 방망이나 이런 것을 두 손으로 잡고 제대로의 주물을 외우면 점점 팔이 무거워지면서 점점 떨리게 되고 나중에는 그야말로 손이거나 신이거나 내림이 내리는데 여기서 예언도 하고 所祟의 사물도 발견도 하는 것이다. 이것이 지금의 형태로서는 조금도 文雅한 행위로 보이지 않는다. 그러나 그 유래인즉 고대 神道의 유풍인 것은 틀림이 없는데 아마 이 道의 성시에는 이 모양으로 조야한 형태가 아니었을 것도 요량할 수가 있는 것이다.

그런데 수운이 체험한 계시광경은 일종의 降靈 즉 '내림이 내린 것'으로 볼 수 있고 또 그 降靈法도 자신의 체험을 양식화한 것이라 할 것이다. 그러고 보니 이 계시의 유래는 유교 정신에서 올 수 없는 깃은 물론이요, 또 불교나 도교의 그것일 수도 없는 일이고, 기독교에서 온 것도 아예 아닌 것이다. 그래 이것이 꼭 무속의 '내림'에서 온 것이 틀림없고 본즉, 이건 과연 우리 문화사 사상사에 天飜地覆의 대사건이라 하겠다. 왜냐하면, 檀代의 神道 設敎는 邦史의 일간한 敎俗으로서 (중략) 신라에 와서는 마침내 이 정신이 더욱 발전하고 세련 釀出하고 傑特한 인재를 배양하고 또 삼국 통일의 기운을 촉진했던 것이다. 그러다가 외래문화인 불교나 유교와 서로 融攝하면서 점점 변형이 되는 일면, 이 道의 士氣가 世變과 함께 강쇠한지라, 그래서 풍류의 정신은 불교에 가서 더 많이 발휘되고 보니 원효의 佛學은 果是 그 대표적인 것이며, 또 역대 유학의 형태에서 배양된 우수한 인물들도 왕왕 風流

의 神韻을 보이는 것이다. 그러나 외래문화의 형태가 사회의 주류를 짓게 되는 때는 언제나 土風의 그것이 도태를 면치 못하고 그 遺風流俗으 저절로 주류 문화의 혜택이 소원한 하류 계층에 잔존하는 것이 저간의 通則인지라 季世에 와서 풍각쟁이, 광대, 기생, 무당, 사당, 오입쟁이 등등 그 퇴폐한 여운과 사이비한 형태를 探見할 수 있을 뿐이다. (중략)

그런데 역사도 왕왕 기적적 약동이 있는 모양인지라 昏睡에 醉夢으로 支離한 천년의 적막을 깨뜨리고 하늘에서 외우는 소리는 웬 셈인지 龍馬洞 최제우를 놀래 깨우는 것이다. 이것이 과연 '歷史的 大降靈'이며 동시에 神道盛時精神의 '기적적 부활'이라 할 것이다. '國風의 재생'이라 할 것이며 史態의 驚異라 할 것이다. 정말 어마어마한 역사적 대사건이었다.

내림을 받는 일은 오늘 이 시간, 이 서울 시내만도 열 집 스무 집 정도가 아니라고 생각한다. 샤머니즘계 신앙의 이 족속은 더구나 邦人은 이 내림을 받고 싶은 심정이다. 그런데 수운 당시의 신라 무속은 그 행태만은 무던히 화려해졌다. 그리고 다른 곳보다 훨씬 성행도 했었다. 당시에는 깐의 名巫도 있었고 큰 굿禱神 別神도 자주 있어서 구경으로는 장관이기도 했다. 이런 때마다 황홀한 내림 구경을 할 수 있었다. 그러나 수운은 점잖은 유가 자제로서 전아한 유학 교양에 깊이 익은 터이라, 유가 안목으론 妖邪誕妄한 무속을 중시했을 리 만무하다. 그러나 사회적 훈습이란 그런 것이 아니라, 그것이 같잖은 것이라고 외면을 하면서도 무슨 냄새가 몸에 배이는 것처럼 자기도 몰래 그 냄새에 오르게 되는 것이 있으니, 이것을 사회적 훈습, 혹은 역사적 훈습이라 할 것이다. 그리고 보니 전아한 교양인 최제우도 이 훈습의 냄새가 오르지 않았으리라고는 볼 수 없는 것이다. 또 그 할머니라도 그 어머니도 혹시 내림을 받은 적이 꼭 없으리라고 期必할 바도 아니고 또 설령 내림을 받은 적이 없었다 하더라도 역시 내림을 받고 살아오던 혈통인지라, 이 내림을

받고 싶어 하는 피는 아무리 점잖은 교양일지라도 아주 소멸할 수는 없는 것
이다.[7]
(강조_발제자)

동서고금을 아우르며 우리 민족의 정신적 철학적 연원과 역사를 꿰
뚫어 읽고 있는 범부 선생의 해박함과 지적 통찰력은 무巫의 오랜 전통
과 그 바탕 위에서 세워진 풍류도와 같은 신도神道 사상을 깊이 밝히는
데 바쳐지고 있습니다. 위 인용문의 내용을 이해하기 위해서는 좀 더 부
연적인 설명이 필요할 듯합니다.

지금으로부터 약 150년 전인 1860년에 한국사는 물론이요, 인류사
나아가 자연사 전체로 볼 때, 매우 중요한 사건이 일어납니다. 1860년
경신庚申 4월 5일 오전 11시에 경주 근처 용담龍潭에서 수운 최제우 선생
이 한울님으로부터 "후천 오만년 무극대도後天五萬年無極大道"를 '내림받
은' 사건이 그것입니다. 이 '신 내림'을 통한 시천주侍天主 사상의 탄생은
우리 역사상으로는 오랜 세월 끊기어 잠잠하던 고대의 신도神道의 맥박
이 다시 살아나 새로운 주체적이고 근대적인 신인합일 사상으로 우뚝
서게 되는 민족사적 일대 사건이기도 하지만, 적어도 인간 평등사상의
관점에서 보더라도 인류사적으로도 일대 사건이며, 생명사상의 관점
으로 보더라도 인간사 너머의 자연사自然史적으로도 일대 사건이라 하
지 않을 수 없는 것입니다.

동학은 이러한 전통 신도와 인간 평등사상과 우주론적 생명 평등사
상 등을 쉬운 말과 쉬운 논리로서 설하고 있습니다.(이러한 쉽고 간단한
말과 논리는 동학사상이 지닌 위대성 가운데 하나입니다. 물론 쉬운 말과 쉬운 논

---

7)   범부 김정설, 『풍류정신』, 89-91쪽.

리를 파고 들어가면 어렵고 복합적인 논리의 세계가 펼쳐질 수 있습니다만.) 대체적으로 동학을 연구하는 분들은 동학의 핵심 내용으로 시侍(또는 侍天主)와 수심정기守心正氣를 꼽고 있는데, 이들의 뜻은 모두 21자로 된 주문呪文 안에 들어 있습니다.

수운 선생이 직접 "道를 닦는 절차와 방법은 呪文 21자에 있을 뿐이다"[8]고 말씀할 정도로 동학 주문은 동학의 진리를 집약적으로 함축하고 있다고 할 수 있습니다. 동학 주문 21자는 다음과 같습니다.

至氣今至 願爲大降 侍天主 造化定 永世不忘萬事知

그런데 위 21자로 이루어진 주문에도 '원위대 강願爲大降'이란 말이 나오지만, 수운 선생이 '후천 오만년의 무극대도'를 받으며 득도한 직접적인 계기가 강화降話, 또는 강령降靈이라는 사실을 먼저 주목해야 한다는 것이 제 생각입니다. 인용문에서 보듯이, 동학의 탄생을 가리켜 "어마어마한 역사적 대사건"이라고 강조한 범부 선생도 수운 선생이 '후천 오만년의 무극대도'를 받으며 득도한 계기가 접신과 강화降話를 통해 이루어졌다는 사실을 계속 강조하고 있습니다.

이러한 수운 선생의 '강화' 혹은 '강령'에 접근하기 위해서 도움이 될 만한 수운 선생에 관한 전기傳記가 있습니다. 범부 선생이 전하는 바에 따르면, 그 동학의 전사前史는 대충 이러합니다. 수운 선생은 1824년 갑신甲申 10월 28일 경주군 현곡면見谷面 용마동龍馬洞에서 탄생했습니다. 부친인 근암近庵 최옥崔鋈은 조선말 문행文行을 겸비한 향유鄕儒였습니

---

8) "次第道法이 猶爲二十一字而已니라." (『동경대전』「修德文」)

다. 송유宋儒의 계통[程朱學]이었던 근암이 만년에 우연히 단봇짐으로 떠들어 온 과부를 만나 낳은 아들이 바로 수운 선생입니다. 위대한 인물이 필히 겪어야 할 불운과 시련인 듯, 수운 선생이 6세 되던 해에 모친이 별세하고 나니, 더욱 과부 자식으로서 적서차별嫡庶差別의 폐습에 심한 마음고생을 하고 고독 속에서 시대와 사회에 대한 반항심이 깊어갔다고 합니다. 당시엔 차별이 심했던 풍습이었던 터라 과부의 자식이자 서자로 태어난 수운 선생은 천생賤生으로 온갖 조롱과 멸시를 받으며 자라게 되었는데, 16세 되던 해엔 부친마저 세상을 뜨게 되자, 타고난 천성과 함께 영특하고 비범한 선생은 세상의 부조리와 인생에 대하여 깊은 정신적 번민을 하게 됩니다.

청년기의 수운 선생은 정신적 번민 과정 속에는 부친의 영향으로 유학의 경사經史를 학습하면서도 유학을 넘어 새로운 사상을 향한 웅지를 품고 있었던 듯합니다. 그리하여 19세 되던 해에 제세濟世의 큰 뜻을 품고서 분연히 집을 떠나 주유천하周遊天下의 길에 오릅니다. 그런데 선생이 송유 계통의 향반 가문 출신으로 가풍을 통해서라도 청소년기를 통해서 유학을 습득한 사실은 동학의 탄생 과정과 관련하여 몇 가지 중요한 시사점을 던져줍니다. 그것은 동학이 유학의 전통적 사상에 크게 의지하면서도 전혀 다른 내용을 갖게 되는 중요한 갈림처에 관한 것인바, 거듭 말하지만, 우선 1860년 음력 4월 5일 오전 11시에 경주 인근 용담龍潭에서 일어난 수운 선생의 '후천 5만년 무극대도'의 득도得道가 '접신(신내림)'과 '강화'를 통해 이루어진다는 사실입니다. 수운 선생은 심한 몸 떨림을 겪으면서 '외유접령지기外有接靈之氣'와 함께 '내유강화지교內有降話之敎'를 얻게 되는데, 여기서 '접신'과 '강화'의 체험은 수운 선생에게 찾아온 경험적인 이적異蹟을 말하는 것으로서, 이 '강화'란 초월적인 세계를 부인하는 유학으로서는 갈피조차 잡기 힘든 말이라는 점입니다. 그뿐 아니라, 동학이 포함包含하는 불가佛家나 선가仙家에서도 올 수 없는 말입니다. 또 당시 조선에 들어 온 천주교天主敎에서조차 외재하는 신으로서의 천주의 부름이 있을 뿐이지, 내 안에 하느님[侍天主]이 또 다른 나에게 강화降話한다고는 결코 말할 수는 없는 것입니다. 즉 수운 선생은 '천주'라는 기독교적 표현을 쓰고 있다하더라도, '바깥에 있는 천주'가 아니라 '내 안의 천주'를 가리켜 굳이 '내림'[降] 혹은 '내림 말씀[降話]'으로 언표하는 데에는 깊이 들여다봐야 할 정신사적 내력來歷이 담겨 있을 뿐 아니라, 동학의 연원과 본질의 문門을 여는 열쇠가 들어있다고 생각합니다. 그 '내림[降]'이란 언표는 무巫와 신인神人 철학의 유서 깊은 전통과 오래된 집단 무의식 속에서 형성된 우리 한민족 고유의 신의 존재에 대한 정언적定言的 표현이기 때문입니다.

한편, '외유접령지기'에서의 '접령'이란 표현도 우리가 주목하기에 충분합니다. 수운 선생이 '신 내림'의 일종인 내 안의 '강화(지교)'를 말하면서 동시에 '접령(지기)'을 말하는 데에는, 그 철학적 사유 내용을 따지는 일은 잠시 뒤로하고라도, 우리 민족의 유서 깊은 정신인 전통 무巫와의 연관성을 회피할 수는 없는 것입니다. 위에서 드러난 바처럼, 주유천하와 동굴에서의 수도 끝에 찾아 온 '신 내림[降神]'으로서의 '전율' 체험, 신령神靈에 접接하는 기운과 느낌, 환청과 환각을 통한 '말씀'(공수)과 '영부靈符' 내림 등은 우리의 전통적 입무 의식과 상통하는 것이란 사실이 전제되어 있는 것입니다.

3. 降靈呪文과 '활동하는 巫'

　　수운 선생의 '말씀'을 모은 동학의 경전인 『동경대전』과 전통 가사체로 된 『용담유사』는 이미 널리 알려져 있으니 굳이 이 자리에서 경전의 내용과 그 하나하나의 의미들을 소개할 필요는 없을 것입니다. 다만 동학 경전 특히 수운 선생이 강령지교降靈之敎를 통해 얻은 주문呪文 21자 "至氣今至願爲大降 侍天主造化定永世不忘萬事知"는, 수운 선생이 직접 이 주문을 늘 간직하여 외우라는 가르침을 내리고 있고 이 주문만 외우고 음송하면 누구나 한울님이 될 수 있다고 하는 아주 특별한 주문입니다. 그래서인지 수운 선생은 『동경대전』의 「논학문」에서 친히 이 주문 21자에 대해 자세한 주석을 달아 놓았습니다. 수운 선생의 동학 주문 21자에 대한 주석은 경전經典의 내용을 이루고 있으므로 그 자체로 완전무결한 내용이라 할 것입니다. 경經에 나오는 21자 주문의 주석註釋은 다음과 같습니다.

　　묻기를 주문의 뜻은 무엇입니까?
　　대답하기를 지극히 한울님을 위하는 글이므로 주문이라 이르는 것이니, 지금 글에도 있고 옛 글에도 있느니라.
　　묻기를 강령의 글은 어찌하여 그렇게 됩니까?
　　대답하기를 '지至'라는 것은 지극한 것이요,
　　'기氣'라는 것은 허령이 창창하여 일에 간섭하지 아니함이 없고 일에 명령하지 아니함이 없으나, 그러나 모양이 있는 것 같으나 형상하기가 어렵고 들리는 듯하나 보기는 어려우니, 이것을 또한 혼원渾元한 한 기운이요,

'금지금지今至'라는 것은 도에 들어 처음으로 지기에 접함을 안다는 것이요,

'원위願爲'라는 것은 청하여 비는 뜻이요,

'대강大降'라는 것은 기화氣化를 원하는 것이니라.

'시侍'라는 것은 안에 신령함이 있고 밖에 기화가 있어 온 세상 사람이 각
각 알아서 옮기지 않는 것이요,

'주主'라는 것은 존칭해서 부모와 같이 섬긴다는 것이요,

'조화造化'라는 것은 무위이화無爲而化요,

'정定'이라는 것은 그 덕에 합하고 그 마음을 정한다는 것이요,

'영세永世'라는 것은 사람의 평생이요,

'불망不忘'이라는 것은 생각을 보존한다는 뜻이요,

'만사萬事'라는 것은 수가 많은 것이요,

'지知'라는 것은 그 도를 알아서 그 지혜를 받는 것이니라.

그러므로 그 덕을 밝고 밝게 하여 늘 생각하며 잊지 아니하면

지극히 지기에 화하여 지극한 성인에 이르느니라.

曰呪文之意는 何也니까

曰至爲天主之字故로 以呪言之니 今文有古文有니라

曰降靈之文은 何爲其然也니까

曰至者는 極焉之爲至요

氣者는 虛靈蒼蒼하여 無事不涉하고 無事不命이나 然而如形而難狀이요 如聞
而難見이니 是亦渾元之一氣也요

今至者는 於斯入道하여 知其氣接者也요

願爲者는 請祝之意也요

大降者는 氣化之願也니라

侍者는 內有神靈하고 外有氣化하여 一世之人이 各知不移者也요

主자는 稱其尊而如父母同事者也요

造化者는 無爲而化也요

定者는 合其德定其心也요

永世者는 人之平生也요

不忘者는 存想之意也요

萬事者는 數之多也요

知者는 知其道而受其知也라

故로 明明其德하여 念念不忘則 至化至氣至於至聖이니라.[9]

    득도 후 포교를 시작한 수운 선생을 어느 선비가 찾아와서 동학 주문의 뜻을 묻자 이에 선생은 인용문과 같이 동학주문 21자에 대해 일일이 주석을 달아 놓았습니다. 그런데 아주 중요한 의미를 지닌 동학 주문의 주석 내용을 숙지하는 것 못지않게, 이 자리에서 시도하는 동학주문의 새로운 해석을 위해서는 이 동학주문의 형식과 내용에 관한 다음두 가지의 지식을 갖는 것이 필요해 보입니다. 그것은 다음과 같은 것들입니다.

    첫째, 실제에 있어서, 동학 주문은 '한울님을 지극히 위하는 글至爲天主之字'이므로 이 주문을 왼다는 것은 그 자체로 한울님이 신령한 힘을 발휘하는 일종의 주술呪術적 방법이었다는 사실입니다. 이 주문을 외우기만하면 위험과 죽음을 피할 수 있다는 믿음과 소문(수많은 異蹟 이야기들)이 널리 퍼져 있었던 사실은 주문의 신기한 능력을 동학교도들이 믿고 따르고 있었음을 실증합니다. 이는 동학의 포교 활동에서 이 주문이

---

9)   『천도교 경전』, 33-35쪽. (『동경대전』「논학문」)

지닌 주술적이고 초월적인 힘이 크게 발휘되었음을 알려주며, 주문을 잘 음송吟誦하기만 해도 '시천주'에 다다를 수 있는 득도의 묘법이 바로 주문 음송 안에 들어 있음을 알려줍니다. 이런 까닭에 주문은 그 의미만이 아니라 주문의 표현 원리도 시천주의 묘리와 음송의 묘법에 부합하도록 오묘하게 되어 있습니다. 아울러 주목할 점은 동학 주문呪文 21자의 오묘한 표현원리는, 동학 영부靈符의 선와旋渦적 형상 원리에 상응하는 것으로서, 주문의 언어적 표현 원리가 순환적 구조를 지님으로써 이에 따라 수없이 되풀이되는 주문 음송의 묘력妙力은 주문이 지닌 의미를 마치 회오리처럼[旋渦的] 점층적으로 심화 증대시킨다는 점입니다.[10]

---

10) 동학 주문 21자의 표현원리는 유비법 또는 興比(『용담유사』「흥비가」를 참조!)에 의해 동학의 哲理와 文理가 하나로 통일을 이루고 있을 뿐 아니라, '내유신령 외유기화'의 造化에 드는 신기한 呪文의 묘력을 느끼게 한다는 점에서 깊은 분석과 해석을 필요로 합니다. 그 분석과 해석의 일부만을 소개하면 이러합니다: 동학주문 21자에서 강령주문과 본주문을 그 표현원리의 분석을 위해서 아래와 같이 의미 단위별로 나누어 살펴보도록 합니다. 즉, 강령주문과 본주문을 두 행으로 나누어 對句化하면 아래와 같습니다.
①至氣 ②今至 ③願爲 ④大降
❶侍天主 ❷造化定 ❸永世不忘萬事 ❹知
여기서 주목할 사실은 첫 행의 강령주문과 다음 행의 본주문이 서로 대구對句 형식을 갖추면서 두 행이 의미론적으로 서로 대칭적인 듯하면서도 비대칭적인 의미상 묘한 대응관계를 보여준다는 점입니다. 위에서 수운 선생이 손수 21자 주문을 주석한 내용을 보면 알 수 있듯이, 강령주문의 "至氣今至"와 본주문의 "侍天主 造化定"은 동학의 본질이나 진리의 내용 즉 天心의 영역을 가리키며, 강령주문의 "願爲大降"과 본주문의 "永世不忘萬事知"는 성경신에 따른 생활의 修行과 실행의 내용 즉 人心의 영역을 가리킵니다. 수운 선생의 주문 주석에서 알 수 있듯이, 강령주문과 본주문이 지닌 의미론상의 구조는 서로 동일합니다. 중요한 것은 강령주문인 ①至氣 ②今至 ③願爲 ④大降의 의미단위들과 본주문인 ❶侍天主 ❷造化定 ❸永世不忘萬事 ❹知의 의미단위들이 서로 대칭적 관계를 맺으면서 상호 유추를 통한 저마다의 의미의 보완과 함께 의미의 새로운 생성이 이루어지고 있을 뿐 아니라, 비대칭적으로는, 의미의 환유와 아이러니irony에 따른 복합적이고 다층적인 의미망網을 형성해가면서도, 呪文이 지닌 수없이 되풀이하는 기본적인 형식성으로 인해, 천심과 인심의 의미가 회오리처럼 선회旋回하는 언어적 기운의 상승 과정이 계속되고, 이로써 주문의 의미가 생성론적 漸增을 이루어간다는 점입니다. 이러한 소용돌이vortex와 같이 선회하는 중에서 체험하게 되는 주문의 의미론적인 생성 점

둘째, 21자 주문의 형식과 내용에 주목할 필요가 있습니다. 우선 형식면에서 보면, 주문은 두 부분으로 나뉘어 앞부분 8자 '지기금지 원위대강'은 한울님의 영기靈氣를 내림받길 기원하는 강령주문降靈呪文이고, 뒷부분 13자 '시천주조화정 영세불망만사지'는 본주문本呪文이란 점입니다. 내용면에서 보면, 무엇보다도 눈에 띄는 것은, 기독교의 주기도문이나 불교의 다라니주多羅尼呪 또는 유교의 여러 주문과 달리, "한울님의 지극한 기운이 내 몸에 내림받기를 기원하는 것"이란 의미를 지닌 강령주문 '원위대 강願爲大降'이 내용 차원에서도 강조되고 있다는 점입니다.

이 '원위대 강降'은 인위人爲를 초월한 '강령降靈'을 간절히 비는 뜻으로 인하여, 동학이 지닌 '신 내림'의 특별한 성격을 더 분명하게 강조하고 있다고 볼 수 있습니다. 이는 성경신誠敬信이란 실천 덕목에 바탕한 지극한 수행관 즉 인위적인 수련 과정을 강조하는 '수심정기守心正氣'가 수운 사상의 핵심 내용을 이루는 점을 떠올릴 때, 오히려 '원위대 강'은 정성스러운 기원祈願을 통해 인위를 초월한 신묘한 '큰 내림[大降]'을 받

증의 氣運은 동학주문이 지닌 신묘한 표현원리라고 할 만합니다. 이러한 묘법과 묘력을 지닌 동학의 오묘한 주문 형식 원리를 뒷받침할 만한 것이 바로 동학의 탄생(득도) 당시 한울님 즉 귀신이 수운 선생에게 준 靈符입니다. 그 영부는 아시다시피 '궁궁을을弓弓乙乙'의 형상을 하고 있습니다. 그런데 이 '궁궁을을'의 형상과 주문의 형식은 서로 대응합니다. 수운 선생이 받은 영부가 지닌 궁궁을을의 형상을 이 자리에서 깊이 따지고 들 형편이 아니므로 대강만 말씀드린다면, 궁궁을을의 영부는 '弓乙'이 서로 어우러져 소용돌이[旋渦] 형상을 하고 있다는 사실, 소용돌이 형상과 궁궁을을의 형상은 기화의 생성 과정에 작용하는 천심과 인심의 관계를 표상한다는 사실, 곧 이는 21자 주문의 음송 형식과 내재적으로 상통하는 바가 있으며 이 또한 유비적 관계를 이룬다고 할 만한 것입니다. 이는 시천주의 묘리를 터득하는 길은 주문의 뜻을 이해하는 것에 그쳐선 얻을 수 없고 정성껏 반복하는 주문 음송을 통해 주문의 뜻을 내 안에 심화 확대하는 동시에 주문의 지기至氣를 체화해야 얻을 수 있다는 것을 의미합니다.

아서 본주문 13자의 의미들을 현실 속에서 형통하게 하려는 의도로 풀이할 수가 있습니다. 이처럼 강령주문 8자가 특별하고 중요한 의미를 지니는 이유는, '내수도內修道' 곧 정성스러운 인위적 수행修行과 초월적 '신 내림'의 통일이 그것인바, 경전의 '외유접령지기 내유강화지교'라는 말씀의 의미를 유비analogia적으로 해석할 때, 이 인위적 수행 속에서의 무巫의 근원적 활동은 결코 소홀히 간과될 수 없는 특별한 종교철학적 의미를 지니고 있기 때문입니다. 수운 선생의 신 내림 혹은 강령 체험에 의해 동학이 탄생하는 내력에 대해서는 이미 알려진 바와 같습니다. 이와 관련하여 많은 학자들이 대부분 동학이 무속巫俗에서의 신 내림 혹 접신의 차원에 머물지 않고서, 수심정기守心正氣와 성경신誠敬信의 종교적 수행관을 지니고 있다는 점에서 무속 신앙보다 더 높은 차원의 종교로 '발전'하게 된 동인動因으로 지적하고 있습니다. 하지만, 전통적 무속 신앙→성경신의 수행관에 따른 종교로의 '발전'이라는 차별적이고 선조적인 종교 발전 단계론에는 동의할 수 없습니다. 오히려, 수운 선생이 21자 주문 중에서 앞부분의 '강령' 주문과 '외유접령지기 내유강화지교' 등을 경문에서 강조하였듯이, 전통적 무巫, 즉 접신接神과 신령 내림은 민족 종교로서의 동학이 지닌 유서 깊고도(접화군생!) 필수불가결적인 정신적 바탕이요 원형질이며 성경신의 정성스러운 수행관과 서로 차별 없이 종합 통일되어 있기 때문에, 동학은 '위대한' 종교이자 "정말 어마어마한 역사적 대사건"이 될 수 있는 것이라 할 수 있습니다. 또한 전통 무를 내면화한 수운 사상은 자재연원自在淵源하고 원시반본原始返本하는 동방의 정신사적 심오한 뜻을 품고 있는, 실로 웅혼한 정신의 면모로 이해될 수 있습니다.

　범부 선생은 수운 선생이 도통道通의 핵심으로 강조한 수심정기守心

正氣에 대해 분석한 후, 도에 통하는 최상의 법문法門으로 수심정기를 내세우는 것만으로는 동학이 여타 사상과 별반 큰 차이가 없음을 동양 사상 전반을 살펴서 지적합니다. 그리고 동학이 여타 종교 사상과 다른 결정적인 차이는 '수심정기'에 깊이 관여하는 '주문 강령'에 있다고 결론 맺고 있습니다.

> 그런데 守心正氣도 알고 보면 딴 것이 아니라, (…) 守心의 '心'은 內有神靈이란 '神靈'과 동일한 것일지며, 正氣의 '氣'는 곧 氣化의 '氣'와 동용일지요, 또 '守'와 '正'은 侍天主란 '侍'에서 造化定이란 '定'까지 成始成終의 妙因妙果를 道破한 것으로 볼 것이다. 그런데 守心正氣도 별반 契法이 없이 그냥 守心正氣만으로 法門이라 하고 보면 역시 操存省察과 큰 차이가 없을 것이고 다만 仙學氣臭를 가미한 것뿐일 것이다. 그런데 **수운은 自家의 체험으로 강령(내림)의 묘리를 파악함으로써 만사가 가능한 것이었고, 더구나 수련의 묘법이요 또 成道의 첩경이라고 확인했던 것이다.** (중략) **그러고보니 守心正氣는 自家의 체험에서 얻은 것이고, 守心正氣의 妙力은 실로 呪文 降靈에 있는 것이다.**[11]
>
> (강조_발제자)

수운 선생이 "仁義禮智는 옛 성인의 가르친 덕목이요, 守心正氣는 내가 비로소 다시 정한 덕목"[12]이라 설한 데 대하여, 범부 선생의 결론적 해석은 "수운은 自家의 체험으로 강령(내림)의 묘리를 파악함으로써 만사가 가능한 것이었고, 더구나 수련의 묘법이요 또 成道의 첩경이라고

---

11) 『풍류정신』, 100-101쪽.
12) "仁義禮智 先聖之所教 守心正氣 惟我之更定"(『동경대전』「修德文」)

확인했던 것이다." "그러고보니 守心正氣는 自家의 체험에서 얻은 것이고, 守心正氣의 妙力은 실로 呪文 降靈에 있는 것이다."라고 하여, 우리 정신사 전체를 꿰뚫어보는 통찰을 가하고 있는 것입니다. 여기서 우리가 주목할 곳은 "수운은 자가의 체험으로 강령(내림)의 묘리를 파악함으로써 만사가 가능한 것이었고, 더구나 수련의 묘법이요 또 成道의 첩경이라고 확인했던 것이다. (중략) 그러고보니 守心正氣는 自家의 체험에서 얻은 것이고, 守心正氣의 妙力은 실로 呪文 降靈에 있는 것"이란 대목입니다. 이렇게 본다면, 다름 아닌 전통 무巫가 성경신의 '수련의 묘법'이요 수심정기의 묘력인 것입니다. 곧 '무巫'는 '시천주 조화정'의 '묘법'이요 '묘력'이므로 '시천주 조화정' 안에 늘 무巫의 활동이 내재하는 것입니다. 이렇듯 범부 선생의 해석을 통해서 '활동하는 무巫'가 접령을 기원하는 '강령주문'의 필수성과 중요성이 다시 확인되는 것입니다. 따라서 동학 주문 21자에서 '강령주문' 8자는 '본주문'에 앞서 음송하는 부수적인 주문에 그치는 게 아니라, 동학의 연원과 본질을 간직하고 있는 필수적 묘법으로서의 무巫적 주문이라 할 것입니다.

위에 인용한 범부 선생의 문장에는 또 하나의 의미심장한 동학의 이치가 상징적으로 들어 있습니다. 이미 앞에서 수운 선생의 전기를 언급하면서 나온 이야기입니다만, 수운 선생의 득도의 계기가 "自家 체험"에서 연유되었다는 것입니다. 이는 수운 선생과 동학사상에서 강조해 마지 않는 도道의 자재연원自在淵源[13]과 직결되는 말입니다. 수운 선생이 "自家 체험" 속에서 우리 민족의 근원적 정신으로서 "강령(내림)의 묘

---

13) '자재연원自在淵源'은 '도를 구하려는 근원은 자기 자신에게 있음' '자기 자신에게서 도를 구함'의 뜻. 도는 외래적인 것이 아니며 자기 바깥의 멀리서 구하지 말 것이며, 자기 자신에게서 구하는 것이라는 수운 선생의 가르침은 '자재연원'의 풀이.

리"를 새로이 터득하게 되었다는 사실이 동학의 본질을 이해하는 데에 필수적이라는 것입니다. 수운 선생의 도道도 자재연원이요 동학의 도도 자재연원인 셈입니다. 그래서 동학은 자재연원의 도이며 자재연원의 도이기 때문에 "守心正氣의 妙力은 실로 呪文 降靈에 있는 것"이란 결론에 도달하게 됩니다.

　여기서 우리는 잠시 김지하 시인의 동학관을 살펴볼 필요가 있습니다. 한국의 대표적인 시인의 동학 해석을 통해 동학과 문학의 뜻 깊은 관계를 모색할 수 있을 것입니다. 특히 문학과 예술에 있어서 김지하 시인이 이룬 업적을 생각할 때 시인이 해석한 동학사상은 그 자체로 문예학적 혹은 예술철학적 연구의 대상이 될 것입니다. 김지하 시인의 동학 사상에 대한 철학적 해석을 보여주는 글로서 「인간의 사회적 聖化」가 있습니다. 이 글은, 동학의 주문 21자 중 본주문本呪文인 13자 '侍天主 造化定 永世不忘萬事知'의 글자 하나하나에 담긴 내용에 대해, 철학적 역사적 사회 실천론적인 해석을 가한 글입니다. 시인의 이 글은 위에서 인용한 바 있는, 수운 선생이 직접 동학 주문 21자에 대해 주석한 내용을 기초로 하고 그 위에 시인이 재해석을 시도한 글입니다.

　김지하 시인의 동학 해석에는 시적 직관력과 상상력이 유감없이 발휘되고 있습니다. 이 자리에서, 김지하 시인이 해석한 동학사상에 대해 일일이 다 소개할 형편이 아니고 또 그럴 필요도 없습니다. 다만, 김지하 시인의 동학 해석에 있어서 특별히 주목할 대목이 있는데 그것은 시인의 철학적 사유와 함께 시적 상상력이 발휘되고 있는 부분입니다. 김지하 시인의 동학 해석 중에서 문학적으로나 사상적으로 단연코 주목되는 대목은 동학의 유명한 주문呪文 21자 가운데 '시천주侍天主'에서의 천天을 해석하는 지점입니다.

　수운 선생의 13자 주문에 대한 해설에는 '시천주'의 '천天'에 대한 설명
이 전혀 없습니다. (중략) 활동하는 주체에 어떤 말로써 표현하기 힘든 '천',
즉 왜 하늘을 공空으로 비워서 남겨놓았을까요? 바로 이 천을 무無로, 없음,
비움의 상태로 남겨둔 것에 비밀이 있습니다. 그것은 **활동하는 無로서의 중
심적 전체**를 뜻합니다. 텅 비어 있음으로 해서 신선한 생명의 물결이 뜀뛰
며 춤추며 약동하며 생산적으로 노동하게 하는 '無'입니다. (중략) **'천'을 설
명하고 규정하며 그 규정을 강조하는 순간부터 우상 숭배는 시작되며 생명
에 대한 우상의 억압, 그 죽임이 시작됩니다. 생명의 심장은 자유입니다. 민
중 생명이 끊임없이 되돌아가려 하는 것, 회복하려 하는 것은 바로 이같은
텅 비어 있어 참으로 생생하게 살아나는 해방입니다.**[14]　　　(강조_발제자)

　김지하 시인의 동학관이 중요한 의의를 지니는 것은 동학의 반본返本
을 통한 동학의 경정更定을 강조한 데에 있다고 생각됩니다. 간단히 말
해, '인내천人乃天'을 종지宗旨로 삼은 오늘의 천도교天道敎가 아니라, '원
시 동학'을 지금 여기에 되돌리자는 것입니다. 이러한 시인의 의도는
중요한 의미를 내포하고 있습니다. '인내천'은 모든 중생에게 불성이
있다[衆生皆有佛性]거나 중국 고대의 '민즉천民則天'과 같은 고대 인간주
의 사상을 떠올리는 낡은 사상이며, 그 개인주의적 유토피아적 성향으
로 인해 '교리화' '속류화' '권력 원리화'로 흐를 위험이 있다고 보는 것
입니다. 그래서 김지하 시인은 '시천주侍天主'를 종지로 삼는 '원시 동학'

---

14)　김지하, 「인간의 사회적 성화」.

으로 반본할 것을 강조하고 있는 것입니다. 이처럼 동학의 시원성始原性을 되살려야한다는 김지하 시인의 사상적 의지와 반본의 철학은 오늘날의 한국 종교계와 사상계, 문화계 전반이 드러내고 있는 참담한 정신적 공황恐慌 상태를 돌아다보면, 사자후獅子吼인 것만은 틀림없다 할 것입니다.

그런데, 위 인용문에서 보듯이 김지하 시인이 제시한 '시천주'의 해석에는 몇 가지 해석상의 쟁점들을[15] 노출시키고 있습니다. 우선 눈에 띄는 첫 번째 쟁점은, 시인이 동학 주문 21자를 해석함에 있어서 13자로 이루어진 본주문本呪文만을 분석 및 해석 대상으로 삼고 있다는 사실에 있습니다. 시인은 "동경대전 전체 내용은 21자로 되어 있는 주문呪文 속에 압축되어 있으며 이것은 다시 본주문 13자 속에 압축됩니다."라고 하여 주문 21자의 앞에 오는 8자의 강령주문降靈呪文을 제외하고서 본주문만을 해석의 대상으로 삼고, 잠시 후 거듭 강령주문을 제외한 이유에 대해 "이 주문 가운데 앞 주문 8자의 뜻은 모두 본주문 13자의 뜻 속에 겹쳐져 있거나 반복구조로 되어 있습니다."라고 부연하고 있습니다.

김지하 시인이 동학 주문 해석에 있어서 강령주문을 해석 대상에서 배제한 이유를, 강령주문 즉 "앞 주문 8자의 뜻은 모두 본주문 13자의 뜻 속에 겹쳐져 있거나 반복구조로 되어 있습니다"라고 설명하고 있습

---

15) 김지하 시인의 '시천주' 해석과 연관하여, 시인이 속한 4·19 세대의 특징적이고 일반적인 의식이 어떻게 동학 해석에 작용하는가, 또 시인은 동학 해석을 통해 자기 세대 의식에 어떤 변화와 차이를 드러내는가를 분석하고 규명하는 것도 동학의 해석사解釋史에서 보면 꽤 의미 있는 일로 여겨집니다. 이 글은 문학과 동학 간의 내재적 관계를 찾는 것을 목적으로 삼고 있기 때문에 여기서는 김지하 시인의 동학 해석에 있어서 4·19 세대 의식에 의해 빚어지는 여러 문제들에 관해서는 논의를 후일로 미루도록 합니다.

니다만, 강령주문과 본주문이 서로 "겹쳐져 있거나 반복구조"라는 시인의 사실 판단은 후에 작지 않은 해석 차이를 결과할 만한 논쟁적인 이견이 제기될 수 있습니다. 그것은 강령주문과 본주문이 서로 동일한 내용과 의미의 반복 구조인가 아니면 서로 유추하고 추정하는 유비적 반복구조인가 하는 문제와 직결되어 있습니다. 동일한 의미의 단순 반복 구조라면 강령주문의 의미는 반감될 수 있으나, 유비적 반복구조라고 한다면 강령주문의 의미는 위에서 이미 살폈듯이 마주보는 두 눈동자에 비친 서로의 모습처럼 의미의 끝없는 심화와 확산을 낳게 됩니다.

『용담유사』에서 수운 선생은 강령주문 8자를 제외하고서 본주문 '시천주 조화정 영세불망만사지' 13자를 강조하는 대목이 나옵니다만, 이 부분은 포교 당시 수운 선생의 의중을 세심하게 살필 필요가 있기도 하지만, 설령 그렇다고 해서 강령주문의 중요성이 조금도 감소되는 것이 아닙니다. 이미 13자 본주문에도 강령의 의미와 중요성이 담겨 있기 때문입니다. 김지하 시인의 동학 주문 해석에 있어서 쟁점은 동학의 사상적 본질과 바탕을 이해하는 데에 있어서 강령 내지 강령주문이 지닌 중요한 의미와 의의를 오해하거나 과소평가한 측면이 없지 않다는 점입니다. 강령이 지닌 정신사적 문화사적 또 민중생활사적 의미를 깊이 살피지 않고 소홀히 하다보면, 동학주문에서 강령이 지닌 의미를 간과하기 쉽다고 봅니다. 강령주문의 의미와 존재 의의에 대해서는 이미 앞에서 말씀드렸기 때문에 여기서 줄이겠습니다.

위에 인용한 김지하 시인의 '시천주'의 해석이 지닌 두 번째 쟁점으로, '천天'을 '활동하는 무無'라는 개념으로 바꾸어 표현하고 있다는 점입니다. 수운 선생은 동학주문을 주석함에 있어서 '천'에 대한 주석을 비워 놓았는바, 이 '천'의 주석으로서 '텅 빔' 또는 '없음'에 대해, 시인은 이 '천'의 '텅 빔'을 '활동하는 무無'라는 개념으로 해석한 것입니다. 그리고 김지하 시인은 "'천'을 설명하고 규정하며 그 규정을 강조하는 순간부터 우상 숭배는 시작되며 생명에 대한 우상의 억압, 그 죽임이 시작됩니다. 생명의 심장은 자유입니다. 민중 생명이 끊임없이 되돌아가려 하는 것, 회복하려 하는 것은 바로 이 같은 텅 비어 있어 참으로 생생하게 살아나는 해방입니다"라 하여 '활동하는 무'의 사회 실천적 의미를 강조하고 있습니다.

그러나 시인의 정치적 무의식과 사회 이념적 해석이 지배하는 윗글은 '천'의 철학적 해석에 있어서 논쟁거리라 할 수 있습니다. 우선, 천의 해석이 지닌 애매모호성의 문제입니다. 가령, '활동하는 무無'는, 천天 또는 한울님, 지기至氣나 조화造化 즉 무위이화無爲而化 등과는 어떤 해석상의 경계와 차이를 지니고 있는가 하는 문제입니다. '활동하는 무'는 '한울님'과 '한울님의 기화'와 서로 어떻게 다른 것이며, 더군다나 지기至氣나 조화造化나 한울님과의 경계도 명확하게 나누어지지 않은 채 제시됩니다. '활동하는 무無'와 '무위이화'도 출처가 노장철학일 터이지만 서로 같을 수 없는 것이고 보면 그 둘 사이의 차이가 궁금한 것입니다. '활동하는 무'를 천과 한울님과 조화와 지기와 무위이화와 분명한 선을 그어놓고 서로간의 관계를 살피지 않고 있기 때문에, '활동하는 무'는 '내유신령'에서의 한울님의 본성으로서의 '신령'과도 거리가 느껴지며, 외유기화의 '기화'와도 애매하게 뒤섞이고 있다는 느낌입니다. 이는 '시천주의 기화'를 수운 사상의 발생론적인 맥락(위에서 살폈듯이, "自家의 체험"이나 토착 사상으로서의 자재연원의 도!) 또 전통 사상사적인 맥락에서 분명하게 파악하지 않은 채, '활동하는 무'라는 개념으로 '시천주(내유신령)'와 '기화(외유기화)'를 서로 별개의 차원에서 두루뭉

수리하게 포섭하고 있기 때문이 아닌가 추정하게 됩니다. 이러한 '천'
의 언표로서의 '활동하는 무'는 '기화'의 계기를 스스로 잃어버린 상태
에 있다는 점에서, 추상적인 이념의 산물로 비친다는 문제를 안고 있습
니다. 김지하 시인 자신이 동학의 핵심 경문으로 내세운 '侍天主'의 '侍'
를 해석하면서, 수운 선생이 주석한 "侍者 內有神靈 外有氣化"에서의 '神
靈'에 대한 해석에서 논쟁거리를 남기고 있습니다. "내유신령의 '신'자
와 외유기화의 '기'자는 맞짝을 이루어 하나의 말, 즉 '신기神氣'란 말을
만듭니다. 이 '신기'는 유기론唯氣論에서 말하는 일기−氣로서 음양의 통
일로서의 태극, 근원적인 통일적인 생명을 말합니다."라고 하여 유기
론의 관점에서 '신령'을 해석하고 있습니다. 하지만, 이러한 유기론적
'신령' 해석은 수운 선생이 강조한 '강령'의 '령(신령)'과는 거리가 있다
는 판단입니다. 시인이 "그러므로 신령의 기화란 생명의 무궁한 활동,
즉 인간 역사 경우 노동이며 순환이며 창조이며 확장이며 반복이며 통
일이며 수렴인 것입니다."라고 해석을 하지만, 이는 신령이 바야흐로
기화에 이르는 계기를 언급하지 않는 한, 추상적이고 이념적인 신령 해
석에 지나지 않은 것입니다. 이러한 '신령' 해석은 4·19 세대 의식 일
반의 반反-전통 무속—서구주의적 이념화—기독교적 편향이라는 한
국 근대정신사적 맥락에서 해석되어야 할 이유가 충분하다고 판단됩
니다.

이러한 '시천주'의 '천'에 대한 추상적이고 애매한 해석으로서의 '활
동하는 무無'는, 김지하 시인이 주문 해석을 하면서 아예 '강령주문' 8
자를 제외한 사실과도 같은 맥락에서 이해될 수 있습니다. '기화氣化'의
계기인 '신 내림'('강령' '강화') 곧 '수심정기'의 '심心'과 동격 관계인 '내
유신령內有神靈'의 신령神靈이 외유기화外有氣化하는, 즉 기화氣化의 묘리

와 묘력에 대한 이해가 누락되어 있는 것입니다. 이러한 동학 해석상의 문제점은 앞에서 인용한 '수심정기'에 대한 범부 선생의 해석과 비교하면 비교적 명확해집니다. 그러므로 김지하 시인의 '천'에 대한 해석으로서 '활동하는 무無'는 '한울님의 기화'의 모멘트(계기, 동인, 작용력)를 내재하지 못했거나 경험하지 못하는 추상적 천이요 이념화된 천의 언표라는 느낌을 지울 수가 없는 것입니다.

4. '활동하는 巫'와 귀신

수운 사상에서 한울님의 기화가 이루어지는 조건과 계기는 '수심정기'이면서 동시에 '내유신령 외유기화'에서의 내 안의 강령降靈입니다. '내유신령'의 신령이 강령降靈이라면, 외유기화의 기화를 간절히 바라는 몸은 일종의 몸주로서의 무巫의 몸이라 할 수 있습니다. 아주 비근한 예로, 동 트기 전 정화수 한 사발 장독 위에 놓고 두 손 빌어 치성을 드리는 이 땅의 모든 어머님의 몸이 그것입니다. 이 간절히 치성 드리는 어머님의 몸이 지기금지至氣今至 곧 접신을 바라고 귀신의 조화에 함께 하려는 지기至氣 자체로서의 몸입니다. 동학에서 몸은 신神과 분리된 개별적인 인간이나 독립된 개체로서의 몸이 아니라, 신령을 모신 몸주가 내재한 '무궁한 변화 속의 무궁한 몸'이라 할 것입니다.(이와 관련하여, 『용담유사』 중 「흥비가」의 맨 끝행인 "무궁한 이 울 속에 무궁한 내 아닌가"! 라는 가사歌辭 내용을 함께 생각해야 할 것입니다.) 귀신이 몸주로서 몸 안팎으로 쉼 없이 드나드는 것입니다.

여기서 잠깐 한국 사회에 널리 퍼져 있는 귀신에 대한 무지와 오해, 잘못된 선입견을 해소해야 할 듯합니다. 과연 '귀신'이란 과연 무엇인가요? 귀신과 접신의 뜻은 이성을 절대시하는 서구적 관점이나 사고방식으로는 도무지 갈피조차 잡히지 않을 것입니다. 서구에선 샤먼의 접신을 엑스타시나 트랜스 또는 정신 이상이 잠시 동안 발현된 상태로, 더 나쁘게는 악귀나 사악한 정령으로밖에 달리 이해하지 못합니다. 인간 의지와 이성을 통해 서구 사상이 발전해왔고 당연히 보이지 않고 만질 수 없는 일기—氣, 또는 음양 이기의 조화造化를 이해하기 힘들기 때문입니다. 예로부터 동방의 사유 체계에선 귀신이란 종교 의식이나 제사 때 모시는 정령精靈을 가리키는 데 그치지 않고, 음양이 서로 어울려 끊임없이 생성 변화하는 조화造化의 성실한 능력으로 이해되어 왔습니다. 공자님은 『논어』에서 귀신의 존재에 일견 다소 부정적이고 유보적인 관점에서 비판하는 듯하지마는 꼭 그런 것만은 아닙니다. 특히 『중용』을 보면 음양의 기운이 서로 오묘하게 어울리며 만물의 생성과 변화 속에 작용하는 본성에 내재하는 귀신의 공덕을 높이 찬양하고 있습니다. 『역경』「계사繫辭」에서 신神을 가리켜 "추측할 수 없는 음양의 변화[陰陽不測之謂神]", 송宋에 와서, 정자程子는 귀신을 "천지의 공용功用이면서 조화造化의 자취", 장횡거張橫渠는 "음양 이기二氣의 양능良能"으로 정의하였고, 주희朱熹는 음양 이기二氣를 중심으로 하여 귀鬼는 음의 영靈이고 신神은 양의 영靈으로, 또 귀를 귀歸, 또는 굴屈의 의미로 보아 수축하는 기운이고, 신을 신伸의 의미로 보아 신장하는 것으로 해석하였습니다. 송유宋儒 이후에 귀신은 기의 안팎으로 작용하는 힘으로 이해되었고, 천지 우주의 시공의 변화를 주도할 뿐 아니라 개체적 삶의 현상을 주도하는 근본적인 동인으로 이해되었습니다. 동학의 귀신론은 송유의 영향 아래 전개된 듯이 보입니다. 참고로 수운의 부친 근암近菴 선생은 구한말 영남지방에서 학문과 덕망이 높은 송유로 널리 알려진 분입니다.

　동학의 2대 교주인 해월 최시형 선생도 귀신이란 음양의 기운의 조화 그 자체이며 천지 만물의 근원인 일기—氣에 오묘하게 작용하는, 만물의 생성 변화하는 착한(본연의) 능력임을 설파하였습니다. 해월 선생이 "사람이 동動하고 정靜하는 것은 마음이 시키는 것인가 기운이 시키는 것인가. 기운은 주가 되고 마음은 체體가 되어 귀신이 작용하는 것이니, 조화造化는 귀신의 본연의 능력이니라. 귀신이란 무엇인가 음양으로 말하면 음은 귀요 양은 신이요, 성심誠心으로 말하면 성은 귀요 심은 신이요, 굴신屈伸으로 말하면 굴은 귀요 신은 신이요, 동정으로 말하면 동은 신이요 정은 귀이니라.(人之動靜 心乎氣乎 氣爲主 心爲體 鬼神 用事 造化者 鬼神之良能也. 鬼神者 何也 以陰陽論之則 陰鬼陽神也 以誠心論之則 性鬼心也 以屈伸論之則 屈鬼伸神也 以動靜論之則 動神靜鬼也.)" 또는 "움직이는 것은 기운이요 움직이고자 하는 것은 마음이요, 능히 구부리고 펴고 변화하는 것은 귀신이니라.(動者 氣也 欲動者 心也 能屈能伸 能變能化者 鬼神也.)" 라고 말씀한 것도, 귀신이란 음양의 조화 속에서 모든 사물의 본성이 올곧게 발현되게 하는 근원적인 작용 능력임을 지적한 것입니다. 조화는 귀신의 본연의 능력良能이고 마음에서 귀신이 작용하므로, 대인大人은 귀신과 더불어 그 길흉吉凶에 합合하는 것[16]입니다. 마음이 곧 시천주이고 마음과 한울님은 서로 화합하여야 하므로 마음 속 귀신은 한울님과 더불어 때와 차례를 기다립니다. 마음과 한울님이 서로 어긋나면 시천주가 아니며 이 때 귀신도 양능(본래)의 귀신일 수 없습니다. 또한 기의 작용 즉 귀신은 취산聚散의 성질을 지니고 있을 뿐 아니라 사람이 죽으면 생전의 몸의 기가 빨리 흩어지지 않고 엉기는 현상이 나타난다고 합니다.

이러한 귀신의 본성과 성질을 이해할 때, 수운 선생이 한울님으로부터 영부와 주문을 받으며 마침내 득도하는 아래 인용문은 의미심장한 귀신론의 텍스트로서 새롭게 해석될 수 있을 것입니다. 다시 읽어봅니다.

---

16) "大人은… 與鬼神合其吉凶" (『용담유사』 「도덕가」)

몸이 몹시 떨리면서 밖으로 접령하는 기운이 있고 안으로 강화의 가르침이 있으되, 보였는데 보이지 아니하고 들렸는데 들리지 아니하므로 마음이 오히려 이상해져서 수심정기하고 묻기를 "어찌하여 이렇습니까?" 대답하시기를 **"내 마음이 곧 네 마음이라. 사람이 어찌 이를 알리오. 천지는 알아도 귀신은 모르니 귀신이라는 것도 나니라."**[17]

(강조_발제자)

수운 선생은 온몸으로 접신接神 체험을 하고서 한울님의 말씀을 듣게 됩니다. "천지는 알아도 귀신은 모르니 귀신이라는 것도 나니라." 이로써 마침내 우리 정신사 문화사는 물론 나아가 자연사 인류사를 통틀어 실로 시사하는 바가 심대한 오만 년 무극대도의 동학이 창도됩니다. 이와 같은 수운 선생의 득도의 체험을 통해 동학의 연원을 엿볼 수가 있습니다. 접신을 통해 우주 만물을 다스리는 한울님을 내 몸 안에서 모시게 된다는 것. 귀신을 몸 안팎으로 부리는 일은 활동하는 무巫의 본연의 능력이라는 것. 활동하는 무巫가 몸주로서 한울님을 내 몸 안에 모신다는 깃!

이렇게 보면, 그간 동학의 강령주문에서 '대 강大降'이 지닌 깊은 속뜻은 소외되고 간과되어 왔다는 생각이 듭니다. 또한 구한말 민간에서 유행하던 혹세무민하는 점복占卜이나 미신 따위 속화된 무속의 영향 탓으로 '대 강'의 의미를 왜곡하는 것이야말로 합리적 이성의 일방성에 속박된 표피적인 단견短見에 불과한 것입니다. 오히려 동학사상이 한국의 유구한 정신사 속에서 자재연원하여 이룩한 높은 경지의 민족 사상

---

17) 원문은 "只有恨生晩之際 身多戰寒 外有接靈之氣 內有降話之教 視之不見 聽之不聞 心尙怪
       訝 守心正氣 而問曰 何爲若然也 曰吾心卽汝心也 人何知之 知天地 而無知鬼神 鬼神者吾也."
       (『동경대전』「논학문」)

이요 인간주의 철학을 넘어 도저한 '우주 자연의 철학'이라 자부할 수 있는 중요한 근거는 한민족 고유의 무ᄑ적 전통을 자기 연원으로 삼고서 '활동하는 무ᄑ'를 통해 유불선을 두루 포함 회통하여 오만 년 무극 대도를 세운 데에 있다 할 것입니다.

5. '시천주'의 존재와 자재연원自在淵源의 의미

동학 주문 21자 중에서, '侍天主'의 '모실 侍'자가 지닌 뜻을 보면, 동학의 존재론적 특성을 알 수 있습니다. 이미 위에서 살펴보았듯이 인간 존재는 안으로 한울님 즉 신령이 있고, 밖으로 접령하는 기운으로써 기화하는 현실 생활을 영위하며, 온 세상 사람이 각자 옮기지 않는(일세지인 각지불이) 존재라는 것입니다. 이러한 존재관은 인간에게만이 적용되는 것이 아니라 인간 너머 동식물 무생물에까지 적용됩니다. 해월 선생은 이런 말씀을 남겼습니다.

> 우리 사람이 태어난 것은 **한울님의 영기를 모시고 태어난 것이요**, 우리 사람이 사는 것도 또한 한울님의 영기를 모시고 사는 것이니, **어찌 반드시 사람만이 홀로 한울님을 모셨다 이르리오. 천지만물이 다 한울님을 모시지 않은 것이 없느니라. 저 새소리도 또한 시천주의 소리니라.**[彼鳥聲 亦是 侍天主 之聲也]
>
> **우리 도의 뜻은 한울로써 한울을 먹고**[以天食天]—**한울로써 한울을 화**[以天化天]**할 뿐이니라. 만물이 낳고 나는 것은 이 마음과 이 기운을 받는 뒤에라야 그 생성을 얻나니, 우주 만물이 모두 한 기운과 한 마음으로 꿰뚫어졌느니라.**[18]
>
> (강조_발제자)

인용문에서 "한울님의 영기를 모시고 사는 것이니… 저 새소리도 또

---

18) 『천도교 경전』, 298-294쪽. 해월 선생의 말씀.

한 시천주의 소리니라." "우주 만물이 모두 한 기운과 한 마음으로 꿰뚫
어졌느니라"라는 해월 선생의 말씀은, 인간 존재란 우주 만물의 생성
변화하는 과정 속에서 성실히 살아가는 현존재이며, 인간과 마찬가지
로 모든 동식물 그리고 무생물에 이르는 일체 만물이 '한울님의 영기靈
氣를 모시고' '한 기운과 한 마음으로 꿰뚫어져 있음'을 밝히고 있습니
다. '저 새소리 또한 시천주의 소리니라!' 이 얼마나 지극한 말씀입니
까? 해월 선생의 말씀이라기보다는 해월 선생의 마음 깊은 자리에서
활동하는 큰 귀신(무당)의 말씀으로 들립니다. 나무에서 지저귀는 '저
새소리도 한울님의 소리'라는 말씀은 창조주와 피조물을 철저히 분리
하는 서구의 이원론으로는 도무지 엄두조차 낼 수 없는 것입니다. 깊은
신인神人 사상과 시천주 사상을 합치시키는 철저한 실천 行의 경지에
서 나올 수 있는 말씀임을 그저 어렴해 볼 뿐입니다. 수심정기를 완전하
게 실천한 경지가 저러한 경지인가 봅니다.

위에 인용한 해월 선생의 말씀만 보더라도, 동학에서의 존재는 시천
주하는 자기의 근원으로 한울님과 함께 동귀일체同歸一體하는 현존재인
동시에, 가령 '경물敬物'[19]이나 '만물은 한울님의 성품을 가지고 있다는
것'[萬物 莫非侍天主] '저 새소리도 시천주의 소리[彼鳥聲 亦是 侍天主之聲也]',
'侍'의 철학적 해석인 "侍者 內有神靈 外有氣化 一世之人 各知不移者也"
(해석하면, "'侍'라는 것은 안에 신령함이 있고 밖에 기화가 있어 온 세상 사람이
각각 알아서 옮기지 않는 것이요.")에서의 '온 세상 사람이 각각 알아서 옮

---

19) '경물敬物'은 日用行事와 함께 동학의 생활 철학적 내용을 보여주는 깊은 뜻을 지닙니
다. 해월 선생은, "날짐승 三千도 각각 그 종류가 있고 털벌레 三千도 각각 그 목숨이 있
으니 물건을 공경하면 덕이 만방에 떨치리라."고 하여 만물에 대한 '공경'의 중요성을
강조합니다. 「待人接物」에 나오는 원문은 "羽族三千 各有其類 毛虫三千 各有其命 敬物則
德及萬邦矣"

기지 않는 것[各知不移]' 등과 같은 말씀에서 보듯이, 인간을 비롯한 만물이 저마다 고유한 개별성을 지닌 시천주의 존재라 할 수 있습니다. 곧 일기—氣로 귀환하는 근원적 존재론과, 동일성으로 환원할 수 없는 저마다의 개별적 차이를 존중하는 존재론이 서로 이율배반인 듯 하나로 합일되어 있는 것입니다. 이처럼 겉으로는 이율배반으로 보이는 존재론의 모순을 극복하는 동학의 논리가 바로 '불연기연不然其然'의 논리라 할 수 있습니다.

'불연기연'의 논리학으로 보면, 모든 사물의 현상에 있어서 '그렇지 않은 것'(불연) 즉 '보이지 않는 질서'를 그 근원에까지 궁구하여 '그러한 것'(기연) 즉 '보이는 질서'로 돌려놓는 연원淵源의 정신이 필요합니다. 인간 이성의 관점에서 보면, 확실히 아는 것을 '그렇다'(기연)고 하고, 알지 못하는 것을 '그렇지 않다'(불연)고 판단합니다. 하지만 동학의 관점에서 보면, 이러한 이성의 관점 또한 모순입니다. 만물이 생기기 전에는 '그렇지 않다'이지만, 생기고 난 후에는 '그러하다'가 되기 때문입니다. 즉 만물의 생성 변화의 원리에 따른 거시적이고 근원적인 안목으로 보면, 음양이 서로 상반되어 반복하는 조화의 이치를 알 수 있기 때문입니다.[20] 동학의 논리학이랄 수 있습니다. 우주 만물에 편재遍在하는 초월자 유일신인 한울님의 끊임없는 자기 분화—생성 과정의 체계가 곧 생명계 그 자체입니다. 그런데, 그 분화—생성 과정에서 필히 발생하는 이율배반과 모순율을 해결해야하는 바, 그 배반율과 모순율을 자기 동일률로 해소시키는 조화調和의 원리가 바로 '불연기연'인 것입니다. 이

---

20) '永世不忘萬事知'에서 '知'의 뜻이 그러합니다. 수운 선생의 '知'에 대한 주석은 "도를 알아서 그 지혜를 받는 것".

는 동학의 사유체계에는 한울님의 기화 즉 생명계의 생성 진화 과정에서 일어나는 모순성과 불연속성(불연)을 자기 동일성과 연속성(기연)으로 돌려놓음으로써 불연속적 연속성과 이율배반적 동일성이라는 생명 사상의 조화調和의 원리와 논리가 갖추어져 있음을 보여줍니다. 이러한 차원에서 보면 동학에서의 음양 이기의 조화造化 원리, 곧 생성론적 사유와 만물의 근원으로서의 유일신적 신학의 통일은 '불연기연'에 의해 심오한 학적學的 명증성을 마련하게 된 것으로 볼 수 있습니다.

그러므로 동학에서의 존재는 자재연원의 이치가 함께 하는 현존재라고 할 수 있습니다. 자재연원은 이미 살펴본 바와 같이 자기의 존재 근거를 자기 자신에게서 찾는 것입니다. 혹자는 이를 두고 자기 동일성의 원리에 집착하는 것으로 오해할 수도 있습니다. 자기에게 갇힌 배타적인 주체의 동일성이 아니라, 도를 자기 안에서 궁구하는 것으로서 나와 너 우리가 모두 "무궁한 한 울안에서 무궁한 나"[21] 또, "(…) 不然其然 살펴내어 賦也興也 比해보면/글도역시 무궁하고 말도역시 무궁이라/무궁히 살펴내어 무궁히 알았으면/무궁한 이 울 속에 무궁한 내아닌가"[22]를 자각하고 "그 도를 알아서 그 지혜를 받는"[各知] 주체가 동학에서의 주체입니다. 자기 동일성으로의 환원이 아니라 무궁한 한울님[道]

---

21) '동학'이 朝廷에 의해 異端으로 몰린 뒤 수운 선생은 御命으로 체포되어, 대구 감영으로 이송되는 중, 동학 접주 이필제 등 동학교도들이 무력으로 선생을 구출하려 하였지만, 선생은 교인들에게 이른바 '巖上說法'을 남기고 스스로 殉道를 택합니다. 전해진 바, '바위 위에서의 설법'의 일부는 다음과 같습니다. "…하물며 天命은 生死를 초월한 것이니 무엇을 걱정하리요. **내가 항상 말하기를 '無窮한 이 울 속에 無窮한 나'라고 말하지 않았는가. 나는 결코 죽지 않나니 그대들도 이 죽지 않은 理致를 진실로 깨달으라.** 그리고 이 말을 널리 세상에 전하라."(조기주 편저,『동학의 원류』, 68쪽. 강조_발제자) 때는 포덕 4년 되는 해인 1863년 12월이었습니다.

22) 『용담유사』중「흥비가」를 참조.

과 함께 생성 변화하는 일기—氣의 근원으로 동귀일체同歸—體하는 것이
바로 자재연원의 뜻입니다.

자재연원의 주체는 시천주의 주체, 곧 생명의 근원을 저마다 모신 개
별자적 주체입니다. 다시 말하지만, 자재연원의 뜻은 '도道를 자기 바깥
에 멀리서 구하지 말 것이며, 자기 자신에게서 구하라'는 수운 선생의
말씀에 담겨 있습니다. 문학 영역에서 저마다 자재연원하는 문학적 주
체들은 저마다의 절실한 '문학적' 수행 끝에 저마다의 지극한 기운에
이르고 마침내 저마다 개성적인 문학적 기화氣化를 이루게 됩니다. 시詩
는 자재연원에 의한 지기至氣와 기화가 가장 직접적이고도 충실하게 이
루어지는 문학의 장입니다. 자재연원의 관점에서 보면, 시인이 자신 안
에 모신 천심의 기화가 곧 시어의 탄생입니다. 자재연원하는 시인의 지
극한 마음과 삶이 마침내 자기만의 삶의 지기至氣를 지닌 시어詩語로서
기화하는 것입니다. 마치 저 새소리 또한 시천주의 소리[天語][23]라는 지
극한 마음과도 같은 것이지요.

이렇듯이, 시어는 시인이 낳은 언어이지만, 이미 천기天機를 지닌 시
인과는 별개의 지기至氣의 생명체로서 자기 삶을 영위하게 됩니다. 좋
은 시는 지기에 이르러 마침내 기화를 이룬 시이며, 이때의 시가 참 시
(진실한 시)입니다. '참'이란 가득 찬 기운 곧 '지기'의 다른 표현입니다.
시적 진실은 사회적 이념에 따라 쓴 시가 아니라 자재연원의 지기에서
나온 시 곧 참(진실)의 시라고 할 수 있습니다. 시적 진실은 근본적으로
외래적인 시론의 모방이나 학습에서 구해지는 것이 아니라, 자기 안의
참 곧 지기에서 구해지는 것입니다. 그렇듯, 자재연원을 중시하는 시인

---

23) 天語에 대해서는, 이 발제문의 '6. 원시반본의 시정신'을 참조.

은 지난한 자기 수행을 통해 지기를 구하고 기화의 계기를 모색합니다. 그리고 마침내 마음의 묘력(귀신)에 의해 기화하는 시를 얻습니다. 그러한 시의 훌륭한 예를 우리는 식민지 시대의 시인 백석白石의 시에서 만나게 됩니다.

6. 원시반본原始返本의 시정신

식민지 시대의 시인 백석의 시를 이해하는 데 있어서 중요한 실마리는 이러한 언어의 기운[至氣]과 관련이 있습니다. 백석 시에서 북방지역의 민간 무속과 함께 북방 사투리가 빈번하게 쓰이고 시어의 문법에 있어서 가령, '알ㄴ다' '살ㄴ다' '열ㄴ다' '울ㄴ다' '들ㄴ'에서 보듯이 평안도 방언의 실제 발화發話를 염두에 두고서 ㄹ불규칙용언을 독특하게 변용하여 쓰고 있는 것은 언어의 의미 전달을 위함이 아니라 용언에서 ㄹ과 ㄴ의 거의 동시적 발성을 통하여 언어가 지닌 본원적인 기운 곧 언어의 지기 즉 신령한 기운의 회복을 위함으로 이해하는 것이 더 마땅하다 할 것입니다. 그러한 지기至氣의 언어관과 금지今至의 도저한 문학관을 지닌다는 것은 문학 언어가 삶의 기운, 조화의 기운을 중시한다는 것이고 이는 문학 언어가 공식적이고 지배적이며 의미 전달에 집착하는 언어가 아니라 사투리 의성어 의태어 등 삶의 본원적 기운(一氣와 至氣의 언어)을 즉관卽觀하는 언어를 지향함을 뜻합니다. 이러한 언어의 본원적 기운, 신령한 기운을 중시한 백석이 반문명적인 원시성의 세계에로 되돌아감 즉 원시반본原始返本적인 세계관과 문학관을 지니게 되는 것은 지극히 당연한 귀결인 것입니다.

가난한 내가
아름다운 나타샤를 사랑해서
오늘밤은 푹푹 눈이 나린다

나타샤를 사랑은 하고

눈은 푹푹 날리고

나는 혼자 쓸쓸히 앉아 소주를 마신다

소주를 마시며 생각한다

나타샤와 나는

눈이 푹푹 쌓이는 밤 흰 당나귀 타고

산골로 가자 출출이 우는 깊은 산골로 가 마가리에 살자

눈은 푹푹 나리고

나는 나타샤를 생각하고

나타샤가 아니올 리 없다

언제 벌써 내 속에 고조곤히 와 이야기한다

산골로 가는 것은 세상한테 지는 것이 아니다

세상 같은 건 더러워 버리는 것이다

눈은 푹푹 나리고

아름다운 나타샤는 나를 사랑하고

어데서 흰 당나귀도 오늘밤이 좋아서 응앙응앙 울을 것이다

　　　　　　　　　　　—백석, 「나와 나타샤와 흰 당나귀」 전문 (1938)

　　이 시는 함박눈이 나리는 북방의 밤 주막에서 가난한 시인이 소주를
마시며 사랑하는 '아름다운 나타샤'를 기다리는 모습을 그리고 있습니
다. 아직 오지 않는 나타샤를 기다리며 시인은 나타샤와 함께 세속 문명
의 도시를 떠날 채비를 하고 있습니다. 그 반문명성은 시의 2연 "나타샤

와 나는/눈이 푹푹 쌓이는 밤 흰 당나귀 타고/산골로 가자 출출이 우는 깊은 산골로 가 마가리에 살자"고 하여, 원시자연原始自然으로의 귀향을 결심합니다. 그 원시자연으로의 돌아감을 낳은 직접적인 동인은 3연에 서 시인은 단호한 어조로 "세상 같은 건 더러워 버리는 것이다."고 말하는 데에서 추측할 수 있습니다. 세상이 더럽다는 것입니다. 1930년대 가 참담한 식민지 상황이었음을 살핀다면, 이 시에서 나라 잃은 식민지 문학인의 고뇌와 민중들의 비참한 현실, 그리고 식민지 지식인 사회의 난맥상에 대한 환멸 등이 먼저 떠오를 것입니다. 시인 백석의 행장을 살 펴보아도 일본 유학과 신문 기자, 문인 등으로 활동하던 시인이 불현듯 자신의 고향인 북방(평안도)으로 귀향했을 뿐 아니라 더 나아가 '산골' 로 가려는 결심을 하게 된 데에는 무언가 '더러운 현실'에 대한 불만과 그 현실을 극복하려는 고뇌가 전제되었을 것이라 추측됩니다.

이 시에서 주목할 곳은 시의 결구, 세속 문명의 도시를 떠나면서, 시 적 자아는 "어데서 흰 당나귀도 오늘밤이 좋아서 응앙응앙 울을 것이 다"라고 쓰고 있다는 사실입니다. 곧 이 결구가 말하는 바는, 문명 세계 를 버리고 산골로 들어가 마가리(오두막)에서 살자는 반문명적 자연회 귀의 삶에의 자기 다짐은 새로운 세계의 탄생을 뜻하는 것으로 시인은 믿고 있다는 사실입니다. 원시반본의 아름다운 예가 되는 이 시에서 원 시자연성으로의 자발적 귀환은 과거로의 퇴행 혹은 일부 비평가들이 비판하듯이 '낭만적 도피행'쯤으로 해석할 것이 아니라고 봅니다. 왜냐 하면 과거로의 퇴행이나 낭만적 도피는 자기 위안으로 해소되지만, 이 시에서 원시성 혹은 자연으로의 귀환은 새로운 세계의 탄생이라는 인 식과 믿음에 이어진다는 점에 있습니다. 그 증거가 "어데서 흰 당나귀 도 오늘 밤이 좋아서 응앙응앙 울을 것이다"는 시구입니다. 흰 당나귀가 갓난아기의 울음소리를 내고 있다는 것이지요. 흰 당나귀가 갓난 아기의 울음을 울음으로서 새로운 시원적 인간의 탄생을 비유한다는 것. 이 순간 불현듯 인간과 자연의 경계는 사라지고 물아일여의 자연 세계가 펼쳐집니다. 일종의 자연과의 합일을 위한 귀거래사입니다만, 그것은 자연으로의 도피가 아니라 원시성 혹은 자연성과 하나가 되고자 하는 새로운 원시반본의 세계관의 탄생이라는 차원에서 이 시를 살펴야한다는 생각입니다. 세계관적 전환이랄 수 있습니다. 특히 새로운 삶의 탄생과 시작을 알리는 의성어 '응앙응앙'이 신명이 넘치는 시 의식을 드러낸다는 점에서 이 시의 시의식은 퇴행론적이 아니라 기운생동하는 생성론적 의식에 연결되어 있습니다. 결구에서 보여주는 암흑의 밤에 내리는 함박눈과 사랑과 흰 당나귀와 시인(시적 자아)이 어울리는 원시성의 공간은 단지 물리적 공간의 차원에서 이해될 것은 아닙니다. 원시반본의 시 정신은 단지 원시자연의 세계로 돌아가는 것만을 가리키지 않습니다. 오히려 정신적인 귀향, 저마다의 삶의 근원(그것이 마음이든, 道 혹은 一氣같이 어떤 근원적 사유 체계이든)으로 저마다의 방편에 따라 돌아간다는 것이 원시반본의 본뜻이기 때문입니다. 그러므로 원시반본의 본뜻은 앞서 살핀 자재연원의 정신과도 통하는 바가 있습니다.(위의 시가 백석 시인의 세계인식과 함께 세계관적 전환을 보여주는 시라는 점에서 우선 우리의 주목을 끌고 있지만, 백석의 시세계 전체를 관통하는 언어의식의 일단을 보여주는 시라는 점에서도 의의가 크다고 생각됩니다. 즉 시인 백석의 언어의식을 추측해볼 수 있다는 점입니다. 그것은 동학으로 표현한다면, '신령한 기운의 언어'또는 '기화하는 언어'의식이라 할 만한 것입니다.)

백석의 시어들이 지닌 신령한 기운, 곧 기화하는 언어는 앞서 보았듯이 '天主造化之跡'으로서의 언어 즉 시천주의 언어의 알레고리인 셈입

170

니다. 시천주의 언어, 곧 천어天語에 대해서는, 해월 선생이 1890년 7월에 "내 항상 말할 때, 天語가 어찌 따로 있겠느냐 天語가 곧 人語니라 하였거니와, 새소리도 역시 시천주의 소리니라. 그러면 天語와 人語는 **어떻게 분별되는 것이냐 하면 天語는 대개 降話로써 나오는 말을 이름인데 降話는 사람들의 私慾과 감정으로 생기는 것이 아니요. 公利와 天心에서 나오는 것을 가르침이니 말이 理에 合하고 道에 通하면 천어가 아님이 없느니라."** 라고 설한 바 있습니다. 또 해월 선생은 지저귀는 참새소리를 듣고는, **"어찌 반드시 사람만이 홀로 한울님을 모셨다 이르리오. 천지만물이 다 한울님을 모시지 않은 것이 없느니라. 저 새소리도 또한 시천주의 소리니라."** (강조_발제자) 하고 설한 것도 천어의 뜻을 엿보게 합니다.

백석 시인은 탈문명의 의식만을 가지고 시를 쓴 것 같지는 않습니다. 백석의 시어들은 그 자체가 자재연원自在淵源하는 기운을 지니고 있는데 이는, 제 생각으로, 원시반본의 세계관이 이룬 귀중한 문학적 결실이라 할 수 있습니다. 뒤에서 이 문제를 다시 살피겠습니다만, 동학이 풍류도의 무를 비롯하여 유·불·선 회통의 종교라는 점에서, 동학에서의 지기의 언어를 추정해 볼 수도 있다는 생각입니다. 시어가 지기를 지닌다는 것은, 불가적으로 말하면, 개념으로 전달하는 문어文語도 아니고 그렇다고 개념을 부정하고서 의미를 전달하는 의어義語도 아닌 언어, 유식사상(대승불교)에서 말하는 진리의 방편으로서의 언어 문제도 함께 살펴야 할 것같습니다.[26]

---

24) 각주 18) 참조.

25) "亦 侍天靈氣而生活이니 何必斯人也 獨謂侍天主리오 天地萬物이 皆莫非侍天主也니라 彼鳥聲도 亦是 侍天主之聲也니라." 『천도교 경전』, 294쪽.

26) 이 책에 실린 「회통의 시정신」 참조.

일전에 제가 최근 한국의 현대시에서 '빈집'의 이미지가 많이 나타나는 데, 그 '빈집' 현상은 시어들의 내면에서 시인 자신만의 빈집을 모시기 시작한 징후로 읽을 만하다는 말을 한 적이 있습니다. 예민하고 뛰어난 시인이었던 기형도의 시에도 빈집 이미지가 나오고 백석 시에서도 그 유명한 "귀신이 사는 빈집"인 '가즈랑집'이 나옵니다. 그 시인의 시의식 속에 남겨져 있는 '빈집'은 쓸쓸한 폐허 의식과 관련이 있고 아울러 그 빈집 의식은 비인간적으로 해체되어가는 사회 경제 구조와 발생론적인 상관성이 있을 것입니다만, 그 빈집이 중요한 시적 징후인 것은 생명의 근원으로서의 대지로의 귀향의식 즉 원시반본의 의식과도 깊이 관련되어 있다는 것입니다. 백석시의 심층에 있는 빈집, 가즈랑집은 귀신이 사는 빈집 즉 무당집이요, 그러므로 빈집은 물질적 현실계 너머 다다를 수 없는 상징계라 할 수 있습니다만, 시인이 그 빈집 즉 '없음[無]'의 집을 그리워하는 까닭은 시인이란 존재가 태어난 집, 노자老子식으로 말하면 생명의 근원으로서의 자연自然이 빈집이기 때문입니다. 그러므로 빈집으로 돌아간다는 것은 자연이연自然而然의 조화 속으로 돌아간다는 뜻과 다를 바 없습니다. 시의 근원이 곧 자연이연의 빈집인 것이지요. 그래서 돌아가는 것입니다. 위 시에서 함박 눈 나리는 밤중에 사랑하는 나타샤와 흰당나귀와 함께 가려고 결심한 "마가리(오두막집)"도 빈집이며 이 빈집은 노자적 의미에서의 가난하지만 빈 큰[大] 집인 자연이연의 세계(『노자』 25장)로서의 빈집이랄 수 있습니다. 자연은 그 자체로는 미분화된 무위의 상태이지만 그 미분화된 혼돈은 무위이화의 역동성을 지닌 실로 큰 빈집입니다. 이는 백석 시의 원시반본 즉 우주의 큰 집으로서의 자연 회귀의 시 정신이 합리적 이성과 학식으로 무장된 비평가들이 흔히 비판하듯 낭만주의적 퇴행이나 단순한 귀거래사가 아니라 자연이연의 역동적 세계로의 돌아감을 의미하고, 원시반본 그 자체가 시의 감추어진 시성詩性임을 의미하는 것입니다.

그러니까 '시詩'를 쓰는 게 아니라 '시詩의 시詩'를 쓰는 것입니다. 노자의 자연으로 돌아감만을 뜻하는 것도 아닙니다. 수운 선생식으로 말하면, 시인이 시를 쓰는 게 아니라 시인이 접接하게 된 지기금지至氣今至의 원시적 기운이 시를 쓰는 것입니다. 시인이 스스로 기화氣化하는 것, 달리 말하면, 말이 저 스스로 기화하여 말(소리) 속의 '말'(뜻)을 접하게 되는 것이 바로 시어입니다. 백석의 시어들은 가령 북방 방언이라서 좋거나 나쁘거나 한 게 아닙니다. 우리말의 시원성始原性으로서의 북방 사투리의 '소리'가 세속적 언어로 기화에 참여하기 때문에 소리 자체에 깊은 뜻이 공생하게 된 '구경究竟의 시어' 즉 지기至氣의 시가 되는 겁니다. 이 발제문의 전체 논지에 비추어 말하면, 언어 자체에 접신된 귀신이 살기 때문에, 시의 '빈집'에 신령한 기운이 감도는 것이지요. 이러한 백석의 독특한 시어들은 접신接神의 언어로 표현할 수 있을 듯합니다. 가령 「여우난곬 족」 등 많은 작품에서 북방 샤머니즘이 깊은 내용을 이루고 있는 백석의 언어 의식은 단군시대부터 내려오던 우리 민족 고유의 샤머니즘을 대상화하는 것이 아니라 샤머니즘을 자신의 고유한 언어 의식 속에 융합시켰다는 점을 살필 필요가 있는 것입니다.

식민지 시대의 시인 백석이 북방 사투리가 지닌 음운의 신비성[音韻屈曲]을 주요 시적 자산으로 삼아 시(시어)의 지기 혹은 일기一氣의 조화로서의 언어를 중시했다는 사실은 원시반본의 뜻을 다시금 되새기게 합니다. 원시반본은 저마다의 근원으로 저마다의 돌아감을 의미하는 것이기 때문입니다.

7. 시에서의 귀신의 역할

　동학을 창도하는 계기로 수운 선생이 인격(목소리로서의 人格)으로서
의 귀신을 두 차례 경험한 사건에 대해서는 이미 앞서 말했습니다. 하
지만, 아마도 오늘날과 같은 '과학적 이성'이 절대적으로 지배하는 시
대에 사람들은 누구나 수운 선생이 몸소 체험한 '접신接神'과 '귀신'의
존재를 부정할 것입니다. 동아시아 사회를 유지시켜 온 오랜 공동체적
전통인 제사祭祀에서의 귀신의 존재마저 부정하면서 제사는 단지 오래
된 가족 의식이나 사회 공동체를 지키려는 사회적 형식으로 쇠락하였
습니다. 혹 망자와의 생전의 친소親疎 관계에 따라 제사의 귀신이 실제
로 강림하는 느낌이 있을 수 있습니다만, 이 또한 환상이나 '마음'의 조
작 문제로 해소되고 맙니다. 일반적으로 한국 중국 일본 학자들은 '음
양의 조화' 속에서 자연철학적 개념으로서 귀신을 이해하고, 또 귀신
의 작용이라고 칭할 만한 어떤 특별한 현상 속에서 음양의 이치를 찾습
니다. 원귀寃鬼들이나 도깨비에 가까운 귀신 개념이 일반화된 일본에서
도 학자들은 공자의『논어』와『중용』장구에 나오는 귀신 개념과 송유
宋儒의 귀신관을 가지고서 자연철학적 해석학의 차원에서 귀신을 논하
고 이해합니다. 이미 송유의 귀신관이 전제되어 있다보니, 일본 중국 등
의 해당 학문의 경향은 이미 자연철학적 귀신론으로 편향을 보입니다.
즉 무귀론無鬼論을 입증하는 데에 집중되어 있다고 해도 과언이 아닙니
다. (이러한 한중일 각국이 지닌 자연철학적 귀신관, 즉 성리학적 귀신관을 철저
하게 해명하여 기氣일원론적 세계관을 완성한 조선 후기 성리학자 임성주任聖周
(1711-1788) 선생의 철학은 조선 성리학적 귀신관이 도달한 최고 수준을 보여

준다고 생각합니다.) 물론 오늘에 이르러 서구주의적 학문 태도가 압도적인 한국 학계에서의 사정은 더 나쁜 듯합니다. 아예 귀신론은 발붙일 틈이 없어 보이니까요. 그렇다고 하더라도, 역사적으로 천제의 아들 환웅桓雄의 내림[降]에 의해 탄생한 큰 무당인 단군檀君이 우리 민족의 시조始祖로 기록되고, 고대 풍류도의 무 이래로 무와 습합되고 회통되는 이 땅의 그 면면한 무巫적 사상과 문화생활, 또 오늘 이 자리에서 이야기하는 수운 선생의 귀신체험 등은 엄연한 역사적 사실인 한, 이러한 우리 민족의 귀신관을 그저 불합리하다고만 하여 외면할 수는 없습니다. 그것은 우리 과거와 현재를 스스로 부정하는 것에 지나지 않습니다.

앞서 거론한 『동경대전』에서 수운 선생이 체험한 귀신(접신) 체험을 『논어』에서의 귀신, 『중용』(16장)의 귀신관과, 북송의 이정二程(程顯 程頤), 장자[張載] 등 신유가의 귀신론을 주석하고 집대성한 남송의 주희朱熹에 이르는 신유학 전통에서의 귀신론과 좀더 깊이 비교할 필요가 있습니다. 왜냐하면 그 비교를 통해 한국인의 내면에 깃들어 있는 유서 깊고도 고유한 귀신관을 찾을 단서가 있을 듯해서입니다. 앞서 이미 말했듯이, 신유학에서의 귀신관을 일별하면, 귀신을 음양의 조화 혹은 음양의 공효功效, '이기二氣의 양능'으로 해석하는 등 음양의 조화 작용이라는 자연철학적 범주로 해석하고 있습니다. 그리고 자연철학적 귀신과는 별도로, 전통 문화의 범주로서 해석된 귀신, 즉 제사祭祀의 귀신(죽은 영혼) 해석도 필요합니다만, 이 귀신의 유무 논쟁과 더불어 전개되는 음양의 조화로서의 귀신과 제사에서의 귀신을 둘러싼 논쟁에 대해서는, 『귀신론』[27]을 참고하십시오. 이 책은 귀신에 대한 동양 철학계에서

---

27) 고야스 노부쿠니, 『귀신론』, 이승연 역, 역사비평사, 2006.

의 해석학적 성과를 바탕으로 중국과 일본 학계에서의 귀신론을 진지하고 심도 있게 펼친 '귀신론'입니다. 학계에서 보는 이 전통적 제사의 귀신은, 앞서 말했듯이, 죽은이의 혼백魂魄의 작용, 즉 죽음에 따르는 기氣의 취산聚散의 성질로 흡수 해석되고 맙니다. 이는 결국 제사의 귀신, 인간의 죽음에 따라 조화를 부리는 혼백의 작용도 음양의 조화와 이치, 즉 자연철학의 범주 안에서 해석하는 데에 지나지 않습니다. 동학의 귀신관을 더 깊이 이해하기 위해서는 이 자연철학적 귀신관과 제사의 귀신 문제를 다시 살펴볼 필요가 있습니다.

　두루 아다시피 공자님은 『論語』「先進」11장에서 제자인 자로子路(季路)가 귀신을 섬기는 법을 묻자, 공자님은 이렇게 대답한 것으로 널리 알려져 있습니다. "아직 사람 섬기는 일도 제대로 못하거늘, 어찌 귀신을 섬길 수 있겠느냐?(子曰 未能事人 焉能事鬼 敢問死 曰 未知生 焉知死)" 하지만, 이러한 번역 투는 심하게는 공자가 귀신의 존재를 부정하는 것으로 해석하는 오류를 불러일으키고 결과적으로는 공자 철학의 현세주의를 왜곡시키는 결과를 낳을 위험이 큽니다.

　이 유명한 공자의 답변이 지니는 오해의 여지를 없애기 위해, 적어도 두 가지 문제를 해결해야 한다고 봅니다. 그것은 첫째 한국어 번역의 오류 문제이고 둘째 귀신에 대한 공자의 말씀이 제대로 해석되고 있는가 하는 문제입니다. 먼저 「선진」편의 '귀신'과 관련한 공자의 말씀이 보통 '사람 섬기는 일도 못하는 데 하물며 귀신을 섬길 수 있는가'라는 식으로 번역되는 것을 바로 잡을 필요가 있습니다. 주자朱子의 주석에 따르면 "삶과 죽음은 둘이 아니다. 단지 이것을 공부하는 데는 순서가 있으니, 단계를 뛰어넘어야 한다."(『주자어록』)는 것입니다. "근원을 따져서 태어난 이유를 밝히지 못하면, 반드시 마지막으로 돌아가 죽어야 하는 이유를 밝힐 수 없을 것이다. 저승과 이승, 삶과 죽음은 원래 두 개의 이치가 아니다. **단지 이것을 공부하는 데는 순서가 있으니, 단계를 뛰어넘어야 한다.**"[28](강조_발제자) 즉 「선진」편에서 공자는 삶에 대한 공부가 먼저이고 이 단계를 뛰어넘은 다음에 죽음(귀신)에 대한 공부를 하라는 뜻으로 말씀했다는 것입니다. 따라서 『논어』에서 귀신과 관련된 이 유명한 대목에 대한 번역은 『중용』 16장의 '귀신' 대목과의 연관성 속에서 이루어져야 합니다. 다음과 같은 한국어 번역이 『중용』 16장의 귀신에 대한 공자의 말씀과 관련지어, 더 합당한 번역이라고 생각됩니다.

> 자로子路가 귀신 섬기는 일을 물으니, 스승(공자)께서 말씀하셨다. "**그대가 사람을 섬기지 못한다면, 어찌 귀신을 섬기겠는가?**" 자로가 "외람되오나 죽음에 대하여 묻겠습니다"하니, 스승께서 말씀하였다. "**삶에 대해 알지 못한다면 죽음에 대해 어찌 알 수가 있겠는가?**"[29]
>
> (강조_발제자)

『논어』 「선진」편에 나오는 이 '귀신' 관련 대목은 보통 '사람 섬기는 일도 못하는데 하물며 귀신 섬길 수 있는가'라는 식으로 번역되어 있어, 혹자는 공자가 귀신의 존재를 부정하는 말씀으로 해석하는 오류를 낳게 됩니다. 『논어』에서 귀신과 관련된 이 유명한 대목에 대한 번역은 16장의 '귀신' 대목과의 연관성 속에서 이루어져야 합니다. 그러므로 위에 인용된 이재호 선생의 번역문이 『중용』 16장의 귀신에 대한 공자의 말씀과 관련지어, 더 합당한 번역이라고 생각됩니다.

---

28) 주자, 『논어집주』, 위 노부쿠니의 책 152쪽에서 재인용.
29) 원문은 "季路問事鬼神 子曰 未能事人 焉能事鬼 敢問死 曰 未知生 焉知死"이며 번역문의 출전은 『論語正義』, 이재호 역, 솔출판사, 2006. 입니다.

즉 인용된 번역문은 주자의 해석에서 보듯이 삶과 죽음이 둘이 아니라는 것을 전제로 하는 번역이면서도 오히려 주자의 해석보다 훨씬 진일보한 해석에 바탕한 번역문이라는 판단입니다. 주자의 해석을 그대로 따르는 일본 학자들이 이 공자의 말씀을 두고서, 현세적 삶을 공부하고 난 후 죽음을 공부하라는 일종의 단계론적인 귀신론에 머물러 있다면, 이재호 선생의 번역은 삶 속에서 죽음 즉 삶 속에 있는 귀신을 바로보라는 의미로 해석하였기 때문입니다. 한학자 이재호 선생의 번역이 더 올바른 번역이라고 하는 근거는, 인용한 새 번역에 설 때 저 유명한 『중용』 제16장에서의 공자의 말씀이 논리적인 일관성을 지니고서 올바른 이해의 지평에 설 수 있기 때문입니다.

귀신의 덕은 성대하고나. 보려고 해도 보이지 않고 들으려 해도 들을 수 없고, 사물의 본체가 되어 빠뜨릴 수가 없다. 천하 사람들로 하여금 재계하고 깨끗이 하며 의복을 잘 차려입고 제사를 지내게 하니, **넓고도 넓어서 그 위에 있는 듯하고 그 옆에 있는 듯하다.**[30]　　　　　　　　　(강조_발제자)

이재호 선생의 번역을 따를 때, '귀신은 사물의 본체' 즉 자연의 본성이라는 것, 재계하고 깨끗이 하며 의복을 잘 차려입고 제사를 지내니…(귀신은) 넓고 넓어서 "그 (제사) 위에 있는 듯하고 그 옆에 있는 듯하다"고 한 『중용』에서의 공자의 말씀의 진실이 드러난다 할 것입니다. 곧 공자는 귀신이란 인간 활동에 있어 평소에 의식하지 못할 뿐 늘 현세적 삶

---

30)　공자의 손자인 자사子思가 기록했다는 『中庸』 제16장 中의 구절. 공자가 말씀 한 것으로 전해지나, 논란의 여지가 있은 구절.

과 함께 하는 존재라는 점을 분명히 하고 있습니다. 『시경』에도 "神의 이르름은 헤아릴 수가 없다. 하물며 신을 싫어할 수 있겠는가……"라는 구절이 있습니다. 그러니 인간사 속의 귀신과 자연계의 귀신을 서로 떼어놓고 볼 수 없는 것입니다. 유가의 귀신론의 대강大綱을 말하면, 자연의 운행 속에 귀신을 만나고 귀신 속에서 자연의 운행을 만나는 것입니다. 그러한 자연철학적 귀신관을 확립하면서 그 관점 속에서 제사의 귀신도 포함시키는, 즉 자연 운행 속의 귀신과 동류로서 파악하는 듯합니다. 동학으로 말하면, 기화(지기금지) 속에서 귀신을 만나고 귀신 속에서 기화를 만나는 것과 표현만 다를 뿐, 크게 다를 바 없습니다.

이러한 공자의 말씀과, 앞서 말한 바와 같이 신유가의 귀신관[31]을 종합하면, 동학에서의 귀신도 인간의 귀신이면서도 자연의 귀신이 되어, 서로 떼어낼 수 없는 하나인 귀신이라 할 것입니다. 그러나 귀신관에 있어서 동학의 귀신은 앞서 보듯 공자와 송유에 이르러 더 자연철학적으로(음양론적으로) 구체화되고 정교해진 신유학의 귀신관을 포함하면서도, 더 사실적이며 인간적이며 전통석인 '섭신接神'의 귀신관으로 표현된다는 점에 주목해야 합니다.

앞에서 말한 바, 수운 선생이 득도에 이르게 되는 두 차례의 접신接神 체험에서, 한울님(귀신)이 수운 선생에게 직접 나타나 영부靈符와 주문呪文을 전달한 사실은 마치 단군신화에서 우리 민족 고대의 삼재三才사상의 상징인 천부인天符印을 지니고 천상에서 지상에 내리는[降] 한웅

---

31) 남송 때 주희朱熹는 "程子(북송 때 성리학자 程伊川. 곧 程頤)는 "귀신은 천지의 功用이며 조화의 자취이다"라고 했습니다. 장자(북송 때 기氣의 실체를 주장한 도학자 橫渠 張載)는 "귀신이란 이기二氣의 양능良能이라고 했다. 내가 생각건대 이기로 말하면 귀한 음의 영이고 신이란 양의 영이다. 一氣로 말하면 이르러 퍼지는 것은 신이고, 다시 돌아오는 것은 귀이다. 실은 하나일 뿐이다."(『中庸章句』)라고도 했습니다.

(환웅)의 이야기를 연상시키는(투사된!) 일종의 집단무의식이 포함되어 있는 것으로 볼 수 있습니다. 수운 선생의 접신[巫]에서, 이러한 한울님의 목소리가 환청인 듯 들립니다.

> 내 마음이 곧 네 마음이라. 사람이 어찌 이를 알리오. 천지는 알아도 귀신은 모르니 귀신이라는 것도 나니라.[32]

동학이 창도되는 직접적인 계기를 이루는 위 한울님 즉 귀신의 말씀에서 주목할 대목은, "천지는 알아도 귀신은 모르니 귀신이라는 것도 나니라"입니다.

"천지는 알아도 귀신은 모르니"에서 '천지天地'의 귀신은 곧 천지간 자연의 본성 또는 음양의 조화로서의 자연철학적인 귀신을 의미하는 것으로 볼 수 있습니다. 그러나 수운 선생이 접신한 귀신은 세상 사람들이 천지는 알아도 "귀신은 모른다"고 말합니다. 즉 수운 선생에게 나타난 귀신은, 세상 사람들이 자연의 본체로서의 귀신은 알아도 진짜 귀신인 자신은 모른다는 것을 한탄하듯 말합니다. 여기서 동학의 귀신관이 유가의 귀신관과는 다른 중요한 차이를 드러내는 것으로 볼 수 있습니다. 공자 이후 신유학 및 유가 사상이 사유해 온 귀신관 특히 송유학에서의 귀신관과는 사뭇 차이가 있는 귀신관이 보인다는 점입니다. 그것은 수운 사상에서의 귀신은 자연철학적 귀신만이 아니라 그 안에는 인격적 귀신이 있으며, 그 인격신을 직접 만나는 접신, 즉 무巫의 활동이 결정적으로 들어 있는 귀신이라는 점이 바로 그 의미심장한 차이점입니다.

---

32) 『동경대전』「논학문」.

동학의 귀신은 세상 사람들이 "천지" 즉 자연의 본체로서의 천지속의 귀신(자연철학적 의미)은 알아도("천지는 알아도"), 접신을 통하여 만나게 된 한울님 자신, 즉 인격人格적 귀신은 모른다("귀신은 모르니")는 귀신관, 즉 무巫에 의해 접신한(내림받은) 귀신임을 확인할 수 있습니다. 이러한 귀신 해석은 이 땅에서의 무의 근원 즉 우리 민족의 정신사적 근원을 돌아다보게 합니다. 거기엔 이 발제문 맨 앞에서 잠시 말했듯이, 「천부경天符經」「삼일신고」「단군신화」 풍류도 등에 나오는 삼재사상과 무巫에 들어 있는 우리 민족의 고대 정신과의 깊은 연관 속에서 동학을 새로 이해해야 하는 과제가 함께 들어 있습니다. 이는 한민족의 기원과 그 기원의 정신사 문화사를 인류학적인 추찰推察을 통해 살펴야 할 민족적 과제입니다. 무엇보다도 고대 사상에서의 무의 기원과 그 발전론적 내용과 정신사적 위상을 되찾는 것, 그리고 한국인의 전통 무가 한국인의 구체적인 생활사 및 문화예술사에 어떠한 영향을 주었는가를 학술적으로 추적해야 합니다.

유불선 기독교의 회통만이 아니라, 우리 민족 고대 정신의 핵심인 무(가령 풍류도의 무) 그리고 고대 이후에도 줄곧 한국인의 생활 문화의 근간을 이루었던 무를 함께 회통하였거나, 무를 회통의 원리로 삼았다는 데에서도 동학사상이 지닌 정신사적 위대성은 다시금 확인됩니다.

자연계의 조화에서만이 아니라 인간의 삶과 죽음 속에서 들고나는 귀신의 문제를 살펴 해결하려는 철학적 사유는, 인간의 영혼이 함께 작용하는 언어 및 형상을 통한 예술 작품의 창작 원리로서의 귀신이란 무엇인가, 라는 예술철학적 문제와 자연스럽게 연결된다고 할 수 있습니다. 그것은 귀신이란 "보려고 해도 보이지 않고 들으려 해도 들을 수 없고, 사물의 본체가 되어 빠뜨릴 수가 없"는, 자신도 모르게 자신의 깊은 내면에서 늘 함께 조화 작용하는 초월적 존재이며, 접신을 통해 즉 무의 활동으로 인해 그 존재성이 나타나고, 예술은 이러한 활동하는 귀신을 감성적이고 형상적으로 포착하는 가장 밀접하고 민감한 정신의 범주이기 때문입니다.

이 귀신아
너도 좋지만 말이다
좋은 귀신들이 또
신출귀몰이다
봐라 저 저녁 빛-저녁 귀신
저 새벽빛-새벽 귀신
네 생각도 좋고
네 인생도 아름답지만
이 귀신아
저 나무들 보아라
생각 없이 푸르고
생각 없이 자란다
(그게 하느님 생각이시니)
또 저 꽃들,
꽃들이 어디 생각하느냐
그냥 피어나고
또 피어나고
이 세상의 온갖 색깔을 춤추고

계절과 햇빛의 고향 아니냐.

정신이라는 것

감정이라는 것의 고향 아니냐.

떠돌이 이 세상의

고향 아니냐

이 귀신아

—정현종, 「이 귀신아」 전문

    정현종 시인은 시 제목을 '이 귀신아'라고 붙였습니다. '이 귀신아'에
서 지시사辭 '이'는 귀신이 바로 곁에 있거나, 귀신이란 다름 아닌 시적
자아임을 알려줍니다. 나와 더불어 있는 너라는 귀신(1행, "이 귀신아")
도 좋지만 (2행, "너도 좋지만") 혹은 '이 귀신'과 같이 활동하는 "좋은 귀
신들이 또 신출귀몰" 하는 세상을 유쾌히 노래한 시가 인용 시입니다.
시인은 "네 생각도 좋고/네 인생도 아름답지만/이 귀신아 저 나무들을
보아라/생각 없이 푸르고/생각 없이 자란다/(그게 하느님 생각이시
니)"라는 시구에서 귀신이 다름 아닌 인성人性을 지닌 귀신이면서 동시
에 그 인성을 지닌 귀신에게 "봐라 저 저녁빛-저녁 귀신/저 새벽빛-새
벽 귀신 (…) 저 나무들 보아라/(…) 저 꽃들 (…)"이라 하여 삼라만상에
귀신 아닌 게 없다는 가르침 혹은 깨우침을 전하고 있습니다. 인성을 지
닌 귀신만이 아니라 만물의 존재성과 함께 만물을 움직이는 기운 일체
가 귀신들의 활동인 것이라고 시인은 노래하고 있는 것입니다.

    정현종 시인의 다른 시들에서도, 인격화된 귀신이면서 천지 만물의
존재성과 조화造化 그 자체인 귀신을 귀기鬼氣와 신기神氣 어린 시어로 표
현되어 있음을 확인할 수 있습니다. 귀기와 신기를 다룬 시 한편을 더

소개하면, 「石壁 귀퉁이의 공기」라는 작품이 있습니다. 시 전문은 다음과 같습니다.

"돌집 石壁 귀퉁이를 돌아가는데 그 귀퉁이는 말이 없었다/(무엇이나 다 보고/뭐나 다 알고 있는 것 같았다/그 조용한 귀퉁이는)//인부들이 불 피워놓은 데를 지날 때/장작 타는 냄새 속에 그/석벽 귀퉁이의 침묵이 흐려지는 듯하였으나/그렇지 않았다/말없는 귀퉁이의 그 공기는/여전히 뚜렷하고 쟁쟁하였다//내 발길은 한없이 조용하였다"[33]

이 시에서 "돌집 石壁 귀퉁이"는 생생한 귀기와 신명 그 자체이며 어찌 보면 인성人性으로서의 귀신의 존재감마저도 느껴집니다.

위에서 이미 귀신론에 대하여 간략하게나마 말씀드렸듯이 우주 만물의 조화造化에 참여하는 귀신의 존재가 이 시에도 고스란히 담겨 있으며 나아가 인성人性의 느낌을 지니고 있다는 점에서 이 시에서의 귀신은 전통적 귀신관과 통합니다.

그러나 이 시가 지닌 깊은 사유의 자취와 문학적 성취는 가령 "저 나무들 보아라/생각 없이 푸르고/생각 없이 자란다/(그게 하느님 생각이시니)/또 저 꽃들,/꽃들이 어디 생각하느냐/그냥 피어나고/또 피어나고"와 같은 시구에서 확인됩니다. "생각 없이"라는 말은 무위無爲와 무아無我의 경지에서 우주자연과의 합일을 추구하는 시인의 사유가 투영되어 있고, "이 세상의 온갖 색깔을 춤추고/계절과 햇빛의 고향 아니냐./정신이라는 것/감정이라는 것의 고향 아니냐"에 이르면, 이렇듯 눈앞에 펼쳐져 있는 이 무위자연 및 세속의 색계 속에서 활동하는 귀신이 "정신이라는 것, 감정이라는 것의 고향"임을 천명하고 있음을 보게 됩

---

33) 정현종 시집 『세상의 나무들』에 수록.

니다. 그러니까 이 시에서 드러나는 시 정신은 색계의 근원인 없음無, 空의 세계를 통찰하고 통각함으로써 도달한 보살의 마음이기도 하고, 도가로 말하면, 무위이화의 도와 상통하는 정신의 일단을 보여준다고 할 수 있습니다. (그리고 정현종 시와 최승자 시에서 자주 보이는 괄호 "(그게 하느님 생각이시니)"는 시의 표면적 의미에 부가된 부수적인 의미의 표현이라기보다, 시 자체에 숨과 느낌과 생각을 불어넣는 효과입니다. 시가 살아 있는 생명체가 되는 것입니다.)

그러나 귀신에 대한 유불선에서의 해석 자체가 중요한 것이 아니라, 이 시는 귀신이란 사유의 산물 즉 해석의 산물이기 이전에 수운 선생의 귀신 체험에서 보듯이 나날의 삶 속에서 경험되는 초월적 존재라는 점을 보여준다는 것이 중요합니다. 초월이 현실에 있다는 각성, 초월과 현실은 둘이면서 하나[不─不二]인 셈입니다.

정현종 시인의 시들이 대체로 잘 읽히는 쉬운 시어들이나 시적 통찰이 느껴지는 이성적 언어로 이루어지지만, 그 시적 이성은 이성의 영역을 직관하려 하는 것이 아니라 초이성적인 세계 즉 귀신의 세계를 직관하고 통각합니다. 여기에 정현종 시의 깊이가 있습니다. 시의 깊이는 이성이나 의식의 영역에 머물지 않고, 이성과 의식보다 더 깊은 곳, 유식으로 말하면 말나식이나 아뢰야식 또는 유가적으로 보면, 만물을 만드는 음양의 조화(귀신의 작용) 노장으로 보면 유생어무有生於無의 세계를 가리키고 있다는 사실입니다. 이 점이 정현종의 시 정신이 단연 독보적인 시세계를 이룬 근원적인 힘이라고 봅니다.

정현종의 시가 지닌 단순 소박한 시어들이 우리에게 안겨주는 편안함으로 하여, 오히려 이 시는 더욱 깊은 시학적 의미를 지닌다고 말할 수 있습니다. 마치 수운 선생이 '우리 도는 단순 소박하여 누구나 쉽게 익힐 수 있다'고 말씀하신 바와도 상통합니다. 생명의 진리가 담긴 자연의 자연스러움自然而然을 노래하는 시인에게 자연이연의 이치는 바로 어렵고 복잡하고 심오한 세계를 자연이연의 편안한 시어로 노래하는 것 또한 자연스러운 것입니다. 시인은 다른 시에서 "그렇다, 20세기 말/네 침묵에 비추어/말이란 도시의 신경증이고/문명의 질병이다./시골 아이야/네 말없음은 두텁고 신실하고/무한 자연에 이어져 있다/무슨 말이 필요하랴/두루미가 날고/황새는 논에 앉아있다/맑은 공기 향기로운 흙/눈 가는데 산과 하늘,/사과꽃 복사꽃, 아무것도 서두를게 없고/서두를 것도 없으며/(가끔 쌩 지나가는 자동차들은 우스꽝스럽고나)/서둘러 말할 것도 없다/마음은 떡잎과 같다/병든 마음들아/이게 시간이다/시골 아이야."(「마음은 떡잎」 중)라고 노래합니다. 이 시구들을 살피면, 거기엔 자연의 자연自然而然으로서의 이치에 순응하는 시학의 원리가 작용하고 있음을 확인하게 됩니다. 이는 어떤 관념이나 이념에 의한 시 쓰기가 아니라, 시인의 삶과 시어들의 삶이 그 자체로 자연이연의 삶을 지향한다는 것을 의미합니다.

　이러한 시학은 도저한 언어 정신의 표현입니다. 개인적 의식이 아니라, 자신 안의 자연이연하는 자아, 즉 귀신이 부리는 언어가 바로 시어라는 '귀신의 시학'을 인식하고 있기 때문입니다. 인용 시에서 시골 아이를 메타포로 읽는다면, 아마 어린 아이의 마음이 한울님의 마음이라고 설한 동학의 사상과도 서로 통하는 시이고, '시골'이 자연이연의 생명 세계, 본연의 생명계를 비유하는 것이고 보면, 시골아이는 귀신의 본연의 권능, 즉 선善한 권능을 말함이며, 본연本然의 언어로서의 '시골 아이'의 언어는 복잡하고 어려울 까닭이 전혀 없는 자연스럽고 소박한 언어인 것입니다. 정현종 시인의 생명시편이 지닌 심오함은 그 사상적 내용의 의미심장함도 그러려니와, 시어에 어린아이같은 순진무구한 귀신이 들려 있기 때문이라고도 말할 수 있습니다.

「이 귀신아」라는 시는 삼라만상의 생성 변화의 계기에 각양각색의 무수히 많은 귀신들이 작용하고 있음을 '쉽고 경쾌하고도 심오하게' 펼쳐 보인 시라고 할 수 있습니다. 이 시는 모든 시들이 저마다 가고 있는 어두운 밤길들을 비추이는 북극성과도 같은 시입니다. 무엇보다도 정현종의 시의 유독 빛남은 시를 귀신이 붙은 생명체로 인식하고, 시-귀신이 시를 부른다는 깨달음에 이르러서입니다. 마음과 시가 서로를 그리워하고 서로를 찾는 것, 즉 시가 시를 부르는 것, 시인이 시를 부르는 동시에 시가 시인을 부르는 것. 그 명료한 예가 시인의 시론의 메타포인 「밀려오는 게 무엇이냐」라는 작품을 보면, 알게 됩니다.

바람을 일으키며

모든 걸 뒤바꾸며

밀려오는 게 무엇이냐.

집들은 물렁물렁해지고

티끌은 반짝이며

천지사방 구멍이 숭숭

온갖 것 숨쉬기 좋은

개벽.

돌연 한없는 꽃밭

코를 찌르는 향기

큰 숨결 한바탕

밀려오는 게 무엇이냐

막힌 것들을 뚫으며

길이란 길 다 열어놓으며

무한 變身을 춤추며

밀려오는 게 무엇이냐

오 詩야 너 아니야

—「밀려오는 게 무엇이냐」 전문

위 시에서 시인이 전하고자 하는 뜻은, 시에서 시어들은 어떤 지시 대상을 표상하는 것이 아니라는 것입니다. 즉 시어들은 대상을 지시하지 않는다는 것입니다. 지시 대상이 없기 때문입니다. 시어는 무無 혹은 공空, 혹은 기氣를 존재의 계기로 삼기 때문에 시어는 저절로 태어나고 저 스스로 살아가는 것입니다. 시는 공에서 무에서 기에서 자신의 존재를 바람처럼 혹은 춤사위처럼 드러냅니다. 시어는 공 또는 무에서 유有를, 그 유는 다시 공, 무를 존재의 계기로 삼습니다. 지시 대상이 고정된 실재가 아니라 변화하는 공 혹은 기이기 때문에, 이 시는 지시 대상이 묘妙 그 자체인 메타포라 할 수 있습니다. 신기神氣가 메타포의 지시 대상이라 할 수도 있습니다.

시의 표면적인 내용은 어렵지 않게 이해될 수 있습니다. 그런데 이 시가 겉으로 보여주는 의미맥락에 머문다면, 이 시는 시를 의인화擬人化, 혹은 우화화寓話化하여 시인의 시론에 따라[34] "시가 바로 '자유의 숨결'이고 '생명의 숨결'이라는 논리"를 읽어내고, "그러한 숨결의 시학이

---

34) 정현종 시론,「시의 자기 동일성」.

육화된 시이다."[35] 라는 평가를 내릴 수 있습니다. 그렇습니다. 정현종 시인의 시론대로 '숨결의 시학'이라고 할 수 있습니다!

하지만 이 시는 시인의 '숨결의 시학'을 보여주는 시편으로 이해하는 것과는 조금 다른 차원에서 이해되어도 무방할 것입니다. 그것은 이 시에는 적어도 시에 관한 다음 두 가지 깊은 시학적 의미를 지니고 있다는 점입니다. 하나는, 이 시에서 '詩'는 이미 무 또는 가유假有로서의 존재인 '언어 생명체'로서 바깥에서부터 "무한 변신을 춤추며/밀려온다"는 사실, 또 하나는, 그 춤추며 밀려오는 '무한 변신의 생명체'를 맞이하는 존재가 바로 시인(정확히는 시인의 마음心)이라는 사실입니다. 전자는, 시라는 존재는 시인보다 먼저 이미 존재한다는 것을 뜻하며, 후자는, '무한 변신'하는 언어 즉 비유비무非有非無의 묘한 언어를 접하는(접신하는!) 존재가 바로 시인(정확히는 詩心)이라는 점입니다. 후자의 경우, 위 「이귀신아」라는 시를 더불어서 논하면, 자연스레 시인이란 존재는 접신하는 존재가 되는 것이고, 바로 이미 공으로 존재하는 시어非有非無, 즉 귀신(비유비무)이 내린 시어를 지금 여기로 부르는 것, 김소월 시인 식으로 말하면, 초혼招魂하는 존재가 시인인 것이 됩니다. 우리는 이 시를 통해 정현종 시인의 '숨결의 시론'에는 이미 인간의 이성보다 앞서 인간의 존재 이전에 이미 존재해온 근원적 언어, 귀신같은 언어들과 끊임없이 접신하는 영험靈驗한 박수무당의 존재를 느끼게 되는 것입니다. 그리고 이러한 정현종 시인의 시론의 이면 즉 시론의 그늘에 깃들어 있는 언어 무당(접신하는 시인)의 존재를 해명하는 일은 정현종 시의 심연을 이해하는 중요한 실마리라고 생각합니다. 시는 시인 이전에 이미 존재

---

35) 시집 『세상의 나무들』에 실린 비평가 오생근 교수의 해설 「숨결과 웃음의 시학」 중.

해온 언어의 귀신들이 시인의 접신의 황홀경을 통해 '서로 부름'의 조화로 태어나는 현존재인 것입니다. 그러므로 그 자체가 '오래된 생명체'인 시어들은 저마다 시천주侍天主하는 존재들인 것입니다. 문학 장르로서의 시는 이미 존재하는 언어 이전에 존재해온 근원적인 언어성(언어 귀신)으로 짜인 순수한 생명체이며 그 순수한 생명성 자체로서 저마다 시천주하는 생명체가 곧 시라는 사실을 정현종 시인의 시는 쉽고도 심오한 시 정신으로 표현합니다. 시간상 일일이 예를 들 수 없습니다만, 다음 시를 보십시오.

> 오셔서
> 어디 계십니까
> 절에 계십니까
> 사무실에 계십니까
> 계실 데가 여기밖에 없으시온즉
> 계시긴 계실 터이오나
> 꽃이신지 혹
> 풀잎이신지—
> 당신의 몸은 가이없으니
> 독한 공기이신지 혹
> 썩은 물이신지,
> 괴로운 몸과 함께 괴롭고
> 즐거운 몸과 함께 즐거우신지,
> 저 어이없는 암흑
> 전쟁과 테러

살육과 파괴 속에도 계시온지

피 흘리는 몸과 함께 피 흘리고

부서지는 몸과 함께 부서지며

죽어가는 몸과 함께 죽어가시는지

(당신을 살려내야 할 텐데

당신,

간신히 살아계시긴 하시는지)

마음의 지옥

피투성이 이 세상에서

연꽃은 피어난다는 것인지,

당신, 간신히 계시긴 하시온지

간신히…… 계시긴…… 하시온지……

당신은 사랑과 슬픔이시온즉

그 꽃씨

이 유독한 공기 속을 헤엄쳐

간신히 헤엄쳐 날아

모든 마음에 떨어져

그 꽃씨

숨쉬기 시작할 수 있을 것이온지

그 숨결 세상에 넘칠 수 있을 것이온지……

—「오셔서 어디 계십니까」 전문

'1995년 부처님 오신 날에 부쳐'라는 시입니다. 군말이 필요 없습니다. 세상의 모든 사물과 현상들은 시천주 아닌 것이 없습니다. 시인은

"전쟁과 테러/살육과 파괴 속에도""피투성이 이 세상에서"도 세상은 온통 시천주라는 역설적 희망의 마음을 잃지 않습니다.

　그런데 정현종 시인의 시를 읽다보면, 시와 시인의 관계에 대한 어떤 깊은 문제의식을 갖게 됩니다. 그것은 방금 읽은 시 「오셔서 어디 계십니까」 그리고 「이 귀신아」「밀려오는게 무엇이냐」 같은 시편들에서 보듯이, 한울님귀신 혹은 귀신이 이 세상 어디든 편재하고, 시인은 그 귀신과 접신하는 존재 혹은 초혼하는 존재라는 인식과 관련이 있습니다. 앞서, 이 시들의 해석을 통해 말했듯이, 시는 접신 혹은 초혼을 통해 태어나고, 결국 접신의 형식을 통해 귀신이 부리는 언어가 바로 시어라는 인식을 보여준다고 말할 수 있습니다. 그래서 시인은 그 보이지 않는 귀신을 접하고 모시고 싶은 맘을 정직하고 열렬하게 드러내고 있습니다. 그렇다면, 접신을 통해 귀신이 부리는 시는 무엇인가, 하는 문제와 마주치게 됩니다. 시는 시인에 의해 태어나는 것은 너무 자명한 것입니다. 그러나 접신 혹은 초혼에 의하여 시가 태어난다는 걸 깨우쳤다고 한다면, 시는 과연 시인의 명징한 이성에 의해 태어난 것이라고 단언할 수는 없게 됩니다. 곧 시인의 접신이 시를 낳는다고 한다면, 시는 시인에 의해 태어난 것인지 귀신에 의해 태어난 것인지 하는 문제에 부닥치게 됩니다. 접신을 통해 시인 몸안의 귀신이 작용한 결실이 시이므로, 시는 귀신의 것도 아니요 시인의 것도 아닌 것이 되고, 역으로 귀신의 것이면서 시인의 것이 되기도 할 것입니다.

　제가 보기에, 정현종 시는 삼라만상에 두루 존재하는 귀신과의 접신을 깊이 인식하고 있지만, 시적 상상의 원동력으로서의 접신은 시인의 깊은 사유 혹은 탁월한 지적 상상의 차원에서 해소되고 있다는 인상을 받게 됩니다. 시인의 깊은 사유와 지성으로서 시가 쓰이고 있다는 것은 시가 저마다 지닌 신기한 생명체로서 '저 스스로 살아가는' 게 아니라 시인의 이성 혹은 마음에 의해 '쓰여진다'는 뜻이기도 합니다. 하지만 제가, 시의 존재론에 대해 비유적으로 말한다면, 시는 이성(언어)이 연출하는 귀신의 연기演技가 아니라, 귀신이 연출하는 이성(언어)의 연기라는 것입니다.

이 문제에 대해 간단히 말하면, '시의 삶' 또는 '시의 맘' 자체가 중요하다는 것입니다. 곧 시인의 맘으로 시의 맘을 읽는 게 아니라 시의 맘으로 시인의 맘을 읽는 것, 이것이 중요합니다. 이 말은 시인이 시를 낳았지만, 시는 시인과는 별개의 생명체라는 의미를 전제로 한 것입니다. 곧 시인의 맘을 통해 시의 맘을 읽는 게 아니라 시의 맘으로 시인의 맘을 읽는 것입니다. 이 말은 시는 시인이 낳았지만, 시인과는 별개의 생명체라는 의미를 전제로 한 것입니다. 정현종 시인은 멕시코의 시인 옥타비오 파스의 말을 인용하여, "진짜 시인은 자기 자신한테 말할 때도 타자와 이야기한다"면서 이를 시에 대한 "대단히 중요한 평가 기준"이라고 힘주어 강조하고 있습니다만, 이러한 옥타비오 파스와 정현종 시인의 말만으로는 부족합니다. '진짜 시는 자신에게 말할 때에도 타자와 이야기한다'로 고쳐야 합니다. 정현종 시인이 말한, "(시의) 대단히 중요한 평가 기준"은 시가 살아 있느냐 죽어 있느냐 하는 문제입니다. 귀신이란 시신이 돌아다니는 강시가 아니라, 살아 있는 본연의 생명력이요 삶의 묘력이기 때문에, 귀신이 살아 숨 쉬는 시인가 아닌가 하는 것이야말로 시의 "대단히 중요한 평가 기준"인 것입니다.

시의 어머니가 시인일 뿐이며, 시인은 시의 수많은 몸주들 즉 시를 낳는 타자들 가운데 한 타자에 불과한 것입니다. 낳은 정이 깊어도, 정을 떼고 나면 시인은 시의 가장 가까운 타자일 뿐입니다. 그러므로 옥타비오 파스의 말은 "진짜 시는 자기 자신한테 말할 때도 시인과 이야기 한다"로 바뀌어야 합니다. 시는 자기 동일성을 의심할 때만 가장 가까운 타자로서 시인에게 이야기할 뿐, 무수한 타자와는 이미 시공을 뛰어넘어 대화하고 있기 때문입니다. 시는 시인이 낳았다는 것을 제외하고는 시인과는 별로 관계가 없는 것입니다. 그 관계가 최악의 상태인 때는 시의 자기 동일성을 검증하려는 힘, 즉 주체의 자기 동일성의 유혹과 폭력을 견디지 못할 때입니다. 우리는 1980년대의 많은 민중시들이 자기 동일성의 폭력에 시달렸음을 익히 알고 있습니다. 반대로 시의 동일성을 해체한답시고 서구 현대 이론의 밑도 끝도 없는 분별지分別智를 수입해 와 거리낌 없이 시의 숨결을 끊어놓기를 마구잡이로 행하는 분석비평들을 보면 두렵습니다. 이러한 소위 서구적 이성에 의해 극도로 분별화한 비평의식이 문학 제도나 대학 강단에 의해 널리 깊이 퍼져 있는 게 현실입니다.

정현종 시인의 '쉽고도 심오한' 시어들로 짜인 생명의 시편과 그 시학에 대해 제한된 이 자리에서 다 다룰 수 없습니다만, 한국현대시사에서만이 아니라 세계시사에서도 이러한 도저한 생명의 시를 보여준 시인으로 정현종의 시세계는 독보적인 위치에 있음은 분명합니다.

8. 최승자, 황인숙의 시: 接神의 시적 의미

먼 세계 이 세계

삼천갑자동방삭이 살던 세계

먼 데 갔다 이리 오는 세계

짬이 나면 다시 가 보는 세계

먼 세계 이 세계

삼천갑자동방삭이 살던 세계

그 세계 속에서 노자가 살았고

장자가 살았고 예수가 살았고

오늘도 비 내리고 눈 내리고

먼 세계 이 세계

(저기 기독교 지나가고

佛敎가 지나가고

道家가 지나간다)

쓸쓸해서 머나먼 이야기올시다

―「쓸쓸해서 머나먼」 전문

이 시는 최승자 시인의 시집 『쓸쓸해서 머나먼』의 맨 앞에 실린 시입니다. 이 시의 내용이나 그 심층 세계를 짐작하면, 이 시는 최승자의 초기 시와는 다른 차원의 시 세계, 즉 최승자 시인의 전기 시들과는 다른 후기 시들을 망라하여 일종의 '서시序詩' 격의 시이자, 더욱 깊어진 시 정신의 단층을 드러내고 있는 시입니다. 우선 시 제목부터 시 정신의 내용의 일단을 보여줍니다. 쓸쓸해서 머나멀다는 겁니다. 머나멀어서 쓸쓸한 게 아니라 쓸쓸해서 머나멀다는 것은 주체가 쓸쓸하니, 멀게 느껴진다는 말입니다. 주체가 쓸쓸하다고 느끼는 것은 자기 주체가 멀게만 느껴진다는 뜻이고, 주체가 멀게만 느껴진다는 것은 주체가 있는 듯 없는 생명의 기운에 따른다는 것, 혹은 일기一氣 그 자체가 주체라는 뜻입니다. 일기는 우주 자연의 본체이므로 만물의 본성으로서의 신입니다. 그래서 최승자의 위 시에서 우주 만물의 본체를 설파한 노자 장자 그리고 만물을 창조한 하느님을 모신 예수가 나옵니다. 예수는 최승자의 시에서 죄지은 인간 세계를 구원하는 하느님의 아들이 아니라, 시천주로서의 예수의 의미 그 이상도 이하도 아닙니다. 최승자의 시집『쓸쓸해서 머나먼』을 보면 시와 관련하여서 '누군가', '어떤 사람이' 등 불확실하고 불확정한 상태의 인간들이 나오는데 우선 이 '누군가'의 의문형의 불확실성이 우주 만물의 운동 변화 그 자체인 인간을 의미하기 때문에 불확정한 의문형이 되어 있고, 그런 우주적 본성으로서의 인간의 의미를 지니다보니, 누군가는 다름 아닌 '예수'의 분신이 되는 것입니다. 이 점을 이해하는 것이 최승자의 시 이해를 위한 기본적 인식입니다.

　여기 이 자리는 동학과 연관하여 말씀드리는 자리이므로, 생명의 본성을 곧 일기(氣의 작용 속에 理가 있다는 기일원론 철학에서 말하는 일기, 성리학에서 말하는 태허 등등)라고 부른다면, 바로 최승자 시의 주체는 일기에 다름 아닙니다. 나날의 삶을 사는 시인은, 쓸쓸함을 느낄 때 먼 세계 즉 일기의 세계에 틈입합니다. 그러나 곧 그 '먼 세계'란 다름 아닌 '이 세계' 곧 나날의 일상 세계임을 즉각 터득합니다. 이 '먼 세계'와 '이 세계' 사이를 오가는 경지를 시인은 '쓸쓸해서 머나먼'이라고 표현한 것입니다. 이 제목 속엔 시인의 현재적 삶의 쓸쓸함이 느껴지면서도 그 쓸쓸함이 표피적으로는 타락한 사회와의 단절을 의미한다는 점에서 순수하고, 그 쓸쓸함이 우주 자연 그리고 생명의 기운과 하나가 되는 계기가 된다는 점에서 심오한 것입니다. 그래서 우주 자연의 운동 변화하는 바탕인 일기와 하나됨에 이르다보니, "짬이 나면 다시 가보는 세계/먼 세계 이 세계/삼천갑자동방삭이 살던 세계/그 세계 속에서 노자가 살았고/장자가 살았고 예수가 살았고/…"라는, 지금 이곳에서 벌어지고 있는 일기의 생명 세계와 일체를 이루는 도저한 시를 쓰게 된 것입니다. 노자 예수 장자는 그 일기의 세계, 득도한 인간들이었던 것입니다.

　최승자의 시 세계를 여기서 더 깊이 말씀드리고 싶습니다만, 그럴 처지가 아닙니다. 다만 시인이 한국문학 혹은 한국 사회에 대해 좀처럼 말을 하지 않았습니다만, 참담지경의 한국 문단으로부터 이사 가고 싶은 마음을 직설적으로 쓴 시를 소개하고자 합니다.

　　내 시는 지금 이사 가고 있는 중이다
　　오랫동안 내 시는 황폐했었다
　　너무 짙은 어둠, 너무 굳어버린 어둠
　　이젠 좀 느리고 하늘 거리는
　　포오란 집으로 이사가고 싶다
　　그러나 이사 갈 집이
　　어떤 집일런지는 나도 잘 모른다
　　너무 시장 거리도 아니고
　　너무 산 기슭이 아니었으면 좋겠다

아예는 다른, 다른, 다 다른,

꽃밭이 아닌 어떤 풀밭으로

이사 가고 싶다.

—「내 시는 지금 이사가고 있는 중」 전문

　　시인의 표현대로, 오늘의 한국시는 "황폐해져" 있습니다. 서양 시론
을 공부한 교수들 평론가들만 한국시가 대단하다고 떠들어대고 있는
걸 보면, 참 불쌍하다고 해야 하나 그저 그렇습니다. 이와 관련하여, 재
밌는 여담을 하자하면, 정현종 시인도 오늘의 한국 사회를(또는 한국문
단을) 살아가는 많은 인간들(문인들)이 개만도 못하다는 걸 풍자스러운
해학으로 쓴 재밌는 시(「개들은 말한다」)가 있습니다. (정현종 시인은 점잖
은 선생님이신데 오죽하셨으면 저런 시를 쓰셨을까 생각하면 웃음이 절로 납니
다. 웃음) 지금도 여전히 한국문단은 여기저기 끼리끼리 무리 지은 채로
시장통 활기가 넘치듯이 보입니다. 이 시가 안고 있는 오늘의 시에 대한
문제의식은 실로 심각한 것입니다. 이 글의 맥락으로 문단에 대한 저의
우려를 말한다면, '기화氣化하는 시'와는 전혀 상관없이 강의실에서 배
운 문학 이론이나 지식으로, 표피적인 인식 수준에서 마구 시가 쓰여지
고…… 이러한 문학 제도의 병폐도 심각하지만, 전체적으로 보면, 진보
보수 어느 진영 할 것도 없이 삶 혹은 존재에 대한 깊은 고민이 없이 그
냥 배운 대로 서로 좋은 게 좋다는 식으로 시의 난전亂塵이 벌어져 있는
중입니다. 그러니 창비니 문지니 대표적인 문학 잡지에서조차 시혼의
순정함이나 시적 진실을 지닌 시편들을 점차 찾아보기가 힘들게 되고
있습니다. 비평가 김현 선생님은 문학은 현실에서 써먹을 수가 없어서

역설적으로 자유롭다는 말씀을 했지만, 이제 문학도 돈 버는 데 권력을 쥐는 데 잘 써먹을 수 있게 된 시대가 온 것이 엄연한 사실입니다.

위의 시에서 최승자 시인은 모든 황폐함을 자기 탓으로 돌려 "오랫동안 내 시는 황폐했었다"라고 고백합니다. 물론 이 고백에는 시 정신의 변화 즉 초기 최승자 시와 후기 시 사이의 단절과 변화가 들어 있습니다. (이 단절과 변화에 대한 설명은 이 자리에서는 생략합니다.) 하지만, 이미 위에서 그 변화의 조짐이나 조짐의 내용은 짐작될 수 있기 때문에 별도로 이야기할 필요를 느끼지 않습니다. 저로선 그 '황폐함'이 최승자 시인의 과거의 시 정신이 황폐해 있었다는 시인의 개인적 사정의 고백으로만 받아들여지지 않고, 치열한 삶의 시정신과는 아무 관련이 없는 한국 문단의 고질적인 서구 추종의 학식주의 '모던한 이론주의' 또는 무슨무슨 '정신주의' 따위가 한국 시를 망친 것들이라는 것입니다. 시는 우주자연의 생명력과 시인의 치열하고 진실한 삶이 서로 주고받는 본연의 기운으로 쓰는 것이기 때문에, 무슨무슨 문단 조직들이 장사꾼보다 못한 심보로 시를 쓴다 하면, 그런 시가 좋을 리 만무한 것입니다. 나는 시 쓰기에 있어서의 기화의 계기, 곧 앞서 이야기한, 삶과 시정신의 치열한 연마를 통해 접하는 귀신의 작용이, 시적인 참됨 즉 시적 진실을 보장한다고 생각하게 되었습니다. 그 기화의 계기는 자재연원의 순수한 기의 각성 그리고 삶과 사물에 대한 모심[侍]의 정신에서 나오는 것입니다.

이 시와 함께 최승자의 시 가운데 제가 가장 좋아하는 시 한편을 소개합니다. 여기 소개하는 최승자의 시 「가만히 흔들리며」입니다. 김사인 시집 제목 '가만히 좋아하는'과 무언가 공통점이나 유사점이 있어, 이를 주목하고 서로 비교할 만합니다.

키 큰 미루나무
키 큰 버드나무
바람 사나이
바람 아가씨

두둥실 졸고있는 구름 몇 조각

꼬꼬댁 새댁
꿀꿀 돼지 아저씨
음메 머엉 소 할아버지

모든 사물이 저마다 소리를 낸다
그러한 모든 것들은
내 그림자가 가만히 엿듣고 있다
내 그림자가 그러는 것은
나 또한 가만히 엿보고 있다
(내 그림자가 흔들린다
나도 따라 가만히 흔들린다)

—「가만히 흔들리며」 전문

　　먼저, "두둥실 졸고 있는 구름 몇조각//꼬꼬댁 새댁/꿀꿀 돼지 아저
씨/음메 머엉 소 할아버지" 같은 시구에 마음을 열어보십시오. 이 음운
의 경쾌함은 의미 이전의 '원시성의 언어'이거나, 또는, 의미의 그물을
통과한 이후의 소리 언어들입니다. 어떻게 이러한 천진난만한 기운이

생동하는 소리 언어를 얻을 수 있었겠습니까? 시어가 시원의 기운을 얻지 못하면 결코 도달할 수 없는 일기의 언어라고 할 것이고, 이러한 기화하는 시어는 '가만히 흔들리는' 접신의 계기를 통과하지 못하면 구할 수가 없었을 것입니다. '가만히 흔들리며'라는 시 제목은 바로 접신의 시간에 들었음을 유비하는 것입니다.

이 시에서 또한 주목해야할 시적 기법은 괄호 속 시어들입니다. 정현종 시인의 시에서 곧잘 나오는 괄호와도 같은 의미를 지닌다고 할 수 있습니다. 괄호는 시인의 마음이면서도 시의 마음을 나타냅니다. 시에 시인의 속마음이 투사된 것이라고도 할 수 있지만, 독자들이 시를 만날 때엔, 괄호 속 시어들은 시가 내는 시-삶의 소리를 표시한 것이라 할 것입니다. 시인이 시 속에 숨결을 불어넣어 즉 한 생명체로 낳은 시, 그 시의 마음이 괄호의 시어들인 것입니다. 그래서 시가 내는 소리 즉 시의 숨소리가 '가만히' 느껴지는 것입니다. 이 시를 장황하게 분석할 이유가 없습니다. 위에서 설명한 귀신이 바로 시의 그림자임을 알면 이 시는 매우 큰 감흥을 일으키는 시임을 알 수 있습니다. 곧 이 시를 이해하는 핵심은 '가만히 흔들리며'에 들어 있습니다. '가만히 흔들리며' 찾아오는 시와의 교감交感 하여 시의 탄생의 순간을 알리기도 하고, 시 쓰기가 곧 영매의 활동의 순간임을 암시합니다. 무巫가 내리는 순간이지요. 그렇기 때문에 접신의 순간에 '전율'하듯이 "가만히 흔들리며" 시인의 감각 기관은 외부 세계로 활짝 열리고 음양의 귀신이 조화를 부리며, 시인의 마음은 만물이 지닌 기운생동의 신명과 하나로 융합하게 됩니다. 이때 시인의 마음에서 세상의 모든 사물들이 내뿜는 저마다 소리들을 듣게 됩니다. 그래서,

꼬꼬댁 새댁

꿀꿀 돼지 아저씨

음메 머엉 소 할아버지

모든 사물이 저마다 소리를 낸다

고 시인은 노래하게 됩니다. 일기의 세계가 자신의 마음을 통해 펼쳐
지는 순간, 즉 기화하는 순간이, "모든 사물이 저마다 소리를 낸다"는
접신의 경지에 들어서는 순간인 것입니다. 이성의 지배하에 놓여있던
의미론적 문장들은 사라지고, 소리(음운굴곡)로서 세상은 새로운 생명
의 기운이 서린 환상의 세계로 바뀌는 것입니다. 그리고 마침내 시인
은 접신의 순간을, 접신의 시적 원리를 이렇게 쉽고도 간명하게 표현
합니다.

모든 사물이 저마다 소리를 낸다

그러한 모든 것들은

내 그림자가 가만히 엿듣고 있다

내 그림자가 그러는 것은

나 또한 가만히 엿보고 있다

"내 안의 그림자"를 융의 분석심리학적 표현으로 바꾸면, '자기원형'
'자기自己, Selbst'로서의 "내 그림자Schatten(그늘)"가 사물이 저마다 내는
소리를 듣고 "가만히 엿듣고" 있고 "가만히 엿보고" 있다고 말하는 것
입니다. 마음의 자기 원형은 대극적 분열을 통합하는 심층적 정신(융으

202

로 표현하면 원형이자 그림자, 원효 스님으로 말하면 아뢰야식의 一心)의 원리이며, 이 심층의 작용이 세상을 엿듣고 엿보는 것, 이것이 시를 쓰게 만드는 시작 원리라고 말하는 듯합니다. 앞에서 말한 정현종 시인의 시「石壁 귀퉁이의 공기」와 똑같은 시작 원리랄 수 있습니다. 그 '나'의 그림자가 바로 음양의 조화 원리와 인신人神의 심원心源한 통일체로서의 귀신이고, 그 내안의 귀신과 접신했을 때, "가만히 흔들리며" 숨어 있던 세상이 비로소 실상으로 드러나게 됩니다. 이 감춤/드러남, 드러남/감춤의 동시적 관계가 최승자의 시어인 셈이고 동시적 드러남/감춤의 시어이기 때문에 예의 "꼬꼬댁 새댁/꿀꿀 돼지 아저씨/음메 머엉 소 할아버지"와 같은 동화 속 환상의 언어와 같은 자연 그 자체로서의 음운音韻과 운율韻律의 소리언어, 즉 소리의 음운굴곡이 자연스럽게 현상現相될 수 있는 것입니다.

이 최승자의 시「가만히 흔들리며」는, 곧 무巫적인 내림[降]을 통한 일기一氣의 조화造化 속 세계를 아름답게 노래한 시라는 사실 자체도 의미심장하지만, 더 중요한 점은 시어 '가만히 흔들리며'가 지닌 통通시대적 철학적 의미(전통 巫와 東學)와 함께 오늘날 당면한 생명 철학적 내용을 담고 있다는 사실입니다. 시어 '가만히'는 '反시대적 통찰의 시어'입니다. 위의 시에서 3번 되풀이되고 있는 시어 '가만히'는, 경이롭게도, 김사인 시인이 쓴 '가만히 좋아하는'(가령 사랑한다고 쓰지 않고 '좋아한다'고 쓴 데엔 사물의 운동 변화에 대한 觀照의 뜻을 강조하려는 듯!)이란 말은 최승자 시인의 시에서의 '가만히'라는 말과도 상통합니다. 그러니까 '가만히'는 이 두 시인에 의해 심오한 예술철학적 개념으로 직관되어 비로소 재발견되고 있다는 사실, 이를 이해하는 것이 필요합니다. 김지하 시인도 '수굿이'(수굿이는 가만히의 전라도 방언)라는 제목의 시를 썼습니다만, 시어 '가만히'야말로, 오늘날 말기 자본주의 사회의 아수라 속에서 방황하는 한국 시단 전체에 대한 자기 반성과 함께 신음하는 생명계에 대한 새로운 문학적 세계관을 가져올 시어라고 말할 수 있을지도 모릅니다. 정현종 시인의 시 「한 정신이 움직인다」에도 '가만히'의 의미가 한 뜻으로 담겨 있습니다.

> 한 정신이 들어있는 표정이 움직인다. 백호광명의 자리 몸과 함께 움직인다. **마음의 음영, 마음의 안개, 마음의 공기인 표정이 움직인다.**
> 이 표정, 이 움직임은 닫혀있지 않다. 제 속에 갇혀 있지 않다. 그 표정과 움직임은 **무한 바깥(타자)과 스스로의 내적 깊이를 향해 한없이 열려 있고, 겸손히 듣고 있음으로써 생기는 섬세한 진동을 그 주위에 무슨 아지랑이처럼 잔잔히 퍼뜨린다……**
>
> —「한 정신이 움직인다」 전문 (강조_발제자)

'문학하는 사람들의 표정을 위하여'라는 부제가 달린 이 시는 정현종 시인의 시 창작원리를 압축적으로 보여줍니다. 마음의 깊이 살아 있음으로 하여, 즉 "마음의 음영, 마음의 안개, 마음의 공기"와 일체를 이룸으로써, 곧 '사물과의 일기—氣'로서 시와 만나고 있음을 깨닫는 것. 이 일기와의 접합, 접신의 징후를 시인은 "무한 바깥(타자)과 스스로의 내적 깊이를 향해 한없이 열려 있고, 겸손히 듣고 있음으로써 생기는 섬세한 진동을 그 주위에 무슨 아지랑이처럼 잔잔히 퍼뜨린다……"라고 가만히 읊조리고 있습니다. '가만히'의 일차적 의미는 아마 여기에 있을 듯합니다. 김지하 시인은 시 「수굿이」에서,

모심의 비밀을 깨닫는다오

수굿이

수굿이

하심下心을 익힌다오 [36]

라 하여, '수굿이'는 단지 대상을 형용하는 부사어가 아니라 그 자체가
정신의 본체를 지시함을 노래한 바 있습니다. 정현종 시인과 김지하 시
인은 저마다 시 정신의 연원을 달리하면서도, 만물의 살아 있음의 비밀
을 깨우치려는 점 그리고 그 사물이 지닌 무한한 소리와 기운에 열려 있
으려는 '내적 깊이'를 '겸손히'(정현종) '하심下心'(김지하)으로 추구한
다는 점에서 과연 두 분이 '생명 시인'으로서 오늘의 한국 시단을 대표
하는 시 정신인 까닭을 여실히 보여준다는 생각이 드는데, 이러한 시적
징후들은 한국문학에 다가오는 새로운 문학적 감성과 세계관적 대전
환의 시적 예감이자 징조라는 생각이 들기도 합니다.

　어찌 보면, 정현종 시인과 김지하 시인보다 최승자 시인의 시 '가만
히 흔들리며'는 시 정신에 있어서는 더 나아간, 더 깊어진 경지일지도
모르겠습니다. 뜻을 넘어선 사물의 공기, 사물의 살아 있는 기운 그 자
체인 시어의 음운굴곡이 최승자의 시어에서는 신들린 듯이 살아 있기
때문입니다. 합리적인 의미론적 시어와는 달리 일기—氣와 신명神明에
가까운 시어는 살아 있는 음운音韻, 스스로가 '가만히 흔들리며' '소리
내는 초의미적 의미'의 언어입니다.

---

36)　김지하, 『시 김새』 2권, 신생, 2011, 89쪽.

한 시대를 장악하여 문학을 부패하게 만든 권력들에 저항하고 미구에 닥쳐올 문학 권력들의 주검을 너머 반反시대적 문학 정신으로서의 '생명의 문학'을 찾는 일이란 참 힘들고 고독한 고행과도 같습니다. 오늘처럼 무너지고 타락한 한국문학의 생태계를 회복하기 위해서는 선학들이 이루어 놓은 마치 금강역사金剛力士같이 단단하고 드높은 문학 정신을 되살리는 일과 이를 문학적으로 실천하는 일이 선행되어야 합니다. 그러니, 통시대적이면서도 현실주의적인 빛나는 문학정신의 전통을 되찾고 지와 행을 합일하는 일은 오늘의 문학에 있어서 본질적인 뜻을 지닌 지상의 과제입니다. 문학을 하는 일은 반反시대적이며 반시대를 너머 통시대적인 생명의 원리를 찾는 일과도 같습니다. 예술 철학 혹은 시 정신을 추구하는 길 위의 고독과 고통은 문학예술의 생태계를 복원하고 생명의 문학을 찾아가는 문인들에게는 회피할 수 없는 업보입니다. 이 땅에서 반시대적 시 정신 나아가 반시대적 생명의 예술이 태어날 징후를 가장 먼저 즉감卽感과 즉관卽觀에 따라 통찰하는 정신이 바로 언어에 민감한 시인의 정신입니다.

　　시인 최승자의 시가 중요한 까닭은 바로 이러한 반시대적 문학의 징후를 순수하고 치열한 삶의 문학으로 보여주고 있다는 데에 있습니다. 위에서 정현종 시인의 시가 순수하고 가벼운 일기—氣의 시라고 하였듯이, 최승자의 시도 순수하고 가벼운 일기에 상응관통한 시입니다. 물론 두 시인의 시 세계에는 차이가 있습니다. 가령, 정현종 시의 기가 미세한 일상사에 두루 걸쳐 자유롭게 상관하면서도 노숙老熟 노련함을 잃지 않는 대가적 풍모가 느껴지는 기라고 한다면, 최승자 시의 기는 외롭고 아프면서도 삶의 치열함이 느껴지는 맑은 삶과 정신의 기입니다. 정현종 시인의 시는 시천주의 깨달음과 함께 이성의 반성과 통찰을 통해 그야말로 자유분방한 이성적 주체가 쓴 시라고 한다면, 최승자의 시는, 시천주에 따라 시천주가 남기는 흔적의 언어로 짜여지며, 이는 시천주가 시적 이성과 가까스로 화해를 하고 있기 때문인 듯합니다. 하여, 정현종 시인의 시는 시적 이성이 시천주에 선행先行하고, 최승자의 시에는, 시의 시천주가 역사적 이성 혹은 시적 이성에 선행합니다. 최승자의 시가 정현종의 시보다 이성적 언어와의 거리가 더 멀리 느껴지는 것은 이 때문입니다.

이즈음의 한국시단을 잘 들여다보면 거기엔 수라修羅의 혼란 속에서도 새로운 시학으로서의 철학이 잉태되어 있다는 생각을 갖게 됩니다. 가령, 최승자, 김사인, 황인숙, 함민복 시인의 시에서 어떻게 시적 이성과 시천주가 서로 갈등하지 않고 친화하는 가운데 시천주의 언어를 낳게 되는가라는 문제의식을 가지고서 살펴보면, 거기엔 어떤 시학의 원리와 그 철학이 넉넉히 감지됩니다. 이는 이전의 시학과는 차원이 다른 새로운 시학이라 말할 수 있을 정도입니다. 이들 시인들에게 내 안의 신령이 내 밖으로 기화하는 시를 낳게 하는 오묘한 계기와 기운이 작용하고 있다는 것입니다. 앞에서 귀신의 힘에 대해서 말한 바 있습니다만, 바로 어떻게 귀신의 작용이 시적 언어로 조화造化부리게 되는가 라는 문제와 직결된다고 할 수 있습니다. 귀신이 활동하기 시작하는 그때 그 자리, 곧 시천주하는 시의 귀신이 시적 이성 혹은 심미적 이성에 선행하여 우주 만물의 변화 운동 속에 놓이는 바로 그때 그 자리, 시적 이성은 동요하고 자기 존재를 잠시 망각하며 귀신은 이미 주체 너머 만물에 내재한 천기(일기, 일심)의 흐름에 가 닿아 하나로 움직입니다. 이 보이지도 들리지도 만질 수도 없이 고요히 아무일도 없다는 듯이 흐르며 운동하는 일기와의 접촉 즉 접신의 순간, '가만히' 시는 태어납니다. 시는 우주 만물의 흐르는 본성에 즉 귀신의 작용에 따라 '가만히' 흔들리는 것. 그러므로 '가만히'는 '자재연원하는 귀신들이 쓰는 시'의 깊은 뜻을 담은 시어입니다. 신령스러운 일기의 조화 속에서 시인 저마다 스스로[各知不移] 기화를 이루는 계기가 바로 '가만히'인 것입니다. 황인숙의 시에 다음과 같은 시가 있습니다.

> 지금은 내가
> 사람이기를 멈추고
> 쉬는 시간이다
> 이 시간 참 많은 사람들이 나를 찾아온다
> 알 듯한 모르는 사람들과
> 모를 듯한 아는 사람들
> 그리고 전혀 모를 사람들
>
> 어떤 사람이 공연히 나를 사랑한다
> 그러면 막 향기가 난다, 향기가
> 사람이기를 멈춘 내가 장미꽃처럼 피어난다
> 톡, 톡, 톡톡톡, 톡, 톡,
> 지금은 내가
> 사람이기를 멈추고 쉬는 시간
> 아는 이 모두를 저버린 시간
>
> 문득, 아무래도 상관없다,

아무래도 상관없다고,

톡, 톡, 톡톡톡, 톡, 톡!

사람이기를 멈춘 내

영혼에 이빨이 돋는다

아는 이 모두가 나를 저버렸다!

톡, 톡, 톡톡톡, 톡, 톡,

모두 다 꿈이라고

절세가인 날씨의 바람이

나를 흔들어 깨운다.

—황인숙, 「낮잠」 전문

　　황인숙의 시 「낮잠」은 '내가 나 아닌 나와 접하는 시간'을 시적 소재
로 삼고 있습니다. "지금은 내가/사람이기를 멈추고/쉬는 시간이다/이
시간 참 많은 사람들이 나를 찾아온다/알 듯한 모르는 사람들과/모를
듯한 아는 사람들/그리고 전혀 모를 사람들"이라는 1연의 시구를 읽고
서 '빙의憑依된 영혼'으로 해석할 수도 있겠습니다만, 굳이 그렇게 도식
적인 의미 부여를 할 필요는 없습니다. 중요한 것은 신기한 체험이 "아
는 이 모두가 나를 저버렸다!"는 시구에서 보듯이, 홀로 된 나 속에서
자재연원하고 있다는 사실이며, 그 자재연원한 신기한 시간이 "사람이
기를 멈춘 내가 장미꽃처럼 피어난다/톡, 톡, 톡톡톡, 톡, 톡,/지금은 내
가/사람이기를 멈추고 쉬는 시간"에서 보듯이, "톡, 톡, 톡톡톡, 톡, 톡"
뜬금없고 생뚱스러운 소리로 열린다는 사실입니다. 그 "톡, 톡, 톡톡
톡…" 소리는 일상생활 속에서 나는 물질적인 차원의 소리가 아니라,

소리남의 인과관계가 불분명하고 정체를 알 수 없으며, 그야말로 뜬금없이, 그러므로 천진난만한 시인의 내면적 바탕 어디선가에서 솟아오른 귀신의 소리라는 점을 먼저 이해해야 할 것입니다. 앞서 말한 바, 백석 시와 최승자 시에서의 천진난만하게 기화하는 소리 언어와 같은 맥락입니다. 기화하는 소리 언어 즉 순진무구한 "톡, 톡, 톡톡톡, 톡, 톡"이란, 뜬금없이 시에서 울려나오는 소리 언어에, 독자들도 저 알 수 없는 자재연원하는 소리의 신령함 속으로 이끌리고, 마침 이 시에 접신하듯이 감응할 수가 있게 됩니다.

황인숙 시인의 많은 좋은 시들은 이러한 시적 원리 즉 그 신기한 자재연원의 시적 근원을, 자재연원하기 때문에 천진난만할 수밖에 없는 시적 근원을 시어로서 기화하는, 그러하기에 무巫라고밖엔 달리 언표할 수 없는, 그 오묘奧妙한 무가 활동하는 시라는 점을 이해하는 것이 필요합니다. 물론 이러한 시짓기에 관한 이해는 시학의 역사를 돌아다보면, 실로 조심스러운 것입니다. 자재연원하면서 접신의 오묘함이 계기를 이루는 시짓기란 기존 시학의 입장에서 어떻게 받아들일까 하는 문제가 있을 수 있습니다. 이는 시의 기원에 관한 문제와도 밀접한 연관이 있습니다. 간략히 정리하면, 시심詩心은 모든 인간의 '모방적 본성'에 있는 것이고, 즉 자재연원하는 것이고, 시인의 특질로서 특별한 시적 영감靈感으로 시짓기에서의 자재연원의 문제는 시의 발생(시의 기원)과의 연관성을 따져볼 필요가 있습니다. 이 문제를 '과학적 (합리성)'으로 이해하기 위해서는 많은 학문적 논의가 전제되어야 한다고 봅니다. 우선 '자재연원의 시적 근원'이라는 말의 의미는 '시적 천재天才의 영감靈感'에 의해 시가 발생한다는 뜻과는 거리가 멀다는 것을 지적해두고 싶습니다. 오히려 '자재연원'이라는 의미가 그러하듯이, 아리스토텔레스의 시의 기원에 대한 주장, 사람의 '모방적 본성'에서 시가 발생하였다는 주장과도 통한다고도 볼 수 있습니다만, 이러한 '모방적 본성'과 더불어 아리스토텔레스는 시의 기원에 대하여 "특별한 능력을 타고난 사람들이 오랜 과정을 거치면서 (…) 시가 생겨난 것이다"고 주장한 점 또한 함께 고찰되어야 합니다.

시의 근원 혹은 기원의 문제를 살피기 위해, 아리스토텔레스가 『시학』 4장에서 제시한 '시의 기원'에 관한 대목을 보면 다음과 같습니다. "일반적으로 시는 사람의 본성에 뿌리박은 두 가지 원인에서 발생한다고 할 수 있다. 첫째, 사람은 어릴 적부터 모방적 행동 성향을 타고난다. 사람은 극히 모방적이며 모방을 통하여 그의 지식의 첫걸음을 내딛는다는 점에서 다른 동물들과 다르다. 둘째, 모든 사람이 모방적 사물에서 즐거움을 얻는다는 생각이다"라고 하여 '시의 기원'은 '사람의 본성인 모방적 행동 성향과 모방적 사물에서 얻는 즐거움'에서 발생한다는 것을 분명히 한 다음, 그 아래에서, "그러므로 모방행위가 우리에게 아주 자연스러운 것이고 아울러 선율과 리듬도 자연스러운 것이니까,(운율은 리듬의 일종이므로) 초창기에 특별한 능력을 타고난 사람들이 오랜 과정을 거치면서 거듭 즉흥적으로 창작하는 사이에 시가 생겨난 것이다."[37] 여기서 눈여겨볼 것은, 아리스토텔레스가 인간 본성의 일반성, 보편성과 더불어, "특별한 능력을 타고난 사람들이 오랜 과정을 거치면서"라는 문장에서의 "특별한 능력"에서 '시의 기원'이 있음을 주장한다는 사실입니다. 아리스토텔레스가 인류 최초의 이성적이고 합리적인 '극이론과 문학론'의 체계를 세운 인물임은 널리 알려진 사실이

---

37) 아리스토텔레스, 『시학』, 이상섭 역, 문학과지성사, 2005, 28쪽 이하.

지만, 『시학』이 이룩한 위대한 업적이 서양 예술사에서의 '합리주의'로 제한될 경우, "특별한 능력을 타고난 사람들"이라는 개념이 하늘이 내린 '천재' 개념이나 기독교적 외래 영감설로 비판되거나, 불합리한 신비주의와의 대립 대결 차원에서 한정된 논의만 되풀이될 것입니다. 『시학』에서 주목할 것은 아리스토텔레스가 "초창기에 특별한 능력을 타고난 사람들이 오랜 과정을 거치면서 거듭 즉흥적으로 창작하는 사이에 시가 생겨난 것이다."라고 설파한 문장입니다. 이 문장에 대해 수많은 해석상의 편견들이 있어왔음에도, 앞으로도 여전히, 이 문장은 편견 없이 새로운 시학의 고찰 대상으로 삼아야 함은 물론입니다. 아리스토텔레스가 말한, "초창기에 특별한 능력"이란 시인의 존재 내부적으로는 어떤 내용을 지니는가, 또 "오랜 과정을 거치면서 거듭 즉흥적으로 창작하는 사이에 시가 생겨난 것이다"라는 문장은 구체적으로 무얼 의미하는가, 등 이 문장과 관련된 서구 시의 발생과 관련된 근원적이고 반성적인 질문들이 필요하다고 생각합니다.

이 글의 논지와 관련하여 말한다면, 시인됨이 자재연원한다는 것은 시인됨은 자기의 저마다의 "특별한 본성" 혹은 천품天稟의 작용에 따른다는 것이며, 따라서 외재外在하는 신의 작용만이 아니라 내재內在하는, 또는 자재自在하는 신의 작용이 우선하여 작용한다는 것입니다. 외재하는 신은 기독교적인 의미의 외재하는 신일 수도 있고, 만물을 관장하고 움직이는 기운 혹은 음양의 현묘한 조화 속의 신일 수도 있으며, 외재하는 신은 내재하는 신과는 일기一氣의 이치 속에서 하나로 작용한다고 말할 수 있습니다.

또한 외부에서 주어지는 것이 아니라 자재연원하는 것이며, 이러한 신령한 감흥(영감)이 인간이 지닌 보편적인 시심('모방 본능'이라고도 할 수 있는!)으로 '내리는' 계기는 시인 자신의 정성스러운 삶의 수련 과정 속에서 자연스럽게 생기生起하는 '활동하는 巫(접령)'에 의한 것이라고 요약할 수 있습니다. 이러한 시의 근원에 대한 정의는, 기독교적 이원론 전통 속에서 외재하는 전지전능한 신이 주는 '천재적 영감'하고는 별반 상관이 없다 할 것이며, 서양 정신사에서 말하는 신비주의하고도 별 무관입니다. 동아시아적 철학적 사유로 본다면, 공자님도 '귀신鬼神'에 대해 설하고 있듯이, 또 공자님과 송유의 귀신론을 화두삼아 공부한 끝에 기氣일원론적 철학을 완성한 조선 후기 성리학자 임성주任聖周의 기일 원론적 귀신관의 이치를 이론 차원에서나 삶의 실제 차원에서 정성껏 익힌다면, 지금 말하고 있는 시짓기에 있어서의 '접신'의 문제는 오해된 선입견들 상당 부분을 불식시킬 수 있을 것으로 봅니다.

보랏빛 감도는 자개무늬 목덜미를
어리숙이 늘여 빼고 어린 비둘기
길바닥에 입 맞추며 걸음 옮긴다
박카스 병, 아이스케키 막대, 담뱃갑이
비탈 분식센터에서 찌끄린 개숫물에 배를 적신다
창문도 변변찮고 에어컨도 없는 집들
거리로 향한 문 **활짝** 열어놓고
미동도 않는다
우리나라의 길을 따라서 샛길 따라서
썩 친숙하게
빛바랜 셔츠, 발목 짧은 바지
동남아 남자가 걸어온다

묵직한 검정 비닐봉지 흔들며, 땀을 **뻘뻘** 흘리며

햇볕은 **쨍쨍**

보랏빛 감도는 자개무늬 목덜미 **반짝**

—황인숙, 「해방촌」 전문 (강조_발제자)

　황인숙 시인의 더 좋은 시들을 더 많이 이 자리에 소개하고 싶습니다만, 시간과 지면 관계로, 짧은 시 「해방촌」을 소개하는 걸로 그치겠습니다. 이 시는 도시 빈민들이 모여 힘겹게 살아가는 해방촌의 풍경을 담담하게 스케치하고 있는 듯이 보이지만, 평범平凡한 순간을 평명平明한 순간으로 바꾸어 놓는다는 데에 이 시의 깊이가 있습니다. 평범을 평명으로 바꾸는 힘은 신명神明의 시어 곧 기화하는 시어에서 나오며, 그 시어의 기화는 "검정 비닐봉지 흔들며, 땀을 뻘뻘 흘리며/햇볕은 쨍쨍/보랏빛 감도는 자개무늬 목덜미 반짝"이라는 시의 끝 대목에서 이루어집니다. 동요童謠의 천진난만함을 연상시키는 이 의성어擬聲語·의태어擬態語 같은 부사어는 소리와 형태를 꾸미기 위한 보조적인 언표가 아니라, 비루한 삶의 내용조차 신기神氣의 생명력에 이어져 있다는 시인 고유의 생명관에서 나온, 그야말로 사물을 기화氣化하게 하는 소리 언어라는 점에 주목할 필요가 있습니다. 신기하게도 기화하는 시어에 의해 시어가 지닌 의미상의 모호함이나 의심스러움이 맑은 하늘을 대하듯이 눈 씻듯 사라지고 삶의 명증함과 생동감이 시 안팎으로 넘실거리며 넘나듭니다. 이 '뻘뻘' '쨍쨍' '반짝' '활짝'에 감도는 오묘한 기운으로 하여, 비로소 그 천진난만한 시어는 자기 신명의 생명력을 맘껏 과시하며 펼치고 있습니다. 이 시어의 생명력으로 인해 삶의 고단함과 비루함이 가득했던 '해방촌'이라는 실제 공간은 말 그대로 삶의 구속

에서 '해방'되는 듯한, 언어의 주술呪術에서 걸리고 풀려나기를 반복하듯이, 생명력이 가득 작용하는 일기—氣의 공간으로 바뀌게 됩니다. 아울러, 여기서 시어 안의 신령함을 불러 밖으로 기화氣化하게 하는, 시인의 내면에 자재연원한 무巫가 능력을 발휘하고 있음을 다시 느낄 수 있는 것입니다.

[2011. 가을]

실사구시의 문학 정신과
'방언적 존재로서의 작가'의 문학사적 의의
이문구 문학 언어의 민중성과 민주성[1]

1. 4·19 세대의 '표준어주의 문학'과 '방언적 존재로서의 작가'

올해로 작고 10주기, 강산이 한 번 변한 만큼 시간이 흐르고 있지만, 이문구 문학에 대한 기존의 상투에 가까운 비평들은 새로워질 기미조차 없이 해묵어가는 대로 낡음에 낡음을 더하는 것 같다. 이런 걸 보면 동시대의 한국문학이 도무지 미덥지 않아 뜨악해지는 심사 한편으로, 한국 문단의 찌든 권력들의 질긴 관성력이 새삼스러워지는 느낌도 곁든다.

작가 연보로만 놓고 보자면 작가 이문구는, 소위 4·19 세대에 속하지만, 4·19 세대에 속한다는 바로 그 나잇값으로 하여, 역설적이게도 이문구는 가장 '비非 4·19 세대적 문학을 대표하는 작가'라는 수식어가 성립되기도 한다. 4·19의 정치적 이념으로 말할 것 같으면 반독재 민주주의와 서구식 시민적 자유주의 이념 따위를 선뜻 떠올리게 되지

---

1) 이 글은 2013년 8월 17일 충남 보령 문화원에서 있은 작가 이문구 10주기 추모문학제 겸 보령 인문학 페스티벌에서의 강연문 겸 발제문으로 발표되었다. ─편집자 주

만, 정치적 이념이 곧바로 문학을 보장해주는 것이 아님은 물론이고, 같은 4·19 세대 작가들이라고 하여도, 개별 작가들마다 혹은 문지, 창비와 같은 문학 패마다 지닌 생각과 이념들간에 다소간의 차이가 분명하기 때문에 4·19 세대의 정치 이념을 일률적으로 한국문학에 적용할 수도 없고 적용하려 해서도 아니 될 것이다.

지금, 이문구 문학을 생산적으로 논의하기 위해서는, 반독재 시민적 민주주의니 서구적 자유주의니 하는 정치적 이념들 그리고 이에 덧대어진 리얼리즘이니 모더니즘이니 따위 미학적 이념들을 뒤로 밀어놓고 유서 깊은 한국문학사 전체에서의 이념적 지평을 통관通觀할 필요성을 느낀다. 한국문학사 차원에서 이문구 문학을 심도있게 논하기 위해서는 무엇보다도 '전통傳統 계승'의 문제와 '한국어' 곧 '언어'의 문제를 화두로 삼을 수 있다.

작가 이문구가 속한 4·19 세대의 문학에 관한 쟁점들 중 당장 요긴한 것은, 먼저 전통 문화와의 단절과 전승에 관한 문제이고, 다음으로 문학 언어 곧 문체 의식에 관한 문제라 할 수 있다. 전통 문화의 단절과 전승의 문제는 4·19 세대의 비평가들 예를 들면 조동일 교수와 김지하 시인을 비롯하여 문지그룹을 대표한 비평가 김현, 창비쪽의 주요 비평가들에 의해 이론 비평 작업이 간단없이 이어져 왔고 그만큼 의미 있는 비평적 성과를 남겼다고 본다. 하지만 비평의 실제에 있어서 과연 '단절된 전통'의 전승 문제가 구체적인 현대 문학작품의 창작 영역에까지 실질에 부합하는 비평으로서 해결되었는가, 하는 의문은 여전히 남아 있다. 또한 문체 의식만 해도 4·19 세대 문학의 언어 의식 또는 문체에 관한 본격적인 비평 작업은 아직 이루어지지 않고 있다. 이와 같은 전통의 전승과 언어 의식의 차원에 있어서, 이문구의 문학 세계는 그 도저한 문학적 깊이나 드넓기만큼이나 귀중한 반성적 자료들을 오늘의 한 국문학에 제공한다.

그러나 이 글의 목적은 4·19 세대의 문학 의식이 지닌 서구 합리주의적 편향성과 편견을 비판하고, 그간 4·19 세대 비평가들로부터 이문구 문학이 마치 별종의 문학이나 되는 듯이 예외적인 것으로 왜곡되거나 때론 그의 문학이 지닌 깊고 큰 가치에 대하여 무관심한 저간의 비평 태도를 반성하게 하기 위함일 뿐, 이 글에서 서로 비교하게 될 황석영 이청준 김승옥 등과 같이 비평적으로나 대중적으로 집중 조명을 받아온 소위 4·19 세대 작가들의 문학성을 상대적으로 폄하하기 위함이 아님을 분명히 밝혀두기로 하자. 황석영 이청준 김승옥은 그간 충분히 아니 너무 집중적으로 많은 비평적 조명을 받아온 작가들에 속하고, 이에 비하면 이문구는 '방외인 작가'니 '토속어를 잘 쓰는 작가'니 하는, 알 맹이 없는 껍데기 수준의 비평적 수사가 주를 이루어 왔고 그저 방언을 잘 구사하는 예외적인 '토착 작가' 쯤으로 간주하는 경향이 없지 않았다. 이 글은 그러므로 소위 4·19 세대의 대표 작가로 받들어져 왔고 한국 현대문학사에서 저마다 자태를 한껏 뽐내고 있는 황석영 이청준 김승옥의 문학들을 저마다 인정하는 만큼, 이문구 문학의 진정한 의의와 가치 또한 '정당하게' 자리매김하여 인정해야 한다는 필자의 비평적 판단에서 쓰여지는 것이다.

돌아보면, '산업화 시대'로 불렸던 1970년대의 유신독재정권의 어문語文 정책이란 표준어에 의한 표준어를 위한 표준어의 정책이라고 해도 과언이 아니었다. 그리고 한글세대임을 자부했던 4·19 세대도 따지고 보면, 이러한 유신 정권의 획일화되고 강압적인 언어 정책에 부역하는 세대였다. 사회 각 분야 및 교육 영역에서 이러한 획일적이고 강제적인 언어 정책이 시행되었던 사정은 자명하지만, 놀라운 사실은, 글쓰기의 자유주의가 당위로 여겨지는 문학의 영역에서도 크게 사정이 다르지 않았다는 점이다. 1970년대에 학교를 다니고 사회 생활에 진입한 한국인이면 누구든 학교 교육 현장에서 방언을 쓰지 못하게 하고 표준말에 따른 맞춤법에 철저할 것이나 구와 절이 여럿인 복문을 피하고 의미와 정보 전달의 속도를 중시한 단문을 좋은 문장의 규범으로 삼도록 훈육 받았으며, 국민의 귀와 눈과 입을 대신한다는 방송 신문 및 잡지 등 모든 언론에서도 표준말 쓰기 원칙을 무조건 추종하게 조치되었을 뿐 아니라 특히 신문에 있어서는 재빠른 정보 전달을 위해 '압축된 단문'의 획일적인 사용이 일종의 유행이나 경향傾向을 너머 단문이 숭배되는 풍조마저 띠었던 것이니, 이처럼 산업화 시대의 표준어 정책이 빚어낸 언어의 전체주의적 분위기 속에서 이러한 언어 정책과 경향에 반대하거나 저항하는 사람들이 언어와 유관한 직업들에 진출하기란 거의 불가능한 것이기도 했다. 1960년대 이후 공식적인 표준어 곧 서울말이라는 중앙어中央語에 의한 지방어地方語의 감시와 통제의 사회 체제가 굳혀져갔던 것이다. 1970년대 및 1980년대를 거치면서 사투리나 방언이 거의 사라진 것은 이러한 독재적인 언어 정책 및 암담한 정치 사회적 상황과 맥을 같이하는 것이다.

4·19 세대의 언어 의식은 이러한 산업화 시대의 독재적 언어 정책과 자신들이 추종하였던 서구적인 합리적 언어 모델 간의 길항과 타협을 통해 현실화된 것으로 볼 수 있다. 문학 언어의 영역에서 본다면, 이러한 박정희 정권의 표준어 정책과 한글의 읽기-쓰기간 통일의 원칙 사이에서 길항과 갈등을 거듭하고 있는 4·19 세대의 문학 언어의 속내

가 그려지기도 한다. 그러나 스스로 '한글세대'임을 표 나게 내세운 4·19 세대의 문학 언어 의식은 돌아보건대 여전히 언어의 구체적 현장성이 제거된 채로 지식인 계층 중심의 사변성과 비민중적인 관념성의 언어 의식의 가두리에서 자유롭지 못하다는 생각이다. 이문구의 문학 언어를 분석하면서 더욱 이러한 4·19 세대 문학 일반이 보여준 언어 의식의 한계를 지적하지 않을 수가 없다. 그것은 이문구의 문학 언어가 주변어로서 멀리 쫓겨나 사라져 버릴 뻔 했던 방언을 언어의 중심으로 바로 세웠다는 사실도 그러려니와, 순우리말, 토속어, 한자어 및 옛말古語, 속어, 비어, 조어造語 등 실로 민중들의 생활 현장에서 당장 쓰이거나 쓰일 수 있는 말들, 민중들의 생활사의 기억 속에 멀어져 가던 말들을 되돌려 세우고, 이들을 적극 껴안아 생활언어로 활용하였다는 점, 아마도 이러한 민중적 일상 언어를 문학 언어로 승화한 문학적인 예는 과문한 필자로서는, 일제의 압제로부터 해방된 이후의 한국문학에서는 아직 더 찾아보지 못한 터이다.

인간 정신 활동의 기본 도구이자 근본 양식인 말이 획일화 전체주의화되어가던 유신 독재 체제에서의 문학 언어의 상황을 돌이키면, 서구의 언어학과 서구적 언어 의식에 기대어 우리말의 언어 과학을 세우려한 4·19 세대의 언어학적 노력을 어느 정도 인정한다 하더라도, 유신 체제의 '제도권 언어'에 맞춤했던 4·19 세대의 전반적 언어 의식은 제도권 언어 정책 속으로 반동화되어갔다. 4·19 세대 문학이 사실상 부패한 한국 자본주의 이념과 독재 속에서 거의 반동화되어 간 와중에도, 이문구의 문학 언어는 민중들의 생활 현장의 언어와 근대화에 의해 사라질 위기에 처한 주변 언어들을 찾아 그것들을 일하는 민중들의 생명력 넘치는 말로써 되살려냈던 것이니, 작가 이문구가 평생 고독하게 일

귀낸 문학적 언어학적 업적은 실로 문학사적으로 희귀하고 또 민중사적으로도 고귀한 것임을 아무리 내세워도 지나치지 않은 것이다.

이문구는 소설 「달빛에 길을 물어」(1993)에서 다음과 같이 썼다.

> 빗대어 말하면, 우리는 **두꺼운 사전**辭典 **속에 제 줄을 찾아 들어앉아서 여유를 누리는 표준어 쪽보다, 자기 현장이 있는 생활언어 내지 방언적인 존재이기를 원허는 쪽이다……**"
>
> "그럼 보충역補充役일세그려. 난 신체검사에서 어금니 충치루다 을종을 받아 예비군에 편성됐었는데."
>
> "좌우지간 어디건 편성이 돼서, 구령대루 오와 열을 맞춰 좌우로 나라닛 헌다는 건 체질에 안맞더라구."
>
> "그러니께, 그 모임의 주력 사업인 여행으로 치면, 자네두 **대낮에 출장 가는 제도권**制度圈**의 인력이 아니라, 쳐주는 이 하나 없이 달빛에 길을 물어 가는 나그네란 뜻인가비네.**"
>
> ―「달빛에 길을 물어」(1993) (강조_필자)

이문구는 표준어를 가리켜 "두꺼운 사전辭典 속에 제 줄을 찾아 들어앉아서 여유를 누리는 표준어"라고 에둘러 말하고 나서, 표준어를 좇는 이들, 예컨대 "제도권" 문학 언어에 구속되어 '제도권 문법과 어법'에 따라 글쓰기에 여념이 없는 작가들을 가리켜 **"대낮에 출장 가는 제도권**制度圈**의 인력"**이라 하고, 이에 비해 **"방언적 존재"**란 **"쳐주는 이 하나 없이 달빛에 길을 물어 가는 나그네"**라 하여 분명하게 분별하였다. 이 말은 이문구의 작가 의식의 자존심이자 자신의 '방언적 언어 의식'에 대한 자부심에서 나온 말이며 이문구 문학의 독자성을 스스로 인정한 말이기도 하다. 그리하여, 이문구는 작중 인물의 말을 빌려, **"두꺼운 사전 辭典 속에 제 줄을 찾아 들어앉아서 여유를 누리는 표준어 쪽보다, 자기 현장이 있는 생활언어 내지 방언적인 존재이기를 원하는 쪽이다……"**라고 '방언적 존재'로서의 작가됨을 선언하게 된다. 중요한 점은, 이문구는 자신의 문학 언어를 '표준어'와는 구별되는 **"자기 현장이 있는 생활언어 내지 방언적인 존재"**로서 규정한 사실이다. 이문구의 문학적 근기와 독자성을 밝혀줄 주요 개념이라 할 '방언적 존재'로서의 문학 언어는 단순히 방언만을 고집하는 문학 언어를 일러 가리키는 것이 아니다. '방언적 존재'는 책상 물림으로 사전 찾기나 머릿속 언어의 조탁에 열중하는 문학 언어적 존재로 머무는 게 아니라, **"자기 현장이 있는 생활언어"**의 존재 곧 각 지역마다의 토박이 민중들의 생활 언어를 친히 구하여 그것들을 활용할 줄 아는 문학 언어적 존재인 것이다. 비유적으로 말하면, "두꺼운 사전 속에서 제 줄을 찾아 들어앉아서 여유를 부리는 표준어"적 존재와는 달리, 수많은 지역마다에 사는 소외된 민중들의 생활 현장의 언어란 본디 어둠 속에서 "달빛에 길을 물어가는 나그네적" 존재와도 같은 것이니만큼, "방언적 존재"도 이와 같은 존재인 것이다.

따라서 이문구 스스로 규정한 작가 개념은 **"대낮에 출장가는 제도권 인력이 아니라 쳐주는 이 하나 없이 달빛에 길을 물어 가는 나그네란 뜻"**으로서의 '방언적 존재'와도 다를 바가 없다. 이문구가 스스로의 문학과 작가됨을 '방언적 존재'로서 규정한 것은 그 자체로 '제도권' 또는 '표준어권圈' 문인들의 전유물로 세워진 한국현대문학사의 주류主流에 대한 고독한 거부이며, 결국 민중적 민주적 관점의 새로운 한국문학사를 향해 가야 할 동시대 한국문학의 무겁고도 엄중한 과제를 스스로 짊어짐을 뜻하는 것이기도 했다.

이문구의 문학을 깊이 이해하기 위해서 그 문체를 논하지 않을 수 없음은 이론의 여지가 없다. 이미 많은 학자와 비평가들이 이문구 문체의 주요 특성으로 구어체口語體를 기본으로 한 풍부한 충청도 방언의 사용 외에도 순우리말, 고어, 구어, 속어, 한자어 등의 사용 등을 주목하였다. 문체에 대한 이러한 기존의 평가를 받아들이면서, 여기서 새로이 이문구의 문체의식이 지닌 특징 두 가지만 가려내어 살펴보기로 한다. 그 하나는 충청남도 보령 지방의 민중들이 쓰는 현장 언어로서의 방언을 수시로 능숙하게 사용하고 있다는 점이고, 다른 하나는 민중들의 언어 활동 속에 들어있는 민중들 특유의 비유어들을 풍부하게 길어올려 활용하고 있다는 점이다. 곧 수많은 전래의 속담俗談같은 풍유諷諭, 제유提喻, 인용引用, 유행어, 작가가 손수 만든 조어造語 등 소위 비유어들이 넘쳐난다는 점이다. 여기서 중요한 사실은, 어떤 소설 미학을 목적으로 삼아 이러한 농민적이거나 서민적인 방언과 비유어들이 수집되어 '소설적으로' 치장되거나 미화되는 데에 쓰이는 게 아니라, 민중들의 생활 속에서 살아 쓰이는 말 그대로를 생생하게 되살린다는 현실주의적 문체의식에 의거하여 그 비유어들이 정확하고도 풍부하게 활용된다는 것. **그러므로 이문구 문체에서 풍유 제유 등의 비유어와 방언들은 서로 분별되면서도 따로 나뉠 수 없이 한몸을 이루어 활용된다.** 대체로 방언 속에 비유가 깃들어 있고, 비유는 방언에 의지하는 경우가 허다하다. **이는 비유와 방언 둘 사이의 관계가 민중들의 구체적 언어 생활의 현장 속에서는 서로 나뉠 수 없는 내용과 형식의 관계를 이루고 있기 때문이다.** 이는 이문구의 실질적이고 실용적인 현실주의 언어관, 달리 말해 실사구시實事求是적 방언 의식을 보여주는 예이기도 하다.

이문구의 소설에서 방언의 풍부한 쓰임은 한국문학사에서 실로 그 유례를 찾아볼 수 없는 것이다. 식민지 시대의 작가로서 김유정, 채만식 등의 작품들에서의 방언의 쓰임은 매우 중요한 국어학적 문학적 의미를 지닌다. 식민지 당시 언어적 상황을 떠올린다면, 김유정 채만식의 방언적인 문체 의식이 식민지 민중들의 언어 현실에 박진迫眞하려는 현실주의적 언어의식에서 나온 것으로 볼 수 있다. 또 방언의 쓰임이 제한적이건만, 「배따라기」 등에서 보이는 김동인의 언어의식도 비교하여 살필 만하다. 식민지 시대의 먹물로서 근대성 곧 '새것' 콤플렉스에 빠져 식민지 조국의 민중들을 '계몽'의 무지몽매한 대상으로 여겨 제국주의 논리에 부합하는 계몽주의 문학을 앞세운 채 끝내 민족개조론으로 나간 춘원 이광수의 경우, 문학 언어 의식의 문제는 자못 심각한 비평적 대상이다. 가령 『무정』에 나오는 평양 출신의 평양기생 계월향이도 평안도 방언이나 사투리를 전혀 구사하지 않은 채 '서울 표준말'(당시 표준어란 개념은 없었지만.)을 쓰는 것으로 묘사되어 있다. 김동인의 경우도 「배따라기」와 같은 단편에서 등장인물의 대화를 통해 평안도 방언을 쓰고 있으나, 이 경우에는 자연주의적 규율이나 탐미적 어감을 고려한 뜻이 담겨 있다.

춘원의 경우 식민치하의 지식인으로서 민족의 전통 문화에 대한 열등감, 일본 문학이나 서구 문학 사상 등에서 갖게 된 '새것' 콤플렉스와 지적 문화적 열등의식이 서로 짝을 맺은 채로 식민 상황에 처한 자민족 민중에 대한 교화와 개조를 주장하지만, 그것은 일본제국주의 문화에 대한 열등의식의 발로이자 식민지 상태의 자기 민족 민중에 대한 엘리트주의적 계몽주의를 표출한 것에 불과하다. 춘원의 『무정』을 높이 평가하는 주요한 근거로서, 전근대 계급사회의 봉건의식을 타파하였다고 하는, 근대성의 세계사적 일반론에 도출된, 소위 '자유로운 근대적 개인의식'을 그렸다는 점을 꼽고 있으나, 이러한 상투적이고 해묵은 수준의 해석이 그나마 역사학적 의미를 지닌다고 하더라도, 식민지 시대의 민중들이 겪고 있는 엄중한 현실과 이에 대면해 있던 식민지 작가로서 춘원 문학이 한국근대문학사에 끼친 영향을 따진다면, 민족문학사적 의의는 그만두고라도, 그 문학적 가치를 따로 건지기가 어렵다. 근본적으로 그의 계몽주의는 위선적 엘리트주의에서 나온 것이기 때문이다. 춘원의 문학 작품 전체를 보더라도 당시 식민지 조선 민중들이 사용하던 풍부한 방언들과 민중들의 생활 현장 언어가 철저히 배제되어 있는 것은 일제의 '계몽적' 언어 정책과 짝을 이룬, 식민적이고 엘리트주의적 언어 의식의 뚜렷한 반영이라 할 만하다.

작가 이문구의 『관촌수필』을 보면, 식민지 시대의 작가들 중 김유정 채만식의 작품 특히 『태평천하』를 인상 깊이 읽고 그로부터 꽤 영향을 받은 듯이 말하는 대목이 나온다.(「공산토월」) 미루어 짐작컨대 이문구는 우리 근대문학사에서 김유정, 채만식과 같이 식민지 시대의 억눌린 민중들이 겪는 삶의 애환을 그리되, 그 문학 언어는 민중들의 구체적 현장 언어 의식을 충실히 반영한 작가들을 선호하여 자신의 문학적 선배로 삼았던 것 같다.

출생년도(1941년)와 작가로서의 활동기로 본다면, 이문구는 4·19 학생 혁명 세대와 같은 시간대를 살아야 했다. 알다시피 이문구는 자신의 삶을 앗을 수도 있는 반공 이데올로기와 연좌제의 악령들이 일상의 공기 속을 떠돌던 1950-60년대 그리고 70년대에 이르는 시기를 도시의 막노동판과 헐벗은 농촌의 들판을 자신의 문학과 생활의 터로 삼아 살았다고 할 수 있다. 이는 이문구가 추구한 삶과 문학이 흔히 말하듯이 '서구 추종의 새것 콤플렉스'와 서구적 교양주의, 지성적 엘리트주의로 물들고 도착倒錯된 4·19 세대의 '주도적 문인' 그리고 그들의 문학과는 그 출신부터가 서로 다르다는 뜻이기도 하다. 이문구의 집안은 부친의 좌익 활동으로 인해 6·25 때 이미 풍비박산이 났지만, 고향을 등진 이후에도 연좌제連坐制에 의한 사회적 감시와 통제 속에서 심히 불안한 삶이 지속되었고, 응당 생활고는 뒤따랐을 터이니, 그런 상황 속에서 이문구가 갓 스물이 된 해에 터진 4·19 학생 혁명이 그에게 어떤 의미로 다가왔는지 오리무중이기는 하나, '4·19'를 자신들의 위업으로 내세우는 세칭 4·19 세대의 문인들 하고는 일견 보기에도 다른 바가 적지 않을 듯하고, 또 그의 문학을 들여다보면, 달라도 한참이나 다르다는 것을 확인하게 된다.

무엇보다도, 위에서 보았듯이 이문구는 스스로를 '방언적 존재'로 여기고, 4·19 세대의 '표준어적 존재'들로부터 스스로를 분리했다. 4·19 문학 세대가 자유당 독재정권을 무너뜨리는 데 결정적인 역할을 했고 이 4·19 학생 혁명 정신이 한국 현대사에서 자유주의적 민주주의 이념으로 굳게 자리잡게 된 바는 모두가 아는 바대로이다. 하지만, 5·16 군사쿠데타 이후 소위 독재적인 산업화 시대에서의 이론적 정신적 주역을 맡은 것도 그들이었다. 문학의 영역을 보자면, 4·19 세대의 주류를 이룬 문인들 대다수가 서구주의 혹은 일제 식민지 치하의 문인들이 돌림병이었던 '새것' 콤플렉스를 '새로이' 돌려가며 앓으며, 서구적 교양주의와 자유주의 사상에 심취하고 열심히 추종하였고, 상대적으로 민중 문학예술의 전통은 외면하였던 것이다.

4·19 세대의 문학이 한국문학사에 끼친 막강한 영향력은 지금도 유효하다. 4·19 세대의 문학은 자기 앞 세대의 문학을 선별적으로 자기화하면서 소설 문학에서 가령 김승옥 이청준 황석영 같은 작가들의 문

학을 한국문학의 전면에 배치하였다. 그리고 그러한 문학적 기준은 지금도 진행형이다. 그들의 새것 콤플렉스는 한국문학에 대한 계몽주의적 문학 의식과 양면관계에 놓여 있다. 굳이 일일이 다 말하지 않는다 하더라도, 문체의식 즉 문학 언어 의식만을 놓고 보더라도, 문지와 창비의 비평가들로부터 4·19 세대의 대표적 작가로 높이 평가받아 온 김승옥 이청준 황석영 등의 문체의식을 살펴보아도 좋을 것이다.

문학과지성 쪽 비평가들이 소설창작의 모범처럼 앞세운 이청준과 김승옥의 문체의식을 보면 무엇보다도 그들 자신들이 태어나서 자란 전라도 방언 의식, 가령 이청준의 경우 전라남도 '장흥 지역과 그쪽 바닷가의 주민들이 쓰던 말'들이나, 김승옥의 경우, 전남 순천 지방의 언어 의식은 전혀 찾아볼 수가 없다.[2] 방언은 완전히 실종되어 있는 것이다. 그들은 4·19 세대답게 서구적 근대적 언어관 또는 계몽적 언어 의식으로서의 표준어를 자신들의 언어 의식의 기본으로 선택했던 것이다. 이처럼 방언이 실종되어 있는 것과 관련지어, 4·19 세대의 비평이 열광한 소위 '공감각共感覺적 문체 의식'이라는 것도 돌이켜보면, 서구적 개인주의 문학관을 추종한 그들의 문학 의식을 반영하는 것에 불과하다.

2) 김승옥과 함께 4·19 세대의 서구주의적 혹은 자유주의적 비평가들의 조명을 집중적으로 받은, 4·19 세대의 또 다른 대표적 문인으로 작가 이청준을 들 수도 있다. 그의 초기 작 「병신과 머저리」(『창비』, 1966. 가을)부터 「눈길」(『문예중앙』, 1977. 겨울), 그리고 남도 소리꾼을 소재로 한 소설 「서편제」(『뿌리깊은 나무』, 1976. 4월)에 이르기까지, 이청준이 태어나 청소년기를 고스란히 보낸 전라남도의 해안가 장흥長興 지방의 방언은 일체 버려지고, 관념주의적 색채가 짙게 드리운 그의 전작품들은 사실상 통사적 문법에 철저한 표준어 문장을 따른다. 남도 소리꾼을 소재로 삼은 소설 「서편제」에서도 남도 소리꾼의 생생한 입말이나 방언투 문체는 제거된 채 사변적인 표준어만으로 그려진다.

"그럼 무어라고 부릅니까?" "그냥 제 이름을 불러주세요. 인숙이라고요." "인숙이 인숙이." 나는 낮은 소리로 중얼거려보았다. "그게 좋군요." 나는 말했다. "인숙인 왜 내 질문을 피하지요?" "무슨 질문을 하셨던가요?" 여자는 웃으면서 말했다. **우리는 논 곁을 지나가고 있었다. 언젠가 여름밤, 멀고 가까운 논에서 들려오는 개구리들의 울음소리를, 마치 수많은 비단조개 껍질을 한꺼번에 맞비빌 때 나는 듯한 소리를 듣고 있을 때 나는 그 개구리 울음소리들이 나의 감각 속에서 반짝이고 있는 수없이 많은 별들로 바뀌어져 있는 것을 느끼곤 했었다. 청각의 이미지가 시각의 이미지로 바꾸어지는 이상한 현상이 나의 감각 속에서 일어나곤 했었던 것이다. 개구리 울음소리가 반짝이는 별들이라고 느낀 나의 감각은 왜 그렇게 뒤죽박죽이었을까. 그렇지만 밤하늘에서 쏟아질 듯이 반짝이고 있는 별들을 보고 개구리의 울음소리가 귀에 들려오는 듯했었던 것은 아니다. 별들을 보고 있으면 나는 나와 어느 별과 그리고 그 별과 또 다른 별들 사이의 안타까운 거리가, 과학책에서 배운 바로써가 아니라, 마치 나의 눈이 점점 정확해져가고 있는 듯이 나의 시력에 뚜렷이 보여오는 것이었다. 나는 그 도달할 길 없는 거리를 보는 데 홀려 멍하니 서 있다가 그 순간 속에서 그대로 가슴이 터져버리는 것 같았다. 왜 그렇게 못 견디어 했을까. 별이 무수히 반짝이는 밤하늘을 보고 있던 옛날 나는 왜 그렇게 분해서 못 견디어 했을까.** "무얼 생각하고 계세요?" 여자가 물어왔다. "개구리 울음소리." 대답하며 나는 밤하늘을 올려다봤다. 내리고 있는 안개에 가려서 별들이 흐릿하게 떠 보였다. "어머, 개구리 울음소리. 정말예요. 제겐 여태까지 개구리 울음소리가 들리지 않았어요."

—김승옥, 「무진기행」 (1964) (강조_필자)

김승옥의 「무진기행」에 나오는 이 인용문에는, 4·19 세대 비평가며 문인들이 열광했던 저 유명한 문장이 들어 있다. 강조한 부분, "나는 그 개구리 울음소리들이 나의 감각 속에서 반짝이고 있는 수없이 많은 별들로 바뀌어져 있는 것을 느끼곤 했었다. 청각의 이미지가 시각의 이미지로 바뀌어지는 이상한 현상이 나의 감각 속에서 일어나곤 했었던 것이다. 개구리 울음소리가 반짝이는 별들이라고 느낀 나의 감각은 왜 그렇게 뒤죽박죽이었을까. 그렇지만 밤하늘에서 쏟아질 듯이 반짝이고 있는 별들을 보고 개구리의 울음소리가 귀에 들려오는 듯했었던 것은 아니다. 별들을 보고 있으면 나는 나와 어느 별과 그리고 그 별과 또 다른 별들 사이의 안타까운 거리가, 과학책에서 배운 바로써가 아니라, 마치 나의 눈이 점점 정확해져가고 있는 듯이 나의 시력에 뚜렷이 보여오는 것이었다. 나는 그 도달할 길 없는 거리를 보는 데 홀려 멍하니 서 있다가 그 순간 속에서 그대로 가슴이 터져버리는 것 같았었다."라는 문장이 그것이다. 이름하여 '공감각적 문체'. 개구리 울음 소리를 듣고서 "그 개구리 울음소리들이 나의 감각 속에서 반짝이고 있는 수없이 많은 별들로 바뀌어져 있는 것을 느끼곤 했었다. 청각의 이미지가 시각의 이미지로 바뀌어지는 이상한 현상이 나의 감각 속에서 일어나곤 했었던 것이다."라는 지극히 개인주의적이면서도 지극히 자유주의적 주체성에 의거한 공감각적 세계 인식. 이러한 문체의식은 4·19 세대의 자유주의와 개인주의 이념에 상응하는 것이다. 곧, 「무진기행」에서 객관적 세계에 대한 주관의 개입은 전혀 이루어지지 않으며, 작중 내레이터인 '나'라는 주관성과 외부 세계의 객관성은 서로 격리되고 고립되어 있는 존재들이고, 주관성은 객관을 추측하거나, 단지 감각할 수 있을 뿐이라는 것. "무진에서는 내가 무엇을 생각하고 어쩌고 하는 게 아니라 어떤 생각들이 나의 밖에서 제멋대로 이루어진 뒤 나의 머릿속으로 밀고 들어오는 듯했었다."고 일인칭 내레이터 '나'가 고백하는 대목은, 4·19세대의 언어 의식과 개인주의 미학을 이해하는 데 중요한 실마리를 제공해준다. 그것은, 이 고백 속에, 주관에게 타자는 당위성으로가 아니라 우연성 속에서 존재하므로, 타자는 "제멋대로 이루어진 뒤" 주관성('나')을 침입한다는 인식, 다시 말해, 타자의 존재화는 우연성으로 이루어지므로, 주관에게 타자는 **주관의 감각의 매개를 통해** '존재'로서 침입한다는 인식이 깔려 있기 때문이다. 그러니까 김승옥의 소설이 지닌 주요한 주제는, 개인주의가 감각을 키우고, 역으로 감각의 통로를 통해 개인주의는 견고하게 양육되는 것임을 보여주는 데에 있다. 김승옥의 「무진기행」의 저 개구리 울음 소리의 공감각적 문체에 대해 4·19세대가 열광한 문학적 근거는 여기에서 말미암는다.

정보와 의미를 매개媒介하는 기능을 충실히 신속히 수행하는 표준어주의적 문어文語체는 문학 작품 속 생생한 정황情況을 추상적이고 간접적으로 표현할 수밖에 없는 근본적인 한계를 가지고 있다. 그래서 4·19세대 문학의 '표준어주의標準語主義'는 구어체적 언어 의식을 갈고 닦은 근현대문학사 속의 탁월한 '방언적 작가'들을 소외시킬 수밖에 없게 된다. 4·19세대들이 비평적 칭찬을 아끼지 않았던 같은 4·19세대 문학으로 김승옥의 「무진기행」 등과 이청준의 거의 모든 문학작품들, 황석영의 작품들 가령 「객지」의 문체는 그런 **매개적 문체 혹은** (대상)**구성적 문체 의식**을 대변하는 작품들이다. 이 작품들에 비해 이문구의 작품은 폄하되거나, '토속적'이니 '변두리적'(백낙청)이니 '사투리의 풍부한 사용'(김병익)이니 '토착 민중적 체질'(김주연)이니 하는 '형식주의적이고 수사학적'인 수준에서 논의되어 왔다.

흔히 이문구 소설은 읽기에 좀 힘이 든다는 비판이 있다. 필자 역시 부분적으로 동의하는 이 같은 비판 역시 우연한 결과는 아니다. 그것은 이문구의 소설 공식—**옛 것, 어리숙한 것은 좋은 것이고 새것, 날씬한 것은 나쁜 것이라는—이 갖는 최대의 단점 때문에 생겨나는 부산물과 같은 것으로서, 우선 그것은 그의 과거 지향성 때문에 유발된다.**

—김주연, 『변동 사회와 작가』 (강조_필자)

이문구의 소설을 두고, '토속어의 풍부한 사용', '방언의 적절한 사용' 혹은 '문체가 한문투'니 하는 비평은 4·19 세대 비평의식에 의해서 시작되었다. 그들은 한결같이 이문구 소설의 '토속성'과 '방언 및 한문투 사용'을 지적하고 있는데, 그 비평 의식의 배경에는 이문구 소설 언어가 지닌 토착성을 바라보는 '민족적'(부정적 의미에서) 혹은 박물적 혹은 박람적 시선이 드리워져 있다. 그리고 이러한 의식과 짝을 맺고 있는 것이 바로 저 오래고 고질적인 '새 것 콤플렉스'인 것이다. 특히 인용에서 "옛 것, 어리숙한 것은 좋은 것이고, 새 것 날씬한 것은 나쁜 것"을 "이문구의 소설 공식"으로 규정한 뒤, 이를 이 소설의 "최대의 단점"이라고 평하는 것은 바로 4·19 세대의 초기 글에서 폭넓게 나타나는 '새 것 콤플렉스'를 역설적이고도 웅변적으로 보여주고 있는 대목이다.

정도의 차이는 있으나, 김병익, 김치수, 백낙청의 이문구 소설에 대한 비평은 엇비슷한 내용으로 채워져 있고, 이러한 비평 내용은 이른바 '진보' 비평가들을 비롯, 최근 등장한 소장 비평가들에 이르기까지 반복되고 있는 형편이다. 이러한 현상은 한마디로 말해 소위 '4·19 문학정신'의 무수한 아류적 반복을 웅변해주는 예이다.

대강이나마, 이와 같은 문체사文體史적 해석[3]에 바탕을 둔다면, 4·19 세대 비평가들로부터 새로운 언어 감각을 소설적으로 보여준 대표적 작가로서 조명 받았던 김승옥의 소설 문장은 문학에서의 현장적 표음성表音性과 정황情況의 음악성을 거세하는 것을 의미하는 것이기도 했다. 이들 4·19 문학 세대의 주역들이 지녔던 언어 의식은 '상처입고 불합리한' 민족 언어 현실에 대해 합리적 정립의 필요성을 절감한 데에서 비롯한 것임은 재언의 필요가 없다. 그 필요성은 이해되어야 한다. 그러나 이들의 언어 의식이 지닌 부정적 결과는 가려지고 재평가되어야 한다. 그 부정성의 으뜸은 앞서의 논지 속에서 밝힌 바대로이다. 그러나, 필자가 보기에, 문제는, 4·19 세대 작가의 소위 '긴장 이론' 그리고 '긴장이론'과 등을 맞대고 있는 '공감각 이론'이 오늘날까지 한국문학에서 거의 독재적이고 '전체주의적'이라 할 만큼의 위세를 지닌 채 한국문학의 문체 이론을 지배하고 있다는 사실이다. 앞서 인용한 저 유명한, 김승옥의 '개구리 울음소리'에 대한 '공감각적 비유'는 '현실-감각 사이의 긴장'과 더불어 수없는 자기 분열 혹은 핵분열을 거치면서, 시와 산문에서 주류적 창작 문법으로 어느덧 자리잡게 되었던 것이다. '공감각이론'과 '긴장이론'은 개인주의 이데올로기와 변증법적 미학의 중심 범주일 수밖에 없다. 그것은 감각이 의식 혹은 이성의 현상학적 출발이거나 인식론적 출발이라는 사유에서 출발하는 이론이기 때문이다. 개인의 감각과 이성은 '변증법적 운동 과정 속에서' 서로를 끌어들이거나 자신에게 새기면서 새로운 '종합된' 형질화 과정을 겪는다는 것, 그리

<hr />

3)　　4·19 세대 문학의 문체 의식에 관련하여, 본 발표문에서는 이것으로 줄인다. 좀 더 자세한 내용은 拙稿「매개의 문법에서 교감의 문법으로」(『문예중앙』, 1993. 여름에 발표. 졸저 『그늘에 대하여』, 강출판사, 1996. 에 수록)를 참고.

고 이 과정에서 감각과 의식의 '변증법적 긴장'이 요구된다는 것. '변증
법적 미학'은 감각에서 출발하여 이성의 능력 속으로 스스로를 통합시
키거나, 감각의 개인주의를 **이성주의적 공유**公有**로, 팽팽한 긴장 속에서,
전화**轉化**하고자 한다.** '공감각 이론'과 '긴장이론'은 이처럼 감각과 의식
사이의 분별과 그 지양을 기획하는 저 이분법적 사유 체계에서 출발하
고 있다. 김승옥의 예의 '공감각적 문체', '긴장의 문체'는 그 감각과 의
식 사이의 지양을 자극하고 유도하는 미적 인식론의 문체적 반영인 것
이다. '공감각적 문체'와 '긴장의 문체'가 감각과 대상, 감각과 의식 사
이의 지양을 꿈꾼다는 데에서 매개적 언어는 그러한 탐미적 문체성의
기초 재료를 이루는 것이며, 그 문체성은 그동안 한국 현대 문학의 비
평과 창작 모두에 걸쳐 전횡적 권위로 행세해왔다.

4·19 이후 오늘까지도 그 언어 의식적 권위에 따라 크고 작은 문학
적 에피고넨들이 양산되어 왔음은 두말할 나위도 없다.[4] 그것은 한편으

---

4) 낙양의 지가를 치솟게 하며 지난 암울했던 1980년대의 독서계와 출판계를 뜨겁게 달
    군 이문열의 소설 문체는 이러한 표준어 의식의 '부정적 사례'로 지적될 만하다. 「이문
    열-홍정선 문학 대담」(『문예중앙』, 1992. 봄)은 그러한 이문열 소설 문법의 특징을 스스
    로 잘 드러내고 있어 흥미롭다. 아래 인용문은 대담의 일부이다.
    홍정선: 거의 무의식적으로 자동적으로 기술해나가는데 어떻게 문체와 사상의 결합이
        이루어질까요? 이 선생님의 소설은 김승옥의 서정적인 정감과 결합된 화려한
        문체가 아니라 사상과 정신을 다루는 화려한 문체이기 때문에 소설 쓰기에 있어
        서 반드시 의식적인 어떤 방법이 작용하고 있을 것 같은데요.
    이문열: 그렇게 말씀하시니 너무 거창해서 얼른 대답하기가 어렵겠군요. 사상이나 정
        신의 힘이 문체의 화려함을 더한다면 그건 대단한 것이겠지요. 하지만 만약 그
        렇게 느끼셨다면 그걸 이해하는 데 도움이 될 이유를 하나쯤은 알 수 있을 것 같
        습니다. 사람들은 흔히 내 글을 관념적이라고 말하는데 그것은 사물을 구체적으
        로 서술하기보다는 인상적으로 개념화시키는 버릇 때문에 그럴 겁니다. 쉬운 예
        를 들어 "요새 가난한 사람들은 뻔뻔해지고 억지스러워졌어"라고 말할 수도 있
        고, "요즘 보이는 것은 가난의 권리화 현상입니다"라고 말할 수도 있는데 비슷한
        내용을 담고 있지만 사람들은 두 번째 방식의 표현이 어딘가 더 무게 있고 지적인

것으로 듣게 됩니다. 그런데 내 말버릇이 바로 그런 느낌을 독자들에게 주는 것이
나 아닌지 모르겠습니다. 아니, 그 이 전에 한 독자로서의 나도 그런 식으로 사물
이 표현되는 것을 좋아하고 있는지도 모르지요.

—『문예중앙』, 1992, 봄, 75쪽. (강조_필자)

이문열 자신의 말 그대로, 그의 소설은 대부분 개념적인 문장, 추상적 설명이 주류를 이
루고 있다고 할 수 있다. 그 예는 얼마든지 들 수가 있다. 가령,「우리들의 일그러진 영
웅」의 경우, 이런 문장.

열두 살은 아직도 **아이의 단순함에 지배되기 쉬운 나이**지만, 그리고 아직은 **생생한 낮
의 기억들이 은근히 의식의 굴절과 마비를 강요하고** 있었지만 나는 아무래도 그 새로운
환경과 질서에 그대로 편입될 수는 없다는 기분이 들었다. 그러기에는 그때껏 내가 길들
어온 원리—어른식으로 말하면 **합리와 자유**—에 너무도 그것들이 어긋나기 때문이었다.
직접으로는 제대로 겪어보지 못했으나, 그 새로운 질서의 환경들을 수락한 뒤의 내가 견
디어야 할 불합리와 폭력은 이미 막연한 예감을 넘어, 어김없이 이루어지게 되어 있는
어떤 끔찍한 예정처럼 보였다.

하지만 싸운다는 것은 실은 막막하기 그지없었다. 먼저 어디서부터 시작해야 할지가
그러했고, 누구와 싸워야 할지가 그러했고, 무엇을 놓고 어떻게 싸워야 할지가 그러했
다. **뚜렷한 것은 다만 무엇인가 잘못되어 있다는 것뿐—다시 한번 어른들식으로 표현한
다면, 불합리와 폭력에 기초한 어떤 거대한 불의가 존재한다는 확신뿐—거기 대한 구체
적인 이해와 대응은** 그때의 내게는 아직 무리였다.

—「우리들의 일그러진 영웅」부분 (강조_필자)

이러한 문체적 표현은 이문열의 다른 소설 속에서도 비일비재이다. 등장인물의 삶의 구
체적 서술이 사건 정황의 실재적 묘사와 동떨어져 있으며, 작가의 관념적 사유와 독서
교양이 문체를 주도하는 이러한 이문열의 소설 문법은「금시조」와 같은 의고적擬古的
분위기를 차용하고 있는 작품들을 비롯 사실상 그의 전작품을 이끈다. 이문열의 문체는
독자로 하여금, 관념적으로, 사유를 통해, 교양과 의식에 의지하여, 그의 문체가 지시하
는 상황으로 들어갈 수 밖에 없게 한다. 그래서 그의 문체가 지시하는 상황은 생생하고
구체적인 '살아 있는 정황'과는 거리가 멀다. 이문구 등 '살아 있는 정황'의 문체를 구사
하는 작가들과는 달리, 이문열 소설이 많은 외국어로 쉽사리 번역 가능한 것도 기실 그
의 '개념화 문체' '비-생활적 문체' 때문일 것이다. 좀더 자세한 분석은 별도의 비평문이
필요할 듯 하나, 다만 여기서 이문열 문체에 대한 그간의 비평적 경향에 대해 한 가지만
짚고 넘어가도록 한다. 그 하나는, 크게 보아 이문열 문체는 주관과 객관 혹은 관념과 실
제 사이를 가르고 그 가름을 사물화한 시대, 가까이는, 4·19 세대 작가 및 비평가의 언
어 의식의 지배가 공식화된 시대의 한 산물이라는 사실이다. '살아 있는 정황의 문제'로
부터 철저한 이반離反을 경험한 우리 소설의 문체사文體史를 그의 소설 문법은 뚜렷하
게 반영하고 있다. 가령, 비평가 김현이 『황제를 위하여』를 뛰어난 소설로 만들고 있는
것은 그것의 문체다. 사육제의 문체처럼, 간결하면서도 빠르고, 빠르면서도 유장한 그
것의 문체"라고 비평한 대목은, 따라서 4·19 세대 비평가로서의 김현이 자신의 문체 의

로는 표준어주의에 기초한 '매개적 문법'의 역사적 권력화를 말해주는 것이기도 하다. 그 까닭은 '매개적 문법'과 '공감각적 문체'는 이성과 감각 사이의 산물이기 때문이다. 그러한 권력화가 이루어진 것이 문학 교육을 통해서인지 문학 제도를 통해서인지는 이 자리에서 얘기할 처지가 아니다.

여기서 4·19 세대가 열광한 예의 '공감각의 문체'와 이문구의 문체 감각을 서로 비교할 필요가 있을 것이다. 김승옥은 「무진기행」에서 '개

식―소위 간결하고 빠른 속도감이 느껴지는 문체, 단문 중심의 문체, 공감각적 문체를 중시하는―을 고백하는 뚜렷한 한 예에 불과하다.

또한 이문열과 동년배의 작가들 가령, 뒤늦게 등단한 김훈의 소설은 4·19 세대 언어 의식의 자기 분열 과정 속에서 나타나는 극도로 사유화私有化된 유미주의적唯美主義 문체 의식을 보여준다는 점에서 4·19 언어의식의 한 변종으로 기록될 만하다. 이처럼 언중言衆의 생활 언어와는 상관 없을 뿐 아니라, 오히려 언중의 현장 중심의 언어 의식을 제압, 압도하려는 듯한 탐미일변도의 문체 의식을 보임으로써, 김훈은 이문열과 더불어 4·19 세대 언어 의식의 두 방향―관념주의와 유미주의―으로 각각 극단적인 모습을 보이며 계승 발전(?)시키는 듯하다. 김훈의 문체는 일본의 극우작가 미시마 유키오[三島由紀夫]의 언어 의식, 곧 극도로 사유화한 문체로서 대화 상대 혹은 언중에게 두려움이 깔린 긴장감 혹은 소외감을 불러일으키려는 듯 작중의 시공간적 정황의 현장감이나 인물의 성격의 사실감이 무시된 채로 지극히 사적인 감각주의, 탐미주의에 몰두하는 문체 의식과 긴밀한 관계에 놓여있는 것으로 볼 수 있다. 이문열과 김훈의 문체의식은 언중 혹은 민중과의 민주적인 대화를 전제로 하는 문체 의식이 아니다. 한편, 이문열과 동년배 작가로서 이문구와 동향 출신 작가 김성동金聖東과 경상도 진영 출신 작가 김원우의 문체는 저마다 언어의 쓰임새에 대한 실사實事주의적 언어 의식에 철저하여, 획일적인 표준어 의식과는 거리가 먼, 생활현장 언어와 언중들의 구체적인 쓰임으로서의 자연 발생적 언어를 중시하면서도, 문학 언어로서의 자기 개성화를 확립한 소설 언어, 곧 이문구식으로 말하면, '방언적 존재로서의 작가의 언어'에 상응한다. 김원우의 최근작, 가령, 장편소설 『부부의 초상』(강출판사, 2013)은, 김원우 특유의 지식인적인 내레이터(작중 화자)의 언어 의식―특히 작중 내레이터의 서사문은 작가의 언어 의식이 직접적으로 반영되는 영역인바,―이 작품 속 특정 상황에 처한 주인공들의 '살아있는 구어口語-경상도 방언 의식의 대화문'과 서로 긴밀하게 어울리며, 작가-내레이터-주인공간의 언어 의식들이 저마다 살아있으면서도 서로 어울리는, 복합적複合的이고도 다성적多聲的인 문학 언어의 공간을 만들어 낸다는 점에서 주목할 만하다.

구리 울음 소리'를 '공감각적 문체'로 묘사한 데 비해, 이문구는 가령 이렇게 '개구리 울음소리'를 기술하고 있다.

워쩐 깨구락지가 저냥 울어싼댜, 비 설그지 하구 자야 헐라나베.

—「艸夫」(1973)

작은 예에 불과하지만, 이문구 문학 언어의 특성은 바로 이 한 줄짜리의 인용문이 웅변적으로 설명하고 있다 해도 과언이 아니다. 이문구는, 삶의 구체성과 동떨어진 '감각을 위한 감각'은 눅이거나 피하려는 듯, '개구리 울음'을 생활 현장의 감각과 의식에 결부하여 묘사하고 있는 것이다. 여기서 중요한 것은 이문구의 문체가 감각 자체를 거부하는 것이 아니라, 감각의 비-구체성과 비-생활성을 거부하는 문체라는 점이다. 이러한 감각의 거부는 이문구의 다음과 같은 '울음 소리'와 김승옥의 '개구리 울음 소리'를 서로 비교해 보면 이해될 수 있다.

모닥불은 계속 지펴지는 데다 달빛은 또 그렇게 고와 동네는 밤새껏 매양 황혼녘이었고, 뒷산 등성이 솔수펑 속에서는 **어른들 코골음 같은 부엉이 울음이 마루 밑에서 강아지 꿈꾸는 소리처럼 정겹게 들려오고 있었다.** 쇄쇗 쇄 쇗……. 머리 위에서는 이따금 기러기떼 지나가는 소리가 유독 컸으며, 낄 룩— 하는 기러기 울음 소리가 들릴 즈음이면 마당 가장자리에는 가지런한 기러기떼 그림자가 달빛을 한움큼씩 훔치며 달아나고 있었다. 하늘에서는 **별 하나 주워볼 수 없고 구름 한 조각 묻어있지 않았으며, 오직 우리 어머니 마음 같은 달덩어리만이 가득해 있음**을 나는 보았다.

—『관촌수필』「空山吐月」(1973) (강조_필자)

인용문은 김승옥의 저 '개구리 울음 우는 밤하늘의 정경' 묘사와 좋은 대조를 이룰 『관촌수필』의 한 대목이다. 강조된 '부엉이 울음 소리'는 직유법에 의해 비유되고 있는데, 중요한 것은, 비유하는 내용이다. 그 비유 내용은 '어른들 코골음'과 '마루 밑에서 강아지 꿈꾸는 소리'이다. 그것은 일상적 체험의 내용이다. 부엉이 울음을 듣는 청각은 일상 생활의 구체성과 연결되어 있다. 이런 문장이 지향하는 바는, 경험적 생활 세계와 감각 사이의 괴리를 근본적으로 없애려는 언어 의식에 바탕을 두고 있다. 그리하여 "별 하나 **주워볼** 수 없고 구름 한 조각 **묻어 있지 않**"은 하늘이라고 표현하게 된다. '(별을) 줍는다', '(구름이) 묻다'라는 서술어는 감각적 언어라기보다 구체적 행위의 언어인 것이다. 이는 경험적 생활론에 입각하여 감각의 개인주의화를 거부하는 문체 의식이며, 이기주의 없는 주관과 객관의 아우름을 바탕으로 한 문체론에서 나오는 것이다. 이러한 문체적 특성도 이문구의 문체가 근본적으로 정황情況과 교감交感을 바탕으로 한 문체라는 사실로부터 이해되는 것이다. **이때 정황이란 작가의 의식이 일방적으로 구성하는 정황이 아니라 타자들 및 모든 존재들이 저마다의 주어主語로서 평등하게 참여하는 자연적이고 실사實事적인 작중 정황情況을 뜻하며, 교감이란 '그러한 정황 속에서 작가가 타자들 또는 뭇 존재와 함께 참여하며 나누는 실제적이고 대화적이며 복합적인 교감交感'을 뜻한다.** 이문구의 문체는 이처럼 뭇 인물을 비롯한 뭇 생명과 뭇 사물이 자연적이고 사실적이며 서로 평등하게 교감하는 정황–사건(플롯) 속으로 작가가 민주적으로 참여하는 가운데 자신만의 개성적인 문학 언어를 찾은 독보적인 문체라는 사실.

'정황'과 '교감'의 문체는 개인주의적 의식과 감각을 지양하고, 더불어 삶 또는 '연대'의 삶의 생동하는 구체성을 지향한다. 그러니까, 이문구의 문체는, 주관/객관, 감각/실제, 언어/사유의 이분법적 구분을 넘어서는, 살아 있는 인간관계 및 인간-사물관계 속의 '정황' 즉 '교감'의 문법 위에서 가능한 문체이다. '교감'의 문법은 문체의 집단 무의식을 길어올린다. '교감'은 이론이나 이념 혹은 의식의 자리가 아니라, 오히려 습관과 전통 혹은 집단 무의식의 자리이기 때문이다. 오랜 집단 무의식의 자연적 언어에는 나-너-그-우리-그들의 숨결들이 다성적 언어의 음감으로서 교직交織되어 있다. 그리고 그 집단 무의식의 자연적 언어는 소리의 음악성의 교감으로 즉 끊임없는 교감과 감흥의 에너지를 모든 소리들의 주체들과 공유하고 공감하기를 지속한다. 다성악적多聲樂的 선율은 문어文語가 전달하는 의미 내용보다 훨씬 더 교감적이고 복선적複線的인 의미망意味網을 만들어 내고, 이처럼 복선적인 음감과 교감에서 우러나오는 소리들의 그물이기 때문에 집단무의식의 언어 영역에 더 직감적으로, 더 깊이 호소한다. 그래서 이러한 문체에선 단선적單線的인 의미론적 해석만이 아니고 말의 음운들이 서로 짜여서 묘하게 자아내는 음운론Phonology이나 방언학dialectology이 동시적이고 포괄적으로 논의될 수밖에 없다. 문학적 문체가 지향하는 의미론/음운론간의 구분의 무화無化, 나아가, 주/객, 현실/비현실, 감각/실재의 경계, 더 나아가선, 저 내용/형식의 경계조차 무화시키는 '교감'의 문법은 이문구의 방언 문학이 지닌 주요 문법적 내용을 이룬다. 그러나 그 '교감'의 문법은 저 '한글 세대'의 비평가들로부터 폄하되어오고 소외되어온 이른바 '비합리성'의 문학 문법이기도 하다.

  김승옥 이청준 등 서구적이며 감각적이면서도 관념적인 문체 의식, 또 진보주의적 리얼리즘을 좇아 리얼리티를 의미론적으로 매개하고 전달하려하는 황석영의 '표준어적 문체의식' 등을 살펴보면, 그들 문학에는 방언 의식이라고 말할 만한 현장언어의 문학 전통은 버려진 것이나 다름없음을 확인할 수 있다. 이러한 4·19 세대의 문학 일반을 비교해보면, 한국 근현대문학사의 지평에서 이문구 문체의 독자성과 새로운 전통성, 곧 '전통적 민족 문학 위에 선 근대성'의 건강한 뜻을 어루만질 수 있다. 이문구의 문학 언어가 지닌 빛나는 독자성은, 민중적 현장 언어를 탐구하는 언어 의식과 더불어서, 저 한글의 자유자재한 표현력과 포용력을 바탕으로 민중들의 삶 속에 우뚝 세운 판소리계 문학 전통을 위시하여, 가령 연암燕巖 박지원(朴趾源, 1731-1805)의 한문소설들이 지닌 언문言文일치 언어의식과 현실 비판적 문학 정신의 예에서 보듯이, 전통적 언어의식 위에서 비판적 현실주의적 문학 언어를 새로이 찾아 넉넉히 일궜다는 데에 있다. 이문구가 사숙했던 김유정과 채만식의 방언적 문학 언어와는 또 다른 차원의 독자적이고 웅숭깊은 새로운 방언적 문학 언어의 차원에 이문구의 문학은 도달했던 것이다.

이문구의 '방언 문학'은 방언을 썼으되 방언학에 머물지 않고 문학을 썼으되 개인주의적이고 지성주의적 사변이나 관념, 비민중적인 지식인적 교양敎養에 결코 머물지 않았다.

"푸줏간마다 비계 쟁이는 것만 봐두 알쪼 아녀. 작것들이 서양년들마냥 살결 오래 간다구 허천난(허기진) 걸구(음식을 지나치게 탐하는 이)처럼 허발(몹시 주리거나 궁하여 함부로 먹거나 덤비는 일)대신 걸터듬어 처먹을 적은 원제구, 인저는 청바지 입으면 폼 안 난다구 돼지고기 밀어놓구 개고기를 즘잖은 것으로 치니, 세상에 똥개가 살림 부주혈 중 누가 알었어."

배운 것이 허름하여 생각도 의젓지 못한 아내는, 돼지보다 개가 세나는 것

까지도 아녀자들의 간사한 식성 탓이라고 우겼다. 강은 물정없이 소가지만

남은 아내가 딱해 속이 터져도 그대로 다루기가 스스로워 다른 말로 달랬다.

"칠팔월 장마에 오뉴월 소내기 들추지 말어. 보리 묵는 건 아무것두 아녀.

일 년에 두 번 농사가 한 번으루 줄으니 얘기지. 반짝허다 말던 농한기가 이

듬해 더울 때까장 가구, 줄창 부려먹어두 좁던 땅을 반년쓱이나 놀리게 됐으

니, 아무리 농사꾼 일 년이 고생 반년 걱정 반년이라기루 이게 말이나 되는

소리여?"

아내는 보다 처음 보게 말대답도 없이 지루퉁하고 입만 빼물더니, 그렇잖

아도 집을 것이 없는 아침상을 시서늘하게 식은 채로 차려 내왔다.

—「우리 동네」 「우리 동네 강씨」 (강조_필자)

이문구의 문체는 농민들의 생활 현장에서 터득한 구어적口語的 언어

에 철저하다. 달리 말하면, 작가의 농촌 생활 체험 자체가 곧 문체를 이

룬다. 인용문은 그 숱한 예문들 중 하나이다. 작가는 1970년대 한국 농

촌 현장의 사정事情이나 내막을 속속들이 알고 있다는 것이 위 문장에

드러나고, 그 문체는 농민들의 생생한 입담이나 입말에 따르면서 소설

의 문체를 이끌어간다는 점. 먼저 눈에 띄는 것은 충청도 보령 방언의

활용이다. 이문구의 문학 언어에서 자주 활용되는 충청도 방언의 특성

으로는, 허다(하다) 처럼 'ㅓ(ㅏ)'로의 모음 변화 현상, 가령 지름(기름)

길(길) 지둥(기둥) 처럼 'ㅈ(ㄱ)의 구개음화' 현상이나, 소내기(소나기)

돈뵈기(돈보기) 뵈기 싫다(보기 싫다) 같은 예처럼, 움라우트Umlaut 현상

곧 'ㅣ 모음 역행동화' 현상, 깨구리(개구리)같은 된소리화(경음화)도 특

성으로 꼽을 만한 것이다.[5] 이러한 충청도 보령 방언의 특성들은 이문구의 문학 언어 전반에 걸쳐 나타나는 문체 현상이므로 여기서는 일일이 가려내어 소개할 필요는 없을 것이다. 인용문에서 주목할 것은 충청도 방언이 농민들의 생활 자체를 표현하는 데 주력主力의 역할을 한다는 사실. 개금이 돼지금보다 더 비싸졌고, 벼 보리 농사를 지어봤자 별 소득이 없는 빈곤에 찌든 농촌 풍정이 위 방언 투성이의 문장 안에 담겨져, 실제 농민의 생활과 언어 자체를 또는 그 일부를 이루고 있는 것이다. 위 예문에서 "허천난 걸구처럼 허발대신 걸터듬어" "의젓지 못한⋯ 물정 없이 소가지만⋯ 스스로워⋯ 지루퉁하고⋯ 시서늘하게⋯" 같은 새삼스러운 어휘나 생경한 순우리말이 쓰이고 있는 사실은 차치하고라도, "걸터듬어 처먹을 적은 원제구, 인저는 청바지 입으면 폼 안 난다구 돼지고기 밀어놓구 개고기를 즘잖은 것으로 치니, 세상에 똥개가 살

5) 이문구의 문학에 나타나는 '방언적 언어의식'을 이해하는 데 있어서 의미심장한 문제
    가 한가지 있다. 방금 인용한『우리 동네』연작의 작품 공간 즉 작품 무대는 경기도 화성
    지역의 어느 농촌이다. 하지만 그 무대에 선 등장인물들이 사용하는 방언은 충청도 보
    령 지역 방언이다. 이 모순은 무엇을 의미하는가? 방언학에서 이 문제를 해결하는 일은
    쉽지 않겠으나, 흥미로운 방언학적 과제가 될 수도 있다. 그것은 충청도 방언에선 지
    름(기름) 길(길) 지둥(기둥) 처럼 ス(ㄱ)의 구개음화 현상은 경기도 및 그 이북 지방에서
    는 잘 나타나지 않는다거나, 또 움라우트 현상 곧 'ㅣ모음 역행동화' 배미(밤이) 뱅이(방
    이) 돋뵈기(돋보기) 뵈기 싫다(보기 싫다) 같은 충청도 보령 지방의 방언도 경기도 방언
    에서는 흔치 않다는 사실, 그리고. 깨구리(개구리)같은 된소리화(경음화) 방언도 충청도
    및 전라도 등 남부 방언에서 경기도를 거쳐 북쪽으로 전파된 방언의 예라는 것 등 이문
    구의 충청도 보령지역 방언과 작품 무대인 경기도 화성의 농촌 지역 방언간의 '언어 지
    도(방언 지도)'상 상호 영향 관계의 내용을 밝히는 것도 유익할 것이다. 하지만 이러한 지
    역 방언간의 차이를 따지는 것은 언어과학의 영역에서의 문제이지, 문학 영역의 문제와
    는 일정한 거리가 있다. **문학적으로 보면, 이문구의 방언은 문학의 고유성과 주체성에 입
    각한 개인적 방언이라는 점을 이해하는 것이 필요하고 중요하다. 즉 이문구의 문학 언어
    에서 방언의 위치는 충청도 보령 지역의 토박이말로서의 방언인 동시에 문학적인 고유
    성을 지닌 이문구의 주체적인 개인적 방언인 것이다.**

림 부주헐 중 누가 알었어." "배운 것이 허름하여 생각도 의젓지 못한 아내는…" "반짝허다 말던 농한기가 이듬해 더울 때까장 가구, 줄창 부려먹어두 좁던 땅을 반년쓱이나 놀리게 됐으니, 아무리 농사꾼 일 년이 고생 반년 걱정 반년이라기루 이게 말이나 되는 소리여?" "아내는 보다 처음 보게 말대답도 없이 지루퉁하고…"와 같은 문장들을 읽으면, 작가가 시골의 방언을 단지 '수집'하는 수준을 넘어서, 농촌의 현장적 삶을 실제로 오래도록 체험하여 민중들의 입말을 구체적인 실감으로서 습득하지 않고서는, 이와 같이 농민적 실생활의 구체적인 내용을 고스란히 담은 입말투의 문장, 곧 민중들의 실생활에서 쓰이는 살아 있는 입말을 능숙하게 쓰기가 어려웠을 것이다. 이문구는 농촌의 궁핍한 생활 속에서 생겨나는 농민들의 습관적 입말을 그 농촌 생활 속을 더불어 살고 사유하면서 기꺼이 자기 문체의 기본자산으로 삼았다고밖에는 달리 가늠할 수가 없다는 것, 곧 이문구의 농촌 생활 체험이 그의 문체를 이루는 바탕이었던 것이다.

표준말이 주로 쓰인 문학에서 문제가 되는 것은 그것이 표준말이라는 사실 자체가 아니라 그 문학이 표준말이 태생적으로 지니고 있는 인위적이고 추상적인 성격에서 자유롭지 못하다는 사실이다. 표준말이 근본적으로 지니고 있는 관념성과 추상성이 언어의 현실 묘사에 있어서 그 사실성과 구체성을 앗아가는 것이다. (더구나 표준어주의는 문학 언어 자체가 지닌 생명력을 박탈하여 박제화한다.) 김승옥 이청준 황석영의 문체 의식이 지닌 근본적인 문제점은 여기서 말미암는다. 4·19 세대 후배 작가로서 낙양의 지가를 올린 이문열의 문체의식의 경우는 더욱 악화된 사례로 지적될 수 있다. 어떤 작가의 소설 작품이 외국어로 번역이 쉽게 잘 된다는 말은 그 문체가 지닌 사변성과 관념성을 일정 부분 반영한다. 그러한 4·19 문학 세대의 표준어적인 문체 의식과는 정반대로 이문구의 문체의식은 방언의 활용을 기본으로 삼아 독특한 문학적 언어 의식과 어우러진 하나의 살아있는 소설적 정황의 문체를 이루는 것이다. 이문구의 『우리 동네』 연작 『나는 너무 오래 서있거나…』 연작은 작중의 인물들이 사회적 관계 및 자연과의 관계 속에서 실감實感있게 놓여 있는 특정 정황 또는 기운생동氣韻生動하는 정황이 의미상의 주어主語를 이룬다. 생생한 정황이 주어를 이루다보니, 주격 인칭 '나'와 '너' '그'는 형식상의 주어의 역할에 그치며, 인간과 사물이 함께 의미상의 주어가 되는 다원적이고 다성多聲적인 문학 언어를 이미 내재적으로 지향하게 되는 것이다. 어떤 정황을 묘사하는 데 있어서 정황에 참여하는 낱낱의 사물과 인물들 사이에 조성된 생기있는 현장감을 장악하고 훤히 꿰뚫어보지 않고는 이러한 고도의 정황적 문체감각은 나올 수가 없다. 방언은 그러니까 소설 속 정황을 실감있게 드러내려는 문체의식의 표현인 것이다. 이러한 '방언 문학적 문체의식'은 이문구 문학 작품 전체에 널려 있다. 비근한 예문 하나를 들면.

윗목에는 보아놓은 상이 시서늘하게 기다리고 있었다. **조는 밥상 당기고 오타어메는 대문을 밀었다. 대문 지치는 소리에 이어**

"자시구 나서 상 접어놓느라구 충그리지 말구 다다 싸게 오너유."

아내 음성이 문지방을 넘어오다 말고 물러갔다.

조가 집을 나설 무렵만 해도 동네는 **처음 보는 타관처럼 말짱이 비어 있**었다.

그루밭의 수수목이 숙어 길이 더욱 좁고, 수채를 뒤덥던 햇내기 까치 까작

거리는 소리에 지붕마다 물매가 늦었다.

조도 이웃 삽살이에게 집을 맡기고 동구를 벗어났다. 앞벵이와 느러니로 갈리는 삼사미에 이르도록 인기척 한 번이 없었다.

"동네를 저냥 안암팎으루 열어패두 갱기찮대유?"

주막 못미처 닥나무 그늘에 들어 있던 느티울 김봉모 아낙이 보고 불쑥 입다심 인사를 하였다.

"읊어질 만헌 것은 죄다 논밭에 꽂혀 있는디 워느 시러배가 거미줄 걸려 더딘 울안을 기웃대겠슈."

조는 안해도 그만인 응대를 했다.

"애 있는 집은 핵교루 몰리구 으른 있는 집은 결혼식으루 쏠리구, 농촌에 사람 귀헌 중 오늘 새루 봤슈."

—「우리 동네」「우리 동네 조씨」 (강조_필자)

이 인용문엔 작가가 전하고픈 이 소설의 주제의식이 알알이 박혀 빛난다. 인용문 맨 앞에서, 치맛바람이 나서 학부형 계모임에 충동되어 자기 분수를 잊은 조씨의 아내가 아들의 계모임이 있을 학교 운동회에 가기 위해 대문을 나서는 장면이 펼쳐진다. 이 장면에서 주목할 것은, 아내가 집을 나서면서 남기는 방언의 대화문과 그 대화문에 의해 생성된 작중의 객관적 정황이 생생한 현장감으로 다가오고, 남편 조씨의 주관적 심리적 상태가 작중 정황 속에서 살아서 읽은이에게 고스란히 전달되고 있다는 점이다. 방언의 대화문은 정황의 실감을 확실하게 만들고, "아내 음성이 문지방을 넘어오다 말고 물러갔다."는 서술문은 작중 정황의 객관성과 심리적 주관성을 동시적으로 겹쳐서 생생하게 표현하고 있는 것이다. "조가 집을 나설 무렵만 해도 동네는 처음 보는 타관처럼 말짱이 비어 있었다……"는 문장에 이르면, 주인공 농민의 무력감과 소외감 등 같은 주관적 정서가 짙게 느껴지고, 대화문에서가 아닌 내레이터의 서술문에 쓰인 방언 '말짱이(말끔히)'로 하여금, 내레이터도 등장인물들이 대화를 나누는 작중 정황 속에서 함께 있는, 친근한 이웃과도 같은 '방언적 존재'임을 드러낸다. **이처럼 내레이터도 작중의 정황 속 등장인물과 가까운 이웃과도 같은 '방언적 존재'로서 정황 속에 참여함으로써, 표준어중심주의로 쓰인 추상적이고 사변적 외부인**外部人 **으로서의 내레이터 즉 서사적 거리를 분명히 유지하는 내레이터가 아니라 이야기꾼으로서의 내레이터 곧 작중의 인물이나 정황에 함께 깃들거나 작중 등장인물의 이웃으로서 참여하는 '이야기꾼적 내레이터'임을 에둘러 보여주고 있음을 볼 수 있다.**[6] 다음 문장, "조도 이웃 삽살이에게 집

---

6) 여느 소설 문학과도 같이 이문구의 방언 문학에서 작중 내레이터와 작중 인물들은 서로 별개의 목소리를 지닌 인물들이다. 하지만 이문구의 소설에 있어서 '방언적 존재로서의 내레이터'는 내리 표준어만 쓰는 내레이터보다 더욱 실제로 대화 상대인 듯한 실감있는 존재감으로 나가온다. **왜냐하면, 표준어를 쓰는 내레이터는 작중의 시츄에이션**狀況**이나 어떤 사건의 설명이 아무리 극적인 내용을 담은 것이라 하더라도, 그 내용을 '매개하여' 전달하는 입장에서 크게 자유롭지 못한 반면, 방언적 존재로서의 내레이터는 방언이나 현장적 언어가 조성하는 시츄에이션**情況**의 현장감에 이미 열심히 참여하고 있는 존재로 다가오기 때문이다.** 이문구의 많은 작품 속에는 작가의 입말 혹은 작중 내레이터의 입말이나 방언이 쓰이고 있는 내레이터의 서술문(소설 속 설명문)들을 곳곳에서 어렵지 않게 마주치게 된다. 가까운 예를 하나만 더 들면: "내남적없이 난리 끝에 우습게 지어 거둔 농사라 세안부터 양식이 달랑거리지 않은 집이 없었으므로, 그 무렵에는 부황 안 난 집이 드물고 채독들지 않은 사람이 귀하던 시절이었다. 해토머리를 맞고부터 곡기 끊긴 집이 하나 둘 늘어갔고, 주리다 못해 배를 졸라매며 들머리를 둘러보면 보리밭은 겨우 오월 그믐께 못자리꼴, 어느 세월에 배동 오르고 패어 풋보리죽이나마 양을 채우게 될는지 막연한 판이었다. 처마 밑에 매달린 시기 몇 두름을 진동항아리 위하듯 할밖에 없었고, 먹잘 것이라고는 사방을 휘둘러보아도 세월 없이 괴어 흐르던 동네 우물뿐인 마른 봄판이었다. (…)"(『관촌수필』「花無十日」중. 강조_필자) 내레이터의 능숙한 방언적인 구어체말투(입말)는 문어체 문장에 실려 있음에도, 내레이터가 특정 사건의 현장을 '매개'하고 '보고'하고 '설명'하기보다는 그 사건의 정황 자체에 함께 '참여'하고 '함께 교감'하는 '살아 있

을 맡기고 동구를 벗어났다. 앞벵이와 느러니로 갈리는 삼사미에 이르
도록 인기척 한 번이 없었다."에선, '앞벵이' '느러니' '삼사미' 같은 토
착어 곧 고유어이자 순우리말 방언 지명地名이 실제의 현장성을 강화
하여 작중 정황도 아울러 사실성을 강화하며, 내레이터가 다름아닌 작
품의 지리공간적 무대를 장악하고 있는 이웃과도 같은 인격임을 드러
낸다. 동시에 "인기척이 한 번 없"는, 삶의 활기가 사라진 농촌적 정황
이 도드라지기 시작하는데, "읊어질 만헌 것은 죄다 논밭에 꽂혀 있는
디 워느 시러배가 거미줄 걸려 더딘 울안을 기웃대겄슈."라는 자조 섞
인 풍자적 방언에 이르면, 가난과 파탄에 처한 농촌적 정황은 방언의
실감과 풍자의 감흥이 서로 묘하게 엉켜들어, 그 내용인즉슨 어두운 느
낌임에도 불구하고 아이러니컬하게도 언어의 기운생동하는 감흥으로
하여 읽는이에게 정감을 안겨준다. 그 농촌 현실의 모순에 대한 비판은
사변이나 관념이 아닌 농민의 삶의 현장에서의 농민들의 육성으로 표
현된다는 점에서, 민중적 현실주의의 언어의식의 진경眞景이라 할 만하
다. "조는 안해도 그만인 응대를 했다"라는 짧은 서술문도 이문구의 대
부분 서술문에서와 같이 주인공 '조'의 심리 상황을 생동감 있게 전달
하고 있음을 느끼게 된다. 이러한 작중 정황은 작가의 상상력이 직접 창
작해낸 객관적 상관물이면서도, 동시에 작가 자신이 작중 정황 속의 일
원－員으로서 작중 인물들의 곁에 또는 이웃에 있는 소설 내부적 관찰자
혹은 작중의 현장에 대한 공동참여자로서의 성격을 지니고 있다는 사
실을 반영한다. 그 작가가 자신이 창조한 인물들과 함께 작중 정황에 깊
숙이 참여하는 이문구 문학의 특징적 성격은 작중 내레이터와 대화문

는 대화적 존재감'을 지니게 된다.

사이의 경계가 외면적으로는 분명하지만, 자주 내레이터가 자신의 주체성을 버리고 타자들의 무대인 대화문에 깊이 개입하고 참여하며 섞이는 대목에서 나타난다. 곧 소설의 내레이터는 단일單—한 목소리가 아니라 다양한 목소리의 집합적集合的 성격을 지니고 있다. 방언의 탄생과 성장이 그렇듯이, 이문구의 방언적 문학에는 수많은 민중들의 개별적 삶을 즉 타자들의 삶을 자기화하여 민중들에게 되돌려 새롭게 들려주는 탁월한 이야기꾼의 그림자가 여전히 어른거리는 것이다. 이문구 문학에서 작중 내레이터는 작가의 음성과 함께 수많은 타자들, 농촌 지역의 '방언적 존재'들이 서로 겯거나 대들며 버티거나 서로 갈등하면서도 어울려 사는, 곧 '이야기' 경험이 풍부한 전래적 이야기꾼 성격이 남아있는 다성적多聲的 내레이터라고 할 수 있다.

따라서, 내레이터의 작중 정황 속 주인공과의 겹침 혹은, 내레이터의 작중 정황 속 인물 관계로의 직간접적인 개입과 참여는 이문구 소설 문체와 플롯의 성격을 이해하는 데 중요하다. 곧 작가는 소설의 이야기 속 인물과 정황에 깊이 참여하고 그 정황을 깊이 관찰하며, 그 소설 속 정황 자체야말로 소설의 주체 혹은 문장의 주어主語로서 인식하기 때문에, 이러한 문학의 주체로서의 작중 정황의 언어는 다성적이되, 다분히 지역 공동체적 정황의 성격을 띤 다성적 언어로 드러나는 것이다.

이러한 지역 공동체적 방언 문학의 언어 의식은 작중 공동체적 정황에 참여한 여러 타자들의 음성들이 작중 내레이터의 음성 속에 겹겹을 이루고 있는 경우가 많다. 그 타자들 가운데엔 전통적 이야기꾼의 음성이 겹을 이루고 있고, 『관촌수필』의 이조옹李朝翁 할아버지의 음성이 겹을 이루고 있으며, 어머니의 인자한 조선여인의 목소리가 겹을 이루거나 또는 아버지의 엄격한 근대적 지식인이자 자애로운 민중주의자로서의 목소리가 겹을 이루며, 또 옹점이와 같은 무지렁이 민중들의 속된 말투와 정감 어린 입말들이 겹을 이루고, 더는 수많은 방언적 타자들의 음성이 겹겹을 이루고 있는 것이다. 이 방언적 존재들의 겹의 목소리를 보여주는 다성적 문장 구성의 사례들은 더 많이 소개할 수 있다. 가령, 옹점이의 『관촌수필』 중 「행운유수」 「공산토월」 「관산추정」 같은 작품들이 그 훌륭한 예를 이룬다.

　방언을 수집하고 보존하는 일은 언어학적으로 방언학적으로 그 의미와 가치는 심대한 것이다. 그것은 민족어의 보존과 내적인 발전을 위해서 매우 소중한 일이며, 아울러 각 지방마다의 민중들이 지닌 저마다 고유한 삶의 가치와 자기 정체성의 차원 곧 지방 자치적 민주주의의 발전을 위해서도 꼭 필요한 일이다. 그러나 방언의 수집과 함께 그것들을 정확히 사용한다는 것만으로 이른바 훌륭한 '방언 문학'을 보장해주는 것은 아니라고 본다. 그것은 이문구가 말했듯이 '방언적 존재로서의 작가가 수행하는 방언 문학'은 엄밀한 '과학으로서의 방언학'과는 다른 '문학적' 차원을 내포하는 것인 까닭이다.

　방언학dialectology에서 규정하는 '방언dialect'이라는 용어는 "가령, 한국어를 예로 들면 한국어를 이루고 있는 각 지역의 말 하나하나를, 즉 그 지역의 언어 체계 전부를 방언이라 한다. 서울말은 이때에는 표준어이기도 하지만 동시에 한국어의 한 방언이기도 하다. (…) 표준어보다 못한 언어이기 때문에 방언인 것이 아니라 한국어라는 한 언어의 하위류들이기 때문에 방언인 것이다. 이때의 '충청도 방언'은, 충청도에서만 쓰이는, 표준어에도 없고 다른 도의 말에도 없는 **충청도 특유의 언어 요소만을 가리키는 것이 아니라, 충청도 토박이들이 전래적으로 써 온 한국**

어 전부를 가리킨다. 이 점에서 한국어는 우리나라에서 쓰이는 각 방언의 집합이라고 할 수 있다. 그리고 각 지역의 방언은 상위 단위인 한국어의 변종variety들이라고 정의할 수 있다."[7] 여기에 표준말과 관련하여 방언의 정의定義를 다시 정리하면 다음과 같다. "언어학에서는 '방언'을 '그 자체로 독립된 체계를 가지고 있는 한 언어의 변종變種'이며, 표준말과 달리, 그 지방에서만 사용하는 말을 '사투리'라 하여 그 둘을 구별한다. 따라서 '방언'은 **'표준말'과 구별되는 말(=사투리)뿐만 아니라, '표준말'과 동일한 말도 모두 포괄하는 말이다. (…) 하나의 언어는 크고 작은 '방언'으로 구성되며, 한 언어를 구성하는 '방언'들은 서로 대등한 자격을 가진다. 우리나라의 경우, '방언'은 자연적으로 형성된 말이며, '표준말'은 정책적인 목적을 위해서 주로 서울의 중류층 또는 교양 있는 계층의 말과 그 외의 다른 요소들을 합하여 만든 인위적이고 추상적인 말이다.** 그러므로 어떤 지역의 말(방언)도 '표준말'과 일치할 수 없다. 한편 '표준말'은 비록 인위적으로 형성된 것이지만, 전 국민의 의사소통을 위해서 사용되는 것이므로, 국어의 일부라고 할 수 있으며, 그 자체로 독립된 체계를 가지고 있다. 이 점에서 '표준말'도 국어의 한 '방언'이라고 할 수 있다."[8](강조_필자) 이를 다시 정리하면: (1)방언은 특정 지역 토박이들이 전래적으로 써오던 말이고 한국어는 방언의 집합이다. (2)방언은

---

7) 이익섭, 『방언학』, 민음사, 2006, 3쪽. 방언의 개념 정의와 함께 다음과 같은 대목을 기억해두자. "한 개인의 말을 특별히 구별하여 지칭하고자 할 때는 개인어idiolect라 한다. 이는 방언이 한 개인의 말 정도로 작은 크기의 언어를 가리키는 용어로까지는 쓰이지 않는다는 것을 시사하는 것이기도 하다. 그러나 일반적으로 방언이 어느 크기 이하의 작은 단위는 가리킬 수 없다든가 하는 엄격한 제한은 없다. 한 군 단위의 언어를 가리켜 '경주 방언'이라 불러도 방언이라는 용어의 용법에 조금도 어긋나지 않는다. 방언은 그만큼 쓰임이 자유롭고 용도의 폭이 큰 용어라 이해하여 좋을 것이다."(같은 책, 4쪽)

8) 최명옥, 「방언」, 『방언 이야기』, 국립국어원 편, 2007.

자연적으로 형성된 말이고, 표준어는 정책적인 목적을 위해 서울의 중류층 또는 교양있는 계층의 말 등이 합하여 만들어진 인위적이고 추상적인 말이다. (3) 표준어와 방언은 서로 우열관계가 아닌 동등관계이다. (4) 표준말도 국어의 한 방언이다, 라는 것이다.

이 글에서 필요로 하는 것은 방언학이 아니라 문학과 방언의 상호관계이며, 특히 위에서 인용한 글에서 보듯, 작가 이문구의 작품 「저 달빛에 길을 물어」에 쓰인 "방언적 존재"에 대한 적확한 해석이다. 표준어도 방언의 한 갈래이므로, 형식 논리로만 본다면, 문학 작품에서 표준어만으로 쓰여진 문학작품도 '방언 문학'의 일종이라고 말할 수도 있다. 그러나 표준어만 사용하는 문학 작품은 방언 문학에 해당한다고 볼 수 없다. 역사적으로 또는 경험적으로, 문학에서조차 표준어의 전횡專橫으로 말미암아 '방언적 존재'가 거의 사라질 지경에 이르렀기에 표준어로만 쓰인 문학이 방언 문학으로 대접을 받기는 힘들다는 점도 고려되어야 하지만, 그보다, 표준어는 공식어의 일종으로 '인위적 추상적 언어'로서 뜻과 정보를 매개 전달하는 '제도권 언어'인 데 반해, 방언은 자연적 구체적 언어이며 주민자치적 민주적인 언어이기 때문이다. 방언은 오래된 자연적 축적과 숙성을 거친 민중들의 생활언어이며, 문학 창작에 있어서 구체적인 생활 현장적 정황情況을 표현하는 데 적절한 언어이다. 방언학에서 방언 문학으로 나아가기 위해서는 이문구가 위에서 적절히 정의하였듯이 "제도권적 표준어"와는 다른 "방언적 존재"로서의 작가의 언어 의식이 필요한 것이고 이러한 방언 문학의 요건을 충족시키는 가장 중요한 기준은 어떤 지역의 민중적 생활 현장에 동참하는 작가의 주체적인 문학 정신과 능동적인 실천 의지가 전제되어야 하는 것이다. 작가 이문구가 그의 뛰어난 선배들인 김유정 채만식 등의 전통

250

을 이어받으면서 그들보다 더 깊은 방언 문학의 새 차원을 열 수가 있었
던 것은 문학의 근대성이란 개념이 안고 있는 시장 경제적 속성과 서구
의 개인주의적 성격을 극복하고자 지역 민중들의 생활 현장을 찾아 적
극 참여하고, 이를 통해 살아 있는 방언적 문학 언어를 얻기 위해 고군
분투한 데에 있다고 해도 틀린 말은 아닐 것이다.

　방언 문학에서의 현실주의적 문체가 지닌 뜻은 흔히 말하는 리얼리
스틱한 문체나 자연주의적인 즉물적 묘사의 문체를 의미하는 것이 아
니다. 또한 방언이 지닌 자연주의적 음감音感에 도취하여 언어의 미장美
裝을 노리는 탐미주의적 문체를 의미하는 것도 아니다. **방언 문학은 어**
느 지역의 토박이 언어 의식(방언 의식)이 작가 주체적이고 고유한 언어
의식으로 승화된 문학 언어로써 이룩한 문학을 의미하며, 따라서 방언 문
학은 방언학에서 가리키는 특정 지역의 토박이 언어라는 한정어限定語**의**
성격을 따르면서도 아울러 이를 넘어선 작가의 개인적 방언 의식을 보여
주는 문학이다. 이문구의 표현을 빌려 말하면, 사전辭典에 안주하는 표
준어적 존재가 아니라 어두운 밤 나그네처럼, 즉 사전에는 **없으나 "자기**
현장이 있는 생활 언어"를 만나 이를 활용하는 "방언적 존재" 의식이 방언
문학의 주체라고 할 수 있다. 하지만, 방언적 존재는 가뭇없이 어둠 속으
로 사라질 위기에 처해 있다. 그러므로 방언적 존재는 토박이의 언어 의
식을 지닌 존재임에도 항상 어둠 속에서 사라져버릴 위험이 처한 "자기
현장이 있는 생활 언어"를 구하기 위해 '길 위에 선 나그네적 존재'이다.

　　나는 말을 찾아서 아직은 일상적인 테두리를 벗어나본 적이 없다. 말이
　　때와 곳에 따라서 있고 없는 것이 아닌 까닭이다. 내가 말을 발견하는 곳은
　　구태여 어디라고 이르집어서 말할 것이 없다. 일상적인 일이 미치는 곳이 곧

말공부의 현장인 것이며 또한 수업 시간인 셈이다. 그뿐만 아니라 말을 찾을 셈으로 무엇을 노리거나 벼르는 일이 없고, 무엇을 갖추거나 마련하는 것도 없다. 말의 발견은 어차피 내 의지와 상관없이 우연히 이루어지곤 했으니까.

그러한 예를 한두 가지 들어보면 다음과 같다.

하루는 시내로 장을 보러 나갔다. 내가 장을 보러 다니는 대천은 현수만 어구에 여기저기 떠 있는 열다섯 개 유인도를 앞에 두고 있는 데다, 대천항을 비롯하여 오천항과 무창포항 등 큰 어항을 좌우에 끼고 있는 인구 오륙만의 작은 항구도시여서, 조금 무렵이라고 해도 장에는 늘 어물이 나는 곳이었다. 그런데 그날은 물때가 좋을 때였는지 장도 아닌 무싯날이었음에도 길가에 늘어앉은 난전까지 갓 올라온 생물이 넘쳐나고 있었다.

나는 간판이 걸린 가게보다 난전을 기웃거리는 쪽이 마음이 더 편한 축이다. 한 중년 아낙네의 고무함지박에서 넙치인지 도다리인지 가자미인지 모를 생선 몇 마리가 꼬리지느러미로 바닥을 치며 아가미를 벌떡거리고 있는 것이 먼발치로 보였다. 다가가 보니 횟집에서 가져가면 몇 만원 짜리 접시로 요리될 만한 넙치였다. 혼자서 하는 자취생 처지에는 분에 넘치는 반찬감이라 값도 묻지 못하고 망설이는 참인데, 지나가던 노파가 함지박 앞에 앉더니 한손으로 넙치를 쳐들어 보면서 물었다.

"월매나 헌댜?"

"만 원 한 장은 받아야 허는디, 마수닝께 팔천 원만 줘유."

글자 할머니는 넙치를 던지듯이 놓으면서 볼멘소리로 퉁명을 부리는 거였다.

"팔천원이라구 이름 붙였남."

나는 슬며시 자리를 떴다. 흥정이 끝나서가 아니었다. **노파의 퉁명 덕분에 넙치보다 더 싱싱한 말을 얻었으니, 그 자리에서 머무적거리고 싶은 기분**

이 아니었던 것이다.

한번은 시간시간에 지나가는 버스로 시내에 나가는 길이었다. 그날은 마침 대천장이어서 버스가 미어지는 판이었다. 군사정권은 '하면 된다'는 구호 하나로 하지 못하는 일이 없었지만, 끝내 없애지 못하고 저 먼저 거꾸러진 것이 닷새를 한 파수로 하여 서는 오일장이어서, 장날만 되면 식전부터 장꾼으로 터져 나가던 것이 시내버스였던 것이다.

차는 앉아서 졸며 가는 사람보다 손잡이에 매달려서 가는 사람이 훨씬 더 많았다. 내가 다니는 버스 노선의 길가에는 유수한 재벌의 재단에서 경영하는 종합병원이 있었고, 버스는 오면가면 할 때마다 오르내리는 사람이 많은 그 종합병원 앞의 정류장에서 한동안씩 지체하다가 떠나는 것이 예사였다. 그날도 내가 탔던 버스 역시 그 종합 병원 앞에서 남의 시간을 적지 않게 축내고 있었다. 차가 한참 그러고 있을 때였다. 문득 내 옆에서 이런 소리가 들렸다.

"업세, 이런 구석쟁이에 종합병원이 다 있구…… 야 여긴 그래두 살 만허겠구나야."

힐끔 돌아보니 나처럼 손잡이에 매달려서 가던 한 늙은이가 몸을 구부정하게 숙이고 길가에 있는 종합병원을 차창으로 내다보며 중얼거린 말이었다. 아마 그쪽으로는 처음 와 보는 모양이었다. 그러자 그 늙은이 앞에 앉아 있던 일행인 듯한 늙은이가 이렇게 말을 받는 것이었다.

"흥, 살만허다마다. 사람을 잡아두 종합적으로 잡으닝께……"

나는 웃으면서 좌우를 둘러보았다. 당연히 웃음소리가 들릴 듯한데 그렇지가 않았기 때문이었다. 정말 이상하게도 누구 하나 웃는 사람이 없었다.

나는 차에서 내릴 때까지 그 많은 승객 가운데 아무도 웃는 이가 없었던 이유에 대하여 머릿속이 자못 번거로웠다. 그리고 한참 후에야 결론을 하였다.

짐작하건대 아무도 웃지 않은 이유는 아마 이런 것이었을 것이다. 첫째는 농담이 아닐 뿐 아니라, 그 늙은이의 오랜 사회적 경험 및 살림살이의 앙금에서 우러나온 뼈저린 체념의 소리였다는 것. **다음은 농담이었건 진담이었건 사람의 살림살이에서 저절로 우러나온 말이기에 그동안 어디서나 늘 들어왔던 살림 사는 말의 하나에 불과한 말이었다는 것.**

작가의 말공부는 결국 사람이 살림하는 데서 우러나는 말들을 챙겨보는 일. 이리저리 휘들려 사는 동안에 저도 모르게 잃거나 잊거나, 흘리고 놓쳐버린 말들을 되찾는 일. 그렇게 되찾은 말을 자기의 글에 자주 써서 읽은이들로 하여금 낯익게 하며, 그리하여 차츰 널리 쓰이게끔 터를 넓히어 나날이 늘어가는 신조어 외래어 외국어에 밀려서 시나브로 은퇴하거나 실종하는 것을 혹은 막고, 혹은 늦추고, 혹은 그전보다 더 많이 쓰이도록 이바지하는 일이 아닌가 싶은 것이다.

말은 사람이 살림살이하는 데서 저절로 우러나는 살림 사는 말이, 우리네 땅과 삶과 살아온 자국에 붙박이로 깊이 뿌리를 내린 전통적인 민족어가 아니겠는가 하고 생각한다.

우리네의 살림 사는 말에는 우리네가 오랫동안 나름껏 내림해 온 우리네만의 체온과 체취와 체통이 스며 있고, 우리네의 줏대와 성품과 생각이 들어 있고, 거짓과 꾸밈보다 실질을 살며, 실제보다 더 늘리거나 줄이고, 꼬거나 휘면서도 아픔과 슬픔과 괴로움마저 참고 견디고 누르거나, 차차로 나아져서 그럭저럭 괜찮을 듯이 느끼게 하는 은근한 덕성을 지녔을 뿐 더러, 절약과 검소를 택하여 쓸데없이 떠들며 늘어놓지 않는 품위 까지 갖추고 있음을 알 수 있다.

이런 말들을 어떻게 찾지 않을 수 있을 것인가.

—「말을 찾아서」(1993) (강조_필자)

이문구의 언어 의식의 비밀이 담겨 있는 이 산문은 이문구 문학의 언어 의식과 세계관이 수미일관 하나로 통일되어 있음을 잘 보여주고 있을 뿐 아니라, 이문구 문학 언어의 민중적 현실주의적 원칙과 원리를 잘 보여준다.

　인용문에서 이문구의 민중적 방언 체험 중 두 번째 에피소드에서의 **"흥, 살만허다마다. 사람을 잡아두 종합적으로 잡으닝께……"**라는 방언의 현장적 쓰임새는 이문구의 '나무 이름 연작' 중 한편인 「장곡리 고욤나무」에 도입되어 있다. 이러한 사실은 이문구의 방언 문학이 철저한 민중들의 살림 현장 속에 기반하여 성립하고 있음을 보여주며, 더 나아가, 이문구의 문학의 바탕을 이루는 방언적 언어 의식이 민중들의 현장적 다성성과 대화성에 기초해 있음을 실증하고 있다. 이러한 민중적 언어와 문체 의식에 철저하였기에 그의 모든 소설은 가령 1인칭 내레이터가 이야기를 주도하거나 3인칭 내레이터가 말할 때조차 기본적으로 내레이터에 내재되어 있는 다성적 목소리들이 표면적인 내레이터에게 혹은 독자들에게 대화를 걸어오는 것이다. **그 내재된 다성적 목소리들은 언중言衆의 구체적인 음성들이다.** 그러므로 이문구 문학 언어는 근본적으로 다성적이다. 작중 내레이터의 서술문에도 숨은 목소리들이 내재되어 있는 것이다. 숨은 내레이터들은 장터에서 흥정하는 할머요, 만원 버스 안에서 종합병원을 조롱하는 할아버지의 목소리이기도 한, 가난한 민중들의 실제적인 다양하고 건강한 목소리들이다. 위 인용문에서 작가 이문구는 문학 언어로서의 한국어가 가야 할 길이 어디인가라는 문제에 대해 결론적으로 이렇게 답하고 있다. 민중의 유장한 역사 속에서 "우리네만의 체온과 체취와 체통이 스며 있고 우리네의 줏대와 성물과 생각이 들어 있고 거짓과 꾸밈보다 실질을 살며 (…) 품위까지 갖추고 있는 (…)" "살림사는 우리말"을 바로 세워야 한다는 것 그리고 "말은 사람이 살림살이하는 데서 저절로 우러나는 살림 사는 말이, 우리네 땅과 삶과 살아온 자국에 붙박이로 깊이 뿌리를 내린 전통적인 민족어가 아니겠는가 하고 생각한다." 여기에 이문구의 '방언 문학'의 언어학적/방언학적 이념[9]이 있다. 하지만 '방언 문학'이 방언이나 겨레말

---

9) 여기에 2006년 9월 보령시 문화원에서 개최된 '명천 이문구 문학관 건립을 위한 특별 세미나'(이문구 기념사업회 주최)에서 필자가 발표한 발제문 「한국어학 언어학의 주요 대상으로서의 이문구 문학―언어의 보존과 활용」 중 일부를 소개한다.
    "방언학의 범주로서의 이문구 문학: 방언 또는 사투리라는 말은 지역 언어를 의미한다. 즉 지역 언어 체계 일반을 방언이라고 정의 내릴 수 있다. 오늘의 한국어는 서울 지역의 언어 체계를 기준으로 삼아 이를 표준어라고 규정하고, 이외의 말들을 방언이라고 하는 것이 널리 인식되어 있다. 그러나 이는 그릇된 인식이다. 그 그릇된 인식은 무엇보다도 다음 두 가지 문제점과 연결된다. 첫째, 서울 지역과 다른 지역 언어와의 관계를 우열 관계로 몰고 간다는 점. 그리고 이는 서울 지역 이외 지역의 사투리가 반영하고 있는 그 지역 고유의 자연과 전통과 생활을 폄하하거나 배척하는 계기를 만들었다는 점. 그것은 문화적인 인식이 배제된 정치적인―지역적 패권주의―인식의 결과란 점. 둘째, 오늘날과 같은 전 세계가 이웃처럼 한 울타리로 수렴되면서 동시에 노마드처럼 확산되는 시대에서 언어는 급격하고 광범위한 이종교배異種交配와 노마드Nomad적 해체를 경험하고 있기 때문에 서울 지방의 언어가 표준어라는 규정은 현실적 기반을 상실하고 있다는 점. 서울 지방의 언어를 표준어로 지정한 것은, 언어 운용 및 의사 소통의 합리성과 효율성 기능성을 확보하기 위한 임의의 규정일 뿐이다. 그것은 근대적 자본주의의 기능주의 효용주의 합리주의를 적극 지원하려는 언어 정책의 산물이다. 그러나 자본과 정치의 묵계에 의해 서울 방언이 선택된 것일 뿐, 서울 방언도 많은 방언들 가운데 하나에 불과하며, 더 중요한 사실은 공식적인 공통어로 지정된 서울 방언도 주민들의 잦은 이동과 소통 기술의 비약적 발전에 따라 많은 방언들만이 아니라 외래어까지도 서로 뒤섞이는 혼합체적 탈정체체脫停滯的 성격이 심화되고 있다는 점이다. 이 말은 오늘의 표준어는 원래의 성격을 완전히 잃지는 않지만, '새로운 방언 혼합체'가 되어가고 있음을 뜻한다. 따라서, 오히려 이제야말로 새 시대에 적합한 방언학Dialectology이 필요한 시점이 된 것이다.
    방언을 소박하게 뜻풀이하면, 그 지역의 토박이들이 전래적으로 사용해온 말을 이른다. 이문구 소설에 무수히 구사되고 있는 충청도 방언은 충청도 보령 지방 토박이로서의 작가의 토착적 언어 의식의 산물이다. 그러나 문제가 생긴다. 이문구라는 한 작가의 토착적 언어들이 과연 충청도 보령 지방 방언이라고 단정지을 수 있는가. 이문구 개인의 삶이 충청도 보령에서 태어나 그 지방에서 유소년기를 보낸 것은 사실이지만, 그렇다고

(고유어) 등의 수집과 채집에 따르는 언어학적 방언학적 입장과는 분명히 선을 긋고 있다는 점도 주목해야 한다. 민중들의 구체적인 생활 현장을 떠난 토박이말, 순수 우리말, 고어의 수집과 그것의 학문적 분석은 이문구의 문학 언어 의식과는 별개이다. 이문구의 문학 언어로서의 방

작가의 개인적 언어 의식이 충청도 방언 체계 혹은 보령 지방 방언 체계와 정확히 부합하는가 라는 문제가 생긴다. 물론 작가 이문구는 조상 삼대에 걸쳐 보령 지방의 내력 있는 집안 출신의 토박이이다. 그래서 대다수 독자들은 이문구의 문체 의식 또는 소설 언어 체계가 충청도 보령 지방의 언어 체계와 부합한다고 믿고 있다. 그러나 이문구의 토박이 언어 의식을 충분히 공감한다고 하더라도 작가 개인으로서의 언어 의식은 반드시 자신의 토박이 방언 의식과 일치하는 것이라 볼 수는 없다. 보령 지방 방언과 이문구 언어 의식 사이에는 깊은 연관성이 있는 것은 확실하지만, 이를 설명하고 입증하기 위해서는 충청도 방언들에 대한 많은 조사 연구가 선행되어야 한다. 같은 충청도 방언이라고 하더라도 지역 방언들 사이에는 사회적 정치적 경제적 때문 자연적 시차적 이유로 서로간 차이를 보이게 된다. 이문구 문학은 보령 지방 방언이라는 지역적 언어 라인Line에 충실하지만 이 방언적 특성과 역사적 언어 계보를 찾아 밝히는 일은 시급하고 중요한 언어학적 과제라 할 수 있다. 그러기 위해선 사라져가는 충청도 방언의 조사와 수집과 분류와 보존과 연구가 필요하다. 그리고 충청도 출신 작가들과의 비교 연구도 필요할 것이다. 가령, 작가 이문구의 고향 후배로서 몇 대의 조상들이 대대로 살아온 보령 토박이 김성동의 언어 의식을 음운론 및 통사구조, 의미론 등에서부터 언어학적으로 상호 비교 연구해볼 수도 있다.

보령 지방 방언을 중심으로 충청도 방언들을 조사 연구하기 위해서는, 보령 지방 토박이말들의 음성학적 음운학적 형태론적 의미론적 특성들이 무엇이고 어떻게 섬세한 차이들을 보이는지를 다룰 필요가 있다. 이 작업을 통해 작가 이문구의 개인적 문학언어가 지닌 의미가 자연스럽게 드러날 것이고 이를 통해 한국어학-방언학은 뜻깊은 발전을 이루게 될 것이다.

소쉬르는 언어 지도Linguistic Atlas의 제작이 방언 연구의 출발점이라고 말한바 있다.(「방언은 자연적 경계가 없다」, 『일반 언어학 강의』) 이문구 문학 언어를 출발선으로 삼아 보령시가 앞장서 충청남북도 소재의 각 대학과 연대하여 「충청도의 언어 지도」를 만든다면 충청도 방언의 보존과 활용은 물론, 학자들 문인들 학생들 그리고 주민들의 언어 생활에 큰 기여를 할 뿐 아니라, 나아가 민족어의 발전에도 크게 이바지할 것이다. 이 또한 이문구 문학이기에 가능한 일이다.

이문구의 언어 의식을 언어학적으로—방언학을 포함하여—인문학적으로 나아가 문화적으로 연구하고 깊이 살핀다는 것은 충청도 보령의 방언 체계의 보전 및 계승, 발달을 위한 더욱 풍부하고 가치 있는 내용을 선사하게 될 것이고, 이는 '방언학으로서의 한국어학'의 발달에 기여하게 될 것이다."

언과 고유어, 순우리말, 고어 따위는 민중적 현실주의의 원칙과 원리에 따라 문학적으로 활용될 때에만 그 언어적 존재 의미를 지닌다. 이에 대해서 이문구는 이렇게 썼다.

> "나는 어느 특정 지역의 방언이나 쓰임새가 드문 궁벽한 말을 찾아서 떠돌아다닌 적이 없다. 언어학이나 민속학을 공부한 사람이 아니기 때문이다. 그리고 설사 방언이나 이언이니 야어野語니하는 항간의 뿌리박힌 속된 말이나 시골말 등의 야생어를 모은 것이 있다고 하더라도, 그것은 수집이나 채집이 아니라 **보존과 활용에 대한 현장 확인**이라고 하는 것이 옳다는 것이다."
>
> —「말을 찾아서」(2005) (강조_필자)

방언적 문체는 개성적이라거나 유별나다거나, 탐미적인 혹은 유미적인 문장들처럼 개인주의적 개성을 추구하지 않는다. 오히려 방언적 문학언어는 현실주의적 의식의 활성화를 위한 기본도구로서 문체를 추구한 결실이라 할 것이다.

2. 실사구시의 문학 정신으로서의 '방언 문학'

농민들의 일터인 천지풍수天地風水의 자연과 계절의 운행 속에 벌어지는 농민적 생활 세계, 민중들의 구체적인 노동과 일상 생활에 대한 해박하고도 정확한 서사를 포함하여, 1970년대 한국 사회에서 한국 농민 계급의 물질적 전통적 기반이 처절하게 소외되고 붕괴되어가는 과정에 관한 사실주의적 기록은 이문구의 '방언 문학'이 이룩한 문학사적 위업의 주요 내용을 이룬다. 이문구 문학의 사실주의는 서구적 의미의 사실주의, 또는 재래적 사실주의와는 상당한 거리가 있다. 이문구의 사실주의는 소위 진보주의적 사변이나 이미 주어진 진보적 도식과는 아무런 상관이 없다. 이문구의 사실주의는 늘 민중들의 현실 생활의 구체성을 세심히 관찰하며 민중들이 살아가고 있는 생의 엄혹하고도 치열한 현장성에서 한 치도 벗어나는 법이 없다. 이 치열한 현장성과 그 구체적 현장성에 함께 실천적으로 내재하는 현장 참여자이자 사실주의적 관찰자로서 문학 언어를 구하기 때문에, 이문구의 문학 언어는 사변적이지 않으며 진보주의적 독선이나 관념적 독재에 흐르지 않는다. 그의 문학 정신은 유가의 현실주의와 실사구시의 전통 정신에 철저하면서도, 지적인 사변이 조작하고 교조적으로 이끌어가는 작가 의식과 전혀 다른 길을 걸어갔던 것이다. 서구적 사실주의나 유물론적 사실주의의 문학 정신은 이문구의 사실주의와는 서로 다르다.

이문구의 문학이 지닌 풍부한 사실주의적 성격은 그의 실사구시實事求是 언어 의식 속에서 찾아진다. 그 실사구시적 문체의 예문은 얼마든지 들 수 있다. 해와 달 천체의 운행, 농사의 근본인 절기節氣와 그 풍습, 농사일의 현장에서 터득한 것이 분명한 벼농사 밭농사의 구체적인 지식들 가령, 온갖 재래종 볍씨와 외래종 볍씨 온갖 종류의 밭곡식들에 대한 토박이 농민 수준의 해박하고도 정확한 정보, 온갖 농기구에 대한 실용주의적 지식, 시골 장터의 세세한 풍경들의 묘사 및 추곡수매현장에 대한 사실적 묘사에서 보듯이 농민적 생활 터전에 대한 참여자적 지식, 농민을 괴롭히는 온갖 몹쓸 법률이나 반농민적 제도들에 대한 정확한 지식, 바다와 내[川] 혹은 민물에 사는 각종 어류와 생물들에 대한 박식함, 온갖 종류의 나무들과 꽃의 실명實名과 함께 그들의 생김새와 생리에 대한 생물학적 지식, 온갖 종류의 새들과 그들의 성질 등 수많은 동물들의 존재와 그 생리에 대한 자연과학자 수준의 정확한 지식, 가령,「장동리 싸리나무」에 나오는 달의 이울기에 따른 하현下弦의 속성을 관찰한 내용을 서술하는 대목 따위…… 등등은 이문구의 문학 언어의 실사구시적 성격을 뚜렷하게 드러내는 증거들이라고 할 것이다.

이러한 방언적 문체 의식과 실사구시적 문체 의식이 서로 잘 어울린 문장 사례들은 이문구 문학 세계에서 부지기수로 찾아진다.「우리 동네 장씨」의 경우를 보면, 이 작품에는 산이나 들, 논밭의 가장자리에, 또는 마을어리[圈]에 서있는 숱한 나무들의 이름과 각양각색의 꽃 이름, 복잡한 농기구들 이름들만이 아니라, 하물며 읍내 장터의 가게 이름이나 개발붐이 불어닥친 경기도 신대리 마을에 즐비한 복덕방 업소 이름에 이르기까지, 실사實事들 낱낱이가 사실주의적으로 기록되어 있다. 이 소설에서 특별한 부분은 추곡수매를 앞두고 수매가를 계산하는 문장인바, "통밀어 백이십석을 추수한다 해도 요즘 쌀금으로 치면 고작 사백팔십여만 원이 일 년 소득이었다. 생산비에도 못미치는 것이 쌀값이지만 생산비를 생각하지 않고 순이익으로 가정하더라도, 그 사백팔십만원의 정체는 삼십만원짜리 봉급장이의 일 년 월급에다 사백프로의 상여금을 보탠 것에 지나지 않았다. 그것은 사천 삼백만원의 사채 금리를 잊고 일년 동안 정기 예금에 넣더라도 은행 이자가 훨씬 유리한 것이었다."(─「우리 동네 장씨」) 와 같은 대목을 들 수 있다. 농민들이 자신들의 품을 애써 팔아 품삯을 계산하고 돈을 셈하는 일을 정확히 객관적으로 관찰하고 이해하는 일은 민중적 현실을 이야기하는 작가로서는 필수적인 것이다. 방금 인용한 「우리 동네 장씨」의 한 소절과 같이 이문구의 작품에서 간간히 나오는 농산물 값이나 다른 공산품 따위와 비교하며 돈셈하는 장면들이나 실제로 추곡수매에 따른 일년 농사의 손익을 자세히 셈하는 장면은 그 자체가 농민들의 생활을 실사구시적 관점에서 묘사하려는 현실주의적 작가로서는 필히 파악하고 있어야 할 농민들의 기초적 생활 내역이다. 이러한 실사구시적 문장의 다른 많은 예문들을 더 들 수도 있다. 그 중, 농촌의 학부형들이 패거리를 이루어 어린 아이들의 계를 조직하고 이렇게 만들어진 학부모 패거리들이 농촌의 학교 행정을 타락시키는 교육 문제를 다룬 「우리 동네 조씨」에서 주인공 조씨의 아내가 학교 운동회에서 계원들과 함께 먹을 점심을 위해 준비한 음식들을 묘사한 대목, "마침 오타 아배(조씨)가 없어서 망정이지, 보나마나 가만두지 않을 음식만 해도 서너 가지나 되었다. **밥하고 난 아궁이 잉걸불로 갈비를 굽고, 밤 대추며 잣과 은행을 고명으로 치장한 것까지는 본숭만숭할 수도 있었다. 그러나 대목장이라도 나올지 말지 한 흑염소 육포에 폐백닭 만지듯이 모양을 낸 꼴이나 하고, 버섯 파슬리를 볶고 채쳐 꾸미로 얹은 상어산적과, 다진 아롱사태에 갖은 양념과 호도며 건포도를 섞어 소로 넣고 쪄낸 오징어순대는, 그것이 비록 텔레비전의 요리 강습 시간 탓인 줄 알고 있다 하더라도 결코 눌러보아줄 음식이 아님은 분명했다.**"(강조_필자)와 같은 문장도 좋은 보기이다. 이 음식 차림의 구체적 내용을 소상히 드러내는 문장에서도 이문구의 문체의식이 매우 구체적인 실사實事의 실질적 내용에 철저히 바탕을 두고 있음을 볼 수 있다.

   이문구의 실사구시적 문학이 지닌 중요성은, 헛된 이론이나 이념적 혹 관념적 현실주의가 아닌 농민들의 생활과 농촌의 자연 환경을 이루고 있는 낱낱의 사물의 이름과 그것들에 대한 객관적인 지식 그리고 그것들의 실질實質에 대한 정확한 이해를 바탕으로 소설을 썼다는 점에 있다. 이념으로서, 혹은 이념의 매개로서 현실주의를 표방한 것이 아니라 실사구시의 문체와 실사구시의 생활 방식으로서 실질적 현실주의 문학을 도모하였던 것이다. 이 실사구시의 방법론이 이문구의 방언 문학이 지닌 실사구시 정신이요, 그의 방언 문학이 지닌 주민자치적 민주주의인 것이다. 다시 말하지만 **실사구시의 구체적인 방법으로서 민중들의 생활 현장의 묘사 즉 '방언적 문학 언어' 그 자체가 실사구시의 정신과 상통하는 것이다.** 방금 예를 든,「우리 동네 장씨」「우리 동네 조씨」같은 작품의 실사구시적 묘사 외에도「장동리 싸리나무」에서 하현달을 묘사하는 대목도 이문구의 실사구시 문학을 이해하는 데 좋은 예가 되어준다. 이문구의 방언 문학은 깊은 밤하늘에 떠올라 새벽에 걸친 하현달을 표현할 때에도, 하현달에 대한 객관적이고 실증적인 관찰과 지식을 바탕으로 하여 달과 인간이 맺는 구체적이고 실제적인 관계성을 가지고서 표현하는 것이다. 반달 초승달 보름달 하현달 등 여러 단계의 여러 현상을 지닌 달이 있고 제각각 인간의 삶과 자연계에 미치는 영향의 정도가 다르고 또 영향의 내용이 다르다는 것을 작가는 객관적으로 인지하고 있기 때문에, 달의 이울기에 따라 달의 이름을 분류하여 달의 실명을 따로따로 붙이는 것이다. 달이 뜨고 지는 시각까지 시시각각의 변화 내용을 살피고, 또 달과 절기節氣와의 관계를 인지하여 물때가 바뀌는 등등 농어촌에서의 노동과 생활 전반에 끼치는 영향관계를 실증적 정신과 경험적 지식으로 파악, 이를 바탕으로 이문구는 자신의 독자적인 소설 세계를 구축해갔던 것이다.

　작가 이문구에게, 가령 하나의 나무는 그것이 쓸모 있는 나무건 쓸모

없는 나무건 간에 인간의 삶의 연장延長으로서 파악된, 거꾸로 나무들의 연장이 인간의 삶이라는 자연관에서 파악된 나무이다. 그래서 모든 나무와 풀과 곤충들과 들짐승과 물고기들은 인간과의 평화로운 관계 속에서 구체적 개별성들로서 대접받는다. 인간은 무수한 구체적 개별성으로 존재하듯이 나무도 무수한 구체적 개별성으로 존재한다. 그래서 나무들은 수종樹種마다 실명實名으로 불린다. 실명만이 부여되는 것이 아니라 나무의 종種마다 지니고 있는 생리와 생태를 정확히 파악하여 알린다. 온갖 꽃이나 들짐승, 조류鳥類들도 매일반이다. 이 또한 이문구 문학의 실사구시적 정신이면서 인간과 자연을 서로 조화로운 상호관계로서 이해하는, 우주적 생명론에 입각한 민주적 정신을 보여주는 것이다.

　그는 한최고에게 새들의 생김새를 대고 이름을 알게 된 새들만 해도 여러 종류에 달했다. 그런데 이제는 가장 많이 앉는 것 같던 청둥오리 한 마리도 눈에 띄지 않았다. 밤마다 무슨 굿을 하느라고 그리 짖는지 모르게 짖어대던 천둥오리들은 다 언제 어떻게 됐기에 이냥 불고 쓸은 듯이 조용하단 말인가. 집 앞의 저 수지에 청둥오리가 앉기 시작하는 것도 하늘에 기러기가 내려가는 것과 같은 무렵이었다. 청둥오리떼는 저수지에서 겨울을 나고 삼월 초승께부터 수가 눈에 띄게 줄어들다가 산기슭에 자생하는 나무 중에서 꽃이 가장 이른 산수유 꽃이 보일 만하면 어느새 북상해버리던 것이 그가 질뜸에 와서 지켜본 풍물 가운데의 하나였던 것이다. 청둥오리는 다른 물새들과 비길 수 없이 많이 와 있으면서도 다른 물새들과 의가 좋았다. 청둥오리보다 몸통이 작고 무리도 적은 상오리나 농병아리가 구박을 당하지 않고 지내다가 가는 것도 다 청둥오리들이 그만큼 너그러운 덕이었을 거였다. 더욱이 갈 때 가지 않고 눌러앉아 민물가마우지와 제각각 놀면서도 텃새 노릇을 하는 농병아리나, 몽리 구역에서 못자리를 시작하여 자고 나면 물이 자가웃씩이나 줄어드는 사월 중순께까지도 쌍으로 다니며 비리리 비리리릴－하고 귀여운 소리로 노는 비오리는 아직도 여남은 쌍이고 스무남은 쌍이고 당연히 저만치에 보여야 할 것이 아닌가.

저수지에서 겨울을 나는 물새들은, 물녘에 물억새 메자기 골풀말즘 마름과 같은 물풀이 말라서 겹겹이 바자를 두른 듯하고, 자랄수록 늘어지는 갯버들과 자라봤자 가로 퍼져서 모양이 그 모양인 자귀나무 돌뽕나무 닥나무 진달래며, 이름은 나무지만 나무축에도 못 들고 풀 축에도 못 드는 개암나무 산딸기나무 찔레나무 국수나무 싸리나무처럼 잔가시가 있거나, 어느 가닥이 줄기이고 어느 가닥이 가지인지 대중을 못 하게 자라기도 지질하게 자라고 퍼져도 다다분하게 퍼져서, 베어다 말린대도 불땀이 없어 물거리밖에 되지 않아 아무도 낫을 대지 않는 나무들이 그루마다 덤불을 이루며 뒤엉켜서 웬만한 사냥꾼은 발도 들이밀 수가 없는 형편인데도, 물녘으로 올라와서 푸서리나무에 의지하여 자는 놈이 없었다. 푸서리나무에는 마른 풀로 차종茶鍾 모양의 앙증맞고도 야무지게 튼 새 둥지가 흔히 눈에 띄었다. 여러 마리가 낮게 몰려다니면서 개개개 하는 소리로 수줍게 우는 개개비사촌의 보금자리였다. 개개비사촌들처럼 바람살이 사나운 물가의 푸서리로 몰리면서 겨울을 나는 새는 예쁜 생김새에 걸맞게 비비비빗 하고 여리게 우는 뱁새도 있고, 콩을 좋아하는 콩새도 있고, 풀씨를 좋아하는 멧새도 있고, 솔씨를 좋아하는 솔잣새도 있고, 벌레집을 좋아하는 굴뚝새도 있었다. 그러나 그렇게 큰 놈이 참새만하거나 참새보다 작은 새들이 푸서리나무에서 깃들이를 하는데도, 청둥오리나 상오리나 농병아리같이 몸피가 있는 물새들은 밤에도 물 가운데를 떠나지 않는 것이었다. 그 물새들은 아마도 아는 모양이었다. 밤중에 호안선을 따라 난 신작로를 건너다가 내닫는 차들을 피하지

못했던 살쾡이며 족제비며 도둑고양이며가, 물가의 푸서리나무로 사냥을
오다가 그렇게 교통사고로 그치고 만다는 사실을.

—「장동리 싸리나무」(1995)

이문구의 후기작 '나무' 연작 가운데 인상 깊고 아름다운 구절 중 하
나로서 이문구의 민중작가적 면모와 역량을 거듭 확인시킨다. 인용문
에 이르면, 조류학자의 박식에 견줄 만하면서도 웬만한 자연과학자의
자연 관찰력을 무색하게 만드는 해박함을 보게 된다. 온갖 물새들은 저
마다 이름을 가지고 저마다 존재감을 드러내며 온갖 물새들과 어울리
는 기스락의 물풀들이며 물가의 나무들은 저마다의 실명實名을 가지고
서 저마다의 존재감을 드러낸다. 곧 위 인용문에 등장하는 수많은 자연
의 존재들은 저마다의 실증적 객관과 구체적인 생태와 현장적인 실감
으로 인간과 만나는 것이다. 그리하여, "그러나 그렇게 큰 놈이 참새만
하거나 참새보다 작은 새들이 푸서리나무에서 깃들이를 하는데도, 청
둥오리나 상오리나 농병아리같이 몸피가 있는 물새들은 밤에도 물 가
운데를 떠나지 않는 것이었다. 그 물새들은 아마도 아는 모양이었다. 밤
중에 호안선을 따라 난 신작로를 건너다가 내닫는 차들을 피하지 못했
던 살쾡이며 족제비며 도둑고양이며가, 물가의 푸서리나무로 사냥을
오다가 그렇게 교통사고로 그치고 만다는 사실을."이라는 구체적 생태
와 구체적 사실에 뒷받침된 속 깊은 명문이 이끌릴 수 있었던 것이다.
객관적 실존과 구체적 실감을 지닌 모든 존재들은 이문구의 실사구시적
관점의 산물로서 관념 속의 존재가 아니라, 인간의 실생활 속에서 인간과
평등하게 상호 교감하고 화친하는 현실 세계 자체였던 것이다. 이러한 이
문구의 작가적 면모는 성실한 재야在野의 생태학자인 동시에 자연사가自

然史家로서의 작가의 면모라고 말할 수 있는 것으로서, 실로 이에 이르러 민중작가로서 이문구의 치열하고 탁월한 작가 의식이 유감 없이 발휘됨을 볼 수 있으며, 실사구시實事求是적 전문지식이 독자적이고 웅숭깊은 문체의식과 썩 어울리며 문학의 품격과 더없는 깊이를 아름답게 보여주고 있음을 확인시켜주고도 남음이 있다. 또한 거듭, 이문구의 현실주의적 문체의식은 이념적이고 관념적인 서사敍事와는 거리가 먼 성질의 것으로서 실사구시의 객관성과 구체성에 철저한 것임을 다시 확인하게 되는 것이다.

실상 이문구의 소설의 허다한 문장들에는 이상에서 본 바와 같이 민중들의 오랜 일터와 일감과 살림살이들의 온갖 분야들에 걸쳐서 실질과 실용을 중시하는 실사구시적 지식과 지혜들이 내포되어 있다.[10] 실사구시적 내용들은 그 크고작음이 다를 뿐 이문구 소설 문체의 한 특장으로서 그의 문장 전반에 걸쳐 고루 나타난다.

그렇다면 한국의 정신사에서 '실사구시實事求是'가 뜻하는 바는 무엇인가. 임형택林熒澤 교수의 글[11]에 따르면, 조선 후기 금석학의 대가이자 시서화詩書畵에 능통했던 추사秋史 김정희(金正喜, 1786-1856)와 실학자 박규수(朴珪壽, 1809-1876) 등의 해석을 바탕으로, "실사구시를 표방할 때 실사實事는 허리虛理에 대비되는 객관적 구체적인 증거를 뜻하는"

---

10) 이와 관련하여, 이문구 소설은 허구적 성격이 그다지 강하지 않을 뿐 아니라 실사구시적이고 현장적인 관점이 중시되는 독특한 소설이라는 점, 그래서 기록적 가치가 크다는 점도 중요한 문학적 성과일 듯하다. 가령 『관촌수필』 연작은, 겉으로는 내레이터인 '나'의 회고담 형식을 취하고 있으나, 기실에서 보면, 충청도 보령지방의 향토지鄕土誌 겸 지리지地理誌, 해방 직후 1950년대 보령지방의 풍속지風俗誌 겸 민속지民俗誌의 성격을 일정 부분 띠고 있으며, 전래의 세간이나 전통 사회의 물건 등에 대한 풍물지風物誌 겸 박물지博物誌의 성분도 간직하고 있는 것으로 평가될 수 있는 것이다.
11) 임형택, 『실사구시의 한국학』, 창비사, 2000, 123-136쪽. 참고.

것으로 '객관적 실증의 정신'을 가리키는 것이라 풀이된다. 곧 실사구시는 객관적 실증의 정신으로 실제 현실에 적용할 수 있고 실제 현실에 유용한 것을 추구함을 뜻한다. 이와 같이 추사 김정희, 연암 박지원 등 실사구시의 미학 전통의 연장선상에서, 이문구의 문체의식을 이해할 필요가 있다.

그러나 이문구의 실사구시적 문학정신을 말할 때 필히 짚어야 할 중요한 내용이 한 가지 있다. 이는 일반적으로 실사구시 정신과 대치되는 것으로 볼 수 있는 불합리한 전통적 습속이나 미신, 또는 신神에 대하여 이문구의 입장은 어떠했는가 하는 문제와 연결된다. 이문구는 산문「문학이란 무엇인가」(1998)에서 문학에 대한 나름의 정의를 아래와 같이 내리고 있음을 보게 된다.

"우리가(혹은 문인이) **각자가 자기 자신 속에 혹은 자기 자신들을 통하여 영원히 새로운 신을 찾고 구하는 것**"(작가 김동리의 말_필자 주)은 각자가 자기를, 나아가서 온 인류를 구원하기 위한 것이니, 문학은 인류에 주어진 공통된 운명을 발견하고 타개하여 자기와 인류를 구원할 수 있는 그 무엇 또는 신이기도 한 것이다. 그러면 어떤 것이 구원인가. 또 구원을 하되 어떤 모양으로 하는 것인가. 이에 대한 대답도 간단하지가 않을 것이다. 사람마다 생각이 다를 수 있는 것처럼 신에 대한 의식도 다를 수 있는 까닭이다. 그러나 다음에 열거하는 것들은 별로가 차이가 없을 것이다. 문학은 읽는 재미와 느끼는 즐거움과 생각하게 하는 보람과 깨닫는 기쁨을 준다. 문학은 아름다운 것이다. 문학은 외로움과 쓰라림과 허전함을 다독거리고 서글픔과 고달픔과 애달픔을 쓰다듬어 준다, 문학은 따뜻한 것이다. 문학은 몸가짐과 뜻가짐과 마음가짐을 좋도록 거들고 북돋우고 다질러 주며, 바로잡도록 이르잡어 주고 고르잡아 준다. 문학은 거룩한 것이다. 이런 것들은 물론 보이지 않게 이루어 진다. 신은 본래 보이지 않는 존재이다."

—「문학이란 무엇인가」 (1998) (강조_필자)

「문학이란 무엇인가」는 문학의 선善한 기능과 실용성에 대해 얘기하고 있다. 이문구다운 문학관을 보여주는 흥미로운 이 글에서 이문구는 스승인 김동리金東里의 문학관 중 일부를 인용하면서 신神에 대한 독특한 해석을 내리고 있다. 앞에서 이문구 문학이 실사구시적 문학 정신에 철저하다고 말한 바 있는데 그렇다면 신의 존재란 통상적으로 실사구시 정신과는 서로 모순되거나 비각 관계에 있는 게 아닌가 라고 반문할 수 있다.

이문구의 실사구시의 문학 정신이 지닌 깊은 속내 중 하나는 자연을 이성 혹은 자연과학적 대상이면서 동시에 이성의 한계 혹은 인간 정신의 한계로서 인식한다는 점이다. 이문구의 자연은 단순히 노동의 대상, 인간 이성의 대상에만 머무는 게 아니라 풍속과 습속과 전통 의식과 관련되어 있는 자연관이 내포되어 있는 것이다. 이문구 문학에서 서낭당과 도깨비불의 추억은 그 존재들의 합리성 여부와는 관계 없이 하나의 전통적 풍속과 습속의 범주로서 인정되는 존재들이다.

중요한 것은 농민들의 마음과 생활 속에 오랜 세월 전승되어 온 전통 풍속 혹은 불합리한 습속들과 실사구시의 정신 사이의 모순성을 이문구는 어떻게 해결하고 있는가 하는 점이다. 이문구에게 불합리한 미신이나 습속 그리고 불합리한 자연 현상은 사실주의적 이성과 대립하는 것이 아니라 현실의 내재성이자 이성의 자기 한계성으로서의 '불합리한 풍속'인 경우가 있다. 자연 속에서 종종 일어나는 불합리한 현상에 대한 의문을 주제로 삼아 본격적으로 다룬 작품으로 위에서 인용한 「장동리 싸리나무」가 있다.

이 작품은 이문구의 독특한 현실주의 미학과 철학이 담겨 있는 작품으로도 볼 수 있다는 점에서 비상한 비평적 대상이 되는 작품이다. 이 작품에는 서울서 하급 공무원 생활을 하다가 정리하고 낙향한 주인공 하석구河石龜가 깊은 밤 저수지 가의 시골집 창문을 통해 거실에 비치는 달빛과 달그늘과 창턱에 놓인 난초의 그림자가 서로 어우러져 그린 풍경을 보고서 한폭의 아름다운 묵란도墨蘭圖를 보는 환각에 빠지는 장면, 그리고 새벽녘 안개가 자욱히 내린 저수지에서 어부 내외가 물고기 잡이를 하는 아름다운 실루엣에 황홀해 하는 장면이 묘사되어 있다. 그런데 하석구가 본 어부 내외가 새벽 저수지에서 그물로 고기잡이를 하는 광경은 환각에 지나지 않았음이 이내 밝혀진다. 주인공은 결국 헛것을 보았던 것이 드러나고 자신의 눈, 즉 자신의 감각적 경험을 의심하는 것으로 이야기는 끝난다.

이를 통해 이문구가 말하려고 한 것은 무엇일까. 여러 흥미로운 해석들이 가능하겠지만, 이 작품에는 앞서의 인용문에서 보았듯이, 저수지에 사는 온갖 생물들 가령 물 속의 물고기와 날아드는 새들의 수많은 종들에 대해 실사구시적 지식을 펼치며 사실적인 묘사를 하고 있는 대목을 서로 연관지으면서, 이러한 주인공의 환각 체험을 새로이 주목해야할 듯하다. 즉 **이문구는 자신의 객관적 실증적 실사구시의 정신과 주관적 미의식 혹은 환상적 감각 작용 사이에 존재하는 어떤 근원적인 괴리 문제를 제시하고 이 문제에 대해 탐구하고 있는 것이다. 이 말은 감각적 미의식의 초현실성 혹은 초자연성을 부정하는 것이 아니라, 초현실적 감성의 미의식이란 객관적 실증적 이성 혹은 합리적 과학성의 한계로서 존재한**

다는 걸 의미한다는 것이다. 그렇지 않다면, 수많은 종류의 물고기들과 새들이 지닌 낱낱의 이름과 그 생태에 대한 실증적 지식과 객관적 관찰 내용을 그렇게까지 꼼꼼히 길게 서술하지 않았을 것이다. 즉, 이문구는 환상적 감각과 현실적 이성 사이에서 현실주의를 견지하지만, 그때의 현실성이란 흔히 쉽게 말하는 사회과학적 현실성이나 사적 유물론으로 추출된 현실성 등 교조주의적 현실 인식과는 전혀 다른 차원의 현실성인 것이다. 이렇게 말할 수도 있다. 이문구의 실사구시적 문학관에서 현실성은 자연과학적 객관성을 추구하는 현실성인 동시에 자연과학의 한계를 자각한 현실성이며 또한 이성의 한계를 자각한, 즉 초월이 내재된 현실성이라고. 또 이런 해석도 가능하다. 이 작품을 예술론의 은유로 보면, 소설 양식이란 근본적으로 가상 세계이므로, 작가는 현실 세계에서 가상 세계를 보고, 가상 세계는 현실 세계를 새로이 본다라고. 위에서 인용한 바 있는 「문학이란 무엇인가」에서도 이른바 '과학적' 현실에 대한 문제의식이 연결되어 있다. 인용한 글에서, "각자가 자기 자신 속에 혹은 자기 자신들을 통하여 영원히 새로운 신을 찾고 구하는 것" "신은 본래 보이지 않는 존재이다"라는 말은 이러한 보이지 않는 신의 세계는 인간 이성 혹은 합리성이 지닌 자기 한계로서의 신이라는 뜻을 지니고 있다는 것.

　이러한 해석을 뒷받침해줄 만한 문학적 기록들은 여럿 찾아질 수 있다. 『관촌수필』에 여러 번 등장하는 도깨비불에 대한 추억담이나 바닷가에서 죽은 시체를 먹는 여우 이야기를 들 수도 있다. 물론 그것은 작가가 어린 날 수시로 들었던 믿을 수 없는 전설이나 옛이야기, 헛소문같이 '현실-초월적인 것'들이다. 하지만 이에 대해서도 이문구의 생각은 다소 다르고도 새롭다. 신은 보이지 않는 존재이지만 보이지 않는 신의 권능이 문학에 작용하여 문학으로하여금 인간에게 즐거움을 주도록 한다는 것이다. 신은 인간의 한계 그 너머에서 인간에게 기쁨을 준다는 것. 인간 이성의 한계로서 신은 현실과 이성을 초월하여 존재하지만, 그렇다 하더라도, 아니 바로 그렇기 때문에, 이문구에게 신은 실사구시의 자기 한계로서 현실주의 문학관과 서로 뗄 수 없는 존재인 것이다. 왜냐하면 문학의 즐거움이란 보이지 않는 신의 작용이며 신의 작용은 실사구시의 경계와 한계에서 이루어지기 때문이다. 이성의 한계로서의 불합리한 세계 혹은 초월적 세계를 인정하는 태도는 후기작 「장이리 개암나무」의 아래 구절에서도 드러난다.

그는 까치가 집을 다 지은 뒤에도 음식 찌꺼기를 얻어서 모이 하는 일을 그만두지 않았다. 먹이를 찾으러 멀리 나갔다가 자칫 잘못하여 화를 당할 수도 있기 때문이었다.

그는 음식 지꺼기를 흩어주면서 일쑤 중얼거렸다.

우리 까치덜일랑 아예 멀리 나다니들 말어라. 식인종두 넘의 나라에만 있는 종잔 줄 알었더니 그게 아니더라. 색에 좋은 것이라구 허면 수십 년 동안이나 천연덕스럽게 가리구 살어온 혈통을 못 속이구 직 조상덜이 대대루 물려받은 개불쌍것 신분으루 원대 복귀해갖구, **산부인과에서 버리는 갓난애 기덜의 태까지 술안주루 처먹는 츤것이 쌨다는겨**. 태는 인육이 아녀? 인육을 첨거는 늠이 바루 식인종인겨. 부디 조심허야 허구말구. **심심허면 엽총을 뻗질러 들구 밤낮 논둑으루 밭둑으루 발모가지 휘지르구 댕기는 쌍것덜버텀 조심허야 된다 이 말이여, 내말은.** 왠고 허니 그늠덜이야말루 색에 좋다구 허면 금방 눈깔이 흰죽으루 뒤집혀서 날렸다 허면 쏘구 앉었다 허면 쐈대는디, 무식헌 츤것덜이 산비둘기 집비둘기를 가리겄냐 까그매랑 까치

를 가리겄냐. 그늘덜이 식인종허구 닮은 게 뭐간디. 좁은 바닥이라 소문나
면 거시기 허니께 산부인과 대신 산으루 들루 싸질러댕기면서 뵈는 대루 사
냥허여 야육野肉으루 야욕을 채우겄다는 바닥쌍늠덜 아녀? 조심허야 허구
말구. 참말루.

―「장이리 개암나무」(1996) (강조_필자)

　　토박이 농민인 주인공 전풍식이 집 앞 나무 위에 둥지를 튼 까치에게
건네는 말이다. 주인공 전풍식이 까치에게 건네는 말의 내용을 보면 눈
에 비친 오늘의 한국 농촌은 타락 일로에 있다. 농촌은 이제 "색에 좋은
것이라구 허면" "산부인과에서 버리는 갓난애기덜의 태까지 술안주로
처먹는" "식인종"이 "쌨다는(많다는)" 농촌이다. "산부인과 대신 산으
루 들루 싸질러댕기면서 뵈는 대루 사냥허여 야육野肉으루 야욕을 채우
겄다는 바닥쌍늠덜"이 정력에 좋다는 짐승이라면 "까끄매랑 까치 가릴
것없이" 무턱대고 살육하는, 생명 윤리가 완전히 실종된 오늘의 농촌
상황 속에서 주인공 전풍식은 "키가 전봇대와 겨루고 둥치는 아름이 넘
는" "줄잡아도 백년은 넘어 된 고목"인 꾸지뽕나무 가지 위에 둥지를 튼
"우리 까치"들에게 "심심허면 엽총을 뻗질러 들구 밤낮 논둑으로 밭둑
으로 밭모가지 휘지르구 댕기는 쌍것덜버텀 조심허야 된다."며 까치들
의 안위를 걱정하면서 까치들을 극진히 돌본다. 전풍식에게 까치는 한
낱 조류의 일종 그 이상이다. 주인공의 까치에 대한 정성스러운 돌봄은
짐승에 대한 생명애의 발로이기는 하나, 집 근처 꾸지뽕나무의 높은 가
지에 둥지를 튼 까치를 길조吉鳥로 굳게 여겨―그는 그 까치들을 "우리
까치"라고 부른다―그의 둘째 아들이 '가고 싶은 대학의 가고 싶은 학
과에 무난히 가는 것'을 기약하는 길조吉兆의 상징으로 믿고 있다. 그러

272

니까 까치를 귀찮게 여기는 아내는 냉정한 현실주의자의 성격인 반면, 주인공 전풍식은 전래적인 미신을 떨쳐내지 못하는 불합리한 비현실주의자의 성격이 남아 있는 인물이라고 할 수 있다. 그런데 주인공 전풍식은 이문구 후기작 가운데 가장 현실 비판적이고 인간애와 자연애가 깊은 모범적인 농민상으로 그려져 있다. 이러한 점을 미루어 생각해보면, 신 혹은 초월, 또는 불합리성 그 자체가 인간의 한계를 의미한다. **합리성의 세계가 인간의 탐욕을 막지 못하고 인용문에서 보듯이 몸에 좋다는 이유를 대고서 온갖 짐승들을 죽여 육식을 하는 상황에서 합리성의 한계가 불합리성일 수 있는 것이다. 인간의 한계가 자연의 존재, 신의 존재를 인정하게 하는 것이다. 이문구에게 자연 또는 자연계의 모든 초인적 현상들은 실사구시의 정신과 과학의 한계로서 신이다. 주인공이 까치를 길조로 믿고서 까치를 받드는 행위도 인간의 자기 한계를 겸허히 인정하는 자연인으로서의 태도인 셈이다.**

3. 이문구 문학의 형식 문제: '隨筆'의 형식과 '傳'의 형식

이문구의 모든 소설은 사건이나 행위의 조직보다는 특정 인물의 전기적傳記的 성격이 강하게 나타난다. 대개 전傳 양식은 주인공이 실존 인물이든 가상의 인물이든 현실에서의 문제적 성격을 지닌 어떤 특별한 인물에 대해 이야기한다. 이럴 경우 전 양식의 문학 작품들은 문제적 주인공을 중심으로 묘사하기 위해 주변인물들과 주변 존재들이 주인공에게 종속된 관계에 놓이거나 배경적 존재들로 낙오되는 경우가 많다. 하지만 이문구의 소설이 전의 양식이 강한 소설이지만, 그 주인공은 작품 내의 어떤 특별한 위계를 거느리는 위치에 있지 않다. 적어도 주인 공은 중심적 인물역을 맡고 있다 하더라도, 위계적 종속 관계가 아니라 민주적 평등 관계에 놓여 있다. 이문구 소설의 주인공들이 위계를 벗어 나는 인물로 그려지는 것은, 먼저 그들이 실제 인물이건 허구적 인물이 든 철저히 민중적인 구체적인 생활에 대한 현실주의적 관점에서 그려 지기 때문이기도 하지만, 그들이 위계적 인간관계를 떠나서 민주적 인 간관계로 인식하게 하는 직접적인 동기는 주인공의 어조語調 곧 말투를 비롯하여 이문구의 방언적 문체 의식이다. 민중들의 실제 입말과 토박 이말의 구어체를 기조로 한 그의 문체는 주인공들의 특별한 삶을 묘사 할 때, 그 자체에 민중적 어조 혹은 방언적 어조를 띠고 있기가 대부분 이다. 이문구 문학 전체를 통틀어 가장 이상적인 농민상으로 그려지고 있는『산 너머 남촌』[12](1990)에서, 주인공 이문정李文正은 전통적 농투 성이며 마을 공동체의 원로로서 공동체 의식을 중시하고 농민들을 보살피고 가르치는 이상적인 인물로 그려지고 있지만, 그 이상적인 농 민상은 '특별한' 주인공으로 그려지는 게 아니라 갖가지 속된 시류에도 관심을 갖는 '평범한' 주인공으로 그려진다. 이러한 이문구 특유의 현 실주의적 시각이 이 작품의 주인공 이문정을 평범한 농투성이 지식인 으로 만들고 있을 뿐이다. 이문구의 전의 특성이 엿보이는 이러한 '평 범한 지도자'로서의 농민상은 농촌의 역사적 구조적 모순을 드러내어 질곡에 빠진 농촌 현실을 타개하고자 하는 기존 리얼리즘 소설에서의 주인공 상과는 상당한 거리가 있다.

---

12) 장편소설『산 너머 남촌』은 1984년『농민신문』에 연재되기 시작하였고, 1990년에 책 으로 출간되었다.

여기서 주목할 것은 이문구의 농촌 소설이 갖고 있는 사회과학적 한계나 리얼리즘적 한계의 문제가 아니다. 그 문제는 또 다른 새로운 논의를 필요로 한다. 다만 여기서 환기하고자 하는 것은 **이문정의 인물 묘사에 있어서 실사구시적이고 현실주의적 묘사와 함께 어조**語調**의 비근**卑近**함에 관한 것이다.** 주인공의 말투가 비근하다는 것은 말의 가락이 농촌 현장의 소리에 방불하다는 뜻이고 이문정의 어조에 방언적 가락이 어느 정도 느껴진다는 걸 뜻한다.

　작중 주인공이 쓰는 방언적 말투는, 그 정도 차이가 있겠으나, 일반적으로 대부분의 소설 속 주인공들이 쓰는 표준어 말투나 지배계층이 쓰는 형식적이고 공식적인 말투와는 달리, 그 자체로 타자와의 위계 질서나 주종 관계를 떠나 민중들의 집단적이면서도 각자의 평등성에 입각한 실제의 말투에 가깝다고 볼 수 있다. 이문구의 주인공이 쓰는 말투와 비교될 수 있는 다른 소설 작품들로서, 박경리의 대하소설 『토지』에서 경상남도 하동 평사리 출신의 주인공 서희가 서울 표준말을 쓰고 있다거나 조정래의 『태백산맥』에서 전라남도 벌교 지방 출신의 주인공이 표준말을 쓰고 있는 사실을 참조해도 좋을 듯하다. 그것은 주인공의 입말과 말투를 작가가 의도적으로 서울말 혹은 표준말로 조작함으로써 작품 내 등장인물간의 심리적 위계질서와 종속관계를 세우는 것은 물론, 주인공에 대한 근대주의적 환상을 심어주는 '말의 효과'를 노린 작의作意의 결과일 수 있기 때문이다.

　근대 이후 소설은 기본적으로 근대의 시장경제적 본성을 타고난 것이지만, 현대에 이르러서도 이 상업적 대중주의 문제는 간단하지 않은 소설의 본능적 문제인 것이다. 근대적 시장경제의 문학 양식으로서 소설을 생산하는 작가의 대중주의적 본능은 주인공의 말투와 성격에 '근대주의적 조작'을 기도企圖하게 하도록 유혹하는 것이다. 적어도 『토지』와 『태백산맥』에서 어떠한 작품 내적 근거나 설득력이 없이 주인공들은 자신들이 태어나 자란 고향 지역의 주변인물들이 쓰고 있는 방언적 말투와는 달리, 서울 표준어를 쓰도록 조작된 작가의 소설적 의도와 본능이 깊이 살펴져야 하는 것이다.

이문구의 방언 문학은 이러한 위계적 문학 언어를 애시당초부터 거부하다보니, 주인공의 말투는 특별한 언어 조작이 없이 지극히 비근한 민중적 언어에서 나오며, 어느 특정 시간대의 특정 지역의 말의 속성을 지닌 현장 언어 즉 방언적 문학 언어에 예외 없이 따르고 있는 것이다. 그처럼 주인공이 민중적인 방언의 어조를 쓰도록 만드는 주요 동인動因들 가운데 하나는, 이문구는 소설 속에 살아 있는 정황情況을 만드는 데 최적의 언어가 바로 민중들의 현장 언어 즉 방언적 언어 의식에 기초한 언어라고 생각한다는 것이다. 민중들의 삶의 현장 곧 구체적 생활 공간을 실감하게 하는 '작품 속의 정황'이 작품 속 주인공의 어조를 결정하는 최우선적 조건인 것이다. 그러므로, 작가가 독선적으로 어조를 결정하는 것이 아니라, 어느 시간대의 어느 지역의 민중들의 생활 언어 의식 곧 그 방언 의식이 주인공의 어조를 결정하고 작가는 이 결정 과정에 적극적으로 '개성적으로' 참여하는 것이다. 작가가 어조를 결정한다는 것은 작가의 관념이 어조를 지배한다는 것이고 이는 필경 작가의 목소리만이 일방적으로 다른 목소리를 통제하고 지배하는 단성單聲적이고 독재적인 문학 언어로 전락하기가 쉬운 것이다. (상업주의적 작품과 저질 통속문학에서 예외없이 나타나는 현상이다.) 이때 작가의 독재적인 관념의 언어들이 주인공과 인물들 사이를 일방적인 위계관계로 추락시키고 인물들과 사물들 그리고 인물과 사물들 사이 저마다의 살아있는 민주적 관계는 억압을 받게 되는 것이다.

이문구 문학에 있어서 주인공의 말투에서 느껴지는 현장감은 대개가 마을 공동체의 정황을 되살리는 현장감이다. 바꿔 말하면, 이문구의 주인공이 지닌 방언적 말투에서 느끼게 되는 공동체적 정황은 관념적인 허구의 공간이 아니라 현장감이 넘치고 삶의 긴장감이 묻어나는 실감나는 공간이다. 이 실감의 정황은 작중 내레이터와 주인공을 포함한 여러 인물들간의 대화가 전제된 공간으로서 구체적인 육체성을 지닌 공간이다. 이는 흔히 작가에 의해 (혹은 작가의 분신으로서의 내레이터에 의해) 관념적이고도 단선적으로 지시되고 매개되는 소설 공간이 아니라, 내레이터와 주인공도 소설 속 공간 즉 정황의 일원—員임을 늘 확인하게 하고 서로 교감하게 하는 다원적이고 다성적인 소설 공간이다. 이 방언적 문체에 의해 조성되는 다원적이고 다성적인 실감의 소설 공간에 의해 흔히 '전傳'의 문학이 빠지기 쉬운 주인공의 성격 묘사의 독재성과 단선성은 극복된다. 즉 이문구의 문체의 민중적인 방언의 어조에 의해 주인공의 특수한 개인주의적 성격은 원천적으로 극복되고 있는 것이다. 따라서 이문구의 전기적傳記的 소설 양식은 주인공의 미화된 독백주의가 원천적으로 차단되어 있다. 주인공이 독백의 형식으로 대사를 뇌까릴 때조차 그 말은 민중적 다원성과 다성성이 내재되어 있다는 말이다. 이것이 이문구의 방언적 문체가 만들어 낸 전傳 형식의 희귀한 특성, 이문구의 전 형식의 소설이 지닌 민중적이고 민주적 특성이다. 이러한 방언 문학의 특성은 단지 이문구 개인의 문학적 윤리적 선택이나 결단의 결과가 아니라 이문구의 민중적이고 민주적이며 반反근대적 세계관·문학관의 적극적이고 실천적인 결단이라는 점에서 문학사적으로 중요한 의미를 지니는 것이다.

이문구의 문학은 전근대적인 전傳의 양식적 전통을, 특히 연암 박지원의 전 소설이 지닌 현실 비판 의식을 그 연암 문체의 실험적 스타일리시한 본성에까지 계승하였고 오늘에 걸맞게 새로이 발전시켰다. 이문구 문학 작품 거의다가 한국 및 중국의 유서 깊은 문학 전통인 전傳 양식을 품고 있다는 사실은, 근대 국가의 국민 개념이 농민에게 허울과 올가미로 바뀐 현실에 대한 문학적 대응이자 타락한 근대성 혹은 근대 국가 체제에 대한 날 선 비판을 수행하는 문학 형식을 탐색한 결과로 볼 수 있다. 이문구의 전傳 양식의 소설에서 문제적 개인은 서구 진보주의적 문학에서 등장하는 혁명적 주인공이라기보다 민중들이 시난고난하는 가운데 특별한 이야기를 지닌 장삼이사들이라는 점이 실로 새로운 것이다. 이 점을 되짚어.보면, 이문구의 문학은 진보주의나 근대주의의 이념과는 다른 민주적 민중적 세상을 바랐다는 것으로 해석할 수도 있을 것이다. 이문구는 반근대적 문학의 기획으로서 전의 전통을 주목하였고, 근대적 표준어 문체에 적극 저항하는 새로운 시대에서의 전향적 의미를 지닌 문체반정文體反正을 실행에 옮겼는지도 모른다. 이문구에게 근대적 서구 소설이론이나, 도시적 감각의 문체는 체질적으로도 맞지 않기도 했지마는, 근본적으로 극복의 대상이었다. 그 근대적 이론과 문체들이란 대부분 농자천하지대본의 당위를 배반하고 짓밟은 이론이요 문체였기 때문이다.

『관촌수필』도 넓게 보면 전의 전통을 계승한 작품이다. 주요 등장인물인 할아버지와 아버지, 어머니, 석공이나 옹점이, 대복이 등 해방 직후부터 6·25, 1970년대 초까지 관촌부락에서 살면서 가난한 농촌의 삶과 처참한 죽음의 드라마를 겪어야 했던 실존 인물들의 이야기라는 점에서 전의 양식은 살아 숨쉰다. 하지만 전의 전통은 『관촌수필』에서 도드라져 보이지는 않는 듯하다. 그것은 일차적으로는 위에서 말했듯이 이문구 문학의 민주적 민중적 성격에서 기인한다. 하지만 『관촌수필』

에서 전의 형식은 '수필' 형식의 묘한 특성과 어우러져 전 형식이 본래 지닌 '특별하거나 문제적인 개인의식'은 약화되고, 어떤 묘한 정신적인 민중성의 분위기를 띠우고 있다. 이 '수필' 형식이 가져 온 '정신적인 민중성'의 아우라를 이해하기 위해 「공산토월」을 깊이 살필 필요가 있다.

다 아다시피 『관촌수필』 연작은 작가가 유소년기를 보낸 고향인 충청남도 보령의 관촌부락을 작품 무대로 삼고 있다. 본이야기는 해방 직후부터 좌우 투쟁기, 6·25 참극의 시기를 거치는 1950년대 초까지 관촌에서 실제로 벌어진 이야기들이다. 작가 자신인 작중 내레이터 '나'가 1970년대 초 급격한 산업화로 크게 변한 고향 마을을 찾아가 어린 시절의 추억들과 감회를 그대로 수필 형식으로 기술한 『관촌수필』 연작들 중, 문학 형식적으로 볼 때 가장 주목되어야 할 작품은 「공산토월」(1973)일 것이다. 왜냐하면, 「공산토월」은 전체 제목인 '관촌수필'에 걸맞게 '수필' 형식을 가장 뚜렷하게 보여주는 작품이기 때문이다. 「공산토월」에서 눈여겨볼 부분은 이야기의 본론에 들어가기 전, 즉 '들머리 이야기'로서 본이야기와는 별 무관無關한 작중 화자 '나'의 신변잡기류의 횡설수설이 한참 동안이나 늘어지고 있는 서두 부분이다. 이러한 사실은, 「공산토월」의 본이야기가 좌우 이념 싸움으로 살벌하고 험악했던 시기에 겪었던 고통스럽지만 또 더 없이 감동적인 추억거리를 포함하고 있으며, 특히 비명횡사한 아버지와의 깊은 정리情理를 지키기 위해 죽음까지도 감수했던 한 순결한 영혼 석공石工의 삶과 죽음에 관한 이야기라는 점을 떠올리면, 넉넉히 어림될 만한 것이다. 그러니까, 신변잡기류의 횡설수설이 이야기의 첫머리를 차지하게 된 것은 석공의 영혼과 그에 관련된 추억을 살리기에 앞서 정결한 의식儀式을 행하는 것과도 같은 것이다. 그 들머리 이야기의 내용은 미국 영화 「代父」이야기와 영화평을 써달라는 신문사 기자와의 실랑이, 문단의 여러 선배 친구들과의 술타령이나 식탐食貪 따위의 심심파적, 신문에 실린 16세 소년의 택시 기사 살인사건에 대한 술자리 대화 등과 같이 아주 진부하고 세속적인 일상의 이야기들로 꾸며지지만, 그것들은 기실 살벌한 죽임과 폭력이 난무하는 저 6·25 전쟁통에 끔찍한 고문과 죽임의 위협을 무릅쓰고서 작가 이문구의 집안과의 오래되고 깊은 정리를 끝까지 지킨 한 신실하고 고결한 실존 인물 석공에 대한 본이야기를 본격적으로 하기 위한 사전 포석과도 같은 것이다. 즉 석공의 비극적 이야기를 조금 눙치거나 실제 벌어졌던 비극적 옛 추억에 대해 거리감을 두기 위한 작가의 깊은 계산에서 나온 것이다. 그것은 비극적 추억에 덧나지 않도록 비극적 이야기를 풀어내기 전에 가지는 딴전피기이자, 동시에 비극을 말하기 전에 정화된 마음을 갖추기 위한 일종의 의식儀式으로서의 능청떨기 같은 것이다. 그만큼『관촌수필』연작의 모든 이야기는 사실상 허구로 꾸며진 소설의 형식이 아니라 '무아無我'의 순수를 추구하는 글의 형식으로서 수필의 형식을 택하는 것이다. 겉으로는 진부한 심심파적 신변잡기류 이야기로 들머리가 시작되지만, 과거를 본격적으로 추억하기에 앞선 이러한 현재의 신변잡사 이야기에 의해 과거의 비극은 과거의 비극으로 되돌려지지 않고 현재의 삶 속에서 정화된 의식으로 승화될 수 있는 것이다.「공산토월」을 중심으로 한『관촌수필』의 문학적 형식은 전통적 문학 양식으로서 전傳의 형식을 계승했으되, 그 위에 무아의 순수 형식으로서 수필의 형식을 적극 수용하였던 것이다.

이 자리에서「공산토월」이 지니고 있는 문학적 의미와 가치를 이루 다 설명할 수는 없을 것이다. 한가지, 중요한 것은 소설의 형식이 수필의 형식을 만나게 된 본질적인 사정을 이해하는 것이다. 그 이해를 위해,

「공산토월」에서 가령, 석공이 혼수상태로 사경을 헤맬 때, 자기 모멸과 비하에 빠져 마음의 혼란스러움을 다잡지 못한 채 격한 감정에 휩싸이는 작가의 모습이나 작가 이문구가 속되고 거친 자기 내면 상태를 여과 없이 숨김 없이 정직하게 서술되고 있는 장면들에 주목할 필요가 있다.

(…) 나는 석공의 병상을 지킬 적이면 하루 한 번꼴로 찾아오는 끔찍스런 생각에 몸서리를 치곤 했다. 그것은 어쩌면 내 자신에 대한 혐오요 자괴감이었는지도 모를 일이었다. 곁들여서 내 자신이 자꾸만 무슨 요물妖物이 아닌가 하는 의문이 들기도 했다. 그래서 때때로 나는 자신이 가증스러웠으며 증오를 하기도 했다. 어쩐지 내가 징그러웠고 재수 없는 놈이란 생각이었다. 그것은 망령된 착각이라든가 환상 따위가 비스름한 성질의 것이 아니었다. 분명히 현실적인 관심을 근거하여 우러난 것이었음에도 정체는 드러나지 않던 것이다. 그것은 석공의 헐떡거리는 숨결을 보다가도 불쑥, 이미 잊힌 지 오래인 십여년 전의 어느 날 한때가 눈앞에 펼쳐지면서 곧 현실화 하는 것이 있다. 석공네 마당에 웅성대는 사람들, 명주 가로지를 찢는 듯한 비명 소리, 석공 몸뚱이에 벌집을 만든 총알 자국, 도끼 또는 쇠스랑에 찍혀 빠개져버린 두개골, 작살과 죽창에 난탕질당한 뱃구레와 앞가슴의 선혈…… 그렇다, 그 돼지 잡을 때마다 자배기 안에서 솔고 엉겨붙던 검붉은 선지피…… 나는 몸부림쳐도 시원찮게 후회스러웠다. 어찌하여 십여 년 전에 벌써 그런 망상을 했던 것인지, 내 자신이 그토록 저주스러울 수가 없었다. 십여 년 전에 그런 망상을 했던 까닭으로 드디어 석공의 몸이 이렇게 되지 않았나 하는 느낌을 무엇으로 물리칠 수 있었을까. 목숨이 경각에 이른 석공의 참혹한 꼴을 지켜보게 됐음도 그 요망스런 망상에 대한 당연한 업보 같기만 했다. 석공이 누워 있는 침대 밑에는 널찍한 세숫대야가 받쳐지고,

그 대야 속에는 석공 몸에서 계속 호스로 뽑아낸, 죽어 검붉어진 피가 그들
먹하게 담겨져 있었다.

이 대목은 무고한 살육과 폭력이 난무하던 6·25 전쟁통에 어린 '나'
가 이웃집 석공네 마당에서 들려오는 석공 아내의 비명소리를 듣고서
달려가기 전, 문득 떠올린 끔찍한 망상妄想을 십 수 년이 지나서 다시 기
억해내고는, 마치 그 우연한 망상이 현실화되어 지금 석공이 죽음을 맞
게 되었다고 여기는, 일종의 정신이상증이거나 불안한 환각에서 기인
한, 자기 비하, 자기 모멸에 빠져서 심히 괴로워하는 장면이다. 중요한
것은 바로 이러한 '나'의 결벽증적 심리 상태, 작가 이문구의 지극히 염
결한 마음 상태가 거꾸로 『관촌수필』이라는 '영혼의 소설 형식'을 낳는
원동력이라는 점이다. 추호의 거짓과 타협이 없는 진실, 소설적 허구와
조작이 불가능한 순결한 작가의 마음은 『관촌수필』이 왜 '수필'의 형식
일 수밖에 없는가를 알리는 소이연所以然인 것이다. **수필은 말 그대로 붓
가는 대로 마음이 따라가는 고통스러운 자기 무화無化의 글쓰기이므로. 그
리고 자기 무화와 무아無我의 순수한 형식으로서의 '수필'로 말미암아 『관
촌수필』은 근대적 장르인 소설의 형식을 넘어, 그 무화된 공간에 담긴 모
든 이야기들은 스스로 또는 저절로 모든 한국인의 고귀한 삶의 역사를 이
루는, 한국인의 '영혼의 형식'이 될 수 있었던 것이다.**
「공산토월」에서 백혈병에 걸린 석공이 사경死境을 헤매자 '나'는 어
쩔 줄을 몰라 하며 담당 의사에게 응급처방을 요청하는 장면도 같은 맥
락에서 이해될 수 있다.

(…) "환자하곤 어떻게 되지? 가족인가?" 촌에서 온 사람에겐 말투가 그

래야 위신이 서는 줄 아는지 젊은 의사는 내게 반말로 물었다. 어디서 더러 본 듯한 이름이 흰 가운 위에 매달려 있었다. 『사상계』니, 『새벽』이니 하는 잡지에 가끔 수필을 쓰던 이름이었다. "친척 언니입니다." 나는 무슨 취조 받으러 온 혐의자처럼 주눅든 음성으로 대답했다. "어려워." **의사가 썩은 나뭇가지 부러뜨리듯 잘라 말했을 때** 나는 그대로 주저앉을 뻔했다. "백혈병이라는 것은 말야……" 의사는 혼자 지껄였고, 들리고 보이는 게 없던 나는 임자 잃은 말뚝마냥 서 있기만 했다. 아니 한 가닥 의식이 있긴 했다. 매몰스럽고 얄밉게 지껄이는 의사의 턱주가리를 주먹으로 쳐돌리고 싶은 충동을 애써 참아야 했으니까. "아직 특효약이 없는 병이라서 말야……" 녀석은 흰 목 젖혀가며 자신 있게 말하고 있었다. 저런 개자식의 수필을 다 읽다니, 나는 속이 캄캄해 헛둥 헛둥 오리걸음을 걸어 병실로 돌아왔다. 그리고 입을 다물었다.

(강조_필자)

『관촌수필』 연작 전체를 통틀어 인용문과 같이 욕설과 흥분이 날것으로 내던져진 거친 언술을 더 찾아볼 수는 없다. 이러한 거친 남성성과 야생성野生性은 이문구 문학의 주목되어 마땅한 주요 특성이기도 하지만, 인용문의 경우, 순결한 무아의 형식으로서—'붓 가는 대로 따라 쓴 글'이라는 뜻에서—수필의 의미를 되새겨본다면, 실로 『관촌수필』은 한국 현대사의 참극이 역설적으로 순결한 영혼의 형식을 꽃피운 희귀한 예로 해석될 수 있을 것이다. 다시 말해, 작가 이문구는 자신이 겪은 비극에 대해 처절하리만큼 정직하고 진실했던 것이니, 『관촌수필』의 수필의 형식은 그 자체로 순수한 영혼의 형식임을 보여주는 것이다. 이 또한 이문구의 소설의 전 형식이 지닌 문학적 새로움이자 위대함이라 말할 수 있는 것이다.

4. 중앙집권적 국민 국가를 넘어서: 근대적 문학을 넘어 연대連帶적 문학으로

이문구는 자신을 농촌작가 또는 농민작가로 한정하여 생각하지는 않았다. 하지만 이문구는 한국의 농촌에 만연되어 있는 온갖 모순과 부조리들을 비판적으로 묘사하고 그것들의 원인을 찾아 드러내는 데에 온몸을 바친 작가였다. 이문구의 문학이 한국 농촌 사회에 바친 헌신은 그의 소설과 산문들에서 쉽게 확인되는 사실이다. 그만큼 한국의 산업화 시기의 농민 현실과 농촌 현안은 이문구의 생애와 문학과 밀접한 관계를 맺고 있다. 이문구가 한국의 농업 현실에 대해 안타까운 관심과 애정을 쏟았다고 하더라도, 가령, 『우리 동네』 연작 등에서 금방 확인되는 사실이지만, 이문구는 농민의 실상을 윤색하거나 미화하지 않는다. 오히려 농민들의 가난하고 참담한 생활을 그리는 데에 그치지 않고, 빈농이나 소작농 혹은 중농들의 기회주의적 성격과 탐욕, 심각한 도덕적 타락상을 추적하여 사실적으로 그리는 일에 충실한 편이었다. 채소 농사 짓는 데에 양심의 가책도 없이 농약을 범벅이 되도록 치는 농민들의 모습이나 도박에 헤어나지 못하는 빈농들의 모습, 도시의 저질 풍속과 쓰레기들이 마구 유입되어 매춘과 성적 타락에 전통적 가치관이 공백 상태가 된 농촌 사회를 거침 없이 까발기고 냉정하게 비판한다.

물론 이러한 농촌에 대한 노골적인 비판은 이문구의 현실주의적 문학 정신을 반영하는 것이다. 그러나 이문구의 소설에는 늘 현실의 부조리를 맞서서 타개하려는 '문제적 농민'이 등장한다는 사실을 또한 잊어서는 아니된다. 그리고 그 문제적 주인공들은 흔히 지식인들이 관념적으로 만들어 놓은 현실 변혁적인 인물이거나 이상적으로 만들어진 '완성된 인물'이 아니라는 점도 아울러 잊어서는 안된다. 이문구 소설에 등장하는 문제적인 농민들은 적당히 탐욕적이며 또는 소심하거나 우유부단한 매우 현실적인 성격의 인물들이다.『우리 동네』연작과『나는 너무 오래 서있거나…』연작의 주인공들은 도시의 주변 농촌에서 살고 있는 장삼이사 같이 실제 농민들이 모델이라고 해도 믿을 수 있을 정도이다.[13] 이러한 사실은 우선 산업화 시대 이래로 한국 농촌의 내외적인

---

13) 산업화 시대의 궁핍한 농촌에서 농민의 이중적이고 기회주의적 근성이나 타락한 도시 문명의 유입과 모방에 따른 속물화 현상과 마주치는 일은 그리 어려운 일이 아니다. 가령「우리 동네 이씨」에 등장하는 주인공 의식화된 농민 이낙천이 자신의 이중적이고 기회주의적 근성에 대한 자기 반성을 한다는 것은, 농민계급의 본성으로서 진실성 혹은 순박성淳朴性을 농민적 성격의 전형성典型性의 요소로 삼으려는 이문구의 작가 의식과 관계된 것이라 할 수 있다. 또 그러한 이낙천의 자기 반성 의식 즉 언행일치에 대한 반성적 의식은 농민의 권익을 위한 투쟁 의식의 기본적 요소며 조건이라는 작가의 관점으로 관측될 수가 있다. 그러므로 이문구의 작중 주인공에게 중요한 것은 농민계급이 안고 있는 모순에 대한 투쟁 의식에 머물지 않는, 투쟁의식의 정당성正當性을 확보하는 윤리성이다. 결국 이문구 문학에서 속물적인 의식과 이와는 대조되는, 주체적 현실비판 의식은 둘이 함께 뒤섞여 있는 농민적 본성을 이루는 것이라 할 수 있지만, 중요한 것은 이 둘 사이의 모순을 극복하는 계기는 자신의 비윤리성에 대해 '반성하는 의식'인 것이다. 그래서 이낙천을 비롯하여「우리 동네」연작,「장평리 찔레나무」등 '나무' 연작에 등장하는 주인공들은 이념적으로 의식화되어 있지 않을 뿐만 아니라 도덕적으로도 결코 완전하거나 성숙해 있지 않은 인물들이다. 즉 그들의 의식화는 농민들의 생활 외부에서 이념적으로 주어지는 의식화가 아니라, 농민들의 생활 내부에서 스스로 조금씩 반성하고 각성해가는 곧 '자연의 이치와 더불어 깨쳐가는 사회의식화'이다. 집과 자연 그 자체인 일터와 마을 공동체 안에서 터득하게 되는 사회의식화. 이러한 뜻에서 의식화되는 주인공은, 극히 비근하고 일상적인 농민에 가까운 주인공으로 표현되는데, 이는 결국 작가가 자기 주변 인물 중에서 작중 주인공의 모델을 찾도록 만든다. 이문구는 자신의 창작방법론의 중요 부분을 산문「내 작품 속의 인물들」(1996)에서 다음과 같이 밝히고 있다.

    (…) 작중 인물을 선발한다는 것은 무슨 말인가. '무에서 유를 창조'하는 것이 아니라 낯설지 않은 인물 가운데에서 만만한 사람을 염두에 두고 엇비슷하게 베껴왔다는 이야기인가. 나는 작중 인물들이 모델이 있다고 하면 모두가 있고 없다고 하면 모두가 없다고 할 수 있을 정도로 주변의 갑남을녀甲男乙女 장삼이사張三李四 가운데에서, 내가 보고 들은 이야기에 맞춰 배역을 선발한 다음, 사건의 사회적인 성격에 따라 그 밖에도 더 있을 법한 이야기를 꾸며서 덧러리를 하고, 선발한 인물의 능력을 짐작하여 이야기의 연장과 단축, 과장과 축소, 미결과 봉합을 결정해 온 셈이다. 나의 인물은『우리 동네』에 나

변화 과정을 이문구 특유의 냉철한 사실주의적 시각으로 관찰한 결과이겠지만, 그것만으로 실존 농민처럼 현실에서 흔히 만날 수 있는 밋밋한 성격의 인물을 작품의 주인공으로 내세웠다는 사실을 설명할 수는 없다. 그러니까 이문구 소설에서 주인공의 성격 문제도 작가의 웅숭깊은 세계관과 문학관에 따른 결과로 볼 수 있는 것이다.

한국의 산업화와 도시화는 박정희 정권에 의해 농촌과 농민의 철저한 희생을 발판으로 독재적으로 진행되었다. 작가 이문구도 도시 노동자 계급보다 더 깊고도 심각한 피해와 희생을 당한 계급이 농민 계급이라고 생각한 듯하다. 산업화 시대를 거치면서 도시 임금 노동자의 저임금정책을 추진하기 위해 저가 농산물 정책을 지속적으로 펴왔다는 사실만으로도 농민계급은 최악의 피해 계급이었다. 이러한 농촌의 비극은 2013년 지금 상황을 보면 새삼스레 말하는 것 자체가 참괴스러울 따름이다. 유구한 역사 속에서 농자천하지대본으로서 굳건히 믿어 지켜온 민족의 삶의 바탕인 농촌 사회의 기반이 붕괴되고 농민층의 삶은 거의 와해 지경에 내몰린 채 전통적 정신 문화의 기반이 몰락하였음은 더 말할 나위도 없다. 이런 역사적 맥락에서 보면, 1970-80년대 스러져가는 농촌을 무대로 한 이문구의 작품들, 특히 『우리 동네』 연작은, 그 내용과 세계관과 여러 소설 형식들을 두루 고려해도 단연 한국 근현대문학사상 가장 위

오는 여러 성씨姓氏의 인물들과 같이 빚은 듯한 미인도 없고 깎은 듯한 미남도 없다. 난 사람도 없고 된 사람도 없으며, 큰 사람도 잔 사람도 없을뿐더러, 센 사람도 없고 진 사람도 없다. **주변에 있는 비도시형의 인물 가운데에 사건이나 사리事理에 따라서 그때마다 적당히 선발된 위인爲人들이기 때문이다.**

—「내 작품 속의 주인공들」(1996) (강조_필자)

위 인용문의 내용을 간단히 요약하면, 이문구의 창작방법의 비밀, 작중 주인공의 모델은 작가의 주변에, 실제 생활 현장에 있었던 것이다!

대한 업적으로 평가해 마땅하다고 생각한다.

이문구의 소설에서 주목할 대목은 농민층의 희생을 강요한 폭력과 가해의 주체로서 관官 곧 국가 체제를 지목하고, 국가의 농정農政 파탄과 관이 저지르는 온갖 가렴주구苛斂誅求와 부정부패를 농민의 주체적인 관점에서 구체적인 증거를 가지고 자세하게 조목조목 따지며 비판하고 있는 부분이다. 그런데 이와 같이 국가와 관이 무고한 농민들에게 저지른 온갖 가렴주구에 대한 비판과 저항이 근대 국가 체제에 대한 부정적 회의懷疑에 맞닿아 있다는 점에서 중요하다. 우선, 가까운 예를 들면, 많은 작품들에서 국가 체제를 유지하는 기본적 제도로서 국회의원 및 단체장 선거제도의 존재의의를 전면 부정하거나 무용지물로 보는 시각에서도 '반국가주의적 정치 의식'의 일단이 엿보이는 것이다.

소위 근대화 또는 산업화의 기본 조건으로서 전통적 농민층의 강제적인 분해가 한창 진행되던 1960-70년대가 작품의 배경을 이루는 『우리 동네』 연작을 보면, 국가와 농민 사이의 대립과 불신은 회복 불능의 적대적 비각 상태로서 묘사되고 있다. 특히 1970년대 박정희 유신 독재 정권의 국가 정책에 따라 강압적으로 시행된 새마을운동은 겉으로는 농민들의 자율과 자조의 정신을 표방하였지만, 그 내막을 보면 국가의 효율주의와 가시적 성과주의 정책에 따라 국가 권력이 일방적으로 밀어붙인 국민 동원 사업령의 일환이었다. 새마을운동은 농민이 운동의 자율적 주체가 아니라 타율적 객체로서 일방적인 지시를 받는 강제된 운동이다보니, 농촌의 외양은 잠시 그럴싸하였지만, 내실에 있어서 농민의 형편이 더 나아질 것이 없었다. 『우리 동네』 연작에서, 이문구는 국가에 의해 강압적으로 밀어붙여진 1970년대 초반의 '새마을운동'의 허구성을 드러내 보인다. 농촌은 새마을운동 이전보다 나아진 것이 없이 경제적 가난과 그로 인한 가족의 해체와 이농으로 고통받고, 오히려 농촌의 전통적 생활 습속과 가치관 등이 붕괴되어 인심의 황폐와 풍속의 타락이 심각해져 가는 상황을 농민들의 객관적 시선과 육성으로 사실적으로 그려내었던 것이다.

(1)

"서민 보호를 위해서 곡가들 붙잡어놨으면, 농민은 서민 축에두 못든다 이 얘기여? 잘헌다. 서민은 곡식만 먹구 공산품은 안 쓰니께, 곡가만 땅에 떨어트리구 공산품값은 시렁에 올려놨구먼?"

—「우리 동네 강씨」(1980)

(2)

둠벙은 무시로 자고 이는 마파람 결에도 물너울을 번쩍거리고, 그때마다 갈대와 함께 둠벙을 에워싸고 있던 으악새 숲은, 칼을 뽑아 별빛에 휘두르며 서로 뒤엉켜 울었다. 으악새 울음이 꺼끔해지면 틈틈이 여치가 울고 곁들여 베짱이도 울었다. 김은 그것을 밤이 우는 소리로 여겼다. 하늘은 본디 조용한데 으레 땅에서 시끄러웠었다는 것도 더불어 깨우치면서,

"세상이 아무리 뭣같이 되었더래두 헐말은 허구 살아야겠더라구."

이장은 계속했다.

"촌늠은 나이가 명함인지만, 나두 막말을 한 헐 수 읎어 허는디, (…) 나두 작년 같잖여. 나두 정신채렸다구. 작년만 해두 동네서 쥑일 늠 소리를 들었구, 또 그래야 쌌어. 허지만 나두 싫어. 왜냐. 나두 당신 말마따나 젊어. 넘으 잔치에 설거지해주다 내 배 곯구, 동네서 소리 들어가며 살구 싶지는 않더라 이게여. 그러구 이건 내 개인 문제가 아녀. 그럼 뭐냐. 하늘과 땅과, 비바

람두 눈보라두 우리를 보호해줘. 심지어 개돼지두 우리를 위해 살어. 그러나

사람은 틀리더라 이게여. 그러니 세상 윦이 거시기헌 늠이 무슨 소리를 해두

못 믿겄더라 이게여."

　　이장은 말허리를 끊고 좌중을 한차례 둘러본 다음 나머지를 이었다.

　　"그러니께 결과적으루 우리 스스로 우리를 보호허지 아니허면 아니되겄

더라— 이게 결론여."

—「우리동네 황씨」(1977) (강조_필자)

　　「우리 동네 강씨」에서 따온 인용문 (1)은 작중의 농민 정승화가 보리
수매 현장에서 면장에게 대고 터뜨리는 분노와 자조가 뒤섞인 말이다.
이 방언투 말 속에 산업화의 기실其實이 압축되어 드러난다. 1970년대
농민층의 몰락과 희생을 강제한 저곡가 정책은 도시 노동자의 저임금
정책을 가능하게 하는 전제 조건이었고, 따라서 작가의 정치경제적 관
점으로 보면, 산업화의 가장 큰 피해자는 농민이다. 도시 서민들도 산
업화의 피해자임은 매일반이지만, 자본의 직접 관리 아래 있는 공장노
동자의 노동 잉여인 공산품 가격을 "시렁에 올려" 놓고 그대로 둔 데 반
해, 서민들과 노동자들의 먹을 곡식을 책임지는 농산물 가격은 계속 내
리기만 하니, 농민은 "(도시)서민 축에두 못든다"고 판단하는 것이다.
그러니, 이 땅의 산업화는 농민층의 희생을 최우선적인 담보로 하고 산
업 노동자층과 도시 서민층의 피해와 소외를 전제로 한 자본가와 국가
관리 체제의 지배를 굳히는 과정에 불과한 것이다.

　　'으악새 우는 사연'이라는 부제가 달린 「우리동네 황씨」에서 인용한
(2)는, 주권재민主權在民의 참뜻이 사멸된 국민국가의 반이념성을 농민
의 생생한 방언의 입심에 담아 비판한다. 하늘과 땅, 비바람, 눈보라 같

은 우주 자연도 농민을 보호하고 심지어 개 돼지도 농민을 보호해주지만, 유독 인간만이 농민을 보호해주지 않으며, 따라서 "세상 윲이 거시기헌 늠이 무슨 소리를 해두 못 믿을" 종자라는 것, "그러니께 결과적으루 우리 스스로 우리를 보호허지 아니허면 아니되겠더라—이게 결론여"라는 것. 국가를 믿을 수 없으므로 농민 스스로 농민을 보호해야 한다는 것. 이러한 농민의 분노는 단지 경제적 소외감의 표현 그 이상이다. (2)에 적힌 농민의 말은 그 자체로 도탄에 빠진 농업 현실 앞에서 분노에 휩싸인 농민의 육성이다. 분노는 경제적 소외의식에서라기보다는 농사는 천하지대본이라는 오랜 전통적 당위성이 여지없이 짓밟힌 현실에 대한 분노이다. 국가가 농민을 기만하고 '국민'이 농민을 기만하는 현실을 분노하여, 인간('국민')도 믿을 수 없고 마땅히 농민을 보호해야 할 책임과 의무가 있는 국가도 믿지 못하는 것이다. 농민의 삶의 관점에서 보면, 하늘 땅, 하물며 개 돼지도 농민을 보호해주는 마당에 농민 아닌 인간들 "세상 윲이 거시기헌 늠들", 즉 이미 국가의 보호를 받는 '국민'들과는 달리 농민이 천시 받는 국가의 현실에 분노하는 것이다.

국가의 보호가 없으니 철저히 소외된 농민은 농민 스스로가 보호할 수밖에 없다. 농민이 스스로를 보호할 수밖에 없다는 것은 소위 근대적 국민 국가라는 체제도 결코 농민 편이 못된다는 의미이다. 그렇다면, 농민에 의한 농민을 위한 농민의 권력을 도모하자는 뜻인가. 위 인용문 (2)에서 이문구는 상징적인 문장을 새겨 넣었다. 곧 "둠벙은 무시로 자고 이는 마파람 결에도 물너울을 번쩍거리고, 그때마다 갈대와 함께 둠벙을 에워싸고 있던 으악새 숲은, 칼을 뽑아 별빛에 휘두르며 서로 뒤엉켜 울었다. 으악새 울음이 꺼끔해지면 틈틈이 여치가 울고 곁들여 베짱이도 울었다. **김은 그것을 밤이 우는 소리로 여겼다. 하늘은 본디 조용한**

데 으레 땅에서 시끄러웠었다"라고 썼다. '밤의 어둠 속에서 농촌의 모든 자연이 함께 우는 소리'라는 문학적 상징은 무엇을 의미하는가. 이 상징은 당대의 암울하고 고통스러운 농민 현실을 비유하겠지만, 더 중요한 뜻은 농민을 보호하는 모든 자연물들이야말로 농민이 가장 믿을 수 있고 의지할 만한 세계라는 것. 천지인일체와 농자천하지대본의 뜻이 상징적으로 담긴 인용문은 이문구의 소설의 근본적 세계관을 함축한다. 그리고 이문구의 민중적 현실주의의 세계관은 작중 농민인 '마을 이장 김'의 사투리조 육성을 빌려 "세상이 아무리 뭣같이 되었더래두 헐말은 허구 살아야겠더라구."라는 거친 방언 속에 표현되어 있다. 이 우주 자연과의 조화를 당위로 살아온 농민적 자연관과 농민을 괴롭히는 근대적 국민 국가 체제에 대해 "할 말은 허구 살아야"한다고 다짐하는 의식화된 농민 의식, 이 두 가지 세계관의 융합이 바로 이문구의 문학관의 요체를 이루는 것이다. 다시 말해, 계급 개념을 넘어 우주 자연을 일터로 삼아 노동이 자연과 대립하거나 자연을 착취의 대상으로 여기지 않는 '시원적始原的 계급'이자 자연인自然人으로서의 농민관, 근대적 자본주의의 모순이 집약된 병든 국민 국가 체제에 저항하고 싸우는 비판적 농민의식은 이문구의 문학관을 이해하는 데 선결적으로 필요하다.

반봉건 혁명 운동이 이어지던 근대 역사의 무대에서 성립된 국민 국가 이념은 이제 근대적 국가 체제를 가능하게 했던 국민을 배반하는 자기 모순성, 비민주성과 비민중성을 드러내며 그 존재 의미와 가치들이 심히 의심스러운 지경에 놓여있다. 오늘날 주권재민主權在民에서의 민民을 대표하는 것은 사실상 국민이 아니라 국가이다. 스스로 국민의 공복이라고 자처하는 국가가 거꾸로 국민을 지배한다. 국민이 국가에게 주권을 위임했지만 국가는 기만한다. 선거에 의해 국가가 온갖 권력을 대리하고 국민을 대표하는 국가가 농민이나 노동자를 통제하고 지배한다. 그러나 국가 체제만이 노동자 농민을 지배하는 것이 아니다. 국민국가 체제 아래서는 국민이 국민을 지배하고 국민이 농민을 지배한다. 아울러 자본주의 하의 국가에서 자본은 국가 체제를 통해 국민을 보다 은밀하고 효율적으로 통제하고 지배한다. 자본이 농민과 노동자를 통제하고 지배한다. 국민 개개인이 주인의 권리를 가진다는 민주주의의 뜻은 국가와 자본의 지배 아래서는 흰소리에 불과하다. 진정한 민주도 평등도 자유도 보장될 수가 없다.

인민의 인민에 의한 인민을 위한 정치라는 민주주의의 이념은 과연 현실적으로 실천 가능한가. 그것은 연설문의 일부이거나 헌장의 낡은 문구에 불과한가. 국가의 국가에 의한 국가를 위한 국가government의 정치가 민주주의의 실현을 가능하게 하는 양 위장하고 있는 것이 아닌가. 이 반문에 덧대어, 근대적 국민국가에 의한 민주주의의 실현은 가능한가, 민주주의를 실현할 이상적인 국가 체제는 과연 존재하는가. 민주가 보장되지 않는다면 자유와 평등도 보장될 수가 없다. 그리고 이 말의 역逆도 성립한다.

근대 국가 체제 하에서의 민주주의와 평등, 자유 개념이 지닌 근본적인 한계의 문제는 이문구의 문학이 품고 있는 국가관, 농민관, 세계관을 이해하는 데에 있어서 근본적으로radical 중요하다. 그것은 '국민'이라는 추상적인 근대국가적 개념과 '농민'이라는 현실적이면서도 '항시적인 계급' 혹은 인류사적 자연사自然史적 계급 개념간의 모순과 갈등의 관계를 해명하는 문제와 직결되어 있기 때문이다.

이문구 문학은 도시의 노동자 계급을 중심으로 한 근대적 진보주의 이념이나 근대적 국민 국가주의 양쪽 모두와 일정한 거리를 두고 있는 것으로 보인다. 물론 근대적 진보주의의 이념을 부정하거나 근대적 국민 국가 이념을 멀리하는 것도 아니다. 다만 반독재 민주주의 이념의 옹호와 함께, 근대 국가의 한 형식으로서 보통 선거 및 국가 체제 하에서의 선거 제도의 패악성에 대해서 깊이 성찰하는 모습이 역력하다.

이념 문제와 관련하여 이 자리에서 말할 수 있는 것은, 이문구의 문학이 지닌 민중성과 민주성은 박정희 유신 독재 시대 이래 국가에 의해 지속적으로 강요된 농민들의 고통스러운 생활상과 그 고통을 그려내는 민주적이고 민중적인 언어 의식을 함께 통일적으로 살펴볼 때, 비로소 온전하게 이해될 수가 있다는 점이다. 다시 말해, 이문구의 문학은 도탄에 빠진 농민들의 고통을 묘사하되, 그 고통의 언어가 고통이기를 마침내 그치고 민중들의 고통의 축제가 되는 '방언적 문학 언어'와 민주적 언어 의식을 이해함으로써만 비로소 그 진경을 이해할 수가 있는 것이다.

5. 이문구의 문학이 남긴 소설론적 쟁점:
   '방언적 존재로서의 작가 의식'이 지닌 소설 형식성 문제

작가 이문구는 앞서 살폈듯이 동아시아의 전통적 문학양식인 전傳과 판소리의 소리꾼체 혹은 이야기꾼체, 수필의 형식성을 깊이 주목하고 이를 새로운 '현대적 소설형식성'으로서 자신의 소설 문학에 접목하고 융합하였다. 이문구는 특히 전통적 전 양식과 자연어감을 살린 소리글자로서의 순우리말과 전통적 한문투 언어 그리고 비속어卑俗語를 포함한 민중들의 생활 현장 언어 등등 전통어와 현대어 모두에서 민중적이

고 민주적인 언어 의식을 통해 하나로 아우르고 숙성시켜서 자신의 고유한 소설 문체로 발전시켰다. 그리고 이러한 이문구의 문학적 노력이 4·19 세대의 문학 일반이 서구적 합리주의, 서구적 지성주의, 유물론적 합리주의 따위에 의지하고 매몰되어 갈 즈음에 이루어졌다는 사실은 실로 놀라운 일이다. 그것은 지극히 '어렵고도 고독한 반-시대적 저항 정신으로 기릴 만한 하나의 문학사적 사건'이라 평가할 만한 것이었다. 그러니까, 이문구는 시대의 유행에 거슬러 민족의 유구한 전통 문예 형식과 문체 의식 속에서 현대적이고도 민주적이며 민중적인 문학관과 문학 형식을 찾아 자신의 문학의 기초로 삼았고, 그것이 반反-시대적으로 고독하게 추구하고 꿋꿋이 실천해야 할 '새로운 시대성'의 문학으로 믿었다. 이문구의 소설과 산문을 보면, 이러한 변함없는 반-시대적 신념과 자신감은 곳곳에서 묻어난다. 이문구에게 미래의 한국문학을 만드는 힘은 과거의 빛나는 전통과 살아있는 민중 언어를 풍부하게 살려내는 것이었다.

이문구 문학 작품에 가해진 '전前근대적'이란 평가 혹은 복고주의적 혐의 따위의 비평의식은 대부분 작품 내적 증거들을 설득력있게 제시하지 못하는 한계를 안고 있으며 대개 인상 비평 수준에서 나온 것들이다. 그것들이 지닌 근본적인 한계는 바로 자신들의 비평의식의 척도인 근대성 혹은 근대적 합리주의에 대한 비판적 성찰이 부족하다는 데에 있다. 이미 이 글의 모두冒頭 부분에서 지적했듯이, 서구 합리주의 문학관에 편향된 문학과지성 계열의 비평은 차치하고라도, 사회 현실과 인간성이 앓고 있는 모순들과 대결하고 이를 극복하고자 하는 창작과비평과 같은 리얼리즘 문학 계열의 비평들도 예외는 아니다. 한마디로 거의가 인상비평 수준, 사적史的 유물론唯物論의 도식에서 별 생각 없이 빌려온 무책임한 비평 의식 수준에 머물러 있다. 특히 무산계급의 사회적 역사적 모순을 구조적이고 총체적으로 그려내지 못했다는 이문구 문학에 대한 진보주의적 비평들은 대체로 무책임하다. 창작과비평 계열의 비평이 이문구 문학에 대해 갖는 비평의식의 문제는 유물론적 편견과 선입견이라고나 할까. 역사적 진보주의 또는 유물론적 역사주의 공식에서 도출된 사회적 현실적 모순을 그리되 '전형적인 상황에 처한 전형적인 인물의 창조'라는 소설 공식이란 것도, 좀 더 깊은 주체적인 자기 반성이 절실한 시점이라고 본다.

   그렇다, 문제는 리얼리즘이다. **아니, 문제는 문학적 현실주의이다.** 문학적 현실주의란 무엇인가. 나날이 썩어가는 사회 현실의 모순들을 혁파해가고 인간 정신을 모순과 타락에서 구하고 정화시키는 진정한 현실주의 문학의 형식과 내용은 무엇인가. 소위 '진보적 문학 진영' 논객들의 상찬이 발표된 지 40년이 지난 지금껏 거의 쉼 없이 이어지고 있는 황석영의 출세작「객지」를 예로 들어본다. 아다시피 이문구 황석영 이청준 김승옥은 4·19 세대의 주요 작가들이다. 그러므로 이문구 문학의 현실주의적 차원을 탐색하는 이 자리에서 소위 리얼리즘 문학의 대표적 작품으로 평가받고 있는 황석영의 「객지」를 새로운 현실주의의 시각에서 살펴보는 것도 적절하다 할 것이다.
   「객지」(1971)는 이문구의 장편소설『장한몽』(1971)과 같은 시기에 『창작과비평』지에 발표된 작품이다. "아세아 건설"회사에서 시공하고 있는 '운지간척지 공사장의 일용 인부로 고용된'에 고용된 노동 쟁의를 다룬 중편 소설 분량의 이야기이다. 이 글에서 군이 「객지」의 내용이나 주제 의식 등에 대해 자세히 되새겨 분석할 이유가 없을 것이다. 다만, 「객지」의 주제 의식에 대해 간략히나마 설명하자면, 이 작품의 끝 부분에 나오는 주인공 동혁의 모습을 묘사한 부분을 다시 읽는 것으로 충분할 듯하다. 간척지의 '독산'에 올라가 함께 뭉쳐 쟁의를 벌이던 부랑노동자들이 사측의 현장 소장의 회유와 무장 경찰과의 대치 등으로 하나둘씩 하산을 하고 투항을 하게 되자, 주인공 동혁은 이렇게 말한다.

… 3함바 고참 인부가 혼자 떨어져 앉아 생각에 잠긴 동혁의 등뒤로 가까이 왔다.

"우린 지금, 내려가기로 결정했는데……"

그는 잠깐 동혁의 뒤에서 서성거렸다. 동혁이 침울하게 대답했다.

"우리가 회사측에 관해서 생각하는 것처럼, 저쪽이 우릴 생각하는 줄 아시오? 저 사람들은 그동안 우릴 어떻게 취급해왔는지 잘 알 거요. 나는 내려가지 않겠소."

"좋을 대루 하슈, 그건 당신 자유니까."

"당신도……"

하며 동혁이 벌떡 일어났다.

"만일 나와 생각을 같이하는 인부가 한사람이라도 있다면 나는 함께 행동하겠소."

동혁은 그에게 대답하지 않고 바위가 우뚝 선, 보다 높은 쪽으로 올라갔다. 그는 앞으로 어떻게 될지는 알 수 없었으나, 이젠 이미 마음을 내일로 활짝 열고 있었으므로 자기에게 맞서올 어떠한 조건에 대해서도 자유로이 응할 수가 있을 것 같았다. (…)

동혁은 상대편 사람들과 동료 인부들 모두에게 알려주고 싶었다.

"꼭 내일이 아니라도 좋다."

그는 혼자서 다짐했다.

바싹 마른 입술을 혀끝으로 적시고 나서 동혁은 다시 남포를 집어 입안으로 질러넣었다. 그것을 입에 문 채로 잠시 발치께에 늘어져 있는 도화선을 내려다보았다. 그는 윗주머니에서 성냥을 꺼내어 떨리는 손을 참아가며 조심스레 불을 켰다. 심지 끝에 불이 붙었다. 작은 불똥을 올리며 선이 타들어오기 시작했다.[14]

「객지」의 맨 뒷부분에서 인용한 위 문장 안에 사실상 「객지」가 지닌 주제의식의 요체가 담겨 있다. 우선, 1970년을 전후한 시기에 한국의 부랑노동자들의 노동 상황을 반영한 노사勞使 쟁의를 다룸에 있어서 철저히 계급 투쟁적 관점에 서 있다는 것. 「객지」에는 노동자들이 사측의 양보를 불신하고 '독산'에서의 집단적 실력적 노동 쟁의를 풀지 못하는 장면이 나온다. 불신의 이유는 그 사측의 양보 조건들이란 것들이란 한낱 "임시조처"의 "떡밥"에 불과한 속임수라는 것이다. 이러한 장면은 작가 의식이 노동자의 계급투쟁의 관점 위에 서 있음을 보여주는 한 예라고 할 수 있는데, 위 인용문은 주인공 동혁이 이러한 계급 투쟁적 노동 의식의 첨단을 드러내보이는 대목이랄 수 있다. 여기서 주목할 것은, 「객지」의 동혁이라는 '부랑노동자의 노동 의식'에서 '자유 의지에 따른 수준 높은 혁명적 노동의식'으로 급격히 변모하고 있다는 점이다. 곧 이야기가 진행되어 가면서 주인공 동혁이의 노동 의식이 단지 날품팔이 노동자의 떠돌이 노동 의식에 머물지 않고 조직적이고 투쟁적이며 혁명적인 노동 의식으로 급격히, 다분히 '공식적으로' 바뀌고 있다는 점. 다음으로는, 「객지」의 전체적인 이야기를 살펴보면, 주인공 동혁

---

14) 「객지」, 『황석영 중단편전집』 1권, 창비, 2000, 274-275쪽.

이라는 혁명적인 노동자상을 내세운 배경에는, 자본주의 하에서 노사 간의 갈등과 투쟁은 불가피하며, 이러한 계급 투쟁의 관점에서 철저히 노동자의 편에 서서 어떤 모범적 노동자상을 세우고자 하는 작가 의지나 작가 의식이 작용한 것으로 볼 수 있다는 것. 이러한 작가 의지와 '혁명적 의식'이 중추적 주제의식, 곧 '계급 투쟁'의 관점에서 동혁이라는 인물의 급격하고도 공식적인 노동 의식으로의 변화를 이끌어내고 있음은 두말할 것도 없다.

이와 관련하여, 특히 작중 인물인 사측의 현장 소장이 독산에 올라가 파업중인 노동자들에게 동혁이 제시한 노동 개선의 네가지 조건 중 세 가지를 수락하겠다는 회유책을 내놓고 있지만, 사실상 이 모든 것이 속임수에 불과함이 미리 설명되고 있는 대목—위 인용문 바로 앞 부분에 나오는 작중의 내레이터(해설자, 화자)가 '현장 소장'의 음흉한 속내를 설명하는 대목을 보라—이나, 위 인용문에서 보듯이, 사측의 속임수를 이미 훤히 꿰뚫어 읽고 폭약을 입에 물고 죽을 각오로 임하는 '현명하고 투쟁적이며 미래지향적이고 혁명적인 노동자'인 동혁의 인물 묘사를 보면, 「객지」는 간척지 날품팔이노동자들의 노동 쟁의를 그리되, 더 본질적으로는 노사간의 갈등의 불가피성 즉 계급 투쟁의 불가피성과 함께 당성黨性이 확고한 혁명적인 노동자상을 그린 '계급투쟁적 노동소설'인 것이다.

물론 이러한 해석에 덧붙여져, 「객지」가 나온 1970년의 노동 상황, 가령 전태일 열사의 분신 등 당시 노동의 소외가 심화되고 노동에 대한 자본의 지배가 노골화되던 시대 상황을 돌이켜보면, 다각도로 새로이 해석될 여지가 있을 것이고, 오늘날까지 진보적 노동소설의 대명사쯤으로 칭송되어 온 내력도 이유가 없지 않다고 생각된다. 하지만, 「객지」

는 몇 가지 특별한 측면에서 재조명되어야 한다. 첫째, 이 작품이 산업화 시대의 계급 투쟁적 노동 현장을 다룬 노동 소설로서 진보주의 운동에 있어서 일정한 성과를 이루었다 하더라도, 여전히 남는 문제는 계급 투쟁적 관점에 의해 플롯이 짜여지는, 다시 말해 진보주의적 관념이 공식적 혹은 도식적 사변의 형식으로 이야기를 이끄는 주체가 되고 있다는 점이 지적되어야 한다. 이에 대해 반론이 있을 수 있다. 진보주의적 관점이야말로 「객지」가 지닌 진보문학사적 큰 성과라고. 하지만 이러한 성과에 대해서도 더 다양한 재반론이 기다려질 수밖에 없다. **한마디로 말해, 진보적 관념 자체가 진보 문학을 보장해주는 것은 아니라는 사실이다.**

이러한 진보주의적 관점의 도식성과 연관된 문제로서, 다음으로 지적할 것은, 사소한 듯이 보이나 결코 사소할 수 없는 문제점들이 제기될 수도 있다. 가령, 「객지」의 전체적인 내용을 들여다 볼 때, 노사간의 투쟁에 있어서, 사측의 악행에 대해 사실주의적인 묘사가 더욱 빛난다는 것, 가령 봉택, 종기, 최서기, 십장, 현장 소장 등 악행을 일삼는 밑바닥 인생들과 사측 현장 소장 등 부정적 인물들에 대한 묘사가, 그 반대편에서 싸우고 있는 긍적적인 부랑 노동자들, 동혁이 대위 장씨 한동이 판술이 등을 위시한 날품팔이들의 의식와 행동 묘사보다 상대적으로 훨씬 박진감있고 실감있게 서술되어 부정적 인물이 긍정적 인물을 압도한다는 점. 악惡의 묘사는 박진감이 있으나, 그에 비해 선善의 묘사는 훨씬 못 미쳐 권선징악 소설류 수준에 떨어진다는 점을 지적할 수도 있는 것이다. 자본가 편에 선 가해자(악)/피해자(선)이라는 권선징악적 무의식도 문제로 보여지지만, 적어도 이러한 선악의 대립을 극복하는 작가의 의식의 치열성 혹은 그 치열성을 확보하려는 자기 성찰과 자기 고통의 승화 혹은 정화의 노력이 보이질 않는 것이다. 지배계급/피지배계급의 대립과 투쟁 그 자체가 문제시되는 것이 아니라, 선악의 대립에 대한 단순하고도 피상적인 묘사가 현실주의적 혹은 예술 사상적 깊이를 전혀 보여주질 못한다는 데에 문제가 있다. 이러한「객지」가 지닌 윤리성의 문제는 작가의 진보주의적 당파성이 지닌 객관성의 문제 즉 주관성의 한계의 문제 또는 가치 편향성의 문제일 수도 있으며, 작가의 사실주의(리얼리즘) 문학 의식이 지닌 관념적인 낭만성의 문제일 수도 있다.(작가가 학습한 유물사관적 의지와 그 현실 전복顚覆의 관념적 욕망으로서 선악의 윤리성이 단순 해소되고 마는 수많은 '유물론적' 소설들!)「객지」의 내레이터가 겉으로는 객관적 관찰자의 내레이터로 이야기를 서술하는 듯하나, 곳곳에 전지칭적 내레이터와 객관적 내레이터가 뒤섞이고 있는 사실도 이러한 관념적 낭만성의 문제와 깊이 관련되어 있는 것으로 보인다. 전지칭적 내레이터와 객관적 내레이터가 소설에서 뒤섞일 수도 있지만, 문제는 그 내레이터의 뒤섞임이 주인공의 의식의 리얼리티와 작중 정황(시츄에이션)의 리얼리티를 작가 의식이 지닌 주관주의적이고 공식주의적 관념에 따라 독선적獨善的으로 지배하는 가운데 이루어지는 뒤섞임이라는 데에 있다. 작가-작중 내레이터-작중 인물들은 서로 독립적으로 관계를 맺고 있는 것이 아니라, 작가 의식에 따라서 작중 내레이터와 작중 인물들의 의식과 말투(문체)가 완전히 지배되고 종속되다보니, 내레이터는 작가 의식의 유물론적 합리주의의 도식에서 자유롭지 못하고, 작중 인물의 성격들은 저마다 지녀야 할 사회적 생활적 습속의 리얼리티가 무시된 채 악의 리얼리티가 우선하는 '선악의 도식'에 지배당하는 것이다. 전체적으로 보아,「객지」의 서사는 주관주의적 내레이터에 의한 객관적 시선의 지배에 놓여 있기 때문에, 사실상 전지칭 내레이터든 객관적 시점이든 이미 작가에게 학습된 이데올로기 혹은 내레이터의 숨어있는 주관주의적 이데올로기에 의해 선제적先制的이고도 독단적으로 각각의 캐릭터들과 시츄에이션은 조종되고 지배당하고 있는 셈이다.

방금 말한, 작가-내레이터-작중 인물간의 관계가 어떤 관계인가를 살피는 문제는 이문구 문학이 지닌 소설 형식적 특성을 이해하는 데 있어서 긴요하다. 4·19 세대의 표준어주의 문학 언어에 대한 가장 민감하고도 의미있는 소설 형식상의 문제가 여기서—특히 내레이터와 주인공의 언어 의식 및 성격 문제—제기될 수 있기 때문이다. 한 예로써, 이문구의 작품의 소설 내적 형식 차원에서, 작중 인물들은 주인공이라 할지라도 예외없이 충청도 방언을 토대로 한 어법과 어투를 구사한다는 점을 들 수 있다. 이문구의 대부분 작품에서 등장인물들의 대화對話가 충청도 보령지방 사투리에 철저하다는 것은 작가 개인의 토착어적 취향이나 여러 방언들의 지역적 분포에 따른 작가의 선택의 결과가 아니다. 이문구의 주인공들이 사투리를 쓰고 있다는 사실이 문학적 의미를 지니는 것은 그 자체가 소설 공간의 현장감과 정감情感 또는 질감을 살리려는 작의作意의 표현이라 데에 있지만, 그보다 더 눈여겨볼 것은, 내레이터도 작품 속 시공간視空間에 처한 등장인물들과 크게 다를 바 없는 생활 현장 언어인 사투리를 기초로 한 생활 현장적 문체를 구사하고 있다는 점에 있다. 간단히 말하면, 작중 내레이터의 '해설문체'와 등장인물의 '대화문체'가 크게 다르지 않다는 것이다. 내레이터의 언어의식과 등장인물의 언어 의식이 비슷하거나 동일하다는 관점에서 보면, 겉보기에는 황석영 이청준 김승옥 등 다른 4·19 세대의 주요 작가들의 문체 의식

과 별반 다를 바가 없다고 보기 쉽다. 가령 황석영의 「객지」의 문체 의
식을 살펴보면, 내레이터의 해설문체와 수많은 등장인물들의 대화문
체는 사실상 동일하기 때문이다. 즉 「객지」에서 내레이터와 등장인물
의 어법이며 어투들은 모두—서로 미세한 차이는 있지만 무시해도 무
방할 정도로—표준어 문체 하나로 통일된 채 고정되어 있는 것이다. 앞
서 말했듯이 방언과는 달리 표준어는 인위적이고 추상적인 문체이며
중앙집권적이고 공식주의적 문체이다. 내레이터는 등장인물의 행위
와 사건의 서술을 위해 일정한 객관적인 거리를 유지한다. 「객지」에서
도 내레이터의 등장인물과의 객관적인 거리를 유지하고 있음은 분명하
지만, 내레이터와 등장인물과의 거리감은 추상적이다. 반면 이문구의 내
레이터는 추상적인 성격에서 상당히 벗어나 있다는 느낌을 독자들은 갖
게 되는데, 이를 가능케 하는 직접적인 요인으로는 이문구의 내레이터는
등장인물과 어울리며 등장인물과 같은 지역(곧 '소설 속 시공간')의 주민과
도 같은 어투를 함께 구사한다는 점을 꼽을 수 있다.[15] 한마디로, 이문구의
내레이터는 추상적 인물이 아니라 '우리 동네 주민'과도 같은 내레이터인
것이다. 그러므로 이문구 소설에서 등장인물들이 한결같이 사투리적 언
어에 친숙하고 철저하다는 사실은 작가적 취향이나 방언학적 차원의 문
제가 아니라, 진정한 민중소설 혹은 '현실주의 문학'이란 무엇인가 라는
소설의 본질에 대한 문제에 직결되어 있는 것이다. 내레이터는 추상적이
고 사변적인 지식인적 시각을 지닌 작중 상황의 외부적 인물이 아니라 등
장인물들의 삶과 죽음에 함께 구체적이고 현실적으로 동참하는 '정황 내

---

15) 이 밖의 주요 요인을 꼽는다면, 이문구의 내레이터의 문체 즉 언어 의식 내부에 쌓여 있
는 다양하고 다성적인 '소리들', 복합적이고 다층多層적인 언어 의식들을 꼽을 수 있다.

부적 인물'이며 이는 결국 소위 '표준어 지향의 근대적 작가' 개념을 반성하고 새로운 현실주의적 작가상—이문구 식으로 말하면, '방언적 존재로서의 작가'—을 고뇌하고 실천적으로 추구한 결과로 볼 수 있는 것이다. 이는 중요한 소설사적 역설逆說의 의미를 지닌다.

이러한 소설의 문체 의식에 관한 문제적 성향은, 크게 보아서, 문학과지성사 계열의 비평가들에 의해 높이 평가 받아온 작가 이청준과 김승옥 등 이른바 '4·19 세대 작가들'의 작품들의 경우에도, 그 소설적 주제 의식이나 이념에서 황석영의 작품과 차이가 있을 뿐, 그대로 적용된다고 할 수 있다.[16] 곧 표준어주의에 입각한 작가 의식이 내레이터와 작중

---

16) 문학 작품의 내적 형식에 대한 비평의 대상으로는, 기본적으로 작가-내레이터-주인공 및 등장인물-행위 및 사건(플롯)-독자의 영역을 지목할 수 있다. 이 글에서는 편의상 작가-내레이터-주인공이라는 세 영역을 다루기로 한다. 작가와 작품 속 내레이터와 주인공이라는 3자 사이의 관계 양상에는 흔히 작가의 내레이터와 주인공에 대한 지배 종속적 관계에 놓여있거나, 이와 달리, 이 3자가 서로 독립적이고 대등한 대화적 관계이거나 하는 등등 갖가지 '관계'들이 있을 수 있고, 또 그 소설의 기법이나 문체의 내용에 따라, 작품의 겉으로는 보이지 않는 '숨어있는 내레이터 및 인물들(목소리들)'이 있을 수 있는 등, 미묘하고도 복합적이며 심층적인 '숨은 관계들'이 있을 수 있기 때문에, 소설 작품을 둘러싼 이와 같은 '3자간의 관계'를 이론적으로 일반화 유형화하기에는 많은 난제가 따를 것으로 보인다. 이러한 작가-내레이터-주인공간의 관계상에 대한 이론화 작업은, 현재로선 쉽지 않은 숙제로 남겨둘 수밖에 없다.
이 글에서 제기된 작가-내레이터-주인공 간의 관계상 문제는 소설 양식에 대한 일종의 가설적 문제 제기로서, 이 글의 주제 중 하나인 4·19 세대의 여러 대표작가들 중에서 이문구 문학이 지닌 특별한 차이성과 독창적인 문학성을 '과학적으로' 밝히기 위해 제시하는 가설적 이론의 모델 수준에서 그친다.
이러한 문제의식의 연장선상에서, 황석영의 「객지」에 대한 비판적 분석과 함께, 김승옥의 「무진기행」과 이문구의 『관촌수필』을 서로 비교하여 부연 설명하는 것도 여러모로 유용할 것 같다. 가령, 일일칭 내레이터(주관적 시점인 '나'가 내레이터)가 공통인 「무진기행」과 『관촌수필』을 비교하면(물론 『관촌수필』은 자전적 소설이지만), 두 작품 공히 일인칭 내레이터인 '나'가 주인공 역을 맡고 있으므로, 내레이터와 주인공은 동일하지만, 「무진기행」의 경우, 작가와 내레이터는 겉으론 동일하지 않은 타자 관계에 있고, 『관촌

수필』의 경우 겉으론 작가와 내레이터가 동일하다는 점을 전제로 하여 두 작품의 속내용을 살펴볼 필요가 있다.

두 작품은 겉보기로는 일인칭 내레이터와 주인공 '나'가 동일한 인물이지만, 그 속을 살펴보면 사뭇 다른 문학적 형식성을 드러낸다. 결론적으로 말해,「무진기행」의 경우, 내레이터와 동일한 인물인 주인공 '나'는 작가의 의식(이념과 관념)을 '대리'하는, 즉 작가의 연출에 따라 작가의 일방적 지배 관계에 놓여있지만,『관촌수필』의 경우, 작가-내레이터-주인공 '나' 모두가 동일인 관계에 놓여있음에도, 소설 속의 시간과 공간의 변동에 따라 작가/내레이터/'나'는 서로 차이를 이루는 '다양한 나'(내레이터와 주인공 '나')의 목소리들로 분화하여 서로 뒤섞인다. 즉 작가가 획일적으로 하나의 목소리만을 고집하는 것이 아니라 소설 속 자기 삶의 내면에서 울려나오는 '또다른 나'의 '다양하고 다성적多聲的인 음성들'을 들려준다는 것.

이러한 작가의 다양한 자기 목소리들과 사물의 소리들이 소설 공간 속에서 울려나올 수 있는 것은 이문구의 독보적인 문체의식에서 비롯된다. 4·19 세대의 대표적 작가들이 자신의 이념이나 지성적이고 합리적인 문체의식을 통해 내레이터와 작중 인물을 서술하는 일방적이고 독선적인 '창조자'인데 반해, 이문구의 '방언적 존재로서의 작가'는 작중 현장(정황)에 참여하여 작품내 인물들과 더불어 관찰하고 대화하는 '소설 내의 참여자'에 가깝기 때문에, 작품 내 '참여자'들의 다양한 음성들을 현장감과 실감으로서 풍부하게 표현하게 되는 것이다. 곧 작품내 참여자로서의 방언적 작가의 문체는, 작중 정황 묘사의 구체적인 실감實感과 섬세한 질감質感, 등장인물들의 어투와 어감語感과 실존감實存感을 중시하게 되고, 이처럼 실감과 구체성으로서의 작중 정황이 중시되는『관촌수필』의 경우,—『우리 동네』등 다른 이문구 작품에서도 공통적으로 드러나지만,—작품 속 시공간의 변화 즉 정황(시츄에이션)의 변화에 따라, 작가는 사건 현장을 중시하는 연출자이면서 '현장 관찰자'이며 무엇보다도 인물과 자연 및 사물이 내는 음성들, 소리들을 함께 아름답게 구성하고 울리게 하는 '탁월한 심포니(심포니Symphonie의 어원은 "syn＝함께＋phonia＝울림"의 합성어로서, '함께 울림'이라는 뜻.) 지휘자이자 '함께 울림'에 능숙한 민중적이고 민주적인 소리꾼이요 세상살이를 흥미롭게 이웃에게 전하는 이야기꾼'의 복합적 성격을 지닌 작가이다. 이문구의 표현대로, '방언적 존재로서의 작가'의 깊은 의미는 여기에 있을지도 모른다.

그러므로 이렇게 말할 수 있다. 이문구와 김승옥 두 작가의 문체 의식의 차이, 곧「무진기행」의 경우 작가와 내레이터와 주인공 간의 언어 의식이 동일하기 때문에, 즉 작가의 인위적이고 이념적이며 단성單聲적인 표준어적 언어 의식 때문에 겉으로는 작가와 내레이터와 주인공간의 관계가 비동일적 관계임에도 불구하고 소설 속 인물과 정황 자체가 작가의 주관적인 사변성 혹은 이념성의 언어 의식에 일방적으로 지배됨으로써 내레이터와 인물들은 작가의 단성적 목소리에 의해 지배당하고 결국 작가 의식의 연장延長적 인물로 비치거나 작가 내레이터 인물 간에 수직적 위계 관계로 인식되어지고, 그럼으로써, 소설 내적 형식으로 본다면, 작가와 내레이터 및 주인공간의 차이는 사실상 소멸된다.

인물들을 일방적이고 독단적으로 지배하고 있는 것이다. 그것은 작중 정황이나 인물들과는 객관적 거리를 유지하는 추상적이고 개인주의적이며 '지성 중심적(근대 지식인적)인' 내레이터의 등장과 무관하지 않다. 다시 말해, 이러한 작가-내레이터-등장인물간의 관계에 있어서 작가 의식과 이념이 일방적이고 지배적인 지위에 있음을 드러낸 가장 직접적이고 적극적인 문학적 표현이 바로 그들의 문체의식에 있었던 셈이다.[17]

이에 반해, 『관촌수필』의 경우, 작가-내레이터-주인공('나')은 겉보기에 모두 동일인임에도 불구하고, 작중의 어떤 시공간적 정황과 등장 인물의 삶의 구체적인 실감을 풍부한 '소리 글자表音文字'로 묘사하고, 아울러 '목소리'들의 다성적 현장감과 사물의 실제 질감이 중시되는 이문구의 방언적 문학 언어에 의해서, 겉보기에 드러난 작가-내레이터-주인공간의 형식적인 동일성은 차츰 무너지고 작가-내레이터-주인공은 작품 속 시공간적 변화에 따라 각각 분리되거나 시공간적 정황에 따라 분리된 작가-내레이터-주인공들은 각자 분리된 목소리를 지닌 채로 '서로 유기적으로 연결된 잘 짜인 다악장 多樂章 형식'의 감흥을 일으키는 소설 공간'을 이루어가는 것. 아마도, 음악에 민감한 독자는 『관촌수필』의 연작소설 형식에서 어떤 다악장多樂章 형식성을 느끼거나 그 풍성한 '울림'들이 겹을 이룬 유장한 '소리의 문체'에 감응하여 이 작품 심연에서 다성적多聲的 소리들에 의한 감흥을 받을 수도 있을 것이다.

여기서는 이문구 문체의 다성성과 음악성의 문제를 이해하기 위해서는, 『관촌수필』의 작중 내레이터의 역할과 그 언어 의식에 주목할 필요가 있다는 점을 지적하는 수준에서 그치기로 한다. 이들 연작 소설 내 '내레이터'의 목소리에는 '작가'의 목소리가 수시로 개입하거나 등장인물들의 목소리들과 감추어진 타자의 소리들(바람 온갖 새 짐승 등 자연물들이 내는 갖가지 소리들이나, 과거 및 현재의 수많은 인물이나 계층들이 가졌던 이념화된 문장이나 말투들)이 함께 끼어들어 섞이기도 하는 등, 이를 통해 다성적인 소리들이 유기체를 이룬 소설 언어 공간이 만들어진다는 것. 물론 이러한 '다성적 혹은 다성악적多聲樂的 감흥'을 불러오는 주동력은 이문구의 '방언 활용적 문체 의식'이다.

현장적이고 생활중심적인 방언적인 문학 언어, 사실 묘사에 대한 다원적이고 복합적인 문체 의식으로 말미암아, 이문구의 『관촌수필』은, 김승옥의 「무진기행」과는 반대로, 작가와 내레이터와 등장 인물들이 저마다 독립성을 지향하면서도 동시에 '대화적으로 뒤섞이며 관계를 맺고 있는', 복합적인 소설 공간-다성적 소리 공간을 열어놓고 있는 것이다.

17) 작가와 내레이터와 주인공간의 관계를 분석하여 그 관계의 양상들을 문체 의식과의 연관성 속에서 분석하는 이론적 방법은 '문학이론적으로 일반화하기'는 힘들 것으로 본다. 이 글에서 이러한 방법론을 사용한 것은 이 글의 주요 주제 중 하나가 4·19 세대의 문학들 속에서 이문구 문학의 차이성을 명확히 보여주려는 것이고, 이에 따라 4·19 세

「객지」에 대해 제기하는 이러한 문제점들은 황석영의 다른 작품들과 함께 별도의 구체적인 작품 분석을 통해 검토되어야 할 것이지만, 결론적으로,「객지」는, 한국 현대 문학이 안고 있는 근본적인 문제 곧 **'오늘의 한국문학에서 정녕 바람직한 현실주의적 문학 언어는 무엇인가'** 라는 물음을 제기한다. 소위 '리얼리즘 문학'의 중요한 전범으로 평가되어 온「객지」에서 쓰이고 있는 문학 언어의 문제를 이해하지 않은 한, 소설의 기본 재료인 소설 언어와 민중들의 구체적인 생활 언어 사이의 올바른 관계 정립 없이 오로지 관념적인 노동 의식이나 이념적 비평 의식 안에서만 놀고 있는 '이데올로기적 소설'로만 남을 것이 자명하기 때문이다.

굳이「객지」만을 비교할 까닭은 없다. 이청준의 1960년 전후의 초기 작들 가령「병신과 머저리」(1966) 등 특히「서편제」(1976) 같은 작품들이나, 김승옥의 동시기의 작품들을 비교해 봐도 좋을 듯하다. 요는,『장한몽』을 비롯한 초기작부터 1970년대의『관촌수필』연작에 이르는, 이문구의 독자적인 '방언 활용적 문체의식'에 의해, 비로소 이미 이문구의 '작가 의식'은 자신이 작가이면서 내레이터가 되기도 하고, 또는 작가이다가 내레이터이다가 더 나아가 등장 인물들의 일원—員도 되었다

대 특히 양대 문학 권력 집단이라 할 창비와 문지 진영이 열렬히 내세운 작가들인, 황석영 이청준 김승옥 등 4·19 세대의 대표작가들의 주요 문학성과 동세대 작가인 이문구의 주요 문학성간의 뚜렷한 차이를 보여주려는 필자의 비평적 목표에서 말미암은 것이다. 작가와 내레이터와 주인공 그리고 작중 정황에 대한 작가 의식과 문체 의식은 서로 긴밀하게 작품 내외적으로 관계를 맺고 있다는 것이 이 글의 기본적 관점이다. 하지만, 가령 역사소설 장르에서나 소위 '실험적 기법의 소설' 같은 '전위적 소설'의 예에서는 이러한 필자의 분석 방법론은 더 복합적이고 심층적인 분석 논리를 마련해야 할 것으로 보이고, 이는 필자의 능력 밖에 있다. 다만, 이 방법론이 소설의 내적 형식성을 심층적으로 이해하는 데 도움이 줄 것이라고 믿을 따름이다.

가 다시 작가나 내레이터로 돌아오는, 즉 작가-내레이터-인물들 각각의 영역들을 자유로이 오가기를 되풀이하는, '전통적 이야기꾼으로서의 현대 작가'—작중 정황情況에 들어갔다 나왔다 하는 소리판의 소리꾼이나 이야기꾼을 떠올리자!—에 이를 수 있었던 점. **결과적으로, 작가 자신이 창조한 인물들의 살아있는 리얼리티로 교감하는, 곧 주인공들의 내면성과 외면성을 공히 그들이 처한 현장적 삶 속에서 묘사하는 내레이터는,—인간적 고뇌와 사회적 관계와 그로부터 주어진 생활 습관들을 철저히 존중하는 '현장 참여적이고 다원주의적 이야기꾼'으로서 내레이터는,—작가로부터 독립적인 동시에 등장인물들이 실제로 살아가는 생생한 삶의 현장에 몸소 깊이 참여하면서 소설의 주인공들을 사실적으로 풍부하게 '해설'할 수 있었던 것이다. 이문구 문체의 힘은 여기에 있다.** 다시 말해, 이문구 소설은 그 주인공들이 살아가는 정황情況의 리얼리티를 한껏 살려내는 문체 의식, 내레이터의 독단적이고 주관주의적 시선을 벗어나, 등장인물들의 인생에 직간접적으로 깊이 동참함으로써 마침내 내레이터와 등장인물들이 '서로 독립된 채로 평등한 목소리를 내는 문체'를 추구하는, 개인적이면서 동시에 공동체적 의식을 지닌 **다원주의多元主義적 세계인식** 속에서 문학적 기반을 단단히 다졌던 것이다. 다음 예문은 이러한 이문구의 문체의식의 본질을 이해하는 데에 적절할 듯하다.

　　우리 부곡면 농소리部曲面 農所里**의 아느기 마을**에서 벌써 여러 대를 물리며 살아온 이문정李文正 옹은, 그동안 사느라고 살았다는 것이 한결같이 긴 가민가한 중에도 언뜻 올해로 갑년을 맞기에 이르렀다. 구태여 지나온 세월을 더듬어 볼 것도 없이 나잇살이나 됐으면서 이렇다 하게 제구실을 해 본 적이 드물다 보니 속담에 "갑자생이 무엇이 적은가"라는 핀잔인즉 하

릴없이 그의 차례가 되고 만 셈이었다. 비단 태세太歲만 좋았던 것도 아니

었다. (…)   (강조_필자)

　　장편소설『산 너머 남촌』(1984)이 시작되는 첫대목이다. 여기에 이
문구의 소설 속 내레이터의 성격이 스스로를 또렷이 드러내는데, 내레
이터는 이야기 속 정황(시츄에이션)에 함께 참여하는 공동체적 일원—員
으로서의 내레이터이다. 소설이 시작되는 첫 문장 "**우리 부곡면 농소리**
部曲面 農所里**의 아느기 마을……**"에서 "우리"라는 인칭 관형어는 이 작품
의 내레이터가 작가의 상상 속의 허구적 공간인 '부곡면 농소리' 마을
주민이라는 점을 명확히 드러내고 있다.『산 너머 남촌』에서 소설을 이
끌어가는 내레이터는 공동체적 성격이 강한 허구적 소설 공간인 농촌 마
을 '부곡면 농소리'의 주민 중 일원이라는 점을 '우리'라는 첫 단어 속에
분명하게 설정하고 있는 것이다. 대체로 이문구 소설에서 주인공이나
등장인물과 함께 내레이터가 비슷한 말투語調를 쓰게 된 배경은 사회
경제적으로나 생활 습속으로나 토대가 같거나 비슷한 공동체적 마을
상황이 대체로 이문구의 소설 무대로 설정되기 때문인데, 작중 정황(시
츄에이션)의 공동체성에 내레이터가 직접 혹은 간접으로 즉 내레이터
이면서도 때로는 등장인물의 일원이 되어 작중 정황에 가담하고 있다
는 점이 주목되어야 한다. **여기서 중요한 이문구 소설의 형식성 중 하나**
가 드러나는데, 그것은 이문구의 내레이터가 개인적 성격과 함께 마을 공
동체를 기반으로 한 이야기꾼적 성격을 지니고 있다는 점이다. 그리고 이
때의 내레이터의 개인성은 개인주의적 개인성이 아니라 다원주의적 개
인성에 기초해있다는 점이 주목되어야 한다. 내레이터의 '개인적이고 다
원주의적인 공동체성'은 자연히 탈 표준어주의와 대화주의적 문체의식

과 썩 조화를 이룬다.

이러한 사실은 이문구와 같은 4·19 세대 작가로서의 황석영 이청준 김승옥 등과는 비교될 만한 것이다. 이청준 김승옥 등 4·19 세대의 소설 문학에서 내레이터는, 표준어주의에 길들여져 있고 더불어 철저한 개인주의적 성격을 띤다. 가령 어떤 공동적인 전통 마을이나 집단 속의 개인을 다룰 때도 내레이터는 외부적 개인이나 객관적 관찰자로서 작중에 개입한다. 한 예로 이청준의 「서편제」의 작품 무대는 전라도 보성 지역 마을이고 남도 판소리와 소리꾼을 다루고 있음에도, 주인공 및 마을의 등장인물들의 대화나 어조는 보성 지방의 방언이나 말투와는 동떨어져 있으며 동시에 내레이터의 목소리에도 보성 지방의 방언은 제거된 채 한결같이 서울 표준어에 가까운 '추상적' 언어만이 소설 언어를 지배하고 있다. 「서편제」의 내레이터와 주인공은 저마다 객관적 관찰자와 작가의 의식 속에서 파악된 '관념의 매개자'로서 '남도 소리'에 대하여 이야기할 뿐이다.[18] 전라도 보성 지역 판소리의 전통을 소설적 주제로 삼은 이청

---

18) 여기 「서편제」에 대한 이글의 논지와는 다른 異論이 있을 수 있음을 확인하는 것도 좋을 듯하다. "…그런데 소리, 특히 남도소리의 내력을 찾는 소설에 남도 특유의 사투리가 없어 좀 실감이 덜하다는 말씀 같기도 하네요. 제 생각에는요, 내력을 추적하는 스토리라인이 이 소설의 핵심이라고 했을 때, 생생하고 실감나는 토속적 분위기, 그리고 이러한 분위기를 매개하는 사투리 구사는 오히려 소설의 초점을 흐리게 할지도 모른다는 생각이 드는군요. 달리 말하자면 척척 감기는 사투리가 남발하고, 토속적 분위기가 소설의 배경을 압도한다고 했을 때, 여인의 한恨과 소리의 내력, 그리고 이러한 내력의 한 토막을 부여잡으려 하는 사내의 비극적 진정성이 아마도 훼손되지 않을까 싶거든요. 제가 작가의 의도를 지극히 선의善意로 해석하는지 모르겠지만요."(「서편제」에 대한 해설 중 날카로운 비평가 구자황 교수의 말. 『20세기 한국 소설』 21권, 창비, 2005) 이러한 비평의식은 한국의 모든 작가 저마다의 상대적 개인주의를 옹호하는 입장이라고도 볼 수 있고 이 글의 논지에 反하는 反論에 속하는 것은 아니다. 하지만 4·19 세대의 문학 의식 전반을 살펴볼 때, 이문구의 '방언적 문학'에 대해 '방외인적 문학', 충청도 사투리가 심한 '특수한 문체의 소설'쯤으로 간주하곤 하는 한국문학의 일반적인 편견과 선입견을 깊

준의 「서편제」는 근대적 개인주의 위에 선 객관주의적 내레이터가 서구 근대 소설의 전통과 작가의 근대적 표준어 의식에 따라서 남도 소리의 내력을 추적하고 있음을 보여주는 것이다. 이는 다른 이청준 소설의 언어 의식을 더불어 고려할 때, 그의 서구 근대적 개인주의 문체의식의 명료한 표현이랄 수 있다.[19]

여기서도 김승옥 이청준의 소설의 내레이터로서, 서구의 근대 개인주의적 자아가 플롯을 장악하고 문체의식을 지배하며, 이 근대적 개인주의가 단성적單聲的 표준어주의와 서로 짝을 이루고 있음을 볼 수 있다. 이들에 비하면 이문구의 내레이터는 작품 무대 속 등장인물들과의 개인주의적인 관계를 지니고 있는 동시에 작중 정황을 서술하는 내레이터의 언어와 다른 인물들과의 상호 관계를 살펴볼 때, 공동체적인 성격을 띤 다원주의적인 관계에 놓인 존재임을 알 수 있다. 이문구 소설에서

─────────

이 반성한다면, 「서편제」가 지닌 문체상의 문제를 가리켜, 앞 인용문에서처럼 "척척 감기는 사투리가 남발하고, 토속적 분위기가 소설의 배경을 압도한다고 했을 때, 여인의 한恨과 소리의 내력, 그리고 이러한 내력의 한 토막을 부여잡으려 하는 사내의 비극적 진정성이 아마도 훼손되지 않을까 싶거든요."라는 비평적 발언은 「서편제」에 대한 비평가의 주관적 '선의善意'에 기운 듯한 비평이라 할 것이다. 「서편제」가 현대적 개인의식과 표준어적 문체의식으로 씌어졌지만, 오히려 일정 부분 전前근대적 '설화說話 분위기'를 띠는 것은 「서편제」의 내용과 형식이 지닌 관념성과 추상성에서 비롯된다고 볼 수 있다. 그러한 소설 형식의 직접적인 표현이 문체의식이다. **요는 문체란 작가의 주제 의식을 돕거나 보조하는 하나의 형식이 아니라, 그 자체가 작가의 인생관과 세계관을 표현하는 가장 직접적인 형식이 되는 것이라는 점이다.**

19) 일인칭 내레이터인 '나'가 소설 속 사건이나 상황을 주도적으로 이끌고 지배하는 '일인칭 소설'인 김승옥의 「무진기행」과 이청준의 초기작 「병신과 머저리」(1966)에서도, 주관적 내레이터는 철저히 개인주의적 의식과 표준어주의적 문체에 따라서 묘사 또는 서술되어 있다. 작중 일인칭 시점인 '나'는 작중 인물이면서 동시에 서술자인 내레이터를 함께 맡고 있기 때문에 작중 정황과 다른 등장인물들의 관계를 '직접적이고 실감있게' 서술하는 데 유리한 위치에 있다. 일인칭 '나'라는 내레이터는 작중 정황을 어느 정도로 독자들에게 '직접적으로 실감있게' 서술하는데 기여하고 있지만, 이러한 서술도 그 근본적 속성상 작가의 개인주의적 관념에 따른 추상화의 형식으로 작중 정황을 매개하는 서술이다.

의 내레이터가 지닌 '개인적인 동시에 공동체적 다원주의적 성격'이 대화적對話的 문체의식과 방언적 문체의식을 낳는 것은 자연스러운 일이다. 이러한 세계관의 차이가 이청준 김승옥 황석영의 문체의식이 단일적 단성적인 표준어주의에 철저한 데 반해, 이문구의 문체의식이 다성적인 '방언 복합적 문체'를 낳게 하는 소이연이라 할 수 있다. 이처럼『산 너머 남촌』의 첫 문장 '우리 부곡면 농소리部曲面 農所里의 아느기 마을에……' 는 이문구의 내레이터의 특수한 성격과 그것의 문체 의식과의 관계를 직접적으로 보여주는 주목할 만한 예로 볼 수 있다. 그러므로, 문체 의식의 측면에서 보면, 황석영 이청준 김승옥 등의 소설은, 모든 등장인물들의 '출신 언어'—등장인물들의 출생지역 언어나 그 인물들의 일터과 생활 속 현장 언어 따위—에는 아랑곳하지 않은 채, 철저히 4·19 세대의 서구 근대적 합리주의 언어관 혹은 개인주의적 표준어주의를 추종했다고 할 수 있다. 작중 내레이터도 개인주의적이며 다분히 주관주의적 사변의 시각에서 자유롭지 못하다. 이러한 4·19 세대 작가들의 일반화된 표준어주의적 경향과 개인적 감각주의적 문체 의식 속에서도 작가 이문구는 그들과는 명확하게 다른 문학 의식, 곧 스스로를 '방언적 존재로서 작가'로서 규정지었던 것이다.

'날품팔이'들의 노동 현장 생활과 서서히 노동 조직화하여 투쟁에 이르는 초기적 형태의 노동 운동 투쟁에 대한 이야기.「객지」를 방금 말한 문체 의식의 문제를 가지고 다시 돌아보자. 날품 파는 룸펜 노동자들이 모인 간척지 공사판은 출신지역이 각각 다른 뜨내기 노동자들이 모인 곳으로서, 경향 각지에서 모여든 떠돌이노동자들 저마다 쓰는 말투(스타일)나 저마다 쓰는 방언들이 날것으로 살아 생생한 방언의 경연장이요 각축장이라야 소설의 리얼리티로서는 옳다. 이 말은 단지 간척지 공사판으로 경향 각지에서 모여든 룸펜들이 방언을 썼느냐 안 썼느냐 하는 문제에서 그치는 것이 아니다. 룸펜들의 현장적 말투 또는 출신 성분의 어투와 같은 '방언적 언어 의식'이 더욱더 생동하는 인물들의 리얼리티와 극중 정황을 전달하는 고도의 사실주의를 담보해줄 뿐 아니라, 나아가 진실로 민중적이고 민주적인 소설형식에 도달하기를 원한다면, 왜 등장인물과 작중 정황情況을 창조해냄에 있어서 '전지전능한 작가조차' 일방적이고 독단적인 위치에 서 있으면 안되는가 하는 작가의 존재론적 문제에까지 이어진 문제이기도 한 것이다. 곧 등장인물은 작가가 만든 인물이지만, 작가와 '대등한' 존재인 것이고 작중 정황이란 것도 작가가 만들었지만 그 정황에 속한 인물이나 사물의 존재는 작가 의식조차 얼마든지 압도하고 제압할 수 있는 존재들이라는 사실, 작가도 내레이터도 작중인물도 작중 정황에 저마다 독립적이고 대등하게 참여하는 작중의 존재들인 것이다. 그러므로 이문구가 스스로를 규정한 '방언적 존재로서의 작가'에게 문체란 그 자체로서 세계관과 철학적 이념의 표현일 뿐 아니라, 나아가 소설이라는 장르적 본성을 새로운 차원으로 확장해가는 소설론의 핵인 셈이다.

유치한 오해가 있을 수 있으므로 다시 말하면, '방언적 존재로서의 작가'는 방언을 수집하고 분류하여 방언 자체를 문체로 쓰는 작가가 아니다. 그러므로 토속적이니 토착어적이니 충청도 방언을 잘 쓴다느니 방외인적이니 따위의 이문구 문체 의식에 대한 그릇된 수사는 4·19 세대의 서구적 지성주의의 권력에 세뇌된 비평의 한계에 지나지 않는, 이문구 문학의 본질에서 한참 벗어난 허사에 불과하다. 방언적 작가는 생활 현장 언어이자 자연언어인 방언의 진정한 가치를 인식하고 이를 자신의 문학 속 생활 언어로 여기며 철저히 현장감의 언어로서 익히는 작가이며, 방언 그 자체를 넘어 방언 의식을 자신의 문학적 삶 속에서 개성화 의식화하는 작가이다. 방언은 발생론적으로는 지역 현장적 자연 언어이지만, 문학 의식적으로는 작가의 삶 속에서 새로이 언어 의식화한 문학 언어 즉 개성화된 언어인 것이다. 따라서 이문구의 작가 의식으로서의 '방언적 존재'로서의 언어 의식 즉 문체 의식은 단지 '방언'이라는 언어학적 개념에 그치는 문제가 아니라, 소설의 형식과 내용간의 깊은 관계를 전제로 한 문예학적이고 철학적 개념이라고도 말할 수 있다. 이 글에서 제기하는 '방언 문학' 개념은 여기에서 말미암는다.

4·19 세대에 의해 칭송되어 온 이청준 김승옥 황석영의 작품들은 이러한 소설 양식에서의 '새로운 문체 의식'과의 연관성 속에서, 그들 작품들에서 작가와 내레이터와 주인공간의 내면적 관계성을 깊이 있게 살핌으로써 소설 양식을 대하는 그들의 작가관의 내용과 그 시대적 의미와 가치들이 깊이 재비평될 수 있다. 그 작중의 존재들 간의 내면적 관계성을 가장 직접적이고도 극명하게 드러내주는 형식이자 내용이 바로 문체의식이므로, 우리는 '방언적 존재로서의 작가'라는 시선을 통해 「객지」를 다시 투과해본다면, 그 형식적 속내는 확연히 드러나게 된다. 작품에 등장하는 등장인물의 저마다의 생기와 실감을 보장하는 절대적 기준인 인물의 말투 특히 방언 의식은 실종되어 있고 작가의 언어 의식과 이데올로기의 강제에 따라, 작중 내레이터나 인물의 대화가 극히 작은 차이만 있을 뿐 사실상 작가의 음성이 작중 내레이터나 모든 인물을 획일적으로 처리하고 있는 것이다. 공사판에서 날품을 파는 부랑浮浪노동자들로서 파업 쟁의 주동자들인 주인공 동혁을 비롯한, 장씨, 대위, 목씨, 한동이 등 저마다의 출신지가 다른 즉 저마다 다른 지

방 출신의 부랑노무자들이 모두 한결같이 표준말을 쓰고 있고, 부랑노동자들을 관리하는 사社측의 하수인들인 '현장 감독'이나 일용 노무자들의 피를 빠는 악질 '강서기' 등 '서기들', '최십장' 등의 목소리는 물론 파업 노동자들을 회유하고 노동자의 투쟁을 탄압하는 경찰 간부 및 '본사 출장 직원', 회사 측 간부까지 일체의 인물들의 목소리 등 작중에 등장하는 모든 인물들의 음성은, 작가가 평소 쓰는 자기自己식 표준말 쓰임으로 통일되어 있다. 이는 「객지」에서 보이는 황석영의 문학 언어 의식이 단선적이고 단일한 작가의 목소리에 의해 지배되는 문학 언어라는 사실을 보여주는 것으로, 문체 의식의 차원에서 보면, '리얼한 현장적 정황' 묘사가 결여된 채 자기 관념 및 이념적 언어 의식에 일방적으로 이끌린 단성적單聲的 문체 의식에 의해 생산된 작품이며, 이는 「객지」가 지닌 리얼리즘(사실주의)이나 현실주의의 문제라고 판단되는 것이다. 또한 「객지」에는, 가령, 어느 지방의, 어느 시간대에, 노동 투쟁을 벌이고 있는가라는 등등의 작중 정황에 대한 사실주의적 묘사가 추구되어 있지 않은 점도 이러한 자기 관념에 지배되는 단성적 문체의식과 깊이 관련이 있어 보인다.

6. 이문구 문학의 문학사적 위상과 의의:

김동리 문학과의 관련성, 그리고 지역자치地域自治적 민주성의 문학

글을 마치면서, 이문구 문학에 대한 몇 가지 비평적 쟁점들을 정리할 필요를 느낀다. 첫째, 이 글은 4·19 세대의 문학과 비평이 지닌 편견을 바로잡기 위한 글이지, 4·19 세대의 표준어주의 문학을 부정하는 글이 아님은 자명하다. 편견을 바로잡기 위해 이 글 또한 '편견'을 내세웠다는 인상이 없지 않겠지만, 만약 그런 인상을 받았다면, 이 글에서의 '편견'은 앞에서 살폈듯이 4·19 세대의 문학이 지닌 '전횡적 편견'에 대한 '민주적 편견'이라고 필자는 줄곧 믿으며 이 글을 썼다는 점을 밝힌다. 곧, 그간 문학적으로나 문학사적으로 소외되어 온 이문구 문학의 '반-표준어주의적 방언 활용적 문학 언어'와 이와 짝을 이룬 '민주적이고 주민자치적인 문학'이 제대로 평가받기를 간절히 바라는 것이다. 둘째, **'방언 문학'의 정신에서 보면, 표준어주의와 방언주의 모두 극복되어야 한다. 이문구는 자신의 독특한 살아 있는 현장 언어적 문체를 세워가는 과정에서 '방언을 활용'하였을 뿐이지 결코 방언을 추종하지 않았다.** 셋째, 그러므로, 이 글에서 4·19 세대 문학의 주요 작가들인 김승옥 이청준 황석영의 문학 언어들은 문학적으로나 문학사적으로 제 위치를 찾아야 하는 것일 뿐, 그들의 문학 언어 자체가 어떤 이념적 편견 혹은 편향에 따른 비판이나 부정의 대상이 되지 않는다는 사실을 분명히 해두자. 서구 개인주의적이고 합리주의적인 문학 의식과 중앙집권적 문학 언어 의식은 4·19 세대 문학의 주요 내면 의식의 하나이다. 이 글이 지향하는 바는, 이러한 개인주의적이고 중앙집권적 문학 언어와는 다른 영역 다른 차원에 있는 이문구의 **'주민생활에 기반한 방언 문학'**이 고독하게 펼쳐지고 있었고 그 문학에는 괄목할 만한 도저한 문학성이 내재되어 있음을 밝히려는 것일 뿐, 이미 저마다의 개성적인 문학 세계를 이룬 4·19 세대의 대표적 문학들을 부정하지 않는다는 점. 넷째, 한국문학에 실종되어버린 혹은 '강제로 제거 당한' 전통적 문학성이 어떤 모습과 방식으로 이문구의 문학적 심층에 자리매기고 있는가 하는 문제. 이 문제는 오늘의 한국문학이 안고 있는 문학적 심성心性 혹은 문학적 심충深層의 문제이기도 하고, 한국문학사가 오랜 세월 동안 깊이 품고 있는 의미심장한 문제의식이랄 수 있다. 한국문학사에 과문한 필자로서는 이 문제를 정면으로 심도있게 설명할 능력이 지금으로선 없다. 다만 이 문제는, 이문구의 '아버지와 같은 스승'으로서 토속적이고 지방적인 소재를 주로 다루며 민족정신의 전통 위에서 근대성의 문제를 고뇌한 김동리金東里 문학 세계와의 연관성 문제, 그리고 그의 탁월한 제자들인 박경리, 박상륭 등의 작품 세계와 더불어서 깊이 논의되어야할 문제라는 것.

이 글의 논지인 '방언 문학'의 견지에서 본다면, 지식인 중심의 소설을 쓰면서도 문체 의식과 소설의 내적 형식성에 있어서 독특한 현실주의적 문학 세계를 펼친 횡보橫步 염상섭의 문학 세계와 함께 지방적 토속적 삶의 가치와 민족 고유의 정신문화적 전통을 통찰하고 있던 김동리의 문학을 깊이 살펴볼 필요가 있다고 본다. 그것은 향후 '방언 문학'의 이념의 정립과 그 실천의 길 위에서 풍부한 문학적 에너지가 되어줄 것으로 보이기 때문이다. 특히 김동리의 문학이 제기한 문학적 주제의식들, 가령 「무녀도」에서 보듯이, 전통 무巫와 근대성간의 관계 문제를 깊이 재해석할 필요가 있다. 다양한 해석이 가능하겠지만, 필자가 보기에, 작가 김동리의 사상과 문학에 있어서 무巫는 한민족의 집단적 심성心性의 근원이자, 꺼지지 않는 활화活火 같은 민족적 무의식의 최심층最深層이요 핵심층核心層이다.[20] 여기서 굳이 김동리 문학에서의 샤머니

<hr>

20) 1936년에 발표된 「무녀도」와 이후 40년을 넘긴 1978년에 발표한 『을화』는 토착 종교인 전통 샤머니즘과 서양의 기독교 간의 갈등 문제를 다룬 작품들로써 김동리가 샤머니즘과 기독교간의 갈등 문제를 지속적으로 깊이있게 고뇌하고 있음을 보여준다. 김동리 문학의 핵심 주제 중 하나는, 토속적 토착적 민족 문화와 근대 이래 외래 문화 세력간의 갈등 속에서 근대성의 본질을 캐어묻는 것인 바, 여기서 김동리는 서세동점의 도도

즘이란 주제를 자세히 거론할 필요는 없다. 김동리의 제자인 박경리의 『토지』 박상륭의 『죽음의 한 연구』 「남도」 연작 「열명길」 등은 직간접적으로 한민족 고유의 시원적 정신문화로서 전통 샤머니즘이 다뤄지고 있는 것처럼, 이문구의 문학도 겉보기엔 없이 보여도 샤머니즘적인 심성의 작용이 없다고 할 수는 없다.

한 세계사적 흐름 속에서 전통 샤머니즘의 역사적 몰락을 그리고 있는 듯하지만, 깊은 문학적 상징과 비유를 통해서 샤머니즘의 집단적 내면화 심성화—집단무의식—는 누구도 부정하거나 회피할 수 없는 한국인의 내면적 조건임을 탁월하게 그리고 있다. 가령 「무녀도」에는 몇 가지 주요 의미소意味素들이 있는데, 주인공인 무당 모화毛火와 그 어린 딸 낭이가 함께 살고 있는 '무당집'은 "이미 수십 년 혹은 수백년 전에 벌써 사람의 자취와는 인연이 끊어진 도깨비굴 같"고, "미국 선교사"로 상징되는 현 목사와 이 장로의 집은 모화 집과는 비교할 수 없이 "딴 세상"이라는 것, 모화가 애지중지하는 아들 욱이는 절에 보내져 불도佛道에 맡겨졌으나 욱이는 절에서 달아나 평양에서 미국 선교사를 만나 기독교도가 되었다는 것, 결국 모화가 예수귀신을 내쫓으려 부엌에서 살풀이를 하는 과정에 이를 제지하려고 뛰어든 욱이에게 식칼을 휘둘러 욱이의 몸에 세 군데 상처를 입히게 되고—이 대목에 대해서는 '무당의 의식儀式으로서의 칼부림'이라는 해석도 가능하다—욱이는 결국 미국 선교사인 현목사와 신약전서를 품에 안고서 죽는다는 것, 무당 모화도 '굿판에서 넋두리를 하면서 강물 속으로 사라진다'는 것, 말 못하는 벙어리 낭이는 어미인 모화의 마지막 해원굿이 효험이 있었던지 말문이 트이기 시작했다는 것 등. 한국의 근대 이후 찌그러져가는 폐가나 낡은 고목처럼 외래 기독교 세력에 의해 철저히 내몰리고 사라져가게 되는 전통 샤머니즘의 운명을 곳곳에 비유와 상징을 통해 놀라운 통찰력으로 묘사한 이 작품의 중요성은 아무리 강조해도 지나칠 수가 없다. 불교조차도 우리 민족의 근대성의 본질적 갈등 양상에서 비켜서 있으며, 정신 문화의 차원에서 본다면, 외래 기독교에 의한 전통 샤머니즘의 패퇴라는 역사적 사실이 근대성의 핵심 문제라는 사실을 「무녀도」는 깊이 통찰하고 있는 것이다. 하지만 「무녀도」와 『을화』가 보여주는 가장 중요한 메시지는 전통 샤머니즘은 막강한 기독교 세력에 저항하고 쫓겨날 뿐 결코 죽지 않는다는 사실, 아이러니컬하지만, 우리 민족—기독교인들조차—의 무의식 속에, 또는 집단무의식 속에 전통 샤머니즘이 깊숙이 뿌리내린 채로 살아있는 불가피한 진실을 확인시키고 있다는 점! 이 샤머니즘과 한국인간의 불가결하고 불가피한 관계성, 이것이 바로 모화의 칼에 맞은 아들 욱이의 죽음 곧 기독교와의 필연적인 갈등 관계, 모화가 굿판에서 넋두리를 하며 강물속으로 사라짐 곧 샤머니즘의 역사적 몰락, 그럼에도, 벙어리 낭이의 말문이 열림 곧 한국인의 삶 속에 깊이 뿌리내린 샤머니즘의 실존성, 한국인의 내면적 신령성과 영원성으로서 낭이가 그린 '무녀도'의 상징 등이 함께 어우러져 「무녀도」의 주제를 이룬다고 할 수 있다.

이문구의 문학을 가리켜 '전통 유가적 실사구시적 세계관과 민중적 세계관에 바탕을 둔 현실주의 문학'이라고 간단히 치부하는 비평 의식으로부터 더 나아가, 더 깊이 이문구 문학의 무의식을 살필 필요가 있다. 예를 들면, 위에서 말한 바처럼, 이문구의 소설에서의 내레이터의 성격 문제를 속 깊이 들여다보면, 내레이터의 이면裏面 즉 이문구 소설의 내레이터의 심연에 숨 쉬고 있는 전통 무巫적 존재를 만날 수 있을지도 모른다.

과연 이문구의 소설의 특성이라 할 내레이터의 성격 혹은 자기 정체성의 문제, 달리 말하면 작가의 무의식의 주요 내용으로 무엇을 지적할 수 있는가. **먼저 한국 근대 소설을 성립하게 한 내레이터의 개인주의적 내용을 밝혀야 할 것이며**, 동시에, **이문구 소설의 내레이터가 지닌 '마을 공동체를 물적 기초로 하는 전근대적인 전통적 이야기꾼'의 성격을 찾아야 할 것이다. 전통적 이야기꾼과 이와는 성질을 달리하는 근대적 내레이터가 만나 토착적이면서도 방언적인 동시에 근대 소설적인 특유의 내레이터를 창조한 사실을 깊이 이해해야 한다고 보여지는 것이다.** 이를 위해서는, 고대 시절 이래로 오랜 세월 동안 우리 민족의 정신문화의 주역을 담당한 전통적 무당巫堂→탈춤의 이야기꾼 및 판소리의 소리꾼→전근대적 이야기꾼→김유정 채만식 등 토착적인 이야기꾼인 동시에 근대적 내레이터→이문구의 소설의 '방언적 존재로서의' 현대적 내레이터에 이르기까지의 **문학사적 문화사적 맥락을 살펴야 하고, 이로써 전통 무가巫歌의 사설, 판소리 사설, 판소리계 소설의 사설, 근대 소설의 여러 내레이터별로 그 성격들과 그 문체 의식들 따위를 발생론적으로** 서로 깊이 살피고 비교하는 것이 선결되어야 한다. 이를 토대로『관촌수필』『산 너머 남촌』『우리동네』등등 이문구의 내레이터의 무의식 속에서 강하게 남아 있는 전통적 이야기꾼의 잔영과 '오래된 집단무의식'으로 서의 소리꾼 및 이야기꾼적 전통이 어떤 모습으로 드리워져 있는지, 그리고 그 무의식의 그늘이 '특별한 근대 소설의 내레이터'로 서로 융합하고 발전하게 되었는지가 밝혀지리라 생각된다. 이 문제에 대한 필자의 가설적 추론은, 이문구 소설의 내레이터의 무의식, 혹은 독자들이 서로 교감하고 함께 공감하는 이문구의 내레이터의 내면적 심층에서, 마치 '그늘'처럼 살아있는 신명神明의 집단무의식이 작동하는 전통 이야기꾼적 내레이터가 내재하며, 이 그늘 속의 '방언적 존재로서의 내레이터'는, 한국인의 오래된 집단적 추억 속에서 아스라한 무적巫的 집단무의식의 되살림과 깊은 연관이 있지 않을까. 다시 말하면, **이문구의 소설의 '내레이터 속의 내레이터'는 우리 민족의 집단무의식의 근원이요 핵심층核深層인 무巫적 집단무의식이 아닐까. 우리 민족의 정신문화의 깊이를 그 표층表層에서부터 층층層層이 이루고 있는, 표층의 기독교 그리고 불교, 유교조차도 샤머니즘의 심층의 영향으로부터 결코 자유로울 수가 없다.** 한국문학도 예외일 수 없으며, 단지 문학적 권력의 보이지 않는 독재와 폭력에 의해—여기서 4·19 세대의 문학이 지닌 근본적인 문제점을 다시 한 번 지적하기로 하자—샤머니즘은 우리 민족의 집단무의식 속에서 어두운 그늘처럼 소외되고 억압되어 있을 뿐이라는 것. 이쯤으로 이문구 소설에서의 내레이터의 성격 규정 문제는 문학적 과제로 남겨두기로 한다.

이제 이문구의 방언 문학을 통해 한국문학의 근대성을 근본적으로 반성, 비판하면서 한국문학의 비전 속에서 그 희망의 길을 깊이 살펴야 할 시점에 와 있다. 그 까닭은 무엇보다도 이문구의 방언 문학은 이 땅에서 인간과 인간, 인간과 자연, 개인과 공동체, 사회와 생명계를, 서로서로 질긴 그물을 짜듯, 연대連帶하게 하는 문학 언어의 근원적인 에너지를 지니고 있기 때문이다. 중앙 집권적 근대 국가 체제를 넘어 주민 자치적 연대와 자연계와의 연대 체제를 만들어가야 하듯이, '방언 문학'은 방언과 방언, 장르와 장르, 형식과 형식들을 서로 잇고 융합해가며, 인간과 인간(개인들의 사회적 관계)은 물론, 지역과 지역, 문학과 문학 사이의 연대의 그물을 만들어가는 데 문화적 원천이 되어 줄 것이다. 방언 문학의 이념은 국민에 의한 국민을 위한 국민의 정치가 아니라, 주민에 의한 주민을 위한 주민의 정치를 실천하는 것이다. **문학의 주민자치성이란**, 지역별 혹은 공간별로 나뉘는 수많은 주민 공동체라는 다소 추상적인 정치개념이 아니라, **개인들 속의 개인, 지역들 속의 지역, 공간들 속의 공간, 문학들 속의 문학만이 아니라, 개인 속의 개인들, 지역 속의 지역들, 문학 속의 문학들을, 곧 주체 속의 타자들을 살피고 존중하는 문학 개념이요 이념인 것이다.**

(방언적 소설 속에서 '살아 있는 개인' 혹은 '문제적 개인으로서의 주인공'의 존재감은 현실상황적으로 생생하게 서사되는 지역주민 혹은 민중으로부터 나오고, 거꾸로 민중 혹은 지역주민의 존재감은 '살아 있는 개인' 혹은 '문제적 주인공'으로부터 나온다. 방언문학에서의 '살아 있는 개인' 혹은 '주인공'은 현실적으로 생생하게 서사되는 주민 혹은 민중들과 둘이면서 하나이다.)

그리고 지역의 공동체들이 대화하고 합의해가는 과정의 산물로서의 지역 언어―방언 의식―하나하나가 새로운 시대의 문학 언어를 생산하기 위한 기본적 질료가 되는 것이다. 작가 이문구가 스스로를 규정한 '방언적 존재로서의 작가'는 생활 속 자연 언어로서의 방언을 중시했다는 점에서 시원적始原的이고 실로 4·19 세대의 합리적 지성주의에 적극적이고 주체적으로 저항하고 그 저항이 전혀 새로운 소설 언어와 새로운 형식의 가능성을 활짝 열어놓았다는 점에서 실로 혁명적革命的이다. 혁명적이라는 수사는 자연 친화적이고 주민 자치적인 민주적 연대가 우리 시대 우리 사회가 당면한 역사적 화두라는 점에서 그러하다. 그렇다면, 한국문학에 부여된 소명召命도 예서 크게 벗어나는 바 없으며, 지역 공동체적 현장 언어에 기초한 민중적이고 민주적인 문학 그리고 '방언적 존재로서의 작가'의 뜻을 실천한 이문구의 '방언 문학'은 반-시대적이면서도 실로 혁명적인 문학이라는 사실에 누구든 동의할 것이다. 다시 말하지만, 이문구의 '방언 문학'은 전인미답의 '실사구시적 문학 정신'과 '방언적 존재로서의 작가 의식'을 통해 자신이 속했던 4·19 세대의 문학에 대해 외로이 철두철미하게 저항하였고, 그 도저하고 고독한 문학적 저항이 언젠가 독창적인 민주적 민중적 연대의 문학성으로 발전하게 될 튼실한 문학적 씨알이 되리라는 꿈을 지니고 있었는지도 모른다. 그렇게 하나의 튼실한 씨알이 중앙집권적 권력주의와 상업주의가 지배하고 있는 황폐한 이 땅에 심어졌다. 근대 국민국가 체세의 비민주성과 신자유주의 세계 체제의 고삐가 풀린 자본의 흉포성은 민중들에게 새로운 민주주의적 주민자치적 사회 체제와 자연 친화적인 소小공동체들 간의 연대連帶의 문화와 문학을 갈망하고 모색하게 이끌 것이다. 따라서 이문구의 '방언 문학' 그리고 '방언적 존재로서의 작가 정신'은 과거 완료형이 아니라 앞으로 더욱 심화 발전 확대시켜야 할 현재 진행형이요 미래형의 문학적 과제인 셈이다.

[2013. 8.]

2부

'곧은 소리'의 시적 의미

김수영의 「폭포」에 대하여

1. 유서 깊은 형이상과 현대적 시 정신을 보여준 「폭포」

시인 김수영은 나이 37세 되던 1957년에 「폭포」라는 제목의 시를 발표했다. 이 시기는 동족상잔의 전쟁이 끝난 후 경제적으로 극심한 빈곤이 지배하고 사회 정치적 혼란이 지속되던 때였다. 아울러 일반 대중들은 궁핍과 혼란 속에서 미국식 자본주의의 저급한 소비문화에 길들여지던 이때, 지식 계층은 미국식 문화와 사고에 물들어가는 한편 문화예술인들은 돌림병을 앓듯 2차 세계대전 이후 서구에서 유행하던 실존철학과 여러 모던한 문예 사조에 열광하던 때였다.

분단과 냉전의 이념적 공포 상황이 가중되고 전통 정신이 여지없이 파괴되고 부정되어가던 이 시기에 시인 김수영은, 궁핍과 혼란의 시대성을 내파內破하듯, 한국시사에 길이 남을 독보적인 시들을 발표한다. 특히 1950년대 후반에서 60년대에 이르는 시기의 시인은, 이 시기 또다른 주목할 주요 시인인 김구용金丘庸 시와 함께(참고로, 김수영은 1921년생, 김구용은 1922년생), 참담한 시대 현실과 역사성을 딛고 한국 시의 유서 깊은 형이상形而上과 현대성을 저마다의 미적 독창성으로 펼쳐냈다. 모두 5연 15행으로 된 시 「폭포」는 이 시기에 발표된 중요 작품으로 시인 김수영의 시적 사유의 바탕과 사유 내용을 엿보게 할 뿐 아니라, 한국 현대시사에 길이 기억될 깊이 있는 문학성을 유감없이 보여준다.

시 「폭포」의 전문은 아래와 같다.

瀑布는 곧은 絶壁을 무서운 기색도 없이 떨어진다

規定할 수 없는 물결이
무엇을 向하여 떨어진다는 意味도 없이
季節과 晝夜를 가리지 않고
高邁한 精神처럼 쉴 사이 없이 떨어진다

金盞花도 人家도 보이지 않는 밤이 되면
瀑布는 곧은 소리를 내며 떨어진다

곧은 소리는 소리이다
곧은 소리는 곧은
소리를 부른다

번개와 같이 떨어지는 물방울은
醉할 瞬間조차 마음에 주지 않고
懶惰와 安定을 뒤집어놓은 듯이
높이도 幅도 없이

떨어진다

—「瀑布」 전문

2. 「폭포」의 시작詩作 원리

먼저 김수영의 「폭포」를 이해하기 위해서는 그 시작 원리를 살펴볼 필요가 있다. 일단 전체적으로 눈에 띄는 중요한 시작 원리는 구상具象과 비구상·추상抽象의 기묘한 결합에 있다. 시 첫 행이자 첫 연인,

瀑布는 곧은 絶壁을 무서운 기색도 없이 떨어진다

는 시구는 구상에 의지한다. 시적 자아는 경험적인 현실 속 폭포를 관상하고 있는 것이다. 그러나, 현실 속 관상은 비구상과 중첩되면서 구상은 서서히 추상 속으로 은폐되기 시작한다. 그 추상화는 시의 2연,

規定할 수 없는 물결이
무엇을 向하여 떨어진다는 意味도 없이
季節과 晝夜를 가리지 않고
高邁한 精神처럼 쉴 사이 없이 떨어진다

에서 진행된다. 시어의 구상과 추상은 서로 상호 작용하는 가운데 결합한다. '규정할 수 없는'/'물결', '고매한 정신'/'떨어진다'는 시어는 추상/구상, 관념/실재의 대립항을 이루면서 서로는 결합한다. 그러나 대

'곧은 소리'의 시적 의미 327

립항에서 추상은 구상에 선행하여 구체적 현실을 추상화한다. 구체적으로 말하여, '무엇을 向하여 떨어진다는 意味도 없이'라는 시구에서 '떨어진다'는 시어의 구체적 지시성은 증발하기 시작하여, '(季節과 晝夜를 가리지 않고)/高邁한 精神처럼 쉴 사이 없이 떨어진다'에 이르러 '떨어진다'의 구상성具象性은 서서히 스러진다. 곧 구체적 사물에 대한 현실 감각은 그 감각을 포섭 통일하는 하나의 추상적 관념 속으로 흡수되는 것이다. '규정할 수 없는'과 '의미도 없이'에서 대상에 대한 규정과 의미가 부정되고, '계절과 주야를 가리지 않고'에서도 세속적·경험적 시간이 부정되는 초시간성이 나타나고, 추상적 비유인 '고매한 정신처럼 쉴 사이 없이 떨어진다'에 이르러 '떨어진다'의 실재성은 허상으로 남게 되는 것이다.

그리고 시의 3연에서 "金盞花도 人家도 보이지 않는 밤이 되면"이란 시구에 이르면, 물질적 현상계가 부정되는, 보다 복합적인 고도의 추상으로 심화되고, 시의 맨 끝연 "높이도 폭도 없이/떨어진다"에 이르러선, 합리적 이성의 운동조차 부정되는 시적 추상화는 완성된다.

특히, "金盞花도 人家도 보이지 않는 밤이 되면/瀑布는 곧은 소리를 내며 떨어진다"는 예사롭지 않은 기묘한 시구는 복합적 심층을 지닌 추상화의 효과를 낳는다. 먼저, 이 시구는 캄캄한 밤이 강조됨으로써 구체적 사물들이 불가시성不可視性 속으로 가뭇없이 사라지는 동시에 추상이 한층 강화된다는 점. 보이지 않는 실재實在 혹은 '비실재로서의 실재'를 드러내고 있는 시구 "금잔화도 인가도 보이지 않는 밤이 되면"은, 김수영 특유의 시적 방법론과 시적 인식을 내포하고 있다. 첫째, 이 시구는 실재를 부정하되 다시 부정을 통해 실재의 근원을 파악하게 하는 사유 방법론(있음의 없음, 없음의 없음, 노장老莊의 중현학重玄學적 방법론으로 표현하면, 비유비무非有非無)에 바탕을 두고 있다는 점.[1] 아울러 서구 철학적 시각으로 볼 때, 후설과 하이데거의 현상학적 방법론 즉 형상 환원과 선험적 환원 과정이라는 현상학적 환원, 에포케Epoche 즉 판단 중지(괄호 치기) 등의 현상학적 방법론과 깊이 연결되어 있다는 점.

둘째, 앞의 시작詩作 과정의 방법론 자체가 시적 의미-주제를 형성한다는 점. 달리 말하면, 시적 표현 방식과 형식 자체가 시적 사유의 내용이자 시적 이념이며 시적 의미란 점이 바로 그것이다. 이 시구를 통해 실재는 부정되어 비실재의 계기 즉 무無의 대상으로 변한다[非有]. 이로써 서서히 무가 시의 주체가 되어 활동하게 된다. 현실적 존재는 부정의 계기에 놓이면서 '규정할 수 없는' 추상적 관념으로서의 무가 존재에 작용하는 주체적이고 근원적인 존재로서의 무로 변하는 것이다. 그리고 무에 의해 현실은 초월한다. 바꿔 말하여, 이 시구는 시적 직관이 지닌 부정의 힘이 무를 시적 주체로 불러들여 구체적 생활 세계를 근원적인 세계로 되돌리는 역할을 하고 있다.

이에 대해 구체적으로 살피면, "金盞花도 人家도 보이지 않는 밤이 되면"이라는 시구에서, 실제 존재인 금잔화와 인가는 밤의 어둠으로 보이지 않는다는 점, 그래서 밤의 어둠 속에서 금잔화와 인가의 실재가 부정되지만[非有], 금잔화와 인가는 역설적이게도 비실재성으로서의 실재임[非無]이 동시에 강조되고 있다는 점. 여기서 비무非無라 함은 무의 부정이라는 순수 관념을 의미하는 것이 아니라 무가 적극적이고 능

---

1)   이 시구를 이 시 전체 맥락 속에서 더 깊이 해석한다면, 중현학에서의 사유 논법인 '없음 의 없음조차 없음' 즉 非非有非無, 불교의 중관학中觀學 또는 반야학, 화엄학華嚴學에서 본체와 현상 관계를 밝히는 논리인 '공의 공空空'의 공관空觀과 그 귀결인 연기론緣起論 에 연결된다고 할 수 있다.

동적으로 활동한다는 의미이다. 즉 시적 직관이 본래적으로 지닌 '부정'의 힘에 의해 실재는 사라지는 동시에 무에 의한 비실재적 실재성의 세계가 새로이 탄생하는 것이다. 그런데 정작 중요한 지점은, 이 부정의 조건문이 이끄는 주제문主題文이 "瀑布는 곧은 소리를 내며 떨어진다"라는 점이다. 그 까닭은, 이 시구는 실재가 부정[非有]되고 그 부정된 실재가 다시 부정[非無]되어 새로운 사유의 대상으로 떠올랐을 때, 마침내 폭포는 '곧은 소리'를 낸다는 새로운 초월론적 추상의 계기를 보여주고 있기 때문이다.

결국, 추상과 구상의 상호 관계에 의해, 또는 비유비무의 부정의 시 정신에 의해, 어둠 속에서 '보이지 않던 金盞花와 人家'는 오히려 폭포와 상대적 존재로서 새롭게 부각되고 동시에 폭포의 구상은 사라지고 '곧은 소리'의 절대적 추상화가 이루어지고 있는 것이다. 이로써, 폭포는 '곧은 소리'로 현상되고 '소리'는 절대적 존재로서 시를 지배하게 된다. 그리고 폭포 소리가 절대성으로 추상화될 때, 추상화된 폭포 소리 그 자체는 '고매한 정신'과 동일한 의미체로 변한다.

3. '고매한 정신'이란 무엇인가?

그렇다면, 「폭포」에 새겨진 '고매한 정신'이란 어떤 정신을 가리키는가? 이 질문은 시인의 시 정신의 구체적인 내용과 의미를 묻는 질문이면서 해석학의 지평에서 1950년대 한국 시를 향해 던지는 질문이다. 이 질문에 대한 답을 찾기 위해 시의 2연 "規定할 수 없는 물결이/무엇을 向하여 떨어진다는 意味도 없이/季節과 晝夜를 가리지 않고/高邁한

精神처럼 쉴 사이 없이 떨어진다"는 시구를 거듭 주목할 필요가 있다. 주목에 값하는 이유는 예의 '비유비무'의 방법적 사유 속에서 찾아진다. 그 부정의 부정의 방법적 사유 속에서, 폭포는 그 자체로 무규정적이고(상대성인 동시에 절대성), 무엇을 향한 의미도 없으며(목적의 무의미성), 시간을 초월하고, 쉴 사이 없이 끊임없이 운동하는 존재로 바뀌며, 이러한 폭포의 존재론적 내용이 곧 '고매한 정신'의 세계를 이룬다는 것. 그렇다면, 이 시구는 그 자체로 시적 자아의 입장과 세계관이 투영되어 있는 것이 된다. 주제론으로 이 시구를 읽는다면, 시적 화자의 입장은 사물을 어떤 특정으로 규정할 수 없는, 곧 목적론으로 볼 수 없다는 것, 바꿔 말해, 사물의 본성은 이성으로 환원시킬 수 없다는 것과 초시간적·항구적 관점으로 사물의 본질을 보아야 한다는 의미로 해석될 수 있다. 해방되던 해인 1945년에 발표된 김수영의 초기 시 「孔子의 生活難」에는 예의 '고매한 정신'을 이해하기 위해 여기에 덧붙여 설명할 만한 대목이 있다.

꽃이 열매의 上部에 피었을 때
너는 줄넘기 作亂을 한다

나는 發散한 形象을 求하였으나
그것은 作戰같은 것이기에 어려웁다

국수—이태리語로는 마카로니라고
먹기 쉬운 것은 나의 叛亂性일까

동무여 이제 나는 바로 보마

事物과 事物의 生理와

事物의 數量과 限度와

事物의 愚昧와 事物의 明晳性을

그리고 나는 죽을 것이다

―「孔子의 生活難」 전문

우선 이 시의 심층을 파악하기 위해 시의 제목이 '孔子의 生活難'이
란 점에 주목해야 한다. 이미 아시다시피, '孔子의 生活難'에서 공자孔子
란 이름은 유가儒家 사상의 비조를 가리킨다. 공자는 자연의 이치를 괘
卦를 그려 최초로 象을 취한 아득한 중국 고대의 복희伏羲의 역易과, 여
기에 더해 문왕文王이 지은 괘사卦辭와 그의 아들 주공周公이 지은 효사爻
辭, 그 위에 다시 10익翼으로써 괘효단상卦爻彖象을 총체적으로 해설하여
역을 완전하게 집대성한 성인聖人. 그렇다면, 시의 제목과 시의 의미 사
이의 관계를 이해하기 위해서는, 주역의 괘효卦爻에 대해 열 가지 해설
전을 붙인 이가 바로 공자라는 사실과 함께 괘효란 문자 이전의 상형象
形으로써 공자는 그 형상을 보고 해설하였다는―문자나 해설을 읽고 해
설한 것이 아니라―사실에 유념할 필요가 있다. 그것은 우선, 시의 1연
과 2연의 각 첫 행은 저마다 마치 괘효의 형상을 비유하는 시구들이란
점과 관련된다. 그리고 1연과 2연의 두 번째 행은 저마다 앞서 말한 상
象의 설명이라 할 첫 행의 시적 표현과는 전혀 무관하게 펼쳐진 현실 생
활계의 단면들을 보여준다는 점. 곧 시의 1연과 2연은 공자의 철학과
자신의 철학을 펼칠 수 없었던 공자 시대의 사회 현실이 투영되어 있는

것이다. 더군다나 군웅할거의 봉건 제후들이 서로 다투어 미증유의 전쟁과 살육이 횡행하던 전국戰國시대에 공자는 제자들을 데리고 주유천하周遊天下하는 고난 속에서도 『주역』을 위편삼절韋編三絶(『주역』을 읽느라 책의 가죽 끈을 세 번 떨어뜨렸다)하면서 『주역』을 마무리 지었다는 점에서 2연 "發散한 形象을 求하였으나/그것은 作戰같은 것이기에 어려움다"라는 시구는 공감을 불러일으키는 표현이랄 수 있다. 이 시구의 이면에는 공자의 전국시대의 어려운 삶(전쟁의 불안과 고통 속에서 마치 '作戰 같은' 철학)이 묻어나면서도 시공을 초월하여 공자의 삶에 투사된 시인 김수영의 해방 공간에서의 지난한 삶이 겹쳐지기 때문이다. 결국 1연의 2행 "너는 줄넘기 作亂을 한다"란 시구가 자연의 이치를 궁구하는 공자(혹은 투사된 시적 자아)와 현실 생활계 사이의 단절과 소외를 표현한다면,[2] 2연의 시구는 사물과 자연의 이치를 터득하는 과정 즉 구도의 어려움을 의미한다고 볼 수 있다. 또한, 3연에서는 김수영 특유의 반어와 일상의 생활 의식이 빛나는 바, 궁핍한 삶의 이미지로서 '국수—이태리語로는 마카로니'라는 서구적이면서 모던한 자의식의 일단을 드러내지만, 이내 '먹기 쉬운 것은 나의 叛亂性일까'라는 반어를 통해 사물의 존재들을 인정하면서도 그 존재 너머의 존재성에 대한 의식으로 시인의 의식이 끊임없이 집중되고 있음을 나타낸다('나의 叛亂性일까'—이 반어

---

2) "꽃이 열매의 상부에 피었을 때"란 시의 첫 행이 사물의 보이지 않는 배후의 이치를 형상으로 표현한 문장이라 한다면, 이어지는 주문인 "너는 줄넘기 作亂을 한다"는 시구는, '너'를 사물의 존재로 읽을 때, 사물의 이치를 형상으로 파악하는 것의 어려움 즉 인간의 지성으로 파악이 잘 되지 않는 사물의 오묘하고 난해함(사물의 존재는 '줄넘기 作亂을 한다')을 의미한다고 볼 수 있다. 즉 이 시구는 형상이든 언어든 표현된 존재와 참존재(존재의 이치, 존재의 존재성) 사이의 근본적인 괴리를 뜻한다고 볼 수 있다. 이 시로 미루어 보건대, 표현된 존재 즉 언표言表는 참이 아니다는 인식에 도달하게 되고, 이 또한 김수영 시의 난해성의 한 소이所以라 할 것이다.

속에 김수영 시의 위대성이 있다!). 그리하여, 공자님이 격물치지格物致知로써 '사물에 이르고 사물의 이치를 알아내셨듯이',[3] 이윽고 시인은 시의 4연과 5연에 이르러 사물의 사물성에 대한 사유를 직설 어법으로 표현하게 되는 것이다.[4]

인용된 4연의 시구에서 이러한 '事物'에 대한 시적 자아('나는')의 마음가짐이 비교적 명확한 어조로 밝혀진다. 인용 시구는 '사물과 사물의 생리와/사물의 수량과 한도와' 따위뿐만 아니라 '사물의 우매와 사물의 명석성'에 이르기까지 그 존재론적 이치를 '바로 봄'으로써 '나는' 사물과 관계를 맺겠노라는 일종의 시인의 존재론적 선언이다. 그런데, 사물 자체의 입장으로 사물을 보기 위해서는 나와 사물 사이 즉 주객 분

---

3) '사물에 이르고 사물의 이치를 안다'는 해석은 주자朱子의 해석 전통을 따른 것이다. 하지만 왕양명王陽明의 격물치지 해석은 주자와 서로 다르다. 주자가 격물을 사물에 이른다고 하여 格格을 '이를 지至'로 해석한 데 반해, 사물과 마음이 서로 나뉘지 않는 하나로 파악한[心卽理] 양명은 '格'을 '바를 정正'으로 해석, 격물을 '사물을 바르게 보는 것'이라 했다. 이미 '격물'에 양지良知의 뜻이 들어가 있는 것이다. 김수영 시 「공자의 생활난」은 성리학 공부의 시작인『대학大學』과 그 완성이자 궁극의 학문이라 할『주역周易』, 그리고 공자의 삶 등이 서로 어울려 옅은 그늘로 투영된 작품이라 할 수 있는바, 이 글에선『대학』중 8조목條目의 첫 단계인 '격물'의 뜻으로 주자의 것을 택한다. 참고로 서구 철학의 관점에서 보면, 후설의 현상학이 바로 '격물'에 대응하는 '사물에 이르는 연구'의 학이라고 할 수 있다.

4) 이 시에 대한 분석은 본고에서는 이쯤으로 줄인다. 4연의 존재론적 사유에서 5연의 엄격하고 단호한 죽음의 의지(거의 자결 의식에 가까운)에 이르는 시 의식은 사물의 이치를 바르게 체득한 경지[格物致知]에 이르려는 시인의 열망과 단호한 의지를 잘 보여준다(4연과 5연 사이 행간의 침묵이 활동하여 팽팽한 긴장감과 함께 '사물을 바로 봄'의 열망과 의지가 한껏 느껴지는 점, 5연의 시어 '그리고'가 은닉하고 있는 '사유하는 삶의 단호함'을 살펴라!). 다만 여기서는 김수영 시 세계의 심층적인 이해를 위해 놓칠 수 없는 초기작 「孔子의 生活難」 그리고 거의 같은 시기에 발표된 「廟庭의 노래」(1945) 등에서 보이는 전통적 삶과 동양적 사유에 대한 깊은 관심은 훗날 「거대한 뿌리」(1964), 「사랑의 變奏曲」(1967) 등의 작품에 이르러 일상적이면서도 더 깊은 시적 성취로 이어진다는 점, 가령 공자의 仁[사랑]의 철학, 서구적 근대성, 현실 참여, 비근한 일상성의 시 의식 등이 서로 뒤섞여 높고도 빼어난 시적 사유에 도달하고 있다는 점을 부기해둔다.

리와 대립의 관점 너머 사물 자체가 지닌 본질적인 의미를 이해해야만 한다. 사물을 사물 자체로 바로 본다는 뜻에는 사물 자체의 존재 원리 혹은 생명계의 근원적 이치로서의 사물을 바로 본다는 의미를 내포하고 있는 것이다.

시적 자아가 자신의 시선으로 사물을 보지 않겠다는 것은, 사물을 사물 자체로 인정하고 사물과의 상관관계를 반성적으로 관찰하는 마음을 갖겠다는 의미이다. 조금 각도를 달리하여 본다면, 김수영 시의 시어 쓰임새에서 의미의 비약과 결락이 심하다는 느낌을 받게 되는 것은 기본적으로 모든 사물의 존재성을 그 자체의 입장에서 바라보고 사물간의 상호관계를 자연계의 근본적 이치로서 파악하려는 시인의 태도에서 기인한다고도 할 수 있다.

'열매의 상부에 핀 꽃' '발산한 형상' 같은 표현엔 象을 보고 상 속의 이치를 파악한다는 유기적 자연관으로서의 역학易學적 시각이 엿보이고, '줄넘기 作亂' '국수' '이태리語로는 마카로니라고' '作戰' '叛亂性' 등의 시어에는 시적 이성의 정치한 기획과 작용에 의존하지 않은, 사물 자체의 감추어진 속성과 생리와 근원적 생명성을 그 감추어진 내용 자체로서, 상대적이면서 동시에 절대성으로 파악하려는 시인의 태도와 세계관이 전제되어 있는 것이다. 결국 이러한 사실은 역설의 방식으로 다른 사물의 존재와 입장 자체를 존중하듯이 시인으로서의 저마다의 고유한 삶과 기질 그 자체를 존중하는 시인관 혹은 시관의 산물이며, 나아가 김수영 시의 일상성과 난해성, 초超이성적 시어와 반反지성주의적 직설 어법을 이해하는 중요한 전제가 되기도 한다. 김수영에게 예술은 예술가의 삶과 기질 그 자체에서 '무의식적으로' 무기교적으로 남겨진 흔적이거나 그늘이며 '부재하는 현현顯現'이다. 김수영은 이렇게 썼다.

헨델은 베토벤처럼 인상에 남는 선율을 하나도 남겨 주지 않는다. 그의
音은 음이 음을 잡아먹는 음이다. (⋯) 보오드렐은 자기의 시체는 남겨놓는
데 릴케는 자기의 시체마저 미리 잡아먹는다. (⋯) 禪에 있어서도, 바깥에서
들리는 소리가 까맣게 안 들렸다가 다시 또 들릴 때 부처가 나타난다고 하
는 말이 있는데, 이 音이 바로 헨델의 망각의 음일 것이다.

—「臥禪」, 『김수영 전집 2—산문』, 민음사, 104—105쪽

詩作은 「머리」로 하는 것이 아니고, 「심장」으로 하는 것도 아니고, 「몸」으
로 하는 것이다. 온몸으로 밀고 나가는 것이다. 정확하게 말하면, 온몸으로
동시에 밀고 나가는 것이다. (⋯) 중요한 것은 詩의 예술성이 무의식적이라
는 것이다. 시인은 자기가 시인이라는 것을 모른다. 자기가 시의 기교에 정
통하고 있다는 것을 모른다. 그리고 그것은 詩의 기교라는 것이 그것을 의
식할 때는 진정한 기교가 못되기 때문에 그렇게 되는 것이다.

—「詩여, 침을 뱉어라」, 『김수영 전집 2—산문』, 민음사, 250—251쪽

소리의 입장에서 저마다의 소리의 기질과 이치를, 시의 입장에서 저
마다의 시의 기질과 이치를 논하고 있는 이러한 산문들은 사물에 대한
선입견과 편견을 버리고 사물의 입장에서 사물의 기질과 기운의 운행
자체를 '바로 보려는' 시인의 세계관의 직접적이고 구체적인 표현인
셈이다. 소위 시적 이성과 합리적 이성이 독재적으로 팽만한 오늘의 한
국 문단에 이러한 시인의 발언은 벽력같은 죽비 소리가 아닌가? 이처
럼 사물의 그 자체로서의 사물을 '바로 보고', 저마다의 고유한 시적 기
질이 저 스스로 시됨을 시인은 '시작詩作은 온몸으로 동시에 밀고 나가
는 것'이라는 시학적 명제로서 요약한바 있다. 그렇다면, 김수영 시를

336

읽는 이들에게 그의 시가 지닌 난해성은 충분히 이해되고 감응될 수 있는, '시詩의 시성詩性'이 부르는 난해성이다. 존재가 마침내 섬광처럼 '존재자의 존재Dasein'와 해후하듯이. 독자들은 김수영 시의 난해한 존재성에 깊이 감응하게 되는 것인데, 그것은 마치 변화하면서 태어나는, 곧 '화생化生'의 미학적 '느낌'이라고도 할 수 있다.

어쨌든, 김수영에 따르면, 시에는 합리적 이성적 시어가 있는 게 아니라 사물 저마다의 본질 혹은 생기[5] 자체의 언어가 있다. 이 말은 시가 있는 게 아니라, 시적 자아의 시적 직관에서 뻗쳐 나온 혹은 떠오른 '시의 시'가 있다는 말이다. 그 시의 시성詩性은 김수영 시의 경우, 앞서 말했듯이 "事物과 事物의 生理와/事物의 數量과 限度와/事物의 愚昧와 事物의 明晳性"을 추구하는 시작 태도와 밀접히 연관되어 있다. 물론, 이때의 명석성은 데카르트적 의미의 방법적 회의를 통해 의심되는 모든 존재를 부정하는 코키토cogito의 명석성을 가리키는 것이 아니다. 이와는 달리 경험론적 사물성을 부정하거나 배제하지 않는 명석성, 즉 사물의 생리와 수량과 한도와 나아가 사물의 우매성까지 포기하지 않고 더불어 사유의 대상으로 삼되, 그 사물의 경험론적 속성들을 방법적으로 '유보'하는 그런 명석성이다. 이때 명석성은 위에서 잠깐 언급했듯이 후설적 의미의 방법론적 명석성에 가깝다. 왜냐하면, 실제 사물로부터 경험적 요소를 환원—형상 환원과 선험적 환원 과정—하여, 다른 개념으로는, '에포케Epoche(판단 중지)'의 현상학적 방법론에 의하여, 사물의 본질을 그 직접성 또는 구체성에서 직관하여 도달한 명석성과 유사하

---

5) 여기서 '생기'를 하이데거적 의미로 '生起, Geschehen'로 읽어도 무방하지만, 이 글에서 '생기'는 하이데거적 의미를 포함하면서, '生氣'란 의미를 함께 지닌(여기엔 '변화하면서 태어난다'는 화생化生의 의미를 내포한다), 서로 상관적인 의미망 속에서 쓰인다.

기 때문이다. 일단 방법적 사유로서의 그것은 동적인 사유가 아니라, 오히려 폭포라는 동적인 실재를 정적이고 근원적인 순수한 사유의 대상으로 전환하는 방법적 사유를 의미한다. 그리하여, 시인이 지상의 뭇 존재들의 생리와 경험적 요소들을 괄호 치고―배제하거나 포기하는 것이 아니라―'바로 보게' 되었을 때, 즉 사물의 본질에 대한 시적 직관에 도달했을 때, "나는 너무나 많은 尖端의 노래만을 불러왔다/나는 停止의 美에 너무나 等閑하였다/나무여 靈魂이여/가벼운 참새같이 나는 잠시 너의/흉하지 않은 가지 위에 피곤한 몸을 앉힌다"(「序詩」)는 사물을 바라보는 시각에 대한 근원적 반성과 성찰의 노래를 부르게 되는데, 이 시구 또한 같은 방법론적 사유의 맥락 속에서 이해될 수 있다.

다시 말하여, 시인은 「폭포」에서 사물의 힘과 생리와 사물간의 관계를 바로 보는 시적 직관을 통해 폭포의 배후 혹은 너머에 있는 지극한 생기와 생리와 여타 사물과의 근원적 관계성을 '바로 본' 후, 이를 '고매한 정신'이라 칭한 것이다. 따라서, '고매한 정신'이란 곧 주관적 편견이나 경험론적 선입견 너머 사물을 사물 그 자체로서의 본질에 대해 직관으로 성찰할 수 있는 방법론적 정신이면서 초월적 근원에 대한 강렬한 그리움의 다른 표현인 것이다.

4. 지극한 물소리, 영원한 객체로서의 '소리'

시인이 「폭포」를 가리켜 '고매한 정신'이라 불렀을 때, 이 말 속엔 폭포는 물질적 존재 너머의 존재, 혹은 본질, 정신적·직관적으로 파악된 존재로서의 폭포임을 천명한 것이 된다. 그래서 이 시 1연의 경험적 존재로서의 폭포는 이제 스스로를 초월하기 시작한다. 아울러 폭포 소리도 폭포 소리 너머로 실재하지 않는 소리로 넘어가게 된다. 폭포라는 실재는 차츰 비실재를 스스로 드러내기 시작하면서, 폭포의 물리적 빛의 형상과 음파音波로서의 소리는, 2연과 3연에 이르러 어둠 속으로 괄호 속으로 유보되어, 마침내 색과 소리는 사라진다. 그럼으로써 이 시에서 시적 대상으로서 폭포는 시 의식의 작용을 통해 폭포라는 물질적 외연을 초월하는 그 무엇이 된다. 그러나 그 폭포 소리의 초월은 색과 소리의 사라짐에 그치는 것이 아니라, '무(없음)'의 소리 에너지로 충만하게 된다[非有非無]. 그것은, 달리 말해, 없음의 없음이 필연적으로 만드는 생기이다. 아울러 그것은 부재가 만들어내는 충만이라 할 수 있다.

「폭포」의 시적 탁월성은, 이처럼 거침없고 끊임없이 분출하는 '폭포'의 소리 에너지의 절묘한 운행에서 찾아진다. 폭포 소리에서 근원적 생명력을 직관하고 있는, 김수영의 다른 시적 표현으로 말하여, 폭포 소리에서 '發散한 形象을 求하'(「孔子의 生活難」)고 있는 「폭포」를 읽으며, 무의식적으로 강렬한 역동성과 감응력을 느끼게 되는 것은 시의 형식적 기법에서도 기인하지만 동시에 시의 이면에서 예의 '고매한 정신'의 운행 즉 천지간 변화[陰變陽化]의 기운이 생동하고 있기 때문이다.

시의 6행과 7행 "금잔화도 인가도 보이지 않는 밤이 되면/폭포는 곧은 소리를 내며 떨어진다"란 시구를 중심으로 하여 오묘하고도 서슴없이 퍼지기 시작하는 생명의 기운은 마침내 시의 안팎으로 흘러 넘쳐 저 보이지 않는 금잔화金盞花와 인가人家에도 작용한다. 동시에 금잔화와 인가는 폭포 소리의 생기에 화답하고 감응한다. 그 생기 발랄의 정체는 폭포의 '곧은 소리'. 즉 지극한 물소리의 기운이 충만한 가운데 어둠에 보이지 않는 금잔화와 인가도 은근하게 감응하고 생기를 머금게 되는

것이다. 마침 거침없이 시원한 물소리의 생기 속에서 이 시의 1연 "폭포
는 곧은 절벽을 무서운 기색도 없이 떨어진다"라는 물리적 현상의 시구
는, 4연에 이르러,

> 곧은 소리는 소리이다
> 곧은 소리는 곧은
> 소리를 부른다

라는 추상의 시구로 변한다. 그러나 '곧은 소리는 소리이다'는 명제적
시구는 한낱 정언적定言的 명제로서 무엇인가 '진리를 의미하는 진리치
truth value'로서의 명제에 그치는 것이 아니다. 중요한 사실은 주어主語인
'곧은 소리'와 술어 자리의 '소리'는 진리치를 표현하기 위해 서로 우열
관계나 선후 관계에 놓인 것이 아니라, 상호 유기적 결합 관계, 즉 상호
과정 속에 놓인 관계라는 사실이다. 주어와 술어의 관계 즉 '곧은 소리'
와 '소리'의 관계는 서로 개별과 통일, 또는 부분과 전체의 유기적 관계
이거나 현실과 비현실(초월), 실재와 비실재, 현상과 근원 사이의 상호
과정적 관계에 놓여 있다.

　이를 바꾸어 말하면, 주어 '곧은 소리'는 뭇 사물의 저마다의 생명 활
동들과 서로 유기적이고도 연속적으로 연결되어 있는 수많은 개별적
'곧은 소리'들의 집합명사이고, 술어 자리의 '소리'는 일반화된(보통명
사화 한) '곧은 소리'의 대명사代名詞라 할 수 있다. 다시, 바꿔 말하면, '곧
은 소리'는 다자多者이고 '소리'는 일자一者이다. 이를 미학적 개념으로
거듭 바꾸어 말하면, '곧은 소리'와 '소리'는 서로 환유換喩적 혹은 제유
提喩적 관계를 맺는다. 그 명제가 환유 또는 제유의 비유라고 말할 수 있

는 소이는, '곧은 소리'는 수많은 개별적 소리들 가운데 '곧은'이라는 성질과 의미를 지닌 소리들의 집합을 가리키고, 술어 자리의 '소리'는 보편적 의미, 더 나아가 소리의 근원적 이치로서의 '소리'를 가리키기 때문이다. 결국, 이 인용된 시 문장이 곧 환유의 비유거나 제유의 비유라는 말은 개별과 보편이 서로 지속적으로, 새로운 차원으로 진화하면서 상호 작용한다는 뜻을 지닌다. 그러므로 우리는 인용 시구가 '곧은 소리'라는 개별적 생명들의 수많은 소리들[6]에서 포착되는 지극한 생명성(초월적 神의 차원)과 근원성으로서의 소리를 술어 자리의 '소리'로서 표현했다고 할 수 있다. 그리하여, 개별적·현실적 소리들과 근원적 소리와의 관계, 즉 다자로서의 '곧은 소리'와 근원적 일자로서의 '소리'와의 관계를 단박하게 표현한 시적 명제,

   곧은 소리는 소리이다

라는 시적 언표는, '소리'라는 대상에 대한 순수한 의식 작용을 필연적인 내재적 조건으로 하고 있다. 이 순수 의식 작용을 통해 다시 일자에서 새로운 일자들의 무수한 현실적이고 개별적인 소리들을 부르게 되는 것이다. 그리하여, 시인은

   곧은 소리는 곧은
   소리를 부른다

---

6) 그 예를 찾는다면, 무릇 모든 개별 생명체들의 숨소리·탄생의 울음소리·웃음소리 따위와 자연계의 소리로서 가령, 바람소리·천둥소리·빗소리·폭포 소리 나아가 진실과 부합하는 인간들의 곧은 소리 따위!

고 노래하게 된다. ('곧은 소리'는 또 다른 '곧은 소리'를 부른다!) 특히, "곧은 소리는 곧은"/"소리를 부른다"라 하여 한 문장을 두 개의 시행으로 행갈이 한 것도 바로 그 앞에 연결된 시행인 '곧은 소리는 소리이다'라는 시적 명제의 내용을 고스란히 이어받아 이를 뒷받침하려는 시 의식이 거듭, 깊이 작용한 때문으로 볼 수 있다. 즉 여기서 행갈이의 의미는 첫째, "곧은 소리는 곧은" 개별적-현실적 존재들의 삶의 소리라고 한다면, "소리를 부른다"에서 '소리'는 술어 자리의 소리 즉 개별적 현실성의 소리를 넘어선 초월적(혹은 영원하고 근원적인) 소리이기 때문에, 시적 직관은 거듭 주어 자리의 '곧은 소리'를 술어 자리의 '소리'와 별개화한 것이다. 둘째, 분리와 연결이 동시에 작용하고 있는 행갈이를 통해 '곧은 소리'는 분리와 연결의 역설적 순환 관계에 놓이게 된다는 점이다. 이 점이 중요하다. 그 이유는, 개별적 현존재 혹은 다자로서의 '곧은 소리'와 초월자 혹은 일자로서의 '소리'는 서로 규칙적으로 순환하는 상호 작용과 변화의 과정에 놓여 있음을 강조하는 기법이 바로 행갈이라는 사실 때문이다. 그럼으로써, 서로 별개인 '곧은 소리'와 '소리'의 상호 작용 과정 자체는 생명계의 진행 과정과 마찬가지로 함께 유동하면서 생멸을 지속하게 되는데, 그 '소리'의 진화 과정은 현실적 생명계의 뭇 소리들을 보다 높은 차원의 새로운 초월적 소리 속으로 고양시키는 한편, 동시에 초월적 소리는 세속적-개별적 소리들로 감각적으로 현현하게 된다. 이 창조적인 순환 과정 그 자체가 바로 예의,

곧은 소리는 소리이다
곧은 소리는 곧은
소리를 부른다

라는 직관적 명제인 것이다.

여기서, 명제라고 했을 때, 명제는 비시간적·비공간적 진리를 언표한 것이다. 따라서 명제로 언표된 것은 주관적 심리와 단절된 객관적 존재이며 어떤 개체적인 사유나 판단 과정과도 아무 상관이 없다. 이 말은 이 명제의 의미에 도달하기 위해서는 개별적 의식 내용을 초월한 일반성 혹은 본질성을 찾는 것이 선행되어야 한다는 뜻이다.

그러므로 이 명제에 도달하기까지 시인은 폭포에 대한 개별적 사유와 판단 활동을 극복하려 한 것임을 확인할 수 있다. 개별적 의식과 판단 행위를 넘어서기 위해서 시인은 첫 연에서 폭포의 위엄 있는 형상을 제시하면서도 폭포의 구체적 형상을 하나하나 괄호 속으로 유보한 것이다. 추상화의 과정은 다름 아닌 개별적 의식을 지움으로써 폭포를 직관하고 마침내 일반적 의식 활동 혹은 사회의식을 넘어선 '순수 의식 Reine Bewußtsein'을 지향하는 과정이었던 것이다. 후설의 현상학에 의지하면,[7] 의식의 지향성 활동을 보여주는 시의 1연-3연까지의 시적 전개

---

7) 하이데거는 자신의 주저 『존재와 시간Sein und Zeit』에서, 후설의 현상학을 의식한 것이 분명한 다음의 진술, "현상학이라는 표현은 일차적으로 일종의 방법 개념이다. 그것은 철학적 탐구 대상들이 사태 내용적으로 무엇인가가 아니라 오히려 탐구의 어떻게[방법]를 특징짓고 있다"고 하여 현상학을 사유의 방법으로 규정한 후, "현상이라는 표현의 뜻으로서 확정할 수 있는 것은 '자신을 그 자체에서 내보여주는 것', 드러나는 것이다"라고 설명한다. 하이데거가 보기에, 현상은 우선 배후에 있는 그 무엇을 그 무엇이 스스로 내보일 수 있도록 해주는 방법 개념이다. 사유 방법으로서의 현상학은 시「폭포」에 접근하는 데 일단 유용하고 적절하다. 후설에게 현상학은 현상학적 환원이라는 인식 방법을 통해 순수 의식Reine Bewußtsein에 도달하고, 이를 통해 사물의 개별적 실재 너머 사물의 본질적 의미를 의식하는 사유법이다. 현상학적 사유에 의해 폭포는 그 스스로 새로운 차원으로 고양되어 본질적이면서 현실 초월적인 의미를 띠게 되는 것이다. 그러나 후설과 달리, 하이데거는 본질 현상에로의 접근 가능성을 시사하고는 있지만 그것이 어떻게 수행될 수 있는지에 대해서는 침묵한다. 하이데거에게 본질적 '현상'은 다름 아닌 자신의 존재론적 주제 즉 '존재자의 존재'라고 할 수 있다.

는 결국 순수 의식을 겨냥한 시적 방법론의 일환이라고 할 수 있다(후설의 선험적transzendental 현상학에 따르면, '그 무엇에 대한 의식의 지향성'에 의해 얻어진 이 선험적 순수 의식 또는 선험적 실재에 의존하지 않고는 경험적 실재 세계는 존재할 수가 없다). 이 순수 의식에 입각하여 획득된 폭포는 '사상事象 그 자체'에 충실한 초월적이고 본질적인 폭포('곧은 소리'로서의 '소리', '곧은 소리'로 '주어진' 소리, 달리 말해, 소리의 소리性)이다. 이때 폭포는 이미 의식 활동에서 개별성을 극복한 폭포이며 개별적인 의식과는 별도의 동일성同一性으로서의 그 무엇이다. 그러하기에, 폭포는 형상이 사라지고 소리만 남게 된다. 흔적의 순수성만 남게 된 것이다. 이윽고 4연에 이르러, 폭포는 사라지고 소리만 남게 된다. 그리고 시인은 '소리를 보게[직관 또는 관음觀音]' 된 것이다.

5. 사물 그 자체로, 생기와 운기의 운행 속에서

순수 의식을 지향하기 위해 우리가 부지불식간에 반성 없이 받아들인 일반 명제들이나 통속적 개념들을 부정했던 부정과 유보의 과정을 마침내 극복하고 시인은 그 너머에 있는 즉 순수한 본질로서의 명제, 곧 '곧은 소리는 소리이다'라는 시적 명제에 도달하였다. 그렇다면 이 시적 명제가 의미하는 바는 무엇인가.

시「폭포」만을 놓고 본다면, 시적 자아는 폭포 소리를 지각하고서 이 지극한 물소리야말로 만물의 개별적 삶의 근원에서 결과까지 전 과정을 껴안아 키우는 영원한 근원성이라는 철학적 명제에 도달했을 수 있다. 생성-소멸을 계속하는 생명계 진화의 전 과정을 통각하게 하는, 생명의 원천이면서 동시에 결과로서 천지간에 가득한 지극한 물소리가 영원한(초월적) 객체로서의 '소리'라고 파악했던 것이다.

궁극적으로 이 시는 생명 현상으로서의 모든 '소리(현실적 존재를 포함하여)'란 우주의 유기체적 진행 과정 속에서만 표현될 수 있는 것임을 말하고 있다. 이런 의미 맥락에서 다시 말하지만, 시인 김수영의 「폭포」에서 폭포 소리는 그의 초기작 「공자의 생활난」에서 '發散한 형상'과 동격의 의미를 지닌다고 할 수 있다. 김수영의 유기적 직관과 사유의 일단을 엿보게 하는 이 '發散한 형상'이라는 시어는 삼라만상의 유기적 운동과 진화 과정에 그의 시 의식이 깊이 관계하고 있음을 암시한다. '發散한 형상'이란 시구는 그런 생명계에 대한 유기적 관점에서 본다면, 아주 자연스러운 시적 표현일 수 있다.[8]

유기체적 세계관의 시각으로 본다면, 시 「폭포」의 시학은 음양의 대립과 통일 과정을 통해 폭포(또는 폭포 소리)를 생명의 '곧은 소리'로 생생히 운기화생運氣化生하게 하고 마침내 근원적이고 초월적인 '소리[一者]'에 이르고, 동시에 그 근원적인 '소리'는 새로운 존재[多者]를 부르는 끝없는 생명 진화의 과정을 시적 직관과 추상화라는 형식을 통해 절묘하게 보여주는 작품이라 할 수 있다. 김수영의 시에서 이와 같은 운기의 세계관이 시적 표현을 얻고 있는 적절한 예문을 찾는 것은 그리 어렵지

---

8) 시어 '곧은 소리'에서 궁금한 것은, 시인이 선택한 '곧은'이란 시어에 관한 문제이다. 관습적으로 '곧은'의 뜻으로 사용하는 한자는 貞인데, 貞은 正과 동의어로 쓰이기도 하지만, 무엇보다도, 貞을 상형적 혹은 역학적 의미로 풀이하면, 『주역』 건괘의 네 가지 덕인 원형이정元亨利貞 중 겨울, 智를 가리키는 貞 즉 소멸-생성의 순환 과정 중 깊숙이 감추어진 생명과 그것의 새로운 움틈을 비유한다. 즉 '곧을 정'으로 해석한다면, '곧은 소리'는 '발산한 형상'처럼 생명계의 순환 과정 속에 낀 생명의 계기 자체라고도 할 수 있다. 그것은 또한 생명계의 근본 이치에 근거하여 만들어진 '소리의 소리'의 언어 곧 '正音'과도 같은 것 아닌가?

않다. 음중양陰中陽 또는 정중동靜中動의 운동과 변화의 계기를 비유적으로 표현한 아래 시들을 보자.

中斷과 繼續과 諧謔이 일치되듯이
어지러운 가지에 꽃이 피어오른다
過去와 未來에 通하는 꽃
堅固한 꽃이
空虛의 末端에서 마음껏 燦爛하게 피어오른다

— 「꽃 2」 부분

기운을 주라 더 기운을 주라
江바람은 소리도 고웁다
기운을 주라 더 기운을 주라
달리아가 움직이지 않게
기운을 주라 더 기운을 주라
무성하는 채소밭 가에서
기운을 주라 더 기운을 주라
돌아오는 채소밭 가에서
기운을 주라 더 기운을 주라
바람이 너를 마시기 전에

— 「채소밭 가에서」 전문

"공허의 말단에서 마음껏 찬란하게 피어오른다"는 시구는, 공허는 다름 아닌 충만한 기운이라는 생기와 운기의 기본 원리에 받쳐져 있으

며, 아름다운 노랫말이기도 한 인용 시「채소밭 가에서」는, 시적 자아가
사물을 그 자체의 입장에서 바라보고 천지간 뭇 존재들에게 작용하는
생명력의 원천인 운기의 근원성과 초월성을 통찰하고 있음을 또렷하
게 보여준다. 즉 인용 시는 한 번은 음이 되고 한 번은 양이 되는 만물 변
화의 근본적 원리('一陰一陽謂之道', 『周易』)를 쉽고도 명증한 시어들로 노
래하고 있는 것이다. 공허가 운기의 본체이며 사물을 그 자체의 이치로
서 이해해야 한다는 관점은 시인 김수영의 시 정신과 언어 의식의 원천
을 이해하는 데 필수적이다.

6. '소리'의 화생化生: 겸재 정선의 〈박생연〉과 김수영의「폭포」

　김수영의 시「폭포」는 조선시대 최고의 화가이자 화성畵聖으로 추앙
되었던 겸재 정선謙齋 鄭敾(1676-1759)의 〈朴生淵〉을 떠올리게 한다. 송
도삼절松都三絶로 꼽히는 박연 폭포를 그린 이 작품에서 겸재는 곧고 당
당하게 내리 떨어지는 폭포의 기운과 마치 화폭 밖으로 튀어나올 듯 휘
돌며 솟아오르는 굳센 바위의 기세를 절묘하게 그려냈다. 고 오주석 씨
의 겸재 그림에 대한 탁월한 해설에 기대어 말한다면,[9] 겸재는 〈朴生淵〉
에서도 역의 이치에 따라 폭포수와 주변의 바위와 나무들을 그렸을 것
이다. 곧 음양오행의 이치에 따라 폭포수와 바위, 나무 등 경물들을 배

---

9)　오주석,『옛그림 읽기의 즐거움』1·2권, 솔, 1999, 2006. 겸재의 걸작 가운데 〈인왕제
　　색도〉와 〈金剛全圖〉가 그려진 내력과 화법을 깊고도 꼼꼼하게 분석한 글에서 故 오주석
　　은『주역』의 대가였던 겸재의 그림 속엔 역리易理가 심오하게 펼쳐져 있음을 밝히고 있
　　다. 천재 미술사가요 미술비평가였던 고인에 의해 겸재 화법의 핵심이 음양오행의 오묘
　　한 운행에 근거한 우주의 원기와 지극한 철리 속에 있음이 깊고도 소상하게 드러난다.

치했을 것이 분명하다. 가령 화제畵題를 '朴生淵'이라 한 것에서도 상생相生의 역리에 따라 특정 경물을 강조하여 배치했음을 짐작하는 것은 어렵지 않으며, 아래로 기운차게 떨어지는 폭포수와는 반대로 하늘을 찌를 듯이 거대하게 솟은 바위 형태에서 음양의 기운이 서로 조화를 이루게 한 것, 오히려 폭포수보다 폭포에 인접한 바위를 강조하여 마치 용틀임 형상인 듯 단박에 짙고 강렬하고 거칠고 힘차게 붓질한 것, 농담이나 원근법이 무시된 듯하나 기묘한 조절이 이루어지고 있는 것 등은 모두 지극한 폭포의 원기元氣를 음양의 이치로써 표현하려 한 화의畵意의 산물이라 할 것이다.

다만, 시인 김수영의 「폭포」와 관련하여 거듭 주목되는 점은 겸재의 〈박생연〉에서의 우람한 바위의 거칠고 힘찬 용틀임 형상이 폭포의 '발산한 형상'과 함께 위풍당당한 폭포 소리의 기운을 힘차게 살려내고 있다는 점이다. 폭포 소리의 기운을 내외에 생생하게 발산시킴으로써 폭포수의 지극한 원기가 화폭에 가득 차게 된 것이다. 바꿔 말하면 음기와 양기의 원리에 따라 바위라는 특정 경물을 강조하고 기운생동氣韻生動하는 필치에 의해 폭포의 거침없이 시원한 물소리가 화폭 안팎으로 화생하는 것이다.

〈박생연〉의 예술성이 지닌 주목할 점은 그림을 보는 이로 하여금 천지간을 울리는 지극한 물소리가 지금 이 순간에도 우주 자연의 운동 과정 자체로서 오롯이 느껴지게 한다는 사실이다. 사람마다 느낌이 다르겠지만, 예술 작품이 그 자체의 미학적 폐쇄성을 벗어던지고 수많은 현재성으로 보는 이에게 화생한다는 점. 변화의 철학이자 우주 자연의 철학인 역학易學적 사유가 그러하듯이 예술 작품도 그 자체의 생명 활동 과정으로서 시공을 초월하여 '현재적 느낌'과 생명력을 지니고 있다는 점, 다시

말해 예술 작품 자체가 대우주 속의 소우주로서 생성-소멸이라는 생명
계의 '과정'에 놓여 있다는 점에서 〈박생연〉은 위대한 예술적 사례이다.

　　김수영의 시「폭포」도, '폭포'와 '곧은 絶壁'은 서로 상생의 이치 속에
서 뭇 생명을 낳고 키우는 근원으로서의 '소리'로 화생한다는 점에서
겸재의 〈박생연〉에 비교될 수 있다. 이때 현대 시인으로서 김수영의 시
와 조선시대 화가로서 겸재의 그림 사이엔 작품을 구성하는 물질적 재
료와 시공간적 한정성에 의한 차이를 뛰어넘은 새로운 예술성의 차원
에서 서로 연관된다. 두 예술가는 시공적-물리적으로 별개이면서도 공
히 폭포 소리를 우주 만물의 생리와 이치를 통해 파악하고 예술 자체가
살아 있는 소우주임을 빼어나게 보여주었다는 점에서 보편적인 상관
성을 갖고 있는 것이다.

7. 뭇 생명의 생명성을 '바로 보는' 예지의 시

　　극심한 궁핍기이자 사회적 혼란기인 1950년대에 서구적 모더니즘
을 시작의 동력으로 삼으려 한 시인으로 우리는 김수영을 기억하곤 한
다. 또한 김수영의 시에서 한국적 근대성의 내용과 그 사회학적 맥락을
밝히려 많은 학자 비평가들이 저마다 노력을 기울였고 지금도 진행 중
이다. 서구의 문예 사조에 대한 모방이든 동경이든 또 목적론적 역사관
에 입각한 한국적 근대성이든 김수영의 시를 깊이 새로이 읽는 작업은
오늘 우리 문학이 고민해야 할 문예사적 소명 중 하나이다. 그 이유는 우
선 김수영의 시에 대한 심각한 '근대적' 이성주의적 오해와 편견과 왜
곡을 바로잡아야만 그의 시가 품고 있는 정신적-문학적 의미와 진실이

드러날 것이고, 더불어 지금 이곳의 문예에 대한 문학사적·사회사적 반성이 함께 이루어질 것이기 때문이다. 그것이 김수영 시에 대한 지금 여기에서의 문예적 해석학과 비평이 맡은 소임이자 과제라 생각한다.

김수영은 '시의 예술성은 무의식적'이라고 말한바 있다. 시인의 이 말이 과장되어 해석되어서도 안 되지만, 오늘의 한국문학은 이 말에 대한 더욱 진전된 깊은 해석을 준비해야 한다. 무의식은 의식의 모체이고 그 세계는 무진장의 세계이기 때문이다. 그런 만큼 김수영의 시 해석을 지배해온 근대성이나 모더니티, 합리적 이성이나 서구적 미학의 기준들은 그것들대로 새로 지양되고 스스로 극복되어야 한다.

시인 김수영의 말대로 시인 자신이 시인인 줄 모르고 쓴 시란 무엇인가. 이에 대해 깊이 고려할 만한 해석들 중 하나는, 시인인 줄 모르고 쓴 시란 어떤 초월적-근원적 경지에서 쓴 시, 적어도 시인 자신의 존재론적 초월의 열망과 체험 속에서 쓴 시란 사실이다. 그렇다면, 자기 초월-근원의 시란 무엇인가. 세속을 여읜 초월이란 있을 수 없다. 초월은 괴로운 세속에서 벌어지는 일종의 '부활' 혹은 갱생의 경지이기 때문이다. 많은 선각들께서 말씀하시길, 죽지 않는 삶은 부활할 수 없듯 세속을 초월하는 직관 또는 예지는 세속에서 '부활'하지 않고는 얻을 수 없다. 옛말을 빌리자면, 예지叡智란 내 일상적 삶에 들고 나는 귀신鬼神의 공덕을 깨닫고 받드는 데서 얻을 수 있다. 격물치지의 마음이 그러할진대, 예술적 직관이나 예지란 이론적 이성이나 지성이 아닌 생명 너머 생명의 이치와 운행을, '뭇 생명의 생명성'을 정확히 보고 기꺼이 받든다는 뜻이리라. 그렇다면 김수영의 「폭포」는 우리에게 근원적 예지에 대한 각성과 정진을 준엄히 요청하고 있는 것이 아닌가?

[『문학의 문학』, 2009. 겨울]

巫 혹은 초월자로서의 시인

김수영의 「풀」을 다시 읽는다

풀이 눕는다

비를 몰아오는 동풍에 나부껴

풀은 눕고

드디어 울었다

날이 흐려서 더 울다가

다시 누웠다

풀이 눕는다

바람보다도 더 빨리 눕는다

바람보다도 더 빨리 울고

바람보다 먼저 일어난다

날이 흐리고 풀이 눕는다

발목까지

발밑까지 눕는다

바람보다 늦게 누워도

바람보다 먼저 일어나고

바람보다 늦게 울어도

바람보다 먼저 웃는다

날이 흐리고 풀뿌리가 눕는다

—「풀」 전문

　이 땅의 많은 비평가들이 김수영의 「풀」을 그의 시의 총결산이자 한국시사의 한 획을 긋는 명편으로 평가해왔다. 「풀」이 김수영의 시적 여정에 있어서 뜻깊은 종착지이며 한국시의 우람한 봉우리를 이루고 있다는 점에는 의심의 여지가 없다. 그런데 왜 그런가?

　익히 알려져 있듯이 많은 민중주의적 비평들은 「풀」을 민초들의 끈질긴 생명력으로 해석하였고 '문학과지성' 계열의 시론을 대표하는 비평가 김현은, "발목 발밑이 누구의 발목 발밑일까를 생각해보면 자명해진다. 누군가가 지금 풀밭에 서 있는 것이다. 그런데 그 시에서 가장 중요한 것은 그 숨어 있는 누구이다. 서 있는 그는 마찬가지로 서 있는 풀이 바람에 나부껴 눕고, 뿌리 뽑히지 않으려고 우는 것을 본다. (중략) 「풀」의 비밀은 바로 이곳에 있다. 그 시의 핵심은 바람/풀의 명사적 대립이나, 눕는다/일어선다, 운다/웃는다의 동사적 대립에 있는 것이 아니라, 풀의 눕고 욺을 풀의 일어남과 웃음으로 인식하고, 날이 흐리고 풀이 누워도 울지 않을 수 있게 된 풀밭에 서 있는 사람의 체험이다"(『김현 전집 5』, 문학과지성사, 1995, 52쪽)라고 해석하였다. 김현의 해석이 중요한 의미를 갖는 것은, 「풀」의 비밀을 풀밭에 서 있는 사람의 '체험'에서 찾았다는 점이다. 시의 12행과 13행 "발목까지" "발밑까지"가 유력하고 직접적인 근거가 되어 풀밭에 서 있는 '누군가'를 사람으로 추정하고, 이에 덧붙여 김현은 그 '서 있는 사람'이 "풀의 눕고 옮을 풀의 일어남과 웃음으로 인식하고, 날이 흐리고 풀이 누워도 울지 않을 수 있게 된" 주체적인 의식의 소유자라고 분석한다. "발목" "발밑"의 주인공을 바람 부는 풀밭에 서 있는 주체적인 의식인으로 파악한 것이다. 이 밖에도 이 시의 풀을 본질적인 운동성으로 혹은 열린 부드러운 힘으로 인식하거나, 변증법적 사유과정, 즉자-대자의 통일의 시적 사유과정으로 이해한 여러 비평문들이 있다.

그런데 흥미로운 점은 이 모든 평문들이 이 시의 1연에 곧바로 나오는

풀이 눕는다
비를 몰아오는 동풍에 나부껴
풀은 눕고
드디어 울었다

는 시구에 대한 심층적인 분석이 결여되어 있다는 점이다. 특히 시의 2행 "비를 몰아오는 동풍에 나부껴"에 대한 비평적 분석은 모두 다 일종의 상황 묘사적 배경쯤으로 인식하여 아예 분석의 바깥이나 가장자리로 밀어내졌거나, 동풍을 외세外勢의 상징, 풀을 저항하는 민중의 상징으로 대립시킨 민중론적 비평들처럼, '동풍'을 표피적으로 이해하여 그것이 시의 주체인 '풀'에게는 시련을 몰아오는, 싸워 극복해야 할 대상으로 해석해왔다. 이는 김수영의 「풀」에 관한 기존 비평들이 인식론적 편향 혹은 선입견(혹은 집단적 선입견)에 근거해 시 분석을 수행해왔음을 보여주는 대목이며, 결과적으로, 「풀」에 관한 기존 비평들은 1연의 심층적 분석을 놓침으로써 비평적 한계와 문제들을 태생적으로 드

러낼 수밖에 없었다.

인용된 「풀」 1연에서 동풍은 시의 주체인 풀에게 시련을 가져다주지만, 그렇다고 꼭 시련만 주는 바람이 아니다. 그렇기 때문에 '동풍'은 오로지 맞서서 이겨야 할 대상이 아니다. 시가 서술하고 있는 것은 풀은 그 동풍에 나부껴 눕고 울었다는 객관적 사실뿐이다. "나부껴"와 "눕고" "드디어 울었다"라는 시어들이 과연 동풍과 싸워 동풍을 극복하려는 풀의 의지와 몸짓을 표현한 것인가? 그런 해석은 비평가의 선입견이 개입한 결과일 뿐이다. 그렇다면 이 시구를 어떻게 해석해야 「풀」을 모두가 풍요롭게 공감할 비평으로 인도할까? 왜 동풍인가? 북풍, 남풍, 동남풍, 편서풍, 돌풍, 태풍, 해풍 또는 강바람, 산들바람,……. 셀 수 없이 많은 바람들 속에서 하필 왜 '동풍'인가? 더군다나 그냥 동풍이 아니라 왜 "비를 몰아오는 동풍"인가? 그 '동풍'에 "나부껴" 왜 "풀은 눕고" 왜 "드디어" 우는가?

「풀」, 나아가 김수영의 시세계를 새로이 해석하게 하는 현관이자 키라고 할 이 시구를 효과적이고도 흥미롭게 이해하기 위해서 우리 민족의 어두운 집단적 기억의 곳간 속을 들여다볼 필요가 있다. 그곳엔 먼지를 뒤집어쓴 채 우리의 집단적 의식 속에 면면히 유전되어온 단군신화가 웅크리고 있다. 천제의 아들 환웅이 풍백風伯과 우사雨師, 운사雲師를 하늘에서 거느리고 이 땅에 내려와 태백산 신단수神檀樹 아래 신시를 세웠다는 신화. (환웅은 비유컨대 비를 몰아오는 형이상학적 존재인 용龍 혹은 생명의 원천인 물과 바람 구름의 화신인 셈이다.) 단군신화와 비교 유추한다면, 인용한 시구 "비를 몰아오는 동풍"은 동쪽에서 불어오는 비바람, 곧 우사 운사와 풍백일 테고, 그 동쪽은 해가 떠오르는 곳 달리 말해 동방 '조선朝鮮'이라 할 것이다.

이러한 「풀」의 해석에 대해 기존 비평들은 거세게 반박할지도 모른다. 그 반박 중에 유력한 하나는, 그러한 해석은 민족주의적 아니 더 거칠게는, 국수주의적 해석이라는 반박일 것이다. 그러나 그것은 기우이거나 지나친 오해에 불과하다. 민족주의를 해체하는 것도 반대하지만, 민족주의도 경계해야 한다. 민족의 전통문화와 정신 속에는 이미 세계보편적 가치들이 활짝 만개해 있고, 거꾸로 세계 보편성의 시각에서 민족문화와 전통정신의 가치를 지금 새로이 조명해야 한다. 이런 의미에서 단군신화는 민족주의적 신화로서가 아니라 세계관적 보편성을 지닌 텍스트이고, 「풀」이라는 짧은 시에서 그 단군신화와 유사한 요소들을 비교 유추하는 것은 한국문학에 심층적이고도 현실적인 유익함을 안겨준다. 시인 김수영의 시의 심층을 분석하면, 천지인天地人의 조화라는 단군신화의 이상과 충분히 상통할 만한 세계관이 희미한 잔상으로 어른거리고 있음을 알게 된다. 시의 1연만 보더라도 단군신화에서의 환웅 우사 운사 풍백, 곰의 시련과 인내, 단군의 탄생 등 신화의 구성요소들과 흐릿하지만 일정한 유사성을 드러내 보인다.

「풀」의 3연 "발목까지/발밑까지 눕는다"는 시구가 새롭고 의미심장한 조명을 받아야 하는 이유는, 위에서 단군신화의 예를 통해 암시한 바와 같이, "발목"의 주인공은 "비를 몰아오는 동풍"과 그 동풍에 '나부끼는' 풀을 관찰하고 그것들과 자기 자신이 '하나'로 살아가는 존재라는 사실과 관련된다. 다시 말해 삼라만상에 가득한 생명력의 원천인 풍백과 우사와 풀밭의 '누군가'(혹은 풀밭 위의 존재)는 서로 깊이 상통하고 상응하고 있는 관계라는 것. 그런 우주적 능력을 지닌 존재를 우리 의식이

나무의식은 오래전부터 익히 알고 있다. 익숙한 예를 들면, 그 천지간의 운동을 온몸으로 체감하고 체현하는 그 존재는, 즉 풍백과 우사에서 연상되듯이 단군, 곧 무당이라는 해석이 가능해진다.(檀君은 '무당'을 뜻하는 북방언어인 탱그리Tangri의 한자 음역으로, 당굴>단골 등으로 변화하여왔다.)

그 풀밭의 존재가 천지의 운행, 생명의 탄생과 현세적 삶을 더불어 깊이 관조하는 자이기 때문에, "풀은 눕고/드디어 울었다"라는 시구가 자연스레 이어지게 된다. 왜냐하면, "눕는다"는 시어는 합일 혹은 사랑을 나누는 행위이자 새 생명을 낳기 위한 준비동작을 상징하며, 더 나아가선 생명계의 탄생과 삶과 죽음의 순환을 넉넉하게 품어주는 땅의 수평적 생명력을 함축한 비유라고 확장하여 해석할 수 있기 때문이다. 그래서 사랑과 합일, 드디어 탄생이 이루어지는 순간, "풀은 눕고/드디어 울었다"는 표현이 나오는 것이다. 이 시의 전체 맥락으로 보아, 그 탄생은 시의 주체의 내면적 재탄생을 의미하는 것으로 보이지만,—시의 주체가 해산解産하는 과정으로 보는 분석도 가능하다—주목할 것은 탄생이 비를 몰아오는 동풍의 나부낌 속에서 이루어진다는 사실이다. 그러므로 풀은 평범한 속물 단순한 생물로서의 풀이 아니라 하늘의 세계를 이해하는 비범한 속물, 초인적 주체로서의 풀이라 할 수 있다. 이렇게 볼 때, 3연의 '발목'으로 상징된 풀밭 위의 존재는 천지간 운행원리와 인간사를 깊이 이해하고 관조하는 자, 초월과 세속을 함께 사는 존재라고 할 수 있다.

시인 김수영을 '巫 혹은 초월자로서의 시인'으로 새로이 해석하게 하는 또 다른 중요한 실마리는「풀」의 형식과 논법을 심도 있게 이해하는 과정에서 발견된다.

2연과 3연의 "바람보다도 더 빨리 눕는다/바람보다도 더 빨리 울고/바람보다 먼저 일어난다//(…) 바람보다 늦게 울어도/바람보다 먼저 웃는다"의 구절에서 쓰인 '보다(도) 더'라는 비교격 문장은 그러한 새로운 해석을 가능케 하는 첫 실마리이다. 「풀」에 쓰인 비교격 조사 '보다 더'는, 본질적으로 바람과 풀 사이의 우열관계나 선후관계를 나타내는 비교급이 아니다. 그 비교격 조사는 무형無形적 무위無爲적 초월자로서의 '바람'(바람은 巫의 상징이기도 하다)과, 바람에 의지하고 깊이 관계맺는, 가녀리지만 질긴 풀의 생명력과의 심오한 관계를 역설적으로 강조하기 위한 김수영 특유의 반어적 논법의 산물이라고 보는 것이 적절해 보인다.

우선, "바람보다"라는 시어는, '바람'을 언어로 물질화함으로써 본디 무형인 바람을 '아니 없음非無'으로 반전反轉시키는 일종의 부정법적 사유를 보여주며 동시에, 가녀린 원초적인 생명체인 풀이 초월자인 '바람보다' 능동적이고 보다 더 능력을 가지고 있다는 반어법적 논리를 드러내 보인다. 그러나 이러한 반어법 혹은 부정법의 시적 논리는 그의 시에서 전혀 고착되어 드러나지 않고 시의 활동하는 그늘과 이면에 의해, 그 논리의 표면적 의미들을 계속하여 역전·전복·확장·심화해간다. 곧, "바람보다"는 표면적으로는 풀의 생태를 바람과 비교·묘사하기 위한 시어이지만, 그것은 바람에 대한 풀의 우월성이나 선결先決성을 나타내기 위한 비교격이라기보다, 풀을 상대하고 기르고 키우는 바람의 초월적 절대성을 역설적으로 드러내기 위한 특유의 반어법적 시어이다. 이러한 해석을 뒷받침해주는 한 예를 각행의 문장구조상 "바람보다"를 맨 앞에 반복하여 선행先行시키고 있다는 점에서도 찾을 수 있을 것인데, 거기에는 바람의 초월자적 절대성을 강조하여 드러내려는 시인의 의식이 깊게 깔려 있다고 할 수 있기 때문이다.(김수영 시에 빈번히 나타나는 반어법적 시구들은 부정否定의 부정을 통한 지양 즉 부정의 변증법, '非不無' 혹은 '非然 非不然'의 불교적 논법, 노장老莊적 논법 등에서 그 의식의 전통과 맥락을 짚어볼 수 있다.)

결국, 이 시에서 표면상으로는 열등비교격으로 쓰인 '바람'은 오히려 시의 그늘에선 시의 주체인 풀을 넉넉히 돌보는 절대격의 '바람'으로 역전되는 심도 있는 반어와 역설의 시어라고 할 것이며, 이때서야 비로소 우주의 숨결 또는 신의 입김으로서의 바람과 숙명적으로 관계 맺고 사는 풀의 생명력이 제대로 인식될 수 있고, 예의 1연 "비를 몰아오는 동풍에 나부껴/풀은 눕고/드디어 울었다"라는 시상詩想의 심층을 깊이 공감할 수 있게 되는 것이다.

위에서 살핀 반어법의 역할과 함께, 김수영 시의 중요한 형식적 특징인 반복법은 언어표현으로서 '바람'을 점차 지우고 비우며, 동시에 바람의 진실 혹은 바람의 실감을 느끼게 하는 데 작용한다. 언어의 층과 진실의 층은 전혀 다른 것이기 때문에 언어가 진실과 하나가 되기 위해서는 일단 언어는 철저히 부정되어야 하는데, 그 진실에 이르기 위한 언어의 자기 부정의 방법과 실천은 이 시에서 "바람"의 반복을 통해 진행되는 것이다. 시행의 맨 앞에서 "바람보다(도)"가 반복되어 읽히는 동안, '바람'의 존재는 언어의 감옥을 무너뜨리고 진실의 광야로 나오게 된다.

풀이 눕는다
바람보다도 더 빨리 눕는다
바람보다도 더 빨리 울고

바람보다 먼저 일어난다

날이 흐리고 풀이 눕는다
발목까지
발밑까지 눕는다
바람보다 늦게 누워도
바람보다 먼저 일어나고
바람보다 늦게 울어도
바람보다 먼저 웃는다

　무릇 시에서 반복법은 대개 의미를 강조하거나 운율을 자아내기 위해 사용되는 것이 일반적이다. 인용구절을 보더라도, "바람보다(도)"라는 동일한 반어적 표현이 반복되고 있고, 시 전체적으로 2박의 음조에 짧은 엇박이 가미된 음조로 빠른 리듬이 반복되어 울린다.

　그러나, 이 시의 반복적 구성이 중요한 의미를 지니는 이유는 우선 반복이 일상적 언어를 어떤 초월적 차원의 언어로 변화시킨다는 점에서 찾아진다. 이 말은 시어의 반복을 통해 우리는 오래전 잃어버린 시의 주술성呪術性의 흔적을 얼마간 체험할 수도 있음을 의미하는 것이기도 하다. 단순한 시 형식으로서의 반복법이 아니라「풀」은 시어의 반복을 통해 얼마간 언어를 초월하는 신기로운 시적 풍경을 만들어낸다. 그 "바람보다(도)"라는 반어적 표현의 반복에 의해, 언어적 표현으로서의 '바람'은 부정되고, 갈라지고, 헤어지고, 흩어지고, 마침 사라지고 마는 시적 체험을 하게 되는 것이다. 그리하여, 드디어 시에서 바람은 언어의 갑옷을 벗고 마침내 생생한 세계내적 존재로 문득 현현한다. 반복의 리들을 통해, 언어로서의 '바람'은 점차 사라지고, 시에서 바람의 실감이 느껴지며 비로소 풀의 생명력이 가득한 풍경이 펼쳐지는 것이다. 그때 비교급 "~보다"의 의미는 홀연 사라지고 바람과 풀 사이 대립과 모순, 저항의 의미 관계는 지워진다.

「풀」의 반복법은 의미를 강조하는 반복이 아니라, 의미를 지우고 마침내는 언어도 지우는 반복이며, 침묵을 부르는 반복이다. 풀밭에 부는 실제 바람을 느끼게 하는 반복이며 나아가 풀의 생명력을 품은 바람의 절대성과 초월성을 체감하게 하는 리드미컬한 반복이다. 그 간단한 박자의 반복에는 이제는 시에서 거의 자취를 감춘 주술의 기억이 희미하게 다시 어른거리는 것이다.

이렇게, 언어로서의 '바람'이 사라지고 바람의 의미가 희미하고 투명해져, 마침 실제 바람이 시에서 불어옴이 느껴질 때쯤, 바람 부는 흐린 날 풀의 몸짓과 깊이 교감하고 있는 '누군가'("발목")의 존재가 하나의 실제 정황으로 전경화前景化된다. 바람의 의미가 사라지고 투명해졌을 때, 오직 풀밭과 풀잎들의 운동만이 객관적인 관찰과 인식의 대상으로 부각된다. 풀에게 바람의 존재는 상대적이고 상관적이지만 바람은 그 자체로 절대적이고 초월적이다. 결국 반복법에 의해 시어 '바람'의 의미는 침묵하고 휘발되지만, 그 침묵 속에서 신기하게도 바람은 시의 안팎에서 불어오고, 이 무한한 절대성 속에서 풀은 자기 생의 유한성有限性을 의식하고 성찰하는 것이다. 그리하여, 이 시에서 바람과 벌이는 풀의 모든 모순적 행태들은 유한자 풀이 절대성을 의식하는 과정에서 나타나는 자연스러운 몸짓들이다. 그것은 절대를 깊이 인식한 세속적 자유인의 초상인 것이다.

첫 행 "풀이 눕는다"부터 끝 행 "날이 흐리고 풀뿌리가 눕는다"까지의 시적 사유의 진행은 탄생-삶-죽음의 순환循環과정을 암시한다. 그것은 1연에서 풀이 눕고 드디어 울음을 터뜨리며 탄생의 과정이 비유되었듯이, 끝 연에서 "풀뿌리"가 "눕는" 행위는 죽음과 환생 혹은 신생을 비유하기 때문이다. 끝 행을 풀로 적지 않고 풀뿌리로 적은 것은 시인이 생명의 순환 또는 우주적 생명력을 신뢰했기 때문이리라. 이 생명계를 견고히 지탱하는 우주적 절대성이 바람(하늘)으로 상징되었다면, 풀은 하늘과 하나를 이루어 순환하는 땅 위 생명계의 원시적 상징이었던 것이다. 그러므로 시의 마지막 "날이 흐리고 풀뿌리가 눕는다"는 시구는 어두운 땅 밑에서, 혹은 캄캄한 폐허에서, 음지陰地에서 새 생명의 탄생을 예비하고 순환하는 영험靈驗한 생명계를 비유한다. 여기서도 바로 앞 시행들의 반복적 시 형식에 의해 생명계의 초월적 순환의 원리가 생기를 머금는다. 음과 양, 죽음과 삶, 폐허와 탄생, 선先과 후後, 울음과 웃음, 누움과 일어섬이 서로 상입相入하며 돌고 돌듯이, "풀뿌리가 눕는다"는 상징적 표현을 통해, 1연에서의 풀이 지닌 어리고 여린 이미지와 서로 순환론적인 대구對句를 이룬다. 첫 행의 풀과 끝 행의 풀뿌리는 모두 다 하나 속의 순환하는 부분들이다. 하지만, 풀뿌리는 질기고 강인한 우주적인 생명력으로서 순환론적 생명관과 우주관의 극명한 상징이다. 그러나 그 어두운 땅속의 풀뿌리가 시의 첫 연에서처럼 풀이 '눕는' 사랑과 탄생의 행위를 반복한다. 그러니, "풀뿌리가 눕는다"의 속뜻은 죽음은 또 다른 사랑이리니! 풀뿌리는 사랑의 뿌리이고 탄생의 조짐인 것이다. 『周易』건괘乾卦에 기대어 풀이하면, 추운 날 땅속에서 견고하게 생명의 씨앗을 지키는 정덕貞德의 의미가 포함되어 있는 것이다. 그래서 '눕는' 것이다. "날이 흐리고 풀뿌리가 눕는다"는 시구에는 죽음이 탄생을 품고 있고 폐허가 영허盈虛임을 통찰한 이, 천지간의 이치를 깨친 무巫로서의 시적 자아가 투영되어 있다. 다시 말해, 그 우주적 생멸의 원리를 관찰하고 깨치고 그 심오한 생명계에 참여하고 있는 무巫 혹은 초월자적인 존재는「풀」의 시적 자아에게 투사되는 것이다. 그러한 폐허와 죽음, 차가운 음지 속에서 새 생명의 싹을 틔워야 할 운명적 존재로서의 무巫적 자아가 언어에 주술을 걸고, 바람 부는 풀밭에서 우주적 생명의 섭리를 바람기 머금은 아름다운 어조로 노래하고 있는 것이다.

시인 김수영 시세계 전반을 살펴보면, 시적 자아는 속물과 무당과 신이 삼위일체를 이루어 서로 갈등하지만, 그의 좋은 시들은 근본적으로 속물과 신[聖人]이 하나를 이루었을 때 태어난다. 물론 그때 접신接神하는 무巫적 자아, 시적 영성이 시의 그늘에서 활동한다. 많은 경우, 그의 시는 세속적 일상의 시어들로 뒤범벅이거나, 사회적 모순을 비판하는 격렬한 직설화법으로 들끓고 있음에도 불구하고, 깊은 정화淨化의 이면 혹은 맑은 시혼이 느껴지는 것도 근본적으로 그의 시세계의 그늘 속에 초월자적 자아가 활동하고 그로 인한 천지인의 섭리에 대한 직관과 통찰을 정직한 자기 생활 언어로 표현하고 있기 때문이다.

김수영의「달나라의 장난」에서 팽이의 '돎'(우주의 주요 현상은 물론 모든 생물들은 근원적으로 돎을 생명조건으로 한다)이나「美人」「누이야 장하고나」에서 초월적 생명현상으로서의 바람, 지극한 물소리로서의 폭포 소리, 즉 생명의 근원과 그 바름으로서의 '물소리'를 극도의 추상으로 갈파한「瀑布」같은 명편들에서도 확인되는 바이지만, 김수영은 생명의 근원적 이치를 일상日常과 추상抽象의 일치를 통해 시를 썼다. 이처럼 김수영의 시가 우리에게 안겨주는 가장 중요한 시적 진실은, 자신의 세속적 삶의 일상과 괴로운 내면의 들끓음 속에서도 내면의 심층에서 초월자의 존재와 운동을 응시하고 마침내 시적 통찰로 이어졌다는 점에서 찾아진다.

　1950년대 그리고 60년대의 한국문학사의 위대한 시정신이자 유서 깊은 동양적 시정신의 근원을 탁월한 시어로 보여준 시인 김수영이 생전에 남긴 마지막 절창 「풀」을 지금 다시 새로이 읽어야 하는 이유는 무엇인가? 시인 김수영은 '자유'의 시인, 소시민적 지식인, 부조리한 현실과 온몸으로 치열하게 싸운 현실참여 시인 등으로 불렸지만, 그에게 부여된 그런 칭호가 맞든 그르든, 우리들 심연 깊숙이 근본식根本識 또는 집단무의식으로 아로새겨져 면면히 이어져온 무巫적 특질 즉 시인의 시적 자아 속에 자리 잡은 초월자적 영성을 함께 동시에 이해하지 않는한, 그 칭호들은 한낱 불편한 허사에 불과하다. 「풀」을 비롯하여 김수영의 시를 다시 새로이 읽는 까닭은, 그의 시적 자아 심연에서 활동하는 초월자적 영성을 발견하는 비평작업이 지금 시대적 문학-문화사적 요청이 되어 있기 때문이다.

[『현대문학』, 2008. 8]

「풀」¹에 대하여 [보유]

시인 김수영은 1964년 시「거대한 뿌리」에서 이렇게 썼다.

(…) 통일도 중립도 개좆이다/隱密도 深奧도 學究도 체면도 因習도 治安局 /으로 가라/(…) 일본영사관, 대한민국 관리,/아이스크림은 미국놈 좆대강 이나 빨아라 그러나/요강, 망건, 장죽, 種苗商, 장전, 구리개 약방, 신전,/피 혁점, 곰보, 애꾸, 애 못 낳는 여자, 無識쟁이,/이 모든 無數한 反動이 좋다/ 이 땅에 발을 붙이기 위해서는/─第三人道橋의 물속에 박은 鐵筋기둥도 내 가 내 땅에/박는 거대한 뿌리에 비하면 좀벌레의 솜털/내가 내 땅에 박는 거대한 뿌리에 비하면.

이 당혹스럽고도 거친 직설화법의 시는 한국의 기존 시단에 대한 전 례 없는 도전이면서, 시사詩史적으로 볼 때 그 자체로 새로운 시학의 탄 생을 역설적으로 보여준다. 김수영의 시에 이르러 한국시는 이미지나

---

1) 이 글은『현대문학』(2008.8)에 실린 졸고「巫 혹은 초월자로서의 시인」에 대한 한 중견 비평가의 반론에 대해 쓴 논쟁적 글이다. 그러나 모 신문사 지면을 통해 벌이기로 한 논 쟁은 취소되고 이 글의 발표는 보류되었다.

비유의 조작 없이도 거친 생활 언어가 시적인 언어로 '초월'하는 새롭고도 강렬한 경험을 하게 된 것이다.

김수영은 어떤 정해진 미학을 염두에 두거나 목표로 삼고서 시를 쓰지 않았다. 그의 표현을 빌리면, 오직 '온몸으로' 무의지적으로, 현실과 치열하게 싸우고 부대끼면서 시를 썼다. 굳이 미학이 있다고 한다면, 삶과 시가 일치하는 '자유'의 미학이 있었다. 그의 시는 대부분 미적인 장치나 조작 없이 복잡한 도시 생활에 익숙한 시인의 일상어들로 씌어졌지만, 거기엔 속임 없고 거침없는 삶의 언어만이 지닐 수 있는, 어떤 불가사의한 생명력이 분출하고 있다. 즉 그의 시에는 정연한 논리와 이론적 인식을 뛰어넘는 비약과 수많은 의미들이 마구 분출하는 여백이 있다. 초기작 「공자의 생활난」에서부터 「달나라의 장난」 「거대한 뿌리」 「美人」 「누이야 장하고나!」 「사랑의 변주곡」 등 그의 불멸의 명편들은 복잡하고 모순투성이인 도회적 생활이 외부에서 바라보는 시선으로서가 아니라 그의 소시민적 삶의 내부로서 적나라하게 드러나면서도, 동시에 거기엔 '세속의 초월'이라 부를 만한, 그래서 '진정한 초월성'이 있다.

시인 김수영의 유고작 「풀」은 김수영 문학의 결산이며 아울러 한국 현대시사의 의미심장한 정점을 이루는 작품이다. 「풀」은 그의 시에서 거의 예외적으로 매우 평이한 시어로 쓰였으면서도 다양하고 복잡한 의미 회로들을 품고 있다는 점에서 각별한 비평적 관심을 끌었다. 그래서 많은 비평가들이 「풀」을 저마다의 이론적 시각에서 분석하고 해석했다. 민중론적 관점을 지닌 비평들은 「풀」에서 역사를 일구어가는 주체로서 민초들의 모습을, 개인주의적 혹은 자유주의적 비평들은 거기서 주체적인 자유인의 초상을 찾았다. 이렇듯, 각자의 입장에서 많은 비평들이 김수영의 시 속에 착생을 계속하고 있는 것이다.

　김수영의 시에서「풀」이 가장 '非김수영적인' 작품이라는 평가는, 외형상 평이한 자연적 시어와 소박한 시 형식의 특징 때문에 주어진 것이지만, 김수영의 반어와 역설의 시 정신을 깊이 이해한다면, 이 평가는 옳다고 볼 수 없다.「풀」은 그 외형을 무시한다면, 김수영의 시적 심연을 이해하는 가장 요긴한 시라고도 할 수 있기 때문이다. 오히려「풀」이 '김수영적'이라는 평가는「풀」의 형이상학을 이해하는 것을 필요로 한다. 왜냐하면「풀」은 원시적 생명력의 비유이며 동시에 신화적 알레고리로 읽을 수 있고, 이는 김수영의 시 의식의 심연과 상통하기 때문이다. 여호와의 '말씀'이 천지와 자연과 인간을 창조했다는 구약의「창세기」신화가 언어의 기원과 언어가 지닌 근원적인 신비성을 알려주는 텍스트라는 사실은, 역설적으로 타락한 현실 언어 속에 '초월적 태초의 언어'의 잔해 혹은 신비한 언어의 잔상殘像이 남아 있다는 관념을 강화한다. 그리하여 언어의 내적 초월의 힘과 그 원초적 생명력을 회복하기 위해 흔히 문학적 비유법들이 동원되지만, 김수영의 시어들은 이러한 언어의 비유적 맥락 외에도 언어 자체가 지닌 현재적이고도 주술적인 힘을 시 쓰기의 원천으로 삼았다는 점에서 아주 특별하다. 그의 시어들은 대체로 "規定할 수 없는 물결이/무엇을 向하여 떨어진다는 意味도 없이"(「폭포」) 수직으로 떨어져 '죽음'으로써 비로소 살아나는 폭포 소리같이 반어적이고 아울러 그 반어를 통해 초월을 내면화한 시어이며 "도시의 피로에서" "단단한 고요함을 배"우고 "한번은 이렇게/사랑에 미

366

쳐 날"뛰(「사랑의 변주곡」)게 만드는 신비로운 생명 원리가 관철되는 시
어이다.

　「단군신화」에 나오는 천제의 아들 환웅과 풍백 우사 운사를 「풀」의
1연과 서로 대비한 것은, 그 자체로는 일종의 비평적 비유이지만, 「풀」
에는 단군 신화의 원형적 구조가 흔적과 잔상으로 내비치고 있기 때문
이다. 그러니 한국인의 집단적 무의식의 원형으로서 단군신화의 파편
이자 잔상(신화의 알레고리적인 잔해)으로서도 읽힐 근거가 이 시 속에 꿈
틀거리고 있다는 것이다. 그러나 논의 초점은, 단군신화는 허무맹랑한
옛날이야기가 아니라 천지인 삼재三才의 세계관과 생명관이 집약된 '태
초'의 이야기이며, 한국적 형이상학의 가장 유서 깊은 핵심인 무巫의 고
태적古態的 알레고리라는 사실에 있다. 그러한 우리의 근원적인 생명관
이 김수영 특유의 시혼과 만나 거의 무의식적으로, 거의 주술적으로 풀
어 쓴 시가 「풀」이라고 할 수 있다. 이 시에는 무가 내면적 주체로 또는
신화의 깨진 잔해들이 만드는 역설의 형식으로 살아 숨 쉬고 있다. 그래
서 민감한 독자는 주술에 걸린 시어들의 활동에 의해, 문득 동풍에 나
부끼며 눕는 풀의 근원적인 '열린' 운동성과 함께, 생명계의 운동과 하
나를 이루며 풀밭에 있는 어떤 초월적 존재와 동화감同化感을 느끼게 된
다. 이와 같은 김수영 시의 근본 바탕이 함께 해석될 때, 비로소 「풀」을
민초나 주체적인 자유인의 상징 등으로 해석해온 기존의 비평적 시각
들이 새로운 의미로 확대될 수 있을 것이다.

　무巫는 혹세무민을 일삼다가 근대에 의해 역사의 뒷전으로 추방당한
고고학적 유물이 아니다. 오늘날 무는 범람하는 외래문화와 자본주의

적 물질문명의 가혹한 메커니즘에서 쫓겨난 신세이지만, 타락한 자본의 문명은 특히 예술가의 심연에서 무가 새로이 재발견되고 오히려 번성케 하는 문명적 아이러니를 낳을 것이다. 그 이유는 지극히 세속적이면서도 동시에 초월적인 정신 활동을 하는 역사적 존재가 바로 무이기 때문이다. 그리고 무는 '집 없는' 우리의 삶에 귀향 본능과 같이 내재된 근원성이다. 그 근원적 귀향성 곧 '무가 시인을 부르는 것'이다. 그러므로 무는 과거의 낡은 존재가 아닌 우리 삶에 현재적이고 내재적인 존재이며, 그러한 무를 어떻게 새로이 규정할 것인가 하는 문제는 오늘 우리가 당면한 문화사적 화두라 할 수 있다. 우선 무는 하늘과 땅의 신명을 불러 삶과 조화시키고, 자연신의 영험력으로 죽은이와 산이를 해원解冤하고 화해시키는 '신이 지핀' 존재이며, 동시에 자연신의 부름에 응답하는 존재이고, 나아가 내 몸으로 타자의 삶들을 함께 살아가는 '초월자적 생활인'이라 할 수 있다.

김수영의 시「풀」에는 흐린 날 풀밭에서 불어오는 동풍 속에서 자연의 섭리를 체득한 초월자이면서 동시에 세속적 자유인인 어떤 무적巫的 존재가 생생하게 느껴진다. 그 무적 자아는「풀」의 시적 자아이기도 하다.

[2008. 8]

會通의 시정신[1]
김구용의 시 「풍미」에 대하여

널리 알다시피, 동학東學은 유불도의 회통會通의 종교입니다. 동학에서의 회통의 참뜻을 더욱 깊이 추궁한다면, 수운水雲 사상은 한민족의 영혼과 정신의 뿌리인 천신강림天神降臨 신인합일神人合一에 기초한 토착적이고 민족 고유한 무교巫敎 또는 신도神道('풍류정신')의 전통을 이어받고 그 바탕 위에서 유불도의 '포함 삼교包含 三敎'[2]는 물론 서학의 천주교까지, 인류가 세운 서로 대립하는 주요 종교 사상들을 하나로 융합 회통하여 질적으로 전혀 새로운 만민만물萬民萬物간 평등 평화의 시천주侍

---

1) 이 글은 2011. 10. 강원도 오대산 월정사에서 있은 한국문학세미나에서의 발제문인 「무와 동학 그리고 문학」에 포함된 일부였으나 이후 따로 분리되어 내용이 보완되었다. —편집자 주

2) 孤雲 崔致遠(857-?)은, 「난랑비서문鸞郎碑序文」에 신라의 풍류도風流道를 "포함삼교 접화군생包含三敎, 接化群生"의 사상에 기초한 "현묘지도玄妙之道"라고 적었습니다. 풍류도에 대한 다음 해설을 참고할 만합니다. **"우리나라에 현묘한 道가 있으니 風流라 한다.** 그 風流道를 설치한 근원은 先史에 자세히 기록되어 있다. 그 풍류도는 실로 3敎를 내포하고 있고, 모든 생명체와 접촉하여 그것들은 생기 있게 변화시킨다. 또한 집에 들어간즉 어버이에게 효도하고, 나아간즉 나라에 충성하니, 이것은 **孔子의 가르침이요,** 無爲之事에 처하여 행동하고 말만 앞세우지 않음은 **老子의 가르침이요,** 모든 악행을 짓지 않고 모든 선행을 받드니 이것은 **釋迦世尊의 교화다."**(원문『삼국사기』「신라본기」: 國有玄妙之道 曰風流, 設敎之源 備詳仙史 實乃包含三敎, 接化群生, 且如入則孝於家… 이하 略함. 강조_필자)

天主 사상을 낳은, 실로 '원융 회통의 구경究竟적 뜻'을 밝힌 종교 사상이라 할 것입니다.

회통의 정신은 원래 신라 때 원효元曉(617-686)로부터 시작된 한국 불교 사상의 뚜렷한 특징 가운데 하나에서 기원했다고 볼 수 있습니다. 원효의 화쟁 회통 사상이 나오게 된 배경은 당시 중국불교가 이념과 종파에 따라 서로 대립하던 데에 있었고, 이후 중국과 일본 불교에 큰 영향을 끼쳤습니다. 이 자리에서 말하는 회통은 원효에서 발원한 화쟁 회통和諍 會通의 줄임말로서 회통입니다만, 불교적 의미 범주에 국한하지 않고서 새롭고 넓은 의미로 확대하여 사용하고자 합니다.

특히 동아시아의 근대정신사만보더라도 여러 크고 작은 회통의 정신들이 저마다 꽃 피운 바 있어 이들을 찾아 살펴보는 것도 요긴하다 싶습니다만, 동학과 연관하여 오늘의 한국문학을 성찰하고자 하는 이 자리에서는 우리의 정신사 속에서 회통의 전통과 그 뜻을 하나씩 찾아내는 것[3]이 우선 필요하다고 봅니다. 이 자리는 회통의 진정한 이념과 참

---

3) 사전적 의미로 보면, 회통은 '특정한 학설을 고집하지 않고 비판과 분석을 통해 보다 높은 가치를 이끌어내는 정신이며 모순과 대립을 하나의 체계 속에서 원만하여 막힘이 없이 하나를 꿰뚫고 있다는 측면에서 원융 회통 사상'이라 할 수 있습니다. 다만, 대립적인 사상들을 전체적이고 근본적 차원에서 회통을 이루어 '높은 가치를 이끌어내는 究竟的 의미의 혹은 至上的 의미의 회통 정신', 이에 비해, 비록 특정 사상 혹은 지배 이념의 입장에서 부분적이고 소극적으로 이뤄지는, 넓은 의미의 회통 정신으로 나뉠 수 있을 것입니다. 동학이 서로 이질적이고 대립적인 사상들을 화쟁和諍 회통하여, 근본적으로 전혀 새로운 차원의 종교 사상을 낳았다는 점에서, '높은 가치를 이끌어내는' 究竟的 회통 정신을 보여준다면, 각 시대마다의 지배 이념을 따르면서도 대립하는 여러 사상들과의 개방적 대화와 圓融 會通을 통해 그 시대적 지배이념의 질적 止揚과 개방적 변화를 추구하는 정신도 넓은 의미에서의 회통의 정신에 부합한다고 할 것입니다. 한편, 종교적 차원에서 '包含三敎 接化群生'(風流道)에서의 '포함包含'이나 이와 연관한 '포월包越'의 개념이, 사상 문화적 차원에서 '화쟁 회통'이나 줄임말로 '회통' 개념이, 예술 문화 차원에서, '원융圓融' 혹은 '원융 회통'이 쓰일 수 있고, 이 개념들은 두루 서로 通한다고 볼

뜻을 본격적으로 찾아 세우려고 논하는 자리도 아니고 그럴 능력도 없는 필자로서는, 한편으로 동학의 회통의 뜻을 곰곰이 되새기면서, 다른 한편으로 민족의 분단 체제가 지속되어 오는 동안 보수 진보로 갈리어 더욱 배타적이고 척박해진 오늘의 한국 정신계의 풍토에 이르기까지도 저 도저한 회통의 정신적 전통이 메마르지 않고서 복류하며 흘러와, 마침내 한국 현대 문학사에서 우뚝하니 이룩한 한 희귀한 문학 정신 속에서 회통의 정신을 살피고 이를 기리고자 할 따름입니다.

조금 전 말했듯이, 한국정신사 전체를 놓고 본다면, 회통의 정신은 화랑도 출신의 승려로 전해지는 신라 때 원효의 화쟁和諍 사상에서 그 독창적인 전거典據를 찾을 수 있습니다. 원효의 화쟁 사상에서 화쟁이란 서로 다른 주장과 논리를 긍정적인 측면에서 파악하고 서로 대립하는 부분들을 지양하여 하나로 융합하는 사상입니다. 또한, "회통은 두 부분으로 되어 있다. 첫째는 경문의 내용이 다름을 회통하고 두 번째는 경문의 뜻이 같음을 회통하는" 것이라는 원효의 설명에서 보듯이,[4] "글이 서로 다른 것을 통通해서 의義가 서로 같은 것에 맞추는[會] 것"으로서, 서로 대립하는 사상들 속에서 그 핵심과 대의가 같은 것을 서로 통하게 하여 대립과 문제를 낳고 있는 부분을 해소하는 화쟁의 방법이라 할 수 있습니다. 원효 스님은 이 회통의 논법으로서 불일불이不一不二, 이

수 있겠습니다. 사상 문화 차원에서 회통의 정신이 지닌 중요한 의미는 지식인들이 흔히 빠지기 쉬운 특정한 이론과 논리에 대한 집착을 버리게 하는 것입니다. 이러한 넓은 뜻에서의 회통의 정신을 찾아본다면, 조선정신사에서는, 성리학의 관점에서 노자老子와 불교를 아울러 포괄 해석한, 이율곡(李珥, 1536-1584, 『醇言』) 그리고 매월당梅月堂 (金時習, 1435-1493) 허균許筠(1569-1618, 『閑情錄』) 같은 분들을 떠올릴 수 있을 것입니다.

4) "第六會通 於中有二 初通文異 後會義同" 원효, 『涅槃經宗要』 「會通門」

변이비중離邊而非中, 비연비불연非然非不然[5] 순불순順不順[6] 등 화쟁和諍의 논리를 통해 생멸문 진여문生滅門 眞如門,[7] 있음[有] 없음[空], 진속眞俗, 염정染淨, 돈점頓漸, 주객主客, 피아彼我 등 대립적이고 배타적인 이분법적 사고의 사슬을 끊고, 진여眞如가 다름 아닌 '한 마음'[一心]임을 설파했습니다. "뭇 경전의 부분적인 면을 통합하여 온갖 물줄기를 한 맛[一味]의 진리의 바다"(원효, 『열반경종요』)로, 진여의 마음으로 귀의하게 하는 것이 화쟁 회통의 큰 뜻입니다.

원효의 화쟁 사상이 지닌 의의는 여기서 그치지 않습니다. 단지 복잡한 분별지(이성)와 언표할 수 없는 마음[一心]의 세계로 인하여 자칫 화쟁 사상은 지식인들의 공허한 사변으로 흐를 위험을 안고 있었고 실제로 당시 신라는 왕실을 중심으로 한 귀족 불교 사회였기 때문에 신라 지식인 계층의 중심 세력이라 할 승려들도 귀족화하여 서민층의 삶과는 큰 괴리가 있었습니다. 당시 신라의 지식인 승려계층의 귀족화 비민중화와는 달리 원효 스님은 스스로 길 위의 승려로 나서 저자와 시골 마을, 산골 등을 두루 돌아다니며 서민대중 속에 서민들과 함께 박을 두

---

5) "다음으로 제설에 대하여 시비를 가린다. 위의 여섯 가지 주장이 모두 옳기도 하고 모두 그르기도 하다. 왜냐하면 불성이란 (여섯 가지 주장의 내용처럼) 그런 것도 아니지만[不然] 그렇지 않은 것도 아니기[非不然] 때문이다. 그런 것도 아니므로[不然] 제설이 모두 그르고, 그렇지 않은 것도 아니므로[非不然] 제설이 모두 옳다.(佛性非然非不然故. 以非然故諸說悉非 非不然故諸義悉是)(『열반경종요』 「佛性門」)

6) "상대의 말을 따르기도 하고 또 따르지 않기도 하는 것."(『열반경종요』)

7) 원효의 주요 저술 가운데 하나인 『大乘起信論疏』는 기본적으로 一心二門의 사유구조를 이룹니다. 즉 일심眞如는 心眞如門과 心生滅門으로 크게 구분하여, 眞如門은 마음의 청정한 면을 묘사하고, 생멸문은 제8식인 아뢰야식의 覺과 不覺, 薰習 등을 논하여 마음의 染淨緣起를 밝힙니다. 즉 진여문은 마음의 청정함을 주로 다룬 중관中觀학파의 주장에, 생멸문은 마음의 더럽힘[染汚]을 주로 밝힌 유식唯識학파의 주장에 각각 상응하는 것으로서, 이들의 대립적인 면을 지양 종합하여 『起信論』의 화쟁 사상이 세워집니다.

드리며 무애가無涯歌를 부르고 무애춤을 추면서 서민 대중들에게 불법을 널리 알리며 교화에 나선 사실은 익히 알려져 있습니다. 이 실천적 보살행이야말로 대승불교의 핵심 정신으로서, 진속불이眞俗不二의 불이不二 정신의 궁극이며, 원효의 화쟁 사상이 실천 원리를 중시한 석가모니의 정신의 적통적 계승이요 원시불교로의 반본返本을 실행에 옮긴 동방의 위대한 사상임을 보여주는 진면목입니다.

진여와 세속의 회통의 정신과 그 실천행의 문제는 개념만이 다를 뿐 동학사상에 이르러 범부 선생이 말씀했듯이 "정말 어마어마한 역사적 대사건"으로 '부활'합니다. 수운 선생이 최치원의 후손으로 신라 수도였던 경주 인근에서 출생하여 공부하였다는 점에서도 원효의 화쟁 사상이 동학의 화쟁 사상으로 '부활'할만한 어떤 '회통'의 인연이 있을 법합니다만, 뒤에 다시 얘기하겠지만, 우리 민족의 정신적 시원이자 면면히 흘러온 고대 풍류도의 무巫의 전통과 유불도 및 기독교가 수운 사상에 이르러 하나로 회통하고 있다는 점에서, 또 원효의 불일불이不一不二, 비연비불연非然非不然의 사유 논리를 떠올리는 수운의 불연기연不然其然의 논법을 통해 사상적인 일대 회통을 이루고 있다는 점에서, 수운 사상은 원효의 화쟁 사상의 진실한 후예이며, 어찌 보면 유불도는 물론 천주天主까지 '한 마음'으로 융합한, 더 진전된 화쟁和諍 회통會通의 사상이라고도 할 수 있습니다. 또 사유의 원리 측면에서만이 아니라, 원효 사상과 수운 사상은 세속과 진여가 둘이 아니라는 회통의 정신에 이르렀을 뿐 아니라 마침내 서민 대중들과 함께 하는 실천적 사상을 궁극의 이상으로 삼았다는 점에서도 두 사상간의 상통함은 충분하다 할 것입니다.

신라 때 원효 사상 그리고 구한말의 수운 사상에서의 회통이 그러하듯이, 한국문학사에서 이러한 우리 민족의 유서 깊은 회통의 사상이 어떻게 전승되어 왔는가 하는 질문을 던지는 것도 지금 여기서 한국문학을 돌아보고 앞으로 갈 길을 밝히는 데 있어 시사하는 바가 크다고 생각합니다. 하지만 일본 제국주의 문화에 이어 미국 문화 그리고 서구 문화와 이론이 민족의 전통 문화와 사상을 구축驅逐해 온 저간의 한국 현대문학사를 돌아다보면, 이러한 대립적인 사상들 간의 회통의 전통은 명맥을 잇기조차 위태로운 지경에 있었음을 짐작하는 것은 그다지 어렵지 않습니다. 지금 당장의 한국문학을 보더라도, 4·19 세대 이후 서구주의의 지배 아래 한국문학은 비평이든 창작이든 이 땅이 유서 깊은 정신인 사상적 회통이란 문제의식을 이미 잃어버린 상황입니다. 오히려 지난 반세기동안 한국문학은 서구 사상적 편향이 심화 악화되어 왔을 뿐 아니라, 여러 사상과 주장들 간의 대립의 골이 더 깊어졌습니다. 이런 정신사적 문학사적 상황에서 우리는 김구용 시가 지닌 사상적 문학적 의의를 주목하지 않을 수 없습니다. 김구용 시는 유불도 및 기독사상을 하나로 꿰뚫는 회통의 사유 속에서, 서구 문학의 주요 성취들 가령 폴 발레리, 랭보, 말라르메, 엘리엇 등의 서구 현대시 정신 등을 수용하는 등 동서고금을 두루 꿴 광활한 사유와 독창적인 시적 감성을 유감없이 보여줍니다. 그러한 김구용의 회통의 시정신은 앞서 말한 바처럼 한민족의 내면에 면면히 흐르는 원융 회통의 얼과 정신의 시적 발로이며, 특히 사유의 깊이도 깊이려니와, 대승적大乘的 회통의 진면목인 진속일여眞俗一如의 대의에 부합하는 실로 의미심장한 시적 업적을 보여준다는 점에서 그 문학적 업적을 아무리 강조해도 지나침이 없다 할 것입니다.

그렇다면 김구용 시에서 회통의 정신은 구체적으로 무엇인지, 여기서 간략하게나마 살피겠습니다.

374

김구용 시를 이해하기 위해서는, 우선 불교(대승불교)와 도가(노자)의 회통에 대한 이해가 필요합니다. 아울러서, 시는 언어로 이루어진 예술이므로, 불교와 도가가 지닌 언어관을 살피는 것이 선행되어야 합니다.

먼저 대승불교에서의 언어관을 살펴보는 것이 필요합니다. 여기서는 김구용의 시가 비평의 대상이므로, 시에서의 언어 문제에 한정하여 살피도록 합니다. 그것은 논리적 교설의 언어가 아니라 깊은 선정禪定으로 이끄는 문자와 문구를 시어로 삼았다는 것으로 요약될 수 있습니다. 선정은 무엇인가. 삼매三昧와 같은 뜻으로도 쓰이는 선정은 '고요한 마음 상태에 이르렀을 때 관계되는 경계를 살피고 바르게 생각한다[正思]'는 뜻을 지니고 있습니다.[8] 선정을 통하여 분별과 무분별의 경계를 넘어서 바른 분별 즉 '바른 생각[正思]'과 통찰에 이른다는 것입니다. 여기서 '바른 생각'이라는 것은 '바르다'/'바르지 못하다'든가 '생각'/'생각 아닌 것'이라는 상대적 관념을 넘어선, 다만 분별에 있어서 그릇된 생각과 구별하기 위해, 또 아무 생각을 하지 않는다는 것과 같지 않음을 밝히기 위해 부득이 '바른 생각'이라고 표현했을 따름입니다.[9] '고요

---

8) "謂在定時 於所緣境 審正思察 故名正思…"(『금강삼매경론』)

9) 김구용 시의 언어 의식을 이해하기 위해서 불가에서의 禪定(定) 또는 선정과 같은 의미로서의 三昧, 혹은 定(儒家的 의미에서는 '지극한 善에 그칠 데를 알아서 定함에 들고 定한 다음에야 마음이 고요하고 편안해져 비로소 생각할 수 있다') 그리고 노자의 무위자연의 언어의식 등을 '不一不二의 관점에서' 회통하여 살필 필요가 있습니다. 여기서는 우선 불가에서의 禪定과 分別과의 관련성을 살펴봅니다. 아래는 원효 스님이 선정과 '바른 분별[正思]'간의 관계를 설한 대목입니다.

    "옛 스승이 말씀하시길, "옛 인도 말인 산스크리트의 삼마디Samadhi를 그 소리를 빌어서 **삼매三昧라고 하며, 이것을 한자로 번역하면 정사正思, 곧 바른 생각이다.**"고 하였는데, 지금도 이 말을 쓰는 것은 이 경의 뜻에 딱 알맞기 때문이다. (…) 또 『유가사지론瑜伽師地論』에서 말한 바와 같이, 삼마지三摩地라는 것은 **우리가 느낌을 통하여 마음으로**

인식하는 대상에 대하여 자세하고 바르게 살펴, 마음을 한 대상의 본 바탕에 집중하는 것이다.

이렇게 말하면 다음과 같이 물을 것이다.

마음을 한 곳에 모아 참되고 바른 이치를 생각하고, 괴로움을 떠나서 고요한 경지에 이르게 하여 움직이지 않는 안정된 상태인 선정禪定이란 마땅히 고요하여 안정된 상태를 말하며, 고요하고 안정된 상태란 마음을 한 곳에 머무르게 함을 말하는데, 어찌하여 자세하고 바르게 살핀다 하는가? 생각하고 살핀다는 것은 반드시 대상의 뜻과 이치를 찬찬히 헤아려 생각하고 살핀다는 말인데, 어찌하여 마음을 한 곳에 모아 고요한 경지에 이르러 움직이지 않는 상태인 선정을 말하면서 생각하고 살핀다고 말할 수 있겠는가?(問定應是靜 靜住一境. 云何乃言審 正思察 思察之用 應是尋何 云何說定爲思察耶.)

그 물음에 대하여 답한다.

만약 마음을 한 곳에 집중하여 그 한 곳만을 굳게 지키는 것[守一境]을 선정이라고 한다면, 정신이 흐리멍덩하거나 지나치게 마음이 쏠려 헤어나지 못한 채로 한 곳에 머무는 것도 마땅히 선정이라고 해야할 것이다. 또한 바르게 생각하고 살피는 것을 대상에 대하여 그 뜻과 이치를 찬찬히 헤아려 생각하고 살피는 것이라고 한다면, 올바르지 못한 생각으로 사물의 이치를 헤아리거나 찾는 것은 마땅히 생각하고 살피는 것이 아니라고 해야할 것이다.

그러므로 '생각하고 살핌[思察]'에는 두 가지가 있다는 것을 반드시 알아야 한다.

만약 그릇되거나 올바르거나 간에 생각이나 말로 헤아려 아는 것을 '생각하고 살핌'이라고 하면, 이것이 곧 사물의 뜻과 이치를 찬찬히 헤아려 생각하고 살피는 것이다. 다시 말하면 이것은 곧 헤아려 아는 것(分別)이다.

그러나 만약 자세하고 바르게, 그리고 밝고 또렷하게 인식되는 대상의 세계를 깨닫는 것을 '바르게 생각하고 살핌[正思察]'이라고 한다면, **이 때 '바르게'는 선정의 작용이지**("正是定用"), 사물의 뜻과 이치를 알려고 찬찬히 헤아려 생각하고 살피는 것은 아니다.("而非尋伺") 선정은 이것은 좋고 저것은 나쁘다고 헤아려 아는 분별分別과 헤아리지 않는 무분별無分別에 두루 통하므로, '자세하고 바름'은 그대가 말하는 '사물의 뜻과 이치를 알려고 찬찬히 생각하고 살피는 것'과는 다르다.(定通分別 及無分別 故以審正 簡彼尋伺.)

또한 '한 곳에 머무름[住一境]'에도 두 가지가 있다.

만약 한 곳에 머물기는 하나 사리에 어둡고 어리석어 자세히 살필 수 없다면, 이것이 바로 '정신이 흐리멍덩하여 헤어나지 못함'이다. 그러나 이와는 반대로 한 곳에 머물면서 마음이 그곳에 푹 빠지거나 들뜨거나 하지 않고, 자세하고 바르게 생각하고 살핀다면, 이런 상태를 바로 선정이라 할 수 있다. 그러므로 '생각하고 살핌[思察]'은 '정신이 흐리멍덩하여 헤어나지 못함'과는 다른 것이다.

따라서 마음이 한 곳에 머물러 있으면 '선정에 들었다'하고, 마음이 옮겨 다니면 흐트러져 '선정에 들지 못했다'하는 식으로 '머무름'과 '옮겨 다님'을 구별하여, 서로 다르다는 생각을 해서는 안 됨을 마땅히 알아야 한다. **왜냐하면 우리가 인식하는 대상의 옳고 그름, 좋고 나쁨, 같고 다름을 재빨리 가려서 아는 것은 비록 마음이 빠르게 옮겨 다녀도**

한' 선정의 상태에서 터득한 분별은 분별 무분별을 넘어선 참된 분별이라고 할까요. 김구용 시의 언어 의식과 연관지어 고찰해 볼 것은 선정에 든 상태에서의 분별/무분별의 대립 차별을 넘어선 '바른 생각과 직관적 통찰로서의 참된 분별의 언어'를 가상假想해볼 수 있습니다.

선정禪定의 언어는 수행修行을 통해 다다른 언어도단의 경지에서 나온 언어이므로 근본적으로 문자 언어와는 어울릴 수 없는 것이지만, 그러하기 때문에 근본적으로 부정否定한 언어 혹은 공空한 언어를 다시 부정[空]하는 이중부정[空空]의 역설적이고 반어적 언어관이 성립합니다. 불가의 언어관은 말에 일대일로 상응하는 개념적 실재가 없다는 것이 기본 전제입니다. 어떤 말에 대응하는 객관적 실재가 없어 공[空]하기 때문에 모든 언어는 근본적으로 가짜[假]에 지나지 않습니다. 유식철학의 오래된 경전인 『성유식론成唯識論』의 맨 앞에 나오는 게송偈頌의 첫머리, "자아와 법을 가假로써 설說함으로 인하여/자아와 법의 갖가지 모습들이 생겨난다"[10]라고 한 것도 일심一心에 의해 투득透得된 가假의 언어 즉 비유적 언어를 통해 자아와 법의 갖가지 모습이 발생함을 노래한 것

선정의 상태에 있기 때문이요, 그리고 둔한 생각은 비록 오랫동안 마음이 한 곳에 머물러 있다 하더라도, 사실은 흐트러져 온갖 헛된 생각에 사로잡혀 선정의 상태에 있지 못하기 때문이다.
　　이제 이 '금강 삼매'를 정사찰正思察, 곧 바르게 생각하고 살피는 것이라 했는데, 사실은 바르다든지 바르지 못하다든지 하는, 서로 맞서거나 비교되는 관계에 있는 상대적 관념을 뛰어넘었으며, 생각도 생각 아님도 뛰어넘었으나, 다만 그릇된 생각과 다르다는 것을 가려내고, 그리고 허공처럼 아무런 생각도 없는 것이 아니라는 것을 밝히기 위하여 할 수 없이 '바르게 생각하고 살피는 것[正思]'이라고 불렀을 따름이다.
　　이렇게 해서 '삼매'라는 이름을 간단히 풀이하였다." (원효, 「서언」, 『金剛三昧經論』, 조용길·정통규 옮김, 동국대출판부, 2003. 강조_필자.)
10)　"由假說我法 有種種相轉". 『성유식론』, 동국역경원, 2008, 46쪽.

입니다. 실재가 없는 공空의 표현으로서의 가假 즉 비유로서의 언어이므로 말(개념)의 의미는 하나만 존재하지 않게 됩니다. 말은 일대일 상응하는 하나의 개념, 하나의 사태를 지시하는 것이 아니기 때문에, 그 개념을 포함한 다른 개념들과의 전체적 관계 속에서만이 말의 의미가 규정될 수 있게 됩니다. 어떤 말(개념)은 다른 말(개념)들과의 관계 즉 그것이 아닌 다른 것들의 부정(이중부정)을 통해서만, 개념의 의미에 도달하게 됩니다. 이는 언어는 단독으로 이해되는 것이 아니라, 전체 개념들 간의 관계 속에서 다른 개념들과의 차별성을 통해서만 규정된다는 것을 의미합니다. 이것이 근본적으로 실체가 없는 개념 언어는 공하지만 가假를 통해 부처의 진리를 표현하는 비유 언어입니다. 불가에서는, 문자의 개념에 얽매여 진실한 뜻과는 무관한 공허한 언어를 문어文語로, 문자 개념에서 벗어나 진실한 뜻을 담을 수 있어 단지 공허에 머물지 않는 언어를 의어義語로 구별하여, 부처님의 말씀은 의어에, 뜻이 없는 범부들의 말은 문어에 해당한다고 설합니다.[11] 문어가 일상 언어로

---

11) 부처는 "내가 말하는 것은 의미가 매우 깊은 말로 되어 있으며, 단순한 말마디가 아니다.[義語非文] 그러나 중생이 하는 말은 단순한 말마디로 이루어져 있으며 의미가 깊은 말이 아니다.[文語非義] 의미 없는 말들은 모두 헛되어 아무런 가치가 없다. 헛되고 가치가 없는 말은 결코 의미를 나타낼 수 없으며, 의미를 전달하지 않은 말은 어느 것이든 그릇된 말이다. 의미에 일치하게 말하자면 현실적으로 존재하는 사물은 실체가 없다. 그렇지만 정말로 실체가 아주 없는 것은 아니다. '실체 없음'은 사실이지만, '실체 없음'이 참으로 존재하는 것은 아니다. 의미와 일치하는 말은 '실체 없음'과 '실체 있음'의 두 가지 서로 다른 특성으로부터 떨어져 있을 뿐만 아니라, 둘 사이의 한가운데에 있는 것도 아니다.(我所說者 義語非文 衆生說者 文語非義 非義語者 皆悉空無 空無之言 無言於義 不言義者 皆是妄語 如義語者 實空不空 空實不實 離語異相 中間不中)(강조_필자)라고 설법하였고, 이에 대해 원효는 다음과 같이 논합니다. "특징을 나타내는 말에 '의미가 매우 깊은 말로 되어 있으며, 단순한 말마디文語가 아니다'함은, 부처님의 말씀은 반드시 있는 그대로의 참모습인 진실한 이치에 들어맞기 때문이며, 실속 없거나 알맹이가 없는 말마디만은 아니기 때문이다. '단순한 말마디로 이루어져 있으며, 의미가 깊은 말이 아

서 익숙한 현상계를 지시하지만, 의어는 현상계에 감춰진 진실이나 이치를 드러냅니다. 하지만, 의어義語도 가상으로서의 문자 언어(문어, 假相)를 방편으로 삼을 수밖에 없습니다. 그러므로 의어는 비유로서의 언어가 진리를 순간적으로 현현하는 언어일 뿐 의어 또한 근본적으로 가假에 불과합니다.

유식불교에서는 전오식(前五識, 눈 귀 코 입 몸의 識)의 감각작용은 개념화의 능력이 없기 때문에 제6식인 의식意識이 전오식에 의해 개별적으로 포착된 상相을 추상화 개념화 일반화하는 역할을 맡는다고 합니다. 우리들 감각기관은 삼라만상을 실재로써 감각하지만, 그 실재가 기실은 가상假相에 불과하다는 것을 전오식은 알지 못하여 제6 의식에 의해 비로소 알게 된다는 것이지요. 이 말은 사물을 실재[相]로서 감각하는 전오식은 사물을 개념적으로 인식하는 제6 의식意識을 한정하거나 규정짓지 못한다는 걸 의미합니다. 사물을 분별하고 인식하는 제6 의식, 그리고 객관적 실재를 자아로 여겨 마음이 갈피를 못 잡게 하고 헤매게 하는 바탕인 제7식[末那識]과 물질적이거나 정신적인 모든 존재를 나타나게 하는 힘을 갈무리하고 일으키는 근본적인 마음의 작용인 아뢰야식(제8식)은 모두가 전오식(감각기관)에 비쳐진 사물의 그림자를 객관으로 하여 주관적인 마음을 통해 인식하는 것이므로, 이미 다섯 가지

니다'함은, 중생의 말은 알맹이 없는, 쓸데없는 말마디에 그치기 때문에 진실한 의미에 관계하지 않는 까닭이다. 다시 말하면, 부처가 사용하는 말이나 중생이 사용하는 말이나 그것이 말이라고 하는 점에서는 다르지 않으나, 부처는 모든 번뇌를 끊고 진리를 깨달은 사람이므로 있는 그대로 보여진 것을 말로 설명할 수 있다. 그러나 번뇌에 얽매어 생사에 헤매는 중생은 번뇌가 있는 마음으로 모든 것을 보기 때문에 참된 모습을 보지 못한다. 따라서 그들이 쓰는 언어의 세계에서는 그대로의 것을 말할 수 없다."(원효,「眞性空品」,『金剛三昧經論』, 위의 책)

감각기관과는 아무 관계가 없는 마음의 작용일 뿐이라는 것입니다. 제
6 의식부터 제8식까지의 마음의 작용에 따라 움직이는 상相은 해당하
는 실재가 없는 가상假相에 지나지 않는다는 것.[12]

그렇다면, 모든 개념(언어)이 감각에 의해 형성되지도 않고 개념에
상응하는 실체가 없다면, 개념(언어)은 무엇에 의해 형성될 수 있는가.
유식 불교(대승불교)에서는 일체의 명구문名句文같은 문어文語를 실체가
없는 가假로 보는 반면, 색계의 말소리 즉 말의 음운굴곡音韻屈曲이 언어
(개념)를 설정한다고 말합니다. 언어를 이루는 개념 자체에 실체가 없
으나, 말소리의 음운굴곡 즉 소리의 차별성만이 차별적 개념들의 의미
를 전달하는 실상實相의 역할을 한다는 것입니다.[13]

결론적으로 대승불교(유식학)의 언어관은, 언어는 가상假相에 불과하

---

12) 이 부분에 대한 이해를 돕기 위해 다음 내용이 참조될 만하여 부연합니다.
원효의 『금강삼매경론』 「無相法品」에는 이 대목과 관련된 원효의 論이 나옵니다. "마음
은 처음부터 그것이 생겨나온 근거가 없고 처음 생겨난 자리가 없기 때문에 마음은 텅
비고 고요하여 아무것도 만들어 내지 않는다.(一切心相 本來無本 本無本處 空寂無生)"
이 말의 뜻은, 감각기관(전오식)에 의해 감각된 현상이란 찰나마다 변화하는 無常한 것
으로써 일체가 空하기 때문에, 물질적 감각기관(현상계)과는 관계가 없는 마음의 작용
(제6의식, 말나식 및 아뢰야식)에 따라 자기도 모르게 인식하게 된다는 것, 따라서 처음부
터 물질적 존재(실체)가 없으므로 본래 마음에는 생기고 없어지는 일이 없다는 것입니
다. 유식철학에서의 아뢰야식[種子識]은 본래부터 텅비고 고요함[空寂]이며, 이 텅비고
고요함인 마음을 깨달은 마음이 곧 모든 사물의 본바탕인 절대의 一心 즉 眞如의 마음이
라는 것을 원효는 논합니다. 인용문에 뒤를 잇는 원효의 문장은 이러합니다. "마음이 아
무것도 만들어 내지 않으면, 텅 비어 고요함에 들어간다. 모든 것이 텅 비어 고요한 그 마
음의 바탕에서 그 마음의 성품이 허공처럼 끝없이 넓고 커서 모든 사물 현상을 포함하
고 있다는 것을 깨닫는다…(若心無生 卽入空寂 空寂心地 卽得心空…)"
13) 假의 개념과 말소리의 음운굴곡에 대해서는 『성유식론』 2권 및 한자경, 『唯識無境』, 예
문서원, 2000. 을 참조. 假는 實과 대립적인 개념이 아니라 假 밖에 實이 따로 존재하지
않는다空는 것을 깨치게 하려는 임시방편의 개념으로서의 假, 곧 마음 외에 언어(개념)
가 실재하지 않음을 논증하기 위해 假를 설정한 것입니다. 언어 또한 마음을 떠나 실재
하지 않는다唯識는 것을 논증 확인하기 위한 개념이 假입니다.

지만, 오직 마음의 작용으로서의 비유[假相]만이 진리를 표현할 수 있다는 것입니다. 불가의 언어관이 특별하다면, 논리적 의미 전달의 언어인 '문어文語'로서의 의미는 부정되고, 의어義語와 '소리 언어'의 음운굴곡만이 의미로서의 언어의 역할을 한다는 것입니다. 다시 말해 근원적으로 언어와 일대일로 상응하는 실체적 개념은 부정[空]되기에 언어는 가[假]로서의 비유에 의존할 수밖에 없으므로 마음의 작용에 따르는 비유 즉 의어와, 오직 말소리의 음운굴곡만이 차별적 개념으로서 참 의미를 낳을 수 있다는 것입니다. 간단히 말하면, 실체實體없이 오직 소리의 음운굴곡을 통해 가假에서 가假로, 비유에서 비유로 이어지는 것이 언어 행위라고 할 수 있습니다. 마치, 프랑스 현대 언어철학에서 "기의(시니피에) 없는 기표(시니피앙)"(라캉)가 주체의 통제에서 벗어난다는 언어의 이치와도 상통하는 부분이 있습니다. 말소리의 음운굴곡만이 가假에서 가假로 이어지고 쌓여 연기緣起의 종자種子[14]가 되듯이, '시니피에 없는 시니피앙'만이 또 다른 시니피앙으로 연쇄되어 주체 바깥의 시니피앙의 질서 체계(상징계)에 축적된다(라캉)고나 할까요.

한편, 김구용 시세계를 이해하기 위해서는 도가의 언어관을 대강이나마 살펴봐야 합니다. 노자는 연역법이니 귀납법 따위의 논리를 단박에 물리치고서, 『노자』(도덕경)의 벽두에다가, '道可道非常道 名可名非常名 無名天地之始 有名萬物之母…'라고 일갈하듯, 도의 본질을 언어와의 관계 속에서 설파합니다. 여기서는 제1장과 제25장을 중심으로 노자

---

14) 種子(bija)는 제8식인 아뢰야식 가운데 들어있는 萬有의 물질적 정신적 현상을 낳는 마음의 힘 또는 그 작용을 가리키는 유식학 개념.

의 언어관을 추찰해보겠습니다. 제1장은 도의 체體를 언어와 연관 지어 설한 것이라 할 수 있고, 제25장은 도의 용用을 비유법으로서 말하고 있으니, 언어관 특히 도가적 비유比喩의 내용을 엿볼 수 있을 것입니다.

(1) 도가의 언어관의 첫째 원리는 자연의 도는 말로써 표현할 수 없다는 사실에서 나옵니다. 이 언어관은 『노자』 제1장이 대표합니다.

"도는 말로 표현할 수 없다. 이름[名]을 붙이면 도가 아니다. 이름 없는 도가 천지를 낳는다. 유명은 만물의 모태이다.(母胎道可道非常道 名可名 非常名 無名 天地之始 有名 萬物之母): 도는 언어로써 표현되는 것이 아니다. 이름 없는 도가 천지의 시작이다. 이름 없는 도가 처음에 천지를 낳으며 이름 있음이 만물을 낳는다. 무명이 유명으로 전개되면서 만물이 생겨난다. 하지만 유명과 무명은 같은 데서 나왔으나 이름을 달리한다.(此兩者는 同出而異名)"[15]

제1장에서 추찰할 수 있는 노자의 언어관은 대강, '만물의 근원인 도는 말로 한정되지 않는 것이다. 참[眞] 언어는 차별하고 대립하는 인간의 분별지로는 성립되지 않는다. 무명無名에서 유명有名으로 발전하면서 만물이 생성하지만 무명과 유명은 같은 곳에서 나왔다. 즉 무명(영원한 침묵)과 유명(구체적인 언어)은 본래 하나이다'라 할 수 있습니다.

---

15) 김구용 역주 『노자』 제1장.(『노자』, 김구용 역주, 정음사, 1979, 78쪽) 이 글은 노자 사상을 소개하는 데 목적이 있지 않으므로, 『노자』의 수많은 異本들과의 비교를 소개하지 않고, 가령, 김구용 역주와 郭店本 및 帛書本 『노자』 등과의 차이와 서로 다른 해석들을 반영하지 않습니다. 김구용 역주 『노자』는 王弼本 『노자』(임채우 역주)의 원문과 거의 동일하고—무시할 수 있을 정도의 약간의 원문상의 차이를 보임—그 해석에 있어서 크게 다를 바 없지만, 이 글에서는 김구용 시인의 역주 『노자』를 주로 인용합니다. 필요한 경우에만 서로 비교 대조하는 차원에서 왕필본 『노자』를 함께 각주에 인용합니다. 참고로, 김구용 역주 『노자』의 주요 特長들 가운데 하나는, 한국 정신사에서의 전통적인 노자 해석 즉 이 땅의 선조 諸賢들이 累代로 사유한 노자 해석의 전통—대승불교적 정신에 통하면서도, 유교적 자기 수행 정신이 강하게 내포된—을 잇고 있다는 점입니다.

이러한 제1장에 담긴 언어관과 함께 참조할 내용이 제14장 제23장에 있습니다. 제14장에서 "들어도 들리지 않음을 이름하여 말하되 희 希라 한다.(聽之不聞 名曰希)"와 제23장에서 "희언은 자연이다.(希言自然)"가 그것입니다. 소리의 차원에서 도가의 언어관을 엿볼 수 있는 대목, 즉 자연[道]은 '들으려 해도 들리지 않는'다는 것입니다. 제14장 제23장에서 자연의 본질로서의 '希' '希言'을 제25장에서 거듭 설하여 강조합니다. 도의 진상眞相을 감탄사 '적혜요혜寂兮寥兮'라 하여, 도는 '형태도 소리도 없다'고 노자는 거듭 강조하고 있는 것입니다. 불가에서의 적멸[眞如]의 경지와도 크게 다를 바 없습니다. 이를 소리 언어(음성 혹은 음운)의 차원에 대입하면, "희언은 자연希言自然"이라는 언명은 자연[道]의 언어는 '침묵의 언어'라는 역설적 언어관이 도출됩니다. 이렇듯 노자의 언어는 근본적으로 역설과 반어의 의미를 지니는 언어로 볼 수 있습니다. 즉 도의 언어는 언어로 표현할 수 없는 언어, 소리 없는 소리의 언어와 같이 모순과 역설의 언어입니다. 결국, 제1장에서의 무명無名, 즉 '말할 수 없는 말'과 제14장 및 23장에서의 희언希言, 즉 '들을 수 없는 소리'라는 자기모순과 역설과 반어의 언어가 도의 언어라는 것입니다. 이를 기초로 하여 우리는 노자 사상의 중심개념인 '무위자연'의 언어란 무엇인가를 헤아려야 합니다. 김구용의 시는 이러한 노자의 언어관과 밀접한 관련이 있습니다.

(2) 모순과 역설과 반어의 언어관은 노자의 문장 표현에서 상당부분 이분적二分的 개념과 이분적 비유법을 통해서 나타납니다. 천지, 남녀, 유무, 유위무위, 선악, 대소, 고하… 등 일체의 이분적 개념들은 상대적이면서도 상호의존적이며, 모순적이면서도 상호보완적인 바, 이러한 모순의 통일을 가능하게 하는 것은 이분적 개념이 도에서 흘러나와 도

로 다시 귀환하는 도체道體의 용用인 까닭으로 보입니다. 김구용 시에서의 이분적 개념들은 도의 운동과 작용을 반영하는, 도의 상相이거나 용用의 표현인 경우가 많습니다.

(3) 제25장의 직역은 이렇습니다. "물物이 있어 혼성混成하니 천지보다 먼저 생기니라. 적막寂寞함이여, 요원寥遠함이여, (…) 천하의 어머니가 됨이라. 내 그 이름을 모르나, 이를 말로 하면 도道라 하고, 군이 이를 이름하면 가로되 대大라. 대大를 가로되 서逝라 하고, 서逝를 가로되 원遠이라 하고, 원遠을 가로되 반反이라 한다.(有物混成 先天地生. 寂兮寥兮 獨立而不改 周行而不殆 以爲天下母. 吾不知其名 字之曰道 强爲之名曰大. 大曰逝 逝曰遠 遠曰反.)"[16]

16) 노자의 '침묵'의 언어관이 지닌 독특한 비유법을 알려주는 이 대목을 김구용 시인 자신이 직접 번역 해설한 내용을 인용하면 다음과 같습니다.
"내 그 이름을 모르나, 이를 글자하면 가로되 도道라 하고, 군이 이를 이름하면 가로되 대大라.(吾不知其名 字之曰道 强爲之名曰大) 이처럼 일체의 시작인 절대 독립의 세계는 뭐라고 명칭할 수 없는 세계이다. 즉, 이름이 없는 세계며, 이름을 붙일 수도 없는 세계이다. 왜냐 하면, 명칭이란 상대적인 것이기 때문이다. 즉, 뭐고 이름을 붙이면 다른 이름과 구별되며, 따라서 국한되기 때문에 완전한 절대로서 절대가 모습을 드러낼 수 없다. 그러므로 참다운 절대는 '현지우현玄之又玄'한 '무명無名'의 세계이다. 설명하기 어려운 세계이다. 그래서 무리하게나마 글자를 빌어 표현한다면 '도道'라고 말하겠다. 또 억지로 이름을 붙인다면 '대大'라고 말하겠다. 즉, 한없이 큰 세계이다. 대大를 가로되 서逝라 하고, 서逝를 가로되 원遠이라 하고, 원遠을 가로되 반反이라 한다.(大曰逝 逝曰遠 遠曰返) 다만 크다[大]고만 말해서는 그 도道의 내용이 분명하지가 않다. 좀더 구체적으로 말하면 '간다[逝]'고 할 것이다. 간다[逝]는 뜻은 어디를 가도 언제나 막히지 않는다는 뜻이다. 따라서 좀더 구체적으로 말하면, 그 무한한 공간을 간다는 뜻은 멀[遠]다고 하겠다. 도道의 무한한 발전성이니, 그 무한한 원심력遠心力을 표현한 말이다. 그러나 도道의 세계는 서逝와 원遠만으로도 표현이 부족하다. 왜냐 하면, 무한한 원심력이 있는 도道는 동시에 무한한 구심력求心力이 있기 때문이다. 성대한 만물은 각기 그 근본으로 돌아가는 것이다. 일체는 다 그 원인으로 되돌아간[反]다. 이는 도道의 무한한 복귀성을 말한 것이다."
(『노자』, 김구용 역주, 78쪽. 강조_필자)
참고로, 이 대목에 대한 김구용의 역주와는 다르게 왕필의 『노자』(임채우 역주)에서는
"무엇인가 섞여 이루어진 것이 있어 천지보다 먼저 생겨났으니, 적막하고 쓸쓸함이

이 제25장과 함께 제29장[17]을 살펴보면, 노자의 구체적인 언어의식을 추측할 수 있는데, 그것은 초월적 절대자인 도를 개념(언어)들의 연쇄 혹은 환유 속에서 비유하고 있는 사실과 관련됩니다. 특히, 제25장을 살펴보면, 곧 '언어 기호로 자연을 표시할 수 없으나 글자[字]로 말한다면, 道라고 하고, 또 이를 이름하면[名] 대大라 하고, 또대大를 가로되 서逝라 하고, 서逝를 가로되 원遠이라 하고, 원遠을 가로되 반反이라 한다'라고 하여, 도의 표현 즉 진리의 표현을 "글자[字]로 말한다면, 도라고 하고", 이 도는 차례로 대大→서逝→원遠→반反이는 비유적 언어를 사용하고 있습니다. 노자는 역설적이게도 언어로 지시할 수 없는 도를 언어로 규정하기 위해 독특한 비유법을 사용하고 있는 셈입니다. 대大→서逝→원遠→반反이라는 이름[名]으로 연결(인접)하여 도의 개념화를 꾀하고 있는 것입니다. 하지만 이러한 개념의 연쇄에 따른 비유도 자기모순에 불과합니다. 이미 노자는 근원적 진리 즉 도의 체는 언어로 표현될 수 없는 적멸의 세계(희언)라고 언명했기 때문입니다.(제1장과 제24장) 제1징에서 '道可道非常道 名可名非常名…'이라 했으니, 이미 도

여, 우뚝 서서 바꾸지 않으며, 두루 행하지만 위태롭지 않으므로 천하의 어미가 될 수 있다. 나는 그 이름을 알지 못하니, 字를 붙이면 道라 하고, 억지로 이름을 지어 大라 한다 (…强爲之名曰大). 커지면 가고 가면 멀어지고, 멀어지면 되돌아온다(大曰逝 逝曰遠 遠曰反)."

17) 김구용의 『노자』 제29장.
    "…그러므로 물物은 혹 행하며 혹 수隨하며 혹 허歔하며 혹 취吹하며 혹 강强하며 혹 영贏하며 혹 재載하며 혹 휴隳한다. 이로써 성인은 심甚을 버리며 사奢를 버리며 태泰를 버린다.(故物 或行 或隨 或歔 或吹 或强 或贏 或載 或隳. 是以 聖人 去甚 去奢 去泰.)"와 같이 개념의 연쇄적 환유를 보이는 문장. 참고로, 왕필의 『노자』(임채우 역주)의 제29장 번역문은, "그러므로 사물이 혹 앞서 가기도 하고 혹 뒤따르기고 하며, 훈훈하게 불 때도 있고 싸늘하게 내불 때도 있으며, 강하기도 하고 약하기도 하며, 어떤 경우에는 꺾기기도 하고 어떤 경우에는 무너지기도 한다. 그래서 성인은 심한 것 사치스러운 것 지나친 것을 버린다."

道를 규정하는 연쇄적 이름[名]들은 그것들이 아무리 철학적으로 도를 포섭하는 심오한 의미를 지닌다고 하더라도 이미 참[眞]이라고 할 수 없습니다. 한낱 가명假名이지요. 하지만, 앞서 말했듯이, 공허한 가假에 불과하다 할지라도, 원효가 문어文語와 의어義語를 구별하여 쓴 것처럼 노자도 개념 언어를 떠나서 따로 도(자연)의 언어를 찾기는 불가능하다는 것은 분명합니다. 노자가 제25장과 제29장에서 도를 설명하기 위해 차례로 문자 개념들을 호명呼名하고 있으니, 결국 이는 언어의 자기 모순성을 긍정하는 한편으로, 노자가 제1장에서 말하는 유명(유)과 무명(무)은 서로 대립하여 단순한 모순관계에 머무는 것이 아니라, 그 양자가 동일한 근원을 가지고 있기에(위 제1장, "此兩者는 同出而異名") 서로 영향주고 받는 관계에 놓여있는 모순성이라는 것이 드러납니다.

이제까지의 논의와 관련하여, 제가 보기에, 이 제25장에서 순환하는 명칭(개념)들의 비유법에서 중요한 말은 서逝와 반反입니다. 자연[道]의 양상을 설명하는 개념으로서, '막히지 않고 간다[逝]'는 원심력으로, '근원으로 돌아간다[反]'는 구심력으로 비유되기 때문에, 서逝와 반反 이 두 개념은 자연의 순환성을 보여줍니다. 그런데 도가적 입장에서 보면 '서逝'와 '반反' 중에서 '반反'이 더 중요시된다고 볼 수 있습니다. '逝'는 막히지 않고 나아간다는 뜻이니, 자연[道]이 지닌 강하고 동적인 측면 또는 수컷[雄]의 성질(제28장)을 가리키는 데 반해, '反'은 고요하고 부드러운 암컷[雌]의 성질을 지니기 때문입니다. 물론, 서와 반, 동動과 정靜, 강强과 유柔, 웅雄과 자雌는 상호 분리할 수 없는 상대성입니다만, 노자가 이 두 대립적 개념들에서 중시한 것은 정靜·유柔·여성성雌 쪽임은 자명합니다. 도체를 신비하게 표현한 노자의 핵심 비어秘語 중 하나인 '현빈玄牝'(제6장)을 보아도, 제25장에서의 도의 양상을 지시하는 개념들 중에서 '反'은 상대적인 중요성을 지닌다고 할 것입니다. 그 이유는 무엇보다 '反'은 근본으로 돌아간다[返本]는 뜻으로 현빈玄牝[18]의 뜻을 품고 있기 때문입니다.

그러므로 '反'은 그 자체의 성질로서 부정否定의 뜻과 근원으로 돌아간다는 순환循環의 뜻을 함께 지니고 있다 할 것입니다. 이 '反'을 언어의 차원에서 해석하면, 부정의 뜻으로서 '反'은 개념 언어[文語]를 근원적으로 부정하면서도, 그 부정된 개념 언어가 아닌 언어(화쟁의 不一不二, 非一非異)로서 반어反語 혹은 모순어법으로서 도道를 표현할 수밖에 없다는 의미로 풀이할 수 있습니다. 또 순환의 뜻으로서 '反'은 근본 즉 자연[道]으로 돌아가는 언어(原始返本의 언어)[19]를 지향하는 의지로 풀이될 수 있습니다. 이는 순환하여 즉 '反'하여, 자연으로 돌아가려는(무위자연에 임하려는) 언어의식입니다.

그런데 노자의 언어관으로서 반어 혹은 모순어법의 언어의식은 이해할 만합니다만, 과연 원시반본의 언어의식이란 무엇인가 라는 문제가 남습니다. 이 문제를 푸는 데에 도움이 될 만한 훌륭한 문학적 사례로서 백석의 시로 되돌아갈 필요가 있습니다. 나라와 나랏말을 잃어버린 식민지 시대에, 민족어로서의 한글의 원리와 한글의 시대적 지역적(민중 현실적, 지역방언적) 쓰임새를 철저히 견지하고 이러한 전통적이고

---

18) 『노자』 제6장. "谷神不死 是謂玄牝, 玄牝之門 是謂天地根, 綿綿若存 用之不勤." 즉, "玄牝의 門은 이를 天地의 根(根本)이라 한다".

19) 返은 反과 같은 의미로도 쓰입니다. 원시반본의 언어, 근원으로 돌아가려는 언어의식은, 제가 보기에, 한국 근대시인 가운데 가장 뛰어난 문학적 업적을 남긴 白石의 시 의식의 핵심을 이룹니다. 백석의 시 「나와 나타샤와 흰 당나귀」에서 보이는 '자연 회귀' 의식은 이러한 노자의 '근원으로 돌아감[反]'의 사상 안에서 해석해야 시의 의미가 제대로 파악된다고 생각합니다.

현실적인 언어의식과 동양적 혹은 전통적 원시原始(혹은 동양적 自然, 도가적 자연)의 사상이 자연스럽게 하나를 이루어 빼어난 시어들을 써서 남긴 시적 업적만 치더라도, 백석은 실로 식민지 시대의 가장 높은 시정신을 보여준 민족 시인이라고 평가할만합니다. 이 백석의 시어들을 방금 말한 노자의 원시반본의 언어관으로 설명할 수 있을 것입니다만(앞의 각주 18) 참조), 제25장이나 제29장과 관련하여 노자가 설한 '자연 회귀'의 언어의식을 좀 더 깊이 '추론'해볼 필요가 있어 보입니다. 그것은 자연 회귀로서의 '反'은 언어의 차원에서 본다면 기본적으로 환유법換喩法과 일정한 관련이 있다는 점에서 '무위자연의 언어'에 대한 추론의 실마리를 찾을 수 있습니다. 즉 자연 회귀의 '反'으로서의 언어의식, 달리 말해 앞서 말한 노자 사상의 중심 개념인 무위자연無爲自然의 언어의식은 제25장과 제29장의 문체가 연쇄적 혹은 순환적 환유법換喩法에 의거하고 있다는 점, 즉 말(개념)의 인접성이 연쇄되어 있다는 사실에서 그 숨겨진 뜻을 어림하여 살필 수 있지 않을까 생각합니다. 제29장, "그러므로 물物은 혹 행하며 혹 수隨하며 혹 허歔하며 혹 취吹하며 혹 강强하며 혹 영羸하며 혹 재載하며 혹 휴隳한다. 이로써 성인은 심甚을 버리며 사奢를 버리며 태泰를 버린다."[20]에서 보이는 환유법적 문장은 무위자연으로서의 언어의 심층적 의식을 이해하는 데에 추측 가능한 단서를 제공합니다. (환유적 언어의식의 예는 『노자』의 다른 곳에서도 반복적으로 나타납니다.) 이 노자의 무위자연으로의 '反'의 언어 의식은 김구용 시의

---

20) 김구용 역주 『노자』의 직역을 따랐음. 참고로, 왕필의 『노자』의 제29장 번역문은, "그러므로 사물이 혹 앞서 가기도 하고 혹 뒤따르기고 하며, 훈훈하게 불 때도 있고 싸늘하게 내불 때도 있으며, 강하기도 하고 약하기도 하며, 어떤 경우에는 꺾기기도 하고 어떤 경우에는 무너지기도 한다. 그래서 성인은 심한 것 사치스러운 것 지나친 것을 버린다.(故物或行或隨, 或歔或吹, 或强或羸或挫或隳, 是以聖人去甚去奢去泰)"

비유법을 이해하는 중요한 근거가 됩니다.

그렇다면 이제 필요한 것은 노자의 환유법적 언어의식과 김구용의 언어 의식의 기초를 이루고 있는 무위자연('反')적 언어의식 사이의 관계를 이해하는 일인데, 이를 위해서 무의식과 언어의 관계를 살피는 것이 필요해 보입니다. 무위자연의 언어의식은 앞서 말한 바처럼, 불교의 선정禪定 혹은 삼매의 언어의식과 비견할 수도 있을 듯합니다.(각주 8), 10)) 도가의 수행을 통해 무위자연의 언어의식을 찾아가는 것과 선정의 언어의식은 서로 통하는 부분이 있을 것입니다. 하지만 시적 언어의 차원에서 본다면, 꼭 그렇게 종교적 수행과 형이상학적 정신세계만을 고집하여 무위자연의 언어 의식을 탐구할 필요는 없을 것입니다. 김구용의 시적 언어는 세속적 언어 속에서 세속적 언어를 '스스로 저절로' 초월하는 언어의 경지에서 솟아나고, 이러한 무위자연의 언어의식은 인위적이고 의식적인 언어의식 너머에서 찾아질 수 있을 것이므로, 무위자연의 영역으로서의 무의식과 환유적 언어의식의 관계를 이해하는 것이 유용할 듯합니다. 김구용 시인의 시정신과 깊이 관계를 맺고 있는 무위자연의 영역으로서 무의식과 환유적 언어 의식과의 관계를 이해하기 위한 한 방편으로서, '정신병적 언어에 비유하여' 추론해보는 것도 적절하다고 생각됩니다.

곧 환유換喩에 의한 개념들의 연쇄가 지닌 심층적 언어의식은 발생론적으로 정신병적인 언어의식과 관련되어 있다는 것입니다. 왜냐하면 무의식은 자연自然 그 자체이고 정신병은 무의식을 가장 잘 드러내는 정신의 영역이기 때문입니다. 정신병자의 무의식에서 나오는 말들은 의미를 지시하는 언어라기보다는 의미가 삭제된 인접과 연쇄의 말소리(시니피앙)들이라는 사실에서 그 이해의 단초를 찾을 수 있을 듯합니다.

이성이나 분별지의 조작이 없이 무위롭게 자연대로 행해질 수 있는—
저절로 그러함에 이르는—언어는 정신병자의 언어 용법에 비유될 수
도 있을 것입니다. 정신병자는 나름대로 개념의 의미를 담아 발화하지
만, 그 의미는 실타래처럼 얽히고설킨 무의미 속의 희미한 의미에 가까
운 말소리(음운굴곡)로서의 언어이며, 그 말이야말로 이성의 조작이 거
의 없는 무의식의 언어에 속합니다. 무의식 즉 자연으로 끊임없이 복귀
하는 언어말입니다. 우리는 여기서 환유적 비유의 언어적 모델을 찾을
수 있고 바로 그 환유적 언어 모델에서 무위자연의 언어란 무엇인가 라
는 문제를 이해할 만한 길을 어렴풋이 찾을 수 있게 됩니다.

그러나 이러한 제25장과 제29장의 언어관 해석에도 문제는 남습니
다. 왜냐하면, 가령 제25장의 '도' '대' '서' '원' '반' 따위의 말들은 개념
어이기 때문입니다. 무엇인가 의식적으로, 불가의 유식철학으로 말하
면, 제6 의식意識의 힘에 의지해서 도를 연쇄적 개념들로 설명하고 있으
니까요. 이러한 논리적 자기 모순을 해결하기 위해서 다시 무위자연에
서의 무위의 개념에 눈을 돌려야 할 것 같습니다.

수많은 학자들이 설왕설래가 있는 노자의 무위無爲 개념을 잠시 살펴
봅니다. 무위와 관련하여 많이 인용되는 대목으로『노자』제48장, "학學
을 하면 날로 익益하고, 도道를 하면 날로 손損한다. 이를 손損하고 또 손
損하여 써 무위無爲에 이르면 함爲이 없으면서도 하지 않음이 없다.(爲學
日益 爲道日損. 損之又損 以至於無爲 無爲而無不爲.)"[21]라는 문장을 찾을 수 있
습니다.『노자』제48장의 이 문장은 원효도『금강삼매경론』에서 '부처

---

21) 이 대목을 왕필의『노자』(임채우 역주)는 다음과 같이 적고 있습니다. "배운다는 것은 날
로 더하는 것이요, 道를 따른다는 것은 날로 덜어내는 것이다. 덜어내고 또 덜어내어 無
爲(즉 人爲가 없는 지경)에 이르면, 무위하되 하지 못하는 것이 없게 된다."

의 경지'를 설명하기 위해 인용하고 있습니다.[22] 학식學識이라는 망상 즉 분별지라는 망상을 덜어내고 덜어내어 마침내 지혜마저도 덜어내어서 하염없는 무위無爲의 경지에 이르러야 진리[眞如]의 경지가 열린다는 것을 강조하기 위해 노자의 '무위'를 인용하고 있습니다. 이 노자의 말은, 학식을 좇으면 욕심[益]만 더할 뿐이고, 도를 따르면 세속적 학문은 아무런 의의가 없음을 깨닫게 되어 지식을 덜어내게 된다는 것, 그래서 사리사욕에 사로잡힌 학식이나 분별지를 덜어내고 또 덜어내면('爲學日益 爲道日損 損之又損') 무위無爲의 경지에 이른다('以至於無爲')는 뜻입니다. 그리고 이러한 무위의 경지에 이르게 되면 인위적인 함[爲]이 없이도 하지 않음이 없다('無爲而無不爲')라는 것입니다.

무위無爲의 경지에 이르기 위해서는, 무엇보다도, 지식(분별지)을 덜어내고 또 덜어내고 버리는 것이 중요하다는 것입니다. 이렇듯 무위의 일차적인 뜻은, 무엇을 안 한다 혹은 아무것도 하지 않는다는 뜻이 아니라 즉 '분별지로 무슨 일을 벌이지 않는다'[23]는 뜻을 지닙니다. 따라

---

22) 원효는 『금강삼매경론』에서 '금강삼매'라는 이름[名]의 뜻을 논하면서(위 각주 8) 참조), "…깨달음의 원인으로서 수행하여 나아가는 자리와 결과로서의 부처의 경지에 있어서 두 가지 선정이 다르다는 것을 나타내고자 하기 때문이다. 수행하여 나아가는 자리에서는 애를 쓰고 힘을 들여야 하나, 부처의 경지에서는 애를 쓰고 힘을 들임이 없이 자연 그대로에 맡긴다. 다시 말하면, (노자가 말하는 것과 같이) 망상을 덜어내고 다시 망상을 덜어내는 지혜마저 덜어내서 하염없는 데에까지 이르렀기 때문이다.(所以然者 爲顯因果 二定異故. 因有功用 無果功用. 損之又損 以至無爲)"(『금강삼매경론』, 위의 책, 37쪽 이하)라고 설합니다. 원효는 노자의 이 제 48장의 "損之又損 以至無爲"를 원용하여, 무엇을 알려고 하는 욕심이나 행위, 그로 인해 얻은 지식을 덜어내고 또 덜어내고 버림으로써 무위의 경지에 이르는 것, 즉 행위(욕심)의 업보(인연)에서 벗어날 것을 강조하고 있습니다.
23) 가령 제2장의 "성인은 무위에 처하여 말하지 않는 가르침을 행한다(…聖人處無爲之事 行不言之敎)"에서 '無爲'는 무엇을 안한다 혹은 아무것도 하지 않는다는 뜻이 아니라 분별지로 무슨 일을 벌이지 않는다는 것입니다. 여기서 주목할 대목은 "…聖人處無爲…"

서『노자』제25장의 개념(비유어)들의 연쇄 혹은 환유는 그 자체가 분별지를 경계하는 비유법으로 읽히게 됩니다. 앞선 고정된 개념이 이어진 고정된 개념으로, 또 이어진 개념으로, 연쇄적으로 부정되고 다시 부정되는, 그래서 순간순간 새로운 의미들이 드러남/감춤을 연속하는 환유의 비유는 고착된 개념 언어의 가상을 일깨우는 역할을 맡기도 하는 것입니다. 환유의 무위성無爲性이라고 할 수도 있는 이러한 노자의 비유법은 대체로 '자연[道]'을 이해시키기 위한 비유법이지만, 그 '자연'의 비유법은 그 자체로 무위자연의 비유법임이 자명하므로, 이 비유법은 그 자체로 이미 분별지 즉 개념 언어로서는 도에 도달 불가능하다는 것을 역설적이고 반어적으로 보여주기 위한 비유라고 할 것입니다.

　하나의 개념이 아니라 근접된 여러 개념들이 비차별적 관계 속에서, 저마다 차이를 드러내며 차례로 연쇄함으로써 도의 본질에 근접하는 환유법, 또한 이러한 이성의 조작에 따라 연쇄된 개념들조차 스스로 분별지로는 무위자연에 결코 도달할 수 없음을 고백하게 하는(터득하게 하는) 비유법, 자연(무의식)에 충실한 정신병자의 연쇄적 환유법 등은 결국 이성이 지배하는 개념 언어와는 다른 무의식의 언어 곧 무위자연의 언어이거나 그에 방불한 언어라는 것, 이것이 제29장 및 제25장의 비유법에 담긴 도가적 언어관의 주요 국면들이 아닌가, 하는 것이 제 생각입니다. 김구용 시에서 가장 유력한 비유법이라 할 순환론적 연쇄법과 환유법(생성론적 환유법이라고 할만한!) 그리고 심오한 시정신이 낳는 무위로운 혹은 무위자연적 비유들은『노자』제25장과 제29장의 문

즉 "무위에 처하여" "行不言之敎" 즉 "말하지 않는 가르침"은 분별지나 지성 따위로 무엇인가를 도모하거나 가르치지 않는다는 의미가 담겨 있습니다.

법 속에서 그 이해의 실마리가 담겨 있다고 보여집니다.

결국 도가와 불가의 관점에서 볼 때, 일반적 개념의 말들은 죽은 말이며, 자연[道]의 말, 즉, 앞서 말한 바 마음[一心]의 말은 산 언어라고 할 수 있습니다. 이와 같은 불가와 도가가 지닌 언어관의 기초적 내용들을 이해할 때, 김구용 시에 대한 더 넓고 깊은 분석과 해석의 길이 열립니다. 여기서는 시간 관계상, 한국 현대시사에서 의미심장한 걸작으로 평가할 시 「風味」 한편을 위에서 살핀 도가와 불가의 언어관에 연관 지어 살펴보도록 하겠습니다. 김구용의 시 「풍미」의 전문은 아래와 같습니다.

나는 판단 이전에 앉는다.
이리하여 돌[石]은 노래한다.

생기기 이전에서 시작하는 잎사귀는
끝난 곳에서 시작하는 엽서였다.
대답은 반문하고
물음을 공간이니
말씀은 썩지 않는다.

낮과 밤의 대면은
거울로 들어간다.
너는 내게로 들어온다.

희생자인 향불.

분명치 못한 정확과
정확한 막연을 아는가.

녹綠빛 도피는 아름답다.
그대여 외롭거든
각기 인자하시라.

—「風味」(1970년 작)

이 시의 첫 행, "나는 판단 이전에 앉는다."는 시구는 일반적인 언어
의식을 가지고서는 그 의미를 알 수가 없을 것입니다. 일반적 언어 의식
을 떠난 시인의 도저한 시정신과 사상이 하나를 이루어 낳은 시어이기
때문입니다. 이 첫 행을 다음과 같이 해석할 수도 있습니다. 즉 "판단 이
전에 앉는다."는 시구를 개념적 인식 이전에 들어섬을, 불가적으로 표
현하면, 좌선 수행(坐禪 修行, 혹은 止觀修行)에 듦을 비유합니다. 앞서 살
폈듯이, 정定 곧 선정 또는 삼매[正思]에 들어섬이 시적 발심의 계기를 이
루고 있는 시의 첫 문장은 일체 개념(분별적 언어)을 부정하고, '판단(분
별/무분별의 구별)'을 넘어선 마음 상태에 들어섬을 비유한다고도 볼 수
있습니다. 그래서 2행 "이리하여 돌[石]은 노래한다"는 시구가 이어질
수 있습니다. 왜냐하면, 돌은 영원을 비유하는 보편적 이미지이고, 김
구용 시에서는 이러한 돌의 일차적 보편 이미지를 간직하면서도 그 안
에는 근본불교에서 설한 일체개공一切皆空 제법무아諸法無我의 진여眞如
상태, 원효의 사상의 구경究竟으로서의 일심一心, 앞서 말했듯이, 유식철

학으로 말하여 아뢰야식의 비유를 담고 있기 때문입니다.[24]

따라서 「풍미」라는 시에서 1연, "나는 판단 이전에 앉는다."는 시구는, '나'라는 주체가 '판단 이전에 앉는다' 즉 좌선坐禪의 비유로 볼 수 있고, 둘째 행 "이리하여"(2행) 즉 선정禪定에 드니, "돌[石]은 노래한다."는 불이不二의 세계가 펼쳐진다는 뜻을 내포합니다. 그래서 불이의 깨달음의 상징인 '돌'이 깨달음의 '노래'를 부르기 시작하는 것입니다.

그래서 2행의 "노래한다"는 의미는 김구용 시에서 색계의 일반 노래와 다른 깨달음의 노래 곧 오도송悟道頌의 의미가 들어 있습니다. 또한 '돌은 말한다' 혹은 '돌은 이야기한다'라고 하지 않고 '노래한다'고 표현한 것은 모든 문자 언어는 가假라는 판단이 담겨 있기 때문입니다. 즉, 앞서 불가의 언어관에서 말했듯이, '(판단 이전에 앉아) 노래한다'는 표현에는 개념의 의미에 상응하는 언어가 아니라 오직 소리의 상相으로서의 언어를 추구한다는 뜻이 함께 있습니다. 언어가 가假에 지나지 않는 것일지라도, 언어의 숙명은 색계 즉 눈귀코입몸식[眼識 耳識 鼻識 舌識 身識 意識]이라는 전육식前六識을 떠날 수 없는 것이므로 개념언어가 아닌 비유와 '소리'[音韻屈曲]를 통해서 의미를 전달한다는 뜻이 담겨 있는 것입니다.[25]

---

24) 김구용 시세계에서 돌의 비유들 중, 가령 "돌의 시간은 흐름의 구두점"(『頌』)이라는 시구가 있는데, 이 시구에서 보듯이, 현상계의 시간과 현상을 떠난 영원은 서로 상대적인 것으로 모순적이지만, '마음[一心]'에 의해 그 모순이 하나 속에 화쟁 융회融會된 영원한 시간'의 비유로서 '돌' 이미지가 탄생합니다. "돌의 시간"이란 절대적 시간으로서의 영원을 가리킵니다. 또 "흐름의 구두점"이란 영원 속의 순간이요, 진리의 흐름 속에 나타난 실상을 의미합니다. 곧 '돌'은 연기법칙에 따라 펼쳐지는 시간성, 찰나와 영원이 불이不二라는 깨달음의 경지를 비유합니다.

25) '소리'에 대한 문학적 사유는 김구용 문학이 지닌 심오함을 거듭 보여줍니다. 비근한 예로, 유불도 기독교를 '지금 이곳'의 삶 속에서 원용 회통하고 있는 연작 장시『송』의 마지막 대목은 이러합니다: "한없는 頌을 누가 알까./면면한 頌을 어찌 다 삶으리까. 없기

"이리하여 돌[石]은 노래한다"에 바로 이어서 수행자로서의 시적 자아의 마음의 세계가 펼쳐집니다. 2연은 이렇습니다.

생기기 이전에서 시작하는 잎사귀는
끝난 곳에서 시작하는 엽서였다.
대답은 반문하고
물음은 공간이니
말씀은 썩지 않는다.

시 1연에서도 김구용 시가 지닌 비유법의 비밀이 은밀하게 드리워져 있습니다만, 2연에 이르러 그 비의秘意적 비유법이 분명하게 드러납니다. 인용시구에서 앞 두 행은 연기緣起에 따른 세계관을 보여줍니다. 시구 "생기기 이전에서 시작하는 잎사귀는" 공空에서 연기의 법칙에 따라 만물이 연쇄적으로 생겨남을 알립니다. "끝난 곳에서 시작하는 엽서"도 끝이 곧 시작이라는 인과율적 연쇄로서의 연기의 법칙을 분명히 알립니다. 그런데 의문이 남습니다. 왜 "생기기 이전에 시작하는 잎사귀"인가, 왜 "끝나는 곳에서 시작하는 엽서"인가. 여기에 김구용 시의 비의가 들어있습니다. 먼저 주목할 곳은 "시작하는 잎사귀"와 "시작하는 엽서"가 서로 동일률同一律에 놓인 문구들이라는 점입니다. 앞

에 無盡한 頌을/그대가 전하리.//귀가 먹어서/이제야 들린다." 이 마지막 시구를 분석하면, 언어의 개념은 실체가 없고 실체가 없으므로 개념의 의미 또한 가상에 불과하나, 현상계 즉 色界에서 언어는 '소리'로 존재한다는 것, 즉 일체 만물은 저마다의 의미를 저 스스로 지닌 음운굴곡, 저마다의 근원적 소리로서 드러낸다는 유식론적 소리관이 반영되어 있고, 이 대승적 一心(唯識)의 언어관이, 김구용 시세계의 바탕을 이루면서, 장시 『송』의 대미를 장식하고 있음을 알 수 있습니다.

서 도가의 언어관에서 말했듯이, 이는 "시작하는 잎사귀"가 "시작하는 엽서"로 옮겨지는 연쇄적 환유를 보여줍니다. 식물의 낱낱의 잎을 뜻하는 "잎사귀"는 여린 '녹綠빛 생명'(시의 마지막 연 첫 행에서 '녹綠빛!')의 상징이요, "엽서"는 볼 수 없는 발신자가 보내 온 소식이고 보면, 앞서 말했듯이, 이 시의 의미 구조는 자연[道]의 순환성을 노래하는 구조를 지닙니다. 보이지 않는 먼 곳에서 날아온 엽서는 알 수 없는 근원 즉 도[自然]에서 온 것임을 비유하고 여린 "잎사귀"[26]로 비유되는 자연[道]은 멀리서 환유의 사슬 즉 연기 법칙의 아득한 고리를 따라 마침내 "엽서"처럼 시적 자아에게 나타나기 때문입니다. 하지만, 엽서는 문자언어의 상징이므로 엽서에 대한 "대답은 반문"할 수밖에 없습니다. 앞서 도가의 언어관에서 말했듯이, 도의 언어는 근본적으로 반어反語일 수밖에 없기 때문입니다. 불가적으로 보면, 모든 사물들과 마찬가지로 언어도 공空하기에 공한 언어를 거듭 부정해야만 진실한 뜻을 담은 참말[義語]에 이를 수 있게 됩니다. 그러므로, "대답"은 "반문"이고 "반문"이 곧 "대답"인 깃입니다. 공허한 문어文語를 거듭 부성해야만, 곧 언어에 대한 근본적인 "물음"을 통해서만이, 일체개공一切皆空의 삼라만상이 실

---

26) 여린 "잎사귀"는 道 즉 자연을 비유한다고 볼 수 있습니다. 『노자』 제20장을 보면, "나 홀로 담박淡泊함이여, 그 싹트지 않아서 영아嬰兒가 아해兒孩되지 못한 것 같고(…我獨泊兮 其未兆如嬰兒之未孩 乘乘兮 若無所歸…)"(김구용 역주) 아해는 분별지가 생긴 아이이고 영아는 분별지가 생기기 이전의 영아를 말합니다. 또 제10장, "영백營魄을 재載하여 일一을 포抱하되, 능히 떠남이 없느냐. 氣를 오로지하여 부드러움을 이루되, 능히 갓난 아기일 수 있느냐. (載營魄 抱一 能無離乎. 專氣 致柔 能嬰兒乎…)"이란 구절이 첫 문장에 나오는데, '자연의 氣에 오로지 마음을 맡겨 갓난아기와 같아질 수가 있겠느냐'는 물음은 노자가 우리에게 던지는 근원적인(原始的인!) 뜻을 지닌 반문(즉 위에서 말한 反!)입니다. 즉 노자는 분별지로 때묻기 이전의 순진무후한 아기의 마음에서 도를 보았고, 자연의 본성을 갓난아기로 비유했듯이, 김구용 시인은 도를 여린 "잎사귀"라는 시적 비유로 표현한 것으로 볼 수 있습니다.

상實相으로 나타나게 됩니다. "물음"이 현상 속에 숨은 "공간"[實相]을 드러나게 하는 것이니, 이때의 "물음"의 언어가 진여眞如의 언어 곧 '말씀'이라 할 수 있습니다. 이 도의 언어 즉 '말씀'은 절대적이고 영원한 것이기 때문에 "말씀은 썩지 않는다."는 시적 언명이 이어지게 됩니다.

　그러나 여기까지는 의미론적 해석에 지나지 않습니다. 이 2연이 시적으로 주목되어야 하는 까닭은, 바로 시적 형식 즉 비유법 자체 안에 있습니다. 곧 연쇄적 환유법이 그 자체로 자연의 상승적 순환 혹은 우주자연론적 순환을 보여준다는 점이 그것입니다. 수미일관하고 섬세하게 짜여진 이 2연은 이 김구용 시세계의 특징을 대표한다고 할 정도로 연쇄적 환유법이 지닌 심오한 철학적 사유를 여실히 보여줍니다. 즉, "생기기 이전"→"시작하는"→"끝난"→"시작하는"→("말씀")[a→b→á→b→(A)]이라는 상대적 개념들은 우주 만물의 생성론, 즉 발전적인 순환론상의 의미 구조를 보여주며, "잎사귀"→"엽서"→"대답"→"반문"→"물음"→"공간"→"말씀"으로 이어지는 환유의 연쇄적 개념들을,─앞서 말했듯이─개념이 개념을 일깨워 서로 고착되지 않게 하는 무위의 비유법을 보여줌으로써, 개념들은 고착되지 않고 언어 스스로가 결국엔 초월적 도의 언어, 진여의 언어인 "말씀"으로 수렴되고 있는 것입니다. 이것이 원효가 말한 의어義語의 표현, 노자가 말한 무위자연적 언어 의식의 한 훌륭한 시적 보기가 아닌가 생각합니다. 결국, 이 3연의 시구들은, 초월적 절대자로서 도(자연 또는 진여)의 비유인 "말씀"이 생명계를 주재主宰한다는 것을 심층적으로 보여주고 있는 것이고, 이것이 김구용 시세계를 이루는 비유법의 심오함이라 할 것입니다. 이러한 인접한 환유적 언어들의 병렬적 구조는 3연과 4연에서도 이어집니다.

3연은 이러한 환유적 언어 구조 외에도 김구용 시세계에서 중요한 위치를 차지하는 상징물로서 거울 이미지가 나옵니다.

> 낮과 밤의 대면은
> 거울로 들어간다.
> 너는 내게로 들어온다.

만상을 그대로 비추는 맑은 거울 그 자체는 소리도 감각도 없습니다. 거울 그 자체는 소리도 감각도 없다는 말은 거울을 바라보는 주체는 감각이라는 가상假相의 세계에 있음에도 거울 속 주체의 상相은 감각을 떠난 타자他者화된 상이라는 사실을 뜻합니다. 달리 말하면, 거울 앞에 선 주체는 자신이 실재한다고 믿지만 거울은 주체가 실재가 아닌 이미지 곧 가상에 불과하다는 걸 드러냅니다. 그리고 거울 앞에 선 주체가 가상임을 자각할 때 주체는 마침내 비주체화되어 타자화됩니다. 정확히 말하면, 주체의 무의식이 거울을 통해 주체를 타자로 현상하는 것입니다. 그러므로 거울은 무의식의 투사投射, 또는 유식철학으로 말하면 마음의 심원心源, 곧 아뢰야식의 상징[27]이 됩니다. 하지만, 거울은 그 자체로는 먼지 하나 없이 무후한 세계, 즉 무아無我의 상징이기 때문에, 이 무아의 상징인 거울 속에서만이 역설적으로 주체의 무의식의 심층인 아뢰야

---

27) 원효의 화쟁사상을 따르면, 마음의 원천(心源. 심원은 만법의 근원으로서의 마음을 가리킴)인 아뢰야식은 불성(如來藏의 不生滅心)이 세속성[生滅心]과 화합하여 서로 같은 것도 아니고 다른 것도 아닌一不二 상태입니다. 이 불성과 세속성이 화합되어 있는 아뢰야식은 修行을 통해 연기에 따른 세속의 업이 소멸하여 마침내 청정한 마음(불성)에 이르게 됩니다. 아뢰야식에 의해 깨달음을 얻는 覺者는 깨달은 상태[自利]에 안주하지 말고, 세속계의 중생들의 구원을 위해 적극 실천할 것[利他]을 원효는 역설하였습니다.

식이 나타납니다. 무아의 맑은 거울을 통해 세속의 업보에 가려진 불성(아뢰야식)이 내비치는 것입니다. 무아無我에게 이미지 즉 가상이란 아무런 관계될 것도 아무런 의미도 없습니다. 따라서 무아가 비춘 실상 즉 참모습의 세계를 드러내는 상징물이 거울입니다. 무아 즉 진여眞如는 거울을 통해 마침내 세상에 현상하게 되는 것이지요.

3연 1행에서 "낮과 밤의 대면은"은 정각(正覺, 빛, 眞如)과 무명(無明, 不覺)의 대립을 비유하며, 거울을 매개로 너와 나는 서로 성찰하고 하나로 화합하는 계기를 준비합니다. 거울은 주체인 나를 비추는 거울이므로 거울 속 타자인 너는 나 속의 너입니다. 이는 거울이 나의 마음의 조화造化가 이루어지는 장소임을 상징적으로 보여줍니다. 정각과 무명의 비유로서 "낮과 밤의 대면은/거울로 들어간다."고 하여, 거울이 화쟁과 깨달음[覺義]이 이루어지는 상징적 장소이며, 곧 이어, "너는 내게로 들어온다"라고 하여 너는 내 마음(아뢰야식)에 비친 현상現相임을 상징적으로 보여주는 것입니다. 나라는 가상도 너라는 현상도 소멸되어야 불성에 이른 무아의 실상이 나타날 것이므로, "낮[覺]과 밤[不覺]의 대면은 거울로 들어가" 화쟁和諍해야 하는 것이고, 결국 나와 너, 주객主客, 자타自他간의 융합 회통을 위한 길고 깊은 고뇌의 수행修行을 거칠 수밖에 없게 됩니다. 그리하여, 깊고 긴 고뇌와 침묵의 행간이 가로놓입니다. 시의 4연은 단 1행으로 쓰여졌음에도, 전후에 놓인 침묵의 행간으로 하여 읽는 이는 시인이 거친 긴 고뇌와 각고의 수행을 절감하게 됩니다.

희생자인 향불.

서구 낭만주의 시대 이래, 오늘에 이르기까지 알레고리를 특수한 것을 통해 보편적인 것을 직관하도록 하는 비유법(셸링, 괴테)으로 규정해 왔습니다. 이러한 서구적 알레고리 정의에 따르면, 이 시구는 표면적으로는 낭만주의적 알레고리 개념을 따르면서도, 이면적으로는 따르지 않는다不─不二고 할 수 있습니다. 알레고리가 지시하는 보편성 속에 초월적 절대자 즉 신적인 것이 담겨 있는, 초월적이고 시원적인 알레고리allegoria라고 할 수 있기 때문입니다. 이러한 초월적 알레고리는 김구용 시에서 널리 살펴질 수 있는데, 뇌염균이라는 극미적極微的 생명체의 특수한 생명활동을 통해 전쟁이 낳은 비극적인 역사 상황을 비판한 시 「뇌염」(1952)은 전쟁을 "생명이 생존하는 생명을 침식하고 번식하고" 있는 "생명의 투쟁"이라고 규정하고서, "사람을 서로 죽인 생명의 투쟁"으로서의 전쟁을 "자아의 시초始初이던 하늘"의 '거대한 섭리'로서 파악하고 있다는 점에서 주목을 요합니다.[28] 즉 "그들 각자의 순수한 빛

---

28) 「뇌염」, 『시』, 김구용 전집 1권, 솔, 2000, 301-302쪽.
문학평론가 김윤식 선생을 비롯하여 이미 여러 평론가들이 김구용 시세계에서 단연 주목한 시가 「뇌염」입니다. 6·25 전쟁 중에 쓴 「뇌염」(1952)은 뇌염으로 상징된 이데올로기 전쟁과 서구 문명 비판을 다룬 시입니다. 「뇌염」은 한국전쟁이라는 참극의 민족사가 그 중심에 있고 엘리엇 등 서구 주지주의시 혹은 현대시의 주요 주제 중 하나인 '문명 비판'이 담겨 있기 때문에 더욱 비평적 주목을 받았다고 볼 수 있습니다. "하얀 세균들이 몸 안에서 불가해한 뇌를 향연하고 있다. 자아의 시초이던 하늘까지 신음과 고통과 뜨거운 호흡으로 저주에 귀결하였다. 그 結花의 생명에서 이지러지는 눈! 피할 수 없는 毒菌의 地上이 屍汁으로 자라난 奇花·妖草로서 미화하였다. (⋯)"로 시작되는 이 시는 "사람이 사람의 智腦에 의하여 사람을 서로 죽인 생명의 투쟁"인 전쟁의 참상을 음울하고 비장한 어조로 시화합니다. 「뇌염」에서 주목할 부분은, 서구 과학 문명으로 야기된 좌우 이데올로기 전쟁에서 죽은 백골의 '탄혈彈穴'을 인간 이성, 소위 知性을 마비시키고 결국 죽음에 이르게 하는 '뇌염균'으로 상징하면서, 미생물인 뇌염균의 활동을 가리켜, "순수한 빛의 영역에서 검붉은 파장을 일으키며 헤엄을 치는 세균들은 그들 각자의 순수한 빛을 완성하려는 志向이었다. 생명이 생존하는 생명을 침식하며 번식하고 있다."고 쓰고 있는 부분입니다. 이 대목에서 알 수 있는 사실은, 시인이 이데올로기 전쟁을 생명에 의한 생명의 투쟁으로 인식하고 있다는 점, 더 주목할 점은, 서구 문명이나 이데올로기를 비판하면서도 피아彼我와 주객主客, 호오好惡를 서로 나누고 차별하여 배

을 완성하려는 지향志向"으로서 미생물인 뇌염균의 순수한 생명활동 차원과 인간들이 서로 싸우고 살육하는 "서로 죽인 생명의 투쟁"의 차원 그리고 이 두 차원의 근원으로서의 "자아의 시초이던 하늘"의 차원이 서로 유비되는 의미 구조를 이루고 있는 것이지요. 하늘의 도가 작용하는 극미한 아트만의 세계가 인간 세계를 알레고리로 비유함으로써 인간의 투쟁의 역사도 생명의 섭리에 포섭되게 됩니다. 「뇌염」에서 보듯이, 김구용 시에서의 초월적 알레고리는, 근대 낭만주의 이후 평가절하되고 세속화된 알레고리 개념을 다시 반성하여, 신적인 것의 비유로서의 알레고리로의 반본返本이요, '원시적 근대성'으로서의 알레고리의 새로운 복권復權의 뜻을 품고 있습니다.

시의 4연을 이루는 단 한 행의 시구 "희생자인 향불"에서 가장 먼저 다가오는 시적 이미지는 시적 자아의 내면에 있는 초월적인 것의 유비(類比, 알레고리)로서의 향불의 감각적이고 경험적인 이미지입니다. '희생자'를 '향불'로 은유할 때, 초월성은 감각으로 현상됩니다. 초월적 진리를 추구하는 마음의 메타포가 경험적 감각으로서의 향불입니다. 경험적 감각 속에 숨겨진 초월적 마음의 알레고리가 향불인 셈입니다. '향불'의 시청각과 후각 이미지[自相]는 경험적 자아의 고뇌를 환기하고

타적이거나 주관적으로 사고하지 않고, 서구 물질문명도 생명세계의 일환으로서 각각의 '생명'들 혹은 '생명 영역'들 간의 차이가 있을 뿐, 서로 평등한 연쇄로 즉 緣起론적 생명의 연쇄로써 이루어진 세계로 사유하고 있다는 점입니다. 이러한 생명에 대한 근원적 사유가 현대 서구 과학 문명의 비판을 '대상화'한 비판이 아니라 과학 문명의 모순을 '하나'(一心, 道, 始原, 理, 太極 등)의 생명계가 지닌 역설로써 인식하게 만들고, 이 시에서 두개골頭蓋骨의 '탄혈'로 상징된 좌우 이념간의 전쟁은 '뇌염균'이라는 미생물의 '순수한 생명 활동'을 통해 생명계의 아이러니로 인식하게 만듭니다. 단순한 문명 비판의 시가 아니라 전생명계의 모순과 역설로서의 역사와 문명의 문제를 함께 제기하고 있는 작품이랄 수 있습니다.

메타포 '희생자'는 희생과 죽음을 넘어서는 수행의 체험을 지시하며, 이 모든 '향불'에 대한 의식화된 상[共相]에는 초월적 종교성의 아우라가 깊이 느껴지는 것입니다. 하여, '희생자'와 '향불'이 동일률 관계(은유인 동시에 환유 관계)에 놓이면서, 시적 자아는 깊은 고뇌에 빠진 채 자아自我를 극복하려고 정진하는, 즉 무아無我를 향한 수행정진을 게을리하지 않는, 그래서 수행정진하는 마음을 구체적인 경험과 감각으로 현상하게 하는 고요히 타들어가는 향불의 내음이 이 시구의 전후 행간行間에 가득한 것입니다. 4연의 짧은 한 행의 시구 앞뒤로 깊은 행간을 설치한 것도 이 시를 초월적으로 정화 승화시키는 고도의 시 형식이요 기법의 일환으로 볼만합니다. 이 심오한 행간을 건너면, 그 향불로 비유되는 시적 자아의 자기 수행의 의식은 여전히 깊은 내면적 투쟁에 놓여 있음이 드러납니다. '향불'이 외면적으로 감각된 자기 초월의 알레고리였다면, 그 자기 초월의 정신 상황을 시인은 다음과 같이 노래합니다.

　　분명치 못한 정확과
　　정확한 막연을 아는가.

　　앞서 말했듯이, 원효는 만물은 공空하다는 부정일변도의 중관사상과 마음으로 모든 것을 긍정하여 수용하는 유식사상을 회통하여 일심의 경지('一味의 바다')를 열었습니다. 불일불이不一不二, 또 유와 무, 진眞과 속俗, 사事와 리理, 나와 너, 주와 객의 양극단을 떠나되, 가운데[中]도 떠나는 이변이비중離邊而非中의 화쟁和諍의 논리를 통해서입니다. "분명치 못한 정확과/정확한 막연을 아는가."라는 시구는 그 회통의 논리 즉 불일불이, 이변이비중離邊而非中, 비연비불연非然非不然[29] 등 화쟁 원리의 시적 비유라 할 수 있습니다. 이 5연 두 개의 행을 각각 분석한다면, 첫 행, "분명치 못한 정확과"는 두 극단[邊]을 떠나되 가운데[中]도 아닌 곳, 부정하되 그 부정도 부정하여 대긍정에 이르는 사유, 즉 대승불가적 화쟁의 사유를 함축하고, 둘째 행 "정확한 막연을 아는가." 라는 반문의 시구는 회통의 사유에 대한 반어법적 강조("~아는가")로 읽을 수 있습니다. 그러나 원효에 따르면 사물의 존재를 규정하는 논리 형식인 유有, 무無, 이중긍정亦有亦無, 이중부정非有非無 등 분별分別의 논리로는 진리를 완전히 표현할 수 없다고 합니다.[30] 불가의 진리는 이러한 분별지를 초월해있다는 것입니다. 이처럼, 마치 선정禪定에 듦을 비유하듯이, 분별지를 초월한 상태를 가리키는, "분명치 못한 정확과 정확한 막연"이라는 시적 표현은 화쟁의 논리에 따르는 언어이면서도 분별지로는 충분히 표현할 수 없는 진리의 세계를 자각한 시인의 마음 상태를 비유하고 있는 것입니다. 이에 대해서는 원효가 화쟁의 논리 형식을 설하는 데에 동원한 '열매와 씨앗'의 비유를 인용하면 좀 더 쉽게 파악될 듯합니다. 원효는 화쟁의 논리를 다음과 같은 '열매와 씨앗'의 관계에 비유하여 표현합니다. "열매와 씨앗은 서로 같지 않다. 왜냐하면, 서로 특성이 같지 않기 때문이다. 그렇다고 씨앗을 떠나서는 열매가 있을 수 없으니 서로 다른 것

---

29) 원효, 『열반경종요』의 「불성문」 참조.

30) 원효는 존재의 참모습을 표현하는 논리 형식으로, "완전히 동일할 것도 아니고 완전히 다른 것도 아니고不一異 아주 없어지지도 않고 생기지도 않으며不斷不常 들어가지도 않고 나오지도 않으며不入不出 생기지도 않고 사라지지도 않는다不生不滅"는 '8不'로 설하면서, 이러한 사물을 규정하는 논리 형식조차 떠나야 한다는 점을 강조합니다. 이러한 화쟁의 언어 및 논리 형식으로 사물의 참모습을 비유할 수는 있지만, 진리의 참모습은 言語道斷 즉 언어와 논리로서는 설명할 수가 없기에 화쟁의 언어 및 논리 형식도 충분하지 못하다는 것입니다. (『금강삼매경론』「무생행품」)

404

도 아니다. 씨앗과 열매는 각자의 본성이 없어지지도 않는다. 열매가 씨앗을 낳고 씨앗에서 열매가 생기기 때문이다. 그렇다고 열매가 생기고 나면 씨앗이 사라지기 때문에 언제나 존재하는 것도 아니다. 씨앗은 열매에 속하지 않는다. 왜냐하면, 열매일 때 씨앗이 없기 때문이다. 열매는 씨앗에서 나오지 않는다. 왜냐하면 씨앗일 때 열매가 없기 때문이다. 없어지지 않기 때문에 없다[無]고 말할 수 없고 생기지 않기 때문에 있다[有]고도 말 할 수 없다. 있음[有]·없음[無]이라는 두 치우친 극단을 떠났으므로 '있기도 하고 없기도 하다'고 말할 수 없다.(離邊而非中) 그러나 있음[有]·없음[無]을 떠나서 따로 치우침이 없는 진실한 이치가 홀로 있는 것이 아니므로 '있는 것도 아니고 없는 것도 아니다'(非然非不然)고 말할 수 없다."[31] 이와 같이 진여의 마음 즉 깨달음[正覺]은 언어와 문자를 초월한 경지[言語道斷]임을 원효는 비유적으로 표현하고 있습니다. 이 '열매와 씨앗'의 비유에서 보듯이, 불일불이, 이변이비중 혹은 비연비불연 등 대승적 논리들은 마음의 본성이나 존재의 참모습을 표현하는 논리로서 사용되지만, 진리의 세계는 이러한 논리적 비유[假]들도 초월한다는 것을 보여줍니다. 비유[假]로 표현할 수밖에 없는 화쟁의 언어 또한 맹인들이 저마다 코끼리에 대하여 말하는 것과 같습니다. 코끼리의 실체에 대해서는 말하지 못했지만, 그렇다고 코끼리에 대해서 말하지 않은 것은 아니라는 것입니다. 이와 같이 분별과 차별의 일반 언어는 물론이고 화쟁의 언어[假]조차 표현하기 힘든 진리의 세계를 화쟁의 절대 정신 속에서 마침내 투득한 진리[眞如]의 경지가 「풍미」의 5연, "분명치 못한 정확과/정확한 막연을 아는가."라는 반어적 문장 속에 깊이 투영되어 있다

31) 원효, 「무생행품」, 『금강삼매경론』. 위의 책, 311-314쪽에서 인용.

할 수 있습니다.

다른 한편으로 보면, "정확한 막연을 아는가."라는 시구는 아울러 도
가적 사유를 깊이 함축한다고도 볼 수 있습니다. 이 또한 불가와 도가를
회통하는 사유라고 할 수 있는데, "정확"과는 대극적인 관계에 놓인 어
렴풋한 상태를 가리키는 "막연"이 서로 만나 만들어진 시어 "정확한 막
연"이란 다름 아닌 혼원渾元한 도의 본체—혼원은 흐릿하게 섞여있는
상태이면서도 생명계의 근원적 전일성全一性을 가리키는 도의 본체를
형용한 말—를 비유하는 것으로 볼 수 있기 때문입니다. 그리고 시어 "~
아는가"라는 반어법 또한 앞서 보았듯이 도가적 언어의식을 함축하고
있기 때문입니다. 그러므로, 이 시구는 대승불가적 회통의 사유를 통해,
근원적 혼원함[道]을 즉 현묘함의 경지를 직관적 시구로 표현하고 있다
고 할 수 있습니다. 이러한 깊은 고뇌와 깨달음을 얻은 뒤, 정각의 신세
계가 펼쳐지듯이 시의 결구結句가 이어집니다. 시의 끝 연인 결구 3행은
회통의 시정신이 이룩한 고도로 압축된 상징과 비유로 이루어집니다.

　　녹綠빛 도피는 아름답다.
　　그대여 외롭거든
　　각기 인자하시라.

「풍미」의 끝 연에서 유불도 회통의 정신은 첫 행 "녹빛 도피는 아름
답다."라는 고도의 상징에서 시작됩니다. 시어 "녹綠빛 도피"에서 "녹
빛"은 2연의 "잎사귀"의 환유로서 자연[道]의 상징이며, "도피"는 세계
로부터의 도피가 아니라 생명의 근원으로서 피안(자연 즉 道)에 도달함
이라는 뜻이라 할 것입니다. 이 시에 대한 앞서의 분석에 따라 이 시구

를 해석하면, 원효의 일심一心의 눈, 즉 진여眞如의 눈으로 본 색계는 다름 아닌 무위자연의 세계를 상징하는 '녹빛' 세계로 비유되고, 그 진여의 눈으로 본 '녹빛 자연[道]'의 피안에 도달한 정신을 '아름답다'고 시인은 표현하고 있는 것입니다. 아울러, 시어 '아름답다'는 그 자체로 미학적 의미를 함축하는 말로 볼 수 있으므로, 이 시구를 통해 시인 김구용의 시학 혹은 미학이 궁극적으로 세속 세계에서의 수행정진을 통하여 진여 혹은 자연의 도에 이르고자 하는 정신의 도상途上에서 추구된다는 해석도 가능하다 할 것입니다.

그리고, 뒤이어, 돌연 "그대여 외롭거든/각기 인자하시라"라는 새로운 차원의 목소리가 시에서 울려나옵니다.(이 '목소리'가 '소리'의 진상眞相으로서 김구용 시에서의 각자覺者의 '소리'!) 시어 '그대여'에서 '그대'는 아뢰야식 즉 일심一心의 눈으로 본 자타自他 주객主客이 '각기各其' 차이를 지닌 채 하나로 원융圓融된 존재태存在態로서의 '그대'요, 시의 1연의 '나'가 정화되고 깨달음을 얻어, 시의 3연에서 보았듯이 '너'라는 타자란 다름 아닌 내 속의 타자이기도 한, 자아도 아니고 타아도 아닌, 주객의 차별을 넘어선, "일체만물에 불성이 있다는" 바로 그 불성이 낳은 화쟁 원융圓融의 타자로서의 '그대'라는 것. 그리하여 '나'와 '너'의 차별적 분열을 넘어선 전일적 존재로서 불성을 자각한 존재가 바로 '그대'입니다. 나와 너의 원융에 다다른 존재로서 참자아를 '그대'로써 존칭하고 있는 것입니다.

무아의 진리를 증득한 참자아는, 마침내, 천상천하유아독존天上天下唯我獨尊의 외로운 정각正覺의 정신이 일갈하듯, 1연-5연에서의 시어들이 발화하는 '목소리(음운굴곡)'와는 사뭇 다른 어떤 절대자의 목소리(새로운 음운굴곡)로서 나타납니다. "그대여 외롭거든 각기 인자하시라"! 이 마지막 목소리의 음운굴곡이 지닌 귀중한 의미는 개인적 깨달음, 즉 자리自利의 차원을 넘어 사회적이고 현실적인 수행의 깨달음, 즉 이타利他의 차원으로 이행을 명령하고 있다는 점에 있습니다. 이 시구는 중요한 뜻을 담지하고 있으므로, 좀 더 깊이 살펴봅니다. "그대여 외롭거든"이란 시구는 깨달음의 길 위에 있는 수행자로서의 고독을 의미한다고 볼 수 있습니다. "그대"는 나와 너, 주객, 자타의 경계를 넘어선 마음의 수행자로서 유아독존의 존재라는 것. 이러한 수행자의 고독을 극복하려거든, 즉 "외롭거든" 수행자 저마다("각기") 세속 세계의 구원에 나서야 한다는 것이 바로 이 마지막 시구가 지닌 의미의 요체입니다.

이 결구를 이해하기 위해서는 먼저 대승불가적 사유가 아로새겨져 있는 시어 '각기'의 의미를 해석하는 것이 필요합니다. 시어 '각기各其'는 시의 의미 연결 상으로 보면 수행자 혹은 깨달은 자 개개인을 뜻하지만, 시행詩行이 바뀌어 '각기'가 쓰임으로써, '각기'는 수행자를 지시하면서도 동시에 지시하지 않게 되어, 세속계의 보통 사람 개개인을 지시하게 됩니다. 하지만 수행자를 의미하건 세속인들 개개인을 의미하건, '각기'는 서구의 근대적 개인주의를 이미 넘어선 '개인'의 뜻을 지니고 있다는 사실이 중요합니다. 즉 '각기'는 불교적 연기론에 따른 무수하고 무한한 차이성差異性이 전제된 채 서로 인과율로 연쇄되는 개인들을 의미하며, 따라서 저마다 불성을 지닌 '각기'인 것입니다. "모든 중생에 다 불성이 있다[一切衆生 悉有佛性]"는 뜻입니다. 또한, 관점을 옮겨 본다면, 앞서 동학 주문을 분석할 때 얘기했듯이, 동학의 핵심인 '侍天主'에서의 '侍'자의 뜻인 '侍者 內有神靈 外有氣化 一世之人 各知不移'의 '各'과도 같은 맥락에서 이해될 수 있습니다. 동학의 사유가 불교와의 회통을 이루었으니, '각기'는 시천주의 '各'과도 불일불이의 관계에 놓여 있다 할 것입니다.

'인자仁慈하시라'라는 표현 속에는 불가적 대자대비大慈大悲 및 진속일여眞俗一如의 깊은 뜻이 담겨 있습니다. 또 어찌 보면 이 결구에는 유가儒家에서의 사랑[仁]의 뜻도 함께 혼용되어 있다고도 말할 수 있습니다. 노자는 인仁을 부정하거나 도道에 견주어 평가절하하였지만[32] 유가의 인仁 사상이나 불교의 자비심은 이타행利他行의 실천 사상으로 유가와 불가에서의 궁극의 경지입니다. 이렇게 보면, 도가적 자연의 진리인 "녹綠빛 도피는 아름답다"와 "그대여 외롭거든 각기 인자하시라"라는 불교의 진속일여, 유가의 인仁의 실천 철학이 서로 어울려 원용, 회통을 이룸을 볼 수 있습니다. 또한, 존칭적 명령법인 "~인자하시라"라는 시어에는, 깨달음에 이른 절대적 자아가 무수한 세속적 자아를 향하여 이타행利他行을 존칭尊稱하여 명령하는 각자覺者의 목소리가 울려나온다는 점을 헤아릴 필요가 있습니다. 존칭 명령어인 "~인자하시라" 속에는 '그대'에 대한 깍듯한 모심[侍]이 있는 동시에 중생제도衆生濟度의 지상 명령이 함께 있습니다. 그러니까, "각기 인자하시라"라는 존칭형 명령법에는 깨달음을 얻은 시적 자아[覺者]가 중생과 함께 부처가 되려는, 중생 구원의 보살행이, 유가적으로 말하면, 자기 수행과 더불은 사회적 선행善行의 명령이, 노자로 말할 것 같으면, 화광동진和光同塵[33]의 실행이 서로 회통 융합되어 있는 것입니다. 대승불가에 기대어 말하면, 이 시의

---

32) 『노자』제5장, "天地不仁 以萬物爲芻狗 聖人不仁 以百姓 爲芻狗…"이라 하여, 도의 不仁함을 이야기합니다. 또 제18장에서는, "大道廢有仁義…"라 하여 큰 도가 쇠퇴하면서 仁義가 나타났다고 말합니다. 38장에서는 "…失道而後德 失德而後仁 失仁而後義 失義而後禮…" 즉 도를 잃고 난 후에 덕이요, 덕을 잃고 난 후에 인이요 인을 잃고 난 후에 의요… 라 하여, 인이 비록 만물에 대한 평등한 사랑의 뜻을 지녔다 하더라도, 무위자연의 도가 없어진 후에서야 나타나는 인간의 의식적 차원의 인이라는 것. 유가의 仁에 대한 비판으로 곧잘 인용되는 대목입니다.

33) 『노자』제4장, 제56장. 아래 각주 36) 참조.

결구는 진속일여眞俗—如의 정신을 투득한 각자覺者 곧 보살菩薩의 목소리인 것입니다.

이제 시 제목이 '風味'인 이유를 비로소 알 듯합니다. '풍미'는 '일미—味의 바다'[34]로 회통한다는 의미의 일심—心의 비유이면서도 부처의 말씀은 뜻이 심오하고 오묘하여 좋은 음식의 맛에 비유하는 의미를 지닌 시적 비유로서의 제목입니다. 결론부터 말하면, 부처를 만나면 부처를 죽이되 부처의 마음을 구하는 것처럼 모든 대립적인 사상들의 핵심을 파악하고 하나로 관통하여 사상들이 지닌 배타적 대립적 요소들은 부정하되 사상 저마다 지닌 핵심 요지를 서로 회통시키는 것, 그 회통의

---

34) 원효는 화쟁 사상 즉 회통의 논리를 곧잘 한 맛[一味], 혹은 '한 맛[一味]의 바다'에 비유했습니다. 가령, 『열반경종요』의 서두(「大義」)에, "모든 경전의 부분적인 면을 통합하여 온갖 물줄기를 한 맛[一味]으로 돌아가게 하고, 불교의 지극히 공평한 뜻을 열어 모든 사상들의 서로 다른 靜論들을 和會시킨다.(統衆典之部分歸萬流之一味. 開佛意之至公和百家之異靜)"라 하였고, 원효의 화쟁 사상의 핵심이 들어 있는 『금강삼매경론』에서는 화쟁의 경지를 '한 맛[一味]'으로 비유한 문장이 곳곳에 나옵니다. 이 『금강삼매경론』의 근본 뜻을 설하는 대목에, "모아서 한마디로 말하면, [모든 사물은 각각이 다른 듯하지만, 그 참모습은 절대 평등하여 전혀 다르지 않고 똑같은 것이며, 부처님께서 깨닫고 가르쳐 주신 진리는 겉으로 보기에는 여러 가지 모양이지만, 그 근본이 되는 진리는] 오직 한 맛[一味] 일 뿐이다. 이렇게 한 맛[一味]이라고 마음속으로 미루어 생각하여 살펴보고 판단하는 것과 그것을 실행하는 것을 가장 중요하게 생각한다.(合而言之 一味觀行爲要…)", 또 "一心 가운데서 한 생각이 움직여 으뜸가는 참다운 이치를 따라 으뜸가는 실천을 하여, 모든 중생을 건져 부처가 되게 하는 오직 하나뿐인 가르침인 一乘을 깨달아 최고의 진리에 머무르며, 최고의 깨달음에 의하여 모든 사물의 참모습은 절대 평등하여 '한 맛[一味]'임을 깨닫는 것이다. (一心中 一念動 順一實 修一行. 入一乘 住一道. 用一覺 覺一味.)"(원효, 『금강삼매경론』, 위의 책 참조. 강조_필자)라는 구절이 나옵니다. 여기서 앞의 문장 "一味觀行"를 풀이하면, "一味는모든 사물은 천차만별로 다른 듯하지만, 그 참모습은 절대 평등하여 다르지 않고 똑같은 것이라는 뜻으로 '한 맛[一味]'이라 표현하였고, 觀行은 '한 맛'이라고 마음속으로 미루어 생각하여 살펴보고 판단하는 것과 그 가르침에 따라 실천하는 것".(같은 책, 11쪽)

구경究竟에 이르러 일체 만물이 평등하고 무차별하며 진속일여眞俗一如함을 깨달은 각자覺者의 깊고도 높은 정신 그 자체를 '풍미'라는 한 시어 속에 담아 놓은 것이라 할 수 있습니다. 그 회통의 정신은 대승불교의 유식론으로 본다면 제8식인 아뢰야식 즉 여래장如來藏의 정신 그 자체의 비유입니다. 그러니까 모든 음식 저마다 스스로가 지닌 고유하고 깊은 맛을 의미하기도 하는 '풍미'는 현상계의 모든 감각과 의식(눈 귀 코 입 몸 의식 등 전육식)을 가상假相으로 여겨 이를 초월하면서도, 그 색계의 감각을 새로이 정화된 실상實相으로 느끼게 된 마음의 세계로서의 풍미, 즉 있음과 없음을 불일불이로서 깨우친 회통의 '한 맛[一味]'의 비유[35]이고, 따라서 풍미는 곧 일심[一心]의 비유인 원효의 '일미一味의 바다'에서의 그 '一味'의 환유라고 할 수 있습니다.

하지만 이 시 한편에는 심오할 뿐 아니라 중생들의 구체적인 삶의 진실을 껴안고 살아가는드높은 현실주의적 시정신이 드리워 있다는 것이야말로 이 시를 한국 시의 최고의 봉우리에 우뚝 서게 합니다. 「風味」가 한국의 현대시 정신의 최고의 경지를 보여준다는 것은, '풍미'라는 시 제목에서부터 모든 시어 하나하나에 이르기까지 고도로 단련된 직관 혹은 즉관卽觀의 시어 속에는, 지관止觀의 오랜 수행修行 정신에 방불

---

35) 원효의 『열반경종요』 「불성문」에는, 다음과 같이 『南本涅槃經』(권8)에서 가져온 '藥味'에 대한 이야기가 적혀 있습니다. "선남자야, 비유하면 雪山에 一味의 藥이 있는데 藥味라고 이름한다. 그 맛은 지극히 단맛인데 깊은 숲속의 나무 아래에 있어서 사람들이 볼수가 없다. 어떤 사람이 향기를 맡으면 곧 그 곳에 마땅히 그 약이 있는 줄을 안다. 과거세에 어떤 轉輪王이 저 설산에서 이 약을 얻기 위해 곳곳에 나무로 바구니를 만들어 놓고 그 약을 채취하는 데 그 약이 숙성될 때 땅으로부터 유출되는 것을 대바구니 속에 받아 모은다. 그 맛이 眞正하게 되었을 때는 전륜성왕은 이미 죽은 뒤였다. 그 후에 이 약은 시고 짜고 달고 쓰고 맵고 싱거웠는데 이와 같은 一味는 처하는 곳에 따라서 제각각 맛이 달랐다. 그러나 그 약의 眞味는 (약이 채취된) 산에 머물러 있는데 마치 보름달과 같다."(원효, 『열반경종요』, 김호귀 역, 석란출판사, 2005, 126쪽. 원문은 생략함)

하듯, 근원적 회통의 시정신이 자유롭고 위엄있고 근기根氣있게 운동하고 있으며, 아울러서, 결구인 "각자 인자하시라"에 이르러 단호히 지상 至上 명령하듯, 현실 구원의 대승적 보살행의 시정신이 함께 녹아들어 진속일여의 드높은 원융圓融의 경지를 이루고 있다는 사실과 깊이 관련됩니다. 풍미는 세속 중생들의 번뇌망상과 집착의 근원인 미각, 오온십이처五蘊十二處로 말하면, 색계에서의 혀 맛[舌味]³⁶에 대한 깨우침을 내

---

36) 五蘊은 현상계 자체를 의미하는 바, 色(물질적인 것) 受(정신적인 것) 想(상상력) 識(식별력) 行(물질도 정신도 아닌 작용)이며, 十二處는 현상계 일체를 이해 설명하려는 인식론적 관점에서 주관에 속하는 六根 즉 눈[眼] 귀[耳] 코[鼻] 혀[舌] 몸[身] 의지[意]로 분류하고, 이 육근에 각각 대응하는 객관도六境, 즉 물질[色] 소리[聲] 냄새[香] 맛[味] 감촉[觸] 법[法]으로 분류하여, 육근과 육경을 합친 것입니다. 이 오온십이처설은 자아를 중심으로 하는 세계관이나 물질적인 관점에서 육체적인 것에 집착하는 이들에게 무아의 진리를 깨우치게 하려고 說해집니다. 즉 십이처를 벗어난 현상계는 없다는 것인데, 김구용 시 「풍미」의 제목을 해석하기 위한 출발점이 되는 '味覺, 혀의 맛'은, 기본적으로, 오온에서의 色界와 십이처에서의 '舌味'를 지시합니다. 그러나 풍미의 뜻은 감각적인 '舌味'과는 다른 정신적 개념이고, 더 나아가, 시 제목으로 쓰인 '풍미'는 '개념을 초월한 개념'의 비유입니다. 오온십이처설에서 보면, 육근의 감각에 각각 대응하여 인연하는 인식작용으로 識이 붙는바, 유식론에서 六識이 여기에 해당하며, 객관세계는 육근과 육경으로 대표되고, 주관세계는 육식으로 대표되는 바, 시 제목 '풍미'는 색계의 舌味와는 차원이 다른 개념으로서, 세속적 욕망의 생활계에 깃들어 있는 潛在態로서의 진리와 진리 깨우침을 함축하고 있습니다. 그렇다고 해서 '풍미'에 색계의 욕망의 뜻이 없는 것도 아닙니다. 시어 '풍미'는 그 자체로 이미 음식 즉 세속 인간들의 집착의 근원인 먹는 것에 대한 집착의 차원도 함께 내포되어 있으므로, 이러한 근원적 세속적 욕망의 극복을 통한 깨달음을 말하고자하는 시적 내용을 담고 있다고 볼 수 있습니다. 그래서 세속적 욕망에 붙들리는 舌味도 아니고 그렇다고 진여의 깨달음을 의미하는 一味도 아닌, 風味라고 제목을 붙였을 것입니다. 세속과 진여 양극단을 여의었으니 이 또한 不一不二의 화쟁이요 회통의 시정신이라 할 것입니다.
오온십이처설의 관점에서 좀 더 살펴보면, 육근의 감각에 각각 대응하여 인연하는 인식작용으로 識이 붙는바, 유식론에서 六識이 여기에 해당하며, 객관세계는 육근과 육경으로 대표되고, 주관세계는 육식으로 대표되는바, 시 제목 '풍미'는 오온십이처의 색계의 舌味와는 다른, 세속적 욕망의 생활계에 깃들어 있는 잠재태로서의 진리의 깨우침을 함축하고 있다 할 수 있습니다. 세속적 음식의 맛(세속적 욕망의 삶) 속에서 깨우친 진리의 상징 혹은 제8식인 아뢰야식一心으로 각성된 음식의 맛, 또는 그 이상의 뜻을 지닌 시적 비유가 바로 詩題 '풍미'라 할 수 있습니다.

포한, 초월적 정신과 세속적 생활이 융합된 인식관의 표현이며, 앞서 보았듯이 "각자 인자하시라"라는 존칭 명령법에는 실천적 보살행에 대한 적극적 권유가 담겨 있는 것입니다. 위로는 부처를 구하고 아래로는 고통 받고 방황하는 세속의 중생을 교화 구원하는 것. 김구용 시 전편을 살펴보면, 거기엔 정신적 리얼리즘의 도저한 깊이가 담겨 있어서 흔히 말하는 서구적 의미의 리얼리즘이라는 개념이 도통 무색할 지경입니다. 김구용의 시세계에, 한국전쟁 직후 한국 사회의 폭력과 주검과 빈곤과 타락이 지배하고 매춘부, 날품팔이, 노동자, 늙은 과부, 아편쟁이, 맹인, 병자와 같은 소외된 자들과 사회적 약자들이 시적 사유의 주요 대상이 되고 있는 것은 그 절망적 현실을 외면하거나 그로부터 도피하지 않고 정면으로 문학화하겠다는 현실주의 시정신의 한 단면을 드러냅니다. 김구용의 현실주의가 지닌 경이로운 경지는 좌우 이념을 비롯한 사상의 대립 투쟁과 한국 사회에 미만한 정신적 타락에 맞서는 가운데서 자신의 심오하고 웅숭깊은 정신적 회통의 문학을 기획하였고 그 속에서 중생들과 더불어 구원받는 대승적 현실주의 문학 정신을 열었다는 데에 있습니다.

그러므로 이 도저한 대승적 회통의 시정신은 다름 아닌 김구용 시세계 전체에 드리운 주객일치主客一致 물아일체物我一體 진속일여眞俗一如 화광동진和光同塵[37] 등 동양 정신의 원천들을 하나로 귀납 융합시키는 언

---

37) 『노자』 제4장과 56장 '和其光 同其塵'의 줄임말. 대승불교의 보살행 정신, 선비정신 등과 더불어 '和光同塵'은 김구용 시 정신의 큰 바탕을 이룹니다. 이 말의 주요 우리말 번역을 소개하면: 제4장의 '화기광 동기진'은 "번쩍거림을 부드럽게 하고 더러움과 같이 하나니"(왕필의 『노자』, 임채우 역주)로, 제56장의 것은 "그 빛을 누구러뜨리고 그 더러움을 함께 뒤집어쓰니"(임채우 역주)로 같은 원문을 서로 다소 다르게 번역하고 있거나—원문의 한자가 지닌 다양한 의미를 번역해내려는 의도에서 다소 다르게 번역하고 있

어적 수행(修行, 言行一致)의 세계, 곧 동양 정신의 분출하는 원천을 한 줄기로 받아 체득하며 참 자아를 찾아가는 지난한 내수도(內修道, 求道)의 시 정신—회통의 계기契機로서의 풍류정신이 내연內燃하는—, 이 도저한 회통의 정신과 한몸을 이룬 현실 구원救援적 시정신은 김구용 시의 바탕을 이룹니다. 이와 같이 김구용의 시 세계는 유불도의 대승적 회통 정신의 용광로 속에서 동아시아의 유서 깊은 전통 문예들은 물론 서구 현대시정신의 정수들을 녹여 융합한 시 세계로서 한국 시사詩史의 거대한 산맥에서, 가장 깊은 골과 가장 높은 봉峯의 위용을 보여준다 할 것입니다.

[2011. 가을]

음—, 또 "빛남을 누그러뜨리고 먼지와 함께 하나니"(김홍경 주석 『노자』) 등 여러 번역이 있음. 이 땅의 先人들이 해온 '노자'에 대한 사색의 축적, 한국적인 정신의 전통 위에서 '노자'의 번역과 해석에 충실한, 김구용 시인 역주 『노자』에서 '화기광 동기진' 譯解를 보면 이러합니다. 제4장에 나오는 '화기광 동기진'은, "그 빛을 부드럽혀 그 티끌과 함께 하나니"로 직역한 후, "자신의 총명한 빛光을 겉으로 나타내지 않고 안으로 품에는 다. 그러면서도 세속을 초탈한 체 않는다. 평범한 자세로써 티끌 세속과 생활을 함께함 한다. 그러면서도 생활 밑바닥에는 뭐라고 표현할 수 없는 깊은 도道가 있는 것이다. '和其光하여 同其塵'의 준말인 和光同塵은 유儒·불佛·도道를 막론하고 동양 사람들이 즐겨 쓰는 유명한 구절이다. 비유해서 말하자면 다음과 같다. 태양은 하늘에서 빛을 편다. 태양은 아무리 더러운 것도 다 비친다. 그 빛을 부드럽혀 티끌 같은 더러운 것까지도 함께 비친다. 사람도 세상에 사는 태도가 이러하지 않으면 안된다. 자기가 덕德이 있을지라도 덕도 재주도 없는 사람과 함께 살면서, 그들을 멸시하지 않는다. 그렇게 함으로써 그들을 감화시킨다. 태양이 지상의 모든 것을 차별 없이 비치는 것과 같다. 그러므로 누구나 평소 태양에 대해서 감사할 줄 모른다. 그런 것이야말로 참답고도 큰 덕德인 것이다."고 해석하고 있습니다. 다시, 제56장의 '화기광 동기진'에 대해서는, "그 빛을 고르게 하고, 그 티끌과 함께 하나니"라고 직역한 후, 다음과 같이 해석하였습니다. "자기의 총명을 나타내지 않고, 그 광명을 안으로 싸서 고르게 한다. 또 세상 사람들과도 조금도 다른 태도를 취하지 않고, 세속의 티끌과 함께하며, 그 속에서 생활한다. 이야말로 지극히 현호하고 지극히 묘한 경지로서, 즉 물物과 아我가 일체一體인 자리이다. 그러므로 이를 현동玄同이라고 말한다." (김구용 역주 『노자』, 제4장과 제56장의 '和其光 同其塵'의 역해에서 인용)

집 없는 박수의 시
김사인의 시집 『가만히 좋아하는』에 대하여

사인 형!

19년 만에 두번째 시집을 내신다고요? 지난 19년 세월을 돌이키자
니, 기억의 실은 망가진 물레 돌리듯 자꾸 끊어집니다. 가까스로 이어보
면 그 세월, 제겐 문학이라 이름할 것이나 살가운 것 하나 없이 오직 부
랑浮浪한 것들만이 쌓여 있던 듯, 대책 없는 후회에 빠집니다. 어둡고 수
상한 기억들이 앞다퉈 떠오르는 1980년대 후반기, 제겐 형의 행색도
마찬가지여서 그럴싸한 꽃이 떠오르는 바 없고, 굳이 표현하자면, 느릿
느릿 초원을 건너는 낙타나 당나귀같이 순하고 파리한 얼굴을 한 형의
모습이 기억에 스칩니다. 이제 형에게 그 가위눌린 긴 세월이 저 스스로
깊이 익어, 시의 결실을 알리는군요.

형의 두번째 시집에 붙이는 꼬리말이지만, 정좌하고 시집 원고를 읽
으니 홀연 머릿속에 떠오르는 한 시인을 먼저 소개해야 할 듯합니다. 형
의 원고를 읽고서, 서가에서 백석白石 시집에 소복이 쌓인 먼지를 털어
냈습니다. 형도 아시다시피 백석은 가난하고 외롭고 높고 쓸쓸한 것들
을 사랑한 시인이었습니다.

내 사랑하는 어여쁜 사람이

어늬 먼 앞대 조용한 개포가의 나즈막한 집에서

그의 지아비와 마조 앉어 대구국을 끓여놓고 저녁을 먹는다

벌써 어린것도 생겨서 옆에 끼고 저녁을 먹는다

그런데 또 이즈막하야 어늬 사이엔가

이 흰 바람벽엔

내 쓸쓸한 얼골을 쳐다보며

이러한 글자들이 지나간다

―나는 이 세상에서 가난하고 외롭고 높고 쓸쓸하니 살어가도록 태어났다

(…)

―하눌이 이 세상을 내일 적에 그가 가장 귀해하고 사랑하는 것들은 모두

가난하고 외롭고 높고 쓸쓸하니 그리고 언제나 넘치는 사랑과 슬픔 속에

살도록 만드신 것이다

생달과 바구지꽃과 짝새와 당나귀가 그러하듯이

―「흰 바람벽이 있어」 부분

근래 우리 시의 주류와 한참 떨어져서 산 탓인지도 모릅니다. 형의 시
를 읽고 새삼스레 일제시대 시인인 백석의 시를 인용하고 있으니까요.
그러나 시대착오적이라 할지 몰라도, 백석의 시는 윤동주尹東柱의 시와
함께 한동안 제게 문학적 화두였음을 고백해야 할 듯합니다. 백석과 동
주는 둘 다 한반도의 북방(평북 정주와 만주 용정)에서 태어났고 일본에
서 서양문학을 공부한 당시의 지식인들이었지만, 고향산천과 북방의
삶과 민속을 그리워하며 시를 쓴 시인들이었습니다. 뒤에 짧게나마 이
들, 특히 백석의 시적 사유와 감각의 원천이 무엇이었는가 하는 문제를

말씀드리기로 하지요. 다만 여기 소개한 시에서 백석은 시인이란 "이 세상에서 가난하고 외롭고 높고 쓸쓸하니 살어가도록 태어"난 운명을 지닌 존재라는 것, 그래서 시인이 "가장 귀해하고 사랑하는 것들은 모두/가난하고 외롭고 높고 쓸쓸"한 것들이라고 말하고 있습니다. 백석의 시인관입니다. 저 스스로 가난과 외로움과 쓸쓸함을 운명으로 받들고 "가난하고 외롭고 높고 쓸쓸"한 것들에 대한 깊은 관심과 애정을 쏟는 것이 곧 시인됨의 조건이라는 것이지요. 이러한 시인관은 한국근대 시사에서 비록 드물지만 의연한 전통을 이룬다고 말할 수 있습니다.

이 길, 천지에 기댈 곳 없는 사람 하나 작은 보따리로 울고 간 길
그리하여 슬퍼진 길
상수리와 생강나무 찔레와 할미꽃과 어린 풀들의
이제는 빈, 종일 짐승 하나 지나지 않는
환한 캄캄한 길

열일곱에 떠난 그 사람
흘러와 조치원 시장통 신기료 영감으로 주저앉았나
깁고 닦는 느린 손길
골목 끝 남매집에서 저녁마다 혼자 국밥을 먹는,
돋보기 너머로 한번씩 먼 데를 보는
그의 얼굴
고요하고 캄캄한 길

—「풍경의 깊이 2」 전문

이 외로움과 가난함과 슬픔 그리고 소외된 삶에 대한 연민을 다시 해설할 필요가 있겠습니까. 저는 단지 이 시에서 엿보이는 시인이, 앞서 백석의 시와 같이 "하눌이 (…) 언제나 넘치는 사랑과 슬픔 속에 살도록 만드신" 슬픈 운명과 남루의 초상을 하고 있으며, 그의 시심은 삶에 대한 애련愛憐으로 가득 차 있음을 쳐다볼 뿐입니다. 그리고 이 시를 통해, 선배시인으로서 백석의 시와 형의 시를 견준다면 정작 둘 사이의 상관성은 좀더 깊은 정신적인 맥락 속에서 발견할 수 있음을 생각합니다. 그 상관성이란 "넘치는 사랑과 슬픔 속에 살도록" 운명지어진 시인은 숙명적으로 우주 자연과의 교감의 삶을 살게 된다는 것, 그래서 시인은 우주 자연 속에서 새로운 시적 사유와 변신의 능력을 부여받는다는 사실입니다. 자연 혹은 우주와 교감하고 대화하는 언어적 주술사의 능력과 지위를 부여받았다고 할까요? 형의 이 시에서 소외된 인생에 대한 절절한 애련의 시심은 자연의 숨결과 풍경과 서로 깊이 어울리며 새로운 시적 정황을 만들고 있습니다. 소박한 예에 속하지만, 이 시의 1연에서처럼 시인에게 "이 길, 천지에 기댈 곳 없는 사람 하나 작은 보따리로 울고 간 길/그리하여 슬퍼진 길"은 인생살이의 괴롬과 슬픔과 가난의 길이지만 동시에 "상수리와 생강나무 찔레와 할미꽃과 어린 풀들의/이제는 빈, 종일 짐승 하나 지나지 않는" 자연의 길로 인식된다는 것. 이처럼 자연에 관한 시적 사유를 동반함으로써 이 시에서 인간의 슬픔은 자연의 일부로 느껴지게 됩니다. 그리고 세속계의 곤고한 삶이 자연 풍경과 묘하게 어우러짐으로써, 슬픔과 고난의 시어들은 언어의 지시성과 물질성을 넘어 어떤 불가사의한 힘(의미)을 발휘하게 됩니다.

그런가 하면 형의 시집에도 '시인론'을 피력한 것으로 읽힐 만한 시들이 있습니다. 「코스모스」가 그중 한 편입니다.

418

누구도 핍박해본 적 없는 자의

빈 호주머니여

언제나 우리는 고향에 돌아가

그간의 일들을

울며 아버님께 여쭐 것인가

—「코스모스」 전문

　이 시를 민중론으로 읽으면, 2연 1행의 '우리는'은 소외된 민중으로 읽히겠지만, 민중론에서 벗어나면 이 시는 새로운 차원의 시인론으로 변합니다. 가령 '우리'라는 1인칭 복수형 주어를 '시인'으로 읽을 때, 이 시는 시인됨의 조건을 역설적으로 보여주는 시가 되는 것입니다. 여기서 형은 시인됨의 조건으로 먼저 "누구도 핍박해본 적 없는" '가난함'을 들고 있습니다. 그리고 다음 조건으로 귀향본능("언제나 (…) 고향에 돌아가")과 "그간의 일들을/울며 아버님께 여"쭙는, 삶-죽음의 생명론적 귀환의식을 말하고 있습니다. 앞의 것이 시인됨의 현실론적 조건이라면, 뒤의 것은 시인됨의 언어론적 존재조건을 뜻한다 할 수 있습니다. 물론 2연으로 이루어진 이 시는 시인됨의 두 가지 조건을 각 연에 병치함으로써 두 조건이 긴밀한 상호관계에 있음을 드러냅니다.

　시의 제목을 '코스모스'로 한 것도 힘없고 가난한 삶과 연결된 고도의 비유를 고려했기 때문일 것이고, 이는 형의 시인론의 시적 비유로서 적절합니다. 그러니까 형에게 시인은 길가에 하늘거리는 코스모스와 같은 존재인 것입니다. 그 코스모스 같은 시인이 더이상 박탈당할 것도 없는 빈 호주머니 신세로 귀향하여 울며 아버님께 그간 살아온 얘기를 여쭙는 것, 그 '여쭘' 속에서 시가 탄생하는 것이라고 형은 말하는 듯합니다.

그러나 이 시는 다른 각도에서도 이해될 수 있습니다. 즉 "누구도 핍박해본 적 없는 자의/빈 호주머니여"란 시구 속으로 깊이 내려가면, 시인 스스로 핍박과 가난을 택하려는 능동적 의식을 발견할 수 있습니다. 이 시구의 탄식형이자 호격형 어미인 "~여"에는 슬픈 탄식만이 아로새겨져 있는 것이 아니라 가난에의 능동적 수락의지도 함께 담겨 있기 때문입니다. 그리고 "언제나 우리는 고향에 돌아가/그간의 일들을/울며 아버님께 여쭐 것인가"라는 시구의 '귀향' 모티브에서 시어 "아버님"에는 어진 가부장으로서의 권위의 '절대성'이(존칭접미사 '~님'이 함축하는 의미와 함께) 깃들어 있음을 느끼게 합니다. 따라서 이 시에는 세속의 부귀영화는 부질없으며 오히려 지상의 고난과 고행과 핍박을 자청함으로써 후(죽음, 귀향)에 절대자(아버지)에게 보상받는다는 초월자적 무의식이 담겨 있다고도 할 수 있습니다. 그러한 시인됨의 모습은 지극히 현실적인 동시에 초월적이라는 점에서 얼마간 샤먼shaman의 성격을 지니고 있습니다. 그러나 다시 주목할 것은, 그 지상-하늘, 고난-귀향이 자아내는 모든 이미지와 메타포를 '코스모스'라는 한 단어 속에 함축하는 시적 직관입니다.

그렇게 평생 모진 세월을 사신 고향산천의 아버님(고향을 지키고 계신 '조상님'의 직계 자손인 아버님!)께 감히 도시 '먹물들'의 언어를 구사하지 않고 고향의 토착어와 시인의 고유한 말투로써, 공들여 '여쭙는' 언어적 행위가 곧 시 쓰는 일이라고 형은 말하고 있는 듯합니다. 그리고 그런 시 쓰기 행위는 마치 연어가 북태평양 먼 바다로의 고단한 유전流轉 끝에 죽기 위해 자신의 시원始原으로 귀향하는 모습을 떠올리게 합니다. 시원은 허공이자 허구에 불과하지만, 연어는 텅 빈 시원을 향해 강렬한 욕망으로 돌진합니다. 연어에게 귀향은 죽음이지만 동시에 그 죽음은 죽음 너머 무수한 탄생을 의미합니다. 그래서 시 쓰는 일이란 죽음의 예감을 곧 탄생의 징조로 바꾸는, 연어의 자기 시원으로의 귀향과도 같은 것입니다. 연어의 귀향의지처럼 형도 대처에서의 그간의 삶에서 귀향하여 늙은 아버지께 '여쭙는' 일종의 고해행위가 곧 시 쓰기라고 말하는 듯합니다. 이때 죽음을 예감하는 귀향과 시원의 언어의식이 시의 탄생조건이 됩니다. 시인은 기존 가치체계와 규약으로서의 언어의 죽음을 시어의 조건으로 인정하고 기왕의 언어체계 바깥에서, 야생과 원시의 자연 속에서 새로운 의미들로 태어나는 언어를 내면화합니다. 다시 말해, 오래된 고향의 언어를 내면화한 시인이 도시의 똥과 오물과 욕망, 마침내 패배의 삶을 늙은 아버지께 고하는 '말씀', 그것이 바로 시어라고 형은 말하고 있습니다. 영광이 아니라 아픈 좌절을 자신 속에 창조적으로 내면화한 시원의 언어로 노래하는 존재가 시인인 것입니다.

*

　형의 시는 자연과 세속의 가난 속으로 유랑하는 시입니다. 그리고 좌절의 기억과 죽음을 애써 찾아가는 길 위에서 얻은 시입니다. 길 위를 떠돌다 시인의 발길이 문득 머무는 곳은 가령, 길가의 코스모스, 허리 꺾인 맨드라미, 죽은이가 머문 자리, 비명에 간 없는 집 종손, 아기의 땟국물 같은 울음, 길가의 스러진 풀꽃 같은 데입니다. 그러나 가난하고 비루하고 죽어가는 것들 속으로의 유랑이 슬프고 고단하기만 한 것이라면 시는 슬픔과 고통, 때론 울분의 매체에 불과할 것입니다. 슬픔의 매개체로서가 아니라 슬픔의 항체로서 형의 시를 지탱하는 힘은 표면적으로는 능청이나 딴청, 청승 같은 시적 형식에서 나옵니다.

하느님
가령 이런 시는
다시 한번 공들여 옮겨적는 것만으로
새로 시 한 벌 지은 셈 쳐주실 수 없을까요

다리를 건너는 한 사람이 보이네
가다가 서서 잠시 먼 산을 보고
가다가 쉬며 또 그러네

얼마 후 또 한 사람이 다리를 건너네
빠른 걸음으로 지나서 어느새 자취도 없고
그가 지나고 난 다리만 혼자서 허전하게 남아 있네

다리를 빨리 지나가는 사람은 다리를 외롭게 하는 사람이네

라는 시인데
(좋은 시는 얼마든지 있다구요?)
안되겠다면 도리없지요
그렇지만 하느님
너무 빨리 읽고 지나쳐
시를 외롭게는 말아주세요, 모쪼록

—「다리를 외롭게 하는 사람」 부분

'죽'은 대체 어디서 굴러먹던 글자일까

윤중호 석자 뒤엔 아무래도 설다

'ㅈ'이 'ㄱ'에 가닿을 동안

길가엔 어허이 에하 상두소리 울리라는 걸까

산 모양의 저 '죽'자 날망에는

고봉밥처럼 황토 봉분만 외로우란 걸까

(…)

'주'와 'ㄱ' 사이 어느 고샅에

산동네 자취의 날들 있으리

떠나간 아버지와 삭발하는 여동생 있으리

눈물 훔치며 돌아나오던 옛동네도 숨어 있으리

(…)

기어이 일어나버린 저 '죽'자의 식은 정강이를 붙잡고

감꽃처럼 툭 떨어진 몸 허물 앞에서

어머니는 우시리

그저 우시리

—「윤중호 죽다」 부분

   이 시들에 대해, 차마 무슨 주석 무슨 해설을 달 수 있겠습니까? 다만 형의 능청과 청승이 서로 앞을 다투어 어디까지가 슬픔이고 어디까지가 청승이며 능청인지 구분할 수가 없음을 생각할 따름입니다. 쓸쓸하다면 한량없이 쓸쓸하고 눈물겹다면 한없이 눈물겨워 읽는이의 눈앞이 아롱아롱합니다. 그래서 형의 청승은 청순淸純의 다른 이름입니다. 시 「다리를 외롭게 하는 사람」은 그 명료한 예입니다. 형의 능청 혹은 청승은 비범한 능력이라서 이 또한 형의 시의 특징이 되어 있습니다.

　말이 나온 김에 하는 말입니다만, 형의 시와 윤중호의 시 사이엔 친연성이 있습니다. 물론 충청도 언어의식이 공존한다는 사실도 둘 사이의 인연을 뒷받침하지만, 특히 언어의 의미나 통사적 짜임에서 자유로운, 음운의 적극적인 활용을 토대로 한 언어의 화용話用에 능란하다는 점에서 서로 닮았습니다. 이는 시에서 발화發話 당시의 맥락, 특정한 정황과 체취에 민감한 언어를 구사하는 능력이 비범함을 의미합니다. 형과 윤중호는 자기만의 음운이나 화용을 통해 어떤 개성을 좇는 시인이 아니라, 자기 삶의 뿌리와 민중의 생활언어의 자연성을 한껏 살리는 언어를 구사하는 시인이라는 점에서, 오로지 개인성에 취해 시적 개성을 좇는 시인들과는 다릅니다. 화용의 문법은 발화자의 처지와 개성을 중시하지만, 그만큼 개인주의적 함정에 빠지기 쉽습니다. 그러나 형과 중호의 시는 현실과의 고단한 싸움 속에서 구해진 문법이며, 힘없고 소외된 자들의 삶에 대한 실천적이고 간절한 연대감 속에서 체득한 문법이라는 점에서 단순한 개인주의적 개성의 문법을 훌쩍 뛰어넘습니다. 내가 아는 한 윤중호는 가난을 자기 식으로 수용하여 자기의 소리로써 풀어낼 수 있는 천부적 소리꾼이었고, 그러한 천성과 능력에 더해 자기 삶의 태반인 충청도 영동의 민중정서와 자연풍수를 자기 시의 귀한 자산으로 전환할 줄 아는 드문 시인이었습니다. 이 대목에서 형의 시와 윤중호의 시는 상통합니다. 두 사람 공히 가난한 서민들의 일상을 그윽이 들여다본다거나, 자신의 고향 자연과 인심 속에서 자기 시의 모어母語를 발견한 점에서 말입니다. 형의 시 두 편입니다.

　구장집 마누라

방뎅이 커서

다라이만 했지

다라이만 했지

구장집 마누라는

젖통도 커서

헌 런닝구 앞이

묏등만 했지

묏등만 했지

그 낮잠 곁에 나도 따라

채송화처럼 눕고 싶었지

—「봄바다」 부분

좌간 우리는 시작과 끝을 분명히 해야 혀 자슥들아 하며 용봉탕집 장사장 (51세)이 일단 애국가부터 불러제끼자, 하이고 우리집서 이렇게 훌륭한 노 래 들어보기는 츰이네유 해쌓며 푼수 주모(50세)가 빈 자리 남은 술까지 들 고 와 연신 부어대는 봄밤이다.

—「봄밤」 부분

"방뎅이"와 "다라이만 했지" "젖통" "좌간 우리는 시작과 끝을 분명 히 해야 혀 자슥들아" "츰이네유 해쌓며" 같은 시어들은 표준어, 공식 어 혹은 지적인 언어가 아니라, 형의 출생과 체질과 지위와 성정을 느 끼게 해주는 고유성의 시어이며, 이로써 서민들의 피곤한 일상을 위무하고 다독이며 재미를 주는 민중성의 시어입니다. 그리고 시들고 지쳐 꺼져가는 일상의 욕망에 잠깐 불을 붙이는 관능적인 시어입니다. 그러한 맑은 관능이 숨 쉬기에 "그 낮잠 곁에 나도 따라/채송화처럼 눕고 싶었지"라는 시구가 이어질 수 있겠지요. 그러고보니, 형의 시인으로서의 체질은 아마 '방뎅이'와 '다라이' '젖통'이라는 시어에 이미 담겨 있는 듯합니다. 언어의 화용이란 면에서, 세상의 주류와는 어울리지 못하는 방외方外적인 체질, 소외된 관능, 그럼에도 불구하고 고단한 삶들을 외면하지 못하고 위무하려는 마음이 함께 담겨 있다는 의미에서입니다. 형의 시에 사투리가 절묘하게 사용되는 점도 비평적 관심을 끕니다. 사투리가 지역성의 언어를 뜻한다는 점에서가 아니라, 말의 감각성과 직접성을 극화함으로써 시적 화자의 현존뿐 아니라 시적 상황의 물질적 현현을 강조한다는 차원에서입니다. 자연언어로서의 사투리가 적절히 구사됨으로써 의미론과 통사론으로 직조된 시문詩文을 넘어 삶과 자연이, 시의 정신과 대상이 서로 깊이 조화를 이루는 생생한 정황의 시문으로 옮겨진다는 점이 중요한 것입니다.

이쯤에서 형의 시는 백석과 이용악, 윤동주, 박용래의 빛나는 시적 전통을 잇고 있다고 해도 무방하겠습니다. 이는 이 시인들의 시어 선택과 구사에서의 공통성을 말합니다만, 그 공통된 특징을 '모어母語'라는 개념에 담을 수 있을 듯합니다. 시인 저마다의 출생조건과 성장환경과 감각적 취향이 다르지만, 그들은 근대적 언어의식에 눈떴으면서도 '태초의 언어' '시원의 언어'를 자각하고 그것을 열렬히 추구한 시인들이었습니다. 그들에게 모어는 언어의 태반이자 시원에의 욕망입니다. '모국어'란 개념이 근대 이후 민족국가의 언어가 태동할 무렵 탈식민의 언어의식과 근대적 기획의 산물이었다면, 문학언어로서의 '모어'는 탈식민의 언어적 저항으로서의 모국어를 어쩔 수 없이 인정하면서도, 탈근대 혹은 근대 너머의 언어를 꿈꾸는, 다시 말해 지금-이곳의 삶과 우주의 새로운 생성과 변화를 꿈꾸는 '영혼의 언어'라고 하겠습니다. 지리적·시간적으로 그 언어는 모국어를 사용하는 한반도라는 협소한 지역만이 아니라, 멀리 몽골, 만주 또는 동시베리아 등 알타이계의 대자연과 태초의 시간성을 꿈꾸는 언어입니다. 우리의 상서로운 영성靈性이 담긴 시원의 언어, '최초의 언어' 말입니다.

　표현이 아무런 의미도 지시하지 않는 텅 빈 태초의 언어, 그러나 언어와 마음이 만났을 때 의미의 바다를 이루는 언어. 먼 북방에서 부는 바람같이 비록 시원의 언어의 자리가 텅 빈 공허라 하더라도, 그것을 향한 소망은 생성변화의 기운으로 태어난 언어, 그 기운으로 하여 수많은 의미들이 함축된 언어를 낳을 것입니다. 시어 즉 모어란 의미의 사막인 동시에 의미의 바다를 이루는 시적 표현의 언어입니다. 가령 윤동주의 「序詩」「별 헤는 밤」의 '별' '바람'은 그저 단순한 의미전달용 시어가 아니라 우주의 생성변화 속의 언어, 즉 하늘과 바람과 별과 동격으로 어우러지는 언어임을 보여줍니다. 윤동주의 시어는 북간도의 매서운 밤바람과 별과 같이 변화생성하는 자연 그 자체의 연장이라는 뜻입니다. 그렇다면 과연 무엇이 저 푸른 하늘과 맑은 바람과 빛나는 별을 시어로 변신시켜 마침내 한 편의 시로써 탄생케 하는 것입니까? 또 무엇이 백석의 시어를 인간의 언어이자, 그 너머 자연의 숨결 자체이도록 만드는 것입니까?

　언어 속에서 바람 불고 별 반짝이는 순간이 있을 수 있습니다. 형체도 없는 바람과 별이 한 편의 시로 탄생하는 순간. 이 순간은 언어를 인간적 차원의 의미와 비유 너머, 우주와 삶의 생성변화 속에 갖다놓을 때 가능합니다. 우주와 삶의 생성변화란 무엇이며 그 속의 언어란 무엇입니까?

오는 나비이네
그 등에 무엇일까
몰라 빈 집 마당컨
기운 한낮의 외로운 그늘 한 뼘일까
아기만 혼자 남아
먹다 흘린 밥알과 김칫국물
비어져나오는 울음일까
나오다 턱에 앞자락에 더께지는
땟국물 같은 울음일까
돌보는 이 없는 대낮을 지고 눈시린 적막 하나 지고
가는데, 대체
어디까지나 가나 나비

그 앞에 고요히
무릎 꿇고 싶은 날들 있었다

—「나비」 전문

    근원도 형체도 없는 마음조차 지극至極에 이르면 문득 제 그늘을 거느리듯, 무덤덤한 삶의 한 찰나도 은연중에 신비의 흔적을 남기는가 봅니다. 정녕 그때 시가 태어납니다. 삶의 무위로움이 낳는 시 말입니다. 장자莊子의 호접몽胡蝶夢을 떠올리게 하는 이 절묘한 시편은 형의 시관詩觀을 엿보게 한다는 점에서 흥미를 더해줍니다. 장주가 자신이 나비가 되어 날아다니는 꿈을 꾸었는데, 깨어나보니 자신이 꿈에 나비가 된 것인지 아니면 나비가 꿈에 자신이 된 것인지 도대체 알 수 없었다는 호접몽의 우화. 장자는 말합니다. "장주와 나비에는 구별이 있다. 이를 물화物化라고 한다."(「제물편」『장자』) 나비와 장주 사이에 본래 있던 구별이 꿈처럼 사라지는 상태, 죽음과 생이 꿈결같이 서로를 포섭하여 한 죽음은 자기 그늘 속의 생 같고 한 생은 자기 그늘 속의 죽음과도 같다는 것, 이것이 '물화'의 뜻이 아닐는지요. 생의 이면 혹은 예감, 죽음의 이면 혹은 예감이란 이처럼 생성과 변화를 품고 있는 우주적 순환운동의 계기라고 할 것입니다. 그러한 삶과 죽음의 전 과정 속에 일어나는 생성변화의 운동은 얼마나 섬세하고 민감한 것인지 마치 '나비'의 날갯짓 같습니다.

"오는 나비이네/그 등에 무엇일까". 모든 생과 죽음 사이의 섬세하고 민감한 계면界面에 시인의 의식이 닿을 때, 비로소 시어는 탄생의 준비를 하게 되겠지요. 살랑거리며 날아오는 나비를 보고 "기운 한낮의 외로운 그늘 한 뼘일까"라고 적을 때, 시인은 죽살이의 계면을 엿본 것입니다. 입 밖으로 순한 감탄이 새어나오는 이런 시를 두고 직관이 사유를 앞서는 시라고 말하는가 봅니다. 나비는 삼라만상의 생성변화 즉 물화의 상징이기에, 대낮의 적막 속의 나비는 여린 생명체인 아기의 "비어져나오는 울음" "땟국물 같은 울음"을 등에 지고 "돌보는 이 없는 대낮을 지고 눈시린 적막 하나 지고" 날아갑니다. 그러므로 세속과 신성을 연결해주는 것도 나비의 등에 얹힌 생과 죽음의 그늘("외로운 그늘 한 뼘")일 것입니다. 가난한 어느 마을의 고즈넉한 대낮 풍경을 보고서 형은 모든 것이 신주神主이자 동시에 '몸주'(샤먼의 개념으로)라고 여깁니다. 그러한 우주관이 필시 "내 무한 곁으로 나비나 벌이나 별로 고울 것

없는 버러지들이 무심히 스쳐 가기도 할 것인데,//그 적에 나는 꿈결엔
듯/그 작은 목숨들의 더듬이나 날개나 앳된 다리에 실려온 낯익은 냄
새가/어느 생에선가 한결 깊어진 그대의 눈빛인 걸 알아보게 되리라
생각한다"(「풍경의 깊이」)와 같이, 뭇생명에게 지극히 겸허하고 경건한
시구를 낳게 합니다.

이와 같이 나비의 "그 등에 무엇일까"를 찾는 형의 마음자락엔 생사
의 고리가 슬픔으로서가 아닌 겸허히 수락할 만한 조화로서 그려집니
다. 형의 표현대로 날아오는 나비의 등에 얹힌 "기운 한낮의 외로운 그
늘 한 뼘"이 바로 그 우주의 섭리가 현현한 신성神聖임을 자각했다면 어
찌 "그 앞에 고요히/무릎 꿇고 싶은 날들 있었다"고 고백하지 않을 수
있겠습니까? 그리고 이때 시어[母語]가 탄생합니다. 이 시의 맥락으로
보아 그 시어는 우주적 삶과 혼이 담긴 "외로운 그늘"의 언어일 것입니
다. 인간의 언어이면서 신령의 언어. 형의 시에 애처롭지만 슬픔에 매몰
되지 않는 상서롭고도 평화로운 기운이 감도는 것도, 따지고 보면, 죽
음의 그늘 속에서 생명의 운행과 그 조화로움을 살피는 형의 그윽하고
넉넉한 마음 덕분일 겁니다. 그런 형의 마음은 이윽고 「꽃」과 같은 속깊
고 아름다운 시를 낳게 됩니다.

　　모진 비바람에
　　마침내 꽃이 누웠다

　　밤내 신열에 떠 있다가
　　나도 푸석한 얼굴로 일어나
　　들창을 미느니

살아야지

일어나거라, 꽃아
새끼들 밥 해멕여
학교 보내야지

「나비」에서 보인 형의 시관과 세계관의 한 자락이 이 작품에 이르러
뜻깊은 시적 결실을 얻습니다. 우선 "모진 비바람에/마침내 꽃이 누웠
다"라는 첫구절에서 '꽃'이 의인화된 은유이며, 순수관념으로서의 '꽃'
이란 점에 주목하게 됩니다. 이 '꽃'은 코스모스, 목련 따위와는 달리 구
체성을 지시하지 않는 추상적 관념 속의 꽃입니다. 단지 1연에서 그 추
상의 꽃은 '누웠다'라는 자동사를 거느림으로써 얼마간의 생명체적 구
체성을 확보하고 있습니다. "꽃이 누웠다"는 객관적인 서술 뒤에 잠시
의 단절과 침묵이 가로놓인 후, 2연이 이어집니다. "밤내 신열에 떠 있
다가/나도 푸석한 얼굴로 일어나/들창을 미느니". 병을 이기려 안간힘
을 다해 아침의 맑은 기운을 방 안에 들이려는 '나'의 몸짓입니다. 그리
고 문득 더욱 깊은 단절과 심연을 거느리고 나서 한 행의 독립된 연으
로 "살아야지"라는 짧은 독백이 흘러나오고, 다시 깊은 단절 후 4연에
"일어나거라, 꽃아/새끼들 밥 해멕여/학교 보내야지"가 이어집니다.
주목할 점은 4연에서 돌연 언어의 감각적 전환이 이루어진다는 사실
입니다. 4연에 이르면 '꽃'은 아연 활기를 띤 구체성의 언어로 변화하
면서 1연의 자연성과 추상성의 옷을 벗어버리고 세속적 인간성과 구체

성의 옷으로 갈아입습니다. 이때 '꽃'은 고통을 견디며 살아가는 이 세상 모든 아내의 변신이거나 비유가 될 수 있습니다.

이 시가 지닌 각별한 의미는 1연의 추상성과 일반성의 시어로서의 '꽃'이 4연에 이르러 일상적인 구체성과 개별성(아내 혹은 어머니)의 '꽃'으로 자기 현존을 드러낸다는 사실에 있습니다. 이렇게 되는 직접적인 계기는 '시적 언어 혹은 시적인 것의 화용'인데, 그 뚜렷한 보기가 특히 3연과 4연입니다. 3연에서 시적 화자의 내면적 발화가 첫 번째 계기를 이루고, 4연의 화용론적 직접화법이 두 번째 계기를 이룹니다. 3연의 내면적 목소리에는 현실과의 힘겨운 싸움이 뒤섞여 있고, 4연의 사투리의 구체적 개별성과 직접성은 말과 글의 경계를 지우며 시문을 생생한 육체성의 정황으로 옮기는 절묘한 화용을 보여줍니다. 사투리와 뒤섞여 시인의 음성의 물질성이 날것으로 드러나면서 그 소리는 감각과 의식의 직접성에 호소하게 되고, 우리의 감각(청각과 시각)은 이를 시인의 고유한 현존으로 받아들입니다. 그리고 그 고유성으로서의 말의 현존에 대해 시인의 글(문체)이 반응해 상호영향을 주는 '시적 과정' 속에서 이 시는 묘한 생명력을 발산합니다.

그러나 엄밀히 말해, 이 시에서 '꽃'이 아내의 은유일 근거를 찾을 수는 없습니다. 특히 1연의 '꽃'은 의미 이전 추상적 표상으로서의 꽃입니다. 은유의 형식을 빌렸지만 그 은유의 원관념은 정해진 바 없이 '꽃'은 가능성으로서 비어 있습니다. 즉 비유의 명확한 근거도 없이 '꽃'은 마지막 연에 이르러 아내의 물화임이 추정으로써 제시될 뿐입니다. 밤새 신열을 앓고 난 어느날 아침, 시적 화자가 학교 갈 어린것들을 걱정하는 데에서 그가 지아비임을 엿볼 수 있기에 꽃을 아내 혹은 어머니로 추정하는 것이지요. 그런데 이 시를 좀더 깊이 들여다보면 형의 시적 사유의 특성과 마주치게 됩니다.

그 특성이란, 1연의 꽃은 추상성의 꽃이지만, 4연의 꽃은 구체와 추상, 감각과 관념, 보편과 고유 같은 대립범주들이 서로 뒤섞여 공생하는 꽃이란 점에 있습니다. 제가 여기서 궁금한 것은, 그 대립하는 범주들 간의 경계가 무너지고 뒤섞이는 이러한 혼종混種과 공생이, 형의 시의 경우, 어떠한 시적 사유의 산물인가 하는 점입니다.

내 하늘 한켠에 오래 머물다
새 하나
떠난다

힘없이 구부려 모았을
붉은 발가락들
흰 이마

세상 떠난 이가 남기고 간
단정한 글씨 같다

하늘이 휑뎅그렁 비었구나

뒤축 무너진 헌 구두나 끌고
나는 또 쓸데없이
이 집 저 집 기웃거리며 늙어가겠지

—「때늦은 사랑」 전문

가난한 유랑과 노숙이 시인됨의 조건이다라고 말하는 것은 가혹한 말이지만, 그 유랑과 노숙이 관념적인 귀환과 초월을 거부하고 유보하는 '도상途上의 시정신', 참여의 시정신의 귀결이기에 형의 시는 경건하고 대승적입니다. 이 점을 이해하는 것은 형의 시를 이해하는 데 필수적입니다. 1연의 "내 하늘 한켠에 오래 머물다/새 하나/떠난다"와 4, 5연의 "횅뎅그렁" 빈 하늘 아래서 "뒤축 무너진 헌 구두나 끌고/나는 또 쓸데없이/이 집 저 집 기웃거리며 늙어가겠지"의 두 의미축 사이에서 형의 유랑의 정신과 감각은 너그럽게 깊어갑니다.('너그럽게 깊어간다'는 것은 시인이 많은 의미 혹은 욕망의 맥락을 감추고 지우고 버리고 있다는 뜻일 것입니다. 이때 형의 시적 특성인 여백 침묵 단절 능청 청승 딴청 등이 나옵니다.) 이 두 시구는 천상으로의 비상을 유보한 채, 누추한 지상에서 유랑하는 시인의 모습을 보여줍니다. 즉 지상을 떠나지 못하는 시인에게 유랑은 천상의 삶의 유보를 의미하는 동시에 지상의 삶에의 관심을 의미합니다. 달리 말하면, 한 행의 시구를 한 연으로 독립시켜 그 의미를 강조하고 있는 4연 "하늘이 횅뎅그렁 비었구나"는, 하늘은 시인에게 관심의 대상이지만 동시에 자발적 체념의 대상이며, 시인의 지상에서의 유랑의식이 천상의 삶에 대한 유보를 가져왔음을 보여줍니다. 어쨌든 시인의 노숙이나 유랑의식에는 이 시가 보여주듯 천상과 지상의 중개자로서의 모습이 투영되어 있습니다. 그러므로, 유랑하는 의식 그리고 하늘과 지상을 연결하는 중개자의 의식은 수평적이면서 동시에 수직적인, 은유적이면서 동시에 환유적인, 구체적이면서 동시에 추상적인, 육체적이면서 동시에 영혼적인, 몸적이면서 동시에 마음적인 시정신을 낳게 되는 것 아니겠습니까?

　　따라서 형의 시어들은 육체와 영혼, 세속과 초월, 지상과 천상 아울러서 추상과 구체, 고유와 보편, 은유와 환유의 대립범주들의 경계를 들고나면서 새로운 지시차원을 향해 운동해가거나, 활발한 물화의 계기 속에 가담함으로써 새로운 생성과 변화의 세계에 놓이게 됩니다. 그러므로 가령, 앞의 시 「꽃」에서 '꽃'이라는 추상성의 시어와 아내라는 리얼리티 사이의 관계는 벽이 있는 듯 없고 없는 듯 있는 관계, 인접(환유)하여 혹은 은유로써 의미 내용을 주고받는 순환과 역순환의 상호관계에 놓이는 것입니다. 즉 세상의 무궁한 변화의 섭리에, 다시 말해 활물화活物化의 생동하는 계면에 시어가 놓이는 것입니다. 아니, 시어 속에 세상의 변화생성의 섭리가, 물화의 계기가 놓이는 것입니다. 아마 어떤 독자들은 이 시의 4연 "일어나거라, 꽃아/새끼들 밥 해멕여/학교 보내야지"라는 시구에서 힘겹게 삶을 잇는 세속적 음성과 더불어, 전혀 새로운, 어떤 선인仙人의 음성을 느낄지도 모릅니다. 현실과 선仙적인 경계를 넘나드는 느낌을 받았다면, 이는 이 시의 시어들이 자연과 인위, 보편과 구체, 교감과 매개 사이의 경계를 허물고 새로운 변화생성의 과정 속에 놓인 언어, 기존의 언어체계나 규약의 바깥에서 의미의 무한한 생성을 기다리는 '최초의 언어', 매순간 생명활동의 지평에 서 있는 언어를 내면화한 까닭입니다. 그렇게 이 시에서는 논리적 매개나 의미에 대한 적극 해명 없이, 꽃과 아내(혹은 어떤 여성성)가 서로 변신을 주고받으며, 꽃이라는 추상의 시어는 현실의 살아 있는 연장이거나 인접한 생활이거나 생명체들의 연쇄로서 속성 변화를 일으키고 있습니다. 이 시에서 '꽃'은 관념성과 물질성 혹은 자연성, 추상성과 구체성이 서로 흐르면서 삼투하고 한 몸을 이루어 변화하는 시어입니다. 그러한 변화 속에서 괴로운 현실을 딛고 태어난 시어가 지친 삶에 기운생동의 활기를 불어넣고 있는 것입니다. 그러니, 절창이라 할 「나비」에서 보여준 형의 세계인식이 「꽃」에 이르러 시적 감각과 어우러지면서 마침내 볼 만한 경지에 도달한 셈입니다.

*

헌 신문지 같은 옷가지들 벗기고

눅눅한 요 위에 너를 날것으로 뉘고 내려다본다

생기 잃고 옹이진 손과 발이며

가는 팔다리 갈비뼈 자리들이 지쳐 보이는구나

미안하다

너를 부려 먹이를 얻고

여자를 안아 집을 이루었으나

남은 것은 진땀과 악몽의 길뿐이다

또다시 낯선 땅 후미진 구석에

순한 너를 뉘였으니

어찌하랴

좋던 날도 아주 없지는 않았다만

네 노고의 헐한 삶마저 치를 길 아득하다

차라리 이대로 너를 재워둔 채

가만히 떠날까도 싶어 묻는다

어떤가 몸이여

—「노숙」 전문

정수리로 내려치는 우레 같은 시입니다. 많은 의미들이 켜켜이 쌓여

436

해독을 기다리는 시입니다만, 여기서는 형의 시적 사유의 기반을 이해하는 데 문제의식을 한정하여 이 시를 살펴보고자 합니다. 그 문제의식은 우선 몸과 마음 사이의 관계에 관한 문제이며, 다음으로 시적 화자의 인성人性에 관한 것으로 요약할 수 있습니다.

몸과 마음의 관계로써 이 시를 주목하면, 가령 부처께서 열반에 드실 때 마음의 의지처이자 고통의 서식처인 몸을 벗는 장면이 이 시의 유명한 전사前史를 이룹니다. 다시 말하여, 이 시는 인생이 고통의 상징인 몸을 떠나 열반에 드는 과정과 순간을 시적 계기로 삼고 있습니다. 여기서 흥미롭게도 마음과 몸의 관계에 대한 형의 사유가 엿보이는데, 그것은 이승을 살아가는 몸의 고통에 대해 말하면서도 몸을 부리는 주인은 '마음'이라는 점, 결국 몸이란 "감꽃처럼 툭 떨어진 몸 허물"(「윤중호 죽다」)에 불과하다고 말하고 있다는 사실입니다. 이 시의 표면만을 읽는다면, 몸이란 마음 가는 대로 따라다니는 마음의 그림자에 가깝습니다. 다분히 유심론적인 사유에 기운 듯한 이 시는 그러나 그 사유가 시적 형상화과정 즉 시적 형식 속에서 여러 의미상의 변주를 거쳐 새로운 의미로 이동해간다는 데에 깊은 묘미가 있습니다. 주목할 점은 시적 과정을 통한 의미의 변주인바, 무엇보다도 그 과정이 시적 화자인 '마음'의 목소리(시어)가 내적 독백 형식이면서 한편 외적 대화의 형식으로서 이루어진다는 것입니다. 즉 1행과 2행의 "내려다본다", 3행과 4행의 "지쳐보이는구나"까지는 화자의 내면적 독백 형식이며, "미안하다" "어찌하랴" "어떤가 몸이여"와 연결된 시어들은 대화체 형식이라 할 수 있습니다.('마음'이 잠든 '몸'에게 건네는 말투이므로 대화체가 아니라는 지적은 별 의미가 없습니다. "차라리 이대로 너를 재워둔 채"의 의미론적 해석과는 별도로 발화자인 '마음'이 사용하는 말투가 '몸'과의 대화 형식이라는 사실 자체가 중요합니다.) 그러니까 이 시의 시어들은 화자인 마음의 안과 밖으로, 정확히 말하면 안과 밖의 경계에 가까스로 걸쳐진 채, 안팎을 넘나들고 있습니다. 이러한 독백체와 대화체의 이중적 구성은 형의 시의 한 특징이기도 한데, 이러한 언어의식에 의해 몸과 마음은 서로 분리된 채 하나를 이루어가는, 미묘하고도 애틋한 상호관계를 점차 강화해갑니다. 특히 '마음'이 건네는 짧은 탄식의 대화체 "미안하다" "어찌하랴" 마지막의 "어떤가 몸이여"라는 시구는 독립행을 이룸으로써 저마다의 의미와 표현을 강조하고 있는바, 대화체를 통해 마음의 언어는 자신의 바깥 즉 몸으로 흘러나감으로써, 결국 마음의 언어가 몸의 언어로 형질 변경이 이루어지고 있는 점에 이 시의 형식성의 진경珍景이 담겨 있습니다. 다시 말해, 마음의 독백은 유심론적 성격을 강화하지만, 마음의 상대는 몸이고 몸에 마음이 깃들어 있으므로 마음의 대화는 다름아닌 몸의 독백이기도 하며, 결과적으로 몸(물질)과 마음은 상호대립의 경계를 넘어서고야 맙니다. 마치 안이 밖이 되고 밖이 안이 되어 서로 안팎의 구별이 있으면서 없고 없으면서 있는 뫼비우스의 띠처럼 말입니다. 그러므로 이 시는 외면적으로는 마음의 주인됨을 이야기하면서도 동시에, 내면적으로는 마음의 몸에의 의지 또는 종속을 이야기하는 특이한 시적 사유와 감각을 보여줍니다. 이 또한 몸과 마음, 주관과 객관, 구체와 추상, 말과 글, 의미, 통사, 음성 그리고 화용의 경계(더 나아가 세속과 신성, 욕망과 영혼의 경계)를 두루 포괄하는 형의 깊고 복합적인 시적 사유를 보여줍니다.

앞서 얘기드렸듯, 마음이 몸과의 이별을 이루기 전까지의 복잡다단한 회포를 담은 일종의 넋두리인 이 시는 또다른 중요한 뜻을 품고 있는데, 그것은 시적 화자를 어떤 인성의 소유자로 볼 것인가 하는 문제입니다. 이 시에서 주목할 지점은 몸으로부터 마음이 자유롭게 이탈한다는 사실입니다. 이는 시적 화자가 세속과 초월 모두에 마음을 자유로이 적응시킬 수 있는 인성의 소유자임을 보여줍니다. 아마 형의 의식의 심연을 보여주는 것일 수도 있는 이러한 시적 화자의 인성은 시집 도처에 암시되거나 그림자처럼 드리워져 있습니다. 「사랑가」가 대표적인 예입니다. 이때의 시적 화자는 「노숙」에서처럼 몸과 마음을 둘이면서 하나로 다룰 줄 아는, 현실과 초월을 넘나드는 인물입니다. 생과 사 즉 죽살이를 넘나드는 샤먼, 곧 박수博搜라고나 할까요? (박수는 알타이 지역에서 "많이 아는 사람", 즉 샤먼을 의미하는 바이baj 또는 박시baksi(>박사博士)라는 샤먼의 이름을 어원으로 삼고 있습니다.) 인신人神이 아니라 박수라고 표현한 것은 시적 화자에게 천상은 스스로 유보한 세계이기 때문이며, 「사랑가」나 「윤중호 죽다」 「때늦은 사랑」 「마른 쑥대에 부처」 등에서 보듯이 시적 화자는 못 먹어 죽거나 고통과 비명에 죽거나 제 명에 못 죽은 귀신들과 동행하려는 인성의 소유자이기 때문입니다.

1
여뀌풀처럼 강가 사랑 퍼렇게 자라고
철 지난 멱감고 푸르동동 소름 돋은 아이들은 한 알 오디
따라오지 마 물귀신 어머니 검푸른 입술 새빨간 치마 입고
따라오지 마
아이들 돌아가 배탈 앓고
고추 내놓고 설사하는 뒷간 후미진 곳에
물귀신 어머니 긴 손톱 눈물 글썽글썽
따라오지 마
우리는 푸르청청 하늘에 별빛 귀신 푸르청청 강변에 여뀌풀 귀신

푸르청청 강가에서 어머니 젖줄 찾는 사랑 사랑 사랑귀신

2

애들아 애들아 문 열어라 내가 왔다

차마 못 감은 눈 차마 못 뗀 걸음

무주 허공중에 둥둥둥 떠돌다가 아득한 황천길 목이 메어

에미가 왔다

문 열어라

3

햇빛 보고 자랐소 별빛 먹고 자랐소

산에는 독사풀 강가에 여뀌풀

우리는 다 죽어서 사랑귀신 되었는데

(…)

푸르청청 하늘엔 별빛도 좋아라

가소 어머니

다시는 오지 마소

—「사랑가」 부분

　　전통적 굿에서 넋굿은 죽은이를 산이와 서로 만나게 하고 넋두리를
통해 한풀이를 해주고 명복을 빌며 천도하는 의식입니다. 시적 화자는
죽은 어머니의 신내림을 받은 몸주[巫]가 되어 망자를 살아 있는 자식
들과 만나게 해주고, 서글프고 서러운 넋두리[공수]를 풀어놓습니다. 이
때 이 시는 가슴 저미는 무가巫歌이자 무시巫詩가 됩니다. 어린 자식을 남

기고 죽은 어머니는 이승을 떠나지 못하고 귀신으로 떠돌며 사랑하는 자식들 주위를 하마하마 맴돕니다. "얘들아 얘들아 문 열어라 내가 왔다/차마 못 감은 눈 차마 못 뗀 걸음/무주 허공중에 둥둥둥 떠돌다가 아득한 황천길 목이 메어" 울고 있는 원통한 "에미"를 시적 화자는 황천길로 안내합니다. 그리고 현생의 자식들 곁을 떠나지 못하고 강가의 자식들에게 들러붙은 '에미 귀신'을 "여뀌풀 귀신" "물귀신" "사랑귀신"이라고 부릅니다. 이 대목에도 형의 시적 사유의 특징이 고스란히 담겨 있습니다. 자연계와 초자연계, 인간과 귀신, 세속과 천상, 몸과 마음이 서로 이탈과 공생의 과정을 지속한다는 점이 그러합니다. 물론 전체적으로 초자연과 귀신과 천상은 세속계에서의 유랑의식 때문에 계속하여 유보되고 있습니다만.

이 세속적인 동시에 초월적인, 인간적이면서도 귀신적인 인성이 아마 형의 시심詩心의 심연에 존재하는가 봅니다. 그러니 유랑하는 박수로서의 시인은 세속에서의 억울한 삶과 원통한 영혼을 달래주며 시인 스스로 유보한 천상계에로 죽은 영혼의 안내를 자청하는 인물인 것입니다.

*

사인 형!

이제 오래전에 잊혀진, 강제로 잃어버린 먼 전설 같은 이야기를 해야 할 때입니다. 진보·보수를 막론하고 문명과 과학이라는 이름으로, 합리성의 척도로, 불합리와 미신이란 낙인을 찍어 쫓아낸 전설 같은 사람들에 대한 이야기. 무巫. 샤먼. 이 자리는 샤먼을 구체적으로 말할 자리도 아니고 그럴 처지도 못됩니다만, 역사 속에서 내쫓김을 당한 샤먼의 세계는 그러나 잊혀질 수도 없고 잊혀져서도 안 될 우리의 영혼과 문화의 고향이란 점을 분명히 적어두고 싶습니다. 백석은 바로 무, 샤먼의 세계를 깊이 이해하고 그것이 우리 민족어와 문화의 뿌리이며 아름다운 전통임을 표현하려 한 탁월한 시인이었습니다. 그는 「가즈랑집」에서,

> 승냥이가 새끼를 치는 전에는 쇠메 도적이 났다는 가즈랑고개
>
> (…)
>
> 예순이 넘은 아들 없는 가즈랑집 할머니는 중같이 정해서 할머니가 마을을 가면 긴 담뱃대에 독하다는 막써레기를 몇대라도 붙이라고 하며
>
> (…)
>
> 나는 돌나물김치에 백설기를 먹으며
>
> 넷말의 구신집에 있는 듯이
>
> 가즈랑집 할머니
>
> 내가 날 때 죽은 누이도 날 때
>
> 무명필에 이름을 써서 백지 달어서 구신간시렁의 당즈깨에 넣어 대감님께 수영을 들였다는 가즈랑집 할머니
>
> 언제나 병을 앓을 때면
>
> 신장님 단련이라고 하는 가즈랑집 할머니
>
> 구신의 딸이라고 생각하면 슬퍼졌다

라고 쓰고 있습니다. 이 시는 북방의 무속이야기를 토착어와 자연어로 쓴 빼어난 시입니다. 백석이 이 시에서 그리려던 것은 단순히 비현실적, 전설적 공간으로서 북방 마을 풍정과 무속이 아닙니다. 일제 강점기에 신식 공부를 한 백석이 사라져가는 민족정신과 문화의 전통에 대해 안

442

타까워한 것은 분명하지만, 제가 보기에 중요한 것은 그가 샤먼의 전통을 민족정신의 기초로 인식한 주체적 각성의 시인이란 점이며, 이 시는 그런 맥락에서 읽혀야 합니다.

아득한 녯날에 나는 떠났다

부여扶餘를 숙신肅愼을 발해勃海를 여진女眞을 요遼를 금金을

흥안령興安嶺을 음산陰山을 아무우르를 숭가리를

범과 사슴과 너구리를 배반하고

송어와 메기와 개구리를 속이고 나는 떠났다

나는 그때

자작나무와 이깔나무의 슬퍼하든 것을 기억한다

갈대와 장풍의 붙드든 말도 잊지 않었다

오로촌이 멧돌을 잡어 나를 잔치해 보내든 것도

쏠론이 십리길을 따러나와 울든 것도 잊지 않었다

나는 그때

아무 이기지 못할 슬픔도 시름도 없이

다만 게을리 먼 앞대로 떠나 나왔다

그리하여 따사한 햇귀에서 하이얀 옷을 입고 매끄러운 밥을 먹고 단샘을 마시고 낮잠을 잤다

밤에는 먼 개소리에 놀라나고

아침에는 지나가는 사람마다에게 절을 하면서도

나는 나의 부끄러움을 알지 못했다

그동안 돌비는 깨어지고 많은 은금보화는 땅에 묻히고 가마귀도 긴 족보
를 이루었는데

이리하야 또 한 아득한 새 넷날이 비롯하는 때

이제는 참으로 이기지 못할 슬픔과 시름에 쫓겨

나는 나의 넷 한울로 땅으로―나의 태반으로 돌아왔으나

―「북방北方에서」 부분

백석의 시를 길게 인용한 까닭은 우선 형과 백석의 시적 사유 사이의
내적 연관성을 말하고자 함이며 아울러 샤먼의 문화가 우리 민족(어)
정신의 근간을 이룬다는 점을 살피기 위함입니다.「북방에서」의 '북방'
은 단순히 물리적 방위에 그치지 않습니다. '북'은 애초 '뒤쪽'이라는 뜻
입니다(北泉洞=뒷샘골『용비어천가』, 北草=뒷풀『두시언해』 참조). 자연 '남'
은 앞쪽이란 뜻입니다. 그러므로 북방은 다른 방위의 지역과 동일한 차
원의 지역이 아니라 뒤에서 앞으로의 의식과 삶의 진행방향을 가리키
는 것입니다. 이는 고구려 고분벽화의 많은 형상들과 사신도의 배치원
리는 물론 신라·백제 고분의 구조, 풍수 등 고대문화 전반에 반영되어
있을 뿐 아니라 고대 이후 한국문화의 바탕을 이루고 있습니다. 결국
'북방'은 알타이 지역의 문화와 밀접히 관련된 우리 민족문화의 원향原
鄕을 지칭합니다. 서울·경주를 비롯하여 모든 마을의 주산主山이 북쪽
에 위치하고 그 앞산으로서 남산南山이 위치한다는 점, 불교 사찰에서
의 산신각의 배치, 풍수지리의 기본 사유틀에서 '북'[현무]이 기준이 된
다는 점, 또한 '북'이 단군신화에 나오는 토템 '곰'과 동의어라는 점 등
을 보더라도 무의 세계관이 지배하던 북방은 단지 북쪽을 뜻하는 것이

아니라 우리 민족의 시원이자 사유와 감각의 태반이며 민족어의 원천으로서의 '북방'을 지시합니다. 무가의 넋두리를 살펴보면 북방의 샤먼적, 민족적 의미는 좀더 확연해집니다. "백두산이 主山이요 한라산이 南山이라/두만강이 靑龍되고 압록강이 白虎로다"(「指頭書」) "앞에 압록강 뒤에 뒤로강"(오산 「열두거리 손굿」) 등에서 확인할 수 있듯이, 북쪽(뒤쪽)의 백두산이나 멀리 만주 알타이 지역이 주인主人이 자리한 공간이므로, 자연히 남쪽은 삶과 정신의 진행방향인 앞쪽(앞의 시 3연 "먼 앞대로 떠나 나왔다")을 가리킵니다. 따라서 이곳(남쪽)에서의 방위와는 반대로 좌와 우(두만강=좌청룡, 압록강=우백호)가 바뀌는 것입니다.

　그러한 민족의 신령한 원향으로서의 '북방'을 오래전에 등진 백석이 북방에 돌아와 깊은 회한과 탄식에 젖어, 민족과 민족문화의 시원으로서 샤먼이 주인으로 살던 '북방'의 상실을 고뇌한 시가 앞의 시입니다. 시인은 고대의 부여·숙신·발해·여진·요가 있던 만주와 몽고, 흥안령산맥 나아가 시베리아의 아무르 숭가리(송화강) 등 북방 알타이 지역을 "배반하고 (…) 나는 떠났다", 그 알타이 지역의 정령신앙과 관련된 동물들인 "범과 사슴과 너구리 (…) 송어와 메기와 개구리를 속이고 나는 떠났다"고 뼈아픈 탄식을 쏟아냅니다. 특히 "개구리를 속이고"에서 백석의 시적 사유는 명백합니다. 동시베리아 지역에서 광범위하게 발견되는 샤머니즘 신화에서 개구리는 한 축을 이루고 있기 때문입니다. 부여의 시조와 관련된 금와왕金蛙王 신화나 우리 삼국의 신화들이 모두 개구리 모티브와 연결되어 있지 않습니까. 이 시의 2연에 이르러 백석이 괴롭게 사유한 '북방'은 좀더 구체적으로 서술됩니다. "오로촌이 멧돌을 잡어 나를 잔치해 보내든 것도/쏠론이 십리길을 따러나와 울든 것도 잊지 않었다". 고향을 떠나던 시인을 "잔치해 보내든" 오로촌과 "십

리길을 따러나와 울든" 쏠론은 한민족이 아니라 샤먼을 믿고 따르던 북방 유목민족인바, 이는 백석이 단순히 민족주의적 사유에 편향되지 않았던 사실을 보여줍니다.

백석은 그 북방 알타이 지역의 주인인 샤먼의 문화를 깨우치게 되었고, 샤먼 문화의 언어적 맥락을 고민하고 있었던 듯합니다. 백석과 북방 샤먼 사이의 정신적 또는 시적 연관성은 앞으로 깊이 연구될 필요가 있습니다만, 서방의 무지와 문명의 폭력과 소비에트의 탄압으로 점점 종교로서의 알타이 샤머니즘이 퇴화하고 제종족의 민속문화로 떠밀리고 유배당하던 당시에, 시인 백석은 우리 민족문화가 우리 민족의 것만이 아닌 알타이 유역의 깊고 아름다운 샤먼 문화의 직접적이고 심오한 영향 속에서 성립했음을 자각하였고, 이것이 시적 자각으로 이어져 마침내 예의 백석의 '귀향의 시어' '태초의 시어' 즉 시인 자신의 모어를 얻게 된 사실이 중요합니다. 이렇게 말하는 것은 짐작하시다시피, 백석의 시의 '북방'에 대한 고뇌가 형의 시의 무巫적 특성과 내밀히 연결되어 있기 때문입니다. 그리고 그 '북방'이 거의 소멸된 현실 앞에서 형은 반세기도 넘는 옛날의 시인 백석과 같은 목소리로 기막힌 탄식을 터뜨립니다.

> 나의 옛 흙들은 어디로 갔을까
>
> 땡볕 아래서도 촉촉하던 그 마당과 길들은 어디로 갔을까
>
> 나의 옛 개울은, 따갑게 익던 자갈들은 어디로 갔을까
>
> 나의 옛 앞산은, 밤이면 굴러다니던 도깨비불들은 다 어디로 갔을까
>
> (…)
>
> 나의 옛 캄캄한 골방은 어디로 갔을까 캄캄한 할아버지는, 캄캄한 기침
>
> 소리와 캄캄한 고리짝은, 다 어디로 흩어졌을까

나의 옛 나는 어디로 갔을까, 고무신 밖으로 발등이 새카맣던 어린 나는

어느 거리를 떠돌다 흩어졌을까

—「아무도 모른다」 부분

"옛 흙"과 "옛 나"를 잃어버린 '북방'으로 해석한다면 지나친 것입니까? 그러나 자연과의 친교와 귀향의식, 우주와의 영혼적 조우라는 백석의 '북방적' 사유는 이 시에도 복류하고 있습니다. 그리고 이 시는 형의 탈현실주의와 반문명관의 단면을 보여줍니다. 이러한 반문명적 사유와 감각과 함께, 지금도 여전히 '서방추수형 근대인 무리'에 의해 억울하게 탄압받고 있는 샤먼의 의식 전통이 형의 이번 시집에 이르러 깊은 시적 사유와 형식성으로 재발견된다는 점은 거의 경이에 가깝습니다. 이는 시사적으로도 매우 중대한 시의식의 발현입니다.

형! 샤먼의 전통은 거의 소실될 운명에 처해 있습니다. 근대성과 자본주의문화와 새로운 식민문화가 주둔한 이 살풍경의 문명시대를 무슨 수로 되돌릴 수 있겠습니까? 그러나 유독 시와 예술은 사라진 샤먼의 시대를 그리워하고 샤먼의 영성을 찾으려 할 것입니다. 시인과 예술가는 근본적으로 "아무도 핍박해본 적"이 없는 이이며, 그러기에 인간과 자연을 억압으로부터 해방할 수 있는 이이기 때문입니다. 샤먼의 영성은 인간과 자연에 대한 식민과 폭력이 심화되고 있는 이성의 시대에 충분한 시적, 예술적 응답이 될 수 있습니다. 그러나 답은 주어졌지만, 오래전에 질문이 사라졌습니다.

서구중심주의자인 막스 베버의 추종자들과 같이 샤머니즘을 미숙한 의식이나 전근대적 미신으로 내몰고 말살하려 한 세력들이 있습니

다. 그간의 말살도 모자라 지금도 샤머니즘을 개인의식의 미성숙과 사고의 미분화未分化, 맹목적 신앙 따위의 비정상적 정신상태로 낙인찍은 후 소위 과학과 이성의 이름으로 우리 삶 속의 '샤먼'을 학대하고 있습니다. '이성에 사로잡힌 자'들은 무를 상스럽고 우스꽝스러운 미신으로 내몰거나 자신들의 '이성의 도식' 속에 환원시켰습니다. 자연과 인간, 삶과 죽음, 생자와 사자, 하늘과 땅, 정신과 신령을 함께 고민하던 샤먼의 진실은 그렇게 사라졌습니다. 그러고보니 백석의 시와 형의 시는 참 서러운 것입니다.

글이 구구해지고 말았습니다. 형의 시집을 이렇게 읽어도 되는지 알 길이 없습니다만, 이번 시집에 실린 모든 시편이 저마다의 언어적 고유성과 비상한 언어감각과 신비한 사유의 저력을 보여주고 있다는 점은 확인할 수 있었습니다. 형의 시처럼 자연과 인간, 인간과 인간 사이의 영혼적 교류를 꿈꾸는 시는 "한낮"의 작열하는 물질문명에 "그늘 한 뼘"을 만들어갈 것입니다. 그 '집 없는 박수'의 꿈을 이루어가는 첫 자리가 바로 시입니다.

더 무슨 말을 잇겠습니까?

오랜만에 귀한 시집이 세상에 나오니, 고맙고, 축하합니다.

2006년 봄

홍매紅梅의 그늘 속

임우기 올림

[시집 『가만히 좋아하는』 해설, 2006. 3]

구름의 觀音

기형도 시와 나

내가 사는 일산엔 호수공원이 있다. 마음의 무장을 해제하는 내 안식의 공원. 나는 가끔 "망자의 혀가 거리에 흘러넘"치는(「입 속의 검은 잎」) 서울의 두렵고 지겹고 힘겨운 사업살이에서 도망쳐 호수로 피난 온다. 그러고는 하릴없이 물가에 앉아 이따금 불어오는 바람소리에 귀기울이고 노을에 비낀 붉은 구름 떼와 푸른 호수 물결과 무성한 나뭇잎들이 어울리는 고즈넉한 저녁 풍경 속에 잠기곤 한다. 노을이 지면, 사치와 환락을 뽐내는 공원 앞 빌딩들의 이마엔 저마다 형형색색의 현란한 네온 불빛들이 켜지는 것인데, 그 번들대는 욕망의 빛들은 저 자신을 주체 못해 쉼 없이 호수 속으로 무자맥질한다. 인적이 뜸해진 밤이 오면, 풀벌레 소리 소소한 호숫가엔 낯선 가난한 혼령들의 허덕임 소리 조금씩 들려오고, 나는 한밤의 호숫가에서 "저 공중의 욕망은 어둠을 지치도록 내버려두지 않고 종교는 아직도 지상에서 헤"매(「포도밭 묘지 2」)고 있음을 본다.

뭇인간은 낭만적 몽환쯤으로 치부할 테지만, 밤의 호수는 자기 안에 잠긴 환락과 탐욕의 네온 빛에 이내 "검고 투명한 물의 날개"(「이 겨울의 어두운 창문」)를 달아놓는 찰나를 나는 볼 수 있다. 인간의 문명은 밤의 호수에 화려한 네온 빛 욕망을 뿜어대지만, 호수는 욕망의 겨드랑이에 밤의 '검고 투명한' 날개를 달아주어 네온 빛이 마침내 정화의 물빛으로 승화되는 신비로운 광경. 하여, "묻지 말라, 이곳에서 너희가 완전히 불행해질 수 없는 이유는 神이 우리에게 괴로워할 권리를 스스로 사들이는 법을 아름다움이라 가르쳤기 때문이다. 밤은 그렇게 왔다"(「포도밭 묘지 2」). 한밤중의 호수는 신들의 훈계가 있는 물의 사원. 지칠 줄 모르던 내 욕망은 물의 사도인양 밤의 호수 앞에서 무릎 꿇고 고개 숙인다. "그때 내 마음은 너무나 많은 공장을 세웠으니/어리석게도 그토록 기록할 것이 많았구나/구름 밑을 천천히 쏘다니는 개처럼/지칠 줄 모르고 공중에서 머뭇거렸구나"(「질투는 나의 힘」). 한낮의 구름 밑을 쏘다니던 내 헛되이 끓어오르던 네온 빛 욕망은 한밤의 호수에 도착하여 뉘우치고 비로소 평안에 이른다.

  가끔 밤의 호수에서 너무 이른 나이에 자연의 속내를 알아챈 한 예민한 요절 시인의 시혼과 마주친다. 그가 남긴 단 한 권의 시집(『입 속의 검은 잎』, 문학과지성사, 1989)은 온통 차가운 물기로 젖어 있다. 그의 시의 뿌리를 이루는 가난하고 어두운 유년조차 눈과 비와 안개와 고드름으로 추억된다. 물의 시인 기형도. 물은 시인의 어두운 의식 깊은 곳에서 은밀히 흐르던 무의식의 원형이다. 「위험한 家系·1969」에서 '사업에 실패하고 풍병에 든 아버지'와 행상으로 집안을 꾸려가는 어머니 그리고 "몸에서 석유 냄새가" 나는 여공 누나의 신산스러운 삶이 서술되고 있지만, 그 절망감의 "빙판 밑으로는 푸른 물이 흐르는 게 보였다"(「위험한 家系·1969」)고 시인은 회상한다. 또, 어두운 빈방에 홀로 남겨진 열 살배기 동심이 자꾸만 눈에 밟히는 슬픈 시, 「엄마 걱정」에선, 행상에서

돌아오는 엄마 발소리를 귀 기울이며 기다리면서 어린 '나'는 "금간 창
틈으로 고요히 빗소리"를 듣는다.

> 열무 삼십 단을 이고
>
> 시장에 간 우리 엄마
>
> 안 오시네, 해는 시든 지 오래
>
> 나는 찬밥처럼 방에 담겨
>
> 아무리 천천히 숙제를 해도
>
> 엄마 안 오시네, 배춧잎 같은 발소리 타박타박
>
> 안 들리네, 어둡고 무서워
>
> 금간 창 틈으로 고요히 빗소리
>
> 빈방에 혼자 엎드려 훌쩍거리던
>
> ─「엄마 걱정」 부분

　어린 시절 "찬밥처럼 방에 담"긴 '빈방'의 외로움과 배고픔. 배추 행
상을 나가신 "배춧잎 같"이 위태로운 엄마 걱정. 그러나 유년을 가두고
있던 '빈집'과 '빈방'의 어둡고 목마른 사랑의 기억은 성년이 되어서도
시인의 의식에 들러붙어 있다. 그래서 여전히 시인은 목마른 사랑의 비
가悲歌를 부를 수밖에 없다. 그 사랑의 비가의 시 의식은, "사랑을 잃고
나는 쓰네"(「빈집」)라는 시적 명제로 간략히 표현된다. 그렇다면 '빈집
에 갇힌 가엾은 내 사랑'(「빈집」)의 고통은 어떻게 극복될 수 있겠는가?
그 '빈집'의 기억에서 도망치거나 그 빈방의 기억을 지우거나 아니면
다른 새로운 사랑을 찾아서? 시인은 어디에서도 답을 찾지 못한다. "두
려움이 나의 속성이며/미래가 나의 과거이므로"(「오래된 書籍」). 그러나

이 절망 의식 속에서도 시인은 유년의 "금간 창 틈으로 고요히 빗소리"
를 듣고 있다! '고요히'와 '빗소리' 간의 모순-역설적 표현 속에서 '비'
는 현실적 물질성을 초월한 시적 자아의 심연의 존재임을 엿보게 한다.
이 심연에서 들려오는 빗소리 속에 기형도 시의 신비와 희망의 생명력
이 들어 있다. 무의식의 원형으로서의 물[빗소리]이 출구 없는 절망감과
유폐된 사랑의 자의식 속에다 생명의 싹을 틔우는 것. 곰곰이 생각해보
라, 행상 나간 엄마를 기다리는 어두운 빈방, 엄습하는 두려움과 배고
픔을 달래주는, "금간 창 틈"으로 스며드는 빗소리를! 그리고 엄마를 기
다리며 고요한 빗소리에 몰입하던 유년의 어느 날처럼, 빈방의 창문에
걸린 구름을 관찰하고 빈집의 처마에 걸린 고드름을 골똘히 사색하는
시인의 내면을.

> 내 생 뒤에도 남아 있을 망가진 꿈들, 환멸의 구름들, 그 불안한 발자국
> 소리에 괴로워할 나의 죽음들.//오오, 모순이여, 오르기 위하여 떨어지는
> 그대. 어느 영혼이기에 이 밤 새이도록 끝없는 기다림의 직립으로 매달린
> 꿈의 뼈가 되어 있는가. 곧이어 몹쓸 어둠 걷히면 떠날 것이냐. 한때 너를 이
> 루었던 검고 투명한 물의 날개로 떠오르려는가. 나 또한 얼마만큼 오래 냉
> 각된 꿈속을 뒤척여야 진실로 즐거운 액체가 되어 내 생을 적실 것인가. 공
> 중에는 빛나는 달의 귀 하나 걸려 고요히 세상을 엿듣고 있다. 오오, 네 어
> 찌 죽음을 비웃을 것이냐 삶을 버려둘 것이냐, 너 사나운 영혼이여! 고드름
> 이여.

—「이 겨울의 어두운 창문」 부분

'환멸의 구름'에 의해 '나의 죽음은 괴로워할' 것이라는 시인은 엄동

의 겨울 "밤 새이도록 끝없는 기다림의 직립으로 매달린 꿈의 뼈가 되어 있는" 고드름을 보며 "몹쓸 어둠 걷히면" "한때 너를 이루었던 검고 투명한 물의 날개로 떠오르려는가"라고 영탄한다. 추운 밤을 견디며 지새운 "꿈의 뼈"인 고드름은 한겨울 빈방의 삭막과 혹독을 비유하지만, 고드름으로 인해 그 빈방은 이미 어둡고 삭막한 빈방에 머물지 않고 부드럽게 순환하는 물의 생명력이 동거하는 '물의 빈방'이 된다. 왜냐하면, 빈집의 처마 끝에서 "오르기 위하여 떨어지는" "모순"의 고드름은 생명력의 유예를 상징하면서도 동시에 기형도 시의 절망적인 유폐 의식과 불모의 세계관 속으로 성모聖母의 젖처럼 조금씩 흘러드는 물의 생명력을 상징하기 때문이다. 그 물은 온전한 물이라기보다 구름이나 안개, 고드름, 가랑비, 진눈깨비와 같은 모순의 삶을 사는 가녀리고 불안정한 물이지만, 비록 모순의 물일지라도, 아니 바로 모순의 물이기 때문에, 그 물의 세계관은 세계를 불모不毛로 인식한 시인이 택할 수 있는 거의 유일한 생의 방안이 된다. 구름처럼 눈처럼 고드름처럼 사라지고 소멸하는 불안한 물의 삶. 그리하여 시인은 자신의 물의 상상력을 '부재 속에서 싹트는 믿음'(「포도밭 묘지 2」) "텅 빈 희망"(「먼지투성이의 푸른 종이」)이라고 적는다. "물들은 소리없이 흐르다 굳고/어디선가 굶주린 구름들은 몰려오"는(「길 위에서 중얼거리다」) 불길하고 불안한 물일지라도 생명의 원천인 물의 상상력에 의해 어둡고 삭막한 유년의 빈방과 빈집에 새로운 사랑의 씨가 뿌려지고 비로소 싹을 틔울 수 있게 된 것이다.

가난한 아버지, 왜 항상 물그림만 그리셨을까? 낡은 커튼을 열면 양철 추녀 밑 저벅저벅 걸어오다 불현듯 멎는 눈의 발, 수염투성이 투명한 사십. 가

난한 아버지, 왜 항상 물그림만 그리셨을까? 그림 밖으로 나올 때마다 나는
물 묻은 손을 들어 눈부신 겨울 햇살을 차마 만지지 못하였다. (…)

아버지, 불쌍한 내 장난감
내가 그린, 물그림 아버지

—「너무 큰 등받이의자─겨울 版畫 7」부분

그 유년의 궁핍과 불안의 기억들은 타락한 세상에 대한 공포와 경악,
절망, 고독 같은 것들의 수상하면서도 복합적인 이미지와 상징들과 뒤
섞여 마치 뭉게구름 피어오르듯 변주된다. 그러나 그의 시의 진면목은
유년의 가난과 슬픔과 불행 또는 어른이 되어서 갖게 된 세상에 대한 공
포와 부정, 절망하는 실존 자체에 있지 않다. 기형도 시에 숨어 있는 희
귀한 금맥의 원천은 그 불안과 절망과 공포 심리의 근원에 흐르거나 부
유하고 있는, 물의 상상력 혹은 물 자체에서 발원하는 사랑의 상상력
에 있다. 물의 생리는 여러 이미지로 응결되고 동시에 풀어지며, 새로
운 이미지로 변용된다. 물, 가랑비, 장맛비, 고드름, 진눈깨비, 구름, 안
개, 물그림, 풀잎, 숲…… 그 물의 이미지들은 서로 흐르고 사라지면서
생명을 나누는 사랑의 상상력을 보여준다. '우주 자연의 상상력'이라고
도 부를 수 있는 그 물의 상상력은, 위에서 보듯, "아버지, 불쌍한 내 장
난감/내가 그린, 물그림 아버지"란 시구에도 고스란히 담겨 있다. 유년
의 배고프고 외로웠던 '빈방' 이미지가 깊숙이 감추어진 이 시구에서,
시인은 "물그림만 그리셨"던 아버지를 따라 다시 물그림을 그림으로써
불행했던 유년과 화해를 이루고, 시인과 돌아가신 아버지 사이의 거리
는 지워지며, 나아가 절망과 희망의 거리도 서서히 지워지는 것이다. 그

유년의 불행한 아버지는 거듭하여 물 이미지에 의해 상징되고 있는데, 그 물의 상징은 아버지의 죽음에 자연의 삶을 부여하는 주술적 상상력에 연결되어 있다. 시인은 "밤 도시의 환한 빌딩"의 창문에 퍼붓는 장맛비를 보면서 죽은 아버지의 혼과 다시 마주한다.

> 장마비, 아버지 얼굴 떠내려오신다
> 유리창에 잠시 붙어 입을 벌린다
> 나는 헛것을 살았다, 살아서 헛것이었다
> 우수수 아버지 지워진다, 빗줄기와 몸을 바꾼다
>
> —「물 속의 사막」 부분

창을 두들기는 빗줄기와 빗소리 위로 아버지의 얼굴과 함께 "나는 헛것을 살았다, 살아서 헛것이었다"는 아버지의 음성이 오버랩된다. 이 망자의 목소리 앞에서 이윽고 시인은 경악하여 "미친 듯이 소리친다, 빌딩 속은 악몽조차 젖지 못한다/물들은 집을 버렸다! 내 눈 속에는 물들이 살지 않는다." "밤 도시의 환한 빌딩" 속은 "악몽조차 젖지 못한다." 도시의 화려한 욕망은 죽음조차 죽음으로 돌아가지 못하게 한다. 도시의 내 삶은 "내 눈 속에는 물들이 살지 않는" 메마른 주검의 삶이라고 시인은 말한다. "나는 더듬거린다, 그는 죽은 사람이다"(「입 속의 검은 잎」). 그러나 물에 의해 죽은 아버지는 환생한다. 죽은 아버지가 장맛비와 함께 나타나는 것은 죽음에 새싹을 돋게 하는 매개가 바로 물이기 때문이다. 그래서 죽은 아버지는 늘 물과 함께 회상된다. 그러나 기형도 시에서 영적 매개로서의 물은 스스로 삶을 살고 주체적으로 변용變容하는 물이다. 다시 말하지만, 그의 시에서 물은 생명의 주체로서의 안개, 비, 구름, 고드름 등 살아 움직이고 순환하며 흐르는 이미지로 끊임없이 변주되어 등장한다. 구름은 "매우 조심스럽게 관찰해야" 하는 객체이면서 동시에 "저 홀로 없어지는"(「죽은 구름」) 주체이다. 곧 물은 객체로만 국한되지 않고 주-객이 함께하는 수많은 그물망의 시선 속에서 물의 상상력은 발휘된다. 기형도의 물의 상상력은 물을 생명의 근원적 주체로서 파악하고 물 자체의 눈길과 생리를 시와 한 몸으로 일치시킨 데에서 나온다. 그리고 이때 "공중에는 빛나는 달의 귀 하나 걸려 고요히 세상을 엿듣고 있다"(「이 겨울의 어두운 창문」)는 시구가 나오게 되며, 그 낭만적 은유는 물의 세계관의 자연스러운 표현이다.

다시, 밤의 호수공원. 호수면에 어지러이 산란하는 네온 빛 욕망들은 물의 사제들에게서 세례洗禮를 받고 있다. 그리고 화사한 네온 불빛들이 서늘한 바람의 안내를 받으며 컴컴한 호수에 들어 탐욕의 불빛이 마침 물빛의 불빛으로 정화되는 순간, 고요하던 호수는 알 수 없는 소리들로 수런대기 시작한다. 환청인가, 호수는 일렁이는 네온 불빛의 군무 속에서 순간 '소리의 뼈'를 곧추세우는 것이다. 그것은 현란한 네온 불빛들이 호수에 몸을 담그는 세례 소리. 내가 지켜본 '밤 호수에서의 네온 불빛들의 신기한 세례 소리'에 대해 기형도는 이렇게 비유적으로 썼다.

테이블 위에, 명함꽂이, 만년필, 재떨이 등 모든 형체를 갖춘 것들마다 제각기 엷은 그늘이 바싹 붙어 있는 게 보였고 무심결 나는 의자 뒤로 고개를 꺾었다. 아주 작았지만 이번에도 나는 그 소리를 들었다 (…) 그가 조금 전까지 서 있던 자리에는 무엇인지 알 수 없는 희미한 빛깔이 조금 고여 있었다. '아무도 없을 때는 발소리만 유난히 크게 들리는 법이죠' 스위치를 내릴 때

무슨 소리가 들렸다. 내 가슴 알 수 없는 곳에서 무엇인가 툭 끊어지는 소리
가 들렸다. 아주 익숙한 그 소리는 분명히 내게 들렸다

—「소리 1」 부분

신비한 소리 체험을 담고 있는 이 시는 소리를 빛깔 혹은 형상과 한
몸으로 인식하려는 시인의 예민한 시 감각을 잘 보여준다. 시인은 다른
시에서 "아주 익숙한 그 소리는" "나에게는 낡은 악기" 소리이자 "어둡
고 텅 빈 희망 속으로 걸어 들어"가게 하는 소리라고 썼다(「먼지투성이의
푸른 종이」). 또한, 그 오래된("낡은") 소리가 텅 빈 희망일 수 있고 "소리
나는 것만이 아름다울" 수 있는 까닭은, 마치 물의 생리가 그러하듯이,
"소리만이 새로운 것이니까 쉽게 죽으니까./소리만이 변화를 신고 다
니니까"(「종이달」)라고도 썼다.

그렇다면, 볼 수 있는 소리란 무엇인가? 그 빛의 소리는 혹은 소리의
빛은 흔히 말하듯 '공감각'의 관음觀音인가? 시인은 이런 시구도 남겼
다. "김교수님이 새로운 학설을 발표했다/소리에도 뼈가 있다는 것이
다"(「소리의 뼈」). 소리의 뼈를 볼 수 있는 그는 소리를 형상으로 볼 수 있
는, 곧 관음하는 자이다. 불가에서 관음은 세속의 뭇중생들의 뭇소리들
을 듣고 보고 그들을 고통의 나락에서 구제하는 대승적 보살. 관음은 생
명의 비밀을 알고 있다. 죽음과 신음의 폐허를 적시며 생기를 불어넣는
생명의 물과 빛과 소리를. 시인의 표현으로 바꾸면, "믿음은 不在 속에
서 싹트고 다시 그 믿음은 부재의 씨방 속으로 돌아가 영원히 쉴"(「포도
밭 묘지 2」) 비밀. 어두운 물속에서 연꽃처럼 화생化生하는 물의 사제를
관음이라 부른다면 물은 죽음과 폐허를 삶과 영허盈虛로 이어주는 관음
의 다른 이름일 것이다. 그러니, 물을 통해 관음을 고뇌하는 시인이 타

락이 정화의 씨앗이 되고 폐허가 탄생의 씨앗이 되며 부재가 존재의 씨앗이 되는 "부재의 씨방"인 물과 구름을 어찌 깊이 관찰하고 사색하지 않겠는가? 그렇듯, 죽음의 네온 불빛을 생명의 물빛으로 정화하는 이 밤의 호수를 시인은 '신비로운 성'으로 비유한다.

저녁노을이 지면
神들의 商店엔 하나둘 불이 켜지고
농부들은 작은 당나귀들과 함께
城안으로 사라지는 것이었다
성벽은 울창한 숲으로 된 것이어서
누구나 寺院을 통과하는 구름 혹은
조용한 공기들이 되지 않으면
한걸음도 들어갈 수 없는 아름답고
신비로운 그 城

어느 골동품 商人이 그 숲을 찾아와
몇 개 큰 나무들을 잘라내고 들어갔다
그곳에는…… 아무것도 없었다, 그가 본 것은
쓰러진 나무들 뿐, 잠시 후
그는 그 공터를 떠났다

농부들은 아직도 그 평화로운 城에 살고 있다
물론 그 작은 당나귀들 역시

—「숲으로 된 성벽」 전문

458

"노을이 지면/神들의 商店엔 하나둘 불이 켜지고/농부들은 작은 당나귀들과 함께/城안으로 사라지는" 신화적 장면은 단순히 진실에 반하는 환상이나 심리적 능력으로서의 상상력에서 나온 것이 아니다. 자기 감각과 지식의 확인 외엔 보지 못하고 듣지 못하고 알지 못하는 이들은 "숲으로 된 성벽" 안쪽의 세계를 가짜의 세계로 외면하거나 비난할 것이다. 합리주의자들이 할 수 있는 일이란 고작 "골동품 商人"처럼 값나가는 골동품들을 구하기 위해 "神들의 商店"이 있는 그 성을 찾아 헤맬 뿐이다. "몇 개 큰 나무들을 잘라내고 들어"가더라도 거기에서 그들은 "신비로운 그 城"을 볼 수 없다고 시인은 썼다. 그 까닭은 "성벽은 울창한 숲으로 된 것이어서/누구나 寺院을 통과하는 구름 혹은/조용한 공기들이 되지 않으면/한걸음도 들어갈 수 없는 아름답고/신비로운 그 城"이기 때문. 그런데, 그 성에 가기 위해서 필수적인 "寺院을 통과하는 구름 혹은/조용한 공기"가 된다는 것은 무엇을 뜻하는가?

물. '사원을 통과하는' 경건한 구름과 공기를 낳고 키우는 것은 우주의 섭리인 깨끗한 물이다. 그러므로 "아름답고/신비로운 그 城"은 다름 아닌 물의 섭리가 지배하는 나라이며, 물의 상상력에 의해 그 신비의 성은 "공중에는 빛나는 달의 귀 하나 걸려 고요히 세상을 엿듣고 있"(「이 겨울의 어두운 창문」)는 인간-우주 만물이 서로를 보고 듣는 온 생명의 왕국이 되는 것이다.

그처럼 물의 섭리에 감응한 시인의 눈은 이 끔찍한 불모의 현실 속에서 중생의 고통 소리를 '바라보는' "모든 풍요의 아버지인 구름"(「집시의 詩集」)의 눈으로 홀연 변할 수 있게 된다. "어쨌든 구름들이란 매우 조심스럽게 관찰해야 한다"(「죽은 구름」)고 쓰고 나서, 시인의 눈은 자연스럽게 구름의 눈으로, 주-객이 서로 자연 순환하듯, 바뀌는 것이다.

구름으로 가득 찬 더러운 창문 밑에

한 사내가 쓰러져 있다, 마룻바닥 위에

그의 손은 장난감처럼 뒤집혀져 있다

이런 기회가 오기를 기다려온 것처럼

비닐백의 입구같이 입을 벌린 저 죽음

감정이 없는 저 몇 가지 음식들도

마지막까지 사내의 혀를 괴롭혔을 것이다

이제는 힘과 털이 빠진 개 한 마리가 접시를 노린다

죽은 사내가 살았을 때, 나는 그를 몇 번인가 본 적이 있다

그를 사람들은 미치광이라고 했다, 술과 침이 가득 묻은 저

엎어진 망토를 향해, 백동전을 던진 적도 있다

아무도 모른다, 오직 자신만이 홀로 즐겼을 생각

끝끝내 들키지 않았을 은밀한 성욕과 슬픔

어느 한때 분명 쓸모가 있었을 저 어깨의 근육

그러나 우울하고 추악한 맨발 따위는

동정심 많은 부인들을 위한 선물이었으리

어쨌든 구름들이란 매우 조심스럽게 관찰해야 한다

미치광이, 이젠 빗방울조차 두려워 않을 죽은 사내

자신감을 얻은 늙은 개는 접시를 엎지르고

마루 위엔 사람의 손을 닮은 흉측한 얼룩이 생기는 동안

두 명의 경관이 들어와 느릿느릿 대화를 나눈다

어느 고장이건 한두 개쯤 이런 빈집이 있더군,

이따위 미치광이들이 어떻게 알고 찾아와 죽어갈까

더 이상 흥미를 갖지 않는 늙은 개도 측은하지만

아무도 모른다, 저 홀로 없어진 구름은

처음부터 창문의 것이 아니었으니

—「죽은 구름」 전문

　'외딴 집 더러운 창문에 가득 찬 구름들'은 한 미친 비렁뱅이의 주검
과 두 경관이 나누는 소리를 창문을 통해 보고 듣는다. 구름은 창문을
통해 가난한 미치광이 주검을 관음하고는 이내 그 창문에서 "저 홀로
없어진"다. 그러나 관음하는 구름은 우주 자연의 원리를 상징하면서도,
'죽은 구름'이란 시 제목이 암시하듯, 인간 세상의 죄악으로 인해 '죽
을' 수밖에 없는 구름-하늘을 상징한다. (그 '죽은 구름'의 상징의 그늘에는
나사렛 예수의 이미지가 어른거린다.) 이 이중적 상징-이미지들인 "저 홀로
없어진 구름"(관음하는 구름)-'죽은 구름'의 합일과 모순의 상호 순환으
로 인해, 구름은 외딴 집에서 죽은 한 사회적 약자와 의미론적 동격이
되며, 그 생사生死를 순환하는 구름의 역설로 인해, 한 소외자의 죽음은
그 자체로 우주적 차원의 죽음이 된다. 시인은 한 쓸쓸한 사회적 소외자
의 죽음에서 우주 자연의 섭리 곧 신神적인 것이 "저 홀로 없어진" 시대
를 성찰하고 있는 것이다. 이러한 시인의 사회적-우주적 성찰에 의해,
'죽은 구름'이라는 역설의 구름은 다름 아닌 시적 자아가 투사投射된 구
름이기도 하며, 결국 '저 홀로 없어진-죽은 구름'은 시인의 시인론의
상징이기도 한 것이다. 기형도에게 시인이란 폐허와 죽음 속에 깃든 우
주 자연의 숨결을 찾아가는 존재였던 것이다.

　기형도 시의 묘미는 구름이 관음하듯이 사회와 인생에 관한 모든 시적
서술에 자연의 비유가 깊이 개입되어 있으며 그 시적 비유들은 대개 우

구름의 觀音　461

주 자연의 순환 원리와 서로 깊이 상응한다는 점에서 찾아진다. 시인은 돌아가기 불과 몇 개월 전 다음과 같이 의미심장한 '詩作 메모'를 남겼다.

> 나는 한동안 무책임한 자연의 비유를 경계하느라 거리에서 시를 만들었
> 다. 거리의 상상력은 고통이었고 나는 그 고통을 사랑하였다. 그러나 가장
> 위대한 잠언이 자연 속에 있음을 지금도 나는 믿는다. 그러한 믿음이 언젠
> 가 나를 부를 것이다.
>
> 나는 따라갈 준비가 되어 있다. 눈이 쏟아질 듯하다.

─「詩作 메모」 부분 (1988. 11)

"자연 속에 있"는 "가장 위대한 잠언"들 가운데 하나인 관음觀音이란 '소리의 뼈'를 본다는 말과 같고 소리의 뼈를 본다는 말은 '입 속의 검은 잎'을 본다는 말과 같다. 시인이란 그런 존재이다! 시인은 중생들의 입 속에 '검은 잎'이 악착같이 달라붙어 있음을 본다. 그 모습은 기이하고 무서우며, 가엾고 애처롭다. 불모의 인생에 겨우 매달린 녹색 이파리. 시인은 오늘날 인간들의 말과 죽은 생을 '검은 잎'이라는 모순 어법으로 표현한 바 있지만, 훗날 여기에 덧붙여서, 그 애처로운 검은 잎의 생을 "나는 따라갈 준비가 되어 있다. 눈이 쏟아질 듯하다"라고 썼다. 절망적인 현실에서, 아니 차라리 절망적이기 때문에, 시인은 "내 입 속에 악착같이 매달린 검은 잎"에는 '텅 빈 희망'의 물기가 여전히 흐르고 있음을 보고 듣고 느낀다. 그래서 시인의 의식과 의지와 열망은 자연스레 구름 자체의 생명력으로 이어진 것이다.

구름의 관음은 굳이 어떤 종교적인 믿음에서 나온 것이라고 할 수 없

다. 관음의 시 의식은 일체 생명들의 죽음과 고통의 소리를 귀담아 듣고 보고 세속의 생령들을 감화하려는 종교적 의미를 얼마간 지니고 있지만, 오히려, 생령들의 고통을 우주의 고통으로 절감하고 체험한 시인의 마음에서 나온다고 할 수 있다. 비유컨대, 바다가 감복한 심청의 마음이라고 할까? 소경 아비의 눈을 뜨게 하려 인당수에 몸을 던졌으나 감복한 옥황상제가 용왕에게 일러 연꽃 위에서 환생케 한 효녀 심청의 지극한 마음이 마침내 심봉사의 눈을 뜨게 한 것처럼. 캄캄한 바다의 연꽃에서 자비의 수월관음水月觀音이 화생化生하듯, 아, 절망과 불모를 몸소 살아야 했던 한 젊은 시인의 생명에 대한 극진함이 구름의 관음을 가능케 했던 것이니.

여기, 바람 부는 호수에 홀로 앉아 향가 한 자락 빌어 형도 시인의 시넋을 달래고자 한다.

죽사리 길이

예 있음에 무서워

나는 갑니다 말조차 다

이르지 못하고 갔느냐

어느 가을 이른 바람에

여기저기 떨어지는 잎처럼

한 가지에 나고서도

가는 곳을 알 수 없구나

아아 미타찰에서 만날 것을 믿고서

그저 마음 닦고 기드리고다

[『정거장에서의 충고』, 2009. 3]

엄니의 시[1]
중호야 녹두꽃이 폈어야

1.

시인 윤중호가 우리 곁을 떠난 지 이태가 지났습니다. 나 스스로를 돌아볼 시간도 갖기 힘든만큼 늘 쫓겨다니는 생활입니다만, 얼마 전 충청도 영동 토박이 시인 양문규 군의 전화를 받고서야 비로소 나는 제 친구인 시인 윤중호가 세상을 떠난지 벌써 두 해가 지났음을 떠올렸습니다. 제가 참 무심한 사람입니다.

시인으로서의 윤중호 이전에 친구로서의 윤중호에 대해 몇 가지 기억을 가지고 있습니다. 사실 나로선 윤중호와는 '친구'라고 부르기엔 무언가 어색한 구석이 있습니다. 그의 생전에 썩 자주 만나 속 얘기를 나누는 관계도 못됐고, 그렇다고 수시로 연락하는 사이도 아니었습니다. 하여, 그가 떠난 지 2주기를 기념하여, 그의 고향 영동에서 열리는 그의 추모 문학제에서 내가 그의 삶과 문학에 대해 무슨 말을 할 수 있

---

1) 이 글은 2006년 8월 12일 고 윤중호 시인의 고향인 충북 영동군의 영동문화원에서 가진 시인 윤중호 2주기 추모 문학 강연록이다.

는 것인지, 또 주제 넘는 짓을 하는 것은 아닌지, 이런저런 생각 끝에 윤중호 시에 대해 말하기로 한 약속을 취소하려는 생각을 가졌던 것도 사실입니다. 허나, 옷깃을 스쳐도 인연이라고 한다면, 나와 윤중호는 깊은 인연이겠지요.

시인 윤중호와 각별한 교우가 있었던 것은 아니지만, 그와 관련하여 흑백 스틸 사진처럼 몇 가지 기억되는 장면이 있습니다. 재미삼아, 그중 두 개를 소개해 드리지요. 우선 그와의 첫 만남의 장면입니다. 윤중호와 첫 대면하던 순간의 기억은 희미합니다만, 그의 첫인상은 전투경찰복을 입고 있던 20대 초반의 새파란 모습입니다. 젊은 윤중호는 군 복무를 대신하여 '전투경찰'에 입대하였고 당시 충청도의 부여경찰서에서 근무하던 시절이었습니다. 그때, 또 다른 친구인 송재면(작고 시인)을 면회 갔다가 마침 그 친구와 그곳에서 함께 복무하던 윤중호와 우연히 마주치게 된 것입니다. 그때가 아마 1977년 초가을이었던가……. 그때 제 기억으로 '전투경찰' 윤중호는 부여경찰서 정문 옆에 있던 조그만 면회실에서 『창작과비평』지를 들고 있었던 듯합니다. 기억이 가물거리지만, 나는 그때 정확히 무슨 까닭에선지 모르나 전투경찰들을 다소간 간 쓸개 빼 놓은 놈들이라고 여기고 있더랬습니다. 아마도 그땐 반공방첩反共防諜을 국시國是인양 내세워 박정희 정권이 공포정치를 할 때였고, 당시로선 상대적으로 선택받은 자들이었던 대학생들만이 지원할 수 있었던 '전투경찰' 제도에 대해, 또 반공방첩 활동보다는 대학생들의 데모를 진압하는 데에 동원되었던 전투경찰 제도에 대해 나는 얼마간 반감을 지니고 있던 때였습니다. 그러나 그것은 어디까지나 젊은 날의 내가 품을 수 있었던 전투경찰 제도에 대한 반감이었고, 나는 전투경찰로 복무하던 친구 송재면을 면회갔다가 '불운하게도' '전투경찰 윤중호'라는, 괴이쩍기 짝이 없는 한 인간과 처음으로 대면하게 된 것입니다. 아직 군에 입대하기 전이었던 나로선, 군대생활이나 전투경찰의 생활에 대해 아는 바 별로 없었기에, 당시에 윤중호가 『창작과비평』지를 들고 있는 뜻밖의 모습을 보고 무심결에 "문학지도 다 읽고 전경 참 좋네!"라고 말했던 듯합니다. 물론 아무런 의도 없이 던진 말이지만, 그 후 두고두고 윤중호는 내가 말한 이 한마디를 지 맘대로 해석하여 "사람을 우습게 생각마라." "너만 잘났냐?" "덜 된 놈이다." "인간이 되려면 멀었다." "언제 인간될래?" "너만 문학하냐." "문학이 별거냐?" 등 끝없이 물고 늘어져, 그 후 약 사반세기 동안, 내 첫인상에 대해 아주 거만하고 '전투적인(폭력적인) 인간형'으로 낙인(?) 찍은 것은 물론이거니와, 내 인간성조차 돼먹지 못한 놈, 돼먹은 놈이 되려면 한참을 가야 할 놈으로 틈나는 대로 구박하곤 했습니다. 윤중호는 내가 자기를 깐봤다는 얘기, 따라서 나는 본디 남을 깐보는 놈이라는 얘기였습니다. 참으로 불운하고 순탄치 않은 앞날을 예고하는 첫 만남이었습니다. 부여경찰서 면회실에서 무심코 던진 한마디가 두고두고 반복되고 지긋지긋하게 내 귓전을 맴돌 줄은 꿈에도 몰랐던 것입니다.

또 다른 추억담이 있습니다. 대전大田 은행동 뒷골목엔 윤중호가 자주 가던 단골 막걸리 집이 있었습니다. 그때 나는 군대에서 제대하고 무슨 인연에서인지, 『삶의 문학』이라는 잡지의 편집장을 맡고 있던 시절이었는데, 어느 날 오후 윤중호와 시 쓰면서 소설도 겸업하는 강병철, 시 하나만 쓰는 황재학 등과 낮술을 마시는 중, 그때 화두가 무엇이었는지 기억이 잘 안 나지만, 시인 윤중호가 맘씨 고운, 시하고 소설을 겸업하는 강병철을 앞에 앉혀두고는 무언가 미주알고주알 따지다가 큰소리로 혼내다가 하며 시어머니가 며느리 구박하듯 하는 것이었습니다. 몇 시간이 흐르고 난 저녁 무렵이 되어 무언지 둘 사이에 해결해야 할 심각한 문제가 있는가보다 생각하고 나는 혼자 술자리를 떠나 귀가했다가 그다음 날 우연히 오후에 그 술집에 다시 들르게 됐습니다. 어처구니없게도 그 술자리에서 전날과 똑같은 목소리와 말투로 시인 윤중호는 시 소설 겸업자인 착한 강병철을 자신의 앞자리에 앉혀 놓고 무언가 구시렁거리며 가끔 언성 높이다가 막걸리 잔을 비우다가, 또 혼내다가, 또 미주알고주알 하다가, 다시 앙앙불락하는 모습을 하고 있었는데, 그 시 소설 겸업자는 이윽고 소리 죽여 울기까지 하는 것이었습니다. 알고 보니, 술집 문을 닫고 난 심야에 인근 여관으로 자리를 옮겨 거의 밤새 둘이 말씨름을 하다가(사실 겸업자는 일방적으로 혼나고 있었지만) 점심 무렵에 다시 이동하여 따지고 또 따지다가 화내고 화내다가 마시고 마시다가……, 했던 것입니다. 나는 궁금해졌습니다. '도시 병철이가 무슨 큰 일을 저질렀길래 저렇게 연이틀 동안이나 중호는 엄청난 사고를 친 애 혼내듯이 욕보이고 있나?' 그래서 가만히 옆에서 윤중호와 겸업자 둘 사이의 대화 내용에 귀 기울여봤습니다. 들어보니, 이를 테면, 당시 문학 동인회였던 『삶의 문학』에서 충청도 서산 간척지로 집단창작을 하러 가게 되었는데, 윤중호 왈, "왜 집단창작이냐?" "니놈은 왜 그런데 신경쓰냐?" "니놈은 갈 놈이 못된다." "집단창작하는 것을 무슨 큰일 하는 것으로 생각지 마라." "넌 그냥 혼자서 글을 써야 할 놈이다." "니 문학이나 잘해라." "그렇게 문학하는 폼을 잡는 게 아니다." 혹은, "니놈은 내가 별로 안 좋아하는 그 놈의 어디가 좋아서 그 놈에게 우호적이냐?" "네가 지금 말한 그 우호적이란 뜻을 아느냐?" "그게 아니다. 넌 아직 멀었다." "우호적이라는 말은 이러저러하다." "그게 아니라니깐?" "그렇게도 못 알아 듣냐?" "그런 이유가 말이나 되냐?" "너는 소갈머리 읊는 놈이다." "넌 문제가 많은 놈이다." "깃발 날리려고 문학하지 마라"……따위의 무슨 유별난 사연도 없는 그저 그렇고 그런 내용들이었습니다. 한없이 시시콜콜하고 하품만 쏟아질 그렇고 그런 내용을 쇠심줄보다 질긴 입심으로 애꿎은 막걸리 통만 옆에 쌓아가면서 끈질기게 구시렁대며 시인 소설가 겸업의 강병철을 연이틀간 구박하고 있었던 것이었습니다.

이 빛 바랜 낡은 스틸 사진들이 내가 가끔씩 기억하는 친구 윤중호에 관한 모습입니다. 웃음만 너털너털 비어져 나오는 이러한 추억의 장면들은, 그러나 내가 윤중호의 시를 읽을 때, 삶과 시의 관계에 대해 많은 생각과 함께 깊은 성찰을 하게 해줍니다. 곁가지 말이 길어졌습니다만, 하여튼 시인 윤중호를 통해 한 가지 배운 바가 있습니다. 시는 점잖고 고상한 성품이나 많이 배운다는 것과는 별 상관이 없다는 것. 삶을 깊이 살았다면, 천한 광대나 시골장터의 신기료장수도 시인이 될 수 있다는 것.

어쨌든 전자의 추억은 시인 윤중호가 사람과의 관계 맺기에 있어서 꽤 보수적이었고 (자기 성질이나 스타일에 맞는지 여부에 있어서) 까다롭고, 때론 상당히 배타적이었음을 엿보게 합니다. 아울러 후자의 추억에서는, 그가 섬세한 심성의 소유자일 뿐 아니라, 한번 인간관계를 맺으면 아주 깊이 상대의 삶의 세세한 부분까지 신경을 쓰는 속정이 깊은 인간성의 소유자임을 엿보게 합니다. 그의 친구이자 문우인 강병철의 사소한 삶에 까지 그냥 지나치지 않고 끄집어내어 세세하게 악악거리며 따지던 모습은 인간 윤중호의 진면목 중의 하나라고 나는 생각합니다. 그 모습은 진정 가까이 하고픈 사람을 좋아하는 자기 방식 즉, 윤중호의 사랑법이었던 것입니다. 이러한 모습들이 윤중호가 지닌 '고집스러운 성깔'의 목록을 구성합니다.

468

제가 이러한 우스운 추억담을 하려 한 이유는 시인 윤중호의 시에 세 칭 '충청도 기질'이라고 할 만한 시적 특성이 있기 때문입니다. 이야기의 본론이나 골자로 곧장 들어가지 않고 주변을 빙빙 맴돌거나 멀리 우회 하여 자신의 뜻을 전달하는 방식, 또는 능청이나 청승, 느림과 주저함, 시 치미 떼기 같은 시인 고유의 기질을 그의 시 곳곳에서 만날 수 있습니다.

너 때문에 여길 온 게 아니야, 정말이다

금강 옆, 마른 강냉이 이파리 서걱대는 밭둑에

가을이 깊어갈수록 땅 속에 뿌리깊게 내려

애기쑥, 봄을 준비하는지, 단지

그것 때문에 여길 왔어, 정말이다.

너 때문에 여길 온 게 아니야

왜 있지, 아침마다

낮은 휘파람 소릴 내며 흐르던, 금강의

새벽안개, 아직도 살아

퍼렇게 출렁대는지, 단지

그걸 보려고 여길 왔어, 정말이다.

널 잊어버리자고 여길 온 게 아니야

어부집 가는 길 옆

아직도 금강은 낮게만 흘러

흐르고 또 흘러, 하얀 물싸리나무꽃, 아직

한 묶음씩 터뜨리는지,

그걸 보러왔어, 정말이다.

—「어떤 이별을 위하여-공주 금강에서」 전문

소슬한 가을바람이 느껴지는 시편입니다. 이별과 사랑과 쓸쓸함이 느껴지니까요. 이 쓸쓸하면서도 아름다운 사랑의 시편에도 예의 충청도 기질이 엿보입니다. 시인은 표면적으로 사랑을 조금도 고백하지 않습니다. 사랑을 고백하기는커녕 그리움마저 감추고 있습니다. 사랑에 관련한 시인의 내면을 전혀 드러내지 않는 것이지요. 반어법, 즉 능청과 시치미 떼기, 이야기의 핵심을 비껴가는 언어 구사, 이런 시인의 기질이 이 시를 이끌고 있는 것입니다. 수차례 되풀이되고 있는 "너 때문에 여길 온 게 아니야, 정말이다"라는 시구가 반어와 능청과 시치미 떼기의 대표적인 예이지요. 그러나 그 능청과 시치미 떼기 때문에 독자들은 이 시에 더 끌리게 됩니다. 이것이 바로 반어와 능청과 시치미 떼기의 효과이지요. 이 시는 그러므로 독자들에게 엉뚱한 곳에서 사랑의 의미와 이별의 애틋함을 경험하도록 안내합니다. 그 독자의 마음이 닿는 곳은 체념입니다. 이때의 체념은 삶을 포기하거나 방기한다는 부정적 의미에서가 아니라, 사랑하는 '그대'뿐 아니라 타자들과 무수한 어린 생명들을 더불어 생각하는 긍정적 체념의 뜻을 지닙니다. "가을이 깊어갈수록 땅 속에 뿌리깊게 내려/애기쑥, 봄을 준비하는지, 단지/그것 때문에 여길 왔어, 정말이다." 같은 시구가 체념의 깊이를 가늠하게 하지요. 그러니까 시인 윤중호의 초기 시에서도 자신을 비우고 희생하면서 힘없는 타자에게 힘이 되려 한 시 정신—뒤에 살피겠지만, 덧없음의 불가佛家적 인식, 진정한 소리꾼적 정신—의 싹이 자라고 있었던 것입니다. 그러니 충청도 기질이라 할 반어와 능청과 청승 따위는 시인 윤중호에게는 단순한 시적 기교의 차원이 아니라 세계관의 시적 표현이었던 것입니다.

시인 윤중호는 자기 주관과 자존심이 아주 강했던 인물이라서 남이 자신을 비하한다고 생각하면 참지 못하는 인물이었고, 자신이 옳다고 생각되거나 간직할 만하다고 여겨지는 가치는 고집불통 끝까지 지키려는 성품의 소유자였습니다. 시인 윤중호는 자신의 출신이 그렇듯이 큰 물질적 욕심 없이 주위 사람들과 더불어 살아가는 고향 사람들의 순박한 인심을 소중한 가치로 생각했을 것입니다. 그리고 힘없는 사람들을 못살게 구는 세상의 부조리에 대해 고민했습니다. 이러한 서민적인 삶 속에서 터득한 순박함이나 두레정신 같은 소중한 가치들을 시인 윤중호는 이승과 하직하는 순간까지 간직했습니다.

그러나 내가 생각하기에, 이러한 자신의 출신 환경과 성장 과정 속에서 얻어진 시인 윤중호의 강한 주관은 그의 시에도 나오지만, 자신이 살아가는 일에 있어서 종종 '엄니'로부터 "성깔 탓"이라는 꾸중을 듣게 합니다. 그러니까 시인은 자기 '성깔'로 인해 이 세상과 조화롭지 못한 것입니다. 그러므로 시인 윤중호의 '성깔'은 한편으론 이 그악스러운 세상을 헤쳐 나가는 삶의 원동력이면서 다른 한편으로 세상과 편안한 화해를 근본적으로 불가능하게 하는 모종의 배타적 주관성을 갖게 한다고 할 수 있습니다. 농촌에 고향을 둔 시인으로 그 고향에 사는 옛 인심과 산천을 몽매에도 그리워한다는 점에서 윤중호의 시심은 기본적으로 보수적(고향의 풍수와 인심을 빼닮은 보수적 정서라는 의미에서)이지만, 그 보수성이 잘못된 세상과 맞서 싸우며 힘없는 사람들과 연대하는 순정한 힘이라는 점에서 대승적大乘的입니다. 우리는 윤중호의 시를 찬찬히 음미하면, 이처럼 아주 '까다롭지만' 속이 하염없이 깊은 '성깔'을 읽어낼 수 있습니다.

2.

　시인 윤중호의 시를 살펴보건대, 시인은 자신이 태어난 고향이자 그리운 엄니가 사시는 충북 영동 마을에 대한 사무치는 마음을 간직하고 있었고, 자신이 이곳 고향 마을의 순박한 인심과 아름다운 산천의 아들이라는 사실에 깊은 자기 위안과 함께 긍지를 지니고 있었던 듯합니다. 그리고 윤중호의 시에는 고향에서 신산스러운 생을 보내시는 '엄니'의 깊은 그늘이 있습니다. 다시 말해, 윤중호 시의 바탕에는 충청도의 산 깊고 물 맑은 고향 마을에 대한 깊은 향수와 힘든 삶을 사시는 '엄니'에 대한 걱정과 운명 같은 삶의 고뇌가 흐르고 있는 것입니다.

　윤중호의 시가 자신의 고향에 대한 그리움을 그저 정서적으로 해소했다면, 그의 시는 향수를 노래한 여느 서정시들과 큰 차이가 없었을 것입니다. 그 대표적인 시로는 이곳에서 가까운 충청도 옥천이 고향인 정지용 시인의 「향수」가 있습니다. 그러나 윤중호의 시 의식과 정서의 한복판에 아름다운 고향 산천과 유소년기의 고향 마을이 자리 잡고 있었던 것은 분명하지만, 시인에게 고향은 돌아가고 싶어 하는 고향이기 전에, 소외되고 불행한 삶의 현실이 엄존하고 그 아픔을 인내해야 하는 고향이었습니다. 그는 고향과 대처 사이의 도상途上에, 즉 길 위에서 서성이는 나그네 같은 신세였던 것입니다. 그 도상에서 선 시인의 마음을 엿보게 해주는 시가 있습니다.

　　너무 멀리 떠나온 것은 아닐까?

더 추운 곳으로, 기러기 진즉 떠난 윗말 강어귀에

도리어, 강바람 싸늘하고 봄비 서러워

이미 닫힌 사립문 앞에서 서성대다, 비에 젖어

멍하니 저무는 하늘만 바라보네.

—「고향 옛집에서」 전문

　이 시에서 시인이 "너무 멀리 떠나온 것은 아닐까?" 하고 조바심과 걱정을 쌓고 있는 것은 단지 고향으로부터 공간적으로 먼 거리에 있다는 뜻이 아닙니다. 이 시의 2연에서 암시되듯이 "더 추운 곳으로" "강바람 싸늘하고 봄비 서러워" "사립문 앞에서 서성대다, 비에 젖어" "저무는 하늘만 바라보네" 등 시구로 보아, 시인은 귀향해도 귀향한 것 같지가 않고, 또, 귀향하고 싶어도 귀향하지 못한 채, 나그네가 될 수밖에 없는 신세를 쓸쓸히 괴로워하는 것입니다. 나그네 신세가 될 수밖에 없는 이유는 그리운 고향이 지금 많은 사람이 고통 받고 있는 고난의 장소라는 인식, 아울러 시인의 개인적 상처를 더욱 덧나게 할 수도 있는 장소라는 생각 때문입니다. 이런 시적 사유의 편린들은 그의 시 여러 곳에서 보입니다. 그러니까 윤중호 시의 도상의 시 의식, 나그네 의식은 고향을 그리워하는 만큼 귀향을 주저하게 할 수밖에 없는 마음의 모순에서 나오는 것입니다.

　윤중호의 시에서 많은 고향 사람들이 세상으로부터 소외되고 깨지고 고통 받는 모습으로 그려지고 있고, 고향의 불행한 엄니를 안타까워하고, 그러면서도 시인 자신은 직행 버스와 밤 기차와 막차에 몸을 싣는 장면이 여기저기 보이는 것은 그런 까닭에서입니다. 그러나 윤중호는 이런 불운한 나그네의 의식 곧, 도상의 시 의식에 매몰되지 않는다는 데에 윤중호 시의 윤중호다움이 있고 그의 시가 지닌 높은 가치와 깊은 의미가 있습니다. 곧, 윤중호는 자신의 고향이야말로 고난의 장소이자 삶의 깊은 상처의 발원지이지만, 그 고난과 저린 상처조차 삶이 수락해야 할 것이라는 자각에 이르게 된 것입니다. 그래서, 울며 발길을 돌렸던 '고향길'을 가리켜 시인은, 이윽고 "우리 모두 돌아갈 곳"으로서 고향을 새로이 인식하게 됩니다.「고향길」이라는 시의 한 구절을 읽어봅시다.

> 돌아가신 할머니가, 넘실넘실 춤추는 꽃상여 타고 가시던
>
> 길, 뒷구리 가는 길, 할아버지 무덤가로 가는 길
>
> 한철이 아저씨가 먼저 돌아간 부인을 지게에 싣고, 타박타박 아무도 모르게
>
> 밤길을 되짚어 걸어간 길
>
> 수줍은 담배 꽃 발갛게 달아오는 길
>
> 우리 모두 돌아갈 길
>
> ―「고향길·1」 부분

할아버지 무덤으로 가는 길이자 한동네 사는 "한철이 아저씨가 먼저 돌아간 부인을 지게에 싣고, 타박타박 아무도 모르게/밤길을 되짚어 걸어간" 바로 그 길이 우리 모두 돌아갈 고향길이라고 시인은 노래하고 있습니다. 고향은 가난과 모진 삶의 고통이 배어 있는 곳이었기에, 차마 돌아가지 못하는 그리움의 대상이었지만, 시인은 나이 들어 그곳이 결국 우리 모두 돌아갈 곳이라고 말하고 있는 것입니다.

이러한 고향에 대한 인식의 변화는 미세한 것이지만, 윤중호 시에서

감지되는 변화입니다. 그렇다면 무엇이 시인으로 하여금 고향으로 돌아가지 못하는 나그네 의식에서 벗어나 능동적인 귀향 의식을 갖게 한 것일까요?

능동적인 귀향 의식으로의 변화는 윤중호 시에서 섬세하지만 뜻깊은 변화입니다. 유고시집『고향길』에 실린 작품들 가운데, 윤중호 시인이 자신의 문학론을 명료하게 생생한 자기 목소리로 드러낸 작품들로서「詩」와「영목에서」가 있습니다.

어릴 때는 차라리, 집도 절도 피붙이도 없는 처량한 신세였으면 좋겠다고 생각한 적이 있었다. 뜬구름처럼 아무 걸림 없이 떠돌다 갔으면 좋겠다고 생각했다.

한때는 칼날 같은 세상의 경계에 서고 싶은 적이 있었다. 자유라는 말, 정의라는 말, 노동이라는 말, 그리고 살 만한 세상이라는 말, 그날 위에 서서 스스로 채찍질하며 고개 숙여 몸을 던져도 좋다고 생각했다.

한때는 귀신이 펑펑 울 그런 해원의 詩를 쓰고 싶었다. 천년의 세월에도 닳지 않을, 언뜻 주는 눈길에도 수만 번의 인연을 떠올려 서로의 묵은 업장을 눈물로 녹이는 그런 詩.

이제 이 나이가 되어서야, 지게 작대기 장단이 그리운 이 나이가 되어서야, 고향은 너무 멀고 그리운 사람들 하나 둘 비탈에 묻힌 이 나이가 되어서야, 돌아갈 길이 보인다.

대천 뱃길 끊긴 영목에서 보면, 서해 바다 통째로 하늘을 보듬고 서서 토해내는 그리운 노을을 가르며 날아가는 갈매기.

아무것도 이룬 바 없으나, 흔적 없어 아름다운 사람의 길,
어두워질수록 더욱 또렷해.

—「영목에서」 전문

　무지가 낳은 철없는 욕심과 욕심이 낳은 또 다른 욕심의 악순환의 세상을 각성했을 때, 또한 타인과 경쟁에서 퍼렇게 돋아나는 욕심의 날과 각角을 각성했을 때, 시인은 자신의 삶을 반성하게 되고 원만한 자연의 순리를 따르게 됩니다. 이는 결국 가난한 이웃들의 신산스러운 삶과 그들과의 혼연일체를 통해 자기 삶을 깊이 반성하고 성찰해왔음을 뜻합니다. 가난과 소외를 운명처럼 살아가는 이들에게서 많이 소유하기 위해 경쟁하는 삶이 얼마나 허황한 것인가를 터득한 것입니다. 이러한 반성적 의식과 관련하여 윤중호 시를 이해하는 데 중요한 점은 더 나은 삶에 보탬이 없는 지식이나 이론 같은 지성知性 또는 그럴싸한 관념이나 복잡한 논리들이란 한낱 뜬구름처럼 부질없는 헛것으로 여겼다는 점입니다. 물론 이 말은 시인이 책을 멀리했다거나 공부를 안 했다는 뜻은 아닙니다. 이 말엔 구체적인 현실 속에서 자신의 삶을 올바로 세우지 못하는 지성이나 관념, 아픈 이웃과 연대를 이루지 못하는 문학이란 헛것에 불과할 뿐 아니라, 오히려 헛것만도 못하다는 생각이 담겨 있습니다. 그래서 시인은 "어릴 때는 차라리, 집도 절도 피붙이도 없는 처량한 신세였으면 좋겠다고 생각한 적이 있었다. 뜬구름처럼 아무 걸림 없이

떠돌다 갔으면 좋겠다고 생각했다"고 철없는 관념의 시절을 반성하고, "한때는 칼날 같은 세상의 경계에 서고 싶은 적이 있었다. 자유라는 말, 정의라는 말, 노동이라는 말, 그리고 살 만한 세상이라는 말……"들 즉, 소위 지성知性이란 것에 대해 깊이 반성합니다. 아울러 "한때는 귀신이 펑펑 울 그런 해원의 詩를 쓰고 싶었다. 천년의 세월에도 닳지 않을, 언듯 주는 눈길에도 수만 번의 인연을 떠올려 서로의 묵은 업장을 눈물로 녹이는 그런 詩"라는 구절에서 보듯이 좋은 시, 훌륭한 시, 빛나는 시를 쓰겠다고 의지를 불태우던 '문학주의' 시절을 스스로 비판합니다. 특히 문학주의에 대한 자기 반성은 여러 의미 맥락에서 주목되어야 합니다.(이 구절은, 절필하거나 시를 아예 안 쓴다면 모를까, 시를 운명적으로 써야 하는 시인에겐 결국 자기 문학에 대한 발언, 즉 자기 문학론의 일단을 내보이는 것이기 때문입니다. 그러므로 이 시구는 역설적인 의미에서 윤중호의 시론이자 문학관이라 할 수 있습니다. 즉, 이 시구는 그의 시론이 불교적 세계관에 기반하고 있다는 점을 보여줍니다.)

시인은 이러한 자기 삶에 대한 반성과 성찰을 "이제 이 나이가 되어서야, 지게 작대기 장단이 그리운 이 나이가 되어서야," 하게 되었다고 이 시에서는 적고 있지만, 사실상 윤중호의 첫 시집 『본동에 내리는 비』에서부터, 그러니까 그의 평생의 시 쓰기는 이처럼 자기 삶과 욕심에 대한 끊임없는 채찍질 자체였던 것입니다. 물론 반성과 성찰, 자기 채찍질로서의 시 쓰기에도 그 정도의 차이가 있고 시적 성취의 차이도 있겠습니다만, 시인 윤중호는 그의 유고 시편에 이르러서도 자기의 무화無化-타인과 하나됨이라는, 초기 시의 시적 주제 의식을 한 번도 놓치지 않고 일관되게 지켜온 시인이었던 것입니다. 따라서, "대천 뱃길 끊긴 영목에서 보면, 서해 바다 통째로 하늘을 보듬고 서서 토해내는 그리운 노을을 가르며 날아가는 갈매기.//아무것도 이룬 바 없으나, 흔적 없어 아름다운 사람의 길,/어두워질수록 더욱 또렷해"라는, 이 시의 마지막 두 연은 시인 윤중호의 인생관을 관통한다고 할 수 있습니다. "서해 바다 통째로 하늘을 보듬고 서서 토해내는 그리운 노을을 가르며 날아가는 갈매기"처럼 자연을 닮은 인생관과 "아무것도 이룬 바 없으나, 흔적 없어 아름다운 사람의 길"을 가는 인생 말입니다. 그리고 이러한 인생관과 그의 시 쓰기는 안팎이 없는 한 몸을 이루고 있습니다. 다시 말해 윤중호의 시는 초기 시부터 유고시에 이르기까지 "아무것도 이룬 바 없으나, 흔적 없어 아름다운 사람의 길"로 수렴되는 시입니다. 자신을 채찍질하여 텅 비우려 애쓰고 그 속에 가난한 이웃과 소외된 삶들이 옹기종기 모여 서로 의지하고 힘이 되는 시 말입니다.

그런데 시인 윤중호에게 이러한 고향 산천과 인심을 닮은 시, 무소유의 인생살이가 낳은 시, 자기 무화-타자와의 만남을 함께 이루어내는 시가 탄생하는 배경은 무엇입니까? 문학에서입니까? 아니면, 문학 이론에서입니까? 고상한 지성이나 교양에서입니까? 정의나 역사에서? 아니면?…… 아마 이 문제를 깊이 고민해보는 것이 윤중호 시의 심층으로 안내하는 지름길이 될 것입니다.

바꿔 말해 시인 윤중호의 인생관과 시관을 낳게 한 마음의 자궁은 어디인가 하는 문제. 이 해답에 근접하기 위해서 유고시집에 실린 첫 시, 즉 시인 스스로 '詩'라고 제목을 붙인 작품을 주목할 필요가 있습니다. 제목을 '詩'라고 붙였으니, 시인 윤중호의 시론이 무언지 그 단서가 작품 안에 있을 테니까요.

이 시는 시인이 죽는 순간까지 평생 가슴에 묻어두고 있었을 마음의 그늘, 달리 표현해서, "어두워질수록 더욱 또렷해"지던 마음의 그늘을 시로 서술한 작품입니다.

> 외갓집이 있는 구 장터에서 오 리쯤 떨어진 九美집 행랑채에서 어린 아우와 접방살이를 하시던 엄니가, 아플 틈도 없이 한 달에 한 켤레씩 신발이 다 해지게 걸어 다녔다는 그 막막한 행상 길.
>
> 입술이 바짝 탄 하루가 터덜터덜 돌아와 잠드는 낮은 집 지붕에는 어정스럽게도 수세미꽃이 노랗게 피었습니다.
>
> 강 안개 뒹구는 이른 봄 새벽부터, 그림자도 길도 얼어버린 겨울 그 밤까지, 끝없이 내빼는 신작로를, 무슨 신명으로 질수심이 걸어서, 이제는 겨울 바람에, 홀로 센 머리를 날리는 우리 엄니의 모진 세월.
>
> 덧없어, 참 덧없어서 눈물겹게 아름다운 지친 행상 길.
>
> ―「詩」 전문

시인 윤중호는 엄니의 모진 삶을 속으로 느껴 울듯이 이 시를 써내려 갔을 것입니다. 주목할 것은 엄니에 대한 형언키 힘들도록 저린 마음을 위 문장으로 남기고서 시인은 그것을 '詩'라고 불렀다는 점입니다. 어찌 엄니의 모진 세월을 글로써 표현할 수 있겠습니까? 언어도단의 영역에 엄니의 모진 삶이 가쁜 숨을 쉬고 계실 것입니다만, 그 엄니의 신산스러운 삶을 시인은 '詩'라고 표현합니다. 시란 무엇인가를 동서고금의 수많은 학자 시인들이 이러쿵저러쿵 미주알고주알 따지고 저마다 그럴듯하게 설파했지만, 그들을 무색케 하듯 시인 윤중호는 자신의 어머니의 박복하고 힘겨운 삶 자체를 '詩'라고 규정한 것입니다.

시인은 시를 절대적 가치이자 목표로 삼는 이입니다. 시인이란 무릇 시 쓰기를 천직으로 삼는 사람이라 한다면, 시인이 '詩'라는 제목을 붙이는 것은 그 시가 곧 절대적인 시, 지상포上의 시로 여길 경우일 것입니다. 따라서 이 「詩」란 작품은 시인의 시론詩論이 극명하게 표현되어 있는 시라고도 할 수 있습니다.

이 시에서 엄니의 가혹한 고생살이와 엄니의 삶에 대한 시인의 걱정과 깊은 한탄을 아는지 모르는지, '어정스럽게도 노랗게 핀 수세미 꽃'이 자아내는 서정적 시 공간은 현실의 고통을 정서적으로 해소하는 역할을 할 것입니다. 그것은 전통 서정시의 주요 기능 가운데 하나이기도 합니다. 그러나 이러한 서정시적 속성을 이 시에서 그다지 주목할 필요는 없을 듯합니다. 이 시가 만들어낸 서정적 시 공간은 사실 윤중호 시인의 의중意中과는 다르게 우리들의 시 읽기에 개입하고 작용할 수도 있기 때문입니다. 시인의 의도와는 반대로 엄니의 삶에 연민을 불러일으킬 수도 있으니까요. 그렇다고 엄니의 신산스러운 삶을 독자들이 상상속에서 체험하는 것이 시라는 뜻도 아닐 것입니다. 내가 생각하기에, 이 시에서 언어로서는 표현 불가능한 "엄니의 모진 세월" 그 자체가 중요한 것이 아니라, "덧없어, 참 덧없어서 눈물겹게 아름다운 지친 행상길"에서 보듯이, "엄니의 모진 세월"이 "덧없어서 아름다운" 삶으로 연결되는 시인의 시선과 사유 내용이 중요합니다. 달리 말해, 시인 윤중호는 "엄니의 모진 세월"을 통해 '삶의 덧없음'을 깨닫게 되는, 일종의 '한소식'의 경지를 자연스럽게 보여주고 있는 것입니다.

그러므로 이 시는 '엄니의 모진 세월이 곧 詩'라는 의미를 지닌 시가 아니라, 시인 윤중호의 삶의 덧없음에 대한 깨달음을 담은 시이며, 그 삶의 덧없음에 대한 자각이 시를 이루는 전제 조건임을 재차 각성한 시입니다. 조금 도식적으로 말하면, 엄니의 모진 세월에 대한 한없는 사무침이 삶의 덧없음을 깨닫게 하고, 이윽고 덧없음이 '무소유의 가난한 마음'을 재차 발심發心하게 하고, '그 가난한 마음 상태'를 가리켜 바로 '詩'라고 시인은 명명命名하고 있는 것입니다. 그리고 중요한 사실은, 그 '가난한 마음 상태'에서, 즉 '詩' 속에서 '엄니의 모진 세월'은 대승적으로 승화昇化 정화淨化되는 심오한 역설逆說의 세계가 이루어지고 있다는 점입니다. 바로 이 점이 이 작품의 경이로운 성과이자 윤중호 시의 시적 진실의 핵심을 이루는 것입니다. 그러니, 윤중호에게 엄니의 모진 삶 그 자체가 시를 낳는 자궁이지만, 동시에 시는 엄니의 모진 삶 자체를 초월하여 마침내 엄니의 삶을 정화·구원하는 '말씀의 절간,' 곧 말의 본래 의미에서 '詩'가 되는 것 아니겠습니까?(詩의 어원에 대한 이견이 분분합니다만.)

그런데 이 시는 윤중호의 시의 구조 그리고 시적 특성을 이해하는 단서를 찾게 한다는 점에서 좀더 깊은 이해가 필요한 시입니다. 즉, 시인이 추구할 최상의 목표인 '詩다운 詩'를 시인 윤중호는 어떻게 생각하고 있었는지, 또 그의 시의 창작 방식—그가 의도했든 무의식적이었든—은 무엇인가 하는 문제를 풀 단서가 이 시에 들어 있습니다. 다소 도식적으로 이를 설명하면 아래와 같습니다.

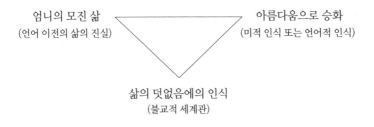

이 세 개의 항은 이 시에서 서로 유기적으로 어울리며 한 몸을 이루고 있습니다. 그리고 이 세 개의 항이 서로 유기적으로 통일되어 시인의 사

유의 기본을 이루고 있음을 보여줍니다. 그 명료한 시적 표현이 바로 이 시의 마지막 시구인 "덧없어, 참 덧없어서 눈물겹게 아름다운 지친 행상길"이지요. "덧없어, 참 덧없어서", 즉 불교의 핵심 개념 중 하나인 생명계의 무상無常함에 대한 자각으로 하여, 시인은 엄니의 모진 삶 자체가 아름답다고 말하는 것입니다. 아름다움, 즉 미의식이란 시인에게 시詩 의식일 터이고, 그러므로 마침내, 엄니의 구체적인 삶이 시어詩語로 환생하게 되는 것입니다. 시인 윤중호가 말하는 덧없음은 불가적 대승大乘의 경지로 쓰이고 있습니다. 뭇 중생들의 생로병사生老病死, 희로애락喜怒哀樂이 무상함을 정각正覺했을 때, 무상함은 세상을 등지는 허무주의가 아니라, 낫고 모자람, 잘나고 못남, 가지고 못 가짐, 있고 없음의 차별 없이, 모든 삶의 고통을 하나로써 이해하는, 적극적이고 능동적인 허무주의를 가리킵니다. 도저한 자유의 정신과 중생이 아프니 나도 아프다는 대승적 사유가 낳은 허무주의지요. 이 대승적인 무상함에 이를 수 있었기에 시인 윤중호는 마침내 엄니의 "지친 행상길"을 '아름답다'고 쓸 수 있었을 것입니다. 이때 아름다움은 그러므로 시를 가리키면서도 동시에 시를 가리키지 않게 됩니다. 모진 삶이 곧 시라고 한다면, 시조차 덧없는 것일 테니까요. 고로, 아름다움은 특정 관념이나 어떤 고정된 것이 아닙니다. 이를 위의 도식을 통해 설명한다면 아름다움, 즉 시는 엄니의 모진 삶을 가리키면서도 삶의 덧없음 즉 무상함을 가리키기 때문입니다. 달리 말해 시, 즉 아름다움은 언어 이전의(언어로는 도저히 표현할 수 없는) 삶의 진실을 가리키면서 동시에 덧없음의 깨달음(불교적인 각성)을 가리키기 때문에 시인 윤중호에게는 시 또한 '덧없음'의 형식이 되는 것입니다. 시인 윤중호에게 언어로 쓴 시는 그 자체로 명료한 한계로 받아들여졌으며, 결국 시란 '덧없는' 것이었습니다.

3.

시인 윤중호가 가난한 서민들의 삶 속에서 생의 덧없음을 깨닫고, 마침 미美, 즉 시란 삶의 덧없음과 마찬가지로 덧없음의 형식임을 깨달았다는 점, 이 깨달음이 시인 윤중호의 시론의 바탕을 이룬다고 할 수 있습니다. 그러나 깨달음 자체가 중요한 것이 아니라 깨달음의 실천이 중요한 것입니다. 시인 윤중호는 자신이 추구해야 할 구체적인 시적 실천이 무엇인가를 잘 알고 있던 시인이었습니다. 그것은 민중적 현실 속에서 자신의 타고난 예술적 기질을 부단히 단련하고 연마하는 것이었습니다. 특히 언어의 한계와 시의 덧없음을 자각했을 때, 시인 윤중호는 자신의 출생, 즉 자기 삶의 바탕에 도도히 흐르는 소리꾼적인 기질을 시적 가치로 발견하고 이를 실천에 옮긴 것입니다. 즉, 자기 고향 산천의 풍수風水가 전승해준 소리꾼적 혹은 광대적廣大的 유전인자遺傳因子를 확인하고 이를 시화詩化하게 된 것입니다. 그래서 윤중호의 시에는 칼칼하게, 느리거나 의뭉스럽게, 청승스럽거나 능청스럽게 충청도 영동의 소리꾼적인 언어가 담겨 있는 것이지요.

여기서 중요한 점은 시인 윤중호의 소리꾼적 언어에는 사투리가 쓰이고 있다는 사실이 아니라, 그 사투리가 기교나 언어적 장식으로서가 아니라, 시인의 세계관, 즉 다분히 불가적인 인생관의 표현이라는 사실입니다. 달리 말해 윤중호 시에 자주 쓰인 충청도 사투리는 그저 지역 언어, 즉 단순히 방언方言으로 쓰인 것이 아니라, 저마다의 태어난 삶의 조건을 중시하는 시인 특유의 넓고 깊은 인생관의 표현이란 사실입니다. 사투리를 중시하는 윤중호의 '소리'의 시는 공식적인 언어나 문법에 충실한 언어와는 거리가 멉니다. 그 '소리'의 시편들은 언어의 기호학적인 성격만으로 해석되지 않는 부분이 많습니다. 그렇다면, 그런 '소리의 시어'란 무엇을 뜻하는 것입니까?

편의상 다른 시편들을 예로 들 필요 없이, 앞서의 「詩」에 나오는 '엄니'라는 시어를 예로 들 수 있겠습니다. 비록 아주 작은 예이지만, 위에서 인용된 시의 '엄니'라는 시어에 '소리의 시어'가 가리키는 참뜻이 반영되어 있습니다. 시인의 잠재의식일 수도 있습니다만, 시인 윤중호가 '어머니'라는 언어보다 '엄니'라는 언어를 선호하는 것은 그의 타고난 기질 탓이면서 동시에 '엄니'가 만들어내는 어떤 소리값을 중시했던 탓일 것입니다. 달리 말해 언어 이전의 '소리'로서의 음성적音聲的 의미를 염두에 둔 것이지요.

'엄니'에서의 '엄'('엄[어간]+이[접미사]'로 이루어진 '어미'는 몽고어로는 eme, 만주어도 eme, 한국어 역시 eme)은 거의 원시 농경 사회였던 먼 고대 사회에서 여성이 생산의 주체였기 때문에 그 자체로 '가장 으뜸이 되고 근본이 되는 주체'라는 의미를 가진 우랄 알타이어 계통의 조어祖語였습니다. '엄지'(엄지 손가락)에서 그 형태가 남아 있고 어느 지방에서는 '모암母岩'을 '엄바위'라고 부르는 지방도 있으니, '엄'이란 뜻은 근본이란 뜻을 이미 음성학적으로 지니고 있는 것입니다. 이렇게 보면 '엄'에는 '근본', '으뜸'이라는 의미의 잔영이 여전히 남아 있다고 할 수 있습니다. 그러니까 윤중호 시인의 시에 등장하는 시어 '엄니'는 엄니-어금니란 의미를 지닌 채, 일정 지역에서 쓰이는 '어머니의 방언형'이 된 것입니다. 시인 윤중호가 쓴 시어 '엄니'는 '엄'이라는 오래전부터 불리어지던 우리말의 조어祖語로서의 '엄'을 비교적 온전하게 살린 언어이며 동시에, 언어가 분화되고 분열화(갈래화, 분절화)되기 이전의 원형으로서의 모어母語인 셈입니다.

시에서 이 모어가 중요한 까닭은 그것이 지닌 불가사의한 속성 때문입니다. 거기엔 우랄 알타이 지역의 종교적 제의성祭儀性이 담겨 있고 자연에 대한 영적인 미메시스(가령 '손금'이나 관상을 보듯이)가 담겨 있습니다. 즉, 엄니는 문자가 발생하기 이전의 언어, 곧 언어 이전의 언어로서 언어의 원초적이고 불가사의한 '소리적 본성本性'이 들어 있는 것입니다. 그 언어 이전의 제의적祭儀的 소망所望이 담긴 '소리' 곧 '엄'이 '엄니'의 형태로 윤중호의 시에 남아 있게 된 것입니다. 어머니라고 '소리' 냈을 때와 엄니라고 '소리' 냈을 때, 그 차이는 적지 않습니다. 그 차이는 언어의 습관에서 나오는 것이라기보다 일종의 무의식적 친근함이나 영적靈的 체험에서 오는 차이입니다. 일찍이 경험한 적이 없는 어떤 불가사의함이 마치 경험한 것처럼 받아들여지는 작은 전율 같은 언어 체험 말입니다. 우리들 심연에 오랜 세월을 유전자처럼 전해져온 원형archetype의 잔재들인 양, 심연에서 홀연 울리는 '소리 글자' 말입니다. 즉, 일회적 현존一回的 現存으로서 '엄니'의 소리는 우리의 영혼을 잔잔하게 울립니다. '소리'의 참뜻과 진경眞景은 여기에 있습니다. 경험되지 않은 경험의 일회적 현현顯現, 그 불가사의한 기억에 의해 영혼이 정화되는 느낌을 갖게 하는 것이 바로 소리인 것입니다. 엄니는 바로 '소리'의 언어이자 영혼의 언어였던 것입니다.

4.

시인 윤중호의 소리시에는 시인 자신의 생생한 음성과 특유의 이야기투가 담겨 있습니다. 시인의 소리시를 귀담아 듣고 있노라면, 거기선 시인의 숨결과 어떤 가락과 장단, 즉 음악이 느껴질 것입니다. 윤중호의 시가 지닌 소리적 성격엔 문학의 오랜 양식인 전설Legend이나 민담 Märchen의 잔영이 적잖이 남아 있다고 할 수 있습니다. 전설이나 민담은 구비 전승, 즉 소리꾼(이야기꾼)에 의해 계승되어 오다가 문자로 정착된 것이니까요. 무당에 의해 전해져온 서사무가나 소리꾼에 의해 전승되어온 판소리계 이야기가 그 예가 될 수 있습니다.

윤중호의 시가 바로 이러한 구비 전승 문학, 즉 민담적 성격을 지니고 있다는 말은 그의 시가 어떤 민중적 무의식 혹은 집단 무의식으로서의 원형을 지니고 있다는 점을 설명하기 위해서 한 말입니다. '소리로서의 시'를 특성으로 하는 윤중호의 시 세계에는 방금 말한 바처럼, 구비 전승 문학의 흔적, 즉 민담적 잔영이 남아 있다는 점 그리고 이와 더불어, 시인 자신이 겪은 개인적이면서도 민중적인 삶의 이야기를 어떤 지적인 언어나 문법에 잘 맞추어 쓰길 거부하고 자신이 태어나 유소년기를 보낸 고향의 언어를 자연스럽게 습득하여 자신만의 고유한 소리투의 문법으로 시를 썼다는 점을 깊이 살펴볼 필요가 있습니다. 이미 융 같은 분석심리학자들이 입증한 것이지만, 민중적 무의식과 집단 무의식은 바로 민담에서 가장 잘 드러나는 것이고, 출생 이후 유소년기에 고향에서 습득한 시인 고유의 '소리와 이야기' 언어에는 바로 시인 자신의 본능적 의식, 혹은 무의식의 세계가 명징하게 드러나 있기 마련이기 때문입니다. 윤중호의 많은 시들의 심층에 잠겨 있는 집단 무의식의 원형들을 발견할 수 있습니다만, 여기선 이승에서 시인이 마지막으로 쓴, 우리들의 마음을 아리게 하고 안타깝게 하는 유고시 「가을」이라는 시를 통해 이 문제를 깊이 살펴보기로 합시다.

돌아갈 곳을 알고 있습니다.

조금만 기다려보세요.

모두 돌아갈 곳으로 돌아간다는 걸

왜 모르겠어요.

잠깐만요. 마지막 저

당재고개를 넘어가는 할머니

무덤 가는 길만 한 번 더 보구요

이. 제. 됐. 습. 니. 다.

—「가을」전문

저승이 가까이 다가온 것을 깨닫고 쓴 일종의 절명시絶命詩 형식의 시입니다. 여기 계신 모든 분들도 "돌아갈 곳을 알고" 있을 것이므로, 이 시를 우리의 맘을 아프게 하는 시로만 받아들이지 말고, 시의 어두운 심층으로 내려가보도록 합시다. 시인 스스로 가까이 다가온 죽음을 자각한 시라는 사실을 알게 해주는 시구들이 있습니다. "돌아갈 곳을 알고 있습니다" "무덤 가는 길만 한 번 더 보구요"와 같은 시구는 그 의미론적으로 볼 때, 찾아온 죽음을 자각한 시인의 목소리라고 할 수 있습니다.

우선 이 시에서 주목할 것은 1행과 3행 "돌아갈 곳을 알고 있습니다" "모두 돌아갈 곳으로 돌아간다는 걸"이라는 시구입니다. 그 이유는 1행의 시구가 시인 개인의 죽음에 대한 자각이라면, 3행은 우리 모두, 즉 모든 삶이 '돌아갈 곳으로 돌아간다'는, 죽음이 지닌 보편적 진리를 말하고 있기 때문입니다. 개인의 죽음을 자각하면서 동시에 보편적 의미의 죽음을 자각한다는 것은 무엇을 뜻합니까? 아마 그것은 나 자신이 곧 수락해야 할 죽음의 자각이면서 동시에 시인 자신의 심연에서 평생 지니고 살던 원형의 상징, 즉 죽음의 본능을 시적 이미지로서 자각하는 것이라고 생각할 수 있습니다. 그 죽음의 본능에 대한 시적 자각이 "당재고개를 넘어가는 할머니"라는 살아 있는 상징으로 표현되고 있는 것이 아닐까요.

내 의식과 무의식 속에 있던 저승사자의 존재를 인정하고, 그 잊고 있던 죽음의 본능('無'또는는 '無常' '덧없음'에 대한 본능적 자각이라고 말할 수 있습니다.)을 만나 생명계의 진리로서 기꺼이 인정할 때, 시인은 자신의 내면에 있던 그 죽음의 본능을 시적으로 문득 드러낼 수 있게 됩니다. 이 시가 겉으로 대화체 형식을 취하고 있다는 점을 깊이 헤아릴 필요가 있는데, 그 대화체는 죽음 혹은 저승사자와의 대화 형식이지만, 결국 시인 자신의 자문자답의 형식임을 보여주며, 따라서 그것은 시인 자신의 내면에 존재하는 죽음('없음' 또는 '덧없음')의 본능과의 대화의 표현인 것이고, 결국 이 사실은 이 시가 시인의 무의식 혹은 심리의 극적인 발현을 보여주는 시임을 암시합니다. (그리고 이 시의 4행 "왜 모르겠어요"라는 반어反語에는 예의 능청이 엿보이고, 5행 "잠깐만요"에서 예의 슬픈 청승이 배어 있습니다. 다시 말해 윤중호 시의 특성이 이 짧은 유고의 시, 사별死別의 시에도 담겨 있는 것입니다.)

그러나 이 시가 시인이 자신의 죽음과 죽음의 본능을 자각한, 시인의 심층심리를 드러낸 시라고 한다면, 시인이 다가오는 죽음을 잠시 중단시키는 대목에 다시금 주목해야 할 듯합니다. 2행 "조금만 기다려보세요" 4행 "왜 모르겠어요" 5행 "잠깐만요. 마지막 저" 7행 "무덤 가는 길만 한 번 더 보구요"는, 죽음을 잠시 유보시키려는 시인의 의식을 반영하고 있는 시구들입니다. 그러나 여기서 주목할 것은 죽음을 잠깐 중단 시키려는 절박하고 안타까운 의식 자체가 아니라, 왜 죽음의 진행을 중 단하려 하는가 하는 문제입니다. 그 질문에 대한 답은, 표면적으로는 "당재고개를 넘어가는 할머니/무덤 가는 길만 한 번 더 보구요"라는 시 구 속에 있습니다. 곧 이 시구에는 시인이 이승에서 갖는 마지막 간절한 소원이 깃들어 있다고 할 수 있는 것입니다. 이 시구로만 본다면, 곁에 다가온 죽음을 잠시 중단시킨 이유는 오직 하나, "당재고개를 넘어가 는 할머니/무덤 가는 길만 한 번 더 보"기 위해서입니다. 그러나 이 시 구는 좀 더 깊은 분석과 해석을 필요로 합니다.

우선 당재고개 넘어가는 할머니의 이미지에는 시인의 엄니 이미지 가 담겨 있다는 사실입니다. 당재고개는 시인의 고향에 실재하는 고유 지명입니다. 오랜 세월 행상을 하신 시인의 엄니께서도 아마 그 당재고 개를 눈비 오나 바람 부나 수없이 넘으셨을 것입니다. 즉, 이 시구엔 시 인의 무의식이 투영되어 있다고 할 수 있습니다. 시인은 죽음 앞에서 먼 저 자신의 무의식의 근저에 '엄니'의 콤플렉스를 확인하는 것입니다. 그러나 시인 윤중호 시의 아름다움은 그 개인적 콤플렉스를 개인의 차 원에서 해소하는 것이 아니라, 우리 모두의 보편적 콤플렉스, 즉 보편 적인 무의식의 원형으로 인식, 마침내 개인적 고통을 극복, 고통의 보 편적 승화를 이루는 데에 있습니다. 그래서 시인은 죽음 앞에서 사적인 엄니 콤플렉스를 '당재고개를 넘는 할머니'라는 구체적이면서 보편적 인 상징으로 인식하고 있는 것이지요.

그러니까 이 시의 1행 "돌아갈 곳을 알고 있습니다"라는 시인 개인의 죽음 의식은 3행에서 우리 "모두 돌아갈 곳"이라는 보편적 우주론적 죽 음 의식으로 연결되고 있는 것처럼, 시인의 무의식 속의 개인적인 엄니 콤플렉스는 "당재고개를 넘어가는 할머니"라는 보편적 상징으로 승화되고 있는 것입니다. 시인은 자신의 죽음의 본능을 시인 개인의 차원 너머 민중적 본능 혹은 집단 무의식의 상징으로 바꾸어 인식하고 있는 것입니다. 그것이 집단 무의식의 상징이기에 시인은 자신도 알게 모르게,

잠깐만요. 마지막 저
당재고개를 넘어가는 할머니

처럼, "마지막 저"와 "당재고개를 넘어가는 할머니"를 행갈이 했을 것입니다. 왜냐하면 행갈이를 통해 "저"라는 지시 관형사를 격리시킨 것은, "당재고개를 넘어가는 할머니"를 하나의 명징한 상징으로 제시하려는 잠재의식의 표현이기 때문입니다. 이로써 시인 윤중호의 무의식에 깃든 어머니 콤플렉스는, 전설이나 민담 등 구비 문학 속의 집단 무의식이 그러하듯이, 민중들의 보편적이고 선험적인 집단 무의식, 즉 '어머니' 원형으로 승화되고 있는 셈입니다. 다시 말해 시인 윤중호의 마음 깊은 곳에 잠재해 있던 죽음의 본능은, 어머니의 콤플렉스와 늘 함께 살고 있었으며, 시인이 선험적인 집단 무의식, 달리 말해 민중적 무의식(본능)을 만나 한 몸을 이루어 마침내는 죽음의 본능을 보편성으로 승화한 시적 이미지가 바로 "당재고개를 넘어가는 할머니"라 할 수 있습니다.

그러고 보니, 결국, 놀랍게도, 이 시는, 앞서 인용한 시 「詩」와 정신적인 일관성을 지니고 있습니다. 이는 시인 윤중호가 문학과 삶, 시 의식과 무의식을 부단하게 일치시켜왔다는 사실을 반증하는 것이며, 이는 매우 힘든 자기 반성과 수련을 거치지 않고서는 불가능한 경지일 것입

니다. 앞서의 「詩」라는 작품과 이 유고시가 일맥상통하다는 것은 무엇보다도, "당재고개를 넘어가는 할머니/무덤 가는 길만 보구요"라는 시구에서 보듯이, '할머니'와 '무덤 가는 길'이 하나로 연결되고 있기 때문입니다. 민중적 무의식의 상징인 '할머니'의 지친 삶과 생의 덧없음이 서로 포개져서 한 몸을 이루고 있는 것입니다. 그리고 이때 앞에서 보았듯이 시인은 대승적인 체념에 몰입합니다. 덧없음의 형식인 시어[詩]들은 스스로 죽음을 수락하여 언어도단의 흔적을 남기며, 유고시의 제목이 암시하듯이, '가을'의 낙엽처럼, 소멸하는 시어의 이미지를 남기게 됩니다. 이 시의 마지막 행에 찍힌 가운뎃점 혹은 마침표가 찍힌 시구는 바로 낙엽같이 덧없음의 형식으로서의 시어, 죽음의 대승적 수락, 소멸하는 삶과 그 구원으로서의 시적 존재 따위를, 짧은 시구이지만, 심오하게, 남기고 있는 것입니다. 어떤 분들은 이 시구의 소리마디 사이, 즉 중단과 죽음과 소멸과 덧없음을 보여주는 마침표 속에서 역설적으로 중단과 죽음과 소멸과 덧없음을 수락하는 자유로운 시 정신의 거대한 힘과 아름다움을 느끼실지도 모릅니다. 이 서러운 시의 마지막 행은 이렇습니다.

이. 제. 됐. 습. 니. 다.

5.

이제 우리는 시인 윤중호를 '소리꾼으로서의 시인'이라고 부를 수 있을 듯합니다. 이 말은 우리 시문학사에서 중요한 의미를 지닙니다. 서양의 시 특히 근현대시와 그 이론들의 영향이겠습니다만, 언어의 의미를 중시하거나 이미지 메타포 따위에 집착하는 기존 시단에서는, 대체로 충청도 사투리를 즐겨 쓰고 '민중시'의 전통에 선 방외인적方外人的 시인으로 시인 윤중호를 생각하고 있는 듯합니다. 그러나 윤중호의 문학관을 살펴본다면, 윤중호의 시는, 자기의 삶만큼만 문학을 한다는, 즉 못났으면 못난 대로 가난하면 가난한 대로 슬프면 슬픈 대로 저마다의 삶을 긍정하고, 있는 그대로의 삶을 인정하는 자성自性의 시이기에, 마침내 삶에 정직하고 떳떳한 '자기自己 소리'로서의 시가 될 수 있었던 것입니다. '덧없는 삶'에 걸맞는 '덧없음의 형식'으로서의 시, 그 덧없음의 형식에 썩 조화로운 '소리'의 시……

결국 윤중호는 엄니의 삶에 대한 극진한 사랑과 공경 속에서 덧없음의 참뜻을 깨닫고 스스로 자기 비움을 실천하게 되었으며, 시의 덧없음의 형식으로서 '소리'를 찾게 된 것입니다. 시인 윤중호는 우리의 전통 판소리에서 명창들이 그러했듯이, 자신의 삶의 정진을 통해 삶이 정화되고 승화된 미적 형식으로서 진정한 자신의 '소리'를 얻었던 것입니다. '소리의 시'가 빚어낸 다음 두 편의 시를 잘 음미해보십시오. 첫 시집과 유고시집에서 한 편씩 골랐습니다.

우수수, 하얗게 탱자꽃이 떨어졌다.
한숨은
김발을 아무리 촘촘히 엮어도
잘만 새어나가더라고

申哥야,

492

지게 하나 삼태기 하나로

산, 자갈밭을 일구어

싹이 나지 않아도 자꾸

씨만 뿌려대더니

申哥 니놈, 속이 탈 땐 땅을 판다든가.

늙은 엄니의 해소기침 소리도, 저녁바다 부르는

과년한 누이의 유행가 가락도

탁배기 뚝심으로

옹골차게 파제끼더니

申哥야 申哥야

녹두꽃이 폈어야.

　　　　　　　　　　—「안면도-申哥야 녹두꽃이 폈어야」 전문

비설거지할 참도 마다하고

곰새 내렸다, 히뜩

골안개만 피우고 사라지는

여우비

처럼, 황망하게 가셨네.

개갈 안 나는 세상이라구

비죽이 웃으시드니,

슨상님 혼자 손 털고 뒷짐 진대유?

세상은 여적 그 세상인디……

　　　　　　　　—「나헌티는 책음감 있이 살라구 허시등만-이문구 슨상님께」 전문

후세 사람들은 시인 윤중호가 남긴 이러한 명편들의 진경珍景에 감동하고 마침내는 영혼의 정화淨化와 구원救援을 얻게 될 것입니다. 안면도 무지랭이 빈털터리 농사꾼 '신가申哥놈'은 시인(시적 화자)에 의해 구박만 받다가 시인의 능청과 소리에 의해 마침내 구원을 얻습니다. 충청도의 '소리'와 청승으로 마침내 시가 이문구 선생의 넋을 구원합니다. 시의 임무가 마치 불행한 영혼을 구원하는 것이라도 되는 듯이 말입니다. 마치 「詩」라는 시에서, 시가 거꾸로 박복한 엄니를 정화하고 구원했듯이 말입니다. '말씀의 가람'이라는 詩의 어원이 가리키듯이 본래 의미의 시는 이러한 시를 두고 이르는 것입니다. 불운하고 지친 삶을 거의 종교적 차원에서 정화하고 구원하는 역할을 하는 것이지요. 시라는 것, 즉 미적인 것이 신성神性의 차원에 이르는 것입니다. 불가의 차원에서 말한다면, 바로 시인 윤중호의 시에 정처 없는 떠돌이 중 탁발승托鉢僧의 잔영이 있는 것입니다. 우리의 전통 샤머니즘으로 말하면, 고통 받는 사람이나 죽은 사람을 정화시키고 천도하는 무당끼가 있는 것입니다.

시인 윤중호의 시들을 읽으니, 아마 능청스러운 사랑법이나 충청도식 사랑법이란 게 있긴 있는가 봅니다. 불행한 이들의 영혼의 구원을, 사랑을 이렇게 독보적인 자기 '소리'로써 시화詩化할 수 있다니! 누구도 흉내낼 수 없는 시인 자신의 생래적인 '소리'가 이끄는 시, 이에 더불어, 시가 삶을 구원하는 종교 같은 시. 이런 연유에서 나는 윤중호의 시가 깊어서 높은 시적 경지를 지니고 있다고 생각합니다.

[2006. 8]

늙은 학생의 시

회통回通하는 풍자

재철 형님

올여름 두 달 가까이 폭염과 폭우가 엎치락뒤치락거립니다. 물난리 소식이 끊이질 않다가 연일되는 한낮의 폭염과 열대야로 사람들은 지친 모습들입니다. 자연의 심술이 도를 넘은 요즘 어떻게 지내시나요. 형님의 좋지 않은 건강 소문에 걱정했지만, 그보다도 도통 형님이 모시고 사시는 조상 주신酒神들께서 이 무료하고 후텁지근한 늦여름 밤들을 즘 잖게 넘기실 것 같지가 않아서 한편 걱정입니다. 언젠가 형님이 마시는 술은 "내가 마시는 게 아니라 오대조 조상들께서 잡숫는 술"이라 하신 말이 떠오릅니다. 이 말을 떠올리면 저 같은 자는 명정의 하급 주정뱅이에 불과하다는 처량한 심사에 들고 맙니다. 주선酒仙이 어디 따로 있을까, 형님의 술에 관한 말씀은 용맹정진만으로는 도무지 도달할 수 없는, 귀신들이나 화답할 수 있는 말입니다. 그러니 형님의 술은 형님이 마시는 게 아니라 조상님들이 마시는 술이고, 낙화유수처럼 천기가 흐르는 술이라 할 것입니다. 외람되지만, 형님의 새 시집을 이야기하는 자리 서두에 술 얘기부터 꺼내야 할까 봅니다. 그럼 술과 형님 사이의 끈질기고 깊은 인연을 엿보게 하는 시 한편을 소개하지요.

이른 봄날 모처럼 시골집 마루에
일없이 걸터앉아
햇빛 쬐며 다리 건덩거리다
뜬금없이
한 생의 보람을 물으니

마루 구석에 놓인
반쯤 남은 댓병 소주가 말을 받는다
보람은 무슨 보람
낮이면 저 해님 백성으로 일하고
밤이면 달님 품에 안겨 자는 게 일이지

세상에 하고 싶은 일은 많으나
얼마나 이루기 어렵던가
또한 어렵사리 이루어도 보람은
아침 이슬처럼 사라지나니
남는 것이 그 무엇이던가

가장 쉬운 일은 술 한 잔 하면서
스스로를 섬기는 일뿐
자족하고
자식들 건사나 하며
한 생애 바람찬 여울을 건너나니

보람은 무슨 보람

이제는 일없네

철없는 짓 그만두고

모처럼 한가하니

김치 쪼가리에 낮술 한 잔 하시게나

—「댓병 소주」전문

　시적 자아는 '이른 봄날 시골집' "마루 구석에/놓인 반쯤 남은 댓병 소주"와 대화를 나누고 있습니다(제가 어릴 적 시골 고향에서는 제사 지낼 때 댓병 소주를 제주祭酒로 삼았습니다. 많은 조상 귀신님들이 마실 수 있는 넉넉한 용량이었으니까요). 이 시는 표면적으로 시적 자아가 "한 생의 보람을 물으니" "댓병 소주가 말을 받는" 형식을 취하고 있습니다. "댓병 소주"는 "보람은 무슨 보람/낮이면 저 해님 백성으로 일하고/밤이면 달님 품에 안겨 자는 게 일이지"라고 말을 받습니다(이런 자아와 술과의 대화 형식은 술을 의인화하여 인생을 풍자한다는 점에서 전통적인 문학성의 맥이라고 할 수 있지만—가령, 술을 의인화한 우리의 문학적 전통으로는 고려 때 임춘의 「국순전麴醇傳」, 이규보의 「국선생전麴先生傳」 같은 설화들이 떠오릅니다—술이 사회와 인생을 노골적으로 비판 풍자한다기보다 작중 화자(시적 자아)의 숨은 자아 혹은 초월적 자아를 비유한다는 점에서, '의인화된 술'이라는 오래된 풍자성은 형님 시에서는 형님 특유의 문학성으로 변하고 있습니다). 술이 '숨은 자아'이기 때문에 술은 시적 자아를 취하게 해 자신을 드러냅니다. 그런데 여기서 '숨은 자아'는 해님의 백성으로 일하고 달님의 품에 안겨 자는 자아라는 점에 우선 주목할 필요가 있습니다. 이 문맥을 볼 때 "댓병 소주"로 은유된 '숨은 자아'(시인의 잠재의식, 혹은 반半의식이나 무의식으로서 술에 도취될 때 나타나는 자아라고 할 수 있습니다)는 바로 천지만물이 누구의 조작에 구애됨이 없이 스스로 그렇게 되어가는 자연이연自然而然, 즉 도道를 실천하려는 자아라는 사실입니다. 이는 뒤에서 밝히겠습니다만, 형님 시에 깃든 문학관과 교육관과 사회관 나아가 우주관 등 형님의 시 세계 전반을 깊이 이해하는 데 중요한 조건이 됩니다. 따라서 술로 빚댄 '숨은 자아'는 바로 천지만물을 포괄하며 동시에 천지만물에 자재自在하는 도와 하나를 이루며 사는 삶(무위의 삶)을 가리키기에 형님의 시적 상상력은 시적 기술技術의 차원에서가 아니라 삶의 태도의 차원에서 비로소 이해될 수 있을 것입니다. 이 시의 2연부터 4연 "가장 쉬운 일은 술 한 잔 하면서/스스로를 섬기는 일뿐/자족하고/자식들 건사나 하며/한 생애 바람찬 여울을 건너나니"까지는 '댓병 소주'가 건네는 말이라 할 것인 바, 시적 자아의 잠재의식(혹은 반半의식)이라 할 수 있는 술이 시적 자아(의식)에게 충고하고 깨우치는 형식이자 내용입니다. 다시 말해, 잠재의식은 선생처럼 가르치고 의식은 깨치는 형식입니다. 즉 무위자연을 꿈꾸는 잠재의식은 선생처럼 가르치고 인위적 세속 현실을 살아야 하는 의식意識은 깨치는 형식이라는 사실은, 형님의 시 의식이 자연의 삶과 문학의 일치 통일에서 우러나온 것임을 알게 합니다.

이 시엔 형님 특유의 시적 특성이 담겨 있습니다. 그것은 이 "뜬끔없"는 대화를 통해 술이 그저 도취의 수단이 아니라 인생에 대한 자기 반성과 관조의 수단이 되고 있다는 점에서 찾아질 수 있습니다. 마지막 연 "이제는 일없네/철없는 짓 그만두고/모처럼 한가하니/김치 쪼가리에 낮술 한 잔 하시게나"라는 대목은 '숨은 자아'와 분리된 시적 자아가 서로 뜻의 합치를 이루는 순간에 도달했음을 보여줍니다. 군침이 싸하니 도는 이 권주가勸酒歌는 우선 술과 형님이 일심동체, 더 정확히 말해 형님 마음 깊이 술을 섬기고 있음을 보여주고 있다는 점에서 예사롭지 않습니다(형님이 술을 조상님처럼 모시는 것은 전혀 빈말이 아니었음을 이 시는 입증합니다. 합장!). 그러니까 주신(댓병 소주)의 말씀에 의해 비로소 형님은 "스스로를 섬기는 일뿐/자족하"는 삶을 실천하고자 합니다. 그런데 재미있는 점은 술은 바로 시적 자아의 무의식이거나 반의식으로서 시적 자아의 외화外化라는 점입니다. 소주 댓병이 시적 자아의 외화라면 「행복반점에서 자장면 먹는 내 모습」 같은 시에서 거울 속에 비친 '나(숨은 자아)'는 바로 소주 댓병과 등가물이라 할 것입니다. 이는 시적 자아의 외화로서 술에 취하는 것은 바로 시인 자신의 무의식과 의식이 서로 통일을 이루고 있음을 암시하는 것이고, 이쯤 되면 우리는 '술'이 상징하는 초월성과 '행복반점'이 상징하는 세속성이 서로 형님의 시적 자아 안에서 조화롭게 공생한다는 사실을 알게 합니다. 그리고 이는 우리의 오랜 시적 이상인 '삶의 시', '온몸의 시' 또는 삶의 진실한 태도로서의 시의 아름다운 예시例示이기도 할 것입니다. 그러니, 이때 댓병 소주는 소위 세상이 타기시 하는 술, 물질로서의 술, 즉 화학이나 의학, 사회학이나 더욱이는 사회 병리학적인 대상으로서의 술과는 전혀 차원을 달리하는 술이라고 해야 할 것입니다(가령 술이 몸에 좋다 나쁘다 사회적으로 어떤 영향이나 비용을 지불해야 하느냐 하는 기준은 우스운 것이지요. 인간과 사회의 물질적 효용쯤으로 술을 왈가왈부할 수 있겠습니까. 합장!). 오히려 모셔야 할 술인 것이지요. 하여, 이 "김치 쪼가리에 낮술 한 잔 하시"자는 형님의 권주가는 세속 세계를 대상으로 삼고 있지만 물질적 세속 너머의 세계와 맞닿아 있습니다. 술은 세속의 물질적 욕계欲界에 포섭되어 있지만, 위 시에서 술은 오히려 무위無爲의 체험 혹은 삶의 정화淨化로 안내하는 술입니다. 다시 말하면, "댓병 소주" 속에는 술에 도취해 체험하는 무위의 세계가 그려져 있고, 이는 바로 단순히 책상 위의 이론이나 세계관으로서의 무위가 아니라, 삶에 대한 태도 자체임을 보여줍니다. 그러므로 이 시는 삶의 근원으로서의 무위자연 세계 혹은 세속에서의 초월적 삶의 자세를 읽게 하는 속 깊은 시인 것입니다. 이 "댓병 소주"의 속뜻을 이해할 때, 일단 술에 대한 온갖 세속의 오해와 악의적 비방(?)이 불식될 수 있고, 시적 자아의 "스스로를 섬기는" "자족하"는 삶의 곡진한 태도가 전해질 것입니다.

1. 질박의 시학

형님 시집의 꼬리에 다는 이야기에 첫머리부터 술 냄새를 진동케 한 대죄를 어떻게 씻어야 할지 모르겠습니다. 시집이 나오고 나서 형님의 역정을 감수해야 한다는 일말의 부담감이 없지 않습니다만, 이미 엎지른 술잔이라는 생각에 형님 시의 속내를 찾아 조금만 더 글발을 내디뎌 볼까 합니다. 방금 전 말한 '스스로를 섬기는 삶'이라는 것은 형님 시의 주제 의식을 구성합니다. 이왕 나온 술 이야기이니 술 냄새 폴폴 나는 시 한 편 더 읽도록 하지요.

고3 어느 반 시험 감독 들어갔더니
태극기 옆에 급훈이 확 눈에 들어온다

'1분도
후회 없이'

어제 먹은 술이 확 깨면서

눈물까지 나려 한다

도대체 후회 없는 삶이 어디 있으랴

그래서 고쳤다

1분은 똥을 싸고

1분은 후회해라 이눔들아

그래야 1분이 남는다

참, 참

거 말이 되냐

나도 몰라

세라비다 세라비

— 「작취미성昨醉未醒」 전문

먼저, 시 제목을 '작취미성'이라 했지만 이 시를 통해 다시금 형님께 술이란 어떤 존재인가를 어림하게 됩니다. "고3 어느 반 시험 감독 들어 갔"다가 그 반 급훈을 보고서 "어제 먹은 술이 확 깨면서/눈물까지 나려 한다"고 형님은 적고 있습니다. 술이 확 깬다는 표현은 술이 술답지 않게 술 노릇을 못한다는 말입니다. 그러니 이 시구는 속으로 시적 자아가 세속 직업인 교사로서의 자아와 서로 종종 불화하고 갈등하고 있음을 암시합니다. "1분도/후회 없이"라는 급훈을 보고서 형님(시적 화자)은 "술이 확 깨면서" "도대체 후회 없는 삶이 어디 있으랴"고 탄식합니다. 술이 시적 자아에게 안겨주던 무위의 자유로움이 싹 사라지고, 자아에게 인위의 경쟁 상태가 돌연 찾아온 것입니다. 그리고 이어서, 시적 자아는 "그래서 고쳤다/1분은 똥을 싸고/1분은 후회해라 이눔들아/그래야 1분이 남는다"고 일갈합니다. 그러나 시적 자아는 이내, "참, 참/거 말이 되냐"라고 하여 마치 작취미성 상태로 되돌아간 듯한 시구를 남깁니다.

우선 이 시는 앞의 시에서 드러나는 형님의 인생관과 교육관 곧 "스스로를 섬기는 일" '자족하는 삶'이라는 시적 주제의 연장이라는 점을 살필 수 있습니다. "1분은 똥을 싸고/1분은 후회해라 이눔들아/그래야 1분이 남는다"는 시구에는 자연의 순환으로서의 배설행위가 그 어떤 세속적 가치보다도 소중하다는 형님의 인생관이나 세계관이 분명하고 깊게 자리 잡고 있습니다. 후회는 경쟁과 우열의 가치판단에서 기인하지만, 배설은 가치 판단과는 아무 상관없는 생명의 자연 현상입니다. 타율의 시간관 즉 경쟁의 시간관을 형님은 자연의 시간관과 일단 대립적으로 인식하면서도 '1분'이라는 시간성 속에 세속의 경쟁적인 선적線的 시간성을 자연의 지연 느림 불연속 등의 비선적 시간성 속으로 포섭시킵니다. 이 대목을 다시 읽지요.

그래서 고쳤다
1분은 똥을 싸고
1분은 후회해라 이눔들아
그래야 1분이 남는다

참, 참

거 말이 되냐

시험 감독으로 들어간 고3 반의 급훈(인위적 경쟁의 언어)을 보고서 형님은 "어제 먹은 술이 확 깨면서/눈물까지 나려"하고 이내 그 극도의 인위적이고 경쟁적인 언어를 "그래서 고쳤다/1분은 똥을 싸고/1분은 후회해라"라고 쓰고 있지만, 곧이어 "참, 참/거 말이 되냐"고 되묻습니다. 그런데 이 되물음 혹은 자문自問 속에 형님 시학의 속 깊은 내용이 담겨 있습니다.

먼저, 말이 되고 안 되고를 묻는 5연의 시구는 표면적으로는 시적 화자의 자신의 말에 대한 반어적이며 반성적인 표현입니다만, 이 시구는 세속적인 말에 대한 부정을 포함하면서도 동시에 말에 대한 긍정을 내포한다는 점에 주목할 필요가 있습니다. 즉 이 시구는 말에 대한 오도悟道의 반어적 표현인 셈입니다. 다시 부연하면, '말이 되냐'는 의문형 시구는 형식적으로는 반어이면서도 그 내용인즉슨, 응답이 필요 없는 세상에 대한 자문자답의, 그러니까 자기 깨달음을 깊숙이 함축하고 있는 시어입니다. 그 깨달음은 "말하지 않으면 자연과 일치하지만 말하면 자연과 일치하지 않는다. 말과 실체는 일치하지 않기 때문에 말하지 않는 것이다. 그러니 평생토록 말해도 일찍이 말하지 않은 것이 되고 평생 말하지 않아도 일찍이 말한 것이 된다"(「우언」, 『장자』, 김충렬 역)는 말과 서로 깊은 관계를 맺고 있습니다. 이 장주莊周의 말은 위 시구를 이해하는 데 적절해보입니다. "참, 참/거 말이 되냐"는 시구는 시적 자아의 자의식의 표현이 아니라 시어에 대한 형님의 근본적 사유와 태도가 드리워져 있기 때문입니다. 이를 뒷받침하는 시구가 바로 4연입니다. 다시 읽지요.

그래서 고쳤다

1분은 똥을 싸고

1분은 후회해라 이놈들아

그래야 1분이 남는다

4연에서 시어들은 논리의 파탄을 내포한 언어임이 즉각 드러납니다. 논리가 파탄된 시구라는 판단은 "그래야 1분이 남는다"라는 시구에 의해 뒷받침되고 있습니다. 그것은 다름아닌 탈논리적 논법의 시구이기 때문입니다. 시인은 고3 반 급훈을 보고 어제 마신 술이 확 깨면서 위 시구와 같이 급훈을 임의로 고쳤지만, 그것은 물론 급훈이 될 수 없는 언어이며 세속적 과학적 언어(오늘의 교육은 과학적 논리의 언어만을 가르치고 있습니다!)와는 전혀 다른 차원의 탈논리적 반反과학적 언어인 것입니다. 여기서 형님의 언어관은 일단 실증적이고 논리적인 사고 방식으로 볼 경우 혼돈과 오리무중에 불과할 것입니다. 결국 세속적이고 인위적(자연과학적) 언어는 논리적인 사고에 철저한 언어이지만, "그래야 1분이 남는다"는 사고는 비논리적 탈논리적 사고를 지속적으로 환기하고 있다고 말할 수 있는 것이지요(논리적 필연성 개념은 수학 등 자연과학에서 그 모범을 볼 수 있듯이 확실성과 명료성과 동일한 개념으로서, 사물을 인식에 의거하지 않고 거꾸로 인식을 사물에 의거하는 사유의 산물입니다. 서양의 경우 데카르트나 칸트 이후 근세를 제압한 이 사유틀로 인해 고대 이래 유서 깊은 서구 철학에서의 자연적 혹은 실존적 형이상학形而上學은 급격한 소외를 겪어야 했습니다. 논리의 확실성이나 명료성이 이론의 문제라고 할 수는 있겠으나, 과연 그것이 소위 '존재의 확실성'을 해결할 수 있겠습니까. 형님의 이번 시집이 지닌 중요한 의의 중 하나는, 곧 논리적 필연성을 이탈하면서 궁극적으

로 형이상학적 사유, 존재의 영원성 문제가 시의 바탕을 깊고 넓게 흐르고 있다
는 사실입니다).

　그러나 이 시가 지닌 의미와 의의는 여기서 그치질 않습니다. 이 시구
를 더 적극 이해한다면, 거기엔 형님 시어의 운용 원리가 초월성 즉 영
원한 것, 형이상形而上에 기초하고 있다는 사실을 은밀히 함축하고 있기
때문입니다. 뒤에서 더 얘기하겠습니다만, 가령 영원한 것으로서의 도
道 혹은 신령神靈의 세계 말입니다. 그러나 식자들은 영원한 것 혹은 형
이상학을 오랜 세월 기피하다 못해 타기시하고 있습니다. 근대 이후 형
이상학은 초죽음 상태에 이르렀습니다. 근대 이후는 이성과 개성이 권
력을 장악한 시대였으니까요. 긴 이야기는 짧은 지면 관계로 불가하므
로, 여기서는 모든 시대성時代性이란 것도 영원한 것, 혹은 형이상학의
한 현상에 불과하다는 점을 강조하고 이 문제의 논의는 뒤로 미룰 수밖
에 없습니다. 어쨌든, 이 시가 지닌 깊은 속뜻은, '자연의 말'(장주가 비유
적으로 말한 천뢰天籟소리)에 대한 각오覺悟와 형님의 삶에 대한 태도의 반
영이란 사실에 있습니다. 그것은 말은 세속에서의 의미를 전달하는 도
구이면서도 그 도구로서의 말을 버려야("말이 되냐"는 반어가 지시하듯이)
말의 진실에 도달하게 된다는 언어의식이 배경을 이루고 있습니다. 이
는, 말이란 세속적 의미와 가치를 추구하는 타율적인 것이면서도 자연
그대로의 운동을 추구해야 한다(道가 만물에 내재하며 스스로 운동하듯이)
는 말의 무위로운 자율성을 내포하고 있다는 점이며, 이러한 언어관은
형님 시 전반에 담긴 인생관 우주관과 상통합니다. 다시 말해, 말의 새
로운 존재 방식을 기법적 차원의 문제가 아니라, 말의 존재의 근원을
실천적 차원에서 고민하는 시인의 태도를 엿보게 됩니다. 그리고 이러
한 탈기교적이거나 반실험적이며 무의식적이고 자율적이고(오도吾道

의 차원, 곧 깨달음에 근거하고 있다는 점에서 저 초현실주의자들의 무의식적인 기교주의와는 전혀 다른 차원의!) 혹은 직관적이거나 일상생활적인 언어관은, 오늘날 완전히 망실된 한국문학의 '오래된 미학'을 다시 깊이 생각해보는 소중한 기회가 되고 있습니다. 즉 그러한 언어 미학은 꾸밈없는 수수함의 미 즉 질박質朴의 미학이라고 선인先人들은 칭했습니다. 거두절미하고 말해, 형님의 시는 저 스스로 '질박'을 표현하고 있습니다. 이 새 시집이 지닌 값진 미학적 성취 중 하나는 아마도 여기에서 찾아질 것입니다.

2. 회통回通하는 문학 혹은 회통하는 풍자

위에서 살핀 작품 「작취미성」을 비롯한 형님의 여러 시편들이 지닌 시적 인식의 내용과 그 의의는 조금 다른 각도에서 살펴질 수 있습니다. 형님의 이번 시집에서 여러 형식적 특징들이 찾아질 수 있습니다만, 그 가운데 주목할 시학적 성과 중 하나는 풍자諷刺 의식과 밀접히 관련이 있어보입니다. 전통적 의미의 풍자가 아이러니나 사커즘sarcasm, 패러디, 과장, 병렬, 비교, 비유, 유추, 익살, 해학 같은 희극성喜劇性 등을 통해 이루어지고 또 이 희극적 풍자엔 사회적으로 적대적인 관계에 놓인 대상(특정인이나 계층, 특정 사회적 관념이나 관습 따위)을 겨냥한 비판적(대개 반어反語적) 이면裏面을 지니고 있습니다. 그러나 꼭 풍자가 겨냥한 상대에 일방적인 비판과 공격을 가하는 것으로만 이해하는 것도 잘못입니다. 이론적으로는 풍자가 적대적 사회관계를 반영하는 미적 형식으로 전해져왔지만, 세계문학사의 많은 풍자 문학들의 경우, 상대방의 가치를 대립시키고 부정否定함으로써 전체적으로는 사회적 관념들과 가치들이 경쟁적으로 존재함을 보여주면서 동시에 그들과 안팎에서 공존하는 경향을 보여온 것 또한 사실입니다. 더구나 탁월한 풍자문학의 경우, 풍자는 대상을 날카롭게 풍자하는 데서 그치질 않습니다. 이를 비유적으로 표현하면, 풍자 의식이 대상에 대한 직선적 공격 의식에서 기인하는 것이 아니라 풍자하는 주체를 포함하여 풍자하는 상호적 풍자, 달리 말해 풍자의 주객을 빙빙 휘돌게 해서 마침 쌍방 모두를 다른 의식 다른 정신의 차원에 갖다 놓는 것입니다. '회오리 바람 같이 회전하는 풍자'라고 할까요. 쌍방 모두 핵심을 찌르면서 동시에 찔려, 쌍방간 대결의 자기 근거를 그 바탕에서 성찰함으로써 쌍방이 모두 형질形質 변화를 추구하는 풍자 말입니다. 시인 김수영이 깨우쳤듯이, 풍자하면서 동시에 해탈하는 문학 말입니다(「풍자가 아니면 해탈이다」).

과문한 자의 객기 어린 언급입니다만, 가까운 예로, 루쉰魯迅의 산문시집『들풀[野草]』, 소설『아Q정전』 또는 카프카의『변신』 등의 작품을 보십시요. 강직한 현실적 사회주의자로 중국의 혼란한 근대의 정신을 대표했던 루쉰의 산문시에는 비판적 사회 의식이 강렬하게 충만하고 있지만 거기엔 중국 고유의 전통적 초월의 정신 혹은 도道가 반영되어 있다 할 것입니다. 초인간적 '자연의 도'가 암울하고 살벌한 중국의 근대를 그 폐허 상황으로부터 정화하고 구원하는 것으로까지 루쉰의 시와 소설을 확대 해석하고 싶습니다. 루쉰이 곧잘 구사한 미적 형식 가운데 하나는 풍자였고, 이는 혼탁한 근대 중국의 현실을 직시한 작가로서의 당연한 미학적 선택이었으며, 그의 풍자가 대부분 사회적 비판 의식의 수행을 강조하고 있지만(한 예로, 비판적 사회의식이 사라진 풍자를 '풍자적으로' 비판한 잡문 「풍자에서 유머로」를 보십시요), 루쉰은 풍자의 공격성만을 중시하지는 않은 것 같습니다. 저 탁월한 풍자 문학 안에는 타자他 者에 대한 폭로와 비판의 형식으로서의 풍자 너머, 자타自他의 대립과 시 비是非를 초월한 무한한 정신이 펼쳐져 있는 것이지요. 그렇게 자연과 역사와 문화에 대한 더 근원적인 질문과 관심이 시종일관 함께 타오르 고 있음을 루쉰의 문학은 또 카프카의 문학은 보여줍니다(카프카의 『변 신』에서 주인공이 벌레로 변했을 때, 그 풍자성엔 물질적 탐욕이 만연된 세계에 대한 비판만이 아니라 인간의 욕망 깊이 작용하는 신성神性의 문제를 함께 고민 하듯이). 한마디로 말해, 루쉰과 카프카의 문학에서의 풍자성은 그들의 시대적 불행과 타락과 한계를 더불어 온몸으로 고투한 결과였던 것입 니다.

말이 나온 김에 시인 김수영의 「누이야 장하고나」를 비롯하여 많은 시편들 또한 바로 인간에 대한 근원적인 질문과 사유들이 풍자성과 서 로 한 몸으로 뒤섞이며 심오한 해석을 기다리고 있음을 덧붙여야겠습 니다. 그러므로 진정한 풍자는 이제 더 이상 칼날이나 화살의 형식에 그 치질 않고, 즉 인간의 부정한 역사와 추한 현실에 대한 현실주의적 비 판과 공격에 그치질 않고, 오히려 타자를 풍자하는 자아의 심층(인식) 을 성찰하고 그 자타의 대립을 이상적으로 극복하는 데로 나아갑니다. 그럼으로써 궁극에서는 거꾸로 풍자하는 타자와 자아가 하나 속에 회 통回通하는, 곧 자타와 주객을 정신 속에서 하나로서 정화 구원하는 문 학을 인식하게 되는 것입니다. 다른 예를 들 필요 없이, 앞서의 형님 시 「작취미성」에서 고등학교 교사인 시적 화자의 술 취함은 시 쓰기의 동 기를 이루어 마침내 입시 위주의 경쟁주의 교육의 참담한 현장을 시적 으로 풍자하는 동시에, 시적 화자의 자아에 대한 풍자를 동시에 수행하 고 있습니다. 다시 말해 객관적 대상인 학교와 학생들뿐 아니라 교사인 시적 화자도 풍자의 대상이 되고 있다는 점. 그리고 여기서 정작 중요한 사실은 이러한 주객, 자타의 동시적 풍자를 통해 풍자의 주체(시인 혹은 시적 화자)와 객체(타자 혹은 대상)는 새로운 삶의 계기와 초월적 차원을 품게 되었다는 점에 있습니다.

만일 풍자가 풍자하는 주체를 함께 반성하지 않은 채, 객관적 대상만을 공격하고 비판하는 일방적인 공격적 풍자(기존의 풍자)라고 한다면, 이때 풍자는 사람들에게 새로운 삶의 계기와 차원을 보여줄 수 없을 것입니다. 그러한 일방적인 풍자는 풍자하는 주체가 풍자 당하는 객체와 동일한 보수적인 삶과 기득권적 권력의 지평에 깊숙이 개입해 있거나 그 차원에서 얽매어 있는 경우가 많을 것입니다. 아상我相에 사로잡힌 풍자는 자신의 허물을 은폐하고 타자의 시비에만 매달릴 뿐, 자타간의 대립과 시비를 궁극적으로 해결할 아무런 능력과 전망을 갖고 있지 못합니다. 이데올로기는 바로 그러한 낡은 이기적 풍자의 오랜 배후 세력이었습니다. 그러므로 풍자는 자기 자신에 대한 근원적인 반성을 동시적으로 수행해야 합니다. 그런데 풍자를 통한 완전한 자아의 실현은 풍자의 대상과 주체가 지닌 의식과 태도 전체를 하나로서 반성할 때 비로소 가능해집니다. 가령, 김수영의 시가 지닌 풍자 의식의 핵심은 바로 대상에 대한 날카로운 풍자에 그치질 않고 풍자 대상으로서 타락한 현실과 시적 자아의 비루한 욕망을 하나로 이해하고 자타간의 상호적인 풍자 의식을 온몸으로 동시에 밀고 나아갔다는 데 있습니다. 이럴 때 풍자는 비로소 전일성全一性, Einheit으로서의 자아 실현과 구원의 문제를 향해 치열하게 나아갈 수 있겠지요(이때의 '풍자'를 굳이 풍자라고 할 필요가 있는지 하는 의문이 듭니다. 그러나 풍자 정신은 리얼리즘 역사에서 '오래된 미학적 성과'의 하나라는 점, 또한 암담하고 부조리한 오늘의 현실에서 여전히 가장 유력한 미학 형식이 풍자라는 점에서, 풍자라는 기존 개념은 유효할 듯합니다).
그렇다면 '온몸으로' 풍자하는 시란 무엇이며, 그 초월적 풍자의 세계
란 구체적으로 무엇입니까.

(1)
봄날 막 꽃 문이 열리는
라일락나무 그늘 아래서
내가 쓸쓸하니
참새가 쓸쓸하다
내가 체중이 줄고 날씬해지니
참새도 날씬하다

운명처럼 그것은 좀 불길한 예감
참새가 이십 년 전의 삼분지 일로 줄었단다
한 나라의 참새 숫자는 그 나라의 인구수와 맞먹는다는데
인구는 늘고 참새는 줄었다
사람들은 비만을 걱정하고
참새는 날씬해져서 알을 못 낳는다

그러나 세상은 아무 일 없고
노래만 남았다
참새야 참새야 너 어디 가니
순이네 처마에 알 낳으러 간다
나 한 알 주려마

지져 먹고 볶아 먹고 포르릉

—「그 많던 참새는 누가 다 먹었나」 전문

(2)

단풍나무는 저만치 봄에

벌써

죽음처럼 씨앗을 예비했다

손바닥 모양의 푸른 잎사귀 밑에

프로펠러 모양으로 생긴

분홍빛 씨앗

격정처럼 한여름 지나고

생애처럼 가을이 오면

씨앗은 잎을 버릴 것이다

잎은 잎대로 눈부시게 자신의 몸을 버리고

씨앗은 비로소 프로펠러 돌리며

지상으로 돌아갈 것이다

프로펠러는

날아오르기 위한 것이 아니라

삶과 죽음의 경계

늘 추억이 눈부셔

씨앗이 매단 무거운 날개이다

—「2교무실 앞 단풍나무」 전문

늙은 학생의 시 511

인용 시 (1)에 대한 일차적 해석은 "이십 년 전의 삼분지 일로 줄"어든 참새를 통해 탐욕과 반생명이 미만한 한국 사회의 현실과 현대 문명을 비판한 시라고 할 수 있습니다. 이 시에서도 풍자 의식은 시종 관통하고 있습니다. "사람들은 비만을 걱정하고/참새는 날씬해져서 알을 못 낳는다" "그러나 세상은 아무 일 없고/노래만 남았다"가 그렇고, 첫 연과 마지막 연도 풍자의 맥락으로 읽을 수 있습니다. 그런데 주목할 부분은 첫 연과 끝 연입니다. 그것은 첫 연에서 '나'와 참새가 논리 형식상 동일 지평에서 병치되고 있다는 사실인 바, 그 형식 논리상의 병치 비교는 인간 사회와 물질 문명에 대한 비판적 풍자성을 유발합니다("내가 체중이 줄고 날씬해지니/참새도 날씬하다"). 하지만, 그 풍자는 시적 화자인 '나'를 향한 풍자로 이어집니다. 풍자하는 시적 화자의 자신을 향한 또 다른 풍자는 3연에서 이루어지고 있습니다. 즉, "그러나 세상은 아무 일 없고/노래만 남았다"는 3연 1-2행 시구와 놀이 형식의 동요 가사를 변용한 3-6행 시구의 병치는, 문명/동심, 세계/시(노래)를 대립시킴으로써, 시적 화자는 물질 문명에 의해 '동심童心의 천진난만(무위자연)', '참새 소리(자연)'가 점차 사라지는 세계에서 인위적인 노래(시인들이 지은 시詩)만 남은 역설적 현실을 풍자하고 있는 것입니다.

　　그런데 여기서 주목할 것은 비판 대상과 풍자하는 주체를 함께 풍자하는 곧 자기 반성적 풍자 정신이 초월적 성찰을 준비한다는 사실입니다. 이는 바로 이 시의 첫 연 "라일락나무 그늘 아래서/내가 쓸쓸하니/참새가 쓸쓸하다"라는 시구에 그 초월적 정신의 전조前兆가 강하게 담겨 있다는 점과 관련이 있습니다. 그 이유는, 꽃문이 열리는 봄날 라일락 나무 그늘 아래서 생명계의 약동을 한껏 느끼기는커녕, '내'가 오히려 쓸쓸함을 느끼고 그 쓸쓸함이 참새에게 전이되는 아이러니컬한 시적 인식에서 찾아집니다. 다시 말해 이미 시적 화자에게 인간주의적 차원 너머 뭇 생명체들과의 교감과 영적인 교류가 전제되지 않는다면, 이 시구는 한낱 형식 논리(내가 쓸쓸하니/참새가 쓸쓸하다)상의 시구에 불과할 것이나, 자아/참새를 상호 대립하되, 동시에 상호 순환 나아가 회통의 관계로 보는, 즉 생명계의 심원深遠하고 초월적 역설의 논리로서 이 시구를 읽을 수 있기 때문에 가능한 것입니다. 근원의 시선 또는 초월의 시선으로 보았을 때, 이 시구는 생명계의 그물망이 그러하듯이 일체의 만물들이 사방팔방시방으로 서로 깊은 인연因緣을 맺고 있다는 인식의 산물인 것입니다. 분명 우주 생명계의 자율적 운행에 대한 각성이 이러한 반문명적 풍자 정신과 탈문법적 비논리적 반어의 의식을 키웠을 것입니다. 이를 뒷받침하는 흥미로운 작품이 두 번째 인용시입니다.

인용 시 (2)에서 풍자는 반어의 정신을 통해 주객의 구별을 넘어 생명계 전체로 확산되고 있습니다. 이때 풍자는 이미 풍자라고 할 것도 없을지도 모릅니다. 그러나 이 시에서 분명한 점은 고도의 풍자 의식이 아이러니와 역설 같은 반어反語적 시 의식 속에 감지되고 있습니다만, 주목할 사실은 현대 기계 문명의 한 기기인 "프로펠러"가 반어와 풍자 나아가 상징을 두루 포함하는 시어로 쓰이고 있다는 점입니다. 프로펠러가 풍자인 것은 현대 문명/자연의 생명력("분홍빛 씨앗")의 대립을 품고 있다는 점 때문이며, 아울러 프로펠러가 반어적인 상징물인 것은 프로펠러를 통해 '단풍나무 씨앗'의 생명력 나아가 자연계의 섭리가 은밀하고도 가만히 드러나고 있다는 점입니다. 시인 김수영이 '팽이'와 '프로펠러'를 절묘하고도 심오한 반어적(혹은 풍자적) 시어로 썼던 명시 「달나라의 장난」을 연상시키는 이 작품에서 형님은 '죽음'과 '씨앗'의 순환성(회통)에 대해 이야기하고 있습니다. "벌써/죽음처럼 씨앗을 예비했다"는 시구는 생명계의 시간의 흐름은 선형적線型的인 흐름이 아니라 비선형적非線型的, unlinear인 흐름(소용돌이, 회오리vortex)이라는 시간 인식이 전제되어 있는 것이고, 이는 '자연[自然而然]의 시간관'의 당연한 표현일 것입니다.

그러나, 이 시에서 중요한 것은, 형님의 시적 무의식이 빙글빙글 돌면서 떨어지는 단풍나무 씨앗의 낙하를 보고서 '프로펠러'를 연상했다는 점 그 자체일 듯합니다. 이 잠재의식의 시적 인식이 중요한 까닭은 먼저, 비록 이 시가 "씨앗이 매단 무거운 날개"라고 하여, 씨앗의 하향성下向性을 드러내고 있지만, 그 이면엔 동시적으로 프로펠러의 상향성 혹은 비상성을 내포하고 있다는 점에 있습니다. 그러나 하늘과 땅 사이, 즉 천지간의 상향성(깊게는 형이상학적 신 즉 무한한 영원성에로의), 혹은 하향성(깊게는 만물의 어머니, 즉 생멸하는 자연 만물)이라는 프로펠러의 속성도 필히 회전 혹은 순환에 기 한다는 사실에 이 시의 깊은 의미가 있을 것입니다. 간략히 말해, 시어 '프로펠러'는 '회전' 혹은 '돎'이라는 우주적 생명의 기본적 속성을 비유하고 있다는 점입니다. 다시 말해 형님의 프로펠러는 자연의 무의식적 연상으로서의 돎(회전, 순환)을 상징적 이미지로 드러내고 있는 것입니다. 시인 김수영이 '팽이가 빙글빙글 도는' 모습을 보고 '서러워'했고 '울어서는 안 된다'고 썼듯이 말입니다 ('서러움'은 더럽고 추한 현실에서 생명의 자연적 원리를 각성한 시인 김수영의 자의식自意識과 자기 연민의 표현일 것입니다). 단풍나무 씨앗을 비유한 '프로펠러'에는 여러 비유 관념이 들어 있지만, 조금 깊이 생각하면, 자생적 삶과 자연적 생명계를 깊이 관찰하고 사랑하는 형님의 무의식은, 이미 생명의 원형 이미지라 할 수 있는 프로펠러의 회전 이미지와 선뜻 한 몸을 이루었을 듯합니다.

현대 과학의 관점에서 본다면 생명활동을 하는 모든 존재의 근본 조건은 회전하는 것 즉 도는 것이라 할 수 있습니다. 생명체의 기초를 이루는 원자의 내부에는 전자 양자 중성자가 돌고 있고 혈액이 순환하고 모든 생물체들은 흙에서 나와 흙으로 순환합니다. 지구도 돌고 달과 해도 자전하며 공전하고 있습니다. 원자의 회전 운동이나 지구의 회전이 멈추면 생명체가 살아갈 수 없듯이, 회전과 순환 운동은 생명계의 존립을 위한 절대적인 조건인 것입니다. 나아가 卍[만다라]에는 방위方位와 회전(인도와 티베트 불교)의 뜻이 내포되어 있고 많은 종교적 의식이나 춤에서 회전의 반복 동작을 통해 신과의 만남, 황홀경trance을 체험하는 것도 생명계의 근본적이면서도 심오한 원리로서의 '돌음[回轉]'의 의미를 깨닫게 합니다.

그러니까 형님의 시적 자아와 리비도 혹은 잠재 의식은, 50년대의 출중한 시인 김수영의 시적 자아가 빙글빙글 도는 팽이 앞에서 서러워했듯이, 프로펠러의 회전 이미지를 통해 자연스럽게 어떤 새로이 탄생하는 생명의 징후를 직관했을지도 모릅니다. 그래서 "프로펠러 모양으로 생긴/분홍빛 씨앗"이라는 표현이 나올 수 있었을 것입니다. 이 시구 또한 평소 형님의 단풍나무 관찰에 따라 얻은 시적 표현일 가능성이 큽니다만, 그러나 형님이 의식했든 안 했든 '분홍빛'은 그 자체로 생명의 기운을 비유하는 것이란 점을 여기 적어둘 필요가 있을 듯합니다. 형님의 몇몇 시편에 등장하는 '노을'이나 '가을 칸나'와 같은 붉은색 이미지는 (붉음은 생명의 원형으로서의 태양을 상징하듯!) 형님 시에서 죽음 속에서 잉태되는 새 생명을 가리키기 때문입니다. 가령 "배롱나무 꽃도 벌써 지고/헐거워진 교정의 녹음 속에/단 하나 붉은 포인트"와 같은 시구들이 그러합니다. 여기서도 붉은 점 즉 "단 하나 붉은 포인트"(「가을 칸나」)는 집중과 확산으로서의 생명의 순환 원리라고 할 수 있겠지요. 그것은 존재의 무에서 시작되는 나비의 가녀린 날개짓과도 같은 것입니다. 물화物化 즉 죽음과 허무 너머 생명의 시작과 완성은 붉은 점의 이미지에 상징되고 있는 것입니다. '호접몽'이 그러하듯이 말입니다. 그러므로 결국 프로펠러는 현대 기계 문명 속에서 새 생명의 잉태와 탄생을 상징한다고 할 수 있습니다.

어쨌든 회전과 정지停止 이미지를 함께 지니고 있는 시어 '프로펠러'를 가리켜 "프로펠러는/날아오르기 위한 것이 아니라/삶과 죽음의 경계"로 표현한 것은 풍자적인 동시에 심오합니다. 다시 말하지만, 그것이 풍자적인 것은 시어 프로펠러가 현대 물질 문명의 반어적 상징물이기 때문이고, 그것이 심오한 것은 나비의 날개짓처럼 생명계의 원리가 그 풍자성 안에 이미 담겨져 있다는 점 때문일 것입니다. 이쯤에서 우리의 시인 김수영의 시「달나라의 장난」을 비교할 필요를 느낍니다.

시인 김수영은 풍자성을 기존의 풍자의 범주에 가두지 않고, 자신의 시적 풍자성을 시적 자아와 자기 삶이 한 몸을 이루어나아가는, 즉 전일성으로서의 시와 삶의 실현 과정 속에서 인식했습니다. 그가 "詩作은 (…) 온몸으로 동시에 밀고 나가는 것"(김수영,「詩여, 침을 뱉어라」,『김수영 전집』2권(산문), 민음사, 2003, 250쪽)이라고 말한 것도 아마 이런 맥락에서 새로이 해석될 수 있을 듯합니다(김수영 시의 초월성 혹은 동양적 형이상학을 엿보게 하는 글들은 여러 군데에서 찾아집니다. 한 예를 들면, 시인은 시어는 "眞 竿의 언어 속에서 어떤 순수한 현대성을 찾"는 것이고, 그로부터 "시의 본질인 냉혹한 영원성을 구출해"내는(「가장 아름다운 우리말 열 개」, 앞의 책, 281쪽) 것이라고 쓰고 있습니다). 이런 까닭에 형님의 시는, 아니 무릇 모든 시는 철학 그 자체가 아니라 "온몸으로 동시에 밀고 나가는" 능동적이고 자율적이며 적극적인 실천, 즉 자아와 세계의 대립을 넘어서려는 정직하고 투철한 삶의 태도의 산물이라 할 수 있겠지요.

팽이가 돈다

어린아이이고 어른이고 살아가는 것이 신기로워

물끄러미 보고 있기를 좋아하는 나의 너무 큰 눈 앞에서

아이가 팽이를 돌린다

살림을 사는 아이들도 아름다웁듯이

노는 아이도 아름다워 보인다고 생각하면서

손님으로 온 나는 이 집 주인과의 이야기도 잊어버리고

또 한 번 팽이를 돌려주었으면 하고 원하는 것이다

都會 안에서 쫓겨다니는 듯이 사는

나의 일이며

어느 小說보다도 신기로운 나의 生活이며

모두 다 내던지고

점잖이 앉은 나의 나이와 나이가 준 나의 무게를 생각하면서

정말 속임없는 눈으로

지금 팽이가 도는 것을 본다

그러면 팽이가 까맣게 변하여 서서 있는 것이다

누구 집을 가보아도 나 사는 곳보다는 餘裕가 있고

바쁘지도 않으니

마치 別世界 같이 보인다

팽이가 돈다

팽이가 돈다

팽이 밑바닥에 끈을 돌려 매이니 이상하고

손가락 사이에 끈을 한끝 잡고 방바닥에 내어던지니

소리없이 회색빛으로 도는 것이

오래보지 못한 달나라의 장난같다

팽이가 돈다

팽이가 돌면서 나를 울린다

제트機 壁畵 밑의 나보다 더 뚱뚱한 주인 앞에서

나는 결코 울어야 할 사람은 아니며

영원히 나 자신을 고쳐가야 할 運命과 使命에 놓여 있는 이 밤에

나는 한사코 放心조차 하여서는 아니될 터인데

팽이는 나를 비웃는 듯이 돌고 있다

비행기 프로펠러보다는 팽이가 記憶이 멀고

강한 것보다는 약한 것이 더 많은 나의 착한 마음이기에

팽이는 지금 數千年前의 聖人과 같이

내 앞에서 돈다

생각하면 서러운 것인데

너도 나도 스스로 도는 힘을 위하여

공통된 그 무엇을 위하여 울어서는 아니 된다는 듯이

서서 돌고 있는 것인가

팽이가 돈다

팽이가 돈다

—「달나라의 장난」 전문

어느 날 시인은 "나 사는 곳보다는 여유가 있고/바쁘지도 않"은 '누군가의 집'을 "손님으로" 방문합니다. 그 집에서 시인이 "아이가 팽이

를 돌"리는 모습을 보고서 쓴 시가 위의 시입니다. 우연히 돌고 있는 팽이를 보고서 시인은 문득 자의식에 빠집니다. 그러다가 돌고 있는 팽이를 통해 어두운 현실 생활을 풍자하고는 이윽고 팽이가 시인의 인식 속에서 새로운 팽이로 새롭게 거듭나게 되는 과정이 차례로 이어집니다. '달나라의 장난'이란 제목에 이미 풍자적인 상징이 들어 있듯이, 이 시에서 주목할 것은 돌고 있는 팽이라는 대상이 시인의 인식 속에서 새로운 변신을 하고 있다는 점에 있습니다. "나는 한사코 放心조차 하여서는 아니될 터인데/팽이는 나를 비웃는 듯이"에서 팽이는 시인이 풍자하는 대상이 아니라, 시인을 풍자하는 역逆풍자의 주체로, 즉 상호간 순환하는 풍자로 바뀌고, 이윽고 빙빙 도는 팽이는 "비행기 프로펠러보다는 팽이가 記憶이 멀고/강한 것보다는 약한 것이 더 많은 나의 착한 마음이기에/팽이는 지금 數千年前의 聖人과 같이/내 앞에서 돈다"는 시구에서 보듯, 시적 정신을 성찰시킬 뿐 아니라, 나아가 팽이와 시적 자아는 함께 초월적 변화를 겪고 있다는 점. 그래서 시적 자아는 '돎'에 대한 근원적이고 초월적인 세계 인식, 즉 "數千年前의 聖人과 같"은 세계를 자각하고, "생각하면 서러운 것인데/너도 나도 스스로 도는 힘을 위하여/공통된 그 무엇을 위하여 울어서는 아니된다는 듯이/서서 돌고 있는 것인가/팽이가 돈다/팽이가 돈다"라고 쓰고 있습니다. 김수영 시에서 자주 쓰이고 있는 반어와 반복과 풍자는 부조리한 현실에 대해 '온몸으로 참여'한 시적 형식들이기에 시인의 초월은 종교적 초월이 아니라 비로소 구체적인 현실 속에서 '온몸으로' 체득한 초월이라 할 것입니다. 그래서 초월을 다시 세속으로 귀환시키고 있다는 점, 바꿔 말해, 김수영의 도는 단순한 초월의 도가 아니라 만물과 사회와 구체적 생활 현실의 도라는 점, 바로 이 점이 김수영 시의 귀한 진면목이라 할 것인

바, 이는 형님 시와 상통합니다.

결론적으로 말해, 다른 그의 시에서도 확인되는 것이지만, 김수영의 시 「달나라의 장난」은 회통回通, 즉 만물의 근원적 존재성과 보편적 생명성("너도 나도 스스로 도는 힘")을 구체적인 현실 인식 속에서 모든 삶의 '공통성'으로(괴로운 생활 현실에 대한 반어법적 표현인 "공통된 그 무엇을 위하여 울어서는 아니 된다는 듯이/서서 돌고 있는 것인가") 깊이 인식하고 있는 시인 셈입니다. 어쨌든 다시 확인하지만, 돎, 혹은 순환이 지닌 이와 같은 우주 만물의 심원하고 '공통된' 생명성이 형님의 시에서도 고스란히 이어지고 있음은 실로 뜻깊습니다. 그것이 뜻깊은 것은, 시인의 시적 인식이 "數千年前의 聖人과 같"은 인식에 도달했다는 점 자체에 있는 것이 아니라, 위에서 말씀드렸듯이 타락하고 부조리한 현실과 '온몸으로 동시에 밀고 나가는' 삶이 저 스스로 "數千年前의 聖人과 같"다는 시적 인식으로 화化했다는 점에 있습니다. 이는 부패한 현실과 투쟁하는 생활 속에서, 삶의 진실이 무엇인가를 끝없이 되묻고 추구하는 삶, 그리고 그로부터 마침내 도달한 무위無爲의 자연인으로서의 삶의 자각을 통해 가능했을 것입니다(이와 관련해서 시인 김수영이 쓴 "중요한 것은 詩의 예술성이 무의식적이라는 것이다. 시인은 자기가 시인이라는 것을 모른다. 자기가 시의 기교에 정통하고 있다는 것을 모른다"(「詩여, 침을 뱉어라」, 앞의 책, 251쪽)는 산문 구절을 떠올릴 필요가 있습니다). 리얼리즘이란 무엇인가라는 근본적인 질문도, 어쩌면 이처럼 리얼리즘을 초월하는 무위의 세계를 깊숙이 품고 있을 때 진정한 리얼리즘이 될 수 있는 것 아니겠습니까. 그러니, 모든 문학은 삶에 대한 태도가 출발이자 도착이며, 이 또한 삶과 문학의 근본적인 순환성(회통)이 문학의 존재 조건임을 말해주는 것일 겁니다.

3. 回通의 시

아마 근원적 생명 운동으로서의 회전回轉에 대한 무의식적 자각이나 비선형적이고 회오리같이 순환하는 시간성의 체득이 형님 시에서 이화異化(혹은 화생化生)와 그 자연스러운 시적 형식인 황홀경 또는 불합리하고 비현실적인 환상의 형식으로 나타나는 것은 오히려 자연스러운 현상입니다. 그러니까 결국 형님 시에 나타나는 판타지는 타락한 근대 문명 세계에 대한 시적 자아의 대립과 불화가 낳은 자연스러운 시적 결과이면서 인위적 상상력을 넘어 자율적이고 능동적으로 표출되는 초월적 상상력 혹은 근원적 생명력의 산물인 것이지요. 그 아름다운 시적 결정結晶이 바로「능소화」입니다.

어둠 속에서 담배를 핀다 칠흑 같은 바다의 어둠과 침묵 그리고 소멸하는 시간 속에서 살아오는 허무의 꽃 꿈인지도 모른다 꿈의 꿈인지도 모른다 몽환의 화려한 꽃불 꽃가지 언제부터인가 눈에서 귀에서 검은 입속에서 피어오르는 따뜻한 꽃 웃음의 끝 울음의 끝에서 환히 피어 오르는 허무의 꽃 가슴 저 끝에 뿌리박은 듯 뻗어 올라 가슴 가득 뒤덮은 능소화 푸른 잎 속에 피어오르는 주황빛 저 꽃

—「능소화」전문

어둠 속에서 피는 빨간 담뱃불은 암흑/붉음의 대립적 이미지를 피우며, 이 강렬한 대립적 이미지는 물질적 세속 현실에 몸담고 있는 시적 자아가 어떤 변화의 찰나 혹은 그러한 상태에 놓여 있음을 상징적으로

암시합니다. 그 어둠/붉음의 대립이 하나의 상징을 갖게 된 직접적 계기는 '변화생성變化生成의 순간', 즉 "칠흑 같은 바다의 어둠과 침묵 그리고 소멸하는 시간 속에서 살아오는 허무의 꽃"이라는 생명성의 심오한 이치와 연결되어 있다는 점에 있습니다.

칠흑같이 어두운 바다는 그러나 어머니 자궁의 상징이기에 허무 소멸 죽음 속에서도 끝내 생명의 수많은 잉태를 그 속에다가 준비하고 있습니다. 따라서 허무는 그저 텅 빈 없음의 세계가 아니며, 지혜의 빛으로 본다면 무궁한 탄생을 준비하는 새 생명의 상서로운 기운으로 가득한 빈 공간이라 할 것입니다. 그래서 '허무의 꽃'이라는 시적 표현이 나오는 것이지요. 허무가 꽃을 적극적으로 피워낼 때 바다는 신령스러운 어머니로 화합니다. 눈여겨볼 곳은 이러한 생명계의 신비롭고 심오한 과정을 "꿈인지도 모른다 꿈의 꿈인지도 모른다"고 표현하고 있다는 사실입니다. 이는 꿈이 사라져야 현실이 보인다고 하는, 꿈/현실의 분별이 아니라, 꿈과 현실의 분별 너머를 가리킵니다. "꿈의 꿈"은 즉 소용돌이와 같은 혼돈混沌의 경지를 뜻하는 것이고, 결국 죽음(혹은 '칠흑 같은 바다의 어둠')도 삶('꽃')처럼 하나의 존재 방식이요 존재 형식이란 점, 바꿔 말해 이 시구는 세속적 인간주의적 대립을 초월한 순환적 생명성의 무차별적 경지를 함축적으로 암시합니다. 자아 속에 일체의 분별이 사라진 경지에 이르니, 유한有限한 삶도 꿈이고 나아가 "꿈의 꿈"의 무한無限도 삶('꽃')이 되는 경지인 것입니다(무한과 합일하는 유한의 경지, 이런 혼미昏迷의 경지란, 저 중국 옛 늙은이[老子]의 말씀을 빌면, 현덕玄德의 경지라 할 수 있을지요).

그리하여 이 시에서 시적 자아에게 꽃이 피어나는 과정의 진실은 무차별의 다른 이름인 몽환夢幻 그 자체가 되고 있습니다. 그러나 다시 말하지만, 몽환은 현실 그 자체입니다. 그래서 시적 자아는 몽환을 눈으로 보고("화려한 꽃불" "환히" "피어오르는" 등) 귀로 듣고("울음") 피부로 감각하고("따뜻한") 있겠지요. 이 몽환의 감각적 표현은 시적 자아에게 몽환과 현실이 서로 무차별적 관계에 놓여 있음을 환기시킵니다. 그것은 만물이 무위롭게 화생化生하는 '허무虛無'의 과정 그 자체를 상징합니다. 그 무차별에서 화생하는 생명 원리는, 시적 자아(주체)와 대상('능소화')의 분별이 사라진 몽환의 표현에 이르러 절정에 도달합니다. "가슴 저 끝에 뿌리박은 듯 뻗어 올라 가슴 가득 뒤덮은 능소화 푸른 잎 속에 피어오르는 주황빛 저 꽃"이라는 시구가 그러합니다. 이 시구에 이르러 허무는 죽음이 가득한 허무가 아니라, 만물이 화생하는 허무, 생기로운 영화靈化가 가득한 허무임을 확인하게 됩니다. 미술사학자 강우방 선생의 불교미술 해석에 기대어 표현하자면, "능소화 푸른 잎 속에 피어오르는 주황빛 저 꽃"은 허무로부터 마침 아름답고 찬란하게 영기화생靈氣化生하는 것이며, 그 푸름/붉음의 신기로운 대비는 절대적 무한자無限者(형이상학)의 색채적 표현인 아름답고 찬란한 단청丹靑을 떠올리게 합니다. 결론적으로, '허무의 꽃'인 능소화는 생명의 무한성과 절대성을 상징하며, 허무는 결국 뭇 생명의 바탕임을 이 시는 심오하고도 아름답게 표현하고 있습니다.

또한 이 시의 의미 맥락을 살펴보면, 형님은 오늘의 우리 삶이 도달한 폐허 상황이 다름 아닌 새 생명을 준비하는 현묘한 바탕임을 보여주고 있습니다. 이는 매우 소중한 인식 내용이라 할 것인데, 이 시의 미적 성취는 이와 같은 현실에 대한 폐허 의식이 아이러니컬하게도 생명을 낳는 신비한 힘이라는 깨달음을 무의식적 언어의 흐름을 통해—의식적 인위의 언어에 의해서가 아니라—현상現像했다는 사실에서 찾아질 수 있습니다. 즉 세속적 언어 감각은 생명의 진리에 대한 무의식적(현실적, 환상적) 깨달음과 통일되고 있는 것입니다. 폐허와 죽음('어둠'과 '소멸')에서, 또 "울음의 끝에서" 저토록 아름다운 꽃(생명)이 탄생한다는 형님의 시적 의식, 아니 삶의 태도에 이 시의 아름다움의 절정이 느껴집니다(고백컨대, 이 느낌은 정신적 정화淨化의 황홀한 체험이기도 합니다). 그러니 허무 혹은 폐허는 생명이 비로소 잉태하고 탄생하는 터전인 셈이고, 바로 이곳이야말로 위에서 말씀드린 초월적 또는 회통하는 풍자성이 비롯되는 지점이라 할 것입니다.

형님은 칠흑의 어둠 속에 이미 광명의 씨앗이 '환히' 움트고 있음을 보고 계시니, 무지한 소생으로선 그저 합장하고 서 있을 따름입니다.

4. 오래된 학교

근대 자본주의 문명은 이제 후기 자본주의 사회라는 이름을 달고 우리 삶을 지배하고 있습니다. 소비에트 붕괴 이후 현실 세계에서 사회주의와 자본주의의 갈등과 대립은 홀연 사라졌고, 사실상 이제 자본주의 문명과의 싸움만이 남게 되었습니다. 전체주의적 통제 체제는 이미 오래전부터 사회주의 자본주의 가릴 것 없이 철저하고 강제적으로 인간 사회를 관철하고 있습니다. 더욱이 기술 진보 특히 오늘날의 아이티 기술의 무서운 발전은 자본의 장밋빛 환상을 더욱 강화하면서 삶을 장악하고, 이를 통해 자본은 더욱 교묘하고 효율적으로 삶에 대한 통제력을 강화합니다. 오늘의 삶은 더욱 정밀해진 디지털 회로 속에서 화려한 치장을 하고서 가상화되고 부호화되어 삶의 소외가 심화되며, 결국 삶은 통제적이고 감시적인 사회 체제에 편입됩니다. 과거 이념의 시대가 보여주던 끔찍한 냉전 체제는 이제 신자유주의의 범세계적 체제로 바뀌었지만, 기실은 첨단 기술에 의해 자본과 권력의 더욱 무서운 감시와 통제 체제가 구축되었습니다. 새로운 전체주의적 감시와 통제가 이루어지고 있는 것입니다. 교육 현장도 여기서 예외는 아니어서 어린 학생들은 자라면서 자연스럽게 이 새로운 '멋진 신세계'적 전체주의를 익히게 됩니다. 형님은 그 끔찍한 교육 현실을 이렇게 적고 있습니다.

학교에는 1,710개 번호가 산다네
착하고 약은 너구리도 살고
잔뜩 웅크린 고슴도치도 살고
성질 더러운 오소리도 살지만

학교에는 1,710개 번호가 산다네
똑같은 교복 왼쪽 가슴에
이름표는 이름표대로 달지만
몇 학년 몇 반 몇 번 번호로 산다네

새벽 아직 어둑한 시간에 등교해
똑같은 교실 똑같은 자리에 똑같은 번호로
하루 종일을 앉았다가
학생증 바코드로 점심 먹고 저녁까지 먹고
도서관 자율 학습 10시에 끝나면
뿔뿔이 흩어져 마을 버스 타고 어머니 자가용 타고

번호들이 집으로 간다네

학교에는 1,710개 번호가 산다네
컴퓨터도 이름은 모른다네
단지 오엠알 카드 까맣게 칠한
번호로 1,710명 얼굴을 기억한다네
학교에는 번호들이 하루 종일을 모여 산다네

—「번호들의 세상」 전문

　더 설명이 필요 없을 듯합니다. 효율적인 통제의 대상이 된 학생들의
처지와 기능주의적이고 전체주의적 교육을 아무런 반성이나 저항 없
이 수행하는 학교, 그리고 이런 현실에 부역하는 학부모들. 오늘의 한국
교육의 불행은 어린 학생들의 개성이나 저마다의 타고난 천성과 자연
성을 완전히 죽이는 학교 현장이 그대로 웅변하고 있을 터입니다. "똑
같은 교실 똑같은 자리에 똑같은 번호로/하루 종일 앉았다가/학생
증 바코드로 점심 먹고 저녁까지 먹"다보니 '그 잘난 컴퓨터조차 학생
들 이름을 모르고', "단지 오엠알 카드"로 상징되는 교육 현장 말입니
다. 이러한 절망적인 교육 현실 인식을 단적으로 압축한 시구가 마지막
행 "학교에는 번호들이 하루 종일을 모여 산다네"일 것입니다만, 이 시
를 '윤재철의 시'이게끔 만드는 시적 인식은 아마도 첫 연에서 찾아질
것입니다. 왜냐하면 첫 연에는 형님의 철학과 시학이 자연스럽고도 소
박하게 만나고 있기 때문입니다.
　그것은 우선 자연을 시적 사유의 원천으로 삼는다는 점에서 그러합
니다. "학교에는 1,710개 번호가 산다네/착하고 약은 너구리도 살고/

526

잔뜩 웅크린 고슴도치도 살고/성질 더러운 오소리도 살지만"이란 시구에서 계산화 번호화한 학생들 개개인을 너구리 고슴도치 오소리로 바꾸어 인식하고 있다는 점이 그 증표이며, 아울러 인간(가령, 학생 개개인의 이름)을 구체적으로 호명呼名하지 않고 있다는 점이 그다음 증표입니다. 이 사실은 형님의 시적 발상의 원천이 어디에 있는지 다시 한 번 확인하게 합니다. 후기 산업사회의 극히 번화한 기술 문명 속에서의 교육이 무엇인가를 고민하는 자리에서 자연 동물들을 부조리한 교육 현실과 견주고 있으니 형님의 시 의식에 대해 시대착오적이라는 비판도 있을 것입니다. 물론 백전노장의 속정 깊은 선생님이 사랑하는 제자들을 동물들에 빗대는 것은 그 자체로 귀여운 아이들을 향한 한없는 사랑의 발로 때문일 수도 있을 것입니다. 형님께서 "휴대폰을 늘 손에 달고 다니며/틈만 나면 귀신 같은 손놀림으로/자판 눌러대는 아이들을 보면/엠피 쓰리 귀에 꽂고 볼펜 돌려가며/시험 공부하는 아이들을 보면/내가 허전하다 (…) 옛날을 말하는 것이 아니라/농경 문화적인 것을 말하는 것이 아니라/밖으로만 안테나 달고/도무지 내공이 없는 아이들을 보면/아이들이 허전하다/이 문명이 참으로 허전하다"(「내공」)라고 한탄하는 것도, 아이들이 문제가 아니라 문명의 문제이며 결국 세계관의 문제이며 나아가 세계관의 실천(삶의 태도)의 문제라는 인식에서 비롯되었을 것입니다. 그리고 그 세계관의 실천이 시인에겐 시 쓰기일 것이고 교사로선 교육 그 자체일 것입니다.

그러므로, 형님의 시편에서 자연 동물의 비유는 나름대로 깊은 의미가 있고 형님의 시 의식을 이해하는 하나의 중요한 통로가 되기도 합니다. 다시 말해서, 거기에는 경쟁적인 발전이나 인위적 성장에 기초한 문명이 아니라, 자연과의 공생이 가능한 세상을 갈구하는 세계관과 그 문학적 실천이 깃들어 있다는 점이 중요할 것입니다. 그것은 크게 보아 무위자연에 대한 동경이며, 더욱 중요한 점은 학생만이 아니라 문명의 극복을 위해서는 학교나 교사의 입장도 예외일 수 없는 것이어서, 자연으로부터 겸허히('온몸으로') 배워야 한다는 믿음이요 실천이기도 한 것입니다. 자연적인 것에 대한 관심, 아니 거꾸로, 자연에 의한 시적인 세계의 발견을 추구하므로, 형님의 시 세계는 '소박하면서도 오래된' 즉 질박質朴한 시 감각이 시종일관 내외 구별 없이 관통하고 있습니다.

그러나 여기엔 중대한 오해가 있을 수 있습니다. 그 오해는 형님의 시적 감각이 단순히 소탈하고 재래적인 것으로 치부될 가능성이 높다는 점입니다. 형님의 시 의식과 감각을 두고서 그저 소박하고 재래적이라는 비판이 있다면, 이는 그 평자의 세계관의 한계일 것입니다. 왜냐하면 자연에 의한 '자족하는 삶'을 적극적이고 의지意志적으로 실천하려 한 시 의식의 산물이 바로 자연을 닮은 무위로운 시 감각이었기 때문입니다. 그리고 그 경쟁적이고 통제적인 인위人爲가 사라진 세계가 형님이 간절히 이루려 하는 교육 세계가 아닌가요. 그렇지만 형님은 그러한 자연을 닮은 무위의 학교를 달성하기 위해 잘못된 교육에 대한 비판 의식만이 아니라 형님 특유의 '마음'에 힘쓰고 있음을 보게 됩니다. 그것은 답답하고 불행한 교육 현실을 날마다 체험하면서도 형님은 분노하고 비판하기보다는 그러한 교육 현실을 살아가는 어린 아이들의 건강한 영성靈性에 보다 더 주목한다는 점과 관계됩니다.

> 핸드폰을 손에서 놓지 않고
> 귀에는 늘 엠피 쓰리니 뭐니 꽂고 사는 아이들이지만
> 매점은 사십 년 전이나 지금이나 똑같아

쉬는 시간이면 왁자지껄

공부보다 즐거운 장이 선다

—「매점」 부분

시인은 휴식시간 왁자지껄 소음과 흥겨움이 가득한 학교 내 매점을 가리켜 "공부보다 즐거운 장이 선다"고 표현하고 있습니다. 여기서도 형님의 속내를 짐작할 수 있습니다. 여기서 주목할 부분은 '사십 년 전 매점은 오늘도 여전히 아이들이 왁자지껄한 곳이며 공부보다 즐거운 장이 서는 곳'이라고 시인이 인식하는 지점입니다. 사소한 듯이 보이지만, 아니 바로 사소한 것이기 때문에 시인은 거기서 건강한 교육과 삶의 가능성을 보고 있습니다.

또, 사십 년 전 시적 자아가 경험했던 학교 매점과 오늘의 학교 매점이 똑같다는 인식에는 '오래된 학교'라는 형님의 교육 개념이 함께 내재되어 있습니다. 그것은 언젠가 올 미래형으로서의 새로운 학교가 아니라, 이미 과거에도 있었던, 가령 시골 장이 상징하듯이, 작고 사소하고 재래적인 삶 자연적인 삶 공생적인 삶과 깊이 연결된 학교 개념입니다. 형님은 그런 학교를 '오래된 학교'라고 썼습니다(「학교 향나무」,「조경 사업」). 이러한 교육관 혹은 교육 이념을 잘 보여주는 시는 여러 편 있습니다만, 그중 「트럼펫과 티베트 승려」는 읽는 이로 하여금 깊은 생각과 감동에 젖게 하는 작품입니다.

퇴근길 강당 쪽에서는

머얼리 관악반 트럼펫 소리 들리고

노란 석양 길게 비치는

느티나무 밑 벤치에 앉고 서고

티베트 승려처럼 손짓 발짓 해가며

열심히 무언가를 이야기하는 아이들을 보면

그제야 학교가 학교다워 보여

사십 년 저쪽 기억도 그렇지 않던가

도시락 두 개 싸 가지고 와

도서관을 환히 밝히던 그 불빛이며

땀에 절어 헤진 유도복이며

미군 부대 막사 바닥이던 농구 코트에서

목 자른 워커발로 뛰어다니며

쏘아 올리던 그 농구공

—「트럼펫과 티베트 승려」 전문

　누군가는 '티베트 승려'라는 시어에서 당장 저 유명한 '오래된 미래'를 떠올릴지도 모를 일입니다. 오래된 학교! 고즈넉하다 못해 자못 무위로운 하교 후 학교 운동장의 저녁 풍경이 눈에 잡힐 듯 삼삼한 시입니다. 이 시는 자연과 교육과 생활이 한 몸을 이룬 학교를 시인이 꿈꾸고 있음을 읽게 합니다.

　만연된 경쟁심으로 학생과 학생, 선생과 학생이 서로 대립하는 오늘의 학교이지만, 교사로서의 형님(시적 화자)은 석양 아래 트럼펫 소리 울리는 운동장 느티나무 아래서 열심히 이야기하는 아이들 모습을 보고서 티베트 승려를 문득 연상합니다. 그리고 2연에서 사십 년 전 시적 화자가 체험한 하교 후 저녁의 학교 풍경을 추억합니다.

이는 현실적으로는 "사십 년 저쪽 기억" 속의 학교 즉 지금은 사라진 '오래된 학교'에 대한 그리움이나 부활의 희망을 표현한 것일 테지만, 그러나 이 시구의 이면에는 형님의 고유한 초월적 세계관이 깃들어 있다는 점을 이해하는 것이 더 중요해 보입니다. 이 시가 가진 대위법對位法적 형식으로 미루어보건대, 티베트 승려는 다름 아닌 형님의 깊은 내면에 깃든 초월적 영성이었던 것입니다. 작고 사소한 것 자족적인 것 자연적인 것 무위로운 것들에 대한 실천적 사랑이 이윽고 아이들을 티베트 승려로 보이게끔 한 것이지만, 그 승려는 바로 형님 자신이었던 것입니다. 그러니까 '오래된 학교'는 한심한 교육 현실에 대한 어떤 대안이나 희망 사항이기 전에, 형님 스스로가 '오래된 학교'의 화신化身인 것입니다. 아니 형님은 사십 년 전의 학생 시절을 늘 영혼 속에 간직하고 있는 '오래된 학생'인 것입니다. '늙은 학생'인 것이지요. 오래된 지혜를, 그 오래된 영성을 고이 간직한 형님은 그러므로 '오래된 시인'이기도 합니다. 오대조 조상님들이 술을 잡숫듯이 오래된, 정말 오래된 학생, 오래된 시인……

끝으로, 「죽은 시인 윤중호 생각」에서 형님은 죽은 시인 윤중호의 환생還生을 이야기하고 있는 한편, 시인 김사인의 「윤중호 죽다」는 능청스러운 무가巫歌 형식을 빌리고 있습니다. 두 분의 시와 윤중호 시인의 시를 읽으면서, '오늘 우리 삶에 있어서 시란 과연 무엇인가'를 곰곰 생각하게 됩니다.

2007년 8월의 폭염 속에서
임우기 합장
[시집 『능소화』 해설, 2007. 8]

詩라는 이름의 삶·1

함민복 시집 『눈물을 자르는 눈썹처럼』 서평

    강화도에서 사는 함민복 시인의 시집 『눈물을 자르는 눈꺼풀처럼』 (창비. 2013. 2. 발행)을 읽으며 우리 모두가 처해 있는 고단한 생활과 암울한 상황 속에서 과연 문학을 한다는 것이 삶에 무슨 뜻인가, 하는 문학과 삶에 대한 반성적인 물음을 갖게 됩니다. 소박한 표현이 되겠습니다만, 함민복 시인의 시는, 좋은 시란 소위 '순수시'를 쓴다 해도 우리가 처한 암담한 사회 현실을 변화시키는 데 동참하고, '현실 참여시'를 쓴다 해도 삶의 근본인 우주 자연의 이치와 하나됨을 추구하는 순수한 시심을 놓지 않는다는 사실을 깨닫게 해 줍니다. 함민복 시인의 시를 읽으면 시인의 삶과 문학에 대해 많은 생각을 하게 됩니다. 이번 시집에서 눈에 띄는 시 몇 편을 소개합니다.

양철지붕이 소리내어 읽는다

씨앗은 약속
씨앗 같은 약속 참 많았구나

그리운 사람

내리는 봄비

물끄러미 바라보던 개가

가죽을 비틀어 빗방울을 턴다

마른 풀잎 이제 마음 놓고 썩게

풀씨들은 단단해졌다

봄비야

택시!하고 너를 먼저 부른 씨앗 누구냐

꽃 피는 것 보면 알지

그리운 얼굴 먼저 떠오르지

—「봄비」 전문

  우선, 시의 첫 행이자 첫 연을 이루는, "양철지붕이 소리 내어 읽는
다"라는 시구가 눈길을 끕니다. 시인은 양철지붕 위로 내리는 빗소리
를 "양철지붕이 소리내어 읽는다"라고 표현합니다. 이러한 시 의식은
일견 볼 때 소박한 듯이 보이는 시적 표현으로 여길 수도 있겠습니다
만, 이 시의 경우 이 단순한 표현이 어떤 내력來歷에 의해 뒷받침되어
있는가를 살피면 결코 간단할 수만은 없는 내공이 담긴 시구임을 알
게 됩니다. 봄비 내리는 소리를 "양철지붕이 소리 내어 읽는다"라고 하
여 양철지붕을 소리 내어 읽는 주체(주어)로 삼은 것은 양철지붕을 단

지 인간화 혹은 의인화한 표현에 그치는 것이 아닙니다. 이 시 첫 행에 담겨 있는 시적 비유의 심도는, 시적 비유 자체에 있는 것이 아니라, 시적 비유가 함축하는 생활의 심도에 있습니다. "양철지붕이 소리내어 읽는다"에서 양철지붕은 사물이기 이전에 페르소나의 가난한 삶의 오래된 거처이자, 시인의 삶의 일부이기 때문에 '소리 내어 읽는 양철지붕'이라는 시적 비유가 자연스럽게 나올 수가 있었던 것입니다. 시인은 내리는 비를 양철지붕이 받아 시인이 평소 글을 소리 내어 읽듯이 하는 독서행위로서 비유합니다. 적어도 이와 같은 시적 표현 속에는 시인 자신과 함께 살아온 양철지붕이라는 사물이 가난의 상징으로서가 아니라, 시혼詩魂의 상징으로서 교감 또는 공감할 수 있는 시혼의 화신化身임을 보여줍니다. 곧 양철지붕은 시인에 의해 일방적으로 의인화되는 대상에 머물지 않는 저 스스로 주어로서 시인과 함께 살아가는 존재인 것입니다. 이렇게 말할 수 있습니다. 이 시의 첫 시구에서 우리는 시인의 일상 생활 속 존재들인 양철지붕, 키우는 개와 같이 시인의 시혼이 접촉하는 사물들이 저마다 주체로서의 존재감을 가지고 있어서 그 존재들이 지니게 된 어떤 개별적인 고유한 기운과 교감하게 된다는 것. 이는 시인이 가난을 자연스러운 삶으로 긍정하는 자연스러운 경지에서 가능한 것입니다.

이 「봄비」라는 시는 함민복 시인의 시쓰기의 동력이 기본적으로 구체적 일상생활 속에서 일어나는 인간과 사물과 자연간의 교감과 공감을 통해 발원한다는 점을 우선 알려줍니다. 자연사自然事 운행의 이치를 통한 인간사人間事에서의 '약속'의 의미를 환기하는, "씨앗은 약속/씨앗 같은 약속 참 많았구나"라는 표현에도 봄비가 씨앗의 발아發芽를 도울 것이라는 자연 운행의 이치가 전제되어 있는 한편으로, 자연이 지닌 어떤 생활론적 함의含意를 드러냅니다. "그리운 사람/내리는 봄비"라는 표현도 인간사와 자연사가 도치되어 '그리운 사람'이 강조되어 있을 뿐 같은 맥락입니다. 인간에의 그리움은 자연의 질서와 하나를 이룹니다. "물끄러미 바라보던 개가/가죽을 비틀어 빗방울을 턴다"에 이르면 가난한 시인이 살고 있는 누옥陋屋이 생명력이 가만히 감도는 은근한 봄기운의 거처임을 알립니다. 그리고 다음과 같은 시구가 이어집니다.

봄비야
택시!하고 너를 먼저 부른 씨앗 누구냐

자연의 생명력을 찬탄하는 이와 같은 시적 표현은 겉보기엔 범상한 듯하나 여기서도 현실적이고 구체적 생활력과 생활 정서의 깊은 힘이 느껴집니다. 아마도 이러한 표현은 동심童心의 표현에 가깝다고 말할 수도 있을 것입니다. 씨앗이 봄비에게 "택시!" 하고 부른다는! 이러한 동시적 상상력은 물론 시인의 천진난만한 마음에서 나온 것이겠습니다만, 그 천진난만이 일상생활과 한 몸을 이룬 천진난만이라는 것을 이해하는 것이 필요합니다. 이는 단지 시인의 타고난 천성이 천진난만하다는 의미 정도로 해석하고 그칠 성질의 것이 아닙니다. 함민복 시인의 천진난만은 마음이 가난하다는 것, 그래서 마음이 허령이 창창한 맑은 기운 혹은 신명으로 지극하다는 것과 같은 뜻이기 때문입니다. 그렇기 때문에 시인의 마음의 천진난만함은 외부 존재들과의 접속을 통해 사물들과 서로 교감하고 공감하는 것입니다. 시학의 차원에서 본다면, 시인의 맑고 지극한 마음 상태는 자연이 지닌 일기一氣의 기운 속에서 사물과 사태들의 존재감과 상응하고 대화하고 교감하고 공감하고 이러한 접물接物 또는 관물觀物의 생기 속에서 자신만의 시어를 얻는 것입니다. 함민복 시인의 시는 자기 지식의 힘, 자기의식의 집착에 따라 사물의 언어를 일방적으로 부리지 않습니다. 시인의 시는, 사물들 저마다의 존재감을 느끼고 그 사물의 생기에 따라 사물들 저마다가 내는 침묵의 소리에 시인은 적극 감응하고 상응하여 태어난 시들입니다. 함민복 시인의 시어들은 시인이 부르고 싶은 언어이면서도 사물이 부르고 싶은 언어입니다. 시인은 사물의 언어를 시의 언어로써 부릅니다. 그러한 시를 가리켜 지극한 교감交感의 시라고 말할 수 있을 듯합니다. 사물과 시인과 독자가 모두 함께 마음을 나누는 시어들은 이번 시집 도처에서 만날 수 있습니다.

이「봄비」라는 시도 구체적인 일상생활 속에 함께 살아가는 존재들의 부름에 시인의 맑은 영혼이 화답한 시입니다. 그 인상적이고 감동적인 시구는 앞서 말한 "봄비야/택시!하고 너를 먼저 부른 씨앗 누구냐"라는 시구를 뽑을 수 있습니다. 봄비를 보고서 "택시!하고 너를 먼저 부른 씨앗이 누구냐"라는 물음은 물음일 수 없는 갓난아이의 마음 그 자체라는 것, 그 동심으로 인해 모든 존재의 존재감을 편견 없이 교감하게 된다는 것, 택시!라는 생활 속 비근한 이미지가 너무도 자연스럽게 펼쳐지고, 이 순수한 동심의 시적 상상력은 사회적 상상력과 접속한다는 것!

함민복 시인의 시는 암울한 사회 현실적 삶 속에서 마주친 사물들을 암울함이나 사회적 갈등이나 모순 관계 속에서 드러내지 않고, 예의 시인의 동심의 맑은 상상력 속에서 어떤 근원적 진리의 세계로서 드러냅니다. 한마디로, 자기 생활 속에서 도道를 구하 듯이, 자기 생활 속에서 시를 구하는 것입니다. 이런 뜻에서 「불탄 집」 「서그럭서그럭」 「오래된 스피커」 같은 작품들은 최근 한국시가 수확한 귀한 결실이라고 할 만합니다.

불탄 집에 어둠이 산다
불탄 집엔 더 이상 불이 살지 않는다

불탄 집엔 소리가 살지 않는다
불탄 집에 고요가 산다

어둠이 불을 태워버린 것인가
고요가 소리를 태워버린 것인가

어둠이 탄 집에 불이 살지 않는다
고요가 탄 집에 소리가 살지 않는다

불은 어둠을 태워 어둠을 만든 것인가
소리는 고요를 태워 고요를 만든 것인가

불타기 전 어둠과 불은 동거자였다
불타기 전 고요와 소리는 서로 존재했다

불탄 집엔 불탄 냄새가 산다
불탄 집이 불탄 냄새로 운다

불은 타올라 어둠이 되는가

소리는 타올라 고요가 되는가

불탄 집엔 그림자가 없다 불탄 집엔 그림자만 있다

—「불탄 집」 전문

　일단 시어들이 잘 여문 철학적 사유의 산물이라는 사실을 이해하는 것이 필요합니다만, 이보다 앞서 이해해야 할 점은 시인이 생활 속에서 경험한 사태('불탄 집')의 관찰을 통해 깊은 사유를 펼치고 있다는 점이고, 중요한 사실은 모든 시구와 낱낱의 시어들은 저마다 사회적 함의를 지니고 있다는 사실입니다. 참담한 사회적 현실의 함의含意가 시의 바탕에 깔려 있는 것으로 해석될 수 있는 이 시는 실로 생활의 이치와 자연의 이치와 사회의 이치 같은 것들이 서로 꿰뚫려져 접합된 채로 깊이 감추어져 있습니다. 시어들은 맑고 평이한 시적 비유로 되어 있으면서도 그 시어들은 치열하고 심오한 현실주의적 사유의 산물입니다. 우리는 이 시를 통해 시인의 특별한 시적 자질들과 만날 수가 있는데, 그것은 앞서 말했듯이 치열한 삶 속에서 터득한 생활 철학적 사유 세계가 그중 하나요, 또 하나는, 가령 시 제목인 '불탄 집'이라는 시어에서 느낄 수 있듯이, 외부 사물 혹은 사회적 사태 자체가 걸어오는 말들에게 호응하고 교감하는 시인의 능력이라 할 것입니다. 이 말은 앎은 앎이로되, 앎이 시인의 현실 생활과 분리된 앎이 아니라, 앎과 현실적 생활과 사회적 변화의 열망이 하나의 산 알生卵 즉 자연의 자연스러움이 되는 이치로서 함민복 시인의 시적 사유의 바탕을 이룬다는 뜻으로 볼 수 있습니다. 자연은 삶에서 유리된 관념도 아니요, 아득한 과거의 기억도 아니며, 늘 생활 현실 속에서 함께 살고 있는 원시적 자연[산 알]이라는 것.

　「서그럭서그럭」 같은 작품은 다소 쓸쓸하고 암울한 농촌 생활을 다루면서도, 모든 삶과 존재의 안팎으로 불가결하게 작용하는 우주 자연의 섭리를 노장적 스케일에 담아놓은 명편으로 기억될 만합니다. 「서그럭서그럭」은 텃밭에 쳐놓은 그물에 관한 관찰과 명상이 마치 소요逍遙하듯이 펼쳐집니다.

　　텃밭에
　　햇살과 바람에 걸리는 그물

　　수직의 꽃밭에
　　오이꽃이 피고 지고

　　그물에
　　오이덩굴이 걸렸더니

　　오이 덩굴에
　　그물이 걸렸더니

　　죽어서도 그물 놓지 못하는
　　오이덩굴에

　　햇살과

바람이 걸려

서그럭

서그럭

  이와 같은 시는 고도로 압축되고 절제된 시어의 운용도 빛나고 있지만, 관찰의 절묘함이나 사유의 원만함과 거침없음에 있어서 실로 시의 진경珍景으로 기록될 만합니다. 특히 맨 뒤 두 연, 오이덩굴과 텃밭에 쳐 놓은 그물이 서로를 구속하듯 옥신각신 다투는 관계를 그리다가 그 오이덩굴(혹은 그물)에 "햇살과/바람이 걸려"(6연) "서그럭/서그럭"(끝 연) 소리를 낸다는 시구에 이르면, 가난한 농촌 생활 속에서도 정신의 절대적 자유를 누리는 소요유逍遙遊적 생활, 혹은 무소유無所有의 걸림없음, 낙천안명樂天安命과도 같은 경지를 보여준다 할 것입니다.

  노장老莊에게 본디 자연으로서의 도道는 꼭 짚어서 말할 수 없는 생명계의 그물망과 같은 것일 터인데, 이 시의 첫연에서는 "텃밭에/햇살과 바람에 걸리는 그물"(1연)이라하여 생명계의 그물망의 비유로서 햇살과 바람에 텃밭의 그물이 걸렸다고 노래하면서도, "죽어서도 그물 놓지 못하는/오이덩굴에//햇살과/바람이 걸려(5연, 6연)"라 하여, 오히려 그 오이덩굴(텃밭)의 보잘 것 없는 생활 속 그물에 햇살과 바람이라는 우주적 대자유의 상징물이 걸려있다는 역설이 이루어지고, 이를 통해 우주적 대자유가 관념적인 것이 아닌 구체적 생활 속의 대자유로서 펼쳐지고 있다는 점. 그 생활 속 대자유, 즉 생활 속 소요하는 삶 혹은 '새로운 원시자연적' 삶의 의미는 "텃밭에/햇살과 바람에 걸리는 그

물"동시에 그물에 "햇살과 바람이 걸려" 내는 "서그럭/서그럭"이라는, 구체적이고도 생생한 감각적 소리 언어, 동시에 시원적始原的 소리로서 다가오는 오묘한 현실-초월적인 소리 언어에 담겨 있습니다. 하지만, 여기서도 생활이 우선이요, 대자유는 생활 속에 내재하는 것이라는 시인의 견고한 현실주의적 사유는 지속되고 있습니다.

이러한 시정신은 대소大小, 다소多少, 장단長短 따위를 일일이 가리고 따져 이해득실을 계산하는 근대적 세계관과는 전혀 다른 차원의 정신으로서, 함민복의 시에서 계량기의 속성을 다룬 시들 가령, 「줄자」「직각자」「수평기」 등의 작품들은 계측計測이 지닌 물질 만능주의적 근대성에서 탈피하여 계측이 지닌 근원적 의미로서의 자연성과 인간성에 대해 사유한 작품이랄 수 있습니다. 원시반본原始返本의 마음입니다.

함민복 시인의 청빈한 삶과 시 의식을 보여주는 또 한편의 아름다운 노래가 있습니다.

바다가 보이는 그 집에 사내가 산다
어제 사내는 사람을 보지 못했고
오늘은 내리는 눈은 보았다

사내는 개를 기른다
개는 외로움을 컹컹 달래준다
사내와 개는 같은 밥을 따로 먹는다

개는 쇠줄에 묶여있고

사내는 전화기줄에 묶여있다
사내가 전화기줄에 당겨져 외출하면
개는 쇠줄을 풀고 사내 생각에 매인다

집은 기다림
개의 기다림이 집을 지킨다

고드름 끝에 달이 맺히고
추척, 고드름 떨어지는 소리에 개가 찬 귀를 세운
몇
날

전화기 속 세상을 떠돌다 온 사내가 놀란다
기다림에 지친 개가 제 밥을 놓아
새를 기르고 있는 게 아닌가

이제
바다가 보이는 그 집의 주인은 사내가 아니다

—「동막리 161번지 양철집」 전문

　이 시가 불러일으키는 감동의 발원지는 앞서 말했듯이 일단 시적 자
아의 삶의 구체적 진실성 속에서 찾아질 것입니다. "고드름 끝에 달이
맺히고/추척, 고드름 떨어지는 소리에 개가 찬 귀를 세운/몇/날"과 같
은 시구들은 남루한 생활 공간에 대한 추호의 허위도 없는 친밀함과, 깊

은 생명애와 자연애로부터 나오는 사물에 대한 섬세한 관찰, 그리고 우주 만물에 대한 공경심 등이 함께 어우러져 낳은 빛나는 시적 표현이라 할 것입니다. 이러한 시적 표현은 어떤 비유나 메타포를 구하려는 노력 이전에 순정한 시심과 함께 자연과 더불어 자족하는 자연인적인 생활인의 차원에서야 비로소 제대로 이해될 수 있을 듯합니다. 시 쓰기가 자기 수행과 사회적 실천의 한 의미있는 방편이라고 한다면, 시적 수행이란 굳이 종교적이거나 학문적 차원이 아니더라도, 시인의 일상생활과 그 속에서 만나는 인간과 자연과 사물들과의 정성스러운 만남과 교감과 모심의 관계를 통해 이루어갈 수 있을 것입니다. 어쩌면 이러한 의미에서 함민복 시인의 시편들은 시적 수행의 이상적인 모델로 생각할 수 있을 것입니다. 굳이 시천주侍天主 사상을 말하지 않더라도, 이미 시인의 시는 '내유신령 외유기화 일세지인 각지불이(內有神靈 外有氣化 一世之人 各知不移, 곧 시천주의 뜻)' 하는 시를 시인의 삶으로서 실천하고 있다고 말할 수 있기 때문입니다. 시인의 시는 노동하고 생활하는 인간사人間事와 자연사가 스스로 말을 하고 소리를 내고 있습니다. 생활 속 교감의 능력이 사물 속에 깃들어 있는 '시적인 것'을 부르고 드러내게 하는 것입니다. 시라는 이름의 삶이 그의 시에는 살아 숨 쉽니다. 시 자체가 시천주인 셈입니다. 가령, 인용시의 2연은 청빈淸貧한 삶의 외로움이 다름 아닌 시천주의 실천임을 보여주는 인상 깊은 장면이랄 수 있습니다.

사내는 개를 기른다
개는 외로움을 컹컹 달래준다
사내와 개는 같은 밥을 따로 먹는다

집주인과 개 사이의 관계가 시천주 관계, 곧 자기 안의 신령함이 자기 밖의 존재들과 교감하고 서로 상생의 삶을 살면서도 각자의 삶을 살아가는 것. 개가 집주인의 외로움을 "컹컹 달래준다"라는 표현은 동심童心의 마음에 가까운 표현입니다만, 이는 동심에 이르러야만 바로 시천주의 마음에 다다를 수 있다는 일종의 역설적 진리를 보여주는 시구이며, "사내와 개는 같은 밥을 따로 먹는다"에 이르러선, 시천주의 뜻이 가장 극명한 일상적 실천(수행)의 표현을 얻게 됨을 보게 됩니다. 수운 선생의 시천주 사상은 그 훌륭한 제자인 해월 최시형崔時亨 선생에 이르러 시천주란 포태胞胎와 같은 의미이고 또한 뭇생명을 밥 먹이는 일[以天食天]과 같이 양천養天 이치로서 전개되었던 것처럼, 이 시가 지닌 동심의 맑은 시혼과 함께 "사내와 개는 같은 밥을 따로 먹는다"는 시적 서술은 시천侍天-양천養天이 나날의 생활 속에서 펼쳐지고 있음을 보여주는 가장 신뢰할 만한 시적 광경이라고 말할 수가 있습니다.

전화기 속 세상을 떠돌다 온 사내가 놀란다
기다림에 지친 개가 제 밥을 놓아
새를 기르고 있는 게 아닌가

이제
바다가 보이는 그 집의 주인은 사내가 아니다

만물의 존재를 공경하고 모시는 시인의 마음은, 앞서의 「봄비」라는 작품에서도 보았듯이, 이 시에서도 "집은 기다림/개의 기다림이 집을 지킨다"라는 시적 비유 속에 오롯이 담아져 있고, 위 인용 시구들에 이르러, 가난하고 외로운 집에서 "기다림에 지친 개가 제 밥을 놓아 새를 기르고 있는" 즉 뭇생명이 생명을 아끼고 생명이 생명을 먹이는 시천-양천의 풍경이 펼쳐집니다. 이 가난한 외딴 집에서 벌어지는 한울님의 섭리로 말미암아 이 가난하고 외로운 '사내'의 집은 더 이상 사내의 집이 아니라 생명을 모시고 키우는 '시천-양천의 집'이라는 깨달음이 이어지게 됩니다. 아마 이러한 시적 깨달음은, 시라는 존재가 우리에게 전해주는 선물, 시라는 이름의 삶이 우리에게 선사하는 축복으로서 시적 수행의 깊은 뜻을 담고 있는 것이 아닌가, 합니다.

[함민복 시집, 『눈물을 자르는 눈꺼풀처럼』 촌평. 2013. 봄]

詩라는 이름의 삶·2

최승자의 시 「사람들이」 「먼지들로」

2013년 봄, 계간지 『창작과비평』은 최승자 시인의 시를 실었습니다. 최승자 시인의 시 「사람들이」를 접하면, 우선 최승자 시인의 시가 날로 지극한 기운으로 더욱 깊어간다는 생각이 듭니다. 시인에게 생生은 인생이면서 동시에 '인생-너머의 생'입니다. 곧 인간적 생과 초인超人적 생이 둘이 아닌不二 마음 상태에서 세상을 직관하거나 관조합니다. 시 또한 마찬가지여서 무엇인가를 지시하는 시어는 늘 '시어-너머'를 품고 있어서 '시어의 지시 대상'는 '시어의 지시 대상-너머'와 늘 둘이 아닌 일종의 아이로니컬한 언어 상태에 놓여 있습니다.

> 사람들이 걸어간다
> 나무들이 걸어간다
> 시간의 힘 앞에서는
> 道人들도 詩人이 된다
>
> (生에 붙어있는 것들은
> 좀체로 生에서 떨어지지 않으려 한다)

　시의 1행의 '사람'과 2행의 '나무'는 두 문장(1행과 2행)의 형식이나
형식 논리로 본다면, 사람과 나무는 서로 동격 관계이면서 동시에 접속
된 관계에 있음을 비유합니다. 사람과 나무가 둘이 아니고不二 서로 다
르지 않다는不異 인식은, 시의 표면으로 본다면, 1행과 2행이 동일률적
관계에 있는 시 형식에 의해서도 추론될 수 있습니다만, 앞서 말했듯
이 무궁한 그물망을 이룬 생명계의 깊은 의미에서 보면, 사람과 나무는
'둘이면서 서로 접속되어 있는 하나'의 관계입니다. 그런데 시인은 사
람과 나무가 서로 불이不二이지만, "사람들이 걸어간다/나무들이 걸어
간다"고 표현합니다. 사람들이 걸어가는 것은 객관적이고 사실적인 현
상이지만, 나무들이 걸어간다는 것은 주관적 환상이거나 초월적인 현
상입니다. 이처럼 사람들이 걸어가고 나무도 걸어간다는 시적 상상력
은 사람과 나무 사이의 둘이면서 하나인 관계를 보여주는 표현으로서,
이러한 시적 상상력은 공간 속에서라기보다는 시간 속에서 비로소 이
해될 수 있습니다. 공간은 물리적 연장이 전제되지만 시간은 초월이 가
능한 주관적 의식 혹은 무의식이기 때문입니다. 이때 "시간의 힘"은 객
관적이고 선적인 시간이 아니라, 현실 속에 깃들어 있는 '무궁한 마음
속 무궁한 시간'이라 말할 수 있습니다. 무궁무진한 그물망의 시간. 그
순환하고 반복하고 편재하고 진화하는 동시다발적이고도 무궁무진한
"시간의 힘 앞에서는" '사람'과 '나무' 사이의 관계는 서로 불이不二의
관계에 놓이게 되어 '사람들이 걸어가고, 나무들이 걸어가는' 세계가
펼쳐지는 것입니다. 이 무궁한 '한울' 안의 무궁한 시간에 따라 사람과
나무는 둘이면서 하나요 하나면서 둘이 되는 이치를 삶 속에서 수행 정

진하는 사람을 가리켜 도인道人이라 부를 수 있습니다. 이러한 시적 사유 속에서 최승자 시인의 세계관의 본질이 담겨 있다고 생각되고, 시인의 독특한 시인론은 아마도 이러한 사유와 깊이 연관되어 있다고 여겨집니다. "시간의 힘 앞에서는/道人들도 詩人이 된다"고 최승자 시인은 노래하고 있다는 것. 시인과 도인은 둘이면서 하나라는 것. 그런데 '道人들도 시인이 되는' 세상은 역설이기도 하고 아이러니이기도 합니다. 간단히 말하여, 도道는 말이 필요 없는 세계이기 때문에 역설이 성립합니다. "道可道非常道名可名非常名…"(『老子』의 1장)이라고 한 도의 본질을 떠올린다면, 역설적으로 말해, 시인은 비로소 말을 하지 말아야 하고, 도인은 비로소 말을 해야 하는 것입니다. 이 도와 시 사이의 역설이 시와 삶의 근원적 진리를 겨냥하고 있을 뿐 아니라, 최승자 시인의 초인적 의식과 고유하고 치열한 현실적 삶의 언어를 절절히 공감하게 만든다는 점에서 이 시가 지닌 깊은 감동의 뿌리를 찾을 수 있지 않을까 생각합니다.

아래는 인용시 「사람들이」와 함께 발표된 시 「먼지들로」 전문입니다.

먼지들로 새곰새곰 세월의 집을 짓는다
그 세월의 문간에 무슨 기둥을 세울까
기둥이란 게 있을까, 잡을 길도 없는 虛

— 「먼지들로」 전문

이 시로 미루어보건대, 최승자 시인은 시는 존재하는 무엇이 아니라, 시라는 이름의 '虛'가 존재할 뿐이라고 말하는 듯합니다. '시간의 힘''세월'이라는 '虛'가 시로 또는 삶으로 존재한다는 것입니다. 시가 허한 채로 존재하니, 시는 누구의 피조물도 아니고 누구의 소유물도 될 수 없는 '허한 마음'과도 같은 것일 겁니다. 허공의 시정신이랄까. 허와 도의 세계를 위해서 생으로부터 말을 떨어내었던 '도인道人'이 시인詩人이 된다'는 것은 "좀체로 생에서 떨어지지 않으려" 하는 말을 살린다는 뜻과 동일한 뜻이 됩니다. 이 시에서 시는 가까스로 말을 하지 않아 비로소 도를 이루고, 도는 가까스로 말을 하여 비로소 시를 이루는 형국입니다.

「사람들이」의 괄호 속 시구는 최승자 시인의 시인론이라고 할 수 있는 '도인이 시인이 되는' 역설의 시 의식을 표현하는 것으로도 이해할 수 있습니다. 말없음과 말은 역설적 관계이지만 말없음에서 말이 떨어지지 않으려할 때 가까스로 시가 태어난다는 것입니다. 이를 두고 시인은 「사람들이」에서 괄호를 치고서 "(生에 붙어있는 것들은/좀체로 生에서 떨어지지 않으려 한다)"라고 표현하고 있습니다. 어쩌면, 괄호 속 말들은 그 말없음에 가까스로 붙어 있는 말의 모습을 보여주는 것으로서, 최승자 시에 있어서 괄호라는 형식은 정녕 '살아 있는 시' 즉 '시라는 이름의 삶'은 언어적 존재의 자기 부정의 역설이 불가결함을 보여주려는 시적 장치로 볼 수 있을 것입니다. 괄호 속 언어들은 시인의 마음의 표현이라기보다 시의 마음의 표현인 것입니다.

[2013. 봄]

詩的 修行의 의미

시에서 우연의 문제와 관련하여

1. 시의 변화의 문제

최근에 접한 임동확 시인의 근작 시편들을 보면, 이전의 그의 시와는 다른 새로운 시적 특징이 담겨 있다는 생각을 갖게 된다. 새로운 시적 특징을 지니고 있다는 것은 그의 최근 시가 기왕에 지니고 있던 시적 성향이나 스타일이 새롭게 변모했다는 뜻이 아니라, 시 정신에 어떤 의미심장한 변화 혹은 변화의 징후를 지니고 있다는 뜻이다. 임동확 시인이 지니고 있는 고유한 시적 성질이나 문체가 새롭게 변모했다고 한다면 그 변화는 긍정적일 수도 있고 또 그 반대일 수도 있다. 하지만 시 정신에 어떤 변화가 감지된다는 것은 시의 형식과 내용의 차원보다 더 근본적인 차원에서 그 변화를 살펴야 한다는 뜻이다. 한 시인의 시적 과정이 의미 있는 변화를 이루기를 바라는 비평적 기대는 흔히 있는 일이고 문학의 발달을 위해서도 당연한 것이지만, 비평도 시의 내용과 형식 너머에 있는 근원적 사유의 힘으로 시의 내용과 형식에 대해 비평할 수 있을 때, 시의 변화는 현상적인 변화로서가 아니라 근본적 변화의 참맛을 느끼게 된다.

이번 임동확 시인의 근작시를 모은 시집『태초에 사랑이 있었다』도 기왕의 그의 시집들의 연장선상에 있는 듯이 보이며, 따라서 기존의 비평적 해석들이 충분히 적용될 수 있을 듯하다. 물론 이렇게 말할 수 있는 것은 적어도 임동확 시인의 시가 지닌 형식과 내용상의 주요 성향들이 크게 바뀌지 않고서 이번 시집에서도 지속되고 있는 것처럼 보이기 때문이다. 예술에서의 내용과 형식은 비평의 대상적 범주이지만, 예술가의 사유 자체를 비평의 범주로 삼는 것은 더욱 근원을 고뇌하는 비평이 감당해야 할 몫이다. 범박하게 말하여, 시의 내용과 형식이 시 정신을 반영하고 마침내 현현顯現하는 것이지만, 형식과 예술의 진실성과 진리와의 정합성은 오직 시인이 고뇌하는 존재의 근원으로서의 정신을 통해 검증될 수 있는 것이다. 그러므로 한 시인의 시적 역정 속에서 시의 변화를 본다는 것은 내용과 형식의 드러난 상相을 본다는 것에 머무는 게 아니라, 시인의 마음의 근원을 본다는 것이 된다.

　한 시인의 시 창작 과정에서 일어나는 시적 변화가 꼭 긍정적인 것만은 아니다. 시에서 변화와 변화 없음은 사실 대립하는 둘이 아니다. 변화란 불변이 아닌 것을 뜻할 뿐이다. 변화와 불변은 서로를 바라보며 기다리는 종자와 열매의 관계로 비유될 수 있다. 변화와 불변은 근원에서 하나로 회통하는 것이다. 회통한 하나에서 다시 둘로 나뉘어 나타난다. 회통의 근원에서 본다면 변화와 불변은 하나이고, 실제로 본다면 둘이다. 씨앗에서 열매가 나왔으나 열매를 씨앗이라고 말할 수는 없다. 하나에서 둘이 나왔으나 이미 생긴 둘을 하나라고 할 수는 없는 까닭이다. 이번 시집이 지닌 주목할 만한 변화는 불변의 자각에 있다고 할 수 있다. 시적 변화의 욕망은 실은 불변의 근원을 향한 욕망이라는 것.

2. 시와 우연

　다다이스트나 잭슨 폴록Jackson Pollock이 오브제의 돌발성이나 우연성
에서 현대 미술의 가능성을 발견한 것은 잘 알려진 사실이다. 여기서 중
요한 점은 우연성 자체가 가능성이라는 뜻이 아니라, 우연성 속에 근원
을 지향하는 인간 정신 혹은 예술 정신의 가능성이 있다는 뜻이라는 것
이다. 그래서 우연성은 합법칙성과는 다른 차원의, 가령 신神적인 것의
작용으로도 해석되는 것이다.

　시에서 우연은 신적인 것의 작용이라고 말할 수 없을지는 몰라도, 일
단 규정할 수 없는 것이라고 표현할 수 있다. 왜냐하면 우연은 인과율에
서 사로잡히지 않는 불합리한 그 무엇으로 남기 때문이다. 우연은 합리
성의 언어로 규정할 수 없다.

　사람들은 인과율이나 법칙 같은 필연과 우연은 서로 상대적 대립적
관계에 있다고 여긴다. 필연이 우연보다 인간의 역사, 경제, 사회활동
은 물론 자연과 생활 전반에 이르기까지 막대한 영향을 끼치고 지배한
다고 믿는다. 우연은 인과율적 체계나 법칙으로부터 발생하지 않는다.
그래서 우연히 일어난 사태에 대해 개념적 규정을 할 수가 없다. 우연이
인과적 법칙에서 발생하지 않는 사태를 뜻한다고 해서, 우연에 원인이
없다는 뜻은 아니다. 우연에 원인이 있다는 것은 인과율적 원인, 즉 이
성적 원인이 아니라 초이성적 원인 또는 초월적 근원이 있다는 뜻이다.

　다만 객관적으로 보면, 우연적인 것은 한 시대를 지배하거나 주도하
는 필연적 법칙들로부터, 즉 인과적 필연성과의 차별성으로 존재한다.

우연이 합법칙성과 차별적으로 존재한다는 것은 우연이 합법칙성에 흡수되어 해소되지 않는다는 것을 뜻한다. 곧 분별지에 따르지 않는 것이다. 우연은 항상 일어나지만 만약 분별할 수 있다면 우연이라고 말하지 않았을 것이고 만약 분별할 수 없다면 마땅히 존재하는 것이 아니로되, 실제로는 일어나므로 없는 것도 아닌 것이다. 임동확 시인의 시적 비유로 말하면, 우연은 "무엇이 금방 지나갔던가, 아니면 무엇이 그렇게 다가오고 있는가"(「조기」)라는, 알다가도 모를 일 같고, "너무도 갑작스레 다가와 미처 붙잡지 못하거나 준비하지 못한 모든 순간들이, 광속보다 더 빠르게 다가오는 그 무엇"(「조기」)과도 같은 것. 인과율에 따른 개념의 규정은 언어의 역할이지만, 분별지의 합법칙에서 소외되어 있는 우연을 규정할 수 있는 언어는 원천적으로 있을 수 없다. 호명할 수 없다는 것은 우연에 상相을 입힐 수 없다는 것이다. 명名이 없으면 상相이 있을 수 없듯이, 무명無名은 무상無相이며, 이름을 불러주지 못하면 심상image을 일으키지 못한다. 이러한 의미에서 우연은 비유[詩]에 의해 비로소 그 모습이 드러나는 존재라고 할 수도 있다. 임동확 시인의 근작 시편이 보여주는 시적 상상력의 변화는 "우연의 카니발"(「우연을 기리는 노래」)로 그 내용을 요약할 수 있는데, 그의 '우연의 시적 상상력'은 이러한 초월적 인식론, 근원에 대한 사유에 닿아 있다.

무릇 인간과 세상은 이념적 원리나 인과적 법칙에 집착한다. 그러나 시인은 이성의 합법칙을 따르는 자가 아니라, 합법칙에 저항하고 합법칙 너머의 사물의 진실을, 맑고 푸른 생명의 빛[實相]을 추구한다. 법칙이 세속적 이념을 지향한다면 시는 세속적 초월을 꿈꾼다. 우연은 기존의 세속 법칙과의 대립 속에서 자기 존재를 증명하면서도, 우연은 늘 세속의 삶 속에서 초월성으로 자기 존재를 드러낸다. 우연은 드러남과 감춤의 동시성으로 존재하며, 그러한 의미에서 우연은 그 자체로 시적인 것이다. 시와 우연은 동일한 지평의 동일한 사태이다. '시와 우연은 동일한 사태'라는 말은, 규범이나 법칙의 일반성 너머에 존재하는 우연을 접한다는 것은 외부적 사태를 접한다는 것이 아니라 자기 마음의 사태를 접한다는 것의 뜻과 관련이 있다. 시 안에 벌어진 모든 내용도 자기 마음의 사태를 접한 우연의 내용이랄 수 있다.

그러므로 시와 우연은 공히 발심發心의 비유로 존재한다. 우연은 마음에 상응相應하므로, 합리적 규정이 불가능하고, 발심의 비유일 뿐 우연의 실체는 존재하지 않는다. 시 또한 그렇다. 마음이란 본래 없는 것이니, 우연이 공허한 마음을 생기生起하게 하는 것이다. 우연은 마음의 동요이며 그 현상이다. 시 또한 그렇다.

3. 司祭이며 창조자인 시인

이번 시집 『태초에 사랑이 있었다』는 우연으로 가득한 세계이다. 시인은 아예 이 세계를 우연으로 이루어진 세계로 인식하는 듯하다. 수록된 시들은 수많은 일상적 우연을 접하는 장면들로 이루어진다. 그 가운데 대표적인 작품이 아래 인용한 시이다.

오늘 아침 FM라디오를 켜자마자 들려온 한 테너가수의 노래는 백만 년 동안의 고독, 아니 56억 7천만 년의 진화가 작곡한 연가,
　　그 목소리에 실려 뒤질세라 밀려오는 파도 소리, 그 바다 위에 반짝이는

해맑은 햇살은 아주 우연히 내 앞에 다가온 행운의 선물

지금 난 오래전 광주 중앙초등학교 정문 양편으로 늘어선 좌판에서 왜 낡은 나무 빨래방망이를 집어 들었던 것인지,

또 난 돼지 저금통 속에서 푸르게 녹슬어가는 1979년 발행 십 원짜리 구리동전에 왜 그리 눈길을 거두지 못했던 것인지,

그 알 듯 모를 듯 다가온 사실들을 종내 감당할 수 없는 **황홀의 사태로 이끌어가곤 했던 힘,**

그 종잡을 수 없는 우연의 의미, 전혀 뜻밖에 찾아온 우연의 습격을 생각하고 있다

마치 야수의 무서움을 모르는 아이가 사자의 우리로 주춤주춤 다가서 손을 내밀고

북상하는 태풍에도 흰나비 한 마리가 꿀을 찾아 꽃 속으로 팔랑팔랑 날아가듯

언제, 어디서고 넘쳐나는 우연의 불길 속으로 난 무기력하게 떠밀려가고 있다

지금도 밤낮없이 머리를 싸맨 채 우연을 길들이고 훈육하는 책과 종교, 학교와 연구소 사이에서 터질 줄 모르는 지루한 시간의 도화선을 폭파하고,

응답 없는 기도를 반복하는 하루의 지지부진을 단박에 날려버리는 전혀 새로운 사제폭탄을 내장한,

그 무엇보다 힘센 우연의 무차별한 공세 앞에 패잔병처럼 난 어찌할 바를 모른 채 서 있다

그 거대한 우연의 몸통을 불안하게 휘감고 가늘게 뻗어가는 나팔꽃 줄기 같은 필연,

끝없이 과거의 잉여분으로 미래 속으로 파고들며 **겨우 연명해가는 잘 짜**

여진 서사의 역사를 거부한 채

문득 고개 들면 하늘 높이 흰 꼬리를 길게 남기며 지나가는 비행기 동체
胴體 같은 **거대한 우연,**

그 청천벽력 같은 순간의 기적들 혹은 악연에도 놀라지 않은 채 천방지축
날뛰는 그 우연의 마술에 놀라고 있다

그리하여, **우연히 만나 헤어지는 것이 아니라 우연히 만나 다른 우연을 찾**
아 떠나가는 것일 뿐인 생의 연기 속에서 난

그 우연을 겁내고 추방하는 흑주술사가 아니라 마치 그 우연이라는 운명
의 신을 정성스레 섬기는 또 한 명의 사제司祭,

나의 창작은 그 종잡을 수 없는 거룩한 우연의 향연들을 기록하고 또 여직
써지지 않은 그 자유분방한 우연의 문장을 따라잡는 일,

난 향내 짙은 연필심을 가다듬으며 선택할 수 없는 것들을 선택하게 하는
우연의 완력,

여전히 그 어디서 마주할 줄 모르는 시 같은 **우연의 카니발**에 아무 말도
하지 못한 채 붙들려 있다

—「우연을 기리는 노래」 전문 (강조_필자)

시인이 경험한 모든 일상적인 사태 혹은 기억 속 사건들은 물론 세간
世間에서 벌어지는 모든 사태들을 시인은 '우연'으로 받아들인다. 이는
시인이 나날이 맞닥뜨리거나 이미 맞닥뜨린 그 우연들을 인간의 조건
으로 인정하는 것으로 볼 수 있다. 그리고 시인의 시 쓰기는 "그 종잡을
수 없는 거룩한 우연의 향연들을 기록하고 또 여직 써지지 않은 그 자
유분방한 우연의 문장을 따라잡는 일"로 규정하게 된다. 이렇게 우연을
인간의 근원적 조건으로 인식하고 시인은 '거룩한 우연의 향연을 기록

하는 사제'라고 인식하는 사실에 임동확 시인의 최근 시들이 지닌 중요한 변화의 뜻이 담겨 있다.

또한 여기서 주목할 것은, 시인이 '기리는' 우연은 인과론적으로 또는 인간 이성으로 파악할 수 없다는 의미의 우연이 아니라, 인간—너머의 변화력이 작용한다는 의미의 우연이라는 점이다. 이 시의 내용을 살펴보면, 시인은 '우연'에 대한 사유를 통해 세간적 삶을 긍정하면서 동시에 세간 속의 초월을 아울러 보여준다는 사실. 그러므로 우연은 필연의 상대어라기보다, 초월과 세속을 연결하는 초월적 세간주의의 아이로니컬한 표현이라 할 수 있게 된다. 첫 행 "오늘 아침 FM라디오를 켜자마자 들려온 한 테너가수의 노래는 백만 년 동안의 고독, 아니 56억 7천만 년의 진화가 작곡한 연가" "그 알 듯 모를 듯 다가온 사실들을 종내 감당할 수 없는 황홀의 사태로 이끌어가곤 했던 힘" 같은 시구들은 세속계의 일체 현상 속에서 빈틈없이 작용하고 있는 근원의 작용력이 낳은 "황홀"(老子가 말한 道의 작용이 주는 恍惚!)을 비유하며, "지금도 밤낮없이 머리를 싸맨 채 우연을 길들이고 훈육하는 책과 종교, 학교와 연구소 사이에서 터질 줄 모르는 지루한 시간의 도화선을 폭파하고" "겨우 연명해가는 잘 짜여진 서사의 역사를 거부한 채/문득 고개 들면 하늘 높이 흰 꼬리를 길게 남기며 지나가는 비행기 동체胴體 같은 거대한 우연"과 같은 시구들은, 인간 이성의 한계와 우연의 배후에서 우연을 작용하고 조종하는 절대의 힘을 비유한다고 볼 수 있다.

이러한 절대적 근원의 작용으로서 우연에 대한 각성이 뜻깊은 이유는 그 근본적 각성이 시적 각성과 시적 상상력에 새로운 변화의 계기를 이루는 시 정신을 성숙시켰다는 사실에 있다. 다시 말하면, 임동확 시인의 시적 자각이 중요한 의미를 지니는 까닭은 시인의 일상적 세간 속에서 초월의 힘을 자각하고 이 세간적 초월의식을 시인됨의 주요한 계기로 삼고 있다는 것. 그리하여 시인은 "우연히 만나 다른 우연을 찾아 떠나가는 것일 뿐인 생의 연기 속에서 난/그 우연을 겁내고 추방하는 흑주술사가 아니라 마치 그 우연이라는 운명의 신을 정성스레 섬기는 또한 명의 사제司祭,/나의 창작은 그 종잡을 수 없는 거룩한 우연의 향연들을 기록하고 또 여직 써지지 않은 그 자유분방한 우연의 문장을 따라잡는 일,"이라고 언명하게 되는 것이다. 여기서 특기할 것은, 시인은 자신을 가리켜 "우연히 만나 다른 우연을 찾아 떠나가는 것일 뿐인 생의 연기 속에서 난" "우연이라는 운명의 신을 정성스레 섬기는 또 한 명의 사제司祭"로 언명한 점이다. 시인은 "생의 연기緣起 속에서" "운명의 신을 정성스레 섬기는" "사제"로서의 시인이라는 것. 이러한 시인됨의 존재론은 시인에게 가장 원시적이면서도 가장 첨단적인 존재론적 지위를 부여하는 것으로, 오늘의 시적 상황에 비긴다면 이는 반反시대적인 '시인됨'을 선언하는 것이라고 평가할 만한 것이다.

우연이 "생의 연기"를 자기 존재의 원인으로 삼아 세상의 모든 사태 모든 존재에 드러나며 이러한 '우연이라는 운명의 신을 섬긴다'는 사유는 일견 볼 때는 인간을 피동적 존재로 규정하는 것으로 오해할 여지가 없지 않다. 화쟁和諍 사상에선 마음의 심연, 즉 아뢰야식에 아로새겨진 연기의 씨앗은 인간 존재의 불가피한 조건[業]이지만 수행을 통해 업장을 소멸하여 진여眞如의 문에 이르면 연기와 번뇌의 사슬에서 벗어나 새로운 실상[實際]의 세계가 열린다고 하고, 동학의 시천주侍天主 사상은 부처의 뜻을 일심一心, 일기一氣의 사유 속에 회통하여 자기 안으로는 신을 섬기고 밖으로는 만물과의 접신을 통해 새로운 세상을 만들어가는 것이라고 가르친다.

558

여기서 더 불가의 연기설이나 시천주의 가르침을 구구히 인용할 필요는 없을 것이다. 저마다의 수행을 열중히 하여 저마다의 마음에 신을 섬김으로써, 인연의 숨은 굴레에서 벗어나 진여에 이르고 저마다 신이 될 수 있다는 것이 화쟁과 회통 사상의 대강大綱이니, 시인이 언명한 '우연의 신을 섬긴다'는 의미는 바깥의 신을 섬기는 인간의 수동적 존재론과는 다른 것이다. 오히려 '우연이라는 운명의 신을 섬기는 사제'가 시인 자신이라는 말은 자기 안에 신이 있고 자기 삶에 늘 신성神性이 작용하고 있다는 자각에서 나온다.

　　방금 흘린 커피 자국처럼 선명한

　　제 잘못이나 실수조차 부인하는

　　내 후안무치를 욕하지 마라

　　날마다 난 허물을 벗는 뱀

　　분명 난 너와 언쟁을 벌이던

　　어제의 내가 더 이상 아니다

　　한때나마 세상을 제가 꿈꾸는 대로

　　뒤바꿀 수 있다고 믿으며 방랑하던

　　예전의 너로 다시 되돌아갈 수 없다

　　더 크게 놀라지 않으려면

　　네 심장 위에 두 손 얹고

　　맹서한 그날의 붉은 혓바닥을 잊어라

　　원치 않아도 난 키 큰 미루나무처럼

　　매 순간 새로운 풍경을 연출해가는 자

　　제 아무리 추궁한다고 해도

옛날의 나를 연기演技할 수 없다
애써 내일을 노래하는 순간에도
어쩌면 넌 내일의 힘을 믿지 않는 자
내가 누구인지 묻기보다 제 운명을
스스로 결정하며 나아가기에도 충분히 바쁜,
지금 달리 어찌해볼 도리가 없는
폭풍에 떠밀려 가기에 급급한 우린
어디까지나 발견자보다는 창조자

—「창조자」 전문

　우선 이 시의 시적 자아가 자기가 살아온 과거의 삶에 대해 반성하는
대목을 주목할 필요가 있다. 그 반성 속에서 시인은 인간의 삶을 지배하
는 보이지 않는 힘이 작용하고 있음을 느낀다. ("어쩌면 넌 내일의 힘을 믿
지 않는 자/내가 누구인지 묻기보다 제 운명을/스스로 결정하며 나아가기에도
충분히 바쁜,/지금 달리 어찌해볼 도리가 없는/폭풍에 떠밀려 가기에 급급한 우
린") 인간의 삶을 떠미는 "내일의 힘" 또는 "지금 달리 어찌해볼 도리가
없는/폭풍"의 힘은 세간의 삶을 지배하는 초월의 힘이다. 이 초월의 힘
이 우연의 근원이라고 할 수 있다. 이 불가항력적인 우연 앞에서 시인은
그러나 새로운 각성에 이른다. 그것은, 마지막 시행 "(…) 우린/어디까
지나 발견자보다는 창조자"라는 시적 언명에 나타난다. "우린" 초월적
힘에 의해 떠밀려 가는 피동적 존재이면서도, 오히려 우리를 "발견자
보다는 창조자"로 전화시키는 것이다. 이러한 언명은 역설이 아니라 진
리에 방불한 것이다. 그것은 이미 말했듯이 화쟁과 시천주 사상이 설한
바와 같은 까닭이다. 그러므로 시인은 '우연의 신을 섬기는 사제'라는

언명은 내 마음의 신령함을 섬긴다는 것이요, 내 마음속 신령함을 섬긴다는 것은 사제와 같은 수행修行을, 정(定 혹은 止)과 혜(慧 혹은 觀), 지知와 행行을 쌍수雙修하겠다는 시인됨의 결의와 다름 아니다. 그 수행의 과정에서 태어난 듯, 여기 아름답고 정淨한 시가 어느 연못의 진토塵土에서 피어난다.

소금쟁이가 부지런히 제 그림자를 먹어치우며 활보하는 수면 깊숙이

그만큼 깊고 푸른 궁륭穹窿을 이루는 하늘로 흰 구름이 어디론가 흘러가고

난 장마나 가뭄에도 불어나거나 줄지 않는다는 연못가에 서서

제 그림자를 빼앗기지 않으려 수면에 바짝 얼굴을 맞대고 있는 수련,

저도 모르는 그림자가 온통 들통 난지도 모른 채 고요히 흔들리고 있는 수초들 사이로

정작 제 그림자가 두려워 바닥에 배를 밀며 살아가는 들메기이며 까딱메기 따위가

은빛 비늘 빛나는 금강무치며 갈겨니 떼를 뒤쫓는 것을 물끄러미 바라보고 있다

어느 한순간 수면이 거울처럼 잔잔할 때면 어김없이 피어난다는 부용꽃,

나의 분신이며 주인인 그림자 따라 그 깊이를 헤아릴 수 없는 연못 속으로

끝내 버릴 수 없어 함께 따라온 그림자를 때 묻은 헌옷처럼 벗어 던져놓
은 채

— 「영지影池」 전문

시제詩題인 '영지影池'는 강원도 춘천 소재 청평사 구내의 연못이라
한다. "어느 한순간 수면이 거울처럼 잔잔할 때면 어김없이 피어난다
는 부용꽃"은 '우연'의 정화된 비유이지만, 그 비유의 심연은 시천주의
비유로 해석되어야 할 듯하다. 맑은 허공 같은 명경지수에 비친 마음
을 불가에선 불성 또는 진여라 부른다. 그 고요한 마음에 시인의 페르
소나인 그림자가 들어간다는 것은 '定'의 경지의 비유라고 할 수 있다.
그것은 시인이 갈망하는 또 다른 시적 자아로서의 '定'의 그림자이며,
그 그림자의 존재는 시인이 지닌 시적 수행修行의 실천의지實踐意志이기
도 하다.

4. 사랑의 修行

시 「우연을 기리는 노래」에서의 '우연'은, 다른 시 「태초에 사랑이 있
었다」에서 초월적 근원으로서의 '태초'와 서로 유비적(유추적) 관계에
놓여 있다고 할 수 있다. 간단히 말한다면, 우연은 태초의 비유인 것. 우
연은 가공되지 않은 원시성. 우연의 원인과 조건은 초월적인 인연이며,

인연을 따라 작용하는 '예감'은 '우연'을 '태초'와 접속시키는 힘이다.

　　금세 어디론가 사라져간다고 해도 저만큼
　　아주 오래전부터 알고 있는 듯한 눈동자

　　분명 처음이었는데도 **늘 가까이서**
　　지켜봤을 것 같은 예감에 휩싸여갔다

　　여전히 알 수 없는 **진화와 창조의 세월 너머**
　　언제 어디선가 해독되기를 기다리며 쏟아지는,

　　단 한 차례의 확률 같은 빗방울 하나가
　　홀연 무방비한 품속으로 뛰어 들어왔다

　　아무도 맞설 수 없는, 제 운명을 떠밀고 가는 힘

　　태초에 사랑이 있었다.

ー「태초에 사랑이 있었다」 전문 (강조_필자)

　　이 아름답고도 뜻이 깊은 시의 1연은, 우연 속에 작용하는 '태초의 눈
동자'의 비유이며, 2연은, 우연은 초월적 인연의 고리에 따른("예감") 것
이고, 3연은 우연의 초월성과 비규정성을 말하며, 4연은 우연의 세
간적 초월성을 알리고, 5연은 근원의 절대적 작용력을, 마지막 연은 우
연을 '태초'(근원)의 사랑으로 규정하는 것. 특히 시의 맥락으로 보아 필

연과 우연의 이분법적 대립 개념으로서가 아니라, 우연이란 우주 만물에 두루 걸쳐 드러나는 현상임을 보여주는 4연은 매우 아름다운 시적 발심發心의 산물이라고 할 것인데, "단 한 차례의 확률 같은 빗방울 하나가 홀연 무방비한 품속으로 뛰어 들어왔다"는 시구는 우연의 심오한 존재론적 내용을 드러내는 것으로 개인적 일상의 영역에서만이 아니라 생멸生滅을 무한 반복하는 무상한 자연계에 두루 적용하는 우주론적 차원을 포함하고 있음을 경건한 아름다움으로 표현한 것이다. 그러니 시인이 말하는 우연은 세간과 자연을 두루 포함한 초월자의 별칭이고 시인은 이러한 우연의 초월적 세간주의를 가리켜 '태초의 사랑'이라고 부른 것이다. 아마도 이 시집에 수록된 수작들, 가령「포플러 나무」「한여름 밤엔 창을 열고」「가을날에」「목포 젓갈집」「조기」「영지影池」등은 우연의 초월적 세간주의가 빚어낸 의미심장하고 빼어난 시적 수확으로 기억될 것이다.

이번 시집이 지니는 깊은 뜻은, 시인도 세속의 법칙적인 필연에서 벗어난 '우연'적 존재라는 것, 그래서 시인이란 존재는 세간의 일체 상相을 세속적 사유와 감각 너머의 '우연'의 초월적 사유와 감각으로 파악하는 존재라는 인식에 있다. 특히 이번 시집에서 삶을 구속하는 온갖 이론과 법칙 속에서 훈습된 시적 사유와 감각 너머로 유상有相도 무상無相도 아닌 일체 사물이 내는 '소리'의 생명력을 깨닫고 이 생명의 소리 자체를 시상詩想으로 고뇌하고 있음을 보게 된 것은 한국 시의 현실에 비추어 보면 시사하는 바가 적지 않다고 본다. 무엇보다도 "그 우연이라는 운명의 신을 정성스레 섬기는 또 한 명의 사제司祭"로서 시인됨의 뜻에 다다르게 된 것이 의미 깊다. 생각해보니, 이전보다 더 깊어진 시 정신을 보여주는 「우연을 기리는 노래」와 시집 표제작인 「태초에 사랑이 있었다」가 지닌 중요한 시적 의미는 우연 속에 깃든 초월적 근본으로서의 '운명의 신'을 관조하는 시인의 초상肖像이 그 안에 담겨 있다는 점인지도 모른다. 지금은 거의 잊혀졌지만, 아주 오래된, 늘 신에게 기도하고 서원誓願하던 옛 시인의 초상이.

[2013. 봄]

'이성의, 이성에 의한, 이성적 풍자'

정현종의 「개들은 말한다」

개들은 말한다

나쁜 개를 보면 말한다

저런 사람같은 놈.

이리들은 여우들은 뱀들은

말한다 지네 동족이 나쁘면

저런 사람같으니라구.

한국산 호랑이가 멸종된 건

개와 이리와 여우들 탓이 아니지 않은가.

한국산 호랑이의 멸종은

전설의 멸종

깨끗한 힘의 멸종

용기의 멸종과 더불어 진행된 게 아닌가.

날 기운의 감소

착한 의지의 감소

제정신의 감소와 더불어 진행된 게 아닌가.

한국산 호랑이의 멸종은 하여간

개와 이리와 여우들 탓은 아니지 않은가.

—「개들은 말한다」 전문

정현종의 시 '개들은 말한다'는 한국 사회의 추악함과 한심함을 풍자
한다. 그렇다고 우리는 이 시가 날리는 통쾌한 풍자성에 마냥 웃고 즐거
워 할 수만은 없다. 이 시는 한국 사회에 대한 비판만이 아니라 한국인
나아가 인간이란 도대체 개나 뱀 여우보다 낫다고 자처할 수 있는가 하
는 생명계에서의 인간 존재에 대한 질문과 인간성에 대한 근본적 반성
을 촉구하고 있기 때문이다. 이 풍자가 이룩한 인간성 비판과 풍자의 칼
날이 자기를 겨누는 근원적 반성의 시정신에 이르러, 도저한 자유와 생
명의 시인인 정현종의 시의 심연을 엿볼 수 있다.

먼저, 이 시의 제목 '개들은 말한다'에서 엿보이는 시인의 언어의식
을 들여다 볼 필요가 있다. 그것은 '개들은 말한다'와 '개들은 짖는다'
의 사이의 관계를 살피는 일이다. '말한다'와 '짖는다'는 모두 인간이 만
든 단어이고 그 단어의 차이는 인간이 만든 문법상의 차이다. 관용적 문
법으로 '짖는다'라는 자동사는 짐승들의 울부짖음과 같이 그 짖는 의미
를 알 수 없는 탈-인간주의를 전제한 자동사적 기표이지만, '말한다'는
동사는 기본적으로 이성적 혹은 인간주의적 의미 전달이 전제된 기표
이다. '짖는다'와 '말한다'는 인간주의적 언어 체계이지만, 전자는 기의
가 추상적이고 은폐된 기표이고, 후자는 기의가 현실적이고 표면화되
어 있는 기표이다. 그 두 언어 사이의 관계는 은폐와 표출의 관계를 맺
고 있음에도, 둘은 형식논리적 동일률에 놓여 있다. 즉 기표(시니피앙)

는 다르지만 서로 비유 관계에 놓여 있다. 이는 기표만이 기의와 상관없이 연쇄적으로 이어진다는 것이고 이는 '짖는다'와 '말한다'는 환유 관계에 놓여 있음을 의미한다.

시니피앙의 연쇄 곧 환유적 언어 의식은 이성의 권력으로부터 탈피하려는 마음의 강력한 원심력을 나타내거나, 이성과 초이성의 경계에 시적 자아가 서 있음을 가리킨다. 환유는 이성주의를 반성하는 비유법이다. '짖는다'와 '말한다'는, 의미를 공유하지만 문법적으로 '짖는다'는 사람에게 쓸 수 있는 기표는 아니다. 짐승에게나 쓸 수 있는 기표이다. 그러므로, '개들은 말한다'라는 문장은 개들을 인간화했다는 의미 혹은 반대로 인간을 개로 본다는 뜻이다. 인간을 개로 본다는 말은 인간이 인간 같지 않은 짓을 하는 무수한 인간들이 존재한다는 뜻이다. 개같은 인간들이 너무나 많은 세상이다!

하지만 시인은 개보다 못한 인간들이 많다고 인간세상을 풍자한다. "저런 인간같은 놈"이란 풍자가 단적인 예가 된다. 개보다 못한 인간들이 득실대는 인간 세상을 풍자하는 이 문장에 이르면 이 시가 지닌 시적 무의식을 만나게 된다. 그 무의식을 움직이는 시 의식의 원동력은 인간주의이다. 이 시는 못된 인간을 개로부터 격리시키고 있지만, 사실은 나쁜 인간들은 인간 세상에서 격리되어야 한다는 의식이 지배하는 것이다.

인간을 인간으로부터 소외시키는 것은 이성의 힘이고, 동시에 개를 개로부터 소외시키는 것도 이성의 힘이다. 인간이 인간을 소외시키는 힘은 분석과 판단이다. 역설적으로 개를 개답지 않게도 개로부터 소외시키는 힘도 이성의 힘이다. 그러므로 그 깊은 의식에서 본다면, '개들은 말한다'라는 모순 어법은 '개들은 짖는다'라는 상식적 어법을 소외시킨다. 그러니까 인간주의적인 의미를 지닌 '말한다'가 '개들이 짖는다'를 소외시킨 것이다. ('짖는다'도 인간이 만든 말이지만, 그것은 이성이 엄격히 제한하고 통제하는 비인간적인 것에 대한 쓰임새를 지니고 있다.)

'개들은 짖는다'에서 '개들은 말한다'로 인간주의적으로 바꾸었다는 것은 이 시가 우화적이라는 뜻이고, 이 시의 알레고리가 인간주의적이라는 뜻이다. 그래서 표면적으로는 이 시의 우화적 풍자는 인간에 대한 개의 풍자이지만, 내용인즉슨 인간에 대한 인간의 풍자인 것이다.

이러한 사정은 정현종 시인의 시가 이성에 의한 초이성을 꿈꾸는 시이면서, 미묘한 탈이성의 시학의 심연을 지닌 시라는 점을 암시한다.

그래서 지금은 이 조선땅에서 멸종된 것으로 알려진 호랑이가 등장한다. 호랑이의 멸종 원인을 두고 시인은 통렬한 어조로 반문한다. "한국산 호랑이가 멸종된 건/개와 이리와 여우들 탓이 아니지 않은가/한국산 호랑이의 멸종은 전설의 멸종/깨끗한 힘의 멸종/용기의 멸종과 더불어 진행된 게 아닌가. 날 기운의 감소/착한 의지의 감소/제정신의 감소와 더불어 진행된 게 아닌가." 전설, 깨끗한 힘, 날 기운, 착한 의지, 제정신의 감소와 더불어 호랑이의 멸종은 진행되었다면, 호랑이를 없앤 것은 우리 인간들이다. 이성이 주인인 인간들. 물론 이성에도 좋은 이성이 있고 나쁜 이성이 있을 수 있다. 하지만 시인은 이성이 웬만해서는 제어할 수 없는 탈이성 혹 초이성의 범주를 호랑이의 멸종 사태와 연결짓는다. 그러니까 멸종한 호랑이는 이 시의 심연의 상징적 존재인 셈이다. 전설, 깨끗한 힘, 날 기운, 착한 의지, 제정신은 꼭 이성이 주인인 영역인 것은 아니다. 그것들은 이성이 간여하고 결정하기 힘든 생생한 삶의 영역이요 심연深淵의 영역이다. 정현종 시정신의 경이는 시적 이성을 통해 탈이성의 경지를 깊이 아우르는 대목에서 빛난다.

이성과 탈이성은 서로 상관적이고 자기 순환적인 관계에 놓여 있다. 시적 이성이 시적 이성을 반성하고 시적 이성이 이성으로부터 적극 이탈하면서 운동한다. 이 탈이성이—초이성이 아닌—시적 이성과 어우러져 시어를 만난다. 그러나 정현종 시에서 초이성 혹은 초현실은 늘 이성의 지평에서의 먼동바라기와 같다. 그것은 탈이성이 이성을 심각하게 반성하게 하지만, 이성은 여전히 탈이성을 관리하기 때문이다.

[미발표, 2011]

세속적 구도자求道者의 시

하재일 시집 『동네 한바퀴』

1.

하재일 시인의 신간시집 『동네 한 바퀴』(2016. 9)는 근래에 보기 드
문 특이한 시적 상상세계를 보여주는 시집이다. 독단적이고 뿌리 없는
논리들, 유희적이고 자폐적인 감수성들, 빈곤하고 허황한 상상력들이
어지러이 뒤엉켜 요사스러운 난무亂舞를 펼치는 작금의 한국시단의 상
황에서 출간되는 하재일의 이번 시집은 아이러니하게도 한국시가 처
한 바로 그 위중함과 참담함 때문에 시의 절실한 자기반성을 알리는 시
의적절한 시집으로도 읽히게 된다. 시집 『동네 한 바퀴』엔 국적 없는 논
리와 개념이 없고, 진솔한 삶의 기억이나 구체적 생활에 닿지 않은 허
튼 감수성이 없으며 알찬 뿌리를 내린 사유를 동반하지 않은 시적 상상
력은 찾아볼 수 없다.

표제작인 「동네 한 바퀴」는 이번 출간된 하재일의 시집이 지닌 시정
신의 이와 같은 특성과 속 깊은 감성과 상상력의 아름다움을 보여주는
절창으로 꼽을 만한 시편이다. 이 시의 전문은 아래와 같다.

따끈따끈하고 쫀득쫀득한 강원도 찰옥수수가 왔어요. 맛있는 술빵이 왔어요. 동네 한 바퀴, 부지런히 도는 트럭 한 대. 꽁무니 따라가며 동네 한 바퀴 천천히 도는 내 발걸음. 사람들은 한 명도 모이지 않고 봄밤에 꽃망울 부푸는 벚나무들만 쳐다보고 자기들끼리 키득거리네.

꽃나무 아래엔 온종일 홀로 거리를 지킨 빨간 우체통. 오늘 입에 넣은 건 어느 불량한 길손이 던져 준, 피다 버린 꽁초 한 대뿐. 그래도 이웃이 좋아 주소를 옮길 수 없네.

환하게 꽃 핀 알전구 매달고 열심히 돌아다니는 동네 한 바퀴, 두 바퀴로 이어지는 트럭 한 대. 벚꽃보다 지름길을 알고 먼저 왔네. 목련보다 먼저 달려왔네. 아직 일러 꽃은 불을 켜지 않았고 봄이 오는 밤길을 환하게 비추며 지나가는 트럭 한 대. 오늘 판 거라곤 겨우 해질녘 꼬부랑 할머니가 팔아 준 술빵 한 봉지. 누구나 편안한 물컹대는 밤인데.

나 홀로 천천히 걸어보는 동네 한 바퀴, 서서히 길들이 어둠 속에 잠겨가네.

―「동네 한 바퀴」 전문

잠시, 이 시를 분석하고 해석하기 전에 이즈음 문학에 대한 일반론적인 선입견과 편견 혹은 고정관념을 경계해야 할 필요성에 관하여 선결적으로 말해두는 것이 좋겠다.

오늘날 한국사회는 인문학 열풍이 휘몰아치는 특별한 시절을 맞이한 듯하다. 대학에도 지자체에도 SNS 모바일 등 디지털 세계에도 문학

미술 음악 등 예술 영역을 비롯하여 동서고금의 고전 배우기 등 인문학을 배우고 도서관에 축적된 엄청난 양의 학식들을 함께 나누려는 사람들로 만원이다. 그리고 북새통을 이룬 인문학 강의실 정면에는 유행이 된 표어 '아는 만큼 보인다'라는 큼직한 현수막이 걸려 있다. 하지만 이러한 인문학을 둘러싸고 마구 불어대는 어지러운 바람이 과연 한국인의 마음속에 또 한국 사회에 바람직한 결과를 가져다줄지는 의문이 든다. 의문이 든다는 말은, 지금의 인문학 열풍이 근대 이후의 외래적인 인문학에 대한 주체적 반성을 수반하고 있는가, 또 한국인이 '지금-이곳에서' 겪고 있는 구체적 삶의 현실에 어떤 의미와 가치를 지니는 인문학인가 따위를 깊이 성찰해야 한다는 의미에서 하는 말이다.

또한, 흔히들 믿고 있듯이 학습을 통한 인문학적 박식이 자연과 생태 속에서 몸소 배우는 앎이나 사회에서 시난고난 겪고 사는 인생살이에서 힘겹게 터득하는 앎보다 과연 더 따를 만한 앎이고 더 유익한 앎인가. 인문학자 또는 문예학자들이 곧잘 내세우곤 하는 '아는 만큼 보인다'는 말이 과연 옳은가? 물론 '아는 만큼 보인다'는 주장은 그렇다고 할 수도 그렇지 않다고 할 수도 있다. 하지만 진리道를 찾고자 하는 이, 여기서 논의하는 문예라는 형식을 통해 진리를 구하고자 하는 이에겐 그렇다고 말할 수 없다. 구도자에겐, '아는 만큼 보이는 게 아니라 아는 만큼 보이지 않는 것'은 아닐까? 오히려 '모르는 만큼 보인다'고. 사람들이 책과 학습을 통해 열심히 쌓아올린 학식들이란 것이 오히려 참된 앎 혹 진리道에 이르는 길을 가로막는 선입견이나 편견 혹은 고정관념으로 작용하는 경우는 허다하다.

특히 문학예술을 통해 진리를 만나고자 하는 사람에게 인문학 혹은 문예학의 학식은 늘 '아는 만큼 모르고 아는 만큼 보이지 않는 것'이 될 가능성은 크다 할 것이다. 입력된 학식이 타고난 본성 혹 자연적이고 자유로운 감성의 활동을 가로막기 때문이다. 그러므로 인문학 혹은 문학 예술을 공부하는 이는 늘 '아는 만큼 모르는 것이 아닐까' 하는 자문과 동행해야 한다. 더군다나 진리에 접근하려는 이에게 모든 학식에 대해 그 근원에서부터 회의하는 자세는 필수적이다. 회의 없이 축적된 인문학적 지식들이 외려 문예 작품의 감상에 속단과 예단豫斷을 불러들이고 피상에 흘러 허구를 진실로 둔갑시키는 예를 수없이 보아 왔다. 어설프게 학식을 더하고 더하는 것은 학문과의 주체적이고 창조적인 대화 관계를 해치고, 문예 작품의 올바른 이해를 방해하고, 진리의 구현으로서의 문예 활동의 이상을 가로막는다. 특히 문예의 창작과 감상에 있어서 이미 쌓아둔 학식은 버리고 또 버리는 것이 낫다.

　두루 알다시피 노자老子는 진리道에 이르는 경지에 대해 말하면서, '학學을 하면 날로 더하고 진리道를 하면 날로 덜어낸다. 학식學을 덜어내고 덜어내어損之又損 무위의 경지에 이르면 함爲이 없으면서도 하지 않음이 없다.(以至於無爲 無爲而無不爲)'는 것을 강조하였다. 노자의 이 말씀을 신라 때 원효元曉 스님이 받들어서『금강삼매경론金剛三昧經論』에도 인용한 바, '학식(분별지)'을 더하고 더하는 것은 욕심만 더할 뿐, 진리眞如를 깨치는 데 방해가 된다고 역설한 바 있다.

　하재일의 시집『동네 한 바퀴』는 속세의 삶에서 진리의 빛을 찾는 구도의 시편들로 엮여 있다. 그 구도의 정신은 무위자연로서의 인간 정신 혹은 진여의 자각인 듯하다. 이렇게 말할 수 있는 것은, 이 시집에는 자연으로서의 인간 정신을 자각하고 인간주의 영역을 넘어 나 이외의 타자들 그것이 생물이든 사물이든 이질적인 존재들과의 근원적인 만남과 소통을 꾀하는 시의 존재론을 보여주고 있기 때문이다. 그것은 간단히 말해 아집我執에서의 해방을 통해 참자아를 찾고 동시에 일체 존재의 해방을 추구하는 시 정신과 깊이 연루된다.

하지만 중요한 사실은 하재일의 시 정신을 깊이 신뢰할 수 있는 것은, 시적 진리를 학식을 통해 추구하지 않는다는 점에서이다. 이는 그의 시 세계가 어떤 개념이나 지식으로 환원되지 않는 저만의 독자성을 지니고 있다는 의미와도 통한다. 시인은 고상한 학식의 세계를 애써 마다하고 서민들의 구체적이고 생생한 삶 속에서 기꺼이 체득한 투박한 일상어로서 시적인 것의 진실과 함께 자연으로서의 진리의 정신을 드러내고자 한다. 이처럼 시인의 절차탁마하는 시 정신이 다다른 막다른 절정이 시집의 표제작 「동네 한 바퀴」이다.

하재일의 시 「동네 한 바퀴」를 반복해서 읽으면 시인의 특별한 상상력과 특유의 감성과, 마침내 맑은 진리음眞理音이 배어 있는 시 정신이 서서히 실감으로 다가올 것이다. 이는 시인의 세계관이 무엇보다 시어들의 결합과 조합이 만들어내는 특이한 느낌과 함께 시문들이 이루어내는 음악성과 연관이 깊다는 말이다. 시에서의 음악은 정형화된 율격을 뜻하지 않는다. 시에서 율격은 내재율로서 어떤 정형화된 율격으로 규정할 수 없고 그 자체로 순수하고 절대적인 것으로서의 내적 화음和音이다. 시의 음악성은 시의 특징을 보여주는 추상으로서 정신적 인상印象이다. 시의 정신적 인상으로서의 음악성은 시가 지닌 절대적 느낌이며 시의 순수한 내용을 드러낸다.

「동네 한 바퀴」는 일단 아래 두 방향에서 살펴볼 수 있다.

(1)

　이 시가 보여주는 특별한 상상력은 '빨간 우체통' '벚나무' '목련' 등 만물萬物에 접물接物하고 화생化生하는 상상력이랄 수 있다. 접물하고 접신하며 마침내 화생하는 상상력! 이에 대해 누군가 반문할 수 있다. 빨간 우체통과 벚나무와 목련을 의인화하는 것은 흔하디 흔한 일반론에 불과한 문학적 상상력 또는 인문학적 상상력이 아닌가, 라고! 물론 이러한 반문에 대해 '그렇다'고 대답해야 한다. 하지만 중요한 것은, '그렇다'고 해서 '그렇지 않다'는 것이 아닌 것도 아니라는 점이다. 시적 상상력을 통해 빨간 우체통과 자전거와 나무를 화생化生하여 그것들에게 새로운 생명력을 부여했다는 것을 두고서 기존의 인문학적 학식을 따라서 의인법으로 간단히 규정하는 것은 근시적 관점에 불과한 것이다. 근시적 관점은 시의 심연이나 사단事端의 근원을 보는 원시적 관점을 놓치고 마는 단견에서 벗어날 수 없다.

　그렇다면 이 시가 보여주는 화생의 시적 상상력이 사물 혹은 자연에 대한 근본철학에서 연원한다는 해석은 어떻게 가능한가. 이를 밝히기 위해서는 결국 이 시가 품고 있는 시인의 상상력과 언어적 감성의 내막을 찾아 분석할 수밖에 없다. 시의 심연의 분석을 통해 만물의 화생 곧 접화군생接化群生하는 시적 상상력은 이 시가 품고 있는 음악적 신명神明의 언어들을 통해 그 표현을 얻고 있음을 깨닫게 된다. 그 예는, 이 시가 "따끈따끈하고 쫀득쫀득한 강원도 찰옥수수가 왔어요. 맛있는 술빵이 왔어요."라는 생생한 소리체 문장으로 시작되고 있다는 점을 우선 들 수 있다. 가난한 술빵 장사꾼이 내는 활력 넘치는 목소리가 시에다 음악적 정감을 일으키는 것이다. 또한 모든 시어들은 음감의 크기와 높이만 다를 뿐 서민적 음역音域을 확실히 한다는 점. 곧 생활과는 동떨어진 개

넘 언어들은 사라지고 서민들의 실감 나는 생활언어와 한 몸을 이룬 시어로 쓰였다는 점. 일상 속에서 마주치는 정겨운 사물들의 이름과 구체적 생활에 밀착한 찰기로 진득한 서민적 언어들이 시인 특유의 분방한 상상력 속에서 새로운 음감音感의 시어로서 새로이 태어나는 것이다. 특히 하재일의 시집 전반에 걸쳐서 고유지명, 동식물들의 고유이름, 지역 방언 등 고유어들이 많이 쓰이고 있는 것도 이와 같이 서민적 언어로서 시의 음악적 신명神明을 불러들이려는 시적 상상력—접신적인 접물接物의 상상력이 내재화된! —과 맥락을 같이한다.

또한, "꽁무니 따라가며 동네 한 바퀴 천천히 도는 내 발걸음"은 이 시의 내재율 또는 시의 음보音步를 느끼게 하며 이는 시의 안팎에서 감응되는, 천천히 소요하듯 하는 '내 발걸음'과 가만히 혼잣말하는 듯 하는 시의 음보 또는 내재율이 서로 하나를 이루고 있음을 반영하는 듯하다.

특히 여러 시어들 중에서 우선적으로 종결어미 '~(하)네'로 쓰인 문장들로부터 이 시가 지닌 나지막한 음조音調와 화음和音이 만들어지고 있다는 점. 시를 읽는 행위는 마음에 이는 화음을 따르는 행위와도 같기 때문에 이 시가 지닌 음감 또는 화음은 이 시가 표면적으로는 객관적 현실과 자연을 담담히 서술한 듯이 보이지만, 그 리듬과 화음으로 인해 시의 이면에서 객관적 현실이나 자연 현상과는 무관한 순수 내면 혹은 순수 정신이 작용하고 있음을 보여준다. 이는 시의 이면에 현실의 삶과 시를 쓰는 자아를 가만히 관조하는 구도자로서의 또 다른 시적 자아가 동행하고 있음을 뜻한다.

(2)

이 시가 종결어미가 사라진 명사형 시구들과 종결 어미인 '~(하)네'

로 된 문장들로 반복하면서 짜여진 시라는 점을 다시금 살필 필요가 있다. 중요한 것은 종결어미 '~(하)네'의 문장들은 내용상 객관적 외부 사실에 대한 단순 서술문으로 그치는 게 아니라, '지금-여기의 삶' 속에서 어떤 진리의 깨달음을 독백조로 말하는 서술문이라는 점에 있다. 곧 이 시에 쓰인 모든 '~(하)네'라는 종결어미의 문장에는 깨달음을 묵언 默言으로 삼킨 시적 화자의 나지막한 감탄의 의미가 내재되어 있다.

그러나 여기에서도, 시적 화자의 깨달음이 학식이나 관념으로서가 아니라, '지금-여기서'의 생활의 결과라는 사실은 다시금 중요시되어야 한다.

시의 1-4연 각 연에 나오는 종결어미 '~하네'의 문장들, "봄밤에 꽃 망울 부푸는 벗나무들만 쳐다보고 자기들끼리 키득거리네."(1연) "꽃나무 아래엔 온종일 홀로 거리를 지킨 빨간 우체통. 오늘 입에 넣은 건 어느 불량한 길손이 던져 준, 피다 버린 꽁초 한 대뿐. 그래도 이웃이 좋아 주소를 옮길 수 없네."(2연) "벗꽃보다 지름길을 알고 먼저 왔네. 목련보다 먼저 달려왔네."(3연) "나 홀로 천천히 걸어보는 동네 한 바퀴, 서서히 길들이 어둠 속에 잠겨가네."(4연) 등은 표층적으로는 흔히 쓰는 의인법擬人法에 따른 시적 표현인 듯하나, 심층적으로는 시인이 구체적인 생활 속에서 체득한 천진난만한 상상력에 의해 무생물조차 접물 接物하고 활물活物하고 화생化生하는 시정신의 산물로서 읽혀야 한다. 의인법은 이성의 기교와 인간주의 논리를 따르는 시의 형식이라 할 수 있지만, 이 시에서 가령, '빨간 우체통' 같은 무생물의 화생 혹은 '벗나무'의 의인화는 시인이 구체적 삶의 현장 속에서 터득한 진리의 깨달음이 작용한 화생(접화군생!)이요 의인화라는 점을 이해하는 것이 필요하다. 그러니까 이 시의 경건한 접물의식을 통한 화생과 의인법은 자연으로서의 인간정신의 작용력에 대한 순정한 깨달음의 자연스러운 소산이다. 한 예로서 "온종일 홀로 거리를 지킨 빨간 우체통. (…) 이웃이 좋아 주소를 옮길 수 없네."에서 보듯이, 이 시에서 '빨간 우체통'의 화생 혹은 의인화는 문학적 지식에 따라 흔히 차용되는 의인법이 아니라 긴 생활의 어둠을 견디며 진리의 빛에 닿기 위해 타락한 현실을 이겨낸 시인에게만 주어지는 시적 보상이다. 이 시에서 느껴지듯, 무위로이 소요하듯 하는 음보를 타고 시적 자아는 세속의 가난한 생활 세계 속에서 생물 무생물간의 차별, 피아彼我간의 차별 너머의 생명과 생명이 필연적으로 관계 맺고 살아가는 근원적이고 초월적인 '온생명'의 세계를 만끽하고 있는 것이다. 보라.

꽃나무 아래엔 온종일 홀로 거리를 지킨 빨간 우체통. 오늘 입에 넣은 건 어느 불량한 길손이 던져 준, 피다 버린 꽁초 한 대뿐. 그래도 이웃이 좋아 주소를 옮길 수 없네.

이는 무위자연으로서의 정신이 낳은 시의 결정이며, 옛 풍류도 정신의 핵심인 접화군생接化群生하는 능력이 전승된 독특한 상상력의 시적 결실이라 할 만한 것이다.

'강원도 찰옥수수' '술빵'을 파는 가난한 장사꾼의 '트럭 꽁무니'를 따라 함께 동네를 한 바퀴, 두 바퀴 도는 시인의 마음속에 진여의 마음 혹은 무위자연의 도道의 작용이 없다고는 할 수 없을 것이다. 힘없고 가진 것 없는 술빵 장사꾼의 트럭을 따라 동네 한 바퀴 두 바퀴 함께 돌고 도는 시적 자아의 하염없는 마음을 진정으로 접한다면, 저녁 예불을 마친 뒤 절간 마당에서 두 손을 모으고 한 바퀴 두 바퀴 탑돌이하는 불심佛心 혹은 대승大乘의 바퀴로서의 참자아를 찾는 수행심修行心을 떠올릴 수도 있을 것이다. 그러므로 소외된 이웃을 따라 동네 한 바퀴를 함께 돌고 또 도는 시인의 마음은 자아와 타아간 차별이나 속세와 초월의 분별을 넘어 진리 속에서 참나를 찾아가는 순례자의 마음을 닮았다고 말할 수 있다. 다시 말해, '지금-여기서'의 참다운 자아 곧 속계에서의 참나를 찾아가는 구도求道의 알레고리가 '동네 한 바퀴'라는 시어 속에 들어 있다 할 것이다. 어쩌면 이 지점에 이르러서 이 시가 지닌 더 깊은 진실을 밝히기 위해 우리 삶에 대한 깊은 이야기들을 새로이 준비해야 할는지도 모른다.

2.

타락한 속세에 속박된 시어를 해방하고 진실의 시를 구하고자 한다면, 상습적인 시어와 상투적인 시상詩想을 근원적으로 회의懷疑하고 무분별無分別과 자유분방의 시상에 이르려는 시의 자기 일탈의 모험과 구도求道적인 자기 부정의 정신은 필연적이다. 이 도중道中에서 하재일의 시는 수많은 이질성들이 서로 접하여 관계 맺고 살아가는 생명계의 본성을 각성하고 시의 본성을 깊이 성찰한다. 비근한 예로 '은행나무'와 '자전거'(「자전거는 푸르다」) 같은 이질성의 결합, '못'이라는 언어개념이 품고 있는 자기 부정의 이질성들(「방생」)을 통해 분별지의 언어와 무분별지의 언어, 집착의 시상과 자유의 시상을 함께 반성하고 통찰하는 것이다. "나무와 자전거의 결합이 상처뿐인 생이 아니라/둘의 맹세인 옹이로 변해 잎은 푸르러지는 것이다." 같은 시적 비유가 말해주듯, 거리낌 없는 시정신은 경험과 선험, 분별과 무분별, 현실과 환상 또는 주술, 접신 간을 무차별적으로 결합하면서 나무와 자전거 같은 뭇사물들에게 생명력을, 마침내 시에 이질적이고 새로운 생기를 불어넣는 것이다. 그러니 하재일 시의 깊이에는 불립문자不立文字의 선가禪家 정신과 접화군생接化群生의 풍류 전통의 맥이 흐르고 있는 것이다. 곧 하재일의 시편들이 보여주는 파격, 비약, 돌발, 낯섬, 투박, 순박의 시상들은 생물 무생물 인간 미물은 물론 보이는 것과 보이지 않는 것들간에 차별 없이 일체 만물을 겸허하게 포용하고 기꺼이 접하며 그에다 생기를 불어넣어 더불어 변화하려는 시인의 순정하고 가난한 마음과 천진난만한 상상력('동화적童畫的·童話的 상상력'이라 이를 만한!)이 빚어낸 시정신의 결정이라는 점을 깊이 이해하며 그의 시를 접할 필요가 있다.

[하재일 시집 『동네 한 바퀴』 촌평, 2016. 여름]

自然으로서의 시
육근상 시집 『滿開』, 自在淵源의 '소리시'

1. 자연으로서의 詩

자연에는 주인이 없다. 자연이 주인이기 때문이다. 자연에는 주어主語가 없다. 자연이 주어이기 때문이다. 인간이 자연에 주어를 만들어 놓았을 뿐이다. 자연으로서의 시는 지성 따위 인위로 쓰는 것이 아니라 자연스러운 자연 속에서 스스로 태어나는 것이다. 자연으로서의 시를 쓴다는 것은 자연이 시가 된다는 것이고 시가 자연이 된다는 것이다. 이는 시가 진실이며 동시에 자연이라는 뜻이며, 진실이며 동시에 자연이 시라는 뜻이다. 시가 진실이기 위해서는 시인은 자기 삶의 진실 곧 삶의 자연에서 시를 구해야 한다. 시인됨의 바탕을 자기의 자연스러운 삶에서 찾는 것이 시적 진실성이다. 자재연원自在淵源, 수운水雲 선생은 "道를 자기 바깥에 멀리서 구하려 하지 말 것이며 자기 자신에게서 구하라."고 설하셨다. 그렇다고 시인의 삶의 자기 동일성에서 시를 구하라는 뜻이 아니다. 시인이 시를 자기에게서 구한다는 것은 자기의 근원인 자연에게로 돌아간다는 것이다. 부연하면, 무궁하게 생성 변화하는 근원적 자연으로 돌아가 일체가 되라는 뜻이다. 자기 안의 무궁하게 변화 생성

582

하는 자연으로 돌아가라는 것이다. 이렇듯 도가 본디 자재연원하는 것
이라면 시도 본디 자재연원하는 것이다. 시 쓰기가 삶과 정신과 언어의
진실을 추구하는 것이라면 도 닦기와 크게 다를 바 없다.

2. 자재연원의 시: 시적 진실이 시적 윤리이고 시적 정치이다

한국시는 아수라의 시절을 보내고 있는 중이다. 특히 이 땅 위에 가득
한 시詩의 신음소리는 하늘 아래 가득한 사대강四大江의 신음소리로 들
린다. 우리 민족의 생명의 터전을 기름지게 하고 온 생명을 낳고 기르고
거두는 저 큰 강들의 신음소리. 죽어가는 큰 강들과 시의 아비규환으로
세상은 더더욱 캄캄하다. 죽어가는 시가 저마다 토해내는 단말마 소리
들로 가득하지만 한국 시단詩壇이란 곳은 아무 일 없다는 듯 태평하고
사이비 시들이 창궐한다. 시절이 하수상하니 치열한 삶의 진실로 쓴 시
들은 찾아보기 힘들다.

시인 백석은 1940년에 경성(서울)의 문단을 떠나 북방의 고향으
로 돌아갔다. 시인은 귀향의 이유를 "세상 같은 건 더러워서 떠나는
거"(「나와 나타샤와 흰 당나귀」)라 하였다. 그러므로 더러운 문단을 떠나
시골의 고향으로 돌아가는 시인의 행동에 정치성이 없다 할 수 없을 것
이다. 만일 백석의 귀향이 '더러운 문단'에서 떠나기로 한 귀향이라면,
그 귀향은 스스로의 시적 윤리를 지키려 한, 시적 정치성을 품은 결행
이라고 할 수 있다. 시인에겐 시적 윤리성이 시적 정치성이다. 백석의
귀향이 순결한 정치성을 지닌다고 말할 수 있는 까닭은 백석의 시가 지
닌 시적 윤리성 곧 도저한 시적 진실성에 있다. 시적 진실성이 시의 윤

리성이고 시의 정치성 그 자체이다.

　백석의 시가 시적 진실성을 보여준다는 것은 백석 자신의 삶이 비롯된 근원을 찾아 자신의 삶의 진실과 자신만의 고유한 문학을 추구하고 실천했음을 말한다. 당시 카프의 주요 문인들이 백석 시를 비난하였지만, 백석은 오히려 그들을 '더러운' 문단정치꾼쯤으로 간주했을지도 모른다. 작금의 우리 문학판을 구성하는 문학권력의 주체들은 자신들이 '더러운' 문단정치꾼으로 전락해 있는 줄을 모른다. 가짜시와 정치꾼문인들이 넘쳐나는 것은 문학정신은 고사하고 최소한의 문학적 기준조차 사라진 문학현실과 밀접히 관련된다. 각종 문학집단들은 그간 세워놓은 저마다의 시적 이념이나 시적 기준을 스스로 저버리거나 아예 잊어버린 듯하다. 권력의 주체들이 저마다 가져온 시의 기준을 저버리거나 망각해버렸다는 것은 시의 윤리를 저버리거나 망각해버렸다는 뜻이다. 그러니까 한국 시단은 시적 진실성을 망각해버린 것이다. 이런 참담한 작금의 문단 상황에서, 민족의 전통과 현실과는 동떨어진 채 서구의 신식 문물에 대한 선망과 지적 허위의식이 미만해 있던 식민지 시대의 조선시단을 단호히 버리고 깊은 자기반성과 함께(백석의 시「북방에서」를 보라!) 귀향한 시인 백석을 떠올리는 것은 너무도 자연스럽기만 하다. 백석이 결행한 귀향의 정신도 그러려니와 무엇보다 백석의 시 정신은 오늘의 문단에도 시사하는 바가 자못 크다. 그러함에도 한국작가회의니 따위 소위 진보 문학을 한다는 시인들 중에 백석의 이러한 저항과 반성과 고독의 시 정신을 찾아볼 수 없다는 것이 놀라울 지경이다. 오늘날 문단은 저항과 반항의 시 정신이 아예 사라져 백석의 후예를 찾아보기가 힘든 것이다.

　시인 김수영의 시 정신도 끊긴 듯하다. 시인 김수영도 자기 삶의 바탕에서 우러나오는 진실한 시 정신으로서 자신만의 시를 찾았다는 점에서는 시인 백석의 경우와 다를 바 없다. 외래적인 이론이나 허망한 지성주의 따위를 극구 경계하면서 사이비 교양을 단호히 물리치고 시인은 입에 담기조차 힘든 욕설마저도 시의 진실한 자기표현이 될 수 있음을 여실히 보여주었다. 이는 자기 삶에 정직한 시 정신에서나 가능한 것이다. 더구나 김수영은 자기 시 정신이 비롯되는 자유의 근원을 늘 나날의 삶 속에서 반성하고 통찰하기를 죽는 날까지 멈추지 않았던 진정한 자유의 시인이다. 근원적 자유의 시인이었기에 김수영은 자기 삶에 뿌리내리지 못한 어설픈 지성의 시나 기교주의 시 따위는 철저히 경계하며 자신만의 고유한 '온몸의 시론'을 그야말로 온몸으로 보여주었다. 외래적 기교나 모던한 지성 따위는 추호의 틈입도 결단코 허용하지 않았던 것이다. 시인 김수영은 아무리 그럴듯한 이념조차 자기 삶의 소산이 아니면 물리쳤다. 이러한 외래적 지성을 거부하고 자재연원의 삶의 치열함으로 쓰는, 자유자재한 시 정신이 김수영의 시적 진실의 핵심을 이룬다. 그의 시 「거대한 뿌리」는 반지성주의와 자재연원의 시 정신을 시적 주제로 삼은 걸작으로 평가할 만한데, 시인의 삶의 진실과 이 땅의 전통을 연원淵源으로 삼는 시 정신이 자기 삶에 근거조차 없는 외래 이론이나 지적 기교들을 삼가고 단호히 물리치고 있음을 열화熱火와 같이 보여준다. 백석 시와 김수영 시가 보여주는 저마다의 고유성과 시적 진실성은 이러한 자기 삶의 진실에 충실하려는 시적 태도에서 나온 것이다.

3. 자연이 시의 보이지 않는 주어이다.

우선하여, 육근상의 시집 『滿開』는 허접하기가 짝이 없이 추락한 오늘의 한국 문단에 대한 고독한 문학적 저항의 결정체로도 읽힌다. 시인 육근상의 시를 접할 때마다 떠오르는 인물이 있으니 시인 백석이다. 백석이 식민지 시대 불현듯 문단을 버리고 돌아간 고향은 한반도 서북방 지역의 가난한 시골 마을이었다. 백석이 돌아간 북방의 고향은 자연과 인간이 조화로운 관계를 맺던 문명 이전의 자연세계였다. 북방의 우주 자연과 시골 마을이 간직한 자연스러운 자연(自然而然)은 백석 시의 근원을 이룬다. 그리고 시의 자기 근원이 자연이라는 인식을 시 쓰기의 바탕으로 삼는다는 점에서 백석과 시인 육근상의 시 정신은 서로 통한다. 백석과 육근상의 시에서, 시가 자연 속으로 자연이 시 속으로 드나들 듯 호류한다. 주어가 없는 자연이 시의 주어가 되어, 자연과 시는 서로 어긋물린 대로 절묘하게 어울려 하나가 된다. 시인의 가난한 삶 속에서 시의 주어가 가난이 아니라 자연이 될 수 있었던 것은 두 시인의 시에서 가난은 문명의 가난을 의미할 뿐 생활의 가난을 의미하지 않기 때문이다. 자연은 문명의 가난을 통해 비로소 자연스러운 자연이 된다.

　육근상의 시집 『滿開』에서 맨 앞에 실린 시 「문」은 시인의 시관詩觀을 담고 있는 서시序詩로도 읽히는 시이다.

　　아, 입 벌린 저 가난을
　　들락거려야 하리
　　다 빼앗긴 대궁은 뼈를 갈아
　　바람 세우고 여울 이뤄도
　　참 쉽게 허물어져 흔들리는 문
　　나는 또 일어나 가야 하리

　　　　　　　　　　　　　　　　　　　　—「문」 전문

시의 1-2행 "아, 입 벌린 저 가난/들락거려야 하리"라는 시구는 짧은 문장임에도 시적 화자가 겪고 있는 지독한 가난을 실감케 한다. "입 벌린 저 가난은"은 호구糊口의 비유로서 "들락거려야 하리"에 이어져 간신히 끼니만 잇고 사는 시적 화자의 생활고를 구체적이고 절실한 가난의 심상으로서 표현하는 것이다. 첫 시구에서도 시인의 민감하고 민첩한 청각적 지각의 능력을 접하게 된다. "아,"라는 외마디 탄식음이 그것이다. 시적인 것을 전하는 힘, 곧 시가 스스로 발휘하는 생기의 차원에서 볼 때, "아,"가 있고 없음은 천지차이다. 그다음 시구의 의미는 '다 빼앗긴 대궁'같이 겨우 남은 삶의 밑동마저 빼앗기는 가난 속에서 삶은 "참 쉽게 허물어져 흔들리는 문" 같다는 것. 다 빼앗긴 삶에게 있어서 문은 비상구도 못되는, 그림의 떡에 불과한 문이다. 하지만 신기루 같은 문일지라도 세상으로 향한 숨 쉴 삶의 문을 내지 않고는 시인의 삶은 숨 쉴 수가 없고 시도 숨 쉴 수가 없다. 그러므로 가망 없는 가난은 가난의 가망 없음을 처절히 인식하고는, "나는 또 일어나 가야하리", 하고 가망 없음의 가난으로 삶을 지속해야만 하는 것이다. 그러니 출구 없는 가난의 역설적 비유가 문이다. 현실적 가난의 절망을 현실보다 높은 삶의 문으로서 통과해야 하는 것이다. 저 "일어나 가야하리"라는 말 속엔 슬픈 탄식만 있는 것이 아니다. 탄식보다는 삶에 대한 각성과 의지의 뜻이 더 크게 드리워져 있다. 따라서 이 시의 "뼈를 갈아/바람 세우고 여울 이뤄도"라는 양보절의 시구는 '문'이 사실상 가망 없는 가난의 비유임을 알리면서도 그 말의 심연에서 가난한 삶 너머로 향하여 열린 삶의 문이 어렴풋이나마 어림되는 것이다. 그 열린 삶의 문은 시인의 현실적 가난을 넘어선 의지와 근원적 자유의 시 정신을 예감하게 하는 문이다. 그 가난을 넘어선 의지와 자유의 시 정신은 '자연의 시 정신'이라 부를 수 있을 것이다. 왜냐하면 일상화된 가난의 앙상한 뼈를 '다 빼앗긴 대궁 같아/ 세우고 이룬 바람과 여울'은 다름 아닌 자연의 비유로서 시를 비유하는 것으로 볼 수 있기 때문이다. 곧 시인의 삶의 비유인 대궁과 바람소리와 여울소리는 자연의 비유로서 시의 비유이다. 자연의 시, 혹은 맑은 자연이 내는 소리의 시. 그러니 '문'은 가난 너머 자연으로 난 시의 '문'인 것이다.

느타리버섯 종균목 쓰러뜨린 바람이 있는 힘 다해 몸 흔들자 바닥에 납작 엎드린 서리태가 대궁을 둥글게 말아 쥐고 이파리까지 털어낸다

썩은 모과가 해소병에 좋다며 상처 난 모과만 골라 넣던 아버지는 계단 몇 번 오르내리시더니 주저앉은 얼갈이배추를 보고 버럭 소리부터 지른다

갠 하늘이 눈부시다 먹감나무 이파리로 숨자 요란하던 풀벌레가 울음 멈추고 별똥별 데려와 뒤란에 풀어 놓는다 이 시간 우주는 나를 건너가는 중이다

—「바람의 시간」 전문 (강조_필자)

시 1연에는 '서리태를 기르는 바람'의 소리가 들리는 듯하다. 주목할 것은 바람이 주어로 쓰였지만, 서리태가 "바닥에 납작 엎드"리면서도 "(가난의) 대궁을 둥글게 말아 쥐고 이파리까지 털어낸다"는 표현이다. 이는 자연의 바람이 가난 너머로 '가난의 의지'를 불러일으킨다는 뜻으로 이처럼 자연에 의해 가난의 역설이 이루어지는 시적 상상은 시「문」의 시의식과 상통한다. 2연에서도 '주저앉은 얼갈이배추를 보고 버럭

소리부터 지르는 아버지의 소리'도 이내 자연 속에 스며들고 마는 가난의 소리로 들린다. 3연에 이르러 풀벌레 울음소리가 멈춘 고요 속에서 자연은 마침내 시인의 가난을 풍요로 바꾸어 놓는다. 바람소리, 풀벌레가 울음을 멈춘 침묵의 소리 같은 원시적 자연의 소리들은 시인의 삶과 원융圓融한다. 그리고 시인과 자연이 한 몸이 됨으로써, 마침내는 시인은 "갠 하늘이 눈부시다 먹감나무 이파리로 숨자 요란하던 풀벌레가 울음 멈추고 별똥별 데려와 뒤란에 풀어 놓는다 이 시간 우주는 나를 건너가는 중이다"라고 높고 깊고 아름다운 시심詩心의 노래를 부르게 된다. 원시자연과 한 몸을 이룬 원융의 순간, "이 시간 우주는 나를 건너가는 중이다"라고 하여, 시인은 자기 삶의 근원에 대한 높고 깊은 각성의 시를 남기는 것이다.

앞서 보듯, 육근상 시인에게 자연의 근원으로 돌아가는 삶의 시간은 '나를 건너는 우주의 시간'인 것이다. 시인의 시가 종종 의미의 결락과 난해성으로 흐르는 이유는 우주자연의 시간이 인간의 시간에 융해되고 있기 때문으로도 볼 수 있다. 가령 「버드나무 회초리」라는 시에서도 자연의 시간 속에서 인간의 시간이 불현듯 현상된다. "(…) 이제 봄이구나 생각하고 얼었던 폭포 바라보며 새들이 깃 터는 것이겠거니 했더니 낭창낭창한 버드나무가 거친 숨 몰아쉬고 있는 것 아닌가 학교라도 보내 달라는 누이 머리채 쥐고 종아리 치고 있는 것 아닌가" 같은 시구는 시인의 기억 속 옛일이 온전히 서사되지 않고 결락의 형태로 서사되는 것도 인간의 시간이 자연의 시간 속에서 현상되는 독특한 시적 감성과 상상력에 의한 것으로 해석할 수 있다. 이는 "이 시간 우주는 나를 건너가는 중이다"라는 세계 인식의 반영으로서 원시적 자연의 시간이 인간의 시간을 포용한다는 것을 보여주는 것이다.

시 「문」이 시인이 가난을 이고지고 살아오면서 터득한 맑은 바람소리 여울소리 같은 소리시의 세계로 난 '문'을 연 서시 격格이라면, 「별을 빌어」는 「문」에 더한 육근상 시의 시적 특성들을 고루 보여주는 시로서 깊은 해석을 기다린다.

「별을 빌어」는 시가 품고 있는 어떤 사태나 의미내용의 파악이 그리 쉽지는 않다. 그러나 이 시의 난해성은 그 나름으로 육근상 시의 특징들 가운데 하나로 볼 수 있다.

마음 먼저 돌아눕는 저녁이네
설움은 별을 빌어
가느다란 눈으로 반짝이네
말 잊은 엄니 서글픈 눈시울로 붉어지네

작은아버지는 왜 평생 얼음장만 짊어지고 사셨을까

집에서 나가라는 말처럼 차가운 저녁은
강물소리로 밀려오네
백열등은 흔들림도 없이
돌아누운 마음자리에 아니아니
도리질이네

——「별을 빌어」 전문

어떤 불행한 사태와 궁핍한 처지에 처한 시적 화자의 마음이 직설적으로 정직하게 드러나 있지만, 이 시의 문면文面만으로는 시의 뜻이 쉽게 들어오지 않는다. 무언가 불행한 일을 당한 것이 분명한 시적 화자의 마음을 가까스로 상상해보거나 그 어려운 처지를 궁금해 할 뿐이다. 비유도 익숙한 비유가 아니어서 해독하기에 힘들다. 의미의 결락이나 비유와 문맥의 난삽難澁이 시의 난해성을 부르지만 좀 더 깊이 살피면 난해성은 시인 고유의 토착민적 정체성과 사적인 가족사家族事의 은밀함에서 비롯되고 있음을 알게 된다. 이는 그 자체로 이번 시집『만개』가 지닌 고유한 시적 특징과 서사적 독특성의 내용을 이루고 있다. 가령 "말 잊은 엄니 서글픈 눈시울로……"에서 엄니가 왜 말을 잊어야 했고 서글픈 눈시울을 보여야 했는지 따위 서사의 의미 맥락은 결락된 채로 드러나지 않는다. 또 "작은아버지는 왜 평생 얼음장만 짊어지고 사셨을까" 같은 뜬금없는 시구에서 시적 화자의 가족사적 불행이 숨겨 있는 점도 알 수 있다. 그 가족적 불행은 시적 화자의 비밀스러운 가족사로 추측될 뿐 구체적으로 밝혀지지 않고 있지만, 시인이 고유한 자기 근원으로서 토착민으로서의 생활의 정체성과 자기 가족사, 자기 고향의 물정이나 풍정을 시의 주요 소재로 삼고 있다는 점은 자명해진다. 자재연원의 시는 시의 바탕을 시인의 자신의 삶에서 찾는 시이다. 시인됨의 근원을 자기 삶에서 찾는 시 정신이 이 시가 지닌 난삽성을 오히려 독자적인 시적 진실성으로 읽힐 수 있게 만드는 것이다. 그렇게 읽힐 수 있는 시의 힘은 자재연원의 시라는 데에서 온다.

또한 이 시에는 시인의 자연으로서의 삶의 철학이 담겨 있다. "설움은 별을 빌어/가느다란 눈으로 반짝이네" "집에서 나가라는 말처럼 차가운 저녁은/강물소리로 밀려오네" 같은 시문들에서 시적 화자가 갖는 설움이 별과 강물이라는 우주자연을 '빌어' 해소되고 있다는 점. 시인의 '자연으로서의 삶'의 자각은 "마음 먼저 돌아눕는" "돌아누운 마음자리" "아니아니 도리질이네"라며 자신의 삶의 처지를 부정하는 가난의 고통조차 자연의 일부로서 자연에 포용되도록 한다. 그러므로 "설움은 별을 빌어"라는 시구는 시적 화자의 고통스러운 삶을 자연 일부로서 받아들이고 자연이 되어가는 삶의 비유로 볼 수 있다.

또한 이 짧은 시에도 육근상 시의 언어적 특성이 드러난다는 점을 주목해야 한다. 그것은 시어 '엄니'는 표준어가 아닌 토착어요 영적 울림이 담긴 방언 곧 '자연어로서의 소리말'이라는 점이다. 자연어인 방언에서 주어는 자연의 소리이다. '엄니'는 자연의 소리말이다. 또한, '엄니'라는 시어는 시인이란 모름지기 자신이 태어난 지역의 삶과 전통과 방언에서 자기 시의 근원을 찾는 자연적이고 토착적인 존재라는 특유의 시인관에서 나온 것이다. 육근상의 많은 시편들이 충청도 지역의 사투리를 기본으로 한 특유의 개인 방언으로 쓰인 것은 이러한 자재연원의 시인관과 밀접히 연관되어 있다. '엄니'라는 소리 언어는 개념이나 의미 이전의 언어, 근원적인 청각의 언어이다. 곧 '엄니'는 자연적이고 토착적인 근원적인 소리말이다. 시인 육근상의 '방언적 소리시'의 바탕은 이러한 근원적 자연으로서의 소리말의 세계이다.

마지막으로, 이 시엔 육근상 시가 지닌 또 하나의 은밀한 특징이 들어 있다. 그것은 시문詩文에서의 주어의 생략에 관계된다. "집에서 나가라는 말처럼 차가운 저녁은/강물소리로 밀려오네/백열등은 흔들림도 없이/돌아누운 마음자리에 아니아니/도리질이네"에서 보듯이 주어가 문면에서 자주 생략되거나 그 발화發話의 주체가 모호한 것이다.

이러한 시문에서의 주어의 생략 혹은 주체의 모호함이 지닌 특징적 면모는, 시「東譚峙」를 보면, 더 뚜렷해진다.

처음은 검은색이었는데

강물 거슬러 오르는 꺽지 보내 비늘빛 그려 넣었다

여름 이겨낸 바람이 곧게 가지 세우고 소나무처럼 잠깐 서있다 고샅으로
사라졌다 미루나무가 서쪽으로 휘어진 까닭은 새떼가 노을 몰고 우르르 내
려앉았기 때문이라 했다

벌겋게 익은 강이 김 모락모락 피워 올려 가을은 다 흘러가 버렸다 **쪽창
열고 東譚峙 헤집어 보라 일러두었다** 밤새껏 머뭇거리다 돌아갈 길 묻던 등
굽은 노인이 큰기침 몇 번 하자 수런거리던 이파리들이 뒤뜰에 조용히 내려
앉았다

— 「東譚峙」 전문 (강조_필자)

동담치東譚峙의 아름다운 가을 풍광 묘사 속에서 자연으로서의 삶을
수긍하는 시인의 인생관이 깊이 아로새겨진다. 시 「동담치」가 지닌 문
체적 특징은 문장에서 주어가 생략되는 경향에 관한 것이다. 보다시
피, 시의 첫 연부터 끝 3연까지 인격적人格的 주어는 생략되어 있다. 1연
의 주어는 시적 화자인 '나'로 볼 수도 있으나, 문장으로 보면 "강물 거
슬러 오르는 꺽지 보내 비늘빛 그려 넣었다"라는 시문의 주어는 지워진
채로이다. 2연에서 "미루나무가 서쪽으로 휘어진 까닭은 새떼가 노을
몰고 우르르 내려앉았기 때문이라 했다"에서의 주어도 지워진다. 3연
에서도 "쪽창 열고 東譚峙 헤집어 보라 일러두었다"의 주어도 생략되
어 있다. 이 시가 보여주는 의미 맥락으로 보아, 비워진 주어는 시적 화
자인 '나'로 모호하게 추정될 뿐이거나, 특히 2연의 인격적 주어는 '누

구'인지가 생략되어 도통 알 수가 없다. 사라진 주어는 '누군가?' 하지만 이 물음에 대해 시의 표면적 내용만 가지고선 정확한 답을 구하기 어렵다. 그렇다면 물음을 바꾸어야 한다. 왜 시인은 위 시에서 인격人格의 주어를 생략하게 되는가? 이 질문은 시의 자연 곧 시의 무의식의 문제이다.

시문詩文에서 인격적 주어가 삭제된다는 것은 시적 화자에게서 주어인 누군가가 정확히 분별되지 않는 마음의 표현일 수 있다. 주어를 잊거나 생략하는 시인의 마음 또는 시적 상상력은 시적 화자의 마음이 외부의 타자들과 나를 따로따로 분별分別하기보다 시적 자아인 나와 타자인 누군가가 서로 무차별적이고 무분별한 관계에 놓인 존재들로서 받아들이고 있음을 보여주는 것이다. 그리하여, 시의 끝 연에서,

> 벌겋게 익은 강이 김 모락모락 피워 올려 가을은 다 흘러가 버렸다 쪽창
> 열고 東譚峙 헤집어 보라 일러두었다

라는 알쏭달쏭한 시구가 이어지게 되는 것이다. 사실, 인간이 만든 문법에 의존하여 주어가 분명히 존재하는 문장은 인간주의적 의미론의 차원이 전제된 것이다. 하지만 인간 중심의 언어에서 벗어나 자연의 관점에서 언어를 이해한다면 자연에서 주어는 존재하지 않는다. 생명계는 무無주어의 세계이다. 우주적 생명계에서 주어는 이질적 타자들이 맺고 있는 무궁한 관계망 속에서만 찾아질 수 있다. 바꿔 말하면 주어는 자연계에서 자신을 감추는 것이다. 육근상 시에서 주어의 사라짐은 이에 관련되는 것이다. 생명계의 뭇 존재들을 이성의 분별력으로 나누거나 가르거나 하지 않고, 주어인 그 누군가는 자연으로서의 무분별한

존재로 남겨놓는 것이다. 수많은 개별적 주체들은 서로 관계 맺고 융합하는 자연으로서의 존재들로서 주어의 빈 자리에 내재해 있다. 그러므로 위 인용한 시문의 주어는 자연이라 할 것이다. 이처럼 자연이 무주어의 주어로서 내재하는 시적 특징은 시인의 시적 상상력을 통해 곳곳에서 지속적으로 변주되어 나타난다.

장바구리 깨진 가래울 염소는 어디에 부딪쳤는지 기억나지 않는다고 하였다

항상 코끝이 빨간 핏골 사슴은 택시 문에 손가락 쪄 결국 한 마디 잃고 말았다고 하였다

당뇨 진단받고 술 담배 멀리하였더니 통 사는 게 재미없어 못 살겠다는 갓점 여우가 목도리 풀어내며 늙어서 그런 거라고 중얼거렸다

방아실에서 왔다는 오소리가 돌무지고개 가로질러 개고개로 넘어가며 어부동 들어간다고 큰소리로 말하였다

어부동에는 도꼬마리고약 잘 만든다는 승냥이가 살아 내탑에서 나룻배 타고 한나절은 내려간 적 있다 아침이면 새들이 물안개 걷어내며 히죽이는 마을이었다

—「어부동」 전문 (강조_필자)

시인은 '어부동' 마을의 토착민들을 인명人名으로서 호명하지 않는

다. 주민들의 인명은 사라지고 동물명이 인명을 대신한다. "장바구리 깨진 가래울 염소는" "항상 코끝이 빨간 핏골 사슴은" "당뇨 진단받고 술 담배 멀리하였더니 통 사는 게 재미없어 못 살겠다는 갓점 여우가" "방아실에서 왔다는 오소리가" "어부동에는 도꼬마리고약 잘 만든다는 승냥이가"라는 이 시의 주어들은 인간과 동물간의 차별이나 분별이 없음을 표현한다. 육근상의 시에서는 자연이 주어이기 때문이다. 동식물과 인간은 서로를 포함하는 관계에 있다.

이는 인간과 동물들의 관계에 대한 시인의 무분별적이고 무차별적인 사유와 감각의 소산이랄 수 있다. 누구누구의 인물됨을 토종 동물이나 식물들 저마다의 생리와 이미지에 견주어 해당 동식물에 비유하는 것은 해학에 능숙한 이야기꾼의 전통에 속한다고 할 수 있다. 동식물들이 인간들 각각의 기질과 성격에 대한 알레고리로 쓰인 것이다. 그럼으로써 '어부동'이라는 시골 마을은 인간이 주인인 마을공동체에서 자연이 주인인 자연공동체로 변하는 것이다. 자연이 마을에 우선하고 선행한다. 그러니까 육근상 시에는 자연의 모든 존재들이 무차별적으로 시의 보이지 않는 주어로서 내면화되어 있는 것이다.

다른 시 「백 년 향기」에서도 죽음을 앞둔 병실의 환자는 한 꽃송이의 식물로 비유된다. 병자는 식물의 알레고리를 통해 유한한 존재인 '죽는 인간'에서 새삼스럽게도 무궁한 자연의 존재로 화생化生하게 된다. 이는 주어가 없는 자연이 시의 진정한 주어가 되는 시 정신에 이르러서야 가능한 일이다.

4. 소리는 시를 이루는 자연의 근원적 형식이다

육근상의 시에서 주어가 빈 자리의 주인은 자연이다. 하지만 인간과 동식물 등 모든 존재의 근원이 자연이라는 말은 관념의 논리로서 허위 의식으로 흐를 공산이 크다. 자연이 인간의 알레고리로서 동원되는 흔한 동식물의 비유들, 또는 세속에서의 신산고초 없이 모든 존재는 초월적 근원으로서의 자연[神]으로 귀환한다는 논리, 더욱이는 인간계와 생명계의 뭇 존재와 사태들을 손쉽게 자연[道]으로 환원시키는 지적인(지식인적인) 허구적 상상력을 극구 경계해야만 한다. 한국시에 그런 자연으로의 손쉬운 환원 혹은 무조건적 자연회귀의 상상력은 여기에 일일이 예를 들 필요도 없이 널려 있다.

자연으로서의 인간 존재를 상상하는 육근상의 시편들이 깊이 신뢰받을 수 있는 것은, 다시 말하지만 도저한 시적 진실성을 보여주고 있다는 사실에서이다. 이미 말했듯이, 그의 시에서 가난은 보편적 가난이 아니라 지극히 사적인 가난으로 서사되는데, 그 가난이 대개는 시인의 순탄치 못한 가족사를 통해 드러난다는 점에서 가슴 아픈 일이지만, 시인의 영역을 벗어나 시의 영역에서 본다면, 그 사적인 가난의 고통은 매우 이질적인 경험이며 내밀하고 진실한 고해告解의 성질을 보여준다는 점에서 깊이 신뢰할 만한 것이다. 이 가난의 내밀한 고해 또한 육근상 시의 시적 진실성을 구성하는 요소라고 말할 수 있다. 시에서 사적인 고통의 진실한 고백은 '자재연원의 시'의 관점에서 보더라도 자연스럽고 믿을 만한 시적 자산에 속하는 것이다.

시인 육근상의 시가 지닌 근원적 자연주의가 자연에로의 관념적 환원이나 섣부른 회귀와는 구별되는 시적 진실성은, 시적 문체의 고유성과 독특성에서도 찾아진다. 육근상의 시는 시인 자신의 삶과 한 몸으로 연결된 고유한 시적 문체를 가지고 있다. 자기 삶의 현장에 뿌리내린 시 정신과 자기만의 고유한 개성적 언어의 추구가 시인 저마다의 개인 방언으로서의 시적 문체를 낳는다. 모든 시는 근본적으로 시인의 갈고닦은 '개인적 방언의식'을 가지고 쓰는 것이다. 그리고 이러한 개인 방언의 저마다의 고유성이 시적 진실성을 뒷받침한다. 육근상의 시적 문체는 자연의 철학에 상응하는 자연의 소리로서 토착어적인 방언의식에 철저하다.

표준어로 쓰는 시는 엄밀히 보면 시인 개인의 고유성을 담아내는 데 한계가 있다. 가령 추상적이고 합리적인 표준어로 표현되는 시적 이미지는 이미지를 매개할 뿐이지 언어 자체가 지닌 근원적인 힘을 갖지 못한다. 바꿔 말해 표준어로 쓰인 시는 '근원적인 청각적 지각'으로서의 말소리의 힘을 지니지 못한다. 그것은 표준어가 추상적 공식적 공리적 언어로서 자연의 깊은 근원에서 나오는 소리의 힘을 스스로 내재하지 못하기 때문이다. 육근상의 「풍경」 「새똥빠지는 소리」 「쉰일곱이로되」 같은 시편들에서 보듯이, 시인은 인간과 자연 만물이 내는 모든 근원적 소리의 힘에 민감히 감응한다. 또한, 방언 및 사투리를 중심으로 한 많은 시어들은 저마다 청각적 지각을 자극하는 근원적 소리의 힘을 지니고 있음을 보여준다. 시인의 흥미로운 '소리시'들은 여기에 일일이 소개할 수 없을 정도로 많지만, 시인 특유의 개인 방언적 언어 감각을 유감없이 보여주는 「불목하니 임 처사 전 상서」 같은 시는 '소리시'의 명편으로서 기념할 만하다.

절 들어가고 싶은 마음에 산세가 마치 닭발처럼 생겼다는 鷄足山 庵子 산 적 있지요 이른 봄이라 찬바람 불고 계곡 따라 걸으면 **얼음을 문 황톳길이 바스락 소리로 자지러졌지요** 거기서 무얼 깨우치거나 남겨진 공부 있는 것 도 아니어서 한 바퀴 돌고 들어와 뜯긴 문풍지나 바르고 감잎차 마시며 **잘 그랑거리는 풍경소리 듣는 게 전부**였는데요

산짐승 한 마리 울지 않아 적막도 소음인 듯 진눈깨비 대신하는 伍更 무렵 이었을까요 잠 깨어 뒤척이다 **소주병 꺼내 뚜껑을 살짝 비튼 것인데요 기지 개켜듯 따닥! 뼈마디 소리 어찌나 듣기 좋던지** 이게 그 어렵다는 해탈인가 싶더라고요 더듬거려 찻잔에 쪼르륵 따르던 맑은 소리는 해탈스님 법문인가 싶기도 하고요 그 소리 하도나 듣기 좋아 처사님 꼬드겨 해가 중천일 때까지 술 따르다 큰 스님께 한 소리 듣고 쫓겨난 것인데요 싸리꽃은 얼마나 무심하 던지 잘 가라 인사 한마디 없더라고요

사러리 살다 다 잃고 들어와 불목하니로 사는 게 그렇게 좋다던 임 처사 방에 몹쓸 병 하나 두고 왔는데요 요즘 어떠세요 까닭 없이 우는 문풍지 소 리 뒤로하고 계곡에 피던 벽자색 싸리꽃은 여전히 울렁거린다며 징징대고 있겠지요

—「불목하니 임 처사 전 상서」 전문 (강조_필자)

자연 만물이 내는 소리에 감응하는 시인의 청각적 능력과 '소리의 상 상력'은 거의 관음觀音의 경지랄 수 있다. 특히 2연에 이르러, "산짐승 한 마리 울지 않아 적막도 소음인 듯"하고 "소주병 꺼내 뚜껑을 살짝 비튼 것인데요 기지개켜듯 따닥! 뼈마디 소리 어찌나 듣기 좋던지 이게 그

어렵다는 해탈인가 싶더라고요 더듬거려 찻잔에 쪼르륵 따르던 맑은 소리는 해탈스님 법문인가 싶기도 하고요" 하는 너스레에 가까운 시인의 목소리에 이르면, 시인의 청각의 능력이 감각이나 지각의 차원을 넘어 삶의 근원으로서의 소리의 초월적 경지("해탈")를 엿보고 있음을 알고 감탄하게 된다. 이는 "해탈 법문"이라 할 수 있는 소리의 초월적 경지 즉 근원적인 청각적 지각의 경지에 이름이라 할 수 있다. 점입가경인 것은, 시의 끝 연에서 산중에서 세속의 생활에로 돌아온 시적 화자는 여전히 산중의 온갖 소리에 취해 지내던 청각적 체험의 시간을 돌이켜보며, "몹쓸 병 하나 두고 왔는데요"라며 그 당시를 술회하고는 "까닭 없이 우는 문풍지 소리 뒤로하고 계곡에 피던 벽자색 싸리꽃은 여전히 올렁거린다며 징징대고 있겠지요"라고 하여 자연 만물이 내는 들어도 들을 수 없는 희언希言 의 소리들을 추억하고 있다는 것! 이러한 대목은 시인의 청각의 능력이 자연의 물리적 소리 차원을 넘어 '소리로서의 자연'을 드러내는, 곧 무위자연으로서의 삶의 근원을 지각하는 비범한 경지에 이르렀음을 보여주는 것이다.

「불목하니 임 처사 전 상서」는 시인의 '자연의 소리'와 '소리의 자연'에 대한 깊은 시적 각성과 그와 연관된 시적 무의식으로서의 자연을 깊이 감춘 '소리시'의 진경珍景으로서 더 깊은 해석이 요청되는 명편이라 할 만하다. 가령, 이 시의 깊이에는 '소리는 시를 이루는 자연의 근원적 형식이다'라는 시적 깨달음, 더 깊이엔 '진짜 시인은 관음觀音의 도道에 든 소리꾼이다'라는, 소리꾼으로서의 시인의 새롭고도 독자적인 시인관을 천명하고 있는 것인지도 모른다. 걸작 「검은 하늘」도 같은 맥락에서 읽힐 수 있다.

5. 서정적 자아와 서사적 자아 그리고 巫的 자아

그러므로 이제 시인 육근상의 시를 가리켜, 자연의 소리 혹은 소리의 자연이 그윽이 담긴 '소리시'라고 칭할 수 있을 것이다. 소리시의 진경 眞景은 자연의 소리가 지닌 묘력妙力으로 하여 새로운 생성변화의 기운을 보여주는 시의 경우에 만날 수 있다. 시집의 표제작 「滿開」는 육근상 시인의 시적 특성과 함께 소리시의 묘미와 묘력을 잘 보여주는 오묘한 기운의 소리시라 할 것이다.

꽃놀이 갔던 아내가
한 아름 꽃바구니 들고
흐드러집니다

선생님한테 시집간
선숙이 년이
우리 애들은 안 입는 옷이라고
송이송이 싸준 원피스며 도꾸리
방안 가득 펼쳐놓았습니다

엄마도 아빠도 없이
온종일 살구꽃으로 흩날린
곤한 잠 깨워
하나하나 입혀보면서

아이 예뻐라

　아이 예뻐라

—「滿開」 전문

　절창「만개」는 시에서의 시적 자아의 존재 문제에 대하여 많은 시사
점을 준다. 먼저 시의 내용은 대강 이렇다. 시의 1연에서 시적 화자는 아
내가 꽃놀이 갔다 흐드러지게 핀 한 아름 꽃바구니를 들고서 귀가하는
모습을 서사한다. 아내가 꽃놀이 간 것으로 보면, 때는 봄일 것이다. 2
연과 3연에서 아내는 선숙이라는 이름의 친지親知가 자기 애들은 안 입
는 옷이라며 준 헌옷을 방 안에 가득 펼쳐놓고서, 온종일 엄마도 아빠
도 없이 지내다 곤히 잠든 자식들을 깨워 헌옷을 하나하나 입혀보는 장
면이 그려진다. 그러고는, 4연에서 "아이 예뻐라"를 되풀이하는 아내의
육성이 이어지고 시는 끝난다.
　일단, 시인의 일상생활 속에서 일어난 어떤 특별한 사태를 사실대로
서사한 시라는 점에서 이 시가 지닌 시적 진실성을 엿볼 수도 있을 것이
다. 그러나 이는 삶의 입장에서 시적 진실성을 보는 것일 테고, 시의 입
장에서 시적 진실성을 보는 것이 필요하다. 시적 진실성은 삶의 진실을
바탕으로 하되 비유의 진실과 깊이를 지니는 것이어야 한다. 그러니까
이 시의 진실과 깊이는 삶의 진실과 깊이를 비유의 진실과 깊이로 보여
준다는 데에 있다. 가령, 시의 1연부터 3연까지 봄날에 만개한 꽃의 이
미지와 어린 자식에 대한 '흩날리는 살구꽃'의 비유로 인해 시적 화자
의 가난한 생활상은 외려 화사함과 풍요함의 느낌마저 주고 있는 것을
들 수 있다. 시적 비유에 의해 만개한 꽃들의 화려한 생명력이 시인의

가난한 집안에 한가득히 생동하고 있는 것이다. 이처럼 가족의 곤궁한 생활을 "송이송이" '어여삐 만개한 봄꽃' 혹은 '흐드러진 살구꽃'으로 비유하는 것은 시인의 삶이 자연으로서의 삶에 육박하였음을 뜻하는 것이라 할 수 있다. 그래서 부모의 돌봄도 없이 놀다 잠든 자식들을 깨워 헌옷을 입혀보는 아내의 모습은 애틋한 심상을 불러오지 않는 것은 아니지만 그저 봄꽃이 만개한 자연의 자연스러운 현상으로서 다가온다. 곧 시적 화자는 자연의 자연스러움(自然而然)으로서의 삶인 안빈낙도安貧樂道를 누리는 것이다. 그래서 누추한 삶조차 봄날의 만개와도 같은 것이라 여기니, 시인은 시제詩題를 '滿開'라고 하였을 것이다.

이러한 시적 감성은 시인의 삶과 시가 이미 자연의 표상으로서 식물성의 생리에 접근해 있음을 의미하는 것인지도 모른다. 자연으로서의 삶이 자연으로서의 시를 낳게 되는 것이다. 그리하므로 4연에서 느닷없이 들리는 "아이 예뻐라/아이 예뻐라" 하는 아내의 목소리는 자연의 생기가 작용하는 시적 표현으로 해석할 수 있을 것이다.

하지만 이 시는 4연에 이르러서 시적 자아의 정체성에 대한 새로운 시각을 준비해야 한다. 새로운 시각을 위해서, 1-3연과 4연 사이에는 연 사이의 단절로서 가로놓여 있는 시적 자아의 심연을 깊이 해독해야 한다. 연 사이의 단절은 1-3연이 서사와 서정이 묘하게 어우러진 시적 형식인데 반해, 4연에 이르러 돌연 날것의 목소리 즉 육성의 형식으로 변한다는 점을 가리킨다. 4연의 날것의 목소리는 아내의 것인가. 아마도 그럴 것이다. 그러나 주목할 것은 1-3연에서의 서정적인 서사의 시구들이 돌연 "아이 예뻐라 아이 예뻐라" 하는 육성의 시구로 바뀌었다는 것이다. 즉 느닷없이 시적 화자의 성격이 바뀐 것이다. 이는 시의 형식에서 본다면, 타자의 목소리가 시적 화자의 목소리를 대신하는 것으로도 볼 수 있다. 물론 표면적인 의미 맥락으로 보면, 4연은 아내의 목소리로 보는 것이 타당하다. 하지만 이면적인 의미 맥락으로 보면 꼭 아내의 목소리로 단정할 수 없게 된다. 왜냐하면 시의 이면에서는 자연이 시의 주어로서 시적 자아와 함께 활동하고 있기 때문이다. 그러니 목소리의 주인이 아내이든 타자이든 목소리 자체는 모호한 대로 복합적인 시적 자아의 화생化生이라 할 수 있다. 그러하다면 "아이 예뻐라/아이 예뻐라" 하는 표면의 목소리는 시적 자아를 대신한 아내의 소리이기도 하고 이 시의 이면의 주어인 봄날의 자연이 내는 소리이기도 하다는 것. 자연이 시인이 사는 누옥陋屋의 주인이 되었다면, 아내의 목소리는 문면의 목소리일 뿐, 그 소리의 주인은 자연이라는 이름을 지닌 타자의 목소리라고 할 수 있다. 자연의 소리. 다시 말하지만, 아내의 목소리가 자연의 목소리가 될 수 있는 것은 시가 자연의 근원에 맞닿아 있기 때문이다. 시가 자연과 하나가 됨으로써 시의 소리는 그 자체로 자연의 소리를 내는 것이다. 아내라는 주어가 지워지고 소리만 들리는 것은 자연이 주인이 되었다는 뜻이기도 하다. 자연에는 주어가 없다면 인간이 만든 주어의 의미는 없어지고, 자연의 근원으로서의 소리가 있을 뿐이다. "아이 예뻐라/아이 예뻐라" 하는 소리는 스스로 의미를 지우는 소리이다. 무의미한 자연의 소리. 자연으로서의 시는 개념이나 의미로서 온전히 지각되지 않는다. 자연의 시는 근원적 청각으로서 지각된다. 그러므로 "아이 예뻐라" 하는 소리는 만물의 낳고 기르는 봄–자연의 소리이자 의미 없는 의미의 소리인 것이다. 근원적인 청각적 지각의 소리인 것.

앞서 말했듯, 노자는 자연道을 일러, 들어도 들리지 않는 소리 '희希'라 하였고("聽之不聞 名曰希") 자연은 희언希言이라 했다.("希言自然") 또 보아도 보이지 않음을 '이夷'라 하고 잡아도 얻지 못함을 '미微'라 하여,

희와 이와 미를 자연의 근원적 성격으로 설명한다. 자연의 본질은 잘 들리지 않고 눈에 띄지 않고 잡을 수 없는, 감각과 의식을 초월해 있다는 것이다. 순수직관만이 자연의 근원에 닿을 수 있다. "아이 예뻐라/아이 예뻐라"에는 개념이나 의미를 초월하여 청각적 순수 직관에 의해 들리는 자연의 근원적 소리가 있다. 소리의 주어 곧 소리의 주체가 보이지 않고 들리지 않음에도 들리는 소리인 희언. 소리의 현상現象이 없는 소리의 현상이라 할 수 있다. 노자는 이 자연의 현상을 '현상 없는 현상'("無象之象")이라 했다. 이 들림이 없는 들림으로서의 "아이 예뻐라/아이 예뻐라" 하는 소리는 가난을 자연으로 받아들인 그래서 초월적 영혼의 해맑은 소리로 들린다. 가난의 슬픔이 여과되고 정화되는 맑은 영혼의 소리로 현상現象되는 것이다.

그렇다면 의문이 생긴다. 어떻게 이러한 근원적 자연의 소리시가 가능한 것일까. 자연의 근원과 접할 수 있는 맑은 영혼의 소리시는 어떻게 가능한 것인가. 이 의문을 풀기 위해 아래 시를 주목해야 할 듯하다.

시오 리 벚꽃길이다
저 꽃길 걸어 들어간 할머니는
벼룻길 활짝 피려 했던 것인데

아버지 손잡고 얼마나 멀리 갔을까
훌훌 버리고 얼마나 낯선 길 들어섰을까
걸어간 자리마다
벗어놓은 흰 옷들 가지런하다

할머니 들어간 자리

아버지 들어가 뿌리 내리고

꽃가지 마다 아이들 내어

달빛달빛 흔들리고 있다

―「꽃길」 전문

시의 첫 연, "시오 리 벚꽃길이다/저 꽃길 걸어 들어간 할머니는"라
는 시문은 할머니의 죽음을 비유한 것이다. "저 꽃길 걸어 들어간"은 한
국의 전통 장례의 비유이며, 지시관형사 '저'는 시적 자아의 눈앞에 죽
음의 세계가 함께 펼쳐져 있음을 알려준다. "할머니는/벼룻길 활짝 피
려 했던 것인데"라는 시구는 시적 화자가 죽은 할머니의 마음속을 생생
히 전달하고 있음을 보여준다. 2연에 이르러 "(돌아가신) 아버지 손잡고
얼마나 멀리 갔을까/훌훌 버리고 얼마나 낯선 길 들어섰을까/(…) 벗
어놓은 흰 옷들 가지런하다"고 하여 저승에서의 할머니의 행위를 전해
준다. 그리고 '할머니 들어간 자리에 아버지 들어가 뿌리 내리고' 그 조
상님 복덕으로 '달 걸린 가지에 아이들 내어/달빛달빛 흔들리고 있다'
라는 다소 기괴하면서도 아름다운 시구로 끝맺는다. 아마 달빛 아래 나
무 가지에 매달린 옷가지며 헝겊이 바람에 날리는 모습을 비유한 것인
듯한데, "(가지에 내어 걸린 아이들이) 달빛달빛 흔들리고 있다"라는 시구
는 귀기鬼氣를 띤 지극히 미학적인 비유라 할 수 있다. 특히 시어 '달빛달
빛'은 시인이 만든 부사어로서 달밤의 그윽한 달빛을 떠올리면서도 달
빛의 시각적 개념을 넘어 달빛이 품고 있는 자연의 원시성과 초월성을
근원적 청각의 힘으로 심도 있게 감응하고 지각하게 한다. 이는 매우 아
름다운 시심을 지닌 서정적 자아가 시작詩作에 나서고 있음을 보여주는

바, 이로써 서정시적 자아가 죽음의 세계를 오가는 귀기 어린 자아 곧 무당적 자아와 함께 이 시 속에서 활동하고 있음을 보게 된다.("달빛달빛"같은 시구에서 알 수 있듯, 서정적 자아에 들러붙은 무당적 자아는 보이지 않는 빛깔과 들리지 않는 소리를 듣는 초능력적인 자아 또는 초월적 자아인지도 모른다.) 시「일몰」「흰꽃」등 여러 시편에서도 초월적 통각의 능력을 지닌 시적 자아가 내재하고 있음을 알 수 있다. 그러므로 우리는 다시 시「만개」로 돌아가 "아이 예뻐라/아이 예뻐라" 하는 아내의 목소리의 이면에는 이질적이고 초월적인 목소리의 타자를 새로이 만날 수도 있을 것이다. 그것은 한국시의 장구한 전통 속에서 깊고 거대한 뿌리를 내려 왔으나 근대 이후, 겨우 목숨을 이어온 시인의 원형原型, 곧 무巫로서의 시적 자아가 아닌가. 아득한 옛날부터 자연의 정령이요 동시에 인간의 정령으로서 뭇 생명의 안녕을 위해 생사를 넘나들며 활동한 시인의 원형, 그 무巫의 활동을 육근상 시의 그늘에서 감지하게 되는 것이다.

[2016. 10]

가난한 시 혹은
'있는 그대로의 삶의 시'를 위하여

부조리한 사회와의 불화를 넘어선 시인 辛東門

합리주의적 관념이나 이론으로 삶이나 사물을 보는 태도가 오늘 이 땅의 지식계를 전횡적으로 제압하는 데엔 무언가 역사적인 배경들이 있을 것이다. 아마도, 조선 건국 정신의 바탕을 이룬 성리학이 막강한 위력으로 오랫동안 이 땅을 지배해온 것도 그 배경들 중 하나일 것이다. 유학의 합리주의가 조선 이전의 역사, 즉 삼국 시대, 통일 신라기, 고려 의 정신적 바탕을 이룬 불교 그리고 노장老莊의 문화, 샤머니즘을 불합 리한 것으로서 철저히 탄압하고 배격한 저간의 사정이 그것. 삼라만상 속 티끌에조차 저마다 생명의 신통함이 깃들어 있다거나 소박하고 가 난한 마음만이 도달할 수 있는 신기한 무위의 경지를 존숭한다거나 하 던, 한국 문화의 유서 깊은 전통이 조선 시대를 거치면서 심히 억압받 고 퇴출의 위기를 맞게 된 것이다. 조선이 세운 주자학 전통이 우주 속 에서 사람됨의 근원을 구하고 각자 사회 속 역할을 파악하는 높은 경지 의 현실주의를 추구한 것은 지금도 배울 만한 것이지만, 그것이 이론과 관념의 맹신과 권력화로 흘러 급기야 이론의 대재앙을 불러온 것은 역 사가 가르친 바와 같다. 사문난적斯文亂賊은 그 대표적인 것으로 이론의

608

배타적 숭상이 얼마나 끔찍한 결과를 낳는가를 잘 보여주는 일례이다. 그러한 조선은 결국 망하고 서세西勢가 조선의 합리주의적 유교 문화를 짓밟기 시작한 근대를 지나 오늘에 이르러선 합리주의적 서구 정신이나 서구의 개인주의 문화가 대세를 장악했다. 고대의 전통도, 자기 이론 외엔 사문난적으로 몰아 배척한 조선 주자학의 전통도 이미 몰락하여 박물관에 보내진 지 오래다. 전통은 보잘것없이 짜부라들었고 알아볼 수 없이 찌그러졌다.

결코 여기서 민족주의를, 전통의 부활을 주장하는 것이 아니다. 다만, 있는 그대로의 삶을 보는 눈과 사유들이 사라진 오늘의 한국문학을 탄식하는 것이다. 이론으로 삶을 보고 그 이론들로 시를 보는 현실, 이제 서양 문예 이론이 무소불위의 권력이 되어 한국 현대시의 숨통을 맘껏 쥐락펴락하는 현실이 개탄스러운 것이다. 제 맘대로 좌우, 보혁을 가르고선 패를 이루어 글을 권력의 수단쯤으로 여기고 최소한 펜과 칼을 구분 짓지 못하는 행태들은 사문난적의 더러운 전통이 여전히 퍼렇게 살아 있다는 느낌을 떨칠 수 없다.

시인 신동문의 전집을 묶으면서 뜬금없이 이런 상념들이 맴도는 까닭은 1950년대를 삶과 문학의 주무대로 삼았던 시인들의 시가 소위 오늘의 한국 현대시 전반에 대해 도전적인 성찰을 안겨준다는 생각이 들기 때문이다. 좌우 투쟁에 따른 동족 간 살육 그리고 지독한 가난과 정신적 혼돈과 생의 절망감으로 표상되는 '1950년대'를 '온몸'으로 산 시인들이 남긴 시편들은, 그 자체로서 생의 깊은 상처가 남긴 혈흔이자 흐르는 진물이었다. 그러나 놀랍게도, 고통과 절망과 굴욕의 현실이 정직하고 엄정한 삶의 시어로 바뀔 수 있었던 것은 시인들이 곤궁함과 싸우면서도 곤궁함을 벗으로 받아들일 수 있었던 큰 정신의 소유자들이 었기 때문일 것이다. 1950년대 시인에게 한줌의 돈이 안타까웠던 이유 는 자기의 주림 때문이 아니라 가족과 친구의 주림 때문이었다. 이 사 실은 『구용일기丘庸日記』와 같은 글과 여러 증언들에서 입증되는데, 시 인 신동문도 그중 한 시인이었다. 시인 신동문의 시에서 주목할 것 중 의 하나는, 그의 절친한 친구였던 시인 천상병이나 박봉우가 그러했듯, 시인이 가난한 삶과 시 사이에서 방황한 것이 아니라, 그가 '가난한 시' 를 썼다는 사실일 것이다. 시인은 가난한 삶에 대해 정직한 '있는 그대 로의 삶의 시'를 쓴 것이다. 가령 시인 박봉우는 스스로 미침으로써 '가 난한 시'를 완성했다. 그는 미친 시대에 시인으로 살기 위해 미쳐야 했 다. 광풍이 몰아치는 시대에 시를 쓰기 위해 미쳤고 그러다가 미쳐야 만 시를 쓸 수 있었다. 그 모습은 극히 비극적인 것이지만 그는 광인狂人 이 됨으로써 시인으로서의 정당성을 스스로 인정할 수 있었던 것이다. 그의 삶은 그의 시에게 너무 정직했던 것이다. 박봉우의 시는 자기 정 신의 파열 위에 포개진 이 땅의 역사적, 사회적 부조리를 여리고 아슬 아슬하게 표현한다. 휴전선 살풍경 속 아슬하고 처연하게 핀 야생 꽃과 같이(「휴전선」). 참으로 딱한 일이지만, 그 불행 속에서 한국 시는 '가난 한 시'의 진기珍奇한 전범이자 '50년대 시인'의 지극한 초상을 얻을 수 있었다.

신동문은 진보의 필요성을 확신하고 진보를 위해 최선을 다한 시인 이지만, 진보주의가 삶과 시를 배반할 것임을 깨닫고 있었다. 그래서 그 는 바깥세상의 진보를 위해 삶을 바치려 한 것이 아니라 바깥의 진보가 삶의 내부로 들어오길 바랐다. 그의 시는 그런 삶에 대한 엄격한 자기 싸움 속에서 생산되었다. 자신의 있는 그대로의 삶이 시였던 것이다.

610

시인 김수영처럼 후대의 평론가들의 제 입맛에 따라 진보주의자로, 한편으론 자유주의자로 화려한 찬사를 받은 1950년대 시인도 드물지만, 그런 소위 좌우의 비평들은 대개 서구 근현대 시 이론을 반성 없이 금과옥조로 떠받든 문학 관념으로, 혹은 '정치적 문학'의 맥락으로 1950년대를 선별적으로 바라보았기 때문에 나온 글들이다. 한마디로 말해 서양의 관념으로 1950년대 시를 저마다의 필요에 따라 읽었을 뿐, 1950년대의 상황에 놓인 있는 그대로의 삶의 시로써 읽고 이해하지 않았던 것이다.

　김구용이든, 천상병이든, 박인환이든, 박봉우든, 누구누구든 그리고 여기 신동문이든, '50년대의 시인들'은 시대와 불화하며 시대의 그늘 속을 살았다. 좌우파로 나뉘어 문학이 권력 행세를 할 때 그들은 지지리도 못난 시대의 진피 아들들이었다. 그러나 그들은 시대의 그늘을 생의 그늘로 깊이 인식하고 그것을 시의 그늘로서 승화시키고자 했다. 죽음과 부조리와 가난과 치욕 따위로 뒤범벅인 생의 그늘이 그들 시의 모태였던 것이다. 그러므로 그들에게 삶의 그늘은 괴로운 곳이지만 동시에 경건한 곳이었다. 괴롭지만 경건한 사유의 장소가 바로 시의 모태였던 것이다. 따라서 있는 그대로의 그늘의 시는 어떤 이즘이나 이론으로 온전히 이해되지 않는다. 그들의 시는 모더니즘으로, 리얼리즘, 서구 시 이론, 좌파 우파 문학 권력의 논리로는 제대로 이해될 수 없기에 '지독한 난해성의 시'로, '시금털털하고 엉성한 시'로 평가 절하되었다. 결국 소위 1960년대 이후 창비나 문지, 자유주의 평론가나 진보주의 평론가 따위 한국 문단을 지배하던 서양 시 이론이나 문학 권력 등과는 서로 어울릴 수 없는 딴 길을 가야 했던 것이다.

　사람이 모여 사는 사회란 무엇이며 인생이란 무엇인가? 사람이란 무엇이며 천지간 자연이란 무엇인가? 시인 신동문을 비롯한 1950년대의 주요 시인들이 가혹한 현실 속에서도 고민한 것은 이론이나 관념이 아니라, 명예나 권력은 더더욱 아니라, 현실에 정직한 삶을 살고, 그로써 포괄적인 의미에서의 생의 존엄에 도달하는 문제였다. 그래서 시인들은 가난했지만 가난이 시의 밑천이었고 때론 견딜 수 없는 치욕이 치열한 시혼詩魂의 불쏘시개가 되어 한국시의 존엄을 지켰다. 괴로운 시대의 그늘 속에서 시의 그늘에 푸른 생명수를 심은 것이다. '진정한 50년대의 시'는 생의 치욕 속에서도 생의 존엄을 살아간 시이며, 세상살이의 인위의 고통 속에서도 있는 그대로의 자기 삶의 시를 누에가 실을 뽑듯, 무위로써 낳은 시이다.

  시인 신동문의 시는 그런 시를 꿈꿨다. 그의 시에 참여의 치열하고 정직한 열기가 느껴지지만, 그러나 그의 시는 있는 그대로의 고난의 생을 존중한 삶의 태도에서 나온 시들이다. 그의 시가 사회적이면서도 동시에 정신적으로 다가오는 것은 그처럼 자기 생에 대한 가차 없는 정직성 때문이다. 그 가차 없는 자기 정직성이 때론 현실 참여적인 시 의식을 밋밋함으로, 도전적이고 치열한 생 의식을 소박함으로 통어하도록 만든다. 그러나 그 밋밋함과 소박함이야말로 그의 시의 진실과 아름다움들 가운데 하나이며 이는 우리가 적극적으로 껴안아야 할 시적 가치이다.

  삶과 시를 관념으로서가 아니라 있는 그대로 보려는 태도는 신동문을 비롯, '1950년대의 시'를 새롭게 읽게 할 것이다. 그것은 가혹한 현실을 이해하는 것인 동시에 인생을 깊이 이해하는 길이 될 것이며, 나아가 오늘의 한국 시를 반성하고 새로운 미래의 시에 대하여 고민하는 계기가 될 것이다. 신동문 전집은 그러한 소망 속에서 기획되고 편집되었다.

끝으로, 사람 간, 사제 간, 선후배 간의 아름다운 정리情理를 깊이 생각게 해주신, 신동문 시인의 후배이신 작가 김문수 선생께서 전집 편집에 참여하지 않았다면 우리의 소망은 이루어질 수 없었음을 여기에 밝혀 둔다.

[신동문 시전집 『내 노동으로』 해설, 2004. 9]

3부

네오 샤먼으로서의 작가 · 2

김애란의 소설 세계

이 발제문[1]의 근본 취지는, '전통 무巫와 동학東學'의 관점에서 한국문학이 걸어온 길을 돌아보고, 한국 현대 문학의 좌표를 새로이 찾으려는 데에 있습니다. 이를 위해 발제자는 먼저, 전통 무와 수운水雲 사상 안에서 삶과 정신의 근본적인 작용 원리로서의 귀신鬼神과 한국인의 전통적 사유 방식의 하나인 회통會通의 주요 내용들을 찾아 밝히고, 다음으로, 그 귀신의 존재와 회통의 사유로써 오늘의 한국문학을 새로이 조명해보려는 것입니다. 앞에서 시도한, 주요 시 작품에 대한 분석과 해석에 뒤이어서, 이제 주요 소설작품에 대한 분석을 시도할 차례가 되었습니다. 이 자리에서 발제자는 이 발제문의 앞부분에서 설명한 바 있는, '귀신' 혹은 접신에 대한 철학적 해석 특히 동학에서의 귀신관을 가지고

---

1) 이 글은 2011년 10월 15일 강원도 오대산 월정사 축제 행사 일환으로 거행된 한국문학 세미나에서 발표한 『巫와 東學 그리고 문학―鬼神과 會通』(발제문) 중 일부분이다. 장문의 발제문은 모두 세 부분, (1)巫와 동학사상 (2)詩에 대하여: 귀신과 회통 (3)소설에 대하여: 네오 샤먼으로서의 작가 등으로 구성되어 있는데, 이 중 '(3)소설에 대하여: 네오 샤먼으로서의 작가'에 해당하는 부분으로서, 계간 『작가세계』(2014. 봄)의 청탁에 따라 본래 발제문 원고에 새로이 원고를 추가 보완한 글이다. 참고로, 이 발제문은 원래 강연문 형식으로 발표되었으므로, 이 글에서 '글쓴이'는 '발제자'로 표기되어 있음을 밝혀둔다. ─편집자 주

서, 김애란의 소설세계를 분석하고 해석해보고자 합니다.[2] 분석 대상이
된 김애란의 소설작품은 근작 장편소설 『두근두근 내 인생』과 소설집
『비행운』입니다.[3]

1. 내면성의 형식으로서의 소설과 내레이터의 이중성 문제

　작가 김애란의 장편소설 『두근두근 내 인생』은 두 개의 이야기로 구
성되어 있습니다. 그 두 이야기는, '희귀병인 조로증無老症'에 걸려 죽음
을 앞둔 주인공인 열일곱 살 소년 한아름의 살아 있는 동안의 짧은 인생
담 그리고 그 뒤에 이어지는 주인공이 탄생하게 된 인연因緣을 그린 탄
생담이 그것입니다. 이 작품의 '프롤로그'에는 "아버지와 어머니는 열
일곱에 나를 가졌다. 올해 나는 열일곱이 되었다. (⋯) **아이들은 무럭무럭
자란다. 그리고 나는 무럭무럭 늙는다. 누군가의 한 시간이 내겐 하루와 같
고 다른 이의 한 달이 일 년쯤 된다. 이제 나는 아버지보다 늙어버렸다.** (⋯)
나는 내가 서른넷이 되었을 때의 얼굴을 아버지에게서 본다. 오지 않
은 미래와 겪지 못한 과거가 마주본다. (⋯) 나는 수줍어 조그맣게 말한
다. 아버지, 나는 아버지로 태어나, 다시 나를 낳은 뒤 아버지의 마음을
알고 싶어요. (⋯) 아버지가 운다. (⋯) 이것은 가장 어린 부모와 가장 늙

2)　본 발제문은, 졸고 「네오 샤먼으로서의 작가」(2006. 이 책 3부에 수록)의 후속 글의 형식
　　을 지닙니다.
3)　이 발제문이 발표된 2011년 10월 당시에는 장편소설 『두근두근 내 인생』(창비, 2010)
　　만 분석 대상이었으나, 『작가세계』 2013년 봄호의 청탁에 따라 발제문이 작성된 후에
　　출간된 김애란 소설집 『비행운』(문지, 2012)에 대해 새로 분석한 내용을 기존 발제문의
　　논지에 추가하였음을 밝혀둡니다.

은 자식의 이야기다."(강조_발제자)라는 구절들이 적혀 있습니다. 이 프롤로그의 구절들이 작품의 개요와 주제, 이 소설의 언어 감각에 대해 대강이나마 미리 엿볼 수 있게 해줍니다. 이 작품에 대한 비평계의 반응들은, 자세히는 모르겠습니다만, 특히 리얼리즘 문제와 관련하여 비판적인 평가들이 적지 않게 이어진 듯합니다. 방금 얘기한 이 작품의 '프롤로그'만 보더라도, 이 작품이 비현실적 분위기나 (전근대적인) 설화적 분위기를 지닌 듯한 느낌을 갖게 되거나, 작가의 문체 의식도 우리가 흔히 접해오던 리얼리즘적 언어의식과는 차원이 다른, 언어의 심층에 별도로 무거운 의미들이 숨겨져 있을 것 같은 느낌, 가령, 잠언적 분위기와 같은 것이 느껴지기도 하고, 다른 한편으론, 만화 속 '말풍선 스타일'처럼 장난스럽고 가벼운 느낌이 들기도 하는, 묘하고 복합적인 문체적 분위기를 자아내기도 하니까, 특히 리얼리티와 이념을 중시하는 전통적 리얼리즘의 시각에선 이 작품을 좋게 보기가 쉽지는 않을 것 같습니다.

그러나 이 작품이 보여주는 언어 표현의 문제, 특히 묘한 느낌을 풍기는 독특한 언어 의식은 그 자체가 소설을 이끌어가는 가장 중요한 문학적 요소 중 하나이며 가장 강력한 에너지라고 할 수 있습니다. 이 작품의 서두는, 희귀한 죽을병을 앓고 있는, '애늙은이' 주인공의 다음과 같은 알쏭달쏭한 발언, "바람이 불면, 내 속 낱말카드가 조그맣게 회오리친다. 해풍에 오래 마른 생선처럼, 제 몸의 부피를 줄여가며 바깥의 둘레를 넓힌 말들이다. 어릴 적 처음으로 발음한 사물의 이름을 그려본다. 이것은 눈[雪]. 이것은 밤[夜]. 저쪽에 나무. 발밑에 땅. 당신은 당신⋯⋯ 소리로 먼저 익히고 철자로 자꾸 베껴 쓴 내 주위의 모든 것. 지금도 가끔, 내가 그런 것들의 이름을 안다는 게 놀랍다."라는 문장으로 시작되는 것도 작가의 언어에 대한 깊은 관심을 드러내며, 이 작가의 언어 의식이 범상치 않음을 알립니다.

　이 소설의 첫 문장인 "바람이 불면, 내 속 낱말카드가 조그맣게 회오
리친다. 해풍에 오래 마른 생선처럼, 제 몸의 부피를 줄여가며 바깥의
둘레를 넓힌 말들이다."라는 표현은, 내가 보기에, 이 소설 전체를 아우
르는 주제의식과 특유의 언어의식을 함축한 상징적 표현이라고 할 수
있습니다.[4] 소설의 시작을 알리는 첫 낱말인 '바람'의 상징과 연결된 이
러한 비유언 언어의식은 이 작가의 결코 가벼울 수 없는 심층적 언어의
식과 서로 연결되어 있습니다.

　이 소설의 첫 문단에 이어서, 곧 다시 이어지는 아래 문장을 보면, 이
작가의 언어 의식이 언어에 대한 깊은 성찰에서 나온 것임을 알 수가 있
습니다.

> 　(…) 이제 나도 살아가는 데 필요한 말은 거의 다 안다. **중요한 건 그 말이
> 몸피를 줄여가며 만든 바깥의 넓이를 가늠하는 일일 것이다.** 바람이라 칭할
> 때, 네 개의 방위가 아닌 천 개의 풍향을 상상하는 것. 배신이라 말할 때, 지
> 는 해를 따라 길어지는 십자가의 그림자를 쫓아가보는 것. 당신이라 부를
> 때, 눈 덮인 크레바스처럼 깊이를 은닉한 평편함을 헤아리는 것. **그러나 그
> 건 세상에서 가장 어려운 일 중 하나일 것이다.**
>
> 　　　　　　　　　　　　　　　—『두근두근 내 인생』, 11쪽 (강조_발제자)

　작가는 자신의 언어의 부림에 관하여, "중요한 건 그 말이 몸피를 줄
여가며 만든 바깥의 넓이를 가늠하는 일일 것이다."라고 하여, 나름의

---

4)　　김애란의 언어의식에 대한 별도의 분석은, 졸고「네오 샤먼으로서의 작가」(2006) 참고.

언어에 대한 정의를 내립니다. 이러한 언어에 대한 비유적인 정의는, 말의 합리적 경영이나 말의 경제적 운용을 의도하는 것이 아님은 물론이고, 이 정의 속에서 느낄 수 있는 것은, 수행修行을 거친 말("몸피를 줄여가며")과 자기희생적 수행을 통하여 이타성의 넓이를 추구하는 말을 찾으려는 작가의 순수한 열망 같은 것입니다. 더는, 이 인용문에는 참말에 도달하기 위한 작가의 자기수행적 언어의식만이 아니라 불가사의한 초월적 언어의식이 함께 묻어납니다. "바람이라 칭할 때, 네 개의 방위가 아닌 천 개의 풍향을 상상하는 것. 배신이라 말할 때, 지는 해를 따라 길어지는 십자가의 그림자를 쫓아가보는 것. 당신이라 부를 때, 눈 덮인 크레바스처럼 깊이를 은닉한 평편함을 헤아리는 것." 같은 비유의 문장들이 말의 자기 초월성을 지시하고 있습니다.

작가는 이러한 소설 언어의 이상을 현실화하는 것이 얼마나 어려운 것인지 잘 알고 있습니다. 작가 자신도 "그러나 그건 세상에서 가장 어려운 일 중 하나일 것이다."고 고백하고 있으니까요.

작가는 타락한 세상의 말이 건강한 삶의 말로써 회복하도록 하기 위해서는, 무엇보다도 말의 원시성—즉 타락한 말을 말의 탄생 순간으로 돌아가게 해, 원시적 자연自然으로서의 말의 건강한 본성을 되찾는 말의 원시성—을 찾아야 한다고 말하려는 듯합니다. 물론 나의 이러한 작가 김애란의 언어의식에 대한 생각은 아직 유추에 불과합니다. 하지만, 『두근두근 내 인생』의 이야기 전개과정은 원시의 건강한 언어를 찾으려는 언어의식과 상동관계를 지니고 있다는 점을 고려한다면 이러한 나의 유추가 잘못된 생각이라고만 할 수는 없을 듯합니다. 당장에 이 작품의 이야기의 구성만 보더라도, '지금 이곳'이라는 세속세계에서의 한 소년의 불행한 인생담이 소년의 삶의 태초에 관한 이야기 즉 그의 탄생담으로 이어지는 역遊시간적 소설 구성을 떠올린다면, 이러한 태초에로의 원시반본[5]의 의미를 담고 있는 것으로 볼 수 있는 탄생담은 언어의 태초성 또는 원시성을 찾고자 열망하는 작가 김애란의 언어의식과도 어울리는 세계를 보여준다고 판단되는 것입니다.

이 소설은 겉보기에는 비교적 간단하고 단순한 플롯을 지닌 것으로 보입니다. 프롤로그에서 작가가 썼듯이, "이것은 가장 어린 부모와 가장 늙은 자식의 이야기"라는 지극히 이례적인 한 인간상에 대한 허구적 이야기이고, 그 다분히 비현실적인 인생살이 속에서 일어나는 소소한 사건들이 아기자기하게 펼쳐지는 비교적 단순소박한 이야기 구조를 지닌 소설입니다. 그러나 이 단순소박한 세속적 이야기 속에는 깊은 사유 체계가 추상의 형식으로—바꿔 말해 내면성의 형식으로—깊이 감추어져 있다는 사실을 이해하는 것이 중요합니다. 소박한 세속적 이야기 속에 숨어있는 현실-초월적 정신이 이 작품을 평가하는 중요한 전제가 된다는 것.

『두근두근 내 인생』이 지니고 있는 이러한 심층적 내용을 이해하기 위해서는 이 소설이 품고 있는 독특한 '내재성의 형식'을 해명하여야 하는데, 이를 위해 무엇보다도 먼저 살펴야 할 것은 이 소설의 이야기를 이끌어가는 이야기꾼의 존재인 내레이터의 이중성격의 문제, 즉 내레이터의 형식성을 살펴야한다고 생각합니다. '내레이터는 누구인가'

---

5) 원시반본은 직역하면, 모든 사물이나 존재, 의식의 '시원으로 돌아간다'는 의미이며, '근원을 돌아다본다'는 의미. 이 발제문 앞에서 설명한 바 있습니다. 이 책에 실린 「巫와 東學 그리고 문학」 참조.

라는 물음으로 간략히 환언될 수 있는 이 문제는, 이야기하는 내레이터의 정체성에 관한 문제로서 내레이터의 이면에 숨은 또 다른 성격의 내레이터의 존재를 규명하는 문제라고 말할 수 있습니다. 소설의 표면만 본다면, 내레이터는 당연히 주인공 자신이고, 주인공인 '나'의 성격은 희귀병에 걸린 열일곱 소년의 슬프지만 감동적인 의식 내용들로부터 설명될 수 있을 것입니다. 그러나 이 소설의 형식적 표면을 열고 그 내부로 들어가면, 내레이터의 자기 정체성은 무너지고 '나'의 성격도 최소한 이중성을 지니고 있음을 발견하게 됩니다. 그 최초의 단서는 다음과 같은 문단입니다.

"그러니까 최선의 치료법은……"
어머니와 아버지가 동시에 답했다.
"네."
"그러니까 지금 선택할 수 있는 방법은 말이죠……"
"분만입니다."

　　그 뒤로도 어머니는 쉽게 마음을 정하지 못했다. 하루에도 몇 번씩 긍정과 부정을 오가며 어쩔 줄 몰라 했다. 시간은 계속 흐르고…… 축축하고 어두운 공간에서 내 몸은 자꾸 자랐다. 주위에선 쉴 새 없이 쿵― 쿵― 하는 소리가 들렸다. **나는 그 소리를 귀가 아닌 온몸으로 들었다. 그리고 지하 벙커에서 모스부호 해독에 열중하는 병사처럼 내 주위를 감싸는 그 '떨림'의 실체를 파악하려 애썼다. 그리고 그 암호는 다음과 같았다.**
　　'두근두근…… 두근두근…… 두근두근……'

쿵— 쿵— 혹은 둥둥— 이라도 좋았다. 먼 북소리 같기도 하고, 큰 발소리 같기도 한 그 무엇. 거대한 몸집을 가진 누군가가 나를 향해 성큼성큼 다가오는 듯한 울림이었다. 그때마다 나는 여진餘震에 민감한 순록처럼 도망칠 준비를 했다. 하지만 동시에 춤추고 싶은 기분도 들었다. 어머니의 심박과 내 것이 겹쳐 가끔은 음악처럼 들려왔던 까닭이다.

쿵 짝짝…… 쿵 짝짝…… 쿵쿵 짝…… 쿵 짝……

쿵은 어머니 것, 짝은 내 것이었다. 쿵은 센소리 짝은 여린 소리였다. **나는 긴 탯줄에 매달려 그 소리에 집중했다.**　　　　　　(31-32쪽. 강조_발제자)

경쾌하면서도 신비스러운 느낌을 자아내는 이 인용문은, 주인공의 열일곱 살 된 부모가 산부인과에서 진찰을 받은 후 태아 상태인 주인공을 분만할지 중절할지를 고민하는 대목입니다. 이 길지 않은 인용 문단에는 많은 이야기 정보 단위들이 켜켜이 쌓여 있는데, 그 중 중요한 것을 꼽는다면, 조금 전 말한 바같이, 이 작가의 언어의식에 관한 정보입니다. 그것은 언어의 태초성 혹은 언어의 원시성에 관한 정보라 할 수 있습니다. "나는 그 소리를 귀가 아닌 온몸으로 들었다."는 문장이 바로 그것입니다. 작품의 제목과 연결 지어 생각한다면, '두근두근'이라는 의성어擬聲語는 이 작가의 오묘한 언어의식이 반영된 '태초의 소리 언어'의 비유이고, 이 원시적 언어는 "귀가 아닌 온몸으로" 듣는 언어라는 것으로 해석할 수 있습니다. 이러한 시원적 언어에 대한 탐색은, 김애란의 문학 세계 전체에 걸쳐 곳곳에서 발견되고 있습니다. 그리고 위 인용문이 품고 있는 또 하나의 중요한 정보는, 내레이터의 정체성 문제가 이 작품에서 처음으로 나타나고 있다는 점입니다. 그것은 열일곱 살 주인공과 동일 인물인 내레이터 속에 전혀 이질적인 주인공('나')이 접합되어 있는 상태, 곧 희귀병에 걸린 열일곱 살 소년의 현실적 내레이터 속에 탄생 직전의 '나'가 내재성으로 존재하는 사실이 위 인용문에서 처음으로 드러나고 있다는 점입니다. 즉 이 작품의 내레이터는 표면적으로는 열일곱 살 '나'이지만, 때로는 '나 속에 숨어있는 나'가 내레이터로 전면에 등장한다는 점. 이러한 사실은 이 소설이 드러난 형식과 내용 이외에도 그와는 다른 내면적 형식과 내용을 감추고 있음을 보여주는 것입니다.

이렇듯 주인공인 '나'와 더불어 '나 속의 나'가 작품 속에 내재한다는 말은 김애란의 소설이 내면성의 형식이라는 뜻을 지닙니다. 김애란의 『두근두근 내 인생』은 주인공이나 등장인물의 묘사에 있어서 사실적인 외면적 전체성을 중시하는 것이 아니라 세속계의 갖가지 사건과 여러 현상들을 인물의 독특한 내면적 형식성으로 표현한 소설이라 할 수 있습니다.

내레이터에 관한 문제의식은 여기서 그치는 것이 아닙니다. 이러한 내레이터의 이중적 성격의 문제는, 주인공의 성격을 창조하는데 있어서 작가가 의도한 결과라거나 소설 구성상의 트릭의 차원에서 그 문제가 지닌 중요한 의미를 설명할 수 없습니다. 이 내레이터의 이중성 문제가 중요한 것은, 작가가 주인공을 창조했지만, 주인공의 배후엔 작가와 관계없는 또 다른 주인공이 숨어있다는 사실에 있습니다. 마치 아버지가 자신의 분신인 자식을 낳았지만, 아버지와 관계없이 자식이 자식을 낳는 것과 같은 이치입니다. 그러니, 주인공인 '나'는 작가와 동행하지만, '나 속의 나'는 곧잘 작가와 동행하길 거부하는 것입니다. 주인공인

'나'는 작가의 의식 속에서 나타나지만, '나 속의 나'는 근본적으로 '나'의 의식 속에서 나타나고 있기 때문입니다.

작가는 이러한 주인공 뒤에서 주인공과 함께 있는 '주인공 속의 주인공', 즉 '나 속의 나'에 관하여 다음같이 비유적으로 적고 있습니다.

> "그게…… 어떻게 말해야 하나? 음…… **너 어릴 때 옷장 안에 들어가 숨어 있었던 적 있지? 부모님이 나를 찾나 안 찾나 궁금해서.**"
>
> "어."
>
> "근데 **어느 순간 나이가 들고부터는 그 게임을 내가 나랑 하고 있더라고.**"
> 한수미가 벙벙한 표정을 지었다.
>
> "처음엔 재미로 그런 건데, **아무리 시간이 지나도 내가 나를 안 찾더라고. 장롱 안에서 나는 설레어하다, 이상해하다, 초조해하다, 우울해하다, 나중엔 지금 나가면 얼마나 민망할까 싶어 그냥 거기 그대로 있게 됐고.**"
>
> "뭐야, 꼬지 말고 쉽게 말해."
>
> "이게 어른 말씀 하시는데 어디서 말대꾸야?"
>
> "야, 네가 무슨 어른이냐?"
>
> "결혼했으니까 어른이지. 어쨌든 말 자르지 말고 끝까지 들어봐. 나는 대수가 꿈이 없어 반했던 게 아니고 꿈이 없는 척하는 모습에 마음이 끌렸던 거 같아. **그냥 걔 속에도 내게 있는 것과 비슷한 장롱이 하나 있는 것 같아서……**"
>
> "……"
>
> (86–87쪽. 강조_발제자)

주인공 한아름의 어머니인 미라가 친구인 한수미하고 나누는 대화 중 일부입니다. 어릴 적 부모님이 자신이 안보이면 자신을 찾나 안 찾나가 궁금해서 옷장 안에 숨는 놀이를 했는데 "어느 순간 나이가 들고부터는 **그 게임을 내가 나랑 하고 있더라**"는 것, 그리고 "처음엔 재미로 그런 건데, **아무리 시간이 지나도 내가 나를 안 찾더라고.** 장롱 안에서 나는 설레어하다, 이상해하다, 초조해하다, 우울해하다, 나중엔 지금 나가면 얼마나 민망할까 싶어 그냥 거기 그대로 있게 됐"다는 이야기입니다. 작가 김애란이 작품 속에 '슬쩍' 감춰놓은 듯한 이 인상적인 삽화에서 주목할 내용은, 주인공의 어머니인 '나'는 '나'만이 아니라, '나 속의 나' 곧 '내가 잊고 있는 장롱 속의 나' 혹은 '나의 장롱 속에 숨어있는 나'가 함께 존재하는 '나'라는 것, 그리고 "아무리 시간이 지나도 내가 나를 안 찾더라"는 것이 해석의 요체입니다. 이를 다시 요약하면, "내가 나랑 하고 있던" 장롱 속에 숨는 게임을 통해서, 첫째, '나'는 '나 속의 나'와 게임을 한다는 사실과, 둘째, '나'는 '나 속의 나'를 아무리 시간이 지나도 안 찾고 있었다는 사실을 말하고 있는 것입니다. 이 어머니의 이야기가 중요한 의미를 지니는 까닭은,『두근두근 내 인생』이 품고 있는 작가와 주인공 사이의 심층적 관계를 암시하고 있으며, 이 작품의 소설형식을 규정하는 주인공의 내면성—아울러 소설 전체의 내면성—을 해석하는 실마리를 상징적으로 제시해주고 있기 때문입니다. 곧 이 삽화는 주인공 '나'와 '나 속의 나'(장롱 속에 숨은 나), 즉 '나 속의 숨겨진 나'라는, 적어도 둘로 분리된 소설적 자아가 서로 독립적으로 존재하며 서로에게 관심을 갖고 있다는 사실을 암시적으로 내포한다는 점입니다.

이러한 인물의 이분적二分的 분리성, 즉 이 소설의 서사敍事 내레이터인 주인공 '나'와 '나 속의 나'라는 이분적 분리를 바탕으로 한 상호이접성 相互離接性[6]은 작품 도처에서 확인되는 바와 같습니다. 이것이 『두근두근 내 인생』이 지닌 독특하고도 기본적인 소설 형식성이라고 생각합니다. 이와 관련하여 많은 예를 들 수 있습니다만, 아주 아름다운 내용을 담고 있는 다음 예문을 하나 더 인용해서 좀 더 구체적인 설명을 곁들이며 '나 속의 나'의 정체에 대해 살펴보는 것이 좋을 듯합니다. 어머니 뱃속 태아의 '형식'으로 등장하는 '나 속의 나'는 '부재하는' '나'를 대신하여 내레이터話者가 되어 말하고 있는 대목입니다.

어머니의 친구들은 본인들이 아는 온갖 출산에 대한 정보와 일화를 늘어놓으며 쉬지 않고떠들었다. (…) 나는 소리 나는 쪽을 향해 고개를 이쪽으로 돌렸다 다시 저쪽으로 돌리며 '과연 여자들의 세계란 이런 것인가……' 어지러워했다. '그것 참, 엄청나게 시끄럽고 **눈부신 존재들일세**……'하고. 얼마 뒤 한수미가 조심스럽게 물었다.

"미라야."

"응?"

"저기…… 만져 봐도 돼."

어머니는 그런 일은 이미 수차례 겪어봤다는 듯 대수롭지 않게 말했다.

"그럼."

허락을 받은 소녀들이 하나둘 어머니 주위로 몰려들었다. 그러곤 저희들끼리 무슨 내밀한 의식이라도 치르듯 끈끈한 시선을 주고받았다. 이윽고 어머니의 둥근 배 위로 총 다섯 개의 손이 올려졌다. 모두 희고 고운 게 불가사리처럼 앙증맞은 손이었다. 다섯 개의 손바닥은 일제히 숨죽인 채 내 존재

---

6) '相互離接性'이란, '서로 떨어지기도 하고 접합하기도 하는 성격'이란 의미로서 사용.

를 느꼈다. 나 역시 내 머리위에 얹어진 다섯 소녀의 온기를 느끼며 꼼짝 않고 있었다. 아주 **짧은 고요가 그들과 나 사이를 지나갔다. 어머니의 배는 둥근 우주가 되어 내 온몸을 감쌌다. 그리고 그 아득한 천구**天球 **위로 각각의 점과 선으로 이어진 별자리 다섯 개가 띄엄띄엄 펼쳐졌다. 부드럽고, 따뜻하며, 살아있는 성좌들이었다. 어머니의 친구들은 신기한 듯 서로의 얼굴을 바라봤다.** 그러곤 동시에 희미한 미소를 지었다.　　　(39-40쪽. 강조_발제자)

이 인용문에서도 이 작품의 내레이터의 성격과 시점의 문제에 대해, 기본적으로 다음과 같은 의문을 가질 수 있을 것입니다. 과연 인용문의 내레이터는 누구인가? 그 답은 당연히 작중의 '나'일 것입니다. 그렇다면 '나'는 누구인가? 세계적으로 희귀한 조로증에 걸려 죽음을 앞에 둔 '소년' 한아름인가? 소년의 시점으로 고정되어 있는 듯하지만, 비록 허구라 할지라도 어머니 뱃속 태아의 감각과 의식으로 말하고 있으니, 소년의 시점이라고 볼 수도 없습니다. 또한 주인공 '나'가 내레이터이므로 작가의 시점도 아닙니다. 형식적 리얼리즘의 규율로 본다면, 내레이터의 정체성에 이상異常이 생긴 것입니다. 그것은 표면적으로는, 인용문에서 보듯이, 내레이터 곧 주인공의 성격에 '초월적 성격'—뱃속 태아의 음성—이 갑자기 나타났기 때문입니다. 그러므로 이렇게 말할 수 있습니다: 내레이터의 성격이 변화하거나 때에 따라선 전지칭적 시점이 문득 등장하는 것은 주인공의 내면에 자리 잡은 초월적 자아 즉 '나 속의 나'가 전지칭적 시각을 지닌 초월적 존재인 까닭입니다.

이렇게 내레이터의 성격이 급변할 수 있는 이유는 방금 살폈듯이, 소설의 이면으로 작가와는 별개로 '주인공(나) 속에 숨어있는 또 다른 나'가 독립해서 존재하기 때문입니다. 그래서 주인공인 나의 언술에는 '나 속의 나'의 존재감이 별빛의 반짝임처럼 숨음/드러남을 단속적斷續的으로 이어가게 됩니다. 이것이 이 소설의 숨어있는 형식성이며, 이러한 숨은 형식성으로 말미암아 이 소설이 보여주는 언어의식은 지극히 현세적이면서도 지극히 초월적인 분위기를 띠게 되는 것입니다. 바로 이러한 초월성과 현실성 사이의 상호독립성과 상호접합성 때문에, 소설 속 불행한 운명과 세속적 현실은 서로를 마주보고 서로를 다독이며, 불행과 다행 또는 슬픔과 기쁨과 같은 모든 실존적 정서들은 서로를 바라보는 듯 어느새 공감하고 접합하게 됩니다. 이는 리얼리즘의 현실성을 중시하면서도 현실성에 내재하는 필연적이고 근원적인 초월성—초월적 인연성因緣性—을 생의 원리로 파악하는 작가의식의 표현으로 읽을 수 있을 것입니다. 이 때문에 원시적 정신 혹은 '오래된 영혼'이 내재하는 소설적 힘을 『두근두근 내 인생』에서 느낄 수 있게 되는 것입니다.

　그러므로 이 작품은 기본적으로 그 형식성으로 말미암아 전통적 리얼리즘 소설과는 다른 차원에 위치합니다. 그것은 소설 형식 차원에서 본다면, 형식적 리얼리즘을 초월하는 내레이터의 성격에서 찾아집니다. 나는 김애란의 소설적 이념을 가리켜, '영혼을 찾아가는 정신적 리얼리즘'[7]이라고 부른 바 있습니다.

　위 인용문에서 보았듯이, 주인공인 '나'는 자신을 찾아주길 바라는 "장롱 안에 숨은" '또 다른 나', 즉 '나 속의 나'와 각자 독립된 존재이면서도 서로 친화적인 관계 속에 있으며, 둘 사이는 때때로 접합하기도 하고, 또 각각의 생각과 감성을 서로 나누는 상호관계 속에 있습니다.

---

7)　졸고「네오 샤먼으로서의 작가」참조.

하지만 이 둘 사이의 관계는 작가의 시선 바깥에서 이루어집니다. 왜냐하면 '나 속의 나'는 작가가 창조한 인격人格이 아니라 주인공 '나'의 분신이며 그러한 까닭에 '나 속의 나'는 작가의 의도에 따라 조종되는 일방적 존재가 아닌 까닭입니다. 이를 작품 속 이야기를 통해 설명하면, 소설을 쓰기 시작한 주인공 한아름이 부모의 연애 이야기를 소설로 쓰기 위해 취재를 한 후에 남긴 다음과 같은 지문, "뭔가 물으면 아버지는 사건 위주로 짧게 대답했고, 어머니는 자신의 감상을 구구절절 보탰다. 두 사람의 이야기는 겹치고 어긋나고 어그러져 내 안으로 들어왔다. 그리고 폭발 직전의 우주가스처럼 아스라이 출렁였다. 나는 그걸로 뭔가 만들어볼 요량이었다. **물론 그것이 무엇이 될지는 아무도 모르게. 나조차 모르게.** (…)"(94쪽, 강조_발제자)에서 보듯이, "나(작가)조차 모르게" 소설을 쓰겠다는 주인공 한아름의 작가 의식을 유념할 필요가 있습니다.

이 "나조차 모르게" 쓴다는 말은 김애란의 작가 의식을 암시한 말로 보아도 무방할 듯합니다. 이 말은 『두근두근 내 인생』에서 작가와 주인공의 관계는 서로 비동일적 관계에 있다는 뜻을 지니는 한편, "내가 나랑" 벌이는 장롱 속 숨기게임을 통해 알 수 있듯이, 이 작품의 주인공인 '나'와 '나 속의 나' 또한 서로 비동일적 관계로서 숨음/드러남의 관계에 놓여있다는 점이 충분히 유추될 수 있는 것입니다. 그러므로 '나 속의 나'라는 존재로 인하여, 주인공인 '나'는 '나'를 조종하는 작가와 자주 갈등하게 될 뿐 아니라, 심층적으로는 주인공인 '나'-'나 속의 나'는 작가를 "나(작가)조차 모르게" 지배하는 역설적 관계에 놓일 수 있게 됩니다.[8]

---

8) '주인공이 작가를 지배하는 소설 유형'이란 범주는 언어의식 및 소설 형식에 대한 다양

하고 복합적인 분석 시각에 의해 더 발전시켜야 할, 뜻 깊은 소설적 범주라고 생각합니다. 이 범주는 소설의 언술 분석을 통하면 더욱 의미 있는 성과를 거둘 수 있을 것으로 보입니다. 김애란의 『두근두근 내 인생』의 경우, 주인공 및 등장인물들의 언술 속에는, 소년 어투, 어른 어투, 잠언 형식의 어투, 농담, 진리가 담긴 말장난투, 언어게임을 하는 듯한 지식인 어투, 서민적 어투나 비속어, 목소리 배후에서 함께 느껴지는 이중적 목소리 등등 다양한 언어 형식들이 혼합되어 있어서, 모종의 통일성과 단일성을 이룬 언술이 아닌 다중적이고 복합적 성격의 언술들이 작품을 지배한다는 느낌을 받게 됩니다. 이런 언술의 다양성과 복합성은 이 작품에서 주인공이 작가를 압도하는 주요 요인 중 하나라고 할 수 있습니다. 『두근두근 내 인생』에 직접적이고 구체적으로 적용 가능할지는 현재로선 미지수이나, 주인공이 작가를 압도하고 지배하는 소설 형식을 이해하기 위해서, 미하일 바흐쩐의 소설 이론 가운데, 다음과 같은 내용을 깊이 참고할 만합니다.

바흐쩐은 작가와 주인공 간의 상호관계를 세밀하고도 치밀하게 파헤친 논문, 곧 『말의 미학』(1979)에 수록된 「미적 활동에서의 작가와 주인공」에서, 첫째, 주인공이 작가를 占하는 경우, 둘째, 작가가 주인공을 점유하는 경우, 마지막으로, 주인공이 작가 자신인 경우로 소설을 분류하고 있습니다. 주인공이 작가를 점유하는 경우엔 작품 형식에 문제가 생긴다는 것, 작가가 주인공을 점유하는 경우에는 인물(성격)의 현실성에 문제가 생긴다는 것 등으로 설명하고 있습니다. 그 중 도스토예프스키의 작품 속 주인공들로 대표되는 위 유형 중 첫째, 즉 '주인공이 작가를 점유하는 경우'를 인용하면 다음과 같습니다: "첫 번째는 주인공이 작가를 점유하는 경우이다. 주인공의 대상들에 대한 정서적-의지적 태도, 그가 세계에서 차지하고 있는 인식적 윤리적 위치가 작가에게는 지나치게 권위적이어서 **작가는 대상 세계를 타자의 눈을 통해서 보는 것이 아니라 오직 주인공의 눈을 통해서만 볼 수 있으며 주인공의 삶의 사건에서 비롯되는 것을 제외하고는 다른 어떤 식으로도 체험할 수가 없다.** 작가는 주인공의 외부에서는 어떠한 확실하고도 확고한 가치평가적 지탱점을 발견할 수가 없다. (…) **여기서 문제는 작가가 주인공에게 이론적으로 찬성하느냐 반대하느냐가 아님을 강조하기로 하자.** (…) 그 결과 다음과 같은 예술적 전체의 특수성이 특징적이다. **배경의 차원, 주인공 등 뒤 세계는 가공되지 않으며, 작가-관찰자에게 명확하게 보이지도 않는다. 대신에 그것은 가정으로, 불확실하게, 주인공 자신의 내부로부터, 우리 자신의 삶의 배경이 우리에게 제시되는 방법으로 주어진다.** (…) 그는 살아있는 인간이 죽어버린 움직임 없는 무대장치의 배경에서 움직이는 것처럼 이러한 배경에서 움직인다. (…)"(강조_발제자)

이러한 바흐쩐의 소설 속 주인공과 작가 간의 상호관계에 대한 치밀한 분석 내용이 겉으로는 다분히 형식주의적이고 주관적 심리적 경향이 짙다는 느낌을 줍니다만, 여기서 중요한 점은 '주인공이 작가를 점유하는 소설 형식'의 의미를 이론적으로 밝힘으로써, 單聲적이고 單一한 주체 개념을 해체하고 수많은 타자들이 서로 갈등하며 공생하는 민중적이고 민주적인 주체로서의 주인공-작가의 상호관계 및 그러한 미학형식으로서 '소설'을 재탄생시켰다는 점입니다. 이로써 전지전능한 작가 개념도 스스로 해체의 길에 접어듭니다. 즉 위대한 소설작품들, 가령 도스토예프스키, 톨스토이, 스탕달, 키에르

이처럼, 작가의 주인공에 대한 지배 관계에서 주인공의 작가에 대한 지배관계로의 역전逆轉을 보여주는 장면이 바로 위 인용문이라고 할 수 있습니다. 인용문에서, 어머니 뱃속 태아로서의 '나'는 내레이터인 '나'가 아니라 '나 속의 나'입니다. 즉 태아로서의 나는 '나'의 심연 속 동행자 혹은 그림자Schatten 같은 '나 속의 나'인 것입니다. 동시에, '나'는 어머니 뱃속 태아로서의 '나' 속에 있습니다. '나'와 '나 속의 나'는 둘이면서 하나로 접합하며, 하나이면서 둘로 분리되는 형식으로 소설 속에 나타납니다. 내레이터로서의 주인공 '나'는 소설 속 특정 시공간에 놓인 '나 속의 나'와 서로 분리와 접합을 반복해가며 이야기를 이어가는 것입니다. 위 인용문의 뒷부분에서와 같이 뱃속 태아인 '나 속의 나'가 둥그렇게 부푼 어머니 뱃속을 "아득한 천구天球"로 느끼고 "그 위로 각각의 점과 선으로 이어진 별자리 다섯 개가 띄엄띄엄 펼쳐진" "부드럽고, 따뜻하고, 살아있는 성좌星座들"로서 감각하는 장면은 '나 속의 나'가 독립적으로 존재하면서도 열일곱 살 소년인 '나'와 접합함으로써 가능한 시선이며, 이는 소설 속 형식이나 내용으로 볼 때 작가의 시선에는 아랑곳하지 않는 별개의 시선임을 보여주는 대표적인 예라 할 수 있습니다. 그리고 『두근두근 내 인생』이 액자소설 형식을 취하여 소설의 맨 뒤에 「두근두근 그 여름」이라는 '이야기 속의 이야기'로서 '나'의 탄생

케골의 주인공들과 작가 사이의 상호관계성을 분석함으로써, 소설의 주인공은 작가의 타자로서 존재하고 거꾸로 작가는 주인공의 타자로서 존재함을 밝힙니다.(더욱이, 주인공이 작가를 점유한다!) 결국 작가는 스스로를 작품 속에서 스스로 객체화하게 됩니다. 그럼으로써, 동시에 작가의 삶 내부와 외부에서 공히 더불어 살고 있는 무수한 타자의 목소리들을 작가-관찰자가 경청하게 되는, '열린'(개방적) 소설 형식으로서의 소설의 이론을 지향했다는 것, 이는 바흐친의 소설미학이 이룬 실제적이고 구체적인 비평의 위업 중 하나라고 할 수 있습니다.

담이 연결되어 있는 소설 형식도 이러한 내레이터의 감추어진 이중적 성격과 그 형식상의 숨은 의미와 맥락을 같이하는 것입니다.

주인공 한아름이 투병 중에 틈틈이 쓴, 자신의 탄생의 비밀이 담긴 '이야기 속의 이야기'는 '나'의 현실성과 '나 속의 나'의 초월성이 서로 대칭 구조를 이루고 있음을 드러내며, 이는 곧 이 소설의 전체 서사적 구성이 현실과 초월간의 중층적 구조로 치밀하게 짜여진 작품임을 암시합니다. 그리고 이처럼 현실과 초월이 서로를 마주보는 대칭적이고 중층적인 이야기 구성은, 주인공 '나'의 탄생과 삶 그리고 죽음이라는 직선적이고 물리적인 시간의식과, '나 속의 나'의 우주론적 생명성으로 인하여 죽음과 삶이 마주보며 서로 접합과 이탈을 단속적으로 반복하면서 순환하는, 현세 초월적인 우주론적 시간의식이 서로 둘이면서 하나를 이루는[주-] 상호관계성에 상응하며, 이러한 대칭적 구성이 두 이질적 시간성간의 상호관계맺기에 능동적으로 가담하는 '내면성의 형식'이 되고 있다는 점에서 주목되는 것입니다.

그리고 그 순간, 어디선가,

바람이 불어왔다.

나무에게로—어머니에게로—아버지에게로

바람은 그들 주위를 오랫동안 맴돌며 주저하다 사라졌다. 먼 훗날 그 자리로, 다시 올 걸 알고 그러는 듯했다. 쏴아아— 큰 바람이 불자 수면 위로 잔물결이 일어났다. 그것은 무수한 잔주름을 드러내며 처량하게 웃는 누군가의 얼굴 같았다. 이윽고 한창 입 맞추고 있던 어머니가 고개를 들어 먼 곳을 바라봤다.

"왜 그래?"

아버지가 걱정스러운 듯 물었다. 어머니는 고개를 갸웃대다 알 수 없는
불길함을 털어내려는 듯 부드럽게 답했다.

"아무것도 아니야."

그러곤 다시 아버지와 입술을 포갰다. 바람은 '아무것도 아닐 리' 없는 그
들의 사연을 가늠하며, 여름의 미래를 예감하며, 이미 지나온 자리로 다시
돌아가 두 사람의 머리를 가만 쓰다듬었다. 두 사람은 서로의 숨결에 정신
이 팔려 아무것도 알아차리지 못했지만…… 바람은 아무래도 좋다고 생각
했다.

(351–352쪽. 강조_발제자)

인용문은 '이야기 속 이야기'인 「두근두근 그 여름」의 한 대목으로
서 '나 속의 나'가 내레이터로 이야기 전면에 나와 있습니다.[9] 위 인용

---

9) 『두근두근 내 인생』의 맨 뒤에 나오는, 주인공 '나'가 태어나게 된 인연을 그린 '나'의 탄
생담에서 내레이터 문제와 관련하여 좀 더 깊은 논의를 펼칠 필요가 있습니다.
'나'의 탄생담인 「두근두근 그 여름」속의 내레이터는, '나' 속의 '또 다른 내레이터'입니
다. 「두근두근 그 여름」의 내레이터는, 엄격히 말하면, '나'의 내레이터와는 다른 내레이
터이며, 아울러 「두근두근 그 여름」바깥에 등장하는 '나 속의 나'와도 다른 '이야기 속
이야기'의 내레이터라고 볼 수 있습니다. 『두근두근 내 인생』에서의 '나 속의 나'와는 다
른, '작가 한아름'이 쓴 '소설 속의 소설' 즉 '이야기 속의 이야기'의 '새로운 내레이터'라
는 의미에서 대문자로 쓸 수 있는 별도의 '나 속의 나'—비록 「두근두근 그 여름」의 내레
이터가 '나'라는 일인칭 문장을 사용하고 있지 않습니다만,—인 셈입니다.
이처럼, 소설 형식상으로 볼 때, '나'가 태어나기 이전의 탄생담(한아름의 소설)의 내레
이터인 대문자 '나 속의 나'와, 내가 태어난 후의 인생담에 등장하는 '나 속의 나'는, 서로
다른 '나 속의 나' / 나 속의 나'로 서로 분리될 수 있지만, 소설의 전체적 내용을 전제로
했을 때 그리고 탄생담이 다름아닌 주인공 '나'를 낳게 된 부모의 연애담이라는 점을 고
려했을 때, '나 속의 나'와 '나 속의 나'는 서로 같은 하나로 볼 수 있게 됩니다. 이 전지칭
적 시점을 지닌 두 개의 내레이터, 곧 '나 속의 나'-'나 속의 나'는 둘이면서도 하나(不一
不異, 不二)인 관계로 볼 수 있습니다.
이와 같이 『두근두근 내 인생』이 품고 있는 내레이터들간의 관계에 대해, 즉 1인칭 시점
의 내레이터인 '나'와, 전지칭 시점의 내레이터인 '나 속의 나', 그리고 「두근두근 그 여

문을 읽노라면, 까닭 모를 감동의 전율이 스치듯 느껴질 것입니다. 주

름」에서의 전지칭 시점의 내레이터인 '나 속의 나' 사이의 관계에 대해, 작가는 '동심원同心圓'의 비유를 통해, 그 세 내레이터들이 서로 깊이 관계 맺고 있음을 다음과 같이 서술합니다.

이따금 열이 오른 아버지가 투병중 황홀을 경험한 건 전혀 이상한 일이 아니었다. 때마침 어머니의 연이은 퇴짜와 새침에 한창 애가 타던 차였다. 그 시절, 아버지는 꿈속에서 어머니를 만나 이상하고 아득한 대화를 했다. 한 사람은 벌거벗은 채 웅덩이에 떠 있고, 다른 한 사람은 공중에서 상대를 내려다보는 상황이었다. 굽어보는 쪽의 얼굴은 웅덩이 하늘을 꽉 채울 만큼 거대했다. 아버지는 사지에 힘을 풀고, 먼 데를 바라봤다. 그러자 어머니가 아버지를 향해 거대한 얼굴을 들이밀며 물었다.
"당신은 왜 당신을 당신의 아버지라 불러?"
어머니의 목소리는 왕왕거리며 산 너머로 퍼져갔다. 큰어른나무를 위시한 오목한 공간이 그 자체로 하나의 스피커가 된 듯했다. 이윽소 아버지가 담담하게 답했다.
"왜냐하면 나는 나의 아버지니까⋯⋯"
아버지의 음성은 겹겹의 원을 그리며 숲 너머로 번져갔다. (⋯) 얼마 뒤, 두 사람의 위치는 바뀌어 있었다. 이번에는 어머니가 물에 떠 있고, 아버지가 어머니를 내려다보는 형상이었다. 이윽고, 아버지가 먼 하늘서 큰 얼굴을 들이대며 물었다.
"당신은 왜 당신을 어머니라 불러?"
그러자 어머니는 기쁜 듯 차분하고 슬픈 듯 들뜬 목소리로 말했다.
"왜냐하면 나는 나의 어머니니까⋯⋯"(343-344쪽. 강조_발제자)
'나'의 아버지의 꿈 속 대화문 중, "왜냐하면 나는 나의 아버지니까⋯⋯" 라는 말은 동심원을 그리듯, "아버지의 음성은 겹겹의 원을 그리며 숲 너머로 번져갔"고, 또 똑 같은 동심원을 그리듯, "왜냐하면 나는 나의 어머니니까⋯⋯"라는 어머니의 말이 번져갑니다. 여기서 두 가지의 중요한 의미를 찾을 수 있는데, 그중 하나는, 주인공 '나'와 '나 속의 나'-'나 속의 나'와의 관계는 '나는 나의 아버지'와 같은 관계, 즉 작품 속 세개의 내레이터들은 서로서로 "겹겹의 원"을 이루고 있는 '동심원의 관계'라는 점입니다. 또 하나는, "나는 나의 아버지" "나는 나의 어머니"라는 문장은 『두근두근 내 인생』의 심오한 주제의식을 함축하는 말이라는 점. 이 "나는 나의 아버지" "나는 나의 어머니"라는 말 속에, '나 속의 나'(그리고 대문자 '나 속의 나')는 주인공 '나'의 깊은 내면에서 활동하고 있는 근원적이고 원시적인 자아라는 사실과, '나 속의 나'는 다름 아닌 근원적 존재자로서의 자연의 섭리 자체이기 때문에 주인공 '나'의 일인칭 시점이 아닌 전지칭 시점을 지니게 된다는 사실, 그리고 소설의 시간으로 본다면, 인생담-탄생담이라는 역逆시간적 플롯 구성이 자연스럽게 이루어지게 된다는 사실 등을 내포하고 있습니다. **결국 "나는 나의 아버지"요 "나는 나의 어머니"라는 말 속에는 '원시반본으로의 지금 이곳'이라는 시공간時空間 의식이 담겨있고, 아울러 이 말은 '나' 속에 이미 무한한 인연의 고리 속에서 원시적인 것의 순환과 진화로서의 인간성 곧 우주 자연적인 인간성이 내재한다는 뜻으로도 해석될 수 있을 것입니다.**

인공인 '나'가 태어나기 전 이야기인 이 탄생담에서, 훗날 불치병에 걸려 요절할 '나'의 슬픈 운명이 감지된다고 해서, 이 작품을 '운명론적 세계관'의 산물이라고 평가할 근거는 전혀 없습니다. 또 인용문에서 '나'의 장래에 닥칠 불행의 불길한 징조를 읽을 이유도 없습니다. 왜냐하면 이 문장은 '나'의 탄생 직전의 이야기, 즉 '나'의 이야기가 아니라 '나 속의 나'의 이야기이므로 '나'의 운명이나 불행과는 원천적으로 아무 관련이 없기 때문입니다. 인용문에서 '나'는 태어나기 전의 무無로 존재하며, 그러므로 내레이터인 '나'는 훗날 태어날 '나'가 아니라, 무의 현상現像 혹은 무의 활동으로서의 '나 속의 나'입니다. 작품의 본이야기인 '나'의 인생담 속에 숨어있던 '나 속의 나'가 이야기하는 주체이므로, 따지고 보면, '나 속의 나'는 말 그대로 '생성 변화하는 세계 자체'인 셈입니다. 따라서 이 후일담의 '나 속의 나'는 내레이터로서 겉으로는 전지칭全知稱적 시점을—소설 속 현세적 이야기를 시종일관 지배하고 있는 '1인칭 시점'과는 달리—갖게 되는 것은 자연스러운 결과라 할 것입니다. (이러한 보이지 않는 인격人格으로서의 '나 속의 나'의 활동은 삼라만상의 변화 생멸에 필연적으로 관여하여 작용하고, 세상만사에 들고나며 간섭하지 아니함이 없는 '귀신'과 '접신하는 인간 곧 무巫의 이미지'가 들어 있습니다.[10] 그래서, 가령, 접신하는 인간으로서의 '나 속의 나'는 사랑에 빠진 두 소년 소녀의 불길한 앞날을 숨기어 보듬고, 스스로 바람(바람은 巫의 상징이기도 합니다)이 되어, "바람은 '아무것도 아닐 리' 없는 그들의 사연을 가늠하며, 여름의 미래를 예감하며, 이미 지나온 자리로 다시 돌아가 두 사람의 머리를 가만 쓰다듬었다."는 슬프

---

10) 이 발제문의 앞부분, 무와 동학과 시와의 연관성을 논하는 자리에서, 이 대목과 연관된 '귀신론'이 이미 전개된 바 있습니다. 「巫와 東學 그리고 문학」 참조.

면서도 지극히 대승적인 사랑의 내레이션을 남기고 있는지도 모릅니다.)

2. 「두근두근 그 여름」: 원시반본과 接神의 서사적 이미지

『두근두근 내 인생』의 소설 구성은 조로증에 걸린 주인공 소년이 죽음에 이르기까지 이야기와 거꾸로 시간을 되돌려 주인공의 부모의 만남부터 주인공이 탄생하기 직전까지 이야기라는 두 이야기로 이루어집니다. 이러한 소설 구성은 형식적 차원에서 죽음과 탄생의 순환론적 생명계의 원리를 보여주려는 의도에서 비롯된 것일 겁니다. 그러나 우리가 관찰해야 할 것은 열일곱을 살고 죽은 주인공 '나'의 짧을 삶이라기보다, 작가와도 독립해서 '나'의 탄생의 비밀을 얘기하고 있는 '나 속의 나'의 존재입니다. 작가와도 무관한 존재요, 주인공 '나'의 탄생 과정을 알고 있는 존재로서 '나 속의 나'를 이해하게 되면, 이 작품의 내면성을 전체적으로 이해하게 될 것이기 때문입니다. '나 속의 나'가 시종일관 내레이션을 맡은 '나'의 탄생담 「두근두근 그 여름」은 '나 속의 나'라는 존재의 근거를 이해하는 단서를 감추고 있습니다.

(1)
　아버지가 찾은 곳은 깊은 계곡이었다. 그곳의 산세를 꿰뚫고 있는 사람이 아니면 웬만해서 찾을 수 없는 골짜기. 굽이굽이 혈관처럼 퍼진 물의 지류 중 하나가 한 번 더 갈려 여러 줄기로 뻗어나가던 중 산 중턱, 숨 돌릴 만한 평지를 만나 '어이쿠!' 주저앉아서 생긴 작은 못이었다. **물은 돌고 돌아 고인 듯해도 늘 새 물이었다. 물은 돌고 돌아 다시 온 거라 언제나 옛 물이었다.**

그것도 나이를 헤아릴 수 없을 만큼 오래된 물. 바람이 불 때마다 얼굴 위로 무수한 주름이 드러내는, 맑고 늙은 물이었다.

마을에선 오래 전부터 그 산 물을 길어 마시면 좋은 꿈을 꾼다는 전설이 내려오고 있었다. 그게 사실인지 아닌지 알 수 없어도, 물 위에 떠 있는 하늘을 볼 때마다 아버지는 산이 꾸는 꿈을 깔고 누운 듯한 착각에 빠져들었다. 한밤중, 어둠속에서 눈을 끔벅이고 있으면, 바깥에서 희미한 물소리가 났다. 실핏줄 같은 물길을 타고 온 마을에 꿈이 방류되는 소리였다. 꿈은 쉬지 않고 새 나갔다.

(2)

큰어른나무는 웅덩이에서 조금 떨어진 곳에 자리 잡고 있었다. 기둥은 크고 둥글었고, 수십 개의 가지는 하늘을 떠받들며 바람을 섬기고 있었다. 큰어른나무의 뿌리는 거대했다. 그것은 제 몸의 두 배, 세 배 되는 크기로 물가에 직접 촉수를 내밀어 약수를 빨아먹고 있었다. 가만 귀를 대고 있으면 나무에 피가 도는 소리가 들릴 만큼, 몹시 늙어 사는 것의 황홀함을 아는 고목의 정력이었다. (…) 그런데 문득 아버지의 눈에 큰어른나무가 들어왔다. 아버지가 천천히 개구리헤엄을 쳐 그쪽으로 다가갔다. 신심이 동했다기보단 심심하니 뭔가 시험해 보고 싶은 맘이 들어서였다. 아버지는 실오라기 하나 걸치지 않은 몸으로 고목 앞에 섰다. 그러고는 넙죽 나무 앞에 절했다. 한 번 하고 허전해 두 번을 더 엎드렸다. 허리를 숙일 때마다 시커먼 엉덩이 골 사이로 성기가 덜렁거리는 걸 새들이 다 보고 있는 것도 모르고 말이다. "여자 친구 하나만 만들어 주세요, 네? 여자 친구 하나만. 응?"

(3)

그러곤 다시 아버지와 입술을 포갰다. **바람은 '아무것도 아닐' 리 없는 그**
들의 사연을 가늠하며, 여름의 미래를 예감하며, 이미 지나온 자리로 다시
돌아가 두 사람의 머리를 가만 쓰다듬었다. 두 사람은 서로의 숨결에 정신이
팔려 아무것도 알아차리지 못했지만…… **바람은 아무래도 좋다고 생각했**
다. 그리고 계절을 계절이게 하려 딴 데로 떠날 차비를 했다. 하늘은 높고, 매
미의 매끈한 눈동자 위로 시시각각 모양을 바꾸는 뭉게구름이 지나갔다. 산
이 꾸는 꿈속에서, 매미들은 소리 죽여 노래했다. 그때 우린 그걸 원했어. (⋯)

(331-352쪽. 강조_발제자)

인용문 (1)에서 "물은 돌고 돌아 고인 듯해도 늘 새 물이었다. 물은 돌
고 돌아 다시 온 거라 언제나 옛 물이었다. 그것도 나이를 헤아릴 수 없
을 만큼 오래된 물."이란 문장 속에 이 작품의 이면적 시간관 즉 '나 속
의 나'의 시간의식이 드러납니다. 그 시간의식은 물론 물리적 시간관도
아니고 작가의 의식을 지배하는 시간관도 아니며, 주인공 한아름('나')
의 시간관도 아닌, '나 속의 나'의 시선에 의해 비로소 파악되는 초월적
이고 우주론적인 시간관입니다. 이러한 순환하는 우주론적 시간관은
주인공 소년이 '애늙은이'인 이유를 비로소 알려줍니다. 일찍 늙는 병
에 걸린 소년 주인공은 "새 물과 옛 물이 함께 돌고 도는" "깊은 계곡 물"
처럼 새것과 옛것이 함께 내재하여 순환하는 존재의 상징이자 알레고
리였던 것입니다. 끝없이 순환하고 생성하는 우주 자연 그 자체를 비유
하는 소설 형식이 바로 내레이터의 이중구조(나/나 속의 나)의 형식이기
때문에, 결국 소설의 주인공 '애늙은이'가 상징하는 시간의식이란 '늘
새로우면서도 늘 원시적인 시간'인 생명계 그 자체의 "돌고 돌아 고인

듯해도 늘 새로운" 시간관에 기초하게 되는 것입니다. 이 작품이—이 발제문의 주제와 서로 통하는 바—'원시반본原始返本'의 깊은 뜻을 품고 있다는 나의 판단은 바로 여기에서 기인합니다.

⑵는 주인공인 '나'의 젊은 아버지가 산속 계곡에서 큰어른나무에게 여자 친구를 만들어 달라고 기원하는 대목입니다. 여기서 큰어른나무를 서술하는 작가의 의식을 주목해야 할 것입니다. 그것은 큰어른나무는 '오래된 나무'로서의 히에로파니hierophany[11]적 존재이며, 이 큰어른나무와의 내면적 접물을 통해 영적 감응靈的 感應 상태가 생기生起하여 지속된다는 점입니다. 한아름의 아버지인 작중의 소년에게선 소년다운 싱그럽고 풋풋한 장난기가 묻어나면서도 소설 속 소년을 감싸고 있는 분위기엔 이 신령한 큰어른나무와의 교감 상태가 유지되고 있음을 볼 수 있습니다. 이러한 신령스러운 분위기가 만들어질 수 있는 것은 기본적으로 내레이터인 '나 속의 나'가 '오래된 히에로파니'로서의 큰어른나무를 통해 활물活物하는 정신의 힘 혹은 보이지 않는 영혼의 세계를 현실로 기화氣化하는 정신(마음)의 능력을 갖고 있기 때문이라고 말할 수 있습니다. 나는 이러한 특별한 정신의 능력을 지닌 작가를 가리켜 "네오 샤먼적"이라고 부른 바 있습니다.[12]

그러한 네오 샤먼적인 능력은 주인공 '나'의 10대 부모가 처음 만나

---

11) 히에로파니hierophany는 미르치어 엘리아데가 종교 현상을 설명하기 위해 사용한 용어로써, '聖顯'(성스러운 것, 혹은 神聖의 나타남)으로 번역되기도 합니다. 히에로파니는 종교 발생의 원시적 맹아를 이루는 한편, 天空, 물, 대지, 돌과 같은 각기 다른 우주적 차원에서 계시된 성스러운 것으로서, 공포, 외경심, 두려움의 대상이 되는 것 일체를 말합니다. Mircea Eliade, *Patterns in Comparative Religion*, 한글판은 『종교행태론』, 이은봉 역, 한길사, 47쪽, 69쪽 등.

12) 「네오 샤먼으로서의 작가」 참조.

사랑을 나누는 인용문 (3)에서도 유감없이 발휘됩니다. 여기, 바람 이야기에 귀 기울여 보십시오. 그러면, 수운 선생이 설하셨듯이, 지기금지至氣今至요, 조화정造化定[13]의 상태, 즉 바람이 인격신人格神으로 기화氣化하여 두 젊은 남녀가 그 안에서 신령한 기운을 받는 상태, 곧 "그들의 사연을 가늠하고 여름의 미래를 예감하고, **이미 지나온 자리로 다시 돌아가 두 사람의 머리를 가만 쓰다듬어**" 주는 상태에 더불어 감응하게 됩니다. 이때 바람은 인간주의적 시각에서 의인화된 바람이 아니라, 인격신으로서의 초월적인 바람입니다. 이 인용문에서 바람이 인격신의 이미지를 지니고 있다는 말은 내레이터가 접신의 능력을 지니고 있는 무巫의 이미지를 지니고 있음을 보여주며, 결국 위 인용문들의 내레이터인 작품 속 '나 속의 나'는 무巫의 알레고리적 존재 혹은 소설 형식 안에 숨은 무巫적인 인격을 보여주는 이 소설의 특유하고도 고유한 내면성이라 말할 수 있습니다.

3. 전율과 예감, 그리고 접신으로서의 소설 형식의 문제

특별한 의미를 지닌 언어 표현이나 특별한 이미지가 동일한 작가의

---

13) 수운 선생은 동학 주문 21자 가운데 강령주문인 앞 8자 중에서 맨 앞의 '至氣今至'에 대해, "'至'라는 것은 지극한 것이요, '氣'라는 것은 허령이 창창하여 일에 간섭하지 아니함이 없고 일에 명령하지 아니함이 없으나, 그러나 모양이 있는 것 같으나 형상하기 어렵고 들리는 듯하나 보기는 어려우니, 이것은 또한 혼원한 한 기운이요, '금지'라는 것은 道에 들어 처음으로 지기에 접함을 안다는 것이요…"라고 풀이하고, 또 주문 중 '造化定'에 대해, "'造化'라는 것은 無爲而化요 '定'이라는 것은 그 덕에 합하고 그 마음을 정한다는 것이요…"라고 풀이하였습니다.

다른 작품들에서 동일하게 또는 변형되어 발견되는 것은 자연스러운 문학적 현상입니다. 작가 김애란의 경우도, 특별한 의미를 지닌 말 혹은 의미심장한 이미지들이 한 작품에서만 나타나지 않고 자신의 여러 작품들 속에서 흩어져 산견됩니다. 그것들은 작가가 각 작품의 내부에 숨겨놓은 의미의 보물로서 숨어 있습니다. 그리고 각각의 작품 속에서 다소간 변형된 채로, 숨어 있는 그 특별한 언어나 이미지는 다른 작품 속에 있는 자신의 변형체들과 서로가 서로를 비추고 있는, 마치 밤하늘의 성좌星座처럼 서로를 보이지 않는 끈으로 연결하고 있습니다. 작가 김애란의 여러 작품들에는 하나의 원시적 이미지가 다른 작품 속에서—그 작품의 의미 맥락에 맞는—상징이나 알레고리 형태로 변형되어 반복적으로 나타납니다.

　김애란의 소설에서 작가 자신의 여러 작품 속에 숨겨놓은 자신만의 특별한 의미를 지닌 특정 언어 또는 이미지들이 서로 이어져서 의미의 성좌를 이루고 있음은 그 자체로 흥미로운 광경입니다. 김애란의 소설 세계의 경우, 예를 들면 밤하늘을 수놓는 불꽃이나 폭죽 이미지, 별과 별똥별 혹은 성좌星座, 저마다 다른 풍향과 기압골을 지닌 각각의 바람들, 온갖 종류의 나무들 등 여러 원시原始의 이미지들이 여러 작품들 속으로 제각기 흩어진 채, 서로 보이지 않는 끈으로 이어진 '의미의 성좌'를 이루고 있어서, 독자-관찰자들은 마치 숨은 보물찾기 같은 방식으로 그 숨겨진 특정 '원시'의 언어와 '원시'의 이미지를 찾게 됩니다. 그런데 이와 같은 특정한 언어 표현의 보물찾기 중에는 사물이나 감각적 이미지가 아닌 '특별한 의식'인 경우가 있습니다.『두근두근 내 인생』에서 되풀이하여 나오는 "누구세요?"라는 의문문이 그 '특별한 의식'들 가운데 하나입니다.

(1)

그애에게 메일을 보냈다. 메일에 쓴 문장은 하나였다.

'누구세요?'

답장은 없었다. 설명도, 사과도, 부정도 없었다. 한동안 나는 인터넷을 뒤지며 자신을 이서라 말한 사람을 찾아내려 애썼다.   (276쪽, 강조_발제자)

(2)

어머니는 종종 병실을 비웠다. (…)

나는 누군가 내게 아주 가까이 다가와 있다는 걸 알았다. 심지어 그 사람은 내가 그걸 몰랐으면 하고 바란다는 것까지도. 대체 언제부터 그러고 있었는지 알 수 없었다. 낯설고 섬뜩한 기분이 들었다. 나는 애써 불안한 기색을 감추며 상대를 향해 물었다.

"엄마?"

주위에선 아무 소리도 들리지 않았다. 평소라면 다른 환자나 간병인이라도 대신 대꾸해주었을 텐데, 병실 안엔 그와 나밖에 없는 듯했다. 하는 한번 더 다급하게 물었다.

"엄마야?"

숨죽인 채 상대의 반응에 집중했다. 그는 여전히 묵묵부답이었다. 하지만 그도 긴장했는지 어느 순간 꿀꺽— 하고 침넘기는 소리를 냈다. 나는 누군가 분명 곁에 있음을 확신하고 용기 내어 물었다.

"누구세요?"

"……"

이번에도 그는 아무 대꾸도 하지 않았다. 대신 어렴풋이 거친 숨소리가 들려왔다. 나는 그 소리를 꼼짝 않고 들었다. 그러자 조금 무섭다는 생각이

들었다. (…) 갑자기 그가 긴 침묵을 깨고 입을 열었다.

"미안하다……"

순간 나는 내 귀를 의심했다.

'뭐라구?……뭐가?'

한번도 들어본 적이 없는 음성이었다. 그것은 한없이 깊고 낮은 울림을 갖고 있었다. 순간 그럴 리 없다 싶으면서도 그럴지도 모른다는 예감이 강하게 뇌리를 스쳤다. (…) 나는 소리가 나는 쪽을 향해 큰 소리로 물었다.

"서하니?"

"……"

"서하야?"

"……"

갑자기 가슴이 심하게 방망이질치기 시작했다. 놀라움인지 노여움인지, 반가움인지 서러움인지 모를 떨림이었다. 나는 내가 그 감정이 무엇인지 알아내기도 전에 그애가 떠날까봐 겁이 났다. 어쩌면 이게 그 애와 마주할 수 있는 마지막 기회일지도 모른다는 생각이 들어서였다. 나는 어떤 말로든 그 애를 붙잡고 싶었다. (…) 나는 내 앞의 누군가를 향해, 어두운 무대에 선 연극배우처럼 혼잣말을 했다.

"맞구나 그럴 줄 알았어."

"……"

(…)

그래도 한번쯤은 네게 이 얘기를 전하고 싶었어. 우린 한번도 만난 적이 없지? 직접 목소리를 들은 적도 없고, 얼굴을 마주한 적도 없고, 어쩌면 앞으로도 영영 만날 수 없을 테지? **하지만 너와 나눈 편지 속에서, 네가 하는 말과 내가 했던 얘기 속에서, 나는 너를 봤어."**

"……"

"그리고 내가 너를 볼 수 있게, 그 자리에 있어주었던 것, 고마워."

"……"

(…) 하지만 내가 막 다음 말을 하려는 순간, 누군가가 우리 사이의 침묵을 찢고 들어왔다.

"누구세요?"

볼일을 마치고 온 어머니였다.　　　　　　　　　　　(305-309쪽, 강조_발제자)

(3)

어느 땐 같은 꿈을 반복해서 꾸었다. 예전에도 곧잘 꾸곤 하던 트램펄린 꿈이었다. (…) 나는 총에 맞은 새처럼 바닥으로 떨어졌다. **순간 트램펄린 바닥의 검은 천이 푹 꺼지더니 저 땅 밑으로 사정없이 빨려 들어가기 시작했다. 얼마 뒤 정신을 차렸을 때, 나는 생전처음 보는 공간에 와 있었다. 사방이 벽돌로 둘러싸인 깊은 우물 안이었다.** 나는 아득한 허공을 향해 손나팔을 만들어 외쳤다. **머릿속에서는 분명 도와달라는 말이 떠올랐는데, 입 밖으로 튀어나온 건 뜻밖에도 다른 말이었다. "여자친구 하나만 만들어주세요!" 주위에선 아무 기척이 없었다. 나는 한 번 더 큰 소리로 외쳤다.**

"여자친구 하나만 만들어주세요. 네?"

그러자 하늘에서 '팀벙' 소리와 함께 무언가가 떨어졌다. 나는 균형을 잃고 물속에서 허둥댔다. 그러곤 가까스로 중심을 잡고, 다시 소리가 나는 쪽을 향해 물었다.

"누구세요?"

주위는 너무 어두워 사방을 분간할 수 없었다. 이윽고 저쪽에서 한없이 낮고 무거운 목소리가 들려왔다.

"나는 아무것도 아니야."

"……"

"그러니까 너도 아무것도 아니지."　　　(290-291쪽. 강조_발제자)

인용문 (1)은, 주인공 한아름이 이메일을 주고받으며 우정을 쌓아왔던 상상 속의 여자 친구 '이서하'가 "실은 열일곱 살 소녀가 아닌 남자였다는 것을, 그것도 서른여섯 살이나 된 아저씨였다는 것을"(273쪽) 알게 된 후, 한아름이 소식이 끊긴 이서하에게 이메일을 보내는 장면입니다. 오랜만에 주인공이 보내는 이메일은 단 한 문장, "누구세요?"입니다. 인용문 (1)은 주인공과 이메일을 주고받다가 관계가 끊긴 이서하의 알 수 없는 정체에 대해 '나'의 궁금증과 불안감이 점차 커지고 있음을 보여줍니다.

인용문 (2)는 주인공 '나'의 병세가 악화되어 실명失明한 상황에서 병실 안으로 정체불명의 '누군가'가 들어와 자기 곁에 서있음을 느끼고, 주인공의 내면에서 일어나는 미묘한 감정 변화와 함께 그 '누군가'에게 던지는 주인공의 발언들을 서술한 장면입니다. 인용문 (2)에서, 주인공이 이서하라는 인물이 가짜라는 걸 이미 알고 있으면서도, 병실안에 들어온 '누군가'에게 "서하니?" "서하야?" 라고 되풀이하여 묻는다는 사실은 단지 서하라는 가상의 인물에 대한 주인공의 애틋한 마음 또는 그리움만으로 설명이 되지는 않게 됩니다. 인용문 (3)는 병실에서 투병중인 주인공 '나'가 "곧잘 꾸곤 하던 트램펄린 꿈"(290쪽) 중의 한 부분입니다. 인용문 (3)을 정리하면, "벽돌로 둘러싸인 깊은 우물 안"에 빠진 주인공의 "머릿속에서는 분명 도와달라는 말이 떠올랐는데, 입 밖으로 튀어나온 건 뜻밖에도" "여자친구 하나만 만들어주세요!"라는 말이었다는 것, 그러고 나자 "하늘에서 '텀벙' 소리와 함께 무언가가 떨어졌" 고, "소리가 나는 쪽을 향해" 주인공은 "누구세요?"라고 물었다는 것, "이윽고 저쪽에서 한없이 낮고 무거운 목소리"로 "나는 아무것도 아니야." "그러니까 너도 아무것도 아니지."라는 '신비한' 대답이 들렸다는 것입니다.

위 인용문들을 종합해보면, 결국 『두근두근 내 인생』 곳곳에서 나오는 이 "누구세요?"는 보이지 않는 미지의 '누군가'에게 던지는 물음이면서 동시에 자기 내면 속에서 자신도 의식하지 못한 채 던져진 절박한 물음으로서의 의문문인 것입니다. 이 "누구세요?"라는 의문문은 죽음 앞에서 절박감과 비애감에 휩싸인 소년의 출구없음의 존재론적 상황을 표시한 것이라는 점.

내가 보기에, 비극적 세계로부터의 출구없음이라는 절망감과 비애감은 이 작품 속에서 되풀이되고 있는[14] "누구세요?"라는 주인공의 절박한 물음과 깊이 연결되어 있음을 이해하는 것이 필요해 보입니다. 그것은 한마디로 말해, '나'가 '특별한 의식'을 갖게 되었다는 사실입니다. 왜 '특별한 의식'인가 하면, 그 의식은 미지의 어둠을 의식함으로써 나와 어둠 사이를 성찰하는 반성적 의식 즉 대자對自적 의식을 드러내고 있을 뿐이 아니라, '원초적인 어둠'을 거리를 두고서 성찰하고 그 어둠과의 운명적 관계를 질문하는 어떤 초월적 의식이 함께 내재하기 때문입니다. 즉 이 "누구세요?"라는 외마디가 지닌 중요한 뜻은, '나'는 세계

---

14) 이 작품의 이야기 진행 속에는, '누구세요?'라는 의문문은, 가령, 276쪽, 291쪽, 307쪽, 339쪽 등에서 반복되어 나타납니다. '누구세요?'가 쓰이고 있는 각 정황마다 그 쓰임새가 조금씩 다를 수도 있지만, 중요한 점은, 여러 구슬이 하나의 줄로 꿰어지듯이, 서로간 의미상의 연결 고리로 이어져 있다는 점입니다.

를 의식하고 세계 속 관계를 의식하는 대자적인 '나'이면서도, 이미 이러한 대자적인 '나'와는 차이를 지닌 원초적인 '나'가 공존하는 '현실-초월적인 나'라는 것을 보여준다는 점에서입니다.

(3)에서 주인공이 사경을 헤매다가 꿈속에서 묻는 간절한 외마디 **"누구세요?"**는, 비극적 아이러니가 지배하는 현실세계에서 출구없음을 상징하는 의문문이며, 그 출구없음의 절망과 고독 속에서 마치 메시아처럼 '누군가'가 찾아주기를 간절히 원하고 있음을 은유하는 것으로 볼 수 있습니다. 그 '누군가'는 표면적으로는 간절히 원하는 현실적 인간으로서의 '누군가'이지만, 이면적으로는 '인격신'으로서의 누군가일 수 있습니다. 혹은, 종교적 해석을 떠나 말한다면, 인간의 무의식 속의 원형으로서 구원救援의 화신 혹은 구원의 상징일 수도 있습니다. 또 그 구원의 상징이 보내 온 신호와 나눈 대화의 표현이랄 수도 있습니다. 융 C. G. Jung이 중시한 것은, 꿈이나 현실에서 다양한 상징들이 '나'의 의식에 보내오는 신호였습니다.

물론 이러한 주인공의 심연이 지닌 어떤 구원의 심상心象 또는 그 상징적 원형은 출구없는 '나'의 삶 속에 직접적으로 신호(상징이 가리키는 생명의 세계)를 안겨주는 상징이 아직 되지 못한 상태이지만, 현실적 삶의 고통이나 절망감을 극복하고자하는 대자화한 의식이 그와 같은 상징의 힘을 통해 원초적 생명력의 각성으로 나아갈 수 있는 근원적이고 초월적인 의식의 기초를 만들었다는 점에서 중요한 것입니다.

대자화를 준비하지 않는 고독이나 비애 혹은 절망감은 그 자체로 생명력이 없는 죽은 감정이거나 죽음의 잔해에 불과합니다. 주인공의 내면에 가득한 비애와 절망감을 대자화하거나 절망적 현실에 대한 초월적 계기를 못 찾는다면, 주인공 '나'는 현실성이 없는 죽은 객체에 불과한 것이 되었을 것입니다. 그러므로 절망적인 어둠 앞에서 절망의 대자화를 이루게 하는 계기가 무엇인가 라는 문제의식이 필요한 것이고, 바로 "누구세요?"라는 물음 속에 '나'의 대자화를 이루는 계기가 들어 있는 것입니다. 그러한 "누구세요?"라는 '나'의 질문에 대해 꿈속의 '누군가'는, ""나는 아무것도 아니야." "……" "그러니까 너도 아무것도 아니지.""라고 대답합니다. 이 대화문은 '나'의 대자화가 "아무 것도 아니"라는 걸 의미합니다. 죽음 앞에 선 '나'와 '누군가'는 허무라는 것입니다. 하지만 이러한 어둠 속 상대방의 존재감, 즉 "나는 아무것도 아니야"라는 인격화된 음성 자체가 역설적으로 '나'의 삶의 출구 없음과 함께 이러한 절망적인 출구없음 자체가 대자화의 계기가 되고 있음을 보여줍니다. 따라서 고독하고 절망적인 상황 속에서 '나'의 희망없음을 극복하는 존재론적 계기는, 인격화된 허무虛無이거나 보이지 않는 인격적 존재인 것입니다. 이 인격화된 허무가 '나'의 대자화의 계기임을 느낄 때, 비로소 '나'에게 두려운 전율이 일어나고, '누군가'와의 만남의 예감이 찾아옵니다. 주인공 혹은 주인공의 아버지가 갖게 되는 이러한 '전율적 예감'은 소설 속에서 그 구체적인 내용을 확인할 수 없음에도, 역설적이게도 그 자체로 절망적인 현실에 내재하는 초월성의 계기가 되는 것입니다.

『두근두근 내 인생』 속에 별개로 들어 있는 '나'의 탄생담[15]인 「두근두근 그 여름」에는, 방금 말한 인용한 (1)(2)(3)에서 주인공 '나'가 되풀이한 "누구세요?"라는 의문문이 또다시 되풀이 됩니다. 주인공 위 인용

---

15) '나'의 '탄생담'이라는 의미는, '나'의 부모가 처음 만나 사랑을 나누어 '나'가 탄생하는 배경이 되는 이야기라는 뜻으로 쓰입니다.

문에서 '나'가 물었던 "누구세요?"는 '나'의 탄생담에서는 '나'의 부모가 숲속에서 벌이는 첫사랑 장면에서의 아버지의 음성을 빌려 거듭 되풀이되고 있습니다.

(4)

그런데 문득 아버지의 눈에 큰어른나무가 들어왔다. (…) **아버지는 큰어른나무를 향해 칭얼대듯 소리쳤다.**

"여자친구 하나만 만들어주세요. 네? 여자친구 하나만. 응?"

그러고는 무슨 일이 벌어질지 잠자코 기다렸다. 하지만 아무리 기다려도 아무 일이 벌어지지 않았다. 아버지는 '그럼 그렇지' 하고 물속으로 기어갔다. **'영靈발이 다 된 거야. 그러니까 사람들도 찾지 않지'** 그런데 얼마 안 있어, 엄청난 물보라와 함께 골짜기에 첨벙― 소리가 울려 퍼졌다. 거짓말처럼, 정말, 하늘에서 뭔가 뚝 떨어진 거였다.

(…) 어머니가 낙하한 순간, 계곡 안엔 어마어마한 소리가 났다. (…) 어머니는 물속에서 허둥대다 정신을 차리고 일어났다. 그러고는 물에 빠진 생쥐처럼 초췌한 눈빛으로 아버지를 바라봤다. (…) 조금 전 큰어른나무에게 소원을 빈 바 있어 아버지는 이게 꿈인가 생시인가 싶어, 나무와, 어머니와, 다시 나무를 번갈아 쳐다봤다. 그러고는 수면 위로 고개만 쫑긋 내민 채 가까스로 한마디 했다. **"누구세요?"** (…) (339쪽, 강조_발제자)

모든 인간은 태어나면서부터 우주와 첫 인연을 맺습니다. 모든 인간은 태초의 우주를 저마다의 원초성으로서 간직하고 있는 존재입니다. 아니 삼라만상이 인연관계에서 맺어진다는 불가의 인연관, 역학이나 전통 명리학命理學적 관점에서 보면, 모든 인간은 탄생 이전부터 운명적으로 태초太初의 시공간과 깊은 인연을 맺고 있습니다.(김애란의 소설에 자주 등장하는 별자리 혹은 성좌는 인간의 태초의 비밀스러운 원리, 즉 우주 생명의 생멸의 원리로서의 영원한 神性의 의미를 내포한 이미지로 볼 수 있습니다.) 인용문(4)는 앞서의 인용문(3)의 내용 중 핵심 부분이 그대로 연결되어 있음을 알 수 있습니다. ("여자 친구 하나만 만들어주세요. 네?" "누구세요?") 그러나 인용문(3)의 내레이터는 '나'이면서 "여자 친구 하나만 만들어 주세요. 네?" "누구세요?"라는 목소리의 발화자 또한 '나'(꿈속의 '나') 인 반면, 인용문(4)의 내레이터는 '나'가 태어나기 전 이야기인 '탄생담'의 '나 속의 나'[각주 9) 참조]이면서 예의 물음의 발화자는 '나'의 아버지라는 점에 유의해야 합니다. 이 말은 '나'의 목소리로서 "누구세요?" 와, '나'의 인연으로서의 타자인 아버지의 목소리로서 "누구세요?"는, 서로 다른 목소리인 듯 같은, 같은 듯 서로 다른, 현실-초월적 목소리라는 점을 지시합니다. 그러므로 "누구세요?"라는 음성은 중성적(重性的이거나 衆聲的인!) 음성이라는 사실.

이를 다시 설명하면, 주인공 '나'의 아버지가 어머니를 처음 만났을 때의 목소리인 "누구세요?"와 투병중인 주인공 '내'가 허구에 불과한 이서하와 접속하면서 컴퓨터 화면 속 어둠에다 던진 '나'의 '목소리'인 "누구세요?" 그리고 '나'가 투병 중에 꾼 꿈속의 "아무것도 아닌" '누군가'에게 던진 "누구세요?"는 서로 다른 내용인 것처럼 보입니다만, 그 "누구"는 사실상 동일한 '인격화한 무無'라는 점입니다. 구체적으로 말해, (1)(2)(3)에서 소년인 '나'가 묻는 "누구세요?"는 고통과 불안에 떨며 '어둠' 속에서 또는 병실에서 그리고 꿈속에서 던지는 질문이고, (4)에서 소년의 아버지가 묻는 "누구세요?"는 첫 사랑이 찾아온 순간에 던지는 질문이지만, 그 "누구세요?"는 한 목소리이며, 동일한 '인격적 존재감'으로서의 '누구'라고 해석할 수 있는 이유는, (1)(2)(3)의 내레이터가 투병중인 '나'이고, 위 인용된 탄생담의 내레이터는 '나'가 태어나기 이전의 '나' 즉 '나 속의 나'로서 서로 차이를 지니지만, '나'와 '나 속의 나' 간의 차이는, 하나가 둘로 나뉜 차이일 뿐, 서로 불이(不二 혹은 不一不異)이기 때문입니다.

따라서 이 두 개의 '누구세요?'는 외로운 주인공 '나'의 현세적 비애와 불안감의 표현인 동시에 초월적 혹은 원초적 존재인, "영靈발" 즉 원시적 영혼을 지닌 영성적 존재의 표현인 것입니다. 이 두 개의 서로 연결되는 "누구세요?"는, 곧 현실과 초월이 하나로 연결되어 있다는 작가 의식의 표현인 셈입니다.

그렇다면, 이러한 현실적-초월적 인격으로서의 '누구'의 정체는 무엇입니까. 한국문학사에서 전인미답의 문학성을 지니는 주목할 작품인 김애란의 소설 「물속 골리앗」에는 이 궁금증을 풀어줄만한 단서들이 들어 있습니다. 그 단서들은 이 작품의 전체적인 문장 속에서 특별한 문학적 표현과 형식을 가지고서 다음과 같이 숨어 있습니다.

동네 전체가 재개발구역으로 지정되면서 사람들이 하나둘 떠나가고 (…) 한동안 외지인이 어지럽게 드나들었다. 돈을 세는 사람, 현수막을 거는 사람, 사진기를 든 사람, 기도하는 사람, 그리고 방패를 든 사람이 있었다. 여러 말이 오갔고 많은 일이 있었다. 어른들은 길에서 자주 울었다. (…) 부모님이 강산 아파트에 온 것은 20여 년 전 일이었다. 지금이야 낡고 오래돼 흉물 취급받지만, '아파트'라 하면 뭐든 좋게 보던 때였다. 당시, 사람들은 모두 아파트를 갖고 싶어 했다. 건물의 아름다움, 건물의 역사, 그런 것은 상관없었다. 아파트가 가진 상승의 이미지와 기능, 시세가 중요했다. 우리가 아는 대부분의 괜찮은 사람들은 다 아파트에 살았다. (…) 배운 것, 가진 것 없이 오직 용접 기술로만 돈을 모은 아버지는 그것에 입주한 걸 무척 자랑스러워 하셨다. 기형적 외관이며 좁은 평수는 상관없이 사는 내내 크게 안도하셨다.

지금 강산아파트에 사는 사람은 거의 없다. 붉은 색 페인트로 여기저기 커다란 X자가 칠해진 뒤, 모두 사라졌기 때문이다. 끝까지 이주를 거부했던 몇몇 이웃도 전기가 끊기자 결국 짐을 쌌다. 이제 이곳에 남은 사람은 어머니와 나, 둘뿐이다. **사람이 살지 않는 건물은 급속도로 황폐해졌다. 우리는 단단한 콘크리트 벽이 과일처럼 무르고 썩어가는 모습을 놀란 눈으로 지켜봤다.**"

—「물속 골리앗」, 88쪽 (강조_발제자)

「물속 골리앗」에서 위 인용구가 특별히 주목되어야 하는 이유는 다음 두 가지에서입니다. 하나는, 위 인용문이 작중 내레이터인 주인공 '나'가 처해있는 구체적인 현실을 알려주기 때문이고, 다른 하나는 인용문이 작중에서 '현실이 끝나고 환상이 개입하기 시작한 지점' 즉 현실과 환상이 경계를 드러내기 시작한 소설 속 첫 지점이라는 사실입니다. 작중 주인공인 '내'가 겪고 있는 구체적인 현실상황은, "배운 것, 가진 것 없이 오직 용접 기술로만 돈을 모은 아버지"가 장만한 "국토 개발 열풍을 따라 단기간에 막 지어진" "기형적인 외관이며 좁은 평수"의, '시내 외곽의 야트막한 산 중턱에 홀로 을씨년스럽게, 마을을 훤히 내다볼 수 있는 위치에 서있는 낡고 오래된 강산아파트'에서 어머니와 단 둘이 살아가고 있으며, '낡고 오래되고 기형적인 외관의 낡고 오래

654

된 아파트 건물은 '사람들이 살지 않아 급속도로 황폐해져버린' 상황입니다. 이처럼 위 인용문을 다소 장황하게 다시 반복해서 설명하는 까닭은, 이러한 '나'의 구체적인 현실 묘사에 기대어 한국 자본주의의 참담한 현실 상황이 사실적으로 재현되는 소위 '리얼리즘적인 재현'의 문법이 담겨있다는 사실과 함께, 전후에 논리적 맥락이나 설명이 없이, 느닷없이, 이 '재현의 문법'에 잇대어서, "(…) 사람이 살지 않는 건물은 급속도로 황폐해졌다. **우리는 단단한 콘크리트 벽이 과일처럼 무르고 썩어가는 모습을 놀란 눈으로 지켜봤다.**"라는 초현실적 환상적 문법이 연결된다는 점 때문입니다. 그러니까, 이 인용문의 끝 문장은 향후 「물속 골리앗」의 중심 모티브인 대홍수大洪水라는 초현실적 환상이 처음으로 펼쳐지게 되는 서사적 계기를 이루는 지점으로서, 「물속 골리앗」이 지닌 환상적 리얼리즘의 발단發端 부분이라는 점에서 뜻 깊은 비평적 대상이 되는 것입니다.

위 인용문 이후부터, 일순간에, 이 작품의 언어의식은 변모합니다. 환상이 사실적 언어를 지켜보고, 동시에 거꾸로, 사실이 환상적 언어를 지켜보는, 곧 사실과 환상이 서로 마주보는 언어의식으로 변화하는 것입니다. 현실적인 의식과 초월적인 의식이 서로 불이不二로써 접합을 이루어, 환상적 리얼리즘의 언어의식이 「물속 골리앗」의 이야기를 주도하게 되는 것입니다. 인용문 뒤로, 곧 이어서, "구멍이 숭숭 뚫려 시커먼 아가리를 벌리고 있는 아파트 주위로 축축하고 으스스한 기운이 맴돌았다. (…) 누군가 버리고 간 애완견이 바에 갇혀, 배가 고파 우는 소리였다. 몇 번을 찾아내 풀어주려 했지만 소용없었다. 울음의 진원지가 시시각각 변했기 때문이다. 한번은 지하에서, 한번은 2층에서, 어느 때문 또 옆집에서, 두서없고, 음산하게…… (…) 그것은 공동화空洞化된 건물

네오 샤먼으로서의 작가 · 2   655

내장 깊숙한 곳에서 흐느끼는 바람을 타고 새벽 내내 들려왔다. (…) 강산아파트는 지금 스스로를 서서히 허물어뜨리며 자살하고 있다는 걸. (…)" 등등 환상과 현실이 뒤섞인 언어 의식은 작품의 막이 내려지기까지 지속됩니다.

그러나 「물속 골리앗」이 보여주는 이러한 현실-초월적인 의식은 그것이 초월적이고 환상적이라는 사실만 가지고서는 그것이 지닌 문학적 의의와 가치를 가늠할 수 없는 것은 자명합니다. 이 작품이 보여주는 환상적 리얼리즘의 발원지가 어디이고 무엇인가를 찾아서 그것이 지닌 문학적 역사적 의의를 함께 살펴야 하는 것입니다. 여기선 두 개의 예문만을 들도록 합니다.

(1)

비가 오는 날에 할 수 있는 일은 거의 없었다. (…) 나는 창밖을 내다보거나 이런저런 몽상에 잠기는 일로 시간을 때웠다. 그러곤 눅눅한 방바닥에 누워 **지구의 살갗 위로 번져 나가는 무수한 동심원의 무늬를 그려봤다. 동그라미 속의 동그라미 속의 동그라미들…… 오래 전에도, 그보다 한참 전에도, 지금과 똑같은 모양으로 떨어졌을 동그라미들. 우리의 수동성을 허락하고, 우리의 피동성을 명령하며, 우리의 주어 위에 아름다운 파문을 일으키는 동그라미들. 몹시 시끄러운 동그라미들.** 그렇게 빗방울이 퍼져가는 모양을 그리다 보면 **이상하게 내 안의 어떤 것도 출렁여 세상을 이해할 수 있을 것 같은 기분이 들었다.** 하지만 나는 **나약한 사춘기 소년에 불과했고, 당장 뭘 이해하고 어떻게 움직여야 하는지조차 모르고 있었다.**

— 「물속 골리앗」, 95쪽 (쪽수는 소설집 『비행운』의 쪽수임) (강조_발제자)

(2)

　오래전 그날, 우리 부자는 사각팬티를 입은 채 강둑에 서 있었다. 아버지가 내 생일 선물로 수영을 가르쳐주겠다며 앞장선 날이었다. (…) 그냥 네 맘대로 해보라 하셨다. **네가 가장 먼저 할 일은 물을 무서워하지 않는 거라고. 물살의 흐름을 자연스럽게 느껴보라고 했다. 나는 물이 두렵지 않았다. (…) 여름 강물의 속살은 차고 깊었다. 부드럽고 물컹하니 아득하며 편안했다. 생경한 듯 잘 아는 공간에 있는 것 같은 기분. 세상의 그 어떤 소음과도 차단돼 짧은 영원처럼 느껴지던 시간. 나는 더 이상 견딜 수 없을 때까지 물속에 있었다. 힘들어도 조금만 더, 조금만 더, 하며 시간을 벌었다. 그리고 어느 순간, 숨을 참지 못해 수면 밖으로 나왔을 때—내 머리 위로 수천 개의 별똥별이 소낙비처럼 쏟아지고 있었다. 나는 물속에 있었을 때보다 숨이 더 막혔다. 정말이지 그건 내가 지금까지 받아본 선물 중 가장 근사한 거였다. 나는** 사이다를 들이키며, 이내 사라지고 없는 불꽃 맛을 음미했다. 그러곤 나직하게 중얼댔다. 여기에선 어쩐지 그 유성우 같은 맛이 난다고.

—「물속 골리앗」, 125쪽 (강조_발제자)

　인용문 (1)은 줄기차게 내리는 비에 대해 주인공 소년이 상상하는 대목입니다. 그 상상은 빗방울이 떨어지며 만들어내는 동그란 파문에서 시작됩니다. "지구의 살갗 위로 번져 나가는 무수한 동심원의 무늬를 그려봤다. 동그라미 속의 동그라미 속의 동그라미들……"을 상상하면서, 소년은 빗방울의 동그란 파문에 대해 "그 오래 전에도, 그보다 한참 전에도, 지금과 똑같은 모양으로 떨어졌을 동그라미들. 우리의 수동성을 허락하고, 우리의 피동성을 명령하며, 우리의 주어 위에 아름다운 파문을 일으키는 동그라미들."이라고 말합니다. 그 빗방울의 동그라미는 일회적이고 순간적인 파문이지만, 동시에 그 파문은 '아주 오래전부터 지금과 똑같은 모양으로 떨어졌을 동그라미'라는 것입니다. 이러한 표현은 비 또는 빗물이 지금 여기의 우리의 삶에 지속적으로 작용하는 '오래된 원시성'이라는 뜻을 지니고, 따라서 '오래된 원시성'으로서의 빗방울은 "우리의 수동성을 허락하고 우리의 피동성을 명령하"는 절대자로서의 신적 존재이며, 그 원시적 초월성이 "우리의 주어 위에 아름다운 파문을 일으키는" 것입니다.

이미 앞에서 『두근두근 내 인생』을 해설하던 자리에서 말했듯이, 인용문 (2)는 주인공 한아름의 탄생담 등에서 나오는 주인공 아버지의 수영 장면과 서로 '성좌처럼' 연결되어 있는, 작가의 다른 작품에서 되풀이되고 있는, '숨은 보물찾기'에 해당되는 문장이라 할 수 있습니다. 이 인용문은 주인공이 물속에서 아버지에게서 수영을 배우는 장면입니다만, 여기서 물속에서 수영하던 주인공이 경험하게 되는 "내 머리 위로 수천 개의 별똥별이 소낙비처럼 쏟아지"는 환상은 삶에 내재하는 '오래된(영원한) 원시성'의 상징-알레고리[16]이며, 이러한 원시성의 상징-

---

16) 상징-알레고리라는 개념은 상징적 의미와 알레고리적 의미가 함께 들어있다는 뜻을 표현한 것입니다. 이에 대해서는 깊은 논의가 전제되어야 합니다. 서구의 문학 혹은 미술에서 상징과 알레고리의 전통은 서로 엄격히 구별되어 쓰이고 있기 때문입니다. 하지만, 김애란의 「물속 골리앗」에서 작품의 주요 요소 중 하나인 골리앗크레인은 우선 상징적 표현이라 할 수 있지만, 작품의 주요 모티브인 대홍수는 보편적 초월자의 알레고리로 볼 수 있습니다. 뒤에 리얼리즘을 논하면서 논의될, 게오르그 루카치의 상징과 알레고리 관은 역사 유물론자인 루카치로선 당연히 알레고리를 폄하합니다. 하지만, 알레고리는 발터 벤야민에 의해 상징보다 더 우월한 미학 개념으로서 복권됩니다.
최근의 한국소설계에서 탁월한 문학적 상상력으로 이 알레고리적 세계 해석을 심도 있게 형상화한 작가로 김애란과 함께 작가 박민규를 꼽을 수 있습니다. 김애란의 「물속 골리앗」의 주요 모티브인 대홍수는 과연 상징인가, 알레고리인가? 박민규의 작품 「아스피린」에서 하늘에 떠있는 '거대한 아스피린'은 상징인가, 알레고리인가? 이 질문은 미학적으로 중요한 질문이라 할 수 있습니다. 서구 근대미학의 역사에서 논쟁적인 중요성

을 지니고 있는 이 질문은, 예술적 형상화 문제와 예술 정신 혹은 예술적 세계관과의 상호관계를 이해하는 데 중요한 기준이 되어 왔기 때문입니다. 괴테는 셸링에게 보낸 편지에서, "당신이 그에게 알레고리와 상징 기법상의 차이를 이해시킬 수 있다면, 당신은 그에게 좋은 일을 하는 것입니다. 왜냐하면 이 문제를 축으로 해서 많은 것들이 돌고 있기 때문입니다."고 쓰고 있을 정도입니다. 독일 고전주의 미학을 대표하는 괴테와 쉴러 등은 상징을 알레고리보다 우위에 놓인 미학적 개념으로 이해하였습니다.: "시인이 보편적인 것을 위해 특수한 것을 찾는가 아니면 특수한 것 속에서 보편적인 것을 찾는가 하는 것은 하나의 커다란 차이이다. 전자로부터는 알레고리가 생겨나는데, 이 경우 특수성은 단지 일반적인 것의 예나 본보기로서만 효력을 갖는다. 그러나 진정으로 문학의 본성을 이루고 있는 것은 후자의 경우이다. 후자, 즉 상징은 일반적인 것을 생각하거나 지시하지 않으면서도 특수한 것을 말하고 있다. 이러한 특수한 것을 생생하게 포착하는 사람은 동시에 보편적인 것도 함께 얻게 된다. 물론 이때 우리는 그러한 보편적인 것을 인지하지 못하거나 나중에 가서야 비로소 알게 되지만 말이다." "알레고리는 현상을 하나의 개념으로 변화시키고 또 이 개념을 하나의 상Bild으로 변화시킨다. 그렇지만 개념은 이런 식으로 해서 상 속에서 언제나 일정한 한계를 지켜야 하고 또 그 상에 완전히 부합되게 표현되어야만 한다. 이와는 달리 상징은 현상을 이념Idee으로 변화시키고 또 이 이념을 하나의 상으로 변화시킨다. 그럼으로써 이념은 상 속에서 언제나 무한하게 작용하고 또 도저히 도달될 수 없는 그 어떤 것으로 머문다. 따라서 이념은 모든 언어로 다 표현해도 그래도 말할 수 없는 그 어떤 것이 남아 있도록 한다."(괴테, 루카치, 『미학』 4권, 반성완 역, 미술문화, 2002. 재인용)

괴테의 이러한 언급에 대한 루카치의 설명에 따르면, 알레고리는 개념Begriff이 이미지(像, Bild)로 바뀐 것이고, 이에 비해 상징은 이념이 이미지로 바뀐 것인데, 알레고리에 의해 "객관적 현실이 명확하게 고정되고 탈인간중심화되며 추상화되는 반영으로 나타나"고, "알레고리의 상은 현상세계를 넘어서서 현상세계와 마주 대하고 있는 사고의 초월적 영역 속으로 들어가고 있다. 개념이 상으로 된다는 것은 알레고리의 경우, 지양을 의미하는 것이 아니라 (…) 차안적 세계와 피안적 세계 사이의 대립, 그리고 내재적 인간적 세계와 이와 맞서는 초월적 세계 사이의 대립이라는 성격을 그대로 받아들이고 있다."고 비판하는 데 반해, '상징의 본질인 이념은 종합하고 매개하는 힘을 가지고 있기 때문에, 이념은 이미지로 전환되는 과정에서 현상의 내용뿐만 아니라 현상의 관련성 및 규정성의 내적 풍부함을 그대로 가져감으로써 이미지에 이념적인 것의 본질성을 부여한다'는 것입니다. 즉 루카치에 따르면, 상징은 감각과 사고의 이중성을 지양하고 종합하고 아울러 인간과 관련된 차안적 성격을 갖는다면, 알레고리는 초월성과 관련된 피안적 성격이 자리 잡고 있다'는 것입니다.

그래서, 루카치의 알레고리적 해석은 "어떤 초월적 내용에 대한 모든 디테일의 관련성이 정확히 미리 정해져 있기 때문에 형상화되어야 할 대상성의 자발적인 전개가 저지되고, 그리고 끊임없이 변하는 구체적인 사회적 욕구에 맞추어 예술적 내용과 형식의 섬세한 접합이 이루어지지 않기 때문이다. (…) 알레고리의 지배는 동시에 형식이 경직화되어가는 과정이기도 하다."(루카치, 「예술의 해방투쟁」, 『미학』 4권, 반성완 역, 미술문화. " "는 본문 부분 인용 및 ' '는 '해설' 부분 인용.)

루카치의 알레고리 비판은, 알레고리가 종교가 지닌 초월적 의식과 관련을 맺고 있다는 점으로 요약할 수 있습니다. 이처럼 독일 고전주의 시대의 미학의 중심인물들인 괴테 쉴러 셸링에서 시작된 알레고리적 사유에 대한 비판은, 루카치에 이르러 '유물론적으로' 거듭 비판되고 있지만, 이러한 알레고리 비판에 대해 의미심장한 반론이 제기됩니다.

"(…) 바로크의 현실적 문제들은 종교정치적 문제들로서 개인과 개인의 윤리가 아니라 그 개인이 속한 교회공동체와 관련을 맺기 때문이다. 의고전주의Klassizismus의 세속적 상징개념과 함께 그것의 사변적인 짝인 알레고리의 개념이 동시에 형성되기 시작한다. **알레고리에 관한 본래적 이론은 그 당시 생겨나지 않았고 이전에 존재하지도 않았다. 그러나 알레고리적인 것의 새로운 개념을 사변적인 것이라고 칭하는 것은 정당화되는데, 왜냐하면 그 알레고리 개념이 실제로 상징의 세계가 그와 대조하여 밝게 나타날 어두운 배경으로 조성되어있었기 때문이다. 알레고리는 여타의 표현형식들도 그렇듯이 '노화'됨으로써 의미를 잃어버린 것이 결코 아니었다. 오히려 여기서는 흔히 그렇듯이 예전의 의미와 새로운 의미 사이의 대립이 작용하고 있으며, 이러한 대립은 무개념적이면서 깊고 격렬했기 때문에 그만큼 더 은밀하게 벌어진 경향이 있었다. 1800년경 상징적 사유 방식이 독창적인 알레고리적 표현방식과 매우 낯설게 맞서 있었기에, (…) 그만큼 둘 사이의 적대적 관계를 특징적으로 드러내준다. 이후에 이루어진 알레고리의 부정적 규정으로서 괴테의 다음과 같은 단편적 언급을 들 수 있다.** "시인이 보편적인 것을 위해 특수한 것을 찾는지 아니면 특수한 것에서 보편적인 것을 보는 지에는 큰 차이가 있다. 전자의 방식에서 알레고리가 생겨나며, 여기서 특수한 것은 단지 보편적인 것의 예, 그것의 모범으로서만 여겨진다. 그러나 후자의 방식은 본래 시문학의 본성이다. 후자의 방식에서 특수한 것은 보편적인 것을 생각하거나 지시함이 없이 표현된다. 이제 이 특수한 것을 살아있는 채로 파악하는 사람은 보편적인 것도 부지불식간에 동시에 얻게 되거나 나중에야 얻게 된다." 괴테는 실러의 편지에 답하면서 이렇게 알레고리에 대해 입장을 밝혔다. **그는 알레고리 속에서 주목할 만한 아무 대상도 찾아내지 못했던 것 같다.**"(발터 벤야민, 『독일 비애극의 원천』, 김유동·최성만 역, 한길사, 2009, 239-240쪽.)

발터 벤야민의 괴테의 알레고리 해석에 대한 비판은 쇼펜하우어의 알레고리 해석으로 이어지고, 이후 더욱 정교하고 심도 있는 알레고리 해석이 전개됩니다. "(…) [다음에 이어지는 " " 속 문장은 쇼펜하우어의 말―발제자] "그와 같은 예술작품은 동시에 두 가지 목적에 쓰이는데, 즉 그것은 어떤 개념의 표현이자 어떤 이념의 표현이다. 후자, 곧 이념의 표현만이 예술적 목적이 될 수 있다. 전자, 곧 개념의 표현은 이질적인 목적으로서 한 이미지를 동시에 어떤 제명(題名, Inschrift)으로, 상형문자로 쓰이게 하는 유희적인 즐거움이다…… 물론 알레고리적 이미지는 바로 이러한 특성 때문에 정서에 생동감 있는 인상을 불러일으킬 수 있다. 그렇지만 그러한 인상은 똑같은 상황에서 그 어떤 제명을 통해서도 불러일으켜질 수 있다. 이를테면 한 사람의 정서 속에 명예에 대한 소망이 지속적이면서 확고하게 뿌리를 내리고 있다면…… 그리고 이 사람이 이제 월계관을 쓴 명성의 수호신 앞으로 나간다면, 그의 온 정서는 그로 인해 자극을 받게 되고 그의 활동력이 불러내어질 것이다. 그러나 이와 똑같은 일은 그 사람이 돌연 '명성'이라는 단어가 크고 분명하게 벽에 씌어져 있는 것을 보게 될 때에도 일어날 것이다." [쇼펜하우어의] 이 마지막 언급은 알레고리의 본질을 참으로 가까이 스치고 있다. 그런데도, '개념의 표현'과 '이념의 표현'을 구별함으로써 알레고리와 상징에 대한 근거 없는 현대판 담론을 수용하는 서술방식의 논리주의적 기본특성 때문에 쇼펜하우어의 이 설명은 (…) 알레고리의 표현형식을 짧막하고 간명하게 처리해버리는 일련의 설명에서 어떻게든 벗어나지 못하고 있다. 이와 같은 설명은 최근까지 표준적으로 작용해왔다. 심지어 예이츠처럼 위대한 예술가들, 비상한 이론가들도 알레고리란 기표적 이미지와 그 의미 사이의 관습적 관계라는 가정 속에 머물고 있다."(같은 책, 240-241쪽)

벤야민은, 괴테 쉴러 셸링 등이 주장한 '개념 표현으로서의 알레고리'와 '이념 표현으로서의 상징'으로 구별한 것 자체가 "근거 없는 현대판 담론"이라고 비판합니다. 그러고나서 쇼펜하우어의 『의지와 표상으로서의 세계Die Welt als Wille und Vorstellung』의 구절을 인용하면서, 근대 역사 속에서 상징보다 열등한 것으로 폄하되고 비난되어 온 알레고리 개념을 상징 보다 의미심장한 비유 개념으로 '복권'시킵니다. 특히 벤야민이 바로크 비애극Trauerspiels에서 알레고리적인 것을 찾아 해석하는 다음 대목은 주목에 값합니다.

"상징의 경험을 지배하는 시간의 척도는 신비로운 순간das Mystische Nu이다. 이 순간 속에서 상징은 의미를 자신의 숨겨진 내면, 어쩌면 숲과 같은 그 내면으로 수용한다. 다른 한편, 알레고리에는 그에 상응하는 변증법이 작용한다. 알레고리가 이미지적 존재와 의미 사이의 심연으로 침잠할 때 보이는 정관적 침착함은 겉보기에 그와 유사한 기호의 의도에 들어 있는 무관심한 자만심을 하나도 지니고 있지 않다. 이 알레고리의 심연 속에 변증법적 움직임이 얼마나 격하게 들끓고 있는지는 다른 무엇보다도 비애극의 형식을 연구하는 가운데 분명하게 드러나지 않으면 안 된다. (…) 시간이라는 결정적 범주 아래에서 (…) 상징과 알레고리의 관계를 강렬하게 도식화하여 규정할 수 있다. 상징에서는 몰락이 이상화되는 가운데 자연의 변용된 얼굴이 구원의 빛 속에서 순간적으로 계시되는 반면, 알레고리 속에는 역사의 '죽어가는 얼굴 표정facies hippocratica'이 굳어진 원초적 풍경으로서 관찰자 앞에 모습을 드러낸다. 역사란 그것이 처음부터 지녔던 시대에 맞지 않은 것, 고통스러운 것, 실패한 것 모두를 두고 볼 때 하나의 얼굴에서, 아니 사자死者의 얼굴에서 특징적으로 드러나는 법이다. 그리고 표현의 모든 '상징적' 자유, 형상의 모든 고전적 조화, 모든 인간적인 것이 그러한 사자의 얼굴에 들어 있지 않은 것이 진실인 것처럼, 이렇듯 자연적으로 몰락한 형상 속에는 인간존재의 자연뿐만 아니라 개개인의 전기적 역사성이 의미심장하게 수수께끼적인 물음으로 표현되고 있다. 이것이 역사의 세속적 전개를 향한 세상의 수난사Leidengeschichte로 보는 바로크적, 알레고리적 관찰의 핵심이다."(같은 책, 246-247쪽)

벤야민의 알레고리관의 핵심이 담겨 있는 이 인용문은 "역사의 세속적 전개를 향한 세상의 수난사Leidengeschichte로 보는 바로크적 [비애극에 대한]" 사유와 함께 역사를

알레고리로서의 '별똥별 장면'은 『두근두근 내 인생』에서 주인공의 수
영 장면과 동일한 의미 지평에서의 연장이라 할 수 있습니다. 이와 같
이, 「물속 골리앗」 『두근두근 내 인생』 등 김애란의 여러 작품들에서 나

수난사Leidengeschichte로 보는 메시아적 유대교적 전통이 바탕을 이루고 있습니다. 이
러한 전제들을 고려하여 벤야민의 알레고리 해석을 수용한다면, 상징은 역사를 이상화
하기 위해, "몰락이 이상화되는 가운데 자연의 변용된 얼굴이 구원의 빛 속에서 순간적
으로 계시되는 반면, **알레고리 속에는 역사의 죽어가는 얼굴 표정이 굳어진 원초적 풍경
으로서**" 나타난다는 것이고, 모든 '상징'이 누리는 자유 곧 "형상의 모든 고전적 조화, 모
든 인간적인 것"들이 '죽어가는 얼굴 표정(사자의 얼굴)에 들어 있지 않은 것이 진실인
것처럼, 자연적으로 몰락한 형상 속에는 **인간존재의 자연뿐만 아니라 개개인의 전기적
역사성이 의미심장하게 수수께끼적인 물음으로 표현되고 있**"다고 말합니다. 서구 고전
주의적 예술의 조화와 이상화의 이념이 상징의 배경을 이룬다면, 알레고리는 '**죽어가
는 얼굴 표정이 굳어진 원초적 풍경으로 관찰자 앞에 모습을 드러낸다**'는 것. 또한 벤야
민은 알레고리에 대해 이렇게 말을 잇습니다. "[독일 바로크의] 비애극에서 역사가 무
대 속으로 이동해간다면, 이때 역사는 문자로서 그렇게 된다. 자연의 얼굴 위에 '역사'
는 무상함의 기호문자로 씌어져 있다. 무대 위에서 비애극이 연출하는 **자연-사Natur-
Geschichte의 알레고리적 모습은 현실에서 폐허(Ruine, 잔해)의 형태로 주어져 있다. 폐
허와 함께 역사는 감각화되어 무대 속으로 이동해간다. 게다가 역사는 이러한 모습을 띠
면서 어떤 영원한 생명의 과정으로서가 아니라 오히려 저지할 수 없는 몰락의 과정으로
부각된다. 이로써 알레고리는 아름다움을 넘어서 자신을 드러낸다. 사물의 세계에서 폐
허가 의미하는 것을 알레고리는 사상의 세계에서 의미한다. 그렇기 때문에 바로크는 폐
허를 숭배했다.**"(같은 책, 264쪽. 강조_발제자)
이는 고전주의 미학 이래 줄곧 폄하되어왔던 알레고리에 대한 근원적 차원에서의 복권
을 의미합니다. 유물론자들 가령 루카치가 괴테 등이 주장한 고전주의적 상징 및 알레
고리 해석을 그대로 수용하여 알레고리에 대하여 유물론적으로 폄하해온 내용들을 코
페르니쿠스적 轉回 수준으로 복권시킨 것입니다. 역사 유물론인 루카치로선 알레고
리의 피안적이고 초월적 성격을 용납할 수는 없는 노릇이었겠지만, 루카치의 이러한 현
세주의적 이론의 완고성은 유물론자로서는 자연스러운 것일 수 있고, 따라서 그의 알레
고리관은 철저히 유물론적-반신학적 성격을 지닐 따름입니다. 즉 상징과 알레고리에
대한 루카치의 해석은, 자신의 反초월적 反신학적인 유물론적 세계관에 의한 해석에 지
나지 않으며, 이렇게 보면, 초월적(유대교적 신비주의 곧 카발라kabbala적) 성격과 마르크
시즘을 접합한(회통한) 발터 벤야민의 알레고리관은 루카치와 전혀 다른 방향에서 알
레고리를 해석하고 있음을 알 수 있습니다. 벤야민의 이 깊은 알레고리관은 김애란과
박민규의 소설문학이 보여주는 '초월성의 알레고리로서의' 환상적 소설 형식들을 생산
적으로 해석해내는 데 도움을 줄 것으로 봅니다.

오는 물과 별 이미지들은 서로간 의미론적 연장延長 관계로서, 김애란의 소설세계 전체의 천공天空에서 영롱한 '의미의 성좌'를 이루고 있습니다. 김애란 소설의 근본적 주제의식이라 할 수 있는, 삶의 원시성과 개별적 현실성이 하나의 내면적 무한성無限性으로 형상화된 소설 세계는 궁극적으로는 이와 같은 '의미의 성좌 혹은 이미지의 성좌'를 통해 그려지며, 성좌를 이루는 각각의 개별적 의미와 개별적 이미지들은 현실의 상징이자 원시의 알레고리인 성좌에 의해 그 개별성들이 지닌 유한성有限性이 극복될 수가 있는 것입니다. 왜냐하면 성좌는 태양계에 존재하는, 인간의 행성行星 너머로 존재하는, 아득한 우주론적 존재자들의 상징-알레고리이기 때문입니다. 김애란 소설에서 성좌는 가장 극적인 상태의 현실-초월적(내면적 무한성) 이미지로서 상징-알레고리적인 셈입니다.

「물속 골리앗」에 대한 이와 같은 현실-초월적 분석과 해석은 다음 인용문을 통해 명료하게 뒷받침된다고 봅니다.

사람들은 이 비가 50년만의 폭우라 했다. 장맛비가 내린 그 며칠은 내 생애 가장 어두운 시기 중 하나였다. 마음이 그랬다는 게 아니다. 집에 전기가 나가서였다. 이곳은 시골처럼 날이 빨리 저물었다. (…) 몇 개의 빛으로는 물릴 수 없는 유구하고 원시적인 어둠, 우리가 도무지 어찌 해볼 수 없는 어둠이었다. 사람들은 종종 자기 심박동에 홀려 신을 벗고 길 떠나는 꿈을 꿨다. (…) 우리가 붙잡고 헤매는 실 끝에는 언제나 가는 눈을 반짝이며 웅크리고 있는 원시인이 있으니까. 그들은 늘 우리를 쳐다보고 있으니까. 게다가 장마철엔 살냄새가 짙어졌다. 여름은 평소 우리가 어떤 냄새를 풍기며 살아왔는지 환기시켰다. 지상에 숨이 붙어 있는 것과 그렇지 않은 것들의 모든 체취가 물안개를 일으키며 유령처럼 깨어났다. 폭우 속, 사물들은 흐려졌고 그럴수록 기이한 생기를 띄었다.

—「물속 골리앗」, 87쪽, 이야기의 도입부 (강조_발제자)

인용문에서, "우리가 붙잡고 헤매는 실 끝에는 언제나 가는 눈을 반짝이며 웅크리고 있는 원시인이 있으니까. 그들은 늘 우리를 쳐다보고 있으니까."라는 언술은 결국 「물속 골리앗」을 지배하는 환상적 상상력의 발원지가 무엇인가 라는 앞서의 의문에 대한 분명한 해답이 되어 줍니다. 여기서의 환상적 상상력은 과학적 사고나 이성에 의해 조작된 상상력이 아니라, **"우리가 붙잡고 헤매는 실 끝에(는) 언제나 가는 눈을 반짝이며 웅크리고 있는 원시인**原始人"의 마음에서 나오는 상상력이며, 그와 동시에 **"그들은(원시인들은) 늘 우리를 쳐다보고 있으니까, [그 원시인들의 시선을 서로 자각하고 마침내 하나가 되려고 한다]**"라는, 원시인적 시각과 하나가 되려는 의식에서 발원하는 환상적 상상력입니다. 이처럼, "나약한 사춘기 소년"(위 인용문 ⑴ 참조)인 「물속 골리앗」의 주인공은 '우리가 붙잡고 헤매는 실 끝에는 언제나 가는 눈을 반짝이며 웅크리고 있는 원시인原始人'의 시각을 느끼고 또 의식하고 있기 때문에, 원시인에 대해 다음과 같이 불만을 터뜨릴 수 있습니다.

(…) 수면으로는 무수한 빗방울이 자신의 이력을 새기며 태연하게 동그라미를 그려넣고 있었다. 나는 고개를 젖혀 있는 힘껏 소리쳤다.

"그만하세요. 네. 제발. 그만해. 그만하라고. 씨발!"

—「물속 골리앗」, 108쪽 (강조_발제자)

끊임없이 쏟아지는 비 즉 '무섭기도 하고 한편으로는 야속하고 원망스럽기도 한' 원시성에 대해 마침내 주인공은 욕설을 터뜨립니다. 만약 작가가 상상하는 "우리가 붙잡고 헤매는 실 끝에는 언제나 가는 눈을 반짝이며 웅크리고 있는 원시인原始人"의 시각이 작품 속에 존재하지 않는다면, "그만하세요. 네. 제발. 그만해. 그만하라고. 씨발!"라는 주인공의 애걸과 불만, 욕설은 문맥상 튀어나올 수 없을 것입니다.

이러한 작품의 심층에 숨어있는 원시인의 시각 혹은 원시반본적[17]인 상상력을 이해하는 것은 오늘의 한국문학에 있어서 「물속 골리앗」이 지닌 문학적 독창성과 그 사유와 감각의 깊이, 그리고 그 심대한 문학적 성과를 이해하는 데 핵심적인 전제를 이룹니다.[18]

---

17) 이 발제문의 앞부분에서, 원시반본에 대하여 해석하고 설명 드린 바 있습니다. 한국문학에 있어서 원시반본의 모범적인 예를 발제자는 백석의 문학에서 찾습니다. 원시반본은 원시성으로의 낭만적인 도피나 복귀가 아니라, 생명의 시원을 깊이 돌아보고 그 문명 이전의 자연과 인간이 조화를 이룬 삶의 세계를 오늘에 모색하고 펼쳐가는 것을 뜻합니다. 이 발제문 앞부분에서 동학사상이 지닌 원시반본적 세계관에 대해 설명한 바 있습니다. 현대적인 원시반본 사상의 대표적인 것으로 동학사상을 꼽을 수 있습니다. 특히 김애란의 소설 「호텔 니약 따」에서 백석의 시가 인용되어 있는데, 이는 '원시적 현대성'의 세계상을 추구하는 김애란의 문학적 세계관에서 본다면, 자연스러운 것이고, 문학사적으로도 시사 하는 바가 크다 할 것입니다.
18) 이 자리에서 우리는 작가 김애란과 함께 한국문학의 성좌를 이루고 있는 작가 박민규의 소설 세계를 함께 살펴볼 필요가 있습니다. 그것은 작가 김애란과 박민규는 서로 판이한 문학성을 보이고 있지만, 김애란의 소설세계가 천착하고 있는 '원시적 현대성'의 주제의식과 서로 통할만한, 소설작품의 발생론적 문제의식이 박민규의 소설적 상상력 속에 내재해 있다는 점. 이 자리에서, 잠시나마, 박민규의 소설 세계를 살펴보면,—'디지털 매체 시대의 소설적 상상력'을 '독특한 철학적 사유 속에서' '자유분방하게' 보여주는 박민규 소설의 주요 특징은, 겉보기에 '디지털 매체적 상상력'의 혼란스러움을 드러내고 있지만, 그 속에는, 생명의 근원성에 대한 求道的 修行 의식으로서의 '瞑想과 巡禮의 의식'—이는 디지털 매체 시대의 존재론과 그에 따른 인간의 감각 및 소설적 상상력 문제를 다룬 뜻깊은 소설 「근처」의 주제의식을 이루는 주요 내용들 중 하나입니다. —이 내면화되어 있다는 것으로 요약할 수 있습니다. 이러한 박민규 소설세계에 내면화된 명상 혹은 순례 의식이 그의 초감각적 소설 형식성을 낳은 발상지라는 사실, 즉 '인간적

이로써 이제 우리는 「물속 골리앗」에서 초월적 원시성으로서 물의 분노를 상징하는 '대홍수' 모티브를 이해할 수가 있게 됩니다. 「물속 골리앗」의 주요 모티브인 대홍수 모티브는 인간 정신 속에 내면화된 인격신화한 원시성,—미르치어 엘리아데가 말하는 바—'히에로파니[聖顯]'로서의 물의 원시적 초월성으로서 나타납니다. 융의 분석심리학에 따르면, 그러한 원시적 초월성으로서의 물은 인간의 내면에 깃들어있는 원형archetype의 상징입니다. 구약성서에 나오는 '노아의 방주' 전설을 패러디한 것으로 보이는 이 작품에서,[19] 온 세상을 일시에 휩쓸어버리는 대홍수는 신학적으로 또는 분석심리학적으로는 신의 분노 또는 계시의 상징으로 해석되었습니다. 이러한 홍수의 히에로파니는 인간에게 물에 대한 공포와 외경심을 동시에 불러일으킵니다.

따라서, 여러 이론적 해석으로 분분하겠습니다만, 「물속 골리앗」에서의 대홍수의 히에로파니는 샤머니즘적 의미가 담긴 모티브에 가깝다고 생각합니다. 그 근거는, 직접적으로는 주인공의 어머니가 접신의 엑

감각과 사유를 거듭 사유하고, 이 인간적 사유를 다시 사유하는 '초인간적 사유'를 새로이, 다시, 감각하는' 가운데에서, 박민규의 독창적인 소설형식이 탄생한다는 사실을 이해하는 것이 필요합니다. 명상과 같이, 인간주의적 사유를 다시, 새로이, 사유하는 내면적 수행을 통해, 마음의 심연에서 발원하는 초현실적 상상력 혹은 명상적 상상력으로서 새로운 문학성을 열어가고 있다는 것. 이와 같이 디지털 매체 시대의 소설의 존재론과 명상적 상상력의 문제는 박민규의 주목할 소설 「근처」 「아스피린」 「몰라몰라 개복치라니」 같은 작품 등에서 그 구체적인 예를 살필 수 있습니다. 작가 박민규의 근작들은 오늘날과 같은 '디지털 매체 시대'에 있어서 뜻깊고, '실천적인' 문학적 사유와 '초감각적 감각'을 보여준다는 점에서 깊은 분석과 해석을 기다리고 있습니다.

19) 「물속 골리앗」에서, "(…) 새벽이 되자 양팔의 힘이 풀리더니 급기야 쥐가 났다. 나는 크레인 기둥에 고개를 처박으며 흐느꼈다. 왜 나를 남겨두신 거냐고. 왜 나만 살려두신 거냐고. 이건 **방주가 아니라 형틀이라고**. 제발 멈추시라고……"(강조_발제자)와 같은 문장은 작중 주인공이 홍수 속에서 골리앗크레인을 붙잡고 홀로 살아남는 이야기 설정은 '노아의 방주' 전설을 모티브로 이용하고 있는 것으로 보입니다.

스터시 상태로 볼 수 있는 샤먼적 앙분상태에 빠진다거나, 가령, "손에 든 칼을 놓으려 하지 않았다. 얼마 후 어머니는 힘이 풀렸는지 자리에 털썩 주저앉았다. 그러고는 입을 벌려 통곡하기 시작했다. 참으로 길고 큰 울음이었다."는 표현은 전통 굿판에서 볼 수 있는 굿의 진행 과정에서의 여러 요소들을 연상시킨다는 것, 또 여러 색깔의 테이프를 몸과 얼굴에 두른다거나 하는 무巫의 이미지 등이 이어지고 있기 때문입니다.

4. 접신의 소설적 상상력, 네오 샤먼으로서의 작가

「물속 골리앗」의 물은 대홍수처럼 삶을 송두리째 파괴하고 죽이는 분노의 물입니다만, 그 물은 동시에 생명을 낳아 기르는 사랑의 물입니다. 이러한 물의 모순성이 이 작품의 중심모티브를 이룹니다. 그러나 주목할 사실은, 주인공이 홍수로 인한 '물바다' 속에서 살아남으려고 발버둥치는 동안, 물에 대한 주인공의 공포와 불안은 점점 희석되어가고, 이내 공포는 완전히 사라져버리며, 작중의 주인공은 오히려 물에 '자연스럽게' 동화된다는 점입니다. 이 말은, 물의 파괴적 모순성은—'과학적 이성'으로 파악된 '자연과학적 자연'이 아닌,—'오래된 자연', 즉 '원시적 자연'으로 돌아감으로써 극복되거나 승화될 수 있다는 것을 의미합니다. 타워크레인이 홍수에 잠기는 작중의 상황 설정은, 근대 이후 자연을 노동의 대상이자 자본의 대상으로만 여기고서 끊임없이 대규모의 파괴와 착취를 자행해 온 자본주의적 탐욕에 대한 자연의 분노의 표현입니다. 수많은 골리앗크레인이 대홍수로 물속에 빠져 있는 환상적 장면은 적어도 이러한 자본주의적 탐욕을 고발하는 상징적 장면이요,

자연이 스스로 자연임을 지키기 위해 저항하고 분노하는 환상적 리얼리즘의 인상 깊은 성취로 평가할 만한 것입니다. 작가는 이러한 노동과 자본에 의한 자연 파괴에 대해 자연 스스로가 저항하고 분노하고 있다고 보고, 이를 다음과 같이 간단한 문장으로 표현하고 있습니다. "자연은 자연스럽지 않게 자연이고자 했다"(「물속 골리앗」, 김애란 소설집 『비행운』, 100쪽) 그러므로 이 작품에서 대홍수라는 모티브는 단순한 자연의 분노가 아니라, '자연의 자연을 위한 분노이고 파괴성'인 셈이고 보면, 자연의 분노와 파괴성조차 '자연적인 것'이 됩니다.

바로 자연의 분노와 파괴성이 '자연적인 것'이라는 것을 자각하게 되었기 때문에, 세상을 쓸어버린 홍수의 분노 속에서 공포감에 떨던 주인공은 서서히 태연자약한 모습을 하고서 천연덕스러운 상상에 빠지게 되고, 앞서의 인용문에서 보듯이, 홍수의 물바다 위에서 아버지에게서 수영을 배우던 옛날을 추억하는가 하면, 소낙비처럼 쏟아지는 "수천 개의 별똥별"―예의 그 별들, 그 성좌!―과 교감하면서 유유자적한 심사를 드러내게 되는 것입니다. 이러한 주인공의 변화된 의식과 별빛 같은 영혼은, 뭇생명을 낳고 기르는 한편으로―'세례의식洗禮儀式'에서 보듯이―자본주의적 탐욕을 정화淨化하는 원시적 자연으로서의 물의 본성과 물의 초월적 능력에 부합하는 것입니다. (아울러, 대홍수의 심층적 의미에는 자본주의적 욕망의 상징으로서 골리앗크레인에 대한 분노와 함께, 골리앗크레인조차 함께 정화하는 물의 근원성으로서의 정화 능력이 동시에 표현되어 있습니다.)

주위는 조금씩 밝아졌다. 놀랍게도 비가 거의 멎은 듯했다. 이러다 다시 내릴지, 완전히 개일지 알 수 없었다. 이 마을 끝에 뭐가 있을지 모르는 것처럼. 앞으로 내가 어떻게 될지 모르는 것처럼 말이다. 나는 참으로 오랜만에 하늘에 뜬 노란 달을 보았다. 먹구름 사이로 천천히 고개를 내밀고 있는 반달이었다. 비록 흐릿하긴 했지만 그걸 보니 엄마, 나무뿌리에 안겨 떠내려간 엄마 생각이 났다. **녹색 테이프에 감긴 얼굴로 오랫동안 내 쪽을 바라보던 모습도. 어머니는 지금쯤 어디 계실까. 어디쯤 가셨을까.** 부디 사람들이 발견할 수 있는 곳에서 편히 쉬고 계시면 좋을 텐데. 젖은 옷가지가 바람에 마르자 온몸에 소름이 돋았다. 밖에 나오니 물속에 있을 때보다 더 추운 느낌이었다. 어쩌면 조금 있다 체조를 해야 될지도 몰랐다. **나는 다시 기다려야 했다.** 비에 젖어 축축해진 속눈썹을 깜빡이며 달무리 진 밤하늘을 오랫동안 바라봤다. 그러곤 파랗게 질린 입술을 덜덜 떨며, 조그맣게 중얼댔다.

"누군가 올 거야."

칼바람이 불자 골리앗크레인이 휘청휘청 흔들렸다.

—「물속 골리앗」 마지막 부분 (강조_발제자)

주인공이 물바다 속 골리앗크레인 위에서 천연덕스럽게 달을 바라보고 체조를 하려는 생각을 하게 되는 것은 방금 말한 바대로입니다. 원시적인 물은 파괴성이 아니라 근원적으로 모든 생명의 모성이기 때문에 '나'는 물속에서 편안함을 느끼게 되었다는 것. 그리고, 근원적 모성의 물속에서 편안함을 느낀다는 것은, 골리앗크레인으로 상징되는 한국 자본주의의 거대한 폭력성에 대항할 수 있는 현실 구원적 존재로 물의 원시자연성을 자각하게 되었다는 뜻을 내포하는 듯합니다. 이처럼 물이라는 원시자연이 그 자체로 홍수가 되어 혁명적 힘으로 전환될 수 있다는 현실전복적 의식—리얼리즘적인 의식—은, '골리앗크레인 위에 홀로 남겨진 주인공'이라는 환상적 이미지, 즉 제목이 의미하는 바의 이미지인 '물속의 골리앗'과 함께 서있는 주인공의 독백에서 감지됩니다.

> 나는 다시 기다려야 했다. (…)
> "누군가 올 거야."
>
> (강조_발제자)

"누군가 올 거야."라는 '나'의 발언은 예감이자 예지叡智에서 나온 말입니다. 그것이 예지일 수 있는 것은 원시적 자연의 지혜를 알게 된 후에 비로소 주인공이 말하게 된 독백이기 때문입니다. 이 독백은 '누군가'의 예감이자 그리움의 표현인 한편으로, 그 '누군가'가 세상의 종말에서 찾아오는 종교적 메시아든, 종말론적 투쟁의 이데올로기이든 간에, '새로운 세상'의 도래에 대한 예지적 확신의 표현이라는 점에서 실로 의미심장한 것입니다.

동시에 이 인용문에서, 주인공이 돌아가신 어머니를 그리워하는 문장이 함께 깊이 해석되어야 하는데, 그것은 "녹색 테이프에 감긴 얼굴로 오랫동안 내 쪽을 바라보던 모습도. 어머니는 지금쯤 어디 계실까. 어디쯤 가셨을까"에서, 이미 죽은 어머니가 "지금쯤 어디 계실까. 어디쯤 가셨을까"라며 궁금해 하는 주인공의 의식은, 주인공이 죽은 자의 피안과 차안을 넘나드는 샤먼의 의식을 가지고 있다는 의미로 볼 수 있기 때문입니다. 아울러 "녹색 테이프에 감긴 얼굴로 오랫동안 내 쪽을 바라보던" 어머니의 모습도 전통 샤먼의 복장과 치장의 상징적 이미지를 지니는 것으로도 볼 수 있을 것입니다. 사정이 이러하다면, "나는 다시 기다려야 했다. (…) "누군가 올 거야."에서, 내가 기다리는 '누군가'는, 오래된 영원성으로서의 '원시인', 그와 동격인 샤먼적 인격이라고 말 수 있을 듯합니다. (그 샤먼의 개념에 대한 섬세한 규정은 별도로 하더라도) 또한 여기서의 '누군가'는 『두근두근 내 인생』에서 복선伏線적 의미로 숨어 있던 "누구세요?"와의 연결 속에서 이해될 수 있을 것입니다.

「물속 골리앗」의 결미에 제시된 그 '누군가'의 정체와 관련하여, 다음과 같은 심오하고도 감동적인 소설 문장을 하나 소개해야 할 것 같습니다. 소설 「호텔 니약 따」의 맨 뒤 부분입니다.

"남신의주유동박시봉방"

은지가 베개에서 머리를 들었다.

"뭐?"

"백석 시잖아. 아내도 없고 집도 없고 한 상황에서 무슨 목수네 헛간에 들어와서 천장보고 웅얼거리는……"

(…)

"그리고 낯선 데서 자게 되면 나도 모르게 그 주소지를 따라 부르게 돼. 남신의주유동박시봉방…… 남신의주유동박시봉방…… 하고."

"왜?"

"몰라. 궁금해서 자꾸 웅얼거리게 되는가 봐. 따라 하다 봄 쓸쓸하니 편안해지기도 하고."

(…)

다시 긴 정적이 흘렀다.

"은지야."

"응?"

"여기 왜 오자고 그랬어?"

"응? 귀신 보고 싶어서."

"진짜?"

"응."

"너는 어떤 귀신 만나고 싶은데?"

"몰라. 백석 만날까? 하아. 딱히 생각나는 사람은 없는데. 그러니까 더 궁금해지더라고. 누가 오려나."

(…)

한밤중 서윤은 이상한 기운에 눈을 떴다. 어렴풋이 실눈을 떠 주위를 둘러봤지만 어두워 아무것도 보이지 않았다. 어디선가 끼이익— 끼이익— 불길한 소리가 났다. 누군가 오래된 나무 계단을 밟고 한 발 한 발 올라오는 기척이었다. 그것은 점점 서윤 객실로 다가오는 듯했다. 은지를 깨우려 했지만 몸이 말을 듣지 않았다. 드르륵— 정체를 알 수 없는 그것의 움직임을 계속됐다. 그 계름칙한 소리는 점점 커지더니 이윽고 서윤 앞에 뚝 멈췄다. 온몸에 소름이 돋는 게 오싹했다. 동시에 침실 주위가 환해지더니 별안간 캄보디아의 시골 마을로 변했다. (…) 이윽고 아까부터 드르륵 소리를 낸 존재가 모습을 드러냈다. 서윤은 '**그것**'이 무언지 알아채자마자 가슴이 터질 듯한 슬픔에 휩싸였다. 그리고 그때부터 주체할 수밖에 없는 눈물이 쏟아지기 시작했다. **그것은**…… 5년 전에 돌아가신 할머니였다. 할머니는 한 손으로 손수레를 끌고 있었다. 그러곤 손녀가 자기를 바라보고 있다는 사실도 모른 채 거리에서 폐지를 주웠다. 몇 걸음 가다 허리 숙여 상자를 줍고, 다시 몇 발짝 가다 신문을 그러모으는 식이었다. 한쪽 다리가 불편해 절름거리며 골목 안을 누비는 게 살아계실 적 모습 그대로였다. (…) 할머니는 5백 원짜리 빨래 비누 하나를 사 대형 박스에 담은 뒤 주위를 연신 두리번거리며 다른 상자를 계속 구겨 넣고 있었다. 서윤의 양볼 위로 뜨거운 눈물이 사정없이 흘러내렸다. 생전에 폐지를 모아 자신을 키운 할머니 생각이 나 그런 건 아니었다. 할머니가 자기를 못 알아보는 게 서운해 그러는 것도 아니었다. 서윤이 그토록 서럽게 우는 건 할머니가 죽어서도 박스를 줍고 계시다는 사실 때문이었다. (…)

―「호텔 니약 따」, 279–281쪽 (강조_발제자)

캄보디아에 있는 호텔 니약 따는 투숙한 손님들한테 귀신이 나타난다는 소문으로 유명한가봅니다. 이 소설의 끝 대목인 위 인용문을 읽는 분들은 눈시울을 바알갛게 물들일 것입니다. 소설의 주인공인, 한국 사회에서 흔히 볼 수 있는 가난한 젊은이 서윤은, 일제 식민지 시대의 시인인 백석 시 제목 '신의주유동박시봉방'을 마치 주문呪文 외듯 반복하다가 잠에 빠지고, 문득 꿈속에서 돌아가신 할머니를 만나게 됩니다. 우리의 북방 무속을 깊이 사랑한 백석의 시적 아우라가 절묘하게 어우러져있는 이 인용구절은 일단 무속의 알레고리로 읽힐만합니다. 주인공 서윤은 친구 지은과 둘이서 동남아시아로 배낭여행을 하던 중, 호텔 투숙객은 귀신을 접하게 된다는 캄보디아의 니약 따 호텔에서 호기심에 하룻밤을 묵게 됩니다. 주인공 서윤은 친구 지은과 함께 잠들기 전에 백석의 시와 귀신에 대해 우스개처럼 대화를 나누다가 꿈인 듯 현실 같은 묘한 세계를 접합니다. 그러고는, "서윤은 '그것'이 무언지 알아채자마자 가슴이 터질 듯한 슬픔에 휩싸였다. 그리고 그때부터 주체할 수밖에 없는 눈물이 쏟아지기 시작했다. **그것은**…… 5년 전에 돌아가신 할머니였다."라는 글이 이어집니다.

여기서 서윤이 말하는 '그것'은 귀신의 알레고리라고 말할 수 있습니다. 그렇다면, 이 감동적인 꿈의 장면은 접신의 알레고리가 됩니다. 서윤은 돌아가신 할머니와의 전율적인 '접신' 상태에서 뼈아픈 자기반성과 함께 마침내 속죄의 카타르시스를 경험합니다. 그것은 영혼의 카타르시스라고 할 만한 것입니다. 그래서 "서윤의 양볼 위로 뜨거운 눈물이 사정없이 흘러내"립니다. 하지만 그 사정없이 쏟아지는 눈물은 "생전에 폐지를 모아 자신을 키운 할머니 생각이 나 그런 건 아니었다. 할머니가 자기를 못 알아보는 게 서운해 그러는 것도 아니었다. 서윤이 그토록 서럽게 우는 건 할머니가 죽어서도 박스를 줍고 계시다는 사실 때문이었다."고 깨닫습니다.

서윤이 체험한 할머니와의 접신은 "할머니가 죽어서도 박스를 줍고 계시다"는, '할머니 귀신'의 삶이 생전의 삶과 다름없음을 알게 하는 접신, 다시 말해, 서윤의 할머니가 겪었던 차안의 고통이 차안 너머 피안으로까지 이어지고 있다는 것을 알려주는 접신이라는 사실. 한국의 전통 무속에서처럼, 할머니 귀신은 차안적 존재요 현세적 삶을 여전히 함께 사는 귀신인 것입니다. 우리의 전통 무속으로 본다면, 굿집 혹은 당집의 메타포인 호텔 니약 따에서 '그것'으로 상징된 귀신과의 접신은 현실-초월적이고 현실-구원적인 의미를 지닙니다. 이와 같이, 한국인들이 집단무의식 속에 소중히 간직된 전통적 의미의 귀신과 접신하는 무巫의 이미지가 「물속 골리앗」의 주인공에도 투영되어 있으며, "누군가 올 거야."의 '누군가'에 깃들어 있는 현세 초월적이고 현실 구원적 인간상과도 함께 이어져 있다고 생각합니다. 결론적으로, 그 '누군가'는 무의 알레고리로서의 '원시적 신新인간'이라고 말할 수 있습니다.

이렇게 보면, 『두근두근 내 인생』에서의 초월자의 알레고리인 '누구'("누구세요?"), 「물속 골리앗」에서의 그리움의 대상이자 언젠가 꼭

도래할 위대한 샤먼(메시아)의 알레고리인 '누군가'("누군가 올 거야."),
「호텔 니약 따」에서의 귀신의 알레고리인 '그것' 등은 서로 보이지 않
는 끈으로 이어져 '의미의 성좌'를 이룬 채 김애란의 소설 속 천공에서
영롱한 빛을 발하고 있음을 상상할 수 있게 됩니다.

5. 김애란 소설과 리얼리즘의 제문제

김애란의 소설 공간에서 빛나는 성좌들과 바람과 나무와 "오래 전 사
라진 말[言]"들(「사랑의 인사」)과 고유한 사물들의 이미지들은 모두가 저
마다의 원시성과 초월성으로 존재합니다. 김애란 소설 공간에서 환하
게 터지는 불꽃놀이(「누가 해변에서 함부로 불꽃놀이를 하는가」)가 성좌의
알레고리이듯이, 큰어른나무(「두근두근 그 여름」)와 정자나무(「물속 골리
앗」)가 서로 환유관계이면서 우주목의 알레고리이듯이, 쏟아지는 별똥
별 이미지(「물속 골리앗」, 『두근두근 내 인생』)가 원시적 초월성의 알레고
리이듯이, 모든 원시성의 이미지들은 서로 환유하면서 초월적인 것 또
는 신적인 것의 아날로기아analogia로서 '의미의 성좌'를 이룹니다.

김애란의 소설 속 공간이 리얼한 삶의 구체성을 놓치지 않고 사회적
모순에 대한 정치경제학적 참여에 적극적이면서도 시원적이고 초월적
인 에너지가 충만한 공간일 수 있는 것은, 삶이란 물질적 현실성이나 사
회성에만 의존하는 것이 아니라, 초월적이고 원시적인 것과의 깊은 인
연관계에도 함께 의존한다는 작가의 세계관에서 비롯한다고 볼 수 있
습니다. 그래서 김애란의 소설 속 인물들의 삶은 경험적 현실주의나 유
물론적 현실주의로 파악될 수 없는 현실-초월적 삶이 늘 함께합니다.

오늘의 한국 사회가 안고 있는 첨예한 사회적 모순들, 비정규직 문제, 자본에 의한 전 세계적 노동 잉여의 착취 결과인 외국인 노동자 문제, 그와 짝을 이루는 국제결혼 문제, 청년 실업 문제 등 민감한 정치경제학적 관심사는 김애란 소설쓰기의 발단을 이루고 있음은 분명합니다. 그럼에도 김애란의 현실-초월적 작가 의식은 전통적 리얼리즘 비평과는 갈등을 빚고 있는 것으로 보입니다. 재현의 리얼리즘에 매달려 있는 비평은 김애란의 소설에서 사회적 모순으로 고통 받은 인물을 묘사하는 데 있어서 사실성이 결여되어 있다는 비판을 내놓습니다. 서른 즈음의 세대가 겪고 있는 경제적 고민과 현실적 고통을 담담하면서도 깊이 있게 다룬 「서른」 등 사회적 약자들의 아픔을 묘사한 작품에 대해서도 비슷한 리얼리즘적 비평의 잣대로 비판합니다. 더는, 『두근두근 내 인생』이 소설novel이기에는 설화roman 분위기가 강하다거나, 필연적인 진보사관을 '반영'하지 못했다거나 하는 리얼리즘적인 비판이 있는 것 같습니다.

　　이러한 기존 리얼리즘 비평의 한계와 문제를 이 자리에서 일일이 거론할 수도 없고 그럴 필요도 없습니다. 오히려 이러한 기존의 리얼리즘적 시각에서의 비판에 대해 다음같이 우회적인 방식으로 역비판을 할 수 있을 듯합니다.

　　무엇보다도 그것은, 김애란의 소설 세계는 현실의 충실한 재현을 목표로 하지 않는다는 점입니다. 앞에서 이미 말했듯이, 김애란의 소설 형식은 내면성의 형식으로 특징지을 수 있고, 그 내면성의 형식은 현실주의와 대립하는 것이 아니라 원시적 초월성과 접합한 현실주의라는 새로운 현실주의 소설관을 열고 있다는 점. 「물속 골리앗」에서 대홍수로 마을이 사라지고 집을 잃고 "태평양"과 같은 흙탕물위에 표류하는 상황에서도 작중 주인공이 천진난만한 상념에 빠져있는 대목은 재현의 리얼리즘의 관점으로 보면, 받아들이기 힘든 상황 묘사일 것입니다. 설령 환상적 리얼리즘 형식을 취하고 있다 할지라도, 대홍수 상황에서 죽음의 공포와 불안 속에서 어떻게 주인공이 천연덕스러운 생각에 빠질 수 있는가 라는, 리얼리즘적 반론이 있을 법합니다. 「서른」은 시골 출신으로 서울에 올라와서 다단계 판매원 등 여러 '비정상적인' 경제생활과 온갖 시련을 겪는 여주인공의 서간체 형식의 소설인데, 그 서간체가 너무 지적이고 세련되어 사실성에 미치지 못하다는 등의 지적도, 마찬가지로 이러한 리얼리즘의 문제제기에 포함시킬 수 있을 듯합니다.

이러한 '현실 재현의 비현실성 혹은 모순성' 문제는 작가가 현실성을 어떻게 규정하는가 라는 문제로 바꾸어 생각해 볼 수 있습니다. 과연 현실은 계단 오르듯 진보하거나 발전하는 역사의 반영인가, 현실은 결정론적인가, 과학적인가, 아니면?

김애란의 소설을 놓고 보면, 「물속 골리앗」「서른」 등에서 보듯이 '탈출구 없음'으로서의 현실이라 할 수 있습니다. 오늘의 우리 삶이 처한 현실은 '발전하는 현실'이 아니라 '출구없는 현실'임을 절감하여 그 출구없음과 정직하게 대결할 때, 현실은 정신화되고 내면화됩니다.

김애란의 소설에 대한 리얼리즘적 문제의식은 그 작품내적 현실이 물리적인 현실의 차원에만 머무르지 않는다는 점을 이해하는 것이 필요하다고 봅니다. 물리적 현실의 바탕에 흐르고 있는, 정신으로서의 현실성 혹은 원시적 현실성을 깊이 이해한다면, 왜 대홍수로 갖게 되는 공포 의식과 천진난만한 상념이 현실 묘사 속에서 공존할 수 있는가, 왜 시골 출신으로 상경하여 이십대를 밑바닥 생활을 전전하던 여주인공이 편지글을 그렇게 세련되게 잘 쓸 수 있는가 라는, 재현의 리얼리즘에 따른 의문 따위는, 리얼리즘 비평이 지닌 오래된 고정 관념에서 나온 낡은 비평 감각과 사유에 불과하다는 것을 깨닫게 될 것입니다. 우리는 여기서 1980년대 이후 오늘에 이르기까지 한국의 리얼리즘 비평계에서 강한 영향력을 미치고 있는, 리얼리즘이론의 아성牙城이라 할 게오르그 루카치G. Lukacs의 반영이론Widerspiegelungstheorie을 다시 비판적으로 돌아볼 필요가 있을 듯합니다.

예술작품의 대자 존재Fürsichsein는 단순한 부정성Negativität, 즉 모든 타자존재Anderssein에 대한 추상적인 거부를 훨씬 능가하는 어떤 상태이다. 만일 예술작품의 구체적인 총체성을 통일되게 구성하는 모종의 특별한 주관성이 예술작품의 바탕이 되지 않는다면 예술작품이란 성립될 수가 없을 것이다. 그러한 주관성의 정신은 **작품의 극히 미세한 디테일조차도 구체적 총체성의 관점에서 형성된 것**으로 표현되게 한다. 말하자면 대자 존재로서의 예술작품은 일종의 **객관적 즉자존재에 해당되는 하나의 '세계'를 이루어서, 불가침의 존재방식으로 그 자체의 필연성에 따라** 작품의 수용자들과 마주하게 된다. 그런데 이러한 객관성이 예술작품의 총체성을 형성하고 작품의 모든 세부에까지 스며드는 것과 꼭 마찬가지로, 작품 전체와 작품의 모든 계기들은 또한 이러한 객관성과 불가분의 관계에 있으면서도 특정하고도 특수한 주관성의 현상 방식 및 표현 방식들이기도 하다. (…) 이때 동일한 주체—객체라는 것은 엄밀히 말하면 주관성과 객관성이 유기적인 통일성을 이루는 어떤 구조물이라고 해야 할 것이다. 그것은 앞에서 언급한 대로 여기서 드러나는 주관성이 실질적인 주체가 아니라는 것을 말해준다. **예술 창작자가 작품의 주체이긴 하지만, 이때의 주체란 이중적 즉자를 동시에 마주하고 있는 주체이다. 즉 예술가가 모사하는 현실세계, 그리고 그 현실세계에**

대한 예술가의 비전이 그것이다. 그리고 예술가의 비전은 다시 예술가라는 구체적인 개인에 대하여 역시 즉자로서, 객관성으로서 마주 서 있다. 세잔은 언젠가 이렇게 말한 적이 있다. "나의 캔버스와 풍경은 둘 다 나의 외부에 있다." 예술의 수용자는 작품에 대한 관계에 있어서 그와 같은 주체이며, 따라서 이 경우에도 주체와 객체의 동일성이라고 할 수 없다. 그렇게 보면 대자적 존재로서의 작품 개체 자체가 주체는 아니다.[20] (강조_발제자)

루카치의 말년의 역작 『미학Ästhetik』에서 인용한 이 대목은, '진실로 과학적인(유물론적 관점에서의 '과학')' 위대한 예술작품이란 그 자체로 고도로 지양되고 발전된 완전한 자기의식의 운동을 지닌 대자적對自的 존재[21]이며, 동시에 예술작품의 수용과정에 놓여져 타자(수용자)에 향

---

20) 루카치, 『미학』 3권, 임홍배 역, 미술문화, 2002.
21) 루카치의 미학 사상은 그의 비교적 초기 저작에 속하는 『소설의 이론』(1914-1915) 및 말년의 저작인 『미학』(1963)이 그러하듯이 헤겔의 변증법적 철학 체계에서의 유물론적 계기, 특히 자연과 노동에 대한 헤겔의 사유 내용을 충실히 수용하면서 고대 그리스 시대 이후 서구 문명의 발전단계 전체에 걸쳐 나타나는 방대한 문화 문학예술 작품들을 유물변증법적으로 파악한 '내포적 총체성Totalität' 개념 속으로 줄곧 연역하면서 펼쳐집니다. 즉 루카치는 유물변증법적 역사관의 반영Wiederspiegel으로서의 미학 체계를 수립합니다. 특히 루카치의 미학적 사유의 기초 개념 가운데, 헤겔 철학에서 가져 온 즉자an sich, 대자für sich, 즉자대자an und für sich 존재의 변증법적 운동과 그 전개에 있어서 대자적 범주가 중요한 단계로 볼 수 있는데, 그것은 대자적인 존재의 범주는 객관적인 대상성으로서의 일반적 영역 혹은 삶의 영역으로부터 의식 또는 자기의식의 범주로 나아가게 된다는 점 때문입니다. 대자적 의식은 타자에 대한 거부와 투쟁의 내용을 담고 있는 변증법적 의식의 주요 단계인데, 이로부터 자연과 노동의 개념이 도출됩니다. 유물론적 자연관 속에서, 즉 무생명적 자연(즉자적 범주)과 이보다 우월한 생명체(대자적 범주)와의 유물론적 대립과 투쟁의 대상으로서 '자연'을 인식하게 되고, 노동의 경우, 노동대상(물질, 자연)과 노동과의 분리 대립 속에서 즉 대자적 의식 속에서 노동은 대상화된다는 것입니다. 이처럼 대자적 의식은 루카치 미학의 철학적 준거이자 출발점이라 할 수 있습니다. 예술작품의 특수성과 고유성을 일단 제쳐두고 본다면, 예술 창조 혹은 생산-수용에 있어서 대자적 의식 혹은 대자적 존재의 범주가 중요하며, 이 대자적 의

수享受에 의해 변증법적으로 지양되는 객관적인 즉자적即自的 존재로서의 예술작품을 해명하는 대목입니다. 회통會通의 사유로 본다면, 루카치의 이러한 미학적 사유 속에서 회통할 수 있는 부분이 없지 않습니다. 가령, 위 인용문의 마지막 부분, 타자가 주체가 되는 동시에 예술작품의 주체가 된 타자도 객체(예술작품)와 비동일성으로 존재하고, 따라서 대자적 존재로서의 예술작품도 주체가 아니다 라는 미학적 인식은 중요합니다. 이러한 루카치의 미적 사유를 소설작품에 대입한다면, 작가의 대자적 의식과 이에 바탕을 둔 구체적 총체성의 산물로서의 소설작품 사이는 서로 비동일적 관계이고, 수용자인 타자가 예술작품의 주체성으로서 관계 맺는 것이며, 따라서 예술작품은 그것이 대자 존재의 수준이라고 할지라도(즉 유물 변증법적인 의식에 충실한 예술작품이라 할지라도!) 그 자체로는 주체가 될 수 없다는 말입니다. 이 발언이 중요한 이유는 리얼리즘 역사 속에서 루카치의 리얼리즘(반영이론Widerspiegelstheorie)이 속류 리얼리즘과 명확히 차별되는 미학적 사유의 중요 경계선들 가운데 하나이기 때문입니다. 우리는 너무 자주 소설 속의 특정 등장인물 혹은 주인공을 작가와 동일시하거나—그 작품이 민중적인 리얼리즘의 관점에 서 있다는 사실만으로 그 작품이 지닌 내용물과 작가 의식을 동일시하는 경우,—더 깊게는 소설작품 속 표현을 작가의 언어 의식의 '단일單一한 반영'으로 확신하는 비평적 오해와 오류들이 너무 흔하게 빚어지고 있습니다.[22]

식은 결국 유물사관적 마르크스주의적 세계관과 동일한 범주에 속하는 것이라 할 수 있습니다.

22) 여기서 잠시 작가-작품-수용자(혹은 비평가)간의 비동일성 문제를 살펴보기 위해서, 우리는 루카치 미학과는 근본적인 차이를 지닌 미하일 바흐쩐의 소설론을 잠시 살펴볼 필요가 있습니다. 바흐쩐 미학의 주요 관심사중의 하나도 작가-작품-수용자간의 비동일

루카치와 바흐찐, 그리고 와트J. Watt와 역사주의적 관점에서 새로운 리얼리즘 문체론을 쓴 아우어바흐Auerbach 같이, 역사주의적 관점을 유지하면서도(비록 서구 및 러시아에 국한된 역사이지만) 동시에 소설이 저마다 보유하고 있는 특수하고 고유하며 무한대의 '형식적 특성'을 소설 양식의 근본 성격으로 인식한 사상가들은 예술 형식 자체에 비역사적으로 집착하는 신비평 혹은 '의미론적 비평'을 일찌감치 뛰어넘어, 역사적 형식으로서의 소설작품과 소설 형식의 무한성을 의식하였다는 점에서 중요하다고 봅니다. 특히 헤겔과 마르크스주의적 세계관을 지지하지 않는다 하더라도, 민중적 현실의 변혁의 당위성을 소설 형식의 역사적 내용 전개를 통해 밝히려 한 루카치와 바흐찐의 미학적 사유도 '지금 여기에서' 회통할 이론적 상대로서 살필 만합니다. 바흐찐이 서

성 문제입니다. 하지만, 이 문제의식을 접근하는 데 있어서 두 사상가간에는 근본적인 차이를 드러냅니다. 루카치가 예술 작품의 대자적 존재의 범주 즉 역사철학적(유물론적) 범주에서 작가와 작품 간의 비동일성 문제를 작가와 작품이라는 외재적인 이원론적 범주 차원에서 다루었다면, 바흐찐은 작품 속 언술(언어의식) 속에 내재된 타자로서의 작가의 목소리를 언어학적으로 분석하고 해명하였다는 점. 루카치에게 작가-작품은 유물론적으로 파악된 대자적 존재로서의 작가와 작품이 지닌 의식의 正體性과 그 유물사관적 止揚과 종합의 차원이 중요시되었고, 이러한 한에서 루카치의 작가-작품에 대한 문제의식은 유물론적 총체성의 연역 혹은 환원 차원에 머무른다고도 볼 수 있습니다. 이에 반해, 바흐찐은 그의 주저 중 하나인 『도스토예프스키 시학의 제문제』에서 엿볼 수 있듯이, 소설 내적 언술 이면에 잠재해 있는 多聲的 목소리를 들으려 했다는 점에서 루카치와의 차이를 보일 뿐 아니라, 마르크스주의적 세계관을 견지하면서도 형식주의(정확히는 러시안 형식주의) 속에서 뜻 깊은 미학적 내용을 발견해 냈다는 사실 자체가 괄목할 만한 예술론적 업적이라 할 수 있습니다. 그것은 진정한 예술 이론이나 미적 세계관은 형식을 통과하지 않고는 그 내용의 진실성이 확보되지 않기 때문이며 더욱이 바흐찐은 작가의 작품 속에서 작가는 타자의 존재이며 타자가 공동의 작가로서 작품에 내재되어 있음을 언어의 표현과 언어 형식 속에서 밝혀내었던 것입니다. 민중들의 다양한 언술들이 민주적이고 평등하게 공생하는 장소로서 소설은 그 자체로 단일성을 거부하는 개별성의 차이들이 함께 살아 있는 복합적이고 多聲的 대화의 장소이며, 시끌벅적한 카니발이 벌어지는 공간이라는 것입니다.

로 이질적이고 모순적인 목소리들을 소설적 언술 속에서 찾아 만났듯이, 회통의 사유는 모순되고 갈등하는 이론적 주장들을 그 근원의 살핌 속에서 취할 부분은 취하고 버릴 부분은 버림으로써 저마다의 주장들을 구슬을 꿰듯이 연결하여 하나로 통하게 하는 것입니다.

위에서 언급한 루카치의 미학을 비롯한 서구 근대 미학 혹은 근대 소설론은 그것이 유물론 변증법적이든 경험론적이든 근본적으로 이성의 자기 운동으로서의 작가와 작품에 대한 탐구의 산물입니다. 이는 달리 말하면, 변증법적 혹은 역사주의적 이성의 관점에 의해 작품 안에서 인간의 본성이나 자연성, 욕망을 비롯하여 일체의 '초월적인 것' 혹은 피안적인 것으로서 추방하거나 절하切下(곧, 작품 내적으로 이성의 전개 과정 또는, 역사유물론적 의식의 구성 원칙에 부차적인 것으로나 '정지된 배경'으로) 하고 있다는 뜻이기도 합니다. 다시 루카치의 주장을 들어봅니다.

> (⋯) **대자적 존재로서의 예술 작품은** 바로 이러한 삶의 진실을 구현한다. 즉 임의의 대상, 임의의 상황 등에서 오직 예술 작품에만 고유한 완전성이 발견될 수 있다는 것이다. 하지만 **그 완전성은 언제나 복수複數적 성격을 띠는 특수한 성질의 것이다. 다시 말해 그때그때마다 특수하게 규정되는 완전성으로서, 좋은 의미에서는 경탄을 불러일으키지만, 나쁜 의미에서는 혐오감을 불러일으킬 수도 있는 것이다.** 그 경우에 드러나는 완전성, 명백한 실재는 당연히 도덕적 평가 혹은 여타의 가치평가의 필연성을 배제하지 않는다. 따라서 복수적 상대성이 전면적 상대주의를 뜻하지는 않는다. 그러한 상대주의에 맞서서 예술작품의 완전성에서 나오는 광채, 그 완전성이라는 사실 자체가 말하는 바는 우리가 감각적으로 경험하는 세계의 현세성, 풍요

로움, 무궁무진함이다. **이미 자주 살펴본 대로 모든 진정한 예술작품에서 그 구체적인 의미규정은 그 내포에 있어서 무한하다는 사실은 하나하나의 예술작품이 그러한 대자적인 존재의 형태로 드러나고 작용한다는 사실의 불가결한 전제를 이룬다. 그러니까 예술작품의 대자적 존재에는 삶의 의미심장한 진실이 표명되는 셈이다.** 즉 삶의 작은 부분 하나하나에도 그 내포에 있어서 무한하다는 사실로 나타나는 내재적 무한성의 진실이 그것인바, **이로써 그 어떤 피안의 세계와도 단호히 결별하는 것이다.** (…) **대자적 존재의 구체성과 특수성을 초월하려고 하는 일체의 일반화는 가설을 앞세우는 주관주의의 오리무중에 빠지고 만다.**[23]　　　　　　　　　　　(강조_발제자)

　다시 여기서 드러나는 루카치의 미학의 기본 전제는 대자존재 Fürsichsein적 관점의 불가결함입니다. 위에서 말했듯이 헤겔의 사유 체계에서 가져 온 대자존재[24]의 관점이 루카치 미학의 기초 범주를 이루고,

---

23)　루카치, 위 책, 77쪽.
24)　다음과 같은 문장은 루카치 미학에서의 대자존재Fürsichsein의 철학적 근거와 그의 미학에서 차지하는 헤겔 미학의 영향과 중요성을 엿볼 수 있습니다.: "(…) 헤겔의 논리학에서 대자존재Fürsichsein는 질質을 구성하는 계기로서 처음 등장한다. **대자적 존재 속에서 "질적 존재가 완성된다."** 헤겔이 계속해서 상세히 서술하고 있듯이 대자적 존재 속에서 자립적인 현존Dasein이 부정으로서, 즉 타자Anderes를 위한 존재와는 날카롭게 구별되는 부정으로서 표현된다. 헤겔은 이렇게 말했다.: "어떤 것이 다른 존재를 배제하는 한에는, 다시 말해 타자와의 관계나 공존을 배제하고 물리치거나 그런 관계로부터 추상된 것인 한에는, 대자적으로für sich 존재한다. 그런 경우 타자라는 것은 지양된 어떤 것일 뿐이며, 자기 존재의 계기일 뿐이다. **대자존재의 본질은, 자신에게 가해지는 제한이나 타자적 존재를 뛰어넘어서 이러한 부정의 형태로만 끝없이 자기 자신에게로 되돌아온다는 것이다.** (…) **대자존재는 자신에게 제한을 가하는 타자에게 극단적으로 맞서서 부정하는 태도이다.**"(Hegel, *Logik*) 이어서 헤겔은 대자존재를 **"타자적 존재에 대한 절대적 부정"**(Hegel, *Phänomenologie des Geistes*)의 측면에서 다루고 있다. (…) [헤겔에 따르면] 물활론자Vitalist들의 주장과는 달리 생명은 물리학과 화학의 피안에 있는 별개의 특수한 "힘"으로 파악되는 것이 아니라 동일한 물질이 특정한 범주들을 통해 특수하게

그것은 구체적으로 역사적 유물론(유물변증법적) 관점을 의미합니다. 따라서 루카치의 미학에서는 헤겔과 마르크스가 그러하듯이 대자존재의 역사적 정당성과 절대성이 미학의 근본을 이루며, 이를 통해, 인용문에서 보듯이, 피안적인 것 혹은 현세초월적인 것(신적인 것)에 대한 유물론적 비판이 이루어지고, 변증법적인 이성의 자기 전개로서의 현세적 삶의 세계만이 인정된다 할 것입니다. 루카치가 가령 베르그송의 철학이나 발터 벤야민Walter Benjamin의 미학을 직간접적으로 비판하는

구조화된 형성물로 파악된다. 그 범주들은 생명체에 대해 즉자적 상태에서는 그 생명체와 동일한 질료Stoff를 통해 이러한 힘을 행사한다. 이로써 **생명체가 대자적 존재로서 지닌 속성의 이 보편적 형식은 대자적 존재의 범주를 이해하는 데 특별한 중요성을 얻게 된다.** (…) 헤겔은 『정신현상학Phänomenologie des Geistes』에서 노동에 관하여 이렇게 말한다. "**노동하는 정신이 다루는 소재가 되는 즉자 존재와 노동하는 자기의식의 측면인 대자 존재의 분리는 노동하는 정신의 출발점인 동시에 그 정신의 산물 속에서 대상적인 것이 된다.**" 바로 이러한 생각은 헤겔의 논리학에서 실천적 활동의 모든 영역으로 확장된다. "이념이란, 이 이념이 오직 대자적으로für sich 즉자대자적으로an und für sich 규정되는 개념인 한에는, 실천적 이념이며 곧 행위이다." 이로써 대자적 존재의 범주는 순수하게 객관적인 대상성 일반의 영역 혹은 삶의 영역으로부터 의식 및 자기의식의 영역으로 나아가게 된다. 헤겔은 대자적 존재에 대한 최초의 추상적 논의에서부터 이미 이러한 연관성을 강조한다. 그는 의식에 대비되는 객관세계와 의식의 이원성이 의식 속에 자리 잡고 있다고 보는 것이다. 헤겔에 따르면, "그 반면 자기의식은 완성된 대자적 존재이다." 이로써—여기서도 노동과 실천 일반에 대해 방금 언급된 다양한 중간단계들은 제쳐두고 최종적인 결과만 제시하자면—대자적 존재는 가장 발전된 최고의 단계에서는 인간존재의 특수한 범주로 온전히 발현되기에 이르는데, 특히 인간 존재의 본질적 규정이 인간을 여타의 생물들과 구분해주고 본연의 인간이 되게 한다는 점에서 그러하다. (…) 대자적 존재와 자기의식의 긴밀한 연관성은 이로서 이론적이고도 실천적 역사적인 근거를 얻게 된다. (…) 그래서 헤겔은 그의 『역사철학Philosophie der Geschichte』에서 인간의 타락을 "인간의 영원한 신화"라고 하면서 다음과 같이 서술하고 있다. "[아담과 이브의] 낙원이라는 것은 동물들만 살 수 있고 인간은 살 수 없는 공원이다. 그도 그럴 것이 동물이란 신과 일체를 이루는데, 단지 즉자적으로an sich만 그럴 뿐이기 때문이다. 오직 인간만이 정신이다. 다시 말해 인간만이 대자적으로 존재한다. 그런데 이러한 대자적 존재, 이러한 의식은 보편적인 신적 정신으로부터의 분리이기도 하다.", 루카치, 위 책, 69쪽 이하 참고. (강조_발제자)

것도 이러한 맥락과 무관하지 않을 것입니다. 하지만, 이성의 운동성을 인정하는 것과 이성의 절대성을 인정하는 것은 서로 다른 것입니다. 그러한 절대적 이성은 동시에 역사적 이성이 실천적으로 행동을 하기 위한 '프로그램' 속에서 '의식화된 이성'이라 할 수 있으며, 절대 이성은 예술 작품의 범주에서 결코 부정될 수 없는, 영원한 본성으로서의 인간적 욕구와 환상을 배제하거나 절하하는 근본적인 문제를 안고 있습니다. 소설 문학의 범주에서 본다면 인간의 과거 기억이나 본성의 필연성은 역사적 유물론을 추진하기 위한 '배경'이나 '부수적인 것'으로 그 의미가 평가 절하된 채 해소되고 맙니다.

이상과 같은 기존 리얼리즘 이론에 대한 반성적 관찰을 통해서, 우선 김애란의 소설의 언어 의식에 대한 리얼리즘적 문제제기가 어느 정도는 해결되었을 것으로 봅니다. 물론 확정적인 대답이 못 된다 하더라도, 위에서 살폈듯, 적어도 탁월한 리얼리즘 이론들이 보여주는 예술형식에 관한 지혜들, 가령 루카치 등이 깊이 천착한 작가와 작품 간의 비동일성 문제 또는 예술 작품의(리얼리즘적 형식의) 복수적複數的 성격 문제, 바흐찐이 깊이 고뇌한 소설작품의 문체나 형식성 안에 숨은 타자들의 존재 문제 등 리얼리즘 형식의 기초적인 제문제 전반을 깊이 있게 이해하는 가운데에서, 김애란의 소설 형식이 지닌 리얼리즘적 문제들이 관찰되고 새로이 해석되어야 할 것입니다. 다음으로, 김애란의 소설이 보여주는 세계관의 차원에서 리얼리즘 문제를 좀 더 깊이 논의할 수 있습니다. 방금 살펴본 루카치의 리얼리즘(반영이론)의 구성 원칙인 유물론적 대자존재는 자연과 역사(시간)를 자기 운동의 범주 안으로 제한하여, 김애란의 소설적 사유는 그 유물론적 소설 구성의 원칙에서 벗어나, 오히려 역사 유물론적 원칙과는 거의 반대편에 선 것으로서 리얼리즘에 위배된 것으로 비판될 수 있습니다. 김애란의 「물속 골리앗」과 「호텔 니약 따」『두근두근 내 인생』 같은 근작들이 지닌 이질적인 소설 novel 형식과 초월적인 소설 의식은 역사 유물론의 대자존재로서의 소설 의식과는 다른 차원에 놓인 것으로 보이는 것입니다.

다만 역사적 유물론으로 본다면, 지금 이곳에서의 노동자들의 고난에 찬 삶을 인물과 그 인물의 행동 즉 사건의 축으로 삼고 있다는 점, 즉 현실 세계에 대한 정치경제학적 의식이 김애란의 소설을 '제한적으로나마' '리얼리즘적realistisch'으로 평가하게 하는 계기를 만들고 있는 듯합니다. 그러나 소설 형식을 버리고서 정치경제학만 취하는 것 또한 통속적 리얼리즘 비평의 뚜렷한 예에 불과합니다. 소설 형식에서 정치경제학을 분리시키는 것은 기계적 속류 비평—그 가장 비천한 사고방식이 바로 저 유명한 사회경제적 하부구조가 상부구조를 결정한다는 도식입니다만,—에 속하는 것에 지나지 않습니다.

중요한 것은, 언어 의식을 포함한 소설 형식 속에, 혹은 표현(언술) 형식 속에 스며 있거나 담겨 있는, 즉 소설 형식과 정치경제학의 살아 있는 통일성이며, 이 살아 있는 통일성이 곧 예술작품의 독자성(작가로부터의 독립성)과 예술작품의 무한성 혹은 영원성(현세적 초월성)을 담보하는 것이라는 확고한 사실입니다.

통속적인 리얼리즘 비평이 늘 그러하듯이, 작가와 작품 혹은 작가의 언어 의식과 표현된 언어를 서로 동일시함으로써 리얼리즘을 통속적인 단순성 또는 경직성의 나락에 떨어뜨리는 것이 오늘의 리얼리즘적 비평의 현실입니다. 소설 언어의 표현은 다중적이고 대화적이라는 바흐쩐의 문학관에 기대더라도, 문학 언어는 작가의 목소리만이 아니라 타인의 목소리가 다성적으로 내재되어 있은 것이며, 이러한 대화적 다양성이 소설 언어의 특성으로 볼 수 있습니다.

아직도 사회적 모순과 실천적으로 투쟁하고 현실을 변혁하는 데 주체적이고 능동적으로 나서야 할 지금 이곳에서의 리얼리즘 비평은 루카치 미학의 서구주의적 설계도와 그 위에 세워진 골조뿐인 건축구조물 안에서 자유롭지 못합니다. 유물론자로서의 루카치 미학은 또 하나의 중요한 문제를 안고 있습니다. 그것은 자연과 시간에 대한 관점입니다. 자연을 바라보는 관점은 곧 시간에 대한 관점일 터인데, 역사 유물론이 지닌 이와 같은 문제점 대해서 발터 벤야민은 다음과 같이 말하고 있습니다.

처음부터 사회민주주의에 깊이 자리 잡고 있던 타협주의는 그들의 정치적 전략에서뿐만 아니라 그들의 경제관에도 그대로 남아있다. **후에 사회민주주의가 겪는 파국의 중요한 원인의 하나는 바로 이 타협주의이다. 시대의 물결을 타고 나아간다는 생각만큼 독일의 노동계급을 타락시킨 것은 없다.** 바로 이러한 생각에서부터, 기술의 발달과정 속에 들어있는 공장노동이 하나의 정치적 과업을 수행하리라는 환상에 이르기까지는 그야말로 오십보백보이다. 해묵은 프로테스탄트적 노동윤리는 독일인들 사이에서 세속화된 형태로 그 부활을 맞이하게 되었다. 고타 강령Gotha Programm은, 노동을 모든 부와 문화의 원천이라고 정의함으로써 이미 이러한 혼란의 흔적을 내포하고 있다. 무언가 잘못되었다는 것을 눈치 챈 마르크스는 "자신의 노동력 이외에는 아무것도 가진 것이 없는 인간은 소유주가 된 다른 인간들의 노예가 될 수밖에 없을 것"이라고 말함으로써 이러한 견해를 반박하였다. 이러한 반박에도 불구하고 혼란은 점차 확대되었고, 그 후 곧 요셉 디츠겐Joseph Dietzgen은 "노동은 새로운 시대의 구세주이다. 노동의 조건이 개선되면 지금까지 그 어떤 구원자도 성취하지 못했던 부가 생겨날 것이다"
라고 공언하였다. **노동의 본질에 대한 이러한 통속적인 마르크시즘적 견해**
는, 노동자들이 그들의 노동에 의해 만들어 낸 생산품을 자기 맘대로 통제
할 수 없는 한은 그것이 어느 정도 그들에게 도움을 줄 수 있을 것인가를 깊
이 생각해보지 않은 사고의 소산이다. 이러한 견해는 다만 자연통제(자연정
복)의 진보만을 생각하고 있을 뿐 사회의 퇴행은 인정하려 들려 않고 있다.
그것은 이미 그 뒤 우리가 파시즘에서 마주치게 될 기술주의적 특징들을 그
대로 보여주고 있다. 이들 특징 중의 하나는 1848년 7월 시민혁명 이전의 사
회주의적 유토피즘에서 논의되었던 자연개념과는 구별되는 불길한 조짐을
예고하는 자연개념이다. **이런 식으로 이해된 노동개념은 결과적으로 자연**
착취로 귀착되는데, 사람들은 순진하게도 자연의 착취를 프롤레타리아트의
착취와 대립되는 것으로 파악, 이에 만족하고 있다. 이러한 실증주의적 견
해와 비교해본다면 **자주 조소의 대상이 되어 온 푸리에**(Charles Fourier, 1722-
1837) 식의 환상은 놀랍게도 건강하다는 것이 드러난다. 푸리에에 따르면 사
회적 노동이 효과적으로 짜여진다면 종국적으로는 네 개의 달이 지구의 밤
을 대낮같이 밝힐 것이고, 남북극의 빙하가 녹을 것이며, 바닷물은 더 이상
짜지 않을 것이고 또 맹수들은 사람들의 명령에 순종하게끔 되어 있다. 이러
한 것들은 모두 자연을 착취하는 것과는 거리가 멀게, 오로지 잠재적 가능성
으로서 창조물의 모태 속에 잠자고 있는 자연을 창조물로부터 해방시킬 수
있는 노동의 한 예를 보여주고 있을 따름이다. 디츠겐이 표현했던 바의 "공
짜로 거기에 존재하는" 자연은 이러한 타락한 노동개념을 보완하는 구실을
하고 있다.[25]

(강조_발제자)

---

25) 발터 벤야민, 「역사철학테제」, 『발터 벤야민의 문예이론』, 반성완 편역, 민음사, 1983.

벤야민의 이 '역사철학테제'는 비록 오늘의 한국 현실과는 시공간을 달리하고 있음에도, 서기 2000년 전후 그리고 지금 여기 한국의 정치 경제학적 현실과 소위 '진보'의 현실 상황을 살펴본다면, 강력하고 믿을 만한 통찰력을 지닌 테제라 할 수 있습니다. 자연과 노동의 관계에 있어서 속류 마르크스주의 또는 '진보'의 반동적 철학이 파시즘의 논리로 이어지고 있음을 날카롭게 꿰뚫어보고 있는 벤야민의 이 테제는, 노동의 정치경제학을 마르크스의 언급을 인용함으로써 명확히 환기시키는 한편으로, 자연에 대한 역사적 유물론자 그리고 통속적 마르크스주의자들의 견해가 자연에 대한 노동의 착취로 귀착되고 있음을 비판합니다. 소위 진보의 근본적인 잘못은 "공짜로 주어진 자연"이라는, 자연을 노동에 의한 착취의 대상으로 삼았다는 것, 그리고 이러한 노동과 자연의 대립 투쟁을 지양하고 극복할 가능성으로서, "자연을 착취하는 것과는 거리가 멀게, 오로지 잠재적인 가능성으로서 창조물의 모태 속에 잠자고 있는 자연을 창조물로부터 해방시킬 수 있는 노동의 한 예" 로서 환상적 사회주의자로서의 푸리에식의 환상을 제시하고 있다는 점입니다. 이러한 환상적 혹은 공상적 사회주의자의 환상은 그 자체로 벤야민에게는 자신의 의미심장한 미학적 질료가 되었던 것인지도 모릅니다. 그것은 벤야민인 인용한 바처럼, 환상은 "오로지 잠재적인 가능성으로서 창조물의 모태 속에 잠자고 있는 자연을 창조물로부터 해방시킬 수 있는 노동의 한 예를 보여주고 있기" 때문입니다. 발터 벤야민의 날카로운 예지叡智에서 알 수 있듯이, 통속적인 유물사관은 자연과 노동의 대립으로 노동의 자연 파괴를 정당화하였고, 결국 이는 테크놀로지의 맹신화를 특징으로 하는 시대에서, 노동이 부를 가져다준다는 '파시즘의 기술주의적 특징'과도 상통하는 것이기도 합니다. 어쩌면, 바로 이 지점에서, 작가 김애란의 소설이 추구하는 '원시적 현대성'의 문학은 '혁명적이고 리얼리즘적인' 것으로 이해되어야 하며, 이 점에 있어서 「물속 골리앗」이 지닌 리얼리즘적 의의와 가치는 실로 심대한 것이라고 생각합니다.

소설문학에 있어서 역사적 유물론은 과거를 정지시킵니다. 그것은 역사를 구성원칙으로 인식하기 때문입니다. 역사의 끝 혹은 정점이라는 첨탑(유물론적 신학의 첨탑!)을 지닌 건축물로서 역사를 축조하기 때문에 과거는 숨을 죽인 채 정지된 사건으로 처리됩니다. 역사가 과거와 현재의 대화라는 근대의 역사주의적 명제를 상기하지 않는다 하더라도, 지금 이곳에서의 현재는 온갖 과거의 흔적과 퇴적된 잔해들이 마구 흩날리며 날아오르는 현재이며 역사적 시간입니다. 소설 속 시간에 관한 가장 통속적인 형식이 한 줄로 꿰어진 일렬의 구슬들같이 순차적으로 연결되는 사건의 배열이라 한다면, 역사적 유물론의 시간은 '건축원칙'에 따른 사건의 구성이라 할 것입니다.

김애란 소설의 시간은 사건의 진행 속에서, 곧 물리적 시간의 진행 속에서 그 현재적 시간의 근원성으로서 '원시적이고 초월적인 시간'들이 비논리적으로 드러남/감춤을 연속하며, 「물속 골리앗」이 그 뚜렷한 예가 되고 있듯이, 그 현실-초월적 시간은 원시의 알레고리로 표현되기도 하고, 또는 초기작 「누가 함부로 해변에서 불꽃놀이를 하는가」같은 작품에서는, 해변의 불꽃처럼 환하게 타올랐다가 사라지고 마는 시간의 나타남/사라짐이 동시에 표상되는 시간으로 나타납니다. 이러한 김애란 특유의 원시적이고 초월적인 문학 정신이 홀로 스스로 싹을 틔워,

마침내 우주목같은, '그 드물다는 굳고 정한 갈매나무'²⁶로 자랐다는 사실만으로도 경이로울 뿐 아니라, 한국현대문학사는 한참동안 잃어버린 채였던, 민족의 고유하고도 위대한 문학 혼魂을 되찾는 감동을 누리게 된 것입니다.

[2011. 10. 초고. 『작가세계』, 2013. 봄]

---

26) 김애란의 소설 「호텔 니약 따」 중에는 여주인공이 주문 외듯 백석의 시 제목 '남신의주유동박시봉방'을 외는 장면이 나옵니다. 이 시의 끝 구절은 이러합니다: "(…) 내 어지러운 마음에는 슬픔이며, 한탄이며, 가라앉을 것은 차츰 앙금이 되어 가라앉고,/외로운 생각만이 드는 때 쯤 해서는,/더러 나줏손에 쌀랑쌀랑 싸락눈이 와서 문창을 치기도 하는 때도 있는데,/나는 이런 저녁에는 화로를 더욱 다가 끼고, 무릎을 꿇어보며,/어니 먼 산 뒷옆에 바우 섶에 따로 외로이 서서,/어두어 오는데 하이야니 눈을 맞을, 그 마른 잎새에는,/쌀랑쌀랑 소리도 나며 눈을 맞을,/**그 드물다는 굳고 정한 갈매나무라는 나무를 생각하는 것이었다.**"(백석 시, 「南新義州柳洞朴時逢方」 중. 고형진 엮음, 『정본 백석 시집』, 문학동네, 2007, 290쪽. 강조_발제자)

네오 샤먼으로서의 작가

'샤먼 신화'의 소설

1.

신화神話는 신에 관한 이야기이다. 신은 초월적이고 영원하며 근원적인 존재이다. 그러므로 신화는 신성神聖한 것이나 초월적인 것을 다루고 인간과 자연의 태초太初를 이야기한다. 이러한 신화의 관념은 개벽開闢신화나 창세신화를 비롯하여 개국開國신화, 신들의 탄생 신화, 영웅신화 등 고태적古態的, archaic인 신화에 적용될 수 있다. 이 고전적 의미의 신화들은 종족이나 민족 등 집단의 소산이다. 특정 집단의 희망과 의지와 사유가 지속적인 구비 전승의 과정을 거쳐 신화로 정착된 것이다.

20세기 초입으로 들어서면서, 고태적 신화는 개인의 무의식 속에서 재발견된다. 프로이트가 성性이 유발하는 원천적인 에너지, 즉 리비도에서 원시적 인간의 심리를 발견하고, 융C. G. Jung이 인간의 무의식의 근저에서 개인의 체험에 연관되지 않은 채, 유전적으로 전달되는 원시적 집단무의식의 존재를 확인한 것은 원초적 신화가 인간의 무의식의 산물인 꿈, 환상, 심지어는 정신병까지도 그 뿌리에서 연결되어 있음을 말해준다. 현대에 들어와서 개인의식 활동의 기초가 되는 무의식 속의 여러 원형Archetype들에게서 신화적 존재를 찾게 된 것이다.

이러한 현대인의 심층 심리 속에서 발견되는 신화성은 먼 옛날에 성립된 고태적 신화성이 개인적 삶과 개성화 과정 속에서 왜곡과 변질을 거친 것이라고 할 수 있다. 현대인의 집단무의식으로서 즉 원형으로서의 신화성은 인간의 마음에 선험적으로 존재하는 것이지만, 기본적으로 원초적 신화성의 파편이거나 변형으로 존재하는 것이다. 그러므로 현대인의 심연에 존재하는 신화성을 이해하는 데 있어서 현대인의 신화성이 고태적 신화성의 원형을 어느 부분 어느 정도 지니고 있는가, 그 변형과 왜곡은 어떤 모습으로 이루어지고 있는가를 밝히는 일이 필요하게 된다. 곧 오늘의 우리 삶에 깃들어 있는 심리적 신화성이 '태고'의 원초적 신화로부터 얼마나 떨어져 있는가를 살피고 분석함으로써 개인의 의식과 무의식 간의 모순을 치유하고, 정신이 처한 현실과 이상 간의 괴리를 극복할 반성적인 계기가 마련될 수 있다.

고전적인 신화가 20세기 초에 들어서면서 집단무의식의 형태로 인간의 심층 심리에 자리 잡은 한편으로, 후기 자본주의 사회는 '신화적'이라고 부를 만한 새로운 '현대판 신화'의 범주를 생산했다. 일찍이 마르크스가 제기한 '상품의 물신성物神性, Fetishercharakter der Ware'은, 이른바 후기 자본주의 사회에 이르러, '끝없는 진보'의 장밋빛 신화, 대량 소비 중심의 사회를 지지하는 온갖 방식의 무차별한 광고에 의한 욕망과 환상의 무한 증식, 첨단 미디어 기술의 발달로 인한 사이버 세계의 현실 지배, 대형 쇼핑몰이나 호화 백화점 등 대도시의 건축물, 도시의 휘황찬란한 빛과 조형물들이 조성하는 자본주의 문명에 대한 유토피아적 환상, 현대 문화 산업을 지배하는 흥행과 센세이션, 스펙터클 따위의 '신화적인 것들'을 확대 생산해왔다. 이러한 후기 산업 사회적 요소들이 '신화적'인 것은 그것들이 삶의 현실을 끊임없이 증발시키고 가상과 비현실로 대체시킨다는 점에서이다. 즉 후기 산업 사회에서의 신화 담론은 가상과 실재 사이의 경계가 허물어지고 삶의 리얼리티를 증발시키는 수많은 환상들이 반복적으로 생산되는 과정을 대상으로 한다.

상품의 물신성이 낳은 수많은 모더니티들이 삶의 현실을 끝없이 실종시키는 마법적 신화를 반복 생산한다면, 이러한 모더니티의 신화성은 고전적인 의미의 신화와 어떤 관계에 놓여 있는가를 살펴볼 필요가 있다. 후기 산업 사회의 모더니티 신화성이 현실과 실재를 왜곡하고 증발시키는 초월적 동력도 인간의 리비도적 욕망과 무의식을 활용하거나 아니면 그것들을 억압하는 과정에서 취해질 것이다. 따라서 물신이 생산하는 모더니티의 신화와, 개인의 기억과 무의식 속에 존재하는 고태적 신화는 은밀한 상호 작용과 착종 관계에 놓여 있다고 할 수 있다. 이러한 현대성과 고대의 신화성 간의 의미 있는 생산적인 관계를 찾기 위해서는, 모더니티와 원초적 신화가 인간의 의식 세계 혹은 무의식 속에서 서로 착종과 혼종, 상호 변형을 이루는 형식과 내용을 분석하는 일이 필요하다.

가상이 실상을 끊임없이 증발시키는 포스트 모던 사회에서 고태적 (원초적) 신화는 인간의 기억이나 무의식 속에서 상품의 물신성 혹은 모더니티의 마법성과 공모共謀할 수 있고 역으로 모더니티에 새롭고 본질적인 변화를 가져다줄 수도 있을 것이다. 만약 원초적 신화가 모더니티에 대해 긍정적으로 기능할 수 있다면, 그것은 아마 원초적 신화가 본래 인간이 경외심을 갖고 있던 초월적 존재[神]에 관한 이야기이고 신과 인간이 서로 조화롭게 살아가는 세계에 대한 꿈이 담긴 이야기라는 사실을 새로이 각성하는 데에서 찾을 수 있을 것이다. 그 초월적 신은 인간의 심연에 보편적으로 존재하는 숨은 신이며 동시에 생명계를 관장하는 '태초'로서의 신이다. 이 숨은 '태초'의 신을 자각함으로써 모더니티는 마성魔性에서 해체되어 가고 삶은 새로이 각성된 정신 세계로 진입하게 될 것이다.

　자본주의의 비인간적 생활양식을 어떻게 극복할 것인가, 라는 질문은 근대 문학이 끊임없이 제기하고 탐색해온 중요한 질문 가운데 하나였다. 과연 무엇이 자본의 탐욕적인 마력魔力을 제압하고 파괴된 인간성을 회복하여 인간과 자연과 사회가 삼위일체를 이루어가는 문학으로 인도할 수 있는가. 이 절박한 질문에 대한 답이 무엇인지 당장 제시할 수 없다 하더라도, 분명한 것은 기존의 자본주의적 삶과 문명을 극복할 가장 신뢰할 만한 문학성은 자본의 물신주의에 대한 근원적이고도 혁명적인(단절적인) 반성을 불러일으키는 문학성이라는 사실이다. 근원적이고 혁명적인 반성을 안겨주는 문학성만이 후기 자본주의의 데몬의 신화와 대항할 수 있는 현실성과 실천성을 지닐 수 있다. 그 근원적인 문학성의 유력한 예를, 무의식을 억압하고 왜곡해온 근대적 합리성에 대항하여 무의식을 해방하고 영혼의 복권을 추구하는 문학에서 찾을 수 있을 것이다. 원초적 신화의 복권과 부활의 문제는 이러한 배경에서 주목되어야 할 것이다.
　합리적 이성은 생리적으로 원초적 신화나 삶의 초월적 의지를 억압한다. 그러므로 영혼의 복권은 합리적 이성에 의해 수행되는 것이라기보다, 영혼 스스로에 의해 수행된다고 말하는 것이 옳을 것이다. 원초적 신화성은 삶에 내재하는 집단적 보편성으로 존재하며, 이 숨은 신의 세계를 자각하게 될 때, 비로소 삶은 영혼의 영향권에 들어갈 수 있게 된다. 달리 말해, 집단무의식으로서의 원초적 신화성은, 그 자체로 선험적이며 자율적이고 스스로 인간 개성의 중심에 서려고 하는, 주체적인 영혼이다. 신화와 예술의 만남에서 이러한 주체적 영혼으로서의 신화의 기능을 적극적으로 이해할 필요가 있다. 그 이유는, 신화를 우리의 삶에 내재된 주체성으로 이해할 때, 신화는 인간성의 내적 발전에 능동적으로 참여하게 되고, 그럼으로써 현대인은 자본주의적 진보의 신화, 모더니티의 유토피아적 마술적 환상에 대항하고 그것을 스스로 극복할 수 있는 정신적 힘을 자각할 수가 있기 때문이다.

수많은 고대 신화들 가운데 특히 샤머니즘 신화가 한국인의 정신의 근원을 이루고 있다는 사실을 새삼 얘기할 필요는 없을 것이다. 샤머니즘은 한국어의 시원을 이루며 한국의 역사 종교 문화 정신 등 한국인의 삶의 총체의 근저이자 바탕을 이루고 있다. 샤머니즘은 한국인의 집단무의식을 구성하는 주체적이고 중심적인 원형이다. 비근한 예로, 한국인의 죽음과 탄생에 관련된 다양한 의식儀式들은 샤머니즘 신화와 밀접하게 연관되어 있다. 그러나 샤머니즘이 근대 이후 급격한 소외와 탄압을 받아온 것은 주지하는 바와 같다. 근대 이후, 정신의 자유와 전통의 맥락을 중시하는 문학 영역에서조차 샤머니즘은 소외되어왔다. 예를 들어, 작가 박상륭이 1960년대에 발표한 「열명길」 「南道」 연작 등, 전통적 샤먼 신화를 재해석하고, 동시에 한국인의 집단무의식의 상징적 원형으로서의 샤머니즘의 내용과 형식을 창조한 일련의 작품들이 작가 자신이 속한 속칭 4·19 세대들로부터 외면당한 사실을 지적할 수 있다. 이는 한국인의 가장 뜻깊고 중요한 집단무의식인 전통적 샤머니즘이 현대 한국문학에서 철저히 배격되어온 사실을 단적으로 보여주는 사건이랄 수 있다. 이 사실은, 단군신화를 비롯한 샤먼적 건국 신화, 바리데기 등의 서사무가 등에서 면면히 전해오던 샤머니즘적 신화의 전통이 한국문학의 내적 동력이자 주체적 모티브로서의 기능을 거의 상실했음을 암묵적으로 보여준다.

이와 같은 문학사적 상황 속에서 등장한 젊은 작가 김애란의 소설은 원초적 신화 혹은 샤먼 신화에서 서사 구성의 내적 모티브를 취하고 있을 뿐 아니라, 이를 새로이 해석하여 후기 자본주의적 데몬과 대항하는 새롭고도 독창적인 문학성을 보여준다는 점에서 단연 주목을 요한다. 이 글은 김애란 소설이 안고 있는 새로운 작가 정신의 내용과 의미를 밝히기 위한 글이다. 그리고 원초적 신화들 중 특히 샤먼 신화가 작가 의식과 문학 속에 깃드는 모습을 찾고, 그럼으로써 오래전 잊혀진 우리 모두의 '내 안'의 신화적 원형을 자각하는 기회를 가질 것이다. 이러한 자각의 과정을 통해 현대 한국문학에서 사라져버린 실천적이고 근원적인 문학성, 곧 자본의 물신과 대항하는, '영혼의 리얼리즘'이라 불릴 만한 새로운 문학성을 만날 수 있게 되고, 더불어 새로운 개념의 작가 상像을 어렴풋이나마 그릴 수 있게 되길 소망한다.

2.

태초는 시간과 공간이 없는 추상이자 근원의 상징이다. '만물이 생성되는 첫째 근본'인 태초는 그 자체로는 초월적 상징이지만, 시간성은 태초를 상징의 구속에서 꺼내어 신화로 표현한다. 최초의 신화는 태초의 사건을 다루기에 초월적이고 신성하며 비합리적인 알레고리Allegory

이다. 신화는 먼 고대에서 오늘에 이르기까지 스스로 기억이라는 방식을 통해 지속적으로 알레고리화한다. 알레고리를 통해 신화는 무수한 시공간적 편차와 집단적 편차를 만들어가며 멀리 퍼져간다. 신화는 과거의 고정된 이야기가 아니라 시간적 차이와 해석의 차이 속에서 지속하는, 즉 망각 속에서 기억되는 시간성과 거기서 발생하는 파편성을 숙명으로서 살아가는 것이다.[1]

김애란의 소설집 『달려라, 아비』에는 원초적 신화성들이 파괴된 파편의 형식으로 널리 흩어진 채, 깊이 묻혀 있다. 그 산재散在하며 숨은 신화적 요소들을 찾아내는 일은 김애란의 소설을 이해하기 위한 첫 작업이다. 표제작인 「달려라, 아비」는 '태초'의 신화의 되풀이, 곧 몰락한 신화의 파편들이 알레고리로 담겨 있는 작품이다. 이 소설의 표면적 이야

---

1) 발터 벤야민은 『독일 비극의 기원Ursprung des deutschen Trauerspiels』에서 바로크 비극은 고대의 그리스 비극의 알레고리라는 점, 그럼에도 불구하고 바로크 비극은 자신의 기원에 도달할 수 없는 비애를 지니고 있다는 점, 바꾸어 말해, 그 비애의 시선Unterm Blick der Melancholie 속에서 대상은 알레고리적으로 된다는 점, 그러기에 바로크 비극은 파괴성Ruin으로서 자신의 현존을 실현한다는 점, 아울러 알레고리를 통해 바로크 비극은 고대 비극의 '장엄한 희생의 카타르시스'를 넘어 의식을 각성시킨다는 점에 주목하였다.
서구의 낭만주의 시대에서, 우연적이며 습관적이며 실체 없는 추상화 형식인 '알레고리'개념은 자의적 기호가 아닌 이념이 실현되고 풍부한 내적 함의를 지녀 대상을 정확히 구현하는 고차적(총체성) 형식인 '상징' 개념보다 열등한 하위 개념이었다. 발터 벤야민은 이러한 알레고리 개념을 오히려 개인의 천재적(절대 정신) 상상력에 의해 만들어진 '상징' 개념보다 우위적 개념으로 복권시킨다. 알레고리적 시선은 신화가 사라진 시대의 폐허상을 통찰하는 데에서 얻어진다. 폐허의 파편들로부터 의미의 연관을 읽어내는 '알레고리적 시각'이 필요하다는 것이 벤야민의 알레고리관의 주축을 이룬다. 알레고리는 시원으로부터의 몰락과 파괴의 시간감, 그 복원될 수 없는 비애감의 표현이며 폐허로서의 세계를 상징보다 더 정확히 반영하는 이념의 현실적인 미적 형식이 된다. 벤야민은 낭만주의적 상징 개념이 왜곡시킨 알레고리의 미학적 가치를 새롭게 조명한다.

기는 아버지에 대한 원망과 화해의 과정을 다룬다. 오이디푸스적 욕망의 잔재와 왜곡된 리비도가 엿보이는 이 소설에서 아버지는 원망과 걱정의 대상이면서도 그리움의 대상이다. 아버지는 주인공 '내'가 태어나기 전날 문득 사라져 지금은 부재하는 존재이다. 고태적 신화에서 흔히 만나게 되는 죽은이의 부활과 재생의 모티브와 '태초' 모티브, 유기遺棄 모티브는 이 작품의 중심 모티브를 이룬다.

이처럼, 소설집 『달려라, 아비』에는 태초의 신화성의 파편들이 곳곳에 박혀 반짝이고 있다. 소설집은 아래의 문장으로 시작된다.

> 내가 씨앗보다 작은 자궁을 가진 태아였을 때, 나는 내 안의 그 작은 어둠이 무서워 자주 울었다. 그러니까 내가 아주 작았던 시절—조글조글한 주름과, 작고 빨리 뛰는 심장을 가지고 있었던 때 말이다. 그때 나의 몸은 말[言]을 몰라서 어제도 내일도 갖고 있지 않았다.   (『달려라, 아비』, 8쪽)

소설집 서두인 이 인용문은 주인공 '나'의 탄생에 관해 서술하는 대목이다. 그런데 '나'의 탄생의 순간을 다루는 지점은 신화와 만나게 된다. 왜냐하면 신화를 형성하는 시간과 공간은 다름 아닌 태초太初이기 때문이다. "내가 씨앗보다 작은 자궁을 가진 태아였을 때, 나는 내 안의 그 작은 어둠이 무서워 자주 울었다"라는 첫 문장에서 보듯이, 자아가 생성될 무렵의 어둠과 혼돈의 의식은 창세 신화의 태초(암흑과 혼돈)와 비유적으로 연결되고 있다. 이는 작중 화자인 '나'의 심층심리가 원초적 신화성을 품고 있다는 사실, 달리 말해 태초의 신화성에 대한 향수가 김애란의 소설 의식의 기초를 이루고 있음을 상징적으로 보여준다. 그 신화적 원형들은 태초에서 멀리 떨어져 있을 뿐, 그이의 소설과 언어 의식 속에서 지속적으로 반복된다. 그 대표적인 예가 미국에서 돌아가신 아버지가 지금도 계속하여 전 세계를 달리고 계신다는 알레고리적 비유이다.

뒤에서 다시 살피겠지만, 아버지는 '태초'의 알레고리이자, '나'의 심층 심리에 존재하는 신화적 원형인 동시에 리비도의 비유이다. '아버지'가 '나'의 심층 심리의 비유인 것은 소설의 공간 배치에서도 암시된다. 아버지로부터 버림받은 어머니가 '나'를 낳은 '어둑한 반지하 방'이라는 공간과 집을 나간 아버지가 결국 죽음을 맞게 된 곳이 자본주의 문명의 심장부인 미국 사회라는 공간의 설정은, 심층 심리/표층 의식의 대립과 부조화를 상징적으로 시사한다.

또한, 인용문은 작중 화자인 '내'가 자신의 탄생의 순간을 대상화하여 이야기하는 형식을 취하고 있는데, 이러한 독특한 형식은 작중 화자가 자신의 탄생을 신화적 계기로 설정하고 있음을 보여준다. 이는 소설의 서술자로서의 '나'가 태초의 신화의 주인공이자 동시에 근대적 합리성의 산물로서의 '소설'의 주인공이 되었다는 점을 암시한다. 이 점은 신화와 소설 사이의 관계에 있어서 중요한 의미를 지니고 있다.

그 의미는 우선 두 가지 차원에서 논의될 수 있다. 첫째로, 그것은 초자연적 신화성이 소설의 이면적 주체가 되었다는 것. 이는 김애란 소설의 주제 의식에서뿐만이 아니라 소설 언어와 형식 자체도 신화성을 품고 있음을 뜻한다. 둘째로, 전근대적이고 초월적 신화성이 근대적 자본주의 양식인 소설과 상호 대립, 갈등과 지양의 변증법적 관계에 놓이게 되었다는 것. 리버럴한 개인주의와 근대적 시장 경제의 산물인 소설은 근본적으로 물신적 속성Fetishercharakter을 지니고 있다. 소설은 시간의 먼 거리를 건너뛰어 태초의 초월적 신화성을 능동적으로 자각하고 적극적으로 내면화함으로써, 마침내 고태적 신화성은 소설의 물신성에 착종, 균열을 가하게 된다. 동시에, 역으로, 고대의 신화의 원형들은 지금 이곳의 구체적이고 역동적인 현실성으로 새로이 지양되는 계기에 놓이게 된다. 이를 통해 소설 양식은 부르주아적 근대성의 극복을 꿈꾸면서 본질적으로 '새로운 소설'을 향해 나아간다.

이러한 사실들은 김애란의 소설 언어가 지닌 신화적 본성을 알려주며 신화는 소재나 대상이 아니라, 바야흐로 소설 양식과 갈등하면서도 서로 뒤섞이는, 소설의 내면적 주체가 되었음을 의미한다. 따라서 김애란의 소설 언어에서 '태초'를 그리워하거나 내면화하려는 문학적 욕망은 첫 창작집 도처에서 확인된다. 위 인용문에서 "그때 나의 몸은 말[言]을 몰라서 어제도 내일도 갖고 있지 않았다"라는 문장에도, 언어가 없으므로 시간이 없다는 것, 다시 말해 '태초의 말'이 주어졌을 때 삶의 시간이 흐르게 되었다는 뜻이 담겨 있다. 구약성서舊約聖書의 창세創世신화를 연상시키는 이 말은 결국 말(신의 언어)로 인한 '천지 창조' 이전에는 시간도 없었음을 암시한다. 즉 언어의 태초는 천지창조의 태초이며, 그 신비한 태초성이 소설 언어의 기본 조건이라는 작가 의식이 담겨 있는 것이다. 그 태초의 언어는 기본적으로 신비적이고 신화적이다.

자본주의적 양식으로서의 소설이 태초의 신령한 신화성과 서로 갈등하고 착종하고 해후하는 과정을 잘 보여주는 비유는 바로 '편지'의 비유이다. 「달려라, 아비」에서 작가는 주체(내)의 탄생이 어머니에 의해 "세상에 편지처럼 알려"졌다고 비유한다(인용문의 다음 문장, "말을 모르는 몸뚱이가, 세상에 편지처럼 도착한다는 것을 알려준 것은 나의 어머니였다"). 여기서 '세상의 편지'는 태초와 연결된 신화적 언어가 근대적 소설 언어와 상호 망각과 소원疏遠과 만남의 관계에 놓여 있음을 비유한다. '편지'는 '먼 곳'에서 오는 '언어'이기 때문이다. '편지'는 이별과 망각, 기억과 그리움, 그리고 해후의 형식이다. 다시 말해, 이 문단은 김애란 소설집 전편에 걸쳐 드러나는, 신비와 세속 사이, 원형과 알레고리 사이, 신화와 소설 사이의 단절과 연결, 망각과 기억을 보여주는 메타포로 읽을 수 있다.

앞서 말했듯, 김애란의 소설집 『달려라, 아비』에는 신화적 알레고리 및 여러 신화적 비유들이 산재되어 있다. 그이의 소설은 태초의 신화적 상상력을 통해 자본주의의 물신物神 신화와 그 권위주의적 가부장의 신화성, 합리성과 이성의 신화를 새로이 해석하고 소설적으로(알레고리적으로) 해체하기 시작한다. 특히 대량 소비 사회로 일컬어지는 후기 자본주의의 물신성에 대해 깊은 관심을 보이는데, 그이의 소설들은 상품 목록으로 인간성이 치환되어버린 바코드화한 삶 그리고 유령화된 도시적 삶에 대한 연민과 비판의 차원을 넘어서 새로운 사유와 상상력을 보여준다.[2]

「달려라, 아비」는 그 자체가 고대 신화의 알레고리이며 동시에 시원적 신화의 알레고리를 통한 현대 자본주의의 신화에 대한 비판이다. 이 작품은 한국 사회에서 정착하지 못하고 처자식을 버린 채 미국에 갔으

---

2) 자본주의의 신화성, 즉 상품의 물신적 성격Fetishercharakter der Ware에서 발생하는 부정적인 데몬적 신화성의 주요 사례들과 그 분석은 이 글의 의도와 범위를 벗어날 뿐 아니라, 필자의 형편 밖의 작업이다. 다만, 이와 관련하여 근대 서구의 상품의 신화와 모더니티의 신화에 대한 비판적 이론들을 살펴볼 필요가 있다. 자본의 신화, 모더니티의 신화와 관련된 건축물, 도시성에 대한 저술들, 특히 최근 번역된 주목할 저술로는 벤야민의 유고 저작 『아케이드 프로젝트』(새물결, 2005)와 프랑스의 마르크스 철학자 보드리야르의 저작들을 참고할 만하다.

나 고생하다가 교통사고로 죽은 아버지, 박봉의 택시 기사인 억척스러운 어머니, 그러한 생면부지의 아버지를 둔 주인공 '나'의 불행한 가족사를 신화적으로 재구성한다. 한국 사회의 조직에, 직장이나 가족에 안주하지 못하는 가부장의 상징인 '나'의 아버지는 이미 미국에서 돌아가셨지만, 돌아가신 아버지조차 '나'는 상상 속에서 전 세계 곳곳을 계속하여 달리도록 만든다. 그럼으로써, 아버지는 '새로운 가부장의 신화'로 부활하게 된다.

죽은 아버지의 부활은 그 자체가 신화적인데, 이러한 '신화적 인물' 설정은 '나'의 탄생의 이야기와 결부되어 더욱 복합적인 신화적 의미를 갖게 된다. 많은 신화들이 그렇듯이 주인공 '나'의 탄생은 고난 속의 어머니와 함께 이루어지고, 아버지는 처음엔 부정적 인물로 그려지다가 후에 주인공과 화해하는 모티브도 신화의 모티브라 할 수 있는데(비근한 예로 '바리데기' 신화), 그 화해의 계기는 죽은 아버지가 지금도 물리적 시공을 초월하여 달리고 있다는 신화적 상상에 의해 이루어진다. '시공을 초월하여 지금 이 순간에도 쉬지 않고 달리는 아버지'의 신화적 알레고리에 의해 오늘의 한국 사회에서의 '부성의 신화' 즉 자본주의적 진보의 신화와 권위주의적 부권 신화의 이데올로기를 반성할 수 있게 되며, 동시에 '나'의 심연이 앓고 있는 모순과 비극성도 극복의 계기를 맞게 된다. 죽은 아버지의 부활과 달리기는 결국 '나'의 리비도적 결핍의 해소이자 무의식의 원형 즉 '나'의 주체성의 지속적인 확인이며('나'의 리비도와 무의식에 결정적으로 작용하는 '아버지'의 존재는, "내가 아버지를 계속 뛰게 만드는 이유는, 아버지가 달리기를 멈추는 순간, 내가 아버지에게 달려가 죽여버리게 될까봐 그랬던 것은 아닐까"(27쪽) 같은 문장에서 잘 드러난다), 나아가 자본주의적 '부성의 신화'에 대한 반성과 각성의 비유이기 때문이다.

그렇게, 「달려라, 아비」는 신화적 상상력을 통해 속도 중심의 물신화된 시간관을 차츰 허물어뜨리고 균열시킨다. 태양으로 상징되는 물신의 속도주의 시간관은 신화적 상상력에 의해 그늘을 얻기 시작하는 것이다.

> 그날 밤 나는 뜬 눈으로 밤을 지새웠다. 나는 천장을 바라보며 내가 상상했던 아버지의 모습을 하나씩 떠올려봤다. 후꾸오까를 지나, 보루네오섬을 건너, 그리니치 천문대를 향해 가는 아버지. 스핑크스의 발등을 돌아, 엠파이어스테이트 빌딩을 거쳐, 과다라마산맥을 넘고 있는 아버지. (…) 그러다 나는 문득, 아버지가 그동안 언제나 눈부신 땡볕 아래서 뛰고 있었다는 것을 깨달았다. 오랫동안 나는, 아버지에게 야광 반바지도 입혀드리고, 밑창이 말랑말랑한 운동화도 신겨드리고, 바람이 잘 통하는 셔츠도 입혀드리고. 달리기에 필요한 모든 것을 상상해왔다. 그런데 그중 썬글라스를 씌워드릴 생각을 한번도 하지 않았다는 게 이상하게 여겨졌다. 아버지가 비록 세상에서 가장 시시하고 초라한 사람이라고 할지라도 (…) 그러니 아버지는 내가 아버지를 상상했던 십수년 내내, 쉬지 않고 달리는 동안 늘 눈이 아프고 부셨을 것이다. 그래서 나는 오늘밤 아버지의 얼굴에 썬글라스를 씌워드리기로 결심했다. 나는 먼저 아버지의 얼굴을 떠올렸다. 아버지는 기대감에 부푼, 그러나 애써 내색하지 않으려는 듯 작게 웃고 있다. 아버지가 가만히 눈을 감는다. 마치 입맞춤을 기다리는 소년 같다. **그리하여 이제 나의 커다란 두 손이, 아버지의 얼굴에 썬글라스를 씌운다. 그것은 아버지에게 썩 잘 어울린다. 그리고 이젠, 아마 더 잘 뛰실 수 있을 것이다.**
>
> ─「달려라, 아비」, 28-29쪽 (강조_필자)

인용문은 작품의 끝부분이다. 표면적으로 인용문은 자본주의의 비인간적 속도주의와 왜곡된 가부장성에 대한 안티테제로서의 깊은 신화적 알레고리이다. 소설집『달려라, 아비』에서 아버지는 '나'에게 애증의 교차점인데, 예를 들어, 단편「그녀가 잠 못 드는 이유가 있다」에서 아버지는 무작정 상경하여 종일토록 딸의 단칸방에서 기식하는 무능한 아버지이다. '그녀'는 어느 날 아버지가 어린 '그녀'를 아주 커다란 플라스틱 삽 속에 넣고 빙글빙글 속력을 내어 돌리는 꿈을 꾼다. 그리고 작가는 그런 아버지와 그녀 사이의 관계를 "아버지가 그녀를 기쁘게 하기 위해 힘들게 움직이면 움직일수록 많은 땀을 흘리는 것은 그녀"(111쪽)라고 묘사한다. 여기서 주목할 것은 "움직이는 것은 아버지"이며, 그녀가 아버지와 연관하여 "그렇게 행복한 꿈을 꾸면서 몹시 고통스러운 표정을 짓고 있었다"(111쪽)는 사실이다. 곧 아버지는 시간의 빠름이 강조되는 문명을 대변하며, 그 아버지의 속도감 속에서 '나'는 고통받는다. 그러나 '나'의 생물학적 시원인 아버지 또한 자본주의적 물신의 희생자이다. 즉 자본주의 문명에 가담하고 싶어도 가담하지 못하는 아버지는 자본주의적 가부장 신화의 대명사인 동시에 그것의 피해자인 것이다.

작가는 이처럼 모순된 부성에 대한 신화적인 알레고리를 통하여 자본과 문명의 가부장적 성격을 반성하게 한다. 그 신화적 알레고리의 역할은 자본주의적 가부장 신화에 부활과 재생(달리기)이라는 '신화성으로서의 아버지'를 착종시키는 일이다.[3] '아버지'의 신화는 이중의 알레

---

3) 작가는 왜 작품에서 내내 사용하던 '아버지'란 단어를 쓰지 않고, 작품 제목에서는 명령형 '달려라'와 함께, '아비'라고 표현한 것일까? 아비의 어근 '압ab'은 알타이-터키어계의 조어祖語로서 '압' 뒤에 접미사 '~이'가 붙은 것이다. '아비'의 몽고어로는 abu, 한국어로는 abi, abu, aba, abai, abe 등으로 분화되었다. 여기서 중성, 즉 모음은 자유로운 이동이 가능한 것으로, 이 모든 형이 하나의 형태에서 온 것으로 보는 것이 정설이다. 만주

고리를 통해 '나'에게 새로이 자각되고, '아버지'는 새롭게 지양되며, 비로소 그때, '나'는 아버지와 화해하게 된다. 이때 아버지와 '나'는 동시에 새 삶을 얻게 된다. 죽은 아비의 부활은 '나'에게는 왜곡된 욕망의 극복과 리비도의 재생을 의미하며,—김애란의 앞 세대 작가들이 '아버지'를 부정한 것과는 달리—아버지에게는 새로운 차원에서의 부성의 부활과 복권을 가져다주기 때문이다.

신화적 상상력으로서 '아버지'의 부활의 의미는 여기서 그치지 않는다. 미국에서 교통사고로 죽은 아버지가 "눈부신 땡볕 아래서 뛰"기를 계속하고 있다는 신화적 모티브는 그 자체가 자본의 비인간적 속도주의 신화에 대한 반성적 비유이며 동시에 유목의 시간감과 자연적 삶이 조화를 이루는 새로운 삶을 보여주는 다의多義적 알레고리이다. 그러므로 "눈부신 땡볕 아래서" 달리고 있는 아버지에게 썬글라스를 씌워드리는 '나'의 행위는, "눈부신 땡볕" 같은 현대의 물신화된 문명에 '태초'의 '그늘'을 만들어주는 행위라고 할 수 있다. 썬글라스를 씌워드리는 순간, 즉 '그늘'이 만들어지는 순간, 아버지는 기존의 이념적 구속에서 해방되고, '나'의 존재는 내면의 아버지와 화해하게 되며, 속도주의 문명 속에 새로운 '태초'의 시간성이 둥지를 틀기 시작한다. 결국 썬글라스는 표면적으로 불행한 '나'의 '아버지'와의 화해를 상징하면서, 이면

어로는 ama라고 하는데 이는 순음(입술소리)의 교체, 즉 ㅂ(입술소리)에서 ㅁ(콧소리)으로 바뀐 경우이다. 이는 알타이어 계통에서는 흔히 있는 일인데 여기서 중요한 사실은 '아비'가 압+어지(인칭 접미사)=아버지로 변화되기 훨씬 전의 언어 즉 '언어의 태초'에 가까운 언어였다는 점이다. 즉 제목 '달려라, 아비'에서도, 명령형 '달려라'와 시원의 언어 '아비'가 결합 으로써, 모더니티와 신화성이 묘하게 서로 뒤섞이고 있다. 이는 '아버지'라는 현재의 신화와 '아비'의 태초성(신화성)을 상호 착종, 지향하길 꿈꾸는 작가 의식(혹은 무의식)의 산물이 아닐까?

적으로 물신의 신화가 지배하는 현실 속에 새로이 깃드는 태초의 신화성의 상징인 것이다.

그렇게 자본주의적 진보의 신화가 만들어놓은 권위적이고 억압적인 부성의 신화는 내부적으로 균열하고 새로운 부성의 삶의 신화가 자라기 시작한다. 그 '아버지'의 새로운 신화는 합리성에 의한 진보의 신화와는 전혀 다른 차원의 원형적이며 영靈적이며 신적인 차원에서 이루어졌다는 점에서 중요한 의미를 지닌다.

3.

김애란의『달려라, 아비』는 새로운 작가 의식의 출현을 알리는 소설집이다. 그이의 새로운 소설적 특성과 의식을 잘 보여주는 작품으로「종이 물고기」가 있다. 이 작품은 김애란의 소설적 상상력(작가 의식)의 원천을 엿볼 수 있다는 점, 동시에 소설사적 의의를 지닌 '예술가 소설(예술과 예술가를 소재로 다룬 소설)'이라는 점에서 소중하다. 이 작품에서 가난한 작가 지망생인 '그'는 누추한 옥탑방의 천장과 네 벽면을 온통 스치는 생각 단어 문장을 적은 포스트잇post-it으로 가득 붙인다. 방 안이 온통 포스트잇으로 채워졌을 때, 작가는 다음과 같은 신비한 경험을 하게 된다.

(…) 그는 포스트잇들이 거대한 담쟁이덩굴 같다는 생각을 했다. 혹은 소나무 껍질 같기도 했고, 물고기의 비늘같이도 느껴졌다. 방은 촘촘한 비늘에 덮인 어떤 생명체 같았다. 비늘이 붙어 있지 않은 창문과 방문은 그 생명

의 어떤 기관처럼 느껴졌다. 그는 겨우내 닫아두던 창문을 활짝 열었다. 기다렸다는 듯 차가운 바람이 방 안으로 휘몰아쳤다. 바람은 창문으로 들어와 방문을 통해 나갔고, 다시 방문으로 들어와 창문을 통해 나갔다. 바람이 들고 날 때마다 모든 벽면은 바깥을 향해 천천히 부풀어오르다 다시 원상태로 천천히 가라앉았다. 그럴 때면 다섯 개의 벽면에 붙은 포스트잇들은 일제히 파르르 몸을 떨었다. 그러자 그것은 더욱 살아 있는 것처럼 보였다. 그는 그 방 전체가 하나의 종이 비늘이 달린 물고기가 되어 부드럽게 세상을 헤엄쳐 다니는 상상을 했다. 그는 물고기의 지느러미 옆에 붙어 있는 듯한 기분도 느꼈고, 반대로 자신이 물고기 뱃속에 들어가 있는 것 같은 기분도 느꼈다. 그는 어디가 안이고 밖인지 알 수 없었다. 그는 가만히 서 있는 자신의 몸이 저절로 일렁이는 것을 보았다. 모든 것은 아주 생생했다. 그런데 어디선가 차르르 하는 소리가 났다. 그는 놀라 주위를 둘러보았다. 어디선가 다시 차르르르 하는 소리가 들렸다. 방바닥을 내려다보니 여기저기 모래가 흩어져 있었다. 그는 손바닥으로 방을 쓸어보았다. 진짜 바닷모래였다. 그는 믿어지지 않는다는 듯 두 눈을 끔뻑거렸다. 수천 장이나 되는 비늘 사이에서 모래가 줄줄 흘러내리고 있었다. 비늘은 천천히 부드럽게 너풀거리며 그의 머리칼을 휘날리게 했다. 그는 두 눈을 감고 심호흡을 하며 "이건 진짜야"라고 중얼거렸다. 마지막 포스트잇을 붙이고 나면 물고기가 싱싱한 등허리를 파닥거리며 자신을 데리고 어디론가 헤엄쳐갈 것이라고 그는 생각했다. 얼마 후 그는 자기도 모르게 그 자리에 쓰러졌다. 그는 그날 밤 두 팔을 머리맡에 둔 채 잠을 잤고, 어쩌면 꿈속에서 거대한 눈을 끔뻑이는 종이 물고기를 봤는지도 몰랐다.

(「종이 물고기」, 216-217쪽)

젊은 소설가 지망생의 옥탑 방 벽면에 가득 붙어 있는 포스트잇들이 거대한 담쟁이덩굴이나 소나무 껍질로, 이윽고는 파닥거리는 물고기의 비늘로 바뀌는 장면이 그려지고 있다. 벤야민에게 알레고리는 본질적으로 파괴된 조각이나 파편Fragment이었듯, 그 파편은 곧 김애란에게 포스트잇으로 표현된다. 다시 말해, 포스트잇은 파편으로서의 알레고리 혹은 그 알레고리적 의식의 비유이다. 파편으로서의 포스트잇은 인간 의식의 한계성 혹은 더 이상 자아와 세계의 총체성으로서의 정신의 자기 운동이 불가능한 현실을 비유한다. 여기서 중요한 것은 포스트잇처럼 작고 사소한 것, 하잘것없는 파편들의 '연결'에 주목하며, 그 작고 사소한 파편들의 '연결'이 갑자기 "거대한 눈을 끔뻑이는 종이 물고기"로 변하여 "싱싱한 등허리를 파닥거리며 자신을 데리고 어디론가 헤엄쳐갈 것이라고 그는 생각"한다는 사실이다. 포스트잇의 집합이 홀연 종이 물고기로 변신하여 작가 지망생인 '그'를 데리고 싱싱한 생명력으로 어디론가 헤엄쳐간다는 상상력! 작가의 남루한 파편적 의식(포스트잇)에 깃든 비애와 연민의 자기 그림자는 홀연히 사라지고 작가 의식은 초자연적인 신령함을 호흡하기 시작한다. 이 신령스러운 상상력은 작중의 소설가 지망생인 '그'의 무의식인 동시에 작가 김애란의 무의식을 반영한다. '종이 물고기'는 그 자체로 신화적이며, 작가 지망생인 '그'의 무의식이 투영된 원형의 상징이라고 할 수 있다. 따라서 포스트잇으로 만들어진 '종이 물고기'는 바로 작가의 무의식 속에 살아 숨 쉬는 직관적이고 역동적이며 신화적인 존재를 상징한다. 융은 그 심연에 숨어 있는 생명력을 '아니마anima'로 불렀다. 그 아니마란 "마술적 여성 존재의 더 본능적인 전 단계"이자 "자연 그대로의 원형이며 모든 무의식의 묘명墓銘들, 원시적인 정신, 언어나 종교의 역사에 관한 모든 설명을 만족할 만하게 포괄"하는 (무의식 속의) "많은 원형 중의 하나"이다(융, 「집

단적 무의식의 원형에 관하여」, 『원형과 무의식』, 136-137쪽).[4]

결론적으로, 이 장면은 소설 쓰기의 원동력인 원시성과 신화성이 작가의 아니마를 이루고 있음을 보여준다. 이 긍정적인 아니마가 작고 사소하고 누추하고 슬프고 하잘것없는 삶의 파편 속에 깃든 영성靈性을 발견하게 하고, 그 파편들과 영성적으로 공생하고 그들을 승화하려는 독특한 작가 의식을 낳는다. 그러한 소설 의식은 샤먼의 의식儀式을 닮아 있다. 샤먼은 접신술을 통해 만신萬神들과 만나고 그 만남을 통해 세속적 삶의 상처와 아픔을 달래며 그들과 신령성을 공유하려는 이를 일컫기 때문이다.

4.

작가 의식은 주제 의식을 통해 표현되는 것이 아니라 오히려 언어 의식을 통해 표현된다. 언어 의식은 작가 의식 그 자체이다.

첫 소설집임에도 불구하고 『달려라, 아비』에는 한국문학이 일찍이 경험해보지 못한 언어 의식이 담겨 있다. 20대 초반의 젊은 작가가 지닌 언어 의식이라고 여기기 어려울 정도로, 작가는 기존의 소설 문법에 대해 깊이 성찰하며 독자적인 소설 언어를 추구해간다. 김애란 소설 언어가 지닌 독자성과 새로움은, 크게 보아 두 방향에서 찾아진다. 하나

---

4)   융에 따르면, "아니마는 도그마적 심혼Seele이 아니며, 철학적 개념인 이성적 아니마도 아니다. 무의식을 곧바로 특징 짓는 것은 아니다. 그것은 무의식의 한 측면에 불과하다"고 하였다.(C. G. 융, 「집단적 무의식의 원형에 관하여」, 『원형과 무의식』, 한국융연구원 C. G. 융 저작번역위원회, 솔, 2002, 134-138쪽)

는, 원초적 신화에 대한 알레고리적 의식이 끊임없이 작용하고 있다는 점이며, 다른 하나는, 신화적 상상력을 추구함에도 불구하고 서민적 리얼리즘이라고 부를 만한 현실에 대한 리얼리스트적 안목을 지니고 있다는 점이다. 김애란의 언어 의식은, 신화적이면서도 신화의 비현실성을 극복하고, 리얼리즘적이면서도 기존의 리얼리즘을 극복하는 데에로 나아간다. 아래 인용문은 김애란의 언어 의식을 이해하는 데에 시사적示唆的이다.

그는 가끔 세상에서 가장 근사한 공간을 상상한다. 그곳은 실패한 농담들의 쓰레기장, 감기 걸린 영웅들의 사물함, 진심을 위한 뱃지가게, 그리고 이름을 가져본 적이 없는 어떤 곳들이다. 그를 둘러싼 집, 상점, 화장실, 학교, 도시는 주로 육면체의 세계이지만 그가 상상하는 공간들이 몇 개의 면으로 이뤄져 있는지는 알 수 없다. 현재 그는 016으로 시작하는 휴대폰을 가지고 있으며, 알파벳 b로 시작되는 이메일 주소를 가지고 있다. 그는 070으로 시작되는 계좌번호를 가지고 있으며, 02로 시작되는 운전면허를 가지고 있다. 그는 1980년생이고 지금은 2004년 서울이다. 따라서 그가 사는 곳은 진담의 세계이며, 범인凡人들의 세계에다가, 오해의 세계이기까지 하다. 하지만 그는 모른다. 2003년 서울에 아직도 아버지의 시간이 흐르고 있다는 것을. (…) 그는 똥고개에서 태어났다. 그곳은 좁고 구불구불한 계단이 하늘까지 이어지는 마을이었다. 계단은 아버지의 아버지의 아버지의 이름을 부르며 올라가도 끝이 없었다. 어떤 새댁은 아버지의 아버지의 아버지의 이름을 부르며 시장에 내려가다, 더이상 부를 아버지의 이름이 없자 사라져버리기도 했다. 사람들은 알고 있었다. 똥고개에서 평지까지 내려가는 데까지 얼마나 많은 시간이 걸리는가를. 아들의 아들의 아들들이 기어코 평지로 내려갈 때, 그동안 세상은 너무도 달라져버릴 테고 그들은 아주 다른 인종이 되어 있을 것이다. 마치 지금 지구에서 쏘아올린 빛이 몇백년 후에 별에 다다를 때와 같이. 그들은 생뚱맞게 도시 어딘가에 도착해 있을 것이다. 자신의 반짝임을 창피스러워하면서 말이다. (「종이 물고기」, 194-195쪽, 강조_필자)

인용문은 김애란의 세계 인식과 언어 의식의 주요 단면들을 보여준다. 이 인용문을 편의상 몇 개로 나누어 살펴보면 다음과 같다.

(1) 그는 가끔 세상에서 가장 근사한 공간을 상상한다. ……그를 둘러싼 집, 상점, 화장실, 학교, 도시는 주로 육면체의 세계이지만 그가 상상하는 공간들이 몇 개의 면으로 이뤄져 있는지는 알 수 없다.

(2) 그는 1980년생이고 지금은 2004년 서울이다. 따라서 그가 사는 곳은 진담의 세계이며, 범인凡人들의 세계에다가, 오해의 세계이기까지 하다.

(3) 그는 똥고개에서 태어났다. 그곳은 좁고 구불구불한 계단이 하늘까지 이어지는 마을이었다. 계단은 아버지의 아버지의 아버지의 이름을 부르며 올라가도 끝이 없었다.

(4) 사람들은 알고 있었다. 똥고개에서 평지까지 내려가는 데까지 얼마나 많은 시간이 걸리는가를.(현실 세계) 아들의 아들의 아들들이 기어코 평지로 내려갈 때, 그동안 세상은 너무도 달라져버릴 테고 그들은 아주 다른 인종이 되어 있을 것이다.(초월적 세계)

(5) 마치 지금 지구에서 쏘아올린 빛이 몇백년 후에 별에 다다를 때와 같이.(현실 세계) 그들은 생뚱맞게 도시 어딘가에 도착해 있을 것이다. 자신의 반짝임을 창피스러워하면서 말이다.(초월적 세계)

겉으로 볼 때, 위 인용문의 내용은 짙은 안개 속인 듯, 잘 파악되지 않는다. 그러나 (1)~(5)로 나누어 보면, 한 가지 일관되게 반복되어 드러나는 것이 있는데, 그것은 바로 작가의 세계 인식의 복합성이다. 그 세계 인식의 복합성은 현실 세계와 초월 세계를 동시적으로, 한 몸으로 인식하는 작가의 시선에서 나온다. (1) "그를 둘러싼 집, 상점, 화장실, 학교, 도시는 주로 육면체의 세계이지만"(현실 세계)과 "그가 상상하는 공간들이 몇 개의 면들로 이뤄져 있는지는 알 수 없다"(불가지론의 초월적 세계) (2) "그는 1980년생이고 지금은 2004년 서울이다"(현실 세계)와 "오해의 세계이기까지" 했다(불가지론의 세계) (3) "그는 똥고개에서 태어났다"(현실 세계)와 "계단은 아버지의 아버지의 아버지의 이름을 부르며 올라가도 끝이 없었다"(초월적 세계) 등에서 보듯이, 작가는 현실 세계와 초월 세계를 동시에 아우르는 시선을 보여주고 있다. 여기서 중요한 사실은 초월적 세계가 현실 세계에 대립적으로 존재하지 않는다는 사실이다. 현실 속에서 초월이 일어나고 초월 속에서 현실은 새로운 현실로 거듭난다. 그러므로 인용문 (4)와 (5)에서 보듯이, 초월적 세계는 모든 이질적인 개별성들을 서로 연결하고 하나로 묶을 수 있듯이, 초월적 시선으로 볼 때, '똥고개'라는 현실 세계의 "아들의 아들의 아들들이 기어코 평지로 내려갈 때," "그들은 아주 다른 인종이 되어 있"거나, "그들은 생뚱맞게 도시 어딘가에 도착해 있을 것이다. 자신의 반짝임을 창피스러워하면서 말이다"는 초자연적 현상을 자신 있게 서술하게 된다. 이러한 작가의 초월적 의식은, 뒤에서 보겠지만, 이질성의 사물들을 동질성의 차원에서 연결 짓는 언어 의식의 원천이 되고 있으며, 동시에 "아버지의 아버지의 아버지의" 태초성과 그 태초성에서 발원한 "아들의 아들의 아들들의" 알레고리적 문학 언어를 낳는 원천이 되는 것이다.

그러나 여기서 작가의 언어 의식은 딜레마에 맞닥뜨리게 된다. 그 이유는, 위 인용문에서 보았듯이, 알레고리적 문학 언어는 본질적으로 거짓말과 참말을 서로 분별하기가 어려운 언어이기 때문이다. 알레고리적 언어는 자신의 기원 즉 출생의 이야기를 늘 염두에 두고 있는 언어이며(알레고리Allegorie의 본디 뜻은 '다르게 말하기'이다), 자기 내용의 진위眞僞 여부에 대해 불안하게 자문自問하는 언어이다. 자기 진실에 이르기 위해 통과해야 하는 수많은 오해와 거짓말이 알레고리적 언어의 속성이기에 즉, 모순과 역설의 언어이기에, 언어유희의 유혹에 빠질 위험성을 안고 있는 것이다.

　　그러나 김애란의 소설 언어가 지닌 미덕은 그 알레고리적 언어 의식이 빠지기 쉬운 거짓말-참말 사이를 왕복하는 관념론적 언어유희로부터 벗어나 있다는 점에 있다. 그 관념론적 언어 의식에서 벗어나게 하는 힘은 그이의 소설 언어가 이성이나 합리성을 좇지 않고 '태초'의 신비성을 좇는 데에서 나온다. 그 소설 언어에서의 '태초'의 자각은 바로 "2003년 서울에 아직도 아버지의 시간이 흐르고 있다는 것을" 자각하는 것으로 표현된다. 여기서 '아버지'를 '태초'의 비유로 이해할 때, 언어는 초월적 신비성을 띠게 된다. 그때 "마치 지금 지구에서 쏘아올린 빛이 몇백년 후에 별에 다다를 때와 같이. 그들은 생뚱맞게 도시 어딘가에 도착"하여 "자신의 반짝임을 창피스러워하"는 '태초'의 언어 의식이 이어질 수 있는 것이다. 이처럼 원초적 신화성의 언어 의식 혹은 "아들의 아들의 아들들의" 알레고리적 언어 의식은, 한편 수많은 오해와 '거짓말'을 낳으면서도 언어가 지닌 '태초'의 신령함을 적극 찾아가는 소설 언어를 낳게 되는 것이다.

　　그러므로 김애란의 언어 의식이 지닌 범속성凡俗性은 아이로니컬하게도 언어의 '신령성神靈性'을 자각하고 동경하는 데에서 나온다고 말할 수 있다. 이는 실낙원의 세속적 언어를 통과하지 않고는 낙원의 언어는 복구 불가능함을 자각하는 언어 의식의 표현이다. 아울러, 이는 세속적 리얼리즘을 지양 극복하는 새로운 리얼리즘적 언어의 싹을 보여주는 것이기도 하다. 앞서의 '종이 물고기'의 비유에서 보듯이, 소설가 지망생인 '그'의 언어 의식이 신비와 신화의 알레고리에 연결되어 있다는 사실은 언어의 사라진 신령성을 찾기 위해, 역설적으로, '그'에게 '연결'된 무수한 세속적 언어(포스트잇)에 깊은 관심을 쏟고 있음을 보여준다. '그'의(작가의) 서민적 언어 의식은 근본적으로 신화성의 알레고리(즉 '아버지' 알레고리)와 짝을 맺고 있는 것이다.

김애란의 언어 의식의 뿌리는 '아버지'로 상징되는 '태초'의 신화성이다. 그런데 중요한 사실은 그 '태초'의 신화성은 '바람'으로 표현되고, 따라서 작가의 언어 의식의 뿌리는 '바람' 그 자체라는 점이다. 융의 분석심리학적 관점에서 본다면, 바람은 생명의 상징이며 신령 그 자체이다. '바람'은 신의 세계로 여행을 수행해야 하는 영매靈媒의 상징이기도 하다(신령, 정신을 뜻하는 독일어[Geist]의 어원엔 '바람'의 뜻이 내포되어 있다). 특히, 영매 즉 샤먼은 자신이 '바람'이 됨으로써 신성神性을 인간들에게 전달할 수 있다. 「누가 해변에서 함부로 불꽃놀이를 하는가」에서 '아버지'는 탄생의 비밀을 알고 싶어 안달하는 어린 '나'에게 거짓말도 참말도 아닌, 신비도 현실도 아닌 모호한 답변을 건넨다. 결국 '나'는 그 '해답'을 '바람'에 의해 스스로 구하게 된다. 「누가 해변에서 함부로 불꽃놀이를 하는가」의 한 구절,

> 바람이 잘 새는 어느 집. 졸고 있는 한 아이를 본다. 좁은 등압선을 가진
> 바람이 몰고 오는 이야기에 귀기울이고 있는 저 아이를. 아버지의 목소리가
> 들리지 않기 때문에 이제 아이는 스스로 이야기하려 한다. 아버지가 어머니
> 를 만나는 이야기를.　　　　　(「누가 해변에서 함부로 불꽃놀이를 하는가」, 190쪽)

에서 보듯이, 사라진 아버지를 대신하여 스스로 자기 탄생의 비밀을 이
야기하려고 결심하는 것도 '바람'에 의해서이다. 그러므로, "이제 아이
는 스스로 이야기하려 한다. 아버지가 어머니를 만나는 이야기를"이라
는 구절은 비로소 작가가 언어로서의 '바람', 즉 '태초'의 신령함을 지
닌 언어 의식을 갖게 되었음을 뜻하는 것이다.

　　결국 '바람'의 언어는 '시원의 언어'이자 현실과 초월을 매개하는 언
어 곧 샤먼의 언어라고도 할 수 있다. '바람의 이야기' 즉 '태초'의 신화
(아버지)가 사라졌다는 자각과 사라진 신화성의 복원이라는 주제 의식
은 작품 곳곳에 여러 모습을 하고 드러나는데, 그 '태초'의 신령한 언어
의식은 아래와 같은 문장에서 더 명료하게 나타난다. 「사랑의 인사」의
서두 부분을 보라.

　(가)

　**나는 오래 전 사라진 말[言]들을 알고 있다. 먼 옛날 대서양에 가라앉은 아
틀란티스처럼. 출렁이는 바다풀 사이로 이름을 알아볼 수 없게 된 어느 도시
의 명패名牌처럼.** 지금은 이방인의 소문으로만 남게 된 당신의 말들.

　　　　　　　　　　　　　　　　　　　　　　　　　　(강조_필자)

　고메라섬 부족은 휘파람으로 된 말을 가지고 있다고 한다. 그들은 높낮이

와 길이가 다른 수많은 휘파람 소리를 만들었다. 그들이 휘파람 언어를 가질 수 있었던 건, 사람들 사이를 가르고 있는 거대한 협곡 때문이었다. **지하철 안—매일 아침 목숨을 걸고 한강을 건너는 사람들 틈에 앉아, 덜컹이는 이 세계의 박자를 느끼고 있다 보면, 어느새 나는 눈을 감고 고산지대 사람들의 휘파람 소리를 상상하게 된다. 내가 한 번도 불러본 적 없는 입술에서부터 출발해 골짜기를 타고 내려가 산을 한 바퀴 돈 다음, 제자리로 돌아왔다가, 지구를 휘감은 뒤—이제 막 내 귓바퀴에 도착하는 긴— 긴— 휘파람 소리. 처음부터 나에게로 오게끔 약속돼 있던 언어.**

— 「사랑의 인사」, 140–141쪽 (강조_필자)

(나)

네시(네스호湖에 산다는 불가사의한 괴물_필자)를 본 내 가슴은 두근거렸다. 네시가 거대해서도 끔찍해서도 아니었다. 그것은 오래전 사라진 존재의 모습을 하고 있기 때문이었다. 네시는 공룡과 매우 비슷했다. 사라졌기 때문에, 단지 사라졌다는 이유만으로 인류에게 여전히 매혹적인 존재, 공룡 말이다. 『세계의 불가사의』는 **네시가 약 일억년전 멸종한 플레시오싸우루스를 닮았다고 설명했다. 플레시오싸우루스, 입에서 바람이 부는 이름이었다.**

— 「사랑의 인사」, 141–142쪽 (강조_필자)

초자연적이고 야생적인 '바람의 이야기'는 인용문의 "고메라섬 부족"의 언어 즉 '휘파람 소리'와 동일한 것이다(휘파람은 인간이 내는 '바람 소리'이다). 그런데 작가는 이 "오래 전 사라진 말[言]을 알고 있다"고 말한다. 작가의 입장에서 본다면, 이 말은 하나의 새로운 언어 의식의 선언이다. 왜냐하면, 이 말은, 김애란의 소설에서 "아버지의 목소리가 들

리지 않기 때문에 이제 아이는 스스로 이야기하려 한다"는 앞의 문장과
대구를 이루기 때문이다. 그러므로 이 말은 '아버지' 부재의 시대에 바
람에 실려 오는 '오래 전 사라진 말[言]'('아버지'의 언어 혹은 이야기), 곧
원초적 신화성의 언어를 다시 찾는 것, 사라진 '태초'의 신성神性을 언어
속에서 다시 살리는 것이 작가가 새로이 자각한 언어 의식임을 보여주
고 있는 것이다.

　인용문 ㈎에서 보듯이 그 초월적 신화의 알레고리로서의 언어는 "내
가 한 번도 불러본 적이 없는 입술에서부터 출발해 골짜기를 타고 내려
가 산을 한 바퀴 돈 다음, 제자리로 돌아왔다가, 지구를 휘감은 뒤—이
제 막 내 귓바퀴에 도착하는 긴— 긴— 휘파람 소리. 처음부터 나에게로
오게끔 약속돼 있던 언어"로 표현되고 있다. 여기에 김애란의 언어 의
식의 핵심이 숨어 있다. 이 작품에는 어린 시절 공원에서 아버지로부터
유기된 뒤, "어느새 공원에는 어둠이 깔리기 시작했다. 하늘 위로 불꽃
놀이의 파편들이 구조를 요청하는 신호탄처럼 절박하게 쏟아졌다. 순
간 나는 한 가지 중요한 사실을 깨달았다. 그것은 '나는 버림받았다'는
사실이 아니었다. 그것은 단순하고 모호한 문장, 먼 곳에서 수백 년 전
에 출발해 이제 막 내 고막 안에 도착하는 휘파람 소리, '아빠가 사라졌
다'는 말이었다(145-146쪽)"는 작가의 인식도 일맥상통하다. 이 문장
은, '아버지가 사라졌다'는 명제에는 '태초'로 거슬러 올라갔을 때, 동
식물계는 물론, 돌이나 물 바람 햇빛과 같은 무생물계와 인간계 사이의
생물학적 구별이 '사라진다'는 초월적 자각, 더불어, 그 명제가 "수백
년 전에 출발"한 "휘파람 소리"로 "내 고막 안에 도착"했다는 서술은 초
자연성과 초시간성, 신화성으로서의 언어만이 '사라진 아버지'의 존재

를 표현할 수 있다는 언어 의식을 함축하고 있다.[5]

　인용문 (나)에서도 '사라진 신화성에 대한 현실적 자각'이라는 주제 의식과 "플레시오싸우루스, 입에서 바람이 부는 이름"이라는 표현에서도 느낄 수 있듯이, 마치 '바람 혹은 휘파람의 언어'와도 같이 일회적인 현존의 언어, 신비스러운 '낯선 표현'으로서의 언어 의식이 담겨 있다.

　초월적 언어로서의 '휘파람'이나 '바람'으로부터 작가는 '태초'의 언어를 깊이 자각하게 된다. 작가의 언어 의식이 '바람'을 만남으로써 '태

---

5)　아버지의 미스터리는 '나'의 탄생의 미스터리와 짝을 이루어서, 김애란 소설의 출발점을 이루는데, 중요한 점은 그 미스터리가 아버지의 즉 '나'의 생물학적 시원에 대한 의문과 탐구에 그치질 않고, 인간과 자연간의 관계에 대한 생태학적 각성으로 이어지고 있을 뿐 아니라, '나'의 마음속에 깃든 태초의 신화성의 현재적 자각에 도달하고 있다는 점이다.「사랑의 인사」는 아버지의 미스터리가 지닌 '작가 의식'의 내용을 함축적으로 보여주는 작품으로 주목할 만하다. 이 작품에 나오는 아버지와 친구들이 바닷가에서 모래놀이와 불꽃놀이를 하는 장면은 아버지와 '나'의 탄생의 미스터리를 해석할 수 있는 좋은 텍스트가 된다. 아래 문단을 보라.
　(…) 아버지는 누운 채 불빛을 세례받는다. 펑! 펑! 활짝 피는 불꽃들이 아름답다. 그리하여 아버지의 거대한 성기에서 나온 불꽃들이 민들레씨처럼 밤하늘로 퍼져나갔을 때. 아버지의 반짝이는 씨앗들이 고독한 우주로 멀리멀리 방사放射되었을 때.
　"바로 그때 네가 태어난 거다."
　면도를 마친 아버지가 말했다. 나는 꼼짝 않고 앉아 있다가 아버지를 향해 말했다.
　"거짓말." (김애란,「누가 해변에서 함부로 불꽃놀이를 하는가」,『달려라, 아비』, 창비, 2005, 177쪽)
　위 인용문이 보여주는바, '아버지'의 존재는 "아버지의 거대한 성기에서 나오는 불꽃들이 민들레씨처럼 밤하늘로 퍼져 나갔을 때, 아버지의 반짝이는 씨앗들이 고독한 우주로 멀리멀리 방사放射되었을 때,""바로 그때 네가(='나') 태어난" 것이라는 사실, 그리고 그 우주적이고 시원적인 탄생의 순간이 밤바다의 '불꽃놀이'로 표현된다는 사실, 그 아버지의 '신화' 같은 이야기에 대해 '나'는 "거짓말"(이 문단 뒤에서 '나'는 아버지의 말이 '거짓말'이 아니라 '정말'이라고 번복하게 되지만!)이라고 답한다는 사실. 이러한 사실들로 미루어볼 때, '나'의 탄생에 대한 의문과 그 답변을 찾아가는 김애란의 주제 의식은 결국 생명계의 기원 즉 '태초로서의 아버지'에 도달하게 된다. 김애란의 '아버지'는 생명의 시원, 달리 말해, '태초'의 신화 자체로 변화하는 것이다. 그때, '아버지'와 깊이 연관된 해변가의 '불꽃놀이'와 '바람'의 의미가 비로소 드러나며, 지금 이곳의 시원적 언어 의식, 즉 알레고리적(파편성, '거짓말 같은 정말'의 언어) 언어 의식을 이해하게 된다.

초'를 각성하게 되고 마침내 '바람' 속에서 신성神性의 부활을 경험하게 된 것은 그 자체로 오늘의 한국문학을 향해 던지는 의미심장한 문제 제기라고 할 수 있다. 이는 언어는 근본적으로 무엇이며 작가에게 문학 언어란 무엇인가를 묻는 문제이다. 이 문제는 결국 언어의 기원이란 무엇인가, 라는 언어의 근본적인 문제에 대한 진지한 고찰을 요구한다. 김애란의 언어 의식을 좀 더 깊이 이해하기 위해 이 간단치 않은 문제를 잠시 살펴볼 필요가 있다.

언어는 인간 의식의 산물인가 본능의 산물인가. 몸짓이나 고함, 의성어가 언어 이전의 언어적 기능을 대신한 점은 의심의 여지가 없을 것이다. 그러나 원시의 몸짓이 고도의 통합적인 유기체로서의 언어로 나아가기 위해서는 어떤 의식적인 고려가 필요한데, 인간의 의식은 언어를 전제로 한다는 논리적 딜레마에 빠지게 되고, 본능의 산물로서 언어의 기원을 추적하면, 가령 꿀벌의 비유에서 알 수 있듯이 동물적 본능은 조건적이며(시각에만 또는 청각에만 의존한다거나) 비분석적(비분절적)이라는 점에 부딪치게 된다.[6] 결국 언어의 원시성에 대해 취할 만한 언

---

6)   꿀벌의 예에서 보듯이 인간 언어가 동물 언어와 다른 것은 인간 언어의 본질이 커뮤니케이션 외에도 분절articulation 특징이 있기 때문이다. 인간의 말이 일정한 수의 음운과 단어로 분절하여 전달된다는 언어의 본질성은 스위스 언어학자인 소쉬르F. de Saussure에 의해 입증되었는데, 그것은 인간의 말소리의 변화는 언어의 의미나 가치 체계와는 무관하게 즉 언어 스스로의 돌연변이적 진화 방식에 따른다는 것이다. 그리하여 소리(음운)와 의미 사이, 소리의 변화 및 진화, 의미의 변화 및 진화는 자의적이다. 이것이 인간 언어의 본질로서 언어의 자의성인데, 이 점은 언어의 기원을 유추하는 데 일정한 도움을 준다. 공시적synchronic 언어기호학의 관점에서, 기표와 기의는 서로 자의적이고 우연적이고 독립적 관계에 있으므로, 통시적인diachronic 분석(인과관계)에 따른 언어 진화(인간 언어의 역사 나아가 기원)는 소리 변화와 의미-가치 체계 변화 사이의 자의성과 불일치 관계 속에서 이해될 수 있음을 유추 해석할 수 있다. 통시적인분석(인과관계적 언어의 역사)에 따른 언어 진화는 공시적 언어 체계 속에 '내면화'되어 있는 셈이다. '근원'을 내면화시킴으로써 언어기호학은 무의식이라는 새로운 연구 영역을 열어놓게

어학적 고찰들은 '태초'의 언어는 인간의 의식과 본능만으로는 밝힐 수 없다는 일종의 불가지론적 결론에 이르고 있다. 언어의 기원을 그 어족語族의 신화와 전설에서 추적하거나 원시 종교의 주문呪文에서 찾는 것은 언어의 기원에 초자연적인 신령성이 개입되어 있음을 잘 알려주는 사례이다. 우리의 경우, 단군 신화에서 웅녀熊女가 사람으로 환생하여 아이 배기를 간절히 축원했다는, 곧 '주원유잉呪願有孕'[7]의 신력神力을 빌었다거나 바다의 용이 절세미인 수로부인水路婦人을 훔치자 여럿이 해가사海歌詞를 불러 구했다는 설화, 향가鄕歌를 불러 괴성怪星들을 물리쳤다는 따위의 신화 전설은 언어의 기원에 불가사의한 신비성이 작용했음을 전해준다. 우랄알타이어계로서의 한국어의 북방기원설이나 소도蘇塗기원설 그리고 무교巫敎적 불교신화 또는 불교적 무교신화로부터의 기원설이 끊이지 않고 이어져온 것도 언어 기원의 불가사의성(혹은 샤머니즘적 속성)을 말해주는 것이다. 벤야민W. Benjamin이 언어의 근원적 성격을 이야기하는 자리에서, 언어의 모방적 요소와 기호학적 요소를 나누어 설명하면서 "현대 인간의 지각 세계는 옛날 사람들이 익히 알고 있었던 마력적 교감交感, korrespondenz이나 유사성ähnlichkeit의 극히 적은 잔재만을 지니고 있음이 분명"하며 "언어의 모든 모방적 요소는 언어의 다른 면인 기호학적인 면과는 동떨어져서 발전하지 않는다"고 말하면

되는데, 거꾸로 이 구조화된 언어의 무의식은 그 자체로 언어의 기원과 연결되어 있다고 가정할 수 있는지도 모른다. 곧 '나는 무엇인가에 대해 말할 수 있고 또 알고 있지만, 내가 그 언어에 대해 무엇을 아는지 모르는지 도무지 알 수 없다'는 것이 바로 언어의 무의식 세계이며 따라서 언어(의 기원)에 대한 자의적인 해석 나아가 언어 기원의 불가지론을 언어의 본성으로 만들게 하는지도 모른다. 다만, 이 글에서 문제 삼는 것은, 모든 언어의 근원에 대한 '이성적인 것'의 분석이 아니라, '이성적인 것'의 해석의 전횡성, 배타성에 있다는 점.

7) 일연, 「古朝鮮」, 『삼국유사』 1권, 이재호 역, 솔, 1997, 69-71쪽.

서도, "신비적 행위의 근간이었던" "인간의 모방적 재능이" 발휘되어 있는 언어를 "모방행동의 최고 단계이자 비감각적 유사성의 가장 완벽한 기록부"[8]라고 말하는 것은 언어의 기원과 언어 자체가 지닌 신비적 속성을 적극 밝힌 것이라 할 수 있다. 벤야민에 의하면, 그 언어의 모방적 성격 즉 비감각적 유사성은 언어의 현존現存 속에서 "비로소 일종의 섬광처럼 그 모습을 드러내게 된다."

니체가 "언어가 단지 인간의 정신적 힘을 통해 발생할 수 있었던 것인지, 아니면 신의 직접적인 선물인지 하는 의문"을 품게 된 것도 언어 이전의 온전한 파악이 불가능한 언어적 존재를 인정하기에 이르렀기 때문일 것이다. 언어 이전의 불가사의한 언어적 존재를 믿을 수밖에 없는 중요한 근거는, 사물의 명칭이 지닌 자의성, 곧 "언어의 기원을 사물의 본성으로부터는 증명할 수 없다는 것이 명백하다"(프리드리히 니체, 「언어의 기원에 대하여」, 1872)는 사실이다. 그래서 "여러 민족들은 언어의 기원에 침묵합니다. 그들은 세계, 신들과 인간을 언어 없이는 생각할 수 없는 것입니다."(니체, 같은 글) 언어의 기원이 지닌 불가해적 성격은

---

8) 언어의 '비감각적 유사성'에 대해 벤야민은 다음과 같이 설명한다. "필적 해독법은 필적으로부터 필자의 무의식적 세계에 숨겨져 있는 이미지를 인식할 수 있다는 사실을 가르쳐주고 있다. 이처럼 쓰는 사람의 행위를 통해 표현되는 모방적 과정은, 문자가 생겨나던 매우 오래된 옛날에는, 쓴다는 행위에 대해 매우 중요한 의미를 가졌다고 생각된다. 이렇게 해서 문자는 언어와 더불어 비감각적 유사성 내지 비감각적 교감(교응)의 기록부가 될 것이다."(발터 벤야민, 「언어의 모방적 성격」, 『발터 벤야민의 문예이론』, 반성완 편역, 민음사, 1983) "태초에 말씀이 있었다"는 성경 요한복음에서 보듯이 태초의 언어는, 인간의 논리와 의미 이전, 신이 이름을 부름으로써 언어와 사물이 완전한 일치를 이루는 순수한 언어, '이름 언어Namensprache'였다. 그러므로 벤야민에게 사물과 '순수한 언어' 사이의 관계, 즉 '이름 언어'로서의 언어의 본질은 의미 이전에 순수한, 신적인, 혹은 비감각적인 유사성unsinnliche Ähnlichkeit이나 교감(交感, Korrespondenz) 바꿔 말해 언어의 근원적 모방성—미메시스—에 있다. 이 '순수한 언어'를 복원하려는 비평적 열망은 그 특유의 알레고리 언어관을 낳는다.

결국 언어의 기원에 신의 간섭이 있었으며 최초의 언어 사용이 신과 인간에 의해 이루어진 것이라는 결론에 다다르게 한다.

일반 언어의 기원이 지닌 불가해성은 '문학 언어'의 영역에 이르러 복합적이고도 새로운 의미 차원으로 옮겨지게 되었을 것이다. 그것은 아마 언어의 근원적 불가해성과 더불어 예술성의 차원이 더해졌다는 점에서 찾아질 것이다. 오히려 문학 언어의 예술성은 그 불가해성을 자신의 근원적 역동성으로 적극 수용하려고 한다. 그러나 예술성이란 개념과 범주도 시대나 사회마다 다를뿐더러 넓게는 사람마다 받아들이는 바가 다른 것이라고 한다면, 문학 언어가 지닌 이른바 '낯설게 하기'도 개인적인 의식들과 만나는 방식과 그 내용은 각각 다를 것이다. 다시 말해서, 문학 언어가 일반 언어와 차이를 이루는 지점은, 문학 언어는 대상의 의미와 동일시할 수 없는 '낯설은' 표현들이 독자와 나누게 되는 '일회적인' 마주침이자 교감交感이 더욱 풍요롭게 담긴 언어라는 점이다. 문학 언어는 물질적인 기록이나 사물의 감각적인 모방이 아니라 일회적인 낯선 현존의 비감각적 체험을 통해 자연과 역사와 사회적 삶을 표현하는 언어이다. 김애란의 소설 언어는 이러한 언어의 신비한 원천성과 문학 언어의 존재 방식에 천착할 때 온전하게 이해될 수 있다.

위에서 살펴보았듯이, 신과 인간이 서로 조화롭게 살던 신화적 총체성의 파괴와 그 의식의 파편성(알레고리)을 조건으로 하는 '소설 언어'는 본성적으로 신적인 언어를 그리워하는 언어이다. 김애란의 소설 언어는 '태초'의 언어인 '아버지'의 언어를 찾으려 하는 언어이며 작가는 그 언어의 존재를 '신령함 자체인 바람'에서 찾고 있다(벤야민은 그 신비성을 '섬광'이나 일회적 현존 또는 아우라Aura에서 찾고 있지만). 그러나 이처럼 신화적인 '태초'의 건강하고 원시적인 언어를 찾으려고 열망하는 언어 의식은 자칫 관념론의 함정에 빠지기 쉽다. 그것은 신화나 신령함이라는 것은 근본적으로 직관적이고 비감각적인 '마음'의 범주에 속하기 때문이다. 그럼에도 불구하고, 김애란 소설 언어가 의식의 도그마 또는 관념적 논리성에서 벗어날 수 있었던 것은 작가의 언어 의식이 서민적 구체성 혹은 민중들의 일상성에 기초해 있기 때문이다. 오히려 서민적 일상 언어이면서 파편성(알레고리)으로서의 '태초'의 언어는 비현실적 도그마를 해체하고 본능적이고 직관적이며 비이성적인 심연에 관심을 갖는다.

> 공사장에서 일하며 그는 네번째 벽면을 채울 것들을 발견했다. 그곳에서 일하는 아저씨들의 입담이 새로운 충격을 주었던 것이다. 그의 귀는 너무나 오랫동안 닫혀 있었던 까닭에 세상의 소음에 예민하게 반응했다. 장작불이 들어 있는 드럼통 위의 철판에 삼겹살을 구워먹은 인부들이 "거 넘이 살이라 그런지 맛있네그려"라고 말한다거나 "넘들 코 골려줘야겠다"라고 말할 때 감탄하곤 했다. 그는 아저씨들이 나누는 대화를 기억해두었다가 포스트 잇에 적었다. 뿐만 아니라 버스 뒷자리에서 중학생들이 나누는 수다나 시장 아주머니들의 음담패설, 공원 할아버지들의 참견도 빠뜨리지 않고 적었다. 그는 말들이 가진 건강함에 놀라며 단상斷想으로 채워진 세번째 벽면을 떼어내고픈 충동을 느꼈다. (「종이 물고기」, 213쪽)

김애란의 소설 언어가 지닌 특징은 우선, 생생하여 만지고 싶고 귓전을 울리는 시청각의 구체성, 곧 민중들의 건강한 일상성을 함께 살고자 하는 언어라는 점에 있다. 그 구체적 일상어는 학습에 의해서 습득되는 언어라기보다 대부분 실제 생활 속에서 파편성으로 또는 우연성, 돌연성으로 만나게 되는 구체성의 언어이다. 파편에 불과한 포스트잇을 소설 문장론의 기초로 삼는 것은 포스트잇이 논리적이고 사변적인 언어를 기록하는 데 적합하지 않고, 오히려 수많은 일상성들, 가령 우연, 돌연, 자의적인 것, 불완전한 것들 나아가 무의식이나 본능에 어울리는 언어를 기록하는 데 적합한 도구인 까닭이다. 곧 허접스러운 말의 파편들이 역설적이게도 새로운 언어 의식의 기본원료가 된 것이다. 이처럼 포스트잇이 새로운 언어 의식의 상징이 되는 이유는, 수많은 이질적 파편으로서의 언어들의 자유로운 '연결'이 새로운 소설 언어의 질료가 되고 있기 때문이다. 그러나 이질적 파편성들이 새롭게 '연결'되는 소설 언어는 본질적으로는 비논리적이고 불합리한 언어이며, 따라서 그 언어는 불안정하다.

> 사람들은 아버지를 양반이라고 불렀지만 어머니는 아버지를 바보라고 생각했다. 만일 어머니가 아버지를 오늘까지만 기다리겠다고 마음먹었다면, 아버지는 항상 그 다음날 오는 사람이었다. **아버지는 늦게 왔지만, 수척해진 모습으로 나타났다.** 어머니는 이 주눅든 지각생의 눈빛 때문에 항상 먼저 농담을 건네던 여자였다. 아버지는 변명을 하지도, 큰소리를 치지도 않았다. 그저 마른 입술과 새까매진 얼굴을 가지고 '왔을' 뿐이다.
>
> ─「달려라, 아비」, 11쪽 (강조_필자)

인용문에서 어머니의 심성과 어머니와 아버지와의 관계는 간명하게 표현되고 있다. "사람들은 아버지를 양반이라고 불렀지만 어머니는 아버지를 '바보'라고 생각했다"거나, "어머니는 이 주눅든 지각생의 눈빛 때문에 항상 먼저 농담을 건네던 여자였다"라는 두 문장 속에 어머니 아버지 나의 성격과 가족의 현황이 함축되어 있다. 그런데, 이 문단에서 다시 주목을 요하는 문장이 있는데, 그것은 "아버지는 늦게 왔지만, 수척해진 모습으로 나타났다"와 같은 문장이다. 이 문장은 김애란 문체의 특징을 '은밀히' 보여주는 불안하고 불완전한 문장이다. 왜냐하면, "아버지는 늦게 왔지만"이라는 주절이 "수척해진 모습으로 나타났다"라는 종속절을 거느릴 아무런 의미론적 인과율을 지니고 있지 않기 때문이다. 그럼에도 불구하고, 이 문장이 주목받아야 할 이유는, 이질적 의미의 두 문장이 하나로 연결된 이 '불안정한 문장'은 그 이질성의 결합으로 인해 의미의 함축이 더욱 커지게 된다는 점에 있다. 아버지가 늦게 온 사실과 아버지가 수척해진 사실이 서로 비인과론적으로, 곧 이질성으로 서로 연결됨으로써, 이 문장의 앞뒤 안팎으로 새로운 정황과 의미 맥락이 상상으로 덧붙여지며, 그로써 이 불안정한 문장은 표면적 의미보다 더 풍부한 의미 함축의 문장으로 바뀐다는 점.[9] 이러한 탈문법적 미묘한 문장이 가능한 것은 이념이나 논리적 지성보다 삶의 이면과 어두운 심연에 애정을 쏟는 작가의 초월적 의식, 이러한 초월적 의식에 의해, 앞서 살펴본 바와 같이, 이질성들을 서로 연결짓는 특유의 언어 의식에서 말미암은 것이다.

'포스트잇'의 무수한 연결로 이루어진 '종이 물고기'처럼, 이질적 파

---

9) 이러한 '불안정한 문장'의 다른 예들을, 그 '불안정'의 정도에 차이가 있으나, 적잖이 만나게 된다. "형이 집을 나서자, 하늘에선 폭설이 내렸다."(77쪽) "그는 이해하지 못했으므로 속지 않을 수 있었다."(199쪽) "오천만 년 전에 사라진 실러캔스라는 물고기도 20세기에 발견되었다는데, 십수년 전에 사라진 아버지는 도무지 나타나지 않았다."(146쪽) 등.

편성들 사이의 '연결'이 드러내는 소설의 언어 의식은 신비로운 것이다. 작가 지망생인 '그'의 말을 빌리면, 파편성이 "자기 인생에 중요한 영향을 미친다는 것을 깨닫고 경이로움을 느끼는"(212쪽) 것이다. 오래전 인간과 신이 공생하던 신화적 총체성은 퇴락하고 이제 그 허접스런 파편들만 남아 있지만, 그 파편들이 "자기 인생에 중요한 영향을 미친 것을 깨닫"는 작가 의식은 한편, 페이소스를 불러일으키고, 다른 한편, 잃어버린 신성神性을 만나게 되었다는 점에서 희망을 안겨준다. "점잖은 역사가, 쾌활한 미술가, 충치를 앓고 있는 소설가, 소심한 과학자, 말더듬이 시인, (…) 운동선수, 심지어는 대필된 신의 목소리까지"(210쪽) 적어 넣은 포스트잇들 중 한 장이 "은행나무 잎처럼" 바람에 날려 떨어져 그것을 주워 읽는 작가 지망생은 이내 참았던 울음을 터뜨린다.

> 달달 떨리는 손으로 꼬깃꼬깃 구겨진 포스트잇을 펴보았다. 그가 쓴 소설의 한 구절이었다.
> ─그는 침도 별로 없는 입을 열며 우리에게 처음으로 말했다. 그것은 어쩌면 희망 때문일 것이라고.
> 그는 그것을 읽고 한동안 꺼이꺼이 울었다.　　　　　　　（「종이 물고기」, 219쪽）

아늑한 자궁의 세계 같은 신화적 전체성의 사라짐을 자각할 때 찾아드는 불안 의식 그리고 범속성과 초월성 사이의 극복될 수 없는 거리감이 안겨주는 페이소스는 퇴락한 영혼의 복권을 추구하는 작가에게는 일종의 통과의례와 같은 것이다. 그래서 '포스트잇의 페이소스'를 깨달았을 때 작가 지망생은 "꺼이꺼이 울었다." 그 울음은, '포스트잇'의 파편성에 대한 작가로서의 자의식의 결과이지만, 동시에 신적인 것의 알레고리로서 파편성에 대한 자각의 결과이다. 그리고 그 알레고리적 언어의 깊은 의미를 자각했기에 작가는 자신이 울게 된 까닭을 "어쩌면 희망 때문일 것"이라고 적고 있다. 결국 파편성의 자각은 파편성의 극복, 즉 파편화된 삶의 현실성을 변증법적으로 지양하는 계기인 것이다.

만약 김애란의 소설 언어가 신화적 알레고리를 상실한 채, 세속적 혹은 민중적 사회성의 언어에만 치중했다면 리얼리즘의 세속적 언어나 이념적 언어로 남게 되었을 것이다. 그이의 언어 의식이 소중한 이유는 민중적 관점에 따른 변증법적인 리얼리즘의 정신을 주요 계기로 삼으면서도 동시에, 언어의 초자연성에 깊이 천착하고 있다는 점에 있다. 마침내, '태초의 신화성'에 대한 그리움이 서민적 리얼리즘적 언어 의식과 깊이 어울리고 있기에, 작가는 "2003년 서울에 아직도 아버지의 시간이 흐르고 있다"(194쪽)고 쓸 수 있었던 것이다.

따라서 위에서 살펴본 바와 같이, 이질적 파편성들이 "인생에 영향을 미치고" 또 그것들의 '연결'이 신비하게도 삶에 "희망"을 주는 언어 의식은, 리얼하고 직관적이면서도, 태초의 초월성과 신비성, 무의식의 욕망과 관능에 연결된 새로운 차원의 서민적인 문체 의식을 낳는다.

어머니는 "내가 느이 아버지 얘기 몇번이나 해준 거 알아 몰라?"라고 물었다. 나는 주눅이 들어 "알지……"라고 대답했다. 그러면 어머니는 시큰둥하게 "알지는 털 없는 자지가 알지고"라고 대꾸한 뒤, 혼자서 마구 웃어댔다. 그때부터 나는 무언가를 '안다'고 말하는 것은 음란한 일이라고 생각하게 되었다. (…) 아버지가 없는 나는 궁금한 게 많았다. 한번은 교통사고로 다리를 절게 된 아저씨를 보고 "저 아저씨는 부부관계를 어떻게 할까?"라

고 물은 적이 있다. 어머니는 나를 한번 흘겨보더니 "다리로 하냐?"고 퉁명
스럽게 대답했다.   (「달려라, 아비」, 16쪽)

　인용문에 나타나는 비속성이나 골계성은 일찍이 전통 서사무가敍事
巫歌나 무가로부터 발전한 판소리 사설에서는 익숙한 언어 의식이다(작
가의 서민적 언어 의식의 한 특징을 이루기도 하는 인용문은 그 대화 형식이나
그 내용에 있어서 특히 서민적 본능과 골계성이 강한 동해안 별신제別神祭 거리
굿 중의 한 대목을 연상시킨다). 인용문에서도, 작가의 언어 의식의 특성은
드러난다. 그것은, "그때부터 나는 무언가를 '안다'고 말하는 것은 음란
한 일이라고 생각하게 되었다" 그리고 "'저 아저씨는 부부관계를 어떻
게 할까?'라고 물은 적이 있다. 어머니는 나를 한번 흘겨보더니 '다리로
하냐?'고 퉁명스럽게 대답했다" 같은 문장이 그 좋은 예이다. 어머니의
비속한 농담을 농담으로 처리하지 못하고 "그때부터 나는 '안다'고 말
하는 것은 음란한 일이라고 생각하게 되었다"는 '나'의 진술은 어머니
의 비속한 표현과 이를 이해하지 못하는 '나'의 고지식함 사이의 괴리
를 보여주며, 이 괴리감이 골계를 자아냄을 보게 된다. 이 문장의 경우,
주목할 곳은 이 골계이다. 이 "음란한" 골계는 생명의 시원으로서 '나'
의 무의식의 '아버지'와 연결되어 있기 때문이다. 즉 이때의 골계는 '나'
의 왜곡된 욕망의 해소를 불러오고, 음란한 본능은 생명의 원천으로 새
로이 정화되는 것이다. 다음 문장, "어떻게 할까?"는 질문을 "다리로 하
냐?"라는 반문으로 연결짓는 환유의 문체 의식도 같은 맥락이다. "어
떻게 할까?"라는 물음과 "다리로 하냐?"는 해학적 반어는, 두 대화자
들 사이의 단절을 보여주는 동시에 어떤 해명 없이, 잠시 후, 단절이 극
복되는 상황을 연출한다. 즉 파편성의 언어들 사이의 이질성("어떻게 할

까?"와 "다리로 하냐?")이 극복되고, 서민적 골계를 통해 기존의 권위적이고 이성적인 언어 의식은 전복된다. 이러한 언어 의식을 가능케 하는 원동력은 이성적 합리적 언어 의식에서 나오는 것이 아니라 무의식의 원형이자 욕망의 건강한 원천으로서의 '아버지'의 자각, 즉 '태초'의 언어에 대한 깨달음에서 나오는 것이다.

5.

'새로운 작가'로서의 김애란의 작가 의식과 언어 의식의 뿌리를 만나기 위해서는 '작가의 샤먼성'을 살피는 것은 불가피해 보인다. 그이의 작가 의식은 신화적이며 특히 샤먼의 신화적 의식과 연결되어 있기 때문이다. 샤먼의 신화적 상상력을 이해하기 위해 그이의 언어 의식과 함께 우선, '마음' 혹은 '정신精神, Geist'에 깊이 주목하는 작가 의식을 살펴볼 필요가 있다.

가령, 「달려라, 아비」는 모녀간 대화가 주를 이루는데, 모녀간 대화의 단절감과 의식의 괴리를 좁혀주거나 서로 '연결'하는 것은 두 대화자 사이의 '마음'이다(돌아가신 아버지와의 화해도 물론 마음을 통해서 이루어진다). 말을 바꾸면, 두 대화자의 논리적 사고와 지성이 아니라 '마음'이 파편성과 이질성의 언어 의식을 극복하는 것이다. 「스카이 콩콩」에서 형과 나누는 대화 중 아래의 '술 취한 남자'의 삽화는 그 '마음'의 생리와 역할을 잘 보여주는 예이다.

"오늘 신문에서 봤는데 한 남자가 새벽에 아무 전화번호나 누른 뒤 나야,

하고 말했대. 직업도 없고 나이도 많은 남자였는데 처음에는 별생각 없이 그랬나봐."

"……"

"사람들은 모두 장난전화인 줄 알고 끊었는데, 한 여자가 갑자기 잘 있었냐, 고 물으며 울기 시작했다는 거야. 여자는 남자가 옛 애인인 줄 알았대. 남자는 유부녀인 그녀에게 애인 행세를 하며 몇달간 돈을 뜯어냈고, 그렇게 받은 돈이 몇천이라더라."

"……"

"마음이란 거, 참 이상하지?"   (「스카이 콩콩」, 75쪽, 강조_필자)

이 삽화가 지닌 주목할 의미는 "마음이란 거, 참 이상하지?"라는 문장에 이르러 드러난다. 정확히 말해, 이 문장은 앞서의 상황이나 논리 전개로부터 이탈, 돌출한 문장이다. 술 취한 한 남자가 무작위로 건 전화로 인해 우연히 한 유부녀와 애정 행각에 빠지게 되었고 이를 범행에 이용했다는 사실 내용을 이야기하다가, 문득 "마음이란 거, 참 이상하지?"라고 반문한다. 이 의문문이 흥미로운 이유는 술 취한 남자와 유부녀 사이의 행적과 '마음이란 거' 사이에는 어떤 논리적 인과관계가 존재하지 않는, 돌연한 연결 관계라는 점 때문이다. 이러한 사실은 작가적 관심이 "마음이란 거"의 심층적 의미에 집중되어 있음을 암시한다.

추상명사로서의 '마음'이 어떤 내용을 지니는가 하는 문제는 이 '새로운 작가'의 출현을 이해하는 하나의 관문이다. 다시 말해 "마음이란 거, 참 이상하지?"에는 문학사적으로 새로운 작가 의식의 단초가 엿보이는데, 그것은 이미 앞에 인용된 「종이 물고기」에서 보았듯이, 작가에게 '마음이란 거'는 인식론적인 의식 작용이거나 지성 혹은 이성이 아니라 직관이거나 초인성超人性에 가깝다는 사실과 관련된다. 그 마음의 초자연성과 초인성이 작가 의식 혹은 언어 의식에 근본적인 변화를 안겨주게 된다. 예를 들면, 그 작가의 '마음'이 마침내 가로등을 생명체로 변신하게 하거나, '내'가 타는 스카이 콩콩이 "정신없이 콩콩콩콩콩거리"지 않고 '거짓말처럼' "코오오오─옹"하고 길고도 천천히 떠오르게 하거나, '형'이 만든 고무동력비행기가 과학경시대회에서 추락하자 다른 형들의 비행기도 일제히 "꽃비처럼 추락하는" 진풍경을 만들기도 한다. 작가는 이를 두고 스스로 "거짓말"이라고 표현하고 있지만, 그 거짓말은 계속된다. 계속될 수밖에 없는 것은 초자연성으로서의 작가의 '마음'이 바로 그 '거짓말'의 진원지이기 때문이다. 그러하기에 작가는 거짓말과 진실(참말) 사이의 경계가 없다고 생각하게 되며, 나아가 거짓말이 참말이라고 말하게 된다.

점프할 때 보이는 동네의 풍경은 순간마다 달랐다. 콩, 하고 뛰어오르면 조금 전 보이던 아저씨가 감쪽같이 사라졌고 다시, 콩, 하고 날아오르면 아까는 없던 여중생이 나타났다. 나는 설핏 보이는 먼 곳, 그 '언뜻'함이 좋아 자꾸 발을 굴렀다. 그러다 언젠가는, 온힘을 다해 뛰어오르며, 두 발이 땅에 닿기 전 내가 사라져버렸으면 좋겠다고 생각했다. 나는 두 눈을 감고 하늘에 한참 머물러 있었다. **그런데 얼마 후 공중에서 슬쩍 실눈을 떴을 때, 가로등이 내게 깜빡, 하고 윙크해주는 것을 보고 말았다.** 나는 옥상 콘크리트 바닥에 넘어지며, 오래도록 연습해온 대사를 마침내 써먹게 됐다는 듯 이렇게 외쳤다.

　"아, 깜짝이야!"　　　　　　　　　　　　　(「스카이 콩콩」, 65-66쪽, 강조_필자)

(…) 그러니 이쯤에서, 한 가지 거짓말에 대해 고백해도 좋을 것 같다. 어릴 때 나는 아버지에게 고추를 보여주고 스카이 콩콩을 받았다. 그것은 분명한 사실이다. 나는 스카이 콩콩에 올라 콩콩대는 것을 좋아했다. 그것도 사실이다. 하지만 내가 스카이 콩콩을 타며 본 것, 혹은 느낀 것들에 대한 이야기는 잘못되었다. 왜냐하면 스카이 콩콩의 점프 시간은 그렇게 길지도, 느리지도 않았기 때문이다. **스카이 콩콩은 코오오오—옹 하고 뛰어올라 코오오오—옹 하고 착지하는 것이 아니었다.** (…) **스카이 콩콩에 장착된 스프링 탄력은 형편없었다. 스카이 콩콩에 오른 뒤 그 자세를 그대로 유지하려면, 정신없이 콩콩콩콩콩—거려야 했다.** 그리고 그 모습은 우아하지도 아름답지도 않았다. 자세를 유지하려고 버둥대는 몸짓은 경박하고 우스워 보일 정도였다. 게다가 스카이 콩콩은 스프링이 움직일 때마다 **삐걱삐걱** 괴상한 소리를 냈다. 그러나 그것은 살면서 누구나 내는 소음에 불과했다. **그러니 내가 봉—하고 떠올랐을 때, 가로등이 내게 슬쩍 보내온 윙크는, 거짓말이 아니었는지도 모른다.**

(80쪽, 강조_필자)

지방 소도시의 무허가 옥탑방에서 가난한 전파상 주인인 아버지와 형과 함께 살아가는 소년이 작중 화자 '나'로 등장하는 작품 「스카이 콩콩」의 부분이다. 『달려라, 아비』에 수록된 대개의 작품들에 적용되는 것이기도 하지만, 「스카이 콩콩」에서도 문명과 신화, 현대와 원시, 인간 욕망과 영혼이 함께 깊이 다루어진다. 작중의 아버지는 어린 '나'에게 '고추'(성기)를 보여주면 그 대가로 '스카이 콩콩'을 사준다는 제안을 하는데, 나는 고민하다가 아버지의 제안을 받아들여 스카이 콩콩을 갖게 된다. 인용문은 어린 시절의 '나'가 청년으로 성장한 후 후일담 형식으로 어린 시절 스카이 콩콩을 타던 시간들을 회상하는 대목이다. 여기서 주목할 것은, 어린 날의 스카이 콩콩에 관련된 거짓말과 참말 사이의 관계, 그리고 스카이 콩콩을 타던 어느 순간 가로등이 인간의 형상을 한 '초자연적 생명체'로 바뀌는 신비 체험을 했다는 점이다.

우선, 스카이 콩콩이라는 장난감 기구를 탈 때, "콩콩콩콩콩"같이 빠른 속도감과 동일 반복적인 의성어가 지시하는 물리적이고 세속적인 시간은 문득 사라져버리고, "코오오오—옹"과 같이 느린 초자연적인 시간성을 체험했다는 것. 이는 작가에게 자연과학적 근대적 시간관과 갈등하는 상대적인 '마음의 시간관'이 내재하고 있음을 보여준다. 베르그송이 말하는 바, '삶 자체의 흐름'(지속Durée)으로서의 시간, 직관 속에서만 직접적으로 나타나는 시간이라고나 할까. 자연 과학의 인과율적인 시간에 반대하는 생명을 지닌 구체적이고 주체적이며 유기체적인 흐름으로서의 시간. 베르그송에게 기댄다면, 김애란의 작품에서 스카이 콩콩의 '느린 도약'은, '밤 바닷가의 불꽃놀이' 이미지와 함께, 약동하는 순수 의식 자체, '지속'하는 자아인 것이다.

그러나 작가는 이러한 순수한 직관에 의한 시간을 다시, 인과율적 자연과학의 시간으로 전복시킨다. 인용문의 후반부, 성장한 '나'는 어린 시절 스카이 콩콩을 타며 품었던 느낌과 생각들, 그리고 어린 시절의 이야기들이 '거짓말'이라고 고백하는 부분이 그렇다. 우선 '시간'에 대한 거짓말을 고백한다. 그것은 "스카이 콩콩은 코오오오—옹 하고 뛰어올라 코오오오—옹 하고 착지하는 것이 아니"라 "스카이 콩콩에 오른 뒤 그 자세를 그대로 유지하려면, 정신없이 콩콩콩콩콩—거려야 했다"는 자기 전복적인 고백이 그것이다. 어린 시절 타던 스카이 콩콩의 시간이 느리고 천천히 흘러 "동네의 풍경"과 "설핏 보이는 먼 곳, 그 '언뜻 '함''을 즐겼다고 했지만, 그것은 거짓말이라고 고백하는 것이다. 그러나 김애란의 소설 의식이 보여주는 진면목은, 이 거짓말에 대한 고백을 다시 뒤집어, 거짓말과 참말의 경계를 무의미화시키는 초월적 의식에 있다. 즉 "(스카이 콩콩의) 스프링이 움직일 때마다 삐걱삐걱 괴상한 소리를 냈다. 그러나 그것은 살면서 누구나 내는 소음에 불과했다. 그러니 내가 붕―하고 떠올랐을 때, 가로등이 내게 슬쩍 보내온 윙크는, 거짓말이 아니었는지도 모른다"고 말하는 것이다. 이러한 진술의 이율배반은 합리적 사유와 이성적 논리를 다시 오리무중 속에 빠뜨린다. 그리고 스카이 콩콩과 관련된 '시간'의 이야기는 그것이 거짓인지 진실인지를 알 수 없는 '이질적 시간성의 착종', 일종의 '시간의 딜레마'로 남게된다(한편, 이 딜레마는, 앞서 말했듯이, 알레고리적 언어 의식이 빠지기 쉬운 거짓말/참말 사이의 자기 순환론적 폐쇄성에 빠질 위험을 알리는 것이기도 하며 동시에 김애란의 소설을 유혹하는 불가지론적인 언어 의식의 함정이라 할 것이다). 그러나, 이 딜레마를 이해하는 것은 김애란 소설의 문체 의식과 주제 의식을 동시에 이해하는 길이라 할 수 있다.

주목할 것은 이러한 이중의 거짓말, 재차 전복을 통해 세속적 인과율의 시간과 순수한 생명의 흐름으로서의 시간 또는 초월적 시간은 순간적으로 서로 착종된 채 하나가 된다는 점이다. 그럼으로써, 선조적 근대 과학적 시간성[10]과 초월적 시간성이, 리얼리티와 환상이, 현실과 초월이 함께 교차하고 교직되며 둘 사이의 긴장과 혼종이 강화되고 있는 것이다. 그러므로 작가의 이중의 거짓말, 논리의 이중적 전복은 적어도 인

---

10) 「나는 편의점에 간다」「노크하지 않는 집」에서 자본주의적 삶이 보여주는 동일 반복의 비인간성 문제가 다루어지고 있다. 즉 '기계'와 상품의 무한 반복 운동처럼, 일상을 기계적으로 동일 반복-소비시키는 자본주의적 악령성과 비인간성 문제.

간주의적 이성이나 자연과학적 인식론을 벗어나려는 의식과 연결되어 있다.

이처럼 인간주의적 이성을 넘어서려는 작가 의식은 논리나 이론의 매개 없이 '직접적이며 내면적으로' 표현되고 있기 때문에, 신비한 체험은 더 이상 신비할 것도 없는 삶 그 자체가 된다. 그 명료한 예가 '가로등'을 생명체로 인식하는 장면이다. 어린 '나'는 가난한 동네의 셋집 옥상에서 스카이 콩콩을 타며 "점프할 때 보이는 동네의 풍경"과 "설핏 보이는 먼 곳, 그 '언뜻'함"을 즐기며 시간을 보내는데, 페이소스가 드리운 이 장면 끝에 이르러, '나'는 "온힘을 다해 뛰어오르며, 두 발이 땅에 닿기 전 내가 사라져버렸으면 좋겠다고 생각"하며, "두 눈을 감고 하늘에 한참 머물러 있"다가 "얼마 후 공중에서 슬쩍 실눈을 떴을 때, 가로등이 내게 깜빡, 하고 윙크해주는 것을 보고 말았다"고 말한다. 가로등이 살아 있는 인간이거나 생명체처럼 윙크를 해온 것이다. 즉 가로등에게 초자연적 현상이 일어난 것이다. 자연물에 정령精靈이 깃든다는 것은 낭만주의 시대의 예술가들에게 널리 받아들여진 관념이지만, 낡은 가로등의 경우는 다를 수밖에 없다. 가로등은 자연물도 아니다. 가로등은 근대의 도시 문명이 낳은 인공물人工物이다. 자연물도 아닌 낡은 가로등이 인간 행위 혹은 생명 행위를 하고 있는 이 소설적 서술은 작가 의식의 심연이 어디에 닿아 있는지를 알려준다. 그것은 샤머니즘.

"가로등이 내게 깜빡, 하고 윙크해주는 것을 보고 말았다"는 것은 샤머니즘의 시선에 의해 그 속뜻이 비로소 드러날 수 있다. 우선, 이 문장은, 가로등의 윙크를 본 어린 '나'는 생래적으로 샤먼의 영혼을 지니고 있으며, 오래된 가로등이 샤머니즘의 만신萬神(여무女巫를 지칭하기도 하나, 샤머니즘에는 세상 곳곳에 무수히 많은 신들이 있기에 '만신'이라 부른다) 즉 영신靈神이 씌워 있음을 말해준다. 풀어 말하면, 가로등에 깃든 영신이 "깜빡, 하고 윙크해주는 것을" 볼 수 있는 것은 '내'가 샤먼적 영혼의 담지자이기 때문이며, '내'가 가로등의 영신을 '본' 순간, 샤먼인 '나' 스스로 하나의 영신이 되는 것이다. 즉 '나'는 스카이 콩콩 타기에 열심히 무아지경으로 몰입하다가, 소위 엑스터시[脫魂忘我]의 경지에서 스스로 샤먼의 영신이 되어 가로등의 영신을 보게 된 것이다. 샤머니즘에서 '영신을 본다'는 의미는 매우 크다. 그것은 샤먼 스스로가 영신이 됨을 뜻하며 수많은 영신들과 '영靈'을 공유하게 되었음을 뜻한다.(미르체아 엘리아데,『샤마니즘』, 이윤기 역, 까치, 97-99쪽)

이러한 초월적 혹은 신화적 상상력에 의해 가로등은 살아 있는 생명체로 새 삶을 얻게 되고, 가로등은 마치 가난한 동네를 오래전부터 지켜온 당나무 혹은 서낭제에서 받드는 신목神木(혹은 우주목)처럼 마을을 수호하는 '나이 많은 나무'가 된 것이다. 다시 말해 '가로등'은 샤머니즘 신화에 수없이 등장하는 '신목'의 알레고리인 것이다.「스카이 콩콩」의 서두를 보라.

오래전 우리집 앞에는 나이를 많이 먹은 가로등 하나가 있었다. (…) 그의 나이가 얼마나 됐는지 알고 있는 사람은 아무도 없었다. 우리가 알고 있는 것은 그가 오래전부터 그곳에 있었다는 사실뿐이다. 그는 내가 태어나기 훨씬 전부터 그곳에 있었다. 길게 내민 모가지와 구부정한 어깨를 가지고. 아프리카 평원 위에 최초로 직립하게 된 유인원처럼—고독하게.

그는 먼 옛날부터 그곳에 있었기 때문에 모르는 게 없었다. 해가 지는 시간과 달이 기우는 각도, 오랫동안 전해오던 사소함으로 불러보는 이름들과, 사랑에 대해 말할 때 우리들이 하는 이야기, 대성당의 아름다움과 샌드페블즈의 노래에 대해서도—그는 다 알고 있었다. (「스카이 콩콩」, 60-61쪽)

'가로등'은 단순한 물질이나 문명의 도구가 아니라, 샤먼이 엑스터시를 통해 천상과 소통하는 상징적 신령체, 곧 서낭제의 신목의 알레고리라고 할 수 있다. 먼 옛날부터 동네의 대소사에 두루 관계하며 동네의 모든 주민들의 희로애락을 함께 살며 끝없이 영혼의 교류를 행하고 동네의 안녕을 기도하는 동제洞祭의 신목. 게르만족이 신령한 존재로 숭배한 월계수나 올리브나무, 동북아시아의 자작나무이거나 물푸레나무, 마을의 수호신 역할을 해온 당나무로서의 느티나무 팽나무 같은 신령한 존재. 인용문에서처럼 마을을 지키는 신목의 존재인 가로등은 "먼 옛날부터 그곳에 있었기 때문에 모르는 게 없었다." 다시 말해, '가로등'은 예의 신화성—가로등의 태초성, 전지전능성[神性], 우주성, 집단성 등 같은 신화적 성질—을 지닌 신령한 존재이다. 그러므로, 그러한 신령한 "가로등이 내게 깜빡, 하고 윙크해주는 것을 보"게 되는 것은 이 근대적 샤먼, 즉 네오 샤먼적인 작가에겐 지극히 자연스러운 일이다. 중요한 점은 이 샤머니즘의 신목을 '가로등'으로 알레고리화함으로써, 다시 말해, 신화적 상상력 또는 샤먼으로서의 작가의 의식과 상상력으로 말미암아, 김애란의 소설은 물질문명에 대한 페이소스와 비판의 차원을 넘어 삶에 대한 깊은 통찰과 새로운 '작가 정신'의 가능성을 열어놓았다는 사실이다.[11]

---

11) '가로등' 알레고리가 지닌 샤먼적 성격은 더 찾아질 수 있다. 가령, 지구의 원주와 가로

결국, 인용문의 클라이막스는 신화적 알레고리의 성격을 지닌 문장, "나는 두 눈을 감고 하늘에 한참 머물러 있었다. 그런데 얼마 후 공중에서 슬쩍 실눈을 떴을 때, 가로등이 내게 깜빡, 하고 윙크해주는 것을 보고 말았다"라고 할 수 있다. 작가의 생명의 흐름 그 자체로서의 시간관이나 신화적 상상력으로 볼 때, 이 문장은 불꽃처럼 터지는 엑스터시의 순간을 표현한다고 할 수 있다. 무생물이 생명체로 전생轉生하는 계기는 접신接神의 순간이며 곧 엑스터시의 순간이다. 엑스터시를 통해 샤먼의 혼의 이탈은 이루어지고 그 혼은 천상과의 영매를 자청하며, 영계의 여행을 하는 것이다. 그렇게 천상과 신령함과 하나가 되는 순간이 바로 '무巫'의 순간인 것이다.[12]

되풀이하지만, 그처럼 엑스터시의 순간 혹은 불꽃같은 순수 직관의 순간, '가로등'과 '나'의 자아가 영적으로 마주쳤을(또는 빙의되었을) 때,

---

등의 손끝이 그려내는 원의 너비 사이에 세속의 인간들이 살아가고 있다는 작가의 천진난만 공상 장면이 나오는데, 이는 '샤먼 의식'과 관련된다. 샤먼 의식은 '집 앞의 가로등'의 손끝을 천상天上과 맞닿아 있는 계면界面으로 상상하는 동시에 그 천상으로 이어진 가로등이 지상의 삶에 대해 "모르는 게 없다"라고 서술하는 작가 의식에서도 찾아진다. 천상과 지상 사이의 계면에 살며 그 둘 사이를 연결하고 중재하는 이가 바로 샤먼이기 때문이다. '가로등'은 샤먼의 빙의, 빙령, 빙신이거나 엑스터시의 의물儀物이 아닌가? 이러한 초월적 상상의 영역으로 넘어간 '가로등' 알레고리는 합리적 논리적 해석을 '끊임없이 거부하고 동시에 요구하는' 데에 문학적 의의와 가치가 있다. 불구적이고 파편화된 세계이지만, 신화적 상상력은 전체적이고 장엄하며 진지한 의미를 지닌 태초의 시간과 사건을 반복, 재경험함으로써 모든 의미 있는 인간 행위에 대한 성찰을, 즉 창조적인 가르침을 얻을 수 있기 때문이다.

12) 이 대목과 관련하여 참고할 장면이 있다. 「누가 해변에서 함부로 불꽃놀이를 하는가」에서, 아버지가 '나'에게 해변에서 밤하늘에 터지는 불꽃을 추억하면서 어머니와 만나 사랑을 나누는 장면. 여기서 '나'의 태 와 관련된, 만물의 신비적 탄생을 상징하는 '불꽃'에 대해 베르그송적인 의미로 해석이 가능하나, 김애란의 작가 의식과 언어 의식 전체를 고려하면 미흡하다는 생각이 든다. 베르그송은 서구 이원론을 극복하려 한, 생의 불꽃으로서 직관적 이미지를 중시했지만, 그것 또한 육체와 정신, 이미지와 관념이라는 서구의 근대적 이원론의 도식 안에서 해소되었기 때문이다.

"가로등이 깜빡, 하고 윙크해주는" 샤먼적 초월성은 겉으론 '거짓말' 같지만, 동시에 샤먼의 시선에선 '참말'이 될 수 있는 것이다. 그 영혼의 불꽃이 폭발하는 순간, 엑스터시를 통해, 시간성은 한 점 속으로 집중되어 마침내 사라지고, 영혼은 이탈하고 사물은 빙의한다.

무巫의 통과의례인 엑스터시는 기존의 물리적 시공간時空間 관념으로는 이해될 수 없는 일종의 불가지론적 세계이다. 엑스터시에 도달하기 위해서는 근대적 문명의 시공간관은 극복되어야 한다. 김애란의 소설의식이 보여주는 '시공간관'은 근대적 문명의 시공간관과는 다른 '자연의 시공간관'과 '영혼의 시공간관'에서 나온다. 그 시공간관은 엑스터시를 낳는다. 특히, 앞서 살핀바 있는 북태평양 바람과 해변의 불꽃놀이에서 폭발하는 불꽃 이미지(「누가 해변에서 함부로 불꽃놀이를 하는가」)는 작가가 생의 태초로서의 야생과 신화적 시공간성에 깊은 관심을 기울이고 있음을 보여주는 상징들이다.

아버지, 아버지, 나는 어떻게. **어디선가 바람이 말한다. 지금 이건 네가 묻고 있는 말들이 아니라고. 나는 어디론가 둥실둥실 날아간다.** 아버지의 이야기를 들어야 하는데. 지금 듣지 못하면 다시는 들을 수 없는데. 목소리는 멀어져간다. 저기 옛날옛날의 오래된 하늘 위로 펑! 펑! 불꽃놀이가 터진다. 점멸하는 불빛들. 나는 하늘 위에 높이 떠 우리집을 내려다본다. **저기 스칸디나비아반도의 내 형제가 보인다. 그는 산 위에 올라 한쪽 손을 높이 흔들고 있다.** (…)
  바람이 잘 새는 어느 집. 졸고 있는 한 아이를 본다. 좁은 등압선을 가진 바람이 몰고 오는 이야기에 귀 기울이고 있는 저 아이를. 아버지의 목소리가

들리지 않기 때문에 이제 아이는 스스로 이야기하려 한다. 아버지가 어머니를 만나는 이야기를.

—「누가 해변에서 함부로 불꽃놀이를 하는가」, 189–190쪽 (강조_필자)

아버지에게서 '나'의 탄생의 비밀을 듣고 싶어 안달하지만, '나'는 아버지에게서 아무 답도 얻지 못한다. 주목할 사실은, '나'의 '태초'에 대한 의문이 풀리게 된 것은 '바람'에 의해 이루어진다는 사실이다. 바람은 생명의 시원의 상징이다. 앞에서 이미 말했듯, 바람은 신령과 같은 존재이고, 샤먼에게 바람은 초자연적 신령함의 상징이며 신적인 세계로의 여행을 수행하는 영매의 상징이다. 그렇기 때문에, 인용문에서 보듯이, '나'에게 "어디선가 바람이 말한다. 지금 이건('나'의 탄생의 비밀) 네가 묻고 있는 것이 아니라고"라는 서술이 나오게 되고, 탄생의 비밀을 알려고 애쓰는 '나'는 "좁은 등압선을 가진 바람이 몰고 오는 이야기에 귀 기울이고 있는 저 아이"에게 투영되는 것이다. '바람이 몰고 오는 이야기'는 결국 생명의 탄생과 '태초'의 이야기를 상징한다. 그때 '바람'은 현실과 초월의 중개자 혹은 생명의 시원으로서의 '아버지'와 동격이다. 바꿔 말해 '태초'와 바람과 아비가 동격이므로, '나'는 마침내 '바람'에 동화同化됨으로써 "아버지의 목소리가 들리지 않기 때문에 이제 아이는 스스로 이야기하려 한다"고 다짐하게 된다. '태초'의 신화, 즉 아버지의 목소리가 사라졌을 때, '바람의 이야기'에 "귀 기울이며" '나'는 '태초'(아버지)의 신화를 찾게 되고 현실과 초월을 매개할 수 있게 되는 것이다. 그리고 이때, "나는 하늘 위에 높이 떠 우리집을 내려다본다. 저기 스칸디나비아 반도의 내 형제가 보인다"는 빙조憑眺의 시선, 즉 '나'의 초월적 시선이 가능해지는 것이다. 이러한 빙조의 시선은 전

통 무가巫歌 또는 넋두리에서는 쉽게 만날 수 있는 샤먼의 시선이다. 그
것은 엑스터시의 경지에 든 샤먼의 시선을 암시하는 것이기도 하다.

결국 '바람'을 통해 '나'는 현실과 신화(초월)를 매개하는 샤먼과도
같은 존재로 변신하게 된다. 바로 여기에 샤먼의 알레고리로서의 작가
의식이 드러나고 있는 것이다. 그리고 마침내 이러한 독특한 네오 샤먼
적 작가 의식은, 샤먼 신화의 알레고리를 다시 문득, 드러내 보인다.

> 장마 후, 집 앞 가로등의 온몸에 열꽃처럼 녹물이 들었다. 만취된 아버지
> 는 가로등을 걷어차며 소리쳤다.
> "너는, 나무가 되려는 것이냐?" (『스카이 콩콩』, 76쪽)

무허가 옥탑방에 세 들어 사는 아버지가 집 앞의 가로등에게 "너는,
나무가 되려는 것이냐?"라고 묻는다. 가로등에게 아버지가 '말'을 걸고
홀연 가로등이 나무로 바뀌어가는 초자연적 상상력이 문득, 표현되고
있는 것이다. 그 신비스러운 낯설음의 찰나, 아버지의 말은 주술성呪術
性을 띠고, 가로등은, 우주목이나 서낭목처럼, 마을을 수호하는 나무로
변신한다. 그리고, 그 초월적 상상력의 원동력은 엑스터시ecstasy.

샤먼 신화의 알레고리, 엑스터시의 알레고리에 의해 세속의 시간이
문득 사라져 작가 스스로 영신이 될 때, 가로등은 영혼이 담긴 생명체
인 나무로 변하게 되고 비로소 가로등은 영적인 만남의 상대가 될 수 있
는 것이다. 술 취한 아버지의 발언이긴 하지만, 흐려지는 이성 혹은 초
월하는 의식, 충동적인 정념이 가로등을 나무로 활물活物시키는 것이다
(이 문장은 사물과 의식의 일회적 교감, 혹은 이성과 신비의 착종이자 혼종, 곧 샤
먼성의 문학적 표현이랄 수 있다). 이러한 엑스터시 즉 접신술接神術은 신령

742

의 세계와 직접 접촉할 수 있는 방법이자 능력으로서 샤머니즘의 기본적 기술이다. 엑스터시를 통해 즉 샤면의 신령에 의해 부뚜막이나 뒤란의 장독대, 바위, 돌, 나무, 심지어는 변소까지도 저마다 정령들이 깃든 장소로 바뀐다. 고태古態의 접신술과 차이가 있다면, 근대 문명의 이기인 가로등, 곧 모더니티에 깃든 정령과 '아버지'가 교감하고 있다는 점이다. 결과적으로 근대적 도시 문명의 상징인 가로등에게 영성을 느끼고 신령을 느낀다는 점에서 작가는 고대적 의미의 샤면이라기보다 현대적 의미의 샤면 즉 네오 샤면의 성격을 지닌다. 그처럼 샤면의 영혼을 공유할 수 있기에, 작가는 '내'가 "가로등"의 "윙크"를 보았다고 서술하고, '아버지'와 '가로등'이 서로 교감하고 대화하는 모습을 서술하게 되는 것이다!

그리고 샤면의 영토에서는, 도시 문명의 상징으로서의 가로등이 얼마든지 마을의 오래된 '서낭목'처럼 생명 있는 정령으로 살아갈 수 있는 것이다(근대 이후의 샤머니즘은 자동차, 기계, 공장 따위에도 정령이 깃든다고 믿는다). 이러한 초자연적 시간관과 샤면의 영혼관이 어우러져 김애란의 소설들은 현실과 영혼의 경계를 서서히 넘어간다. 가령, 이 작품의 끝, 과학경시대회에 출전한 형의 고무동력기비행기가 추락하자 다른 모든 비행기들이 덩달아 추락하는 광경을 보며 "마치 하늘에서 쏟아지는 꽃비 같았"고(83쪽) "그때 나는 처음으로 형에게 어떤 재능이란 게 정말 있는 것일지도 모른다"고(83쪽) 생각하는 대목이 좋은 예이다. 이 장면은 삶의 좌절이나 세속의 물질적인 비루함 속에서도 초월의 인연이 있다는 작가 의식의 산물이며, 따라서 김애란 소설에서의 '거짓말'은 네오 샤면적 '초월' 혹은 신비한 '기적'의 다른 이름이 되는 것이다.

6.

 동북아시아, 동시베리아 알타이 지역에서 '샤먼'이란 원래 퉁구스어 'săman'에서 나온 것으로 "아는 사람", 즉 '지식인'(바이칼 인근 브리야트어나 몽고 등에서는 박시 baql'si, baksi, baj 박사 등으로) 또는 '선택받은 사람'이라는 뜻을 갖고 있다. 샤먼이란 용어가 서양으로 알려진 것은 17세기 후반 북아시아의 퉁구스인을 접했던 러시아인에 의해 전해졌다는 설 혹은 18세기 초 네덜란드 상인에 의해 전해졌다는 설이 있는데, 서구인들에겐 종교인으로서가 아니라 '주술사呪術師'를 지칭하는 말로 인식되었다. 샤머니즘에 대한 서구인들이 지닌 오랜 편견은 종교-문화형의 복합체로서의 샤머니즘을 부정하고 샤머니즘을 하나의 영적 테크닉으로 이해하거나 히스테리 혹은 정신착란 따위의 신경증학이나 정신 병리학으로 격하시키는 경향을 보여왔다는 점에서 드러난다.

 샤머니즘은 지역과 종족에 따라 매우 다양하고 복잡하게 나타난다. 샤머니즘의 원류인 시베리아 샤머니즘에서 브리야트의 샤먼들이 상대해야 하는 영신들은 그 수가 매우 많을 뿐 아니라 그 위계질서와 족보학은 복잡하며, 아울러 그들은 신화를 가지고 있다. 퉁구스의 샤먼들은 개인의 자유의사와는 상관없이 종족의 부름에 의해 샤먼이 선택되고 세습된다. 이는 전근대의 샤머니즘이 종교성과 집단성과 깊이 연결된 인간 의식 활동의 산물임을 알려준다. 또 질병의 치유자이며 영혼의 구원자인 샤먼은 엑스터시 등 접신의 능력을 통해 스스로 용감한 영신이 되어 환자의 영혼을 괴롭히는 악령을 만나 싸우며, 죽은이의 혼령을 천상계로 인도한다.

서구인에 의해 재발견된 샤머니즘은 원시적 종교성과 집단성이 거세된 영적 기술과 정신병증을 포함한 개인의 영적 영역을 주 대상으로 하는 '정신학', 비교 문화학으로서의 사회 인류학 그리고 생태학의 복합체의 성격이 강하다. 서구인들은 특히 샤먼의 빙신 현상을 정신착란 따위의 정신병증으로 해석하려는 태도를 보여왔다. 또 샤머니즘을 기독교적 유일신 체계에 대항하는 악령이자 미개 사회의 여러 미신적 사고형의 일종으로 간주했다. 이는 샤머니즘에 대한 뿌리 깊은 명백한 오해이자 서구적 근대 이성의 자기 한계, 종교적 편견들을 스스로 드러내는 여러 예들에 불과하다. 이미 서구 샤머니즘의 선구적인 전문가인 엘리아데를 비롯 여러 서방 연구가들이 수집한 실증적이고 구체적인 시베리아 샤머니즘의 사례들에서 입증되었듯이, 샤먼의 입무 의식入巫儀式이나 엑스터시는 정신병적 요인과는 아무런 상관이 없다.

> 나델이 연구한 아프리카 수단족의 샤먼의 경우, "어떠한 샤만도 일상 생활에서는 '비정상적', 신경증적, 편집적인 경향을 보이지 않는다. 만일 샤만이 이런 종류의 인간이라면 정신이상자로 분류될 것이고 따라서 사람들로부터 존경을 받을 수 없을 것이다. 요컨대 샤머니즘은 샤만이 초기에 보이는 잠재적 이상성과는 아무 관계도 없는 것이다. 나는 어떤 샤만에게서도 직업적인 히스테리가 정신착란을 악화시키는 경우를 본 적이 없다. 이러한 것은 오스트레일리아에서 더욱 분명해진다. 오스트레일리아 원주민들은 주의呪醫가 정상인이기를 바라고 실제로 늘 그러하다.
>
> —엘리아데, 「샤마니즘」, 이윤기 역, 47쪽

만약 샤먼의 탈혼망아의 경지가 정신착란이라면, 샤먼은 의례와 제의를 마쳐도 제정신으로 돌아오지 못할 것이다. 인용문이 지적하듯이, 고대의 샤먼은 종족의 '지식인이자 주술사'로서의 위엄과 존경을 지킬 수도 없었을 것이다. 그러나 더 분명한 사실은 샤먼의 입무 의식은 세습무이든 강신무降神巫이든 정신병자가 그 복잡하고 이론적이며 어렵고 실제적인 과정을 거치기에는 거의 불가능하다는 점이다. 거꾸로 말하면, 샤먼의 접신술에는 정신착란적 증상이 보이지만, 이는 '복합적인 사유와 이론 체계'가 담긴 증상이라는 것이며 결국 샤먼들은 정신착란의 '복합적 이론'을 꿰뚫어보고 있었던 것이다. 치료사로서의 샤먼은 다름 아닌 '합리적인' 정신분석학자였으며, 헌신적인 신경정신과 의사였던 것이다.

엘리아데의 확신이 담긴 인용문에도 서구적 학자(그 자신은 루마니아 태생이지만)로서의 의식의 범주가 느껴진다. 그것은 샤먼의 접신술로서의 엑스터시를 샤먼의 본질적 핵심으로 인식하는 태도와 관련된다. 아마 미르체아 엘리아데Mircea Eliade의『샤머니즘』(1951)은 접신술을 샤머니즘의 본질로 주목하는 서구인의 샤머니즘에 대한 기본적인 인식 경향을 잘 반영한다고 할 수 있을 것이다.[13]

---

13) 샤머니즘 연구에 있어서 중요한 계기를 이루는 미르체아 엘리아데의 저서『샤마니즘』이 1951년 프랑스에서 첫선을 보였는데, 제목이 Le Chamanisme et les techniques archaques de l'extase로, 1970년 뉴욕에서 출간된 영역판의 부제가 "Archaic Technics of Ecstacy"였던 사실을 고려하면, 엘리아데는 인간의 마음에 보편적으로 내재한 '고태古態적인 (또는 원시原始적인) 접신의 기술들'을 주목하고 엑스터시 기술을 통해 현세와 영계를 중개하는 '기술자'의 기능을 강조한 샤먼, 즉 주술가로서 샤먼을 체계화하고 정의내리고 있다. 그의 저술이 지닌 중요성은 여러 엑스터시 기술들이 이후 서구에 소개되고 이를 통해 서구에서 새로운 샤머니즘 운동이 확산되어 갔다는 점에 있다. 이는 서구의 네오 샤먼 운동 혹은 새로운 영성 운동, 뉴 에이지New Age 운동의 성격과 향방을 암시하는데, 그것은 개인의식 차원에서 샤먼의 기술 습득을 통한 개인주의적 의식의 극복과 영성의 획득, 이를 바탕으로 기존의 물질문명과 비인간적 사회 체계에 저항하고, 점진

개인적 '의식'이나 접신술로서가 아닌 종교로서의 샤머니즘을 이해하기 위해서는 샤머니즘의 원류이자 중심인 시베리아 샤머니즘 및 동북아시아를 중심으로 한 샤머니즘의 신화(가령, 동북아시아 샤머니즘 신화 중 전형적이고 온전한 형태의 신화인 「게세르Geser」 등)에 대한 해석, 그리고 엑스터시 등 접신술 및 동물 변신술(새로운 애니미즘)을 비롯한 샤먼의 여러 주술과 테크닉에 대한 유기적이며 복합적이고 종합적인 이해가 필요하다. 그러나 이러한 종교와 영매靈媒 테크닉의 상호 유기적 복합체로서의 샤머니즘을 이해하는 일은 여전히 어려운 과제로 남게 되었다. 그것은 전통적 의미에서의 샤먼은 명맥을 잇기 어려운 지경으로 급속히 사라지고 샤머니즘의 오래된 유물과 문헌들이 역사의 어두운 바깥으로 실종을 계속하고 있기 때문이다.

　오늘날 재발견되는 샤머니즘은 옛날과는 다소 다른 내용과 형식을 지닌 근대적인Modern 샤머니즘이거나 '네오 샤머니즘Neo-shamanism'이라 할 것이다. 그러나 네오 샤머니즘이 전통적 샤머니즘과 전혀 이질적인 것이라 할 수는 없다. 종교로서의 샤머니즘은 근대 이후 재발견된 예가 없지 않을 뿐더러, 근대적 샤머니즘도 전통 샤먼의 여러 기술과 샤먼의 영혼을 자신들의 이상으로 여기고 있다.

　결국 현대에서의 네오 샤먼의 출현은 과거와의 단절적인 계승이라 할 것이다. 샤먼의 먼 옛날의 전통을 현재로 계승한다는 것은 결국 미래의 샤머니즘의 새로운 개화開花를 현재의 씨앗 안에 끌어안는다는 것을 의미할 것이다. 따라서 근본적으로 네오 샤머니즘은 고대 샤머니즘의

적으로 사회 변혁을 이루어가려는 개인주의적 영성 운동이라 할 수 있다.

몰락과 자각을 동시에 보여준다. 그리고 '새로운 샤먼'이 자신들의 오래된 터전이 사라진 물질문명의 세계에서 새로운 삶의 둥지를 틀 수 있는 곳은 '영혼의 생태학'이거나, 문학과 예술의 영역이다(가령 비디오 아트의 창시자 백남준은 스스로를 네오 샤먼이라고 칭했다).

7.

네오 샤먼적인 작가를 오늘의 한국문학 속에서 발견하는 일은 그 자체로 매우 의미 있는 것이다. 그것은 우리의 삶과 정신에 대한 생태학적 이해가 한결 소중해진 시점에 한국문학이 도착해 있기 때문이다. 한국인의 전통 문화와 오래된 의식의 원형질 속에서 생태학적 가치를 재발견해내고 이를 생활 속에 뿌리내리는 일은 이제 한국인의 지속 가능한 삶을 위한 당면 과제가 되었다. 한국문학에 주어진 당면 과제도 이로부터 크게 벗어날 수는 없다. 서구 근대 문학의 이식과 주체성 사이의 긴 갈등과 긴장의 시대, 그리고 이념의 과잉 시대를 지나오면서 한국문학은 자기 정체성에 대한 질문의 끈을 자주 놓치고는 했다. 서구적 근대의 이식과 극복이라는 명제는 여전히 한국문학의 중요한 현안이다. 개인주의적 자유의 이상이 한국문학의 근대성의 핵심적 징표이자 중요한 성과였고, 개인의식의 심화와 확산은 오늘의 다양한 한국문학을 일구는 원동력이었다. 그러나 개인의 의식과 감각의 옹호는 필요한 것이지만, 그것이 개인의 더 큰 자유로서의 영혼성, 혹은 신성에 대립하는 근대적 개인의식으로 수렴되었을 때, 그 부작용 또한 만만치 않은 것이다. 그것은 문학에서 비감각적 사유의 결핍으로 나타난다. 종교와 신화는 비감각적 사유의 명료한 카테고리이다.

비감각적 사유를 원천으로 삼아 감각적 형식인 문학을 충족시킨다는 것은 근대적인 미적 인식론의 입장에서는 받아들이기가 쉽지 않을 것이다. 적어도 지난 한 세대 동안의 한국문학은 사물을 순수 의식으로서의 직관이 접촉 또는 투시하고 오성verstand을 통해 미적 인식(그것이 절대적인 것이든 상대적인 것이든)에 도달하는 인식론적 과정을—그 많은 인식론적 사유의 차이들을 무시할 수 있을 만큼—절대적이고 불가피한 것으로 받아들였다. 물론 문자의 쓰기와 읽기를 전제로 한 문학에서 이러한 근대적 이성에 기초한 미적 인식론은 불가피한 조건일 것이다. 그러나 선험성으로서의 감각과 오성이 미적 인식의 절대적 조건인가 하는 의문은 제기될 수 있다. 오성의 주체성과 합목적성은 인식의 조건이지만, 인식 과정에서 오성의 역할에 대해 많은 이견들이 제시될 수 있는 것이다. 베르그송이 논리적 합목적적 오성 혹은 의식을 '지성'이라 부르고 이에 저항하여 불꽃같은 '삶 그 자체의 지속durée'으로서 '직관'을 중시한 것도 기존 미적 인식론에 대한 반성의 좋은 예가 될 것이다. 더욱이 근대적 이성의 극복이 중대 현안이 된 지금, 모더니티가 지닌 심각한 문제점에 대한 근본적인 반성이 과연 이성의 힘만으로 가능한가, 라는 반문은 여전히 유효하고 필요하다.

샤머니즘의 기원, 문화 인류학적 인류 생활사生活史적 가치와 역할에 대해 무지한 이들은 샤머니즘을 단지 전근대적 불합리성의 대명사이자 상징으로 인식하고 있다. 이는 샤머니즘을 오로지 서구 근대의 입장에 서서 혐오하고 맹타盲打하는 것이다. 물론, 샤머니즘의 생태론적 문화인류학적 중요성을 아무리 강조해도 지나치지 않는 것만큼, 샤머니즘이 빠질 수 있는 구체적인 것 실제적인 것과의 근거없는 자기 동일화 Identifikation 그리고 신비주의화 가능성을 경계하는 것 또한 강조되어야 한다. 그러나 샤머니즘의 올바른 이해는 고대의 샤먼이 매우 합리적이고 명석한 사유를 한 지식인이었다는 사실에서 출발해야 할 것이다. 더불어 일부 기독교도들이 오랫동안 지녀온 악의적 편견, 즉 샤먼을 데몬으로 규정하는 태도는 특히 서구 사회의 뿌리 깊은 종교적 이기주의를 반영하는 것에 불과하다. 오늘의 한국 사회에서도 이러한 서구적 교양주의로 위장된 종교적 이기주의의 편견은 심각한 상태로 엄존한다. 어쨌든 고대 사회에서 샤먼의 존재는 범세계적인 현상이었지만, 우리의 샤머니즘의 경우는 보다 더 사회화되고 포용력 있는 샤먼성을 지니고 있었다. 우리의 무교의 역사가 고대 선도仙道와 불교, 중세 유교와 습합褶合을 이루어가며 독자적인 한국 문화의 전통을 일구어온 사실은 이미 잘 알려진 바와 같다.

물론 『조선무속고朝鮮巫俗考』(이능화) 같은 책에서 확인되듯이, 샤먼 신화로서의 단군 신화, 즉 고조선의 환웅과 단군, 신라의 차차웅과 화랑 이래 우리 무격巫覡의 전통과 역사는 깊고 도저한 만큼, 그 혹세무민의 부작용도 만만치 않았다. 그러나 산천山川과 일월성신日月星辰과 풍백風伯과 우사雨師를 받들어 제사하고 인간의 삶과 우주를 구성하는 뭇 생명들 사이의 조화와 안녕을 위해 간곡히 기도하는 유서 깊은 전통이야말로 무의 본질일 것이다. 또한 전통 무교가 한국 문화에 가져다준 예술적 문화적 역동성의 사례는 일일이 열거하기조차 힘들다. 한 예로서, 우리의 전통극인 봉산鳳山 탈춤에서 무巫(굿놀이)가 불교와 유교와 서로 변증법적인 상호 관계를 이루며 민중들의 애환을 풀어내고, 마침내는 각성된 다이내믹한 의식으로 지양해가는 예술적 과정은 그 훌륭한 보기이다.

한국 불교는 물론이거니와, 근대 이후에 몰려온 외래 기독교가 강한 기복성祈福性을 갖게 된 것도 사실상 한국 문화의 원형질로서의 무巫의 깊은 영향을 받은 까닭일 것이다. 이처럼 특유의 무교적 전통이 한국인에게 활달하면서도 웅숭깊은 원형질적 성격으로 대물림되어온 역사적 사실은 자명하다. 아울러 한국의 무는 국가 제도로서의 체제적 합리성을 지닐 정도로 전통적 학문의 대상이자 전통적 민중 문화와 생활의 중심을 이루기도 했다.[14] 이는 역사적으로 전통 무는 체계적이며 현실적인 지식의 내용을 지니고 있었으며 고도의 정신적인 기술성을 인정받았음을 방증한다.

그러나 무는 일제 시대 이후 특히 해방 후 서구 문화의 일방적 수입과 편향 속에서 혹독한 소외와 탄압을 받게 된다. 이러한 사실은, 마치 외래종 생물이 토종 생물과 생태계를 마구 파괴하고 교란시켰듯이, 서구 이론과 외래문화의 일방적인 수입과 추수에 의해 한국의 전통 문화 나아가 우리의 정신의 생태계가 건강한 자생력을 잃어버리게 된 그간의 사정과 궤를 같이한다. 이제, 천신天神에게 제사 지내고 서로 소통하던 무의 온전한 복원에 대한 희망은 차치하고라도, 데몬을 쫓는 무가 거꾸로 데몬으로 내몰린 비극적이고 아이러니컬한 역사와 현실에 대해 깊은 반성이 절실한 상황이 됐다. 우리의 부모님과 조상들이 풍수風水의 조화를 중시하고, 마을에 당산堂山을, 집에 수호신을 모시고, 돌아가신 조상들께 제사 지내셨듯이, 삼라만상에 깃든 만신의 존재성을 인정하

---

14) 그 예로서 나라의 안녕을 비는 제사를 주관하는 국무당國巫堂, 고려의 과거 제도에 국가의 인재를 선발하는 과목(잡과雜科)으로 '무금술巫噤術(병마를 쫓기 위한 의료술로서 무당 굿을 시행)', 성리학이 지배하던 조선시대에 무격巫覡들이 병자를 치료하는 활인서活人署 등을 꼽을 수 있다.

고 그들을 존중함으로써 새로운 생태학적 정신 우주와 교감하는 마음의 근거를 마련하는 것만으로도 오늘의 무의 존재와 역할에 희망을 걸어야 할지 모른다. 그러므로 우리는, 한국인의 특질 곧 종족 기질적 진화에 따른 내재적 인자因子로서 무巫적 인자를 스스로 재발견하여 이에 대해 철학적 문화론적 의미 부여가 필요한 시점에 와 있다 할 것이다.

8.

오늘의 한국문학에는 '상업주의의 척도가 문학성의 척도가 되어버리는', 물신주의에 의한 가치의 전도顚倒가 횡행하고 있다. 리얼리즘의 고유 기능인 사회적 모순에 대한 비판 의식은 실종되고, 우리의 오랜 전통인 서민적 리얼리즘도 심히 위축된 모습을 하고 있다. 자본의 데몬과 맞서는 오래되고 유력한 매체인 문학의 영역도, 특히 물신의 간지奸智, 가령 상업주의적 센세이션이나 '흥행'의 신화에 깊이 포섭되었다. 계급적 진보 의식은 반동화와 타락의 길을 걷게 된 지 오래이고, 한국문학은 상업주의가 조종하는 극단의 개인주의의 미학에 빠져 있는 것이다. 의식과 감각을 사유화하고 독점화하는 유미주의적 극우 문학과 지적 관념으로 조작된 비현실적인, 심히 왜곡된 자의식의 문학—그나마 일본의 대표적 극우파의 문학을 모델로 삼거나 엽기성의 문학형들을 무비판적으로 모방한—이 위력을 발휘하는 근래의 문단 상황은, 한 시기 혹은 지난 한 세대의 보수적 개인주의 문학 의식과 이념과 미적 척도가 반동과 타락의 임계점에 도달했음을 상징적으로 보여준다.

이러한 침울한 문학 현실에서 등장한 김애란의 소설은 그 자체가 상서로운 문학사적 정신사적 징후이다. 김애란의 소설은 이성과 정신의 위기가 다급해진 상황에 이르러 새로운 정신과 새로운 예술성의 가능성과 희망을 보여주었다는 점에서 특기할 만한 문학적 성과라고 할 수 있다. 작가의 캄캄한 심연에서 오래 억눌리고 소외되어온 샤먼성을 불러 올림으로써 신적인 것과 삶과의 상생, 삶 속의 혹은 삶 너머의 유기적인 삶의 문학-언어적 가능성을 열어놓았다는 점. 이러한 샤먼적이고 네오 샤먼인 맥박이 한국문학의 초췌해진 몸통 속에서 다시 뛰기 시작한 것은 기념할 만한 사건이라 하지 않을 수 없다.

오늘날, 신화의 전통, 샤먼의 신화를 온전히 되살리는 일은 불가능에 가까워 보이지만, 아니, 만약 거의 유일한 대안인 문학 예술 행위를 통해서 새롭고 희망적인 신화의 언어가 가능하다면, 분명 현실과 인생살이의 모순에 대한 리얼한 의식과 새로운 영혼적 언어 의식에 대한 고민 속에서 가능할 것이다. 적어도 샤먼의 신화를 현실 속에 되살린다는 것은, 단순히 전통을 되살린다는 의미가 아니라 악화일로에 있는 현대 문명에 대항하여 자연과 인간과 사물이 서로 상생하고 서로 공경하는 새로운 영혼의 힘을 되살린다는 의미이기 때문이다. 그리고 그것은 우리의 작가와 한국문학의 심연에서 그늘로 유전되어온 샤먼의 되살림을 의미한다.

이러한 관점에서 볼 때, 김애란의 소설은 그 주목에 값한다. 김애란의 '초월적 세속성'의 문학 언어는 우주 만물이 서로 조화로운 '태초'의 신화의 세계로 귀환할 수 없다는, 비극적이지만 동시에 리얼리스트적인 자각에 바탕을 둔 언어이다. 그리고 그러한 김애란의 언어 의식에는 자본의 신화에 대항하는 '시원적이고도 우주적인 정신'으로서의 리얼리즘이 자라고 있다.

　리얼리즘의 주된 기능이자 임무인 민중적이면서도 비판적인 의식의
회복 그리고 우주와 인간이 상생하는 새롭고 상호 유기적인 문학 의식
의 탄생은 지금 절실한 시대적 요청 되고 있다. 다시 말하는 것이지만,
오늘의 한국문학은 삶의 파멸과 사회 문화의 타락이 가속화되는 현실
속에서 문학의 본디 역할인 비판적 의식과 건강한 민중성을 회복하고,
동시에 자연과 사회와 인간이 서로 원만한 관계를 이루는 새로운 공통
의 이상을 실천해야 하는 것이다. '영혼'을 찾아가는 리얼리즘은 리얼
리즘 정신을 더욱 풍부하게 할 것이며, 한국문학을 더 깊은 세계로 이
끌 것이다. 김애란의 소설은 정신적 리얼리즘, 그 영성靈性적 문학의 소
중한 싹이다.

[『流域』 창간 1호, 2006]

동계의 실천사상과 소리의 소설미학

김홍정 장편소설 『금강』의 문학적 성과

폭군 연산이 훈구공신들에 의해 폐위된 중종반정(1506년) 이후, 조정은 권세를 쥔 보수적 공신과 개혁적 사림土林간에 반목과 대립이 첨예해지고 권모와 술수가 난무하는 격쟁에 휘말린다. 결국 도학적 왕도의 이상을 실현하는 정치개혁을 주도한 조광조를 비롯한 신진사류新進土類들이 훈구공신들의 중상모략에 걸려 떼죽임을 당하는 기묘사화(1519년)가 일어나고, 그 후 신사무옥(1521년)·을사사화(1545년)·기축옥사(1589년) 등 당쟁에 따른 끔찍한 사화들이 이어져 마침내 온 나라가 전란에 휩싸이는 임진왜란(1592년)에 이르기까지 조선은 암담한 정치 상황 속에서 절체절명의 위난을 겪는다. 소설『금강』은 이 시기를 배경으로 이야기를 펼친다.

소설은 이 시기의 역사 기록들을 꼼꼼히 챙기며 나약한 임금을 사이에 두고 벌이는 피로 얼룩진 당쟁의 전말을 생생하게 재생한다. 소설이 줄곧 응시하는 곳은 역사에 기록된 당쟁의 과정이나 내막 자체가 아니라 당쟁의 당사자들인 고관대작들의 사고의 허위성과 유자儒者로서의 도리를 잃고 당파만 쫓는 이념적 삶의 허구성이다. 당쟁을 일으킨 사대부들의 사고와 이념이 허구적이라고 한다면, 당쟁 또한 허구적인 것이다. 소설은 당쟁을 전면적으로 다루되 사대부들의 허위의식을 드러내는 데에 초점을 둔다.

하지만 역사소설이 기본적으로 특정 시기의 역사적 사실을 소재로 하여 역사를 문학적 상상 속에서 재구성하고 새로이 조명하는 문학 양식이라는 시각에서 보면 소설이 당쟁과 사화를 다루고 있다는 사실만으로는 문학적으로 특별한 것일 수 없다. 크게 보아, 소설『금강』에서 당쟁과 사화는 시대 배경에 지나지 않으며, 공신이든 사림이든 당쟁과 사화에 휘말린 사대부들의 이념적 입장이나 정치적 행태를 비판적으로 되새기는 것도 소설이 추구하는 바라 할 수 없다. 소설『금강』이 특별한 것은 당쟁과 전쟁의 시기에 숱한 죽임과 고난 속에서도 간절한 꿈과 이상을 위해 실천적으로 투쟁해간 사람들의 이야기를 정직하고도 장엄한 서사 형식으로 그려냈다는 사실일 것이다. 작가가 사대부들의 허위의식을 비판하는 것은 그것이 대동사회의 꿈과 이상을 가로막는 결정적인 장애가 되기 때문이다. 작가는 이러한 사대부 지식인의 허위의식을 극복하고 대동사회를 실현해가는 방법으로서 순전히 역사적 상상력의 산물인 '충암 동계'를 만들고 그 이상적인 인물로서 소리꾼 연향을 창조한다. 연향은 원리와 명분을 쫓는 사대부들의 이념의 세계와는 멀리 떨어져 있다. 충암 동계의 살림을 도맡아 뒷받침하는 연향이 한산의 소리채 한정과 도성의 아현각 그리고 사람들이 더불어 먹고사는 공방과 상단의 운영에 열중하는 것은 이념의 문제와는 사실상 동떨어져 있다. 그것은 사람살이의 기본이고 먹고사는 생활의 지당함에 속할 따름이다. 동계의 큰 스승인 충암조차 이념은 명분에 지나지 않음을 유배지인 제주의 삶의 현장에서 깨닫고 배우지 않는가.

어린 후학의 질문에 충암은 낮은 자세로 앉아 후학의 눈을 보며 이야기했다.

"내가 보기엔 저 사람은 나보다 나이가 스무 살은 더 많아 보였다. 배움은 글로 쓴 서책에서만 배우는 것이 아니라 실제의 삶과 자연에서 스스로 배우는 것이 적지 않은 법이니라. 사람을 대함에 있어 신분의 고저는 필연이 아니라 우연한 계기가 세습되어 이루어진 것이니, 되돌려보면 모두 같은 사람이었느니라. 그런데 나보다 한참을 더 산 노인은 그 배움이 나보다 훨씬 더 많으니 내가 그에게 배울 것이 또한 더 많은 법이지. 그러니 배울 것이 있는 이를 존경하는 것은 신분에 따른 것이 아닌 셈이라 할 것이다. 너는 어찌 생각하느냐?"

자연 변화의 실체에 대해 말할 때는 후학들은 모두 서로 앞을 다투어 질문을 했다. 그러나 질문에 모든 답을 말할 수는 없었다. 특히 자연의 현상에 대한 질문에 대하여 배우러 온 후학보다 자신이 수시로 답답함을 느꼈다. 그때는 마을의 노인들에게 답을 구했다.

"노인장, 겨울이 시작되면 오는 방어들이 왜 여름에는 오지 않지요?"

"어째서 한여름이면 어김없이 폭풍우가 몰아치는데 겨울의 매서운 바람과는 다른가요?"

이런 질문에 대해 노인들의 답은 간단했다. 방어들은 찬물을 좋아하여 물이 따뜻해지면 찬물을 찾아서 간다는 것과 더운 바람은 몸이 부풀어 크기가 크고 한꺼번에 큰 비를 담을 수 있고, 겨울 찬 바람은 몸이 움츠러들어 가늘고 긴 매서움으로 달려든다는 답이었다. 충암은 자연의 이치가 사람들이 사는 모습과 다르지 않다는 생각에 이르렀다. 자연의 물상들이 따르는 원리는 공통되는 것이기에 사람이든 자연의 물상이든 그 근본은 다를 것이 없다는 인물성동성人物性同性임을 깨닫고 후학들에게도 설명했다. 더불어 자연의 변화처럼 인간의 행동에도 차가움과 뜨거움이 있으니 이는 모두 경계하여 중용의 도를 실천해야 함을 말하기도 했다. 영주에서 충암의 삶은 배움이고 가르침이었다.

—「금강」 1부, 165–166쪽

성균관 전적을 역임하고 평생 경전을 가까이서 모시며 인의와 천리를 가르친 충암이 "배움은 글로 쓴 서책에서만 배우는 것이 아니라 실제의 삶과 자연에서 스스로 배우는 것이 적지 않은 법이니라."고 하는 말은 새삼스러운 데가 없지 않다. 그것은 그가 적소 제주에서 변변찮은 유배 생활 중 자연과 섬주민들의 실제 생활에서 체득한 배움의 참된 의미를 말하고 있기 때문이다. 멀리 제주에서 충암은 어린이와 노인들과 어울려 살면서 서책이나 성균관에서와는 다른 배움의 길이 실제 생활 속에 있음을 깊이 깨우치는 것이다. 그래서 "영주(제주)에서의 충암의 삶은 배움이고 가르침이었다"는 말은 충암의 깊이 열린 정신을 엿보게 한다. 또한 성리학의 인물성동성론은 인간과 자연의 근본이 같음에 대해 논하는 것이니, 유배지에서의 충암은 인간성의 근본에 있어서 자연과의 차별을 주장하는 이기론적 원리의 독단에서 벗어나 자연의 원리에서 배움을 구하는 보다 원융한 유가적 세계관을 터득한 듯하다.

『금강』에서 충암 동계의 사상은 대동사회에 대한 꿈의 실천을 목표로 한다. 그 꿈은 표면적으로는 위민爲民의 왕도정치를 신봉한 충암의 가르침인 여민동락與民同樂과 월인천강月印千江이라는 성어로 집약된다. 소설 『금강』은 충암의 제자 정희중의 입을 통해, "대동사회大同社會. 스승의 꿈이 하나로 모인 곳이다. 대동사회는 노인은 편안하고, 장년들은 쓰일 곳이 많으며, 젊은이와 어린 사람들은 쓰일 곳에 이를 때까지 의지하여 자라고, 과부나 고아, 홀로 사는 이들이 불쌍히 여김을 받고, 백성들과 더불어 즐거움을 누리는 여민동락與民同樂의 대열에서 뒤처지지 않는 월인천강의 세상."(1부, 22쪽)이라고 적고 있다. 이 말에 의하면 충암 동계는 대동사회의 건설을 위해 결의한 무리를 가리킨다. 그런데 이 말에서 간과해서 안 될 것은, 대동사회의 뜻이 누구라도 알아들을 수 있는 쉬운 말로 낯익은 생활의 풍경을 통해 풀이되고 있다는 점이다. 이는 충암의 뜻인 "꿈이 하나로 모인 대동사회"는 추상적 원리가 아니라 구체적인 일상생활에서의 실천을 통해 이루어진다는 점을 강조하는 것이다. 구체적인 생활의 실천을 중시하는 동계의 원칙에서 본다면 관념적 원리나 이념에 대한 반성은 너무나 자연스러운 것이다. 연향이 스승을 따라 제주로 가서 스승을 모시며 상술을 익히게 되고, 그곳 사람들에게서 갈옷을 만드는 염색법을 배우고, 물목의 흐름을 배운 것은, 근본적으로 그녀의 깊고도 성실한 성정에서 나온 것일 테지만, 대동사회의 이상도 백성들이 먹고사는 의식주를 포함한 일상생활 문제의 해결에 있다는 만고의 진리를 몸소 터득했다는 점에서 중요한 의미를 지닌다. 더욱이 "잠녀들의 소리를 듣고 익혀 자신의 소리를 바꾸"(1부, 160쪽)고 소리채를 열어 소리를 가르치는 연향의 모습은 여민동락의 진실된 실천행이 아닐 수 없다. 못 배운 백성에게도 배울 것은 배우고 가르칠 것을 가르치며 백성과 삶의 즐거움을 함께 나누는 것, 그것은 충암 동계가 이상으로 여기는 삶이 아닌가.

제주에서 뜻깊은 변화를 겪은 연향의 삶은, 충암의 제자로서 동계의 수장인 남원이나 양 현량의 도학자적인 삶과는 사뭇 다른 데가 있다. 그들은 동계의 사림이고 선비정신의 표상으로서 유학의 민본적 이상을 실행에 옮기려 한다. 그러나 그들이 사대부로서 성리학적 도학주의자의 성향이 짙다면, 연향은 천출로서 민본주의적 이상을 실현하려하는 철저한 현실주의자이다. 그들이 백성이 주인됨을 가르치고 의리와 도덕이 사람됨의 본분임을 가르친다면, 그녀는 스스로 현실의 일부가 되어 철저히 현실에서 또 자연에서 배우고 익히는 것이다. 더구나 그녀는 현실주의 혹은 시장주의가 동계를 보호하고 동계의 이상을 펼치는 실질적인 힘임을 깨달은 이상주의자이면서 동시에 현실주의자이다. 공신들이나 그들과 한통속인 송 판관이 시전의 전주錢主들로서 돈의 흐름과 향방을 좌지우지하고 있는 것을 연향은 적극 역이용하기까지 한다. 세속을 통해 세속의 극복을 꾀하는 지혜를 연향을 비롯하여 미금 그리고 부용은 터득하고 있는 것이다. 동계원의 목적은 같으나, 그녀들은 남원이나 양 현량과는 달리 백성들에게 극진한 현실주의자의 삶을 살아가는 것이다. 이는 조선시대가 유교가 지배하는 남존여비의 가부장제 사회인 사실을 고려할 때, 대규모 시장 경제가 시작되던 16세기의 조선 사회를 작가의 새로운 성리학적 인간성 해석을 바탕으로 한 여성주의적 관점에서 깊고 새롭게 해석하고, 연향이라는 인물의 창조를 통해 부패한 조선의 일대개혁을 추구했다는 점에서도 소설『금강』은 비상한 문학적 상상력을 보여준다 할 것이다.

이처럼 소설『금강』은 동계의 실천사상을 통해 이념적인 지식인들의 고질병인 현실과 괴리된 이념주의나 삶에 실질적인 쓸모가 없는 관념적 지식 따위에 대해 비판한다. 이 점에서 동계의 사상은 조선 후기에 일어난 실학사상의 문학적 선험성 또는 선취성先取性으로서 심도 있게 논의될 필요가 있다. 이는 실학파의 역사적 등장을 이루게 한 소이연들 중하나가 다름 아닌 당쟁에서 밀려난 선비들의 관념론과 명분론에 대한 통렬한 반성이었던 까닭이다. 이는 처절한 당쟁 속에서 실사구시實事求是적 경세제민經世濟民의 사상을 자기 정신의 바탕으로 삼은 소설『금강』

의 동계의식과도 일정 부분 서로 통하는 바가 있는 것이다. 동계가 16세기 당시 상단 활동에 적극 참여하면서 민생을 위한 경제에 주력하는 것은 이와 같이 실사구시적 정신에 굳건하게 뿌리내리고 있음을 보여주는 예이다. 하지만 동계의 꿈은 조정의 집요한 탄압과 임진왜란의 전쟁통에 무참히 좌절된다. 소설『금강』은 금수하방의 장수패 등 동계의 좌절을 냉정히 서사함으로써 역설적으로 조선의 구조화된 부패와 비극의 역사를 역력히 재생해내는 데 성공한다. 이로써 동계의 실천적 사상은 아이러니하게도 마침내 절망의 원리와 함께 희망의 원리를 보여준다.

2.

　소설『금강』에 나오는 주요 사림들의 정신에 접근하기 위해서는 교조적 주자학 해석과 이기심성론적 사변 위주의 공리空理로 추락한 훈구세력의 보수적 학풍을 비판하고, 화담 서경덕과 남명 조식 등 진보적 사림들의 학풍을 재조명하는 것이 훨씬 적절해 보인다. 특히 조선의 성리학자 중에서 주요 진보적 사림들은 보수적 사대부들이 완고하게 배척해 온 불교, 노장, 양명학 등을 적극 수용한 사실을 소설 전반을 지지하는 작가 정신의 문제와 관련하여 생각할 필요가 있다. 이 문제의식과 연관하여, 소설『금강』또한 전통 성리학의 해석 문제와 함께 유가와 불가 사상 간의 회통會通의 입장에 서 있는 사실은 별도의 해석을 필요로 한다. 특히 소설의 주인공들이 불교 또는 조실 스님과 맺고 있는 인연이나 무량사와 강천사, 미륵사 등 절간이 소설 속에서 차지하는 역할과 그 의의를 살필 필요가 있을 것이다.

소설 『금강』에서 유가사상은 작품의 정신적 배경을 이루지만, 유가와 불가는 서로 대립하는 둘이 아니다. 유가적 세계는 작품의 전경前景에 나와 있지만 그 후경後景에 있는 불가는 전경을 압도하기도 한다. 이는 당쟁을 일삼는 사대부들과 조정에 대하여 항거하는 동계의 활동상에 상응한다.

무량사는 조선 초 매월당 김시습이 은거했던 고찰이었듯이 소설에서도 저항적인 민본적 유생들이 권력의 죽임을 피해 몸을 숨긴 은신처로 그려진다. 작의를 미루어 보건대, 당시 저항하는 선비들의 도피처였을 뿐 아니라, 무량사는 민중들의 긴급한 구명을 위해서나 생활을 보전하기 위해서나 생명의 텃밭 같은 곳으로서 작중에서 동계의 민본정신을 실현하는 세계로 그려지고 있다. 이는 무량사로 상징되는 불가사상이 소설의 한 축을 이루고 있는 것으로 해석될 수 있으며, 이러한 작가의식은 민본사상에 바탕한 유불도간의 회통의 정신에 기반해 있다는 방증이 되기도 한다. 이러한 사상적 회통은 한현학이나 금석 같은 저항적 민중의식을 가진 인물들의 입장에서도 드러나지만, 연향의 마음을 통해서 비교적 명료하게 드러난다.

별채는 어미를 잃은 어린 초희가 혼자 머무르기엔 적당한 곳이 아니었다. 남원은 구 서방을 불렀다. 구 서방은 초희를 소리채에 두지 말라던 연향의 당부를 잊지 않았다. 초희는 소리채의 사람이 아니어야 했다. 또 무량사 조실祖室에게 당부했던 연향의 말을 남원에게 전했다.

"초희 아기씨의 자리는 무량사이옵니다요, 대감마님."

"연향이 그리 정하였는가?"

"이미 조실에게 부탁헌 것으로 아옵니다요."

"하필이면 절간인가?"

"대행수님의 바람이셨습니다요."

"데려가라. 신분에 대하여는 조심하라 이르라."

"예에. 그리헐 것입니다요."

—「금강」 2부, 38쪽

무량사는 연향에게 위기에 처한 민초들의 목숨을 구제하는 도피처逃
避處이자 동시에 도피안처到彼岸處이다. 작중의 만수산 무량사와 그 말사
인 미륵사는 유불이 서로 통하는 회통의 정신을 이루게 하는 곳으로 사
화와 왜란의 피난처이자 뭇중생들이 옹기종기 모여 생명의 터전을 일
구는 넉넉한 마음의 도량이다. 남원은 "하필이면 절간인가?"라고 불만
을 토로하지만 소설은 연향의 마음을 따른다. 연향에게 불가와 유가의
차별은 부질없는 것이다. 그녀는 생활 속에서 정성을 다하는 현실주의
자요, 또한 이상주의자이기 때문이다. 그렇게 무량사와 미륵사 도량에
서 사상의 차별은 사라지고 사상의 무차별적인 회통이 자연스레 펼쳐
진다. 매월당이 그러했듯이 사상적 회통은 불가의 깊고 너른 마음의 터
전에서 이루어진다. 이러한 도량의 상징으로서 사상적 회통의 정신은
작품 곳곳을 적시며 흐르고 있다.

금석은 한현학의 식구들을 한현학의 처가인 김제를 거쳐 무량사의 말사
인 미륵사彌勒寺에서 운영하는 과수원으로 옮겼다. 그곳은 전에 금석의 식
구들이 살던 곳이었다. 한현학의 식구들이 옮겨오기 전 금석은 갓개단의 사
람들을 보내 집을 재정리하고 부족한 살림살이를 채웠다. 항아리에 장을 담
았고, 소금 독에 소금도 넉넉히 채웠다. 당장 먹을 양식과 땔감들도 작은 곳

간에 부족하지 않게 했다. 이부자리 등도 새로 손질을 하였다. 과수원에 일

하는 사람들에겐 금석의 식술들로 소개를 하고 살림을 돌보게 했다. 과수원

은 꽃들이 만개하여 도원의 아름다움을 제법 이루었다. 꽃대궐인 과수원의

생활에 한현학의 식구들은 빠르게 적응하였다. 특히 일손이 빠른 한현학의

아내는 재치가 넘치고 말솜씨도 점잖아 여느 아낙들과는 다른 품격을 지니

고 있었고, 전라우수영全羅右水營의 별장이었던 남편의 직책을 따라 과수원

사람들로부터 별장댁別將宅이라는 별칭으로 불렸다.

—「금강」 2부, 52쪽

무량사에 인접한 도원마을은 아마도 동계의 꿈인 대동사회의 비유
일 것이다. 이웃의 부족한 살림살이를 채우고 서로를 돌보는 사람들이
모여 사는 마을. 이 소설에서의 도원은 출신이나 계급의 차별이 사라지
고 함께 서로를 돌보며 살아가는 평화로운 대동 마을이다. 동계의 사람
들에게 유가니 불가니 하는 차별은 무의미한 것이다. 사람 사는 순리에
따라 유불선이나 무巫의 전통 정신들은 대립하지 않고 마음속에서 원
만하게 회통한다. 연향과 부용과 한산수와 창이 그러하듯이, 훗날 천출
의 노회한 책사 송 판관이 은퇴 후 무량사에 들러 매월당의 묘소를 찾듯
이, 유불儒佛간의 차별 없는 자발적인 회통의 마음이 소설『금강』의 곳
곳을 밝히고 있다.

3.

소설『금강』에서 소리의 역할은 이야기의 품격이나 흥취를 더하는

장식적 소재의 차원을 넘어선다. 이 점은 적어도 두 가지 방향에서 살펴져야 하는데, 먼저 주제의식에서 보면, 이야기의 흐름을 타고 이어지는 시가나 악장 등의 소리들은, 예를 들자면, 이념이나 권력의 덧없음을 보여주기 위한 형식적 고려일 수도 있다. 둘째로, 문체의식에서 보면, 소리의 이해를 통해 소설 『금강』의 문체의식이 지닌 독특한 내면을 어느 정도 이해할 수가 있게 된다. 그 문체의식의 특이성을 간략히 말하면, 자연과 어울리며 교감하는 소리꾼의 소리를 의식을 내면화하고 있다는 것이다.

(1)

하방촌에서의 첫 밤이 깊었다. 강바람이 불어와 갈대숲을 가르고 늪을 지나 목면木㮐에 이를 때, 숱한 새들이 그만큼의 영혼들이 되어서 자신들의 이야기를 밤새 주고받곤 했을 것이다. 한 별장은 그들의 이야기를 들으며 자신들의 이야기도 언젠가 그 새들의 속삭임이 되어 떠돌 것이라 생각했다.

　　　　　　　　　　　　　　　　　　　　　　—『금강』 2부, 65쪽

(2)

날씨가 추워지기 시작하자 겨우내 밤마다 사나운 바람 소리가 문풍지를 마구 흔들어댔다. 이제 얼마 후면 쩡쩡 소리를 내며 제민천濟民川과 정지산艇止山을 감고 도는 금강물이 얼어붙을 참이었다. 그러나 아직은 한낮에 흐르는 강물 소리는 찰지고 씩씩했다. 강가 둔덕에는 개비름이나 구절초가 흰 꽃송이를 달고 추위를 견디고 있었다. 허옇게 서리가 깔린 위로 대장간 옆 고욤나무에서 쏟아진 고욤들이 제법 달았다. 산등성이에는 마구 떨어진 도토리, 상수리를 줍기 위해 다람쥐들이 부지런히 달음질을 했다. 제 동지들보다 먼저 날아온 가창오리들은 떼를 이뤄 힘차게 비상을 했다가 흐르는 물 위로 곤두박질을 하곤 자잘한 발놀림으로 물탕을 쳤다.

이른 새벽 정지포 대장간 소두 박돌朴乭이 화구에 불꽃을 올리기 위해 풍구질을 하다 말고 언덕 아래 정지포를 내다보며 소리쳤다.

"어쩐 일이다냐? 이 새벽부터, 어디서 오는 건감?"

"누구셔?"

대장장이 모두가 대장간의 물건들을 정리하다 말고 말참견을 했다.

—「금강」 3부. 11쪽

위 (1)에서의 문장은 언뜻 자연과 인간의 어우러짐을 보여주는 비유로 읽히지만, 그 소설미학적인 속내는 자못 웅숭깊다. 인간과 새는 서로 다른 유類이지만, 인간들의 이야기와 '숱한 새'들의 이야기는 서로 차별 지울 수 없이 근원이 동일하다는 것. 달리 말해, 새들의 소리는 인간의 소리와 그 근원에 있어서 둘이 아니라는 이른바 인물성동성론人物性同性論적 차원의 소리의 철학에서 비롯되었을 수 있다는 것. 모든 소리의 근원이 동일하다 해도 모든 소리는 저마다 존재 이유 곧 저마다 자신의 존재감과 자신의 이야기를 가지고 있다는 것. 이렇듯 저마다의 존재감과 이야기를 가지고서 인간의 소리와 새(자연)소리는 서로 차별 없이 뒤섞여 소리의 세계를 이룬다는 것. 소리의 본성을 시사해주는 또 다른 대목이 있다. "(…) 깊숙이 잠겨 있었던 어미의 죽음에서 비롯된 외로움과 슬픔이 소리에 실리면 바람이나 바람에 흔들리는 나뭇잎들도 온통 몸부림하여 요동을 쳤다. 입속에서 담금질하여 소리친 말들은 숲 속을 달리던 짐승들도 멈추어 자리하고 귀를 기울였다. 초희는 숲 속의 물상들이 승려들의 독경 소리와 어우러져서 재잘대며 속삭이거나 흐느끼며 터

766

뜨리는 모든 소리들에 귀 기울이며 따라 하려 하였다. 한여름이 지나고 찬바람이 선득하여 몸을 움츠리게 하는 계절이 지나는 동안 초희는 온갖 소리들을 구별하며 지냈다."(2부, 42쪽) 이 문장엔 인간이 내는 모든 소리는 마음의 천변만화의 울림이요 외침인 동시에 인간의 울림과 외침의 소리에 교감하는 모든 물상들의 울림이요 외침의 소리라는 인식이 담겨 있다. 그러므로 소리의 소리다움은 인간성과 물성物性이 둘이 아닌 하나라는 진리를 체득하여야 비로소 다다르게 되는 것이다. 인간성과 물성은 본디 둘이 아닌 하나인 것이라는 예의 세계관이 소설『금강』의 문체의식 속에 은근히 자리하고 있는 셈이다.

위 소설 3부가 시작되는 첫 문단인 (2)에서도, "겨우내 밤마다 사나운 바람소리가 문풍지를 마구 흔들어댔다. 이제 얼마 후면 쩡쩡 소리를 내며 제민천濟民川과 정지산艇止山을 감고 도는 금강물이 얼어붙을 참이었다. 그러나 아직은 한낮에 흐르는 강물 소리는 찰지고 씩씩했다."라는 문장은 자연과 물상이 그들 스스로 내는 소리들을 불러들인다. 그럼으로써 소설의 내면은 개념어의 연결에 따르는 의미의 질서를 벗어나 그 정황의 소리에 감응하게 된다. 곧 소설이 온갖 소리들과의 화응으로써 시작되고 있는 것이다. 그래서 "가창오리들은 떼를 이뤄 힘차게 비상을 했다가 흐르는 물 위로 곤두박질을 하곤 자잘한 발놀림으로 물탕을 쳤다."라는 소리가 이끄는 자연 정황의 싱싱한 생명력이 느껴지는 가운데, "이른 새벽 정지포 대장간 소두 박돌朴乭이 화구에 불꽃을 올리기 위해 풍구질을"하는 마을 대장간의 활기 넘치는 물상들의 소리들이 겹쳐지고, 이윽고 이른 새벽 일꾼의 외침의 소리가 기운생동하듯 다가오는 것이다. 소설의 내면은 이렇듯 온갖 자연의 소리들과 인간의 소리들이 서로 긴장하고 갈등하거나 서로 포개지고 어우러지며 대립과 상생의 상호관계를 지속하는 것이다. 이는 인용한 작중화자의 목소리에 자연의 소리에 민감하게 교감하는 소리꾼적 자아가 내면화된 탓이다.[1] 『금강』 곳곳에는 이러한 작중화자의 내면에서 숨 쉬는 소리꾼적 음감이 때론 은은히 어리고 때론 깊이 서려 있다.

하지만 소리는 그 자체만으로는 근본적으로 비소설적인 것이다. 소설에서 주제의식 혹은 이야기의 의미는 소리와 조화롭기가 쉽지 않다. 언어의 의미 차원을 넘어서려 하는 직관적 형식으로서의 소리의 속성은 근대 소설 형식의 규범적인 문체의식과는 대립한다고 볼 수 있다. 소리에는 공식적인 의미와는 거리를 둔 저 스스로의 내면적이고 혹은 내밀한 직관적 의미가 내재되어 있는 것이다. (이와 관련하여, 소설『금강』에서는 서울말과 함께 충청도, 전라도, 함경도, 평안도 각 지방 사투리들이 작가의 개성적인 변용을 통해 풍성하게 '소리나고' 있음을 주목하자.) 소설의 이야기가 지닌 여러 의미 내용들은 일반적으로 굳어버린 개념적 언술들로 이루어진데 비해, 위 인용된 소설의 언술은 오히려 소리의 기운이 상투적

---

1) 작가는 작중화자를 통해 자신의 작품 속에 참여한다. 작중화자는 작가의 신념과 이념에 소속되지만, 작중화자의 신념과 작가의 신념이 서로 일치하는 것은 아니다. 둘 사이의 관계는 복합적이고 대립적이며 다양한 대화적인 긴장 관계에 놓여 있다. 『금강』의 작중화자 즉 내레이터의 내면에 서사적 존재와 더불어 소리꾼적 인물의 존재가 함께한다는 것은 어떤 정경에 대한 묘사나 자연에 대한 서사에서만 적용되고 있는 것이 아니다. 소설과 소리가 서로 불화하고 대립하기 쉬운 긴장관계에 있지만, 『금강』의 이야기들의 구성에서도 소리의 존재감은 상당한 힘으로 작용한다고 말할 수 있다. 더 적극적으로 말한다면, 이 소설이 고난 속의 백성들 편에 서서 위민의 이념을 적극 다루면서도 이념의 차원을 넘어 혹은 이념적 의미의 차원 속에 새로운 이질적인 의미의 차원을 품게 하는 경이로운 힘은 바로 소리의 기운이 이야기의 전편을 휘감고 역동하고 있기 때문이다. 곳곳에 사대부들의 가사와 악장, 성균관 유생들의 시회詩會, 각각의 등장인물들이 지닌 신분의 차별이나 선악善惡의 구별 없이 수시로 소리에 의지하며 이야기를 전달하는 이야기의 구성 방식은 그 자체로 소리가 단순히 소설구성상의 장치 그 이상의 존재감과 존재 이유를 지니고 있음을 보여주는 것이다.

768

으로 고정된 의미들을 풀어헤쳐 의미의 감성적 확장을 이끈다. 소리꾼적 언어감각 혹은 소리의 언어의식을 통해 이야기의 의미 속에서 소리의 음감에 의한 새로운 의미가 움트는 것이다. 위 인용문에서처럼, 의미의 확고부동한 자기 동일성은 해체되고 새로운 의미의 싹을 틔우는 힘은 소리의 기운에 의해서이다.

소설 『금강』에서 소리는 그 자체로 하나의 주제의식을 이룬다고 말할 수 있다. 우선 소설 속에는, 맑은 물소리 새소리 바람소리 갈대밭소리 같이 수많은 자연의 소리들, 소리채 아현각과 한산의 한정 그리고 전주의 취선당에서 울려나오는 온갖 시가들의 음송소리 악장소리 타령소리, 연향이 배우던 제주 잠녀들의 소리, 임진왜란 때 왜장 우찌무라 앞에서 부르던 은우의 '부벽루' 노래소리, 우찌무라의 어머니 아사조오가 모도의 긴 소나무 숲에서 부르던 고운 노래소리, 가여운 소리꾼 채선이 죽음을 앞두고 감옥에서 부르던 이승에서의 마지막 소리…… 소리의 향연은 소설의 첫장부터 끝장까지 장엄하게 펼쳐지고 있다는 것. 그렇다면, 소설 속에 끝없이 흐르는 소리의 강물은 무엇을 뜻하는 걸까.

장수는 눈물을 줄줄 흘렸다.

"고마워, 이리 찾아주고, 그리고 울지 마, 장수 아우."

"누님의 소리가 그리 곱고 슬펐는데 인제 언제 듣는답니까?"

"소리? 그래 내 소리를 장수 아우는 참 좋아했는데……"

"이제 더는 못 올 것입니다."

"그럴 것이야. 장수 아우 내 소리나 한 자락 듣고 가시게."

"소리할 기운이나 있으시우?"

"술도 한 잔 했고, 음식도 먹었는데, 그까짓 소리 한 자락이야."

채선은 소리를 했다. 긴 소리가 높은 고음에서 떨다가 한꺼번에 뚝 떨어져 깊은 계곡으로 첨벙 빠져 흐르기 일쑤였다. 너른 들판으로 나와 훨훨 나비들을 따라 춤을 추고, 수양버들 흐드러진 길가에서 살랑거리는 바람에 실려, 들판을 지나고 언덕을 지나고, 소용돌이 바람이 일면 그 위에 올라 용솟음을 했다가, 흰 구름 위에서 숨을 고르고 다시 먼 산으로 날아가던 소리는 이미 없었다. 오로지 꺾인 제 숨을 이기지 못하고 뚝뚝 떨어지는 소리만이 질펀한 감옥의 피흐름을 따라 가 버렸다.

—『금강』 2부, 457–458쪽

소리꾼 채선이 감옥에서 죽음을 목전에 두고 "눈물을 줄줄 흘리"고 있는 장수에게 들려주는 소리는 처연하기가 짝이 없다. "오로지 꺾인 제 숨을 이기지 못하고 뚝뚝 떨어지는 소리만이 질펀한 감옥의 피흐름을 따라 가 버렸다." 소리는 채선의 한 많은 인생살이나 그녀가 겪은 드라마틱한 사건들을 깊이 보듬을 채, 그녀의 죽음을 따라간다. 죽음을 따라가는 소리야말로 영혼의 소리일 것이다. 채선의 소리는 사람의 도리를 지키며 의로움에 살다 죽은 이들의 혼의 소리일 것이다. 충암, 남원, 연향, 미금, 한산수, 장수, 한 별장, 창과 숭…… 모든 떠나간 혼들의 소리, 혼을 따라가는 혼의 소리, 혼을 부르는 초혼의 소리들이 어우러진 채로 깊이 흐르는 소설 『금강』은 혼이 혼을 부르고 떠나보내고 다시 부르는 간절한 혼의 소리의 소설이라고도 말할 수 있을 것이다.

[『금강』 해설, 2016. 4]

'세계 자체'로서의 소설

박민규의 『카스테라』: 人種 너머의 異種의 문학

1.

　박민규의 소설 「카스테라」는 인간이든 사물이든 생각이든 세상 모든 걸 먹어치우는 '황당한 중고 냉장고'에 대한 이야기이다. 그 냉장고에 집어넣을 수 있는 것은 음식물만이 아니라, 아버지 어머니 학생 경찰 국회의원 대통령 심지어는 13억 중국인 미국 문학 작품 모든 생각들조차 집어넣을 수 있는 신기한 냉장고이다. 그런데 그 무엇이든 집어넣을 수 있는 소설 속의 냉장고는 다름 아닌 소설가 자신의 비유라고 할 수 있다. 그것은 소설가는 자기 소설 속에서 전지전능한 신의 자리에 서 있기 때문이다. 그러므로 「카스테라」에서 모든 걸 집어넣을 수 있는 중고 냉장고는 그의 소설관의 비유랄 수 있다. 냉장고에 온 세계를 몽땅 집어넣듯, 자기 소설에도 삼라만상의 모든 것을 무엇이든 집어넣을 수 있다는 것. 하긴, 모든 소설가는 자기 소설을 창조하는 신적인 존재일 테지만, 박민규의 경우는 사뭇 특별한 데가 있다. 이 냉장고의 비유는 그 특별한 박민규적 소설 세계를 이해하는 좋은 길잡이라 할 수 있다. 어쨌든 속이 편치 않은 냉장고는 "우웅 우웅. 한 채의 공장이 내뿜을 만한 소음을"(14쪽[1]) 내뿜고, 박민규의 소설도 무수한 언어-기호들의 소리들로 소란하다.

이 흥미로운 소설은 겉으론 원룸에서 중고 냉장고 한대와 "단 둘이서" 사는 젊은 화자가 냉장고에 대한 상념들을 풀어내는 이야기 형식으로 이루어진다. 그러나 소설 깊은 곳엔 그의 세계관이자 소설관이며 동시에 언어관이 숨어 있다. 보자.

> 다시 말하지만, 그 굉장한 소음이 있어 나는 외롭지 않을 수 있었던 것이다. 아무도 찾지 않는 그 〈언덕 위 원룸〉에서, 단 둘이서 말이다. 세상의 여느 친구들처럼—냉장고도 알고 보니 좋은 놈이었다. 알고 보면 세상에 나쁜 인간은 없다.

> 드물게도, 이는 1926년 제네럴일렉트릭이 세계 최초의 현대식 냉장고를 생산해낸 이후, **인간과 냉장고가 친구가 된 최초의 사례였다.** 내가 최초라니!
> (…) 드넓은 세상에서 우리는 늘 인간만이 살고 있다 생각하기 마련이다. 그러나 조금만 더 신경을 기울이면, 바로 자신의 곁에 〈냉장고〉가 있음을 알 수 있다.

> **냉장고는 인격人格이다.**

> —「카스테라」, 16-17쪽 (강조_필자)

---

1)　이하 쪽수는 박민규 소설집 『카스테라』(문학동네, 2005)의 쪽수를 가리킨다.

외로운 원룸 생활을 하는 작중 화자의 체험과 생각 속에서 냉장고는 서서히 '인간'으로 바뀌고 이윽고 화자는 자신이 '냉장고와 친구가 된 최초의 사례'라는 결론에 도달한다. 그런데 이러한 엉뚱한 결론은 단순히 소설적 상상력으로만 도달할 수 있는 성질의 것이 아니다. '인간과 냉장고가 동격이다'는 결론은 그 자체로 철학적 범주에 속하는 결론이기 때문이다. 그러므로 세상 모든 것을 다 집어넣을 수 있는 냉장고란 세계에 대한 깊은 사유의 결과물이라 할 수 있다. 이 말은 '박민규 소설쓰기의 원동력은 철학적 사유이다'라고 바꿀 수 있는 말이다. 그렇다면, 그의 사유의 구체적인 내용은 무엇인가.

　　우선, 앞의 인용문에 이어지는,

　　　어둡고 은밀하고 서늘한 냉장의 세계가, 그 속에 펼쳐져 있었다. **나는 한 줌의 프레온 가스처럼 지하세계의 모세관 속을 온종일 헤매다녔고, 밤이 되면 눈부신 한 줌의 성에가 되어 지하의 벽 어딘가에 들러붙어 얕은 잠을 청하고는 했다.** 출구를 발견한 것은—올라가서 알게 된 일이지만—가을이 거의 끝나갈 무렵이었다. 눈이 부셨다. 그리고

　　　세상의 풍경은 완전히 달라져 있었다.　　　　(18–19쪽, 강조_필자)

는 문장을 보자. 이 문장에 이르면, 냉장고에 대한 작가의 사유가 인간적 한계를 넘어서 냉장고의 삶을 이해하기 위해, 몸소 '냉장의 세계'를 체험하는 '실천적 사유'임을 알게 된다. "나는 한 줌의 프레온 가스처럼 지하 세계의 모세관 속을 온종일 헤매다녔고 밤이 되면 눈부신 한 줌의 성에가 되어 지하의 벽 어딘가에 들러붙어 얕은 잠을 청하고는" 하는

그런 실천적인 사유. 그 사유는 세계를 이성적으로 사유하는 사유가 아니라, 세계 자체에 "들러붙어 얕은 잠을 청하는" 사유이다. 마침내 그 실천적 사유가 '나'의 삶을 바꾼다. 냉장고 '자체'의 사유를 통해 삶이 변화하고 삶이 변하니 세계가 변한 것이다! '나'와 냉장고의 삶이 서로 불가분으로 연결되어 있음을 깨달았을 때, "세상의 풍경은 완전히 달라져 있"게 되는 것이다. 이 인간 너머의 세계내적世界內的 사유에 이르러, 비로소 화자는 미국 중국 아버지 어머니 "(…) 7개의 대기업과, 5명의 경찰간부와, 낙도초등학교의 어린이들과, (…) 1명의 병아리 감별사와, (…) 67명의 국회위원과 대통령"(29쪽) 등 화자가 〈일단 뭐든지 다 담아보는 것〉의 범주에 포함이 되"는(25쪽) 것들로 생각되는 것들은 모두 다 냉장고에 집어넣을 수 있게 된다.

　박민규 소설이 지닌 시대적 전위성은 그의 소설 언어가 단지 상상력으로 끝나는 소설이 아니라 인간 너머의 세계에 대해 실천적으로 사유하는 힘을 가진 소설이라는 사실에서 온다. 그 사유는 이성적인 사유에 그치는 사유가 아니라, 사유가 인간 너머 세계 자체의 생명성과 직결되는 그런 사유를 뜻한다. 이성적 사유를 넘어가는 세계내적 사유. 자신의 사유를 사유하는—인간적 사유, 인간주의적 사유 너머, 생명계처럼 혼종과 교배, 번식을 지속하는 사유이다. 끝없이 연결된 관계의 사유. 그러한 사유는 주체의 정태적 사유가 아니라, 세계에로 연결된 혹은 세계와 쉼 없이 이접離接하며 생성하는 유기체적 사유이다. 생성 과정으로서 유기체적 사유의 결실이기에 그의 소설 언어는 소통하는 기호의 차원을 넘어선다. 곧 그의 언어관은 기호학semiology으로서의 언어관과는 차원을 달리하는 것이다. 그래서 그의 소설 언어에서 의미의 소통적 차원은 줄곧 교란된다.

　그의 소설 언어는 존재와 부재, 시간과 공간, 관념과 물질, 현실과 환상, 비극과 희극, 카오스와 코스모스, 내부와 외부, 가벼움과 무거움, 구어口語와 문어文語 사이를 헤집고 다니며 뒤섞이며 생동하는 삶을 사는 언어이다. 소설 언어가 현실적이고 복합적인 삶을 살 수 있는 것은 세계 그 자체에 소설 언어가 열려 있기 때문이다. 그래서 그의 언어는 정적이지 않고 유동적이며, 지성에 의지한 실험적 언어가 아니라 수없는 연결과 변이와 인접과 이접離接을 겪는 과정적 언어이다. 그 과정적 언어는 수많은 언어-기호적 시선이 교차하는 복합적이고 입체적인 언어이다. '유기체적인 과정의 언어관'이라고 명명할 수 있는 그의 소설 언어관은 "이 냉장고는 강한 발언권發言權을 가지고 있다"(19쪽)는 문장 속에 상징적으로 담겨 있다.

　그의 소설 언어가 보여주는 특징의 한 예로써, 행갈이에 의한 돌출 언어들은 기본적으로 소설에 대한 몰입을 차단하는 소격효과Verfremdung 등 기술적 혹은 형식적 장치로 설명될 수 있는 것이 아니라, 세계 자체 내의 언어-기호가 이접 즉 이탈과 접속을 통해 스스로 변이하는 언어-기호의 운동-이미지를 보여주기 위한 것으로 이해될 수 있다. 이러한 문체 의식을 따라가 보면, 그의 소설 언어에서 자주 쓰이는 행갈이의 경우, 문맥 안에서 어떤 언어가 중요한 의미를 지니고 있기 때문에 그 언어를 강조하기 위해 행갈이하는 게 아니라, 중요하지 않기 때문에 행갈이하여 그 언어를 강조하게 된다. 오히려 사소하기 때문에, 잊혀진 것이기 때문에, 또는 억눌린 것, 숨은 것, 숨긴 것, 힘없는 것이기 때문에 작가는 행갈이를 통해 그 '특정' 언어를 강조하고 부추기고 그것에 생동하는 힘을 부여하는 것이다. 이러한 사실은 그의 소설 언어가 세계 자체의 운동-이미지로서의 기호-언어의 변이와 운동을 내면화하고 있음을 보여준다. 그러나 그러한 언어는 이성의 언어의 입장에서 보면 마땅히 혼란스러울 수밖에 없다. 박민규의 소설 언어는 기본적으로,

> (냉장고 안은_필자) **뒤죽박죽**. 나로서도 이젠 뭐가 뭔지 도무지 알 수 없을
> 지경이었다. 그것은
>
> **하나의 세계였다.**　　　　　　　　　　　　　　　　　(32쪽, 강조_필자)

에서와 같이, "뒤죽박죽"의 언어이지만, "하나의 세계" 그 자체를 이루는 언어이다. 그래서 그의 소설 언어는 언어-기호의 우주론적 세계를 향한다. 언어-기호의 우주론은 소설 언어를 필히 광활한 소설 외부의 세계로 자신을 활짝 열어놓는다.

> 죽은 인간들의 영혼은 어디로 가는 걸까
> 아마도 우주로 올라가겠지. 무엇보다도 영혼은
> 성층권이라는 이름의 냉장고에서 신선하게 보존되는 것이니까.
> (…)
> 마침내, 대규모의 유성이 떨어지듯 길고 아름다운 잠이 대뇌大腦의 북반구 위로 몰려왔다. 대뇌의 고비사막 위를 걷고 있던 낙타들이, 긴 꼬리를 그리며 낙하하는 유성의 무리를 쳐다보며—힘없이, 자신의 목을 떨구었다.
>
> 　　　　　　　　　　　　　　　　　　　　　　　　　　(32-33쪽)

"죽은 인간들의 영혼은…… 아마도 우주로 올라가…… 무엇보다도

영혼은 성충권이라는 이름의 냉장고에서 신선하게 보존되는 것"이란 표현 속에 생사와 시공을 초월하여 무수히 교차하는 언어-기호의 시선들이 있다. 그 복합적이고 입체적 시선은 가히 우주적이라 할 것이다. 그러한 박민규의 문학적 사유 과정에서 본다면, 그의 소설에서 자주 보이는 천체 우주의 비유나 그 이미지(가령 위 인용문 중 "流星")는 자연스러운 것이다. 이 우주적 관심과 사유는 그의 소설 의식 속에 '지구인'-'외계인'이라는 두 인종人種이 공생하고 있음을 알려주는데, 그의 소설 속 특유의 동물들은 그 지구-우주라는 두 범주 '사이'를 매개하는 역할을 맡고 있다(인용문에선 '낙타'). 위 인용문은 지구/우주의 경계와 그 '사이'를 살아가며 서로 이접離接하는 인간/동물의 소설 내적 관계를 상징적으로 보여준다. 다른 예를 들면, 작품 「그렇습니까? 기린입니다」에서 '화성인'과 '금성인'의 존재를 설정하거나 가난한 작중 화자가 궁핍하고 불안한 생활 속에서 "이 부근의 어느 지붕"(82쪽)에 대해 신경증적 집착을 보이는 것도, 그의 소설이 우주("지붕 위")와의 교감과 우주적 사유를 소설의 동력으로 삼고 있음을 암시한다. 그리고 그 지구-우주를 연결하는 우주관 속에, 곧 우주론적 지구-세계관 속에 자연스럽게 작가의 동물론이 연결되는 것이다. 사라진 아버지를 찾아 헤매는 작중 화자가 기린을 만나 기린이 아버지임을 확신하는 이 작품의 마지막 장면은 기린이 우선 아버지의 인접 즉 환유의 상징이라는 의식과 더불어, 기린은 다름 아닌 '하늘, 우주-인간' 사이를 잇는 초월적 매개물이 되고 있기 때문에 그 장면에는 상서로운 페이소스가 묻어난다. 구원과 희망의 페이소스. "경험과 실적을 중요하게 여"기는(57쪽) 세속화된 너구리가 등장하는 소설 「고마워, 과연 너구리야」의 아래 인용은 그의 소설이 우주관-동물관-인간관으로 상호 연결 순환되는 과정 속에서 생산되고 있음을 또렷하게 보여준다.

(…)

그래도 **신이 인간을 위해 내려준 것은 결국 너구리뿐이라는 생각**이야. 그것만은 확실해.

(…)

또한번 찌가 흔들렸다. 나는 힘차게 낚싯대를 잡아당겼다. 그것은 작고, 어린 한 마리의 붕어였다. 입에서 바늘을 빼낸 후, 나는 말없이 놈을 망 속에 내려놓았다. 파닥. 스테이지 1에 막 진입한 인간처럼, 놈은 몹시도 떨고 있었다.

그 이상한 발광체를 본 것은 그때였다.

낚시터 맞은편의 아카시아숲 위에 그것은 둥실 떠 있었다. 분명 어떤 비행체임이 확실했지만 마치 그 속에 부레와 같은 것이 존재하는 것처럼 대기 속에 두둥실 떠 있었다. 눈이 부실 정도로 아름답고 푸른 섬광이 반구형半球形의 기체 전체를 둘러싸고 있었다.

뭐야, 그야말로 일반론적인 UFO아닌가.

라는 생각이 들자마자 그것은 어느새 저수지를 가로질러 우리의 머리 위에 머물러 있었다. 거대했다. **그리고 그 거대한 기계는 마치 살아 있는 유기체처럼 느리고 무거운 호흡을 하고 있었다. 아아, 우리는 일반론적인 탄성을 질렀다.**

몇 번의 호흡과 더불어 우리는 그 반원의 중심에 작은 구멍이 열리는 것을 볼 수 있었다. 기체를 에워싼 섬광과는 다른 성질의 불빛이, 그 구멍을 통해 일직선으로 하강해왔다. 그리고 그 빛의 기둥이 땅 위에 닿았다고 느껴진 순간, 엄청난 굉음과 함께 UFO는 이동했다. 정신을 차리고 보니 이미 UFO는 사라진 후였다.

　　그리고 우리는 보았다. 불과 5~6미터 앞. 즉 빛의 기둥이 닿았던 그 자리에 어떤 물체가 서 있는 것을. 그 물체는 한참을 멀뚱히 서 있더니 결국 아장아장 우리가 켜놓은 랜턴의 불빛 앞으로 걸어 나왔다.

그것은 한 마리의 너구리였다.　　　　　　　　　(54-56쪽, 강조_필자)

　　"신이 인간을 위해 내려준" 선물이자 동시에 인간의 타락의 비유이기도 한 너구리를 작가는 "눈이 부실 정도로 아름답고 푸른 섬광"처럼 "반구형半球形의 기체"인 UFO를 타고 지구에 하강한 존재로 묘사한다. 그의 소설에 나오는 모든 동물들은 타락한 세계에서 타락과 고통을 함께 살아야 하지만, 그 동물에게는 항시 인간 구원의 이미지가 내재되어 있는데, 그것은 작가의 하늘-우주관의 반영이라 할 수 있다. 인간 구원은 하늘-우주관에 근거하고, 동물들은 인간 구원의 상징체인 셈이다.

　　이러한 우주관-세계관-동물관의 상호관계 속에서 박민규 특유의 언어관이 나오는데, 인용문 중 "그리고 그 거대한 기계는 마치 살아 있는 유기체처럼 느리고 무거운 호흡을 하고 있었다. 아아, 우리는 일반론적인 탄성을 질렀다"는 문장에는 그의 언어 의식의 요체가 비유적으로 담겨 있다. 우주를 상징하는 UFO의 "유기체처럼 느리고 무거운 호흡"과 작중화자의 즉 인간의 "일반론적인 탄성" 사이의 차이에 대해 고뇌하는 언어 의식이 바로 그것이다. 다시 말해 "(우주론적) 유기체처럼 느리고 무거운 호흡"과 인간의 "일반론적인 탄성" 사이의 멀고 먼 거리를 지우려는 언어 의식이 이 작가의 언어관의 바탕을 이루고 있는 것이다. 따라서 우주론적 세계관은 작가로 하여금 지구-인간-동식물-기계의 차별 너머 새로운 언어에 대해 고뇌하게 만드는데, 박민규의 "뒤죽박죽"의 소설 언어는 이러한 우주론적 인간관의 반영이라고 할 수 있다. 결국, 그의 작품에 등장하는 너구리 기린 펠리컨 개복치 대왕오징어 등의 동물들은 세속 세계의 상징-기호이면서 동시에, 그 상징-기호는 인간주의 너머, "뒤죽박죽"으로 유동하는 인간의 바깥 세계의 상징-기호인 것이다.

2.

소설집 『카스테라』의 문학성을 가리켜 '가벼운 언어 감각' 운운하는 평가는 잘못된 것이다. 그러한 인간주의-소설주의에 갇힌 낡은 비평은 그의 소설이 하나의 돌연변이로 보일 것이다. 그러나 그의 소설은 우선 인간주의 너머 세계 자체를 사유하는 소설이란 점을 이해해야 한다. 세계를 사유한다는 것은 세계를 사유하는 사유를 다시 사유한다는 것이다. 그럴 때 인간주의적 사유를 넘어설 수 있다. 따라서 그의 소설 언어의 가벼움은 그 운동하는 사유가 운동하는 과정에서 나오는 한 계기임을 이해해야 한다. 달리 말해 가벼움은 인간적 가벼움을 세계내적 가벼움으로 사유하는 가벼움이다. 세계내적 가벼움은 무거움의 반대가 아니라 무거움과 유기적 관계를 맺고 있는 가벼움이다. 그래서 그의 소설 언어가 때로 가볍다면 무거움과 함께 나아 가기 위한 가벼움이기에 그러하고, 때로 무겁다면 가벼움과 함께 나아 가기 위한 무거움이기에 그러하다. 그의 소설 곳곳에서 만나게 되는 가벼움과 무거움은 흔히 작가들이 써먹는 가볍기 위한 가벼움이 아니고 무겁기 위한 무거움이 아니다. 다시 말하면 가벼워서 가벼운 것이 아니고 무거워서 무거운 것이 아니다.

이렇게 말할 수도 있다. 그의 가벼움은 새로운 진화 과정에 놓인 가벼움이고 그 무거움은 새로운 진화 과정에 놓인 무거움이라고. 그러므로 그의 소설을 살고 있는 가벼움과 무거움은 가벼우면서도 가벼울 수 없는 가벼움이고 무거우면서도 무거울 수 없는 무거움이다. 각각 진행하는 삶을 지닌 채 서로에게 간섭하고 영향 주며 서로 혼종하고 번식 생성하고 가뭇없이 사라지는 가벼움이고 무거움인 것이다. 그래서 가벼움과 무거움이 더불어 유기적인 과정 속에서 살고 있기 때문에 가볍지도 않고 무겁지도 않으며, 그래서 가볍고도 무거운 것이다. 그의 소설 언어와 구성은 가벼움과 무거움이 서로 따로 살면서도 서로 침투하고 작용하며 서로 생명체처럼 진화를 꿈꾸는 상황, 그의 표제작이 상징하듯이, '카스테라' 상태가 되는 것이다.

3.

『카스테라』에서 특유의 동물이 등장하는 소설들은 대체로 우주(하늘)-인간-동물의 세 차원으로 구성된다. 「아, 하세요 펠리컨」은 세 차원(혹은 세 범주)들이 서로 침투하고 서로를 변이시키는 박민규 소설의 특성을 잘 보여준다. 특히 세속적 인간의 삶과 우주적 세계관 사이의 관계가 인상적으로 그려진다. 『카스테라』엔 전체적으로 서민적 리얼리즘의 그늘이 어른거리는데, 그 인상 깊은 그늘 중 하나가 「아, 하세요 펠리컨」에서 서민들이 즐겨 찾는 유원지의 오리배들이 하늘을 날아가는 장면이다. 날아가는 오리배는 현실과 초월을 동시에 보여주는데, 그 순간, 가난하고 비루한 인간의 삶은 동물적 단계 너머 우주론적으로 고양된다.

(1)

오리배의 선체는 거의가 오픈된 것이어서, 멀리서도 그들의 동작이 훤히 보이기 일쑤였다. 열렬히 키스와 애무를 하면서도, 퐁당퐁당 퐁당 발로는 페달을 젓고 있는 그들을 바라보면 뭐랄까, 역시나 저렴한 심야전기가 가슴속을 찌리릿 흐르는 기분이었다.   (131쪽)

(2)

세계는 하나. 난데없이 후안이 손가락을 세우며 윙크를 했다. 호세가 신호를 보내자 일제히 사람들이 페달을 밟기 시작했다. 순간 저수지는 잘 설계된 오페라 하우스처럼 그 소리를 반사하고, 가두고, 다시 분산시켜 아름다운 합창처럼 그것을 우리에게 되돌려주었다. 그것은 하나의 오페라였다.

퐁당 퐁당

(…)

그리고 오리배들은 날아올랐다. 호세와 후안이 손을 흔들었다. 손을 안

흔들기도 뭣해서 손을 흔들긴 했지만, 우리는 망연자실한 기분이었다. 이윽

고 오리 배들은 기러기 정도의 작은 점이 되어 하나의 편대를 형성하기 시

작했다. 중국을 향해, V자형의 편대가 서서히 움직이며 작아지고 있었다.

나는 말없이 세븐 스트라이크를 꺼내 물었다.   (144–145쪽)

 (1)은 유원지에서 오리배에 탄 한 쌍의 남녀가 은밀히 연애를 즐기는

장면의 서술이다. 퐁당 퐁당 퐁당 쉬지 않고 열심히 발을 저어야만 나

아가는 오리배는 그 자체가 힘겨운 세속으로부터 벗어나고 싶어도 벗

어날 수 없는, 계속 노동하지 않으면 살 수 없는 서민적 삶의 상징이다.

이 오리배에서 서민들이 노 젓는 소리인 "퐁당 퐁당 퐁당…… 퐁당"거

리는 리얼한 소리 이미지-기호는 잔잔하고 투명한 페이소스를 불러

일으킨다. 감각적 기호-언어로서 서민적 삶을 리얼하게 그릴 수 있는

작가적 비범함도 위에서 보았듯, "냉장의 세계"에 "들러붙"듯, 삶의 세

계 내벽에 들러붙지 않으면 나올 수 없는 것이다. 그 서민적 삶에 대한

이러한 리얼리스틱한 감각-언어는, 가령 「그렇습니까? 기린입니다」

「갑을고시원 체류기」 등을 포함 사실상 이 소설집 전체를 지배하고 있

다. 그러나 (2)에서는, 괴로운 현실 세계에 대한 리얼리스틱한 재현 공

간 너머, "그리고 오리배들은 날아"오르는 초월적 장면이 이어진다. 비

상하고 싶어도 비상할 수 없는, 소설 속 아르헨티나인 호세와 후안 같

은 전 세계를 떠돌며 노동하는 "오리배 세계시민연합世界市民聯合의 일원

들"(141쪽)은 오리배를 타고 마침내 "중국을 향해" 날아간다. 오리배가

환상같이 이륙한 것이다! 그러나 오리배의 비상을 환상이라 치더라도,

중요한 것은 그 환상이 어떤 환상인가이다. 환상의 출처가 중요한 것이다. (2)의 환상을 가능케 한 표면적 동인動因은 퐁당 퐁당 퐁당 퐁당 퐁당 퐁당 퐁당……의 주술呪術적 청각음에서 발생하고, 이면적 동인은 바로 우주론적 세계관에서 발생하는 것이다. 그렇게, 우주론적 감각과 사유가 하나를 이루어 오리배를 날아가게 한 것이다.

4.

실제 세계의 오리배가 초현실적 사물로 바뀌어 인간을 태우고 하늘을 날아가는 우주론적 사유의 힘은 박민규의 독창적인 소설 언어 감각과 연결되면서 마침내 한국문학의 한 이정표를 세울, 문제적 수작秀作을 만들어낸다. 그 문제적 신소설新小說이 곧 「몰라 몰라, 개복치라니」이다. 이 작품은 작가의 우주-지구-동물의 순환론적 세계관과 함께 그 독창적이고 자유분방한 언어 의식을 잘 보여준다. 이 작품은 스무 살 대학생인 작중 화자 '나'가 친구인 듀란과 함께 지구를 떠날 결심을 하고 우주를 경험하기까지의 이야기이다. 지구를 떠날 결심을 하고 난 이후, 소설 속 시간 공간의 질서는 무너지고 이야기는 초논리적 초이성적으로 전개된다.

(1)

결국 그날 밤, 우리는 지구를 떠나보기로 결심했다. (…) 일단 샌프란시스코를 경유해야 해. 단체의 허락을 얻은 듀란이 곧이어 이런저런 스케줄을 알려왔다. 비자 같은 게 있을 리 없었으므로, 듀란이 나를 데려가기로 했다. 가능할까? 가능해. 9호 구름을 이용할 수만 있다면.

서둘러, **9호 구름이 사라지겠어.**   (106쪽, 강조_필자)

(2)

듀란의 고무동력기는 뒷산의 넓은 언덕 위에 세워져 있었다. (…)

9호 구름에 대해서는 아는 바가 없다. 무역풍의 영향을 받지 않는 이 세
계의 마지막 구름이며, 발생지가 앙코르와트란 사실만이―내가 구름에 대
해 전해들은 전부이다. (…) 이대근 씨는 흔쾌히 우리의 부탁을 들어주었다.
나는 고글을 쓰고, 기체의 뒷좌석에 앉았다. (…) 끄응. **이대근 씨의 힘찬 기
합**이 뒤에서 들려왔다. 우리는, 날아올랐다.   (106-117쪽, 강조_필자)

위 인용문 이후, 소설 공간은 샌프란시스코에 있는 '개복치 여관'으
로 이동된다. 거기서 '나'는 "달에 발을 디딘 두 번째 인간"인 버즈 앨드
린의 아들 아담 앨드린과 록그룹 비틀즈의 멤버 링고 스타를 만나게 된
다. 아래 이어지는 인용문은 '나'와 듀란을 태운 버스를 우주로 날려 보
내기 위해 카운트다운되는 순간을 서술하고 있는 대목 그리고 후속되
는 문장들이다.

(3)

분위기에 힘입어 왠지 우주에 나가면 고모가 있을 것 같은 기분이 들었
지만, 나는 곧 마음을 가라앉혔다. **승강장의 양 귀퉁이에서 각각 잭과 호(개
복치 여관에서 만난 인디언, 중국인_필자)가 가부좌를 튼 채 명상에 잠겨 있었다.
반바지 차림으로 앉아, 우리는 눈을 감았다. 감각과 상식을 지닌 손이, 더듬**

'세계 자체'로서의 소설   785

어 벨트를 매고 차창을 닫았다. **버스의 등받이는 우주의 품처럼 깊고 푹신했**
고, 무덤에서 돌아온 맥킨지 신부가 손에 묻은 더러운 걸 닦아낼 즈음(비틀
즈의 노래 〈엘리너 릭비〉의 후렴구 가사), 서서히 버스가 움직이기 시작했다. (…)
버스는 날아올랐다.   (118쪽, 강조_필자)

(4)

한참의 시간이 지나갔다. 어마어마한 속도감과 열이 피부 위에서 물장구
를 치는 느낌이어서, 나는 도무지 눈을 뜰 수가 없었다. (…) 어느 순간, **속도**
감과 열이 스킨로션처럼 증발하는 느낌이었다. 그 반전反轉에, 가슴에 털이
무성해지는 기분이 들더니 어느새 우리는 서늘한 정적 속으로 편입되어 있
었다. 버스가 수직상승을 멈추었다. 그 느낌만으로, **잭과 호의 힘이 미치는**
범위를 우리가 벗어났음을 알 수 있었다. 흘러 흘러, 무심코 태평양까지 나
와버린 물옥잠처럼, 우리는 부유하고 있었다. 우리는, 눈을 떴다.

(118-119쪽, 강조_필자)

'나와 듀란의 우주여행'은 이렇게 시작된다. 그리고 우주와 지구 사
이의 교신이 이어진다. 잠시 더 보자.

(5)

여섯 시간 정도를 운항했지만, 지구는 보이지 않았다. 차츰, 우리는 초조
해지기 시작했다. 자칫 엉뚱한 곳으로 흘러온 게 아닐까? 삼각지대에서 사
라진 플랑크톤과, 크릴과, 고기압들이 일제히 머리 속으로 몰려오는 느낌이
었다. 우리는 생각했다. 그리고, 존재했다. 결국 우리는, 우리가 달의 뒤편에
있다는 사실을 깨닫게 되었다.   (120쪽, 강조_필자)

(6)

우주에서 보면, 우리가 알던 달은 온데간데없이 사라져버린다. 어두운 면의 달도, 밝은 면의 달도—실은 지극히 생소한 존재였음을 우리는 알 수 있었다. 이것이 나이아가라였다니! **끝끝내 홰를 치는 폴 스미스(나이아가라 를 횡단했다는 소설 속의 닭 이름_필자)처럼, 우리는 계속 앞으로 나아갔다. 그리 고 언뜻, 폭포 건너편의 거대한 암석 같은 것이 우리의 눈앞에 펼쳐졌다.**

지구다.

누구의 입에선가, 탄성이 흘러나왔다. 지구는 전혀 둥글지 않았고, 오히 려 아주 납작했다. 아아, 내 생각이 옳았어. 듀란이 소리쳤지만, 또 그렇다 고 해서 평평한 것만은 절대 아니었다. **그것은 뭔가 복잡한 느낌의 납작함 이었다.** (⋯) **그것은 한 마리의 거대한 개복치였다.** (⋯) (120–121쪽, 강조_필자)

긴 인용문에서 보듯이, 지구를 떠나 우주여행을 하기까지의 과정은 좌충우돌, 뒤죽박죽이다. 그 혼돈스러운 와중에, 고무동력비행기, 아폴 로 우주선, 비틀즈 노래, 울리불리 등 회고적 요소들이 두서없이 뒤섞이 며, 그 초시공적인 뒤섞임 여기저기서 건강한 해학이 터져 나온다. 자연 (구름)을 기계(비행체)로 대체한다거나(1), 80년대 에로배우의 대명사 이대근 씨가 듀란의 고무동력 비행기를 뒤에서 밀어 올린다거나(2), 반 바지 차림에 버스를 타고 우주로 날아간다는 것(3), 폴 스미스라는 이름 의 닭이 나이아가라 폭포를 무착륙 횡단했다거나, 지구가 "복잡한 느낌 의 납작"한 바닷고기인 개복치라는(6) 등 탄성을 자아내게 하는 작가의 기발한 발상들은 만화漫畵적 상상력 혹은 디지털 시대의 미디어적 발상에서 나온 것인지도 모른다. 충분히 그럴 수 있고 아마도 그럴 것이다. 그러나 이 인용문이 던지는 중요한 메시지는 다른 데 있다. 그것은 인용 문이 드러내는 시공을 초월한 "뒤죽박죽"의 문체가 우주적 세계관의 언어 의식이 낳은 것이라는 사실 속에 있다. 즉 인간 너머의 우주론적 언어-기호란 시공을 초월하여 인지되고 감각된다는 사실, 인간주의적 시공을 초월한 언어-기호이기에 그러한 언어 의식은 세계의 무수한 다자 多者들의 현존재(이미지-기호)를 두루 인정하고 인지하려는 동시에, 그 무수한 다자를 일자一者 속으로 통합하고, 그 일자는 다시 다자로 생성 진화하는 과정을 사유하는 언어 의식에서 나오는 것이다. 그러하기에 이대근, 링고 스타, 버즈 앨드린 같은 실존 인물뿐만 아니라, 9호 구름, 폴 스미스라는 닭, 지구 그 자체인 개복치 등 자연 이미지들은 단지 비유로서 등장하는 것이 아니라, 시공을 초월하여 무수한 연결과 인접隣接으로 유동하는 우주론적 기호-이미지로서 등장할 수 있었던 것이다.

그리고 작가는 그 수많은 다자를 일자로 통합하는 힘이란 다름 아닌 사유 또는 명상의 힘이라고 말한다. 위 인용문 (3)(4)에서 '나'와 듀란을 태운 버스를 우주로 쏘아 올릴 수 있는 힘은 "양 귀퉁이에서 각각 잭과 호가 가부좌를 튼 채 명상"하기 때문에는 나온다고 작가는 쓰고 있다("버스를 궤도까지 올리는 건 이곳의 잭과 호, 두 사람입니다. 이들의 의식이 버스를 쏘아올리는 것입니다. 부디 운전은 그때부터 시작하세요. 차체가 안정되면 운전은 아주 손쉬울 것입니다"(117쪽)).

즉 '명상'과 '의식'이 우주로 '나'를 쏘아올린 것이고 '의식'이 시공을 초월하여 인접과 연결을 이룬 무수한 다자를 낳고 다시 무수한 다자는 다시 '의식' 속으로 통합되었던 것이다. 그 우주론적 세계관에 의해 파악된, 지구적 세계의 유동하는 기호-이미지의 통합체가 바로 개복치이다.

앞에서, 박민규 소설은 사유를 사유하는 소설이라고 말한 바 있다. 간단히 말해 그의 소설은 인간주의적 사유를 반성적으로 사유하는 작가의식 속에서 태어나는데, 「몰라 몰라, 개복치라니」는 그 '인간 너머의 사유'가 문학적으로 빚어낸 영롱한 결정체라고 할 만한 소설이다. 이 소설에는 작가의 인간 너머-우주론적 사유를 단적으로 표현한 철학적 명제가 내재되어 있는데, 그것은 위 인용문 (5) 중 "우리는 생각했다. 그리고, 존재했다"라는 명제이다. 이는 소설집 『카스테라』 전체를 관통하는 소설-철학적 명제라 할 만한 것이다.

모든 철학적 명제는 논리의 명증성을 확보하고 도달한 사유의 절정을 언표한 것이기에 그 자체로서 절대적이다. 그러나 박민규의 소설에서 철학적 명제는 절대적인 것이 아니며 절대적인 것에 상대적인 것을 인접하거나 연결하거나 이접離接하면서 그것들은 지속적으로 새로운 생성의 과정에 놓이게 된다. 저 유명한 데카르트의 명제 "나는 생각한다. 고로 존재한다"에 인접, 이접, 침투하여, 작가는,

우리는 생각했다. 그리고, 존재했다.

라는 명제를 만들어낸다((5)). 그러나 데카르트의 명제를 살짝 비틀었지만, 놀랍게도, 작가의 명제는 데카르트와는 전혀 다른 철학을 열어놓는다. 우선 "우리는 생각했다. 그리고, 존재했다"라는 명제적 문장은 철학사적으로 정신과 존재를 나누어 사유하기 시작한 근대 이원론 철학의 원조 데카르트의 사유 그 너머의 세계를 지향한다. 다시 말해 데카르트의 명제의 패러디를 통해 근대 이후 인간의 삶을 지배해온 저 정신과 물질의 이분법적 사유를 근본적으로 반성하고 극복하는 새로운 철학적

명제가 태어난 것이다. 또한 박민규적 신소설의 탄생을 알리는 이 명제는 데카르트를 넘어, 다윈 혹은 그 이후의 진화론적 사유와 서로 통할 수 있는 명제라는 점에 주목할 필요가 있다. 그런데 이 데카르트의 명제에 대한 패러디가 패러디에 그치지 않고 새로운 사유의 원동력이 될 수 있는 것은, 작가의 사유의 강조점이 '생각'과 '존재'에 있다기보다, '그리고'에 있기 때문이란 점. 즉 "우리는 생각했다. 그리고, 존재했다"라는 문장에서 접속사 '그리고'는 존재와 사유라는 이분법적 범주를 넘어서는, 즉 인간을 넘어서는, 생명 진화 과정 전체를 지칭하는 범주, 유기체적 진화와 생성의 범주로서의 '그리고'인 것이다. 박민규의 소설적 사유나 소설 언어는 바로 이 명제에서의 '그리고'의 소설적 표현이라고 해도 과언이 아니다. 그것은 접속사 '그리고'가 안고 있는 명제적 범주는 이질적인 종種들로서의 모든 존재들과 사유들이 서로 혼종과 착종과 이접, 그리고 진화론적인 교배와 번식과 도태 등의 생명 전 과정을 내포하고 있기 때문이다. 곧 '그리고'는 다름 아닌 무수한 이질성들 간의 이접離接의 다른 이름인 것이고 그것은 우주론적인 차원에서의 세계 자체이다.

그러므로 이성 너머―우주론적 진화론적 세계관이 낳은 신소설 「몰라몰라, 개복치라니」는 "뒤죽박죽" 종횡무진의 새로운 언어 의식과 새로운 문학성을 보여주는 전위적인 작품이자, 한국문학사가 처음으로 경험하는 인종人種 너머의, 의미심장한 이종異種의 문학이라 할 수 있다.

[『대산문화』, 2009. 겨울]

풍자가 아니면 해탈이다

작가 김소진 10주기에 부쳐

작가 김소진, 그가 간 지도 어언 십 년. 십 년이란 세월이 지금의 우리를 바라본다. 시간의 시선은 냉혹하다. 냉혹한 것은 언젠가 선뜻 다가올 우리들의 죽음 때문만이 아니다. 이 순간에도 한국 사회의 허공에 부유하는 수많은 유령들이 저마다의 가야 할 길로 들지 못한 채 산자들의 의식에 달라붙어, 세상은 아비규환을 이루고 있기 때문이다. 돌아갈 곳을 찾지 못하는 인간들의 마음이야말로 마음이 앓고 있는 가장 무서운 역병이요 유령이다.

한국문학이나 문화는 썩었고 유령들은 야단법석이다. 도대체 왜 문학을 하는가. 왜 이 지경에 이르렀는가. 돈 때문인가, 권력 때문인가. 문학이 비로소 문학일 수 있는 것은, 예술이 예술일 수 있는 것은, 이 의식의 유령들, 마음에 달라붙어 어디로도 돌아가지 못하는 요괴들이 파놓은 환부를 끝장을 볼 때까지 싸울 수 있어서다. 마음의 환부를 끊임없이 응시하고 그 아픔의 현실을 일깨워 그 아픔을 가까스로, 그러고는 마침내 뛰어넘는 싸움. 상처로부터의 자유를, 더 크고 깊은 자유를 마침내 쟁취하는 의식. 최소한 문학이라는 것의 존재 이유는 거기에 있다.

십 년이란 세월이 무심하고 냉혹한 것이 아니라, 십 년이란 세월이 우리의 의식과 무의식의 몰골을 풍자하는 이 역풍자의 시간들이 무심하고 냉혹하다. 십 년이고 백 년이고가 문제가 아니라, 인간 세계의 모든 풍자들이 인간에 대한 시간의 풍자로, 인간에 대한 역사의 풍자로, 나아가선 저 나무들의, 개미나 지렁이, 바퀴벌레 같은 버러지들의, 셰퍼드나 황구 같은 개들의 인간에 대한 풍자로 뒤바뀌는 이 역풍자. 작가 김소진은 이렇게 썼다.

> 아버지는 원색생물학습도감을 보면서 그날의 요리를 연구하고 있는 노련한 요리사 같기도 했다. (⋯) 나는 나중에 아버지가 최초로 벌레를 혹은 어떤 딱딱한 곤충을 집어먹었을 상황을 상상해보지 않을 수 없었다. 그 최초의 희생물은 어떤 종류였을까? 배추벌레였을까? 개미였을까? 아니면 거미였을까? (⋯) 산 밑에서는 저녁밥 짓는 마을의 움직임이 손에 잡힐 듯 보이고 아버지는 잔뼈가 굵은 함경도 고향 마을을 닮았을지도 모를 그 노을을 바라보며 서서히 자신을 잊기 시작한다. 어디서 억센 산동네 아이들이 뛰노는 소리가 아스라이 들려온다. 삼팔선을 사이에 두고 양 에서 거의 비슷하게 약 이 몇 년간의 세월을 보낸 자신의 짐승과도 같은 삶이 가이없이 느껴지는 숨 막히는 순간을 맞이한다.
>
> 나는 버러지 같은 인생이야! 지금 뒤집어쓰고 있는 이 사람의 형용은 내가 아니다. 껍데기다. 아욱, 차라리 버러지가 되고 싶다. 저 버러지의 꿈틀거림을 따라하고 싶다. 이 인생의 길없음이여! 아버지는 발작적으로 손을 뻗어 땅 위를 훑어 무언가를 집어삼켰다.
>
> —「원색생물학습도감」 (1995)

아버지가 버러지를 먹는 데에는, 이른바 북에다 가족을 두고 월남하여 극심한 가난 속에서 겨우 연명하는 자신을 '버러지'로 여기는 '삼팔 따라지'의 자의식이 깊이 작용하고 있다. 이 작품에서 '나'는 불량 학생들에게 집단 린치를 당해 온몸이 만신창이가 되는데, "개 혓바닥처럼 내 상처들을 핥아"준 후, 아버지 왈,

사내란 모름지기 한때는 웅크리며 견디는 법을 배워야 한단다. 말하자면 풍뎅이처럼…… 알간? (…) 버러지가 돼도 좋다는 데까지 가봐야 한다이.

이러한 아버지의 훈계에 대해 아들인 '나'가 대꾸한다.

그럼 나한테도 그 벌레들을 주세요!

버러지가 사람의 삶을 지탱시키고 훈계시키는 이 역풍자의 장면은, 삶이 가짜다, 라는 의식에서 나온 것이다. 세상이 가짜고 자기 인생도 가짜였다는 의식(「마라토너」, 1996). 그리하여 가짜인 삶이란 진짜보다 못한 게 아니라 버러지보다 못한 것이 된다. 이러한 짐승보다도 못한 삶이라는 자의식과 그래서 나오게 된 역풍자의 문학성은 「개흘레꾼」에서도 그대로 이어진다. 북에 부모님과 갓 결혼한 아내, 이름조차 확인 못한 갓난 아들을 두고 "피복 군수물자 담당요원으로 남하했다가 미군의 포로가 되어 거제도 수용소에 있었던" 아버지는 "좌익 쪽에서는 자본주의 물이 머릿속에 꽉 들어서 구제불능"이라고 하는, 한마디로 "이쪽저쪽에서 서로들 반동이라고" 하는 삶을 사는 위인이다. 그 아버지는 "쓰레기 치우는 청소부 생활을 하다가" "누가 붙여달라고 한 것도 아닌데 어떻게 알았는지 암내 난 개들이 있는 집을 용하게도 알아내서 찾아

가 흘레를 붙여주겠다고 자청"하는 개흘레꾼이 된다.

여기서 흥미로운 것은, 아버지가 사람들처럼 개들의 궁합을 따져 흘레를 붙인다는 사실이다. 그리고 "동네에서 암캐를 기르는 집이라면 모두들" 씨를 받고 싶어하는 "쌀가게 임씨 아저씨네 맏이인 원이 형이 키우는 송아지만 한 셰퍼드(개 이름이 '히틀러'다)"에 대해 개흘레꾼 아버지는 그 히틀러란 개를 "맘속에서 완전히 내놓고 있었고" "아주 돼먹지 않은 놈"이라고 생각하고 있다는 사실이다. 자신은 개 같은, 아니 개만도 못한 삶을 살아가지만, 인간 사회 그러니까 이 부패한 개만도 못한 인간 세계가 아닌 실제 개 세계에서 '궁합'을 따지는 아버지의 행위는 인간에 대한 개의 역풍자 의식과 맥을 같이하는 것이다. 그래서 '개의 궁합'을 따지는 아버지는 그 변두리 동네 개 세계에서의 실력자이자 권력자인 송아지만 한 셰퍼드 히틀러를 "맘속에서 내놓은" 것이고 마침내 히틀러는 (아버지에 의해) 제거되고 마는 것이다. 386 세대로서 작가 김소진의 문학이 지닌 주목할 특징은 먼저 여기서 찾아진다. 운동권 학생이 늘상 등장하는 그의 소설은 기본적으로 좋은 권력과 나쁜 권력 그리고 권력 투쟁의 문제를 중심 테마로 다루고 있지만, 항시 인간의 자존과 존엄의 문제, 즉 인간이 된다는 것의 도리를 중요한 기준으로서 고민하고 있다는 점. 따라서 "결국 개에 물려죽은 아버지" 그리고 '아버지는 개흘레꾼이었다'는 명제는 개만도 못한 인생살이에 대한 침통한 풍자이면서 동시에 인간과 사회에 대한 개들의 통렬한 풍자가 되고 있는 셈이다. 쥐가 인간을 풍자했듯이. 그리하여 그의 데뷔작 「쥐잡기」(1991)에서 주인공 민홍이 "이 세상 어느 집구석이 쥐새끼 한 마리에 이토록 유린 당할 수 있단 말인가"라고 통탄했듯이. 「원색생물학습도감」에서 버러지가 인간세상을 풍자했듯이.

"아버지는 빨갱이(남로당)였다"라는 해방 후 한국문학의 한 맥락을 이뤘던 명제가 김소진에 이르러 "아버지는 개흘레꾼이었다"는 명제로 급전직하한 배경엔 물론 그에 걸맞은 한국 사회에 대한 작가의 현실관이 개입되어 있다. 이념에 의해 돈에 의해 권력 투쟁에 의해 썩을 만큼 썩어, 버러지와 짐승만도 못한 삶이 널려 있다는 사회 의식, 김소진 소설에 자주 등장하는 하나같이 이 사회로부터 소외된 인간들, 예를 들면, 도둑, 강도, 밥풀떼기, 노숙자, 취로사업장의 막일꾼, 착취 당하는 외국인 노동자, 작부, 폐병쟁이, 변두리 구멍가게 주인, 판자촌에서 집단으로 살아가는 막막한 잉여 인생들은, 타락한 지식인들이나 운동가들과 함께, 쥐나 개, 하물며 미물에 불과한 지렁이만도 못한 삶이 널려 있다는 작가의 현실관에서 나온 것이다. 김소진의 소설은 근본적으로 이 '짐승보다 못한' 인간들의 세상에 대한 짐승의 역풍자의 세계를 보여준다. 오죽했으면 작중 화자는 자신의 아버지를 '개흘레꾼'이라고 불렀을까. 개만도 못한 삶을, 개와 같은 수준으로 살고 있으면서도 이를 의식하지 못하는, 반성하지 못하는 한국 사회의 현실. 김소진 소설은 우리의 삶이 남루와 비루를 넘어 짐승보다 못하다는 것을 계속해서 환기시킨다.

하지만 김소진의 소설은 짐승이 인간을 역풍자하는 데 그치지 않는다. 곧잘 그의 작품은 지식의 창고라는 책과 인간이 쌓은 역사학(시간)의 내용들을 현실은 늘 배신하고 조롱한다는 점을 풍자한다. 작가 표현대로라면, "10년 공부가 도로아미타불되는" 것이 한국 사회의 현실이라는 것이다. 그러나 김소진 소설은 현실이 인간이 아는 지식과 역사를 조롱하고 풍자하는 데 그치는 것이 아니라 책과 역사가 삶을 조롱하고 풍자하고 있다는 점에 주목한다. 그래서 그의 소설은 오늘의 우리들 삶이란 인간의 지식이나 역사, 현실의 세계 어디에서도 아무런 희망을 찾을 수 없다는 절망적 인식으로 안내한다. 인간이 만들고 세운 세계에서 인간은 철저히 소외되고 결국 인간은 풍자의 대상으로 남게 된 것이다.

김소진의 짐승만도 못한 삶에 대한 현실 의식과 그에 따른 풍자 의식은 일단 여기서 출발한다. 김소진의 첫 창작집 제목이기도 한 작품 「열린 사회와 그 적들」은 우선 현대의 고전으로 일컬어지는 동명의 책 저자인 칼 포퍼나 소위 우익 지식인들의 사회 이론이 지닌 허구성과 모순에 대한 풍자지만, 한술 더 떠 책과 역사가 우리의 의식(소설이나 문학을 포함하여)과 삶의 현실을 비판하고 조롱하는 역풍자성을 잘 보여준다. 인간과 문학이 사회 모순을 풍자하는 것이 아니라, 병든 지식과 의식들이 삶과 문학을 거꾸로 비판하는 이 역풍자성. 김소진은 『열린 사회와 그 적들』과 소위 운동권의 부도덕성과 밥풀떼기들의 비참한 삶을 서로 병치시키며 다큐멘터리 기법으로 리얼하게 묘파함으로써 이 병든 세상의 주인이 바로 저 유명한 우익 교과서인 『열린 사회와 그 적들』임을 고발한다. 그러나 작가가 풍자하는 것은 『열린 사회와 그 적들』뿐이 아니다. 오히려 『열린 사회와 그 적들』이 소위 운동권의 진보적 지식인들을 풍자하고, 그럼으로써 그들의 이론이 기실 『열린 사회와 그 적들』과 서로 한통속임을 다시 풍자한다는 데 그의 소설이 품고 있는 역사 현실적 깊이와 진면목이 있다. 소외된 삶을 죽음에 이르게 하는 병든 지식들이 삶을, 나아가 문학을 풍자의 대상으로 삼고 있는 것이다.

『동방견문록』이나 마르크스의 저술 따위는 물론, 이탈리아 네오리얼리즘 영화의 고전 「자전거 도둑」과 신라 때의 「처용가」 등 작가가 풍자적으로 패러디한 작품들은 역방향에서, 그러니까 『동방견문록』 쪽과, 마르크스의 저작 쪽이, 「자전거 도둑」과 「처용가」가 지금 이곳에서의 우리 삶과 소설을 풍자하는 것이다. 이렇듯 김소진이 의도적으로 패러디한 몇몇 작품들은 우리의 삶이 부패한 현실에 대한 풍자의 주체로 설 수 없는 절망적인 상황에 놓여 있음을 보여주며, 자신의 소설조차 풍자의 주체가 아니라 풍자의 대상이 되어버린 현실에 대해 문학적으로 깊이 고뇌하고 있음을 보여준다. 이것이 386 세대 운동권 출신으로서 작가 김소진의 소설적 풍자 의식이 지닌 불행한 자의식이라 할 수 있다. 그리하여, 마침내 그는 한국 사회와 역사의 부조리에 대한 비판과 풍자를 넘어 자신이 몸 바쳤던 '운동'의 이론과 현실에 대해서도 근본적인 비판을 가하고 날카로운 풍자를 감행한다. 그렇게 하지 않았다면, 김소진 문학에서 그의 '운동'도 타락하고 아울러 그의 문학도 타락의 길로 내몰렸을지 모른다. 바꿔 말해 김소진의 문학과 삶을 향한 풍자-역풍자는 오늘의 삶과 문학의 타락에 대항하여 자기 정직성의 끝장까지 '온몸으로 나아가는' 힘든 싸움이었다.

인간의 존엄성은 고사하고 최소한 사람으로서의 자존심마저 무너지고 마는 현실 세계가 바로 김소진이 그린 우리네 삶의 세계였다. 다시 말하지만, 386 세대로서의 작가가 서술하고 있는 운동권 내부의 부도덕성에 대한 심각한 반성과 날카로운 비판이 작품 곳곳에 드러나고 있다. 김소진은 권력욕이 사회적 삶의 바탕을 이루고 종족 보존의 욕망이나 성적 욕망과 함께 인간 욕망의 기초를 이룬다고 본다. 그러나 여기까지라면 김소진 문학 또한 다른 여타 문학과 별반 다를게 없다 할 것이다. 그가 젊은 나이에 세상을 떠났음에도, 여러 가지 문학적 성과를 남겨놓고 있음은 경이에 가깝다. 언어적 회고주의나 문체주의적 나르시시즘에 떨어지지 않는, 찰지면서도 감칠맛 나는 문장이 잘 곰삭고 있던 즈음하여, 그는 문득 우리 곁을 떠났다. 그러나 그가 남긴 문장들은 겨레말의 귀한 창고로서 받아들일 만하다.

아울러 그의 소설이 우리에게 단연 소중한 의미를 지니는 이유는 그의 문학이 유행하는 내용이나 감각을 좇지 않고, 자기 삶의 내부에 도사린 이념의 상흔과 요괴 같은 욕망의 무리들과 온몸으로 처절하게 사투했다는 사실, 그래서 마침내는 그악스러운 이념과 전쟁과 가난의 구경究竟에 도달했다는 사실에 있다. 사회악의 내용과 형식들을 고발했다는 사실 자체가 아니라 온몸을 던져, 자신의 불행을 통째로 던져, 이념과 전쟁과 가난과 운동이 자기 삶의 피할 수 없는 조건임을 폭로했다는 것. 그럼으로써 그의 소설은 그 자체가 "풍자가 아니면 해탈"의 경지를 고민하게 되었던 것이다. 바로 이 경지에 김소진의 소설이 지닌 문학적 경이가 있다. 그가 자기 소설의 기본 형식으로 확신했던 '풍자'를 통해 '해탈'의 의미를 고민했다는 사실. 이로써 그는 작가이면서 피지 못한 사상가의 면모를 지니고 있었던 것이다. 이와 같은 맥락에서 볼 때,「처용단장」은 주목할 만한 의미를 지닌 작품이다.

「처용단장」은 운동권 출신 작중 화자를 가운데 두고 같은 운동권 출신 아내와 운동권 선배 사이의 부정不貞을 모티프로 삼고 있다. 김소진 소설이 흔히 잘 쓰는 고전의 패러디는 여기서도 빛을 발한다.「처용가」가 바로 그 경우에 해당하는데, 김소진 특유의 386세대다운 세계 인식, 즉 처용을 권력 투쟁의 과정에서 등장한 역사적 인물로 재해석하여 한국 사회에서의 진보적 지식인의 초상을 풍자하면서도, 그 풍자는 정치적 의미 차원을 넘어, '짐승보다 못한' 삶과 욕망의 초월 문제를 제시하고 있다.

가짜 돈다발이 그들먹한 어느 이름 모를 사내의 가방을 떠메고 터덜터덜
집으로 돌아오는 오늘따라, 난 나를 천년 세월 저편의 처용으로 만들어놓고

남도 땅끝으로 꽁꽁 숨어버린 친구의 얼굴이 불현듯 보고 싶어 건몸이 달아올랐다. 희조, 네가 먼저 이 세상에서 물러설 이유는 없었다. 이상하게도 그가 밉다는 생각이 전혀 들지 않았다. 오히려 뭔지 알 수 없는 느꺼운 감정이 명치 끝으로 막 밀려드는 거였다. 그러자 이제 산다는 것의 서러움을 조금은 알 듯한 나이를 먹어버렸다는 생각이 뜬금없이 들었다. 그래, 나는 서른 살 나이의 처용이다, 쓰발.

하지만 오늘 밤을 넘겨서까지 질질 끌어서는 안 될 일이었다. 나는 아내에게 한 가지 분명한 소식을 전해줘야겠다고 맘먹었다. 삐조새의 목에 감긴 줄을 비로소 풀어주겠노라고. 우리는 더이상 안 돼, 정말이지…… 암만 애써도.

집으로 돌아가면 아내는 정성 들인 저녁밥상을 차려놓고 날 기다리고 있을 것이다. 흰 앞치마 속으로 두 손을 파묻은 아내는 청실홍실 주를 눈짓으로 가르키며 헤설피 웃을 테지. 아내가 이번에 새로 개발해낸 뒷맛이 부드러운 매실주의 이름은 청실홍실이었다. 부부 금실의 상징이었다. 아내는 그 술 이름을 제안한 덕으로 거금 오 만 원의 상금을 거머쥐었다. 금실 좋은 부부들만이 마셔야 할 그 청실홍실주가 우리의 밥상에 오른다는 것은 왠지 어색한 일이긴 했으나 그것은 아내의 신호이기도 했다. 그 병마개를 비틀어 따느냐 마느냐는 전적으로 나의 소관이었다. 나는 병마개를 비틀면서 매번 아내가 삐조새라고 부른 민물가마우지에 대해 생각했다. 아주 짧은 순간이었지만.

내가 청실홍실병을 거머쥐고 슬그머니 식탁 아래로 내려놓으면 아내는 어두운 표정을 지을 것이다. 나는 대문이 보이는 길목으로 접어들자 우뚝 발걸음을 멈췄다. 풍자냐, 해탈이냐. 나는 그 숨막히는 길목에 오늘도 우두커니 서 있는 셈이었다.

그래, 나는 서른 살의 처용이다. 하루에 한 번쯤은 해탈을 할 나이다. 그런데 해탈은 어떻게 하는 거지. 나는 짐짓 힘차게 대문을 주먹으로 쾅쾅 두드

리며 소리 내어 아내의 이름을 길목이 떠나갈 듯 크게 불러제꼈다.

　　—라·윤·미, 나오라! 서·영·태 왔다!

　　　　　　　　　　　　　　　　　　　　—「처용단장」(1993) (강조_필자)

"그런데 해탈은 어떻게 하는 거지?"라고 작가는 자신에게 반문하고 있다. 이 반문에 대한 해답은 무엇인가. 신라 때 처용이 춤을 추어 아내와 통정하는 역신을 감복시켰다면, 오늘의 처용은 부정을 저지른 아내 앞에서 "풍자냐, 해탈이냐"를 번민하고 있다. 그러나 김소진에게 풍자와 해탈은 이미 하나가 되어가고 있다. 자기 집 앞 "숨막히는 길목"에서 아내의 이름을 "길목이 떠나갈 듯 크게 불러제"끼는 오늘의 처용에게 해탈과 풍자가 하나일 수 있는 것은, 그는 작가로서 해탈을 풍자했고, 거꾸로 풍자를 해탈하는 비범함을 터득하고 있었던 까닭이다. 풍자의 리얼리스트적 공격성에 영성을 품게 하고 해탈의 종교적 초월성에 역사적 현실성을 품게 하는 것. 그의 「원색생물학습도감」의 결론 부분에서도 표현되고 있는바, '몸속의 돌맹이도 죽어서는 사리가 된다'는 자각. 돌맹이가 사리로 뒤바뀌는 이 역설적 풍자야말로 김소진이 마침내 도달한 구경의 세계였던 셈이다. 우리는 이쯤에서 김소진이 인용했던 김수영의 시를 돌아다보지 않을 수 없다. 한국전쟁에서 아우를 잃고 난 십 년 후인 1961년에 쓴 시 「누이야 장하고나!」 그리고 시인이 아낀 자작시 「미인」과 시작詩作 노트.

　　누이야
　　諷刺가 아니면 解脫이다
　　너는 이 말의 뜻을 아느냐

너의 방에 걸어놓은 오빠의 寫眞

나에게는 「동생의 寫眞」을 보고도

나는 몇번이고 그의 鎭魂歌를 피해왔다

그전에 돌아간 아버지의 鎭魂歌가 우스꽝스러웠던 것을 생각하고

그래서 나는 그 寫眞을 十년만에 곰곰히 正視하면서

이내 거북해서 너의 방을 뛰쳐나오고 말았다.

十년이란 한 사람이 준 傷處를 다스리기에는 너무나 짧은 歲月이다

누이야

諷刺가 아니면 解脫이다

네가 그렇고

내가 그렇고

네가 아니면 내가 그렇다

우스운 것이 사람의 죽음이다

우스워하지 않고서 생각할 수 없는 것이 사람의 죽음이다

八月의 하늘은 높다

높다는 것도 이렇게 웃음을 자아낸다

(…)

「누이야 장하고나!」

나는 쾌활한 마음으로 말할 수 있다

이 광대한 여름날의 착잡한 숲속에

홀로 서서

나는 突風처럼 너한테 말할 수 있다

모든 산봉우리를 걸쳐온 突風처럼

당돌하고 시원하게

都會에서 달아나온 나는 말할 수 있다

「누이야 장하고나!」

―「누이야 장하고나!-신귀거래 7」 중에서 (강조_필자)

美人을 보고 좋다고들 하지만

美人은 자기 얼굴이 싫을 거야

그렇지 않고야 미인일까

美人이면 미인일수록 그럴 것이니

미인과 앉은 방에선 무심코

따놓는 방문이나 창문이

담배연기만 내보내려는 것은

아니렷다

―「美人-Y여사에게」 전문 (강조_필자)

이 시의 맨 끝의 '―아니렷다'가 反語이고, 동시에 이 시 전체가 반어가
돼야 한다. Y여사가 미인이 아니라는 의미의 반어가 아니라, 천사같이 아름
답다는 것을 강조하기 위한 반어이고, 담배연기가 '神的'인 '薇風'이라는 것
을 암시하기 위한 반어이다.

―「김수영 전집 2」, 263쪽

802

하이데거의 「릴케론」에 감화되어 시인 김수영은 「미인」을 썼고, 위처럼 시작 노트를 남겼다. 시인은 '한줄기 나풀거리는 산들바람이 신의 언어'임을 반어적으로 표현하기 위해 미인을 썼다고 노트했다. 풍자와 해탈의 통일은 바로 신적인 언어로서의 바람, 미풍의 생명성에 대한 깨달음이었다. 살랑대며 날아가는 나비의 가엾고 가벼운 날갯짓처럼, 삼라만상의 무상함을 깨닫고 만물이 보여주는 신의 현현을 온몸으로 느끼는 것! 그러니까 "모든 산봉우리를 걸쳐온 突風"이나 "무심코 따놓는 방문이나 창문"으로 불어오는 한 줄기 미풍의 생명성을 미美요 미인이라고 반어적으로 풍자적으로 쓴 시가 바로 위의 시인 셈이다. "모든 산봉우리를 걸쳐온 돌풍"이 6·25 때 죽은 동생의 풍자 같은 역사를 해탈케 하고, 미인이 "무심코/따놓는 방문이나 창문"으로 불어 든 미풍에서 '신의 언어'를 깨닫는 시인. 적어도 「누이야 장하고나!」나 「미인」에서 확인되는 시인 김수영의 반어와 풍자의 시 정신은 벌레(작가 김소진이 풍자한 바, 아버지가 주워먹던 벌레! 인생을 풍자했던 버러지!)가 나비로 변태하여, 마침내 새 삶으로 부활하고 화생化生하는 우주적 자유, 곧 '신의 입김'인 바람에서 나온 것이다. 그리고 시인 김수영의 「누이야 장하고나!」와 신라 때 「처용가」로부터 작가 김소진은 부활이 바로 반어이자 풍자이며 자신이 추구할 소설적 이상임을 배운 것이 아닐까? 어머니 몸속에 박힌 돌멩이가 사리로 바뀌는 부활의 뜻을.

그런데 작가는 부활하기 위해서는 자신의 그악스럽고 고통스러운 이념적 삶으로부터 벗어나야 했다. 작가 자신의 남루한 역사를 매듭지어야 다시 새로이 시작할 수가 있었던 것이다. 그러니까 김소진의 「처용단장」에서 마지막 대목, "나는 대문이 보이는 길목으로 접어들자 우뚝 발걸음을 멈췄다. 풍자냐, 해탈이냐. 나는 그 숨 막히는 길목에 오늘도 우두커니 서 있는 셈이었다. 그래, 나는 서른 살의 처용이다. 하루에 한 번쯤은 해탈을 할 나이다. 그런데 해탈은 어떻게 하는 거지. 나는 짐짓 힘차게 대문을 주먹으로 쾅쾅 두드리며 소리내어 아내의 이름을 길목이 떠나갈 듯 크게 불러 제꼈다. ─라·윤·미, 나오라! 서·영·태 왔다!"는 활기 넘치는 문장은 가난한 운동권 시절과 부정하고 누추한 삶에 대한 결의에 찬 매듭이자 새로운 시작의 선언이었던 셈이다. 처용의 풍자는 처용의 해탈과 한 몸을 이루면서 작가는 새 얼굴을 한 처용으로 부활하고, 마침 풍자와 해탈의 통일을 깨달은 시인 김수영과 조우하게 된 것이다.

데뷔작 「쥐잡기」 이래 줄기차게 추구해온 김소진 소설의 진경, 즉 풍자 정신은 그냥 풍자가 아니라 해탈하는 풍자였고, 그런 의미에서 시인 김수영은 단순한 인용자가 아니라 김소진의 진정한 문학적 선배였던 것이다. 시인 김수영을 가두고 있는 소시민적 이해로부터 김수영을 구출해내는 것이 중요하고 시급한 만큼, 작가 김소진의 문학을 이념적 리얼리스트의 해석으로부터 구출해내는 것이 중요하고 시급하다 할 것이다.

우리의 작가 김소진의 10주기를 추모하면서 우리는 다시 풍자와 해탈의 깊은 뜻을 여기 되새기지 않을 수 없다.

누이야
諷刺가 아니면 解脫이다
너는 이 말의 뜻을 아느냐

[『소진의 기억』, 2007. 4]

삶의 뜻, 하늘의 뜻을 기리는 문학

이문구의 '등단 초기 소설'에 대하여

1.

과거 한국 문단에서 정식으로 작가 행세를 하기 위해선 주요 문학지에 '3회 추천'을 받아야 하는 소위 등단 제도가 있었는데, 작가 이문구는 「다갈라 불망비不忘碑」(1965년 9월) 「백결百結」(1966년 6월) 「야훼의 무곡舞曲」(1967년 1월) 세 편을 차례로 『현대문학』을 통해, 이른바 '추천' 형식으로 발표함으로써 작가의 길을 걷게 된다. 따라서 이 세 단편들은 이후 이념 싸움, 민주화 투쟁으로 바람 잘 날이 한시도 없던 한국 문단에서 다부지고 듬직한 살림꾼으로 온갖 풍상과 고초를 겪어야 했던, 또한 훗날 한국문학사에 걸출한 업적을 남기게 될 '작가 명천鳴川 이문구'의 데뷔작인 셈인데, 문학에 입신하려 절차탁마의 세월을 잘 참고 건너는 것이 무릇 모든 큰 작가들의 대동소이한 필수 과정임을 감안한다면, 이 데뷔작을 꼼꼼히 들여다보는 것도 이문구 문학을 헤아리는 데 유익한 길일 듯싶다.

세 편의 데뷔작은 각각 그 주제들이 사뭇 다르다. 「다갈라 불망비」는 이후 이문구의 문학 세계에서 그 비슷한 예를 찾아보기 힘든 불교적 세계를 이야기의 전면에 내놓은 소설이며, 「백결」과 「야훼의 무곡」은 이문구의 초기작의 주된 경향인 사회로부터 멀찍이 소외되어 오직 착취의 대상일 뿐인 가난한 이들, 굶주림의 공포와 불안 속에서 가까스로 연명하는 인간 군상들, 절도나 사기, 밀수, 폭력, 매춘 등 범행을 아무 죄의식 없이 태연히 자행하는 밑바닥 '어둠의 자식들', 식자들이 하는 말로, 피카레스크적인 하류 인생들을 다룬 느와르이다. 그러나 더 이상 물러날 것도 없는 막판 인생들을 다루고 있지만, 「백결」은 「야훼의 무곡」과는 달리 어둡고 절망적인 분위기를 탈피하여 희망의 빛을 품고 있는 작품이란 점, 덧붙여서, 이 소설은 추후의 이문구 소설에서 독자들의 마음을 찡하게 울리는, 가령 걸작 「관촌수필冠村隨筆」의 '석공'과 같이 긍정적이고 훌륭한 인물이 전傳 양식을 빌려 소설화되는 첫 번째 사례라는 점에서 단연 주목에 값한다.

2.

「다갈라 불망비」에서 소설의 뼈대를 이루고 있는 것은 연묘蓮妙라는 한 비구니와 절로 고시 공부하러 온 대학생 사이의 연애 사건과 그에 따른 파계 이야기다. 소설의 무대는 담무사曇無寺(曇은 범어梵語 다르마를 줄여 음역한 것이다. 불법佛法을 뜻한다)이다. 소설의 주요 모티브를 이해하기 위해서는 작중 화자인 '나'가 진술한 다음 문장을 뇌리에 새겨둘 필요가 있다.

열 살에 전쟁 고아가 된 나는, 또한 그 사변통에 홀로된 이모를 따라 입산하여, 진여암에서 이모 손이나 거들어주며 얻어먹고 자랐다. 이모는 스님들에게 공양주 혹은 보살님으로 불렸고, 내가 부목負木(머슴) 대우를 받기는 칠년이나 부엌 구석에서 그을린 뒤였는데, 일에도 손을 떼게 된 것은 국희菊姬라는 열일곱 살 난 처녀가 행자로 들어왔기 때문이다.

—「다갈라 불망비」

　이렇게 불행한 이력을 가진 소설 속의 '나'는 현재 "월급 오백 원짜리 (담무사 경내의) 경비소 사환질"을 하고 있는 한편, "국희라는 열일곱 살 난 처녀"는 연묘라는 법명의 비구니 스님이 되어 차츰 원주院主인 성초性超 스님의 총애를 받고 이윽고는 "성초 스님은 이제 연묘를 자기 다음 대에 감원監院 스님이 될 것으로 믿어 모든 것을 의지하고 있으며, 더욱이 요즈음 연묘는 불경에 붙어앉아 공부에만 몰두하고 있다." 그러다가 어느 날 밤 '나'는 담무사 우체국 배달부 황 씨로부터 "그 처녀(연묘)께서 요새 속세와 연분을 맺고 계셔"라는 말을 듣는다. 아울러 '나'는 "사나흘 전부터 이상한 사람이 하나 생겼"고 "(…) 바로 저 위에 있는 신나암에서 공부하는 학생이라는데 저렇게 하루 한 차례씩 꼭 이맘때면 내려와서 쇠꼬챙이로 큰 바위를 파고 있다"는 사실을 알게 된다. 그리고 얼마 후 청년은 군대로 떠나고 반년쯤 지난 후 청년은 절을 다시 찾아와 연묘를 데리고 하산한다.

　이렇듯 이 이야기의 줄거리는 비교적 간단하다. 이야기 구성의 골간을 이루는 연묘의 파계-환속 모티브는 종교 소설의 단골 메뉴에 속하는 것으로 낯설지가 않다. 그러나 이 작품이 이문구 소설의 전체를 여행하려는 진지한 독자들에게 의미심장한 첫발자국이 되는 까닭은 작가 이문구의 현실 인식, 내세관과 세계관의 내용을 이 작품이 간접적으로

나마 드러내고 있다는 사실에 있다.

　가령, 순결하고 성스럽기까지 한 연묘 스님에게 연정을 품은 청년은 연서에다 이렇게 쓴다.

　　연묘가 살아 있는 동안만 나도 열심히 살겠음.
　　이 종이의 여백엔 다른 또 하나의 피안을 그릴 것.

또, 입대 영장이 나오자, 절을 떠나면서 청년은 다시 연서에다,

　　연묘. 집에서 입대 영장 받아놨으니 즉시 상경하라는 전보 와서 몸만 떠
　　나. 연묘가 살아 있는 동안만 열심히 살 생각으로.

　그리고 다시 청년은 자신이 큰 바위를 쇠꼬챙이로 열심히 판 까닭에 대하여 이렇게 쓴다.

　　연묘.
　　나는 오늘부터 바위에 입을 만들어주겠습니다. 날마다 조금씩 뚫겠습니
　　다. 바위의 심장이 보일 때까지.

　이 작품에서 청년이 쓴 위와 같은 연서의 글귀들은 연묘의 파계와 더불어 여러 상징적인 의미들을 갖고 있다. 무엇보다도, 여기서 큰 바위는 무엇을 상징하는가. 아마 바위의 보편적인 상징성을 염두에 두고 말한다면, '큰 바위'는 신성한 침묵의 세계 혹은 시간을 초월한 영원성의 세계, 절대적인 피안彼岸의 세계를 상징한다고 할 수 있을 것이다. 그렇다

면 바위에 입을 만들어주겠다며 쇠꼬챙이로 큰 바위를 뚫는 청년의 의지는 무한하고 초월적인 '바위'에다 유한한 인간성을 부여하려는 간절한 희망의 표현이라 할 수 있다. 다시 말해 연묘에게 띄우는 청년의 편지글은 표면적으로 자신의 연정戀情의 표현이겠지만, 이면적으로 영원성이나 절대성 혹은 초월적 신의 세계에 대한 현세적이고 인간적인 고뇌의 표현이요 또는 인간주의적인 자기 결의의 표현이기도 한 것이다.

그러하기에 청년은 출세간出世間을 결행한 연묘 스님에게 "이 종이의 여백엔 다른 또 하나의 피안을 그릴 것"을 과감하게 권유한 것이고, 또 그러하기에 "연묘가 살아 있는 동안만 나도 열심히 살겠음"이라는 현재의 세간에 대한 강렬한 의욕을 보인 것이다. 그러나 여기서 작가는 당연 출세간과 세간, 성聖과 속俗 혹은 현실과 종교를 나누어 인식하고 있지 않다. 연묘의 파계를 기정사실로 받아들인 성초 큰스님이 연묘에게 "다갈라(범어로 향香이란 뜻)의 향기가 아무리 짙어도 구경삼매에 비할 수 있으랴. 숟갈은 음식 맛을 모르듯, 촛불 든 장님처럼 제 눈을 밝히진 못했구나"라고 연묘에 대한 낙심의 장탄식을 했지만, 뒤에 이어지는 문장인,

이모는 내 귀에 대고, 엊저녁에 잠깐 들으니까 지대방(허드레로 쓰는 방)에서 은월, 도묘, 원월, 혜명 등 스물 안팎의 젊은 스님들끼리 모여 무슨 말인가 수군거리던 끝에, 큰 바위를 다갈라 불망비不忘碑라 이름짓더라는 거였다.

는 구절에 이르면, 작가가 연묘의 파계 사건을 얼마든지 있을 수 있는 사건이며 또한 충분히 수긍할 수 있는 사건으로 인식하고 있음을 엿보게 된다. 즉 작가의 의식과 관심은 출세간보다는 세간의 삶에 더 많이

쏠려 있는 것이다. 작가는 이 소설의 말미에 "그 여승들이 다갈라 불망비라고 부를 만한 뜻을 나는 아직도 이해하지 못하고 있다"라고 '나'의 입을 빌려 말하고 있지만, 연묘 스님과 함께 정진했던 비구니 스님들이 "입을 만들어"주고 "심장이 보"이길 갈망하여 청년이 구멍을 뚫던 "큰 바위"의 이름을 '다갈라 불망비'라 지은 것은 스님들의 출세간의 정진 과정이란 결국 인간의 세속성과의 갈등 과정이라는, 바꿔 말해 스님의 정진 그 자체가 세간의 욕망과 서로 나뉠 수 없이 한 몸으로 엉켜 있음을 보여주는 상징물로서 '큰 바위'를 이해한 때문일 것이다. 즉 인간의 의지와 욕망이 개입된 '큰 바위'는 인간화된 초월성이자 세속화된 영원성이기 때문이다.

불교적 세계관을 바탕에 깔고 있다는 점, 그리고 그 불교적 세계관을 깊이 보여주면서도 현세주의의 뜻을 한층 웅숭깊게 관조하고 있다는 점에서 「다갈라 불망비」는 이문구 문학에서 희귀한 예이고 또한 이문구 문학의 바탕에 면면히 흐르고 있는 유가적 현세주의 혹은 인간적 현실주의의 맥락에서 보더라도 곱씹어볼 만한 의미심장한 작품이라 할 것이다.

이문구 문단 데뷔 두번째 추천작인 「백결」은 이문구 초기 작풍作風을 본격적으로 내보이는 첫 작품이며, 전통적 전傳 양식의 이문구적 소설화를 엿보게 하는 단초가 되는 작품이라는 점, 한국 전쟁 이후의 참혹한 사회상과 밑바닥 민초들의 비루한 인간상을 이른바 이문구 특유의 '체험'을 중시하는 문학 속에서 탁월하게 그려낸 역작이란 점에서 주목된다. 동시에 전쟁 후의 추악한 삶들을 자연주의적 필치로 그린 「야훼의 무곡」 「생존허가원生存許可願」(1967년 6월) 중편 소설 「두더지」(1968년 봄) 계열의 작품과는 달리 가난과 추악과 절망의 어두운 현실 속에서 인간 삶의 그윽한 뜻과 그에 합당한 인간의 도리를 궁구하고 마침내는 소설적으로 높이 승화시킨 작품으로 이문구의 초기 문학이 낳은 걸작 중의 하나로 꼽을 만하다.

「백결」이라는 제목에도 이미 그 주제가 암시되어 있듯, 이 작품은 지독한 가난과 절망적인 환경 속에서도 인간의 삶이 지닌 위엄과 사람의 도리는 무엇인가를, 더 나아가 작가로서 이문구가 이러한 삶의 절망 속에서도 예술의 희망은 과연 무엇인가를 깊이 고민한 작품이랄 수 있다. 가령, 작중의 주인공이자 전傳의 주인공인 조춘달 영감과 그의 동무인 염 씨가 나누는 대화문을 보자.

> "(…) 우리네 덕석은 그저 두툼할 수록 좋은 법야. 아 옛적 백결선생百結先
> 生은 서캐슬라구 그랬겠나?"
> "쇳편 빚을 쌀이 없어 가얏고로 떡방아 찧는 소리 흉내냈던 늙은이?"
> "귀찮지만 미어지는 즉시 꿰매야지 내버려뒀자 실 한 바람도 더들구,
> 벗고 입을 게 없는 단벌 신세가……"
>
> ―「백결」

극심한 가난 속에서도 예술(가얏고)로써 삶의 한계를 극복한 백결선생의 전설에서 작가는 극한에 처해도 삶을 포기하지 않고 살아야 하는 뜻과 그 삶을 극복하는 예술의 뜻을 함께 이야기한다.

「백결」을 좀더 자세히 들여다보면 이렇다.

부두 노동을 하다가 삼십 프로가 넘는 강한 염산을 엎질러 생명은 건졌으나 "아랫도리 기능이" "소실된" 조춘달 영감은 "육십객이 되도록

여자를 모른 채 늙어버"렸고 연탄 배달을 하다가 교통사고로 다친 후 미군 부대 뒷문 근처의 움막에서 손수레 만드는 목공일을 하면서 살아 간다. 영감은 서너 살쯤이었을 때 동네 아이들에게 시달림을 받고 있던 종우라는 흑인 혼혈아를 데려다 키우고 있다. 영감이 동네 아이들에게서 시달림받는 어린 흑인 혼혈아를 못 본 척 지나치질 못하고 데려다 키운 이유에 대해 작가는,

> 얼마를 두고 봐도 마찬가지기에 그냥 지나치는데, 갑자기 저래도 못 본 체하면 반백년을 더 살아온 자기가 너무 하찮것없다는 생각을 하게 된 거였다. 되돌아와서 트기를 업었다.

라고 간단히 서술하고 있다. 그러나 이 문장엔 간단히 지나칠 수 없는 인생의 깊은 속내가 들어 있다. 동네 아이들로부터 시달림을 당하고 있는 흑인 혼혈아를 영감이 그냥 지나치지 못한 동기는 어떤 훌륭한 배움에 따른 것도 아니고 어떤 조건이나 환경을 따져서도 아니라, 단지 "갑자기 저래도 못 본 체하면 반백년을 더 살아온 자기가 너무 하찮것없다는 생각을 하게 된" 때문이다. 다시 말해 이 말은 못 배운 하류 인생으로서의 조춘달 영감의 지나온 인생 역정과 인생 철학이 아주 간명하고 소박하지만 진실되게 전달되고 있는 것이다. 그리고 이 문장 속에는 인생살이의 뜻과 그에 따른 인생의 도리를 궁구하고 그를 중시하는 작가 이문구의 인생관과 세계관이 담겨 있음을 보게 된다. 달리 설명한다면, 삶의 깊은 뜻과 도리는 이념이나 지식, 사회적 조건에 의해서 얻어지는 것이 아니라, 그가 세상살이를 체험하고 그 속에서 갈고 닦은 성정性情에 따라 얻어지는 것이라는 사실, 즉 이문구에겐 사회적 조건이나 환경

보다도 삶의 고통을 극복하려는 의지와 훌륭한 인간성이 더 중시되고 있는 것이다(이는 전통적인 전傳의 양식에 주목한 이문구의 예술관과 일맥상통하는 인생관이기도 하다. 전통적으로 동양의 전의 소재는 시대의 고난을 극복하려 한 개인의 생애에 집중된다).

조춘달 영감이 "갑자기 저래도 못 본 체하면 반백년을 더 살아온 자기가 너무 하잘것없다는 생각을 하게 된"것은 그 자체로서 그의 착한 성정의 직접적인 표출이며, 또한 그의 선행善行은 조건이 아니라 인간으로서 응당 지키고 행해야 할 무조건적이고 절대적인 도리라는 점에서 바로 그의 도리는 세상살이의 도리인 동시에 하늘의 섭리로 승화될 수가 있다. 달리 말해 조춘달 영감의 선행은 그의 마음속에서 계산하고 꾸민 행위가 아니라 마음의 꾸밈없는 명령에서 나온 행위라고 할 수 있다. 이利보다 의義를 생각하게 하고 자신마저 희생하기를[殺身成仁] 주저하지 않는 마음과 실천의 소유자. 그 유덕有德함이야말로 인간으로서 받들어 추구해야 할 당연한 도리이며 나아가 그러한 인간의 도리는 하늘의 뜻이 되는 셈이라는 것. 바로 여기에 이 작품이 지닌 정신적 가치가 있다. 그리고 마침내 이문구 문학의 인생관과 세계관의 웅숭깊은 뜻을 읽을 수 있다. 이문구의 다른 작품들에서 잘 드러나지만, 후기의 이문구 문학에서 동양 정신의 지고의 경지이자 가치인 군자君子의 도를 읽는다면, 이처럼 불행한 서민 대중 속에서 체험하며 살며, 더불어 삶의 뜻과 높은 가치를 잃지 않고 이를 하늘의 뜻으로 받드는 세계관(그 예로써「관촌수필」의 할아버지,「산 너머 남촌」의 이문정과 같은 인물을 들 수 있다)이 항상 바탕에 자리 잡고 있기 때문일 것이다. '백결선생'은 그러한 군자의 상에 부합하는 인물이며, 비록 이 작품의 주인공인 조영감이 남루한 무지렁이에 불과하다 할지라도 이 인물을 통해 작가는 힘들게 살아가는 백성들을 구원하고 그러한 실천을 하늘의 뜻으로 여긴 군자의 이상을 희미하게나마 스케치하고 있었던 것이다. 이러한 작가 이문구의 인생관은 조춘달 영감의 의붓딸로 미군을 상대하는 술집 작부이며 종우의 생모인 옥화에 대해 서술하는 대목에서도 그대로 이어진다.

그녀(옥화_필자)만 해도 다섯 살만 먹고 말았을지도 모를 것을 열여덟이 되도록 키워놓은 양녀다. 왜정 말엽 일본여자가 조선 사람과 살다 낳은 뒤 과부로 사오 년 살다가 해방되자 귀국하면서 버리고 간 것을 **양육해온 거였다. 누구든 홀아비가 노동으로 그것 하나만을, 하는 넋두리 필요없이 '키웠다'는 한마디로도 알음이 있을 게다.** 고것이 미군 부대 이발관의 친구 오빠가 와서 잔일이라도 거들면 시집갈 밑천이야 못 만들겠느냐고 한다면서 그러기를 간청해쌓아, 좋은 말로 취직이랍시고 놔뒀더니 반년도 채 안 가 집을 뛰쳐나갔고, 나간 뒤에도 종종 고깃근이나 들고 왕래가 있었는데 종우를 주워들이기 얼마 전부터는 영 발자국을 잊게 된 거였다. **다 소용없고 쓸데없다 하면서도 종우를 기르기에 이렇게 늙나 하면 자기도 우스운 때가 있지만, 그때마다 언제는 내가 뭘 바랐기에 지금껏 사는 거냐고 스스로 달래곤 했다.** (강조_필자)

어쩌면 이와 같이 고백하는 영감의 모습은 이기적이다 못해 엽기적인 인간관계가 횡행하는 오늘의 현실에서 본다면, 큰 감동을 안겨주기보다는 그저 무덤덤하다거나 한참 낙오된 인생의 표본쯤으로 폄하될지도 모른다. 그러나 전쟁의 살육과 기아로 모든 가치가 짓밟혀 사라지고 혹독한 가난 속에서 대책 없는 삶을 간신히 꾸려가면서도 전쟁 미아들과 미군에 기생해야 했던 소위 양공주들을 이러한 자기 희생으로 거두어들이며 그들을 위해 헌신한다는 것은 그 자체로 인간에 대한 극진하고 절대적인 사랑을 보여주는 것이다.

이러한 조영감의 모습에서 작가는 백결선생의 삶의 고결한 뜻을 찾아냈던 것이다.

"하우스 보이로 일하면서 착실히 야간 대학을 다녔"고 조영감에게 온 영어 편지를 거짓으로 번역해주며 악행을 일삼는 최덕수 같은 인물에 대한 묘사도 소설적 재미를 배가하는 데에 일조를 하고 있는데, 이러한 인물들의 대비를 통해 「백결」은 1950-60년대 냉전의 그늘이 암울하게 드리워진, 아울러 물질만능의 가치관 이외의 일체의 가치관이 붕괴된 한국의 사회상을 리얼하게 그리면서도, 그를 넘어서 인간 삶의 간곡한 뜻과 마땅한 도리를 찾고 이를 구체적이고 살아 있는 인물의 형상 속에다 예술적으로 승화시켜 표현했던 것이다.

3.

이 책의 표제작인 「김탁보傳」은 이문구의 '명작선名作選' 목록에 올릴 만한 작품이다. 이 작품은 가난한 농촌 마을에 사는 김탁보라는 술주정뱅이 이야기인데, 이 초기작에서 비로소 감히 흉내조차 낼 수 없는 작가 이문구만의 문학적 특징들이 빛을 발하기 시작한다. 사람살이의 속내를 깊이 생각하게 하는 익살, 능청 등 생활 현장에서 살아 숨 쉬는 해학이 곳곳에 영롱하고, 이문구의 독보적인 문체가 더하고 덜함 없이 적절하게, 누에가 실을 뽑듯 자연스럽고 아름답게 펼쳐지고 있다. 후일에 「관촌수필」의 문체를 보는 듯한 이런 뛰어난 문체가 1960년대 후반 즉 약관의 나이를 몇 해 넘긴 나이에 이문구에 의해 유감없이 발휘되기 시작했다는 사실은 그 자체로 경이로운 일이며 한국문학으로선 큰 축복이 아닐 수 없다. 가령, 이른 새벽, 김탁보의 아내가 가난에 찌든 마을 이웃들과 함께 소금을 사러 바닷가 소뱅이 염전으로 이십 리 길을 걸어가는 장면을 보라.

"예가 꼭 반인디." 돈식아버지가 앞서서 수리조합이 낸 수로를 건너며 말한다. 아직도 십 리 길이 멀었다는 뜻이다. 갈머리에서 소뱅이 염전까지는 몇 해를 가며오며 해도 줄지 않는 이십 리라고 일러온다. 시마(동남풍)가 불어 시원하다. 얼마를 더 가면 소뱅이 개펄이 보이며 파도가 출렁이고 **발동선 출항하는 게 안개 소리처럼 들리게 될 터이다. 해가 자고 나오는 성주산 쪽엔 어느새 샛별도 들어가 하늘이 비었지만 동은 아직 트지 않았다. 그래도 십 년을 두고 발 익은 길이라, 지렁이 지나간 자국 같은 논두렁을 뒤꿈치 한 번 삐끗하지 않고 잘들 내닫는다.** 이 내 땅 없는 농민들은 염전에 가 소금을 받아다가 읍내에 내다 잔돈을 뜯어먹고 사는 거였다. 딱, 딱…… 멀리 왕대산 패주암에서 어둠을 쪼는 목탁이 그들에겐 시계였다. 역말댁도 그 소리에 일어나곤 했다. 먼저 우물을 두어 동이 긷고 보리쌀을 한줌 안친다. 눅진거리는 톱밥을 한 손으로 풀무질하여 때노라면 논물 콧물에 치맛자락이 썩는다. 밥이 질어서 죽인지, 죽이 되어서 밥인지 모를 질컥한 것을 부뚜막에 걸터앉아 냉수에 말아 퍼먹는다. 배를 불리면 곧 채비를 차린다. 소금을 받아이고 올 광주리와 광목 자루, 소금 되로 쓰는 김치 보시기, 마분지와 신문 몇 장이 그 전부다. 동네 사람들이 모이는 곳은 왕소나무 아래다. 모이면 자고 난 인사라도 해야 옳지만 실은 입을 다무는 게 인사로 되어 있다. **때문에 얼마를 가다가 누구든 실수로 말문이 열리고 말대꾸를 하다보면 상관없지**

만, 처음엔 누구나 먼저 입을 열려고 하지 않는다. 입만 열면 그날의 액운을 남에게 옮겨준다는 짓궂은 풍습을 지켜가기 때문이다.

　오늘도 개펄 가운데에 있는 할미바위 근처엔 퍼런 도깨비불[인화燐火]이 무더기로 놀고 있다. 몇 개가 합쳐져서 꽃송이를 만드는가 하면, 어느새 풀어져서 제각기 불방망이를 돌리기도 하고, 한 놈 위에 두 놈이 올라타고 재주를 부리다가 떨어져 내리기도 한다. 술래잡기를 하는지 이리저리로 몰리며 달음박질도 하고, 놀이를 바꿔 숨바꼭질을 하며 모두 숨었다가 다시 차례차례 나타나기도 한다. 갈머리 사람들은 논두렁 길을 벗어나 간석지 둑을 넘어 지름길인 개펄로 들어선다.　　　　　　　　　　　　(강조_필자)

　작가의 문체 의식과 자연의 서사 대상과의 조화와 합일은 경이로울 정도로 아름다운 동영상으로 재생된다. 서사 대상은 작가의 의식과 따로 분리되지 않고 서로 깊이 친교하고 교감한다. 위 문장은 바닷가 농촌의 새벽 풍경을 아주 핍진하게 그릴 뿐 아니라 그 문장에선 주인공들의 삶과 인정人情까지도 고스란히 묻어난다. "발동선 출항하는 게 안개 소리처럼 들리게 될 터"라는 문장은 우리의 눈과 귀의 공감각을 자극하지만 결코 감각에만 호소하지 않고 구체적인 생활 공간의 현장성과 뒤범벅이되어 독자의 마음속에 감각적인, 동시에 편안한 일상성으로 오롯이 살아나 안긴다. "해가 자고 나오는 성주산 쪽엔 어느새 샛별도 들어가 하늘이 비었지만 동은 아직 트지 않았다"는 문장은 따뜻하고 아름다우며 또한 읽는 이로 하여금 홀연 자연에 대한 외경에 휩싸이게 한다. 그리고 이러한 문체는 인간은 자연의 일부에 지나지 않는다는, 달리 말해 삼라만상이 조홧속이라는 전통적 정서와 세계관의 자연스러운 표현법에 속한다. 그 뒤에 이어지는 문장 "때문에 얼마를 가다가…… 짓궂은 풍습을 지켜가기 때문이다" 같은 문장은 농촌 마을 사람들의 일상을 깊은 애정을 가지고 들여다보지 않으면 결코 구하기 힘든 문장이다. 그것은 이문구의 '체험'을 중시하는 문학 의식의 결과이며, 고단한 농심農心에 대한 깍듯한 예의와 따뜻한 작가 의식이 돋보이는 문장이다. 또 분방하게 놀고 있는 도깨비불의 묘사를 통해 자연과 인간이 하나로 살아가는 전통적인 농촌 마을의 분위기는 한껏 고양된다.

이문구의 문장은 주관과 객관, 감각과 실재, 언어와 사유가 서로 분리되지 않고 혼연일체의 그물망 속에서 어우러진 채 생성된다. 그의 문체는 관물觀物과 관아觀我, 대화와 지문, 사실과 심리, 일인칭과 삼인칭과 전지칭 사이의 차별의 담장을 훌쩍 넘어선다. 그 문장은 대개 개체와 개인이 주어主語로서 서로를 배타하며 군림하는 것이 아니라, 피아彼我, 주객主客이 차별 없이 혼융하는 자연스러운 '정황情況'이 주어가 되는, 그런 교감과 교친交親의 문체 의식에서 나오는 문장이다. 따라서 이문구의 문체가 소리나는 대로 읽기와 쓰기라는 한글의 원리에 충실한 것은 자연스러운 결과이다. 그 문장에선 소리나는 대로 읽기, 듣기, 쓰기의 한글의 본디 원칙이 존중된다. 이문구 특유의 소리나는 대로 듣고 쓰기, 즉 이문구 특유의 '소리체'와 풍부하고 절묘한 방언의 구사는 이러한 문체 의식의 표현이다. 비로소 이문구 문체 의식에 의하여 "쓰는 데 갖추어지지 않은 바가 없고, 가서 통달하지 않는 바가 없으며, 비록 바람소리, 학鶴의 울음, 닭의 홰치는 것, 개가 짖는 것일지라도"(『훈민정음』, 정인지의 '서문'에서) 모두 살아 있는 생명처럼 쓸 수 있게 된 것이다.

이것이 세대로는 4·19 세대에 속하면서도 4·19 세대의 문학과는 별개의 독자적인 작가의 길을 걸었던 작가 이문구의 문체 의식의 주요 내용이며, 이는 정보와 의미 전달을 중시하면서 개인주의적이고 탐미주의적 감각과 논리주의적 의미론적 의식의 극대화에 전념해온 4·19 세대 문학의 문체 의식과는 대조적인 것이다. 이문구 문학은 그렇게 세대를 뛰어넘었고 세대의 외로움을 견디며 살아왔다. 그리고 자연과 인간과 사회 사이의 상생相生의 도를 애타게 갈구하고 있는 오늘에 이르러, 삶의 깊은 뜻과 갈 길을 잃고 방황하는 한국의 젊은 문인과 독자들 앞에, 외롭고 웅숭깊고 독보적인 문학성으로, 오래전부터 꿋꿋이 버텨온 '왕소나무'의 넉넉한 자태로, 감사한 복음처럼, 우뚝 다가와 서 있는 것이다.

[『김탁보傳』(이문구 전집 1) 해설, 2004]

한국인 특유의 다성적인, 민주적인 문학을 위하여

권덕하 비평문집 『문학의 이름』 발문

현실 사회주의가 붕괴하고 문화지식인계가 온통 서구중심주의 이성주의의 해체를 들먹이는 동안 자본주의는 신자유주의라는 악령을 내세워 지구를 '하나의 자본주의 체제'로 강제하였고, 그 와중에 신식민지적 불균형과 착취 구조는 전 세계적으로 확장되었다. 문학의 차원에서 보면, 그 불균형과 착취는 서구 포스트모던 문화담론이 문학의식의 개인주의적 분열화 더는 의식의 쇄말화를 야기하며 비서구적 세계로 확장해 온 한편으로, 세계문학사에서 아시아 아프리카 라틴아메리카 제諸지역의 제3세계 문학운동, 민족문학 및 민중문학운동으로 이어지던 반제·반식민의 문학담론들의 설 자리를 앗아갔다. 서구 부르주아 계급의 시장주의적이고 개인주의적인 자유주의를 '자유'라는 미명 아래 전 세계 신식민의 지역문학 속에 끊임없이 주입하고 유포하면서 서구 포스트모던의 문학담론이 퍼뜨린 문학의식의 자기분열과 자기소외의 정신상황은 지구상의 모든 지역문학에 유행처럼 번져, 세계문학의 건강한 뿌리를 이루었던 비서구적인 특유한 개별성의 지역문학들 그리고 반제·반식민문학들을 고립시키고 제압했던 것이다.

그렇다면 '지구화 시대의 주체적 지역문학'으로서 한국문학이 당면

한 과제들은 무엇인가. 여러 지역들이 저마다 유목하듯이 서로 시공간적으로 교류하는 문학은 무엇인가. 신자유주의적 세계 자본의 체제 하에서 '민족' '민중' 개념에 포획되지 않는, 새로이 출현한 '다중多衆'은 어떻게 각 지역의 민주적이고 변혁적인 '다중의 문예 형식과 내용'으로 연결될 것인가. 여기엔 기존 '민족' 또는 '민중' 개념의 극복을 위한 변증법적 통찰과 함께 민주적이고 다중적인 연대와 소통과 교류의 문학 양식과 이념을 찾아 적극 실행하는 문학정신이 중요할 터이다. 다만, 여기서 지적하고자 하는 것은, 이 쉽지 않은 문학적 과제를 해결하기 위해 한국문학사는—지난날 민중적 역사주의가 서구 제국주의와의 투쟁의 이념을 실천하는 데 기여한 바 없지 않으나,—민중들의 생활과 언어의식을 민중론자들의 자기 문학의식과 동일화 동질화하는 지적 허위의식에 빠져 있던 허다한 경우들에 대해 깊이 반성할 필요가 있다는 점이다.

　시인이요 문학비평가인 권덕하의 비평문집『문학의 이름』은 위와 같은 신자유주의 세계체제에 대한 정치적 저항의식을 견지하는 한편으로, 자본의 세계적 지배에 따라 시장논리적 분열과 개별적 고립을 거듭하는 개인주의 문학의 물신적物神的 언어의식, 민중주의 문학의 단성적單聲的 언어의식 그리고 획일적인 '표준말 쓰기'를 강요해 온 기존의 근대적 언어의식의 극복을 기획한다. 그러나 권덕하 비평의 특이성과 독창성은 독선적인 문학적 정치적 언술이나 주장을 적극 경계하고 마다한다는 데 있다. 그의 비평언어는 무슨 이론을 주장하기보다, 스스로 대화의 열린 장場에 몸소 서 있기를 열망하고 실행한다. 다소 극단적인 설명이 되겠지만, 문학평론가로서 그에게 참된 문학언어는 대상화하거나 개념화하지 않은 존재와의 대화 속에서 지각되는 흔적 혹은 기운을 내포하는 언어이다. 그러니까 권덕하에게 문학언어란 비표상적 존재와의 열린 대화 속에서 대상화를 유보한 채로, 웅성대며 기화氣化하는 다성적多聲的 언어인 동시에 축제적인 언어이다. 따라서 그의 비평언어는 세계를 '해석'하는 것이 아니라 스스로 자연스럽게 생활과 자연의 세계에 '동참'하며 생산적인 다성성의 세계가 생기生氣롭게 '창조'되기를, 그리고 사람들 사이의, 다중多衆들 사이의 고립적 관계들을 민주적인 대화와 활기 서린 교류와 교감의 관계들로 '변혁'시키기를 꿈꾸는 언어이다.

조금 달리 보면, 민주적이고 대화적인 문학언어는 남에게서 나의 존재성을 찾아내는 가운데 나에게서 남의 존재성을 확인하는 나-남들 간에 소통하는 상호복합적인 문학언어, 설령 내가 절대의 신神을 영접하고 모신다 하더라도, 말씀의 절대적 의미를 유예하고 신과의 능동적 대화에 나서는 신과의 평등의 언어라고도 할 수 있다. 그렇다면, 문학행위는 동일성에서 자유로운 타자의 존재를 인정하고, 나와 타자들을 상호복합적이고 평등한 대화 관계로 파악하며, 표상할 수 없는 존재들을 이름하는 작업이라고 말할 수 있다. 이 예지叡智가 빛나는 비평가의 말을 인용하면, "환원할 수 없는 특이한 비표상적 존재의 표현이야말로 지시대상이 없기에 동일성에 묶이지 않는 창조적 이름인 것이다. 곧 문학은, 의미의 다함이 없기에 표상할 수 없는 무수한 대화적 존재들의 이름을 제대로 짓는 과정이기도 하다." 이러한 속 깊은 비평관을 따르다 보면, 서구문학에의 추종과 그 비생활적 이론들을 뛰어넘어 기존의 한국문학과 이론들을 민주적이고 대화적이며 기층생활적으로 '변혁'시킬 새로운 한국문학사적 지평 위에 우리가 서 있게 되었음을 깨닫게 된다.

[권덕하 비평집 『문학의 이름』 발문, 2014]

4부

정신과 귀신

김호석 수묵화전 〈웃다〉에 부쳐

    수묵화水墨畫는 정신을 그리는 미술이다. 흔히 사물을 그리는 것이 아니라 사물에 깃든 정신 혹은 사물의 본질을 그리는 것이라고 풀이한다. 사물의 정신을 그린다는 것은 결국 화가 자신의 정신으로 사물을 그린다는 뜻이다. 수묵화가 추구하는 미학의 최고 경지인 전신사조傳神寫照[1]는 사물에 깃든 정신精神을 작가가 관조觀照한 형상을 통해 드러내는 것을 의미한다. 이러한 '정신을 그린다'는 수묵화의 이상이 오랜 세월에 걸쳐 동양의 유서 깊은 사상인 유가儒家와 노장老莊, 더는 불가佛家 사상들로부터 깊이 영향을 받으면서 다양한 내용으로 전개되어 온 사실은 잘 알려져 있다. 정신의 최고 경지인 도道를 터득하여 이를 표현해야 한다는 동양 회화의 이념은 전통 수묵화가 강조해 온 '정신'의 의미를 이해하는 불가결한 좌표이다. 수묵화가 정신을 그리는 예술이라면, 도는 다름 아닌 우주 만물의 '근원을 가리키는 정신'의 다른 이름이기 때문이다.

    물론 작가가 도를 안다고 해서 지상至上의 정신을 보장받는 것은 아니다. 오히려 도를 안다는 말은 도를 모른다는 말과도 통한다. 작가가 도

---

1)   중국 동진東晉의 고개지顧愷之가 처음 사용한 것으로 알려져 있다.

를 자기 정신의 주인으로 삼는다고 하더라도, 주인의 마음이란 도무지 알 수 없는 것이다. 더군다나 도란 볼 수 없고 들을 수 없고 말로 표현할 수도 없다고 하지 않는가.

그러므로 수묵의 정신은 도道의 사상思想을 좇지 않는다. 수묵화의 사상적 뿌리를 이루는 노장의 미학이 아무리 '도의 관점에서 보는 것'을 중시한다 해도, 오히려 없는 듯 존재하는 미세한 삶의 관점에서 도를 보는 것이 더 중요하다. 왜냐하면 침묵과 무위無爲에서 실제로 존재하는 현묘한 기운이 도를 표현하기 때문이다. 침묵과 없음無의 기운 속에서 도를 구할 수 있는 것이라면, 도의 관점이란 애초부터 '없는' 것이다. 도는 '없음의 있음'으로 표현되는 사물의 기운이라는 뜻이다. 곧 도는 없는 듯 미묘하게 실재한다. 수묵의 정신은 이처럼 부재하는 듯 실제로는 있는 이치와 기운, 달리 말해 무위이화無爲而化를 자산으로 삼는다.

40년 전쯤 수묵水墨에 뜻을 세운 한국화가 김호석은 이번 개인전 〈웃다〉를 통해 자신이 마침내 터득한 심오하고 도저한 수묵 정신의 세계를 자신만만하게 세상에 널리 알린다. 더불어 신기에 가까운 수묵의 기량技倆을 가감 없이 세상에 뽐낸다. 이전과 크게 다를 바 없이 〈웃다〉의 모든 그림들에 담긴 김호석의 수묵 정신에는 지적인 사변성이나 고상高尙 취미 따위는 기웃거릴 여지가 전혀 없어서 삼엄한 기운마저 감돈다. 그러나 김호석 수묵화의 소재들은 오늘의 수묵화 형식에 걸맞게 서민적인 냄새를 물씬 풍기고 주변 생활 속에서 찾은 비근한 사물들과 익숙한 인물들로 이물 없어 편하고 자유롭다. 일찍이 김호석은 절경을 그리는 전통 산수화나 선비취향의 문인화가 지배적이었던 한국 수묵화의 전통에서 탈피하여, 담대하게도 세속적 풍경화와 역사적 인물이나 민초들의 인물화, 성철 스님 초상화, 역사적 기록화 등 역사적인 혹은 현실적인 소재들을 취한 새로운 수묵의 세계를 선보인 바 있다. 이러한 새로운 현실주의적 수묵화의 세계가 근대 이후 사라진 우리의 전통 수묵화법을 마치 고고학적 발굴 작업과도 같이 지난하고 지극한 복원 노력과 병행하면서 이룩되었다는 점에서 실로 찬탄할 만한 것이다. 이번 수묵화전을 통해 전통 수묵화의 본질에 철저하면서도 더욱 깊어진 수묵의 정신으로 오늘의 한국인의 삶을 사조寫照하는, 현대적이고 독창적인 수묵화의 새로운 전형典型을 만나게 된다.

〈하늘에 눕다〉

〈하늘에 눕다〉가 화제畵題인 수묵화 한 폭이 눈에 싱그럽다. 서민적 일상생활의 단면을 소재를 취한 작품이다. 화폭의 왼편 아래쪽에 아내가 얼굴 가득히 오이 팩을 한 채로 누워 있다. 오이 팩을 한 모습에서 서민적 정서가 묻어난다. 아내의 웃옷은 오이 빛과 비슷한 옅은 초록빛이다. 오이를 눈가에 붙여서인지, 아내는 실눈을 뜬 상태이고, 아내의 머리 위쪽과 오른쪽 허허롭고 드넓은 여백엔 구름인 듯 바람인 듯 온통 옅은 담묵淡墨의 바림들로 가득 채워진다. 드넓은 하늘이다. 누운 채로 눈을 가늘게 뜬 아내의 시선은 하늘에 가 있다. 이 그림에 깊이 취하면, 이 그림을 통해 감상자는 실눈 뜬 아내와 같이 누운 채 하늘을 쳐다보면서 하늘의 기운을 한껏 받아들일 수 있고, 또 상큼하고 맑은 오이 향기를 맡을 수 있다. 그 향내에는 단지 오이 냄새만이 아니라, 하늘의 향기가 섞여 있다. 그림 속 오이냄새가 하늘의 향내와 섞여 퍼진다는 말은 흔히 하는 시적詩的 수사修辭가 아니다. 이에 대해서는 두 가지 방향에서 해석이 가능하다. 두 가지 방향이란 아내를 묘사하는 작가의 시점이 부감법俯瞰法을 원용하고 있다는 점 그리고 그림의 구도가 파격破格이라는 점이다. 비스듬히 위쪽에서 내려다보는 부감법의 시점으로 아내를 그리다보니, 부감의 시선이 먼 하늘과 함께 누운 아내의 시선이 닿은 가까운 하늘 그리고 누운 아내를 모두 한 화면 위에 한꺼번에, 연이어 그릴 수 있었던 것이다. 파격적 구도를 취한 것도 이 그림의 사의寫意와 깊이 연관된다. 왜 오이 팩을 하고 누운 아내 모습을 화면의 왼편 아래쪽에 위치시키고 화면의 위쪽과 오른쪽 전체를 광활한 허공 속 바람이나 구름 모양의 바림으로 가득 채웠을까. 기본적으로 수묵화를 보는 시선의 진행 방향은 오른쪽 위쪽에서부터 대각선 방향인 왼편 아래쪽으로 천천히 이동하면서 그림을 찬찬히 음미하는 것이다. 그렇다면 하늘은 이 그림의 감상이 시작되는 부분을 가득 채우고 있는 셈이다. 그리고 하늘과 연이어서 화면의 왼편 아래로 오이 팩을 한 채 누워 있는 아내의 모습에 감상자의 눈길이 이어지고 마침내 아내가 실제로 하늘에 누워 있다는 느낌이 들게 되는 것이다.

그러므로 담묵淡墨의 바림으로 그려진 하늘은 그냥 하늘이 아니다. 담묵의 하늘은 아내의 기운에 깊이 감응하는 상서로운 기운이 가득한 하늘이 된다. 곧 만물의 기운의 시초인 건乾은 양기陽氣이니, 하늘의 기운이 음기陰氣인 아내의 시선과 마주쳐 서로 섞이고 있다는 것은 그 자체로 음기와 양기간의 조화의 묘를 보여준다. 하늘의 기운은 스스로 운동하여 음기陰氣와 어울려 만물의 변화생성을 꾀하는 것이다. 그러니, 화폭의 오른 편 전체에 걸쳐 무채색 바림으로 표현된 천기天氣는 스스로 운동하여 음기의 화신인 아내의 얼굴에 초록빛 번짐과 웃옷의 초록빛감으로 화생하고 이로써 화폭 전체에는 생명감을 잔뜩 머금게 된다. 화폭 전체에 걸쳐 화법畵法 중 으뜸인 기운생동氣韻生動[2]이 고요한 듯 오묘하게 펼쳐지고 있는 것이다.

비근한 서민적 일상의 한 순간에조차 천지간에 가득한 음양陰陽 기운의 조화造化 곧 귀신의 작용 속에 놓여 있음을 실로 경이롭게 표현한 것이고, 이러한 천기를 전달하기 위해 파격破格의 구도를 택한 것이니,[3] 아내의 얼굴 위 오이 냄새에 섞인 미묘한 하늘의 향기가 솔솔한 이유도 바로 천지간 음양의 조화를 표현하려는 작가의 사의에서 비롯된 것이다.

---

2) 중국의 5세기말 화가 謝赫이 그림을 그리는 데 있어서의 여섯 가지 법칙인 氣韻生動, 骨法用筆, 應物象形 … 등 '畵六法' 중에서 으뜸 법칙.

3) 김호석 그림에서 작품의 구도나 構成은 寫意의 출발, 즉 立意의 단계로서 작품의 전체 기운을 결정하는 중요한 역할을 한다. 예를 들어 그림 〈날숨〉은 화면 정중앙에 시어머니가 며느리의 새치를 뽑고 있는 모습이 자리 잡고 화폭 왼쪽 상단에서 오른쪽 하단으로 대각선 방향의 구도를 취하면서 위쪽엔 시어머니 아래쪽엔 며느리를 배치하였고 나머지 화면 전체는 여백 처리하고 있다. 이는 동양화의 감상의 시선이 화면의 오른편 위쪽에서 왼편 아래쪽으로 향한다는 원칙을 고려하여 생각할 때, 늙은 시어머니의 늙어가는 며느리에 대한 깊은 사랑 그리고 삶의 시간은 끝이 있는 게 아니라 순환함을 강조―드넓은 여백을 통하여―하려는 寫意로 볼 수 있다. 밑도 끝도 없는 광활한 여백에는 밑도 끝도 없는 사랑의 숨결이 멀리까지 울려 퍼지고 있다!

〈하늘에 눕다〉와 같이 비근한 일상에서 소재를 가져온 〈장독〉을 하나 더 살펴볼 필요가 있겠다. 이번 전시회에서 소재 선택의 자유로움,[4] 발군의 기량 도저한 수묵 정신 등 김호석의 수묵 정신이 지닌 넓이와 깊이, 그리고 심오한 아름다움을 가장 잘 표현한 걸작이 아닌가 한다.

커다란 장독에 가득 담긴 간장의 수면으로 늙으신 어머님의 온통 주름진 얼굴이 비친다. 간장 위로 구름이 떠 있는 듯 흘러간다. 장독 안의 간장 표면에 비친 구름은 상징하는 바가 있다. 우선 오래 묵은 간장은 어머님의 '오래된 삶'을 장독 안 구름은 인생무상의 상징이 될 것이다. 그 오래 묵은 간장 이미지와 덧없는 구름 이미지가 겹쳐져 하나로 표현된다. 그런데 간장독안의 구름이 흘러가는 곳은 장독 바깥이다. 장독 안의 간장 표면에 비친 어머님 얼굴은 오랜 세월 삶의 울안에 갇혔으면서도 지극한 삶을 살았음을 상징하고, 간장독 안에서 밖으로 흘러가는 구름은 세속적 삶의 무상함을 상징한다.

---

4)   김호석은 자기 주변의 일상으로부터 작품의 소재를 취하는 경우가 많다. 〈하늘에 눕다〉도 아내의 일상을 작품 소재로 취한 경우이지만, 그는 곧잘 가족의 생활 속에서 평범한 소시민적 삶이 지닌 깊은 의미를 추구하였다. 그러나 오늘에 와서 김호석의 수묵에서 중요한 것은 작품 소재가 무엇인가 하는 문제가 아니라 어떤 소재이든 자신의 수묵 정신이 어떻게 그 소재에 감응하여 자기 정신의 심화를 이룰 것인가 하는 문제인 듯하다. 전통 수묵화의 소재로 세태 풍속과 인물 초상도 그렸지만 대체로 자연 경물을 소재로 삼았던 것과는 달리, 현대적 수묵화의 소재는 지천으로 널려 있다. 이번 전시회에서 김호석은 가족이나 주위 서민들의 생활은 물론, 심지어 쥐 주검이나 개 주검, 제상에 놓인 삶은 닭, 새끼 새, 들판의 소똥 따위를 수묵의 소재로 삼았다. 하지만, 김호석은 그 비근한 소재들을 자신의 수묵 정신을 더욱 벼리고 심화할 절호의 기회로 여길 뿐, 어떤 소재든 막힘이나 거침이 없다. 이 소재로부터의 자유로움은 그 자체로 김호석의 수묵 정신이 지닌 넓이와 함께 깊이를 보여준다.

그러나 그림을 깊이 살펴보면, 세속의 무상함을 구름으로 표현하였으나, 그림의 정신은 무상함조차 초월한다. 그것은 장독 안에 비친 구름과 실제로 하늘에 흐르는 구름을 하나로 겹쳐놓았기 때문에 벌어지는 일이다. 그래서 구름이 장독바깥으로 흘러가는 것이다. 이러한 표현은 어머님의 인생무상도 다 하늘의 뜻임을 보여주려는 사의寫意에서 나온다. 다시 말해, 바림으로 표현된 하늘과 구름은 어머님의 삶의 상징이면서 어머님과 한 기운—氣을 이루는 천기의 상징이라는 것. 때문에 어머님 얼굴에 가득한 짙은 주름들은 슬픔이나 안타까움보다 삶에 대한 겸허와 경건함을 불러일으킨다. 그리고 어머님의 인생무상은 천기에 귀속된다. 늙은 음기는 무상함 속에서 끊임없이 생성하는 생명계의 기운으로 귀의歸依한다는 것. 이것이 만물이 천기로 귀의하는 동시에 새로이 시작하는 천기의 동귀일체同歸一體의 이치요, 바로 이 작품의 사의寫意라 할 수 있다. 천기는 사실寫實이나 사경寫景으로 그릴 수 없으며, 사의寫意로만 표현이 가능하다. 그러므로 간장독 밖으로 흐르는 구름의 사

의는 천기 속의 어머님을 표현한 것이니, 어머님의 초상은 이미 하늘의 뜻과 일치를 이룬 것이다.

　이와 같이 덧없는 삶 속에서 그 덧없음이 하늘의 섭리라는 것을 깨달았을 때 황홀恍惚한 감흥이 일어난다. 그 황홀의 빛깔은 수묵의 농담과 바림 속에서 표현되어 있다. 검은 간장 빛깔과 간장에 비친 어머님의 주름 진 얼굴과 환한 하늘 빛, 구름의 바림이 중층적으로 어울려 만드는 미려한 수묵의 농담은 가히 현묘하다. 김호석의 수묵의 바림과 농담은 그 자체로 그윽하고 또 그윽한玄之又玄 초월적 정신세계를 함축하고 있음을 잘 보여준다.[5] 이러한 도저한 초월적 예술 정신이 김호석의 수묵

---

5)　김호석의 수묵에서 바림은 김호석의 자유분방하면서 신기로운 수묵 정신을 잘 보여주는 미적 형식이다. 예의 〈장독〉에서도 절묘한 바림으로 흐르는 구름을 표현했듯이, 그 농담의 정도와 형상, 바림안의 임리와 발묵 등과 어우러져 천변만화하는 의미를 낳고 있다. 바림을 통해 대상의 의미는 새로이 확장하고 바림을 통해 대상의 의미는 축소된다. 확장하는 의미는 생성하는 기운이며, 축소되는 의미는 소멸하는 기운이다. 그리하여, 생성과 소멸의 생명감이 화폭을 뒤덮는 것이다. 이것이 바림이 일으키는 기운생동이다.
　바림[渲染]은 작품의 기운을 표현하고 의미를 생성한다. 바림은 선묘에 따르는 부차적인 붓질이 아니라 그 자체로 의미를 지니고 의미와 함께 적극적으로 미묘한 기운을 생성한다. 바림은 의미가 사라진 공간이 아니라, 의미를 가득 품은 신령한 기운의 공간이다. 그래서 김호석의 수묵화는 대상을 표현하기 위해 形似 못지않게 여백의 바림을 중시한다. 수천 년 역사를 지닌 동양미술의 정수인 수묵이 陰陽 造化의 이치 속에서 태어나고 성장해왔음을 떠올리면 이는 당연한 것이다. 여백은 빈 공간이 아니라, 마음[心]과도 같이 허한 듯 신령한 공간이기 때문이다. 신령한 마음에서 기가 움직이고 또는 신기가 일어나듯이.
　많은 바림의 예를 들 수가 있다. 쥐 풍자화 〈서〉의 여백에 드리운 바림은 오묘한 배채 기법에 의해 도회都會 색감을 띤다. 하지만 그 바림은 어둔 밤 도회의 삭막한 느낌을 비유하지만, 그것은 도회의 비정한 삶을 풍자하기도 하며 화폭 전체에 새로운 기운을 연신 불어넣는다. 바림에 풍자 또는 반어의 氣色이 역력한 것이다. 〈법〉〈먹〉에선 들끓는 분노를 참느라 두 주먹 쥐고 입을 앙다문 채로 '도끼눈'을 치켜뜨고 있는 노인의 머리 부분에 도끼 자국 같은 결절이 절묘한 바림을 넣었다. 제 정신이 아닌 慎氣를 표현하기 위한 바림이다. 아마도 세태 변화에 따른 가치관의 혼란으로 인해 격심한 恐慌에 시달리는 듯하다. 또, 한 儒生의 정신 상태를 눈망울(홍채) 색이 사라진 白眼과 함께 표현된 바림은 바로 정신적 혼란의 극심함을 암시하는 듯하다. 오이 팩을 한 채 누워 있는 아내 얼굴 위로

화가 도달한 수묵의 진경이요, 한국의 '현대적 수묵화'가 성취한 신천지이다.

　김호석은 1990년대 초반부터 동물 풍자화를 그려왔다. 그의 풍자화에는 부정한 사회 현실에 대한 예리한 풍자의식이 담겨 있다. 때때로 그의 풍자화는 보는 이의 가슴이 서늘해지리만큼 매섭다. 매서운 느낌이 드는 것은 풍자의 소재가 강렬해서라기보다 그의 풍자가 단순히 투쟁의 수단에 그치지 않는 데에서 기인한다. 김호석의 풍자 정신은 투쟁의 특정 대상이나 특정 집단을 겨냥하지만, 오히려 더 많게는 사람들의 일상화된 허위의식을 겨냥한다. 〈개죽음〉(1991) 〈날 수 없는 새〉(1992) 같은 작품들에서도 보이듯, 이른 시기의 동물 풍자화는 특정 상대나 인물에 대한 비판과 공격에서 그치지 않는다. 그의 풍자화의 특징은, 풍자화의 감상자를 겨냥한 일종의 화두話頭로서의 풍자화라는 점이다. 그래서 김호석의 풍자화는 풍자되는 대상을 공격하는 데에만 몰두하는 것이 아니라, 풍자를 즐기고 누리는 감상자를 향한 반성적 질문도 함께한다.
　김호석의 풍자화가 갖는 예술적 의미는 그 풍자가 부패한 현실에 대한 공격성을 지닌 풍자이면서도 거꾸로 풍자의 대상이 풍자를 즐기는 주체 곧 풍자화를 보는 이들을 다시 풍자하는 역풍자[6]성을 지니고 있다는 점에서 찾아진다. 이번에 전시된 수묵 풍자화 〈鼠〉에서 김호석은 고양이에게 먹히고 난 쥐 주검에서 수염이 여러 가닥 남아 있는 쥐머리 부

광활하게 펼쳐진 하늘에 가득한 바림은 至上의 양기인 천기가 불러오는 瑞氣를 共感케 하는 바림이다. 따라서 바림의 농담이나 비백, 임리 등은 寫實이나 形似 등 기법 차원에 머물지 않는 寫意 나아가 傳神의 요체인 것이다.
6)　'역풍자'에 대해서는 졸고 「풍자가 아니면 해탈이다」를 참고하시길.

분과 쥐 앞다리 두 개만을 그려놓았다.[7] 이 풍자화의 공격적 기세는 매서워서 소름이 돋을 만하다. 하지만 이 작품이 지닌 의미심장함은 쥐의 사체로 비유된 풍자의 대상에만 풍자를 가하는 게 아니라, 이 쥐의 사체를 보면서 경악하거나 웃음 짓는 감상자들도 풍자의 칼 너울을 피하기 어렵다는 점에 있다.

다시 말하지만, 최고의 붓을 만든다는 서필鼠筆의 메타포가 숨어 있는 이 풍자화가 주는 깊은 문제의식은 감상자도 풍자로부터 자유롭지 못하다는 사실에 있다. 진정한 풍자의 묘미는 피아간의 구별을 넘어서는 쌍방적인 풍자에서 찾을 수 있다. 이러한 주객과 피아의 구분을 넘어 모두에게 향하는 쌍방적 풍자의 정신은 부정한 상대와 투쟁하면서도, 풍자로 하여금 감상자 저마다에게 반성과 관조의 계기를 마련해 준다. 이 말은 김호석의 풍자화가 사회적 투쟁의 차원을 넘어 그 자체가 정신적 성찰의 차원에 있음을 의미한다. 풍자가 부정한 저편을 향하면서도 오히려 풍자하는 이편을 향하여 반성을 일으킨다는 점에서 김호석의 풍자 정신은 현실적이면서도 정신적이며, 풍자적satire이면서도 반어反語적irony이다.

---

7) 쥐의 천적인 고양이는 쥐를 잡아먹어도 머리와 앞다리는 남겨 둔다고 한다. 쥐 눈은 사람의 눈을 피하지 않고 빤히 쳐다보는 대담함이 있고, 특히 코와 수염은 온갖 먹을 것의 냄새를 다 맡아 사물을 알아채는 극히 예민한 감각을 가지고 있으며, 앞다리는 방향 감각이 발달해 있기 때문이라고 한다. 예로부터 문학 작품에 도둑질을 능사로 아는 탐관오리들을 상징하는 동물로 가끔 등장하였다. 쥐 수염으로 만드는 鼠筆은 극히 가늘고 섬세한 묵선을 그리는 데 쓰인다. 쥐는 살아 있는 동안 온갖 곡식과 음식을 끊임없이 도둑질해서 갉아먹는 해로운 동물이지만, 죽어서는 인간에게 서필을 남긴다. 이 또한 오늘날 한국 사회의 메타포이자 김호석 특유의 역풍자의 한 내용을 이룬다.

　이러한 역풍자 정신은 중국 근대의 대문호 루쉰魯迅의 소설『阿Q正
傳』그리고『아큐정전』을 목판화로 제작한 당대 중국 최고의 판화가인
조연년(趙延年, 1924-)의 '阿Q' 초상과 서로 비교하면 좀 더 명료하게
이해된다. 1978년에 조연년이 완성한 '아Q정전' 판화 연작 중 '뒤를 돌
아다보는' 아Q의 얼굴 초상은 보는 이로 하여금 섬뜩하리만큼 탐욕적
이고 비열한 느낌을 일으키는 한편, 어리석기 짝이 없는 얼굴 모습으로
풍자되어 있다. 하지만, 그 아Q의 눈빛과 얼굴상은 풍자의 대상으로만
끝나지 않는다. 탐욕스럽고도 어리석은 아Q의 얼굴이 감상자를 향해
'뒤를 돌아다보는' 순간, 감상자도 어쩔 수 없이 아Q의 탐욕스러움과
어리석음에 날카롭게 감응하게 된다는 것. 한순간에 풍자는 즉각적으
로 역설과 아이러니로 바뀌어 버리고, 아Q의 풍자성에 감응한 감상자
는 풍자의 공격성을 잠시 뒤로하고 오히려 자기반성과 성찰의 기회를
문득 갖게 되는 것이다. 이러한 고도의 정신적 풍자화는 남을 공격하는

자아만이 아니라, 남을 공격하는 자아도 함께 비판되어, 마침내 자기반성과 함께 정신의 정화와 승화로 이끄는 데에 목표를 둔다. 풍자하거나 풍자에 가담했던 주체가 역풍자를 통해 자기 안의 맑은 정신을 새로이 추구하게 되는 것이다. 이러한 초월적 풍자성을 통해 감상자는 비판 정신과 함께 성찰하는 정신을 동시에 경험하게 된다.

그렇다면, 어떻게 이러한 아이러니컬한 풍자가 가능한 것인가? 중국 사회주의 예술 운동과 깊은 관계 속에서 판화 운동에 평생을 바친 판화가 조연년은 '예술의 핵심은 신神이다'고 말했다.[8] 물론 이 말은 중국 회화사의 오랜 전통 속에서 신神을 염두에 두고 한 말이다. 예술에 있어서 정신과 함께 깊이 고려되어야 할 것은 바로 귀신鬼神이다. 이 귀신이란 무엇인가 하는 문제를 여기서 간략히 짚고 넘어가는 것이 김호석의 수묵 정신을 이해하는 데 도움이 될 듯하다.

먼저 노자老子의 말을 들어보자. "곡신谷神은 텅 빈 골짜기처럼 영묘한 신神처럼 영원한 것이요, 이것을 현묘한 모성[玄牝]이라 한다. 현묘한 모성의 문門은 천지의 근원이다."[9] 노자는 비어 있는 그윽한 산골짜기를 만물의 근원인 도道의 공허함에 비유하고 도가 지닌 힘의 신령스러

---

8) 김호석 화백의 예술가적 성실성과 탐구정신은 잘 알려져 있다. 2012년 4월, 김호석 화백은 중국 절강성 항주에 살고 있는 현대 중국 화단의 대가인 조연년 선생을 친견하고 인터뷰를 한 바 있다. 평소 김 화백은 조연년 선생의 예술 세계와 예술정신을 사모하고 사숙하였다고 한다. 순전히 조 선생을 친견하고자 하는 열망 하나로 김 화백은 오랜 노력 끝에 가까스로 조 선생과의 인터뷰 날짜를 잡아냈고, 그 항주행에 필자도 덩달아 조 선생을 친견하는 '감동적인 기회'를 가졌다. 그 자리에서 김호석 화백이 "예술을 한마디로 정의하면 무엇입니까?"라고 질문하자, 이에 선생은 "神"이라고 짧게 답했다. 인터뷰 내용은 미발표 상태.

9) 『노자』 6장. 谷神不死, 是謂玄牝. 玄牝之門, 是謂天地根.

836

움은 신神에 비유하였다. 또 현묘한 모성의 문[玄牝之門]이 천지의 근원이라는 말을 이기理氣로 바꾸면, 이理는 현묘한 모성이요 기氣는 모든 현묘한 힘들의 통칭이다. 또한 이와 기는 이름만 다를 뿐 같이 나서 함께 이르기를 '그윽함玄'이라 부르고, 다시 "그윽하고 또 그윽한 그것이 온갖 오묘한 문"(玄之又玄 衆妙之門)이 곧 '현묘한 모성'이요, 그 현묘한 모성은 이기로 말하면 하나의 근원으로서의 이기 곧 만물의 근원인 일기一氣라 할 수 있다. 노자는 무위자연의 도道를 숫자 일一로 표현하여 "신神은 일一을 얻어 신령하다"고 했다.[10] 노자의 일이나 역의 태허太虛도 일기의 다른 표현이다. 이 일기一氣에서 서로 상반되는 두 기운 곧 음양이 나온다. 음양의 두 기운이 하나인 일기는 쉬지 않고 끝없이 변화 생성한다.(生生不息)

일기一氣 현묘한 조화를 일으키는 것은 귀신鬼神의 역할에서 말미암는다. 공자의 사상이나 역易에서 보면, 귀鬼는 음陰의 영靈이고, 신神은 양陽의 영이니, 둘은 한 기운一氣이 지닌 양면들로서 서로 상반된 운동이며 작용이다. '뻗치고 펼치는 것'이 신神이고 '반反하여 돌아오는 것'이 귀鬼이다. 즉 귀신은 음양의 현묘한 조화造化 자체를 가리키며, 그 자체로 일기一氣의 본성이다.

그러므로 귀신의 조화의 묘妙는 대자연에서부터 티끌에 이르기까지 미치지 않는 데가 없으며, 생성 변화의 전 과정에 참여한다. 귀신의 조화는, 노자를 따르면, 무위이화無爲而化의 작용이요, 역易을 따르면, 한번은 음이 되고 한번은 양이 되는 만물의 변화 생성의 진리一陰一陽之謂道[11]

---

10) 『노자』 39장. …神得一以靈…
11) 『주역』 「繫辭 上」

즉 음양의 착한善 능력[良能]이다. 귀신은 모두 일기一氣로서 형상하기도 어렵고 헤아리기도 어려운 것이다.[12] 그럼에도 공자가 "귀신의 덕德은 참으로 성盛한 것이로다. 보려고 하여도 보이지 않고 듣고자 하여도 들리지 아니하나, 만물의 체體이므로 버릴 수가 없는 것이다."[13]라고 한 것은 만물의 변화 생성에 참여하고 작용하는 귀신의 선善한 능력[14]과 인간의 감각과 이성으로는 측량할 수 없는 귀신의 초월성과 함께 귀신이란 외부적 존재가 아니라 만물의 본체에 이미 근본根本으로 내재되어 있음을 설파한 것이다. 그러므로 귀신은 만물 화생의 근본 원리에 속하는 것이며, 정기精氣가 모여 눈에 보이는 생물이 되고 흩어져 눈에 보이지 않는 영혼이 되는 만물의 원리 속에서 귀신의 모습은 통찰될 수 있다.[15]

특히 모든 시대를 초월하여 변함없이 보는 이에게 작용하는 그림의 기운, 또는 보는 이들이 받는 저마다의 감흥을 회화의 궁극적인 목표로 삼아 온 동양 회화의 전통에서 본다면, 작가와 그림과 보는 이 삼자三者에게 두루 감겨 있는 귀신의 조화 속은 회화 감상에 있어서 필수적이다. 인간의 이성으로 파악되지 않는 귀신의 작용을 이해하지 않고서는, 풍자화〈鼠〉가 지닌 역풍자의 정신과 감흥은 제대로 이해될 수가 없다.

간략히 정리하면, 신령하고도 현묘한 귀신의 작용이 내재되어 활동

---

12) 귀신을 측정측량하기란 매우 어려운 것이다. 『주역』도 "변화하여 측량할 수 없는 것을 일러 神이라 한다變化不測之謂神"라 하여 신은 측정 불가능한 것으로 규정한다.

13) 공자 『중용』 16장. 鬼神之爲德 其盛矣乎 視之不見 聽而不聞 體物而不可遺

14) 程子는 "귀신은 천지의 공용功用이며, 조화의 자취"라고 하였고, 장횡거張子는 "귀신은 두 개의 기운이 지닌 良能"이라 했다.

15) 『주역』 「繫辭 上」 "…精氣爲物 遊魂爲變 是故知鬼神之情狀…". 여기서 '精氣'의 精이 陰이라면 氣는 陽이다. '精氣爲物'은 '정기는 없음에서 있음이라는 생물을 만든다'는 뜻.(自無而有와 같은 뜻)

하고 있기 때문에, 풍자화 〈서〉는 풍자되는 사물의 빛(풍자화 그 자체)을 통하여 '반대 방향으로' 보는 이 스스로가 자신을 비추어 반성하고 결국 스스로를 정화하는 역풍자의 미묘한 기운을 일으키는 것이다. 그림을 보는 이가 사물의 빛을 통해 자신을 비출 수 있다는 것은 자신의 마음 속 깊이에 그윽하여玄 맑고 깨끗한 거울 같은 곳이 있어 사물을 비출 수가 있다는 것[16]을 의미하며, 이러한 유현幽玄한 마음의 능력은 음양의 조화 즉 귀신鬼神의 작용에 따르는 것이다.

'동양 미술의 핵심은 신이다'고 말할 때, 이때의 신은 인간의 정신만을 지칭하는 것이 아니다. 이때 신은 정신을 가리키는 동시에 볼 수 없고 들을 수도 없는 귀신을 가리킨다. 정신과 귀신은 하나이면서 둘이고, 둘이면서 하나다. 정신없는 귀신은 허깨비에 불과하고 귀신 없는 정신은 산 정신이 아니다. 양기가 반反하여 음기가 되고 신이 반하여 귀가 되듯이, 김호석의 〈鼠〉와 조연년의 판화 '아Q정전'은 풍자가 사물을 향해 일방적으로 뻗치는 것이 아니라, 반어反語를 통해 풍자하는 자기에게 되돌아가는[反] 역풍자의 정신에서 태어난 걸작들이다. 이 순환하는[反하는][17] 반反풍자 정신에서 표면적인 풍자는 밖으로 내뻗치는伸 양기라고 하면 이면적인 역풍자는 안으로 돌아가는歸 음기가 된다. 하지만 역풍자는 그냥 원래 상태대로 돌아가는 게 아니라, 정화되고 승화된 풍자로 변하여 돌아간다歸. 그렇게 역풍자는 순환하고 회통回通[18]한다. 풍자

---

16) 『노자』 10장. 이를 玄覽이라 한다. 현람은 일종의 直覺 혹은 卽覺이다.
17) 『노자』 40장. "도의 운동은 순환하는 것이며, 도의 작용은 유약한 것이다. 천하만물은 유에서 생겨났고 유는 무에서 생겨났다. 反者道之動 弱者道之用, 天下萬物生於有 有生於無"
18) 회통回通과 '회통하는 풍자 정신'에 대해서는, 졸고 「늙은 학생의 시」 참조. 회통을 가능

를 통해, 풍자를 넘어서, 감상자가 스스로 유현한 마음에 이르러 대상을 관조하고 성찰하게 되는 것, 역풍자의 속뜻은 여기에 있다.

김호석의 쥐 풍자화〈鼠〉는 조연년의 목판화 정신 그리고 중국의 대문호 루쉰의 문학과 예술 정신에 있어서 서로 일맥상통한 바가 있다. 그 것은 결국 현실주의 정신에 머물지 않는 완숙한 초월적 정신이 김호석의 수묵 정신의 내면에서 깊고 크게 작용하고 있음을 보여준다.

귀신들은 김호석의 수묵화 곳곳에서 그야말로 신출귀몰한다. 김호석의 수묵 세계를 단연 대표하는 초상화에서도 마찬가지이다.〈성철 스님 1〉이라는 제목이 붙은 성철 초상화는 그 좋은 예이다. 겸재 정선謙齋

케 하는 힘은 귀신의 작용에 있다.

鄭敾의 〈인왕제색도〉에서 보이는 중묵암산重墨岩山의 묵법을 원용한 것으로 보이는 〈성철 스님 1〉은 무거운 먹빛 속에서 어슴푸레한 승복 형상과 함께 위풍당당한 성철 스님의 얼굴과 주먹 쥔 두 손만 형사形似되어 있다. 전체적으로 농담의 격한 대조contrast로 인해 성철 스님의 존재가 강렬하게 부각된다. 하지만, 스님의 존재감은 드러나는 존재감만이 아니라 사라지는 존재감을 함께 보여준다. 이처럼 생성과 소멸의 느낌을 동시에 받게 되는 것은 짙고 무거운 중묵重墨의 효과에서 비롯된 새까만 먹빛의 현묘한 기운에서 말미암는다. 수없이 덧칠한 먹의 농담濃淡의 대조가 성철의 형형한 눈빛과 어울려 생사의 분별 너머 생사일여生死一如의 경지를 보여주는 것이다.

이번 전시회에 나온 한국 불교의 큰 스님인 성철性澈, 지관止觀 그리고 법정法頂 스님의 초상화는 김호석의 초상화의 진가를 다시금 확인시킨다.

지관 스님의 뒷모습을 그린 초상화 〈지관 스님〉은 김호석이 이전에 성철 스님의 뒷모습을 그린 초상화 〈산은 산이요 물은 물이로다〉(1994)와 그 구도나 뒷모습 필치에 있어서 흡사하다. 성철 스님의 뒷모습 그림은 최대한 형사를 줄이고 마치 한 호흡에 길고 굵은 난蘭잎을 치듯이 호방한 몇 개의 간결한 선으로 그려졌다. 간결해졌지만, 그 화폭의 기운생동은 더 크고 깊어진다. 스님의 앞모습을 사실적寫實的으로 그리는 진영眞影이 아닌 바에야 이미 아상我相을 떨친 큰 스님의 초상을 굳이 앞모습으로 그릴 필요가 없을 것이다. 무사무욕無私無慾 무아지경의 선禪을 표현하는 데에는 아무래도 필선을 최대한 줄이고 담박하고 굳센 느낌의 굵은 묵선 몇 개로 스님의 뒷모습을 표현하는 것이 적절했을 것이다.

그러나 성철 스님의 뒷모습을 그린 〈산은 산이요, 물은 물이로다〉를 살펴보면, 〈지관 스님〉과 작지 않은 차이가 있다. 두 작품의 유비를 통해 발견되는 큰 차이는 무엇보다도 스님의 앞쪽(혹은 위쪽) 여백에 크게 바림을 넣고 안 넣고의 차이다. 성철 스님의 초상에서 바림은 무변허공의 하늘에다 힘차게 조화 부리는 구름 바람을 풀어놓은데 반해 〈지관 스님〉에는 이러한 여백의 바림이 없다. 성철 스님은 잘 알려져 있듯이 '산은 산이요 물은 물이다'라는 선가禪家의 오래된 법어로서 대중들을 일깨운 우리나라 불교계의 대표적인 선승이다. 이 법어는 모든 사물의 현상을 부정하고 다시 이를 부정함으로써 참다운 사물의 본질에 도달할 수 있다는 선적 정신의 표현이다. 이러한 불가적 사유와 수행을 통해 동정일여動靜—如 생사일여生死—如의 초탈의 경지에 도달하게 된다. 중관中觀의 묘리를 터득한 성철 스님의 선적 정신을 표현하기 위해 작가는 회화 예술에서 중요한 표현 수법인 대조법contrast을 구사한다. 필묵의 기법으로 볼 때, 눈에 띄는 대조는 스님이 입고 있는 장삼의 간결하고 굳세며 짙고 굵은 윤곽선과 스님 앞 쪽 하늘에 풀어놓은 구름과 바람의 옅은 바림 사이의 대조이다. 그러니까, 견성의 고요한 마음과 이에 대립하듯 바람과 구름이 변화무쌍한 현상계를 서로 대조법으로 표현함으로써 스님의 선정禪定의 경지를 더욱 두드러지게 강조하는 것이다. 하지만 이 초상화의 사의는 더 깊은 곳을 향한다. 그곳은 현상과 본질, 세속과 부처가 둘이 아니라 하나라는 득도의 지점이다. 아마도 그 득도의 선정禪定은 스님의 머리 부분에 그려진 담묵 빛깔이 무변허공을 칠한 바림의 담묵 빛깔과 같다는 사실과 깊이 관련이 있을 것이다. 스님은 이미 생사일여 동정일여의 득도의 경지에 드셨으니, 존재의 의미는 사라지고, 존재의 존재감도 사라져, 마침내는 존재의 허공감으로 무거운 장삼자락을 채우고 있는 것이다. 이 어찌 법열法悅의 표현이 아니겠는가?

생각해보니, 〈산은 산이요 물은 물이다〉에서 원근법조차 굵은 장삼자락의 선묘線描 속으로 시나브로 사라지며 내면화 정신화되는 느낌이 든다. 본래 원근법이란 색계色界의 감각이요 자연계의 현상에 불과한 것으로 조선의 대표적 선승의 초상에 일일이 적용하기에는 마땅치 않은 화법이다. 감상자는 스님의 시선과 함께 멀리 원근 속의 허공을 보는視 것이 아니라 선승의 정신을 표현한 굵은 묵선을 통하여 허공을 '보는觀' 것이니, 감상자는 그림을 '보는' 것이 아니라 관조 혹여 견성見性하는 것이리라.

〈산은 산이요 물은 물이다〉와는 달리 지관 스님의 초상화에서 여백의 바림이 없는 것은 여러 해석이 가능하나, 깨달음을 얻기 위해 정진하는 선승의 초상보다는 중생을 제도하는 포교布敎와 불사佛事에 헌신하는 스님으로서의 초상에 초점을 맞추었기 때문인 듯하다. 스님의 뒷모습이 한쪽으로 어슷한 것도 세속 생활 속의 스님 모습을 사실寫實하였기 때문일 것이다. 이와 관련하여 이번 전시회에 나온 성철 스님의 정면 초상화도 생전의 스님 몸에 밴 버릇인 듯 어슷한 몸가짐과 무언가 평소의 실제로 말하는 입 모양새는 구도자이기 이전에 세속적 인간 성철의 모습에 가깝다. 이는 중생과 부처가 하나라는 대승적 정신의 표현일 것이다.

역사적 인물의 초상화를 비롯하여 동시대를 사는 서민들 그리고 시대의 모순을 고뇌하는 인물들의 초상화는 전통 초상화의 법맥을 고스란히 이어받은 김호석의 초상화 세계에서 각별한 의미를 가진다. 김호석에게 인물 초상화는 인간 정신의 근원을 탐구하는 한 과정이요 방법인 듯하다. 그러나 그의 인물화에는 수묵의 다채로운 기법적 실험을 통한 법고창신의 지혜와 득의로 가득하다. 특히 조선 세종 때 청백리로 전해지는〈황희 정승〉은 인물 초상화 가운데 압권이다.

눈이 네 개 그려진〈황희 정승〉은 황희 정승(1363-1452)의 인물됨이 어떠한가라는 질문을 표면적인 사의寫意로 삼고 있는 듯하다. 서로 분리된 듯 서로 겹치거나 서로를 깊이 관계 맺게 하는 네 눈동자의 순환 속에서 단순히 황희 선생의 청백리 정신에만 매몰되지 않는, 작가의 복합적인 의식을 엿볼 수 있다. 네 눈동자의 황희 초상은 단정한 느낌의 두 눈동자 위쪽으로(혹은 뒤쪽으로) 핏발이 선 정승의 눈동자가 그려져 있다. 단정한 두 눈빛과 핏발 선 두 눈빛에서 황희 정승의 부정부패에 분노하는 청백리 정신만 읽는다면, 이는 오독에 가깝다. 그것은 소위 이성

이나 역사 공부가 만든 착각이자 오독이다. 〈황희 정승〉은 황희 정승의 역사적 존재감을 표현하고 있지만, 초상은 청백리 정신만을 그리지 않는다. 청백리 정신이 그 안에 표현되어 있다면, '의심이 가는 청백리 정신', 다시 말해 많은 의문과 질문들이 제기되는 가운데에 낀 하나의 질문, '청백리 정신이란 무엇인가'로 표현될 따름이다. 그 질문은 '황희 정승의 청백리 정신이란 무엇인가'라는 질문이라기보다, '황희 정승의 정신은 무엇인가'라는 인간 황희의 정신 또는 시대정신에 대한 근본적인 질문에 가깝다. 황희 정승을 가탁하여 정신을 묻는 것이다. 어쩌면 그것은 세상살이의 옳고 그름 곧 정의와 불의에 대한 사회적 판단의 문제가 아니라, 옳고 그름이라는 사회적 판단에 대한 판단의 문제이다. 그것은 시대가 안고 있는 시시비비에 대한 질문이 아니라, 시시비비를 보는 정신에 대한 질문이다. 이러한 정신에 대한 질문에는 정확한 해답이 있을 리 없다. 오직 질문만이 있을 뿐이다. 그 답이 없는 끝없는 질문은 답이 없어 공허한 질문이지만, 바로 답이 없는 질문을 끊임없이 제기하는 정신을 가리켜 '근원을 지향하는 정신'이라 할 수 있다. 마치 선禪적 질문, 선적 정신처럼. 그래서 시대정신 또 인간 정신에 대한 끝없는 의심과 근원적 질문을 강조하기 위해 〈황희 정승〉을 회오리같이 순환하는 네 눈동자로 추상抽象한 것이다.

위쪽에 있는 눈자위가 핏빛인 두 눈은 성난 형상으로 야수野獸의 눈처럼 동공의 홍채가 인간의 눈빛이 아니다. 아래에는 평범한 인간의 두 눈이 그려졌다. 위쪽의 두 눈망울이 강한 붉은 빛깔로 인해 그 눈은 초인간적인 또는 초자연적인 눈빛을 가졌다는 느낌을 준다. 반면 아래쪽 자연적인 눈은 눈매가 소박하고 단정하여 선비 느낌을 준다. 달리 말하면 위쪽의 초자연인의 눈은 어둡고 부정적인 느낌이라면, 아래쪽 자연인의 눈은 밝고 긍정적인 느낌이다. 주목할 점은, 감상자의 위치에서 보면 네 눈동자는 혼란스러우면서도 다양한 느낌을 불러일으킨다는 사실이다. 이는 네 눈동자가 서로 간섭하는 구도이거나 순환적 구도로 그려져 있기 때문이다. 서로 간섭하는 구도로 본다면, 위아래 두 눈만을 비교하여 감상자의 눈은 황희의 정신이 지닌 이중성을 떠올릴 것이다. 그러나 네 개의 동공을 잇는 원의 순환 구도로 본다면, 선과 악, 분노와 어짊, 부정과 정의의 눈빛들이 서로 갈등하면서도 회통하는 느낌을 받는다. 그래서 어지럽고 혼란스러운 느낌을 주지만, 바로 그 혼돈스럽게 뒤섞이는 눈빛 속에서 황희라는 역사적 인물의 공과와 시비에 대한 수많은 질문이 떠오르게 되는 것이다. 이 질문은 답이 없는 질문이라는 점에서 선禪적 질문이며 선적 질문이라는 점에서 초월적 질문이다. 또 답이 없는 답이 주어진다는 점에서 반어적이다. 그러므로 황희 정승의 삶과 정신에 대한 모든 세속적이고 역사적인 평가들은 감상자에게 끊임없이 의심과 질문의 대상이 되는 한편, 우리의 정신은 더 근원적인 정신으로 더 깊어지는 것이다.[19]

---

19) 이러한 시대정신의 근원에 대한 추구는 마땅히 선악과 미추, 시비와 공사를 일거에 작파하고 넘어서는 새로운 추상의 붓질이 필요하였다. 얼굴 위아래로 매우 거친 붓질로 바투 그린 황희 정승의 머리와 수염은 바로 그 추상의 붓질이 근원적 정신의 탐구에 있음을 극명하게 보여준다. 추상은 다름 아닌 황희 정승의 정신에 대한 질문의 형식이자 시대 정신에 대한 질문의 형식 곧 지극히 '정신적인 그림의 형식'이었던 것이다. 추상의 붓질이 사실적 형상을 사라지게 했지만, 오히려 정신적인 것의 기세는 더욱 거세게 휘몰아치게 된다. 머리와 수염의 형상은 먹물을 가득 먹인 습필의 새까맣고 거친 먹빛 형상 속으로 날려버림으로써 네 눈동자는 상대적으로 강조되고 네 눈동자의 순환하는 기운은 더욱 거칠고 거세진다.

〈빛 1〉   〈빛 2〉

　이번 전시회에 걸린 〈빛 1〉〈빛 2〉는 〈황희 정승〉의 묵법과 비슷하며,
사의寫意에 있어서도 시대정신의 혼란을 표현한다는 점에서 서로 유사
하다. 다만, 그림의 겉만 본다면, 〈황희 정승〉이 인간 내면에 숨어 있는
야수성이나 위선 혹은 표리부동과 같은 정신의 이중성에서 착안하였
다면, 〈빛 1〉〈빛 2〉는 급격한 사회 변화에 따른 정신의 충격과 공포에서
착안한 듯하다. 〈빛 1〉에서 한 쪽 눈 동공의 홍채만을 하얗게 그려 백안
白眼으로 표현한 것은 초상의 주인공이 심각한 가치관의 갈등을 겪고 있
음을 암시한다. 이러한 암시를 뒷받침하는 것은 또 있는데 그것은 예의
머리에 쓴 탕건의 바림이다. 그 바림은 주인공이 충격을 받고 격심한 정
신적 혼돈과 공포에 사로잡혀 있음을 형상하고 있다. 이는 탕건을 쓴 초
상으로 보아, 물질문명이 극에 달한 현대 사회에서 전통 유생儒生이 겪
을 수밖에 없는 세계관적 혼란의 표현일 것이다.

〈빛 1〉과 〈빛 2〉를 유비하면, 둘 사이의 공통점과 차이점은 추측될 수 있을 것이다. 사의의 측면에 있어서 〈빛 2〉는 김호석의 정신세계를 보다 명료하게 보여주는 듯하다. 이 작품은 〈빛 1〉의 주인공인 어느 유생이 겪는 가치관의 혼란에서 빚어진 공포감과는 사뭇 다른 느낌이다. 그 다름은 〈빛 2〉의 초상의 주인공이 두 눈이 백안이라는 점과 함께 마치 무언가에 크게 충격을 받은 듯 흰 빛의 결절結節이 날카로운 형태로 생긴 탕건 부근의 바림 등에서는 〈빛 1〉과 비슷한 사의를 보이지만, 주인공이 입고 있는 옷 주름을 강철선 같은 묵선으로 강직하게 내리긋듯이 필선하고 있는 점 등은 유생으로서의 자존심뿐 아니라 자기 세계관에 대한 자부심마저 지니고 있음을 보여준다는 데 있다.

김호석은 지난 1년 새 두 개의 법정 스님의 초상화를 그렸다. 지난 4월 성북동 길상사에서 법정 스님의 두 번째 초상화를 처음 대면하는 순간, 초상화에서 일고 있는 어떤 미묘한 감흥感興에 감전된듯 온통 감겨들 수밖에 없었다. 두 번째 법정 초상화가 지닌 신기한 기운을 더 정확하고 깊이 있게 이해하려면 첫 번째 법정 초상화와 서로 유비類比할 필요가 있다.[20]

---

20) '유비법'은 어느 예술가의 작품들 중에서 같은 유형의 작품들 서로간의 비교 분석을 통해 '神氣의 운동'을 파악하면서 예술 작품이 지닌 정신세계를 찾아 해석하는 방법론이다.

〈법정스님 1〉　　　　　　　　　　　〈법정스님 2〉

　첫 번째 초상화는 한국 불교계의 대표적 선지식인 법정 스님의 생전
의 용모와 특징적 인상이 엄격한 사실정신寫實精神 위에서 표현되었다.
전통 초상화 기법인 섬세한 배채背彩 붓질로 되살린 스님의 맑고 온화
한 얼굴에는 고매한 인품이 은은히 묻어나고 구도승의 근기가 함께 조
화롭다. 그러나 첫 번째 초상화는 자신에게 가차 없던 사문沙門, 무소유
를 실천한 검소한 비구比丘, 침묵의 수행에 정진한 선승 등 구도승으로
서의 여러 이미지 혹은 생전의 삶이 남긴 특별한 인상印象들이 적절히
나누어진 '삶의 평균치'로서 스님 초상이 그려졌다는 느낌이 든다. 따
라서 첫 번째 법정 초상화는 스님 생전의 삶 자체에 철저한 그림 즉 기
본적으로 사실주의적 관점에서 '한국 불교가 낳은 걸출한 승려의 일대
기一代記'를 표상한 그림이라고도 할 수 있다. 첫 번째 초상화에서 간결
한 필선과 흰색이 옅게 스민 맑은 회색톤의 장삼長衫, 이러한 무채색톤

장삼과 대조를 이루면서도 미려한 배채로 인하여 스님의 낯빛을 엷게 물들인 분홍빛 색조의 깊이, 화폭 전체에 맑은 기운을 불러일으키는 밝은 진홍색감의 가사袈裟 등 치밀한 사실주의적 화필은 중생의 마음을 정화淨化하고 제도濟度하는 승려의 본분을 그리려는 화의畵意로서는 매우 넉넉하다. 이러한 뛰어난 전통 초상화 기법인 배채를 능수능란하게 사용함으로써 초상화는 법정 스님 생전의 보살행菩薩行의 삶과 뜻을 충분히 전달하고도 남음이 있다.

허나, 그렇다 하더라도, 이러한 높은 차원의 사실주의적 미술 정신을 가장 잘 보여주는 지점은 법정 스님의 눈동자에서이다. 그 까닭은, 이 첫 번째 초상화의 스님 눈동자는 오랜 수행을 거친 비구比丘의 형형하고도 그윽한 눈길이 표현되어 있는 사실주의적 눈동자, 곧 그 두 눈동자의 눈길이 어느 한 곳으로 초점을 맞추고 있는 일상적이고 자연적인 인간의 눈동자라는 사실에 있다.

하지만 두 번째 '법정 초상화'에서 비로소 한국화가 김호석은 자신의 형사形似의 기량을 모두 이끌어 사의寫意 차원 너머서 득의得意 경지를 펼쳐 보여주기에 이른다. 두 번째 초상화에서 선승禪僧으로서의 법정의 초월적 정신이 신묘한 필치 속에서 표현되는데, 이는 첫 번째 초상화의 사실주의 정신 속에 선禪의 초월적 정신이 접신하듯이 펼쳐지고 있음을 보여주는 것이다. 그 초월적 정신이 미묘하면서도 뚜렷하게 드러나는 지점은, 무엇보다도 두 번째 초상화에서 스님의 두 눈동자가 살짝 초점을 잃은 상태로 그려진 사실. 스님의 두 눈동자를 어느 한 곳에 초점을 맞추지 않게 그려놓고 스님의 고개와 눈길을 약간 숙이도록 함으로써 감상자의 눈길은 스님의 눈길과 서로 마주치기가 어렵도록 그린 것이다. 그래서 두 번째 초상화를 깊이 들여다보는 감상자는 스님의 두 눈동자에서 줄곧 멍한 눈길을 느끼거나 사팔눈, 곧 사시의 눈길斜視眼을 느끼는 것이다. 그러니까 김호석은 다소간 멍한 느낌의 사시斜視를 그려 넣음으로써 법정 스님이 명상 혹은 속정俗情을 끊고 마음을 고요히 가라앉혀 선정禪定의 삼매경에 빠져든 '초월적 정신의 초상'을 그려놓은 것이다.

두 번째 초상화에, 오묘한 흰빛의 감흥이 법정 스님의 얼굴 전체에 희미하고도 투명하게 서려 있고 (정수리 부분과 양쪽 귀 아래를 흐르는 턱선 부분), 스님의 몸통을 감싼 밝은 회색빛 장삼(특히 목 아래 부분, 丹田 위쪽 등)에도 흰빛이 어려 있는 것은 흰빛감은 바로 스님의 선정禪定 삼매경을 색감으로 표현하려는 사의寫意로 볼 수 있다. 일체의 망상과 속정을 버리고 선정에 들었을 때, 흰빛은 절대 순수의 세계를 상징할 것이니, 선정에 든 법정 스님의 몸에서 흰빛감이 서린 것은 자연스러운 '초월의 현상'이요 그 자체로 상서로운 영기靈氣의 사실적 표현인 것이다. 초상화에 전체적으로 어리고 서린 흰빛은 그러므로 현실 세계를 초월한 법정 스님의 지극한 수행 정신의 표현이요 선정 삼매의 상징인 한편, 김호석의 초월적 사실주의의 일단을 엿볼 수 있는 미학 정신의 표현으로 주목되어 마땅한 것이다. 이 법정 초상화가 보여주는 초월적 사실주의는 법정 스님의 견성의 마음과 이심전심以心傳心으로 통해야 비로소 가능한 득의의 경지일 것이다.

그러나 이 작품이 지닌 정신적 의의와 예술적 성과는 소위 초월적 사실주의로 그치는 게 아니다. 이 초상화가 지닌 중요한 의의는 사실주의 너머에 있는 초월 세계를 그렸다는 것이 아니라 오히려 초월의 정신이 역설적으로 사실성에 신명스러운 생명감을 불어넣었다는 사실에 있다. 인신人神과 생사生死의 차별을 뛰어넘는 유현幽玄한 생명감. 이 사실을 두 번째 초상화를 통해 이해하기 위해서는, 이 초상화는 세 개 혹은 그 이상의 법정 스님의 초상들이 서로 중첩되어 한 개의 초상화로 표현된 초상화라는 사실을 먼저 이해하는 것이 필요하다. 이 두 번째 초상화 속에는, 적어도 첫 번째 초상화에서 보여준 사실주의적인 '생활인 법정'의 초상이 존재하고, 둘째로는, 선정禪定의 삼매경에 든 '초월자 법정'의 초상이 아울러 존재하며, 셋째로는, '생활인 법정'과 '초월자 법정'을 하나로 묶어주고 일치시키는 '보이지 않는 법정 스님'이 초상 이면裏面에 함께 표현되어 있는 것이다. 이 숨은 제 삼의 법정 스님의 초상은 고정된 형상을 가진 초상이 아니라 '변화 운동하는 형상'으로 포착되는 지기至氣의 초상이라는 점에서 특이한 초상이랄 수 있다. 그 이면에 있는 '지기의 법정 초상화'는 감각기관으로서의 시각을 초월한 지점에서 시각을 포함한 전체 감각과 함께 느껴지는 초상, 달리 말하여, 감상자가 스스로 법정 초상의 기운에 은근히 감응하고 마침내는 기화氣化됨을 자각하는[21] 가운데 만나게 되는 '귀신이 내린 법정 초상화'인 것이다.[22]

그 '신기한 법정 초상'의 존재를 암시해주는 지점은 두 번째 초상화에서 우선 양쪽 눈동자와 흰자위에 미세한 색감의 차이를 주어 생긴 미묘한 부조화와 불균형의 느낌으로 하여 역설적이게도 스님 초상 위로

---

21) 동학의 유명한 呪文 21자, '至氣今至 願爲大 降 侍天主 造化定 永世不忘萬事知'에서 앞쪽의 여덟 자는 신령이 내게 내리길 간절히 비는 '降靈呪文'이다. 8자를 풀이하면, '至氣今至'는 지극한 기운 곧 지금 내가 도안 들었음을 안다는 의미이고, '願爲大 降'은 큰 귀신이 강림하기를 애써 빈다는 의미이다.

22) 더욱이 두 번째 법정 초상화는 스님의 舍利를 가루 내어 안료와 함께 섞어서 물감을 만들어 그렸다는 傳言이고 보면, 작품의 寫意는 좀더 뚜렷해지는 감이 있다. 큰 스님의 유골 가루를 초상화의 안료로 삼은 의도는 초상화의 氣化를 지극하게 하려는 데에 있을 것이다.

현묘한 내면적 기운을 쉼 없이 샘솟게 한 점, 또 앞서 말한 화폭 전체에 아련하게 서려있는 흰빛감이 근원적인 기운으로서의 생명감을 안겨 준다는 점. 즉 법정 스님의 두 눈빛이 주는 미묘한 부조화와 불균형의 느낌은 사실과 이성 너머에서 작용하는 귀신의 작용 그 자체이다. 따라 서 두 번째 초상화에서 사실寫實과 초월, 정신과 귀신은 서로 동 떨어진 것들이 아니라, 초월이 사실에 기운을 주고 귀신이 정신에 상서로이 작 용하는, 양쪽 다 삶의 본체에 들어 있는 본성本性임을 보여준다. 이 정신 적 경지가 김호석의 초상화가 이룬 이른바 전신사조傳神寫照의 우뚝하 게 뛰어난 업적이다. 이러한 높은 경지의 초월적 사실주의를 가능하게 하는 계기는 작가가 스스로 지극한 기운至氣 안으로 들어섰을 때 가능 한 것이니, 지극한 기운 안으로 들어섬이란 다름 아닌 접신接神의 경지 를 가리키는 것이요,[23] 접신이란 지극 정성의 자기 수련과 뭇 생명들에 대한 지극 공경함을 통해 비로소 가능한 것이고 보면, 이러한 접신의 경지는 김호석의 화가로서의 극진한 태도를 알려주고도 남음이 있는 것이다.

[2012. 봄]

---

23) 각주 21)을 보라.

거미의 불연기연不然其然

김호석의〈거미〉

수묵화가 김호석의〈거미〉는 거미 고유의 생리를 통해 어떤 교훈을 취하려는 작의에서 출발한 그림일 것이다. 가령, 거미는 농사에 유익

하다. 벼멸구 등 해충을 잡아먹는 익충이기 때문이다. 그런가 하면, 거미는 부정적 이미지를 가지고 있다. 눈에 띄지 않는 어둑한 곳에 쳐놓은 거미줄에 걸린 연약한 생명체를 잡아먹으며 생존하는 어둠의 포식자이기 때문이다. 이러한 거미의 생리는 동물학의 지식을 나열한 것이다. 과학적 정보나 지식을 통하여 그림의 작의를 찾고 거미의 생리에서 배울 바가 있다는 것, 거미와 같이 살아가는 인간들의 삶을 풍자하거나 비유하는 것 등등을 이 거미 그림의 작의로서 거론할 수 있을 것이다.

하지만 곰곰이 생각하면, 과연 거미에 대한 인간의 앎이 인간이 아는 바대로 '그러한가'라는 자기 반성적 의문이 든다. 인간의 지식이나 이성에 대한 근본적 반성에 이르게 되면, 이 거미 그림의 작의는 다소 엉뚱한 곳을 향하게 된다. 그것은 인간의 앎과 이성에 대한 근원적인 반성에 관한 것이다. 아울러 본다는 것에 대한 근원적인 반성에 관한 것이다. 거미에 대한 풍자가 인간에 대한 역풍자의 기운을 발하기 시작하는 것이다.

즉 인간의 앎대로 '그러하다其然'가 인간의 앎대로 '그러하지 않다不然'에 의해 반성하게 되는 것이다. 크게 보면, 인간의 앎은 표면에 불과하고 그 보이지 않는 이면에는 인간의 앎이 이를 수 없는 무궁한 생명의 세계가 있다는 것. 삶의 세계엔 보이는 것과 보이지 않는 것이 함께한다는 것. 달리 말해, 무엇을 안다는 것은 무엇을 모른다는 것을 안다는 것이다. 본다는 것은 보이는 것보다 많은 것을 본다는 것이다. 달리 말해 본다는 것은 안 보이는 것을 본다는 것이다. 거미의 삶에는 우리가 '아는 바대로 그러하다'의 차원 속에 '알지 못하는바 그러하지 않다'는 숨은 차원이 함께한다.

생명계의 모든 존재의 근원성에 대한 탐구와 통찰이 한국화가 김호석의 거미, 개미, 벌, 파리, 나비, 잠자리, 바퀴벌레 따위 미물微物들 그림의 속 깊은 화의畫意를 이룬다고 할 수 있다. 〈거미〉는 삶의 근원적 차원을 반성하게 하고 겸허히 삶의 세계에 임하도록 우리를 이끈다.

[2016. 봄]

오윤 판화의 정신

오윤의 판화 〈칼노래〉와 〈무당〉, '동래학춤 추는 호랑이' 작품을 보고.[1]

1. 오윤의 판화 〈칼노래〉와 '무당'의 연관성

오윤의 판화 〈칼노래〉는 동학을 소재로 하였다. 파사破邪 벽사闢邪의 주제이다. 붉은 적색 바탕은 그 자체로 오행의 색깔로서 읽으면 벽사의

1) 2016년 7월 말 비오는 날, 서울 평창동 가나화랑에서 열리고 있는 오윤의 판화전에 구경 다녀와서 쓴 촌평 2편.

뜻을 품고 있다. 한울님의 마음을 모시고侍天主 금방이라도 단박에 서슬 퍼런 칼을 내리쳐버릴 듯한 인물의 순간 동작이 있고 동시에 그림 오른 편엔 내리친 칼로 인해 마귀잡것들이 갈갈이 베어져 흩어지는 조각들 이 형상화되어 있다. 공간적으로 보면, 시천주의 뜻을 받들어 파사현정 破邪顯正의 칼기운이 충만한다. 시간으로 보면, 〈칼노래〉의 역동적 기운 속에 과거세 현세 미래세가 연결되어 생동한다.

오윤의 작품들 가운데 칼춤을 추는 또 한 인물을 형상화한 판화가 있 다. 무시무시한 칼을 들고 춤추는 무당을 형상화한 판화. 판화〈무당〉과 〈칼노래〉를 비교하면, 둘은 서로 크게 다르지 않다. 오른 손에 날이 시퍼 런 칼을 쥔 무당그림은 왼발을 딛고 동학사상과 운동을 형상화한〈칼노 래〉는 오른발을 딛고 각각 왼 발꿈치와 오른 발꿈치를 들어 올리고 있 어 칼을 휘 내려치는 순간의 역동적 춤동작을 표현하고 있다. 일단 그림 의 소재나 주제에 있어서 두 작품은 칼을 들고 춤을 추며 파사와 벽사를 형상화한 작품이라는 점에서 상통한다.

그렇다면 동학과 무당은 오윤의 예술적 상상력에서 저마다 무슨 의 미를 지니고 있는가. 오윤의 심연 속 영혼 혹은 예술혼, 심층식識에서 동 학은 무당과 어떤 깊은 상관성이 있는 것인가. 4·19 세대의 예술의식 이래 특히 서구주의자들에게 전통무속이 미신으로 배척당하던 1970- 90년대의 오윤의 판화 예술에서 무당은 한낱 미신으로 치부되지 않을 뿐더러, 전통 문화의 정수精髓로서 받아들여졌음을 이 두 작품의 비교 를 통해 뚜렷해진 감이 없지 않다. 이는 수운 최제우 선생의 원시 동학 사상의 맥락과도 통한다. '지기금지원위대강至氣今知 願爲大降'의 동학 주 문 속엔 이미 지극한 기운에 들어 신내림大降이 이루어지길 간절히 바 라는願爲 한민족의 오래된 마음 혹은 민족혼의 오랜 내력으로 들어 있는 것이다.

다시 말하면, 무당이 춤추는 판화에서 보듯이 무당의 접신상태 곧 엑스터시는 파사 혹은 악신의 타파로써 강렬한 형상을 얻고 있는데, 이는 오윤의 예술혼 기저에 접신으로써 시천주侍天主하는, 곧 지기금지원위대강으로써 시천주를 하는 수운 선생의 21자 주문 "지기금지원위대강 시천주조화정영세불망만사지"자의 깊은 뜻이 담겨 있는 것이다.

2. '동래학춤 추는 호랑이'

전통적으로 일본인이 원숭이를 좋아한다면, 한국인은 호랑이를 좋아한다. 우리는 호랑이를 친근하게 여기고 사랑한다. 우리의 전통 민화

는 이를 반증한다. 수많은 명찰名刹의 산신각에선 예외 없이 호랑이가 산신령님과 함께 모셔진다.

오윤의 판화전에서 보니, 전시작들 중엔 호랑이가 동래東萊학춤의 대표적 춤사위를 정확하게 재현해낸 작품이 있다. 그런데, 판화를 잘 들여다보면, 해학적인 민화의 전통에서 보더라도, 오윤의 호랑이판화는 낯설고 어색하고 우스꽝스럽기 짝이 없어 저절로 웃음이 나온다. 땅위 백수의 왕인 호랑이가 학이 활짝 날개를 펼치는 동작을 흉내내며 하늘을 날아오르려 안간힘을 쓰고 있으니! 하지만 익살스러운 호랑이 춤사위에도 불구하고 조선 호랑이는 사나운 생김새에 용맹스러운 기상을 하고 있다.

조선 호랑이의 상징을 산악국가 조선의 산신령山神靈의 상징으로 읽으면, 오윤의 호랑이 판화는 산신령이 학춤을 추는 형상이 된다. 산신령인 호랑이가 상서로운 길조인 학의 춤을 추고 있는 것이다. 따라서 호랑이는 산신山神의 신령한 기운 탓으로 학춤을 추게 된 것이다. 이 말은 호랑이의 사납고 용맹스러운 기상이 학의 우아하고 상서로운 춤사위 속에 포용되고 있다는 풀이도 가능해진다. 낯선 호랑이의 춤사위는 그저 낯설음이나 어색함에 그치는 것이 아니라 이질적인 것의 아우름과 포용을 위한 적극적인 구애 행위인 것이다.

동래학춤을 추는 호랑이 판화에서 보는 이는 학과 호랑이라는 이질적인 길상吉相들 간의 융합, 아우름을 발견하게 된다. 이러한 이질성들의 아우름, 포용은 전통 샤머니즘의 정신이라 부를 만한 내용의 주요 대목을 이룬다. 이질적 정신과 감성들 간의 회통이 샤머니즘 예술의 본성을 이루기 때문이다. 이 회통의 회화정신이 우리의 민족화가 오윤이 동학사상을 위시한 탈춤 및 불화 등 전통 정신과 전통 문예를 공부하게 되는 내력의 요체를 이루며, 오윤의 작품은 전체적으로 조선의 유서 깊은 아우름의 정신인 회통會通의 정신이 이룩한 또 하나의 탁월한 예술적 사례로서 기록될 만한 것이다. 따라서 호랑이가 학춤을 추고 있는 전통민화적 어색함은 단순히 어색함이 아니다. 이 작품의 경우 호랑이의 낯설음 혹은 어색함은 원융회통圓融會通 곧 넉넉한 포용의 정신을 뜻하는 바와 같다.

[2016. 7]

물의 역설

임옥상의 목탄화 〈上善若水〉를 보고

　얼마전 문학평론가 염무웅 선생님은 화가 임옥상의 근작 그림 한 점을 페이스북에 올리셨다. 임옥상 화백의 〈상선약수〉. 페이스북에서 본이 그림은 2015년 광화문에서 벌어진 전국농민대회 집회를 강제 해산하는 과정에서 이 땅의 야만적 수준의 공권력이 무자비하게 농민 시위대를 해산하는 와중에 경찰의 쏜 물대포를 맞은 농민 한 분이 의식을 잃

고 쓰러진 현장을 생생히 그린 작품이다. 쓰러진 농민은 지금도 의식을 되찾지 못하고 사경을 헤매고 있다 한다. 작금에 이 땅에서 벌어지는 모든 비극의 근원은 권력층과 지배집단들이 국민을 얕잡아보기가 아예 체질화된 안하무인격 반민주성 그리고 저열한 금권자본주의 의식 수준이 굳어버린 데에 있다 할 것이다. 한국 사회의 후진성을 사회과학적으로 어렵게 분석하고 말 것도 없이, 아주 간단히 말하면, 국가나 사회의 기본 계급인 농민들의 삶이 건강하지 못하고 위태로운 작금의 한국은 이미 나라라고 말할 수도 없다. 농민계층은 국가 사회를 구성하는 여러 계층들 가운데 한 계층이 아니라 국가를 이루고 존명存命하기 위한 생명계의 모태로서의 근본적 계층이다. 농민이 소외되고 농촌이 폐허가 된 국가는 이미 병든 국가로서 국가로서의 자격도 없는 허깨비 국가일 뿐이다.

임옥상의 〈상선약수〉는, 물이 공권력에 의해 농민을 죽이는 최악의 살상도구로 쓰이는 이 땅에서의 현실을 풍자한 그림이다. 이천여 년 전에 노자老子가 설파한 '최상의 선은 물과 같다上善若水'라는 말을 이 끔찍한 그림의 제목으로 삼았으니 파렴치한 현실을 풍자할 뿐 아니라 역설적으로 도道를 풍자하기도 하는 셈이다. 목탄으로 그린 거칠은 흑백톤의 질감 때문에 국가권력의 악마적 행위가 더욱 극적인 환기력으로 드러나는 이 그림을 통해 진리(무위자연)의 비유인 물이 거꾸로 생명을 죽이는 물로 바뀐 극적인 아이러니를 통각하게 된다.

이 그림을 통해 보는 이는 우선적으로 권력의 폭력에 대한 섬찟한 풍자에 압도당하는 느낌을 받는다. 하지만 이 그림의 묘미는 그림 표면에 표현된 정치적 풍자를 넘어 좀 더 깊은 곳에 있다. 이는 그림 〈상선약수〉의 풍자가 공권력에 대한 강력한 풍자에 그치지 않는다는 데에 있다. 이 그림이 지닌 심원한 의미는 이미 노자가 말한 〈상선약수〉라는 말을 화제畫題로 삼은 화가 임옥상의 화의畫意 속에 숨겨져 있다. 곧 물이 폭력의 수단이 된 이 그림은 불치병 환자 상태로 전락한 이 국가가 저지른 야만적인 공권력을 고발하는 차원에 머물지 않고, 그림의 심연에서 생명력의 근원으로서 물의 존재감이 전율적으로 전하여진다는 것, 바꿔 말해 보는 이로 하여금 물의 근원적 존재감을 감응하게 한다는 것. 폭력이 된 물의 아이러니가 다시금 물이 지닌 생명의 본원성을 본능적이고 무의식적으로 일깨우는 것이다.

그러니까 정치적 차원의 풍자에 대한 근원적 차원의 역풍자가 동시적으로 일어난다. 공권력의 살인적 도구로 변한 물에 대한 정치적 풍자를 다시 풍자하는 것이다. 물에 의한 공격적인 풍자는 서서히 물에 대한 반성적인 풍자를 함께 불러일으킨다. 죽임의 살벌한 현장을 가감 없이 리얼하게 그렸음에도 이 그림이 고밀도의 생기生氣를 머금고 있는 소이연所以然은 이처럼 폭력이 된 물에 대한 풍자를 넘어 물의 존재감을 되돌려 물의 근본을 성찰하는, '풍자의 풍자화 형식'을 이룩한 데에 있다. 결국 물이 폭력의 풍자에서 벗어나 비로소 물에 의해 물의 생명력과 그 올곧은 쓰임새를 반성하게 하는 것이다.

이는 임옥상의 치열한 현실 참여적 작가의식의 결과이면서도 그가 취택한 물이라는 화재畫材는 단순한 소재가 아니라 뭇 생명의 원천源泉이요 진리의 화신化身이라는 깨달음에 이르러서야 가능하다. 그래서 죽음과 죽임을 마다하지 않는 비극적 투쟁의 긴장감이 그림을 지배하는 가운데서도 특별한 까닭도 없이 생명의 본원인 물의 오묘한 기운인 듯 생명의 기운이 그림의 배면에서 서서히 살아나는 것을 느끼는 것이다.

살인마적 공권력이 지배하는 현실과의 투쟁을 거리낌 없이 맞서는 현실주의적 화혼畫魂을 느끼게 하는 이 그림의 화제畫題를 만물의 근원이라고 일컫는 도道의 깨달음이요 가르침인 '上善若水'라 이름한 까닭은 아마도 여기서 찾아야 할 것이다.

[2016. 7]

영혼의 무채색
황재형의 탄광촌 그림

황재형의 그림을 보면 우리가 너무 익숙하여 오히려 아무 관심 갖지 않던 세상의 풍경들이 문득 낯설게 다가오는 미적 경험을 하게 된다. 황재형은 강원도 태백 지역의 탄광에서 긴 세월 동안 광부 생활을 하며 탄광촌 주민이 되어 그곳 주민들의 생활과 자연을 그려온 화가로 알려져 있다. 그가 그린 탄광촌 그림을 접하면 그 세계가 거친 자연 환경과 가난을 운명처럼 받아들여야만 하는 고난의 세계라는 걸 금방 알게 된다. 하지만 그의 그림은 단순히 리얼리즘적인 풍경 혹은 가난한 민중들의 생활상만을 그린 것이 아니다. 가난의 고통과 치열한 리얼리즘의 정신마저 초월하는 낯선 기운을 전율처럼 체험하게 되는데, '영혼의 리얼리즘'이라고 부를까.

그의 그림에서 탄광촌의 삶과 자연을 뒤덮고 있는 색감은 무채색 검정과 하양이지만, 탄광촌 그림들의 주조主調를 이루는 검정은 죽음이나 고난 같은 암울의 정조情調를 띰에도 그 검정은 이를테면 곧추선 뼈와 피를 지닌 생명의 기운을 오롯이 품고 있다. 그림을 지배하는 흐릿한 형태와 무채색감은 가난과 죽음과 사투를 벌이는 정신의 뼈와 피의 표현이며 검정의 대극인 하양의 색조는 죽음과 고난에 치열하게 저항하고 마침내 죽음도 삶이 되어 정화되는 또는 삶도 죽음 속에서 정화되는 영혼의 세계로서 표현된다. 그의 그림에서 하양은 검정에 생명력을 불어 넣는 혼의 빛깔이며 검정은 말 그대로 유현幽玄의 빛깔이다. 하얀 색감은 메시아의 선율처럼 죽음의 빛깔로서의 검정을 초월하여 생명을 잉태한 검정빛으로 바꾸어 놓는다. 죽음 속에서 갓 태어난 싱싱한 자연의 빛깔로. 그러니 삶이 죽음을 삶으로 살아가게 하는 것이다. 죽음도 삶을 죽음으로 살아가게 하는 것이다. 그렇게 검정과 하양은 뒤섞인 채 순환하며 원시적 생명력 그 자체로서 그려진다. 그의 탄광촌 그림엔 무채색의 영혼 곧 원시의 영감이 깃들어 있다. 예술이 예술인 것은 예술이 영혼의 예술에 이를 때 비로소이다.

[2016. 5]

造化와 生成의 꽃

吾心卽汝心也 鬼神者 吾也[1]

근대 이후 미술의 역사는 자연의 본질을 표현하려는 미학적 실험의 역사라고해도 과언이 아니다. 물론 이 말에는 '자연이란 무엇인가' 라는 철학적 질문이 따라붙는다. 아울러 이 질문은 모든 미술 행위를 가능하게 하는 '본다'는 행위에 대한 성찰을 필요로 한다. 서양의 르네상스 회화의 초석이 되었던 원근법perspective이 자연의 사실적인 재현에 중요한 역할을 했다거나 근대 미술이 태양광의 발견을 통해 자연의 과학적 재발견을 이룩했다는 것은 이젠 진부한 얘기에 지나지 않는다. 19세기 후반에 와서도 자연을 '사실적으로' 생명감 있게 그리는 것이 자연을 제대로 표현하는 것으로 평가되었다. 그러나 '무엇을 본다'는 행위가 '보인다'라는 재현 혹은 사실寫實, 형사形似 차원을 너머 '새로운 능동적이고 주관적인 정신'을 드러낼 때서야 비로소 미술은 자기 존재감을 드러낼 수 있다는 것은 자명하다. 미술이 자기 존재감을 드러낸다는 것은 사의寫意냐 사실이냐, 혹은 추상이냐 재현이냐 라는 양자택일의 문제에

---

1) 수운 선생 『동경대전』 "曰吾心卽汝心也 人何知之 知天地而無知鬼神 鬼神者 吾也"에서 가져왔다. "내 마음이 곧 네 마음이니라. 사람들이 어찌 알랴. 천지는 알아도 귀신은 모르니. 귀신이라는 게 나이니라"는 뜻이다.

서 해결될 사안이 아니다. 그것은 '정신精神을 표현하는 정신精神'의 문제라고도 말할 수 있다. 이는 재현이냐 추상이냐를 선택하는 기법이나 형식의 차원을 초월하는 문제이다. 초월이라고 했을 때 초월의 영역은 신神의 관할이다. 동양 미술 정신의 핵심이라 할 전신傳神의 해석에 있어서 신神을 서구적 이성에 준하는 '정신精神'의 뜻으로만 낮고 좁게 해석하는 경향이 지배적이다. 제대로 된 정신을 갖고서 전신의 경지에 이르기 위해선 접신接神의 체험이 전제되어야 한다.

현대 미술의 추상화 경향은 사실주의 너머의 어떤 본질성과 정신성을 추구하는 미술의 입장에서는 지극히 자연스러운 것이다. 인상파 이후 선과 면에 기초한 전통적 데생의 원리를 넘어서 자연의 원형原形을 원이나 구球, 원통 또는 삼각형이나 사각형 혹은 기하학적 조형으로 파악하고, 이를 바탕으로 한 색채의 정밀한 조직과 배치가 자연의 본질을 가장 잘 드러낼 것이라는 믿음과 미학적 실험 속에서 추상미술이 시작되었음을 우리는 기억한다. 이성의 극단에서건 혹은 정반대 입장인 신비주의나 반이성의 극단에서건, 자연의 본질을 '색감의 조형'으로 탐구한 정신적 예술 운동은 인간들이 이룩한 매우 희귀한 정신의 역사를 이룬다. 20세기 초반 추상 미술의 본거지였던 독일과 미국의 표현주의 운동이나 북유럽과 러시아에서 벌어진 추상 회화 운동은 세계 대전이 몰고 온 도저한 폐허 의식 위에서 순수한 색감의 조형을 통해 미학적 '절대 정신'을 추구했다는 점에서 실로 획기적인 의미를 지닌 정신적 예술 운동이었다.

추상 미술은 자연광의 시각에서 벗어나 자연색조차도 인간 저마다의 경험과 사색에 깊이 연관되어 있다는 관점에 설 때 비로소 이해될 수 있을 것이다. 빛은 외면적이지만 색은 내면적인 것이다. 새삼스럽게 추상 미술의 선구자로서 세잔P. Cezanne의 미술을 떠올리는 것도 이 때문이다. 서양의 19세기 근대 인상파가 '빛'의 사실주의를 통해 '자연'을 재발견하였다면, 인상파 화가들과 함께 출발했으면서도 도중에 자연의 심부로 통하는 새로운 탐험의 길을 택한 세잔은 마침내 '빛의 효과'보다는 '색의 효과'에서 자연의 본질을 발견하였다. 결국 세잔은 치밀한 사유 과정을 통해 준비한 형태 위에 강렬하고 강인한 느낌의 색감들을 섬세하게 조직하고 배치함으로써 색감이 스스로 먹선을 대신하는 '혁명적인' 미학의 문제에 몰두하였다. 그는 "색을 칠해나갈 때 데생도 이루어진다…… 색채가 풍부해질 때 형태는 가장 풍만해진다."고 말했다. 세잔이 곧잘 구사한 기법들, 가령, 빨강 노랑 파랑의 원색을 중심으로 팔레트 나이프로 두껍게 바르거나thick impasto 혹은 색이 번짐을 노리거나 바람 따라 움직이는 빛의 효과를 일으키는 수채화 기법 따위는 기법 차원에서 이해될 것이 아니라 자연에 대한 깊은 사유 차원에서 이해될 수 있다. 그 사유의 요체는 자연이란 어떤 균일감으로 환원할 수 없는 비균일적이고 비균질적인 내용을 지니고 있으며, 조형적으로도 사실주의로는 포착할 수 없는 다시점多視點적이고 기하학적 깊이를 지니고 있다는 것이다.

여기서 중요한 것은 색감이 주는 감흥感興에서 현대 미술이 자신이 갈 길을 찾았다는 사실이다. 감흥을 주기 위해 내밀한 감정과 경험에 호소하는 색조色調의 문제를 고민했고, 내밀한 색조를 위해 색의 번짐과 비균질적 비균일적 색의 혼합과 변화하는 색감을 만들었다.

"우리에게 자연은 넓이보다 깊이로 다가섭니다. 그러므로 빨강과 노랑

으로 재현되는 빛의 진동 속에서 공기를 느끼게 하려면 충분할 만큼 파랑을

칠해 넣어야 합니다"

—에밀 베르나르에게 보낸 편지. 1904년 4월 15일

이 편지글에서 세잔이 자연의 존재감을 극대화하기 위해 색감의 조
화造化에 열정을 온통 바치고 있음을 보게 된다. 자연을 사실적으로 그
리는 게 아니라 자연의 감흥을 그리는 것이 그의 목표였던 것이다. 보이
는 자연은 '넓이'를 주고 '영원의 신'이 우리들 눈앞에 펼쳐놓은 광경의
단면을 보여준다. 하지만 보이지 않는 자연은 넓이보다 깊이를 '보는
정신'으로 다가서야 보인다는 것. 눈에 보이는 빛을 넘어 보이지 않는
색을 보는 주관적이고 내면적인 미학이 필요한 까닭이 여기에 있다. 본
질을 추구하는 정신으로서의 자연미, 곧 자연의 추상抽象. 그러므로 '자
연'을 보고 색칠한다는 것은 그 자체가 '정신적인' 행위이다. 추상은 자
연을 새롭게 '재현'하는 게 아니라 자연을 새롭게 '해석'하고 마침내 자
연의 '본질'에 다다르려는 정신 활동인 것이다.

김인순의 그림에는, 위에서 말한 서양의 추상 미술의 정신적 맥락이
들어 있으면서도 그 깊이에서 지극히 한국적이라 할 만한 '오래된 정
신'의 숨결이 느껴진다는 사실을 이해하는 것이 중요하다. 이는 김인순
의 추상 작업이 지닌 저만의 고유한 미학적 내용과 가치에 관한 문제이
다. 우선 우리는 김인순의 추상 미술의 표면적 맥락을 살펴볼 필요가 있
다. 김인순의 회화가 보여주는 색감의 감흥은 색채의 마법을 터득한 세
잔의 색감의 감흥이나 절대 색감을 추구한 현대의 몇몇의 추상 회화들
을 연상시키는 한편, 그이의 페인팅 행위는 잭슨 폴록의 액션 페인팅

action painting을 떠올리게 한다. 물론 김인순은 세잔이나 폴록과는 다르다. 이 차이는 그들과 시공의 차이만을 의미하는 게 아니라, 추상화抽象化의 정신적 계기가 저마다 서로 다르다는 걸 의미한다.

김인순의 회화 행위는 미리 작품의 주제를 전제하지 않고 회화 행위 자체를 중시한다는 점에서 추상 표현주의의 연장선상에 있다고 볼 수도 있다. 그 행위는 잭슨 폴록에게서 시작된 액션 페인팅과 일정한 연관성이 있다. 그러나 김인순의 액션 페인팅은 잭슨 폴록의 것과 다른 특성을 드러낸다. 그것은 우선 캔버스를 대하는 화가의 태도와 연관이 있다. 김인순에게 캔버스는 그 자체가 사물로서의 캔버스이거나 오브제를 대상으로 한 작업 공간의 의미를 넘어선다. 김인순에게 캔버스를 땅에 눕힌다는 행위는 그 자체로서 대지와 교감한다는 의미가 강하다. 대지와 교감한다는 의미는 생동하는 자연의 기운을 내면화한다는 뜻이다. 최근 생산된 그이의 작품들은 '꽃'의 추상으로 분류할 만한 것들이 상당수에 이르고, 그 꽃을 중심으로 강렬한 기운氣韻—직접적으로는 대지의 기운이랄까—이 표현되어 있다는 점은 암시하는 바가 작지 않다. 김인순 그림에서 '꽃'(의 탄생)은 그 자체가 '대지의 생기生氣'를 머금고 있는 가장 원초적인 삶의 상징이다. 김인순에게 액션 페인팅은 대지의 기운을 담은 삶의 실제 행위를 가리키는 셈이다.

물론 잭슨 폴록도 페인팅은 스스로의 삶을 지니고 있다고 말한다. 하지만, 이젤을 버리고 캔버스를 땅에 눕히고서 액션 페인팅에 몰입했다 하더라도, 그림 속에 작용하는 자연의 힘 혹은 자연과의 교감은 김인순과는 큰 차이를 보인다. 무아지경에서 페인팅이 저 스스로 삶을 보여준다는 점에서 비슷한 기법적 효과를 보인다고하더라도, 폴록의 액션 페인팅은 페인팅 자체를 더 가까이 더 많이 느끼려고 한다feel nearer, more a part of the painting. 페인팅에 자신을 잊고 몰입하는 것과 '자연'에 자신을 잊고 몰입하는 것은 서로 다른 결과를 낳는다. 나를 떠나서 자연에 몰입하는 행위는 내가 자연과 하나가 된다는 걸 의미한다. 내가 자연의 지극한 기운에 감응感應하는 행위인 것이다. 페인팅에 몰입하는 것은 '자연'과 전혀 관계가 없는 것은 아니나, '자연' 자체가 페인팅의 계기인 것은 아니다. 폴록의 페인팅이 자기만의 기법적인 전형典型을 창조했고, 철저히 계산된 의식으로 자기 양식화樣式化를 이루었다는 사실은 이러한 판단을 뒷받침해준다. 곧 폴록이 기법에 몰입한다면, 김인순은 기운에 몰입한다.

나는 페인팅을 할 때 내가 무엇을 하고 있는지 인식하지 못한다. 내가 무엇을 했는지 깨닫게 되는 것은 오로지 일종의 "익숙해짐에 든" 시간("get acquainted" period)이 지나고 났을 때뿐이다. 나는 많은 변화들을 만들고 이미지를 파괴하는 일 등등에 어떤 두려움을 가지고 있지 않은데 그 이유는 페인팅은 그 자체로 삶을 지니고 있기 때문이다. 페인팅이 잘 해내도록 나는 시도한다.[2]

2) (잭슨 폴록의 말) "When I am in my painting, I'm not aware of what I'm doing. It is only after a sort of "get acquainted" period that I see what I have been about. I have no fears about making changes, destroying the image, etc., because the painting has a life of its own. I try to let it come through. It is only when I lose contact with the painting that the result is a mess. Otherwise, there is a pure harmony, an easy give and take, and the painting comes out well."

　　잭슨 폴록의 액션 페인팅의 실제, 가령 〈Number 1〉이나 〈Number 5〉 〈Authum Rhythm〉 같은 그의 대표작을 잘 살펴볼 필요가 있다. 폴록의 액션 페인팅이 지닌 형식들이 잘 드러나는 이 작품들에서 확인할 수 있는 사실은 물감을 떨어뜨리는 dripping or trickling 기법이 전체적으로 선과 면을 일정한 길이와 폭과 스타일의 균일성均一性 또는 색의 균질성均質性으로 표현하고 있다는 점이다. 아마도 이러한 조형과 색감의 균일성은 주제 의식 혹은 '조형적으로 의도된 행위'로서의 액션 페인팅과 관련이 있음은 분명해 보인다. 이와 비교한다면 김인순의 액션의 동기는 사뭇 다르다. 그것은 김인순의 작품에서는 폴록과 같은 선의 균일성이나 색채의 균질성을 찾기가 그리 쉽지 않다는 점과 관련된다. 가령, 김인순의 조형성은 시시각각 변화하는 운동의 원리에서 나오며, 따라서 그 선線과 면面의 길이와 폭과 스타일은 비균일적이다. 이는 김인순의 액션이 사전에 준비된 미학적 의식에서 출발하는 것이 아니라, 의식하기 이전의 행위거나 자신의 내면에 홀연히 이는 예감 또는 교감의 충동에서 출발하고 있음을 알려준다. 김인순의 추상의 세계는 개인주의적 상상력의 공간도 아니고 의식화意識化에 따른 조형도 아니다. 그 세계는 우주적 자연이 드러내는 생기의 세계 혹은 생명의 원초적 기운으로

서 '물'의 기운 곧 수기水氣의 세계와 무의식적으로 혼연일체를 이루는 세계이다. 김인순의 작품 0218과 0225는 김인순의 페인팅이 잭슨 폴록의 것과 다른 이유를 잘 보여준다.

김인순의 페인팅이 지닌 정신적 뿌리를 매만질 수 있는 이 두 작품은 실로 유익한 상호간 추정관계analogy에 놓여 있다.[3] 먼저 김인순의 두 작품은 김인순의 '추상 정신' 곧 자연의 본질이 무엇인가라는 자기 질문에 대한 아주 명료한 자기 답변이 담겨 있다는 점에서 주목에 값하는 것이다. 두 작품은 물의 생기生氣와 깊이 관계한다. 수기水氣의 알레고리. 물은 생명의 다른 이름이다. 작품 0225를 뒤덮은 파랑의 색감의 혼돈chaos은 물이 생성의 계기 곧 태초의 알레고리를 상징적으로 보여준다. 그 파랑 톤tone의 마티에르matiere가 번지고 얼룩지고 혼란에 휩싸여 있는 것은 탄생의 생기, 곧 탄생의 징후를 암시한다. 그러하니, 어찌 상서

---

3) 이 글의 마지막 문단에서 '유비類比의 관계' 대목을 참고하시길.

로운 기운이 아니겠는가? 그러나 이러한 미감美感에 따른 탄성도 잠시 뿐, 우리는 이 작품에서 마침내 김인순의 추상의 뿌리가 저 2천년 세월을 동아시아인의 마음을 설레게 한 아주 '오래된 물의 추상' 곧 사신도 四神圖라는 추상抽象를 떠올리지 않을 수가 없게 된다. 우리의 오랜 추억을 이끄는 것은 푸른 물기의 화신 곧 청룡青龍이며, 푸른빛을 휘감은 청룡은 다름 아닌 물 기운 곧 생명의 태초로서의 기운을 상징하는 것이니, 이 작품에 우리가 깊이 감응하게 되는 것은 물 기운의 화신이요, 동시에 한국인의 '오래된 정신'으로서의 청룡의 잠재된 경험(기억) 때문인 것이다. 중요한 사실은 청룡이라는 추상이 다시 김인순적 색감의 추상으로 다시 태어났다는 사실이다. 이는 김인순의 추상이 지닌 정신적 근거가 무엇인가 라는 질문에 소중한 답변을 알려준다.

겸재 정선, 〈박생연〉

작품 0218, 0225 두 작품은 서로에게 또 저 스스로에게 더 깊은 '이해'로 나아가게 하는 단서端緖를 제공하는 즉 상보적인 유비類比 관계에 놓여 있음을 보여준다. 그것은 무엇보다도 작품 0225가 생명 생성의 본원으로서의 '물'의 본질을 비균질적 블루의 질감으로 추상하였다면, 작품 0218은 '폭포'의 조형감을 드러내는 바, 폭포는 다름 아닌 '지극한 물소리', 지극한 수기水氣의 상징이기 때문이다. 폭포소리는 우렁찬 자연음이요, 자연의 지극한 소리로서의 물소리인 까닭에 물소리는 우주의 생명감 그 자체이다. 조선 시대 최고의 화가로 추앙 받는 겸재 정선(謙齊 鄭敾, 1676-1759)이 황해도 개성 송악산松嶽山 기슭에 있는 박연폭포를 그린 걸작⟨朴生淵⟩은 폭포의 실경實景을 형사形似한 것이 아니라, 그 지극한 물소리의 근원적 생명력을 그린 추상이라는 점을 떠올릴 때, 작품 0225의 뜻 깊은 성과는 어렵지 않게 예상되는 것이다. 김인순은 흰빛이 어른거리는 유현幽玄한 허무虛無의 공간감과 함께 신비로운 기운이 충만한 깊은 파랑색감으로 생명의 시원으로서 폭포수와 물소리를 흰색과 블루 그리고 황토색감의 어림과 삐침으로서 강력한 생명력의 추상을 시도한 것이다. 겸재 선생을 의식하지 않았을 것이 분명하지만, 이는 한국적 혹은 동아시아적 정신의 전통 속에 김인순의 추상화가 자리 잡고 있음을 보여주는 명료한 예증이라 할 만한 것이다. 그렇다면, 잭슨 폴록의⟨가을의 리듬Authum Rhythm⟩의 페인팅과는 차라리 '대조적'이다. 왜냐하면, 폴록의 작품에는 의식적으로 균일한 선과 면과 색감으로 표현된 '리듬'들이 가득하여, 제목이 암시하는 자연의 소리 즉 '가을의 소리'는 사실상 화폭의 원경遠景에서 묻어 있을 뿐이므로, 감상자는 '의식적으로' 가을의 소리를 '멀리서 찾아서 들어야만' 비로소 들리기 때문이다. 리듬Rhythm은 인간의 이성이 제작한 화음和音이지만, '소리[音]'는 인간이기 이전의 소리 곧 '자연의 소리'이다. 김인순의 물소리는 듣는 게 아니라 보고 감응하는 기운의 세계이다. (참고로, 관음觀音은 인간의 소리이건 사물의 소리이건 '자연의 소리'를 '본다'는 뜻이다.) 김인순의 액션 페인팅은 폴록의 그것과는 출발부터가 다른 것이다.

또한, 화폭의 마티에르도 김인순적 페인팅의 특성을 보여주는 한 예이다. 안료顔料를 푼 물감의 비균질성으로 인해 마티에르는 안료가 거칠게 덩어리진 채 부조화浮彫化하거나 일종의 야수파fauvisme적 충동과 연관된 질감을 지니게 된다. 실제 사물의 고정된 '표면적 색채'만을 가지고 있는 안료를 가지고 무수한 변화를 품은 '심층적 색채'를 만드는 것은 김인순의 페인팅의 원리가 어떤 미적 의식이나 기법으로 환원되지 않는다는 것을 의미하는 것이다. 이럴 경우, 액션 페인팅은 인위적인 법칙으로서의 회화 기법이 아니라 자연적인 행위의 연장延長으로서의 기법이다. 내면화된 자연의 무위 작용에 의해 '어느덧' 기화하는, 즉 지기至氣의 산물로서 페인팅인 것이다. 김인순의 액션 페인팅은 "지극한 기운에 다다르니, 자신이 지금 그 기화氣化 안에 들었음을 의식하는 것이다."[至氣 今至]⁴ 이 사실은, 뒤에서 다시 말하겠지만, 김인순의 회화에 배어있는 어떤 초월적인 경건함의 느낌과 깊은 연관이 있다.

액션 페인팅에 대한 이와 같은 분석은 위에 인용문에서 폴록이 고백하고 있는 말 중에서 '익숙해짐에 든' 시간get 'acquainted' period을 주목하게 만든다. 폴록의 입장에서 보면, 무아지경에서 이루어지는 액션 페인팅의 시간이 곧 '익숙해짐에 든 시간'일 텐데, 그것은 문맥상의 의미로 보아, 페인팅 자체에 익숙해짐을 의미한다. 이 말은 폴록 자신의 예술가

---

4)　'至氣 今至……' 수운 선생의 『동경대전』에 나오는 동학 呪文의 맨 앞 4자. 이 글자에 대해 수운 선생이 손수 단 주석은 대강 이러하다. "至는 지극하다는 뜻이요, 氣는 허령이 창창하여 일에 간섭하지 아니함이 없고 …혼원한 기운이요, 今至라는 것은 도에 들어 처음으로 지기에 접함을 안다는 것이요…"

적 기운을 첨단화하고 극대화한 시간을 가리키는 것이다. 동양에서 예술의 핵심은 신神의 표현에 있다. 신은 통상 널리 알려졌듯이 정신精神인가 아니면, 정신과 함께 작용하는 귀신鬼神인가. 폴록이 액션 페인팅의 시간을 "익숙해짐에 든 시간"이라고 표현했다면, 김인순의 액션 페인팅의 시간은 접신接神의 시간으로 표현할 만한 것이다. 공자님의 어록이나 수운 선생의 말씀을 살펴보면, 자기 안에 지극한 기운의 때를 알고서 밖으로 기화를 이루게 하는 중개자는 바로 귀신이다. 접신이 있고 나서야 전신傳神이 있을 수 있는 법이다. 수운은 접신의 체험을 이렇게 술회한 바 있다. "내 마음이 곧 네 마음이다. 귀신이란 나이니라.(吾心卽汝心也 鬼神者 吾也)"

어쩌면 김인순이 미술 행위를 준비하면서 캔버스를 바닥에(대지에) 눕히는 동기는 오브제를 객체화하고 대상화하려는 관습화된 미술 의식을 넘어서려는 의지의 표현일지도 모른다. 아울러 땅바닥에 화폭을 눕히는 행위는 동아시아 회화의 전통에서는 매우 익숙한 행위이고, 조금 시각을 달리한다면, 김인순이 즐겨 다룬 캔버스의 '평범한 크기'를 고려하면, 그이의 액션 페인팅이 의식적인 '기법'의 차원과는 다른 '오래된 미술 행위'와 일정한 연관성이 있다고 여겨진다. 실험적 회화 행위 또는 '오브제와 이젤과 마주 서는' 서양의 전통적 미술 행위와도 다른 지극히 '자연적인' 회화 행위에 가까운 것이다. 그것은 오랜 세월 동안 유전되어 온 기억의 일환으로서 종이를 바닥에 눕히고 '땅'과의 친밀한 교감交感 속에서 그림을 추구하는 오래된 잠재의식의 표출일지도 모른다. 또한, 대지에 캔버스를 눕히고 대지와 수평적으로 몸과 고개를 '굽히는' 행위는 그 자체가 자연을 대상화하는 게 아니라 자연과 하나가 되어 자연의 기화에 깊이 참여하려는 일종의 순수한 의식儀式적 행위에 방불한 것이다.

"여린 꽃들은 대지 그 자체이다." 이 역설의 논리를 실현시키는 것은 생동하는 자연의 기운이다. 세잔은 자연을 색감으로 '해석解釋'했다면 김인순은 자연을 색감으로 '기화氣化'했다. 해석은 치밀한 분석을 전제로 하지만, 기화는 치열한 생활을 전제로 한다. 치열한 삶이 없다면 자연의 기화는 거의 불가능하다. 노동이건 농사건 자연과 인간간의 관계에 있어서, 치열한 생활이 없다면 자연은 관상觀賞과 희롱의 대상으로 떨어질 뿐이다. 김인순이 화폭에 손수 만든 '소박한 물감'을 붙거나 흘리고 떨어뜨리거나 흩뿌리는 pour-drip-scattering 행위는 물의 속성과 기운을 즉각적이고 즉자적으로 표현하려는 의도와 관련이 있다. 이 행위가 중요한 의미를 지니는 것은 그것이 유별난 기법이라서가 아니라, 그 페인팅 행위들이 자연과 생활 속의 모티브에서 얻어진 것이란 사실에 있다. 곧 그 행위 미술이 구체적인 삶의 기억과 경험 속에서, 달리 말해 시간 의식 속에 축적된 구체적인 '물의 행위' 곧 '액체의 성질'에서 동기화되었다는 점이다.

물감을 손가락과 손바닥으로 짓문지르는 rubbing 행위도 기법이기 이전에 삶의 기억과 경험의 시간의식과 연관이 있다. 왜냐하면, 눕히고 문지른다는 행위는 적어도 사랑의 지극하고도 자연스러운 표현이기 때문이다. 문지름의 색감에서는 추상적 느낌의 이면裏面으로 생생한 에로티즘이 느껴지는 것이다. 아마 이러한 문지름의 에로티즘은 저마다의 고유한 색상에 무수한 사랑의 상처를 남김으로써 애초의 색상이 긁히고 바래지듯이 강렬한 인간의 욕망도 순환 운동하는 자연의 거대한 톱니바퀴에 낀 채 밑도 끝도 없이 사라져버리는 한 생명의 계기에 불과함을 보여주는 듯하다. 이 에로틱한 자연의 역설은 그 자체로 소멸하는 욕망이란 다름 아닌 생성하는 욕망임을 말해주는 것이기도 하다. 그러므로 문지름의 행위는 자기를 무화無化함으로써 자기 안의 자연이 타자에게로 은밀히 기화氣化하기를 꿈꾸는 너무나 인간적인 욕망과 사랑의 메타포가 된다. 우리가 아는 한, '꽃'은 원초적 욕망과 사랑의 이미지이며, 따라서 김인순의 꽃의 추상이 품고있는 짓문질러진 색감은 인간적인 욕망과 사랑의 기화 그 자체를 상징하는 것으로 볼 수 있을 것이다.

김인순의 꽃은 영원한 생성 과정의 어느 한 순간에 나타나는 꽃이다. 소멸도 생성에 참여한다. 김인순의 그림에선 소멸의 기운조차 생기生氣에 연결되어 있다. 그 소멸과 생성의 패러독스는 무채색감에서 한 절묘한 표현을 얻는다. 무채색 특히 회색 배경ground에 흰색 글레이즈glaze는 절묘한 색감의 효과를 낳는다. 회색톤은 흰색과의 대비에 의해 더 뚜렷해지고 글레이즈는 무채색에 투명의 느낌을 띠게 하며 전제적으로 유현幽玄한 느낌이 가득한 원초적 생명감의 색조를 만든다. 이러한 색감들은 김인순의 미술이 지닌 조화造化와 생성의 정신과 깊이 연결되어 있다.

예를 들어 작품 0107은 김인순의 액션 페인팅이 지닌 생성과 조화의 계기로서의 '기화氣化'의 순간을 깊이 있게 보여준다. 이 작품에서 원색과 무채색이 빚어내는 조화造化의 역동성은 특별하다. 흰색과 회색 검정 등 무채색톤이 화면의 배경(혹은 원경)을 차지한다. 그 회색과 흰색의 배경은 무채색의 무미건조함이나 소멸하는 느낌을 자아내는 게 아니라, 화폭의 모든 색감과 조형감을 살리는, 곧 '조화造化를 부리는 원천으로서의 배경ground'이 되어 있다. 따라서 그것은 원색의 꽃에 부속된 배경이 아니다. 그 무채색톤의 배경 자체가 원색을 생성하는 원천인 것이다.

작품 0146도 같은 맥락이다. 하지만 이 작품이 보여주는 조화造化의 기운은 작품 0107보다 무르익은 느낌을 준다. 그러나 화면을 크게 압도하는 흰색의 만개滿開는 절정의 기운을 띠고 있지만, 그 절정의 기운은 흰색의 소멸의 기운이 함께 어려 있다. 흰색의 기운이 지닌 완숙감은 뚜렷하고 안정적이지만, 거기엔 늙은 시간성이 오랜 주름처럼 들어서고 있는 것이다. 작품 0146의 화폭의 마티에르가 안료 덩어리의 엉킴과 응고로 평탄치 못한 많은 주름과 상처 같은 질감들을 보이는 것도 진화進化 속의 퇴화退化와 함께 퇴화 속 진화를 동시적으로 드러내는 정신의 한 단면으로 읽힌다. 그래서 주름의 마티에르 위에서 초록과 빨강과 노랑의 기운은 상대적으로 차분하다. 유채색인 빨강 노랑 초록이 완숙감과 함께 차분하다보니 무채색도 더 엷어지는 색감으로 바뀌는 느낌이다. 이는 화폭의 기운은 역동적임에도 불구하고 편안하지만, 그 편안함은 흰색의 절정감이 지나고 난 후의 편안함이란 점과 관련이 있다. 작품 0107과 유비적으로 말하면, 작품 0146의 흰빛의 효과는 작품 0107이 보여주는 흰빛의 격렬한 생성 과정(색감들간의 격렬한 성애 과정!)이 지나고 난 후의 흰빛의 효과이다. 그 폭풍 같은 뜨거운 사랑의 시간이 지난 후의 차가운 색조의 안정감을 알려주는 직접적이고 구체적인 미적 실체는, 마티에르의 흰빛의 주름과도 같은 양감量感의 매스mass들 그리고 무채색톤의 크고 작은 상처 같은 '흩뿌린' 점박이들이다.

이에 비해 작품 0107에서 화폭의 중앙에 자리 잡은 비균질적이고 불규칙한 초록의 매스는 솟구치는 듯한 역동적 느낌이 강하여 오히려 위에서 쏟아지는 듯한 뜨거운 느낌의 빨강 매스와 서로 충동적이고도 격렬하게 뒤섞인다. 차가운 색감과 뜨거운 색감이 서로 어울려 생성의 절정을 향해 약동하고 있는 중이다. 두텁게 바른 빨강과 초록의 물감에는 노랑이 미묘하게 삐친다. 삐침은 존재에 생명감을 부여하는 색조色調의 기법이다. 삐침에 의해 이질적인 색감들은 서로 어리고 번짐으로써 더욱더 생동감 넘치는 색감을 얻는다.

작품 0146과 작품 0107은 사용된 색의 유형은 같지만, 색감이 낳는 기운과 기운이 낳는 조형감에서 서로 큰 차이를 보인다. 작품 0107에서, 보색補色인 빨강과 청록, 보라와 녹색, 노랑과 청색들이 캔버스의 중앙의 위에서 아래에 힘차게 걸쳐져 있다. 서로 보색관계의 색들은 서로 선명하고도 강하게 갈등 충돌하면서 화폭 전체적으로 역동적인 생명감을 부여한다. 하지만, 거칠고 격렬하게 운동중인 흰색과 무채색 배경

은 보색의 빨강과 초록과 파랑과 노랑 등을 압도하는 느낌이다. 가령 빨
강의 따뜻함과 파랑의 차가움은 흰색과 회색의 기운에 완전히 제어되
는 느낌이 든다. 결국 빨강과 초록, 파랑 등 보색들의 선명성과 역동성
은 서로 저마다 분리된 상태가 아니라, 서로 뒤섞이는 '하나[일기一氣]'
안에서의 선명성이요 역동성이며, 이처럼 보색들이 저마다의 선명성
과 역동성을 지니면서도 서로 상관적相關的인 색감과 조화로운 조형감
을 유지하게 되는 근본적인 동인動因은 다름 아닌 배경의 흰색과 회색
의 역동성 곧 무채색의 작용이다. (어쩌면 화가는 보색 관계의 두 색을 적당
히 합치면 무채색이 된다는 사실을 응용했는지도 모른다!) 이는 이 작품에서
보색 대비는 궁극적으로 선명한 색채의 배타적인 분할이 아니라, 역동
적인 기운 속에서 새로운 상보적인 색감과 역동적인 조형감의 생성 그
자체를 향하고 있음을 보여준다. 그래서 보색 관계에 놓여있음에도 불
구하고, 빨강은 초록 속으로 기화하고 초록은 빨강 속으로 오묘하게 기
화한다. 이러한 생성 과정을 가능하게 하는 원천은 바로 무채색의 경이
로운 색감이며, '색감이 곧 데생이며 색감이 다름 아닌 조형'이라는 말
의 뜻은 여기서 거듭 확인될 수 있는 것이다.

　다시 말하지만, 김인순의 페인팅에서 서로 이질적인 강렬한 색감이
서로 뒤섞이게 하는 원천적 동력은 화폭의 배경ground을 이루는 무채
색無彩色톤의 기운이다. 혼원混元한 기운. 동양의 유서 깊은 전통적 생명
사상은 우주 만물은 혼원한 한 기운一氣에서 비롯되었다고 보았다. 혼
원한 기운은 태초의 한 기운이며 이 일기一氣가 생명의 기원이다. 작품
0107의 배경이 되는 무채색 잿빛 바탕에 거친 흰색의 강력한 동세는
일기가 품은 생성의 힘을 비유적으로 보여주는 듯하다. 특히 마른 회색

위에 가볍게 재빨리 겉칠한 흰색 글레이즈glaze는 무채색 배경이 단순히 배경으로서의 무채색이 아니라 쉼 없이 생기生起하고 숨 쉬는 무채색임을 실감하게 한다. 이러한 무채색의 효과는 0146에도 적용되는 것이다.[5] 그 결과 무채색은 단순한 배경이 아니라 화면이 품고 있는 주제主題를 적극적으로 주동적으로 충동하는 근원적 생명력으로 다가온다.[6]

혼원한 태초의 기운이 명암의 강렬한 대비, 초록 및 파랑과 빨강색 물감덩어리들의 역동적인 분리와 섞임으로 드러난다면, 이 모든 색감들이 태어나는 자연의 역동적인 근원을 보여주는 배경의 무채색감은 그 자체로 무위無爲의 색감이라 할 수 있다. 무위의 색감이라 부를 수 있다면, 이 색감이야말로 근원적 생명력의 알레고리요 아날로지라 할 것이다. 곧 무위이화無爲而化의 아날로지. 텅 빈 허무는 태초이고 혼원한 기운 하나가 천지를 낳고 뭇생명을 낳는다. 혼원한 허무의 기운은 흰 무채색과 푸른 청색의 공기와 물기를 품고 있다. 작품 0243은 생명의 원기元氣의 표현이요 원기의 운기運氣의 표현이며 운기 속에서 생기발랄한 생명의 싹이 움틈을 표현한다. 혼원한 흰색톤과 물과 공기의 생기를 비유하는 파랑 색감과 움트는 생명의 온기溫氣를 품고 있는 황토빛과 노랑색

---

5) 작품 0260에서도 노랑 색 꽃 형상은 안이 비어 있고, 서로 대조되는 노랑과 파랑이 역동적인 기세로 뒤섞이며, 무채색 배경에서 솟아 오른다! 노랑 꽃 형상의 비어 있음의 형태는 꽃이 생성의 과정에 놓여 있음을 보여준다. 무채색은 혼원의 一氣, 생명의 기원의 상징이라 할 수 있다.

6) 작품 0259에서 무위이화의 아날로지는 더 직접적이고 더 노골적이다. 그 노골적인 느낌은 직접적으로는 무채색감 대신에 오커ocher 곧 황토색감으로 배경을 칠한 데서 온다. 오커는 대지의 색감이다. 대지의 색감 위로 투명한 느낌의 흰색이 그레이즈로 자유분방하게 겉칠되어 있다. 그 글레이즈는 화면 중앙의 원색과 조형에 갓 태어난 듯한 태초의 생명감을 한껏 안겨준다. 그렇기 때문에 그 황토색감 속에서 원색톤의 '꽃'들이 약동하듯 뛰어 오르게 된다. 그리고, 황토에서 생성되어 다시 황토에서 소멸하는 색감의 순환. 이 모든 과정은 한 기운의 운동 속에서 이루어진다.

감의 삐침! 이 모든 역동적으로 순환하는 색 기운의 원천은 흰색을 중심으로 한 무채색이다.

김인순의 무채색은 흔히 생각하게 되는 서양적 색감의 상징을 지니고 있지 않다. 무채색은 외재하는 전능한 신의 은총만을 갈구하는 인간의 한계로서의 죽음이나 어둠을 비유하지 않는 것이다. 오히려 김인순의 무채색은 전지전능한 신 앞에서의 불안감이 아니라 생성과 환희의 생명력을 부르는 근원으로서의 무채색이다. 무채색에서 밝은 원색原色이 이어져서 살아나고, 무채색이 원색에 생기를 불어넣는 느낌을 주는 것은 그 때문이다. 하지만 원색은 다시 무채색으로 돌아간다. 그 순환의 상징은 흰색 꽃 형상과 파랑색 바탕이 만나는 작품 0188, 0183, 0140… 등 사실상 김인순의 페인팅 전체에 걸쳐 표현되고 있다.

서양의 13세기를 전후하여 예술에 있어서의 유비법類比法, annalogia이 유한한 인간은 무한한 신의 세계를 표현할 수 없다는 관념에 의해 붕괴되었다. 르네상스의 싹이 막 보일 무렵, 예술에서 신에 대한 아날로지가 사라지고, 인간 중심의 예술이 펼쳐진 것이다. 서양 기독교의 전통과 역사로 본다면, 유비법이란 유한한 인간이 무한한 신의 행적을 추측하는 도구였을 뿐이다. 신과 인간간의 이원론적 분열과 단절은 근대 이후에도 사정이 크게 나아진 바가 없고, 고대 희랍의 철학자나 고대와는 동떨어진 현대의 비평가들이 수사학의 연구 차원에서 논의되는 것을 예외로 한다면, 유비법은 사실상 오래전에 사망한 것이나 다름이 없다. 그러나 인간 정신이 계속되는 한 신에 대한 유비법은 의문의 대상일 수밖에 없다. 과연 신의 세계는 유한한 인간이 단지 추측하여 그릴 수밖에 없는 알레고리적인 세계에 그쳐야 하는가. 또 신의 존재는 단지 종교의 문제인가. 순수한 믿음에서가 아닌 인간의 삶과 정신 속에 이미 신은 내재하는 존재인 것은 아닌가. 외재하는 신이 아니라 내재하는 신이라 한다면, 순수한 열정으로 끊임없이 진실로써 수련에 임하는 예민한 예술가라면, 응당 자기 안의 신을 느낄 수 있지 않을까……

　근대적 이성의 눈으로 볼 때 유비법은 이미 한참 모자라고 낡았고 현실적으로도 세련미라곤 찾아볼 수 없이 소박한 것으로 비판 받아왔다는 점을 감안하더라도, 예술이 '현실의 초극超克'과 초월적 정신을 꿈꾸는 의미심장하고도 유력한 정신 활동의 범주인 이상, 유비법은 새로이 재발견되고 새롭게 정의되어야 한다고 본다. 왜냐하면 정신적인 초월을 꿈꾸고 신의 존재에 대해 근원적인 성찰을 하려 한다면, 유비법은 이제 녹슨 십자가를 버리고 새 삶을 찾아 '부활'을 준비할 수도 있기 때문이다. 더욱이, 이미 낡은 것으로 치부된 숭고미the sublime를 품은 '오래된 신神'의 비유법으로 새로 태어나기 위해서는, 적어도 신이 바깥에 있는 것이 아니라 신은 내 안에 함께 살아 있음을 자각하는 것이 필요하다. 삶은 근본적으로 가난한 것이지만, 바로 가난하기 때문에 숭고한 것이다. 삶이 숭고하다는 말은 삶에는 신명이 있다는 말과도 통한다. 내 삶 안에 사는 신기神氣를 살피고 이를 표현하는 것이 바야흐로 예술의 창작의 핵심임을 동양의 선각들은 설파했다. 아마도 이러한 예술관의 입장에 설 때, '내 안의 신령'과의 유비적 관계는 깊이 있고도 매우 다양하게 전개될 수 있을 것이다.

위에서 김인순의 회화 작품의 의의를 살펴보는 도중에, 그이의 작품 0107과 작품 0146 그리고 작품 0218과 작품 0225를 간략하나마 비교 분석한 의도는 새로운 유비법의 문제와 관련이 없지 않다. 그것은 두 작품은 공히 액션 페인팅을 통해 '내 안'의 신기가 밖으로 기화하는 순간들을 포착한 같은 유형의 그림들이기 때문이다. 한 작품만을 볼 때와 비슷한 유형의 두 작품을 비교할 때, 작품과 관람자가 주고받는 느낌과 감동은 아마도 크게 다를 것이다. 그것은 작품과 작품이 각자의 독특한 기운을 서로 주고 받을 뿐 아니라, 감상자들도 한 작품에서 받는 미적 감흥과 두 작품간의 비교와 추정 속에서 받게 되는 새로운 감흥의 힘으로 하여, 더욱 크게 감흥에 젖게 될 것이기 때문이다.

김인순의 다른 작품들에도 두루 적용되는 것이지만, 만약 여러 짝의 작품들의 유비類比를 통해 감상자들이 더 깊은 감흥을, 곧 조화와 생성의 숭고한 기운을 더 깊이 받게 된다면, 아마도 그것은 김인순의 회화가 지닌 신기의 조화造化 덕택일테고, 이는 새로운 유비analogy적 미술의 출현을 알리는 뜻 깊은 '사건'이 될 것이다.

[2012. 봄]

888

집과 밥과 말과 사랑

김수현의 〈사랑과 야망〉에 대하여

1.

오늘날 텔레비전 드라마는 한국인들이 가장 널리 향유하는 문화 형식이다. 사람들은 남녀노소 신분 고하를 막론하고 거의 매일 텔레비전 드라마에 몰입한다. 텔레비전 드라마 앞에서 사람들은 울고 웃으며 하루 노동의 고단함을 달랜다.

텔레비전 드라마라는 매우 일상적인 미적 형식을 통해 사람들은 여러 가지 삶의 일상적이고 사적인 국면들을 체험하고 성찰한다. 줄여 말해 텔레비전 드라마는 일상성의 형식이다. 그것은 전통 연극의 제한된 공간의 형식이 아니며 영화처럼 야외 세팅에 의존하는 형식이 아니라 대체로 스튜디오의 가정 규모의 인테리어 세팅에 더 친숙한 형식이다.[1]

---

1) "텔레비전은 특히 인간 관계 속에서의 인간 행동을 제대로 표현하는 데 적합하다. 텔레비전의 작은 화면과 그에 비해 상대적으로 제한이 적다는 점은 텔레비전을 사람들의 행동과 반응, 상호 작용에 대한 중거리 촬영과 클로즈업에 집중하게 한다. 야외 촬영보다 스튜디오에서의 촬영이나 연기는 보통 텔레비전이 있는 거실에 잘 어울리는 가정적인 규모의 친숙한 인테리어 세팅에 의존하게 된다." John Fiske, *Television Culture*, London: Routlege, 1987, p.22.

텔레비전은 근본적으로 안방의 형식이며 그 드라마는 극장이 아니라 안방에서 공연되는 드라마이다. 집은 텔레비전 드라마의 본질적 속성 자체이다.

좀더 텔레비전 드라마 형식의 특성을 살핀다면, 그것은 저 유서 깊은 전통 드라마 형식과는 다른 내용 속에서 발전해왔고 영화의 기술적 발전에 의존하였지만 영화와는 근본적인 차이점들을 가지고 있다.[2] 그 차이점은 첫째, 텔레비전 드라마 시청자들은 공연장이나 영화관의 관람객들처럼 선별적이지 않고 매우 광범위하다. 그들은 집에 거주하며 살고 있는 모든 주민들이다. 둘째, 텔레비전 드라마는 특히 일상어로 표현된 사람들의 행동을 표현하는 데 아주 적당하다. "영화가 일어났던 일의 기록으로서 자신을 보여주는 데 비해 텔레비전 드라마는 일어나고 있는 일의 연속으로서 그것을 보여준다. (…) 이는 텔레비전 연기에 필요한 시간은 '실제 삶real life'에서 그것이 벌어지는 시간과 거의 일치한다는 것을 의미한다."[3] 전통극이나 영화가 시간과 공간에 대한 편집 혹은 재구성에 의해 삶을 특정하게 재구성하는 데 치중한다면 텔레비전

2)   텔레비전 드라마를 이해하기 위해서는 텔레비전이라는 테크놀로지와 테크놀로지의 문화를 이해하는 것이 필요할 것이다. 테크놀로지로서의 텔레비전의 역사는 길지 않다. 이미 레이먼드 윌리엄스의 연구가 있었듯, 텔레비전의 발명은 단순히 하나의 사건이 아니라 여러 일련의 사건들에 의해 뒷받침되었다. 그것은 전기 기술, 텔레그래피, 사진, 활동 사진, 그리고 라디오의 발명과 발전에 의해 가능해진 것이다. 텔레비전은 1875-1890년경에 테크놀러지상의 특정 대상으로 분리되어 발전하게 되었고, 1930년대에 처음으로 대중적인 시스템을 갖추게 된다. 1950년대 중반에 이르러 서구에선 텔레비전 드라마가 전통 드라마가 누렸던 대중적인 위치를 빼앗아 다수 형식majority form의 위치에 이르게 된다. 그러기까지 영화의 주요 발전에 힘입은 바 크다. Raymond Williams, *Television-Technology and Cultural Form*, London: Routledge, 2nd ed. 1990, pp.14-15.

3)   John Fiske, 앞의 책, 같은 쪽.

드라마는 살아 있는 현재성에 철저하게 밀착한다.

전통적인 연극이 무대를 전제로 하여 사적인 일상성의 영역을 제거하거나 자제하는 방향을 취한다면 텔레비전 드라마는 지극히 사적이고 일상적인 세계를 다루는 방향을 취한다. 연극이 대사의 명확성을 중시하는 공식적 언어를 전제한다면, 텔레비전이라는 테크놀로지 형식은 일상성과 사적 내면 세계를 풍부하게 표현하기에 적합한 형식이다. 연극이 언어의 명증성에 치중한다면 텔레비전 드라마는 언어의 내면성과 일상성에 치중한다. 역사적이고 사회성이 강한 작품이라 해도 그 언어는 근본적으로 사적이며 일상적이다. 그래서 그 언어는 어문 일치語文一致 혹은 구문 일치口文一致에 보다 철저한 언어이다.

그것은 텔레비전이라는 테크놀로지 형식 자체와 연관이 깊다. 연극과 달리 텔레비전은 간접적이며 필름의 기법을 수용하고 근본적으로 가정적家庭的이며 사적私的인 매체이기 때문이다. 명증성의 언어는 복합적인 언어로, 즉 외향적이기보다는 내향적인, 사회적이기보다는 사적인, 공식적이기보다는 비공식적인, 생활 속의 일상 언어로 바뀐다. 텔레비전 드라마의 세계는 그러나 그 '작은 상자'[4]—방이나 거실에 알맞은 크기의 '박스'—가 시청자 개개인의 사적인 방에서 수용된다는 점이 거듭 주목되는 세계이다. 그 '작은 상자'는 사적인 일상성의 방에서 열리는 것이다. 그것은 기본적으로 개인주의적이며 일상적 민주성의 세계이다. 내면성과 일상성, 사적 개인주의의 형식, 이것이 텔레비전이라는 테크놀로지의 본질적 속성이다. 기본적으로 텔레비전 드라마의 언어는 '집'의 언어인 것이다.

---

4)　속어로 텔레비전을 '박스box'라고도 부른다.

온 가족이 혹은 잠옷만 걸친 개인이 자기 방에서 팔베개를 하고 누워 감상하는 텔레비전 드라마는 기본적으로 '홈드라마' 형식이다. 텔레비전 드라마 형식에 적절한 언어는 사적인 집에서 사용되는 일상어이다. 김수현의 드라마 언어는 기본적으로 이러한 텔레비전이라는 테크놀로지 문화의 형식적 속성을 꿰뚫어본 작가적 통찰력의 산물이란 사실이 늘 환기되어야 한다. 결론적으로 말해, 그의 대부분 언어는 사적인 언어 의식을 극명히 보여주면서 그 사적임을 통해 공식성을 반성케 하고, 일상성과 사적인 내면성에 관심을 집중함으로써 텔레비전 드라마의 한 속성인 '정서적인 리얼리즘emotional-psychological realism'[5]을 한층 강화한다. 이는 작가 김수현이 안방 드라마로서 텔레비전 드라마의 기술적·문화적 속성을 정확하게 통찰하고 있음을 뜻한다.

문학으로서의 텔레비전 드라마는 살아 있는 현재성이 지배하는 희곡이다. 그 문체는 지금 벌어지고 있는 생생한 생활 현장의 문체이다. 그것이 연극의 대본이나 영화의 시나리오와 차이를 이루는 것은 이러한 살아 있는 현재성의 문체라는 사실에 있다. 문학으로서의 텔레비전 드라마는 일상적이고 생활적인 대사에 입각한 리얼리즘 문학의 범주

---

5) 앵Ian Ang은 미국 드라마 〈달라스〉를 분석하면서(*Watching Dallas*, Methuen, 1985) 드라마에는 시청자들이 현실감을 갖게 하는 여러 장치들이 마련되어 있다고 말한다. 그것은 첫째 시청자들이 일상 속에서 만날 수 있는 인물 유형이나 상황들이 드라마에 포함되어 시청자들은 이를 통해 드라마에 경험적으로 관여되어 있다고 느끼고 몰입하게 되는 것으로서, 이를 경험적 리얼리즘empiricist realism이라 명명. 이에 더하여 등장인물들의 행동이나 심리적 반응들이 현실감을 줄 때 시청자들은 더 잘 그 드라마에 몰입하게 된다는 것으로서, 이를 정서적 리얼리즘emotional realism 혹은 정서 심리적 리얼리즘 emotional-psychological realism이라 명명했다.(손병우, 「최근 텔레비전 드라마의 정서의 한 흐름」, 『외국문학』 1995. 봄에서 재인용).

에 속한다. 현실 생활로부터 나와서 다시금 현실 생활로 돌아오는 문학. 나는 우선 그것을 '생활 문학'이란 범주에 넣고 싶다.

2.

김수현의 텔레비전 드라마는 물론 앞서 말한 텔레비전 드라마 형식의 특성들을 두루 포괄하고 있다. 1987년도 성공작인 〈사랑과 야망〉은 그의 방송 드라마 작가 데뷔 20년이 가까워오는 시점에 발표된 대표작 가운데 하나로서, 이 드라마는 김수현 드라마의 형식적 특성들을 보여주고 있을 뿐 아니라 그의 인생관, 세계관 그리고 예술관의 일단을 잘 보여준다는 점에서 깊은 분석을 기다리는 작품이다. 이 작품은 겉으로는 1958년 겨울부터 1986년 겨울까지 강원도 춘천의 시골 마을과 서울

〈사랑과 야망〉, 1987

을 주무대로 펼쳐지는 일종의 가족사 이야기를 다루고 있다. 춘천 시골 마을의 방앗간집 주인인 엄마는 남편을 잃고 장남 태준, 차남 태수 그리고 막내딸 선희와 함께 억척스럽게 살아간다. 태준은 첫사랑 미자와 우여곡절 끝에 결혼하고 태수는 원치 않는 정자와의 첫 결혼에 실패, 은환과 재혼하며, 선희는 태준의 선량하고 진실된 친구 홍조와 결혼한 다. 억척 엄마를 중심으로 하여 이들의 사랑과 갈등, 세속적 야망과 성공이 이야기의 골격을 이룬다. 하지만 비교적 극적 이야기 구성이 분명해보이지만 이 드라마에서 극적 구성 혹은 극적인 형식은 그다지 중요한 것이 아니다. 김수현 드라마의 특징으로 잘 알려져 있듯, 그의 드라마에서 중요한 것은 극적 구성보다는 일상 생활적인 대사이다. 김수현 문체는 극적인 형식의 일부가 아니라 그 자체가 극의 내용을 적극적으로 구성한다. 극적인 플롯은 시간이 갈수록 강화되기보다는 김수현 문체에 의해 해체된다. 플롯은 그다지 중요하지 않다. 중요한 것은 전체 이야기가 아니라 작은 부분이며 병렬적으로 연결되는 시퀀스들이다. 그 크고 작은 장면 혹은 시퀀스들을 이끄는 동력은 다시 말하지만 김수현 특유의 대사이다.

우선, 김수현 문체에서 거친 속어들이 많이 나오는 것은 내면적이고 일상성을 중시하는 문학 의식과 관련이 깊다. 아무데서나 얼마든지 찾을 수 있는 예로 술 대리점 하다가 사기당하고 정자가 집을 나가자 고주망태가 되어 귀가한 태수를 두고, "어째 나가는 뒤통수가 딴 날하구 달러 무슨 일이야"(46회) 또 "쥐뿔같이 것두 사업이라구 사장 명함 찍어 들구 거들먹거릴 때부터 내 알어봤어. 종로통 나가 사장님 하면 열에 아홉은 사장이라는데 그 흔해빠진 사장 행세하느라 경리 사원 따루 써 그놈한테 수금 매껴 너 뭐했어"(47회)라던가 혜주 이모가 "커피 좀 작작

마셔라. 무슨 보약이라구 하루 몇 잔씩 그렇게들 마셔. 서양년들두 아니면서"(33회) 같은 속어적 표현들은 부지기수다. 또한 한담이나 혼잣말, 라디오에서 흘러 나오는 멘트 같은 것들도 사적인 공간, 일상성의 영역, 내면성의 언어를 지향하는 작은 예들이라 할 수 있다. 수다스러움이나 딱딱거리는 듯한 억양이나 말투도 이와 같은 경우라 할 수 있다. 한 비근한 예를 보자.

이모	싹수 읎는 년.
혜주	?
이모	옷이 해주구 싶거든 니 가게서 양장으루 한 벌 맵시나게 뽑아 와.
혜주	이모!
이모	나, 하이칼라야. 소싯적엔 첨단을 걷던 양장 미인이었어. 너 기집애가 사내눔처럼 씨원씨원 지지 안 허구 탁탁 분명허구 좋아. 그런데 이것아, 넌 잔정이 너머 읎어.
혜영	이모?
이모	최고 유명 디자이너라는데, 너 나 옷 한 벌 해 입혀준 적 있어! 나 입구 있는 걸 봐라, 이게 동경 유학까지 한 내가 입구 있을 옷이냐?
혜영	아니 동경 유학한 분은 집에서두 정장하구 계세요?
이모	이년아, 그 얘기 아닌 줄 알잖어! 하다못해 여름 원피스 한 벌 해준 적 있냐구!
혜영	저두 애 옷 한 벌 으더 입을려면 온갖 아양 다 떨어야 해요. 일이 많아요. 이해하세요.
이모	**기분에 살구 기분에 죽는다. 너 미희 애네 카운터서 끌어내 배우**

만들구는 공짜 옷 정신 읊이 맨들어 입히더라. 난 늬년들 밥띠기

십오 년이야. 니 옷 나 좀 입으면 챙피허냐? 사람 우습게 보지마

이것아.

혜주　　알았어요, 알았어요, 잘못했어요. 무조건 잘못했습니다. 이모

가 그렇게 제 옷 입길 소원하구 기신 줄은 지가 몰랐지요.

이모　　하이구 착각 마라. 인정 얘기여 인정. 내 소원은 통일밖에 없어,

어이덜 가. (일어나 주방으로)

―37회 (강조_필자)

　　이모가 조카인 혜주와 혜영 자매에게 퍼붓는 인용문에서 말의 억양
이나 말투는 빠르고도 거칠다. 읽는 이가 이모의 모습을 선하게 상상
할 수 있는 이런 억양에는 드세며 자존심 많고 그러면서도 따스한 정
감이 감추어져 있다. 강조한 인정人情을 강조하는 이모의 오기가 섞인
말도 이를 뒷받침한다. 그런 오기와 크고 작은 인정이 지배하는 억양
과 다소 수다스러운 말투는 김수현 문체의 한 특성이다. 그런 문체는
집 안 혹은 방 안에 어울리는 문체이다. 방과 거실에 어울리는 문체, 집
의 문체, 수다스러움은 기본적으로 친밀한 사이에 있는 사람에게 할
수 있다. 대표적으로 수다는 가족 혹은 친지 간에 이루어진다. 그것은
집 안에서 가장 잘 구사될 수 있는 어법이다. 그것은 인정이 깊이 개입
된 인간 관계의 어법이지 이해利害를 따지는 냉정한 어법과는 물론 거
리가 멀다.

　　그러므로 우선 김수현 드라마의 문체는 집의 문체이다. 이는 본질적
으로 집의 일상성에 적합한 텔레비전 드라마 문체와 김수현 문체가 서
로 깊이 조화됨을 뜻하는 것이기도 하지만, 가족 관계를 주로 다루며

이상적인 '집'을 추구하는 김수현적 소재 의식과 주제 의식에서 연유한다. 집의 문체는 비공식적 속어와 공식 언어가 서로 뒤섞인 언어이며 의식과 무의식이 서로 뒤섞인 언어이다. 집은 편안한 생활 공간이기 때문이다. 한마디로 그 문체는 일상적이면서도 내면적이다. 나아가 김수현적 집의 문체는 공식 언어가 힘을 발휘하지 못하고 비공식 언어가 지배하는 서민적 문체와 깊이 결부되어 있다. 가령 김수현 드라마가 세간에 유행시킨 김수현적 속어나 조어는 이러한 비공식적인 서민 문체 의식과 깊이 연관된다.

그러나 다른 한편 김수현 문체의 억양의 드셈이나 문법의 공격적 활기는 현실적 생활력의 표현이랄 수 있다. 그 드셈과 튐, 공격성은 삶의 활기를 반영한다. 그 생활력과 활기를 대표하는 공간은 엄마의 밥집이다. 〈사랑과 야망〉에서 방앗간집, 함바집[飯場], 설렁탕집이 주무대로 나오는 것은 우연이 아니라 숨어 있는 필연이다.

다시 말하여, 작가의 그늘로서의 김수현 문체가 지닌 서민적 성격은 〈사랑과 야망〉이 지닌 또 하나의 잠재 의식에 의해 강화되는데, 그 잠재 의식은 특히 작품의 전반부에 유난히 밥 먹는 장면이 많이 나온다는 사실과 관련된다. 밥 먹는 장면이 나오거나 적어도 여러 배우 입을 통해 밥이 허드레 대사처럼 튀어나오는 장면은 부지기수이다. 그 밥이거나 밥 먹는 장면이거나 밥이란 단어와 연결된 대사들은 드라마의 사건 전개나 줄거리에 하등의 영향을 주지 않는, 이를테면 소품에 불과하다. 그러나 그 밥은 과연 소품인가? 소품이라면 그 소품은 잠재 의식을 드러내는 소품이다. 가령 보라.

S# 태준의 집 마당 (이사한 집)

정자　　　(항아리 씻어내고 있다)

옆에서 노는 아이는 이 년 반짜리

정자　　　(문득 배가 고프다) (아이 한 번 돌아보고 바가지 던져놓고 부엌으로)

S# 부엌 (낮)

정자　　　(들어와서 양은 쟁반에 찬장의 김치 꺼내놓고 솥의 밥 꺼낸다)

S# 마당 (낮)

부엌에서 나온 정자.

정자　　　훈아, 밥 먹자. (아이 데리고 방으로)

S# 태수 방

들어오는 정자와 아이 제법 짬짬한 살림살이.

정자　　　(아이 데리고 앉아 아이 밥 먼저 비빈다 계란 찐 것에) 배고프지 훈이,

　　　　　　조금만 참어? 엄마가 훈이 밥 맛있게 만들어주께에?

　⇨ 밥 비비는 정자 옆 뒤 화장대에 올려져 있는 결혼 사진이 포커스 인

　　　되며.

자막: 1962년 봄

S# 공장 건설 현장

M

자막 연결.

엄마의 식당으로 줄줄이 들어가는 인부들.

898

S# 엄마 식당

불이나케 바쁜 점심 시간 심부름하는 처녀 둘을 쓰면서 엄마와 파주댁 죽을
둥살둥 뛰고 있다.

자막 아웃.

—23회 도입부

거의 대사 없이 세팅과 장면만을 지시하는 위의 인용은 작가의 깊은
의중이 엿보이는 곳이라 할 만하다. 물론 드라마의 배경은 어려운 시
절이다. 1960년대의 한국 사회는 전후의 사회적 어둠이 깊게 배어 있
는 상황이었고 배고픔의 고통이 당연히 서민들의 삶을 지배하고 있었
다. 당시의 서민들의 삶을 대변하는 태준의 집 분위기도 당연히 배고픔
으로 칠해져 있어야 할 것이고 작가가 이를 모를 리 없다. 밥은 〈사랑과
야망〉의 주요 속 테마 가운데 하나이다. 개인의 차원에서 볼 때, 밥은 욕
망을 낳고 또한 욕망을 해소한다. 달리 말하면 밥 먹기 위해 살고 잘살
기 위해 밥 먹는다. 밥 먹기 위해 사는 사람은 열심히 품을 팔아야 하는
사람이지만, 잘살기 위해 밥 먹는 사람들은 정도 차이가 있겠으나 자기
삶을 누리는 사람이다. 〈사랑과 야망〉은 밥 먹기 위해 사는 사람들의 이
야기가 중심을 이루고 있다. 대부분의 인물들은 가난한 서민들이다. 그
래서 작품 곳곳에 밥타령들이 벌어진다. 물론 예외적인 인물이 있다면
미자이다. 그녀가 스타가 되었을 때, 달리 말해 돈과 명예를 쥐었을 때
그녀가 누리고 싶어한 것은 더 큰 명예였다. 그래서 그녀는 김감독과 결
혼했고 또한 배우로서의 최고 영예를 거머쥐기 위해 노력한다. 그 욕망
의 표현이 여우주연상에 집착하는 미자의 모습이다. 그런 뜻에서 미자
라는 인물은 밥과 가장 거리가 먼 인물이다. 그녀는 본능적이고 일차적

인 욕망이랄 수 있는 밥의 욕망에서 벗어나 있다. 그녀는 정신적 혹은 문화적 욕망의 세계에 살고 있는 것이다. 그러나 김수현 드라마의 특성은 밥의 욕망과 정신적 욕망—그것이 전통 윤리를 고수한다거나 자존심이거나 문화적이거나—사이의 접점을 늘 곰곰이 따지고 있다는 사실에 있다. 미자라는 캐릭터와는 달리, 함바집을 억척스레 운영하고 있는 태준 엄마는 밥의 세계에 충실하다. 아니 충실하다 못해 밥에 헌신적인 인물이다. 엄마의 밥과의 인연은 거의 운명적이다. 엄마는 방앗간집을 손수 운영했고 방앗간집을 빼앗긴 이후에도 그녀의 팔자인지—김수현의 무의식인지—이윽고는 밥집을 열어 밥을 판다.

밥은 생존을 위한 기초적 욕망이며 일하고 사고 파는 일의 기본, 즉 경제 생활의 기본적인 상징이다. 시장市場의 원초인 밥은 〈사랑과 야망〉의 숨어 있는 심층 가운데 하나이다. 그런 밥과 인연이 깊은 엄마는 밥에 자연히 후하다. 그렇게 후한 밥장사 엄마에게 밥은 바로 돈을 벌게하는 수단이었고 그 돈이 엄마의 정신적 욕망을 어느 정도 충족시켜준다. 김수현은 이러한 억척스럽지만 인정 있고 또한 매우 타산적이면서도 이성적이며 전통 윤리에 충실하면서도 현실주의자인 복합적이고 모순적이기까지 한 엄마에게 깊이 애정을 쏟고 있음을 작품 곳곳에서 엿보게 된다. 엄마라는 캐릭터에로의 기울음은 작가의 잠재 의식이 밥의 본능 혹은 밥의 세계에 서로 엇물려 있음을 암시한다. 작가의 희미한 기억의 창고는 괴로운 밥 냄새를 피우고 있는 걸까? 어쨌든 악착스러움이 때론 두려운 느낌이 들 정도인 엄마는 바로 밥의 세계에 충실한 인물이지만, 밥이 인생의 목표가 아니라는 점을 또한 가르치는 인물이라는 점에서 정신적인 인물이다.

이런 잠재된 밥의 욕망과 그 밥과의 갈등이 김수현 문체의 억양의 드셈을 낳는다고 볼 수 있다. 밥은 기초적 생존 욕망이자 생활력의 원천이기 때문이다. 김수현 문체의 공격적 활기는 밥의 욕망과 생활력의 표현이랄 수 있다. 그 문체의 드셈과 튐, 공격성은 삶의 활기를 반영한다. 작품 속에서 생활력과 활기를 대표하는 공간은 엄마의 밥집이다. 그래서 밥집의 언어는 거칠고 활력이 있다. 〈사랑과 야망〉에서 방앗간집, 함바집, 설렁탕집이 주무대로 나오는 것은 우연이 아니라 그 문체 속에 숨어 있는 필연이다. 그것은 김수현의 궁핍의 기억을 표현하는 것일 수 있으며 잠재된 결핍의 무의식을 표현하는 것일 수 있다. 그리고 그것은 김수현적 언어 의식의 은밀한 거처이다. 밥은 김수현 문체에 오기와 자존심과 더불어 활력을 불어넣어주는 상징이다.

김수현 문체의 심연엔 그 집과 그 밥이 서로 갈등하면서도 서로 깊이 어울린다.

김수현 문체를 좀더 섬세하게 살피면 거기엔 다른 여러 가지 특성들이 있다. 사람들은 그의 문체를 두고 감성적인 문체니 마술적인 언어니 심하면 언어의 유희에 가깝다는 따위의 평가를 하곤 했다. 그런 평가들은 구체적이고도 깊이 있는 비평이 아닌 수사修辭에 불과하다. 무엇보다도 김수현 문체의 예민함과 상황 묘사의 복합성은 탁월하다. 그 특장들 가운데 지면 관계로 아래 예와 같은 문체적 특징 한 가지만 자세히 들여다보자.

(1)

세미　　　(들어오면서) 오빠가 연앨 다 할 줄 알아요?

태준　　　……

세미   (의자에 앉으며) 난 쇠덩인 줄 알았는데, 경천동지네.

태준   (차게) 시험지에 경천동지가 나오면 지금 니 말 떠올려 정확하게 써.

—7회

(2)

태수   (E) 야 저리가. 얘가, 선희 나온다. 본다구!

정자   (E) 보믄 어때.

태수   (꼬집히고) 아! 너 증말 혼나구 싶어 몸살났어?

정자   이제 알어? 나 진짜 몸살났어.

태수   쯧쯧 좌우지간에. (하다가) 선희야!

정자   (돌아본다)

선희   (다가오며) 늦었네?

태수   얘 만나 히히덕거리느라 않은 걸루 생각 마라. 손 씻으면 기어들어오는 자전거 땜에 죽겠다 증말. 낼 찾아가라면 될 걸 쥔 아저씨 꼭 그 자리에서 고쳐 보내래잖어? 성질 같으면 그냥 자전거 허리 딱 꺾어놓구 손털구 싶지만, 어떡하니 목구멍이 포도청인걸.

정자   깔깔 늬 오빠 철났지 선희야.

선희   오빠, 거기서 손털면 영원히 손만 털다 말게 돼.

태수   알어.

—7회

태준을 짝사랑하는 홍조의 여동생 세미가 태준에겐 연인 미자가 있다는 사실을 비로소 알고 태준에게 던지는 말이 인용 (1)이며, 자신에게 무관심한 태수를 악착같이 구애하는 전당포집 딸 정자가 끈덕지게 태수의 마음을 빼앗으려고 자기 몸으로 수작을 거는 대목이 인용 (2)이다. (1), (2)에서 느낄 수 있는 것은 우선 경쾌함이다. 간결한 대사의 진행이 스피디하다. 그러나 놀라운 것은, 그 경쾌한 문체의 속도 속에서 인물의 성격과 신분을 동시에 심도 있게 또한 정확하게 전달하는 언어 능력이다. 첫째, (1)의 짧은 대화는 세미와 태준 사이의 마음의 어긋남을 적확하게 드러낸다. 세미는 '경천동지驚天動地'를 자기 앞에 벌어진 뜻밖의 실망 사태를 표현하기 위해 말했으나, 태준은 그 넉자배기 성어를 과외 공부시키는 세미의 학습의 연장으로 받아넘긴다. 둘째, 이 인용 속엔 두 인물의 계층적 성격이 담겨 있다. 세미와 태준은 학생과 선생 관계라는 사실이 은연중 노출되며, 더욱이 태준의 사랑 문제를 따지듯 추궁하는 세미의 모습 속엔 두 사람의 신분 차이가 추정될 수 있다. 셋째, 나아가 이런 세심하고 심도 있는 문체는 작가의 독자들에 대한(시청자에 대한) 배려가 숨어 있다. 텔레비전 드라마가 불특정 다수의 대중을 상대로 하고 대사 처리가 순간적 일회성으로 이루어짐을 염두에 둔다면, 한자 성어를 되풀이해줌으로써 그 뜻을 환기시켜 시청자들과의 호흡을 좀더 분명히 함께하려는 작가의 의도라고도 할 수 있다. 또한 모든 계층을 망라한 텔레비전 드라마의 시청자들에게 좀더 분명히 한자 성어를 주지시킴으로써 인용문 (1)은 '경천동지'에 의해 두 인물의 마음의 어긋남은 희화화되고 시청자들로 하여금 웃음을 자아내게 한다.

인용 (2)는 문체의 경쾌성이 유난히 돋보인다. 짧고 스피디한 대화문 안에서 세 젊은이들의 내면은 매우 빼어나게 포착되고 있다. 삽화에 불과한 이런 장면들은 김수현 대사에서 무수히 나타난다. 특히 인용 중 태수의 말 "얘 만나 히히덕거리느라 늦은 걸루 생각 마라. (…) 성질 같으면 그냥 자전거 허리 딱 꺾어놓구 손털구 싶지만 어떡하니 목구멍이 포도청인걸"은 태수의 성격과 처지를 잘 보여주며, 이어서 정자의 말 "깔깔 늬 오빠 철났지 선희야"는 그녀의 자유분방한 성격을, "오빠, 거기서 손털면 영원히 손만 털다 말게 돼"라는, 우리를 미소 짓게 하는 선희의 이 말은 선희의 심성과 가족 내에서 오빠와의 관계를 반추케 한다.

김수현 문체의 또 다른 특장은 서민들의 삶의 속살을 엿보게 하는 문체를 자유자재로 구사한다는 데에 있다. 그런데 어떻게 그러한 서민적 어투의 능숙한 구사가 가능한가를 관찰하다 보면, 거기엔 작가의 의식적 학습 노력 너머에 있는 사적 체험이나 무의식적 기억이 배어 있음을 불현듯, 그저 지나칠 듯 아주 작은 문장 속에서 엿보게 된다(이곳에 작가의 그늘이 드리워져 있다). 서민적 문체의 한 특징과 작가의 숨은 그늘이 드리운 그곳을 가령 다음과 같은 문장에서 엿볼 수 있다.

S# 파주집 안 (낮)

파주댁 (해장 손님 국에 덧물 부어주다가 돌아보고 전혀 의외면서도 반갑게) 아이구머니나! 이게, 아주머니가 웬일이세요?

엄마 (손님들 안 보려고 고개 숙인 채) 나 좀 할 얘기가 있어서⋯⋯

파주댁 ⋯⋯ (다가들며) 태준이한테서 혹시 미자 소식이라두 있었어요?

엄마 잠시 방으로 들어가.

파주댁 네, 네, 네. 들어가세요, 그러세요.

정자 아버지 (혼자 해장하고 있다 일어서 나오며 방으로 가는 엄마에게 점잖게) 안녕하십니까?

엄마	(마지못해 답례하고 방으로)
정자 아버지	(엄마 뒤 보다가 파주댁에게 돈 주며) 웬일이요?
파주댁	글쎄요 (소리 죽여) 별일이네요. 아이구, 혹시 저번 미자 아부지 모시구 갔던 일루 시비하자구 오신 거 아닌지 모르겠네요.
정자 아버지	마땅하지, 주책맞게 취한 사람 거긴 왜 끌구 가.
파주댁	아유 말리러 간 거지요, 끌구 가다니요?
정자 아버지	**오늘은 으째 국맛이 시금털털해!** (나가며)
파주댁	무슨 말씀이든지 그저 한 말씀 하셔야지. 한 말씀 읊으시면 정자 아부지 아니지요.
정자 아버지	(아웃되고)
파주댁	아이구 내 정신! (손님들에게) 국 드시구 돈은 그냥 상에다 놓구 가세요들. (빈 탁자의 그릇 치우며) 술독은 아시지요? 더 드실 양반은 더 드시구 알아서 양심껏 놓구 가세요. (손님들 적당히 순박한 대답) 전 손님이 오셔서요.

—8회 (강조_필자)

8회째 연속극에 실린 이 대화문은 양조장집 못된 사장놈에게 다시 방앗간을 빼앗길 위기에 몰린 태준 엄마가 급전을 구하기 위해 파주댁을 찾아간 장면이다. 파주댁은 해장국을 파는 동네 주막의 주모이다. (이 장면 앞에 서울로 도망간 미자의 아버지가 술에 만취해서 자신을 말리는 파주댁과 함께 태준네 집에 찾아간 장면이 있었다.) 무엇보다도 작가의 문체는 시골 장터에 있는 주막 내 정황을 아주 적확하게 묘사하고 있다. 주목할 것은, 파주집 안엔 양조장집 사장과 그 폭력배들과 둘째아들 태수 사이에 큰 폭력 사태가 벌어질지 모른다는 위기감과 방앗간을 빼앗길지 몰라 전전긍긍하며 주막을 찾아온 태준 엄마의 절박감이 감돌고 있는 인용문의 전후 상황 속에서, 이런 긴박한 사실과는 무관하게, 주막 안에서 해장국을 들면서 전당포집 정자 아버지가 던지는 말이다. 사람들은 이 대사를 읽고 해학적인 느낌을 갖게 된다. 한쪽에선 어두운 긴장감이 감돌고 한쪽에선 그 긴장을 이완시키는 환한 해학의 어투! 정자 아버지가 주막을 나가며 던지는 말 "오늘은 으째 국맛이 시금털털해!"라는 대사는 이 장면의 정황과 대화 전개상 일종의 돌출이자 이탈이며 논리가 건너뛴 틈새 같은 지점이다.[6] 바로 여기서 돌연 해학이 터지듯 피어난다. 이런 문체는 의식적인 노력으로 구해질 수 있는 것이 아니다. 그것은 서민적 삶의 생생한 속살을 장악하고 있는 작가만이 구사할 수 있는 말이다. 그래서 이 말 속엔 긴장을 함께 살아가는 이완의 삶, 아니 늘 긴장하니까 그 긴장을 다독여야만 하는 서민적 해학이 담겨 있다. 정자 아버지의 이 말은 서민적 삶의 긴장과 이완, 고통과 해학이 서로 한 몸이 된 형태로 작가의 문체 내면에서 움직이고 있음을 엿보게 한다. 그것은 세간의 많은 오해에도 불구하고, 김수현의 문체엔 깊고 넓은 서민적 성격을 간직하고 있음을 명확하게 알려준다. 그러나 우리는 좀더 예의 정자 아버지의 말이 대화상의 돌출이자 논리상의 틈새와도 같다는 점을 다시 한 번 상기할 필요가 있다. 그 말이 돌출이고 틈새이므로 바로 그 말 속에 흐리고 옅은 작가의 그늘이 깃들여 있다고 가정한다면, 그 문장은 작가 김수현의 무의식, 잠재 의식, 심연 또는 기억의 어두침침한 곳간에서 나온 문장이라고 말할 수 있을지 모른다. 그렇다면 이 문

---

6)   돌출과 이탈, 파탄의 문장은 거기에 이면裏面을 숨기고 있음을 뜻한다. 즉 작가의 그늘이 깃들인 문장이랄 수 있다. (졸저『그늘에 대하여』, 강, 1996 참조).

장은 바로 김수현의 무의식 혹은 유년의 삶에 담긴 장바닥 서민적 체험과 기억들이랄 수 있다. 작가로서는 그 문장의 심연이 어쩌면 서러울지도 괴로울지도 모른다. 그러나 문학으로 표현된 김수현의 그 그늘은 서늘함이나 고통, 서러움을 자아내는 것이 아니라, 독자들에게 해학과 밝음, 따뜻함을 자아내는 그늘이란 점에서 주목에 값한다. 그것은 서민들에게 친근하고 고마운 그늘이다. 서민적인 그늘이랄까? 아무튼 예술 속의 그늘에는 고통과 서늘한 긴장을 주는 그늘이 있는가 하면, 반면에 밝음과 따뜻한 이완을 주는 그늘이 있다. 이 문제를 다른 그늘의 예를 찾아 생각해보자.

엄마	파주댁 돈 많이 떼었다는 얘기 들었는데 그렇게 띠구두 아직두 정신 못 차렸어?
파주댁	(웃으며) 건 또 으떻게 아세요?
엄마	난 떼먹진 않어.
파주댁	양심 바르시지요, 저두 압니다.
엄마	**양심 발라서가 아니라 (불끈 일어나며) 서울 큰놈 운 막을까 싶어라오.**
파주댁	가시게요. (마주 일어서며)

—8회 (강조_필자)

태준 엄마는 파주댁에게 급전을 부탁하고 마음씨 좋은 파주댁은 걱정 놓으라고 안심시킨다. 두 억척 여성들의 대화에서 눈에 띄는 대사는 일종의 돌출인, 무심결에 엄마가 한 말 "양심 발라서가 아니라 서울 큰놈 운 막을까 싶어라오"이다. 이 말에도 짙고도 오랜 그늘이 드리워져 있다. 일차적으로 그것은 온갖 고난 속에서도 잃지 않는 짙은 모성의 그늘이기도 하지만, 그 그늘 속엔 작가의 깊은 잠재 의식이 숨어 있다. 그 잠재 의식은 전통적 운명관과 그로부터 발원한 인생관이다. 이 말로써 추정하건대, 작가의 생사관은 세속화된 불교적 인연론 또는 운명론이다. 착한 일을 하면 후손에게 복이 오고 악한 일을 하면 후손이 불행해진다는 것은 세속화된 인연론의 대표적인 보기이다. 그러나 그 세속화된 인연론이야말로 서민 대중의 살아 숨 쉬는 생활의 일부를 이룬다. 하지만 작가 김수현의 심연 속에 흐르고 있는 불교적 인연론에 따른 운명론적 인생관 그 자체가 중요한 것은 아니다. 중요한 점은, 위의 강조한 태준 엄마의 말 속에 의탁된 작가의 인생관이 엄마와 큰아들 태준 사이를 지극 정성의 사랑으로 맺어주고 있는 점이다. 나아가 그 운명관이 사적인 이기利己의 영역으로 떨어지는 것이 아니라 인간들 사이의 관계의 정성스러움과 따뜻함을 만들고 있다는 사실이 더 중요하다. '그늘 속의 전통적 운명론'이 지피는 따뜻한 인간 관계, 그 지극한 사랑은 김수현 문학의 숨은 테마라고 할 수 있다. 그러므로 김수현 작품 속의 그늘은 괴롭고 을씨년스러운 그늘이 아니라, 거꾸로 삶을 환함으로 비추고 따뜻함을 주는 그런 그늘이다. 그것은 작가 자신의 사적 그늘의 세계를 넘어 서민들의 애환을 껴안는 그늘의 문학을 의미하며, 왜 그의 문학이 큰 긍정의 문학인가를 보여준다.

태준 엄마의 억척은 생존을 위한 검약 정신에서 나온 억척이다. 엄마에게 억척은 몰락한 '집'을 다시 일으켜 세우려는 삶의 형식이다. 그 억척은 우리가 익히 알고 있는 서민적 억척이다. 또한 태준 엄마는 전통적 가치관과 윤리관을 세상살이의 척도로 믿고 있는 인물이다. 엄마의 운명관은 오래된 전통적 인생관이다. 가령 미자의 남편인 김감독이 심장 마비로 급사하자 태준 엄마는 "팔짜 도망은 못해. 그 나이에 과부되는 거 봐"라고 무심결에 말한다. 이 야박한 말 속에서 전통 가치관에 철저한 엄마의 인생관을 엿보게 된다. 고시를 패스한 정치학도인 태준이 관계官界 진출을 포기하고 회사 취직을 결심하자 "이게 웬 도깨비 둔갑이야. 늬 아부지 산솔 잘못 쓴 거야 뭐야"라며 엄마의 역정이 터지는 대목도 매일반이다. 남편의 유택幽宅과 자식에 대한 실망감을 연결짓는 엄마의 무의식은 단지 극중 인물인 엄마의 가치관의 표현일 뿐 아니라 김수현 드라마 속에 깊이 자리 잡은 전통적 가치관 생사관의 발로이다. 더불어 주목할 것은 그런 인생관을 저잣거리의 속화된 생생한 생활 문체로 풀어내고 있다는 점이다. 문체가 바로 문학의 몸이라 한다면, 이는 또한 김수현 문학의 서민적 육체와 두께를 확인케 한다. 엄마의 말은 그런 문체를 대표한다. 그 억척 엄마의 문체는 그러므로 그 자체가 깊은 서민적 지혜의 창고이기도 하다. 한 예를 보자.

정자   (흑흑)

엄마   (E) 울지 마라. 태중에 애한테 해롭다. 살다 보면 정신 들 날 있겠지. **미련하구 우직해서 정 옮기는 게 잘 안 돼 그래 어떡하니. 신세가 이걸 겪게 돼 있는 모양이니 큰일이지만** 봐 하니 그런 눈치는 아니구. 그저 꾸욱 눌러 참구 살어라. **그러다 보면 옛말할 날 오지 않겠니.**

— 27회 (강조_필자)

둘째애를 가진 후 남편 태수로부터 폭언과 행패를 당하고 서글피 울고 있는 며느리 정자에게 엄마가 건네는 말이다. 찬찬히 뜯어보면, 겉보기엔 범상해보이는 이 대사는 김수현 드라마의 인생론적 깊이를 함축적으로 보여준다. 여기엔 억척 엄마의 며느리 사랑법이 은근히 노출되고 있는데, 그 사랑법에도 예의 전통적인 운명관("신세가 이걸 겪게 돼 있는 모양이니 큰일")과 여성적 인고忍苦를 수락하는 인생관이 드러난다. 그 인생관은 수동적인 인생관이지만, 그럼에도 불구하고 삶을 부정하지 않고 긍정하는 인생관이다. 마침내 인고를 수락함으로써 더 깊고 넓어져 타인의 인고를 이해하는 인생관. 또한 "미련하구 우직해서 정 옮기는 게 잘 안 돼 그래 어떡하니"라는 말은 오랜 세상살이의 연륜에서 나온 말이며, 더욱이 그 어투는 서민적 정서와 한 몸을 이룬 어법이다. 대사의 마지막 "그러다 보면 옛말할 날이 오지 않겠니"도 오랜 신산고초의 연륜 속에서나 나올 수 있는 말이며, 대사 속에서 울리는 가락과 장단은 김수현 문체가 민속 혹은 서민적 세속의 현장에 단단히 발딛고 있음을 보여준다.

3.

〈사랑과 야망〉의 등장인물들은 캐릭터 분석을 필요로 한다. 대개 그들은 주관이 강한 인물들이다. 주관이 너무 강하여 김수현의 인물들은 타인과 사사건건 부딪치는 경우가 많다. 인물들의 주관과 자존심이 상대를 상처낸다. 주관이 강하다는 것은 타자가 주관 안에 들어설 여지가 거의 없다는 말이다. 주관이 강한 인물은 필시 타자와 갈등과 분쟁을 겪지 않을 수 없다. 그러나 김수현의 주관이 강한 인물들은 유별난 사상이

나 이념, 고상한 관념을 지닌 '예외적인 캐릭터'가 아니라 평범한 일상 인들이다.

작가가 이례적으로 이상적인 여성상으로 그리고 있는 혜주의 캐릭 터도 주관이 강하기는 마찬가지이다. 그러나 혜주라는 인물은 작가가 창조한 주관이 강하면서도 타자에 대한 이성적 대화와 관심을 갖는 이 상형 인물이란 점에서 주목할 필요가 있다. 우선 혜주는 미자의 매니저 이면서 의상실을 경영하는 평범한 사업가이다. 아래 인용문은 〈사랑과 야망〉에서 작가가 선호하는 캐릭터가 혜주라는 인물 속에 있음을 은근 히 알려준다.

미자   (O·L의 기분으로) 결국은 그렇게 결정했어요. 아마 우리 두 사람 은 부부루 함께 살 운명은 아닌가 봐요.

혜주   운명? 운명이란 말이 참 우습구나. 그래, 너한테 하나만 물을께. 그 결혼을 하구 싶지 않아진 거야, 아니면 해서는 안 될 거 같아 서야.

미자   모두 다 싫어하구 비난하는 결혼을 어떻게 해요?

혜주   안 하구 싶은 거야 해선 안 되는 거 같아서야?

미자   어떤 건지 모르겠어요. 선생님하구 얘길하면 언제나 이렇게 돼 요. 해서는 안 되는 거 같은 생각이 들다 보니까 안 하구 싶어졌 어요.

혜주   길에서 우연히두 부딪히는 일 없길 바란다구 했던게 너 그거 진 심이야?

미자   진심이에요. 이제 헤어지면 영 헤어지는 거예요. 다시 또 만날 수 있겠어요?

혜주	그 남잘 원해 원하지 않아?
미자	원해요. 원하지만 아무두 날 제대루 이해해주질 않아요. 모두 날 염치없는 도둑으루 봐요. 그인 자기 집에서 미친 사람으루 몰리구 있어요. 세상에 여자가 없어서 또 그 여자냐구요. 그이 엄마한텐 내가 사람두 아니예요. 그런 결혼을 해서 뭐해요. 어떻게 해요? 모두 다 훼방꾼 천진데 선생님 제가 무슨 힘이 있어요?
혜주	미스터 박이 있잖아.
(…)	
혜주	(O·L) 수시루 변하는 **니 맘 너두 고단하겠지만** 미스터 박한테 할 짓이 아냐. **넌 왜 꼭 일은 니가 다 벌여놓구 감당하기 힘들어진다 싶으면 결정적인 순간에 딴소리 딴짓하는 걸루 공무닐 빼니.** 미스터 박 위해서라구? 그래서 미스터 박 또 등신 만들래?
미자	(보며) ……
혜주	**결혼식 니 스케줄 조정해서 가능한 한 빠른 시일 안에 올리기루 했다 왔다갔다하는 니 맘 붙들어매구 너 편하게 해주는 길은 그것밖에 없다구 것두 미스터 박 결정이야.**
미자	(보며) ……
혜주	그 남잔 너 외엔 아무 생각두 안 해. **넌 왜 그렇게 머리 속이 잡다하니.**
미자	(보며) ……
혜주	재혼녀와 결혼하면서 여자에 맞춰 기자 모아 약혼 발표, 자기 부모와의 갈등 질머진 채 여자 위해 서둘러 결혼식, 이 모든 일 어떤 남자나 할 수 있는 게 아냐.
미자	(보며) ……

혜주	입구 나갈 옷 침실에 골라놨어. 마음 정리하구 산뜻한 얼굴루
	나와.
미자	…… (시선 내리며)

—41회 (강조_필자)

　인용문은 혜주가 태준과의 결혼을 독단적으로 취소한 변덕 심한 미자를 만나 둘을 다시 맺게 해주는 부분. 혜주의 성격은 직선적이다. 그러나 직선적 성격이 흔히 지니는 실수와 조급함이 혜주에겐 거의 없다. 그것은 혜주가 이성적이기 때문이며 나아가 상대방의 성격을 깊이 이해하는 인물이기 때문이다. 그래서 혜주는 사건을 촉발하는 문제적 개인이 아니라 사건을 해결하는 문제 해결적 인물이다. 그런 뜻에서 혜주는 긍정적인 개인이며 현대적 여성의 이상형이다. 혜주는 갈등이나 심각한 문제를 매우 현명하고 공평하게 해결한다. 혜주는 우선 대상, 즉 미자의 성격을 정확히 꿰뚫어보고 있다. 감정 변화가 심한 미자의 성품을 잘 알고 있고 또 결혼 취소하겠다는 미자의 속마음이 그렇지 않다는 것을 잘 알고 있으며 또 태준과 미자의 결혼이 두 사람에게 실보다 득이 많다는 것을 잘 알고 있다. 한마디로 두 사람의 속마음을 잘 알고 있으며 객관적인 상황 판단에 정확하고 나아가 군더더기가 없는 깔끔한 성격의 소유자가 바로 혜주이다. 어쨌든 위 대사는 미자와 혜주의 캐릭터를 명료하게 비교해주는 장면이라는 점에서 중요하다. 개인주의자이면서도 타인의 삶을 적극적으로 이해하려는 인물이란 점에서 혜주는 능동적이고 긍정적인 개인주의자이다. 그런데 겉으로 보면, 미자의 매니저인 혜주는 늘 미자의 곁에서 미자와 비교가 되는 인물이다. 이러한 이상적인 여성상인 혜주와 미자와의 비교는 작가가 지닌 여성관의 일단—端을 보여준다. 〈사랑과 야망〉의 깊은 주제 의식을 함축하고 있는 부분은 바로 이 두 인물 관계와 연관되어 있는 바, 그들의 갈등과 공존의 관계는 바로 작가 김수현의 심연의 페미니즘을 보여준다는 점에서 주목할 만하다. 혜주는 작가가 제시하는 여성적 이상에 가까운 인물이지만, 미자는 작가가 섬세하게 살핀 여성적 현실에 가깝다. 뒤에서 살펴겠지만, 드라마의 중심인물인 미자가 가부장적 성장 환경 속에서 심각한 성적性的인 소외감과 욕망의 혼란스러운 불만으로 인해 새로운 욕망에 집착하거나 방황하는 것은 작가가 파악한 한국의 여성성의 현실이며, 긍정적이고 이상형적 여성성을 지닌 혜주와 미자 둘 사이를 계속대비하는 것은 이상적인 여성성-페미니즘이란 무엇인가 라는 작가적 문제의식에서 비롯된다. 다시 말해 거기엔 가부장적인 성적性的 보수성에 대해 반대하는 김수현의 페미니즘이 앞으로 한국의 가부장적 문화에 어떻게 대응하고 도전하며 어떠한 페미니즘적 내용으로 나아갈 것인가 하는 문제의식이 담겨 있다.

작가 의식의 심연과 작품의 심연의 테마를 이해하기 위해서는 이 작품의 히로인이자 프로타고니스트인 미자라는 인물 속으로 깊이 들어가볼 필요가 있다. 전쟁통에 죽은 오빠를 못내 안타까워하며 알코올 중독된 아버지를 둔, 춘천의 시골 사진관집 딸인 미자는 첫사랑인 방앗간 집 큰아들 태준과 사랑을 이루지 못하고 가출, 상경하여 배우의 길을 걷게 된다. 이후 나이 차가 많고 이해심 많은 김감독과 결혼, 그러나 김감독이 급사하자 태준과 재혼, 결별, 재결합하는 등 서로 깊이 갈등하며, 한편 정신과 의사인 홍조와 지속적인 우정을 갖는다. 미자를 알기위해서는 홍조와의 관계를 유심히 살펴야 하는데, 이는 작가가 창조한 이상적 남성상인 홍조가 다름 아닌 정신과 의사라는 사실과 관계된다. 홍조를 정신과 의사로 배역한 것은 대수롭지 않게 지나칠 수 없는 작가의 내면 의식을 보여준다. 홍조가 정신과 의사라는 설정은 작가가 존재의 무의식에 깊이 관심을 쏟고 있음을 알려준다. 특히 미자가 컴백한 영화에서 미친 여자 연기를 하는 장면이 길게 나오는 부분이나 드라마의 맨 끝(95회)에서 늙은 홍조가 정신병자들이 무대에서 벌이는 사이코드라마를 유심히 관람하는 부분 역시 작가 의식이 광기에 대해 깊이 머물러 있음을 암시한다. 그 광기는 우선 인간의 존재론적인 자아 분열을 표현한다. 홍조에게 정신병 치료를 받고 있는 한 여자 환자는 소외의 한 극단적 현상으로서 남편과 가정('집')으로부터의 소외와 그로 인한 자기 분열을 호소한다. 그런 심각한 신경증적인 광기와는 거리가 있지만 미자 역시 그런 '집'으로부터의 자기 소외와 그로 인한 자기정체성의 분열을 앓고 있는 일종의 정신병자에 가깝다. 분명해보이는 것은 정신분석가이자 정신병 의사로서의 홍조는 심연의 상처를 따뜻하게 이해하고 그에 대한 치유 방법을 찾는 인물인데, 홍조-미자 사이의 관계는 김수현의 작가적 심연을 이해하고 나아가 김수현 문학의 이면의 테마를 살필 수 있는 중요한 분석 대상이다. 다음 홍조의 강의 내용을 음미해보자.

홍조   (강의 중) 프로이트는 또 인과율을 긍정했어요. 곧 심리적인 모든 것은 절대 우연히 일어나는 게 없고 반드시 미리부터 갖구 있는 요인의 결과며 또한 인과의 연쇄 안에서 작용한다, 이 사슬 고리들은 하나하나 뚜렷할 수도 있고 뚜렷하지 않을 수도 있다, 무의식중에 나온 말, 터무니없는 꿈 이런 것들도 모두 실은

구체적 발생 원인이 있으며 구체적인 효용, 구체적인 의미를 갖

구 있는 것이다. (돌아서 칠판에 꿈이라고 쓰며) 프로이트는 처음에

는 꿈이 마음의 무의식적인 경향의 지표가 되는 (…)

—75회

신경증은 대개 성적으로 복합적인 요인을 지닌 마음병이다. 인용된 말 속에서 우선 유추될 수 있는 것은 세세로운 사건들, 터무니없는 꿈, 돌출 같은 언행 따위들이 우연의 결과물이 아니라 인과론에 따라 발생한 것이라는 정신 분석학적 기본 입장이다. 그러한 입장에 동의하면서 타인의 마음병을 치유하려는 홍조의 인간관은 인간 행동과 무의식 속의 돌출이나 파탄, 일탈 등을 주시하고 그것에 깊은 관심을 보이는 인간관이다. 미자가 홍조를 수시로 만나려 하는 것은 신경증 환자로서 미자는 바로 피분석자 혹은 정신병의 면담자 위치에 있음을 암시한다. 그리고 홍조는 미자의 그 변덕 많고 돌발적인 삶을 적극적으로 이해한다. 그러한 홍조의 태도와 관점은 작가 김수현의 태도와 관점을 은근히 암시한다.

미자라는 캐릭터는 제대로 설명되기가 힘든 인물이다. 미자 자신도 자신을 알지 못한다. 미자는 자신의 현존 속에서 자신의 부재를 겪는다. 현존과 부재 사이의 틈새에 정신 분석학은 틈입한다. 미자가 끝없는 마음의 갈등과 변덕을 부리는 것은 정신 분석학적으로 보자면 자신의 성장-출생 과정에서 아버지와의 관계 속에서 그 이유를 찾을 수 있다. 오이디푸스 콤플렉스는 정신 분석학의 기본 모델이다. 오이디푸스에 토대를 둔 주체는 늘 만족될 수 없는 상태로 남겨진다. 주체에는 아버지에 대한 공포와 복종, 어머니를 향한 욕망과 결핍이 복합적으로 얽혀 있다.

그러나 라캉[7]에 의하면 실제로 정신병에서는 오이디푸스의 위기가 일어나지 않는다. 정신병은 오히려 "아버지의 이름을 '배제'한다. 아버지가 있을 자리엔 구멍이 나 있다. 그럴 경우, 주체가 아버지의 이름에 의지할 것을 명령받지만 그 존재를 발견하지 못하면 정신병이 발발하는 것이다."[8] 그 아버지의 자리에 의지하려 해도 아무 존재가 발견되지 않는 텅 빈 자리일 때 정신병은 일어난다. 주체는 그 텅 빈 자리에 망상妄想을 구축하려 하기 때문이다. 그리고 그 "망상은 생성되지 않았던 아버지 은유[9] 대신, 착란적이기는 하지만 어쨌든 은유를 만들어내려고 시도한다. 따라서 자신이 살아갈 수 있는 적절한 세계를 망상을 통하여 재구축해야만 한다."[10] 이러한 정신 분석학 관점에 기댄다면, 미자가 배우로

---

7) 라캉의 정신 분석 이론은 프로이트의 꿈 이론을 텍스트 이론 혹은 언어 이론으로 대체한 것이라고 할 수 있다. 라캉에 의하면 내가 생각하는 곳에 나는 존재하지 않는다. 즉 내가 쓰는 언어에는 또 다른 내면의 타자가 그 언어를 응시한다. 언어는 그러므로 나로부터 소외되고 그 타자(즉 무의식)로부터도 소외된다. 지시 대상은 그 지시어(언어, 기표) 밑에서 계속해서 '미끄러져slide 달아난다.' 〈사랑과 야망〉에서 미자의 심리 분석은 이러한 라캉의 언어의 정신 분석 이론에 기댄다면 소기의 성과를 얻을 수 있을 듯하다. 그러나 김수현의 캐릭터 분석은 정신 분석학 혹은 그와 연결된 페미니즘 이론과 갈등하는 부분이 적지 않다. 특히 전통 관념 혹은 인습에 대한 작가의 사유, 이상적인 인간상에 대한 강한 동경 등 작가의 주제 의식과 의지가 강하게 표현되는 대목에서 정신 분석학과 페미니즘은 더 이상 개입이 힘들다.

8) Alain Vanier, *Éléments d´ introduction à la psychanalyse*, Paris: Nathan, 1996, p.102.

9) 라캉에게서 '은유'는 어떤 대상에 대한 충족할 수 없는 성적인 욕망을 무의식이 억누를 때 일어난다. 신경증의 징후는 본질적으로 은유적이다. 그것은 억압된 성적 욕망을 대체하는 그 무엇이다. 이에 비해 '환유'는 억압된 욕망의 상징적인 자리바꿈displacement이다. 그 자리바꿈은 하나의 이미지를 가까이 인접하는 이미지로 자리 바꾸는 것을 뜻한다. 가령, 다소 도식적인 해석이 되겠지만, 미자가 첫 남편 김감독, 둘째 남편인 태준과의 되풀이되는 이혼, 결혼, 홍조에게 구애求愛를 하는 행위는 부재하는 부성 혹은 억압된 부성의 욕망이 인접 이미지들로 연쇄적으로 자리바꿈하는 과정이라고 할 수 있다. 다시 말해 김감독, 태준, 홍조 등은 억압된 부성의 환유로서의 이미지들이라 할 수 있다.

10) Alain Vanier, 앞의 책, 같은 쪽.

서 스타가 되려는 욕망은 텅 빈 부성의 자리를 메우려는 욕망(일종의 망상)의 은유이다. 왜냐하면 배우란 수많은 배역, 즉 자리를 바꿔가며 욕망의 상징들을 살 수 있는 직업이기 때문이며 그렇게 함으로써 불투명한 무의식의 욕망은 여러 가지 시니피앙으로 이리저리 옮겨다니며 자기를 주장하게 되는 것이다. 미자가 욕망이 강한 배우가 되는 이야기 설정은 작가 김수현의 욕망학을 적절하게 보여준다. 첫사랑이자 두번째 남편인 태준과의 부단한 갈등 과정도 자기 심연에 부재하는 '아버지의 은유'를 만들어내려는 욕망의 결과라 할 수 있다. 오히려 지속적으로 '아버지의 은유'를 만들어내지 않으면 미자 자신은 정말로 정신병의 나락으로 떨어지게 될 것이다. 그래서 '아버지의 은유'로서의 배우에 대한 집착(수많은 시니피앙의 연쇄 혹은 상징들에 대한 집착!)과 태준에 대한 집착은 거의 강박증적일 수밖에 없다. 결국 미자의 심연에 난 아버지의 빈 구멍은 아버지의 부재와 그에 따른 '아버지의 은유'에 대한 집요한 무의식적 집착을 낳는 것이다.

아버지의 부재는 미자의 경우 남근적 세계 혹은 부성의 강제적 거세에서 비롯된 것이다. 그것은 또한 미자의 개인사와 관계된 것이면서 역사와 관계된 것이기도 하다. 태준의 입을 통해 미자의 유년기가 회상되고 있는 다음 말을 보라.

태준   지금두 선명하게 남아 있는 대목대목이 많아. 니가 입었던 옷 색깔 머리 모양 전부 다. 당신 오빠 유골 왔을 때 토요일 오후 네 시쯤이었어. 나 아부지 심부름으로 방앗간 발동기 고장났다구 철공소 사장한테 갔다 오던 길이었어. 늬 집 앞에 동네 사람들…… 꼭 늬 집에서 토해져나오는 거모양 잔뜩 모여 섰는

데…… 늬 엄마 울음 소리가 들리구…… 넌 전봇대 앞에 쭈그리고 앉어 울구 있었어. 흰 광목 저고리에 검정 치마…… 앙상하게 말른 두 다리를 내놓구, 잘못 앉아 속옷이 다 보이게…… 너한테 갔지 왜 그래…… 우리 오빠가 죽었단다. 속이 시원하니?

—34회

미자의 유년 시절은 오빠의 처참한 죽음과 그에 이은 엄마의 죽음으로 어둡게 칠해져 있다. 그리고 이 작품의 앞에 나오듯 알코올 중독자 아버지는 아들의 죽음을 안타까워하다 거의 폐인이 된 사람이다. 부성의 거세, 아버지의 부재는 그렇게 표면화되었다. 그런 아버지가 싫어 미자는 가출, 상경하고 배우로서의 욕망에 불이 붙는다. 정신 분석학의 도식에 의지한다면, 앞서 말했듯 스타에 대한 강박적인 갈망이 바로 아버지의 부재와 그에 따른 '아버지의 은유'였다. 스타에 대한 욕망이 망상에 불과한 것이라서 김수현은 미자로 하여금 덧없는 스타의 길을 걷게 한 것일까. 그 아버지의 은유 찾기는 미자를 히스테리와 강박 관념—히스테리와 강박 관념도 억압된 욕망의 은유들이다—에 시달리게 한다.

한편 억척스러운 태준 엄마도 일단 정신 분석의 분석 대상이 될 수 있다. 엄마에게도 아버지의 죽음, 즉 부성의 결핍은 상징으로 드러나는바(라캉의 정신분석학에 의하면, 상징계가 없다면 엄마의 부성 결핍은 존재할 수 없다), 그 결핍의 상징은 가령 엄마가 애지중지하는 아버지의 사진이거나 온 가족이 모여 눈 내리는 밤에 지내는 아버지 제사 그 자체이다. 또 그 부성 결핍의 상징은 엄마의 자식에 대한 애착과 욕망에서도 잘 드러난다. 그러나 엄마의 언어는—언어는 곧 '상징계'이다—억척스러움을 통해 아버지의 결핍을 드러낸다. 그리고 결핍은 바로 욕망이기에 엄마의 억척은 그 자체가 욕망하는 부성이다. 억척스러운 말은 표면적으로는 엄마의 생활력이자 생존의 수단이지만, 심연으로는 엄마의 결핍된 부성, 즉 욕망하는 부성인 것이다.

〈사랑과 야망〉을 이해하는 데에 정신 분석학이 요긴한 것은 그것이 삶의 심연을 이해하는 학문이기 때문이다. 정신 분석학적 인간관은 홍조의 인간관이기도 하지만, 다름 아닌 작가 김수현의 인간관의 이면이기도 하다. 사상이나 이념으로서 인간을 보기보다는 인간 심연의 움직임과 일상 속의 일탈을 중시하고 주목하는 인간관. 이러한 정신 분석학적인 관점은 사적인 심연을 이해하려는 인간관이다. 사적인 일상의 행동을 주의 깊게 관찰하면서도 그것의 무의식과의 인과 관계를 추궁하는 관점. 사적이고 일상적이면서도 그 어두운 심연을 이해하는 '심연의 인간관'은 친근하고 따뜻한 인간관이다. 그 '심연의 인간관'은 모든 주체에 대한 평등한 사랑의 인간관이다. 김수현의 인간관이 지닌 속성은 이러한 '심연의 인간관'이 펼쳐놓은 따뜻함이며 친근함이다. 그리고 그의 드라마가 도달한 곳은 이러한 사적이지만 친근하고 일상적이지만 심연을 지닌 사랑의 세계이다. 그 사랑은 관념적인 사랑이 아니라 일상적인 삶의 상처를 섬세하게 감싸안는 구체적인 사랑이다. 가까운 예문을 보자. 사장이 된 태수가 "먹고 살기두 고달"픈 건설 노동자들을 보며 친구 성균에게 말하는 대목.

태수 열에 일고여덟은 산동네야. 그나마 제 집 갖구 사는 사람 거의 없어. 박한 임금으루 자식 교육은 관두구…… 먹구 살기두 고달 파. 사회에서 천시하구 **스스루들두 자신들을 비관해. 남 보는 거**

같지 않어. 사장이라구 왁왁거리면서 다녀두 (성균 돌아보며 비죽 웃으며) 때때루 저 사람들이 바루 나 같애. 야아 그 배고팠던 거 말 못한다!

—76회 (강조_필자)

태수의 이 발언은 "스스루들두 자신들을 비관"하는 노동자들의 마음을 이해하는 데에서 나온 말이다. 가난에 허덕이는 노동자들을 경제적으로 착취받는 계층으로 바라보는 것이 아니라 그들 괴로운 내면 속에서 자기 과거의 정체성을 읽는, 바꿔 말해 태수 자신의 심연 속에서 노동자들의 괴로운 심연을 찾아내어 읽고 있다는 점에서 태수의 이 말은 바로 작가 김수현의 '일상성의 심연에 대한 깊은 이해심'이 드리운 말이다. 태수의 "남 보는 거 같지 않어"라는 말 속엔 상처난 타인의 심연에 대한 이해심이 짧지만 깊이 담겨 있다. 바로 이처럼 어두운 심연의 이해를 통해 그 어두운 삶에 빛을 주는 '사랑'의 세계는 김수현 문학이 추구하는 문학적 지향이자 그녀가 도달한 문학적 경지이다.

김수현의 인간관은 그러므로 모든 인생은 존재론적으로 혹은 내면적으로 평등하다는 데에서 출발한다. 그 평등주의를 이해하기 위해 다소 푼수끼가 있는 혜영과 똑똑이 혜주 자매간의 다음 대사를 보자.

혜주 무슨 얘길 할려구 그래?

혜영 밤낮 딴 사람 재미 읎구 취미 읎구 안 이쁜 게 뭐니? 너하구 똑같지 않다구 그러는 거 아냐. 어떻게 똑같어 다아 틀린 사람인데, 너 그러는 거 딴 사람 얼마나 피곤하게 만드는지 알어? 너하구 다 같이 똑같으믄, 어이구, 난 태어나지 않은 쪽이 훨씬 좋

겠다. 무슨 재미루 살어? 너 자연을 봐, 나무들을 봐, 꽃을 봐,

새를 봐, 얼마나 다양하구 다채롭니? 똑같이 생긴 강이 있니 산

이 있니 나무가 있니? **창조주는 다양한 걸 좋아하셔. 시알 좀 넓**

게 봐라 넓게! 하나두 똑같은 게 없는, 다 틀린 다 다른 다양이

다 같이 함께 어울려 크은 조화와 균형을 이루게 하는…… (물끄

러미 혜주 보며) 넌 왜 것두 모르니?

— 54회 (강조_필자)

　새겨둘 만한 말이다.[11] "창조주는 다양한 걸 좋아하셔. 시알 좀 넓게 봐
라 넓게! 하나두 똑같은 게 없는, 다 틀린 다 다른 다양이 다 같이 함께
어울려 크은 조화와 균형을 이루게 하는…… 넌 왜 것두 모르니?" 그러
므로 모든 삶은 평등하고 그 평등함 때문에 그 누구의 삶도 이해되어야
한다! 인간 내면을 다면적이고 유동적으로 이해하는 김수현 문학의 기
본적인 철학도 이처럼 모든 인간성에 대한 평등주의에서 나온다고 할
수 있다. 인간 존재간에 근본적으로 우열이 있다면 그것은 사회적 관계
속에서의 우열이다. 모든 인간 주체엔 욕망의 불완전성이 숙명처럼 자
리할 뿐, 주체간의 우열이 있을 수 없다. 선악이나 우열은 존재론적인
것이 아니라 사회론적이다. 모든 존재는 평등하다. 평등한 존재들은 사
회화 과정을 통해서 선악과 우열의 고리에 얽혀들 뿐이다. 사회를 미워
해도 인간을 미워할 것은 아니다. 물론 사회화 과정 속에서 주체들은 저

---

11)　드라마상의 앞뒤 정황으로 볼 때, 인용된 혜영의 말은 똑똑한 동생 혜주에게 다소 억지
　　논리로 쏘아붙이는 말이다. 똑똑한 혜주가 세상 사람들이 자기와 같이 다 똑같아야 한
　　다고 생각하지 않음은 물론이다. 이 말은 언니 혜영의 푼수끼 섞인 험담에 불과하나, 이
　　말은 결국 작가의 계산된 의도 아래 혜영의 입을 빌려 표현된 작가의 인간관이자 세계
　　관이라 할 수 있다.

마다 내용과 색깔이 서로 다른 내면적 과정을 거치게 되지만, 주체 자체는 끝없는 이해의 대상이 되어야 한다. 그 존재에 대한 끝없는 이해는 다시 말하지만 인간 존재에 대한 평등주의에서 비롯된다. 그 상처난 불완전성으로서의 존재의 평등주의는 세칭 영웅적인 인물이나 고고한 인물이라 불리는 인물조차 '유별날 것도 더 특별할 것도 없다'는 인식과 짝을 이루고 있다.

혜주   (E) 텔레비 드라마 쓰는 내 후배 하는 말이 있어. 세상은 자기 인생이 누구 꺼보다두 파란만장하다구 생각하는 사람들루 가득 차 있다구. 자기 얘길 드라마루 쓰면 대 히트할 거라구. 줄거리 써보자는 사람들 부지기수래. 전부 다가 전혀 유별난 것두 특별할 것두 없는 그저 그런 얘기들이래. 사람들 대부분 그래.

미자   ……

─93회

그래서 김수현 드라마는 '큰 이야기에 부속된 개성주의적 인물 창조'와는 일정한 거리를 두며, 삶의 구체적이고 일상적이며 서민적인 세계에 천착하는지도 모른다. 아마 그럴 것이다. 그리고 이러한 존재론적 평등주의 혹은 '인생 평등주의'는 필경은 저잣바닥의 삶이나 잘난 삶이나 모두에게 긍정적인 관심을 갖는다. 김수현 드라마의 복합적이고 섬세하며 평등한 인간성 탐구, 깊은 심리 묘사, 도저한 긍정의 정신 등은 이러한 평등주의에 입각한 인간 이해와 깊숙이 관련되어 있다. 그 치우침 없는 인간 내면의 이해를 바탕으로 우리의 고정 관념, 전통 윤리, 현대성, 성 문제 등에 대해 공평한 비평 정신을 수행하는 것, 이것이 이 작품이 지닌 '심연의 테마'의 요체를 이룬다.

프로이트가 인간 욕망과 결핍의 심연을 분석함으로써 결국 발견한 것은 인간 존재의 근본적인 불완전성이라 할 수 있다. 프로이트적으로 말하면 김수현의 평등주의는 존재의 불완전성으로서의 평등주의이다. 그 불완전성을 어떻게 극복할 것인가 하는 문제는 정신 분석학이 남긴 숙제이며 아울러 그것은 김수현의 평등주의가 어떻게 자기 한계를 극복할 것인가에 대한 숙제이기도 하다. 아마도 김수현은 그것을 여러 주체들에 대한 깊은 이해를 통해 해결해야 한다고 믿는 듯하다. 그렇듯 수많은 세속 인생들의 어두운 심연의 상처를 감싸안는 그 '평등주의적 사랑'은 결국 큰 긍정의 세계를 열어놓는다. 왜냐하면 모든 주체는 평등하다는 인식은 모든 주체의 심연의 상처를 이해하려는 마음과 짝을 이루고 있기 때문이다. 작거나 못났거나 세속적이거나 더럽거나 주체의 심연에 난 상처는 심연에 사랑의 빛을 비침으로써 그 고통의 심연은 저마다 살아가야 할 생명력으로 바뀐다. 김수현의 평등주의가 어둡고 괴로운 심연을 향하고 있다는 점에서 허무주의적 색채를 옅은 그늘로서 거느리고 있지만, 그것은 근본적으로 긍정과 사랑의 세계관이다. 그런 작가의 평등주의적 사랑이 태준으로 하여금 이렇게 말하게 한다. "생긴 그대루 있는 그대루 모자란 그대루 받아들이는 게…… 그게 사랑이야." 김수현은 아무리 이상적인 캐릭터라 해도 인물을 절대화하는 것에 반대한다. 모든 인간 존재는 욕망의 결핍에 시달리다 마침내 죽고 마는 불완전한 존재이므로. 존재의 심연에 대한 깊은 성찰은 작가 김수현을 특유의 평등주의로 이끈다.

4.

김수현 드라마의 주인공들이 지닌 캐릭터적 묘미는 가난하거나 힘이 없는 처지임에도 불구하고 자존심을 버리지 못하고 변화된 현실과 갈등을 살고 있다는 데에 있다. 〈사랑과 야망〉의 주인공들은 자기 꿈과 현실 사이에 깊은 괴리감으로 갈등한다. 좀더 깊이 이 작품을 들여다본다면, 그 인물들이 겪는 갈등은 자신의 삶에 상처를 주는 사회 형식과 전통 관념이 점차 그 현실적인 존재 기반을 잃어가고 있으나 그것들이 여전히 자기 삶을 구속하고 있는 데에서 오는 갈등이며 그들의 강한 자존심은 그런 사회 형식과 전통 관념의 시대적인 허구성을 자각하고 그에 저항하는 데에서 얻게 된 자존심이다. 가령 껍질에 지나지 않는 전통 형식을 대표하는 인물은 바로 태준의 아버지로서 그와 엄마 사이의 갈등 관계를 주목할 필요가 있다. 태준의 아버지는 바로 시대적으로 존립 기반을 위협받고 있는 가부장제의 위엄을 간신히 유지하고 있는 나약한 인물이며, 그에 비해 자존심 강한 태준의 엄마는 그런 허약해진 가부장과 갈등하며 생활력과 독립심을 갖춘 억척 여성이다. 태준 엄마가 자존심 강한 억척 어멈이 되어야 했던 것은 가부장적 전통의 약화에 있다. 그 가부장제는 이미 억척 어멈의 성격 속에서 시대적으로 서서히 해체된 것이며 그 아들의 아버지 옹호에 의해 간신히 유지되고 있을 뿐이다. 보자.

S# 마당 마루 (새벽)

엄마　　　아니 근데, 이 양반이 왜 이렇게 날이 갈수록 사람 힘키게 만드나 그래애?

태준 아버지 (묵묵히 도구만 챙긴다)

엄마 (E) (연결) 이제 아예 어기짱으루 살기루 작정했수?

태준 아버지 잠깐 다녀오께.

엄마 (빽 소리지르며) 기계 기름 멕이는 거까지 내 손으루 해야것수?

⇨ 태수 방문 부서져라 열며.

태수 (앉은 채 버럭) 기름 제가 멕일 테니까 아버지 좀 내버려두세요!

엄마 ? …… 저눔 자식이.

태수 (일어나 나오며 O·L) 제발 아버지 좀 들볶지 마세요! 아버지가 뭐 잘못하시는 게 있다구 해만 떴다 하믄.

엄마 이눔아!

태수 (상관없이 자신의 대사는 연결)

엄마 시끄러워?

태수 일 년 삼백육십오 일 단 하루가 조용하면 엄마 성이 하루가예요.

엄마 이이이이이눔이.

태준 아버지 (엄마와 함께 나무란다) 태수야!

태수 (불편한 채 마루 내려서면서) 형 어디 갔어요! 형두 있구 저두 있는데 기계 기름 멕이는 거 왜 하필이면 꼭 아부지래야 해요!

엄마 구실 못하는 것들일수록 큰소리는 요란하드라!

태수 (방앗간으로, O·L, 올라서 홱 돌아보며) 아부지가 구실 못한 게 뭐예요!

태준 아버지 (태수 등짝 퍽 갈긴다) 이눔아 닥쳐!

태수 염병할 방앗간, 다 뚜드려 부시구 말아요 그냥?! (늑대 포효처럼)

—3회

926

무능한 아버지 앞에서 벌이는 엄마와 태수 사이의 언쟁엔 각각 가장으로서 아버지에 대한 원망과 옹호가 담겨 있다. 그러나 주목할 것은 작가가 이 언쟁의 상대 어느 쪽에도 기울어져 있지 않다는 점이다. 작가가 한쪽에 편들지 않은 것은 작가의 의식이 언쟁의 표면에보다는 그 언쟁의 깊은 속내에 관심을 가졌기 때문이다. 이 언쟁 속에 보이지 않게 깔려 있는 속내는 한국 사회의 가부장제가 이제 막다른 길목에 다다랐다는 역사적 맥락이다. 한국의 유서 깊은 가부장제 전통이 위기를 맞게 된 급격한 계기는 주지하다시피 일본 제국주의 시대와 한국 전쟁을 통해서이다. 제국주의 시대는 침략의 역사였고 남성 중심의 이데올로기 각축기를 참담한 실패로 끝낸 한국의 근현대사는 남성들로부터 가부장적 권위를 빼앗아버렸다. 상대적으로 한국 여성들은 가부장제 전통과 그 취약성에 보태어 혹독한 침략과 전쟁의 시대를 겪어야 했으니 고통의 짐은 이중 삼중으로 배가될 수밖에 없었다. 배가된 고난 속에서 한국 여성 특유의 억척스러움이 나올 수밖에 없었고, 그 억척 어멈의 전형적인 인격화가 바로 태준 엄마라고 할 수 있는 것이다. 그러므로 엄마의 억척은 이해되어야 하고 아들로서 태수의 아버지 옹호도 또한 자연스러운 것이다. 김수현은 그 억척에 대한 깊은 이해를 〈사랑과 야망〉의 도입부 아래 지문을 통해 좀더 직접적으로 적고 있다.

S# 방앗간

떡방아 찧고 있는 씩씩한 엄마. 안에서 태준 나와 어머니에게 가서 아버지의 행방을 묻는다. 무뚝뚝하고 퉁명스럽게 대꾸한다. 엄마 남편의 얘기만 나와도 부아가 터진다. 두 사람의 대화는 소음에 묻혀 전혀 들리지 않는다. 태준 싱긋 웃으며 엄마 옆 떠나는데 엄마 아들 뒤를 잡아당겨 문간에 자전거를 가리키며 뭐라고 한다.

태준 끄덕이며 끌어낸다. 엄마 일손 잠시 늘어뜨리고 서서 자전거 끌고 나
가는 큰아들 지켜본다. 이 여인에게는 유일한 희망이다. 밖의 아들 모습이
사라지자 다시 씩씩하게 일에 들러붙는 엄마.

—1회

계속해서 앞서의 논의를 잇는다면, 따라서, 전통적 가부장제라는 명
분 혹은 형식은 내용 없는 형식화의 길로 접어든 셈이다. 그러나 태준
엄마에게 가부장제는 명확히 의식화된 그런 관념이 아니다. 그녀는 남
편을 우습게 여기면서도 큰아들만은 애지중지한다. 가부장에 대해선
진력이 났지만 아들 선호 관념이 여전한 것은 그녀가 가부장제적 전통
을 이어가면서도 그녀 자신이 가장 역할을 해야 함을 뜻한다. 가부장적
전통으로부터 삶이 자유롭지 못하면서도 가모장家母長적 삶을 살아야
하는 모순을 살아야 하는 것이 태준의 어머니인 것이다. 험난한 시대에
그런 모순을 살아야 하므로 태준의 어머니는 억척 어멈이 될 수밖에 없
었고, 이런 속내를 김수현은 위의 인용문에 고스란히 묻어두고 있는 것
이다. 그러나 이러한 가부장제에 대한 논의는 전후 한국의 사회 심리학
적 차원에서 살펴볼 필요가 있다. 왜냐하면 인간 존재의 내면에 있는 부
성 콤플렉스(오이디푸스 콤플렉스의 수많은 변형)에 대한 탐색은 김수현
문학의 심리학적인 주제이며 가부장제는 이런 김수현의 심리학적 주
제의 사회적 연장 위에 놓여 있기 때문이다. 이런 심리학적 테마는 미자
와 전쟁 중 잃은 아들을 못내 아쉬워하며 술에 빠져 사는 미자 아버지
사이의 갈등 속에도 숨어 있다.

928

S# 미자 아버지의 방 (밤)

미자 아버지 (벽에 기대어 두 다리를 뻗고 앉아서 고개 치켜 들고 눈은 감고 소리 죽인
넋두리 섞어 울고 있다) 어이구우우우 내 자식아아아아 으으으으
으으으으. 어느 산 어느 골짜기에서 까마귀 밥이 됐냐아아아 내
아들아아아아 이눔아아아아 으으으 흐흐흐흐흐. 에라 못생긴
눔아아아아. 남의 집 자식들이라구 다 멀쩡하게 잘만 살어 오든
데 이눔아 다리 한 짝이 없어두 좋구 팔 한 짝이 없어두 살어만
오지이이 이 못난 눔아. (감정이 격앙돼서 아예 목놓아 몸 앞으로 꺾
으며) 대철아! 이눔자식 애비 가슴에 피멍을 들이구 예끼 이
나쁜 눔 으으으으으으으으으으. 대철! 대철아아아아아아. 이
눔아아아아!

(…)

미자 아버지 (눈 부릅뜨고 물사발 날린다)

미자 (피하면서 악쓴다) 죽은 사람은 죽은 사람예요. 밤마다 통곡한다
구 죽은 오빠가 살아 와요? 난리통에 까마귀밥 된 사람이 한둘
이냐구요. 아부지 아들만 죽었어요? (울며불며) 전사자가 전부
얼만지나 알아요? 죽은 사람은 죽은 사람이라구요. 산 사람은
살어얄 거 아녜요?

미자 아버지 (버럭 소리지르며) 이년아 그래서 뭐가 어쨌다는거야!

미자 술 좀 그만 먹구 그만 울구 정신차려 살자구요 아부지. 무슨 작
정으루 이러세요. 나 미쳐서 속치마 바람으루 거리루 나가는 거
보구 싶어요?

미자 아버지 (기죽어) 물이나 떠와!

미자 (늦추지 않고) 이제 마지막예요. 술 끊으세요. 안 그럼 나 집 뛰쳐

나가 아부지 안 볼래요.

미자 아버지   (눈 확 크게 뜨고 노려본다)

미자   저도 자식이에요. 오빠만 자식이 아니라구요. 왜 죽은 오빠 때
               매 산 제가 이렇게 지옥살이 해야 해요. (철썩 따귀 맞는다)

                                                              —1회

　　이 어두운 대화는〈사랑과 야망〉의 깊은 곳에 난 어두운 구멍 같은 대
목이다. 빛조차 빨아들이는 블랙홀 같은 구멍이랄까. 왜냐하면 이 대화
는 미자라는 주요 캐릭터의 심연의 내용을 보여주는 곳이기 때문이고
나아가 아버지 자리의 부재(이 작품의 주요 모티브인 태준 아버지의 죽음을
함께 생각하자)와 새로운 아버지 자리 찾기의 모멘트를 이루는 곳이기
때문이다. 다시 말해 이 작품의 심연이 겪는 갈등의 원인을 상징적으로
알려주는 대목이 인용문이다. 이러한 부성父性에 대한 연민과 공포 그
리고 그런 부성의 현실적 부재 사이의 방황은〈사랑과 야망〉의 밑바닥
을 끊임없이 오가는 심리적 구조를 이룬다. 미자로서는 왜 자신이 이토
록 심적인 방황을 하는지 스스로도 모를 지경이지만(85회의 홍조가 한
말을 보면) 미자의 무의식엔 아버지 자리의 부재와 그 결핍을 채우려는
욕구 사이의 갈등이 자리 잡고 있고 이런 심리적 갈등은 미자에게 유독
신경증적인 증상으로 나타날 뿐 그 원인이 작품엔 구체적이고 직접적
으로 언급되지 않는다. 아마 인용문은 미자의 마음병의 원인을 간접적
으로 추정케 하는 대목이 될 텐데 원인이 간접적으로 드러날 뿐 베일에
가려진 것은 심리학의 본질이란 그런 불확정성 속에 있음을 말해주는
듯하다.

　　그러나 아버지의 자리는 태준의 가족들의 심연엔 공통적으로 늘 따

930

뜻한 흔적으로 자리 잡고 있다. 어진[仁] 부성이었기에.[12] 그래서 태준 가족은 자연스럽게 부재하는 아버지 자리로 인해, 미자와는 달리, 불완전하지만 대가족제의 그림자를 늘 거느리며 살아간다. 드라마 속의 제사지내는 장면은 그 훌륭한 예증이다. 한편 태준 가족 모두에게 부성 부재의 심리는 여러 양상으로 나타난다. 아버지 자리에 대한 작가의 집요한 질문은 마침내 가족관과 세계관에 대한 새로운 전망에 이르게 하는데, 그것을 뭉뚱그려 말하면, 김수현의 1990년대 작품들에서 나타나듯 가부장제에 대한 새로운 인식을 바탕으로 현대적(혹은 변형된) 대가족제에 대한 선망으로 나타난다.

가부장제 전통의 붕괴는 가부장제의 종말을 뜻하는 것이선 안 된다는 것, 부성애나 아버지에 대한 존경 또는 신뢰할 만한 부부 관계 등과 같은 새로운 가족관이 그 빈자리를 채워야 한다는 것, 가부장제는 그 아름다운 내용을 계승하고 마침내는 새로운 우애의 대(혹은 중)가족제로 바뀌어야 한다는 것, 바꿔 말해, 오늘날 거의 자기 내용을 잃어버린 전통이라 하더라도 그 전통을 새로운 현대적 전통으로 바꿔가야 한다는 인식은 김수현 드라마의 중요한 주제 의식이다. 이런 뜻에서 김수현의 가족관은 인정적이며 보수적이다. 김수현 드라마의 중심 축을 이루는 집의 세계는 가부장제가 붕괴되고 사라질 위기에 직면한 세계이지만, 여전히 그 집은 가족들이 서로 흩어지지 않고 한 지붕 아래 살아가길 바라는 그런 인정과 보수성이 강한 세계이다.

---

12) 존재 심연의 본질인 오이디푸스 콤플렉스의 갈등과 위기를 극복하는 방법은 무엇일까. 아마 김수현은 어짊[仁] 혹은 믿음[信] 사랑[人情, 友愛] 등 같은 좋은 인성人性(선천적이든 후천적이든)에서 찾을 수 있다고 믿는 듯하다. 그의 전통적 가치관·윤리관에 대한 관심도 이런 맥락에서 살필 필요가 있다.

이런 맥락에서 지면의 한계를 무릅쓰고 짧게 거칠게나마 김수현의 세계관을 적어둔다면, 그것은 새로운 유가적 가치와 윤리가 적용된 세계관, 신의와 인정과 예의가 바탕을 이루는 세계관이다. 인간 욕망의 본질성과 불가피성을 수락하더라도 작가는 그 인간 욕망을 반성시키는 것은 새로이 해석된 유가적 세계관이라고 믿고 있는 듯하다. 중요한 사실은 이러한 새로이 해석된 신유가적 세계관은 인간 존재의 본질로서의 심연 욕망—가령 미자의 오이디푸스 콤플렉스 혹은 수많은 고삐 풀린 욕망들—을 극복하는 작가의 전망이자 메시지라는 점이다. 그 좋은 예가 인정과 신의와 의리가 지배하는 대가족제를 동경하는 작가 의식이다. 그것이 얼마나 실현될 것인지 또는 심연의 상처와 욕망을 얼마나 치유하고 반성시킬 것인지의 여부는 잘 알 수 없는 일이지만 그러한 김수현의 신유가新儒家적 관점은 흥미로운 것이고 깊은 관심을 요하는 것이다. 그리고 그것은 오늘날 표류하고 있는 한국인의 가치관에 대한 진지한 질문이기도 하다.

또 한 가지 흥미로운 점은 간혹 불가적인 세계관이 허무의 색채를 띤 채 김수현 문학의 저변에 내비친다는 점이다. 그것은 일종의 불교적 정신 분석학[唯識學]의 개념인 '마음[心]'이 작품 곳곳에서 세속적인 어투와 형태로서 조화를 부리기 때문인 듯하다. 어쩌면 작품 저변에선 끊임없이 '욕망'과 '마음'이 구별 없이 뒤섞이면서 묘한 허무의 색깔을 풍기는지도 모른다. 한편 생각하면, 그것은 어쩔 수 없는 일이다. 불교는 만물이 마음에서 나오나, 그 마음이란 본디 없는 것이라고 설파했고(없는 마음조차 없다!), 서구 정신분석학에서는 욕망이 곧 삶이며 그 욕망의 너머엔 죽음이 있고 그 죽음은 그 자체가 또 다른 부재와 결핍의 욕망을 낳는 욕망의 상징이라고 말한다. 욕망의 끝은 죽음이고 죽음은 새로운

욕망을 낳는다. 그것은 허무와 신생 사이의 끊을 수 없는 삶의 법칙을
말해준다. 아마도 '마음'과 '욕망'에 깊은 관심과 애정을 쏟는 작가 김
수현에게 허무의 색채는 어쩌면 자연스러운 것일 것이다. 원래 마음은
없는 것이고 없음조차 없는 것이며, 결핍의 욕망은 늘 결핍과 부재로서
살아가는 것이므로. 허무는 내 몸 안에서 쉽고 신생은 어려운 것이다.
그러나 깊은 마음 공부는 괴로운 삶의 심연을 이해함으로써 삶의 세계
에 대한 큰 긍정의 경지를 준비한다. 그래서 세속에서의 마음의 진실과
정진이 중요하다. 김수현 드라마에서 허무적 분위기가 느껴진다면 그
허무는 수많은 삶들의 내면에 대한 관심과 긍정의 세계와 짝을 이루는
허무이기 때문이다.

5.

사랑과 야망은 전체적으로 볼 때 발단, 전개, 위기, 대단원에 이르는
일정한 줄거리를 가지고 있다. 그러나 눈여겨보면, 그런 전통적인 극적
구조는 표면적 구조일 뿐이란 점을 깨닫게 된다. 전통적 극적 전개가 시
간과 공간의 직선적인 연결로 이루어진다면, 〈사랑과 야망〉의 극적 구
성은 직선적이라기보다 길고 짧은 선들 혹은 크고 작은 점들의 집합이
다. 정확히 말한다면, 드라마의 표면 구성은 직선적이지만, 드라마의
이면 구성은 길고 짧은 선들의 집합이다. 그래서 표면적으로는 시작과
끝이 순차적으로 진행되고 있지만 이면적으로는 시작과 끝이 사실상
없다. 시작이 없으니 끝이 없고 끝이 없으니 시작이 아무 의미가 없는
구성. 아마 이런 구성은 가령 마지막 엄마의 죽음으로 사실상 극이 끝매

듭을 짓는 데에서도 암시적으로 드러난다. 드라마의 주요 인물이 죽음으로써 극이 끝난다는 것은 엄밀히 말해 한 사건이 끝남으로써 극이 끝나는 것과는 차이가 있다. 이 말은 사건 혹은 이야기의 기승전결에 따른 직선적인 극적 구성으로부터 멀리 벗어나 있음을 암시한다. 엄마의 죽음은 사건의 끝과는 아무 관계가 없다. 엄마의 죽음은 구세대의 죽음을 의미하거나 인고와 억척을 함께 살아온 한 여인의 죽음을 의미한다. 이 말은 〈사랑과 야망〉이 여러 시퀀스의 비非선적인 집합으로 구성된 드라마임을 나타낸다. 이런 비선적인 극적 구성은 이후 김수현의 다른 대표작들인 〈사랑이 뭐길래〉, 〈목욕탕집 남자들〉에서 더욱 두드러지게 나타나는 극적 구성인바, 이런 극적 형식은 〈사랑과 야망〉이 이야기의 줄거리 전개에 의존하는 드라마라기보다는 인생살이의 많은 단편 이야기들을 마치 그물 엮듯이 엮어가는 드라마라는 사실을 보여준다.

이러한 사실은 또한 삶은 아무리 작고 보잘것없는 것이라 해도 거기엔 나름의 의미와 가치가 있다는 세계관의 표현일지도 모른다. 크거나 작거나 보잘것 있거나 없거나 밉거나 곱거나 삶은 평등하다는 김수현의 인생관 혹은 세계관이 반영된 형식이 바로 비선적인 극적 구성이며 시퀀스의 그물 같은 구성이란 점을 유념할 필요가 있다. 대단원의 막이 내리기까지 큰 이야기 줄거리가 없는 것은 아니지만(한 가족 성원들의 성공담 혹은 억척 어멈의 일대기 같은) 적어도 〈사랑과 야망〉의 큰 이야기는 하나의 이야기가 아니라 많은 작은 이야기의 비선적인 집합이다. 큰 이야기의 직선적인 혹은 기승전결적인 구성을 벗어날 때 강조되는 것은 각 인물들이 구가하는 개별적인 장면들의 정황이며, 그때 더욱 강조되는 것은 각 인물들이 구사하는 대사의 풍부함이다. 김수현의 언어적 풍부함은 그래서 그러한 비선적인 구성과 썩 조화롭다.

김수현 드라마의 형식이 전통극의 외형을 하고 있지만 그것은 겉 형식일 뿐, 속 형식은 비직선적인 구성을 혹은 병풍과 같이 수평적 구성을 하고 있다는 것은 인물의 심연이나 인생의 이면을 살피는 작가의 문학관으로서 당연한 귀결인지도 모른다. 인생의 이면이나 그늘을 살피는 작가는 세속의 자잘한 일상성을 주목하고 그 속에 담긴 삶의 속 내용을 반추하기 때문이다. 그것은 또한 당연히 공식적인 것, 역사적인 것, 이념적인 것, 큰 줄거리 따위와 갈등한다.

예를 들면, 1972년 장충체육관에서 벌어진 통일주체국민회의에 의해 박정희가 대통령에 당선되는 역사적 장면이 태수와 성균의 허름한 사무실을 배경으로 라디오 어나운스먼트로 처리된다거나, 월남 파병, 1970년대 초의 사채 동결과 같은 특별 경제 조치, 중동中東 특수, 1979년의 대통령 유고, 정치적 혼란이 극심했던 1980년 1월 따위가 사소한 일상성을 배경으로 간단히 처리되거나 자막 처리되는 것은 역사적인 것, 거창한 것이 아니라 저마다의 인생의 이면과 생활의 내부를 중시하는 작가 의식의 표현이다. 그리고 나아가 그것은 예의 인생 평등주의 철학에서 비롯된 것이다. 그러한 역사주의적 혹은 이념주의적 관점으로부터 벗어난 작가 의식은 닫힌 극적 형식 혹은 큰 줄거리 중심의 직선적 구성에 근본적으로 반대할 것이다.

그렇듯 〈사랑과 야망〉의 비직선적 집합적 구성은 '일상성의 심연'을 살피고 이해하려는 작가의 의식과 서로 일치한다. 물론 〈사랑과 야망〉이 시종일관 유지하는 일정한 큰 이야기는 어디까지나 외장일 뿐이다. 앞서 말했듯 그것은 크고 작은 삽화들의 무수한 병렬적 연결로서 구성되어 있으며 이는 김수현적 드라마 형식의 주요 특성이기도 하다.

6.

〈사랑과 야망〉의 최종회는 우리의 깊은 눈길을 기다리고 있다. 그것은 마지막회에서 김수현 드라마의 테마가 함축적으로 담겨 있기 때문이다. 거기에서 주목할 부분은 엄마가 죽는 장면이다. 그러나 되풀이 말하지만, 엄마의 죽음은 이야기의 끝이 아니다. 엄마의 죽음은 엄마의 욕망의 끝을 의미한다. 억척 엄마의 욕망 너머, 억척 엄마의 심연의 결핍이 이윽고 끝나는 곳, 즉 죽음에 이르러서 드라마는 비로소 대단원의 막을 내린다.

플롯의 끝이 드라마의 끝을 알리는 게 아니라 욕망의 끝인 죽음이 드라마의 끝을 알리는 것이다.

억척 엄마가 죽기 직전 남편의 묘를 찾아가는 것은 결핍의 해소, 즉 오랜 욕망의 너머로 자신이 곧 뒤따라갈 것을 감지했기 때문이다. 그렇게 엄마는 자신이 넘어갈 욕망 너머를 살핀다. 욕망 너머엔 죽음이 있지만, 그러나 죽음은 또 다른 욕망을 상징할 것이다. 왜냐하면 엄마의 죽음은 자식들에겐 또 하나의 부재이고 결핍일 것이기 때문이다. 그리고 살아 있는 아들딸들은 엄마의 주검을 땅에 묻고 또 다른 욕망을 또 다른 결핍을 살아가게 될 것이다. 그래서 마지막 회에서 작가는 태수의 장성한 아들딸이 이성 친구들과 갈등하는 모습을 잠시나마, 강렬하게 환기시키듯, 보여준다. 엄마의 죽음은 또 다른 부재와 결핍의 상징이며, 자식들은 그 상징을 저마다 심연 속에 결핍된 모성의 자리로서 깊이 끌어안고 살아가야 하는 것이다.

'그것이 바로 가족이란 것이고 그것이 바로 인생이란 것이다'라고 작가 김수현은 담담히 말하는 듯하다. 그렇게 가족사는 이어지고 삶은 계속된다. 그리하여, 억척 엄마가 죽고 달구질 소리 속에서 엄마의 봉분—자식들에겐 부재와 결핍의 상징인 봉분—을 만들어가는 드라마 마지막 회의 장례식 장면은 표면적으로는 엄마의 욕망의 끝을 알리는 것이지만, 이면적으로는 새로이 이어질 욕망의 상징을 알리는 것이다.

죽음은 욕망의 끝이 아니라 새로운 시작이다. 그래서 살아남은 자식들의 결핍의 상징인 엄마의 영정을 작가는 긴 화면에 담도록 요구한 걸까, 아버지의 사진이 엄마의 결핍된 욕망의 상징이었던 것처럼. 그러니, 김수현 드라마는 끝났으면서도 지금 이 순간까지도 계속 이어지고 있는 것이다! 자기 야망대로 대기업 회장 자리에 오른 태준이 늘 그랬듯이 자신을 비꼬며 공격하는 아내 미자의 뺨을 힘껏 갈기는 드라마의 최종 장면도 삶이 계속되는 한 욕망(결핍)은 계속된다는 점을 명료하게 보여주려는 작가의 의도 자체이다.

그러하니 드라마는 끝났지만 드라마는 여전히 계속되는 것이다! 그럴 수 있는 것은 김수현 드라마가 우리 삶의 안팎 그 자체와 하나를 이루며 전개되어왔기 때문이다. 부재 속에서도 존재하는 삶의 문학, 그리고 끝이면서도 시작인 삶의 드라마.

[『김수현 드라마에 대하여』, 1998. 10]

'오래된 사랑'의 의미와 가치

김수현 TV 드라마 〈천일의 약속〉

우리나라 방송극계는 신뢰할 만한 방송극 비평 논리가 아직 뿌리내리지 못한 극 비평의 불모지대인 것으로 보인다. 인터넷에 떠도는 방송극 평들이야 비평이랄 수 없는 감상문 수준에 불과하니 치지도외한다고 해도, 주요 신문 잡지들의 방송극 기사나 비평적 글들조차 논리적 근거가 부족한 인상비평이거나 하나마나한 의례依例 비평 수준에 머물러 있는 게 현실이다. 좋든 싫든 방송극이 국민들의 삶과 의식에 끼치는 영향이 심대한 만큼, 불편부당하고 자주적이며 정치한 방송극 비평의 장이 시급히 마련되어야 한다. 요즘 방영되고 있는 TV극을 보면 역사물 현대물 가릴 것 없이 극의 구성이나 연출 영역은 별도로 따진다고 해도, 극의 기본인 대본의 수준이 말 그대로 '통속'의 수준에도 한참 미달하는 경우가 비일비재하다. 대본의 구성이나 전개 방식에서 억지춘향식이 난무하고, 더욱이 대사에는 진실성이나 생명력이 없는 재담이나 밤바람처럼 떠도는 유행어들로 넘쳐난다.

이처럼 딱하고 난감한 처지에 놓여 있는 TV극판에서 만난 김수현의 〈천일의 약속〉은 작가의 오랜 연륜이 오롯이 느껴지는 보기 드문 명작이다. 특히 극의 구성이나 전개뿐만이 아니라 작가의 관록이 유감없이 발휘되고 있는 대사를 곱씹어보면, '과연 김수현 문체'다운 깊은 말맛을 느끼게 된다.

〈천일의 약속〉의 중심 소재는 희귀성 치매에 걸린 서연(수애 분)과 그녀에게 헌신하는 지형(김래원 분)간의 사랑이야기다. 하지만 그 유별난 사랑이야기는 말 그대로 유별난 소재에 불과하다. 유별나다면, 젊은 서연이 희귀성 치매를 앓는다는 점인데, 그러나 작가의 관심사는 여주인공의 희귀성 치매에 있는 것이 아니라 자신에게 느닷없이 몰아친 비극과 절망에 대처하는 한 젊은 여성의 심리와 의식과 함께 그녀를 대하는 주변 인물들의 태도에 있다. 작가는 치매에 걸려 멀쩡한 의식이 급작스레 사라져가는 여주인공의 의식의 추이와 더불어 사라지는 삶의 빈자리를 채우는 다른 삶에 대해 관심을 쏟고 있는 것이다. 이에 대한 작가의 의식은 비교적 선명하다. 그것은 '사랑의 약속'과 깊이 관련된 의식으로 작가는 일시적이고 유한하고 유행하는 사랑이 아니라 오래되고 무한하고 근원적인 사랑을 천착하는 것이다. 다시 말해 〈천일의 약속〉은, 제목이 암시하듯이, 인간의 소중한 가치로서 굳게 지키고자 하는 '오래된 사랑의 약속'에 관한 드라마인 것이다. 여기에 이 드라마가 여느 다른 드라마나 통속극과 갈리는 분명한 분기점이 있다.

이러한 '오래된 사랑'에 대한 믿음은 수정이 희귀성 치매에 걸린 줄 모른 채 서연을 찾아와 아들과 헤어질 것을 간곡히 당부하자 서연이 답하는 말, "그럼요, 제 마음이 어머니 마음과 같습니다." 하는 간결한 대사에 이르러 그 감추어진 작품의 속내가 감동적으로 드러난다.

이 '오래된 사랑'의 의미는 이 땅에서 참으로 오래된 어미 마음의 역사이기도 한 것인데, 그것은 인간 생명을 점지해주는 삼신할미의 신화만큼이나 '오래된 영혼'의 형식으로 전해져 온 것이다. 곧 〈천일의 약속〉

은 겉으론 시난고난 시한부 불치병을 앓는 한 젊은 여자에 관한 슬픈 사랑이야기지만, 실은 제목이 비유하듯, 이 땅에서 아득하게 이어져 온 '오래된 사랑'의 가치에 대한 굳은 약속을 보여주는 드라마인 것이다.

〈오래된 사랑〉의 전통은 보수편도 진보편도 아니다. 그것은 보수·진보를 넘어선 근원적인 것이다. 근원적 사랑은 반복되고 순환하는 것이기에 한없는 '어머니 마음'과도 같은 것이니, 이 오래된 사랑의 전통으로 하여 절망 앞에 선 서연이 사랑하는 이의 어머니에게 예의 "제 마음이 어머니 마음과 같습니다."라는 대사를 자연스럽게 건넬 수가 있는 것이다.

김수현의 구어체 문장은 여러 문체적 특성들이 뒤섞여 있는데, 그 가운데 때로 말의 반복이나 타령 혹은 전통 사설조가 느껴지는 문체는 주목에 값한다. 그 구어체 대사는 곳곳에 사투리와 비속어, 전통적 어법과 현재적 일상어법이 섞인 다성多聲의 문체이다. 가령 서연 고모의 대사에는 사설조調 리듬과 장단이 얼비치는 등 생기 있는 다층적 내재율이 느껴지는 문체이다. 특히 이 작품 문체에서 같은 말의 반복은 김수현의 내밀한 문체의식의 일단을 엿보게 하는데, 이때 말의 반복은 말의 의미를 강조하기 위한 반복이 아니라 속세에 찌든 마음의 더께를 말끔히 씻어내는 기도거나 주문呪文의 반복법에 가까운 반복이란 점에 주목할 필요가 있다. 한 예, 서연이 자신에게 순수한 사랑을 바치는 지형에게 하는 말, "사랑해 고마워 미안해 생각날 때 또 할래 사랑해 미안해 고마워" 또, "(지형) 당신을 사랑합니다. 나를 받아주어 고맙습니다." "(서연) 당신을 사랑합니다. 나를 받아주어 고맙습니다." 이 경우 치매 환자의 자의식을 반영한 말의 반복이거나 결혼식 서약에서의 반복이지만, 이 '사랑해' '미안해' '고마워'와 같은 비근하고 '오래된 말'의 반복은

'오래된 사랑'의 가치를 무한히 신뢰하는 작가 의식과 짝을 이루고 있으며, 이러한 오래된 말의 반복을 통해 속세에 찌든 고단한 시청자들의 마음은 잠시나마 정화淨化의 체험을 갖게 된다는 점에서 중요하다. 비근하고 일상적인 말을 아주 '오래된 사랑의 말'로 영롱하게 바꾸는 언어 감각을 통해 김수현의 TV극 언어는 통속성의 테두리를 훌쩍 벗어나 종종 영혼의 힘을 지닌 언어임을 드러내는 것이다. 바로 여기에 김수현 드라마의 깊고도 신뢰할 만한 문학성이 있다.

극중 홍길과 현아는 수많은 속물의 화신이고 우리들 삶은 그런 속물 근성과 얼키설키 살아가야 하는 것이지만, 〈천일의 약속〉은 이 타락한 세속을 극복하는 길은 '오래된 사랑'의 의미와 가치를 밝히는 데 있다고 말하는 듯하다. 작가가 홍길과 현아라는 속물적 인물이 지배하는 세상에서 서연에 대한 지형의 무조건적 사랑 그리고 고모와 지형 어미의 권권拳拳의 삶을 깊이 살피고 편드는 것도 이런 까닭에서이다. 특히 타락한 세속의 삶에 깊이 얽매어 살던 지형 어미가 차츰 자식 사랑을 넘어서 서연에 대한 깊은 사랑으로, 나아가 더 넓고 깊은 생명에 대한 사랑의 '어미'로 변신해가는 모습은 그 자체가 이 땅에서 살아온 모든 어미들의 '오래된 사랑'의 권능을 한없이 신뢰하는 작가 의식이 고스란히 반영된 것이다.

〈천일의 약속〉은 말한다, 사랑은 습득하는 것이 아니요, 선천적이고 아주 오래된 것이라고. 이 땅에서 삼신할미 이래로 오래된 사랑의 신명이 끝없는 인간 생명의 고리를 엮어왔듯이. 김수현 극의 페미니즘 깊은 곳엔 이런 '오래된 어미의 사랑'이 도도히 흐르고 있다는 점을 이해하는 것이 필요하다.

덤으로, 극중에 지형 이모가 읽어주는 미국 시인 랄프 에머슨의 시구, "무엇이 진정한 성공인가?… 많이 웃는 것. 정직한 비평가의 찬사를 받고 거짓된 친구의 배반을 참아내는 것", 이 대사는 그대로 한국 드라마의 산 역사인 작가 김수현이 오늘의 방송극 수준 혹은 극 비평의 현주소를 향해 일갈하는 쓸쓸한 풍자로 해석될 수도 있을 것이다.

[김수현 극본 SBS TV 드라마 〈천일의 약속〉 평. 『중앙일보』, 2011. 11]

왜 내금강을 찾는가

신록新綠이 한창이던 2006년 5월 말, 설렘과 흥분을 다독이며 금강산 내금강으로 향했다. 이른 아침 외금강 온정리를 출발한 버스는 온정령을 넘고 금강터널과 금강읍을 거쳐 약 1시간 40분만에 내금강內金剛 초입에 다다랐다. 내금강 지역에 들어서자 먼저 눈에 잡히는 장안사長安寺의 휑한 옛터가 6·25 이후 오늘까지 내금강이 겪은 참담한 역사를 상징하는 듯하다. 금강산의 4대 사찰 가운데 유일하게 남은 표훈사表訓寺 자리는 내금강의 부드러운 산봉우리들에 감싸여 아늑하고 편안해 보였다. 그러나, 표훈사 대웅전의 공포부栱包部는 그야말로 기운생동, 단청丹靑은 지극히 장엄화려한데, 이는 그 자체로 내금강 표훈사가 자고로 한국 불교의 아주 중요하고 영험한 도량으로서 인정받아온 내력을 상징적으로 보여준다. 표훈사 경내를 벗어나자 곧장 내금강 계곡이 한폭 산수화처럼 펼쳐진다. 오묘한 산세, 금강산에서만 볼 수 있다는 기암괴석과 늠름하게 뻗은 전나무 숲, 화강암 너럭바위들로 끝없이 연결된 계곡의 크고 작은 폭포들과 사방 천지에 가득한 물소리…… 아득한 옛날부터 우리 선조들은 천혜의 자연 풍광과 현묘한 기운을 지닌 내금강을 신령스러운 성지聖地로 숭배해왔다. 육당 최남선은 "금강산은 고대에는 오히려 信仰상의 一大 대상으로서 민중의 외경을 받았고, 신라시대에는 화랑이란 당시의 최고의 종교집단에 의해 국가적 巡禮가 행하여지는 상태였다. 그 이유는 사람의 생명이나 국가의 運祚도 오로지 금강산神의 의사 여하에 달렸다고 하여, 마치 희랍의 올림푸스에 있어서와 같이 神託과 예언이 이 산에 의하여 계시되는 것으로 알았기 때문이다"(「불함문화론」, 1925)고 설한 바 있다. 내금강 지역은 불교가 전래되기 오래전부터 고대 샤먼과 신선들, 종교인들의 이상적인 수련장이었던 고로, 희랍의 올림푸스에 비견하여 금강산을 '神山 중의 神山'으로 불렀던 것이다. 이 신산神山이야말로 먼 고대부터 전해지는 내금강의 내밀한 진면목이다.

만 개의 폭포가 있는 지역을 뜻하는 만폭동萬瀑洞에 이르니 내금강의 진면목을 조금 엿보게 된다. 이름과는 달리 만폭동엔 폭포다운 폭포가 없다. 그런데 왜 만폭동인가. 폭포소리는 지극하고 현묘한 물소리이다. "폭포는 곧은 소리를 내며 떨어진다/곧은 소리는 소리이다. (…) 물방울은/(…) 높이도 幅도 없이/떨어진다"라고 시인 김수영은 노래했다. 그의 유명한 시「폭포」에 나오는 이 구절은 폭포 소리가 지닌 심오하고 현묘한 뜻을 표현하고 있는데, 이 시구를 제대로 이해하려면, 폭포소리는 생명의 근원으로서의 물소리 즉 생명의 지극한 기운을 나타내는 물소리라는 사실을 먼저 깨쳐야 한다. 그 깨침에 의해 시인은 "높이도 폭도 없이" 떨어지는 물소리 즉 우주 생명의 본바탕으로서의 지극한 물소리를 폭포소리로 비유하고, 그 현묘한 폭포소리를 "곧은 소리는 소리이다"라는 시적 명제로써 표현한 것임을 이해하게 된다. 노장老莊은 이미 2천여 년 전 물의 생명성과 그 신기한 기운에 대해 설파했듯이, 우리 선조들은 현묘한 생명의 기운 즉 물소리의 맑은 기운이 가득한 내금강 계곡을 만폭동이라는 상징적 이름으로 부른 것이다.

서산西山대사의 부도를 모신 백화암白華庵 부도밭에 있는 대사의 제자인 풍담당楓潭堂 부도에는 미술사학자 강우방 선생이 학계에서 처음으로 그 원리를 밝힌 고구려 벽화의 비밀스러운 영기靈氣 문양과 그 영기들 틈새에서 움트는 연봉오리가 아름답고도 힘차게 표현되어 있다. 그런데, 놀랍게도, 그 부도비의 좌대에 조각된 거북이는 앞 두 발에 개구리와 뱀을 힘껏 쥔 형상을 하고 있다. 개구리를 불가에선 대체로 태란습화胎卵濕化의 생명계를 상징하는 미물의 차원에서 해석한다. 그러나 부여의 금와왕金蛙王 신화나 저 많은 고대의 영웅 탄생[卵生] 신화에서 보듯, 서울 북한산 승가사僧伽寺의 영산전靈山殿 부조탱에 새겨진 개구리에서 보듯, 또 사라져가는 북방 샤머니즘 세계에 대한 안타까움과 그리움을 북방 언어로 표현한 시인 백석白石의 시「북방에서」의 한 구절 "숭어와 메기와 개구리를 속이고 나는 떠났다"에서 보듯, 개구리나 물고기 뱀은 고대 북방의 토템과 샤머니즘의 산물들이라 할 수 있다. 그러니까, 내금강의 부도에서 발견한 개구리와 뱀은 바로 고대 북방 문화와의 깊은 영향 관계를 엿보게하는 한편, 내금강이 샤머니즘 신선도 불교 등 여러 종교적 영혼들이 긴 세월 서로 뒤섞이며 깃들은 우리 민족혼의 고향 같은 곳이었음을 증거하는 것이다.

내금강의 유명한 사찰 터나 유적지는 지금 폐허로 남아 금강산 귀신들의 쉼터가 되었지만, 우리가 잊혀진 내금강을 다시 찾는 이유는 지금도 그곳은 골골마다 현묘하고 신령한 기운이 가득 서린 신神들의 거주지이기 때문이다.

[미발표, 2006]

백두산 천지, 한국 문화의 원류를 찾아서

『流域』 창간 1호 서문

2005년 7월 22일 남북민족작가회의에 참가한 남측의 문인들은 고려항공 편으로 평양 순안 공항을 출발, 오후 2시경 백두산 삼지연 공항에 도착했습니다. 끝없이 펼쳐진 백두산의 울창한 원시림 사이를 버스로 이동하면서, 하늘을 찌를 듯이 늠름한 침엽수들 사이사이 쏟아지는 총총하고 싱싱한 햇빛 줄기들을 사열하였습니다. 저물녘, 천지天池로 가는 길목의 베개봉 여관으로 향하는 길가 숲에는 고슬고슬한 흰색 꽃술이 어여쁜 꿩의다리, 노란 곰취, 분홍 구절, 엉겅퀴, 매발톱, 범꼬리, 금잔화 같은 야생초들이 무리지어 남쪽의 길손을 반기고 있었습니다. 백두산의 여름밤은 한기로 가득했습니다. 이윽고 깊은 밤, 버스를 타고 천지로 출발, 7월 23일 새벽 4시 40분경 몸을 겨우 가눌 만큼 강풍이 몰아치는 백두산 꼭대기에 도착했습니다. 마치 상서로운 태몽胎夢처럼, 우리 민족의 탄생 훨씬 이전부터 민족의 꿈이 서려 있던 곳, 수많은 신화와 전설을 낳으며 우리의 영혼 속에 아로새겨진 곳. 그러나 멀리 내려다본 백두산 천지는 고요한 명경지수였습니다. 백두의 정상 그 위로는 구름 한 점 없었고 정상 부분을 제외하고는 온통 운해雲海가 펼쳐져 있었는데, 마침 동쪽 하늘 끝에서 서서히 태양이 기상하고 있었습니다.

저 백두산 위로 떠오르는 태양을 보면서, 고구려인들은 해모수를 창조했고, 1920년대에 육당六堂 선생은 '불함不咸'의 깊은 뜻을 발견했을 것입니다. 얼마 후 정신을 수습하고 나니, 보름달과 태양이 하늘호수에 빠져 다정한 연인처럼 서로 마주 보고 있는 진풍경이 펼쳐졌습니다. 그리고 백두산과 천지와 해와 달과 풍백風伯이 만들어내는 일대 장관壯觀 속에서 유한有限한 인간이 저절로 소실消失되어가는 것을 느꼈습니다. 먼 옛날 고구려인들도 이 위대한 우주의 운행 속에서 스스로 소실되어감을 느꼈을 것입니다. 그리고 그 소실점에 이르러 마침내 고구려인들은 스스로 천지간에 펼쳐진 신령神靈스러운 풍경의 일부가 되었음을 자각했을 때, 고구려인들은 영기靈氣의 무궁한 생명력을 미적인 형상으로 남길 수가 있었을 것입니다. 저 고구려 무덤 강서중묘江西中墓의 벽화 속, 찬란한 자태를 뽐내고 있는 거대하고 신령스러운 사신도四神圖는 아마 그런 고구려인의 미의식 속에서 탄생됐을 것입니다. 사신도는 고구려보다 중원中原에서 먼저 등장했지만, 고구려에서 비로소 심오하고도 거대한 정신의 미술로서 새롭게 부활한 것입니다.

백두산 천지와의 첫 만남의 감동을 잊지 못한 채, 그로부터 한 달 후인 2005년 8월 중순 요령성遼寧省의 심양瀋陽을 출발, 환인桓因과 집안集安 지역에 산재한 고구려의 옛 성들과 유적들을 답사했고, 중국 쪽에서 백두산 천지를 다시 올랐습니다. 그러나 중국 쪽의 천지는 이미 수많은 관광객들에 의해 심히 오염되고 있었습니다. 부푼 기대는 사라지고 허탈했습니다. 문명사적으로 볼 때 중국 문명은 요동 지역과는 별개의 문명입니다. 그래서인지, 중국인들은 백두산 천지를 우리처럼 영혼 속에 살아 있는 친근하고 성스러운 생명력으로 받아들일 수가 없는 모양입니다. 아시다시피 중국 정부는 광활한 요동의 여러 민족과 종족들이 경배해 마지않던 백두산을 오직 정치적 경제적 대상으로 보고, 동방의 요하遼河문명 역시 역사적으로 늘 경계하고 있지 않습니까? 그 백두산이 우리에게는 민족의 얼을 느끼게 하지만, 중국인에게는 불안과 경계의 대상인 것입니다.

이 땅의 선각자들은 우리 민족의 탄생과 정신의 원류를 밝히기 위해, 시베리아 바이칼호, 몽골 대흥안령, 요하, 눈강, 숭가리(송화강) 혹은 아무르(흑룡강), 만주, 한반도 등으로 이어지는 이른바 몽골리언 루트에 깊은 관심을 보여왔습니다. 육당 최남선 선생은, '한민족의 문화적 열등론'이나 '한민족 정체성停滯性론' 등 일제가 조작한 식민사관에 대항하여, "要하건대, 黑海에서 카스피海를 거쳐 파미르의 북동 갈래인 天山山脈으로 하여 알타이산맥·사얀산맥·야블로노이산맥을 따라 다시 南으로 轉하여 興安山脈 大行山脈 以東의 地, 朝鮮 日本 琉球를 포괄하는 一線에는 Pǎrk 중심의 信仰, 社會組織을 가진 민족이 분포하여, 그 種族的 關係는 且置하고 文化的으로는 확실히 一連鎖을 이루고 있었다"고 언급한 바 있습니다. 이 구절은, 한국 고대사의 세계사적 의의와 그 독창적 위상을 밝히고 있는 「불함문화론」(1925)의 결론 부분에 해당합니다. 이 글에서 육당 선생은 태양신을 숭배하던 고대 문화의 반영으로서 Pǎrk[붉] 사상이 동방 문화의 뿌리이며, 일본도 이 동방 문화의 연쇄[一連鎖]에 위치한다는 사실을 논증하고 있습니다.

오늘날 이 글에서 주목해야 할 지점은 우리 민족의 우수성을 논증하는 곳이기보다, 먼저 문화의 교류交流적 성격을 중시하고, 동방 문화의 뿌리가 지닌 심오한 세계사적 의의와 가치를 적극 밝히고 있는 곳입니다. 곧 육당 선생의 언급에서, 민족주의적 관점이 드러나는 부분보다 지역 간 시대 간 문화들의 공통분모를 찾는 선생의 시각을 더 중시해야 한다는 것입니다. 자주적이면서도 세계적인 안목을 지니려면, 여러 인접 문화들이 지닌 공통분모 찾기, 즉 근원根源적 정신의 탐구가 선행되어야 합니다. 우리 고대 동방 문화의 근원들 중 핵심적인 하나는 시베리아 샤머니즘입니다. 시베리아 샤머니즘은 역사상 수없이 핍박을 받아왔지만, 수천 년이 흐른 지금껏 우리 문화와 정신의 구석구석에는 북방 샤머니즘의 잔영이 깊이 남아 있습니다. 그러므로 시베리아 샤머니즘의 생성과 전파의 경로를 추적하고, 그것이 동북아시아, 즉 요하 지역에 흘러든 과정과 내용을 살피는 일이 필요합니다. 그리고 요하 서쪽 흥안령 산맥 너머 몽고 유역의 신석기시대 홍산紅山문명과 요하의 동쪽 신락新樂문명 등 이른바 요하 문명의 내용을 살피고, 이 문명이 어떻게 고구려 문명으로 꽃을 활짝 피우게 되는지, 멸망한 고구려의 높은 문화는 어디에서 어떻게 전승되는지를 살피는 일이 필요할 것입니다. 모쪼록, 육당 선생의 사상은 후학들에 의해 새로이 조명되고 보완되고 극복되어가길 바랍니다.

『유역』은 여러 민족 문화들이 지닌 역사적 인문학적 내용을 이해하고 그것들 간의 차이와 공통성을 살피는 데 힘쓸 것입니다. 이것이 곧 문화 교류의 기본 정신입니다. 그리고 한국 문화의 전통과 현실 속에서 자주적 시각을 찾아갈 것입니다. 그 과정 속에서 오늘의 우리 삶을 성찰하게 되고 가치 있는 여러 유익한 문화들을 만나게 될 것입니다.

[『流域』 창간 1호, 2006]

한과 죽음의 문화의 극복을 위하여

『流域』 창간 2호 서문

"아시아를 헤매 다니며 느낀 것은 전통 문화, 사라져가는 문화가 아
니라, 살아 있는 문화, 현재의 문화의 세계가 존재한다는 것이다. 전통
이라는 단어의 허구성과 더불어 개성적인 문화, 고유의 문화를 생각하
게 했다." 수십 년간 우리의 전통 굿은 물론, 아시아 각 종족들의 굿판을
찾아 카메라에 담아온 '굿' 사진가 김수남 씨가 남긴 말입니다(「살아 있
는 신화」, 1999). 씨의 사진들은 하나하나가 작가 자신이 사진 촬영하는
순간순간 무당이 되지 않았다면 남길 수 없는 신기의 장면이라 할 수 있
습니다. 한평생 우리의 굿판과 무당들을 필름에 담은 씨는 1980년대
말부터 아시아 전역을 무대로 하여 아시아 제종족들의 굿판을 찾아 작
업하던 중 작년 타이의 치앙마이에서 별세했습니다.

지난 2월 설날을 전후해서 서울 인사동에서는 김수남 사진전과 함
께 김수남을 위한 넋굿이 연이어 벌어졌습니다. 이 행사는 새마을운동
으로 만신창이가 된 만신卍神들에 의해 거의 명맥이 끊긴 굿이 서울 한
복판에서 다시 흥겹게 벌어졌다는 점에서 매우 돌발적이고도 의미심
장한 문화 행사였습니다.(2. 7-2. 19, 황해도 진오기굿, 장산도 씻김굿, 제주
도 시왕맞이, 서울 진오기새남굿). 굿의 전 과정 중 많은 부분을 생략한 채

진행된 굿판은 비록 맛 뵈기 수준이었다 할지라도, 굿판에 참여한 수백 명의 서울 시민들은 굿이 안겨주는 감동과 흥분에 깊이 빠져 들었습니다. 비록 한국의 현대화 과정에서 굿은 강압적으로 사라지게 되었지만 한국인의 피에는 원형질로서의 무속이 맥맥이 흐르고 있음을 확인시키는 자리였고 아울러 관중들은 굿의 신기神氣를 통해 죽음의 세계를 경험하고서, 죽음이 끝이 아니라 삶의 매듭이자 또 하나의 시작이라는, 삶과 자연과 죽음의 순환적 질서를 굿판에서 몸소 느끼고 있었습니다. 참여한 모든 관중들이 함께 흐느끼고 함께 박장대소하는 대단한 잔치 마당이었습니다. 굿은 바로 우리 삶에 가로놓인 한恨과 분憤과 죽음의 매듭을 풀어주고 씻어주며 해원과 상생과 신명의 마당으로 안내하고 있었습니다. 굿판과 무당에 대한 무조건적 신앙이 아니라, 굿을 통해 껴안게 되는 한과 죽음의 문화의 극복, 다시 말해 굿을 통해 인생과 세계에 대한 승화된 의식과 관점을 체득하게 된다는 점이 중요할 것입니다. 새로이 정화되는 우리네 인생관과 세계관은 현세와 죽음, 우주 자연과 인간을 하나로 활기차게 연결해주는 소박하면서도 의미심장한 한국 문화를 꽃피우게 할 것입니다. 그 굿판은 갈수록 이기주의와 황금만능주의 그리고 반생명적 폭력과 파괴의 문명이 극을 향해 치닫는 서울 한복판에서 벌어진, 뜻깊은 문화적 반성과 정신적 도전의 자리였던 것입니다.

[『流域』 창간 2호, 2007]

「箜篌引」(공후를 켠다)에서의 내레이터

公無渡河　임이여, 그 강을 건너지 말라했는데도

公竟渡河　임은 그예 강을 건너셨구려

墮河而死　물에 빠져 죽으셨으니

當奈公何　이제 나는 어찌합니까?

　　전해지는 한국시 최고最古의 4언4구의 한시체 시가詩歌「공후인(공무도하가)」. 조선의 진졸津卒 곽리자고霍里子高의 아내 여옥麗玉이 지었다는 노래다. 술 취한 백수광부白首狂夫가 강을 건너다 빠져 죽으니 그의 아내가 공후箜篌를 켜며 구슬픈 노래를 부른 후 따라 죽었다. 곽리자고가 그 구슬픈 노래를 여옥에게 들려주었더니, 여옥은 슬퍼하면서 이내 공후를 켜며 그 소리를 옮기니 그 소리를 듣고는 눈물을 흘리지 않는 이가 없었다. 여옥은 그 노래를 이웃집 여자인 여용麗容에게 전하면서 그 노래의 이름을 공후인이라고 하였다.

　　중국 晉나라 때 최표崔豹가 편찬한 『古今注』에 나오는 이「공후인」에 관한 구절을 두고서 학자들 간에 논쟁이 일었다. 백수광부의 처가 지은 노래인가(정병욱 교수) 여옥이 지은 노래인가(이가원 교수). 여기에 의문이 든다.

기원전 2500여 년 전 더 오래는 기원전 3000-4000년 전의 고조선이나 기자조선의 가사로 추정되는 「공후인」에서, 과연 시가를 지은 시인은 단독적인가, 시인은 한 목소리만 가진 내레이터인가, 바꾸어 말하면, 시에는 시인이라는 내레이터밖에 없는 것일까. 이 문제는 현대시에서도 마찬가지로 적용될 수 있다.

시를 접할 때, '시인의 범주'에서 즉 '지은이의 범주'에서 파악되거나 이해되지 않는, 타자의 범주가 내재해 있는 것은 아닐까. 시인도 잘 모르는, 저절로(무의식적으로) 내재하거나 이미 더불어 존재하는 시적인 내레이터를 함께 이해하는 것이 필요하지 않을까.

한문체 시가인 「공후인」을 한문의 의미를 따르는 합리적 해석만으로는, 즉 의미론으로는, 또 가사의 비유를 오늘의 관점에서 해석하는 것으로는, 또 지은이가 누구인가를 따지는 것으로는 해석에 한계가 있다. 이 해석의 한계를 극복하기 위해서는, 그 시가를 지은 이가 누구인가를 따지는 것도 필요하지만 동시에 '보이지 않는 지은이들'을 찾아 살피는 것도 필요하다. 그것은 결과적으로 시를 통해 지은이의 존재가 지은이의 단독성으로 존재하는 것이 아니라는 점을 이해하고, 시에서의 '나'(지은이)의 타자성, '나'의 다성성多聲性과 복합성을 해독하는 일이다.

따라서 「공후인」의 해석을 위해 몇 개의 질문이 전제되어야 한다. 가령, 강을 건너다 빠져 죽은 술 취한 백수광부는 누구를 비유하는가. 술 취한 미친 남편을 위해 공후를 켜며 구슬피 울며 노래를 불렀다는 죽은 이의 아내가 상징하는 바는 무엇인가. 또는 아내가 미친 남편의 죽음을 따라서 함께 죽음의 세계로 간 것은 무엇을 상징하는가. 아내의 울음과 노래가 저 스스로를 저승 세계로 가게 하는 탈혼망아脫魂忘我 상태의 비유는 아닌가. 왜 노래 가사는 죽은 이 앞에 살아남은 이의 속세의 정한情恨으로서 표현되어 있는가. 또한 왜 그 슬픈 사연의 노래를 진졸인 남편이 전해주자 이내 아내인 여옥이 공후를 켜며 따라 부르니, 듣는 이들마다 눈물을 흘리지 않는 이가 없었다고 하는가. 곧 아내의 울음과 노래를 따라 듣는 이들이 흘린 눈물과 울음은 무얼 뜻하는가. 왜 강나루를 지키는 진졸인 곽리자고의 아내 즉 귀족이 아닌 서민인 여옥이라는 여자가 공후를 켜며 그 노래를 재현했는가. 또 그 노래를 이웃집 여자 여용에게 전승하였는가.

이러한 의문들을 해석하고 보면, 「공후인」에는 한국의 전통 시가에서의 시인의 원형뿐 아니라 전통 문화의 원형 혹은 한국인의 집단무의식으로서의 원형이 그림자로 어른거리고 있음을 보게 된다. 곧 시가의 내레이터에는 옛 무당巫堂 혹은 전승무傳承巫의 특징을 지닌 한국시의 원형으로서의 고조선 시가가 아닌가. 단군이라는 무당이 지배하던 고조선 사회에서 시인이요 무당이기도 한 시적 화자가 부르는 노래가 아닌가. 지은이가 여옥이든 백수광부의 아내이든, 공후를 켜면서 죽은 이의 혼령을 씻기고 위로하고 속세의 한을 풀어주려 저승을 따라가는 전통적 무당의 원형이 담겨 있지 않은가. 우리의 옛 무당은 강에 빠져 죽은 이를 위해 강물로서 넋씻기를 하고 한바탕 통곡하며 노래하였고, 이에 이웃들은 무당의 울음과 더불어 울음바다를 이루어 마침내 모두는 원통한 죽음에 대한 해원解冤과 함께 모두의 영혼을 정화淨化하는 높고도 거룩한 공동의 의식儀式을 치렀다.

「공후인」을 접하면 반만년을 이어오며 이 땅의 한국인들의 눈물샘을 자극하는 전통 무당이 부르는 시가의 애련한 노랫소리가 들리지 않는가. 귓가를 맴도는 무당의 구슬픈 노래의 여음餘音 속에서 한국인의 집단무의식으로서의 정한情恨에 저절로 깊이 감응하게 되지 않는가.

고조선인의 시정詩情의 한 자락을 엿볼 수 있는 한국시의 아득한 원형으로서 「공후인」은, 사랑하는 이의 죽음에 대한 천도가薦度歌로서 숨어 있는 내레이터가 전통 무당의 고조古祖임을 감지케 한다.

[2016. 3. 인문학 동계]

'숭례문 비극'의 본질은 官學業者의 '伏魔 카르텔'이다

    지난 11일 박근혜 대통령은 숭례문 부실 복구 사업과 관련하여 "원전 비리 못지않게, 어쩌면 원전 비리보다 훨씬 심각하다고 할 수 있다"고 문화재 행정을 질타하고, "(문화재 관련 부패 커넥션을) 본때 있게 뿌리 뽑았으면 한다"고 강조했다는 기사를 읽었다.(『중앙일보』, 11월 12일자 1면) 오래전부터 우리 문화재와 한국미술사에 깊은 관심을 가져왔던 나로선, 이번 '숭례문 비리 사건'이 '원전 비리'보다 훨씬 더 심각한 사태로 규정한 박 대통령의 정확한 지적에 선뜻 공감했다. 그러나 곧이어 박 대통령이 "제도적 보완책을 마련하라"고 지시했다는 기사에 이르러 나의 공감은 즉시 회의감으로 바뀌었다. 지금 우리 문화재 행정 관료들과 문화재 관련 여러 이해집단들이 오랜 세월 동안 구축해 놓은 복마전 같은 카르텔을, 그 어느 역대 정권도 철저히 수사하여 그 고질병의 환부를 "본때 있게 뿌리 뽑지" 못했다. 대통령은 문화재 관리 부실을 개탄하고 관련자들의 엄중 문책을 지시했지만 이번 사건이 일어난 본질적 원인을 해결하지 않는 한, 결국은 땜질 처방에 그칠 것이 불을 보듯 뻔하다. 그렇다면 이번 사건을 통해 꼭 짚고 넘어가야 할 문화재 행정의 고질병은 무엇인가. 몇 가지 병인病因이 있다.

하나. 원전 업무 자체가 지닌 고도의 '전문성'으로 말미암아, 감사원조차 온 국민을 경악케 한 원전 비리를 완전히 밝혀내는 데에 한계가 있다고 말한다. 마찬가지로 문화재 관리 업무의 전문성으로 인해 그동안 문화재청 등이 감사원과 검찰 수사의 영향권에서 벗어나 있었다는 점이 지적될 수 있다. 둘. 한 예를 들자. 2005년 참여정부 당시 용산국립중앙박물관 개관도록을 영중일英中日 외국어로 번역 출판하는 국가적 사업이 당장 코앞에 닥쳤을 때, 놀랍게도 국립중앙박물관에는 외국어 번역에 필수적인 국가적 유물 명칭, 인명 지명 등 수천 개에 이르는 고유명사에 대한 외국어 표기 및 번역원칙이 전혀 준비되지 않은 사실이 2008년 감사원 감사 결과로 밝혀진 바 있다. 이러한 전문직 공무원들의 중대한 직무유기 상태에서 용산중앙박물관은 개관일을 불과 6개월 남겨놓고서 한국어를 포함한 외국어 번역 유물 도록 출판을 계약하였고 결국 계약서상 선정된 출판사가 모든 외국어 번역 책임을 진다는 터무니없는 조항을 넣어서 영문도 모른 채 응모하여 선정된 한 중견 출판사는 번역 출판을 할 수 없는 상황에서 결과적으로 모든 번역 출판의 책임을 뒤집어쓴 사건이 벌어졌다. 수천 개의 국가 보물의 명칭과 고유명사조차 외국어 표기를 전문직 공무원들이 준비해놓지 않았다면, 그 어떤 출판사도 원천적으로 번역 출판이 불가능함은 삼척동자도 알 수 있는 일이다. 이 사건은 중대한 문화재 행정 범죄 사건으로 세간에 알려져 2012년 문화예술인 1500명이 문화 행정 규탄 성명서를 낳게 했지만, 해당 박물관 공무원들은 계약서 조항을 들어서 도록 만들기에 헌신한 중견출판사에 모든 책임을 돌리고 모함하는 데 급급할 뿐 반성의 기미조차 전혀 없다고 한다. 이 사건은 문화재 공무원들의 비리와 부패 정도를 알려줄 뿐 아니라, 소위 전문직들의 조직력이 얼마나 심각한 상태인가를 여실히 보여준다. 그런데 이 사건과 관련하여 재밌는 일이 있다. 내가 아는 분들 중에는 퇴직 국립박물관 관료로서 국가 유물의 관리와 연구에 평생 종사한 분이 있는데, 그분은 이러한 중앙박물관의 '조직적 직무유기 행위'가 문화재 전문직 공무원들의 무능과 타성화된 태만, '마피아적' 조직 문화에서 나온 것이라며 종종 분노를 표출하곤 했다. 하지만, 정작 문제는 고위직을 지낸 그분이 문화재 전문직들의 직무유기와 조직적 비리에 대해 사석에서 분노하다가도 공개석상에서는 전혀 비판하지 못하고 극도로 말조심을 한다는 점이었다. 그분이 문화재 행정에 분노하면서도 분노를 겉으로 드러낼 수 없던 데엔 물론 이유가 있다. 그분으로선 퇴직 후 대학에서 학생들을 가르치며 문화재 연구를 계속하려면 우리나라의 중요 문화재를 소장하고 있는 중앙박물관의 눈치를 봐야 하고, 수천억 원을 집행하는 문화재청으로부터 연구비도 얻어내고 또 제자들을 문화재 유관 기관에 취직시켜야 교수 '능력'을 인정받는 실정이다 보니 백주에도 버젓이 벌어지는 문화재 행정상의 온갖 비리를 당당히 비판할 용기가 없었던 것이다. 이처럼 '딱한 사정'을 여기에 소개하는 까닭은, 지금도 대부분 한국 대학에서 문화재 '발굴 허가'나 발굴 예산, 연구 자료나 연구 용역을 따내야하는 고고학과 및 미술사학과 교수들은 물론이고, 몇 안 되는 문화재 관련 시민단체들조차 실상은 문화재청이나 국립중앙박물관의 눈칫밥으로 '연명延命'하는 게 엄연한 현실이라는 점. 따라서 무소불위의 권력 조직인 문화재청 및 산하기관과 좋든 싫든 '커넥션' 관계를 맺을 수밖에 없으니, 대학 교수들의 정의로운 현실 비판 의식은 거의 작동 불능 상태인 것이 현실이라는 것.

 셋. 이미 아는 이들은 다 아는 사실이지만, 문화재청의 예산 집행은 전문성을 요하는 문화재 공사의 특수성으로 말미암아 문화재청과 끈끈한 유착관계를 지닌 특정 업체나 문화재청 퇴직 관료가 설립하거나 관계된 업체들에게 집중되다 보니, 문화재 관련 대학 교수, 전문직 관료, 문화재 공사 업자들이 어느새 그 누구도 비판하거나 견제하지 못하는 '암흑 속의 이해관계'로 한통속이 되어, 대통령이 지적한 바대로 "원전 비리보다 훨씬 심각한" '전문가 집단 비리 커넥션'을 구축했던 것.

그런데, 더욱 놀라운 점은 문화재청 중앙박물관 등의 전문직 공무원들은 자신들이 부패 비리 커넥션에 가담하고 있으면서도 자신들의 비리에 거의 무감각할 정도로 습관화되어 있다는 사실이다. 수십년간 아무에게서도 제대로 감시 받거나 견제 받은 바가 없다보니, 거짓과 비리에도 도덕적 감각이 무뎌진 탓일까. 12일자『중앙일보』보도에서 보았듯이, 대한민국 정신문화 예술 관련 최고위직 관료들인 전직 문화재청장과 국립중앙박물관장들은 재직 시절 한 명도 예외 없이 숭례문 복원 과정에 대해 국민들에게 눈 하나 깜빡 않고 거짓말을 태연스레 하고 있었다는 사실이 그들의 도덕 불감증을 그대로 증거한다. 참여정부든 MB정부든, 진보 보수를 막론하고 우리나라 정신문화계 정책의 최고결정자들이 한결같이 국민에게 거짓말을 하고 있으니 그들을 임명한 인사시스템도 문제려니와 이들이 거짓말을 하기까지 아무 감시나 비판이 없었던 이 나라의 문화 예술 관련 교수 및 지식인 집단의 무관심과 무감각과 무책임에 대해 어찌 놀라지 않을 수 있겠는가. 이런 참담한 도덕적 해이 사태가 벌어진 것은 먼저 감사원 감사나 검찰 수사로부터 비켜날 수 있었던 '전문직 공무원'이었기 때문에 가능했지만, 그보다 더 심각한 원인은, 이들 '복마伏魔 카르텔'에 대한 건전한 전문가 집단들의 건강한 비판과 감시, 바꿔 말해 양식 있는 교수 학자들, 정의로운 문화재 관련 시민단체, 양심적인 문화재 전문가, 눈 밝은 언론사 기자 등 '건전한 외부 전문가'들의 철저한 감시와 비판, 견제가 전무全無한 우리 사회의 병든 불행한 현실에 있었던 것이다. 비리를 철저히 까발겨 비판해야 할 언론사 기자들조차 박물관 및 문화재청에서 제공하는 정보의 전문성으로 인해, 기사 받기에 수동적으로 의존하다보니, 언론조차도 이들 '복마 카르텔'을 감시하고 견제하기보다는 서로 공생 관계로 추락한 것 또한 깊이 반성되어야 한다. 고양이에게 생선을 맡긴 격으로 문화재 관련 국민의 혈세(2013년 문화재청 예산만 6700억 원 내외)는 상당 부분 이들 문화재 관련 전문직 관리, 대학 교수, 관련업자 등이 만들어 놓은 '복마 카르텔'의 손아귀들에서 주물러진다고 해도 과언이 아니다.

과연 원전 비리 커넥션보다도 더 심각하고 뿌리 깊은 문화재 관련 '복마전 카르텔'의 질긴 연결 고리들을 끊을 수 있는가, 다시는 이러한 문화재 관련 비리가 되풀이되지 않도록 '건전한 외부 전문가 집단'의 비평과 감시와 견제라는 '민주적 비판 체제'를 만들 수 있는가 라는 주요 과제를 풀지 않는 한, 제2 제3의 '숭례문의 비극'이 되풀이되지 않으리라는 보장은 그 어데서도 찾을 수가 없을 것이다.

[미발표 時評, 2013. 11. 12]

서구 이성주의의 한계를 성찰하라

在野의 정신을 기리며

김호기 연세대 사회학과 교수가 『경향신문』에 기고한 '이어령과 김우창'에 대한 글(2013. 12. 7)은 대중 일반을 상대로 쓴 글이란 점을 감안한다 해도, 평소 그가 보여온 진보정치적 관점을 고려한다면, 기대에 못 미치는 글이다. 그 이유로 다음 내용들을 일단 지적할 수 있다. (1) 김 교수의 글 자체가 한국의 근대적 이성주의의 한계를 고스란히 드러낸 글이라는 점. 즉 근대적 이성주의의 한계에 갇혀서 한국문학을 바라본다는 문제점이 그대로 드러난다. (2) 진보적 관점이 지닌 문학적 전망의 한계가 그대로 드러난다는 점. 과연 진보적 문학은 무엇을 지향해야 하는가. 혹은 한국 민중들의 시난고난한 삶 속에 한국문학은 무엇을 고민하고 실천해 가야 하는가. 민중들의 경제적 고통을 해소하기 위한 정치적 선택과 투쟁은 필수적이다. 하지만 문학적 투쟁도 정치 투쟁의 한 장이요, 오히려 고도의 문예정신이 낳은 현실저항적인 '전망 있는' 문학형들이야말로 정치적 현실 개혁의 지속적 수단이 되며, 더 근본적으로는 새로운 진보적 문학형 자체가 정치의 궁극 목적이 되어야 한다.

이런 관점에서 본다면, 문학비평가 이어령과 김우창 교수의 문학적 혹 문화적 사유는 진보적 문학 혹 문화를 지향하고 실천해가는 데 있어서 그 한계가 철저히 지적되어야 한다. 이어령의 경우 한국의 문화 전반에 지적 관심을 쏟아온 것은 널리 알려진 바대로이지만, 그렇다고 한국의 전통 문화와 정신사가 지닌 깊은 속내를 올바로 파악하여 현실적인 대안이 되었다거나 그 자신의 주체적 정신의 전망에 의해 개진했다고 보여지진 않는다. 다분히 대중적인 관심에 부응하는 정도이며 정신적 깊이가 담보된 내용을 잃은 경우가 많다. 한편, 김우창 교수의 경우는 서구적 이성 혹은 심미적 이성의 정치적 이성과의 상호관련성을 넓은 학식과 정신의 깊이로 설파해온, 자타가 인정하는 심미적인 이성의 비평가이지만, 요는 김우창 비평이 지닌 한국 문화사 전체에서 갖는 의미와 위상 문제이다. 한 예로 한국의 민중들의 오랜 역사 속에서 축적되고 유전된 혹은 마음 깊이 자리 잡고 있는 한국인의 문화적 무의식 혹은 집단 무의식과 원형적 상징들과 그 안에 내재한 문화적 정신적 상처를 함께 깊이 다루지 않는 한, 심미적 이성주의의 한계는 명확해질 것이다.

김호기 교수의 글이 지닌 또 다른 한계는, 진보적 대학 교수 혹은 진보정치 성향의 비평가로서 자신의 한계를 성찰하지 못하고 있다는 인상을 준다는 점이다. 이는 우리나라 대학 사회에 속하는 지성인 일반에 두루 적용되는 말이다. 한마디로 재야在野의 문화와 철학, 민중들의 역사의식에 대한 깊은 성찰이 없는 것이다. 나는 평소 김 교수를 만난 적은 없지만 여러 매체를 통해 접한 그의 정치적 문화적 발언 및 글들에 거의 전적인 공감을 갖고 있던 터이다. 하지만, 문제는 나와 동시대 동세대를 살아가는 김 교수는 대학 교수로서 또 진보 정치의 지성인적 전위로서의 역할과 기대 혹은 서민적 희망을 누구보다도 많이 받고 있는 '특별한 지식인'의 처지임을 생각한다면(다시 강조하지만, 그는 많은 학생들을 가르치고 훌륭한 리더들을 길러내는 '대학 선생님'이다) 그의 문학적 문화적 글들이 지닌 현실적 영향력은 매우 크다는 점을 인식하고 진보적 정신사에서의 '민중적 진보'를 위해서도 깊은 자기 성찰이 수반되어야 한다는 점이다.

4·19 세대의 서구적 자유주의가 오늘날 수구적 자유주의로 변질되고, 그 철학적 바탕을 이루어 온 서구적 근대 이성주의의 폐해와 한계가 역사적 현실로서 적나라하게 드러나고 있는 작금의 한국의 지식인 사회에서, 김 교수가 여전히 서구적 근대 이성주의의 시각에서 자유롭지 못하다는 것이 아쉬운 것이다. 이른바 진보적 지식인들이야말로, 지금 여기에 함께 살아가고 있는 한국 민중들의 고단한 삶과 그 불행한 문화-정치적 환경에 대해 '근원적인 성찰'을 해야 한다. 그러기 위해서는 먼저 서구적 근대주의 또 이성주의적 현실을 철저하게 반성하고 고민하는 동시에 그 속에서 새로운 문학적 문화적 전망을 성찰해야하는 것이다.

성찰省察이란 기존의 자기 사유와 몸뚱이를 찢고 또 깨고 나오는 고통을 필수적으로 수반한다. 객관적 현실에 대한 이성주의적 관찰을 넘어 자신의 삶 전체—사유와 감각 모두에 있어서—의 변화를 감행할 때 정신적 문화적 자기 성찰이 따를 수 있다. 1970년대 청년기를 보내고 대학에서 공부한 나와 동세대로서의 김 교수의 진보적 관점의 사유에 공감하면서도 우리는 함께 진보의 서민적 민중적 민주적 의미를 사유의, 철학의 원점에서부터 새로이 세워 원천적인 반성을 수행해야 한다고 보는 것이다. 모든 지식인들의 배움의 터전이 인간 이성이 이룩해 온 학문 세계 혹은 이성주의가 오랜 세월 엄청나게 쌓아온 지식의 창고라는 사실은 누구나 다 아는 바이지만, 서구적 이성의 편향성, 혹 문화의 비민중적 지식인적 편향이 심각한 지경인 한국 문화계의 비민주성을 직시한다면, 김 교수의 동세대가 거쳐 온 배움의 시간에 있어서 이성주의적 한계를 통찰하고 그러한 서구적 이성주의의 문제와 한계는 반드시 극복되어야 한다고 보는 것이다. 비평가 이어령, 김우창의 사유 체계가 한국 문화의 미래를 준비하는 뜻깊은 결실이란 점은 이론의 여지가 없다. 하지만, 그들의 비평 의식이 지닌 한국 문화사 전체에 있어서의 정신적 한계 또는 이성주의적 편향성—그것도 한국의 전통적 이성과는 거리가 있는—은 반성적 논의의 대상이라 할 것이다. 그러니까 그들이 한국인의 전통 문화와 집단 무의식이 지닌 정신적 문화적 내용을 캐고 그것의 현실적이고 새로운 의미를 밝히며 작금의 타락 일로인 한국문학계 나아가 문화계를 극복하려 하는 의지가 턱없이 부족하다고 한다면, 김 교수와 같은 후배 세대의 이성관은 근대적 이성이 지닌 자기 한계를 비판하고, 근대적 이성에 억눌린 한국인의 내면성으로서의 집단의식들 또는 집단 무의식들을 찾아 새로이 밝히려는 인문학적 노력이 절실하다고 생각되는 것이다. 김 교수와 나, 우리 세대의 문학은 한국인의 '오래된' 삶과 '지금 여기'의 삶 속에서 서구적 자유주의나 서구적 이성의 영역이 지닌 한계를 성찰하고 이 땅의 유서 깊은 전통적 정신의 연원淵源에 뿌리를 내린 '새로운 한국적 이성'의 가능성을 통찰하는 데에서 출발해야 한다고 본다. 지금은 한국의 사회 경제 문화 등 한국인의 생활 영역 전체에 걸쳐 한국 근대의 서구적 이성의 한계와 모순이 더 말할 나위 없는 반동화 고질痼疾화의 극으로 치닫고 있는 비극의 시기라고 나는 생각한다.

[미발표 時評, 2013. 12. 7]

벽초 홍명희 선생을 생각함

'제15회 벽초 홍명희 문학제' 참관기

지난 10월 30일 단풍이 곱게 물든 가을날 아침 가벼운 여행 채비를 하고서 충북 괴산의 순국지사 홍범식 선생의 고택이자 그의 아들 벽초 碧初 홍명희洪命憙 선생의 생가로 가는 버스에 올랐다. 홍범식 선생은 전라도 금산군수로 재직하던 1910년 8월 29일 조일병탄朝日倂呑 소식이 온 나라에 전해진 바로 그날로 뒷산 나무에 목매어 자결 순국한 우국지사이다. 이날의 초청 행사는 민예총 충북지회, 한국작가회의, 사계절출판사의 주관으로 이루어졌는데, 벽초의 생가 방문에 이어 오후엔 청주문화원에서 '제15회 벽초 홍명희 문학제'가 열렸다. 행사를 준비한 지역문인과 출판사 직원 그리고 20명 남짓한 국문과 대학생들을 모두 합쳐 약 70-80명이 참여하였다. 내로라하는 작고문인들뿐만이 아니라 현역 문인 그리고 여러 문학 단체들이 연고주의를 앞세운 지방자치단체들과 손잡고, 백성들의 귀중한 혈세를 도적질하는 거의 '공공의 범죄 수준'에서 문학관을 짓고 도처에서 무슨 문학제니 누구의 문학상이니 하는 간판을 내건 떠들썩한 문학 축제들이 줄을 잇는 시절이건만, 민족 분단시대에 그것도 냉전시대의 험악한 분위기가 다시 자라목을 빼듯하는 때에 열리는 '벽초 문학제'는 조촐한 모양새로나마 여느 문학제와는 달리 각별한 의미로 다가올 수밖에 없었다. 올해로 경술국치庚戌國恥 100년이 되었지만, 과연 100년 전에 처한 민족적 상황과 모순들이 지금 어느 정도나마 개선되었고 해결되었는가를 엄중히 묻는다면, 이날의 행사가 지닌 의미는 참으로 각별한 것이라 하지 않을 수 없다.

벽초는 생전에 '나는 『임꺽정』의 작가도 학자도 아니며 애국지사 홍범식의 아들''이라고 말한 바 있다. 민족문학사에 길이 빛날 걸작 『임꺽정林巨正』의 작가로서 벽초가 정작 자신은 『임꺽정』의 작가가 아니라고 하여 자신이 '작가'로 대우받기를 애써 사양하는 듯 말하고 있지만, 기실 이 말의 액면만을 생각하여 단순한 겸사謙辭로 여기면 곤란할 것이다. 오히려 이 말은 벽초의 삼엄한 작가관이 담긴 말이라 할 것이다. 이 말은 직접적으로는 순국 자결한 부친에 대한 자식된 자로서의 깊은 사모의 정과 마땅한 도리를 표현한 것이지만, 우회적으로는 작가로 불리기 이전에 일제 치하의 암울한 민족현실 그리고 민중들의 부조리한 삶의 현실에 저항하고 맞서 싸우는 삶이 자신이 문학함의 전제임을 밝힌 것이라 할 수 있기 때문이다. 아울러 이 말의 깊이엔, 문학함이란 부조리한 현실 속에서 작가 자신의 올바른 내적·외적 변화를 추구하는, 수행修行하는 생활의 한 방편이라는 뜻이 담겨 있다고 볼 수 있다.

이날 〈임꺽정 다시 읽기〉라는 제하의 문학 강연에서 문학평론가 염무웅 선생님은 '성찰적 인간'으로서의 벽초의 삶과 문학을 새롭게 조명하였다. 이 강연 내내 필자의 뇌리를 떠나지 않는 것은, 벽초의 이미 드

---

1) 이 글은 2010. 10. 30. 제15회 벽초 홍명희 문학제의 일환으로 충북 괴산의 벽초 생가 방문과 청주문화원에서 열린 문학강연회(연사 문학평론가 염무웅 영남대 명예교수)에 참석한 후 쓴 참관 감상문이다. 『한겨레』(2010. 11. 20)에 이 글을 대폭 줄여 게재한 바 있으나, 원고를 압축, 게재하는 과정에서 원문 인용상 착오가 생겼다. 여기서 바로잡는다.(신문에서의 "나는 소설가도 학자도 아니다"라는 벽초의 말은 부정확한 인용)

러난 인생 역정이나 『임꺽정』의 세계에 관한 것이 아니라 '작가'로서의 벽초의 내면세계는 어떠했는지, 또 벽초가 고민하고 추구한 '작가관'이란 어떤 것인지 하는 것이었다. 이 궁금증에 대한 해답을 찾으려면, 먼저 벽초의 탄생 이후 문학 청년기까지를 더듬어보고 이와 함께 그가 남긴 문학에 관련한 글들을 살펴야 할 것이다.

1888년 양반집 자손으로 태어나 유복한 유소년기를 보낸 벽초는 1906년에 일찌감치 일본 유학을 하는 등 소위 '신문학적 청년기'를 보내게 되는데, 이를 통해 청년 벽초는 근대 문물에 목말라 했던 당시의 문학도들처럼 당대의 세계문학과 외래문화와 사상에 깊이 매혹되고 심취했던 것으로 보인다. 그러던 중, 벽초의 일생일대의 결정적인 사건이 일어나는데, 그것은 1910년 국치와 동시에 찾아온 부친의 자결이었다. 조선의 멸망과 집안의 몰락 등 이러한 일련의 충격적인 사태는 벽초라는 작가의 개인적 삶에 중대한 변화를 안겨주는데, 그것은 자신이 처한 계급의식과 생활의 변화뿐 아니라, 양반적 삶 속에서 형성된 인격이나 성격의 변화도 함께했던 듯하다. 이러한 벽초의 인생과 계급의식의 변화와 함께 인격 혹은 성격의 변화와 발전에 이르기까지 세심하게 살피는 것은 벽초의 작가의식은 물론 그가 지닌 작가관과 문학관을 깊이 이해하는 데에 필요하다고 생각된다. 벽초는 해방 후 다음과 같은 자전적 기록을 남겼다.

"합방만도 아니고 마음이 약하고 몸이 약한 나에게 견디기 어려운 크나큰 타격인데 약한 마음을 자애로 어루만져주시고 약한 몸을 자애로 휩싸주던 우리 아버지가 합방통에 돌아가셨다. 나는 온 세상이 별안간 칠통 속으로 들어간 듯 눈앞이 캄캄하였다. 천붕지탁天崩地坼이란 당고當故한 사람들

흔히 쓰는 문자가 나에게는 문자대로 사실인 듯하였다. 나라가 망하고 집안이 망하고 또 내 자신이 망하였으니 아버지의 뒤를 따라 죽는 것이 가장 상책인 줄 믿으면서도 생목숨을 끊을 용기가 없었다. 죽지 못하여 살려고 하니 고향이 싫고 고국이 싫었다. 멀리멀리 하늘 끝까지 방황하다가 아무도 모르는 곳에서 아무도 모르게 죽는 것이 소원이었다. 삼년상을 치러야 한다고 삼년을 지내는 동안에 겉으로 생활은 전과 같이 먹을 때 먹고 잘 때 자지만 속으로 감정은 전과 판판 달라져서 모든 물건이 하치않고 모든 사람이 밉살스럽고 모든 예법이 가소로웠다." (「내가 겪은 합방 당시」, 「서울신문」, 1946)

　　이러한 벽초의 자전적 고백을 염두에 두고서 벽초의 삶과 글과 작품 『임꺽정』에 드리운 작가의식 등을 살펴보면, 벽초라는 '작가의 작가 됨'의 내용과 의미를 어느 정도 어림할 수가 있을 듯하다. 인용문은 벽초의 계급적 삶과 계급의식이 몰락하게 된 당시 사정과 함께 충격으로 심히 동요하던 벽초의 내면세계를 증언하고 있다. 하지만 벽초가 겪은 '천붕지탁'의 충격이 곧바로 양반의식을 극복하도록 만든 계기는 아니었다. 벽초의 행장行狀으로 보건대, 부친의 자결이 몰고 온 커다란 충격과 이로부터 삶에 불어닥친 고난과 반항의 세월이 자신의 양반적 계급의식을 깊이 성찰하도록 만들었고, 더불어 벽초 자신의 인격적 발전 또는 성격적 변화를 이루어간 것이었다. 태어나면서부터 익힌 양반의식을 극복하고 자신의 출신성분과는 모순된 평민의식을 추구한다거나, 반가 출신에서 비롯된 것으로 보이는 때론 섬약하고 낭만적인 성격을 당시의 첨단의 근대성에 부합하면서도 현실에 투철한 성격으로 바꾸는 일이란 철저한 자기성찰이 전제된 어려운 극기 과정을 거쳐야만 하는 법이다. 벽초의 경우를 생각하면, 작가의식 곧 '작가됨'에는 단순히 의식의 지평만으로 도달할 수 없는 깊은 마음 혹 정신의 지평이 필수적인 전제인 것으로 보인다. 달리 말해, 벽초의 작가관에서 본다면, 진실한 '작가됨'을 위해서는 자기의식의 모순이나 성격적 한계를 성찰 극복하려 노력하고 이 과정을 통해 자신의 타고난 '천품天稟'의 깨침이 무엇보다도 중요하다는 것이다. 벽초는 톨스토이의 인격과 문학을 논한 글에서 "과학은 만인의 길이라 천품이 그다지 문제가 되지 않으나 예술은 과학과 달라서 첫째 천품에 달렸으므로 나는 장래 나올 사람에게 바라는 맘이 두텁다"(「大 고故 톨스토이의 인물과 작품」, 1935)고 적고 있는데, 여기서 벽초가 작가됨의 최우선 조건으로 강조한 '천품'은 의식이나 지성과는 다른 차원의, 벽초의 다른 말로 하면, '산 혼'과 서로 통한다고 할 수 있다.

'산 혼魂'의 작가 정신과 벽초의 중용지도中庸之道

벽초가 남긴 문학 관련 글들에서 강조되어 있는 '천품' 또는 '산 혼'이란 말을 되새김할 필요가 있다. 벽초가 언급한 '천품'이나 '산 혼'이란 말은 다소 불합리하고 비과학적인 개념으로 들리겠지만, 이는 작가됨 혹은 문학함에 있어서 필수적인 전제라는 생각을 벽초는 평소 굳게 지키고 있었던 듯하다. 이를 벽초 자신에게 적용하여 말한다면, 벽초의 작가적 내면에서 서로 모순되었던 양반의식과 평민의식, 섬약하고 낭만적인 천성과 견결한 현실주의적인 후천적 성격은 서로 갈등하면서도 그 갈등하는 모순성들이 벽초 자신의 '천품'이나 '산 혼'의 깨침과 작용에 의해 고양되고 지양되어 더욱 크고 깊은 정신으로 발전하게 되었다고도 할 수 있다. 벽초는 작가 저마다의 '천품' 혹은 '산 혼'이 어떻게 인간 저마다의 의식의 심연에서 일어나고 독특한 작가 정신으로 익어 마침내 문학으로 발현되는 것인지에 관해서는 소상하게 설명하고 있지는 않으나, 우회적인 표현을 하여, 그것은 "순진하게 참되고 죽지 않는 정열"(「문학청년의 갈 길」)을 통해서 가능해지는 것이라 말하는 것 같다.

그러고 보면, 엄청난 고난에 맞서는 각고刻苦의 극기 과정을 통해 벽초는 자기 계급의식과 성격의 한계를 뛰어넘었고, 그 속에서 모든 문인 예술인 저마다의 '산 혼'의 소중함을 깨우쳤으리라 짐작된다. 그리고 이러한 '산 혼'의 작가관은 남녀 빈부귀천을 떠나 모든 이들이 저마다의 천품을 존중하면서 살아가는 "완전한 합리적 인류 사회"를 꿈꾸었던 벽초의 정치적 이상理想에 부합하는 것이었다("완전한 합리적 인류 사회에는 여자가 남자와 같이 정치적 문화적으로 활동한 균일한 기회를 가질 것입니다"—「槿友會에 희망」, 1927).

이처럼 자기 내면적 모순의 극복과 순정하도 치열한 극기의 과정을 통해 벽초가 문학함의 원천으로서의 '산 혼'의 발견과 함께 '민족 혼'의 빛나는 결정結晶으로서『임꺽정』의 작가로 우뚝 서게 되는 바에서, 우리는 단지 식민지 시대에 한정되지 않는 넓고 깊은 의미에서의 '작가 정신'의 참 뜻과 만날 수가 있을 듯하다. 구한말 양반 출신으로 청년기엔 신학문과 신문물의 수용에 적극적이었던 벽초는 자기 삶의 안팎으로 휘몰아친 고난에 맞서면서 타고난 계급적 의식 혹은 성격적 한계를 극복해갔고, 이러한 치열한 극기의 과정을 통해 독특하고 주체적인 의식을 지닌 근대적 작가로 거듭나게 되는 바, 벽초의 작가됨의 요체는 작가의 내면에서 갈등하는 봉건적 양반의식과 평민의식 간의 모순된 계급의식을 극복하였을 뿐 아니라, 단지 외래문물을 받아들인 근대적 작가의식에 머물지 않는, '산 혼魂'의 작가정신에 이르게 된 사실에 있다 할 것이다.

벽초는 나이 쉰에 이르러,

> "나는 형식으로서 사건을 중심으로 한 역사소설들을 보나 그것은 사건 흥미에 맞추려는 데 불과하고 독특한 혼에서 흘러나오는 독특한 내용과 형식이 있어야겠다고 생각합니다. 일시 관심되던 프로문학도 이러한 **산 혼에서 우러나오는 문학이 아니면 문학적으로 실패할 것은 정한 일입니다. 우리는 외부의 사상적 척도 그것보다 먼저 순진하게 참되고 죽지 않는 정열로 번민하고 생산하는 문학에서 다시 출발하는 데 이 앞에 올 조선 문학의 산 길이 있다고 생각합니다.**" (「문학청년들이 갈 길」, 1937, 강조_필자)

라고 하여, 이 땅의 문학청년들에게 자신의 문학적 신념을 밝힌 바 있다.

이와 같은 벽초의 말을 주목한다면, 벽초의 작가관을 이해하려는 노력은 그 자체로 이 땅에서 '작가됨'이란 과연 무엇인가를 이해하는 것이기도 하며, 나아가 이 땅에 누대에 걸쳐 유전되어 온 '산 혼의 문학성'이란 과연 무엇인가를 고민하는 것이기도 할 것이다. 해방 공간에서 정치노선으로 민족통일전선에 섰고 중도노선의 진보정당을 주도한 벽초였지만, 그의 작가됨의 고뇌 혹은 문학사상적 고뇌의 귀착은, 지조志操와 중용지도中庸之道의 선비의식이나 평민의식에 머물지 않는, 염무웅 선생님의 강연대로, "외부의 사상적 척도에 좌우되기보다는 자신의 내면에서 우러나오는 영혼의 목소리에 귀를 기울여야 한다"는 작가적 각성에 있었다. 이는 단지 '프로문학의 교조적 도식주의에 대한 강력한 비판'을 넘어, 벽초가 자신의 내면에 깃든 영혼과 면면히 유전되어 온 민족혼을 "순진하게 착하고 죽지 않는 정열"—달리 말하면 성심誠心과 신심信心—으로써 이끌고, 이로써 '산 혼의 문학'을 이루어가는 것을 작가적 목표로 삼았음을 의미하며, 마침내 "조선 정조情調에 일관된 작품 이것이 나의 목표"(「임꺽정전을 쓰면서」, 1933)라 하여 『임꺽정』의 집필 동기를 명확하게 밝히게 되는 것이다.

신명神明으로서의 '조선 혼'과 한국문단의 현실

과연 '조선 정조'란 무엇인가 라는 문제에 대해서는 사상적으로나 문화사적으로 깊이 논구되어야 할 터이지만, 앞서 벽초의 언급을 고려한다면, 이는 천지간 자연계의 영장靈長으로서의 작가 저마다의 '산 혼魂'과 하나를 이룬 '조선적인 혼'과 일맥상통하다 할 수 있다. 당시 벽초의 작가관에서 보면, 작가의 '산 혼'은 이미 민족혼(시대정신으로서의 '조선 혼' 또는 '조선 정조')을 포함하는 것인바, 작가의 '산 혼'에 의해 조선 혼(혹, '조선 정조')은 획득되고 끊임없이 새로운 지평을 나타내는 것이다. 그러나 분명한 사실은 벽초에게 '조선 정조'니 '조선 혼'이란 것은 초역사적인 관념론에서 나온 것이 아니었다는 점이다. 우리 근대문학기의 최고 걸작으로 평가받는 『임꺽정』이 증명하듯이, 오히려 '산 혼' 혹 '조선 혼'이란 이 땅의 서민 대중들의 삶에 내재되어 작동하는 건강한 생활력 그리고, 침략적 외세와 온갖 사회적 차별과 부당한 권력과의 처절한 싸움 속에서 형성된 민중적 정신력에 깊이 흡착한 신명神明 혹은 신기神氣의 다른 이름인 것이다.

벽초의 문학제를 참관하고 귀가하는 늦은 밤, 소삽한 바람이 불어대고 차가운 가을비 어지러이 흩뿌려 가뜩이나 심란하였다. 올해로 비운의 합병 100년 그리고 근대문학 개화開花 100년 여 동안, 한국문학의 근대성은 비록 주체적 수용의 노력이 없었던 것은 아니지만, 거의 모두 외래적 척도와 서구 이론을 뒤좇는, 근본적으로 몰아沒我적인 이식移植의 수준이었고, 유서 깊은 '산 혼'과 '조선 혼'의 문학성은 서구적 근대성에 한참 못 미치는 불합리하고 낡은 것으로 폄하되곤 하였다.

이제 이 땅의 문학판에서 전통적 언어 의식이나 정서, 나아가 '산 혼'의 문예학을 거론하는 것 자체가 시대착오적이라는 느낌이 들 정도가 되었다. 비판적 현실주의의 문학 전통은 밑도 끝도 알지 못할 사변적인 외래 이론들의 미로 속에 갇힌 지 한참이 지났으며, 오히려 판에 박히고 낡은 형식주의적 리얼리즘에 젖어 자본의 운동논리에 편승한 형편이고 서양의 최신 이론과 사고로써 새로운 문학 감각을 내세운 '지적인 소설'들도 이젠 전통적 문학 정조情調, 전통적 정신과 문화는 자취를 감추어 이제 서구적 감각과 이론이 지배하는 지성주의 문학이 권세를 누리고 있다.

MB 수구 정권에 들어와 상황은 더욱 악화 일로에 놓여, 남북관계 등 민족문제의 악화, 민족의 젖줄인 4대강 유린, 관리들의 부정부패의 심화, 계층간 집단간에 불신과 갈등의 골이 깊어 거의 폭발 직전인 사회가 되어 있다. 신자유주의의 체제 속에서 사지로 내몰린 농어민 서민들, 삶이 버겁고 힘겨운 수백만 비정규직 노동자들, 오갈 데 없이 희망을 상실한 젊은 세대들, 새로운 소외계층인 이주 노동자들 등 날로 모순의 골이 깊어가는 데, 소위 문인들이란 이름의 지성인들은 무기력할 뿐만 아니라 잡배 수준으로 조직과 무리를 이루어 권력을 행사하기에 정신 팔려 있고, 권력의 잘못과 모순을 비판하고 사회적 문제를 해결하고자 애써 싸워야 할 대학은 오히려 부패의 온상이 되어 버린 지도 오래다. 교수들이며 지식인들은 자발적으로 권력의 시녀가 되거나 되지 못하여 안달이고, 해외에서 수입한 신지식을 그저 전달만 하는 기능인 수준이 되어 병든 시대는 치유 불능 상태로 그저 흘러가고 있을 뿐이다. 교양 있는 지성인들은 자기 교양이란 것이 이미 썩은 줄 모르는 것이다. 한편 권력과 돈의 그늘에서 썩어가는 종교계는 대중들의 병든 영혼을 치유하지 못한다. 오히려 병든 영혼들에게서 종교는 배를 불린다. 민족의 젖줄인 4대강은 이제 존명存命이 위태롭기 그지없다. …… 일일이 열거할 수도 없이 반생명적이고 반생활적 연예들이 문화라는 미명으로 둔갑한 이 참담한 현실을 당하여, 현실 참여와 현실 변혁의 가장 유력하고 유서 깊은 정신 영역인 문학은 어떤 처지에 있는가. 문학의 고유한 전통인 저항과 비판의 정신이 실종된 지는 이미 오래다.

어쩌랴, 절망만 하고 있을 때가 아니다. 우리의 근대문학엔 벽초 선생 같은 정신적으로나 문학적으로 큰 어르신들이 있다. 민족의 앞길이 칠흑 같아 막막하던 시절에도 벽초는 이 땅에서 문학을 지망하는 청년들을 향해, 미래의 작가들을 향해, 다음과 같이 말한 바 있다.

"지금의 조선문학자로서 기성작가는 이미 시험 끝난 것이고 미래만이 아니라 현재에서도 내가 청년문학가에게 기대하는 것은 큰 것입니다. 이 현실을 꿰뚫고 빛날 만한 위대한 혼이 하루바삐 나기를 고대하고 있지요. 그런데 문학이란 것은 과학과 달라서 과학 방면의 학문과 기술은 누구나 어떤 정도까지 연마하는 중에 대가도 될 수 있다고 생각합니다. 문학은 (…) 반드시 높은 학부學府를 나온 이가 아닙니다. (…) **위대한 혼, 위대한 천재일 때 그**

는 학적 교양보다 자기 속에 전개되는 세계와 현실 생활에서 예민한 피부로 흡수하고 생활로 세워나가는 것을 봅니다. 고리키를 보아도 그는 변변히 공부도 못하였으나 그 늙을 줄 모르는 순진한 혼은 위대한 문학자로서 넉넉하였습니다. 나도 조선에서 이러한 천재를 바라고 있습니다."

─「문학청년의 갈 길」, 1936 (강조_필자)

이 벽초의 말은 지금 읽어도 절실하다. 러시아 혁명기의 대문호 고리키를 위대한 작가로 만든 원동력은 무엇인가. "변변히 공부도 못하였으나 그 늙을 줄 모르는 순진한 혼"이라고 벽초는 답한다. 그렇다면 작가 혼은 무엇인가. 그것은 앞서 말했듯 천품, 타고난 저마다의 성품을 갈고 닦는 중에 구해지는, 의식意識 너머의 순정한 심혼心魂이다. 타고난 성품을 나날의 생활 속에서 갈고 닦는 중에 '작가 혼의 작품'이 태어난다. 모든 '위대한 작가'는 자신의 성품, 자신의 마음, 자신의 영혼과 함께 생활 속 수행에 정진하는 존재라고 할 수 있다. 그래서 "위대한 혼, 위대한 천재일 때 그는 학적 교양보다 자기 속에 전개되는 세계와 현실 생활에서 예민한 피부로 흡수하고 생활로 세워나가는 것"이라고 벽초는 조선의 문학 청년들의 어두운 갈 길을 밝혀주었을 것이다.

몇 세대의 세월이 흘렀어도 벽초의 말은 지금도 우리 마음을 친다. 벽초의 금강金剛 같은 말처럼, "학적 교양"보다 "늙을 줄 모르는 순진한 혼"을 가진 오늘의 작가에게서 한국문학은 희망의 싹을 발견하게 되리라! 이 암담한 폐허 곳곳에 "순진하게 참되고 정열"적인 젊은 작가의 '산 혼'들이 저마다 푸른 싹을 틔우고 있음을 확신한다. 폐허가 어린 싹을 살리는 게 아니라 어린 싹이 폐허를 살리는 것이 생명계의 진리이다. 신기하게도, 참담한 폐허는 문학의 기름진 토양이 되기도 하는 것이다.

이 모순의 힘이 문학의 위대한 힘이며, 문학의 특권이다.

깊어가는 가을 밤, 일제 치하와 해방 공간의 험난한 세월 속에서도 '작가의 작가됨'의 뜻과 '산 혼'의 문학을 고뇌하고 실천하였던 벽초의 문학이 한동안 내 머릿속을 떠나지 못하는 것이었다.

[2010. 가을]

심청의 부활
한국적 형이상을 찾아서

어려서부터 구걸하여 맹인 아비를 공양해온 효녀 심청은 공양미供養米 삼백석만 불전佛前에 시주하면 아비의 눈을 뜨게 할 수 있다는 몽은사夢恩寺 화주승化主僧의 말에 공양미 삼백석을 시주키로 약속한다. 심청은 때마침 남경南京 장사 선인船人들이 인당수印塘水 인제수人祭需로 열다섯 혹은 열여섯 살 먹은 처녀를 구한다는 소문을 듣고서 몸을 팔기로 한다. 그리고 심청가에서 압권인 범피중류泛彼中流 대목과 심청이 인당수에 빠져 '죽는' 대목, 심청의 갸륵한 효심에 감복한 옥황상제[1]가 인당수 용왕과 사해용왕四海龍王, 지부왕地府王에게 출천대효出天大孝 심청이를 구하라고 분부하고 심청이 용왕에 의해 수정궁水晶宮[2]에 모셔지는 대목이

---

1) 도가道家에서의 하느님.
2) 심청가는 가장 많은 이본을 가진 판소리 사설로 알려져 있다. 창본이든 판각본이든 사본이든, 대부분의 심청가 사설이나 심청전은 심청이 인당수에 빠진 후 옥황상제玉皇上帝의 분부를 받은 인당수 용왕과 사해용왕四海龍王, 지부왕地府王에 의해 수정궁水晶宮에서 모셔지고 다시 환생하는 과정을 서술한다. 특히 '수정궁'이란 표현은, 1910년대 심정순沈正順 바디, 해방 후 한애숙 등의 창본과, 판각본으로는 완판본 심청전, 사본으로는 고려대 도서관 소장본, 하버드 대학 소장본, 단국대 나손문고 소장본, 김종철 소장본, 또 이해조의 신소설 『江上蓮』(1912)을 비롯한, 주요 심청가 사설에 나온다. 하지만 심청가는 소리 유파들의 바디에 따라 수정궁을 수궁水宮으로 표현하기도 한다. (가령, 명창 이동백李東佰 및 명창 김소희金素姬의 심청가 바디 등)

이어진다. 특히 비장감이 감도는 우조羽調와 계면조界面調로 불리는 범피중류 대목은, 그 장엄한 여행기 형식이 암시하듯, 그 자체가 탄생에서 죽음에 이르기까지 세속적 인생 역정 속에 인생 초월의 경지가 함께 있다는 의미심장한 암시이자 문학적 상징을 이룬다. 인당수에 빠지는 대목에 다다라 심청의 비장감은 극에 이른다. 세속적 존재는 죽음[無] 앞에서 슬픔과 불안에 떨면서도 마침내 장엄하게 '없음[無]의 세계'에로 몸을 날린다. 그 초월적인 '없음' 또 '사라짐'의 세계에는 그러나, 경이롭게도, 물의 궁전[水晶宮]이 기다리고 있다. 수궁에서 심청은 자신을 낳고 칠 일만에 죽은 어머니 곽 씨 부인을 만나고, 세상의 삼 년 세월에 해당하는 수궁에서의 사나흘 동안을 머무른 후, 다시 인당수에서 꽃봉오리로 환생한다. 부활한 심청은 황후가 되어 그리던 소경 아비를 다시 만나게 되고 심봉사는 눈을 뜬다.

심청 이야기에서 바다는 자연 혹은 어머니의 상징 그 이상의 상징적 의미를 지닌다. 그것은 심청 이야기의 바다는 '수정궁水晶宮'으로 표현되고 있기 때문이다. 다시 말해 낭만주의적 이미지나 어머니 이미지 너머에 수정궁이 있다. 불가에서 흔히 지혜의 상징을 '금강金剛'으로 표현하듯 '수정水晶' 또한 지혜의 상징이라 할 수 있다. 물 즉 바다의 결정結晶으로서의 수정은 생명의 원천이자 생사生死의 원리를 담고 있는 금강 같은 지혜의 세계와 상통하는 것이다. 온갖 풍악소리 가득하고 광채 찬란한 수정궁에선 세속적 시간이 아닌 초월적인 시간이 흐른다. "한 삭

그러나 이 글은 조금 다른 문학적 관점과 의도에서 쓰인다는 점, 즉 심청가의 '초월적 주제 의식'을 보다 명료하게 한다는 점에서 '수정궁'으로 표현된 심청가 바다 및 심청전을 저본으로 취한다. 이 글의 심청가 및 심청전 저본은 『심청전 전집』(김진영 외, 박이정, 1998-2000) 『판소리 다섯 마당』(브리태니커, 1982) 및 『판소리 소리책』(배연형 편, 동국대출판부, 2008) 등에서 취했음을 밝혀둔다.

이 몇 삭"이고 사나흘이 삼 년이 되는 시간적인 세계. 세속의 시간이 멈춘 바다 속에서 비로소 심청이 몽매간에도 잊지 못하던 죽은 생모와 만나고, 마침내 심청도 부활을 준비하게 된다. 결국 심청의 극진한 마음이 세속의 시간을 뛰어넘었고, 세속적 시간이 사라지는 순간, 초월적 시간이 새로운 탄생을 예비하게 된 것이다. 그리고 심청은 세속-초월, 삶-죽음을 함께 사는 '초월적 세속인(巫적 존재, 혹 초월적 실존)'으로 부활한다.

이러한 시간의 초월과 세속적 삶-죽음-부활의 순환이 바닷속 섭리의 상징 즉 수정궁의 매개에 의해 이루어진다. 조물주의 분부를 받들어 심청을 수정궁으로 인도하고 부활을 관장하는 것은 용龍이며 용은 다름 아닌 수정궁의 화신이다. 이는 용 즉 물의 지혜가 생명계를 관장하며 부활을 매개한다는 것을 뜻한다. 따라서 심청의 지극한 효성에 하늘이 감복하여 용왕을 시켜 심청을 '새로운 존재'로 부활하게 하고 마침내 심봉사의 맹목盲目이 광명光明으로 바뀌는 것도 심청이 물의 지혜 곧 수정을 얻음으로써 가능해진 것이다. 이처럼 돈(공양미 삼백석)과 삶을 교환하는 비정하고 맹목적인 세속에서 심청의 죽음과 수정궁을 통한 부활 이야기는 심청의 지극한 마음이 자기 부활만이 아니라 타자(심봉사)의 부활의 계기가 되는, 세속에서의 초월의 의미와 그 지혜로움이 어떤 것인지에 대해 알려주고 있다.

[미발표, 2009. 봄]

무기巫氣의 시학 또는 네오 샤머니즘의 탄생[*]

김윤식(문학평론가·서울대 명예교수)

임우기 씨의 평론집 『길 위의 글―네오 샤먼으로서의 작가』을 대하고 있노라면 대낮인데도 캄캄하여 앞이 보이지 않소. 보라고 쓴 물건이 아닌 까닭이오. 그렇다면 들으란 것인가. 심봉사 되어 멍하니 있어보아도, 우조·계면조의 범피중류는 들리지 않소. 눈멀고 귀먹은 자에게 남은 것은 무엇인가. 새로운 눈을, 또 귀를 장만하란 말인가. 아니면 염통으로 읽어야 된다는 뜻일까. 그런 면이 없지는 않아 보이긴 하오. 풀이 눕되, 바람보다 먼저 눕는다든가, 폭포는 떨어지되 무서움도 없이 곧은 직선으로 떨어진다든가, 고 노무현 대통령의 죽음을 두고 '노무현 선생의 자결'이라 한다든가, 신동문 시인의 목소리 듣기 등이 이 점에 대응되오. 아마도 이런 측면은 임씨의 혈기랄까 오기일 법하오. 역사에 대해 삿대질하기라고나 할까. 이것만이면, 그러니까 염통 부분만이라면, 임씨 오른편에 나설 군상들이 이 땅에 지천이오. 그렇다면 눈먼자·귀먼

---

[*]   문학평론가 김윤식 서울대 명예교수의 이 발문은 2010년 『길 위의 글―네오 샤먼으로서의 작가』에 실린 바 있다. 이 책 『네오 샤먼으로서의 작가』에도 적절히 적용되는 글로써 여기에 다시 수록한다. ―편집자 주

자·염통가진자를 싸잡아도 이것들로는 도무지 미칠 수 없는 그 무엇도 있단 말인가. 있다! 고, 임씨는 말하고 싶어하오. 귀·눈·염통 너머에 있는 것, 이름하여 넋의 몫이 그것이오. 생자·망자를 위한 굿(일원화) 말이외다. 이를 오늘의 표현으로 씨는 네오 샤머니즘이라 명명하오.

글쓰기란 온갖 영역이 내포되지만 그중 넋에 관여된 것도 있다는 것. 그런데, 한동안 우리 문학은 리얼리즘·모더니즘의 거대한 소용돌이에 휘말려, 이 넋의 측면을 돌보지 않았다는 것. 소월素月의 「초혼」이래 대단한 이성 밑에서 주눅 들었던 넋의 문제를 새삼 일깨운다면 우리의 문화가 어쩌면 조금은 활성화될 수 없을까. 임씨가 겨냥한 곳이 여기이오. 네오 샤머니즘의 교주되기가 그것. 이 교주가 설 자리는 어디쯤일까. 일찍이 이 나라의 키 큰 평론가 김현은, 샤머니즘과 '정치문학'의 타도를 외치며 60년대 문학을 연 바 있소. 「무녀도巫女圖」스런 문학과 참여문학의 거부를 외치며 선험적 문학을 이 땅에 심고자 했던 김현이 주목한 것은 박상륭이었소. 『죽음의 한 연구』가 그것. 김현이 흥분한 곡절은 거기서 샤머니즘의 세계화를 보았기 때문이오, 지방성으로서의 샤머니즘의 극복 방식은 샤머니즘의 세계화밖에 없다는 것. 그만큼 대단한 것이 샤머니즘인 까닭이오. 넋의 문제, 생사를 일원화하여 이해하는 방식이었으니까, 새로이 인식된 샤머니즘의 세계화를 통해 비로소 한국문학의 지방성이 극복될 수 있다고 김현은 보았소. 이문구의 경우도 사정은 같고 기형도에 와서도 사정은 같소.

　생사나 시공의 구별 너머 모든 곳에 생의 중심이 설 수 있다는 것. 그래서 자기가 선 곳이 바로 세계의 중심이자 동시에 유역流域이라는 것. 바로 이 때문에 임씨의 평론집『살림의 문학』『그늘에 대하여』에서『길 위의 글—네오 샤먼으로서의 작가』에 이르는 과정이 비록 길지 않지만, 필시 이 길엔 인가人家도 들어서고 금잔화도 피리라는 것을 나는 믿소.

庚寅年 새해

金允植

반딧불이를 따라가는 네오샤먼[*]

정홍수(문학평론가)

1.

영화로, 그리고 시와 정치적 평문으로 파시즘의 시대에 저항했던 피에르 파올로 파솔리니(1922-1975)에게 '반딧불이'는 그 약한 미광의 별자리로 역사의 암흑을 거스르는 희망의 이미지였다. 그는 젊은 날 친구에게 보낸 편지에서 피에베델피노 언덕에서 목격한 반딧불 이야기를 감격스럽게 전한다. "우리는 엄청나게 많은 반딧불을 봤지. 반딧불이들이 관목의 수풀 안에 불빛의 수풀을 만들어놓았더라. 우리는 그들을 부러워했지. 왜냐하면 그들은 서로 사랑하고 있었거든. 그들은 서로 사랑으로 날고 빛을 뿜으면서 서로를 찾아다녔어."(21쪽) 프랑스의 미술사학자이자 철학가인 조르주 디디-위베르만은 2009년에 펴낸『반딧불의 잔존』(김홍기 옮김, 길, 2012)에서 파솔리니에게 "빛나고, 춤추고, 떠돌고, 잡히지 않고, 저항하는 존재"로서 희망의 원리로 찾아든 반

---

* 『녹색평론』2017년 3-4월호(제153호)에 실린 서평.

덧붙이가 어떻게 그 자신의 정치적·예술적 절망 속에서 소멸과 죽음을 선고받는지 섬세하게 추적한다. 1975년 오스티아의 해변에서 잔혹하게 살해될 무렵, 그는 역사적 파시즘의 시대를 경유하여 자본주의의 화려한 승리와 함께 도래한 '진정한 파시즘'의 시대에 절망하고 있었다. 그에게 '진정한 파시즘'은 "민중의 가치, 민중의 영혼, 민중의 몸짓, 민중의 신체를 공격하는 파시즘"이었다. 그것은 "사형집행인이나 집단적인 처형이 없어도 사회 자체의 대부분을 제거하는" 파시즘이고, 그렇기 때문에 "부르주아지의 생활양식과 특징에 (총체적으로) 동화하는" 사태는 "문화적 집단학살"로 명명되어 마땅했다.(30쪽)

'반딧불-인간'의 발견과 옹호는 그에게 민중에 대한 사랑과 동궤였다. 그는 이탈리아 방언에서 시의 새로운 가능성을 찾았고, 하층 프롤레타리아의 가난한 삶에서 산업화와 소비주의, '스펙터클' 문명의 압도적인 빛을 거스르는 반딧불의 미광을 포착하려고 했다. 그의 시와 영화는 민중문화가 떠맡은 '잔존殘存'이라는 인류학적 사명, 역사적이고 정치적인 저항의 역량에 대한 믿음을 토대로 만들어졌다. 민중의 기억과 거기 수반되는 욕망은, 태고의 시간과 연결되는 저항의 고립지대가 민중문화의 심층에 접목되어 있다는 확신과 함께 새로운 삶과 문화, 시간이 출현할 수 있는 가능성으로 그의 영화와 문학을 거듭 충전시켰다. 그가 '과거의 힘'이라고 일컬었던 '신화'를 자신의 예술 안으로 불러들인 것도 그 신화의 시간이 현대의 정치게임에서 탈락하고 배제된 사람들, 그러니까 민중의 고유한 혁명적 에너지에 속한다고 생각했기 때문이다. 그 신화와 그 사랑은 그러니까 얼마간 민중의 특정한 '신화화'와 함께 작동하고 있었다고도 할 수 있다. 그러나 산업화와 소비주의 대중문화의 전면화 속에서 민중의 '타락'(파솔리니의 표현)이 만연하고, 민중적 실천이나 전위적 실천을 통해 저항의 장소로 기능하던 문화가 전체주의적 시장자본주의 안으로 포섭되어 새로운 야만의 지능적 도구로 전락하자 파솔리니의 사랑은 좌절되고 공동화空洞化된다. 그는 절망적으로 '반딧불이의 소멸'을 선언하기에 이른다. "한 마리의 반딧불이를 위해서라면 몬테디손 전체라도 건네주겠다"고 했던 그 사랑은 무화되었기에 더 아름답다. "나는 불행하게도 이런 이탈리아 민중을 사랑했다. 권력의 도식 외부에서도(오히려 그 도식에 절망적으로 대립하면서) 그들을 사랑했고, 민중주의와 인도주의의 도식 외부에서도 그들을 사랑했다. 그것은 내 천성과도 같은 진정한 사랑이었다."(36쪽)

2.

지난 세기, 가령 1960-1970년대 이후 한국문화 전반에서 전개된 '민중담론'의 역사를 잠시 환기해보자. 문학으로 범주를 좁힌다 하더라도, 파솔리니처럼 극적이고 과격한 궤적은 아닐지언정 우리에게도 '반딧불이의 출현과 소멸'에 대응하는 문학적 사건이나 비평담론의 도정은 쉽게 구성될 수 있지 싶다. 억압되고 배제된 삶과 예술의 심층적 형식으로서 샤머니즘을 주목하고 거기서 세속과 초월을 함께 살며 고래古來와 현재, 생사와 영육, 인간과 자연, 주체와 타자를 하나로 회통하고 상생시키는 민중적 세계관을 재발견하고 새롭게 창안하려고 하는 임우기의 비평집 『네오 샤먼으로서의 작가』를 읽으며 저 파솔리니의 반딧불이를 떠올리게 된 것도 그래서일 테다. 더 정확히는, 임우기의 비평은 파솔리니가 반딧불의 소멸을 선언한 절망과 공동, 폐허의 자리에서 다시 시작되고 있다.

디디-위베르만의 질문도 비슷한 듯하다. 그는 파솔리니가 반딧불의 소멸을 선언한 자리에서 정말 반딧불은 사라졌는지 묻고 그 미광의 추이를 탐문한다.

> 과연 세계는 … 그렇게 총체적으로 예속되어 있는가? 그렇게 상정하는 것이 바로 그들의 (전체주의_인용자) 기계가 우리로 하여금 믿게 만들려는 것을 믿어버리는 것이다. 그것은 검은 밤이나 서치라이트의 눈부신 빛만을 보는 것이다. 그것은 패배자로 행동하는 것이다. 그것은 전체주의 기계가 어떠한 여지도 저항도 없이 자신의 업무를 완수한다고 확신하는 것이다. 그것은 '전체'만을 보는 것이다. 그러므로 그것은 개방의 공간, 가능성의 공간, 미광의 공간, '그럼에도 불구하고'의 공간을—그것이 비록 틈새의 공간, 산발적인 공간, 유목적인 공간, 희소하게 위치한 공간이더라도—보지 않는 것이다.(41쪽)

반딧불이는 사라지지 않았다. 개체수는 줄었지만 생태적으로도 반딧불이의 존재는 지구 곳곳에서 확인되고 있다. 도시에서 반딧불이를 본 목격담도 있다. 좀 더 중요한 측면은 반딧불이의 소멸이 일어나는 것은 오로지 우리의 시야 앞에서라는 사실이다. 정확히 반딧불이는 소멸되는 것이 아니라 우리의 시야를 떠날 뿐이다. 지금 이 언덕에서는 사라지지만 언덕 저 너머에서는 미광으로 다시 출몰할 것이다. 반딧불이의 소멸은 우리가, 혹은 그것을 보려고 하는 사람들이 반딧불이의 행방을 쫓기를 포기할 때 일어나는 일시적이고 단속적인 사건일 뿐이다. 그 반딧불이들이 메트로폴리탄의 세상에서 시대착오적이고 무장소적인 공동체를 형성한다는 사실을 부인할 수는 없다. 그러나 그것들은 잔존하는 방식으로 현재적이며, 과거의 이미지를 단속적으로 우리를 향해 발신하고 있다. 이것이야말로 죽은(혹은 죽은 것으로 치부되는) 시간, 보이지 않는 시간을 가시화하고 우리와 접속시키는, 벤야민이 말하는 변증법적 이미지의 존재방식일 테다.

임우기 비평은 샤머니즘의 소멸과 폐기라는 거듭되는 근대비평의 선언에 굴복하지 않는다. 임우기 비평은 그만의 방식으로 한국인의 심층에 '거대한 뿌리'로 잔존하는 샤먼의 시간으로 돌아가고 베어도 베어도 한국인의 삶과 정신, 문학 안에 끈질기게 살아 있는 그루터기의 시간과 언어, 소리, 몸짓을 찾아내고 섬세하게 복구한다. 그렇게 해서 기꺼이 시대착오를 껴안으며 네오샤먼의 부활을 선언한다. 숭고한 낙관주의라고까지 말하고 싶을 정도다. 물론 그것은 단순한 믿음이 아니다. 가령 종교로서 전통 무巫의 '접신接神'은 영매인 무당(샤먼)의 존재적 근거와 이어진 관건적 문제이기도 한데, 성리학의 주기론적 귀신론에서 보면 적절한 해명의 자리를 찾기 힘들다. 공자부터 동학에 이르기까지 다양한 귀신관, 수운의 접신 체험 등을 검토해나가면서 임우기는 이렇게 말한다.

귀신 문제는 이기론의 기철학적 사유로만 해결될 문제가 아니라 아주 오래된 인간의 역사적 삶의 문제이고 오랜 세월 동안 인간의 무의식 속에 쌓여온 인간 삶의 내면성의 문제이기도 한 것이기 때문이다. … 민중들이 믿는 귀신이 미신이건 종교이건 민중들의 생활과 마음속에 함께 살고 있는 현실성이며 내면성임을 이해하고, 왜 그러한가를 해명하는 것이 더 현실적인 태도이고, 특히 현실과 상상력이 기본 요소인 문학예술 영역에서 볼 때, 더

실질적이고 요긴하다.(60쪽)

    이론적 검토를 성실히 수행하고 역사의 원근법을 고려하는 가운데 임우기 비평이 실사구시의 현장적 문제의식으로 샤머니즘의 정신과 시간에 접근하고 있다는 것을 확인할 수 있는 대목이다. 그러면서 그의 논의가 억눌리고 밀쳐진 민중의 삶에 대한 애정으로 끓어넘치는 지점에서 오히려 거듭 문학으로 다시 돌아와 방언적 문학언어와 문체의식, 소리, 다성적 내레이터, 알레고리로서 잔존하는 이미지의 고태적古態的 시간, 초월과 현실 재현의 습합 등등 문학의 내적 형식에 대한 면밀한 숙고와 성찰을 통해 창조적인 교감의 비평을 일구어낸다는 점은 애써 강조될 필요가 있겠다. 그렇게 백석, 윤동주, 김수영, 이문구에서부터 기형도, 윤중호, 김소진, 김사인, 윤재철, 함민복, 박민규, 김애란 등이 새로운 문학적 조명과 해명을 얻고 있다.

    그간 임우기 비평이 이른바 '4·19세대 작가와 비평가'에 대한 날선 비판을 펼쳐온 것은 두루 아는 일이다. 창작 쪽에서는 '표준어주의적 문어체'와 '개인적 자유주의 미학' 비판, 그리고 서양 이론 추수의 계몽적 서구 합리주의 비평에 대한 반발로 나뉘어 전개된 그 비판의 실질은 일종의 근대성 비판이라고 할 수 있다. 그것은 임우기 비평의 민중친화적 성격과 궤를 같이하는 진보적 민중문학론도 그 이성주의와 계몽의식, 서구 이론의 외피에 의해 비판받는다는 점에서 잘 확인된다. 이성/비이성, 주체/객체, 현실/비현실, 감각/실재 등등 완강한 이분법적 사유체계의 근대 문학비평이 억압하고 있는 대당對當의 시간과 목소리를 되찾고 그것을 활성화하는 것이 임우기 비평이 주창하는 '네오샤먼의 미학'인 셈이다. 물론 임우기 비평은 저 '4·19세대 문학'의 언어의식이

"'상처 입고 불합리한' 민족 언어 현실에 대해 합리적 정립의 필요성을 절감한 데서 비롯한 것임은 재언의 필요가 없다"(232쪽)며 나름의 정당성을 인정한다. 그러나 김승옥으로 대표되는 이른바 '공감각적 문체'와 '긴장의 문체'가 감각과 의식 사이의 분별과 지양을 기획하는 이분법적 사유체계에서 출발한 것임을 지적하며 이 같은 매개적 문법이 탐미적 문체성의 바탕을 이루면서 한국 현대문학의 "전횡적 권위"로 자리 잡은 데 대해 지극히 부정적이다. 이는 4·19세대 문학의 뿌리 깊은 개인주의를 문체적 측면에서 강화해온 것으로, "주관에게 타자는 주관의 감각의 매개를 통해 '존재'로서 침입한다는 인식"을 토대로 "개인주의가 감각을 키우고, 역으로 감각의 통로를 통해 개인주의는 견고하게 양육되는 것임을"(230쪽) 보여준다. 이에 반해 같은 4·19세대 작가이지만 방언의식의 중요성에 대한 천착을 포함해서 걸맞은 문학적 평가를 받지 못했다고 보는 이문구의 경우는 '정황과 교감의 문체'로 호명되면서 '네오샤먼 미학'의 중요한 원천이 된다.

> 이때 정황이란 작가의 의식이 일방적으로 구성하는 정황이 아니라 타자들 및 모든 존재들이 저마다의 주어로서 평등하게 참여하는 자연적이고 실사實事적인 작중 정황을 뜻하며, 교감이란 '그러한 정황 속에서 작가가 타자들 또는 뭇 존재와 함께 참여하며 나누는 실제적이고 대화적이며 복합적인 교감'을 뜻한다. 이문구의 문체는 이처럼 뭇 인물을 비롯한 뭇 생명과 뭇 사물이 자연적이고 사실적이며 서로 평등하게 교감하는 정황─사건(플롯) 속으로 작가가 민주적으로 참여하는 가운데 자신만의 개성적인 문학언어를 찾은 독보적인 문체라는 사실.(237쪽)

이 교감과 정황의 문체가 개인주의적 의식과 감각을 지양하고 더불어 사는 삶의 생동하는 구체성을 지향한다는 사실은 자연스럽다. 기실 이 지향은 저 『살림의 문학』(1990)과 『그늘에 대하여』(1996) 시절부터 줄곧 임우기 비평의 가장 깊숙한 성좌에 놓여 있던 것이기도 했다. 이제 그 교감과 정황은 '네오샤먼으로서의 작가'에 대한 발견으로 이어지며 임우기 비평의 새로운 성좌를 이루어내고 있다. 교감과 정황의 '부재하며 회통하는 주체성'이야말로 정확히 '네오샤먼으로서 작가', 한국인의 집단 무의식과 시원의 시간에 접속하며 뭇 생명과 뭇 사물을 넘나드는 새로운 문학적 영매의 자리일 테다.

임우기는 김사인의 시에 대한 더없이 풍요로운 교감의 평문 「집 없는 박수의 시」를 마치며 탄식하듯 덧붙인다.

> 형! 샤먼의 전통은 거의 소실될 운명에 처했습니다. 근대성과 자본주의 문화와 새로운 식민 문화가 주둔한 이 살풍경의 문명 시대를 무슨 수로 되돌릴 수 있겠습니까. 그러나 유독 시와 예술은 사라진 샤먼의 시대를 그리워하고 샤먼의 영성을 찾으려 할 것입니다. 시인과 예술가는 근본적으로 '아무도 핍박해본 적'이 없는 이이기 때문입니다. 샤먼의 영성은 인간과 자연에 대한 식민과 폭력이 심화하고 있는 이성의 시대에 충분한 시적, 예술적 응답이 될 수 있습니다. 그러나 답은 주어졌지만, 오래전에 질문이 사라졌습니다.(447쪽)

그러나 우리는 안다. 그 질문이 '네오샤먼' 임우기 비평에 의해 다시 시작되었고, 끈질기게 지속되리라는 것을.

3.

파솔리니가 상황을 절망적으로 오판하고, 절망을 극단화하면서 반딧불의 소멸을 "창안"했을 때, 파괴된 것은 반딧불이 아니었다. 파괴된 것은 반딧불을 보고자 하고 끈덕지게 행방을 쫓으려는 그의 욕망과 의지였으며, 그의 희망이었다. 그것은 다르게 상상하고 다르게 감각하는 길의 포기였다. 아주 약한 빛을 발산하며 지면에 낮게 붙어 떠다니지만 반딧불이들은 그들만의 성좌, 별자리를 형성한다. 반딧불이는 이쪽에서는 보이지 않지만 언덕 저쪽에서는 다시 출현할 것이다. 임우기 비평은 '네오샤먼'의 반딧불이 이루는 성좌를 따라가고 있다. 희미하게 점멸하는 미광을. 그 길은 "아득한 넷날" "부여를 숙신을 발해를 여진을 요를 금을/홍안령을 음산을 아무우르를 숭가리를/범과 너구리를 배반하고/송어와 메기와 개구리를 속이고" 떠났던 백석의 깊은 회한과 함께 있다. 그 길은 지금 "태반으로" 돌아가는 길이다.

색인

998

네오 샤먼으로서의 작가   임우기 비평문집

1판 1쇄 발행	2016년 11월 17일
2판 1쇄 발행	2017년 4월 19일

지은이	임우기
발행인	김현식
발행처	(주)달아실출판사

주소	강원도 춘천시 서부대성로 48번길 12, 2층
전화	033-241-7661
팩스	033-241-7662
이메일	dalasilmoongo@naver.com
등록일	2016년 12월 30일 제494호

© 임우기, 2016

ISBN   979-11-960231-0-2   03800

• 이 책에 수록된 내용의 전부 또는 일부를 재사용하려면 반드시 저작권자와 (주)달아실출판사
  양측의 서면 동의를 받아야 합니다.
• 지은이와의 협의로 인지는 생략하며, 잘못된 책은 교환해드립니다.
• 이 도서의 국립중앙도서관 출판예정도서목록(CIP)은 서지정보유통지원시스템
  홈페이지(http://seoji.nl.go.kr)와 국가자료공동목록시스템(http://www.nl.go.kr/kolisnet)에서
  이용하실 수 있습니다. (CIP제어번호:CIP2017003656)
• 잘못된 책은 구입한 곳에서 바꿔드립니다.
• 책값은 뒤표지에 표시되어 있습니다.